江蘇文脉整理與研究工程

江蘇文庫

精華編

131

鮑照集校注

（上）

（宋）鮑照 撰　丁福林　叢玲玲 校注

鳳凰出版社

圖書在版編目（CIP）數據

鮑照集校注 / （南朝宋）鮑照撰 ； 丁福林， 叢玲玲校注. -- 南京 ： 鳳凰出版社， 2021.10
（江蘇文庫. 精華編）
江蘇文脉整理與研究工程
ISBN 978-7-5506-3508-1

Ⅰ. ①鮑… Ⅱ. ①鮑… ②丁… ③叢… Ⅲ. ①中國文學－古典文學－作品綜合集－南北朝時代 Ⅳ. ①I213.92

中國版本圖書館CIP數據核字(2021)第206994號

書　　名	鮑照集校注
著　　者	(南朝宋)鮑　照 撰　丁福林　叢玲玲 校注
責任編輯	陳曉清
裝幀設計	姜　嵩
出版發行	鳳凰出版社(原江蘇古籍出版社) 發行部電話025-83223462
出版社地址	江蘇省南京市中央路165號,郵編:210009
出版社網址	http://www.fhcbs.com
照　　排	南京凱建文化發展有限公司
印　　刷	蘇州市越洋印刷有限公司 江蘇省蘇州市吴中區南官渡路20號,郵編:215104
開　　本	787毫米×1092毫米　1/16
印　　張	51.5
字　　數	670千字
版　　次	2021年10月第1版
印　　次	2021年10月第1次印刷
標準書號	ISBN 978-7-5506-3508-1
定　　價	159.00圓(全二册)

(本書凡印裝錯誤可向承印廠調換,電話:0512-68180638)

江蘇文脉整理與研究工程

編　委（按姓氏筆畫排序）

王　江　王建朗　王華寶　王衛星　王燕文　田漢雲　朱玉麒　朱慶葆
全　勤　江慶柏　李昌集　李貞强　李　揚　佘江濤　沈衛榮　武秀成
范金民　尚慶飛　周建忠　周　琪　周　斌　周新國　胡阿祥　胡發貴
姜小青　姜　建　馬　欣　莫礪鋒　徐之順　徐小躍　徐　俊　徐　海
徐興無　陶思炎　孫　敏　孫　遜　孫真福　曹玉梅　許益軍　章壽榮
張乃格　張伯偉　張愛軍　彭　林　程章燦　傅康生　賀雲翱　趙生群
趙金松　蔣　寅　熊月之　樊和平　劉西忠　劉　東　賴永海　鍾振振
雙傳學　羅時進

分卷主編

徐小躍　姜小青（書目編）
周勛初　程章燦（文獻編）
莫礪鋒　徐興無（精華編）
茅家琦　江慶柏（史料編）
左健偉　張乃格（方志編）
樊和平　張新科（研究編）

出版説明

江蘇文化源遠流長，歷久彌新，文化經典與歷史文獻層出不窮，典藏豐富；文化巨匠代有人出，彪炳史册，在中華民族乃至整個人類文明的發展史上有着相當重要的地位。爲了在新時代裏科學把握江蘇文化的内涵與特徵，彰顯江蘇文化對中華優秀傳統文化作出的貢獻，增强文化自信，江蘇省委省政府决定組織全省首個大型文化發展工程『江蘇文脉整理與研究』。通過工程的實施，梳理江蘇文脉資源，總結江蘇文化發展的歷史規律，再現江蘇歷史上的『文化高地』，爲當代江蘇把準脉動，探明趨勢，勾畫藍圖。

組織編纂大型江蘇歷史文獻總集《江蘇文庫》，是『江蘇文脉整理與研究工程』的重要工作。《文庫》以『編纂整理古今文獻，梳理再現名人名作，探究追溯文化脉絡，打造江蘇文化名片』爲宗旨，分六編集中呈現：

（一）書目編。完整著録歷史上江蘇籍學人的著述及其歷史記録，全面反映江蘇圖書館的圖書典藏情况。

（二）文獻編。收録歷代江蘇籍學人的代表性著作，集中呈現自歷史開端至一九一一年的江蘇文化文本，呈現『江蘇文化』的整體景觀。

（三）精華編。選取歷代江蘇籍學人著述中對中外文化産生重要影響、在文化學術史上具有經典性代表性的作品進行整理。並從中選取十餘種，組織海外漢學家，翻譯成各國文字，作爲江蘇對外文化交流的標志性文化成果。

（四）方志編。從江蘇現存各級各類舊志中選擇價值較高、保存較好的志書，以充分發揮地方志資治、存史、教化等作用，保存江蘇的地方文獻與歷史文化記憶。

（五）史料編。收録有關江蘇地方史料類文獻，反映江蘇各地歷史地理、政治經濟、文化教育、宗教藝術、社會生活、風土民情等。

（六）研究編。組織、編纂當代學者研究、撰寫的江蘇文化研究著作。

文獻、史料、方志三編屬於基礎文獻，以影印方式出版，旨在提供原始文獻，以滿足學術研究需要；書目、精華、研究三編，以排印方式出版，既能滿足學術研究的基本需求，又能滿足全民閱讀的基本需求。

『江蘇文脉整理與研究工程』工作委員會

江蘇文庫·精華編編纂人員

主　編

莫礪鋒　徐興無

副主編

徐興無（經　部）

卞東波（史　部）

許　結（子　部）

俞士玲（集　部）

江蘇文庫·精華編前言

莫礪鋒　徐興無

江蘇行政區域的形成，始於清康熙六年（一六六七）劃分江南省爲江蘇和安徽兩省。但是江蘇歷史文化的形成，依靠的是中華民族數千年來在這塊土地上開展的卓越而偉大的文化實踐。

江蘇的自然地理得天獨厚，控江淮而臨黄海，主要爲淮河、長江下游的衝積平原，水土豐饒，交通便利，是孕育高度發達的文明和文化的温床。江蘇是華夏文化南北交往的東部通道，是中華文明連通東亞文明的出海口，是近代中國開風氣之先的地區，因此，江蘇的文化地理積澱豐厚。新石器時代，北方的龍山文化、南方的良渚文化等地域文明在這裏碰撞融合；夏商周時期，北方的齊魯文化，淮河的東夷文化、南方的吴、楚、越等文化在這裏交替演進。秦漢統一之後，中國歷代王朝在淮河南北以及長江中下游南北設立了一系列行政區域，在此基礎上形成了南北延伸、東西拓展的黄淮文化、江淮文化和江南文化，爲江蘇的歷史文化提供了更爲遼闊的發展空間。自東吴的建業到民國的南京，中國歷史上十個王朝或政權曾在江蘇建立首都；自春秋的邗溝到京杭大運河，中國南北最大的交通動脉在江蘇形成主幹。江蘇作爲南方政治、經濟和文化的中心之一，不斷地爲中華民族的統一、中華文化的復興和發展以及東亞文明的交流提供着有力的支撑。

任何文化都可以分爲器物文化、制度文化與精神文化三個逐漸深化的結構，精神文化是最深層的結構。它既是最高級的文明成果，又是最穩定的文化傳統和精神力量。在文化繁榮的時代，精神文化爲文化的發展創新提供積極的資源；在文化危機的時代，精神文化是實現文化變革與復興的力量。精神文化的成果集中體現在思想、宗教、科學、文學、藝術等方面，而文化典籍則是這些成果的重要載體。江蘇的精神文化及其成果形成於數千年的歷史進程之中，留下了浩如烟海、豐富精彩的文化典籍。

春秋戰國時期，中國的思想文化『百家争鳴』，和世界一道進入了所謂的『軸心文明時代』，諸子百家的代表人物孔子、孟子、墨子、老子、莊子等生活於魯、宋、楚等國，江蘇的北部和西部都是他們的足跡所履之處，他們的學派中不乏江蘇地區的人物。比如孔子的弟子言偃（字子游）來自江南的吴國，其言論見載於《論語》《禮記·禮運篇》等儒家經典，應該是最早與江蘇文化相關的儒家思想，特别是《禮運篇》中孔子向言偃闡説的『天下爲公』的思想，是中國近現代民主革命借鑒的優秀傳統文化資源，至今鎸刻在南京中山陵的牌坊之上。

西漢王朝的政治勢力興起於江蘇北部，漢朝前期的吴、楚、淮南等諸侯王國贊助學術和文學，『招賓客著書』，文學之士雲集，江蘇成爲西漢的文化重鎮。漢高祖劉邦的少弟、楚元王劉交和魯人申公曾經跟隨荀子的門人浮丘伯學習《詩經》，兩人皆爲《詩經》作傳，號稱元王《詩》和魯《詩》。申公成爲漢代魯《詩》的宗師，漢文帝時擔任博士；沛人（今徐州市）施讎傳授《周易》，成爲漢代施氏《易》的宗師，漢宣帝時立爲博士；沛人慶普傳授《禮》，是漢代慶氏《禮》的宗師；東海下邳（今睢寧縣）人嚴彭祖傳授《公羊春秋》，漢宣帝時擔任博士，是漢代嚴氏《春秋》的宗師。淮南王劉安和賓客所作《淮南子》，是秦漢道家思想集大成的經典。漢成帝時，著名學者、目録學家、辭賦家、漢室宗親劉向、劉歆父子受詔典校皇家秘書，他們『辨章學術，考鏡源流』，撰寫《七略别録》，奠定了中國古代校讎學的基本原則和圖書分類法。漢代辭賦源自戰國時期的楚辭，淮陰（今淮安市）人枚乘、枚皋、會稽吴（今蘇州市）人嚴忌、朱買臣等都是西漢著名的辭賦作家。劉向搜集戰國屈原、宋玉以及漢代淮南小山、東方朔、王褒等人的作品，附以自己所撰《九嘆》，整理編纂了《楚辭》。《楚辭》是文學總集之祖，與《詩經》一道構成中國古代詩歌的經典源頭。

東漢末期，江南地區的社會比較安定，經過赤壁之戰，魏、蜀、吴三國鼎立的局面形成。東吴的政治中心先後建立在吴（今蘇州市）和建業（今南京市）。這一時期孕育了易學家陸績、文學家陸機、陸雲這樣的文化家族。西晉滅亡，北方漢族政治勢力南渡，與南方士族聯合建立了東晉王朝，定都建康（今南京市）。此後經歷宋、齊、梁、陳，形成與北方諸民族政權『北朝』對峙了二百七十多年的『南朝』。北方僑民帶來中原地區的文化，與本土文化不斷融合，使得南朝成爲中華文化的中心，江蘇文化進入了第一個輝煌時代。南方的經學别開生面。東晉范甯的《春秋穀梁傳集解》代表漢魏以來《穀梁》學的最高成就，也是現存最早的《穀梁傳》注本，列入儒家『十三經』之中。南朝經學與玄學、佛教互相借鑒，發展出疏解經義的義疏之學。梁代吴郡（今蘇州市）人皇侃的《論語義疏》是現今唯一完整的南朝義疏學典籍，清乾隆年間從日本回流，被收入《四庫全書》之中。南朝的史學成就也很高。『二十四史』中有三部南朝人的作品：范曄的《後漢書》、沈約的《宋書》、蕭子顯的《南齊書》。裴松之爲西晉陳壽的《三國志》作注，補充了大量的史料，創新了史書的注解方式。南方地理的開闢、家園意識的覺醒，激發了南朝歷史地理學的發展，周處《風土記》、陸澄《地理書》等都是代表性的作品。以道家學説爲主體的魏晉玄學發源於北方，與道教、佛教相互借鑒，提高了中國古代哲學的思辨水平。同時，高蹈清談、品鑒人物等所謂的『魏晉風度』也成爲文化士族的生活態度。隨着北方士族的南渡，玄學對南朝的文學藝術如玄言詩、山水詩、山水畫、書法、文學理論、書畫音樂理論等産生了極大的影響。劉宋臨川王、彭城（今徐州市）人劉義慶所撰《世説新語》中記載了許多漢魏東晉玄學名士的軼事，是中國文學和史學的名著。南朝的文學極一時之盛，文學理論著作和文學選集層出不窮。自西晉陸機的《文賦》到齊梁鍾嶸的《詩品》、劉勰的《文心雕龍》等，奠定了中國古代文學理論的雄厚基礎。梁昭明太子蕭統組織編寫了中國歷史上第一部文學作品選集《文選》，以詩賦爲文學，將五經、諸子、史書拒之於外，表現了文學主體意識的覺醒。隋唐之際，江都（今揚州市）人曹憲等講授《文選》，他的學生李善所撰《文選注》，對中國文學産生了深遠的影響。南方的文化創新更新了學術分類和知識領域，東晉李充撰寫的《四部書目》確立了『經史子集』的圖書分類法。劉宋時期在國子學中設立儒學、玄學、史學、文學和陰陽學『五部學』，改變了漢代以『五經』作爲太學科目的局面。

隋唐實現了南北統一，政治和文化中心再度回到黄河流域，但是中國的經濟重心已經偏於東南，『賦之所出，江淮居多』，江蘇地區成爲國家命脉所繫，從而成爲文化重鎮。幾乎唐代所有的大詩人都來過江蘇，而江蘇的詩人也有卓越的表現，著名的有潤州丹陽（今丹陽市）人包融、儲光羲、許渾、長洲（今蘇州市）人陸龜蒙等，而初唐時期揚州詩人張若虚的《春江花月夜》，長篇鉅製，被譽爲『孤篇横絶，竟爲大家』。江蘇的思想學術多有創新。天寶末年做過潤州丹陽縣主簿的啖助破除《春秋》三傳的經學師法壁壘，注重汲取大義。他的學生、吴郡（今蘇州市）人陸淳和經學家趙匡一道整理充實了他的《春秋集傳集注》及《統例》，編成《春秋集傳纂例》，開啓了唐宋新儒學的學術路徑。唐代大史學家、彭城（今徐州市)人劉知幾曾擔任史官,他撰寫的《史通》是中國歷史上第一部史學理論著作。『五代十國』時期,定都金陵的南唐中主李璟、後主李煜父子和他們的一些文臣,如廣陵(今揚州市)人馮延巳等沉浸於小令詞作,爲宋詞的發展開闢了道路。吴縣(今蘇州市)人范仲淹、高郵人秦觀、楚州(今淮安市)人張耒、吴縣人葉夢得、范成大等都是宋代著名的詞人。漢字是中國文化的重要載體,東漢經學家、河南人許慎編撰了中國第一部字典《説文解字》,爲分析漢字結構,規範漢字書寫,識别古文字打下了堅實的學術基礎。南唐文臣、文字訓詁學家、廣陵(今揚州市)人徐鉉、徐鍇兄弟對《説文解字》的研究貢獻至鉅。北宋統一後,徐鉉奉旨校勘《説文解字》,由朝廷刊行,世稱『大徐本』;徐鍇撰有《説文解字繫傳》等,世稱『小徐本』。

宋元時代,中國社會發生了世俗化的轉型,印刷術的發明普及了書籍和知識,民間學術興盛。泰州人胡瑗和山西人孫復、山東人石介被譽爲宋初儒學的『三先生』。胡瑗在泰州創辦安定書院,又被范仲淹聘往蘇州府學講學,他的《周易口義》《洪範口義》等講義記録是宋代新儒學的重要典籍。北宋河南人程顥、程頤兄弟創發的理學號稱『洛學』,他們的門人楊時學成後南下江蘇,在無錫建造東林書院,將理學傳授給無錫人喻樗和南劍州(今福建省)人羅從彦等。喻樗的學生、無錫人尤袤是南宋的大學者和藏書家,他編寫的《遂初堂書目》是中國古代目録學經典。在福建地區,羅從彦傳授李侗,李侗傳授朱熹。朱熹是宋代理學的集大成者,號稱『閩學』。明代重建的東林書院石牌坊上鎸刻着『閩洛中樞』四個字,説明江蘇是宋代理學南傳和發展的中樞站。宋代的文學成就很高,文壇領袖和大文學家如歐陽修、王安石、蘇東坡、陸游等人的創作與人生都與江蘇關係密切。江西詩派是宋代著名的詩歌流派,彭城(今徐州市)人陳師道是其中的代表作家之一。南宋詩壇上,無錫人尤袤、吴縣(今蘇州市)人范成大和吉州

（今屬江西）人楊萬里、越州（今屬浙江）人陸游被譽爲『中興四大詩人』。

明清兩代，江蘇文化進入了第二個輝煌時代。江南發達的手工業、江淮地區的運河與鹽業成爲中國經濟的重要命脉，書院、藏書、出版業興盛，科舉登仕和家族文化繁榮，城市與市民文化發達。明朝開國時定都南京，江蘇地區一度成爲中國的經濟和文化中心。明成祖遷都北京之前，在南京編纂了一系列大型的文化典籍。比如二萬二千多卷的《永樂大典》，被譽爲『世界上有史以來最大的百科全書』。民間學術也不斷地發展。泰州安豐場（今東臺市）鹽民王艮發揚王陽明開創的心學，將儒家的道理平民化、世俗化，號稱『泰州學派』。上元（今南京市）人焦竑博覽群書，在理學、史學等許多領域建樹豐碩，有《焦氏筆乘》《國史經籍志》等著作傳世。萬曆年間，無錫人顧憲成、高攀龍等重建東林書院，主張經世致用，砥礪氣節。他們聚衆講學，批評朝政，被目爲『東林黨』。顧憲成撰寫的書院楹聯『風聲雨聲讀書聲，聲聲入耳；家事國事天下事，事事關心』，永遠激勵着中國的讀書人。

明清之際，崑山人顧炎武總結家國興亡的教訓，反對理學空談心性的學風。他在音韻訓詁、歷史地理、社會經濟等一系列學術領域均有開創之功，撰寫了《日知録》《肇域志》《天下郡國利病書》等學術巨著。清代以程朱理學立國，但是對知識的追求和實證的治學方法形成了清代學術的新世界，經學、史學、諸子、文學均取得了一系列總結性的成就。山陽（今淮安市）人閻若璩撰寫《尚書古文疏證》，考證傳世的四十五篇《尚書》中有十六篇是東晉豫章人梅賾根據古代文獻拼凑造作的文字，爲清代文獻考據學樹立了典範。清乾隆、嘉慶時期形成的『乾嘉樸學』是清代學術的巔峰標誌。區别於理學所代表的『宋學』，乾嘉學術標榜漢代經學，號稱『漢學』，其中以皖派和江蘇的吴派、揚州學派爲代表，産生了一大批江蘇籍的經史大家及其學術名著。吴派的開創者是吴縣的惠周惕、惠士奇、惠棟祖孫三人。惠棟的《周易述》對漢儒的《易》學做了系統的考證。甘泉（今揚州市）人江藩有感於學術的時代特徵，撰寫了《國朝漢學師承記》和《國朝宋學淵源記》等，是有關清代思想學術史的重要著作。吴派在歷史考據學方面也有建樹。嘉定人（今屬上海市）王鳴盛從惠棟遊學，定居蘇州，著有《十七史商榷》；另一位嘉定人錢大昕也在蘇州生活，師事惠棟，著有《廿二史考異》《十駕齋養新録》等。他吸收吴、皖和浙東學派之長，主張『實事求是，不偏主一家』，對吴派以求古爲求是的理念進行了糾正。陽湖（今常州市）人趙翼不僅是著名的詩人，而且是一位史學家，著有《廿二史劄記》。此書追跡顧炎武《日知録》的治學精神，探求中國古代史書的内在法則，關注朝代興亡、制度沿革等重大史事，堪稱清代史識最高的史學著作。此外，陽湖（今常州市）人孫星衍、武進（今常州市）人張惠言都是乾嘉時期著名的經學家。金壇人段玉裁是皖派學術大師戴震的傳人，他花費四十年撰成學術巨著《説文解字注》，繼承了顧炎武、戴震的音韻訓詁學方法，以時代考察音變，借字義探求思想。清代的揚州是漕運和鹽運的樞紐，富甲天下，也是學術名家輩出的地方。揚州學派的治學方法融合吴、皖，精通兼備。高郵人王念孫、王引之父子俱爲學術大家，號稱『高郵二王』。王念孫少時入戴震門下，著有《廣雅疏證》《讀書雜誌》等，是清代音韻訓詁和校勘學方面的名著。王引之著有《經義述聞》《經傳釋詞》，『用小學（文字音韻訓詁之學）説經，用小學校經』，追求客觀的經義，善於從字音和語境中求字義，奠定了語言文字學的基本學理。江都（今揚州市）人汪中關注中國古代的學術源流，著有《述學》，將樸學治經的方法拓展至諸子學的研究，見解精辟。江都人焦循對戴震極爲推崇，撰成《孟子正義》，貫徹了戴震《孟子字義疏證》的思想觀點。儀徵人阮元的學識極爲通達，善於從字義考察經義，精於天文曆算之學，主張融通中西。他主編的《疇人傳》，匯集中國歷代及西方天文、數學家傳記，是中國第一部科學家傳記集。他是清代學者中的高官，組織了許多大型的學術工程。他廣集宋代善本，對儒家『十三經』進行了精細的校勘，根據《校勘記》刻成《十三經注疏》，成爲迄今儒家經典最權威的版本。他主持編纂的《經籍籑詁》是中國古代最大的經學詞典；《皇清經解》是清代經學研究成果的匯總。就在漢學興盛之際，武進（今常州市）人莊存與、莊述祖父子和劉逢禄等學者另闢蹊徑，推崇《公羊春秋》，開創並發展了『常州學派』。『常州學派』以發凡起例，探求微言大義爲治學目標，突破了漢學注重名物訓詁的局限，對晚清政治思想變革産生了影響。近代中國變法運動的兩大思想先驅、浙江人龔自珍和湖南人魏源皆出劉逢禄門下，晚清經學家、思想家王闓運、廖平、康有爲、譚嗣同、梁啓超、皮錫瑞等人都受到『常州學派』的感召與影響。

明清時期，江蘇的文學成就蔚爲大觀。吴縣（今蘇州市）人徐禎卿、太倉人王世貞、武進（今常州市）人唐順之、崑山人歸有光等，分别是明代文學流派『前七子』『後七子』和『唐宋派』中的成員。明清之際，崑山人顧炎武、歸莊、東臺人吴嘉紀、太倉人吴偉業等的詩作道出了明清時代的變革和遺民的心聲。長洲（今蘇州市）人沈德潛、武進（今常州市）人黄景仁、陽湖（今常州市）人趙翼等均是清代的著名詩人。文壇領袖、常熟人錢謙益不僅開創了新的詩歌創作風氣，而且學識淵博，所撰《錢注杜詩》和《列朝詩集》是清代的詩學經典。詞在清代得以復興，以詞學家張惠言爲代表的常州詞派主張詞有寄託，提倡深美閎約的詞風。他的《詞選》和丹徒（今鎮江市）人陳廷焯的《白雨齋詞話》、吴江（今蘇州市）人徐釚的《詞苑叢談》等都是清代詞學的經典。清代的散文雖然以安徽桐城派爲大宗，但以張惠言、陽湖（今常州市）人惲敬、李兆洛等爲代表的陽湖派則主張駢散結合，博採衆家，别開生面。清代駢文名家中，更不乏江蘇作家，如陽湖（今常州市）人孫星衍、洪亮吉、江都（今揚州市）人汪中等。明清時期是中國通俗文學高度繁榮的時代，通俗小説、戲曲、説唱文學等名著層出不窮，膾炙人口，其中許多巔峰性的作品均出自江蘇作家之手。白話小説有明代長洲（今蘇州市）人馮夢龍編著的短篇小説集《三言》（《喻世明言》《警世通言》《醒世恒言》），長篇則有興化（今泰州市）人施耐庵創作的《水滸傳》、淮陰（今淮安市）人吴承恩創作的《西遊記》等。自明代崑山人魏良輔變革崑山腔以後，崑腔傳奇成爲明清戲曲的主流劇種，出現了崑山人梁辰魚創作的《浣紗記》、吴縣（今蘇州市）人李玉創作的《清忠譜》等名作。由於清代揚州鹽業的管理由皇家直接掌控，許多皇家主持的欽定圖書均在揚州設局編纂刊刻，其中不乏著名的文學典籍，比如康熙年間的《欽定全唐詩》、乾隆年間的《曲海總目》等。

江蘇也是中國古代宗教發展的重要地區，留下了大量的宗教經典。東漢末期，臨淮（今盱眙縣）人嚴佛調撰寫的《沙彌十慧章句》是最早的漢人佛教著作之一。東吴時期，從交趾（今越南）北上的天竺高僧康僧會，在建業（今南京市）建造了中國南方最早的佛寺——建初寺，編譯《六度集經》等佛經。東晋義熙九年（四一三），西行求法達十四年之久的中國僧人法顯，自海上輾轉回國，抵達建康，撰寫了中國第一部有關中亞、印度、南洋的旅行記《佛國記》（又稱《法顯傳》）。梁代彭城下邳人僧祐創立了佛經目録學，他編纂的《出三藏記集》是中國第一部經書目録和高僧傳記；《弘明集》是研究六朝佛教和社會文化的重要史料。在佛教譯經的過程中，漢字的聲母、韻母和四種聲調被總結出來，啓發了中國聲韻學的發明。齊永明年間，周顒撰成《四聲切韻》，沈約、謝朓、王融等人在創作上加以響應，提出『四聲八病』説，形成了中國古代格律詩的雛形『永明體』，中國的詩歌找到了自己的韻律，爲唐代格律詩的繁榮創造了條件。隋唐以來，江蘇成爲中外文化交流的重要地區。唐代律宗大師、揚州大明寺高僧、江陽（今揚州市）人鑒真應日本天皇和僧衆的邀請，經過六次東渡，到達日本奈良。他不僅傳授了中國佛教的戒律，而且帶去了豐富的文化典籍和建築、醫藥等知識。明洪武、永樂年間，在南京完成了大藏經《洪武南藏》和《永樂南藏》的編纂刊刻。晚清時期，佛學家、安徽人楊文會在南京創辦金陵刻經處，從日本引進中國東傳的漢文佛經三百多種，刊刻傳播，促進了中國近代佛學的研究。

徐州是中國道教策源地之一。東漢末期，吴人魏伯陽寫成道教内丹修煉的經典《周易參同契》，曾在青州、徐州一帶傳授。東晉時期，丹陽郡句容（今句容市）人葛洪撰寫了著名的道教經典《抱朴子》内外篇。他是道教高士，也是偉大的思想家、文學家和醫學家。他的傳世著作還有《肘後備要急方》《金匱藥方》等醫學著作以及《神仙傳》《西京雜記》等小説。南朝時期，天師道上清派道士陸修靜在建康整理道教經典，創設了道經分類法，編成了中國第一部道經目録《三洞經書目録》。另一位上清派道士、丹陽秣陵（今南京市）人陶弘景隱居句容茅山，撰寫了道教經典《真誥》，整理注解了中國最早的藥學著作《神農本草》。

從唐代開始，西方的宗教也隨着商人和外交使節進入中國。江蘇的港口城市揚州、鎮江等地都有景教、祆教、伊斯蘭教傳播的記載或寺院遺址。明末清初，南京的回族伊斯蘭教經師王岱輿撰寫了《正教真詮》等闡發伊斯蘭教教義的著作，將伊斯蘭教教義與中華傳統文化相結合。另一位南京回族伊斯蘭教經師劉智發展了王岱輿的理論，構建了中國伊斯蘭教的理論體系，著有《纂譯天方性理》等十多部著作。明代，天主教由意大利耶穌會傳教士利瑪竇等傳入江蘇，他們帶來了西方的天文曆算、數學、地理學等方面的知識，受到中國士大夫的尊重。

近代中國面臨嚴重的政治、經濟、文化危機和挑戰，一批考察西方社會文化的江蘇學者提倡學習西方的長處，變法自强。晚清政論家、著名報人、甫里（今蘇州甪直）人王韜，著有《弢園文録外編》《漫遊隨録》等，主張變革政治、教育、軍事，以實業强國；無錫人薛福成曾擔任出使英、法、意、比四國大臣，著有

《籌洋芻議》《出使四國日記》等，闡述了發展工商、變法强國的思想。新文化運動以後，思想學術界從不同的角度討論中國文化的問題，或激進，或保守，而文化自覺和文化自信始終是中流砥柱。在建構中國文化史學方面，江蘇學者做出了突出的貢獻。他們放眼世界，重新審視自己的文化，希望在世界文化秩序中確定中國文化的地位。丹徒（今鎮江市）人柳詒徵與梅光迪、吴宓、胡先驌、劉伯明等東南大學教授一起，於一九二二年創辦了《學衡》雜誌，主張『昌明國粹，融化新知』。他撰寫的《中國文化史》教科書，旨在『一以求人類演進之通則，一以明吾民獨造之真際』，被譽爲『中國文化史的開山之作』。抗戰期間，無錫人錢穆撰寫了《中國文化史導論》，指出中國的改進『不僅爲中國一國之幸，抑於全世界人類文化前程以及舉世渴望之和平，必可有絶大之貢獻』。

綜上所述，可以歸納出江蘇典籍文化的一些明顯的特徵。比如經典性。江蘇具有一批能够代表中華優秀傳統文化、影響中外文化的杰出經典，如《淮南子》《抱朴子》《文選》《文心雕龍》《真誥》《史通》《日知録》《西遊記》《水滸傳》等。再如地域性。中華文化早期的原創性成果多産生於北方，比較集中於經部和史部的典籍。江蘇文化典籍的精華則比較多地集中於子部和集部，而文學典籍尤爲豐富。這是因爲中國文學的自覺時代發生於南方的六朝時期。明清以來，不僅傳統的詩、文、詞的流派與創作在江蘇繁榮興盛，而且由於城鎮文化發達，産生了許多一流的戲曲、小説等通俗文學作品。還有學術性。江蘇的文化在經史之學、文學理論、醫學、科學以及近代新學等方面産生了杰出的成果。特别是清代江蘇學術對中華傳統文化的研究形成了許多總結性的成果。

歷朝歷代，中國人都自覺地通過各種方式保存、整理古代的典籍，進而從中擷取精華，闡釋其中的文化内涵，『温故知新』。自孔子選取六經加以整理傳授，就開創了這一優秀的文化傳統。當代中國正處於文化復興的時代，隨着不同地區社會經濟和文化的發展，對本土文化資源進行深入梳理、發掘、研究，不僅能够爲地域文化的發展創新提供資源，而且能爲當代中國文化的發展創新提供地域經驗。『江蘇文脉整理與研究工程』是江蘇省委、省政府於二〇一六年啓動的大型文化工程，是對這一時代要求和文化使命的自覺與承擔。

按照《江蘇文脉整理與研究工程實施方案》的要求，《江蘇文庫·精華編》從古代至一九四九年的各個歷史階段中，選擇對中外文化産生重要影響的江蘇籍作者的著作二百種左右，出版整理的文本，再從中選取十多種翻譯爲外文出版。在『文脉工程』領導小組和編纂委員會的組織與領導下，《精華編》編委會通過選擇書目和版本，提交海内外專家評審，徵求江蘇地方文史專家意見等工作，力求爲江蘇的文化典籍找準主脉，勾勒特色，標定高峰。爲此，《精華編》確立了三條主要編選原則：

一、全面系統，以經典爲主。在經史子集四部和民國時期的書目中全面系統地選取，重視經過學術史、文化史長期選擇出來的經典，聚焦名人名著，選出在中國和世界歷史文化發展過程中具有典範價值的江蘇文獻，突出這些文獻在中國學術史和中華文化發展脉絡中的地位與價值。

二、有著有述，以著作爲主。優先編選原創性和創新性較强的著作類文獻，兼顧有重大影響的闡述、研究、注釋類文獻。按照《江蘇文庫》的整體分工，《精華編》不收大型叢書、方志、年譜、大型工具書類文獻，在時代、地域和文獻種類方面不求全面。

三、版本從善，以通行爲主。《精華編》所選文獻以整理排印本的面貌問世，一方面從已有的整理本中選擇善本加以修訂，另一方面對未曾整理過的文獻加以整理研究，形成既能供學界使用，又能供大衆閱讀的通行本。其中一九一二年以前的文獻按照經史子集四分法編目，一九一二年至一九四九年的文獻按現代學科分類編目。

繼承優秀傳統文化，不僅是爲了守護遺産，更要爲時代服務，實現文化的創造性轉化和創新性發展。我們相信，通過『文脉工程』的實施和《精華編》的編纂，將建構一個能够集中表現江蘇文脉的文獻體系，發揚江蘇文脉中貫穿的中華優秀傳統文化精神，彰顯其歷史内涵和時代意義，讓江蘇的優秀文化爲中華民族的偉大復興做出更大的貢獻。

目録

鮑照集校注卷四

鮑照集校注卷五……（二六四）

鮑照集校注卷六……（三四一）

鮑照集校注卷七……（四〇四）

鮑照集校注卷十

凡例

一、鮑照集最初由齊武帝蕭賾之太子蕭長懋於永明年間命當時著名文士虞炎收集而成，據虞炎序所説，是時由於「年代稍遠，零落者多」，所以搜集到的，大概也就在半數左右，可見已非作者創作之全貌。《隋書》卷三五《經籍志四》著録有「宋征虜記室參軍《鮑照集》十卷」，注曰「梁六卷」。但不知是否即爲虞炎所編之本。現今所見最早版本爲《四部叢刊》影印明毛扆據宋本校勘之《鮑氏集》，也是本書所採用的底本。

二、此次校勘，以清初張溥《漢魏六朝百三家集》本、《四庫全書》本、《四部備要》本和清乾隆五十五年（一七九〇）盧文弨校補的《鮑照集》爲校本。並參校《古詩紀》《古文苑》《古樂苑》《玉臺新詠》《文選》李善注本、六臣注本、《藝文類聚》《太平御覽》《册府元龜》《文苑英華》《樂府詩集》《宋書》等總集、類書、史書。《文選》李善本與六臣本相同者，校勘記乃直云《文選》。

三、本書底本共十卷，其第一、二兩卷爲賦，第三、四、五、六、七、八卷爲詩，第九卷爲表、啟、疏、書，第十卷爲頌、銘、文。此本前無總目，分目則置於各卷之後，然編次稍涉顛亂，詩七卷中，以樂府别爲一卷，然又以樂府《採菱歌》《梅花落》《吴歌》《擬行路難》《松柏篇》等分别雜入他卷；樂府詩一卷之中，七雜言與五言又雜錯排列。文二卷中，卷九「征北世子誕育」文末明言「奉表以聞」，而題乃作《征北世子誕育上疏》，並以此文列於疏一類。卷十《瓜步山楬文》，正文置《飛白書勢銘》與《石帆銘》之後。而其分目，《瓜步山楬文》乃列於《飛白書勢銘》與《石帆銘》之間，當已非宋本原貌。張溥《漢魏六朝百三家集》本則編爲六卷，其卷一爲賦、表、疏，卷二爲啟、書、頌、銘、文，三至四卷爲樂府詩，五至六卷爲古體詩及聯句。然卷一之「謝解禁止」及「皇孫誕育」二文，各本篇末皆明言是疏，而題則作《謝解禁止表》及《皇孫誕育上表》，是亦不無遺憾。此次校注，爲求儘量保存宋本面貌，故一仍宋本之編排次序，並據以編總目於前，而删去各卷之前原有之分目。惟卷十乃據正方之次序，置《瓜步山楬文》於《石帆銘》之後。

四、《扶風歌》《詠老》《春詠》《贈顧墨曹》四詩，爲宋本所無，本次校注乃從張溥本録入。明梅鼎祚《古樂苑》卷二十載有鮑照《客從遠方來》一首，此詩《玉臺新詠》卷三、《漢魏六朝百三家集》、《古詩紀》卷五十九皆歸之於謝惠連，題作《代古》，今亦一併録入。以上五詩，作爲鮑集之輯補，並置於六卷之後，以備博雅君子考究。末則附録鮑令暉詩，亦併加校勘箋釋。

五、此次校勘，凡底本可改可不改者，一律不改；底本文字存在明顯訛誤者，則審慎加以改正，並在校勘記中予以説明。

六、鮑集注本以清人錢振倫《鮑參軍集注》爲最早，所據爲張溥本，謂爲都穆所輯，與毛扆所用明本面貌基本相同，編次亦一如張溥本，編爲六卷。據錢振倫序，知此注本成於清同治七年十月，其所注釋鮑照詩文，凡見於《文選》者，即録李善注；見於《玉臺新詠》者，乃録吳兆宜注；爲王世貞《古詩選》所選入者，乃録聞人倓注。其所録前人各注皆於首條注釋予以注明，如一篇詩文前人有數家注釋者，則或取其一家，或兼採數家，亦並於首條注釋予以注明。後附鮑照妹鮑令暉詩，亦加箋釋，其例同鮑照詩文之注。前除附録有《宋書》及《南史》之鮑照本傳而外，又附録有虞炎《鮑照集序》、張溥《漢魏六朝百三家集·鮑參軍集題辭》、《四庫全書總目提要》，資料頗爲完整。然此注本未能付刊，惟原貌仍可于其孫錢仲聯之注本中窺得。近人黄節在錢振倫注本的基礎上，對其中的詩歌部分四卷作了補注，每首詩後又附有歷代有關評語。題名《鮑參軍詩注》，由人民文學出版社一九五七年出版發行。此後，錢仲聯又在錢振倫、黄節注本的基礎上廣事增補，並以涵芬樓影印毛扆所校宋本、《文選》六臣注影宋本、《樂府詩集》影宋本、嚴可均《全宋文》及《藝文類聚》《初學記》《太平御覽》所引加以校勘，增加校語於注文之後。篇末又附有《鮑照年表》以及歷代有關評論，由古典文學出版社一九五八年出版發行，卷數及編排順序一仍錢振倫注本之舊，分爲六卷，仍以《鮑參軍集注》爲名。其後又作了部分修改和補充，由上海古籍出版社一九八〇年出版發行，書名則一仍其舊，乃現今鮑集最爲詳備之校注本，於學林功莫大焉。然據錢振倫序，其所用底本雖出自都穆所輯之張溥本，但卻是手鈔而得，難免有所錯訛。故一些文字與現今所見各本皆不相同。又且其校勘疏漏之處亦復不少。其箋釋文字，考訂出處，錯訛之處，間或有所見。所引典籍，或不注明篇名，又不注明子目；所據類書，時或不注明卷數、版本，使人難以稽核。本書注釋則力求體例細密，所引書籍，一律注明篇目卷數，並於書末附録之「主要參考書目」中標明版本出處。

七、本書於各篇詩文，前有題解，重在説明主旨大意、題目淵源，解釋題目中之人名、地名、語詞。其創作年代大略可考者，亦一一加以辯明。

八、本書箋注大凡人物、地名、史實、名物等，均加以箋釋，而偏重以本事之考辨與典故之徵引。

九、本書考辨，兼採各家異説，詳加辨析，力求公允客觀，不敢有所譏誚。

一〇、本書各篇詩文，後有集説，凡黄節《鮑參軍詩注》及錢仲聯《鮑參軍集注》所録者，皆重新一一核實，並標明所録出處及卷數，以備讀者查核。

十一、援許逸民先生《徐陵集校箋》之例，凡與鮑照所作緊密相關之詩文等乃擇其要者，附於每篇詩文之後，以資讀者參考。

十二、爲不掠人之美，本書凡引用各家之説，均一一注明出處。

十三、正文前録虞炎《鮑照集序》、張溥《漢魏六朝百三家集·鮑參軍集題辭》、《四庫全書總目提要》，正文後除附録有「主要參考書目」外，另附「歷代諸家評論」與「鮑照評傳」二種，以備讀者作知人論世之參考。

本書由中華書局二〇一二年出版，經中華書局授權，《江蘇文庫·精華編》編委會審定，并依據《文庫》體例作相關技術處理，如統一部分異體字、舊字形，改正原書字詞標點訛誤等，收入《文庫》，特此説明。

《江蘇文庫·精華編》編委會
二〇二一年一月

鮑照集序

散騎侍郎虞炎奉教撰①

鮑照字明遠，本上黨人，家世貧賤。少有文思。宋臨川王愛其才，以爲國侍郎。王薨，始興王濬又引爲侍郎。孝武初，除海虞令，遷太學博士，兼中書舍人②。出爲秣陵令，又轉永安令③。大明五年，除前軍行參軍，侍臨海王鎮荆州，掌知内命，尋遷前軍刑獄參軍事。宋明帝初，江外拒命。及義嘉敗，荆土震擾，江陵人宋景因亂掠城④，爲景所殺，時年五十餘。身既遇難，篇章無遺。流遷人間者，往往見在。儲皇博採群言，游好文藝，片辭隻韻，罔不收集。照所賦述，雖乏精典，而有超麗，爰命陪趨，備加研訪。年代稍遠，零落者多，今所存者，儻能半焉。

【校記】

① 此一句四庫本列於文末，云「虞炎奉勑序」。

② 原注：「一本云：『時主多忌，以文自高。趨侍左右，深達風旨，以此賦述不復盡其才思。』」四庫本注：「一本云：『時主多忌，以文自高。照侍左右，深達風旨，以此賦述不復盡其才思。』」

③ 「永安令」，原作「永嘉令」。按《晉書·地理志》《宋書·州郡志》《南齊書·州郡志》《隋書·地理志》，晉時尚無郡縣名永嘉

者，劉宋及蕭齊亦僅有永嘉郡而無永嘉縣治，宋、齊二朝永嘉郡皆領五縣，爲永寧、安固、松陽、横陽、樂城。隋時永嘉郡所領則爲括倉、永嘉、松陽、臨海四縣。《隋書》卷二六《地理志下》云：「永嘉，舊曰永寧，置永嘉郡。平陳，郡廢，縣改名焉。」《讀史方輿紀要》卷九四《浙江・温州府・永嘉縣》：「漢回浦縣地，後漢爲章安縣地。永建四年析置永寧縣。劉昭曰：『永和三年所置也。』仍屬會稽郡。三國吴太平二年，屬臨海郡，晉初因之。太寧元年，爲永嘉郡治，宋、齊以後因之。隋廢郡，改縣曰永嘉。」是永嘉縣之始置乃在隋滅陳以後，即鮑照是時必不得有永嘉縣令之任。本集有《謝永安令解禁止啟》一篇，乃鮑照嘗任永安令之明證。此「永嘉令」，當爲「永安令」之誤。今據以改正。

④「宋景」，《宋書》卷八四《鄧琬傳》云：「荆州治中宗景、土人姚儉等勒兵入城，殺道憲、道預、記室參軍鮑照。」「荆州治中宗景」，《南史》卷四〇《鄧琬傳》作「荆州中從事宗景」。「宋」「宗」形近，未知孰是。

漢魏六朝百三家集題辭

張溥

鮑明遠才秀人微，史不立傳。服官年月，考論鮮據，差可憑者，虞散騎奉勑一序耳。明遠《松柏篇》，自叙危病中讀《傅休奕集》，見長逝辭，惻然酸懷，草豐人滅，憂生良深。後掌臨海書記，竟死亂兵。謝康樂云：「天枉兼常」，其斯人乎！臨川好文，明遠自恥燕雀，貢詩言志。文帝矜才，又自貶下就之。相時投主，善用其長，非禰正平、楊德祖流也。集中文章，實無鄙言累句，不知當時何以相加。江文通遭逢梁武，年華望暮，不敢以文陵主，意同明遠，而蒙譏才盡，史臣無表而出之者，沈休文竊笑後人矣。鮑文最有名者，《蕪城賦》《河清頌》及《登大雷書》。《南齊・文學傳》所謂「發唱驚挺，持調險急，雕藻淫艷，傾炫心魂」，殆指是耶？詩篇創絶，樂府五言，李杜之高曾也。顔延年與康樂齊名，私問優劣於明遠，誠心折之。士顧才何如耳，寧論官閥哉！

四庫全書總目提要

《鮑參軍集》十卷，宋鮑照撰。照字明遠，東海人。晁公武《讀書志》作上黨人，蓋誤讀虞炎序中「本上黨人」之語。「照」或作「昭」，蓋唐人避武后諱所改。韋莊詩有「欲將張翰松江雨，畫作屏風寄鮑昭」句，押入平聲，殊失其實[①]。沈約《宋書》、李延壽《南北史》作於武后稱制前者，實皆作「照」，不作「昭」也。照爲臨川王子頊參軍，没於亂兵，遺文零落，齊散騎侍郎虞炎始編次成集。《隋書·經籍志》著録十卷，而注曰「梁六卷」，然則後人又續增矣。此本爲明正德庚午朱應登所刊，云得自都穆家，卷數與《隋志》合，而冠以炎序，未審即《隋志》舊本否？考其編次，既以樂府別爲一卷，而《採桑》《梅花落》《行路難》亦皆樂府，乃列入詩中。唐以前人皆解聲律，不應舛互若此。又《行路難》第七首「蹲蹲」字下注曰「集作樽樽」，「啄」字下注曰「集作逐」，使果原集，何得又稱「集作」？此爲後人重輯之明驗矣。然文章皆有首尾，詩賦亦往往有自序自注，與六朝他集從類書採出者不同。殆因相傳舊本，而稍爲竄亂歟？鍾嶸《詩品》云：「學鮑照纔能『日中市朝滿』，學謝朓劣得『黄鳥度青枝』。」今集中無此一句，益知非梁時本也。

【校記】

① 原注云：「案宋禮部貢舉條式，齊桓避諱作齊威，可用於句中，不可押入微韻。」

鮑照集校注卷一

舞鶴賦

【解題】

此篇原題，諸本皆同，今從之。

賦以原在天庭而不幸墮入人間之僊鶴，比作追求自由人生卻偶然進入仕途的士人。以僊鶴舞姿千姿百態，妙不可言，以比自身的滿懷才學，卻不得任用。雖納於帝王丹庭之下，内心卻有「歲峥嶸而愁莫，心惆惕而哀離」之感，表現受到官場羈絆約束之不幸，渲染了失去自由自在人生的悲哀與痛苦。賦的結尾更以被人馴養之鶴表面上榮華，實則失去自由、任人宰割，將其失志之悲推衍到高潮。

散幽經以驗物，偉胎化之僊禽〔一〕。鍾浮曠之藻質，抱清迥之明心〔二〕。指蓬壺而翻翰，望崑閬而揚音〔三〕。帀日域以迴騖，窮天步而高尋①〔四〕。踐神區其既遠，積靈祀而方多〔五〕。精含丹而星耀②，頂凝紫而煙華〔六〕。引圓吭之纖婉③，頓脩趾之鴻姱④〔七〕。疊霜毛而弄影，振玉羽而臨霞〔八〕。朝戲於芝田，夕飲乎瑶池〔九〕。厭江海而游澤，掩雲羅而見羈〔一〇〕。去帝鄉之岑寂，歸人寰之喧卑〔一一〕。歲峥嶸而催暮⑤，心惆悵而哀離〔一二〕。於是窮陰殺節，急景凋年〔一三〕。涼沙振野，箕風動天〔一四〕。嚴嚴苦霧，皎皎悲泉〔一五〕。冰塞長河，雪滿群山〔一六〕。

既而雰昏夜歇⑥，景物澄廓〔一七〕。星翻漢回，曉月將落〔一八〕。感寒雞之早晨，憐霜鴈之違漠〔一九〕。臨驚風之蕭條，對流光之照灼〔二〇〕。喉清響於丹墀⑦，舞飛容於金閣⑧〔二一〕。始連軒以鳳蹌，終宛轉而龍躍〔二二〕。躑躅徘徊，振迅騰摧〔二三〕。驚身蓬集，矯翅雪飛⑨〔二四〕。離綱別赴⑩，合緒相依⑪〔二五〕。將興中止，若往而歸〔二六〕。颯遝矜顧，遷延遲暮〔二七〕。逸翮後塵，翱翥先路〔二八〕。指會規翔，臨岐矩步⑫〔二九〕。態有遺妍，貌無停趣〔三〇〕。奔機逗節，角睞分形〔三一〕。長揚緩騖⑬，並翼連聲〔三二〕。輕迹凌亂，浮影交横〔三三〕。衆變繁姿，參差洊密〔三四〕。煙交霧凝，若無毛質〔三五〕。風去雨還，不可談悉〔三六〕。既散魂而盪目，迷不知其所之〔三七〕。忽星離而雲罷⑭，整神容而自持〔三八〕。仰天居之崇絶，更惆惕而驚思⑮〔三九〕。當是時也，燕姬色沮，巴僮心恥⑯〔四〇〕。巾拂兩停，丸劍雙止〔四一〕。雖邯鄲其敢倫，豈陽阿之能擬〔四二〕。入衛國而乘軒，出吴都而傾市。〔四三〕守馴養於千齡，結長悲於萬里〔四四〕。

【校記】

①「步」，《初學記》卷三〇作「漢」。

②「精」，《初學記》作「晴」。「耀」，《藝文類聚》卷九〇、《初學記》作「曜」。

③「圓」，《文選》卷一四作「員」。按圓，員字通。

④「鴻」，張溥本、《文選》、《初學記》作「洪」。按鴻，洪字通。

⑤「催」，《文選》《初學記》作「愁」。

⑥「雰」，《文選》作「氛」。

⑦「清」，原作「青」，今據張溥本、《文選》改。

⑧「飛容」，原作「容飛」，今據張溥本、《文選》、《藝文類聚》改。

⑨「雪」，四庫本作「雲」。

⑩「綱」，原作「網」，今據《文選》、張溥本、盧校改。

⑪「緒」，原作「渚」，今據張溥本、《文選》改。

⑫「岐」，《文選》六臣本作「歧」。

⑬「長揚」，原注：「一作『楊翹』。」張溥本、四庫本注同。

⑭「罷」，原作「羅」，今據張溥本、《文選》改。

⑮「惕」，《文選》作「悵」，盧校云「李善作『悵』」。「而」，張溥本、四庫本、《文選》作「以」。

⑯「僮」，張溥本、四庫本、《文選》作「童」。

【箋注】

〔一〕散幽經以驗物：《文選》李善注：「《相鶴經》者，出自浮丘公，公以經授王子晉。崔文子者，學僊於子晉，得其文，藏於嵩高山石室，及淮南八公採藥得之，遂傳於世。《鶴經》曰：『鶴，陽鳥也，因金氣，依火精，火數七，金數九，故十六年小變，六十年大變，千六百年形定而色白。』又云：『二年落子毛，易黑點，三年頭赤，七年飛薄雲漢，又七年學舞，復三年應節，晝夜十二鳴，六十年大毛落，茸毛生，色雪白，泥水不能污，百六十年雄雌相見，目精不轉，孕千六百年，飲而不食。食於水，故喙長；軒於前，故後短；棲於陸，故足高而尾凋；翔於雲，故毛豐而肉疎。行必依洲嶼，止必集林木，蓋羽族之宗長，僊人之騏驥也。隆鼻短口則少眠，露眼赤精則視遠，頭鋭身短則喜鳴，四翎亞膺則體輕，鳳翼雀毛則善飛，龜背鼈腹則能產，軒前垂後則善舞，洪髀纖趾則能行。』」偉胎化之僊禽：梁章鉅《文選旁證》：「案今本《相鶴經》云：『千六百年形定，飲而不食，與鸞鳥同群，胎化而產，爲僊人之騏驥矣。』又《博物志》云：『鴻鵠千歲，皆胎生。』鵠、鶴古今字。」明馮復京《六家詩名物疏》卷三六引《雲嶠類要》云：「鶴，胎生者，形體堅小，惟食稻粱，雖甚馴，久須飛去。鸛合而卵生，其體大，食魚鰕，噉虵鼠，不能去耳。」又引《埤雅》云：「鶴雌雄相隨，履跡而孕。」清陳大章《詩傳名物集覽》卷二引《鶴譜》云：「鶴，皬也，其羽皬皬然。一名僊客，一名胎僊，一名露禽。」

〔二〕鍾：《廣韻》：「鍾，職容切，當也。」以上二句《文選》六臣李周翰注：「鍾，美也。美其輕浮放曠，文藻之質，清遠之心也。」

〔三〕蓬壺：《鮑參軍集注》錢仲聯注：「按照《代陸平原君子有所思行》云：『築山擬蓬壺，穿池類溟渤。』李善於彼注云：『蓬、壺，二山名。溟、渤，二海名。』此賦以蓬、壺與崑、閬爲偶，亦是以二山名對二山名。考蓬壺可作一山解，亦可作二山解。作一山解者，王嘉《拾遺記》云：『海中有三山，其形如壺，方丈曰方壺，蓬萊曰蓬壺，瀛洲曰瀛壺。』作兩山之名者，《列子》云：『渤海之東，不知幾億萬里，有大壑焉。實惟無底之谷，其下無底，名曰歸墟。其中有五山焉：一曰岱輿，二曰員嶠，三曰方壺，四曰瀛洲，五曰蓬萊也。』照賦蓋指方壺、蓬萊二山。」崑閬：崑崙山和閬山。按閬山亦稱閬風巔。《水經注・河水》：「崑崙山有三角，其一角正北干辰星之輝，名曰閬風巔；其一角正西，名曰玄圃臺；其一角正東，名曰崑崙宫。」揚音：宋玉《神女賦》：「含然諾其不分兮，喟揚音而哀歎。」

〔四〕匝日域以迴騖：《文選》李善注：「《相鶴經》曰：『一舉千里，不崇朝而徧四方者也。』《長楊賦》曰：『東震日域。』」按《漢書》卷八七下《揚雄傳》：「東震日域。」顔師古注：「日域，日初出之處也。」天步：《文選》李善注：「《毛詩》曰：『天步艱難。』陸機《擬古詩》曰：『粲粲光天步。』然文雖出彼，而意並殊，不以文害意也。」

〔五〕神區：《文選》六臣吕延濟注：「神區，神明之區域。」《藝文類聚》卷六九引曹植《九華扇賦》：「有神區之名竹，生不周之高岑。對渌水之素波，背玄澗之重深。」陸機《列僊賦》：「觀百化於神區，覿天皇於紫微。」靈祀而方多：《文選》六臣吕延濟注：「祀，年也。踐歷既遠，年壽又多。」此二句《文選》李善注云：「一舉千里，故云『既遠』。壽踰千歲，故云『多方』。」

〔六〕精含丹：《文選》李善注：「《相鶴經》曰：『露目赤精則視遠。』」《文選》六臣吕延濟注：「目赤如星。」頂凝紫而煙華：《六家詩名物疏》卷三六引《相鶴經》：「鶴之上相，瘦頭朱頂，露眼黑睛，高鼻短喙，髭頰䯩耳，長頸促身，燕膺鳳翼，雀毛，龜背鼈腹，軒前垂後，高脛麁節，洪髀纖指，此相之備者。」《文選》六臣吕延濟注：「頂色如紫煙之華。」

〔七〕圓吭：《廣韻》：「吭，鳥喉。」脩趾：宋陸佃《埤雅》卷六：「凡鶴之上相，隆鼻短口則少眠，高腳疏節則多力，露眼赤睛則視遠。」鴻姱：《楚辭·九歌·禮魂》：「盛禮兮會鼓，傳芭兮代舞，姱女倡兮容與。春蘭兮秋菊，長無絶兮終古。」王逸注：「姱，好貌也。」以上二句《文選》六臣張銑注：「吭，頸也；姱，美也。引頸細而曲足，趾高疏大，多姱美也。」

〔八〕疊霜毛而弄影：《藝文類聚》卷六九引三國吳閔鴻《羽扇賦》：「日同皦素於凝霜，豈振露之能匹。」玉羽：《文選》六臣李周翰注：「霜毛、玉羽，言其色白而臨於霞也。」

〔九〕朝戲於芝田：《藝文類聚》卷七八引《十洲記》：「鍾山在北海之中，地僊家數十萬，耕田種芝草，課計頃畝。」夕飲乎瑶池：《穆天子傳》卷三：「天子觴西王母於瑶池之上，西王母爲天子謡。」以上二句《文選》六臣呂向注：「言鶴朝夕游戲，飲啄於中也。」

〔一〇〕厭江海而游澤：《太平御覽》卷八三二引《新序》：「晉文公出田，逐獸，碭入大澤，迷不知所爲，漁者送文公出澤。漁者曰：『鴻乃保大海之中，厭而徙之小澤，則必有丸矰之憂；黿保於深淵，厭而出之淺渚，則必有網羅之憂。今君逐獸，碭入至此，何行之太遠也。君歸國，臣亦反漁所。』」掩雲羅而見羈：《文選》卷一三禰正平《鸚鵡賦》：「跨崑崙而播弋，冠雲霓而張羅。」以上二句《文選》六臣呂延濟注：「厭棄江海游山澤，掩遭羅網，故爲人所羈束。雲羅，言羅高及雲。」

〔一一〕帝鄉：《文選》六臣劉良注：「帝鄉，天帝之鄉也。」《莊子·天地》：「乘彼白雲，至於帝鄉。」《文選》卷四五陶淵明《歸去來》：「富貴非吾願，帝鄉不可期。」岑寂：《文選》李善注：「岑寂，猶高静也。」人寰之喧卑：《文選》六臣劉良注：「人寰，人之寰宇，喧卑之處也。」《春秋穀梁傳》：「寰内諸侯，非有天子之命不得出會，諸侯不正其外交，故弗與朝也。」

〔一二〕歲峥嶸而催暮：《文選》李善注：「歲之將盡，猶物之高。」六臣張銑注：「峥嶸，零悴貌。」《文選》卷一班孟堅《西京賦》：「於是靈草冬榮，神木叢生，巖峻崷崒，金石峥嶸。」李善注引郭璞《方言注》：「峥嶸，高峻也。」心惆悵而哀離：《楚辭·九辯》：「廓落兮羇旅而無友生，惆悵兮而私自憐。」朱熹集注：「惆悵，悲哀也。」

〔一三〕於是窮陰殺節：《文選》李善注：「《禮記》曰：『季冬之月，日窮於次。』《神農本草經》曰：『秋冬爲陰。』《禮記》

曰：『仲秋之月，殺氣浸盛。』」《文選》卷五五陸士衡《演連珠》：「臣聞足於性者，天損不能入。貞於期者，時累不能淫。是以迅風陵雨，不謬晨禽之察；勁陰殺節，不凋寒木之心。」急景凋年：《藝文類聚》卷四五引宋謝靈運《廬陵王誄》：「矜急景之難留，悼驚波之易淪。」

〔一四〕涼沙振野，箕風動天：《文選》李善注：「《易卦通驗》曰：『巽氣至則大風揚沙。』《春秋緯》曰：『月失其行，離於箕者風。』《易緯》曰：『箕風飄石折樹。』」箕風，《文選》六臣張銑注：「箕，星名，主風，故云箕風。」《尚書・洪範》：「庶民惟星，星有好風，星有好雨。」孔傳：「箕星好風，畢星好雨。」

〔一五〕嚴嚴苦霧：《文選》六臣李周翰注：「嚴嚴，慘烈貌，寒霧殺物，故云苦也。」皎皎悲泉：《詩經・小雅・白駒》：「皎皎白駒，食我場苗，縶之維之，以永今朝。」朱熹集傳：「皎皎，潔白也。」《淮南子・天文訓》：「至於悲泉，爰止其女，爰息其馬，是謂縣車，至於虞淵，是謂黄昏。」陶潛《歲暮和張常侍》：「市朝悽舊人，驟驥感悲泉。」

〔一六〕長河：《藝文類聚》卷二九引應瑒《別詩》：「浩浩長河水，九折東北流。」《藝文類聚》卷三〇引魏文帝《永思賦》：「仰北辰而永思，泝悲風以增傷。哀遐路之漫漫，痛長河之無梁。願託乘於浮雲，嗟逝速之難當。」

〔一七〕雰昏：《文選》作氛昏。六臣吕向注：「氛昏，陰氣也。歇，止也。」按雰，氛字通。《文選》卷二九張平子《四愁詩序》：「屈原以美人爲君子，以珍寶爲仁義，以水深雪雰爲小人。」吕延濟注：「雰，氣也。」劉楨《贈從弟》詩之三：「於心有不厭，奮翅淩紫氛。」吕向注：「紫氛，天氣也。」澄廓：《文選》李善注：「《廣雅》曰：『廓，空也。』」按澄廓，謂清明遼闊。

〔一八〕星翻漢回：謂星辰轉移。《文選》卷二九魏文帝《雜詩二首》之一：「俯視清水波，仰看明月光。天漢迴西流，三五正從横。」曉月將落：《文選》卷二三宋謝靈運《廬陵王墓下作一首》：「曉月發雲陽，落日次朱方。」張雲璈《選學膠言》：「鶴舞多在寒夜，故有『冰塞長河，雪滿群山』及『星翻漢回，曉月將落』等語。」

〔一九〕感寒雞之早晨：《藝文類聚》卷七引劉伶《北芒客舍詩》：「泱漭望舒隱，黮黤玄夜陰。寒雞思天曙，擁翅吹長音。蚊蚋歸豐草，枯葉散蕭林。陳醴發悴顔，色觀暢真心。縕被終不曉，斯歎信難任。何以除斯歎，付之與瑟琴。長笛響中夕，聞此消胸衿。」霜鴈：指秋鴈。鮑照《冬至》詩：「眇眇負霜鶴，皎皎帶霜鴈。」違漠：《文選》六臣吕向注：「『違漠』，鴈背沙漠以就温也。」《文選》卷一三謝惠連《雪賦》：「於是河海生雲，朔漠飛沙。」李善注「漠」云：「《説文》曰：『北方流沙。』《漢書》李陵歌曰：『徑萬里兮度沙漠。』」

〔二〇〕驚風：《史記》卷一一七《司馬相如列傳》：「然後揚節而上浮，陵驚風，歷駭飇，乘虚無，與神俱。」蕭條：《文選》六臣吕向注：「蕭條，風聲。」對流光之照灼：《文選》六臣吕向注：「流光，謂月光流下也。」《文選》卷二三曹子建《雜詩》：「明月照高樓，流光正徘徊。」六臣吕向注：「謂月行疾，其光如流也。」《文選》卷三〇謝靈運《擬魏太子鄴中集詩·魏太子》：「照灼爛霄漢，遥裔起長津。天地中横潰，家王拯生民。」

〔二一〕唳清響於丹墀：《文選》李善注：「唳，鶴聲也。《八王故事》：『陸機嘆曰：欲聞華亭鶴唳，不可復得。』」六臣吕向注：「丹墀，天子階庭也。」《文選》卷二張平子《西京賦》：「右平左城，青瑣丹墀。」李善注：「《漢官典職》曰：『丹漆地，故稱丹墀。』」舞飛容於金閣：《文選》六臣吕向注：「金閣，以金飾閣也。」

〔二二〕始連軒以鳳蹌：《文選》卷一二木華《海賦》：「群飛侣浴，戲廣浮深，翔霧連軒，洩洩淫淫。」李善注：「軒，舉也。」六臣張銑注：「連軒，飛貌。」《埤雅》卷六《釋鳥·鶴》：「鳳翼雀毛則善飛。」《詩·齊風·猗嗟》：「美目揚兮，巧趨蹌兮。」毛傳：「蹌，巧趨貌。」揚雄《法言·問明》：「鳳鳥蹌蹌。」宛轉：《楚辭》劉向《九歎·逢紛》：「揄揚滌盪漂流隕往，觸崟石兮，龍邛脟圈繚戾宛轉，阻相薄兮。」王逸注：「言水得風則龍邛繚戾，與險阻相薄，不得順其流性也。」龍躍：《後漢書》卷八〇下《文苑·禰衡傳》：「如得龍躍天衢，振翼雲漢，揚聲紫微，垂光虹蜺，足以昭近署之多士，增四門之穆穆。」以上二句《文選》六臣吕延濟注：「鶴舞之貌。」

〔二三〕躑躅徘徊，振迅騰摧：《詩經·豳風·七月》：「五月斯螽動股，六月莎雞振羽。」毛傳：「莎雞羽成而振訊之。」《經典釋文》卷五：「訊音信，又音峻，字又作迅，同。」《爾雅·釋言》：「振，訊。」郭璞注：「振者，奮迅。」以上二句《文選》李善注：「或飛騰，或摧折。」

〔二四〕　矯翅：猶舉翅。《楚辭·九章·抽思》：「結微情以陳詞兮，矯以遺夫美人。」王逸注：「舉與懷王，使覽照也。」朱熹集注：「矯，舉也。」以上二句《文選》李善注：「如蓬之集，如雪之飛。《相鶴經》曰：『大毛落，茸毛生，色雪白。』」六臣劉良注：「跳躑騰舉，如飄蓬飛雲也。」

〔二五〕　離綱別赴，合緒相依：此二句《文選》李善注：「綱緒，謂舞之行列也，言或離而別赴，或合而相依。」六臣張銑注：「舞之行列離合貌。」按離，乖離。

〔二六〕　將興中止，若往而歸：此二句《文選》六臣李周翰注：「將起復止，如去復還。」

〔二七〕　颯遝矜顧：《文選》李善注：「颯遝，群飛貌。矜顧，矜莊相顧也。」遷延遲暮：《左傳》襄公十四年：「夏，諸侯之大夫從晉侯伐秦……伯游曰：『吾令實過，悔之何及，多遺秦禽。』乃命大還。晉人謂之遷延之役。」杜預注：「遷延，卻退。」《文選》卷一九宋玉《神女賦》：「遷延引身，不可親附，似逝未行，中若相首。」李善注：「遷延，卻行去也。」以上二句《文選》六臣李周翰注：「颯遝矜顧，謂自憐顧盼也。遷延遲暮，謂徐緩。」

〔二八〕　逸翮：《宋書》卷六七《謝靈運傳》載謝靈運《撰征賦》：「傷粒食而興念，眷逸翮而思振。」翱翥：《文選》六臣李周翰注：「翱翥，飛也。」先路：屈原《離騷》：「乘騏驥以馳騁兮，來吾導夫先路。」《三國志》卷一二《魏志·崔琰傳》：「未聞王師仁聲先路，存問風俗，救其塗炭，而校計甲兵，唯此爲先，斯豈鄙州士女所望於明公哉！」以上二句，《文選》李善注：「言飛之疾，塵起居鶴之後，鶴飛在路之先。」

〔二九〕　指會規翔，臨岐矩步：《文選》李善注：「會，四會之道」。按四會，《太平御覽》卷七九〇引《南州異物志》：「姑奴國，去歌營八千里，民人萬餘户，皆乘四轅車，駕二馬，或四馬。四會所集也。」矩步，謂行步合乎規矩。《後漢書》卷四六《郭躬傳》：「汝南有陳伯敬者，行必矩步，坐必端膝。」以上二句《文選》六臣劉良注：「指會，臨岐，皆舞之節。臨指其節，翔步皆中規矩。」

〔三〇〕　態有遺妍，貌無停趣：此二句《文選》六臣吕延濟注：「姿態餘，言多也；貌之移轉，亦不停其趨向。」

〔三一〕奔機逗節：《文選》李善注：「機，節，舞之機節。奔，獨赴也。《説文》曰：『逗，止也。』」《後漢書》卷五九《張衡傳》載張衡《思玄賦》：「亂弱水之潺湲兮，逗華陰之湍渚。」李賢注：「逗，止也。」角睞：《文選》李善注：「《説文》曰：『角，猶競也。』《廣雅》曰：『睞，視也。』」分形：《文選》卷二張衡《西京賦》：「奇幻儵忽，易貌分形。」李善注：「易貌分形，變化異也。」此二句《文選》六臣劉良注：「機，會也；睞，斜視也。言奔會止節，以眼角斜視，各分退一邊也。」

〔三二〕長揚緩騖，並翼連聲：《文選》六臣張銑注：「言長舉頭緩行，相並連聲而鳴也。」《楚辭·九辯》：「糵精氣之摶摶兮，騖諸神之湛湛。」王逸注：「追逐群靈之遺風也。」

〔三三〕輕迹凌亂：晉支遁《詠懷詩五首》之四：「余將游其嵎，解駕輟飛輪。芳泉代甘醴，山果兼時珍。倏林暢輕跡，石宇庇微身。」浮影：曹植《車渠椀賦》：「翩飄飖而浮景兮，若驚鵠之雙飛。」交横：《文選》李善注：「相凌而交横。」

〔三四〕衆變繁姿：《文選》李善注引晉傅玄《乘輿馬賦》：「繁姿屢發。」按今存《傅玄集》無此一句。洊密：重疊密集。《周易·坎卦》：「水洊至，習坎。」王弼注：「不以坎爲隔絶，相仍而至。」《文選》卷二六謝靈運《富春渚》：「洊至宜便習，兼山貴止託。」六臣吕向注：「洊，仍也，言水相仍而至。」

〔三五〕煙交霧凝，若無毛質：此二句《文選》李善注：「毛羽與煙霧同色，故云『若無』。」六臣吕向注：「言煙霧相交，與鶴同色，如不見毛質。」

〔三六〕風去雨還，不可談悉：此二句《文選》六臣吕向注：「如風雨之去來，非説可盡其美。」悉，詳盡。《漢書》卷五〇《張釋之傳》：「虎圈嗇夫從旁代尉對上所問禽獸簿甚悉。」顏師古注：「悉，謂詳盡也。」

〔三七〕散魂：《楚辭·遠游》：「夜耿耿而不寐兮，魂營營而至曙。」洪興祖補注：「精魂怔忪不寐，故至曙也。」盪目：阮籍《大人先生傳》：「子之所好何足言哉，吾將去子矣。乃揚眉而蕩目，振袖而撫裳，令緩轡而縱策，遂風起而雲翔。」《太平御覽》卷四九〇引蔡邕《勸學》：「瞻彼頑薄，執性不固，心游目盪，意與手互。」迷不知其所之：《楚辭·九章·涉江》：「入溆浦余儃佪兮，迷不知吾之所如。」王逸章句：「如，之也。」此二句《文選》六臣張銑注：「言觀者魂散目盪，迷不知所從。」

〔三八〕忽星離而雲罷：《文選》李善注：「星離，分散也。雲罷，俱止也。」宋陸佃《埤雅》卷一〇引《慎子》：「螣蛇游霧，飛龍乘雲，雲罷霧除，與蚯蚓同，失其所乘故也。」《太平御覽》卷一五、卷一三三引《韓子》：「飛龍乘雲，騰蛇游霧，雲罷霧散，與蟻螾同矣。」整神容而自持：《文選》李善注：「自持，自整持也。」《文選》卷一九宋玉《神女賦》：「頩薄怒以自持兮，曾不可乎犯干。」李善注：「捉顔色而自矜持也。」以上二句《文選》六臣張銑注：「星離雲羅，謂鶴散立貌。整神容，鶴將飛貌。」

〔三九〕天居：《藝文類聚》卷九一引宋顔延之《白鸚鵡賦》：「起交河之榮薄，出天山之無垠。既達美於天居，亦儷景於雲阿。」崇絶：《文選》李善注：「高而懸絶。」以上二句《文選》六臣張銑注：「天居，鶴之舊居。崇絶，高遠。言仰望舊居高遠，惆惕然驚其所思。」

〔四〇〕燕姬色沮：《左傳》昭公七年：「燕人歸燕姬，賂以瑶罋、玉櫝、斝耳。」楊伯峻注：「北燕，姬姓國。」《類説》卷五：「燕昭王時，廣延國獻善舞二人，一名提漠，次名旋娟，或行無移影，或積年不飢。其舞一曰縈塵，次曰集羽。」《説郛》卷九八引王子年《拾遺記》：「燕昭王時，廣延國獻二舞人，王以荃蕪香屑鋪地四五寸，使舞人立其上，彌日無跡。」巴僮心恥：《文選》李善注：「巴渝之童也。」六臣劉良注：「巴童、燕姬，並善歌舞者。沮，敗。恥，慚也。」《史記》卷一一七《司馬相如列傳》：「奏陶唐氏之舞，聽葛天氏之歌，千人唱，萬人和，山陵爲之震動，川谷爲之盪波，巴俞宋蔡，淮南於遮，文成顛歌，族舉遞奏。」裴駰集解：「郭璞曰：『巴西閬中有渝水，獠人居其上，皆剛勇好舞。漢高募此以定三秦，後使樂府習之，因名巴渝舞也。』」

〔四一〕巾拂：巾和拂，古代舞蹈所用道具。《藝文類聚》卷五七顔延之《七繹》：「雜紛披於巾拂，遞間關乎槃扇。」丸劍：表演時使用的鈴和劍。《文選》卷二張衡《西京賦》：「跳丸劍之揮霍，走索上而相逢。」六臣張銑注：「丸，鈴也。揮霍，鈴劍上下貌。」以上《文選》六臣劉良注：「巾、拂，舞人所執者；丸，弄鈴者；劍，弄刀者。言對此鶴舞，皆色敗心慙而停止也。」

〔四二〕雖邯鄲其敢倫：《玉臺新詠》卷一《古樂府詩六首·相逢狹路間》：「黄金爲君門，白玉爲君堂，堂上置樽酒，使作邯鄲倡。」《漢書》卷二二《禮樂志二》有「邯鄲鼓員二人」。豈陽阿之能擬：《淮南子·俶真訓》：「雖目數千羊之群，耳分八風之調，足蹀陽阿之舞，而手會《緑水》之趨。」高誘注：「陽阿，古之名倡也。《緑水》，舞曲。」按以上謂古善爲歌曲者如邯鄲倡，名倡如陽阿，對此亦不敢倫擬也。

〔四三〕入衛國而乘軒：《左傳》閔公二年：「冬十二月，狄人伐衛。衛懿公好鶴，鶴有乘軒者。將戰，國人受甲者皆曰：『使鶴，鶴實有禄位，余焉能戰。』」杜預注：「軒，大夫車。」出吴都而傾市：《吴越春秋》卷二：「吴王有女滕玉，因謀伐楚，與夫人及女會蒸魚。王前嘗半而與女，女怒曰：『王食魚辱我，不忍久生。』乃自殺。闔閭痛之，葬於國西閶門外，鑿池積土，文石爲椁，題湊爲中，金鼎玉杯銀樽珠襦之寶，皆以送女。乃舞白鶴於吴市中，令萬民隨而觀之。還，使男女與白鶴俱入羨門，因發機以掩之。殺生以送死，國人非之。」

〔四四〕守馴養於千齡，結長悲於萬里：以上二句《文選》李善注：「《養生要》曰：『鶴壽有千百之數。』阮籍《詠懷詩》曰：『鴻鵠相隨飛，隨飛適荒裔。雙翮浸長風，須臾萬里逝。』」陸雲《九愍·征》：「痛世路之隘狹，詠遂古而長悲。鏡端形於三接，照直影於太微。」

【集説】

宋陳巖肖《庚溪詩話》卷下：衆禽中唯鶴標致高逸，其次鷺亦閑野不俗，又皆嘗見於《六經》，如「鳴鶴在陰，其子和之」，「鶴鳴于九皋，聲聞于天」，「振鷺于飛，于彼西雝」。《易》與《詩》嘗取之矣，後之人形於賦詠者不少，而其規規然，祇及羽毛飛鳴之間，如詠鶴云：「低頭乍恐丹砂落，曬翅常疑白雪銷。」此白樂天詩。「丹頂西施頰，霜毛四皓鬚。」此杜牧之詩。此皆格卑無遠韻也。至於鮑明遠《鶴賦》云：「鍾浮曠之藻思，抱清迥之明心。」杜子美云：「老鶴萬里心。」李太白《畫鶴贊》云：「長唳風宵，寂立霜曉。」劉禹錫云：「徐引竹間步，遠含雲外情。」此乃奇語也。

元祝堯《古賦辯體》卷六：賦也。形狀舞態極工，其「若無毛質」及「整神容以自持」等語，皆超詣。末聚舞事結束，正用《嘯賦》格。蓋六朝之賦至顔、謝工矣，若明遠則工之又工者也。其所以工者，盡辭之妙，而惟其辭之不盡，豈知古人之賦，寧不能盡其辭而使之工哉，每留其辭而不使之盡哉？誠欲有餘之情，溢於不盡之辭，則其意味深遠，不在於辭之妙，而在於情之妙也。

清何焯《義門讀書記》卷四五：鮑明遠《舞鶴賦》「疊霜毛而弄影，振玉羽而臨霞」，虛引「舞」字。

章炳麟《國故論衡·辨詩》：孫卿五賦，寫物效情，《蠶》《箴》諸篇，與屈原《橘頌》異狀，其後《鸚鵡》《焦鷯》，時有方物；及宋世《雪》《月》《舞鶴》《赫白馬》諸賦放焉。

蕪城賦

【解題】

按宋本題下注曰：「登廣陵城作」。

「蕪城」，即廣陵城（今江蘇揚州市）。廣陵城爲西漢初吴王劉濞所建，漢高祖劉邦滅英布後封兄劉仲之子濞爲吴王，都城即爲廣陵。漢景帝三年（前一五四），濞聯合七國共反，兵敗走越，越人殺之，城破家亡。因此，一些學者乃以此賦爲感慨吴亡之作，而多數學者則認爲此賦爲託古諷今之作。最早提出託古諷今説者乃《文選》五臣注李周翰注，云：「宋孝武帝時，臨海王子頊鎮荆州，明遠爲其下參軍，隨至廣陵。子頊叛逆，昭見廣陵故城荒蕪，乃漢吴王濞所都，濞亦叛逆，爲漢所滅。昭以子頊事同於濞，遂感爲此賦以諷之。」然而臨海王子頊大明六年（四六二）出鎮荆州時年僅七歲，至泰始二年（四六六）被殺時僅十一歲，年幼無知，不可能有背叛的陰謀。且據《宋書》卷八〇《孝武十四王傳》、卷八四《鄧琬傳》，子頊之據荆州以對抗明帝，乃其長史孔道存與晉安王子勛長史鄧琬於事急之時所爲，倉卒舉事，時在泰始元年（四六五）末，爲子頊無叛逆預謀之明證。且即如子頊有預謀欲反叛，鮑照是時也没有東下廣陵憑弔蕪城之機會。即李周翰説乃不可取。清人何焯於《義門讀書記》提出新説，以爲此賦乃詩人感於竟陵王劉誕叛逆時，遭受兵火後廣陵城的殘破景象而作。其云：「宋世祖孝建三年，竟陵王誕據廣陵反，沈慶之討平之，命悉誅城内男丁，以女口爲軍賞，照蓋感事而賦也。」何焯的這一説法有一因爲疏忽而造成的錯誤，即他將劉誕叛亂的大明三年（四五九）誤寫成孝建三年（四五六）。錢仲聯《鮑照年表》對此作了糾正，並根據這一説法而繫賦於大明三年。其於《鮑參軍集注》此賦題注云：「臨海王以大明六年鎮荆州，至泰始二年被殺，凡五年，照在荆州與同禍，其間無隨至廣陵事。至竟陵王誕反廣陵，事在大明三年，何云孝建三年，亦誤。考宋文帝元嘉二十七年冬十二月，北魏太武帝南犯，兵至瓜步，廣陵太守劉懷之逆燒城府船乘，盡帥其民渡江。大明三年四月，竟陵王誕據廣陵反；七月，沈慶之討平之。是十年間，廣陵兩遭兵禍，照蓋有感於此而賦。故既云『通池既已夷，峻隅又已頽。直視千里外，唯見起黄埃』，『邊風急兮城上寒，井徑滅兮丘隴殘』，極言大兵之後，千里荒涼之狀；又云『東都妙姬，南國麗人，蕙心紈質，玉貌絳唇，莫不埋魂幽石，委骨窮塵；豈憶同輿之愉樂，離宫之苦辛哉』，哀竟陵王眷屬之同盡也。大明三四年間，照有《日落望江贈荀丞》詩，荀丞者，荀萬秋，大明三四年爲尚書左丞，見《宋書·禮志》。詩有『延頸望江陰』及『君居帝京内，高會日揮金。豈今慕群客，咨嗟戀景沈』等句。水南曰陰。是照在江北望江南遥寄荀丞者。此賦自注云：『登廣陵城作。』以詩證賦，可知是在大明三四年間客江北時也。」此後，曹道衡《鮑照幾篇詩文的寫作時間》又對以上説法提出了疑問。認爲當時討平廣陵的主帥沈慶之所採取的殘酷鎮壓完全是出於孝武帝本人的意志，鮑照這時候憑弔廣陵城寫此賦，實際上是對孝武帝表示不滿。特别是在大明三年（四五九）即劉誕被鎮壓的當年，或大明四年（四六〇）即被鎮壓的次年，鮑照就去冒「大逆不道」的風險，這種可能性很小。因此，曹先生以爲賦乃元嘉末宋魏之戰後，借吴王濞事而諷諫劉濬、劉劭的陰謀。但推敲此賦的文意，絲毫看不出有諷諫劉劭、劉濬叛逆的語句；況且，劉劭在其父欲廢其太子的事急之時，以東宫衛士而突發兵變，入宫弑逆，似乎並無叛逆的預謀。《宋書》卷九九《二凶傳》云：「其年二月（按指元嘉三十年二月），濬自京口入朝，當鎮江陵，復載道育還東宫，欲將西上。……上謂劭、濬已當斥遣道育，而猶與往來。惆悵惋駭。乃使京口以船送道育二婢，須至檢覈。廢劭，賜濬死，以語濬母潘淑妃，淑妃具以告濬。濬馳告劭，劭因是異謀，每夜輒饗將士，或親自行酒，密與腹心隊主陳叔兒、詹叔兒、齋帥張超之、任建之謀之。」是劉劭、劉濬當時雖有頗多不軌的舉動，但並無蓄意謀反之陰謀，他們弑父奪國乃是在元嘉三十年二月事急之時的倉卒之舉。此外，劉劭、劉濬在京都以東宫兵入宫弑逆，與漢吴王劉濞據其都城廣陵擁兵叛亂，從而造成廣陵城的殘破之間也並無必然的聯繫。由此，以爲此賦乃諷劉劭、劉濬陰謀的説法亦未妥。

今觀賦末《蕪城之歌》云：「邊風急兮城上寒，井徑滅兮丘隴殘。千齡兮萬代，共盡兮何言！」當時劉宋與北方的拓跋魏之間大致以淮河爲界，廣陵以北的重鎮包括今江蘇的徐州、淮陰，安徽的碭山，山東的棗莊、濟南、濟寧，河南的漯河等市。也就是説，廣陵並非當時的邊城。然而作爲此賦總結性的這首歌辭卻以「邊風急」作爲它的發端，而且這「邊風」所造成的卻又是「井徑滅兮丘隴殘」這樣嚴重的後果，這就不能不使我們想到劉宋與北魏之間所發生的戰争。宋文帝、宋孝武帝在位期間，南北之間的較大規模戰争主要有兩次，一次在文帝元嘉七年（四三〇），右將軍到彦之率軍北伐，一度佔領碻磝（今山東茌平西南）、滑台（今河南滑縣東南）等戰略要地，但最後仍以失敗而告終。當時鮑照年僅十餘歲，尚不可能有此賦之作。另一次則在元嘉二十七年（四五〇），文帝命寧朔將軍王玄謨率衆北伐，結果又一次戰敗，魏主拓跋燾親率大軍乘勝追擊，直至瓜步（今南京六合區境内）與京都建康隔江相望，直至元嘉二十八年春方始退兵。魏軍所過之處，燒殺搶掠，給劉宋廣大地區造成了毁滅性的破壞。《宋書》卷九五《索虜傳》記載當時情形：「既而虜縱歸師，殲累邦邑，翦我淮州，俘我江縣，喋喋黔首，跼高天，蹐厚地，而無所控告。强者爲轉屍，弱者爲繫虜，自江、淮至於清、濟，户口數十萬，自免湖澤者，百不一焉。村井空荒，無復鳴雞吠犬。時歲惟暮春，桑麥始茂，故老遺氓，還號舊落，桓山之響，未足稱哀。六州蕩然，無復餘蔓殘構，至於乳燕赴時，銜泥靡託，一枝之間，連窠十數，春雨裁至，增巢已傾。雖事舛吴宫，而殲亡非異。甚矣哉，覆敗之至於此也！」《通鑑》卷一二六亦記載當時「魏人凡破南兖、徐、兖、豫、青、冀六州，殺掠不可勝計，丁壯者即加斬截，嬰兒貫於槊上，盤舞以爲戲。所過郡縣，赤地無餘。春燕歸，巢於林木」。在這次戰争中，廣陵城同樣也遭受到了嚴重的破壞，《宋書》卷九五《索虜傳》就曾數次提到過廣陵：「（拓跋燾）自率大衆南向，中書郎魯秀出廣陵，高梁王阿斗埿出山陽，永昌王於壽陽出横江。凡所經過，莫不殘害。」「初，太祖聞虜寇逆，焚燒廣陵城府船乘，使廣陵、南沛二郡太守劉懷之率人民一時渡江。」即此觀之，賦中《蕪城之歌》中「邊風急兮城上寒，井徑滅兮丘隴殘」二句，當指廣陵在宋魏戰争中所遭受到的嚴重破壞；此歌末二句「千齡兮萬代，共盡兮何言」，乃針對這一慘痛景象而發之感慨。也就是説，賦末的《蕪城之歌》乃是此賦點明主旨的畫龍點睛之筆。鮑照自元嘉二十四年(四四七)始，即進入始興王劉濬的幕府，任始興王國侍郎之職。元嘉二十八年(四五一)春，北魏主拓跋燾率衆自瓜步退歸，當時擔任南徐、南兗二州刺史的劉濬奉命率衆築城於瓜步，鮑照隨同前往。此年三月，劉濬解南兗州刺史任，返回南徐州刺史任所京口，詩人並未隨之南返，在辭去始興王國侍郎後乃逗留江北，作客淮楚，直至元嘉二十九年五月方經由瓜步返回京都建康。此點，學術界已無異議。故詩人在元嘉二十八年北魏退兵後，當極有可能目睹遭受兵火嚴重摧殘後的廣陵城之殘破景象。作爲一個關心國事、具有濃厚報國熱情的愛國詩人，寫下這首借古諷今的賦作當爲極其自然之事。其實，錢仲聯先生雖然贊同何焯的説法，並在他的《鮑照年表》中將此賦定於大明三年時作。但是，他在《鮑參軍集注》此賦題注的補注中又有以下一段值得我們注意的話：「考宋文帝元嘉二十七年冬十二月，北魏太武帝南犯，兵至瓜步，廣陵太守劉懷之逆燒城府船乘，盡率其民渡江。大明三年四月，竟陵王誕據廣陵反，七月，沈慶之討平之。是十年間，廣陵兩遭兵禍，照蓋有感於此而賦。故既云『通池既已夷，峻隅又已頹。直視千里外，唯見起黄埃』，『邊風急兮城上寒，井徑滅兮丘隴殘』，極言大兵之後，千里荒凉之狀；又云『東都妙姬，南國麗人，蕙心紈質，玉貌絳唇，莫不埋魂幽石，委骨窮塵，豈憶同輿之愉樂，離宫之苦辛哉』，哀竟陵王眷屬之同盡也。」即錢先生雖然認爲此賦乃竟陵王劉誕據廣陵謀反兵敗後所作，但是他卻又認爲此賦乃詩人有感於元嘉二十七年及大明三年廣陵城兩遭兵禍而作，認爲賦末《蕪城之歌》中的「邊風急兮城上寒」二句，乃極言大兵過後廣陵城的千里荒凉之狀。一方面，由於在大明三年竟陵王劉誕的叛亂被鎮壓以後，孝武帝劉駿親自下令屠戮廣陵，誠如曹道衡先生所言，如果這時詩人去憑弔廣陵，實際上就是表示對孝武帝的不滿，這將要冒大逆不道的風險，從而危及到身家性命的安全，因此這時候詩人創作此賦的可能性是極小的。另一方面，由於大明三年時劉誕據廣陵反叛，與《蕪城之歌》中之「邊風」没有任何聯繫，所以此賦也不應該是爲大明三年廣陵的殘破而作。而元嘉二十七八年時北魏對廣陵的嚴重破壞，正與「邊風」云云相合，再加上詩人當時又正在江北，去憑弔廣陵的可能性就相當大。此賦極力描繪廣陵的繁華，主要乃是對比現今廣陵城的殘破，因此理解此賦並不一定要和藩王的據城反叛聯繫在一起，否則就會與此賦創作原意背道而馳。至於賦中的「東都妙姬，南國麗人，蕙心紈質，玉貌絳脣」等句，似乎也不必解釋成哀歎竟陵王眷屬之同盡，而可以理解爲對歷史往事的感慨和對國家前途命運的擔憂，對造成戰爭失利的執政者的委婉諷諫。由此，此賦當爲元嘉二十八年（四五一）春夏之間，詩人有感北魏入侵所造成廣陵城的殘破而作。

瀰迆平原〔一〕，南馳蒼梧漲海，北走紫塞鴈門〔二〕。拖以漕渠①，軸以崑崗〔三〕。重江複關之隩②，四會五達之莊〔四〕。當昔全盛之時，車掛轊，人駕肩〔五〕，廛閈撲地③，歌吹沸天〔六〕。孳貨鹽田④，鏟利銅山〔七〕。才力雄富，士馬精妍〔八〕。故能侈秦法⑤，佚周令〔九〕，劃崇墉，刳濬洫，圖脩世以休命〔一〇〕。是以板築雉堞之殷，井幹烽櫓之勤〔一一〕，格高五嶽，袤廣三墳〔一二〕，崪若斷岸，矗似長雲〔一三〕。製磁石以禦衝，糊頳壤以飛文〔一四〕。觀基扃之固護，將萬祀而一君〔一五〕。出入三代，五百餘載，竟瓜剖而豆分⑥〔一六〕。澤葵依井，荒葛罥途〔一七〕。壇羅虺蜮，階鬬麏鼯〔一八〕。木魅山鬼，野鼠城狐〔一九〕。風嗥雨嘯，昏見晨趨〔二〇〕。飢鷹礪吻⑦，寒鴟嚇鶵〔二一〕。伏暴藏虎⑧，乳血飡膚〔二二〕。崩榛塞路，峥嶸古馗〔二三〕。白楊早落，塞草前衰〔二四〕。稜稜霜氣，蔌蔌風威⑨〔二五〕。孤蓬自振，驚沙坐飛〔二六〕。灌莽杳而無際，叢薄紛其相依〔二七〕。通池既已夷，峻隅又已頹〔二八〕。直視千里外，唯見起黄埃〔二九〕。凝思寂聽，心傷已摧〔三〇〕。

若夫藻扃黼帳，歌堂舞閣之基〔三一〕，璇淵碧樹，弋林釣渚之館〔三二〕，吴蔡齊秦之聲，魚龍爵馬之玩〔三三〕，皆薰歇燼滅，光沉響絶〔三四〕。東都妙姬，南國佳人〔三五〕⑩，蕙心紈質，玉貌絳脣〔三六〕，莫不埋魂幽石，委骨窮塵〔三七〕，豈憶同輦之愉樂⑪，離宫之苦辛哉〔三八〕？

天道如何，吞恨者多〔三九〕，抽琴命操，爲蕪城之歌〔四〇〕。歌曰：「邊風起兮城上寒⑫，井徑滅兮丘隴殘〔四一〕。千齡兮萬代，共盡兮何言〔四二〕！」

【校記】

①「拖」，四庫本、《文選》卷一一作「柂」。

②「重江複關」，原作「重關複江」，今據張溥本、《文選》改。「隩」，原作「奥」，今據《文選》改。

③「壥」，原作「壓」，今據《文選》改。

④「孳」，胡克家《文選考異》：「孳當作滋。注云：孳，蕃也。孳，滋，古字通也。善必作滋字。故有是語。五臣因改爲孳，各本所見，以之亂善。」

⑤「侈」，《文選》作「奓」。

⑥「剖」，原作「割」，今據張溥本、《文選》、《初學記》卷二四改。

⑦「礪」，張溥本、四庫本、《文選》作「厲」。

⑧「暴」，張溥本、四庫本、《文選》李善注本作「虣」，《文選》六臣本作「䝱」。按虣，暴之古字。虣，亦作䝱。

⑨「蔌蔌」，原作「莿」，今據張溥本、四庫本、《文選》改。

⑩「佳」，張溥本、四庫本、《文選》作「麗」。

⑪「輂」，《文選》作「輿」。

⑫「起」，《文選》作「急」。

【箋注】

〔一〕瀰迆：平坦綿延貌。《文選》卷一一李善注：「瀰，相連漸平之貌也。《廣雅》曰：『迆，斜也。』平原，即廣陵也。」

〔二〕南馳蒼梧漲海，北走紫塞鴈門：李善注：「南馳北走，言所通者遠。」蒼梧，《漢書》卷二八下《地理志第八下》：「蒼梧郡，武帝元鼎六年開。莽曰新廣。屬交州。有離水關。」《晉書》卷一五《地理志下》：「廣州：按《禹貢》揚州之域，秦末趙佗所據之地。及漢武帝，以其地爲交阯郡。至吴黄武五年，分交州之南海、蒼梧、鬱林、高梁四郡立爲廣州。俄復舊。永安六年，復分交州置廣州。」漲海，南海的别稱。《太平御覽》卷六〇引謝承《後漢書》：「汝南陳茂嘗爲交阯别駕，舊刺史行部，不渡漲海。刺史周敞涉海遇風，船欲覆没，茂拔劍訶罵水神，風即止息。」《藝文類聚》卷九一引吴時《外國傳》：「扶南東有漲海，海中有洲，出五色鸚鵡，其白者如母鷄。」紫塞，北方邊塞。崔豹《古今注・都邑》：「秦築長城，土色皆紫，漢塞亦然，故稱紫塞焉。」鴈門，郡名，秦置，在今山西省西北境内。

〔三〕拖：引，亦作拕、扡。《漢書》卷八七上《揚雄傳上》：「拕蒼豨，跋犀犛，蹶浮麋。」顔師古注：「拕，曳也。」漕渠：人工挖掘的主要用於漕運的河道。《史記》卷二九《河渠書》：「令齊人水工徐伯表，悉發卒數萬人穿漕渠，三歲而通。」軸以崑崗：《太平御覽》卷一六九引《河圖括地象》：「崑岡之山，横爲地軸。」崑崗，《太平御覽》卷一六九引《郡國志》：「廣陵，以城置在陵上，故曰廣陵。此陵交帶崑崙，連接西蜀，一名蜀岡，一名崑崙岡。」以上二句《鮑參軍集注》錢仲聯補注云：「朱珔《文選集釋》曰：『《寰宇記》云：邗溝城在揚州西四里蜀岡上。《左傳》哀公九年，吴城邗溝，通江、淮。時將伐齊，北霸中國也。漢以後荒圮，謂之蕪城。胡三省曰：魏曹不登廣陵故城，即蕪城矣。余謂溝渠者，在吴時已爲通糧之道，即今之運河也。舊曰官河。注引《廣雅》：拖，引也。今《廣雅》作拕。《説文》：拕，曳也。五臣注以柂爲舟具，非是。』《左傳》哀公九年注：『吴於邗江築城穿溝，東北通射陽湖，西北至宋口入淮，今廣陵韓江是。』今自江都西北抵淮安三百七十里之運河，即古邗溝。《文選旁證》曰：『《太平御覽》一百六十九引《郡國志》：廣陵城置在陵上，大阜曰陵，一名阜岡，一名崑崙岡，故鮑昭賦云：軸以昆岡。』《文選集釋》曰：『《方輿紀要》云：今揚州府城西北四里爲蜀岡，綿亘四十餘里，西接儀真、六合縣界，上有蜀井，相傳地脈通蜀也。又，崑崙岡在府西北八里，一名阜岡，亦名廣陵岡，與蜀岡連接。蓋即蜀岡之異名矣。明遠賦所稱是也。』」

〔四〕重江複關：《文選》卷一一李善注：「南臨二江曰重，濱帶江南曰複。」重江，兩條江。複關，謂廣陵城之内外二城。《南史》卷一四《宋宗室及諸王傳下》：「上遣送章二紐，其一曰竟陵縣開國侯，食邑千户，募賞禽誕；其二曰建興縣開國男，食邑三百户，募賞先登。若剋外城，舉一烽；剋内城，舉二烽；禽誕，舉三烽。」隩：通奥，深，隱。《莊子・天下》：「弱於德，强於物，其塗隩矣。」郭象注：「隩，深也，謂其道深。」四會：《太平御覽》卷七九〇引《南州異物志》：「姑奴國，去歌營八千里，民人萬餘户，皆乘四轅車，駕二馬，或四馬。四會所集也。」五達之莊：《爾雅·釋宫》：「一達謂之道路，二達謂之歧旁，三達謂之劇旁，四達謂之衢，五達謂之康，六達謂之莊，七達謂之劇驂，八達謂之崇期，九達謂之逵。」莊，四通八達之道。《左傳》襄公二十八年：「得慶氏之木百車於莊。」

〔五〕當昔全盛之時：指西漢吴王劉濞時。車掛轊，人駕肩：《戰國策·齊策》：「臨淄之塗，車轂擊，人肩摩，連衽成帷，舉袂成幕，揮汗成雨，家敦而富，志高而揚。」轊，車軸。《史記》卷八二《田單列傳》：「已而燕軍攻安平，城壞，齊人走，争塗，以轊折車敗，爲燕所虜。」裴駰集解：「徐廣曰：『轊，車軸頭也。』」駕，陵駕，超越。《左傳》昭公元年：「子木之信，稱於諸侯，猶詐晉而駕焉，況不信之尤者乎！」杜預注：「駕，猶陵也。」

〔六〕廛閈：猶廛里，古代城市居民住宅的通稱。《周禮·地官·載師》：「以廛里任國中之地，以場圃任園地。」賈公彦疏：「廛里者，若今云邑里居矣，廛，民居之區域也，里，居也。」閈，《漢書》卷一〇〇下《叙傳下》：「綰自同閈，鎮我北疆。」顔師古注：「應劭曰：『盧綰與高祖同里，楚名里門爲閈。』」撲地：《方言》：「撲，盡也。」郭璞注：「今種物皆生，云撲地出也。」

〔七〕孳：同滋，滋生，增益。《左傳》僖公十五年：「物生而後有象，象而後有滋，滋而後有數。」孔穎達疏：「既爲形象而後滋多，滋多而後始有頭數。」鏟利銅山：《史記》卷一〇六《吴王濞列傳》：「吴有豫章郡銅山，濞則招致天下亡命者盜鑄錢，煮海水爲鹽，以故無賦，國用富饒。」司馬貞索隱：「案鄣郡後改曰故鄣，或稱豫章爲衍字也。」張守節正義：「銅山，今宣州及潤州句容縣有，並屬章也。」鏟利，因開採而生利。

〔八〕才力雄富，士馬精妍：《漢書》卷九六下《西域傳下》：「財力有餘，士馬彊盛。」

〔九〕侈：過，超過。《莊子·駢拇》：「駢拇枝指，出乎性哉！而侈於德。」郭象注：「而此獨駢枝則於衆以爲多，故曰侈。」佚，通軼，超越。

〔一〇〕劃：剖開。《文選》六臣劉良注：「劃，開。」崇墉：《詩經·大雅·皇矣》：「與爾臨衝，以伐崇墉。」朱熹集傳：「墉，城也。」刳：挖。《易·繫辭下》：「刳木爲舟，剡木爲楫。」孔穎達疏：「舟必用大木刳鑿其中，故云刳木也。」濬洫：《文選》卷三張平子《東京賦》：「謻門曲榭，邪阻城洫。」薛綜注：「洫，城下池。」圖脩世以休命：《文選》六臣劉良注：「佚，過；劃，開；墉，城；剞，鑿；圖，謀；脩，長；休，美也。言奢侈過於秦周之法令，乃開崇城，鑿深溝，以謀長世之美命。」

〔一一〕板築：築牆用具。板，夾板；築，杵。築牆時，以兩板相夾，填土於其中，用杵擣實。《史記》卷九一《黥布列傳》：「項王伐齊，身負板築，以爲士卒先。」裴駰集解：「李奇曰：『板，牆板也。築，杵也。』」雉堞：《周禮・考工記・匠人》：「王宫門阿之制五雉，宫隅之制七雉，城隅之制九雉。」賈公彦疏：「云王宫門阿之制五雉者，五雉謂高五丈。云宫隅之制七雉者，七雉亦謂高七丈。不言宫牆，宫牆亦高五丈也。云城隅之制九雉者，九雉亦謂高九丈。不言城身，城身宜七丈也。」殷：盛。井幹烽櫓之勤：《文選》李善注：「此言成烽櫓者，必賴井幹之力。上句則言成雉堞者，必待板築之功也。」井幹，井上圍欄。《莊子・秋水》：「出跳梁乎井幹之上，入休乎缺甃之崖。」郭象注：「井幹，井欄也。」烽櫓，舉烽火之望樓。

〔一二〕格：量度。五嶽：我國五大名山的總稱，一般指泰山、衡山、華山、恒山、嵩山。《周禮・春官・大宗伯》：「以血祭祭社稷、五祀、五嶽。」鄭玄注：「五嶽，東曰岱宗，南曰衡山，西曰華山，北曰恒山，中曰嵩山。」袤：《説文解字》卷八上：「袤，衣帶以上。从衣，矛聲。一曰南北曰袤，東西曰廣。」《文選》卷二張平子《西京賦》：「於是量徑輪，考廣袤。」薛綜注：「南北爲徑，東西爲廣。」三墳：《文選》李善注：「三墳，未詳。或曰：《毛詩》曰『遵彼汝墳』，又曰『鋪敦淮墳』；《爾雅》曰『墳莫大於河墳』，此蓋三墳。」《鮑參軍集注》錢仲聯補注云：「朱珔《文選集釋》：『李注引《毛詩》曰「鋪敦淮墳」。此與《周南》「汝墳」、《爾雅》「河墳」並引。彼二處本皆作「墳」，而「淮墳」今《詩》作「濆」。毛傳於「淮濆」云「厓」也，於「汝墳」云「大防」也，兩者各分。鄭箋則「淮濆」之「濆」釋爲「大防」。又注《周禮》大司徒職云：「水涯曰墳。」蓋同聲通用。故《爾雅・釋水》注引《詩》「汝墳」作「濆」，而此注引《詩》「淮濆」亦遂作「墳」也。』孫志祖《文選李注補正》：『田藝蘅云：「兗州土黑墳，青州土白墳，徐州土赤埴墳。此三州與揚州接。」』徐攀鳳《選注規李》：『李注尚未確，今有援《禹貢》釋之者，予數之曰：黑墳、白墳、墳壚、赤埴墳，四墳而非三墳。』洪亮吉《曉讀書齋雜録》：『李注非也。若總經傳言之，墳亦不止三。昭賦蓋用《天問》：「地方九則，何以墳之？」王逸章句云：「墳，分也。謂九州之地，凡有九品，禹何以能分別之乎？」「三墳」即主九州之土而言，與上「五嶽」正配。若泥爲河、淮、汝之墳，則河、汝距蕪城較遠，昭何以反捨江而言河、汝乎？以是知當用王逸説注此爲長矣。』」今按錢注所引諸説各有所見，然皆未爲確解。以上二句《文選》李周翰注云：「言格度高於五嶽諸侯之城，周迴之廣，雖讀三墳之書，見列國之製，亦無此者。」亦録以備考。

〔一三〕崪：高峻。矗：齊平。

〔一四〕製磁石以禦衝：《三輔黄圖》卷一：「阿房前殿東西五十步，南北五十丈，上可坐萬人，下建五丈旗，以木蘭爲梁，以磁石爲門。」注：「磁石門乃阿房北闕門也。門在阿房前，悉以磁石爲之，故專其目，令四夷朝者有隱甲皆以入門而脅止，以示神，亦曰卻胡門。」衝，衝擊。《吕氏春秋·貴卒》：「吾丘鴆衣鐵甲，操鐵杖以戰，而所擊無不碎，所衝無不陷。」赬：赤色。

〔一五〕基扃之固護：李善注：「《説文》曰：『扃，外閉之關也。』凡文士之言基扃，汎論城闕，猶車稱軫，舟謂之艫耳，非獨指扃也。固護，言牢固也。」萬祀：萬年。《尚書·伊訓》：「惟元祀，十有二月乙丑，伊尹祠於先王。」孔穎達疏：「祀，年也。夏曰歲，商曰祀，周曰年。」

〔一六〕出入三代，五百餘載：李善注：「王逸《廣陵郡圖經》曰：『郡城吴王濞所築』，然自漢迄於晉末，故云『出入三代，五百餘載』也。」瓜剖而豆分：《戰國策·趙策三》：「天下將因秦之怒，乘趙之敝而瓜分之。」

〔一七〕澤葵：《文選》李善注：「王逸《楚辭注》曰：『風萍水葵，生於池中。』六臣吕延濟注：「澤葵，莓苔也。」《太平御覽》卷一〇〇〇引《述異記》：「苔錢亦謂之澤葵，又名重錢草，亦呼爲宣癬，南人呼爲垢草。」《鮑參軍集注》錢仲聯補注：「朱琦《文選集釋》：『水葵即今之蒓菜，或亦爲荇菜之名。然二者似皆非井畔所宜有。方氏《通雅》謂：「澤葵，莓苔也；總名莓苔。今附土如小松葉者，澤葵類也。其稍大者長松。」此與依井字爲合，但未明所據。而《本草》有「石韋生石旁陰處，其生古瓦屋上者名瓦韋。」石韋與澤葵音並相似，疑係此種，亦苔之屬也。』」葛：即蔓草，一種多年生草本植物。罥：纏繞。《文選》六臣吕延濟注：「罥，繞。」

〔一八〕壇：廳堂。《楚辭·大招》：「南房小壇，觀絶霤只。」朱熹集傳：「房，室也。壇，猶堂也。」虺：古稱蝮蛇一類的毒蛇。《詩經·小雅·斯干》：「維虺維蛇。」孔穎達疏：「《釋魚》云：『蝮，虺，博三寸，首大如擘。』舍人曰：『蝮，一名虺，江淮以南曰蝮，江淮以北曰虺。』孫炎曰：『江淮以南謂虺爲蝮，廣三寸，頭如拇指，有牙，最毒。』郭璞曰：『此自一種蛇，人自名爲蝮虺。』今蛇細頸大頭，色如艾，綬文，文間有毛，似豬鬣，鼻上有針，大者長七八尺，一名反鼻，如虺類，足以明此自一種蛇。如郭意，此蛇人自名蝮虺，非南北之異。蛇實是蟲，以有鱗，故在《釋魚》，且魚亦蟲之屬也。」蜮：短狐。相傳一種能含沙射人爲害的動物。《詩經·小雅·何人斯》：「爲鬼爲蜮，則不可得。」朱熹集傳：「蜮，短狐也，江淮水皆有之，能含沙以射水中人影，其人輒病，而不見其形也。」孔穎達疏：「一名射影，江淮水皆有之。人在岸上，影見水中，投人影則殺之，故曰射影。南人將入水，先以瓦石投水中，令水濁然後入。或曰含沙射人皮肌，其瘡如疥是也。」麏：一作麇，麞。《詩經·召南·野有死麕》：「野有死麕，白茅包之。」朱熹集傳：「麕，獐也，鹿屬，無角。」鼯：别名夷由。俗稱大飛鼠。外形像松鼠，能在樹間滑翔，古人誤以爲鳥類。《爾雅·釋鳥》：「鼯鼠，夷由。」郭璞注：「狀如小狐，似蝙蝠，肉翅。翅尾項脅毛紫赤色，背上蒼艾色，腹下黄，喙頷雜白。脚短爪長，尾三尺許。飛且乳，亦謂之飛生。聲如人呼，食火煙，能從高赴下，不能從下上高。」

〔一九〕木魅：《文選》李善注：「《説文》曰：『魅，老物精也。』」《左傳》宣公三年：「螭魅罔兩，莫能逢之。」杜預注：「魅，怪物。」山鬼：山神。《楚辭·九歌》有《山鬼》篇。野鼠城狐：《晉書·謝鯤傳》：「及敦將爲逆，謂鯤曰：『劉隗姦邪，將危社稷。吾欲除君側之惡，匡主濟時，何如？』對曰：『隗誠始禍，然城狐社鼠也。』」

〔二〇〕風嘷：豺狼吼叫聲。以上數句《文選》六臣呂延濟注云：「昔日堂構階庭之盛，今並爲荒草所蕪，蟲獸鬼魅游焉，以爲窟宅，嘷嘯風雨，昏曉爲常也。」

〔二一〕礪吻：劉向《説苑·建本》：「學所以益才也，礪所以致刃也。」寒鴟嚇鶵：《莊子·秋水》：「惠子相梁，莊子往見之，或謂惠子曰：『莊子來，欲代子相。』於是惠子恐，搜於國中，三日三夜。莊子往見之，曰：『南方有鳥，其名鵷鶵，子知之乎？夫鵷鶵發於南海，而飛於北海，非梧桐不止，非練實不食，非醴泉不飲。於是鴟得腐鼠，鵷鶵過之，仰而視之曰：『嚇！今子欲以子之梁國而嚇我耶？』」

〔二二〕暴：通虣，或作甝。《爾雅·釋獸》：「甝，白虎。」郭璞注：「漢宣帝時，南郡獲白虎，獻其皮骨爪牙。」乳血飡膚：《禮記·禮運》：「未有火化，食草木之實、鳥獸之肉，飲其血，茹其毛；未有絲麻，衣其羽皮。」

〔二三〕榛：《文選》左思《招隱詩二首》之二：「經始東山廬，果下自成榛。」李善注：「高誘《淮南子》注曰：『叢木曰榛，小栗小棘曰榛。』」六臣呂向注：「木叢生曰榛。」崢嶸：《楚辭·遠游》：「下崢嶸而無地兮，上寥廓而無天。」朱熹集注：「崢嶸，深遠貌。」《漢書》卷九六《西域傳上·罽賓國》：「又有三池、盤石阪，道陿者尺六七寸，長者徑三十里。臨崢嶸不測之深，行者騎步相持，繩索相引。」顏師古注：「崢嶸，深險之貌也。」馗：《太平御覽》卷一九五：「《說文》曰：『一逵謂之道路。』又曰：『馗，九達道也，似龜背，故謂之馗。』」《文選》卷二七王粲《從軍詩五首》之五：「館宅充廛里，女士滿莊馗。」李善注：「薛君曰：『馗，九交之道也。』」

〔二四〕白楊早落：《文選》卷二九《古詩十九首》之十三：「白楊何蕭蕭，松柏夾廣路」。陶潛《挽歌詩》：「荒草何茫茫，白楊亦蕭蕭。」塞草前衰：《文選》卷四一李少卿《答蘇武書》：「邊土慘裂，但聞悲風蕭條之聲。涼秋九月，塞外草衰，夜不能寐，側耳遠聽，胡笳互動，牧馬悲鳴。」

〔二五〕稜稜：嚴寒貌。蔌蔌：《文選》李善注：「蔌蔌，風聲勁疾之貌。」

〔二六〕孤蓬自振：《文選》六臣呂向注：「孤蓬，草也，無根而隨風飄轉者。」《孟子·萬章下》：「孟子曰：『伯夷，聖之清者也；伊尹，聖之任者也；柳下惠，聖之和者也；孔子，聖之時者也。孔子之謂集大成也者，金聲而玉振之也。』」趙岐注：「振，揚也。」坐飛：《文選》李善注：「無故而飛，曰坐飛。」張相《詩詞曲語辭匯釋》云：「無故而飛，猶云自然飛也，坐亦自也，『坐』與『自』爲互文。」

〔二七〕灌莽：叢生的草木。灌，叢生之樹。《詩經·大雅·皇矣》：「脩之平之，其灌其栵。」毛傳：「灌，叢生也。」莽，叢生之草。《左傳》哀公元年：「楚雖無德，亦不艾殺其民。吳日敝於兵，暴骨如莽，而未見德焉。」杜預注：「草之生於廣野，莽莽然，故曰草莽。」叢薄：草木叢雜。《藝文類聚》卷六九引郭璞《桃杖贊》：「叢薄幽藹，從風蔚猗，篳以寧寢，杖以扶危。」《太平御覽》卷七一〇引《風俗通》：「漢高祖與項籍戰京索間，遁叢薄中，時有鳩鳴其上，追者不疑，遂得脱。及即位，異此鳥，故作鳩杖賜老人。」

〔二八〕通池：護城河。《文選》李善注：「通池，城濠也。」夷：《漢書》卷八七上《揚雄傳上》：「斬叢棘，夷野草。」顔師古注：「夷，平也。」峻隅：《文選》六臣張銑注：「峻隅，高城也。」頽：崩潰，坍塌。《禮記・檀弓上》：「孔子蚤作，負手曳杖，消摇於門，歌曰：『泰山其頽乎！梁木其壞乎！哲人其萎乎！』」

〔二九〕黄埃：《樂府詩集》卷七五晉謝尚《大道曲》：「青陽二三月，柳青桃復紅，車馬不相識，音落黄埃中。」《魏書》卷一〇五之一《天象志一之一》載神䴥三年，「十月己巳，太史奏：『自八月已來，黄埃掩日，日出三丈，色赤如赭，無光曜。』」

〔三〇〕凝思寂聽：謂思想凝止，聽覺失靈。《文選》卷一七陸士衡《文賦》：「罄澄心以凝思，眇衆慮而爲言。」寂，静。《文選》卷二八陸士衡《挽歌詩三首》之三：「魂輿寂無響，但見冠與帶。」心傷已摧：《文選》卷二九蘇子卿《古詩四首》之二：「長歌正激烈，中心愴以摧。欲展清商曲，念子不能歸。」《文選》卷一六潘安仁《寡婦賦》：「顧影兮傷摧，聽響兮增哀。遥逝兮逾遠，緬邈兮長乖。」

〔三一〕藻扃黼帳：裝飾華美的門户和帷帳。《文選》李善注：「扃施藻畫也。」扃，《文選》張衡《南都賦》：「排揵陷扃。」李善注：「《説文》曰：『揵，距門也。』又曰：『扃，外閉之關也。』」《太平御覽》卷一八引司馬相如《美人賦》：「芳香芬烈，黼帳高張。有女獨處，婉若在牀。」黼，古代禮服上白黑相間的花紋，取斧形，象臨事決斷。《尚書・益稷》：「藻火粉米，黼黻絺繡，以五采彰施於五色作服汝明。」孔傳：「藻，水草有文者。……黼若斧形。」《文選》六臣吕延濟注：「藻、黼，謂雕畫。」

〔三二〕璇淵：玉池。《山海經・中山經》：「又東北二十里曰升山，……黄酸之水出焉，而北流注於河，其中多璿玉。」郭璞注：「璿，石次玉者也。」顔延之《陶徵士誄》：「夫璿玉致美，不爲池隍之寶。」按璇，通琁，亦作璿。碧樹：玉樹。《淮南子・墬形訓》：「禹乃以息土填洪水以爲名山，掘崑崙虚以下地，中有增城九重，其高萬一千里百一十四步二尺六寸。上有木禾，其修五尋，珠樹、玉樹、琁樹、不死樹在其西，沙棠、琅玕在其東，絳樹在其南，碧樹、瑶樹在其北。」高誘注：「碧，青玉石。」《後漢書》卷四〇上《班彪列傳》載班固《兩都賦》：「於是玄墀釦砌，玉階彤庭，碝磩綵緻，琳珉青熒，珊瑚碧樹，周阿而生。」弋：《詩經·鄭風·女曰雞鳴》：「將翱將翔，弋鳧與鴈。」鄭玄箋：「弋，繳射也。」渚：《詩經·召南·江有汜》：「江有渚。」毛傳：「渚，小洲也。」

〔三三〕吴蔡齊秦之聲：《文選》李善注：「《楚辭》曰：『吴歈蔡謳。』《漢書·藝文志》有齊歌秦歌。」古代吴、蔡、齊、秦之地的音樂頗爲著名。魚龍：指古代百戲雜耍中能變化爲魚和龍的猞猁模型。亦爲該項百戲雜耍名。《漢書》卷九六下《西域傳贊》：「設酒池肉林以饗四夷之客，作《巴俞》都盧、海中《碭極》、漫衍魚龍、角抵之戲以觀視之。」顔師古注：「魚龍者，爲舍利之獸，先戲於庭極，畢，乃入殿前激水，化成比目魚，跳躍漱水，作霧障日，畢，化成黄龍八丈，出水敖戲於庭，炫耀日光。《西京賦》云：『海鱗變而成龍，即爲此色也。』」爵馬：古代兩種戲法與技藝，泛指玩賞之物。爵，通雀。《文選》李善注：「《西京賦》曰：『海鱗變而成龍。』又曰『大雀踆踆。』又曰『爵馬同轡。』」胡克家《文選考異》云：「注『爵馬同轡』，案『爵』當作『百』，此因正文云『爵馬』而誤。不知『爵』字上引『大雀踆踆』，已注訖；此但注『馬』字也。各本皆誤。」按《西京賦》正文作『百馬』，胡説是。

〔三四〕薰：香草名，一名蕙草。《左傳》僖公四年：「一薰一蕕，十年尚猶有臭。」杜預注：「薰，香草；蕕，臭草。十年有臭，言善易消，惡難除。」燼：《詩經·大雅·桑柔》：「民靡有黎，具禍以燼。」朱熹集傳：「燼，灰燼也。」

〔三五〕東都妙姬：《文選》卷三〇陸士衡《擬東城一何高》：「西山何其峻，曾曲鬱崔嵬。零露彌天墜，蕙葉憑林衰。寒暑相因襲，時逝忽如頽。三閭結飛轡，大耋嗟落暉。曷爲牽世務，中心若有違。京洛多妖麗，玉顔侔瓊蕤。閑夜撫鳴琴，惠音清且悲。長歌赴促節，哀響逐高徽。一唱萬夫歎，再唱梁塵飛。」京洛，指洛陽，即東都，東漢都洛陽，在西漢都城長安之東，故稱。班固有《東都賦》。南國佳人：《文選》卷二九曹子建《雜詩六首》之三：「南國有佳人，容華若桃李。朝游江北岸，日夕宿湘沚。時俗薄朱顔，誰爲發皓齒。俛仰歲將暮，榮耀難久恃。」李善注：「《楚辭》曰：『受命不遷，生南國』，謂江南也。」

〔三六〕蕙心紈質：《文選》李善注：「左九嬪《武帝納皇后頌》曰：『如蘭之茂』，《好色賦》曰『腰如束素』，蘭蕙同類，紈素兼名，文士愛奇，故變文耳。」玉貌：謂貌美如玉。《藝文類聚》卷四四引宋玉《笛賦》：「延長頸，奮玉手。摛朱脣，曜皓齒。頳顔臻，玉貌起。吟清商，追流徵。」絳脣：揚雄《蜀都賦》：「眺朱顔，離絳脣，眇眇之態，吡噉出焉。」

〔三七〕埋魂幽石：陸機《晉平西將軍孝侯周處碑》：「玄堂寂寂，黄泉悠悠，書方易折，家揭難留，鐫兹幽石，萬代千秋。」委骨：棄骨。《南齊書》卷二五《垣崇祖張敬兒傳》：「史臣曰：平世武臣，立身有術，若非愚以取信，則宜智以自免。心跡無阻，乃見優容。崇祖恨結東朝，敬兒情疑鳥盡，嗣運方初，委骨嚴憲。若情非發憤，事無感激，功名之間，不足爲也。」

〔三八〕同輦：《漢書》卷九七下《外戚傳下·孝成班倢伃傳》：「成帝游於後庭，嘗欲與倢伃同輦載，倢伃辭曰：『觀古圖畫，賢聖之君皆有名臣在側，三代末主乃有嬖女。今欲同輦，得無近似之乎？』上善其言而止。」《三國志》卷五《魏志·明悼毛皇后傳》：「明悼毛皇后，河内人也。黄初中，以選入東宫，明帝時爲平原王。進御有寵，出入與同輿輦。及即帝位，以爲貴嬪。太和元年，立爲皇后。」離宫：《漢書》卷五一《賈山傳》：「秦非徒如此也，起咸陽而西至雍，離宫三百，鐘鼓帷帳，不移而具。」顔師古注：「凡言離宫者，皆謂於别處置之，非常所居也。」以上數句，《文選》六臣張銑注：「妙姬，佳人，嬌美之心，輕細之質，白貌赤脣，皆已化矣。豈知同車之游以爲樂，閉在深宫以爲苦辛哉。」《後漢書》卷一〇下《皇后·安思閻皇后紀》：「及少帝薨，京白太后，徵濟北、河間王子。未至，而中黄門孫程合謀殺江京等，立濟陰王，是爲順帝。顯、景、晏及黨與皆伏誅。遷太后於離宫，家屬徙比景。」

〔三九〕天道：天理，天意。《易·謙卦》：「彖曰：謙亨，天道下濟而光明，地道卑而上行。天道虧盈而益謙，地道變盈而流謙，鬼神害盈而福謙，人道惡盈而好謙。」

〔四〇〕抽琴命操：《藝文類聚》卷四四引《韓詩外傳》：「孔子南游適楚，至於阿谷之隧，有處女佩瑱而浣。孔子曰：『彼婦人，可與言矣。』抽琴去其軫，以授子貢，曰：『善爲之辭。』子貢曰：『於此有琴而無軫，借子以調其音。』婦人對曰：『吾野鄙之人，五音不知，安能調琴。』」命，名。操，琴曲名。《文選》李善注：「《琴道》曰：『琴有伯夷之操。』夫遭遇異時，窮則獨善其身，故謂之操。」《史記》卷三八《宋微子世家》：「紂爲淫泆，箕子諫，不聽。人或曰：『可以去矣。』箕子曰：『爲人臣諫不聽而去，是彰君之惡而自説於民，吾不忍爲也。』乃被髮佯狂而爲奴，遂隱而鼓琴以自悲。故傳之曰《箕子操》。」裴駰集解引應劭《風俗通》：「其道閉塞憂愁而作者，命其曲曰操。操者，言遇菑遭害，困厄窮迫，雖怨恨失意，猶守禮義，不懼不懾，樂道而不改其操也。」

〔四一〕井徑：指田間的人行小道。井，井田。徑，步道，小路。《周禮·考工記·匠人》：「九夫爲井，井間廣四尺，深四尺，謂之溝；方十里爲成，成間廣八尺，深八尺，謂之洫。方百里爲同，同間廣二尋，深二仞，謂之澮。」鄭玄注：「此畿内采地之制。九夫爲井，井者，方一里，九夫所治之田也。」《周禮·地官·遂人》：「凡治野：夫間有遂，遂上有徑；十夫有溝，溝上有畛；百夫有洫，洫上有涂；千夫有澮，澮上有道；萬夫有川，川上有路，以達於畿。」鄭玄注：「徑，容牛馬。」丘隴：《墨子·節葬下》：「有喪者曰：棺槨必重，葬埋必厚，衣衾必多，文繡必繁，丘隴必巨。」

〔四二〕共盡：《文選》卷三〇謝靈運《擬魏太子鄴中集詩八首》序：「建安末，余時在鄴宫，朝游夕讌，究歡愉之極。天下良辰、美景、賞心、樂事，四者難并。今昆弟、友朋，二三諸彦，共盡之矣。」

【集説】

宋曾季貍《艇齋詩話》：少游《揚州詞》云：「寧論爵馬魚龍。」「爵馬魚龍」，出鮑照《蕪城賦》。

元祝堯《古賦辯體》卷六：賦也，而亦略有風興之義。此賦雖與《黍離》《哀郢》同情，然《黍離》《哀郢》情過於辭，言窮而情不可窮，故至今讀之，猶可哀痛。若此賦則辭過於情，言窮而情亦窮矣。故辭雖哀切，終無深遠之味。詩云：「知我者，謂我心憂，不知我者，謂我何求。」古人之情，豈可於辭上窮之邪！

明謝榛《四溟詩話》卷四：賈誼上疏曰：「高帝瓜分天下，王功臣也。」鮑照《蕪城賦》曰：「出入三代，五百餘載，竟瓜剖而豆分。」此自我作古之法也。

清何焯《義門讀書記》卷四五：按宋世祖孝建三年，竟陵王誕據廣陵反，沈慶之討平之，命悉誅城内男丁，以女口爲軍賞。昭蓋感事而賦也。

清姚鼐《古文辭類纂》七十辭賦類十：驅邁蒼涼之氣，驚心動魄之辭，皆賦家之絶境也。

清許槤《六朝文絜箋注》卷一：從盛時極力説入，總爲「蕪」字張本，如此方有勢有力。

又云：筆筆從「城」字洗發，此名手勝人處。

又云：極言其蕪，於濃腴中仍見奇峭，絶不易得。

又云：有昔日之盛，即有今日之衰，兩段俱以二語兜轉，何等遒勁。

又云：收局感慨淋漓，每讀一過，令人輒喚奈何。

清張雲璈《選學膠言》：廣陵城是吴王濞所築，賦中如「版築雉堞之殷，井幹烽櫓之勤」，又「崪若斷岸，矗似長雲，製磁石以禦衝，糊赬壤以飛文」等句，皆於城郭有深慨焉。所賦者城，故後段宫館略而不詳。其一則曰：「圖修世以休命」，再則曰「將萬祀而一君」，深惜吴王濞之不能長有其國。而「出入三代，五百餘載」云云，蓋直泝自吴王濞以至於今，見逆天者亡，終必歸於無也。

林紓《林紓選評古文辭類纂》：文不敢斥言世祖之夷戮無辜，亦不言竟陵之肇亂，入手言廣陵形勝及其繁盛，後乃寫其凋弊衰颯之形，俯仰蒼茫，滿目悲涼之狀，溢於紙上，真足以驚心動魄矣。

鄭振鐸《插圖本中國文學史》中卷第二十章：鮑照的《蕪城賦》，我們祇讀其歌：「邊風急兮城上寒，井徑滅兮丘隴殘。千齡兮萬代，共盡兮何言！」便已嗅出其淒涼的氣氛來。別人都寫輝輝煌煌的《兩都》《三京》，照獨憑弔「蕪城」；廢井頹垣，榛路荒基的寫照，或較離宫禁苑的鋪張揚厲的描狀，尤能打動人的情感罷。《連昌宫辭》（唐元稹作）、《哀江南曲》（見孔尚任《桃花扇》），並此而三，難能有四。

芙蓉賦

【解題】

芙蓉，即荷花，一名芙蕖。《爾雅・釋草》：「荷，芙蕖。其莖茄，其葉蕸，其本蔤，其華菡萏，其實蓮，其根藕，其中的，的中薏。」芙蓉出污泥而不染，常爲文人所諷詠的對象。在鮑照之前，以之作賦者有東漢閔鴻《芙蓉賦》，三國魏曹植《芙蓉賦》，三國吴蘇彦《芙蕖賦》，晉孫楚《蓮花賦》，晉潘岳《蓮花賦》《芙蓉賦》，晉夏侯湛《芙蓉賦》，宋傅亮《芙蓉賦》。鮑照此賦别出新意，不僅讚美芙蓉「故其爲芳也綢繆，其爲媚也奔發。對粉則色殊，比蘭則香越」的外在之美，更重在稱頌其「恨狎世而貽賤，徒愛存而賞没。雖淩群以擅奇，終從歲而零歇」的内在品質之高雅，最後感歎其歲終零落，不得所終的遭遇。乃是以芙蓉自比品行高潔，感慨有志不得伸展之作。表現詩人對當時黑暗政治的不滿與反抗，反映失志文士内心的無奈與哀歎。由是觀之，此篇之創作時間當在詩人中年之後。

感衣裳於楚賦，詠憂思於陳詩〔一〕。訪群英之豔絶，標高名於澤芝①〔二〕。會春陂乎夕張，搴芙蓉而水嬉〔三〕。抽我衿之桂蘭，點子吻之瑜辭〔四〕。選群芳之徽號，□□□□□□②〔五〕。抱兹性之清芬，稟若華之驚絶〔六〕。單藟陽之妙手，測淲池之光潔〔七〕。爍彤輝之明媚，粲雕霞之繁悦〔八〕。顧椒丘而非偶，豈園桃而能埒〔九〕。彪炳以蒨藻，翠景而紅波③〔一〇〕。青房兮規接，紫的兮圓羅④〔一一〕。樹妖嫋之弱幹⑤，散菡萏之輕荷⑥〔一二〕。上星光而倒景，下龍鱗而隱波〔一三〕。戲錦鱗而夕暎，曜繡羽以晨過⑦〔一四〕。結游童之湘吹，起榜妾之江歌⑧〔一五〕。備日月之温麗，非盛明而謂何〔一六〕？若乃當融風之暄盪，承暑雨之平渥〔一七〕。被瑶塘之周流⑨，繞金渠之屈曲⑩〔一八〕。排積霧而揚芬⑪，鏡洞泉而含緑〔一九〕。葉折水以爲珠⑫，條集露而成玉〔二〇〕。潤蓬山之瓊膏，輝菍河之銀燭⑬〔二一〕。冠五華於僊草⑭，超四照於靈木⑮〔二二〕。雜衆姿於開卷，閱群貌於昏明。無長袖之容止，信不笑之空城〔二三〕。森紫葉以上擢，紛湘蘂而下傾⑯〔二四〕。根雖割而琯徹，柯既解而絲縈〔二五〕。感盛衰之可懷，質始終而常清〔二六〕。故其爲芳也綢繆，其爲媚也奔發〔二七〕。對粧則色殊⑰，比蘭則香越〔二八〕。泛明綵於宵波⑱，飛澄華於曉月〔二九〕。陋荊姬之朱顔，笑夏女之光髪〔三〇〕。恨狎世而貽賤，徒愛存而賞没〔三一〕。雖凌群以擅奇，終從歲而零歇〔三二〕。

【校記】

①「標」，《藝文類聚》卷八一作「摽」。

②「□□□□□□」，此六字空格原闕，今據張溥本補。

③「景」，張溥本作「莖」。

④「的」，《初學記》卷二七作「菂」。

⑤「媱」，原作「遥」，今據張溥本、《初學記》改。

⑥「荷」，盧校、《藝文類聚》《初學記》作「柯」。

⑦「曜」，盧校、《藝文類聚》、《初學記》作「濯」。「以」，盧校、《藝文類聚》《初學記》作「而」。「晨」，《藝文類聚》作「景」。

⑧「江」，《藝文類聚》注：「本集作『吴』。」盧校作「吴」。

⑨「瑶」，《藝文類聚》注：「一作『碧』。」盧校作「碧」。

⑩「屈」，《藝文類聚》作「空」。

⑪「揚」，原作「楊」，今據張溥本、《初學記》改。

⑫「以」，盧校、《藝文類聚》《初學記》作「而」。

⑬「輝」，《藝文類聚》作「暉」，《初學記》作「耀」。

⑭「於」，《初學記》作「之」。

⑮「於」，《初學記》作「之」。

⑯「下」，張溥本作「不」。

⑰「姝」，張溥本作「殊」。

⑱「泛」，張溥本作「汎」。「綵」，張溥本作「彩」。

【箋注】

〔一〕感衣裳於楚賦：《楚辭·離騷》：「製芰荷以爲衣兮，集芙蓉以爲裳。」朱熹集注：「荷，蓮葉也。芙蓉，蓮花也。《本草》云：『蓮，其葉名荷，其花未發爲菡萏，已發爲芙蓉。』」《漢書》卷三〇《藝文志》：「屈原賦三十篇。」按《楚辭》之作，多有類此者。詠憂思於陳詩：《詩經·陳風》序：「《澤陂》，刺時也。言靈公君臣淫於其國，男女相悦，憂思感傷焉。」《陂澤》：「彼澤之陂，有蒲與荷。」朱熹集傳：「荷，芙蕖也。」

〔二〕標高名於澤芝：《藝文類聚》卷八二引《古今注》曰芙蕖「一名水且，一名水芝，一名澤芝，一名水花」。

〔三〕陂：《詩經·陳風·澤陂》：「彼澤之陂，有蒲與荷。」毛傳：「陂，澤障也。」孔穎達疏：「彼澤之陂障之中，有蒲與荷之二草。」朱熹集傳：「荷，芙蕖也。」夕張：《楚辭·九歌·湘夫人》：「登白薠兮騁望，與佳期兮夕張。鳥何萃兮蘋中，罾何爲兮木上。」朱熹集注：「張，陳設也，言向夕灑掃而張施帷幄也。」搴芙蓉：《楚辭·九歌·湘君》：「桂櫂兮蘭枻，斲冰兮積雪。采薜荔兮水中，搴芙蓉兮木末。心不同兮媒勞，恩不甚兮輕絶。」朱熹集注：「薜荔緣木，而今採之水中；芙蓉在水，而今求之木末。既非其處，則用力雖勤而不可得。」《楚辭·離騷》：「朝搴阰之木蘭兮，夕攬洲之宿莽。」王逸注：「搴，取也。」水嬉：《史記》卷一一七《司馬相如列傳》載司馬相如《大人賦》：「杭絶浮渚，而涉流沙，奄息總極，泛濫水嬉兮。」《晉書》卷五五《張載傳附張協傳》載張協《七命》：「乘鷁舟兮爲水嬉，臨芳洲兮拔靈芝。」

〔四〕抽我衿之桂蘭：《藝文類聚》卷三五引曹植《九愁賦》：「刈桂蘭而秣馬，捨予車於西林。」瑜辭：美好之言辭。瑜，美玉。《左傳》宣公十五年：「山藪藏疾，瑾瑜匿瑕。」孔穎達疏：「瑾瑜，玉之美名。」

〔五〕徽號：美號。《晉書》卷二一《禮志下》：「蒸蒸之心，昊天罔極，寧當忍父卑賤，不以徽號顯之，豈不以子無爵父之道，理窮義屈，靡所厝情者哉！」

〔六〕抱茲性之清芬：《文選》卷一七陸機《文賦》：「詠世德之駿烈，誦先人之清芬。」李善注：「謂先世之人有清美芬芳之德而誦勉。」若華：古代神話中若木的花。《楚辭·天問》：「日安不到，燭龍何照？羲和之未揚，若華何光？」王逸注：「言日未揚出之時，若木何能有明赤之光華乎？」

〔七〕單：通殫。《莊子·列禦寇》：「朱泙漫學屠龍於支離益，單千金之家，三年技成而無所用其巧。」郭象注：「單，盡也。」藹陽：揚雄《太玄經》卷六：「陽藹萬物，赤之於下。」《文選》卷四左太沖《蜀都賦》：「陽藹陰敷。」李善注：「揚雄《太玄經》曰：『陽藹萬物。』言陽氣藹煦，生萬物也。」藹，通煦，温暖。滮池：即滮池，古水名。《詩經·小雅·白華》：「滮池北流，浸彼稻田。嘯歌傷懷，念彼碩人。」朱熹集傳：「滮，流貌。北流，豐鎬之間，水多北流。碩人，尊大之稱，亦謂幽王也。」

〔八〕爍：《文選》卷四左太沖《蜀都賦》：「符采彪炳，暉麗灼爍。」六臣劉良注：「灼爍，光彩貌。」《藝文類聚》卷四四引嵇康《琴賦》：「錯以犀象，藉以翠緑。弦以園客之絲，徽以鍾山之玉。爰有龍鳳之象，古人之形。伯牙揮手，鍾期聽聲。華容灼爍，發采揚明。伶倫比律，田連操張。進御君子，新聲嘹亮。」彤輝：《宋書》卷二〇《樂志二》殷淡《迎神奏韶夏樂歌詞》：「閟宮黝黝，復殿微微，璿除肅炤，釭璧彤輝。」粲：《詩經·唐風·葛生》：「角枕粲兮，錦衾爛兮。予美亡此，誰與獨旦。」朱熹集傳：「粲、爛，華美鮮明之貌。」雕霞：《藝文類聚》卷八六引宋顔測《山石榴賦》：「風觸枝而翻蕊，雨淋條而殞芬。環青軒而燧列，繞翠波而星分。視栖翡之失榮，顧彫霞之無文。」

〔九〕椒丘：《楚辭·離騷》：「步余馬於蘭皋兮，馳椒丘且焉止息。進不入以離尤兮，退將復脩吾初服。」朱熹集注：「澤曲曰皋，其中有蘭，故曰蘭皋。丘上有椒，故曰椒丘。」園桃：《詩經・魏風・園有桃》：「園有桃，其實之殽。心之憂矣，我歌且謡。不知我者，謂我士也驕。」埒：《史記》卷三〇《平準書》：「故吴，諸侯也，以即山鑄錢，富埒天子，其後卒以叛逆。」裴駰集解：「案孟康曰：『富與天子等，而微減也。或曰：埒，等也。』」

〔一〇〕彪炳：《西京雜記》卷六：「制爲枕案，文章璀璨，彪炳涣汗。」蒨藻：《文選》卷一九束廣微《補亡詩・白華》：「蒨蒨士子，涅而不渝。」李善注：「蒨蒨，鮮明之貌。」謝靈運《山居賦》：「水香送秋而擢蒨，林蘭近雪而揚猗。」翠景：《藝文類聚》卷八七引陸機《瓜賦》：「發金榮於秀翹，結玉實於宗柯，蔽翠景以自育，綴脩莖而星羅。」紅波：《拾遺記》卷一〇：「崑崙山……南有赤陂紅波，千劫一竭，千劫水乃更生也。」

〔一一〕青房兮規接，紫的兮圓羅：《藝文類聚》卷六二引後漢王延壽《魯靈光殿賦》：「發秀吐榮，菡萏披敷，緑圓淵井，反植荷蕖，秀房紫的，窋咤垂珠。」青房，即緑房，謂蓮房，蓮蓬。唐張籍《採蓮曲》：「青房圓實齊戢戢，争前競折漾微波。」紫的，亦作紫菂，紫色蓮子。

〔一二〕妖嫋：《楚辭》王逸《九思・傷時》：「聲噭誂兮清和，音晏衍兮要嫋。」洪興祖補注：「《説文》：『嫋，曲肩貌。』《方言》：『嫋，游也。江沅之間謂戲爲嫋。』」菡萏：《詩經・陳風・澤陂》：「彼澤之陂，有蒲菡萏，有美一人，碩大且儼。寤寐無爲，輾轉伏枕。」朱熹集傳：「菡萏：荷華也。」

〔一三〕上星光而倒景：《史記》卷一一七《司馬相如列傳》載司馬相如《大人賦》：「貫列缺之倒景兮，涉豐隆之滂沛。」裴駰集解：「倒景，日在下。」龍鱗：指水波，漣漪。《文選》卷二〇潘安仁《金谷集作詩》：「濫泉龍鱗瀾，激波連珠揮。」《文選》卷一二郭景純《江賦》：「瀿減濜涓，龍鱗結絡。」李善注：「龍鱗結絡，龍之鱗連結交絡。」

〔一四〕錦鱗：魚之美稱。《樂府詩集》卷三八古辭《飲馬長城窟行》：「客從遠方來，遺我雙鯉魚。呼兒烹鯉魚，中有尺素書。」後人因以魚傳書云錦鱗書。杜牧《春思》：「豈君心的的，嗟我淚涓涓。綿羽啼來久，錦鱗書未傳。獸爐凝冷焰，羅幕蔽晴煙。自是求佳夢，何須訝晝眠。」夕暎：即夕映，猶夕照。《藝文類聚》卷九一引宋謝莊《赤鸚鵡賦》：「徒觀其柔儀所踐，頹藻所挺，華景夕映，容光晦鮮，慧性生昭，和機自曉，審國音於寰中，達方聲於裔表。」繡羽：謂色彩斑爛之鳥。

〔一五〕游童：嬉游之孩童。《三國志》卷四二《蜀志·郤正傳》：「譬遒人之有采於市閭，游童之吟詠乎疆畔，庶以增廣福祥，輸力規諫。」湘吹：《楚辭·遠游》：「使湘靈鼓瑟兮，令海若舞馮夷。」王逸注：「百川之神皆謡歌也。」《水經注·湘水注》：「衡山東南二面臨映湘川，自長沙至此，江、湘七百里中，有九向九背，故漁者歌曰：『帆隨湘轉，望衡九面。』」榜妾：指船家女。《楚辭·九章·涉江》：「乘舲船余上沅兮，齊吴榜以擊汰。」王逸注：「吴榜，船櫂也……士卒齊舉大櫂而擊水波。」江歌：《史記》卷一一七《司馬相如列傳》：「榜人歌。」裴駰集解：「郭璞曰：『唱櫂歌也。』」

〔一六〕備日月之温麗，非盛明而謂何：《藝文類聚》卷三〇引班婕妤《自悼賦》：「蒙聖皇之渥惠兮，當日月之盛明。」《後漢書》卷六《順帝紀》：「天命有常，北鄉不永，漢德盛明，福祚孔章。」《後漢書》卷四五《周榮傳》：「臣伏惟古者帝王，有所號令，言必弘雅，辭必温麗，垂於後世，列於典經。」

〔一七〕當融風：《左傳》昭公十八年：「丙子，風。梓慎曰：『是謂融風，火之始也。』」杜預注：「東北曰融風。融風，木也。木，火母，故曰火之始。」孔穎達疏：「東北曰融風。《易緯》作調風，俱是東北風。一風有二名。東北，木之始，故融風爲木也。木是火之母，火得風而盛，故融爲火之始。」平渥：謂普遍潤澤。

〔一八〕瑶塘：《文選》卷二〇劉公幹《公讌詩》：「芙蓉散其華，菡萏溢金塘。」按瑶塘、金塘，皆池塘之美稱。周流：《史記》卷一一七《司馬相如列傳》載司馬相如《上林賦》：「於是乎離宫别館，彌山跨谷，高廊四注，重坐曲閣。華榱璧璫，輦道纚屬。步櫩周流，長途中宿。」

〔一九〕洞泉：蔡邕《琴贊》：「惟彼雅器，載璞靈山。體其德真，清和自然。澡以春雪，澹若洞泉。温乎其仁，玉潤外鮮。」

〔二〇〕葉折水以爲珠：《藝文類聚》卷八引《尸子》：「凡水，其方折者有玉，其圓折者有珠，清水有黄金。」《淮南子·墬形訓》：「水員折者有珠，方折者有玉。清水有黄金，龍淵有玉英。」高誘注：「圓折者陽也，珠，陰中之陽。方折者陰也，玉，陽中之陰，皆以其類也。」按折水，迴旋的流水。《藝文類聚》卷八二引晉夏侯湛《芙蓉賦》：「纓以金牙，點以素珠。」集露：《資治通鑑》卷二〇漢武帝元鼎二年：「春，起柏梁臺，作承露盤，高二十丈，大七圍，以銅爲之，上有僊人掌以承露，和玉屑飲之，云可以長生。」

〔一一一〕蓬山：蓬萊山。《山海經·海内北經》：「蓬萊山在海中。」郭璞注：「上有僊人宫室，皆以金玉爲之，鳥獸盡白，望之如雲，在渤海中也。」《史記》卷六《封禪書》：「既已，齊人徐市等上書，言海中有三神山，名曰蓬萊、方丈、瀛洲，僊人居之。於是遣徐市發童男女數千人，入海求僊人。」張守節正義：「《漢書·郊祀志》云：『此三神山者，其傳在勃海中，去人不遠，蓋曾有至者，諸僊人及不死之藥皆在焉。其物禽獸盡白，而黄金、白銀爲宫闕。未至，望之如雲；及至，三神山乃居水下；臨之，患且至，風輒引船而去，終莫能至云。世主莫不甘心焉。」瓊膏：《山海經·西山經》：「又西北四百二十里曰峚山，其上多丹木，員葉而赤莖，黄華而赤實，其味如飴，食之不飢。丹水出焉，西流注於稷澤，其中多白玉，是有玉膏，其源沸沸湯湯，黄帝是食是饗。是生元玉，玉膏所出，以灌丹木。」郭璞注：「《河圖玉版》曰：『少室山，其上有白玉膏，一服即僊矣。』亦此類也。」菍河：《漢書》卷九六上《西域傳上》：「蔥嶺，其南山東出金城，與漢南山屬焉。其河有兩原，一出蔥嶺山，一出于闐。于闐在南山下，其河北流與蔥嶺河合，東注蒲昌海。蒲昌海，一名鹽澤者也。」按菍、蔥，葱字通。銀燭：《穆天子傳》：「天子之珤：玉果、璿珠、燭銀。」郭璞注：「銀有精光如燭。」

〔一一二〕五華：謂五色僊花。《宋書》卷六七《謝靈運傳》載謝靈運《山居賦》：「本草所載，山澤不一。雷、桐是别，和、緩是悉。參核六根，五華九實。二冬竝稱而殊性，三建異形而同出。」《後漢書》卷二八下《馮衍傳下》：「飲六醴之清液兮，食五芝之茂英。」李賢注：「《茅君内傳》曰：『句曲山上有神芝五種：一曰龍僊芝，似交龍之相負，服之爲太極僊卿。第二名參成芝，赤色有光，其枝葉如金石之音，折而續之即復如故，服之爲太極大夫。第三名燕胎芝，其色紫，形如葵，葉上有燕象，光明洞澈，服一株拜爲太清龍虎僊君。第四名夜光芝，其色青，其實正白如李，夜視其實如月，光照洞一室，服一株爲太清僊官。第五名曰玉芝，剖食拜三官正真御史。』」四照：《山海經·南山經》：「其首曰招摇之山……有木焉，其狀如穀而黑理，其華四照，其名曰迷穀，佩之不迷。」郭璞注：「言有光燄也。」按四照原指花之光華照耀四方，而此賦則指光華四照之花，用法乃自有別。靈木：張衡《冢賦》：「曲折相連，迤靡相屬，乃樹靈木，靈木戎戎，繁霜峩峩。」《藝文類聚》卷六九引王粲《靈壽杖頌》曰：「兹杖靈木，以介眉壽，奇幹貞正，不待矯輮。據斯直杖，杖之爰茂。」

〔二三〕長袖：傅毅《舞賦》：「其始興也，若俯若仰，若來若往，雍容惆悵，不可爲象。羅衣從風，長袖交横，駱驛飛散，颯遝合併，綽約閑靡，機迅體輕。」信不笑之空城：《文選》卷一九宋玉《登徒子好色賦》：「增之一分則太長，減之一分則太短。著粉則太白，施朱則太赤。眉如翠羽，肌如白雪，腰如束素，齒如含貝。嫣然一笑，惑陽城，迷下蔡。」《漢書》卷九十七上《外戚傳上》：延年侍上起舞，歌曰：「北方有佳人，絶世而獨立，一顧傾人國，再顧傾人城。寧不知傾城與傾國，佳人難再得。」

〔二四〕紫葉：《藝文類聚》卷七〇引後漢張紘《瓌材枕賦》：「有卓爾之殊瓌，超詭異之邈絶。且其材色也，如芸之黄；其爲香也，如蘭之芳；其文彩也，如霜地而金莖。紫葉而紅榮，有若蒲陶之蔓延，或如兔絲之煩縈。有若嘉禾之垂穎，又似靈芝之吐英。」湘蘂：《藝文類聚》卷八一引晉傅統妻《芍藥花頌》：「曄曄芍藥，植此前庭。晨潤甘露，晝晞陽靈。曾不踰時，荏苒繁茂。緑葉青葱，應期吐秀。緗蘂攢挺，素華菲敷。光譬朝日，色豔芙蕖。媛人是採，以厠金翠。發彼妖容，增此婉媚。惟昔風人，抗兹榮華。聊用興思，染翰作歌。」

〔二五〕瑄：通管。柯既解而絲縈：《藝文類聚》卷八引曹植《芙蓉賦》：「覽百卉之英茂，無斯華之獨靈，結脩根於重壤，泛清流以擢莖。其始榮也，皎若夜光尋扶桑；其揚暉也，晃若九陽出暘谷。芙蓉蹇産，菡萏星屬，絲條垂珠，丹榮如緑，焜焜韡韡，爛若龍燭，觀者終朝，情猶未足。於是狡童媛女，相與同游，擢素手於羅袖，接紅葩於中流。」

〔二六〕感盛衰之可懷：《藝文類聚》卷三引晉潘岳《秋興賦》：「四運忽其代序兮，萬物紛以迴薄。覽華蒔之時育兮，察盛衰之所託。感冬索以春敷，嗟夏茂而秋落。」

〔二七〕綢繆：《文選》卷五左太沖《吴都賦》：「容色雜糅，綢繆縟繡。」劉逵注：「綢繆，花采密貌。」

〔二八〕色姝：《詩經・邶風・静女》：「静女其姝，俟我於城隅。」毛傳：「姝，美色也。」

〔二九〕泛明綵：《太平御覽》卷六九九引劉義慶《幽明録》：「祖往視之：坐斗帳裏，四角及頂上各有一大珠，形如鵝子，明彩炫耀。」按綵，彩字通。澄華：《拾遺記》卷三：「淇漳之醴，脯以青茄；九江珠穟，爨以蘭蘇；華清夏潔，灑以纖縞。華清，井之澄華也。」

〔三〇〕荆姬：《藝文類聚》卷八一引魏鍾會《菊花賦》：「百卉凋瘁，芳菊始榮，紛葩曄曄，或黄或青。乃有毛嬙、西施、荆姬、秦嬴，妍姿妖豔，一顧傾城。」朱顔：《楚辭·招魂》：「涉江採菱，發揚荷些。美人既醉，朱顔酡些。」《文選》卷二九曹子建《雜詩》：「南國有佳人，容華若桃李。朝游江北岸，日夕宿湘沚。時俗薄朱顔，誰爲發皓齒。俛仰歲將暮，榮耀難久恃。」光髮：《左傳》昭公二十八年：「昔有仍氏生女黰黑而甚美，光可以鑑。」杜預注：「美髮爲黰。髮膚光色可以照人。」

〔三一〕狎世：隨附世俗。《晉書》卷九四《隱逸·陶潛傳》：「既而語人云：『我性不狎世，因疾守閑，幸非潔志慕聲，豈敢以王公紆軫爲榮邪。夫謬以不賢，此劉公幹所以招謗君子，其罪不細也。』」

〔三二〕凌群：陸雲《弔陳永長書》：「永曜茂德，遠量一時。秀生奇蹤瑋寶，灼爾凌群。光國隆家，人士之望。」零歇：零落凋謝。

游思賦

【解題】

據賦中「瞻荆吴之遠山」云云，此賦當爲詩人上荆州途中所作。觀鮑照一生西上荆州之行，可考者有二。其一爲年輕時辭親遠游以干謁求仕時，其二爲孝武帝大明六年（四六二）秋後，任荆州刺史臨海王子頊軍府參軍，隨子頊前往荆州時。觀賦云：「指煙霞而問鄉，窺林嶼而訪泊。撫身世而識苦，念親愛而知樂。苦與樂其何言，悼人生之長役。捨堂宇之密親，坐江潭而爲客。對蒹葭之遂黄，視零露之方白。」「雖燕越之異心，在禽鳥而同戚。悵收情而抆淚，遺繁悲而自抑。」表現懷鄉戀土、思念親人及悲歎行役之情緒。又云：「物因節以捲舒，道與運而升息。賤賣卜以當壚，隱我耕而子織。」又表現出濃厚的消極思想及對隱居躬耕生活之嚮往。賦末云：「已矣哉！使豫章生而可知，夫何異夫叢棘。」則隱含了强烈的因才大不爲用而迸發出的灰心失意之感慨。抑鬱之情，悲苦之緒，溢於言表。賦中所言皆爲仕途失意，歷經人世滄桑時心緒之流露，當爲詩人後期之作。尋詩人有《登黄鶴磯》詩一首，乃大明六年赴荆州道中過武昌時作，詩有「木落江渡寒，鴈還風送秋」二句，曰「木落」，曰「送秋」，則是時已在深秋，即其第二次上荆之時間乃在是年八九月間。而此賦云：「秋水兮駕浦，涼烟兮冒虹。」又云：「對蒹葭之遂黄，視零露之方白。」亦皆爲深秋景象，與《登黄鶴磯》詩所叙之時間頗爲相合。詩人是年又有《從臨海王上荆初發新渚》詩一首，其中有句云：「狐兔懷窟志，犬馬戀主情。撫襟同太息，相顧俱涕零。」結句又云：「奉役途未啟，思歸思已盈。」與此賦所表現出之情感亦正相合。則此賦當爲大明六年深秋詩人爲臨海王子項參軍赴荆途中所作。錢仲聯《鮑參軍集注》以爲乃宋文帝元嘉十六年（四三九）詩人初出求仕赴江州途中作，此説與賦所表現之情感相左，且若爲赴江州時作，又與賦中「瞻荆吴之遠山」不相合，即錢氏所説，乃偶有失考。

雲徑兮海衝①，上潮兮送風〔一〕。秋水兮駕浦②，涼烟兮冒虹③〔二〕。暮氣起兮遠岸黑，陽精滅兮天際紅〔三〕。波澐澐兮無底④，山森森兮萬重⑤〔四〕。平隰兮亘岸，通川兮瀉壑〔五〕。仰盡兮天經，俯窮兮地絡〔六〕。望波際兮曇曇，眺雲間兮灼灼〔七〕。乃江南之斷山，信海上之飛鶴〔八〕。指煙霞而問鄉，窺林嶼而訪泊〔九〕。撫身事而識苦，念親愛而知樂〔一〇〕。苦與樂其何言，悼人生之長役〔一一〕。捨堂宇之密親，坐江潭而爲客〔一二〕。對蒹葭之遂黄，視零露之方白〔一三〕。鴻晨驚以響湍，泉夜下而鳴石〔一四〕。結中洲之雲蘿，託綿思於遥夕〔一五〕。瞻荆吴之遠山，望邯鄲之長陌〔一六〕。塞風馳兮邊草飛，胡沙起兮鴈揚翮⑥〔一七〕。雖燕越之異心，在禽鳥而同戚⑦〔一八〕。悵收情而抆淚，遣繁悲而自抑〔一九〕。此日中其幾時，彼月滿而將蝕〔二〇〕生無患於不老，奚引憂以自逼？物因節以卷舒，道與運而升息〔二一〕。賤賣卜以當壚，隱我耕而子織〔二二〕。誠愛秦王之奇勇⑧，不顧絶筋而稱力〔二三〕。已矣哉！使豫章生而可知，夫何異乎叢棘〔二四〕。

【校記】

①「徑」，《藝文類聚》卷二七作「遥」。

②「駕」，《藝文類聚》作「架」。

③「虹」，原作「江」，今據張溥本、《初學記》卷三改。

④「澐澐」，《藝文類聚》作「汇汇」，張溥本作「茫茫」。

⑤「森森」，《藝文類聚》作「寥寥」。

⑥「胡」，四庫本作「鶩」。

⑦「而」，《藝文類聚》作「之」。

⑧「勇」，四庫本作「男」。

【箋注】

〔一〕衡：交通要道。《左傳》昭公元年：「子晳怒，既而櫜甲以見子南，欲殺之而娶其妻。子南知之，執戈逐之。及衝，擊之以戈。」杜預注：「衝，交道。」上潮：《文選》卷三十四枚叔《七發》：「江水逆流，海水上潮」，李善注：「言能令二水逆流上潮。」

〔二〕浦：《詩經·大雅·常武》：「率彼淮浦，省此徐土。」《經典釋文》卷七：「浦音普，涯也。」冒：《詩經·邶風·日月》：「日居月諸，下土是冒。」毛傳：「冒，覆也。」

〔三〕陽精：《禮記·月令第六》孔穎達疏：「月是陰精，日爲陽精。」

〔四〕澐澐：水流浩蕩貌。董仲舒《春秋繁露》卷一六：「水則源泉，混混澐澐。」森森：《文選》卷一七陸士衡《文賦》：

「播芳蕤之馥馥，發青條之森森。」

〔五〕平隰：《管子·形勢》：「平原之隰，奚有於高。」《晉書》卷九二《文苑·趙至傳》：「肆目平隰，則寥廓而無覩。」亘岸：《文選》卷四左太沖《蜀都賦》：「經途所亘，五千餘里。」吕向注：「亘，長也。」

〔六〕天經：指天象。《易·繫辭上》：「天垂象，見吉凶，聖人象之。」《漢書》卷二六《天文志》：「凡天文在圖籍昭昭可知者，經星常宿中外官凡百一十八名，積數七百八十三星，皆有州國官宫物類之象。」地絡：《史記》卷八八《蒙恬列傳》：「良久，徐曰：『恬罪固當死矣。起臨洮屬之遼東，城塹萬餘里，此其中不能無絶地脈哉？此乃恬之罪也。』」《後漢書》卷一三《隗囂傳》：「分裂郡國，斷絶地絡。」李賢注：「絡，猶經絡也。謂莽分坼郡縣，斷割疆界也。」

〔七〕曇曇：烏雲密佈貌。陸雲《愁霖賦》：「雲曇曇而疊結兮，雨淫淫而未散。」灼灼：明亮貌。《玉臺新詠》卷二傅玄《明月篇》：「皎皎明月光，灼灼朝日暉。」

〔八〕斷山：《水經》卷七《濟水》：「濟水又東，逕東廣武城北。」酈道元注：「夾城之間有絶澗斷山，謂之廣武澗。」

〔九〕嶼：水中小島。曹操《滄海賦》：「覽島嶼之所有。」訪泊：尋訪泊舟之處。泊，《三國志》卷一一《魏志·管寧傳》注引《傅子》：「時夜風雨晦冥，船人盡惑，莫知所泊。」

〔一〇〕親愛：《文選》卷二四曹子建《贈白馬王彪》：「鬱紆將難進，親愛在離居。」

〔一一〕悼人生之長役：屈原《離騷》：「惟天地之無窮兮，哀人生之長勤。」

〔一二〕密親：《文選》卷二六陸士衡《赴洛道中作》：「總轡登長路，嗚咽辭密親。」江潭：江邊。《楚辭·漁父》：「屈原既放，游於江潭，行吟澤畔。」

〔一三〕蒹葭：《詩經·秦風·蒹葭》：「蒹葭蒼蒼，白露爲霜。」鄭玄箋：「蒹葭在衆草之中蒼蒼然彊盛，至白露凝戾爲霜，則成而黄。」零露：《詩經·鄭風·野有蔓草》：「野有蔓草，零露漙兮。」鄭玄箋：「零，落也。」

〔一四〕湍：《水經》卷三四《江水》：「又東過巫縣南，鹽水從縣東南流注之。」酈道元注：「春冬之時，則素湍渌潭，迴清倒影，絕巘多生怪柏。」

〔一五〕中洲：《楚辭·九歌·湘君》：「君不行兮夷猶，蹇誰留兮中洲。」王逸注：「中洲，洲中也，水中可居者爲洲。」雲蘿：即紫藤，因藤莖屈曲攀繞如雲之繚繞，故稱。綿思：《藝文類聚》卷四一引樂府古詩《飲馬長城窟行》：「青青河畔草，綿綿思遠道。」遥夕：《文選》卷二九何敬祖《雜詩》：「勤思終遥夕，永言寫情慮。」

〔一六〕荆吴：《文選》卷五三陸士衡《辯亡論上》：「謀無遺諝，舉不失策，故遂割據山川，跨制荆吴，而與天下争衡矣。」邯鄲：《史記》卷一〇二《張釋之傳》：「是時慎夫人從，上指示慎夫人新豐道曰：『此走邯鄲道也。』」

〔一七〕揚翮：《文選》卷二〇曹子建《送應氏詩》二首之二：「願爲比翼鳥，施翮起高翔。」

〔一八〕燕越：《晉書》卷一〇八《慕容廆傳》：「王塗嶮遠，隔以燕越，每瞻江湄，延首遐外，天降艱難，禍害屢臻。」

〔一九〕抆淚：《楚辭·九章·悲回風》：「孤子唫而抆淚兮，放子出而不還。」洪興祖補注：「抆音吻，拭也。」自抑：《楚辭·九章·懷沙》：「撫情効志兮，冤屈而自抑。」洪興祖補注：「抑，按也。言己身多病長窮，恐遂巔沛，撫己情意而考覆心志，無有過失，則屈志自抑而不懼也。」

〔二〇〕此日中其幾時，彼月滿而將蝕：李鼎祚《周易集解》卷四：「崔憬曰：『若日中則昃，月滿則虧，損有餘以補不足，天之道也。』」

〔二一〕物因節以卷舒：《淮南子·俶真訓》：「盈縮卷舒，與時變化。外從其風，内守其性，耳目不燿，思慮不營。」

〔二二〕賣卜：用西漢嚴君平事。《漢書》卷七二《王貢兩龔鮑傳序》：「其後谷口有鄭子真，蜀有嚴君平，皆修身自保，非其服弗服，非其食弗食。成帝時，元舅大將軍王鳳以禮聘子真，子真遂不詘而終。君平卜筮於成都市，以爲『卜筮者賤業，而可以惠衆人。有邪惡非正之問，則依蓍龜爲言利害。與人子言依於孝，與人弟言依於順，與人臣言依於忠，各因勢導之以善，從吾言者，已過半矣』。裁日閲數人，得百錢足自養，則閉肆下簾而授《老子》。」當壚：用西漢司馬相如事。《漢書》卷五七上《司馬相如傳上》：「文君夜亡奔相如。相如與馳歸成都，家徒四壁立。卓王孫大怒曰：『女不材，我不忍殺，一錢不分也！』

人或謂王孫，王孫終不聽。文君久之不樂，謂長卿曰：『弟俱如臨邛，從昆弟假貣，猶足以爲生，何至自苦如此。』相如與俱之臨邛，盡賣車騎，買酒舍，乃令文君當盧，相如身自著犢鼻褌，與庸保雜作，滌器於市中。卓王孫恥之，爲杜門不出。」顔師古注：「賣酒之處累土爲盧，以居酒甕，四邊隆起，其一面高，形如鍛盧，故名盧耳。而俗之學者，皆謂當盧爲對温酒火盧，失其義矣。」隱我耕而子織：劉向《列女傳》卷二：「接輿躬耕以爲食，楚王使使者持金百鎰，車二駟往聘迎之。曰：『王願請先生治淮南。』接輿笑而不應，使者遂不得與語而去。妻從市来，曰：『先生少而爲義，豈將而遺之哉，門外車跡何其深也？』接輿曰：『王不知吾不肖也，欲使我治淮南，遣使者持金駟来聘。』其妻曰：『得無許之乎？』接輿曰：『夫富貴者，人之所欲也，子何惡，我許之矣。』妻曰：『義士非禮不動，不爲貧而易操，不爲賤而改行。妾事先生，躬耕以爲食，親績以爲衣，食飽衣暖，據義而動，其樂亦自足矣。若受人重禄，乘人堅良，食人肥鮮，而將何以待之？』接輿曰：『吾不許也。』妻曰：『君使不從，非忠也。從之又違，非義也。不如去之。』夫負釜甑，妻戴紝器，變名易姓而遠徙，莫知所之。」

〔二三〕秦王之奇勇：《史記》卷五《秦本紀》：「武王有力好戲，力士任鄙、烏獲、孟説皆至大官，王與孟説舉鼎絶臏。」

〔二四〕豫章：枕木與樟木的並稱。《史記》卷一一七《司馬相如列傳》：「其北則有陰林巨樹，楩柟豫章。」張守節正義：「《活人》云：『豫，今之枕木也。章，今之樟木也。二木生至七年，枕樟乃可分别。』」叢棘：叢生的荆棘。《易·坎》：「係用徽纆，寘於叢棘。」孔穎達疏：「謂囚執之處，以棘叢而禁之也。」

飛蛾賦

【解題】

崔豹《古今注·蟲魚》：「飛蛾善拂燈，一名火花，一名慕光。」《山堂肆考》卷二二八：「《埤雅》：『飛蛾善拂燈火，夜飛，一名慕光，似蝶而小，似蠶蛾而能飛，一名文蛾。』《符子》曰：『不安其昧而樂其明，是猶文蛾，去暗赴燈而死。』」《文選》卷二九張景陽《雜詩十首》之一：「秋夜涼風起，清氣蕩暄濁。蜻蛚吟階下，飛蛾拂明燭。」此賦讚揚飛蛾的「輕死以邀得」。文中所詠，應該並不是無的放矢，而是借飛蛾詠志，爲遭遇挫折之後自我人生態度的表白，表現出詩人爲追求正義而不惜獻身的精神。考詩人青年時期初仕臨川王劉義慶，爲國侍郎。在劉義慶王府的初期，義慶對他可以説頗爲器重，他對義慶也頗多感激之情，在義慶爲江州刺史時詩人隨同義慶游廬山時所作的《從登香爐峰》等詩即爲明證。但是，不久他與劉義慶的蜜月乃宣告結束，元嘉十七年，他即遭到了禁止的處分，解除禁止後，又因過失受到譴責。他的《謝解禁止疏》和《謝隨恩被原疏》二文即爲這二次事件而作。他的《謝隨恩被原疏》明確指出他之所以受到譴責乃是由於小人讒言的誣陷，《謝解禁止疏》又表明他被禁止的原因乃是「闇澁大誼，猖狂世禮」的緣故，實際上也就是對劉義慶某種程度的不恭。由於失去劉義慶的歡心，再加上同僚們的落井下石，他失寵於劉義慶也就成爲必然。從此賦的內容看，極有可能是在臨川王幕中受譴責時的作品，表現他決不改變操守的態度，這正是他青年時代剛直性格的反映。因此，他在義慶幕接二連三地遭到禁止的處分和被譴責也就頗爲自然。由此觀之，此賦之作，當在元嘉十七年（四四〇）前後。

僊鼠伺闇，飛蛾候明〔一〕。均靈舛化①，詭欲齊生②〔二〕。觀齊生而欲詭③，各會性以憑方④〔三〕。凌燋煙之浮景，赴熙焰之明光〔四〕。拔身幽草下，畢命在此堂⑤〔五〕。本輕死以邀得⑥，雖糜爛其何傷⑦〔六〕。豈學山南之文豹⑧，避雲霧而喦藏⑨〔七〕。

【校記】

①「舛」，《太平御覽》卷九五一作「升」。

②「欲」，盧校、《太平御覽》作「態」。

③「齊生」，盧校、《太平御覽》作「生齊」。「欲」，《太平御覽》、盧校作「態」。

④「性」，張溥本、四庫本作「住」。

⑤「在此」，《太平御覽》、盧校作「君子」。

⑥「得」，《太平御覽》作「願」。

⑦「雖」，《太平御覽》作「得」。

⑧「山南」，《太平御覽》、盧校作「南山」。「文」，嚴可均《全宋文》云：「《封氏聞見記》五云：『舊説南山赤豹，愛其毛體，每有霧露，諸禽獸皆取食，惟赤豹深藏不出，故古以喻賢者隱居避世，引此賦「豈若南山文豹，避雨霧而深藏。」則唐本是『赤』字。」

⑨「嵓」，張溥本作「巖」。按嵓，巖字通。

【箋注】

〔一〕僊鼠伺闇：《方言》卷八：「蝙蝠，自關而東謂之服翼，或謂之飛鼠，或謂之老鼠，或謂之僊鼠。自關而西，秦隴之間謂之蝙蝠，北燕謂之蟙蠌。」《爾雅翼·釋鳥四》：「似鼠，有肉翅而黑，棲人家屋隙中，遇夜則飛，夏夜尤甚，捕蚊蚋食之。」《古今注》卷中：「蝙蝠，一名僊鼠，一名飛鼠，五百歲則色白。腦重，集則頭垂，故謂之倒折，食之神僊。」飛蛾候明：《史記》卷九一《黥布列傳》：「淮南王方獵，見醢，因大恐。陰令人部聚兵，候伺旁郡警急。」

〔二〕均靈舛化：《漢書》卷八七下《揚雄傳下》：「雄見諸子各以其知舛馳。」顔師古注：「舛，相背。」詭欲齊生：《淮南子·説林訓》：「水雖平，必有波；衡雖正，必有差；尺寸雖齊，必有詭。」高誘注：「詭，不同也。」《淮南子·精神訓》：「輕天下則神無累矣，細萬物則心不惑矣，齊死生則志不懾矣，同變化則明不眩矣。」

〔三〕會性：《宋書》卷二九《符瑞志下》載何承天《白鳩頌》：「三極協情，五靈會性，理感冥符，道實玄聖。於赫有皇，先天配命。」

〔四〕凌燋煙之浮景：《儀禮·士喪禮》：「楚焞置於燋。」鄭玄注：「燋，炬也，所以燃火者也。」賈公彦疏：「云『燋，炬也』者，謂存火者爲炬。亦用荆爲之。」《文選》卷二三張孟陽《七哀詩》：「朱光馳北陸，浮景忽西沉。」李善注：「孔安國《尚書》注李曰：「騰清霄而軼浮景兮，夫何旟旐郅偈之旖旎也。」《文選》卷七揚子雲《甘泉賦》：「『浮，行也。』《説文》曰：『景，日光也。』」周翰注：「浮景，倒景也。」赴熙焰之明光：《詩經·周頌·昊天有成命》：「於緝熙，單厥心，肆其靖之。」毛傳：「緝，明；熙，廣。」鄭玄箋：「『廣』，當爲『光』。」

〔五〕拔身幽草下：拔身，脱身。《晉書》卷五八《周處傳》：「虓厲志貞亮，無愧古烈，未及拔身，奄隕厥命。甄表義節，國之典也。」幽草，《詩經·小雅·何草不黄》：「有芃者狐，率彼幽草，有棧之車，行彼周道。」畢命：《文選》卷三七曹子建《求自試表》：「夫論德而授官者，成功之君也，量能而受爵者，畢命之臣也。」六臣吕延濟注：「畢，盡也。」

〔六〕本輕死以邀得：《老子·制惑》：「民之輕死，以其求生之厚，是以輕死。」

〔七〕豈學山南之文豹，避雲霧而岩藏：《列女傳》卷二：「妾聞南山有玄豹，霧雨七日而不下食，何也？欲以澤其毛而成文章也，故藏而遠害。」

鮑照集校注卷二

尺蠖賦

【解題】

尺蠖爲尺蠖蛾之幼蟲，體柔軟細長，屈伸而行。《爾雅翼·釋蟲一》：「尺蠖，屈申蟲也。狀如蠶而絶小，行則促其腰，使首尾相就，乃能進步，屈中有申，故曰屈申。鄭康成謂之屈蟲，郭景純謂之步屈，皆此義。」《埤雅》卷一一云：「尺蠖，屈伸蟲也，一名蝍蝛，又呼步屈，《方言》曰：蝍蝛謂之尺蠖。」又云：「尺蠖似蠶，食葉，老亦吐絲作室。舊説尺蠖之繭，化而爲蝶，此猶蛹之變蛾。」

此賦詠尺蠖，讚揚尺蠖曲伸有序，保生有方。又由尺蠖逢險則屈、值夷則伸的特徵，聯繫到人生的機變，可以説正是他當時處世態度的真實寫照。這既是他在險惡環境下的無奈之舉，也是他在長期仕途不順的困境之下隨著年齡增長而人生態度的轉變。《宋書》鮑照本傳云：「世祖以照爲中書舍人。上好爲文章，自謂物莫能及。照悟其旨，爲文多鄙言累句，當時咸謂照才盡，實不然也。」對此，前人曾有不同的看法。雖然我們現在找不到鮑照詩文有故爲鄙言累句的證據，但從這一篇《尺蠖賦》來看，《宋書》的這則記載還是可信的，只是他故爲「鄙言累句」的詩文如今已經佚失，或是由於爲文的「鄙言累句」，虞炎未予收入集中而已。由此視之，此賦應是他在孝武帝孝建二三年間（四五五—四五六）任中書舍人時所作，表現了他在孝武帝這一猜忌刻薄、好殺成性的暴虐君主淫威之下的無奈心態。

智哉尺蠖！觀機而作〔一〕。申非向厚①，屈非向薄②〔二〕。當静泉渟，遇躁風驚〔三〕。起軒軀以曠跨③，伏累氣而併形〔四〕。冰炭弗觸，鋒刃靡迕④〔五〕。逢嶮蹙蹐⑤，值夷舒步〔六〕。忌好退之見猜，哀必進而爲蠹⑥〔七〕。每驤首以瞰塗，常佇景而翻露⑦〔八〕。故身不豫託，地無前期〔九〕。動静必觀於物，消息各隨乎時〔一〇〕。從方而應，何慮何思〔一一〕？是以軍筭慕其權，國容擬其變〔一二〕。高賢圖之以隱淪，智士以之而藏見〔一三〕。笑靈虵之久蟄，羞龍德之方戰〔一四〕。理害道而爲尤，事傷生而感賤〔一五〕。苟見義而守勇，豈專取於弦箭〔一六〕。

【校記】

①「申」，《藝文類聚》卷九七、《太平御覽》卷九四八、張溥本作「伸」。按申，伸字通。

②「屈」，《太平御覽》作「詘」。「向薄」，《藝文類聚》作「令薄」。

③「跨」，盧校、《太平御覽》作「莽」。

④「靡」，原作「歷」，今據張溥本及《太平御覽》改。

⑤「蹐」，《太平御覽》、盧校作「跡」。

⑥「而」，《太平御覽》作「之」。

⑦「佇景」，《太平御覽》作「景行」。「露」，原作「路」，今據張溥本改。

【箋注】

〔一〕智哉尺蠖！觀機而作：《周易·繫辭下》：「君子見幾而作，不俟終日。」

〔二〕申非向厚，屈非向薄：《周易·繫辭下》：「尺蠖之屈，以求信也；龍蛇之蟄，以存身也；精義入神，以致用也。」韓康伯注：「信音申。」《周易傳義大全》卷一二云：「尺蠖之行，先屈而後信，蓋不屈則無信，信而後有屈。觀尺蠖則知感應之理矣。龍蛇之藏，所以存息其身，而後能奮迅也，不蟄則不能奮矣。動息相感，乃屈信也。」晉支遁《詠利城山居》：「捲華藏紛霧，振褐拂埃塵。跡從尺蠖屈，道與騰龍伸。峻無單豹伐，分非首陽真。長嘯歸林嶺，瀟灑任陶鈞。」

〔三〕泉渟：《史記》卷八七《李斯列傳》：「禹鑿龍門，通大夏，疏九河，曲九防，決渟水，致之海。」《文選》卷四張平子《南都賦》：「貯水渟洿，亘望無涯。」李善注：「《廣雅》曰：『渟，止也。』」風驚：《文選》卷五三李蕭遠《運命論》：「風驚塵起，散而不止。」

〔四〕累氣：《後漢書》卷六七《黨錮・劉祐傳》：「時中常侍蘇康、管霸用事於内，遂固天下良田美業，山林湖澤，民庶窮困，州郡累氣。」李賢注：「累氣，屏息也。」併形：謂聚攏形體。《孫子・九地》：「謹養而勿勞，併氣積力。」

〔五〕冰炭弗觸：《韓非子・顯學》：「冰炭不同器而久，寒暑不兼時而至。」《淮南子・齊俗訓》：「夫重生者不以利害己，立節者見難不苟免。貪禄者見利不顧身，而好名者非義不苟得。此相爲論，譬猶冰炭鈎繩也，何時而合？」鋒刃：《尚書・費誓》：「鍛乃戈矛，礪乃鋒刃。無敢不善。」靡迕：《文選》卷一四班孟堅《幽通賦》：「紛屯亶與蹇連兮，何艱多而智寡；上聖寤而後拔兮，豈群黎之所御。」李善注：「曹大家曰：『迕，觸也。』」

〔六〕逢嶮蹙蹐：《後漢書》卷五四《馬援傳》：「從壺頭則路近而水嶮，從充則塗夷而運遠。」按嶮通險。《儀禮・士相見禮》：「始見於君，執摯至下，容彌蹙。」鄭玄注：「蹙，猶促也。促，恭慤貌也。」《詩經・小雅・正月》：「謂天蓋高，不敢不局；謂地蓋厚，不敢不蹐。」毛傳：「蹐，累足也。」陸德明音義：「《説文》：『小步也。』」夷：《詩經・周頌・天作》：「天作高山，大王荒之。彼作矣，文王康之。彼徂矣岐，有夷之行，子孫保之。」毛傳：「夷，易也。」

〔七〕哀必進而爲蠹：《荀子・勸學》：「物類之起，必有所始。榮辱之來，必象其德。肉腐出蟲，魚枯生蠹，怠慢忘身，禍災乃作。彊自取柱，柔自取束。」

〔八〕每驤首以瞰塗：《文選》卷三九漢鄒陽《上書吴王》：「臣聞蛟龍驤首奮翼，則浮雲出流，霧雨咸集。」六臣吕延濟注：「驤，舉也。」《廣韻》卷四：「瞰，視也。」佇景：《文選》卷三六宋傅季友《爲宋公修張良廟教》：「塗次舊沛，佇駕留城。」李善注：「《爾雅》曰：『佇，久也』，謂停久也。」

〔九〕地無前期：《莊子・徐無鬼》：「射者非前期而中，謂之善射，天下皆羿也。」郭象注：「不期而中，謂誤中者也，非善射也。」

〔一〇〕消息各隨乎時：《周易・豐卦》：「日中則昃，月盈則食，天地盈虛，與時消息，而況於人乎？況於鬼神乎？」高亨注：「消息，猶消長也。」動静：《周易・艮卦》：「時止則止，時行則行。動静不失其時，其道光明。」

〔一一〕從方而應：《周禮・考工記・輿人》：「圜者中規，方者中矩。」何慮何思：《周易・繫辭下》：「子曰：『天下何思何慮，天下同歸而殊塗，一致而百慮，天下何思何慮。』」《文選》卷二張平子《西京賦》：「耽樂是從，何慮何思。」

〔一二〕軍筭慕其權：筭，同算。權，權宜，變通。漢桓寬《鹽鐵論・詔聖》：「高皇帝時，天下初定，發德音，行三章之令，權也，非撥亂反正之常也。」國容擬其變：《司馬法・天子之義》：「古者國容不入軍，軍容不入國。故德義不相踰。」《文選》卷四六顔延年《三月三日曲水詩序》：「國容眡令而動，軍政象物而具。」六臣李周翰注：「國容，百官上下之義也。」《藝文類聚》卷九七引《晏子》：「弦章謂景公曰：『尺蠖食黄即身黄，食蒼即身蒼。』」《埤雅》卷一一引《亢桑子》：「夫俗隨國政之方圓，猶尺蠖之於葉也，食黄則身黄，食蒼則身蒼。」

〔一三〕高賢圖之以隱淪：《文選》卷一二郭景純《江賦》：「納隱淪之列真，挺異人乎精魄。」李善注：「桓子《新論》曰：『天下神人五：一曰神僊，二曰隱淪，三曰使鬼物，四曰先知，五曰鑄凝。』」南朝宋顔延之《五君詠・嵇中散》：「立俗迕流議，尋山洽隱淪。」《藝文類聚》卷九七引郭璞《尺蠖贊》：「貴有可賤，賤有可珍，嗟兹尺蠖，體此屈伸，論配龍蛇，見歎聖人。」

〔一四〕笑靈蚍之久蟄：《楚辭・天問》：「靈蛇吞象，厥大何如。」漢王逸注：「《山海經》云：『南方有靈蛇，吞象，三年然後出其骨。』」按今本《山海經》無此，當是已佚失。《毛詩名物解》卷一一《螣蛇》云：「靈蛇棄鱗，神龍解角，以言至人達士超世拔俗，委蜕萬物。」羞龍德之方戰：《周易・坤卦》：「上六，龍戰於野，其血玄黄。」《周易傳義大全》卷二：「傳：『陰從陽者也。然盛極則抗而爭，六既極矣，復進不已，則必戰，故云戰於野。野謂進至於外也，既敵矣，必皆傷，故其血玄黄。』《本義》：『陰盛之極至與陽爭，兩敗俱傷，其象如此。』」

〔一五〕理害道而爲尤：《詩經·小雅·四月》：「廢爲殘賊，莫知其尤。」鄭玄箋：「尤，過也。」傷生：《史記》卷一〇《孝文本紀》：「當今之時，世咸嘉生而惡死，厚葬以破業，重服以傷生，吾甚不取。」

〔一六〕苟見義而守勇：《論語·爲政》：「見義不爲，無勇也。」《藝文類聚》卷五二引魏陳王曹植《降江東表》：「大淩雲者，泥蟠者也；後申者，先屈者也。是以神龍以爲德，尺蠖以昭義。」豈專取於弦箭：《太平御覽》卷五九七引《魏書》：「陳琳作檄草成，呈太祖。太祖先苦頭風，是日疾發，卧讀琳所作，翕然而起曰：『此愈我疾。』初，太祖平鄴，謂陳琳曰：『君昔爲本初作檄書，但罪孤而已，何乃上及父祖乎？』琳謝曰：『矢在弦上，不得不發。』太祖愛其才不咎。」

觀漏賦

并序

【解題】

漏，即漏壺，古代之計時器。亦稱漏刻，因以漏壺箭上所刻符號表示時間，故稱，相傳爲黄帝所創。《隋書》卷一九《天文志上》：「昔黄帝創觀漏水，制器取則，以分晝夜。其後因以命官，《周禮》挈壺氏則其職也。其法，總以百刻，分於晝夜。冬至，晝漏四十刻，夜漏六十刻；夏至，晝漏六十刻，夜漏四十刻。春秋二分，晝夜各五十刻。日未出前二刻半而明，既没後二刻半乃昏。減夜五刻，以益晝漏，謂之昏旦。漏刻皆隨氣增損，冬夏二至之間，晝夜長短凡差二十刻。每差一刻爲一箭，冬至互起其首，凡有四十一箭。晝有朝，有禺，有中，有晡，有夕。夜有甲、乙、丙、丁、戊，昏旦有星中。每箭各有其數，皆所以分時代守，更其作役。」《史記》卷六四《司馬穰苴列傳》：「穰苴既辭，與莊賈約曰：『旦日日中，會於軍門。』穰苴先馳至軍，立表下漏待賈。」司馬貞索隱：「下漏謂下滴，漏以知刻數也。」《續漢書·律曆志下》：「孔壺爲漏，浮箭爲刻，下漏數刻，以考中星，昏明生焉。」箭，漏壺下用以指示時刻之物。

此賦由漏滴而聯想到人生短暫，不可憑持，抒發「因生以觀我，不可恃者年。憑其不可恃，故以悲哉」的感慨。其中云：「時不留乎激矢，生乃急於走丸。既河源之莫壅，又吹波而助瀾。神怵迴而多慮，心轗轗而尠歡。望天涯而佇念，擢雄劍而長歎。」又云：「聊弭志以高歌，順煙雨而沉逸。於是隨秋鴻而汎渚，逐春鶯而登粱。進賦詩而展念，退陳酒以排傷。物不可以兩大，時無得而雙昌。薰晚華而後落，槿早秀而前亡。姑屏憂以愉思，樂兹情於寸光。從江河之紆直，委天地之圓方。漏盈兮漏虚，長無絶兮芬芳。」充分表現出在險惡政治環境之下壯志難酬的感慨和憤懣，字裏行間充溢了抑鬱不平之氣，以此觀之，此賦當爲作者中後期所作。

客有觀於漏者，退而歎曰：「夫及遠者箭也，而定遠非箭之功；爲生者我也，而制生非我之情。故自箭而爲心，不可憑者紘；因生以觀我〔一〕，不可恃者年。憑其不可恃，故以悲哉！況乎沉華密遠，輕波潛耗，而感神嬰慮者，又自外而傷壽，以是思生，生亦勤矣！」乃爲賦云：

佩流歎於馳年①，纓華思於奔月②〔二〕。結蘭茝以望楚③，弄參差以歌越〔三〕。撫凝肌於遷滯，鑑雕容於髫鬄④〔四〕。景有墜而易昏，憂無方而難歇〔五〕。歷玫階而升隩⑤，訪金壺之盈闕〔六〕。觀騰波之吞寫⑥，視驚箭之登没〔七〕。箭既没而復登，波長瀉而弗歸。注沉穴而海漏，射懸塗而雹飛〔八〕。墐户牖而知天，掩雲霧而測暉〔九〕。創百齡於纖隱，積千里於空微。〔一〇〕彼崢崢而行溢，此冉冉而逾衰〔一一〕。撫寸心而未改，指分光而永違〔一二〕。昔傷矢之奔禽，聞虚弦之顛仆〔一三〕。徒嬰刃而知懼，豈潛機之能覺〔一四〕。惟生經之霾靡，亦悲長而懽促〔一五〕。恒證古而秉心⑦，抱空意其如玉〔一六〕。波沉沉而東注，日滔滔而西屬〔一七〕。落繁馨於纖草，殞豐華於喬木。〔一八〕對昃離而後歌，據窮蹊而方哭〔一九〕。雖接薪之更傳，寧絶明之還續〔二〇〕。貫古今而并念，信寡易而多難。〔二一〕時不留乎激矢，生乃急於走丸〔二二〕。既河源之莫壅，又吹波而助瀾〔二三〕。神怵迴而多慮⑧，心轗轗而尠歡⑨〔二四〕。望天涯而佇念，擢雄劍而長歎〔二五〕。嗟生民之永迷，躬與後而皆恤〔二六〕。死零落而無二，生差池之非一〔二七〕。理幽分於化前，筭冥定於天秩〔二八〕。與艾骨而招病，猶刳腸而興疾〔二九〕。情殊用而俱盡，事離方而同失。聊弭志以高歌，順煙雨而沉逸〔三〇〕。於是隨秋鴻而汎渚，逐春鷰而登梁〔三一〕。進賦詩而展念，退陳酒以排傷。物不可以兩大，時無得而雙昌⑩〔三二〕。薰晚華而後落，槿早秀而前亡〔三三〕。姑屏憂以愉思，樂兹情於寸光〔三四〕。從江河之紆直，委天地之圓方〔三五〕。漏盈兮漏虚，長無絶兮芬芳〔三六〕。

【校記】

①「佩」，四庫本作「風」。

②「奔」，《初學記》卷二五作「芬」。

③「以」，《初學記》作「於」。

④「雕」，《初學記》作「彫」。「髣髴」，《初學記》作「髣髮」。

⑤「玫」，《藝文類聚》卷六八、《初學記》作「玉」。

⑥「寫」，《藝文類聚》《初學記》作「瀉」。

⑦「恒」，原作「横」，今據張溥本改。

⑧「迴」，《藝文類聚》作「迫」。「多」，《藝文類聚》作「忘」。

⑨「轗軻」，《藝文類聚》作「坎懔」。

⑩「時無得」，原作「得無得」，今據張溥本改。

【箋注】

〔一〕因生以觀我：《周易·觀卦》：「觀我生進退」，王弼注：「處進退之時，以觀進退之幾，未失道也。」

〔二〕流歎：謂長歎。奔月：《鮑參軍集注》錢振倫注：「奔月，似即日月如馳之意。」

〔三〕蘭苕：蘭花。《文選》卷二一郭景純《游僊詩》：「翡翠戲蘭苕，容色更相鮮。」李善注：「蘭苕，蘭秀也。」望楚：《詩經·鄘風·定之方中》：「升彼虚矣，以望楚矣。」參差：《楚辭·九歌·湘君》：「望夫君兮未來，吹參差兮誰思？」朱熹注：「參差，洞簫也。《風俗通》云：『舜作簫，其形參差不齊，象鳳翼也。』望湘君而未來，故吹簫以思之也。」歌越：《史記》卷七〇《張儀列傳》：「韓魏相攻，朞年不解。秦惠王欲救之，問於左右。左右或曰救之便，或曰勿救便，惠王未能爲之決。陳軫適至，秦惠王曰：『子去寡人之楚，亦思寡人不？』陳軫對曰：『王聞夫越人莊舄乎？』王曰：『不聞。』曰：『越人莊舄仕楚執珪，有頃而病，楚王曰：舄故越之鄙細人也，今仕楚執珪，貴富矣，亦思越不？中謝對曰：凡人之思故，在其病也。彼思越則越聲，不思越則楚聲。使人往聽之，猶尚越聲也。今臣雖棄逐之楚，豈能無秦聲哉。』」

〔四〕凝肌：《詩經·衛風·碩人》：「手如柔荑，膚如凝脂。」肌，肌膚。雕容：陸雲《涉江》：「悲愁心之難狀，振枯形而獨立。撫彫容之日頽，怊焖思而弗及。」髣髴：《楚辭·遠游》：「時髣髴以遥見兮，精皎皎以往來。」洪興祖補注：「《説文》云：『髣髴，見不諟也。』」

〔五〕無方：没有邊際。《莊子·秋水》：「泛泛乎其若四方之無窮，其無所畛域。兼懷萬物，其孰承翼？是謂無方。」郭象注：「無方，故能以萬物爲方。」《文選》卷二七魏文帝《善哉行》：「高山有崖，林木有枝，憂來無方，人莫之知。」

〔六〕玫階：猶玉階，石階的美稱。《文選》卷七司馬長卿《子虚賦》：「其石則赤玉玫瑰，琳瑉昆吾。」李善注：「晉灼曰：『玫瑰，火齊珠也。』郭璞曰：『琳，玉名。』」隩：指内室。《楚辭》王逸《九思·逢尤》：「念靈閨兮隩重深，輒願竭節兮隔無由。」按洪興祖補注：「言欲訴論，輒爲群邪所逆，不能得通達。隩，一作奥，一作窈。」金壺：《藝文類聚》卷六八引陸機《漏刻賦》：「爾乃挈金壺以南羅，藏幽水而北戢。」盈闕：《禮記·禮運》：「播五行於四時，和而後月生也，是以三五而盈，三五而闕。」

〔七〕騰波：左思《蜀都賦》：「騰波沸湧，珠貝氾浮，若雲漢含星而光耀洪流。」寫：通瀉。謝靈運《入華子岡是麻源第三谷》：「銅陵映碧澗，石磴瀉紅泉。」

〔八〕海漏：《文選》卷一二郭景純《江賦》：「淙大壑與沃焦。」李善注：「《説文》曰：『淙，水聲也。』《列子》曰：『渤海之東，不知幾萬億里，有大壑，無底之谷。其下無底，名歸墟。』《玄中記》曰：『天下之大者，東海之沃焦焉。水灌之而不已。』沃焦，山名也。在東海南，方三萬里。」電飛：《藝文類聚》卷四〇引陸機《感丘賦》：「泛輕舟於西川，背京室而電飛。」

〔九〕墐户牖而知天：《詩經・豳風・七月》：「穹室熏鼠，塞向墐户。嗟我婦子，曰爲改歲，入此室處。」朱熹集傳：「墐，塗也。庶人蓽户，冬則塗之。……言覘蟋蟀之依人，則知寒之將至矣。於是室中空隙者塞之，熏鼠使不得穴於其中。塞向以當北風，墐户以禦寒氣。」掩雲霧而測暉：《晉書》卷四三《樂廣傳》：「尚書令衛瓘，朝之耆舊，逮與魏正始中諸名士談論，見廣而奇之。曰：『自昔諸賢既没，常恐微言將絶，而今乃復聞斯言於君矣。』命諸子造焉，曰：『此人之水鏡，見之瑩然，若披雲霧而睹青天也。』」

〔一〇〕纖隱：細小隱微。

〔一一〕峥峥：《楚辭・遠游》：「下峥嶸而無地兮，上寥廓而無天。」洪興祖補注：「顔師古云：峥嶸，深遠貌也。」冉冉而逾衰：《楚辭・七諫・謬諫》：「年滔滔而自遠兮，壽冉冉而愈衰。」

〔一二〕寸心：《藝文類聚》卷二〇引《列子》：「龍叔謂文摯曰：『吾有疾，子能已乎？』文摯即命龍叔背明而立，文摯從後向明而望之。既而曰：『嘻！吾見子之心矣，方寸之地虚矣。』」陸機《文賦》：「函綿邈於尺素，吐滂沛乎寸心。」分光：猶分陰。《晉書》卷六六《陶侃傳》：「大禹聖者，乃惜寸陰，至於衆人，當惜分陰。」

〔一三〕昔傷矢之奔禽，聞虚弦之顛僕：《戰國策・楚策四》：「日者更羸與魏王處京臺之下，仰見飛鳥。更羸謂魏王曰：『臣爲王引弓虚發而下鳥。』魏王曰：『然則射可至此乎？』更羸曰：『可。』有間，鴈從東方來，更羸以虚發而下之。魏王曰：『然則射可至此乎？』更羸曰：『此孽也。』王曰：『先生何以知之？』對曰：『其飛徐而鳴悲，飛徐者故瘡痛也。鳴悲者，久失群也。故瘡未息而驚心未去也。聞弦音引而高飛，故瘡隕也。』」顛僕，跌落。《詩經・小雅・賓之初筵》：「式勿從謂，無俾大怠。」鄭玄箋：「醉者有過惡，女無就而謂之也，當防護之，無使顛僕至於怠慢也。」

〔一四〕潛機：《宋書》卷六七《謝靈運傳》載謝靈運《撰征賦》：「契古今而同事，援淵謨於潛機。」

〔一五〕靃靡：《楚辭》淮南小山《招隱士》：「青莎雜樹兮，薠草靃靡。」王逸注：「草木雜居，隨風披敷也。」

〔一六〕秉心：持心。《詩經·鄘風·定之方中》：「匪直也人，秉心塞淵。」朱熹集傳：「秉，操；塞，實；淵，深也。……蓋人操心誠實而淵深，則無所爲而不成。」如玉：《詩經·秦風·小戎》：「言念君子，溫其如玉。在其板屋，亂我心曲。」朱熹集傳：「君子，婦人目其夫也。溫其如玉，美之之詞也。」

〔一七〕沉沉：同沈沈，水深貌。《文選》卷八司馬長卿《上林賦》：「沈沈隱隱，砰磅訇礚。」李善注：「沈沈，深貌也。」滔滔：《楚辭》卷一三東方朔《七諫·謬諫》：「年滔滔而自遠兮，壽冉冉而愈衰。」王逸注：「滔滔，行貌。」

〔一八〕豐華：豐茂的花。陸雲《九愍·紆思》：「亂曰：猗猗芳草，殖山阿兮，朝日來照，發豐華兮。」

〔一九〕對昃離而後歌：《周易·離卦》：「日昃之離，不鼓缶而歌，則大耋之嗟，凶。」孔穎達疏：「正義曰：『日昃之離者，處下離之終，其明將没，故云日昃之離也。』」高亨注：「蓋古人日昃見離，以爲不祥，必鼓缶而歌以厭之，若弗厭之，則其禍主在大耋之人，而大耋之人悲歎矣，故曰日昃之離，不鼓缶而歌，則大耋之嗟凶。」據窮蹊而方哭：《晉書》卷四九《阮籍傳》：「時率意獨駕，不由徑路，車跡所窮，輒慟哭而反。」

〔二〇〕雖接薪之更傳，寧絶明之還續：《莊子·養生主》：「指窮於爲薪，火傳也，不知其盡也。」郭象注：「窮，盡也。爲薪，猶前薪也。前薪以指，指盡前薪之理，故火傳而不滅，心得納養之中，故命續而不絶，明夫養生乃生之所以生也。」

〔二一〕貫古今：《宋書》卷一四《禮志一》載國子祭酒殷茂上言云：「臣聞弘化正俗，存乎禮教，輔性成德，必資於學。先王所以陶鑄天下，津梁萬物，閑邪納善，潛被於日用者也。故能疏通玄理，窮綜幽微，一貫古今，彌綸治化。」

〔二二〕激矢：《文選》卷一三賈誼《鵩鳥賦》：「水激則旱兮，矢激則遠，萬物迴薄兮，振盪相轉。」李善注：「言矢飛水流，各有常度，爲物所激，或旱或遠，斯則萬物變化，烏有常則乎？《鶡冠子》曰：『水激則悍，矢激則遠，精神迴薄，振盪相轉。』悍，與旱同。」走丸：《漢書》卷四五《蒯通傳》：「爲君計者，莫若以黄屋朱輪迎范陽令，使馳騖於燕趙之郊，則邊城皆將相告曰『范陽令先下而身富貴』，必相率而降，猶如阪上走丸也。」顏師古注：「言乘勢便易。」

〔二三〕河源：黄河的源頭。《山海經·北山經》：「敦薨之山，其上多椶柟，其下多茈草，敦薨之水出焉，而西流注於泑澤。出於昆侖之東北隅，實惟河原。」《史記》卷一二三《大宛列傳》：「于窴之西，則水皆西流，注西海。其東，水東流，注鹽澤，鹽澤潛行地下，其南則河源出焉。」瀾：《孟子·盡心上》：「觀水有術，必觀其瀾。」趙岐注：「瀾，水中大波也。」

〔二四〕轗軻：即坎懍，困頓，不得志。嵇康《答二郭》之二：「坎懍趣世教，常恐嬰網羅。羲皇邈已遠，拊膺獨咨嗟。」亦作「坎廩」，《楚辭·九辯》：「坎廩兮，貧士失職而志不平；廓落兮，羇旅而無友生。」王逸注：「數遭患禍，身困極也。」尠歡：即鮮歡。尠，鮮字通。《文選》卷二八陸士衡《苦寒行》：「夕宿喬木下，慘愴恒鮮歡。」

〔二五〕雄劍：《太平御覽》卷三四三引《列士傳》：「干將莫耶爲晉君作劍，三年而成，劍有雌雄，天下名器也。乃以雌劍獻君，留其雄者，謂其妻曰：『吾藏劍在南山之陰，北山之陽，松生石上，劍在其中矣。君若覺殺我，爾生男以告之。』及至，君覺，殺干將。妻後生男，名赤鼻，具以告之。赤鼻斫南山之松，不得劍，思於屋柱中得之。晉君夢一人，眉廣三寸，辭欲報讎。購求甚急，乃逃朱興山中，遇客，欲爲之報。乃刎首，將以奉晉君。客令鑊煑之，頭三日三夕跳不爛。君往觀之，客以雄劍倚擬君，君頭墮鑊中，客又自刎。三頭悉爛，不可分別，分葬之，名曰三王冢。」

〔二六〕躬與後而皆恤：《詩經·邶風·谷風》：「毋逝我梁，毋發我笱。我躬不閱，遑恤我後。」

〔二七〕零落：《續漢書·五行志一》：「建安初，荆州童謡曰：『八九年間始欲衰，至十三年無孑遺。』言自中興以來，荆州無破亂，及劉表爲牧，又豐樂。至此逮八九年當始衰者，謂劉表妻當死，諸將並零落也。十三年無孑遺者，言十三年，表又當死，民當移詣冀州也。」差池：《詩經·邶風·燕燕》：「燕燕于飛，差池其羽。」朱熹集傳：「差池，不齊之貌。」

〔二八〕化：《孟子·公孫丑下》：「且比化者無使土親膚，於人心獨無恔乎？」朱熹集注：「化者，死者也。恔，快也。言爲死者，不使土親近其肌膚，於人子之心，豈不快然無所恨乎。」筭，通算。天秩：指爵位，俸禄。《文選》卷五七潘安仁《夏侯常侍誄》：「宜享遐紀，長保天秩。」劉良注：「天秩，天之秩禄也。」

〔二九〕刳腸而興疾：《後漢書》卷八二《方術下·華佗傳》：「精於方藥，處齊不過數種，心識分銖，不假稱量。針灸不過數處。若疾發結於内，針藥所不能及者，乃令先以酒服麻沸散，既醉無所覺，因刳破腹背，抽割積聚。若在腸胃，則斷截湔洗，除去疾穢，既而縫合，傅以神膏，四五日創愈，一月之間皆平復。」

〔三〇〕弭：《左傳》襄公二十五年：「自今以往，兵其少弭矣。」杜預注：「弭，止也。」

〔三一〕秋鴻而汎渚：《詩經·豳風·九罭》：「鴻飛遵渚，公歸無所。」《文選》卷二四陸機《於承明作與士龍》：「感别慘舒翮，思歸樂遵渚。」鷰，燕的俗字。

〔三二〕物不可以兩大，時無得而雙昌：《左傳》莊公二十二年：「若在異國，必姜姓也。姜，大嶽之後也，山嶽則配天，物莫能兩大，陳衰，此其昌乎。」

〔三三〕薰：《左傳》僖公四年：「一薰一蕕，十年尚猶有臭。」杜預注：「薰，香草。」槿早秀而前亡：《淮南子·時則訓》「木堇榮」，高誘注：「木堇，朝榮暮落，樹高五六尺，其葉與安石榴相似。」

〔三四〕寸光：猶寸陰。左思《悼離贈妹詩》二首之二：「仰瞻曜靈，愛此寸光。」

〔三五〕紆直：《尚書·洪範》：「水曰潤下，火曰炎上，木曰曲直，金曰從革。」《爾雅·釋水》：「河出崑崙虛，色白。所渠並千七百一川，色黄。百里一小曲，千里一曲一直。」《經典釋文》卷二十九：「每一曲一直，通無極也，故曰千里一曲一直。」紆，曲。天地之圓方：《楚辭·惜誓》：「黄鵠之一舉兮，知山川之紆曲；再舉兮，睹天地之圜方。」朱熹集注：「黄鵠一飛，則見山川之屈曲，再舉則知天地之圜方，居身益高，所睹愈遠也。」圜，通圓。

〔三六〕長無絶兮芬芳：《楚辭·九歌·禮魂》：「成禮兮會鼓，傳芭兮代舞；姱女倡兮容與；春蘭兮秋菊，長無絶兮終古。」

野鵝賦　并序

【解題】

按張溥本無「并序」二字。

《爾雅·釋鳥》：「鴚鵝，鵝。」郭璞注：「今之野鵝。」邢昺疏：「鴚鵝者，野鵝之別名也。」按野鵝即駕鵝，《史記》卷一一七《司馬相如列傳》載司馬相如《子虛賦》云：「弋白鵠，連駕鵞。」裴駰集解：「郭璞曰：『野鵞也。』」《緯略》卷三云：「宋鮑昭《野鵞賦》曰：『邈辭群而別偶，超煙霧以風行。』如張文昌詩，但曰『曲沼春流滿，新波暎野鵞』耳，則鵞安得超煙霧而風行耶？按《西京賦》曰：『鳥則鷫鷞鴰鴇，駕鵞鴻鶤。』張揖《上林賦注》曰：『駕鵞，野鵞也。』鮑昭所賦，蓋是駕也。」

據賦序，此賦乃臨川王劉義慶生前，鮑照受臨川世子之命而作。《宋書》卷五一《宗室傳》，義慶世子即臨川哀王，名燁，字景舒，官至通直郎，元嘉末爲元凶劉劭所殺。鮑照有《通世子自解啟》《重與世子啟》二文，所上者即景舒。二啟乃元嘉二十一年(四四四)義慶卒後，鮑照爲之服三月喪，服竟後上書自解臨川王國臣時作。《自解啟》云：「自奉清塵，於兹六祀。」指其與景舒相識相交已經六載，今由元嘉二十一年逆溯六載，則其與景舒相識之始在元嘉十六年(四三九)，即此賦之作乃在二人相交之六年間。錢仲聯《鮑照年表》繫此賦於元嘉十六年作，當非是。蓋鮑照於元嘉十六年時，出仕尚未久，仕進之心亦甚濃，此年他在江州所作之《從登香爐峰》等詩，尚竭力稱頌義慶。《從登香爐峰》詩云：「辭宗盛荆夢，登歌美鳧繹。」謂義慶門下文學之士，視屈、宋爲盛。歌頌義慶，以爲如魯侯之保有鳧、繹。並云「慚無獻賦才，洗汙奉毫帛。」用《東觀漢記》之典，謂己愧無班固之才，每從巡則獻賦頌以讚頌功業也。當時所作的《登廬山》詩二首之一雖有「乘此樂山性，重以遠游情。方躋羽人途，永與煙霧並」，之二也有「傾聽鳳管賓，緬望釣龍子。松桂盈膝前，如何穢城市」之語，表出世之願望，但只是由廬山優美如僊境般的景物而引起的遐想，而不是真有退隱之念。而《野鵝賦》則表現出了與《登廬山》諸詩迥異的思想感情，全文以野鵝自比，將臨川王府比作束縛人身自由的網羅，全無他本來所居之地水鄉澤國的歡樂和諧。所以雖身居王府妙物畢備之地，但卻「終在我而非群」，並云「望征雲而延悼，顧委翼而自傷。無青雀之銜命，乏赤鴈之嘉祥。空穢君之園池，徒慚君之稻粱，願引身而翦跡，抱末志而幽藏。」賦末又云「雖陋生於萬物，若沙漠之一塵。苟全軀而畢命，庶魂報以自申。」表現出較爲濃厚的憂鬱懼禍心理以及退隱還歸以全驅畢命的消極心態。因此，此賦應是在義慶幕後期的作品。

臨川王義慶卒後，鮑照服三月喪畢而自請解職，歸家時有《臨川王服竟還田里》詩一首記其事，《野鵝賦》所流露出來的應即爲他解職前特有的復雜心情。據《宋書》卷五《文帝紀》，義慶卒於元嘉二十一年正月。而此賦作時義慶尚未卒，則此賦之作約在元嘉二十年（四四三）。是時義慶爲南兗州刺史，詩人亦隨之在廣陵。

有獻野鵝於臨川王，世子愍其樊縶〔一〕，命爲之賦。其辭曰：

集陳之隼，以自遠而稱神〔二〕；棲漢之雀，乃出幽而見珍〔三〕。此璅禽其何取？亦廁景而承仁〔四〕。捨水澤之驩逸，對鍾鼓之悲辛①〔五〕。豈狥利而輕命②？將感愛而投身〔六〕。入長羅之逼脅，恨高繳之樊縈③〔七〕。邈辭朋而別偶④，超煙鶩而風行⑤〔八〕。跨日月以遥逝⑥，忽瞻國而望城〔九〕。踐菲迹於瑶塗，昇弱羽於丹庭〔一〇〕。瞰東西之繡户，眺左右之金扃〔一一〕。貌纖殺而含悴⑦，心翻越而慙驚〔一二〕。若墜淵而墮谷⑧，怳不知其所寧〔一三〕。惟君囿之珍麗，實妙物之所殷〔一四〕。翔海澤之輕鷗，巢天宿之鳴鶉〔一五〕。鶡程材於梟猛，翬薦體之雕文〔一六〕。既敷容以照景，亦選翮而排雲⑨〔一七〕。雖居物以成偶，終在我以非群〔一八〕。望征雲而延悼，顧委翼而自傷。無青雀之銜命，乏赤鴈之嘉祥〔一九〕。空穢君之園池，徒慙君之稻粱〔二〇〕。願引身而翦跡，抱末志而幽藏〔二一〕。於是流歲遂遠，慘節方崇〔二二〕。雲纏海岱，風拂崤潼〔二三〕。飛雰馳霰⑩，飄沙舞蓬〔二四〕。視清池之初涸，望緑林之始空〔二五〕。立菰蒲之寒渚，託隻影而爲雙〔二六〕。宛拔啄而掩背⑪，悲結悵而滿胷〔二七〕。處朝晝而雖念⑫，假外見而遷排〔二八〕。涉倏夜之長寂，信專思而知哀〔二九〕。風梢梢而過樹，月蒼蒼而照臺〔三〇〕。冰依岸而早結，霜託草而先摧。斂雙翮於水裔，翹孤趾於林隈〔三一〕。情無方而雨集，事有限而星乖〔三二〕。在俄頃而猶悼，矧窮生之所懷〔三三〕。聞宿世之高賢，澤無微而不均〔三四〕。育草木而明義，愛禽鳥而昭仁〔三五〕。全殞卵而來鳳，放乳麑而感麟〔三六〕。雖陋生於萬物，若沙漠之一塵〔三七〕。苟全軀而畢命，庶魂報以自申〔三八〕。

【校記】

①「鍾」，張溥本作「鐘」。按鍾，鐘字通。
②「狥」，張溥本作「徇」。按狥，徇字通。
③「恨」，張溥本、四庫本作「悵」，《藝文類聚》卷九一作「負」。
④「朋」，《藝文類聚》作「群」。
⑤「鶩」，張溥本、《藝文類聚》作「霧」。
⑥「以」，張溥本、四庫本作「而」。
⑦「含」，原注：「『一作悆』。」
⑧「墜淵」，「淵」字原闕，今據張溥本補。
⑨「選」，張溥本、盧校作「避」。「而」，原作「以」，今據張溥本改。
⑩「雰」，原作「雲」，今據張溥本改。按宋本原注：「『雲』，一作『雰』。」
⑪「啄」，盧校作「喙」。
⑫「雖」，張溥本作「雅」。

【箋注】

〔一〕有獻野鵝於臨川王：《宋書》卷五一《宗室傳》：「臨川烈武王道規字道則，高祖少弟也。少倜儻有大志，高祖奇之。……道規無子，以長沙景王第二子義慶爲嗣。……永初元年，襲封臨川王。徵爲侍中。元嘉元年，轉散騎常侍、祕書監。……在京尹九年，出爲使持節、都督荆雍益寧梁南北秦七州諸軍、平西將軍、荆州刺史。……十六年，改授散騎常侍、都督江州之西陽晉熙新蔡三郡諸軍事、衛將軍、江州刺史，持節如故。十七年，即本號都督南兗州徐兗青冀幽六州諸軍事、南兗州刺史。尋加開府儀同三司。爲性簡素，寡嗜欲，愛好文義，文辭雖不多，然足爲宗室之表。受任歷藩，無浮淫之過。唯晚節奉養沙門，頗致費損。少善騎乘，及長，以世路艱難，不復跨馬。……義慶在廣陵，有疾，而白虹貫城，野麕入府，心甚惡之，固陳求還。太祖許解州，以本號還朝。二十一年，薨於京邑，時年四十二。追贈侍中、司空，謚曰康王。子哀王燁字景舒嗣。官至通直郎，爲元凶所殺。追贈散騎常侍。」世子愍其樊縶：《廣韻》卷三：「愍，悲也，憐也。」《莊子·養生主》：「澤雉十步一啄，百步一飲，不蘄畜乎樊中。」郭象注：「樊，所以籠雉也。」《莊子·秋水》：「東海之鼈，左足未入，而右膝已縶矣。」按樊縶，謂拘繫於籠中。

〔二〕集陳之隼，以自遠而稱神：《國語·魯語》：「仲尼在陳，有隼集於陳侯之庭而死，楛矢貫之石砮，其長尺有咫。陳惠公使人以隼如仲尼之館問之，仲尼曰：『隼之來也遠矣，此肅慎氏之矢也。昔武王克商，通道于九夷百蠻，使各以其方賄來貢，使無忘職業，於是肅慎氏貢楛矢石砮，其長尺有咫。先王欲昭其令德之致遠也，以示後人，使永監焉，故銘其栝曰肅慎氏之貢矢。』」

〔三〕棲漢之雀，乃出幽而見珍：《漢書》卷八《宣帝紀》：元康三年「夏六月詔曰：『前年夏，神爵集雍。今春，五色鳥以萬數，飛過屬縣。」顔師古注：「晉灼曰：『《漢注》，大如鷃爵，黄喉，白頸黑背，腹斑文也。』」「神爵元年春正月，行幸甘泉，郊泰畤。」顔師古注：「應劭曰：『前年，神爵集於長樂宮，故改年。』」按神爵，即神雀，爵，雀字通。

〔四〕瑣禽：《後漢書》卷四〇下《班固傳》：「慝亡迴而不泯，微胡瑣而不頤。」李賢注：「瑣，小也。」按璅通瑣。 厠景：

《文選》卷一三潘安仁《秋興賦》：「攝官承乏，猥厠朝列。」李善注：「《蒼頡篇》曰：『厠，次也，雜也。』」

〔五〕捨水澤之驩逸：《莊子・至樂》：「且女獨不聞邪？昔者海鳥止於魯郊，魯侯御而觴之於廟，奏《九韶》以爲樂，具太牢以爲膳。鳥乃眩視憂悲，不敢食一臠，不敢飲一杯，三日而死。」對鍾鼓之悲辛：《詩經・小雅・鼓鍾》：「鼓鍾將將，淮水湯湯，憂心且傷。」

〔六〕豈狥利而輕命，將感愛而投身：《後漢書》卷四三《朱暉傳》：「至乃田、竇、衛、霍之游客，廉頗、翟公之門賓，進由執合，退由衰異。又專諸、荆卿之感激，侯生、豫子之投身，情爲恩死，命緣義輕。皆以利害移心，懷德成節，非夫交照之本，未可語失得之原也。」《文選》卷五五劉孝標《廣絶交論》：「此則殉利之情未嘗異，變化之道不得一。」六臣劉良注：「殉，求也。言求利情同，譎詐則異。」按狥，殉字通。

〔七〕長羅：《藝文類聚》卷五九引晉張載《平吴頌》：「申號令之舊章，布亘地之長羅。振天綱之脩綱，制征期於一朝。」《藝文類聚》卷六六引應瑒《西狩賦》：「於是圍網周合，雷鼓天震，千乘長羅，萬表星陳。」《詩經・王風・兔爰》：「有兔爰爰，雉離於羅。」毛傳：「鳥網爲羅。」曹植《野田黄雀行》：「不見籬間雀，見鷂自投羅。」逼脅：《三國志》卷四《魏志・三少帝紀》：「前逆臣鍾會，構造反亂，聚集征行將士，劫以兵威，始吐姦謀，發言桀逆，逼脅衆人，皆使下議，倉卒之際，莫不驚慴。」高繳：《抱朴子》外篇卷一：「或浮文艘於滉瀁，布密網於緑川。垂香餌於漣潭，縱擢歌於清淵。飛高繳以下輕鴻，引沈綸以拔潛鱗。」《漢書》卷四〇《張良傳》：「雖有矰繳，尚安所施。」顔師古注：「繳，弋射也。」縈：《廣韻》卷二：「繞也。」

〔八〕邈：《楚辭・九章・悲回風》：「邈蔓蔓之不可量兮，縹緜緜之不可紆。」朱熹集注：「邈，遠也。」

〔九〕跨日月以遥逝：《藝文類聚》卷八引王粲《游海賦》：「乘菌桂之芳舟，浮大江而遥逝。翼驚風而長驅，集會稽而一睨。」

〔一〇〕昇弱羽於丹庭：《藝文類聚》卷六二引宋孝武帝《巡幸舊宫頌》：「惟皇敬眷，永慕徐京。列裝青野，動斬丹庭。縈和首律，景澤開年。林垌發色，川郊列泉。」《後漢書》卷四〇上《班固傳》載班固《西都賦》：「於是玄墀釦砌，玉階彤庭。」

〔一一〕瞰：《廣韻》卷四：「瞰，視也。」繡户：《廣博物志》卷三八引《新論》：「裘蓑雖異，被服實同；美惡雖殊，適用則均。今處繡户洞房，則蓑不如裘；被雪沐雨，則裘不及蓑。」眺：《重修玉篇》卷四：「眺，望也。」金扃：《文選》卷四張衡《南都賦》：「排揵陷扃。」李善注：「《説文》曰：『揵，距門也。』又曰：『扃，外閉之關也。』」

〔一二〕貌纖殺而含悴：纖，《尚書·禹貢》：「厥篚玄纖縞。」孔安國傳：「纖，細也。」《詩經·豳風·鴟鴞》：「予羽譙譙，予尾翛翛。」朱熹集傳：「譙譙，殺也。」《史記》卷一〇五《扁鵲倉公列傳》：「故傷脾之色也，望之殺然黄，察之如死青之兹。」按纖殺，謂細微凋落，引申爲憔悴。心翻越而慙驚：《廣韻》卷一：「翻，覆也。」越，《尚書·盤庚中》：「乃有不吉不迪，顛越不恭，暫遇姦宄。」孔安國傳：「越，墜也。」《左傳》成公二年：「射其左，越於車下；射其右，斃於車中。」杜預注：「越，墜也。」按翻越，謂内心不安。慙驚，謂羞慚驚恐。

〔一三〕若墜淵而墮谷：《太平御覽》卷三九六引《三輔決録》：「文帝竇后名猗，清河觀津人也。父遭秦之亂，隱身漁釣，墜淵而卒。景帝即位，後登尊號，遣使者更填父所墜淵，而築起大墳。觀津城南青山是也。」《後漢書》卷五《安帝紀》：「至令百姓饑荒，更相噉食，永懷悼歎，若墜淵水。咎在朕躬，非群司之責。」怳不知其所寧：《楚辭·九歌·少司命》：「望美人兮未來，臨風怳兮浩歌。」朱熹集注：「怳，失意貌。」寧：《廣韻》卷二：「寧，安也。」

〔一四〕惟君囿之珍麗：《後漢書》卷一〇上《皇后紀上·和熹鄧皇后》：「是時方國貢獻，競求珍麗之物。自后即位，悉令禁絶，歲時但供紙墨而已。」實妙物之所殷：《文選》卷四〇引繁欽《與魏文帝牋》：「都尉薛訪車子年始十四，能轉喉引聲，與笳同音。白上呈見，果如其言。即日共觀試，乃知天壤之所生，誠有自然之妙物也。」《詩經·鄭風·溱洧》：「士與女，殷其盈矣。」朱熹集注：「殷，衆也。」

〔一五〕翔海澤之輕鷗：《山海經·北山經》：「又北二百里曰景山，有美玉，景水出焉，東南流注於海澤。」《列子》卷二：「海上之人有好漚鳥者，每旦之海上，從漚鳥游，漚鳥之至者，百住而不止。其父曰：『吾聞漚鳥皆從汝游，汝取來吾玩之。』明日之海上，漚鳥舞而不下也。」按漚鳥，即鷗鳥。巢天宿之鳴鶉：《水經注·穀水》：「今閶闔門外夾建巨闕以應天宿，雖不如禮，猶象而魏之。」《山海經・西山經》：「〔昆侖之丘〕有鳥焉，其名曰鶉鳥，是司帝之百服。」《埤雅》卷八云：「故南方朱鳥七宿，曰鶉首、鶉火、鶉尾是也。鶉有兩種，有丹鶉，有白鶉。」又云：「師曠《禽經》曰：『青鳳謂之鶡，赤鳳謂之鶉，黄鳳謂之鸞，白鳳謂之鸘，紫鳳謂之鷟。』」

〔一六〕鶡程材於梟猛：《續漢書・輿服志下》：「鶡者，勇雉也，其鬭對，一死乃止，故趙武靈王以表武士，秦施之焉。」劉昭注：「徐廣曰：『鶡似黑雉，出於上黨。』晉荀綽《晉百官表注》：『冠插兩鶡，鷙鳥之暴疏者也。每所攫撮，應爪摧衄，天子武騎故以冠焉。』」《文選》卷三張衡《東京賦》：「髶髦被繡，虎夫戴鶡。」李善注：「鶡，鷙鳥也，鬭至死乃止。今武士戴之，取猛也。司馬彪《續漢書》曰：『虎賁、武騎皆鶡冠。』」《文選》卷一七陸士衡《文賦》：「辭程才以效伎，意司契而爲匠。」翬翯體之雕文：《詩經・小雅・斯干》：「如鳥斯革，如翬斯飛。」鄭玄箋：「伊洛而南，素質，五色皆備成章，曰翬。」又云：「翬者，鳥之奇異者也。」《文選》卷九晉潘安仁《射雉賦》：「聿采毛之英麗兮，有五色之名翬。」李善注：「聿，述也，述序羽族之中，采飾英麗莫過翬也。翬，雉也，伊洛以南，素質五采皆備成章曰翬。」《韓非子・十過》：「食器雕琢，觴酌刻鏤，四壁堊墀，茵席雕文。」

〔一七〕既敷容以照景：《異苑》卷三：「山鷄愛其毛羽，映水則舞。魏武時南方獻之，帝欲其鳴舞而無由，公子蒼舒令置大鏡其前，鷄鑒形而舞，不知止，遂乏死。韋仲將爲之賦其事。」亦選翮而排雲：《文選》卷二〇曹子建《送應氏詩二首》之二：「願爲比翼鳥，施翮起高翔。」

〔一八〕終在我以非群：《藝文類聚》卷四四引宋臨川王劉義慶《箜篌賦》：「侯牽化而始造，魯幸奇而後珍，名啟端於雅引，器荷重於吴君。等齊歌以無譬，似秦箏而非群。」

〔一九〕無青雀之銜命：《山海經・西山經》：「又西二百二十里，曰三危之山，三青鳥居之。」郭璞注：「三青鳥主爲西王母取食者，别自棲息於此山也。」《藝文類聚》卷九一引《漢武故事》：「七月七日，上於承華殿齋，正中，忽有一青鳥從西方來，集殿前。上問東方朔，朔曰：『此西王母欲來也。』有頃，王母至，有兩青鳥如烏，俠侍王母旁。」乏赤鴈之嘉祥：《漢書》卷六《武帝紀》：「（太始三年二月）行幸東海，獲赤鴈，作《朱鴈之歌》。」《文選》卷一班孟堅《兩都賦序》：「是以衆庶悦豫，福應尤盛。《白麟》《赤鴈》《芝房》《寶鼎》之歌，薦於郊廟；神雀、五鳳、甘露、黄龍之瑞，以爲年紀。」

〔二〇〕空穢君之園池，徒塹君之稻粱：《藝文類聚》卷九〇引《韓詩外傳》：「田饒事魯哀公而不見察，謂哀公曰：『夫雞有五德，猶日瀹而食之者，以其所從來近也。夫黄鵠一舉千里，止君園池，啄君稻粱，君猶貴之，以其所從來遠也。故臣將去君，黄鵠舉矣。』」

〔二一〕引身：《文選》卷一九宋玉《神女賦》：「遷延引身，不可親附，似逝未行，中若相首。」《文選》卷五七潘安仁《哀永逝文》：「停駕兮淹留，徘徊兮故處。周求兮何獲，引身兮當去。」翦跡：《詩經·召南·甘棠》：「蔽芾甘棠，勿翦勿伐，召伯所茇。」毛傳：「翦，去。」抱末志而幽藏：摯虞《孔子贊》：「仲尼大聖，遭時昏荒，河圖沈翳，鳳鳥幽藏。爰整禮樂，以綜三綱，因史立法，是謂素王。」

〔二二〕流歲：猶流年。本集《登雲陽九里埭》：「宿心不復歸，流年抱衰疾。」慘節：本集《登大雷岸與妹書》：「嚴霜慘節，悲風斷肌，去親爲客，如何如何！」

〔二三〕海岱：《尚書·禹貢》：「海岱惟青州。」孔傳：「東北據海，西南距岱。」崤潼：《左傳》僖公三十二年：「晉人禦師必於殽，殽有二陵焉，其南陵，夏后皋之墓也；其北陵，文王之所辟風雨也。」杜預注：「殽在弘農澠池縣西。」《文選》卷一〇潘安仁《西征賦》：「發閿鄉而警策，愬黄巷以濟潼。」李善注：「《雍州圖經》：『潼水在華陰縣界。』」

〔二四〕飛雰馳霰：《黄帝内經素問·六元正紀大論》：「川澤嚴凝，寒雰結爲霜雪。」唐王冰注：「雰，音紛。寒雰，白氣也，其狀如霧而不流行，墜地如霜雪，得日晞也。」《詩經·小雅·頍弁》：「如彼雨雪，先集維霰。」鄭玄箋：「將大雨雪，始必微温，雪自上下，遇温氣而摶，謂之霰，久而寒勝則大雪矣。」飄沙舞蓬：《藝文類聚》卷六引《博物志》：「徐州人謂塵土爲蓬塊，吴人謂塵土爲埃坱。」《通雅》卷一七引《博物志》：「徐州人謂塵土爲蓬塊，吴人謂之跋跌。」

〔二五〕清池：《文選》卷七司馬長卿《子虚賦》：「其西則有湧泉清池，激水推移。」緑林：《文選》卷二四嵇叔夜《贈秀才入軍五首》之三：「浩浩洪流，帶我邦畿。萋萋緑林，奮榮揚揮。」

〔二六〕菰蒲：《文選》卷二二謝靈運《從斤竹澗越嶺溪行》：「蘋萍泛沈深，菰蒲冒清淺。」六臣呂向注：「蘋、萍、菰、蒲，皆水草。」《廣韻》卷一：「苽，雕苽，一名蔣。」按雕苽，亦作雕胡，即菰米。《史記》卷一一七《司馬相如列傳》：「其卑溼則生藏莨蒹葭，東蘠雕胡。」司馬貞索隱：「雕胡，案謂菰米。」寒渚：《藝文類聚》卷四引宋傅亮《九月九日登陵囂館賦》：「何物慘而節哀，又雲悠而風厲。悴緑蘩於寒渚，隕豐灌於荒瀣。」

〔二七〕宛拔啄而掩眥：《鮑參軍集注》錢振倫注：「『啄』，疑當作『喙』。《説文》：『喙，口也。』又『眥，目厓也。』」《廣韻》卷四：「眥，目際。」

〔二八〕處朝晝而雖念：《淮南子・天文訓》：「禹以爲朝晝昏夜，夏日至則陰乘陽，是以萬物就而死；冬日至則陽乘陰，是以萬物仰而生。」

〔二九〕涉倐夜之長寂：《漢書》卷九七上《外戚列傳上》：「慘鬱鬱其蕪穢兮，隱處幽而懷傷。釋輿馬於山椒兮，奄倐夜之不陽。」信專思而知哀：《楚辭・九辯》：「專思君兮不可化，君不知兮可奈何！蓄怨兮積思，心煩憺兮忘食事。」

〔三〇〕梢梢：風聲。蒼蒼：茫無邊際。《淮南子・俶真訓》：「渾渾蒼蒼，純樸未散。」高誘注：「渾渾蒼蒼，混沌大貌。」

〔三一〕斂雙翮於水裔：《藝文類聚》卷二六引阮籍《詠懷詩》：「鴻鵠相隨飛，隨飛適荒裔。雙翮臨長風，須臾萬里逝。朝飡琅玕實，夕宿丹山際。託身青雲中，網羅不能制。豈與鄉曲士，攜手共言誓。」《藝文類聚》卷三九引劉楨《公宴詩》：「芙蓉散其花，菡萏溢金塘。珍鳥宿水裔，仁獸游飛梁。」翹孤趾於林隈：《詩經・豳風・七月》：「三之日於耜，四之日舉趾。」毛傳：「四之日，周四月也，民無不舉足而耕矣。」陶淵明《丙辰歲八月中於下潠田舍穫》：「貧居依稼穡，戮力東林隈。不言春作苦，常恐負所懷。」

〔三二〕無方：《莊子・秋水》：「泛泛乎其若四方之無窮，其無所畛域。兼懷萬物，其孰承翼？是謂無方。」雨集：《文選》卷五一王子淵《四子講德論》：「是以海内歡慕，莫不風馳雨集。」六臣呂向注：「風馳雨集，言疾。」事有限而星乖：《文選》卷二四陸士衡《爲顧彦先贈婦二首》之二：「東南有思婦，長歎充幽闥。借問歎何爲，佳人眇天末。遊宦久不歸，山川脩且闊。

形影參商乖，音息曠不達。離合非有常，譬彼弦與括。願保金石軀，慰妾長飢渴。」六臣張銑注：「參商二星常出没不相見。」郭璞《皇孫生請布澤疏》：「故水至清則無魚，政至察則衆乖，此自然之勢也。」

〔三三〕俄頃：《文選》卷一二郭景純《江賦》：「倏忽數百，千里俄頃，飛廉無以晞其蹤，渠黄不能企其景。」李善注：「何休《公羊傳》注曰：『俄者，須臾之間。』司馬彪《莊子》注曰：『頃，久也。』王肅《家語》注曰：『俄，有頃也。』」矧：亦。《尚書·君奭》：「小臣屏侯甸，矧咸奔走。」窮生：《莊子·天地》：「故形非道不生，生非德不明。存形窮生，立德明道，非王德者耶！」成玄英疏：「任形容之妍醜，盡生齡之天壽，立盛德以匡時，用至道以通物。」

〔三四〕高賢：東漢爰延《論倖臣鄧萬封事》：「夫以光武之聖德，嚴光之高賢，君臣合道，尚降此變，豈況陛下。」澤：恩德，恩惠。《尚書·多士》：「殷王亦罔敢失帝，罔不配天其澤。」孔傳：「無敢失天道者，故無不配天，布其德澤。」

〔三五〕育草木而明義，愛禽鳥而昭仁：《文選》卷三張平子《東京賦》：「不窮樂以訓儉，不殫物以昭仁。」薛綜注：「言殺禽獸不盡，即昭明人君行仁之道，謂崇儉故也。」

〔三六〕全殞卵而來鳳：《史記》卷四七《孔子世家》：「丘聞之也，刳胎殺夭則麒麟不至郊，竭澤涸漁則蛟龍不合陰陽，覆巢毁卵則鳳皇不翔。」放乳麑而感麟：《韓非子·喻老》：「孟孫獵得麑，使秦西巴載之持歸，其母隨之而啼，秦西巴弗忍而與之。孟孫歸至而求麑，答曰：『余弗忍而與其母。』孟孫大怒，逐之。居三月，復召以爲其子傅，其御曰：『曩將罪之，今召以爲子傅何也？』孟孫曰：『夫不忍麑，又且忍吾子乎。』」

〔三七〕雖陋生於萬物：《晉書》卷五五《夏侯湛傳》：「僕東野之鄙人，頑直之陋生也。」若沙漠之一塵：《弘明集》卷一四釋智静《檄魔文》：「於斯之時，須彌籠於一塵，天地迴於一粟。」

〔三八〕苟全軀而畢命：《漢書》卷五四《李廣傳附李陵傳》：「今舉事一不幸，全軀保妻子之臣，隨而媒孽其短，誠可痛也。」《文選》卷三七曹子建《求自試表》：「夫論德而授官者，成功之君也，量能而受爵者，畢命之臣也。」六臣吕延濟注：「君授臣之官，先觀德優劣，量材能以授與之，是以能成功。自度所能受君爵賞者，是盡命之臣。畢，盡也。」庶魂報以自申：吴均

《續齊諧記》：「弘農楊寶性慈愛，年九歲，至華陰山，見一黄雀爲鴟梟所搏逐樹下，傷瘢甚多，宛轉復爲螻蟻所困。寶懷之以歸，置諸梁上，夜聞啼聲甚切，親自照視，爲蚊所嚙，乃移置巾箱中，啖以黄花，逮十餘日，毛羽成，飛翔。朝去暮來，宿巾箱中。如此積年，忽與群雀俱來，哀鳴遶屋，數日乃去。是夕，寶三更讀書，有黄衣童子曰：『我王母使者，昔使蓬萊，爲鴟梟所搏，蒙君之仁愛見救，今當受賜南海。』别，以四玉環與之。曰：『令君子孫潔白，且從登三公事，如此環矣。』寶之孝大聞天下，名位日隆。子震，震生秉，秉生彪，四世名公。及震葬時，有大鳥降。人皆謂真孝昭也。」

【集説】

元祝堯《古賦辯體》卷五：有辭無情，義亡體失，此六朝之賦所以益遠於古。然其中有士衡《嘆逝》、茂先《鷦鷯》、安仁《秋興》、明遠《蕪城》《野鵝》等篇，雖曰其辭不過後代之辭，乃若其情，則猶得古詩之餘情。

元祝堯《古賦辯體》卷六：賦也，此賦雖亦尚辭，而其悽惋動人處，實以其情使之然爾。遐想明遠當時賦此，豈能無慨於其中哉！以六朝之時，而有賦若此，則知辭有古今，而情無古今，但習俗移人，雖賢者失其情而不自覺。《文選》不收此賦，前輩謂昭明識陋，固不信然。此賦從禰正平《鸚鵡賦》中來，可與並看。

傷逝賦

【解題】

按以「傷逝」名賦，鮑照乃肇始者。

《鮑參軍集注》此賦題注錢振倫注云：「明遠之妻某氏，史傳無考。」以爲賦乃詩人悼亡之作。今從此賦發端「晨登南山，望美中阿。露團秋槿，風卷寒蘿。悽愴傷心，悲如之何」，以及賦中「日月飄而不留，命倏忽而誰保？譬明隙之在梁，如風露之停草。髮迎憂而送華，貌先悴而收藻。共甘苦其幾人？曾無得而偕老」等語看，這一説法無疑是正確的。鮑照有《夢歸鄉》詩一首，詩中「沙風暗空起，離心眷鄉畿。夜分就孤枕，夢想暫言歸。孀婦當户歎，搔絲復鳴機。慊款論久別，相將還綺闈。歷歷簷下涼，朧朧帳裏輝。刈蘭争芬芳，採菊競葳蕤。開奩奪香蘇，探袖解纓徽」等句，明顯爲詩人作客在外，夢中還鄉與妻子相見時的情景，説明當時其妻尚未卒。《夢歸鄉》詩之作年，乃在孝武帝大明七年（四六三）秋後，亦即此賦之作又在大明七年後。鮑照又有《在江陵歎年傷老》詩一首，亦晚年在荆州爲臨海王子頊軍府參軍時作。詩之作約在宋明帝泰始元年（四六五），曹道衡《鮑照幾篇詩文的寫作時間》以爲詩中未提及其妻，説明作此詩時其妻很可能已經亡故。由此《傷逝賦》之作年又在此前，即泰始元年之前。亦即此賦之作，時當以大明八年（四六四）爲近。尋此賦有云：「草忌霜而逼秋，人惡老而逼衰。誠耄耋之可忌，或甘願而志違。」又云：「惟桃李之零落，生有促而非夭。觀龜鶴之千祀，年能富而情少。」則其妻之卒亦未爲夭也，可爲此賦作於詩人晚年之又一證。

詩人在此賦中並没有單純沉溺於喪妻的痛苦，而將對亡妻的傷痛和哀悼推廣到人生朝露這一普遍人生情緒之中，使傷逝悼亡辭賦的悲傷内涵得到了進一步的昇華。結尾則又包含有對自身懷才不遇的悲憤和感慨，可以説是傷逝悼亡詩賦中獨具特色之作。

晨登南山，望美中阿①〔一〕。露團秋槿②，風卷寒蘿〔二〕。悽愴傷心③，悲如之何〔三〕！晝若窮煙，離若剪紘④〔四〕。如影滅地，猶星殞天⑤〔五〕。棄華宇於明世⑥，閉金扃於下泉〔六〕。永山河以自畢，眇千齡而弗旋〔七〕。思一言於向時〔八〕，邈衆代於古年。逝稍遠而變體⑦，浸幽明而改時〔九〕。覽篇跡之如旦，婉遺意而在兹〔一〇〕。忽若謂其不然，自惆悵而驚疑〔一一〕。

循堂廡而下降⑧，歷幃户而升基〔一二〕。服委襟而褫帶，器蒙管而韜絲〔一三〕。志存業而遺績，身先物而長辭〔一四〕。豈重歡而可覿，追前感之無期〔一五〕。寒往暑來而不窮，哀極樂反而有終〔一六〕。燧已遷而禮革，月既逾而慶通〔一七〕。心微微而就遠，跡離離而絶容〔一八〕。白日藹而回陰，閨館寂而深重〔一九〕。冀憑靈於前物，佇美目乎房櫳⑨[二〇]。徒望思以永久⑩，邈歸來其何從[二一]？結單心於暮條，掩行淚於晨風[二二]。念沉悼而誰劇？獨嬰哀於逝躬。草忌霜而逼秋，人惡老而逼衰。誠哀耄之可忌，或甘願而志違[二三]。彼一息之短景，乃累恨之長暉[二四]。尋平生之好醜，成黃塵之是非[二五]。將滅耶而尚在，何有去而無歸[二六]？

惟桃李之零落，生有促而非夭[二七]。觀鼂鵠之千祀⑪，年能富而情少[二八]。反靈質於一塗，亂感悅於雙抱[二九]。日月飄而不留，命倏忽而誰保[三〇]？譬明隙之在梁，如風露之停草[三一]。髮迎憂而送華，貌先悴而收藻[三二]。共甘苦其幾人？曾無得而偕老[三三]。拂埃琴而抽思，啟陳書而遐討[三四]。自古來而有之，夫何怨乎天道[三五]。

【校記】

① 「美」，《初學記》卷一四作「彼」。
② 「露」，《初學記》作「霧」。
③ 「悽愴」，《初學記》作「凄凄」。
④ 「剪絃」，《藝文類聚》卷三四作「箭弦」，《初學記》作「斷絃」。
⑤ 「猶」，《初學記》作「由」。
⑥ 「宇」，《初學記》作「室」。
⑦ 「逝」，四庫本作「游」。
⑧ 「循」，《藝文類聚》作「修」。
⑨ 「乎」，原作「手」，今據張溥本改正。
⑩ 「以」，張溥本、四庫本作「於」。

⑪「鵠」，張溥本、四庫本作「鶴」。

【箋注】

〔一〕晨登南山：嵇康《述志詩二首》之二：「晨登箕山巔，日夕不知飢。」中阿：《詩經·小雅·菁菁者莪》：「菁菁者莪，在彼中阿。」朱熹集傳：「中阿，阿中也。大陵曰阿。」

〔二〕槿：即木槿，夏秋開花，朝開暮落。《淮南子·時則訓》「木堇榮」，高誘注：「木堇，朝榮暮落，樹高五六尺，其葉與安石榴相似。」蘿：或稱女蘿，即松蘿，多附著於松樹或喬木而生。

〔三〕悽愴：悲傷，悲涼。《楚辭·九辯》：「中憯惻之悽愴兮，長太息而增欷。」

〔四〕盡若窮煙，離若剪絃：《焦氏易林》卷四《姤卦》：「被髮獸心，難與比隣。來如飄風，去似絶絃。」

〔五〕如影滅地：枚叔《上書諫吴王》：「人性有畏其景而惡其跡者，卻背而走，跡愈多，景愈疾，不知就陰而止，景滅跡絶。」猶星殞天：《春秋》莊公元年：「夜中星隕如雨。」《周易·姤卦》：「有殞自天。」

〔六〕華宇：《藝文類聚》卷五九引應瑒《撰征賦》：「崇殿鬱其嵯峨，華宇爛而舒光。」卷八八引摯虞《槐賦》：「豐融湛霽，蓊鬱扶疎，上拂華宇，下臨脩渠。」明世：《史記·太史公自序》：「先人有言：『自周公卒五百歲而有孔子，孔子卒後至於今五百歲，有能紹明世，正《易傳》，繼《春秋》，本《詩》《書》《禮》《樂》之際？』意在斯乎！意在斯乎！」金扃：《文選》卷四張衡《南都賦》：「排揵陷扃。」李善注：「《説文》曰：『揵，距門也。』又曰：『扃，外閉之關也。』」下泉：《詩經·曹風·下泉》：「洌彼下泉，浸彼苞稂。」毛傳：「下泉，泉下流也。」

〔七〕眇：《楚辭·九章·哀郢》：「心嬋媛而傷懷兮，眇不知其所蹠。」朱熹集注：「眇，猶遠也。」

〔八〕向時：昔時。陸機《辯亡論上》：「向時之師，無曩日之衆。」邈衆代：《晉書》卷二一《禮志下》：「傅玄《元會賦》曰：『考夏后之遺訓，綜殷周之典藝，採秦漢之舊儀，定元正之嘉會。』此則兼採衆代可知矣。」

〔九〕逝稍遠而變體：《文選》卷一六潘安仁《寡婦賦》：「亡魂逝而永遠兮，時歲忽其遒盡。」李善注：「丁儀妻《寡婦賦》

曰：『神爽緬其日永，歲功忽其已成。』」幽明：《周易·繫辭上》：「是故知幽明之故，原始反終，故知死生之説。」韓康伯注：「幽明者，有形無形之象；死生者，始終之數也。」

〔一〇〕篇跡：《文選》卷二三潘安仁《悼亡詩三首》之一：「帷屏無髣髴，翰墨有餘跡。」遺意：《三國志》卷二〇《魏志·武文世王公·東海定王霖傳》：「明帝即位，以先帝遺意，愛寵霖異於諸國。」

〔一一〕忽若：即恍若，似乎。《文選》卷一九宋玉《登徒子好色賦》：「於是處子怳若有望而不來，忽若有來而不見。」惆悵：因失意或失望而傷感。《楚辭·九辯》：「廓落兮羇旅而無友生，惆悵兮而私自憐。」

〔一二〕循堂廡而下降：《文選》卷一一王仲宣《登樓賦》：「循階除而下降兮，氣交憤於胸臆。」堂廡，《列子·楊朱》：「庖廚之下，不絶煙火；堂廡之上，不絶聲樂。」幃户而升基：《詩經·周頌·絲衣》：「絲衣其紑，載弁俅俅。自堂徂基，自羊徂牛。」朱熹集傳：「基，門塾之基。」

〔一三〕委襟而褫帶：《抱朴子·内篇》卷二：「昔子晉捨視膳之役，棄儲貳之重，而靈王不責之以不孝；尹生委襟帶之職，違式遏之任，而有周不罪之以不忠。」陶弘景《授陸敬游十賚文》：「爾之來也，爰移兩春。於是褫帶青墀，掛冠朱闕。」褫，解。

〔一四〕遺績：《三國志》卷一六《杜畿傳》：「甘露二年，河東樂詳年九十餘，上書訟畿之遺績。」

〔一五〕覯：見。《詩經·豳風·伐柯》：「我覯之子，籩豆有踐。」

〔一六〕寒往暑來而不窮：《周易·繫辭下》：「日往則月來，月往則日來，日月相推而明生焉；寒往則暑來，暑往則寒來，寒暑相推而歲成焉。」哀極樂反而有終：《禮記·喪服》：「喪不過三年，苴衰不補，墳墓不培。祥之日，鼓素琴，告民有終也，以節制者也。」

〔一七〕月既逾而慶通：《禮記·檀弓》：「魯人有朝祥而莫歌者，子路笑之。夫子曰：『由，爾責於人終無已夫。三年之喪，亦已久矣夫。』子路出，夫子曰：『又多乎哉，踰月則其善也。』」

〔一八〕 離離：《文選》卷一一何平叔《景福殿賦》：「皎皎白間，離離列錢。晨光内照，流景外烻。」張銑注：「離離，分別貌。」

〔一九〕 藹映照：《文選》卷三一江文通《雜體詩三十首・袁太尉從駕》：「羽衛藹流景，綵吹震沈淵。」出此。李善注：「藹，映也。流景，日也。」

〔二〇〕 憑靈：《通典》卷五一載晉劉智《釋問》：「憑靈之心，加崇於尊，此孝子之情也。」前物：《文選》卷一六陸士衡《歎逝賦》：「尋平生於響像，覽前物而懷之。」《廣弘明集》卷一八後秦主姚興《通聖人放大光明普照十方》：「每事要須自同於前物，然後得行其化耳。」佇美目：《藝文類聚》卷三〇引晉丁廙《蔡伯喈女賦》：「佇美目於胡忌，向凱風而泣血。」房櫳：《漢書》卷九七下《外戚傳下》載班婕妤《自悼賦》：「廣室陰兮帷幄暗，房櫳虚兮風泠泠。」顔師古注：「櫳，疏檻也。」

〔二一〕 徒望思：《文選》卷一〇潘安仁《西征賦》：「作歸來之悲台，徒望思其何補。」李善注：「《漢書》曰：『戾太子據與江充有隙，會巫蠱事起，充遂至太子宫掘得桐木人，太子無以自明，乃斬江充，與丞相劉屈氂戰，兵敗，東至湖邑，自縊而死。車千秋訟太子寃，上憐太子無辜，乃作思子宫，爲歸來望思之台於湖。』」

〔二二〕 晨風：《文選》卷一六潘安仁《懷舊賦》：「晨風凄以激冷，夕雪暠以掩路。」《文選》卷二九李少卿《與蘇武詩三首》之一：「欲因晨風發，送子以賤軀。」李善注：「晨風，早風。言欲因風發，而己乘之以送子也。」

〔二三〕 衰耄：《宋書》卷五五《徐廣傳》：「永初元年，詔曰：『祕書監徐廣，學優行謹，歷位恭肅，可中散大夫。』廣上表曰：『臣年時衰耄，朝敬永闕，端居都邑，徒增替怠。臣墳墓在晉陵，臣又生長京口，戀舊懷遠，每感暮心。息道玄謬荷朝恩，忝宰此邑，乞相隨之官，歸終桑梓，微志獲申，殞没無恨。』許之。」

〔二四〕 一息：一呼一息，喻極短之時間。《文選》卷四七王子淵《聖主得賢臣頌》：「追奔電，逐遺風，周流八極，萬里一息。何其遼哉，人馬相得也。」短景：《太平御覽》卷五九引王粲《初征賦》：「行中國之舊壤，實吾願之所依，當短景之炎陽，犯隆暑之赫曦。」長暉：《晉書》卷七二《郭璞傳》：「青陽之翠秀，龍豹之委穎，駿狼之長暉，玄陸之短景。」

〔二五〕黄塵：謂俗世，塵世。《法苑珠林》卷八四《業因篇第七十八》：「是故善須雕琢自勉，可有心師之訓；惡須省退懲過，可有情悔之時。不爾，徒煩長養，浪飾畫瓶，終糜碎於黄塵，會楚苦於幽府。」

〔二六〕將滅耶而尚在：《漢書》卷九七上《外戚傳上》：「上思念李夫人不已，方士齊人少翁言能致其神，乃夜張燈燭，設帳帷，陳酒肉，而令上居他帳，遥望見好女如李夫人之貌，還幄坐而步，又不得就視。上愈益相思悲感，爲作詩曰：『是邪？非邪？立而望之，偏何姍姍其來遲？』」

〔二七〕桃李之零落：《文選》卷二三阮嗣宗《詠懷詩十七首》之三：「嘉樹下成蹊，東園桃與李。秋風吹飛藿，零落從此始。」李善注：「沈約曰：『風吹飛藿之時，蓋桃李零落之日，華實既盡，柯葉又彫，無復一毫可悦。』」

〔二八〕觀鼅鴇之千祀：《文選》卷二一郭景純《游僊詩七首》之三：「借問蜉蝣輩，寧知鼅鶴年。」李善注：「《養生要論》曰：『鼅鶴壽有千百之數，性壽之物也。道家之言鶴曲頸而息，鼅潛匿而噎，此其所以爲壽也。服氣養性者法焉。』」葛洪《抱朴子》内篇卷一《對俗》：「知鼅鶴之遐壽，故效其道引以增年。」按鶴通鴇。

〔二九〕靈質：《藝文類聚》卷八一引宋謝惠連《僊人草讚》：「園有嘉草，名曰僊人。曄曄煒煒，莫莫蓁蓁。穎發炎暑，苗秀和春。寄爾靈質，乃植中鄰。」

〔三〇〕命倏忽而誰保：《藝文類聚》卷三四引陸機《歎逝賦》：「時方至其儵忽，歲既去其晼晚。」按儵忽，即倏忽。

〔三一〕譬明隙之在梁：《禮記・三年問》：「將由夫修飾之君子與，則三年之喪，二十五月而畢，若駟之過隙。然而遂之，則是無窮也。」鄭玄注：「駟之過隙，喻疾也。」《史記》卷九〇《魏豹傳》：「酈生説豹，豹謝曰：『人生一世間，如白駒過隙耳。』」司馬貞索隱：「小顔云：『白駒，謂日影也。隙，壁隙也。以言速疾，若日影過壁隙也。』」

〔三二〕藻：《文選》卷一九宋玉《神女賦》：「被華藻之可好兮，若翡翠之奮翼。」

〔三三〕偕老：《詩經・邶風・擊鼓》：「執子之手，與子偕老。」

〔三四〕抽思：《楚辭・九章・抽思》：「與美人之抽思兮，並日夜而無正。憍吾以其美好兮，敖朕辭而不聽。」蔣驥《山帶閣注楚辭》：「抽，拔也。抽思，猶言剖露其心思，即指上所陳之耿著言，並日夜，言旦暮如一也。」

〔三五〕自古：《論語・顔淵》：「子貢問政。子曰：『足食足兵，民信之矣。』子貢曰：『必不得已而去，於斯三者何先？』曰：『去兵。』子貢曰：『必不得已而去，於斯二者何先？』曰：『去食。自古皆有死，民無信不立。』」何怨乎天道：《論語・憲問》：「子曰：『莫我知也夫。』子貢曰：『何爲其莫知子也？』子曰：『不怨天，不尤人，下學而上達，知我者其天乎。』」

園葵賦

【解題】

此賦讚美「彼圓行而方止，固得之於天性」的園葵，表現了詩人仕途失意後内心的無奈與哀歎。

風暖凌開，土冒泉動①〔一〕。游塵曝日，鳴雉依隴〔二〕。主人拂黄冠，拭藜杖〔三〕。布蔬種，平圻壤〔四〕。通畔脩直，膏畝夷敞〔五〕。白莖紫蔕，豚耳鴨掌〔六〕。溝東陌西，行三畦兩〔七〕。既區既鉏，乃露乃映②〔八〕。句萌欲伸，蘗芽將散③〔九〕。爾乃晨露夕陰，霏雲四委〔一〇〕。沉雷遠震，飛雨輕洒。徐未及晞，疾而不靡〔一一〕。柔莩爰秀，剛甲以解〔一二〕。稚葉萍布，弱陰競抽〔一三〕。萋萋翼翼，沃沃油油〔一四〕。下葳蕤而被逕，上參差而覆疇〔一五〕。承朝陽之麗景，得傾柯之所投〔一六〕。仕非魯相，有不拔之利〔一七〕；賓惟二仲，無逸馬之憂〔一八〕。顧堇荼而莫偶，豈蘋藻之薦羞〔一九〕。若乃鄰老談稼，女嫗歸桑〔二〇〕。拂此葦席，炊彼穄粱〔二一〕。甃壺援醢，曲瓢卷漿〔二二〕。乃羹乃瀹，堆鼎盈筐〔二三〕。甘旨蒨脆，柔滑芬芳〔二四〕。消淋逐水，潤胃調腸〔二五〕。

於是既飫，徹盤投筯〔二六〕。回小人之腹，爲君子之慮〔二七〕。近觀物運，遠訪師聖〔二八〕。聲數後彰，律理前定〔二九〕。烏非黔黑，鶴豈浴淨〔三〇〕？彼圓行而方止，固得之於天性〔三一〕。伊冬箑而夏裘，無雙功而並盛〔三二〕。遥然任心，樂道安命〔三三〕。春風夕來，秋日晨映④。獨酌南軒，擁琴孤聽〔三四〕。篇章間作，以歌以詠〔三五〕。魚深沉而鳥高飛，孰知美色之爲正〔三六〕？

【校記】

①「冒」，張溥本、盧校作「昌」，四庫本作「胥」。

②「映」，四庫本作「暵」。

③「散」，張溥本作「放」。

④「秋日」，原注：「一作『秋月』。」

【箋注】

〔一〕風暖凌開：《周禮・天官・凌人》：「凌人，掌冰正，歲十有二月，令斬冰，三其凌。」鄭玄注：「凌，冰室也。三之者，爲消釋度也，故書正爲政。鄭司農云：『掌冰政，主藏冰之政也。』」《詩經・豳風・七月》：「二之日鑿冰冲冲，三之日納于凌陰。四之日其蚤，獻羔祭韭。」毛傳：「凌陰，冰室也。」孔穎達疏：「豳公教民，二之日之時，使人鑿冰冲冲然；三之日之時，納于凌陰之中；四之日其早朝，獻黑羔於神，祭用韭菜，而開之所以御暑。言先公之教，寒暑有備也。」土冒泉動：《禮記・月令・孟春之月》：「草木萌動。」鄭玄注：「《農書》曰：『土長冒橛，陳根可拔，耕者急發。』」《藝文類聚》卷三引晉王廙《春可樂》曰：「春可樂兮，樂孟月之初陽，冰泮涣以微流，土冒橛而解剛，野喧卉以揮緑，山葱蒨以發蒼。」按冒橛，謂橛芽冒出土面。土冒，乃「土長冒橛」之簡也。張溥本改爲「昌」，蓋未明此義耳。

〔二〕游塵曝日：《莊子・逍遥游》：「野馬也，塵埃也，生物之以息相吹也。」《文選》卷五五劉孝標《廣絶交論》：「視若游塵，遇同土梗。莫肯費其半菽，罕有落其一毛。」李善注：「游塵、土梗，喻輕賤也。左太沖《詠史詩》曰：『視之若埃塵。』嵇含

《司馬誄》曰：『命危朝露，身輕游塵。』」鳴雉依隴：《文選》卷二九張景陽《雜詩》：「澤雉登壟雊，寒猿擁條吟。」

〔三〕黄冠：古代指箬帽之類，蠟祭時戴之。《禮記·郊特牲》：「黄衣黄冠而祭，息田夫也。野夫黄冠。黄冠，草服也。」鄭玄注：「言祭以息民，服像其時物之色，季秋而草木黄落。」孔穎達疏：「田夫則野夫也，野夫著黄冠。黄冠是季秋之後草色之服。」藜杖：用藜的老莖做的手杖，質輕而堅實。《晉書·山濤傳》：「魏帝嘗賜景帝春服，帝以賜濤，又以母老，並賜藜杖一枚。」《拾遺記》卷六：「劉向於成帝之末校書天禄閣，專精覃思。夜，有老人著黄衣植青藜杖扣閣而進，見向暗中獨坐誦書，老父乃吹杖端，爛然大明，因以照向，説開闢以前事。」

〔四〕蔬種：《逸周書·大匡》：「無播蔬，無食種。」孔晁注：「可食之菜曰蔬。」《文選》卷十六晉潘岳《閒居賦》：「灌園粥蔬，以供朝夕之膳。」圻壤：《淮南子·俶真訓》：「四達無境，通於無圻。」高誘注：「圻音寅，垠也。」《文選》卷三四漢枚叔《七發》：「馳騁角逐，慕味争先。徼墨廣博，觀望之有圻。」李善注：「《説文》曰：『圻，地圻堮也。』」六臣李周翰注：「圻，界也。」

〔五〕通畔：《國語·周語上》：「修其疆畔，日服其鎛，不解於時。」韋昭注：「疆，境也。畔，界也。」夷敞：《文選》卷四二應休璉《與滿公琰書》：「高樹翳朝雲，文禽蔽緑水，沙場夷敞，清風肅穆，是京臺之樂也，得無流而不反乎。」六臣吕向注：「夷，平；敞，明也。言水畔多沙，場平坦而光明也。」《水經注》卷三四《江水》：「江水又東，逕上明城北。晉大元中，苻堅之寇荆州也，刺史桓沖徙渡江南，使劉波築之，移州治此城。其地夷敞，北據大江，江汜枝分，東入大江，縣治洲上，故以枝江爲稱。」

〔六〕白莖紫蔕：《文選》卷一九宋玉《高唐賦》：「緑葉紫裹，丹莖白蔕。」六臣李周翰注：「裹，實皮也。蔕，花根也。」按蔕，亦作蒂。豚耳鴨掌：束晳《餅賦》：「餅之作也，其來近矣，若夫安乾粔籹之倫，豚耳狗舌之屬。」按《本草綱目》卷二有豚耳草。《爾雅翼·釋草》：「葵有赤莖、白莖，復有大小之異，又有鴨脚葵。」

〔七〕溝東陌西：《史記》卷五《秦本紀》：「爲田開阡陌，東地渡洛。」司馬貞索隱：「《風俗通》曰：『南北曰阡，東西曰陌。河東以東西爲阡，南北爲陌。』」潘岳《藉田賦》：「遐阡繩直，邇陌如矢。」六臣張銑注：「阡陌，田畔道也。」行三畦兩：《楚辭·

離騷》：「余既滋蘭之九畹兮，又樹蕙之百畝，畦留夷與揭車兮，雜杜衡與芳芷。」朱熹集注：「畦，隴種也。」謝靈運《山居賦》：「畦町所藝，含蘂藉芳。」

〔八〕既區既鉏：《論語・子張》：「譬諸草木，區以別矣。」何晏集解：「言大道與小道殊異，譬如草木異類區別，言學當以次。」《史記》卷一二八《龜策列傳》：「立官置吏，勸以爵禄。衣以桑麻，養以五穀。耕之耰之，鉏之耨之。」乃露乃映：《文選》卷一二郭景純《江賦》：「青綸競糾，縟組争映。」六臣劉良注：「青綸、縟組，二草名，皆有采色。糾，亂；争，交也。言多而交亂爲暉映也。」《詩經・小雅・白華》：「英英白雲，露彼菅茅。」毛傳：「露亦有雲，言天地之氣，無微不著，無不覆養。」

〔九〕句萌：草木初生之嫩芽，拳曲者稱句，有芒而直者曰萌。《禮記・月令・季春之月》：「是月也，生氣方盛，陽氣發泄，句者畢出，萌者盡達，不可以内。」鄭玄注：「句，屈生者。芒而直曰萌。」《淮南子・本經訓》：「草木之句萌銜華，戴實而死者，不可勝數。」蘩芽：《楚辭・招魂》：「五穀不生，藂菅是食些。」洪興祖補注：「藂，草叢生也。」按藂通叢。

〔一〇〕霏雲：《詩經・邶風・北風》：「北風其喈，雨雪其霏。」毛傳：「霏，盛貌。」朱熹集傳：「霏，雨雪分散之狀。」《文選》卷五五劉孝標《廣絶交論》：「駱驛縱横，煙霏雨散。巧歷所不知，心計莫能測。」李善注：「絡繹，縱横不絶也。煙霏雨散，衆多也。」

〔一一〕晞：《詩經・秦風・蒹葭》：「蒹葭萋萋，白露未晞。」毛傳：「晞，乾也。」靡：《左傳》莊公十年：「吾視其轍亂，望其旗靡，故逐之。」《文選》卷一六潘安仁《閒居賦》：「訓若風行，應如草靡。」六臣吕向注：「襄此教訓，如風靡草。」

〔一二〕柔莩：猶萌芽。《後漢書》卷三《章帝紀》：「方春生養，萬物莩甲。宜助萌陽，以育時物。」李賢注：「莩，葉裏白皮也。」《集韻》卷二：「莩，《説文》：『艸也，一曰葭中白皮。』」秀：《詩經・豳風・七月》：「四月秀葽，五月鳴蜩。」毛傳：「不榮而實曰秀；葽，葽草也。」剛甲：《周易・解卦》：「天地解而雷雨作，雷雨作而百果草木皆甲坼。」《周易鄭康成注》：「皮曰甲，根曰宅。」孔穎達疏：「雷雨既作，百果草木皆孚甲開坼，莫不解散也。雷雨作而百果草木皆甲坼。」

〔一三〕稚葉萍布：《後漢書》卷六〇上《馬融傳》載馬融《廣成頌》：「葩華泬布，不可勝計。」

〔一四〕萋萋翼翼：《詩經・周南・葛覃》：「葛之覃兮，施於中谷。維葉萋萋，黄鳥於飛，集於灌木，其鳴喈喈。」毛傳：「萋萋，茂盛貌。」《詩經・小雅・楚茨》：「自昔何爲，我蓺黍稷。我黍與與，我稷翼翼。我倉既盈，我庾維億。以爲酒食，以享以祀。」朱熹集傳：「與與、翼翼，皆蕃盛貌。」沃沃油油：《詩經・檜風・隰有萇楚》：「天之沃沃，樂子之無知。」毛傳：「沃沃，壯佼也。」朱熹集傳：「沃沃，光澤貌。」《史記》卷三八《宋微子世家》：「乃作麥秀之詩以歌詠之，其詩曰：『麥秀漸漸兮，禾黍油油。』」司馬貞索隱：「油油者，禾黍之苗光悦貌。」

〔一五〕葳蕤：《楚辭》東方朔《七諫・初放》：「便娟之修竹兮，寄生乎江潭。上葳蕤而防露兮，下泠泠而來風。」王逸注：「葳蕤，盛貌。」《文選》卷四張平子《南都賦》：「望翠華兮葳蕤，建太常兮裶裶。」李善注：「葳蕤，翠華貌。」參差：《詩經・周南・關雎》：「參差荇菜，左右流之。」朱熹集注：「參差，長短不齊之貌。」疇：《孟子・盡心上》：「易其田疇，薄其税斂，民可使富也。」孫奭疏引《説文》，云疇「爲耕治之田也」。

〔一六〕承朝陽之麗景：《詩經・小雅・湛露》：「湛湛露斯，匪陽不晞。厭厭夜飲，不醉無歸。」朱熹集傳：「陽，日。」《文選》卷七潘安仁《藉田賦》：「若湛露之晞朝陽，似衆星之拱北辰也。」傾柯之所投：《左傳》：「仲尼曰：『鮑莊子之知不如葵，葵猶能衛其足。』」杜預注：「葵傾葉向日，以蔽其根。」

〔一七〕仕非魯相，有不拔之利：《漢書》卷五六《董仲舒傳》：「故公儀子相魯，之其家見織帛，怒而出其妻；食於舍而茹葵，愠而拔其葵。曰：『吾已食禄，又奪園夫紅女利虖！』」

〔一八〕賓惟二仲：《天中記》卷四〇引《三輔決録》：「杜陵蔣詡字元卿，爲兗州刺史，以廉直爲名。王莽居攝，以病免官。歸鄉里，荆棘塞門，舍中有三徑，不出，惟求仲、羊仲從之游。二人不知何許人，皆治車爲業，挫廉逃名，時人謂之二仲。」無逸馬之憂：《太平御覽》卷九七九引《列女傳》：「魯漆室有女，過時未適人，倚柱而嘆。鄰婦謂曰：『何悲也，欲嫁乎？』女曰：『吾憂魯君老而太子少也。』婦曰：『此魯夫人憂焉。』女曰：『昔有晉客舍吾家，繫馬於園，馬逸，踐吾園葵，使吾終歲不厭葵味。鄰女奔亡，借吾兄追，霧出以求，溺流而死，使吾終身無兄。吾聞河潤九里，漸洳三百步，今魯微弱，亂將及人。』三年，魯果亂。」

〔一九〕堇荼：《詩經·大雅·緜》：「周原膴膴，堇荼如飴。」毛傳：「堇，菜也。荼，苦菜也。」豈蘋藻之薦羞：《左傳》隱公三年：「蘋蘩薀藻之菜，筐筥錡釜之器，潢汙行潦之水，可薦於鬼神，可羞於王公。」

〔二〇〕嫗：《漢書》卷九〇《酷吏·嚴延年傳》：「東海莫不賢知其母。延年兄弟五人皆有吏材，至大官，東海號曰『萬石嚴嫗』。」

〔二一〕葦席：《禮記·雜記上》：「士輤，葦席以爲屋，蒲席以爲裳帷。」穄粱：《呂氏春秋·本味》：「飯之美者，玄山之禾，不周之粟，陽山之穄，南海之秬。」

〔二二〕甃壺援醢：《莊子·秋水》：「吾樂與，吾跳梁乎井幹之上，入休乎缺甃之崖。」郭象注：「甃，如闌，以塼爲之，著井底闌也。」按甃壺，謂圓或扁圓的壺。《詩經·大雅·行葦》：「醓醢以薦，或燔或炙。」陸德明音義云：「醢，肉醬也」。曲瓢卷漿：《詩經·小雅·大東》：「或以其酒，不以其漿。」《周禮·天官·酒正》：「辨四飲之物：一曰清，二曰醫，三曰漿，四曰酏。」鄭玄注：「漿，今之截漿也。」賈公彦疏：「漿，今之截漿也者，此漿亦是酒類，故其字亦從截從酉省。」

〔二三〕乃羹乃瀹：《漢書》卷二五下《郊祀志下》：「東鄰殺牛，不如西鄰之瀹祭。」顔師古注：「瀹祭，謂瀹煮新菜以祭。」堆鼎盈筐：《詩經·周南·卷耳》：「采采卷耳，不盈頃筐。」毛傳：「頃筐，畚屬，易盈之器也。」

〔二四〕甘旨倩脆：枚乘《七發》：「甘脆肥膿，命曰腐腸之藥。」賈思勰《齊民要術》卷九《餅法》：「用牛羊乳亦好，令餅美脆，截餅純用乳溲者。」原注：「入口即碎，脆如淩雪。」按脆，一作脃。柔滑芬芳：《農政全書》卷五八：「冬葵菜。《本草》：『冬葵子，是秋種葵，覆養經冬，至春結子，故謂冬葵子。生少室山，今處處有之。苗高二三尺，莖及花葉似蜀葵而差小，子及根俱味甘，性寒無毒。黄芩爲之使，根解蜀椒毒，葉味甘性滑利，爲百菜主。』」

〔二五〕消淋逐水：《素問·六元正紀大論》：「小便黄赤，甚則淋。」淋，病名。患者尿道發炎，小便雜有濃血。《黄帝素問内經》卷二一《六元正紀大論》：「小便黄赤，甚則淋。」

〔二六〕飫：《廣韻》：「飽也，厭也，賜也。」《文選》卷五左太沖《吴都賦》：「於是樂只衎而歡飫無匱，都輦殷而四奥來暨。」吕向注：「飽而飲酒曰飫。」筯：同箸。劉義慶《世説新語·忿狷》：「王藍田性急。嘗食雞子，以筯刺之，不得，便大怒，舉以擲地。」

〔二七〕回小人之腹，爲君子之慮：《左傳》昭公二十八年：「願以小人之腹，爲君子之心，屬厭而已。」《文選》卷一〇潘安仁《西征賦》：「既餐服以屬厭，泊恬静以無欲，迴小人之腹，爲君子之慮。」

〔二八〕物運：《後漢書》卷三五《曹褒傳論》：「況物運遷回，情數萬化，制則不能隨其流變，品度未足定其滋章，斯固世主所當損益者也。」

〔二九〕聲數後彰，律理前定：《漢書》卷二一上《曆律志一》：「一曰備數，二曰和聲，三曰審度，四曰嘉量，五曰權衡。參五以變，錯綜其數。」

〔三〇〕烏非黔黑，鶴豈浴净：《莊子·天運》：「夫鵠不日浴而白，烏不日黔而黑。」郭象注：「自然各已足。」黔黑，謂曬黑。

〔三一〕彼圓行而方止：《孫子·兵勢》：「木石之性，安則静，危則動，方則止，圓則行。」《南史》卷二二《王曇首傳附王僧虔傳》：「昇明二年，爲尚書令。嘗爲飛白書題尚書省壁曰：『圓行方止，物之定質，修之不已則溢，高之不已則慄，馳之不已則躓，引之不已則迭，是故去之宜疾。』當時嗟賞，以比坐右銘。」

〔三二〕伊冬箑而夏裘，無雙功而並盛：《淮南子·精神訓》：「故射者非矢不中，學射者不治矢也；御者非轡不行，學御者不爲轡也。知冬日之箑，夏日之裘，無用於己，則萬物之變爲塵埃矣。故以湯止沸，沸乃不止，誠知其本，則去火而已矣。」高誘注：「箑，扇也，楚人謂扇爲箑。」

〔三三〕盪然任心，樂道安命：《晉書》卷四九《嵇康傳》：「矜尚不存乎心，故能越名教而任自然，情不繫於所欲，故能審貴賤而通物情。物情順通，故大道無違；越名任心，故是非無措也。」

〔三四〕獨酌南軒：《文選》卷二四曹子建《贈徐幹》：「春鳩鳴飛棟，流猋激櫺軒。」李善注：「軒，長廊之有窗也。」

〔三五〕篇章間作：《文選》卷一班孟堅《兩都賦序》：「故言語侍從之臣，若司馬相如、虞丘壽王、東方朔、枚皋、王褒、劉向之屬，朝夕論思，日月獻納；而公卿大臣御史大夫倪寬、太常孔臧、太中大夫董仲舒、宗正劉德、太子太傅蕭望之等，時時間作。」

〔三六〕魚深沉而鳥高飛，孰知美色之爲正：《莊子·齊物論》：「毛嬙、麗姬，人之所美也，魚見之深入，鳥見之高飛，麋鹿見之決驟，四者孰知天下之正色哉。」郭象注：「毛嬙，古美人；麗姬，晉獻公之嬖，以爲夫人。」

【集説】

宋劉克莊《後村詩話》卷六：《蕪城賦》云：「板築雉堞之殷，井幹烽櫓之勤」，「崪若斷岸，矗似長雲」，「觀基扃之固護，將萬祀而一君。出入三代，五百餘載，竟瓜剖而豆分」，「歌堂舞閣之基，弋林釣渚之館，吴蔡齊秦之聲，魚龍爵馬之玩，皆薰歇燼滅，光沉響絶。」《園葵賦》云「仕非魯相，有不拔之利；賓惟二仲，無逸馬之憂。」「若乃鄰老談稼，女嫗歸桑，拂此葦席，炊彼穄粱。甃壺援醢，曲瓢卷漿，乃羹乃瀹，堆鼎盈筐，甘旨蒨脆，柔滑芬芳，消淋逐水，潤胃調腸。」鮑明遠賦有思致，然太拘狹，開拓不去。

鮑照集校注卷三

代東武吟

【解題】

此詩《藝文類聚》卷四一、《樂府詩集》卷四一題作《東武吟行》。

《樂府詩集》此屬《相和歌辭·楚調曲》，陸機《東武吟行》題解云：「《古今樂録》曰：『王僧虔《技録》有《東武吟行》，今不歌。』《樂府解題》曰：『鮑照云「主人且勿喧」，沈約云「天德深且曠」，傷時移事異，榮華徂謝也。』左思《齊都賦》注云：『《東武》《太山》，皆齊之土風，弦歌謳吟之曲名也。』」《通典》曰：『漢有東武郡，今高密諸城縣是也。』」《讀史方輿紀要》卷三五《山東·青州府·諸城縣》：「古諸城，縣西南三十里。志云：在石屋山東北，濰水之南。《春秋》莊二十九年：『城諸及防。』文十二年：『季孫行父城諸及鄆。』漢置諸縣，屬琅邪郡。晉屬城陽國，劉宋屬東莞郡，後魏因之，北齊省縣入東武，隋改東武爲諸城。《城邑考》：今縣南北二城，南城漢所築東武縣城也，有四門，即秦琅邪郡治，漢亦爲琅邪郡附郭縣，《水經注》『濰水過東武縣故城西北』是也。」按西漢初東武始置縣，隋改稱諸城，即今山東諸城市。

全詩以一老戰士口吻，自叙從小參戰至窮老還鄉之悲慘遭遇，表現朝廷對士兵之刻薄寡恩，揭露是時兵役制度之腐朽。詩中「少壯」二句則更反映了當時落後的政治軍事制度，揭示出這種腐朽野蠻制度極端黑暗之一面。《南史》卷六《梁本紀上》載梁武帝天監十七年詔云：「兵騶奴婢，男年六十六，女年六十，免爲編户。」《宋書》卷一〇〇《自序》所載沈亮《上宋文帝表》謂是時士兵之服役年齡爲「休老以六十爲限，役少以十五爲制」。而更爲甚者，據《宋書·自序》載沈亮

《上宋文帝表》所載，宋文帝元嘉年間「西府（按指荆州）士兵，或年幾八十，而猶伏隸；或年始七歲，而已從役」，可謂駭人聽聞。是此詩中「少壯辭家去，窮老還入門」二句所描繪之老戰士形象，並非詩人隨意的誇張，而是當時社會現實的客觀再現。故此詩又暗示了劉宋對北魏戰争屢次失敗之原因，亦爲對戰争失利負有不可推卸責任統治者之委婉諷諫。

主人且勿諠，賤子歌一言〔一〕：僕本寒鄉士，出身蒙漢恩〔二〕。始隨張校尉①，召募到河源②〔三〕；後逐李輕車，追虜出塞垣③〔四〕。密塗亘萬里，寧歲猶七奔〔五〕。肌力盡鞍甲，心思歷涼温〔六〕。將軍既下世④，部曲亦罕存〔七〕。時事一朝異，孤績誰復論⑤〔八〕？少壯辭家去，窮老還入門〔九〕。腰鐮刈葵藿，倚杖牧雞豚⑥〔一〇〕。昔如韝上鷹，今似檻中猿〔一一〕。徒結千載恨，空負百年怨〔一二〕。棄席思君幄，疲馬戀君軒〔一三〕。願垂晉主惠，不愧田子魂〔一四〕。

【校記】

①「隨」，《樂府詩集》卷四一注云：「一作『逢』。」

②「召」，張溥本作「占」，注云：「一作召」。《文選》卷二八作「占」。

③「出」，張溥本、《文選》、《藝文類聚》卷四一、《太平御覽》卷三二八皆作「窮」。

④「下」，《藝文類聚》作「即」。

⑤「績」，原注：「一作『憤』。」

⑥「牧」，《文選》六臣本作「收」。「豚」，《文選》作「豘」。按豘，豚之俗字。

【箋注】

〔一〕主人且勿諠：《樂府詩集》卷二七陸機《挽歌》：「闈中且勿喧，聽我《薤露詩》。」賤子：《漢書》卷九二《游俠・樓護傳》：「時請召賓客，邑居樽下，稱賤子上壽。」

〔二〕寒鄉士：《藝文類聚》卷八九引江逌《竹賦》：「故能凌驚風，茂寒鄉，藉堅冰，負雪霜，振葳蕤，扇芬芳。」出身：王充《論衡·超奇》：「有如唐子高、谷子雲之吏，出身盡思，竭筆牘之力，煩憂適有不解者哉？」

〔三〕張校尉：《漢書》卷六一《張騫傳》：「張騫，漢中人也，建元中爲郎。……騫以校尉從大將軍擊匈奴，知水草處，軍得以不乏，乃封騫爲博望侯。」河源：《山海經·北山經》：「敦薨之山……敦薨之水出焉，而西流注於泑澤。出於崑崙之東北隅，實惟河源。」《史記》卷一二三《大宛列傳》：「今自張騫使大夏之後也，窮河源。」

〔四〕李輕車：《史記》卷一〇九《李將軍列傳》：「初，廣之從弟李蔡與廣俱事孝文帝。景帝時，蔡積功勞至二千石。孝武帝時，至代相。以元朔五年爲輕車將軍，從大將軍擊右賢王，有功中率，封爲樂安侯。元狩二年中，代公孫弘爲丞相。」追虜出塞垣：《後漢書》卷一九《耿弇傳附耿夔傳》：「夔與幽州刺史龐參救之，追虜出塞而還。」《漢書》卷九〇《鮮卑傳》：「天設山河，秦築長城，漢起塞垣，所以別内外，異殊俗也。」

〔五〕密塗：《尚書·畢命》：「殷頑民遷於洛邑，密邇王室。」孔傳：「密，近。」亘：《文選》卷四張平子《南都賦》：「貯水渟洿，亘望無涯。」李善注：「《方言》曰：『亘，竟也。』」寧歲猶七奔：《國語·晉語》：「子去晉難而極於此，自子之行，晉無寧歲，民無成君。」《左傳》成公七年：「巫臣請使於吴，晉侯許之。吴子壽夢説之，乃通吴。……吴始伐楚，伐巢，伐徐，子重奔命。馬陵之會，吴入州来，子重自鄭奔命。子重、子反於是乎一歲七奔命。」

〔六〕心思歷涼温：《孟子·離婁上》：「既竭心思焉，繼之以不忍人之政，而仁覆天下矣。」

〔七〕下世：《史記》卷八六《刺客·聶政傳》：「親既以天年下世，妾已嫁夫，嚴仲子乃察舉吾弟困汙之中而交之，澤厚矣，可奈何！」部曲：《漢書》卷五四《李廣傳》：「程不識故與廣俱以邊太守將軍屯，及出擊胡，而廣行無部曲行陳。」顔師古注：「《續漢書·百官志》云：『將軍領軍，皆有部曲。大將軍營五部，部校尉一人。部下有曲，曲有軍候一人。』」

〔八〕時事一朝異：《後漢書》卷六九《竇武傳》：「常教授於大澤中，不交時事，名顯關西。」《漢書》卷六五《東方朔傳》載東方朔《答客難》：「故曰時異事異，雖然，安可以不務修身乎哉！」孤績誰復論：此二句《文選》六臣吕延濟注：「孤績，獨有功也。時事既異，誰復爲論。」

〔九〕少壯：《文選》卷四五漢武帝《秋風辭》：「簫鼓鳴兮發棹歌，歡樂極兮哀情多，少壯幾時兮奈老何！」窮老：《漢書》卷九二《游俠·樓護傳》：「吕公以故舊窮老，託身於我，義所當奉。」

〔一〇〕腰鎌刈葵藿：劉向《説苑·敬慎》：「少進見之，丘吾子也，擁鎌帶索而哭。」元王禎《農書》卷一四：「鎌，刈禾曲刀也。」曹植《求通親親表》：「若葵藿之傾葉，太陽雖不爲之迴光，然終向之者，誠也。」豚：《廣韻》卷一：「豚，豕子。」《説文》卷九下：「豚，小豕也。」

〔一一〕韝上鷹：《漢書》卷六五《東方朔傳》：「董君緑幘傅韝。」顔師古注：「韋昭曰：『韝形如射韝，以縛左右手，於事便也。』」《東觀漢記》卷一八：「虞乃嘆曰：『善吏如良鷹矣，下韝即中。』」《文選》六臣劉良注：「韝，以皮蔽手而臂鷹也。」檻中猿：《淮南子·俶真訓》：「置猨檻中，則與豚同，非不巧捷也，無所肆其能也。」

〔一二〕空負百年怨：《楚辭·九章·惜誦》：「與前世而皆然兮，吾又何怨乎今之人！」

〔一三〕棄席思君幄：《韓非子·外儲説左上》：「文公反國至河，令籩豆捐之，席蓐捐之，手足胼胝、面目黧黑者後之，咎犯聞之而夜哭。公曰：『寡人出亡二十年，乃今得反國，咎犯聞之不喜而哭，意不欲寡人反國耶？』犯對曰：『籩豆所以食也，席蓐所以卧也，而君捐之；手足胼胝、面目黧黑，勞有功者也，而君後之。今臣有與在後中，不勝其哀，故哭。且臣爲君行詐僞以反國者衆矣，臣尚自惡也，而況於君。』再拜而辭，文公止之。」疲馬戀君軒：《韓詩外傳》卷八：「昔者田子方出見老馬於道，喟然有志焉，以問於御者曰：『此何馬也？』曰：『故公家畜也，罷而不爲用，故出放也。』田子方曰：『少盡其力，而老去其身，仁者不爲也。』束帛而贖之。窮士聞之，知所歸心矣。」

〔一四〕願垂晉主惠，不媿田子魂：此二句《文選》李善注：「《韓詩》曰：『縞衣綦巾，聊樂我魂。』薛君曰：『魂，神也。』」吕延濟注：「言願得同晉主不棄席蓐，如田子方更收老馬，雖復死没，不愧於魂也。」《鮑參軍集注》錢仲聯注引胡紹煐《文選箋證》云：「案魂，云也。謂不愧田子所云也。古云、魂通。《中山經》：『其氣魂魂。』魂魂，猶云云也。《春秋正義》引《孝經説》：『魂，云也。』皆可證。」徐仁甫《古詩别解》：「《毛詩》：『聊樂我員。』孔穎達疏：『云員古今字，語助詞。』臧鏞堂説：『魂乃云之變體。』仍作助詞用。」按以上諸説各異，今録以備考。

【集説】

宋范晞文《對牀夜語》卷五：鮑照《東武吟》云：「將軍既下世，部曲亦罕存。」老杜《哭嚴僕射》云：「素幔隨流水，歸舟返舊京。老親如夙昔，部曲異平生。」善用古者自不同。若「丈人試静聽，賤子請具陳。」則又用鮑明遠「主人且勿喧，賤子歌一言」之句。又「身輕一鳥過」，亦用張景陽詩，張詩云：「人生瀛海内，忽如鳥過目。」

宋陸游《渭南文集》卷一四《徐大用樂府序》：古樂府有《東武吟》，鮑明遠輩所作，皆名千載。蓋其山川氣俗有以感發人意。故騷人墨客，得以馳騁上下。

宋朱熹《朱子語類》卷一四〇：明遠才健，其詩乃選之變體，李太白專學之。如「腰鎌刈葵藿，倚杖牧鷄豚」，分明説出箇倔强不肯甘心之意。

宋吴曾《能改齋漫録》卷八：杜《贈驥子詩》「熟精《文選》理」，則其所取亦自有本矣，如《贈韋左丞》詩，皆仿鮑明遠《東武吟》「主人且勿喧，賤子歌一言」，然古《詠香爐詩》：「四座且勿喧，願聽歌一言」。

宋王楙《野客叢書》卷一九：杜子美《上韋左丞》詩曰「丈人試静聽，賤子請具陳。甫昔少年日，早充觀國賓」云云，此詩正用鮑照《東武吟》意，照曰「主人且勿喧，賤子歌一言。僕本寒鄉士，出身蒙漢恩」云云。前此應休璉詩嘗曰「避席跪自陳，賤子實空虚」，而與杜同時如王維亦曰「賤子跪自陳，可爲帳下否」。古詩嘗曰「四坐且莫喧，願聽歌一言」。

元劉履《選詩補注》卷七：按《樂府解題》謂《東武吟》率皆傷悼時移事變之詞。明遠此篇殆亦有所爲而擬作歟？觀其首言主人勿諠而後歌者，欲其聽之審而感之速也。故下文歷叙征役遠塞之勞，窮老還家之苦。至篇末復懷戀主之情，而猶有望於垂惠。然不知其爲誰而發也。

元方回《文選顔鮑謝詩評》卷三：此早從軍而晚無成者。

又云：詩有筆力，如轉石下千仞山，袞袞轟轟不可禦，李太白詩甚似之。

明孫月峰：氣最勁，語最精，調最響，讀之使人快。休文比之紅紫鄭衛，良然。（清于光華《重訂文選集評》卷七）

清王夫之《古詩評選》卷一：中間許多情事，平叙初終，一如白樂天歌行。然者，乃從始至末，但一人口述語耳。於《琵琶行》才占得一段，而言者之平生，聞者之感觸，無窮無方，皆所含蓄。故言若已盡，而意正未發，自非唐宋人力所及、心所謀也。

又云：「喧」，忘也，只此一字，含情不淺。

清陳祚明《采菽堂古詩選》卷一八：「寧歲」句勁，「腰鐮」四句，摹寫淋漓。

清何焯《義門讀書記》卷四七：「密塗亘萬里」二句，語極奇，然烏有是理。「將軍既下世」八句，波瀾甚闊，已爲老杜啟行。

清沈德潛《古詩源》卷一一：棄席，用晉文公事；疲馬，用田子方事，俱見《韓詩外傳》。

清張玉穀《古詩賞析》卷一七：此代從軍老卒訴苦望恤之詩。前二設爲訴主之言，領起全首。「僕本」十句，備述從軍履歷，與所至勞績之事。張校尉、李輕車，皆備古以作影。「將軍」八句，轉到主亡侶少，世改績湮，窮老歸家之苦。「昔如」四句，感昔悲今，將上二層作一總束。後四點出終望收恤本旨，託物援古，雙頂串收，便覺色腴音亮。

清吴淇《六朝選詩定論》卷一三：「寒鄉士」，無所緣而起；「蒙漢恩」，出身之正。曰「隨」，曰「逐」，始終隸人部曲之下，權不得自專。曰「始隨」，曰「後逐」，復無定主也。將軍下世，並無主矣。續曰「孤績」，非較多言，乃言其得功危且難也。「密塗」句是説遠，「寧歲」是説久。「肌力」句，是身之苦，「心思」句，是心之苦。得功之危且難如此，非饒倖一亘者比，所以最爲可傷耳。「窮老入門」跟上「部曲」離散來。「腰鐮」句固是寫窮，「倚杖」句固是寫老，然曰「刈」，曰「牧」，亦陶荆州運甓之意。「棄席」云云，猶是壯心不已。

成書《多歲堂古詩存》：直以叙事成文，意厚識精，聲情俱烈。實陶、謝而後，不可不開之境。

清王闓運《湘綺樓説詩》卷八：後半首刻意悲涼。

清方東樹《昭昧詹言》卷六：借題，不必切地，不如隋煬帝。

又云：此勞辛怨恩薄之詩，《小雅·杕杜》，先王勞旋卒之什，所以爲忠厚也。後世恩薄，不能念此，故詩人詠之，亦所以爲諷諫，此所以爲原本古義，用張騫、李蔡，仿詩人南仲、方叔耳。

又云：前十二句，抵一篇叙文。「密塗」，近塗出。「時事」二句頓挫。古人無不斷之章法，斷則必頓挫。「少壯」四句，叙今現在情事。「昔如」八句，反復自申，詠歎淫液，筆勢迴旋，跌宕頓挫。

又云：一往奔放，流暢清利，而又雄厚，不輕不薄，又不乏真味。

又云：杜公《出塞詩》，有一首從此出。

吴汝綸《古詩鈔》卷四：《東武吟》傷時移事異，榮華徂謝也。此專言苦戰老將傷時事之移易。

余冠英《漢魏六朝詩選》：這詩假託漢朝老軍人的自白，來諷諫當時的君主。宋文帝屢次對北魏用兵不利，也許有遇下寡恩，或使老將閑廢，不能人盡其力的情況。

代出自薊北門行

【解題】

此詩原題，《文選》卷二八、《樂府詩集》卷六一作《出自薊北門行》，今從宋本。

《史記》卷四《周本紀》：「帝堯之後於薊。」裴駰集解：「案《地理志》，燕國有薊縣。」地在今北京德勝門外。

《出自薊北門行》於《樂府詩集》屬《雜曲歌辭》，題解云：「魏曹植《艷歌行》曰：『出自薊北門，遥望胡地桑。枝枝自相值，葉葉自相當。』《樂府解題》曰：『《出自薊北門行》，其致與《從軍行》同，而兼言燕薊風物，及突騎勇悍之狀。若鮑照云羽檄起邊亭，備叙征戰苦辛之意。』《通典》曰：『燕本秦上谷郡，薊即漁陽郡，皆在遼西。』《漢書》曰：『薊，古燕國也。』」《鮑參軍集注》此詩題注黃節補注云：「朱秬堂《樂府正義》曰：『古稱燕趙多佳人。《出自薊北門》本曹植《豔歌》，與從軍無涉。自鮑照借言燕薊風物及征戰辛苦，竟不知此題爲豔歌矣。蓋樂府有轉有借，轉者就舊題而轉出新意，借者借前題而裁以己意。擬古者須識此二義，然後可以參變。未可泥《解題》之説，而忘卻《豔歌》本旨也。』」

羽檄起邊亭，烽火入咸陽〔一〕。徵師屯廣武①，分兵救朔方〔二〕。嚴秋筋竿勁，虜陣精且强〔三〕。天子按劍怒，使者遥相望〔四〕。鴈行緣石徑，魚貫渡飛梁②〔五〕。簫鼓流漢思③，旌甲被胡霜〔六〕。疾風衝塞起，沙礫自飄揚〔七〕。馬毛縮如蝟，角弓不可張〔八〕。時危見臣節，世亂識忠良〔九〕。投軀報明主，身死爲國殤〔一〇〕。

【校記】

①「師」，張溥本、《文選》卷二八、《藝文類聚》卷四一作「騎」。

②「渡」，張溥本、《文選》、《藝文類聚》、《樂府詩集》卷六一作「度」。

③「思」，張溥本作「颸」。《鮑參軍集注》錢仲聯注：「孫志祖《文選考異》：『思，一本作颸。』按：作『颸』非是。下云『疾風』，不應語複。集中《送别王宣城》詩，亦有『發郢流楚思』之句，可以相證。」

【箋注】

〔一〕羽檄起邊亭：《史記》卷九三《盧綰列傳》：「上曰：『非若所知。陳豨反，邯鄲以北皆豨有，吾以羽檄徵天下兵，未有至者，今唯獨邯鄲中兵耳。』」裴駰集解：「魏武帝《奏事》曰：『今邊有小警，輒露檄插羽，飛羽檄之意也。』駰案：推其言，則以鳥羽插檄書，謂之羽檄，取其急速若飛鳥也。」《後漢書》卷二〇《祭遵傳論》：「至乃卧鼓邊亭，滅烽幽障者將三十年。」烽火入咸陽：《史記》卷四《周本紀》：「有寇至，則舉烽火。」《史記》卷五《秦本紀》：「（孝公）十二年作爲咸陽，築冀闕，秦徙都之。」《漢書》卷二七中之上《五行志中之上》：「後匈奴大入上郡、雲中，烽火通長安，三將軍屯邊，又三將軍屯京師。」

〔二〕屯：《左傳》哀公元年：「夫屯晝夜九日，如子西之素。」陸德明釋文：「夫，兵也；屯，守也。」《漢書》卷六《武帝紀》：「秋，匈奴盜邊。遣將軍韓安國屯漁陽。」廣武：《史記》卷七《項羽本紀》：「項王已定東海來，西，與漢俱臨廣武而軍，相守數月。」裴駰集解：「孟康曰：『於滎陽築兩城相對，爲廣武，在敖倉西三皇山上。』」故址在今河南滎陽東北廣武山上。朔方：《漢書》卷六《武帝紀》：「（元朔二年）收河南地，置朔方、五原郡。」《漢書》卷五五《衛青傳》：「元朔五年春，令青將三萬騎出高闕……代相李蔡爲輕車將軍，皆領屬車騎將軍，俱出朔方。」地在今内蒙古自治區。

〔三〕嚴秋筋竿勁：《宋書》卷九五《索虜傳》載宋文帝詩：「忠臣表年暮，貞柯見嚴秋。楚莊投袂起，終然報强讎。去病辭高館，卒獲舒國憂。」《文選》六臣劉良注：「嚴秋，謂秋氣嚴厲；筋，謂弓；竿，謂箭也；勁，亦堅也。」

〔四〕天子按劍怒：《史記》卷八三《鄒陽列傳》：「蘇秦相燕，燕人惡之於王。王按劍而怒，食以駃騠。」使者遥相望：《史記》卷五八《梁孝王世家》：「於是天子意梁王逐賊，果梁使之。乃遣使冠蓋相望於道，覆按梁，捕公孫詭、羊勝。」《鮑參軍集注》錢仲聯注：「張雲璈《選學膠言》云：『《史記·大宛傳》：貳師將軍請罷兵，天子大怒，使使遮玉門曰：軍有敢入，輒斬之。詩意用此。』」

〔五〕鴈行：《詩經·鄭風·大叔于田》：「兩服上襄，兩驂鴈行。」按此句《文選》李善注：「《漢書》云：『公孫戎奴以校尉擊匈奴，至右賢王庭，爲鴈行上石山先登。』」魚貫渡飛梁：《三國志》卷二八《魏志·鄧艾傳》：「山高谷深，至爲艱險……將士皆攀木緣崖，魚貫而進。」《文選》卷七揚子雲《甘泉賦》：「歷倒景而絶飛梁兮，浮蠛蠓而撇天。」李善注：「晉灼曰：『飛梁，浮道之橋也。』」此二句六臣吕向注：「鴈行，魚貫，皆陣勢也。」

〔六〕簫鼓流漢思：《漢書》卷一〇〇載班彪《王命論》：「今民皆謳吟思漢，鄉仰劉氏，已可知矣。」

〔七〕疾風衝塞起：《莊子·天下》：「沐甚雨，櫛疾風，置萬國，禹大聖也而形勞天下如此。」沙礫自飄揚：《漢書》卷五五

《霍去病傳》：「而大風起，沙礫擊面，兩軍不相見。」顔師古注：「礫，小石也。」

〔八〕馬毛縮如蝟：《西京雜記》卷二：「元封二年，大寒，雪深五尺，野鳥獸皆死，牛馬皆蜷踡如蝟，三輔人民凍死者十有二三。」《文選》六臣吕向注：「蝟，蟲名，毛如針刺。」角弓不可張：三國吴韋昭《秋風詩》：「秋風揚沙塵，寒露沾衣裳。角弓持弦急，鳩鳥化爲鷹。」

〔九〕臣節：《漢書》卷五一《路温舒傳》：「詔書令公卿選可使匈奴者，温舒上書，願給厮養，暴骨方外，以盡臣節。」忠良：《左傳》成公十六年：「信讒慝而棄忠良，若諸侯何？」

〔一〇〕投軀報明主：《晉書》卷八六《張軌傳附張寔傳》：「王室有事，不忘投軀。」國殤：《楚辭·九歌·國殤》：「身既死兮神以靈，魂魄毅兮爲鬼雄。」

【集説】

唐李周翰：叙征戰苦辛之意。（六臣本《文選》卷二八）

唐吴兢《樂府古題要解》卷下：《出自薊北門行》，右其詞與《從軍行》同，而兼言燕薊風物，及突騎悍勇之狀，與《吴趨行》同也。

宋朱熹《朱子語類》卷一四〇：如「疾風衝塞起，砂礫自飄揚。馬尾縮如蝟，角弓不可張」，分明説出邊塞之狀，語又俊健。

元劉履《選詩補注》卷七：薊，故燕國之地，即秦漢之漁陽郡也。《樂府解題》謂此曲與《從軍行》同致，古詞多言燕薊風物及突騎勇悍之狀。《伎録》以爲雜曲歌詞也。

又云：此言漢時邊塞警急，出師征戰，正當嚴秋弓矢堅勁，敵陣精强之時。而其冒犯風霜，不避辛苦如此。大抵危亂之際，方見臣子之懷忠殉節，能棄其身而不顧也。豈亦因時多難，有所激勸而言之歟？

元方回《文選顔鮑謝詩評》卷三：此全用《楚辭·國殤》之意，「身既飛兮神以靈，魂魄毅兮爲鬼雄」，張巡嚼齒穿齦之類是也。《西京雜記》，元封二年，大雪深五尺，牛馬蹝縮如蝟。少陵詩「漢時長安雪一丈，牛馬寒毛縮如蝟」，鮑用又在先也。

明陸時雍《古詩鏡》卷一四：稜稜精爽，筋力如開百斛弓。

明孫月峰：只是操調險急，故下句無懦響，雖温厚之意稍衰，然卻奇俊。又云：「鴈」、「魚」句亦是顔、謝對法，然卻陗快自肆。「漢思」、「胡霜」絶妙。此皆苦思深語，然亦何傷其俊逸。（清于光華《重訂文選集評》卷七）

清陳祚明《采菽堂古詩選》卷一八：「疾風」以下，神氣飛舞。

清沈德潛《古詩源》卷一一：明遠能爲抗壯之音，頗似孟德。

清方伯海：寫出一時聲息之緊，應敵之猝，師行之速，征途之苦，許國之勇，短幅中氣勢奕奕生動，真神工也。（清于光華《重訂文選集評》卷七）

清張玉穀《古詩賞析》卷一七：此擬立功邊塞之作。前八用逆筆，先就邊境徵兵、胡强主怒叙起，爲壯士立功之會，寫一排場。中八，落出從軍，鋪寫途路勞苦。朔方早寒，故多在寒上設色。後四收到立節效忠，偏以不吉祥語，顯出無退悔心。悲壯淋漓。

清吴淇《六朝選詩定論》卷一三：應是當時政令躁急，臣下有不任者，故借此以寓意。言平日無折沖之謀，以寢敵慮，及邊隙一啟，曰「征騎」，曰「分兵」，皆臨時周章光景，以敵陣之精强故也。天子之怒，固是怒敵，亦是怒將士之不急急剪此朝食，故從戰之士相望於道。當此時也，雖有李牧輩爲將，亦不暇爲謀矣。「簫鼓」云云，不憚于勞。「時危」云云，不憚於死，一片忠心，上之弗恤，死爲國殤，何益于國哉！

成書《多歲堂古詩存》：沈鬱頓挫，筆力堅鋭，有無堅不破之勢。較魏武古直悲凉，又是一種色澤。

清方東樹《昭昧詹言》卷六：以從軍出塞之作，薊北多烈士，故託言之。起四句，叙題有原委，簡潔。凡文字援據，雖有詳略，必具端委。詩叙事述情亦然，必具端末，使人易了。但不得冗絮纖瑣迂緩，反令人不明了。如此起邊師，救朔方，皆分明交代題事。「嚴秋」十二句，寫邊塞戰場情景，激壯蒼凉悲慨，使人神魂飛越。「鴈行」以下，一字不平轉。「時危」四句，收作歸宿，爲豪宕，不爲淒凉，以解爲悲，從屈子來。陳思、杜公皆同。本集《幽并重騎射》等篇亦然。

清王闓運《湘綺樓説詩》卷六：用十二分力量作邊塞詩，是唐人所祖。

清王闓運《湘綺樓説詩》卷八：結句與《代東武吟》結四句同調。

代結客少年塲行

【解題】

此詩《文選》卷二八、《藝文類聚》卷四一、《樂府詩集》卷六六題作《結客少年場行》。按塲、場字通。《樂府詩集》此詩屬《雜曲歌辭》，題解云：「《後漢書》曰：『祭遵嘗爲部吏所侵，結客殺人。』曹植《結客篇》曰：『結客少年場，報怨洛北邙。』《樂府解題》曰：『《結客少年場行》言輕生重義，慷慨以立功名也。』《廣題》曰：『漢長安少年殺吏，受財報仇，相與探丸爲彈，探得赤丸斫武吏，探得黑丸殺文吏。尹賞爲長安令，盡捕之。長安中爲之歌曰：何處求子死，桓東少年場。生時諒不謹，枯骨復何葬。』按《結客少年場》，言少年時結任俠之客爲游樂之場，終而無成，故作此曲也。」

驄馬金絡頭，錦帶佩吴鉤〔一〕。失意杯酒間，白刃起相讎〔二〕。追兵一旦至，負劍遠行游〔三〕。去鄉三十載，復得還舊丘〔四〕。昇高臨四關①，表裏望皇州〔五〕。九塗平若水②，雙闕似雲浮〔六〕。扶宫羅將相，夾道列王侯〔七〕。日中市朝滿，車馬若川流③〔八〕。擊鍾陳鼎食，方駕自相求〔九〕。今我獨何爲？埳壈懷百憂④〔一〇〕！

【校記】

①「昇」，張溥本、《文選》、《藝文類聚》、《樂府詩集》作「升」。「關」，《藝文類聚》作「野」，《樂府詩集》「關」下注云：「一作『塞』。」

②「塗」，張溥本、《藝文類聚》作「衢」。

③「若」，《藝文類聚》作「如」。

④「埳」，原作「塪」，《樂府詩集》作「轗」，今據张溥本《文選》改。

【箋注】

〔一〕驄馬金絡頭：《後漢書》卷三七《桓榮傳附桓典傳》：「拜侍御史。是時宦官秉權，典執政無所回避，常乘驄馬。京師畏憚，爲之語曰：『行行且止，避驄馬御史。』」《詩經·魯頌·駉》：「駉駉牡馬，在坰之野。薄言駉者，有騅有駓。有騂有騏，以車伾伾。」孔穎達疏：「騏者，黑色之名。倉騏曰騏，謂青而微黑，今之驄馬也。」《藝文類聚》卷四一引《古陌上桑羅敷行》：「青絲繫馬尾，黄金絡馬頭。」錦帶佩吴鈎：《禮記·玉藻》：「居士錦帶，弟子縞帶。」孔穎達疏：「錦帶者，以錦爲帶。」《吴越春秋》卷二：「闔閭既寶莫耶，復命於國中作金鈎。令曰：『能爲善鈎者，賞之百金。』吴作鈎者甚衆。」《文選》卷五左太沖《吴都賦》：「軍容蓄用，器械兼儲，吴鈎越棘，純鈞湛盧。」六臣劉良注：「吴鈎，劒類。」《夢溪筆談》卷一九《器用》：「吴鈎，刀名也，刀彎。今南蠻用之，謂之葛黨刀。」按鉤、鈎異體。

〔二〕失意杯酒間，白刃起相讎：《文選》李善注：「桓範《世要論》曰：『觴酌遲速，使用失意。』」《淮南子·詮言訓》：「今有美酒嘉肴以相饗，卑體婉辭以接之，欲以合歡。争盈爵之間，反生鬬，鬬而相傷，三族結怨，反其所憎。此酒之敗也。」

〔三〕追兵：《文選》李善注：「謂捕己也，遠行以避之也。」《後漢書》卷一五《鄧晨傳》：「會追兵至，元及三女皆遇害。」負劍遠行游：《史記》卷八六《刺客·荆軻傳》：「秦王方環柱走，卒惶急不知所爲，左右乃曰：『王負劍。』」司馬貞索隱：「王劭曰：『古者帶劍上長，拔之不出室，欲王推之於背，令前短易拔，故云王負劍。』」

〔四〕舊丘：故鄉，故居。《後漢書》卷六〇下《蔡邕傳論》：「但願北首舊丘，歸骸先壟，又可得乎？」

〔五〕昇高臨四關：《文選》李善注：「陸機《洛陽記》：『洛陽有四關：東成皋、南伊闕、北孟津、西函谷。』」《史記》卷七《項羽本紀》：「關中阻山河四塞，地肥饒，可都以霸。」裴駰集解：「徐廣曰：『東函谷，南武關，西散關，北蕭關。』」表裏：猶内外。《左傳》僖公二十八年：「戰而捷，必得諸侯；若其不捷，表裏山河，必無害也。」杜預注：「晉國外河而内山。」皇州：《弘明集》卷一四晉竺道爽《檄太山文》：「是以太山據青龍之域，衡霍處諸陽之儀，華陽顯零班之境。恒岱列幽武之賓，嵩峙皇州之中，鎮四瀆之所墳。」

〔六〕九塗平若水：《周禮·冬官考工記·匠人》：「國中九經九緯，經塗九軌。」鄭玄注：「國中，城内也；經緯，謂涂也。」《莊子·德充符》：「平者，水停之盛也，其可以爲法也。」郭象注：「天下之平者，莫盛於停水。」雙闕似雲浮：《文選》卷二九《古詩十九首·青青陵上柏》：「兩宫遥相望，雙闕百餘尺。」《史記》卷二八《封禪書》：「此三神山者，其傳在勃海中，去人不遠，患且至，則船風引而去。蓋嘗有至者，諸僊人及不死之藥皆在焉。其物禽獸盡白，而黄金銀爲宫闕。未至，望之如雲；及到，三神山反居水下。」《後漢書》卷五二《崔駰傳》：「方斯之際，處士山積，學者川流，衣裳被宇，冠蓋雲浮。」

〔七〕扶宫羅將相：《文選》六臣李周翰注：「扶，亦夾也；羅，亦列也。皆王侯將相之宅。」夾道列王侯：《周禮·秋官·鄉士》：「帥其屬，夾道而蹕。」《史記》卷六五《孫子吴起列傳》：「於是令齊軍善射者萬弩，夾道而伏，期曰：『暮見火舉而俱發。』」許巽行《文選筆記》：「此言九塗雙闕，皆有將相王侯之居扶左夾輔也。」

〔八〕日中市朝滿：《周易·繫辭下》：「日中爲市，致天下之民，聚天下之貨，交易而退，各得其所。」《晉書》卷七七《蔡謨傳》：「臣以頑薄，昔忝殊寵，尸素累紀，加違慢詔命，當肆市朝。」川流：《詩經·大雅·常武》：「如山之苞，如川之流。」《禮記·中庸》：「小德川流，大德敦化，此天地之所以爲大也。」又見《後漢書》卷五二《崔駰傳》。

〔九〕擊鐘陳鼎食：《左傳》襄公三十年：「鄭伯有耆酒，爲窟室，而夜飲酒，擊鐘焉。」哀公十四年：「左師每食擊鐘。聞鐘聲，公曰：『夫子將食。』既食又奏。」《墨子·七患》：「故凶饑存乎國，人君徹鼎食五分之五。」《孔子家語·致思》：「子路見於孔子曰：『親殁之後，南游於楚，從車百乘，積粟萬鍾，累茵而坐，列鼎而食。願欲食藜藿，爲親負米，不可復得也。』」方駕：並駕。《文選》六臣李周翰注：「並車而相尋求也。」《後漢書》卷二四《馬援傳附馬防傳》：「防欲救之，臨洮道險，車騎不得方駕。防乃别使兩司馬將數百騎，分爲前後軍，去臨洮十餘里爲大營，多樹幡幟，揚言大兵旦當進。」

〔一〇〕今我獨何爲：《史記》卷一〇四《田叔列傳》：「曰：『我王暴露苑中，我獨何爲就舍！』」《文選》卷二三嵇叔夜《幽憤詩》：「予獨何爲，有志不就。」埳壈懷百憂：《楚辭·九辯》：「坎廩兮貧士失職而志不平，廓落兮羇旅而無友生。」《楚辭·九歎》：「惟鬱鬱之憂毒兮，志坎壈而不違。」王逸注：「坎壈，不遇貌也。」《詩經·國風·王風·兔爰》：「我生之後，逢此百憂，尚寐無覺。」按《文選》卷二七《古詩十九首·青青陵上柏》云：「青青陵上柏，磊磊澗中石。人生天地間，忽如遠行客。斗酒相娱樂，聊厚不爲薄。驅車策駑馬，游戲宛與洛。洛中何鬱鬱，冠帶自相索。長衢羅夾巷，王侯多第宅。兩宫遥相望，雙闕百餘尺。極宴娱心意，戚戚何所迫。」此詩自「昇高臨四關」以下擬之。

【集説】

宋胡仔《苕溪漁隱叢話》後集卷一：鮑照《結客少年場》云：「驄馬金絡頭，錦帶佩吴鈎。失意杯酒間，白刃起相仇。」杜子美《後出塞》云：「少年别有贈，含笑看吴鈎。」又《送劉十弟判官云》：「經過辨豐劍，意氣逐吴鈎。」唐李涉《寄楊潛》亦云：「腰佩吴鈎佐飛將。」曹唐《買劍》亦云：「將軍溢價買吴鈎。」韓翃《送王相公》詩云：「結束佩吴鉤。」

元劉履《選詩補注》卷七：鮑明遠《結客少年場行》，至以俠客自居，然則陽源所見，殆有卓然度越諸子者矣。

元方回《文選顔鮑謝詩評》卷三：此謂俠少，晚而悔者。朱家、郭解之徒，終貽悔吝，況區區殺人亡命子乎？可以爲戒也。此詩專指洛陽，四關者，東成皋、南伊闕、北孟津、西函谷。雙闕者，南北宫，乃秦始皇所創。「九塗平若水，雙闕似雲浮」，此亦古詩蹉對句法。

明陸時雍《古詩鏡》卷一四：搔首平生，撫懷悲咤。

明許學夷《詩源辯體》卷七：（鮑照）樂府五言如「雞鳴洛城裏，禁門平旦開。冠蓋縱横至，車騎四方來」，「驄馬金絡頭，錦帶佩吴鈎。失意杯酒間，白刃起相讎」，「嚴秋筋竿勁，虜陣精且彊。天子按劍怒，使者遥相望」，「疾風衝塞起，沙礫自飄揚。馬毛縮如蝟，角弓不可張」等句，最爲軼蕩，其氣象已近李、杜，元瑞謂「明遠開李杜之先鞭」，是也。

明孫月峰：詞峰俊仄，寫任俠正自當行，故更覺俶詭不倫。

又云：凡鍊對語不難，單語難，奇語不難，常語難。此特以單語常語妙。（清于光華《重訂文選集評》卷七）

清王夫之《古詩評選》卷一：滿篇譏訶，一痕不露。

何焯《義門讀書記》卷四七：《結客少年場行》，結語作悔艾之詞，於詩教合矣。

清陳祚明《采菽堂古詩選》卷一八：壯心坌湧，一氣所流，鴻亮無累。

清方伯海：以極興頭起，以極冷寂收。少年爲俠，究竟何益。（清于光華《重訂文選集評》卷七）

清吴淇《六朝選詩定論》卷一三：凡觀古人之詩，卻不在實實字面，卻在幾個虚字上，又是無要緊虚字。如此詩中之「去鄉三十載」，人鮮不以爲過文語耳。殊不知一篇關鎖，全在此句。凡事有初中末，凡人有少壯老。人生百年耳，前三十年爲少，少之時以好俠費；中三十年爲壯，壯之時又以亡命費；末三十年雖得歸，又以老費。然人生做事，全在壯年，此卻重寫老，輕寫壯年，何也？因其輕而輕之，正是重寫少年也。當少時只因負酒使氣，遂致亡命，非有邪也。亡命凡三十載，此三十載中正是壯年做事時候，試問此三十年中無所爲乎？觀其歸家而歎，正歎此三十年間，或不得有爲，或爲未成耳。至「昇高」云云，亦是去鄉三十年中，家下時勢人情俱變盡。今之將相王侯，非昔之將相王侯者。曰「扶」、「羅」，曰「夾」、「列」，何王侯將相之多乎！我獨不能取此，所以百憂交集也。

清方東樹《昭昧詹言》卷六：此詩用意稍浮，無甚精深，而詞氣壯麗。起六句，追叙少時豪俠之失。「去鄉」二句，結上起下，頓束。「昇高」以下，爲盱豫之悔，亦所以爲諷也。

清王闓運《湘綺樓説詩》卷八：《結客少年場行》云：「驄馬金絡頭，錦帶佩吴鉤。失意杯酒間，白刃起相讎。」突出奇語，雖微持鞅，而氣自壯。

吴汝綸《古詩鈔》卷四：《結客少年場行》本言輕生重義、慷慨以立功名者，此則兼言晚節坎壈之狀。

代東門行

【解題】

此詩《藝文類聚》卷四一題作《驅馬上東門行》。

《樂府詩集》此屬《相和歌辭・瑟調曲》。《樂府詩集》卷三七《東門行》題解云：「《古今樂録》曰：『王僧虔《技録》云：「《東門行》，歌古東門一篇，今不歌。」』《樂府解題》曰：『古詞云：「出東門，不顧歸，入門悵欲悲。」言士有貧不安其居者，拔劍將去，妻子牽衣留之，願共餔糜，不求富貴。且曰「今時清，不可爲非也」。若宋鮑照「傷禽惡弦驚」，但傷離别而已。』」《文選》卷二八此詩六臣劉良注：「東都門，長安城門名。别離之地，故叙去留之情焉。」朱乾《樂府正義》云：「《文選》注引《歌録》曰：『《日出東門》，古辭也。』今瑟調《東門行》無『日出』字，或是相和曲中《東門》古辭，而今亡矣。」

關於此詩的寫作意旨，吴汝綸《古詩鈔》以爲乃「晉安王子勛之亂，臨海王子頊從亂」時所表現出之「憂亂之旨」，吴丕績《鮑照年譜》、錢仲聯《鮑照年表》皆據之而繫此詩於宋明帝泰始二年（四六六）。按《古詩鈔》論《代蒿里行》，以爲乃「爲孝武挽歌」，「蓋爲明帝弑廢帝而孝武絶統」而作；論《代挽歌》則以爲「蓋傷廢帝被弑，無人討賊也」。以爲詩人認爲廢帝被殺而可哀，以無人討明帝而復孝武之統而可悲，且又目明帝之爲「賊」。然而論此詩則云討明帝之晉安王子勛爲作亂，臨海王子頊爲從亂。前後矛盾，顯然是臆斷之辭。劉履《選詩補注》卷七論此詩則以爲「明遠久倦客游，將復遠行，而爲是曲。其言日落昏暮，家人已卧，而行者夜中方飯，所謂不相知者如此。且以食梅衣葛爲喻，則其憂苦自知，有非聲樂所得而慰者」，今由詩中「傷禽惡弦驚，倦客惡離聲」以及「居人掩閨卧，行子夜中飯。野風吹秋木，行子心腸斷」等語視之，劉履所説應較爲可信。考詩人自青年時期始即飄泊江湖，屢有離家長途遠游之事。但早期之遠游乃爲求取功名以圖一展抱負之主動行爲，如元嘉十二年（四三五）二十歲遠游荆州干謁義慶，途經大雷時所作之《登大雷岸與妹書》，於艱難的旅途環境中而有「長圖大念，隱心者久矣」的豪邁之語；元嘉二十九年(四五二)詩人三十七歲所作之《瓜步山楬文》，雖然滿含抑鬱不平之氣，但對功名事業企盼的迫切之情則溢於言表。以上皆與本詩所表現出之濃厚倦游心情大相徑庭，即詩不可能爲詩人早期所作。詩人有《從臨海王上荆初發新渚》詩一首，乃孝武帝大明六年(四六二)爲臨海王子頊軍府佐吏上荆州，初離建康時作，詩云：「收纜辭帝郊，揚棹發皇京。狐兔懷窟志，犬馬戀主情。撫襟同太息，相顧俱涕零。」《鮑參軍集注》黄節補注以爲「上荆非明遠所願，故詞多悲鬱」，實爲中的之辭。見詩人是時上荆之行，乃迫於孝武帝之命的不得已之被動行爲。尋詩中「離聲斷客情，賓御皆涕零。涕零心斷絶，將去復還絶。一息不相知，何況異鄉別」云云，與《從臨海王上荆初發新渚》詩所表現之心情正相一致。由此，二詩應是同一時期之作。觀詩中所述之「賓御」「將去」，以及「絲竹徒滿坐，憂人不解顔」等語，乃臨行前親友送別情景，誠如劉履所謂「將復遠行」時也。是詩應是大明六年(四六二)隨子頊上荆行前作于京都建康者。

傷禽惡弦驚①，倦客惡離聲〔一〕。離聲斷客情，賓御皆涕零〔二〕。涕零心斷絶，將去復還訣〔三〕。一息不相知，何況異鄉別〔四〕。遥遥征駕遠，杳杳白日晚②〔五〕。居人掩閨卧，行子夜中飯③。野風吹秋木④，行子心腸斷〔六〕。食梅常苦酸，衣葛常苦寒〔七〕。絲竹徒滿座，憂人不解顔〔八〕。長歌欲自慰，彌起長恨端〔九〕。

【校記】

①「惡」，《藝文類聚》卷四一作「見」。「弦驚」，原注：「一作『驚弦』。」

②「白」，《文選》作「落」。

③「夜」，《藝文類聚》作「野」。

④「秋」，張溥本作「草」。

【箋注】

〔一〕傷禽惡弦驚：《戰國策·楚策四》：「天下合從，趙使魏加見楚春申君曰：『君有將乎？』曰：『有矣，僕欲將臨武君。』魏加曰：『臣少之時好射，臣願以射譬之可乎？』春申君曰：『可。』加曰：『異日者，更羸與魏王處京臺之下，仰見飛鳥，更羸謂魏王曰：「臣爲王引弓虚發而下鳥。」魏王曰：「然則射可至此乎？」更羸曰：「可。」有間，鴈從東方來，更羸以虚發而下之。魏王曰：「然則射可至此乎？」更羸曰：「此孽也。」王曰：「先生何以知之？」對曰：「其飛徐而鳴悲，飛徐者，故瘡痛也；鳴悲者，久失群也。故瘡未息而驚心未去也。聞弦音，引而高飛，故瘡隕也。」今臨武君嘗爲秦孽，不可爲拒秦之將也。』」

〔二〕賓御：《文選》卷二八六臣張銑注：「賓，謂送别之人。御，御車者。」陸雲《答兄平原詩》：「運步玉衡，仰和太清，賓御四門，旁穆紫庭。」涕零：《詩經·小雅·小明》：「念彼共人，涕零如雨。」

〔三〕心斷絶：《搜神記》卷一五：「伯文以次呼家中大小，久之，悲傷斷絶，曰：『死生異路，不能數得汝消息，吾亡後，兒孫乃爾許大！』」訣：《説文》卷三：「訣，别也。」

〔四〕一息：此詩《文選》李善注：「《説文》曰：『息，喘也。』」六臣吕向注：「一息，言少間。」王褒《聖主得賢臣頌》：「追奔電，逐遺風，周流八極，萬里一息。」

〔五〕遥遥：《左傳》昭公二十五年：「鸜鵒之巢，遠哉遥遥。」杳杳：《楚辭·九章·懷沙》：「眴兮杳杳，孔静幽默。」王逸注：「杳杳，深冥貌也。」此二句六臣李周翰注：「遥遥，行貌。杳杳，暮也。」

〔六〕野風吹秋木：《樂府詩集》卷五九王嫱《昭君怨》：「秋木萋萋，其葉萎黄。」行子心腸斷：《文選》卷二七魏文帝《燕歌行》：「群燕辭歸鴈南翔，念君客游思斷腸。慊慊思歸戀故鄉，何爲淹留寄佗方。」

〔七〕食梅常苦酸，衣葛常苦寒：《淮南子·説林訓》：「百梅足以爲百人酸，一梅不足以爲一人和。」《春秋公羊傳》桓公八年：「冬不裘，夏不葛。」何休注：「裘葛者，禦寒暑之美服。」按以上二句《文選》六臣劉良注：「梅不可療饑，葛非寒服，言羇客衣食不得其所。」

〔八〕絲竹：《禮記·樂記》：「德者，性之端也；樂者，德之華也；金石絲竹，樂之器也。」解顔：《列子·黄帝》：「自吾之事夫子友若人也，……五年之後，心庚念是非，口庚言利害，夫子始一解顔而笑。」

〔九〕長歌欲自慰：張衡《西京賦》：「女娥坐而長歌，聲清暢而蝼蛇。」彌：《廣韻》卷五：「彌，益也。」長恨：《文選》卷四八揚子雲《劇秦美新》：「所懷不章，長恨黄泉。」

【集説】

唐吴兢《樂府古題要解》卷上：古詞云：「出東門，不顧歸。」言士有貧不安其居者，拔劍將去，妻子牽衣留之，願共餔糜，不求富貴，且曰「今時清，不可爲非」也。若鮑照「傷禽惡弦驚」，但傷離别而已。

宋吴聿《觀林詩話》：鮑照云：「傷禽惡弦驚，倦客惡離聲」，「斷腸聲裏無形影，畫出無聲亦斷腸」，蓋以此也。

元劉履《選詩補注》卷七：明遠久倦客游，將復遠行，惡聞離别之聲，故以傷禽之惡驚弦者起興，而爲是曲。備述遠塗辛苦，中心憂傷，以明夫不忍遽别之情也。其言日落昏暮，家人已卧，而行者夜中方飯，所謂不相知者如此。且以食梅、衣葛爲喻，則其憂苦自知，有非聲樂所可得而慰者。

元方回《顔鮑謝三家詩評》卷三：此專言離别之難。……味至末句，則凡中有憂者，雖合樂也而愈悲，雖長歌也而愈怨，不特離别也。

明陸時雍《古詩鏡》卷一四：此詩直參漢製。第鮑詩稜厲，漢人渾渾耳。「居人掩閨卧，行子夜中飯。野風吹草木，行子心腸斷」，苦情密調，吐露無餘矣。

明鍾惺、譚元春《古詩歸》卷一二：促節厲響，情思婉轉，樂府中古詩也。

明孫月峰：用换韻厲其促節，音調絶與《青青河畔草》相似。

又云：「梅」「葛」兩語，正與「枯桑」「海水」句同法，皆是緩語承急調。（清于光華《重訂文選集評》卷七）

清王夫之《古詩評選》卷一：空中布意，不墮一解，而往復縈回，興比賓主，歷歷不昧。雖聲情爽豔，疑於豪宕，乃以視《青青河畔草》，亦相去無三十里矣。

清毛先舒《詩辯坻》卷二：鮑照《代東門行》，精刻驚挺，真堪動魄。

又云：明遠《東門行》，一變一緊，節促而意多，妙筆當不遜陳思王。

清何焯《義門讀書記》卷四七：直追《十九首》，又近景陽。鮑詩中過事夸飾，奇之又奇，顧少餘味。此篇佳處，乃在真朴也。

清陳祚明《采菽堂古詩選》卷一八：其源出於古樂府，而忼壯之音，兼孟德雄風，結句不振。

又云：「一息不相知」二句，驚心動魄。

清沈德潛《古詩源》卷一一：「食梅常苦酸」一聯，與《青青河畔草》篇忽入「枯桑知天風，海水知天寒」一種神理。

清張玉穀《古詩賞析》卷一七：此爲行客念家之詩。前四追叙將出門事，突然比起，點出離情。賓御涕零，先用旁人作襯。「涕零」四句，接寫訣别遲回，以一息暫離，尚不相知，挑醒異鄉離别之恨。「遥遥」六句，點次就道行色，即以居人陪出行子。再寫苦景一句，頓足行子腸斷。後六忽插酸寒自知兩喻，收出絲竹難以解憂，長歌彌起長恨，截然竟住，神理直逼漢京。

清吴淇《六朝選詩定論》卷一三：按樂府有《東門行》，曰「出東門，不顧歸」，乃婦人送别歸而歎於室，詞至哀切。參軍所擬，乃代行者别後之詞，分三段。「離聲」六句是離别之情，「遥遥」六句是行路之情，「食梅」六句是行到所游之情。總以首二句内「離聲」爲主。「離聲」者，即别親友時所奏之絲竹。絲竹滿坐，乃游所奏者，惟途中無絲竹，則用「野風吹秋木」五字補之。風吹秋木，本是無心，入離人之耳，則以爲離聲耳。滿坐絲竹亦然。

又云：「將去復還訣」，正擬原題「不顧歸」。「一息」二句，正是不還訣之由。

又云：落日輟駕，中夜始飯，游人的有此苦，上著「居人」句襯出，尤不忍堪，前連用兩「惡」字寫乍别，後連用兩「苦」字寫久别，中間行路，連呼「行子」，真令人應聲落淚。「食梅」二語，是以緩語承急調，與古樂府「枯桑」二句同法。

清方東樹《昭昧詹言》卷六：此擬古叙别之作耳。起八句，説將别之情，「一息」二句頓住，最沉痛。「遥遥」以下六句，寫既别以後，情景兼至，杜、韓、蘇皆常擬之。「食梅」以下總收，情文筆勢，回折頓挫，一唱三歎。此皆爲行者之言。

清王闓運《湘綺樓説詩》卷八：鮑明遠《東門行》云：「涕零心斷絶，將去復還訣。一息不相知，何況異鄉别。」此等句則所謂驚心動魄，一字千金也。「居人掩閨卧，行子夜中飯。野風吹草木，行子心腸斷」，比張司空「巢居」二句勝矣，終不若「枯桑」二語也。

清吴汝綸《古詩鈔》卷四：晋安王子勛之亂，臨海王子頊從亂。明遠爲臨海王前軍參軍，此詩蓋憂亂之指。

余冠英《漢魏六朝詩選》：本篇寫行客念家，前半追叙臨别的苦景，後半描寫客中的愁況。

代苦熱行

【解題】

此詩《文選》卷二八、《樂府詩集》卷六五題作《苦熱行》，今從宋本。

《樂府詩集》此屬《雜曲歌辭》，《苦熱行》題解云：「魏曹植《苦熱行》曰：『行游到日南，經歷交阯鄉。苦熱但曝露，越夷水中藏。』《樂府解題》曰：『《苦熱行》備言流金礫石，火山炎海之艱難也。若鮑照云「赤阪横西阻，火山赫南威」，言南方瘴癘之地，盡節征伐，而賞之太薄也。』」

《鮑參軍集注》此詩題注黄節補注引朱乾《樂府正義》云：「宋文帝元嘉二十三年，遣交州刺史檀和之討林邑。宗慤自請從軍，和之遣慤爲前鋒，遂克林邑。陽邁父子挺身走，所獲未名之寶，不可勝數。慤還家之日，衣櫛蕭然。此刺功高賞薄。戈船、伏波，蓋指和之及慤也。」吴丕績《鮑照年譜》、錢仲聯《鮑照年表》據之而繫詩於元嘉二十三年（四四六）。今考檀和之與宗慤伐林邑事見《宋書》卷五《文帝紀》及卷七六《宗慤傳》、卷九七《夷蠻・林邑傳》。又據《宋書》各紀傳，宋文帝劉義隆於從軍立功之諸將實多所猜忌且寡於恩，檀道濟開國名將，乃以其才高功多，疑而殺之；裴方明智勇雙全，平定仇池立有大功，亦爲文帝借故殺之。不善任將帥，實爲劉宋國力衰微之一大緣由，故檀道濟被殺時乃有「乃復壞汝萬里長城」之感歎。《資治通鑑》卷一二五載元嘉二十七年北魏太武帝拓跋燾與宋文帝書云：「彼前使裴方明取仇池，既得之，疾其勇功，已不能容，有臣如此，尚殺之，烏得與我校耶！……彼公時舊臣雖老，猶有智策，知今已殺盡，豈非天資我邪！」皆爲明證。元嘉二十三年又有檀和之及宗慤苦熱南征而功高賞薄事，信詩人有感而作此詩。即前人定此詩爲元嘉二十三年作，乃爲可信。

赤坂橫西阻，火山赫南威①〔一〕。身熱頭且痛，鳥墜魂來歸②〔二〕。湯泉發雲潭③，焦烟起石圻④〔三〕。日月有恒昏，雨露未嘗晞⑤〔四〕。丹蛇踰百尺，玄蜂盈十圍〔五〕。含沙射流影，吹蠱病行暉〔六〕。瘴氣晝熏體⑥，草露夜霑衣⑦〔七〕。饑猨莫下食⑧，晨禽不敢飛〔八〕。毒涇尚多死，渡瀘寧具腓⑨〔九〕？生軀蹈死地⑩，昌志登禍機⑪〔一〇〕。戈船榮既薄，伏波賞亦微〔一一〕。爵輕君尚惜⑫，士重安可希〔一二〕？

【校記】

①「赫」，《太平御覽》卷三四作「燃」。

②「墜」，《文選》《藝文類聚》《太平御覽》作「墮」。「來」，《太平御覽》作「未」。

③「潭」，《太平御覽》作「澤」。

④「圻」，注云：「一作『磯』。」《樂府詩集》卷六五作「磯」，《太平御覽》作「沂」。

⑤「露」，《太平御覽》作「霧」。

⑥「瘴」，《文選》李善本作「鄣」，六臣本作「障」。「熏」，張溥本、四庫本作「薰」，《太平御覽》作「燋」。

⑦「草」，《文選》、張溥本、四庫本作「莔」。

⑧「下」，《太平御覽》作「暇」。

⑨「渡」，張溥本作「度」。

⑩「蹈」，張溥本作「陷」。

⑪「登」，《樂府詩集》注云：「一作『高』。」

⑫「爵」，《文選》作「財」。

【箋注】

〔一〕赤坂横西阻：《漢書》卷九六上《西域傳上》：「又歷大頭痛、小頭痛之山，赤土、身熱之阪，令人身熱無色，頭痛嘔吐，驢畜盡然。」火山赫南威：《水經注·㶟水》：「東方朔《神異傳》云：『南方有火山焉，長四十里，廣四五里，其中皆生不燼之木，晝夜火燃，得雨猛風不滅。』」

〔二〕烏墜魂來歸：《後漢書》卷二四《馬援傳》：「援乃擊牛釃酒，勞饗軍士。從容謂官屬曰：『……當吾在浪泊、西里間，賊未滅之時，下潦上霧，毒氣熏蒸，仰視烏鳶，跕跕墮水中。』」《楚辭·招魂》：「魂兮歸來，南方不可以止些。雕題黑齒，得人肉而祀，以其骨爲醢些。」

〔三〕湯泉發雲潭：《文選》卷三張平子《東京賦》：「温液湯泉，黑丹石緇。」《文選》李善注：「王歆之《始興記》曰：『雲水，源泉通溜如沸湯，有細赤魚出游，莫有獲之者。』」焦煙起石圻：《文選》李善注：「焦煙，蓄熱氣也。《南越志》曰：『興寧縣有熱水山焉，其下有焦石，歊蒸之熱，恒數四丈。』」《楚辭·九歎·離世》：「遵江曲之逶移兮，觸石碕而衡游。」洪興祖補注：「碕，曲岸。」按碕，圻字通。

〔四〕日月有恒昏：《文選》卷六左太冲《魏都賦》：「窮岫泄雲，日月恒翳。宅土熇暑，封疆障癘。」六臣張銑注：「山岫恒出陰雲，不見日月，常掩翳多雨。」雨露未嘗晞：《文選》李善注：「曹植《感時賦》曰：『惟淫雨之永降，曠三旬而未晞。』」《詩經・秦風・蒹葭》：「蒹葭萋萋，白露未晞。」毛傳：「晞，乾也。」

〔五〕丹蛇：李善注：「《外國圖》曰：『楊山，丹蛇居之，去九疑五萬里。』」《雲笈七籤》卷五五：「老子曰：『丹蛇者，日之精也。』」《水經注・濟水》：「沛公起兵，野戰，喪皇妣於黃鄉。天下平定，乃使使者以梓宮招魂幽野，於是丹蛇自水濯洗，入於梓宮，其浴處有遺髮。」玄蜂：《楚辭・招魂》：「赤螘若象，玄蠭若壺些。」蔣驥注：「《五侯鯖》：『大蠭出崑崙，長一丈，其毒殺象。』蓋即此類。」

〔六〕含沙射流影：《搜神記》卷一二：「漢光武中平中，有物處於江水，其名曰蜮，一曰短狐。能含沙射人，所中者則身體筋急，頭痛發熱，劇者至死。江人以術方抑之，則得沙石於肉中。」《詩經・小雅・何人斯》：「爲鬼爲蜮。」毛傳：「蜮，短狐也。」陸德明釋文：「蜮，狀如鼈，三足。一名射工，俗呼之水弩。在水中含沙射人。一云射人影。」吹蠱病行暉：《文選》李善注：「吹蠱，即飛蠱也。顧野王《輿地志》曰：『江南數郡有畜蠱者，主人行之以殺人，行食飲中，人不覺也。其家絶滅者，則飛游妄走，中之則斃。』行暉，行旅之光暉也。」明楊慎《升菴詩話》卷三：「鮑照《苦熱行》『含沙射流影，吹蠱痛行暉』，南中畜蠱之家，蠱昏夜飛出飲水，其光如曳彗，所謂行暉也。《文選》注：『行暉，行旅之暉。』非也。」

〔七〕瘴氣晝熏體：《三國志》卷六一《陸凱傳附陸胤傳》：「蒼梧南海，歲有暴風障氣之害，風則折木，飛砂轉石，氣則霧鬱，飛鳥不經。」《後漢書》卷八六《南蠻傳》：「南州水土温暑，加有瘴氣，致死者十必四五。」草露夜霑衣：《文選》李善注：「《宋永初山川記》曰：『寧州鄣氣菵露，四時不絶。』菵，草名，有毒，其上露，觸之，肉即潰爛。」《爾雅・釋草》：「葞，春草。」郭璞注：「一名芒草。」邢昺疏：「案《本草》：『芒草，一名葞，一名春草。』陶注云：『今是處皆有，葉青辛烈者良，今俗呼爲菵草也』。郭云芒草者，所見本異也。」《山海經・中山經》：「蓌水出焉，而北流注於伊水，……有木焉，其狀如棠而赤葉，名曰芒草，可以毒魚。」《太平御覽》卷九九三引《淮南萬畢術》云：「莽草浮魚。」原注：「取莽草葉並陳粟米合擣之，以内水，魚皆死。」

〔八〕饑猨莫下食，晨禽不敢飛：《文選》李善注：「《南越志》曰：『䏿石縣有銅澗，泉源沸涌，謂之毒水。飛禽走獸，經之者殞。䏿音勞。』《列女傳》：『陶荅子妻曰：玄豹霧雨七日不下食。』曹植《七哀詩》曰：『南方有鄣氣，晨鳥不得飛。』」

〔九〕毒涇尚多死，渡瀘寧具腓：《文選》李善注：「言秦人毒涇，尚或多死，況今毒厲乎？諸葛渡瀘，寧有俱病也？《左氏傳》曰：『諸侯之大夫，從晉侯伐秦，濟涇而次。秦人毒涇上流，師人多死。』諸葛亮表曰：『五月渡瀘，深入不毛。』《毛詩》曰：『秋日淒淒，百卉具腓。』毛萇曰：『腓，病也。』瀘音盧。腓音肥。」孫志祖《文選李注補證》：「圓沙本云：『腓是股屬，不具腓，腓不完也。注非。如曰病，則必《左氏》病痱之痱而後可。』」徐仁甫《古詩別解》：「寧猶豈也。『渡瀘寧具腓』，謂渡瀘豈具腓也。《白頭吟》『心賞猶難持，貌恭豈易憑』。『猶』『豈』呼應，與此『尚』『寧』呼應同。」

〔一〇〕生軀蹈死地：《文選》李善注：「《列女傳》曰：『楚子發之母謂子發曰：使人入於死地而康樂於上，雖有以得勝，非其術也。』曹大家曰：『軍事險危，故爲死地也。』」昌志登禍機：《文選》李善注：「莊子曰：『其發若機括，其司是非之謂也。』司馬彪曰：『言生以是非臧否交接，則禍敗之來，若機括之發。』班固《漢書述》曰：『禍如發機。』」六臣劉良注：「言使生軀與昌盛之志蹈此死亡之地，翻爲禍之機兆也。」昌志，猶壯志。

〔一一〕戈船榮既薄：《史記》卷一一三《南越尉佗列傳》：「主爵都尉楊僕爲樓船將軍，出豫章，下橫浦；故歸義越侯二人爲戈船、下厲將軍，出零陵，或下離水。」卷一一四《東越列傳》：「越侯爲戈船下瀨將軍，出若邪、白沙。」按二役戈船皆無功，後亦封賞不及，故曰「榮既薄」。伏波賞亦微：《後漢書》卷二四《馬援傳》：「昔伏波將軍路博德，開置七郡，裁封數百户。今我微勞，猥饗大縣，功薄賞厚，何以能長久乎？」又《馬援傳》載馬援平交阯還，「軍吏經瘴疫死者十四五，賜援兵車一乘，朝見位次九卿」，是「賞亦微」也。

〔一二〕爵輕君尚惜，士重安可希：《文選》李善注：「《韓詩外傳》曰：『宋燕相齊還，遂罷歸舍，召門尉田饒等問曰：大夫誰與我赴諸侯乎？皆伏不對。宋燕曰：士何易得而難用也？田饒對曰：君紈素錦繡，從風而弊，士曾不得緣衣。夫財者君所輕，死者士所重。君不能用所輕，欲使士致重乎？』」六臣吕向注：「小臣計倪對越王句踐曰：『爵禄，君之輕也；性命，士之重也。』此言君所輕者尚惜不與，士所重者安可望乎？」

【集説】

宋葉庭珪《海録碎事》卷四上：《苦熱行》：「赤坂横西阻，火山赫南威。」西域有赤土身熱之阪，火山常出火，爲南方之威。

元方回《顔鮑謝三家詩評》卷三：熱者地之至惡，死者事之至難。蹈至惡之地，責以至難之事，而上之人不察，則天下士有去之而已。君視臣如草芥，則臣視君如寇讎。此詩連以十六句言苦熱，一句用一事，富哉言乎。「毒涇」「渡瀘」，始入議論，謂所住之地，甚於秦人之毒涇，諸葛之渡瀘。死地機决，無可全之理，而軍賞微薄，則必失天下之心矣。

明彭大翼《山堂肆考》卷一六一：《苦熱行》樂府詞，備言流金鑠石，火山炎海之艱難也。若鮑昭則言南方瘴癘之地，盡力征伐，而賞之太薄也。

明孫月峰：形容苦勢處不遺餘力，勝士衡《苦寒》，然尚不及魏武。彼就實事寫來，神采自溢，此只鑿空撰出，安有真味？

又云：以上歷數西南不堪光景，征戍其地，生全者寡。見國家用人，非有重賞不能得人死力。末以婉諷結出作詩之旨。（清于光華《文選集評》卷七）

清毛先舒《詩辯坻》卷二：然《選》詩拙句，殆有甚者，陸士衡「此思亦何思，思君徽與音」，又「曷爲復以兹，曾是懷苦心」，又「親戚弟與兄」，又「偏棲獨隻翼」；潘安仁「周遑忡驚惕」，鮑明遠「身熱頭且痛」，張茂先「吏道何其迫，窘然坐自拘」，江文通「浪跡無蚩妍，然後君子道」。散在篇帙，不覺鎚拙，一經拈出，涉筆可憎。

清陳祚明《采菽堂古詩選》卷一八：摹寫炎瘴之景，可稱曲至。末可以諷廟堂，故佳。篇中亦不免强句，如「吹蠱病行暉」，「暉」字湊韻。「度瀘寧具腓」，「寧」字無理。「昌志登禍機」，「昌志」字生。大家固不論，但在明遠，一何多累也。

清朱乾《樂府正義》卷一二：宋文帝二十三年，遣交州刺史檀和之討林邑。宗慤自請從軍，和之遣慤爲前鋒，遂克林邑。陽邁父子挺身走，所獲未名之寶，不可勝計，慤一無所取，還家之日，衣櫛蕭然。此刺功高賞薄。戈船、伏波，蓋指和之及懿也。

清吴淇《六朝選詩定論》卷一三：「赤阪」一段，亂寫熱意，無倫次，似楚詞之南招。「毒涇」以下，見開邊之功。夫人臣爲君開疆展土，本爲榮賞，然開疆展土之功，有大於戈船、伏波者乎？賞則宜厚矣、重矣，而乃薄且微如此。夫以士之重博君之輕，猶不可爲，況以士之重尤不得博君之輕，則何爲而爲之？以士之重博君之輕，猶不爲，況以萬士之重博君之輕，又何爲而爲之？

又云：凡古詩託興之詩，有正面，有借面。此詩之借面，是説苦熱，不止是前半是苦熱，即後半亦是苦熱，若榮厚賞重，則人忘其熱矣。此詩正面是説薄賞，以士重較賞，賞以薄，況蹈必死之地辛苦萬狀乎？前苦熱一段，正形賞薄。

清方東樹《昭昧詹言》卷六：《東武》言旋卒，此言旋帥。擬《出車》，亦以諷恩薄也。

又云：寫炎方地險艱，字句奇峭。「生軀」以下歸宿。

吴汝綸《古詩鈔》卷四：前言苦勢瘴毒，末言從軍死地，勞多而賞薄。

代白頭吟

【解題】

此詩《玉臺新詠》卷四題作《擬樂府白頭吟》，《藝文類聚》卷四一題作《白頭行吟》，今從宋本。《樂府詩集》此屬《相和歌辭・楚調曲》。《通志》卷四九云：「《白頭吟》，《西京雜記》：『司馬相如將聘茂陵人女爲妾，文君作《白頭吟》以自絶，相如乃止。』後人作《白頭吟》皆是以直道被讒見疎於君，故古辭云：『凄凄重凄凄，嫁娶不須啼。願得一心人，頭白不相離。』」《樂府詩集》卷四一《白頭吟》題解云：「《古今樂録》曰：王僧虔《技録》曰：『《白頭吟行歌》，古「皚如山上雪」篇。』《西京雜記》曰：『司馬相如將聘茂陵人女爲妾，卓文君作《白頭吟》以自絶，相如乃止。』《樂府解題》曰：『古辭云：「皚如山上雪，皎若雲間月。」又云：「願得一心人，白頭不相離。」始言良人有兩意，故來與之相决絶。次言别於溝水之上，叙其本情。終言男兒當重意氣，何用於錢刀。若宋鮑照「直如朱絲繩」，陳張正見「平生懷直道」，唐虞世南「氣如幽徑蘭」，皆自傷清直芬馥，而遭鑠金玷玉之謗，君恩以薄，與古文近焉。』一説云：『《白頭吟》疾人相知，以新間舊，不能至於白首。故以爲名。唐元稹又有《决絶詞》，亦出於此。』」

此詩借相傳的漢卓文君《白頭吟》舊題以抒寫感慨，郭茂倩《樂府詩集》引《樂府解題》、劉履《選詩補注》皆以爲此詩乃鮑照在被進讒言而爲君王疏遠後的詠懷之作。即此詩雖然託名擬古，其實卻爲借樂府舊題以自傷身世。事實上，詩人確實有較長時間生活在小人圍攻之中，他的《謝解禁止疏》《謝永安令解禁止啟》即爲遭小人讒言而受到「禁止身不得入殿省」處分，「二台已加奏劾」時所作。尋詩人一生中被疏遠或因過獲罪，比較明顯者在他由太學博士、兼中書舍人出爲秣陵令時。是時鮑照所任之太學博士，據《宋書》卷四〇《百官志下》，乃與尚書丞、郎和近畿大縣秩俸爲千石的縣令同階，然又略低於尚書丞、郎而高於秩千石之縣令，這在他此前的仕途生涯中是從未有過的。何況他這時又以太學博士而代理中書舍人。據李慈銘《宋書札記》所論，是時的中書舍人即中書通事舍人，乃帝耳目所寄之近臣。《宋書》卷九四《恩倖傳》謂其「賞罰之要，是謂國權，出内王命，由其掌握，於是方途結軌，輻輳同奔。……外無逼主之嫌，内有專用之功，勢傾天下。西京許、史，蓋不足云，晉朝王、庾，或未能比」，可見權勢之大，地位之重要。以孝武帝時爲中書舍人的戴法興、巢尚之等人爲例，《宋書》卷九四《恩倖傳》云：「凡選授遷轉誅賞大處分，上皆與法興、尚之參懷，内外諸雜事，多委明寶。上性嚴暴，睚眥之間，動至罪戮，尚之每臨事解釋，多得全免，殿省甚賴之。而法興、明寶大通人事，多納貨賄，凡所薦達，言無不行，天下輻輳，門外成市，家產並累千金。明寶驕縱尤甚，長子敬爲揚州從事，與上争買御物。」由此，鮑照於這一時期深受孝武帝信任當毫無疑問。即其由太學博士、兼中書舍人而出爲秣陵令，無疑爲一相當嚴厲之貶黜，也是其仕宦生涯中所受到的最爲沉重之打擊。其中重要原因之一即爲有人向孝武帝進了讒言，這至少在鮑照本人看起來是如此。因此，此詩極有可能是他此次被疏遣貶之後的作品。此詩「何慙宿昔意，猜恨坐相仍」云云，可見詩人原曾一度被寵倖過。「食苗實碩鼠，點白信蒼蠅」云云，又明確指出其由被恩寵而轉爲被猜恨見疏的原因乃因小人之玷污。而「申黜褒女進，班去趙姬昇」，借用西周幽王得褒姒而黜申后，以及西漢成帝因寵趙飛燕而疏班婕妤之典故，一方面比喻自身因受讒言而被貶，以及進讒言者之升進；另一方面又爲下文「心賞猶難恃，貌恭豈易憑」的伏筆，以此爲自身遭疏被貶自尋解脱，以求得心理上之安慰，同時作爲他被貶後不滿情緒之曲折抒發。即此詩所寫與其由太學博士、兼中書舍人而後出爲秣陵令的一段經歷相當契合。何況巢尚之位望本在鮑照之下，今後來居上，詩人豈能不發出「申黜褒女進，班去趙姬昇」之感慨，而「自傷清直芬馥」。即此詩當爲詩人於大明元年（四五七）任太學博士、兼中書舍人而出爲秣陵令時所作。

直如朱絲繩，清如玉壺冰〔一〕。何慚宿昔意？猜恨坐相仍〔二〕。人情賤恩舊，世議逐衰興①〔三〕。毫髮一爲瑕，丘山不可勝〔四〕。食苗實碩鼠，點白信蒼蠅②〔五〕。鳧鵠遠成美③，薪芻前見陵④〔六〕。申黜褒女進，班去趙姬昇⑤〔七〕。周王日淪惑，漢帝益嗟稱〔八〕。心賞猶難恃⑥，貌恭豈易憑〔九〕。古來共如此，非君獨撫膺〔一〇〕。

【校記】

①「議」，《玉臺新詠》作「義」。

②「點」，《文選》李善本卷二八作「玷」。

③「鵠」，《藝文類聚》卷四一作「鶴」。

④「陵」，《樂府詩集》卷四一作「凌」。

⑤「昇」，張溥本、《玉臺新詠》、《樂府詩集》作「升」。

⑥「猶」，《樂府詩集》作「固」。

【箋注】

〔一〕朱絲繩：朱絲，猶朱弦。《禮記·樂記》：「《清廟》之瑟，朱弦而疏越。」鄭玄注：「朱弦，練朱絃。練則聲濁。」孔穎達疏：「案《虞書》傳云：『古者帝王升歌《清廟》之樂，大瑟練弦。』此云朱弦者，明練之可知也。云練則聲濁者，不練則體勁而聲清，練則絲熟而弦濁。」《藝文類聚》卷四四引桓譚《新論》：「神農氏繼而王天下，於是始削桐爲琴，繩絲爲絃，以通神明之德，合天人之和焉。」清如玉壺冰：《文選》卷四七陸士衡《漢高祖功臣頌》：「周苛慷慨，心若懷冰。」李善注：「應劭《風俗通》曰：『言人清高如冰之潔。』」《太平御覽》卷一七八引《拾遺記》：「吴主潘夫人……納於後宫，果以姿色獲寵，每與夫人登昭宣之臺，恣意幸適，既盡酣醉，唾於玉壺中。」

〔二〕何慚宿昔意？猜恨坐相仍：《史記》卷一一二《平津侯主父列傳》：「朕宿昔庶幾獲承尊位，懼不能寧，惟所與共爲治者，君宜知之。」此二句《文選》李善注：「馮衍《答任武達書》曰：『敢不露陳宿昔之意。』《漢記》段熲曰：『張奂事勢相反，遂懷猜恨。』《方言》曰：『猜，疑也。』《爾雅》曰：『仍，因也。』」徐仁甫《古詩別解》：「此兩句連讀見意，『何』字貫下。此發問也，下文乃自答之。」

〔三〕人情賤恩舊：《文選》卷二八陸士衡《君子行》：「逐臣尚何有，棄友焉足歎。」李善注：「鄭玄曰：『道絶者，棄恩舊也。』」世議：《宋書》卷七五《顔竣傳》：「兼行闕於家，早負世議，逮身居崇寵，奉兼萬金，榮以夸親，禄不充養。」

〔四〕毫髮一爲瑕：王充《論衡·齊世》：「方今聖朝承光武，襲孝明，有浸酆溢美之化，無細小毫髮之虧。」《太平御覽》卷三五三引李尤《戟銘》：「鼓戟之設，以戒非常，秉執操持，邪暴是防。須臾之分，終日爲殃，山陸之禍，起於豪芒。」李善注：「孫盛曰：『劉琨、王浚，睚眥起於絲髮，釁敗成於丘海。』」丘山不可勝：《莊子·則陽》：「丘山積卑而爲高，江河合水而爲大。」《文子》卷上：「禍福之至，雖如丘山無由識之矣。」

〔五〕食苗實碩鼠：《詩經·鄭風·碩鼠》：「碩鼠，碩鼠，無食我苗。三歲貫女，莫我肯勞。」點白信蒼蠅：《詩經·小雅·青蠅》：「營營青蠅，止于樊。」鄭玄箋：「蠅之爲蟲，汙白使黑，汙黑使白，喻佞人變亂善惡也。」《漢書》卷六二司馬遷《報任少卿書》：「終不可以爲榮，適足以發笑而自點耳。」顔師古注：「點，汙也。」

〔六〕鳧鵠遠成美：《韓詩外傳》卷二：「田饒事魯哀公而不見察，田饒謂哀公曰：『臣將去君，黄鵠舉矣。』哀公曰：『何謂也？』曰：『君獨不見夫雞乎，首戴冠者，文也；足搏距者，武也；敵在前敢鬭者，勇也；得食相告，仁也；守夜不失時，信也。雞有此五德，君猶日瀹而食之者，何也？則以其所從来者近也。夫黄鵠一舉千里，止君園池，食君魚鼈，啄君黍粱，無此五者，君猶貴之，以其所從来者遠也。臣將去君，黄鵠舉矣。』哀公曰：『止，吾將書子言也。』田饒曰：『臣聞食其食者，不毁其器；陰其樹者，不折其枝。有臣不用，何書其言。』遂去。」薪芻前見陵：《文子·上德》：「故聖人虚無因循，常後而不先。譬若積薪燎，後者處上。」

〔七〕申黜褒女進：《毛詩序》：「《白華》，周人刺幽后也。幽王取申女以爲后，又得褒姒而黜申后，故下國化之，以妾爲妻，以孽代宗，而王弗能治。周人爲之作是詩也。」班去趙姬昇：《漢書》卷九七下《外戚傳下》：「孝成班倢伃，帝初即位，選入後宫。始爲少使，蛾而大幸。爲倢伃，居增成舍。……其後趙飛燕姊弟亦從自微賤興，隃越禮制，寖盛於前。班倢伃及許皇后皆失寵，稀復進見。」

〔八〕周王日淪惑，漢帝益嗟稱：《尚書·商書·微子》：「今殷其淪喪，若涉大水，其無津涯。」孔傳：「淪，没也。」此二句《玉臺新詠》吴兆宜注：「《史記》：『褒姒不好笑，幽王欲其笑萬方，故不笑。幽王爲烽燧大鼓，有寇至則舉烽火。諸侯悉至，至而無寇，褒姒乃大笑。』故曰『周王日淪惑』。《飛燕外傳》：『帝嘗私語樊嫕曰，后雖有異香，不若婕妤體自香也。』故曰：『漢帝益嗟稱』也。」

〔九〕心賞猶難恃：謝靈運《入東道路詩》：「滿目皆古事，心賞貴所高。」《吕氏春秋·任數》：「孔子歎曰：『所信者目也，而目猶不可信；所恃者心也，而心猶不足恃。』」貌恭：《晉書》卷一二九《沮渠蒙遜載記》：「西平諸田，世有反者，昂貌恭而心很，志大而情險，不可信也。」

〔一〇〕獨撫膺：《列子·説符》：「昔人言有知不死之道者，……齊子亦欲學其道，聞言者之死，乃撫膺而恨。」《文選》卷二六陸士衡《赴洛二首》之一：「親友贈予邁，揮淚廣川陰。撫膺解攜手，永歎結遺音。」六臣劉良注：「膺，胸也。」

【集説】

唐吴兢《樂府古題要解》卷上：古詞：「皚如山上雪，皎若雲間月。」又云：「願得一心人，白頭不相離。」始言良人有兩意，故來與之相決絶。次言别於溝水之上，叙其本情。終言男兒當重意氣，何用於錢刀也。一説司馬相如將聘茂陵人女爲妾，文君作《白頭吟》以自絶，相如乃止。若宋鮑照「直如朱絲繩」，陳張正見「平生懷直道」，唐虞世南「葉如幽徑蘭」，皆自傷清直芬馥，而遭鑠金點玉之謗，君恩以薄，與古文近焉。

宋葉廷珪《海録碎事》卷一九：《白頭吟》言人相知，以新間舊，不能至於白首。

元劉履《選詩補注》卷七：賦而比也。……君，明遠自謂也。此殆明遠爲人所間，見棄於君，故借是題以喻所懷。言我既直且清，而宿昔相與之意，無可愧者，不知何緣而致此猜恨耶。蓋世降俗薄，人情背馳，往往遺舊逐新，隨時俯仰，見人稍有微隙，則張而大之。譬猶碩鼠之傷苗，蒼蠅之污白。鳧鵠自遠而至，方爲貴美；而新芻之積前者，必見覆壓也。其舉申后、班婕妤之事，又以見君主溺於寵新，遂至變替。且謂心所親賞者，猶難久恃，而況於貌恭者，豈可以深託之哉。亦以寓規諷之意云耳。篇末復言古來皆已如此，非獨爾爲然者，以自寬也。《衛風》云：「我思古人，俾無訧兮。」其是之謂乎。

元方回《顔鮑謝三家詩評》卷三：司馬相如欲聘茂陵女，卓文君爲《白頭吟》。此用其題而廣之也。沈約《宋書》古《白頭辭》曰：「凄凄重凄凄，嫁女不須啼。願得一心人，白頭不相離。」廣其意則不止夫婦間也。此詩可謂遒麗俊逸。

明謝榛《四溟詩話》卷三：卓文君《白頭吟》：「皚如山上雪，皎如雲間月。」其古雅自是漢人語。鮑明遠擬之曰：「直如朱絲繩，清如玉壺冰。」此亦用漢人機軸，雖能織文錦羅縠，惜時樣不同爾。

又云：「心賞」「貌恭」一聯，至佳至佳。

明謝榛《四溟詩話》卷四：鮑明遠《白頭吟》曰：「申黜褒女進，班去趙姬昇。周王日淪惑，漢帝益嗟稱。」沈休文《怨歌行》曰：「坎壈元叔賦，頓挫敬通文。遽論班姬寵，夙窆賈生墳。」二詩多用姓名，自不害爲古作。今人忌之，是矣。

明陸時雍《古詩鏡》卷一四：驕嫿淩厲，意氣咄咄逼人。

明孫月峰：鍊語工，構思細。（清于光華《重訂文選集評》卷七）

清何焯《義門讀書記》卷四七：《白頭吟》「世議逐衰興」，恒言「興衰」，倒作「衰興」，韓詩用字多如此。（福林按徐仁甫《古詩別解》云：「此倒興衰爲衰興者，倒詞協韻也。古今詩皆如此，豈韓詩而已乎。」）

清方伯海：雖是寫棄婦，實是寫人情惡薄，凡身世所接，皆作如是觀。（清于光華《重訂文選集評》卷七）

清陳祚明《采菽堂古詩選》卷一八：以直致見老，「漢帝」句亦强。

清沈德潛《古詩源》卷一一：「鳧鵠遠成美」，言雞以近而忘其美，鵠以所從來遠而覺其美也，用田饒答魯哀公語意。「薪芻前見陵」，陵，侵也。即譬如積薪，後來者處上意。

清張玉穀《古詩賞析》卷一七：此擬棄婦自傷之詩，與卓文君原辭同意，前四就絲冰爲比，以己無慚德，猜恨何心，自詰而起。「人情」八句，懸揣猜恨之故，在於人心厭故，因而得進讒言，頓生嫌隙。隨疊用四比，以申明之。後八正説棄舊憐新之痛，卻又援古爲比，醒出「心賞」「貌恭」之不可憑恃。自來如此，不必撫膺收住。用一「君」字，若旁人指點者然，筆極靈活。

清吴淇《六朝選詩定論》卷一三：《白頭吟》始於卓文君，而詞内所引班去趙昇，乃後來故事。擬樂府者，特借古題，非如八股之擬摹古人口氣也。

又云：首四句自稱其德，言己無取棄損之道。女子之品最重清直，曰「朱絲繩」「玉壺冰」，足見清直之至，「何慚宿昔意」，一清到底，一直到底，未嘗一日少變。不知今日之猜恨，何爲而迭至也？「人情」四句，寫普天之下，盡是負心男子，那個不負恩棄舊，記小忘大？又陪以「世議」云者，負恩棄舊在男子淪惑喪心固然，而無奈旁人議論亦逐興衰，可見滿世界全無一個公道，即諺曰「牆倒一例推」者。所以毫髮一瑕，丘山難勝，真大可危也。「食苗」四句，潑口痛駡新人，鼠與蠅皆人所極憎之物。「申黜」四句，引古爲證。最苦在「周王」二句，使今日新人之寵僅如我昔日也。則一黜一進，一去一昇，止足相當，猶可安之爲命。惟「日淪惑」、「益嗟稱」，十倍於我之疇昔者，爲可憤恨耳。末四句，亘古以來止有「貌恭」，那有「心賞」，謂爲「心賞」者，皆女子癡心也。

又云：凡樂府此等題，皆是臣不得事君，但他題是憂人妒己，此題偏是己先妒人。妒有兩德，曰猜，曰恨，一虚一實，最爲狠毒。妒者不自知也，方自以爲清，且以爲如冰之清，如玉壺冰之清也。自以爲直，且以爲如繩之直，如朱絲繩之直也。不知直則激而少容，清則察而無徒，則是直與清者乃猜恨之别名，但妒者見人不見己耳。直則攻人之惡，人將謀我之短；清則形人之濁，人將疑我之假。是濁與枉未必猜恨，而直與清固猜恨之的質也。恩謂情，舊謂義。有恩有舊，所謂興也。當此時，無有猜也，焉有恨也？無有恨也，焉有猜也？忽有一日，不知緣分將盡，不知人情陡變，于無意之中忽然坐一微塵。此一塵者，是恨耶云云，是猜耶云云，丘山難勝，不於漸積，而即在此毫末之微也。可知恩與舊尚不足恃，清與直又何足恃也。恃其直，則食苗之碩鼠仇我矣；恃其清，則玷白之蒼蠅玷我矣；恃其恩，鳧鵠之美方以遠成矣；恃其舊，薪芻之後且見陵矣。凡此者，皆未事之先慮，何也？凡天下有勝己者則妒其勝，與己等則妒其等，不如己者又妒其或己等，或更勝己也。「申黜」二句，妒其等己。「周王」二句，妒其勝己。惟「鳧鵠」二句，未等、未勝之前，虚之不勝慮，最爲苦惱也。

清方東樹《昭昧詹言》卷六：作詩，本領是一事，氣格體勢方法是一事，句法字法是一事。薑塢先生曰：「昭明所選鮑樂府八首，阮亭只取三首，《放歌行》亦不録，蒙所未喻。」愚謂《放歌行》或尚可去，若不取《白頭吟》，真是不知子都之姣矣。

又云：此統言君臣、朋友、夫婦之情難常保，即屈子「恩不甚者輕絶」之意，而古人屢以寄慨，蓋此世情，古今天下恒如斯也，收句分明言之。起句比而兼興也。三、四句，跌宕入題。「人情」十句，説情事，名理奔赴，觸處悟道，可當格言。而阮亭乃不見取，殊不知其何説。

又云：又按此詩固非常清警，然以杜公《佳人》比之，則此猶爲循行數墨，經營地上陳言，居然有死活僊凡之分。可悟杜公才氣之大，非徒脱换神妙。

清吴汝綸《古詩鈔》卷四：此詠時勢，非自傷也。

附：白居易《反鮑明遠白頭吟》

炎炎者烈火，營營者小蠅。火不熱貞玉，蠅不點清冰。此苟無所受，彼莫能相仍。乃知物性中，各有能不能。古稱怨恨死，則人有所懲。懲淫或應可，在道未爲弘。譬如蜩鷃徒，啾啾啅龍鵬。宜當委之去，寥廓高飛騰。豈能泥塵下，區區酬怨憎。胡爲坐自苦，吞悲仍撫膺。（《白香山詩集》卷二）

代蒿里行

【解題】

《樂府詩集》此屬《相和歌辭·相和曲》。段成式《西陽雜俎》續集卷四：「世説《挽歌》起於田横，爲横死，從者不敢大哭，爲歌以寄哀也。……工部郎中嚴厚本云：『《挽歌》其來久矣，據《左氏傳》，公會吴子伐齊，將戰，公孫夏命其徒歌《虞殯》，示必死也。』」《樂府詩集》卷二七《薤露》題解云：「崔豹《古今注》曰：『《薤露》《蒿里》並喪歌也。本出田横門人，横自殺，門人傷之，爲作悲歌。言人命奄忽，如薤上之露，易晞滅也。亦謂人死魂魄歸於蒿里。至漢武帝時，李延年分爲二曲，《薤露》送王公貴人，《蒿里》送士大夫庶人。使挽柩者歌之，亦謂之挽歌。』譙周《法訓》曰：『挽歌者，漢高帝召田横，至尸鄉自殺。從者不敢哭而不勝哀，故爲挽歌以寄哀音。』《樂府解題》曰：『《左傳》云：「齊將與吴戰於艾陵，公孫夏命其徒歌虞殯。」杜預云：「送死《薤露》歌即喪歌，不自田横始也。」』按《蒿里》，山名，在泰山南。魏武帝《薤露行》曰：『惟漢二十二世，所任誠不良。』曹植又作《惟漢行》。」《漢書》卷六《武帝紀》載太初元年「十二月，禪高里」，顔師古注：「伏儼曰：『山名，在泰山下。』師古曰：『此高字自作高下之高，而死人之里，謂之蒿里，或呼爲下里者也。字則爲蓬蒿之蒿。或者既見太山神靈之府，高里山又在其旁，即誤以高里爲蒿里，混同一事。文學之士共有此謬。陸士衡尚不免，況其餘乎！今流俗書本此高字有作蒿者，妄加增耳。」」王先謙《漢書補注》云：「顔謂死人之里自作蓬蒿之蒿，案《玉篇》：『蒿，黄泉也。死人里也。』《説文》：『呼毛反。』經典爲鮮薧之字。《内則》注：『薧，乾也。』蓋死則槁乾矣。以蓬蒿字爲蒿里，乃流俗所作耳。」聞一多《樂府詩箋》云：「蒿里，本死人里之公名，泰山下小山亦死人里，故亦因以爲名。」按高里山即蒿里山，又名英雄山。在今山東省泰安市西南，爲泰山之支脈。

關於此詩的創作意旨及創作時間，吴汝綸《古詩鈔》以爲此詩「爲孝武挽歌」，乃「爲明帝之弑廢帝而孝武絶統」所作。吴丕績《鮑照年譜》、錢仲聯《鮑照年表》皆據其説而繫詩於宋明帝泰始元年（四六五）。今按：吴氏之説於事無徵。考大明八年（四六四）五月，孝武帝卒，其子子業（即前廢帝）即位，是時年十六歲。子業在位一年有餘，於次年（即泰始元年）十一月爲湘東王劉彧所弑，同年十二月，劉彧即帝位，是爲明帝。廢帝子業在位時間雖然頗爲短暫，但卻是一個以殘暴著稱之暴君。《宋書》卷七《前廢帝紀》載子業被殺後的太皇太后令説他「行游莫止，淫縱無度。肆宴園陵，規圖發掘。誅剪無辜，籍略婦女。建樹僞豎，莫知誰息。……闔朝業業，人不自保，百姓遑遑，手足靡厝。行穢禽獸，罪盈三千」，紀末又發表評論説：「史臣曰：廢帝之事行著於篇。若夫武王數殷紂之釁，不能紲其萬一；霍光書昌邑之過，未足舉其毫釐。假以中才之君，有一於此，足以隕社殘宗，汙宫瀦廟，況總斯惡以萃一人之體乎！其得亡亦爲幸矣。」《資治通鑑》卷一三〇也記載了他在位期間「錢貨散亂」、「斗米一萬，商貨不行」、「恣爲不道，中外騷然」的種種惡行。廢帝子業的暴行，不僅給人民帶來了巨大災難，也動摇了宋室江山，危及了整個國家民族。作爲一個關心民生疾苦和國家安危的充滿正義感的詩人，是否會爲子業之被誅殺而發出「天道與何人」和「齎我長恨意」這樣痛徹心脾的感慨，明顯是值得懷疑的。

因此，吴氏之説，純屬臆斷之辭，吴丕績《年譜》、錢仲聯《年表》繫詩於泰始元年，恐有欠審慎。據此詩云：「同盡無貴賤，殊願有窮伸。馳波催永夜，零露逼短晨。結我幽山駕，去此滿堂親。」乃自挽其死也，與下一首《代挽歌》意同，二首當是一時之作，時間乃在泰始元年（四六五）前後。

同盡無貴賤，殊願有窮申①〔一〕。馳波催永夜，零露逼短晨②〔二〕。結我幽山駕③，去此滿堂親〔三〕。虚容遺劍佩，實貌戢衣巾④〔四〕。斗酒安可酌，尺書誰復陳〔五〕？年代稍推遠，懷抱日幽淪〔六〕。人生良自劇，天道與何人〔七〕？齎我長恨意，歸爲狐兔塵⑤〔八〕。

【校記】

①「申」，張溥本、《樂府詩集》卷二七作「伸」。

②「馳波催永夜零露逼短晨」，《樂府詩集》注云：「一作『漏馳催永夜，露宿逼短晨』。」

③「結」，張溥本注云：「一作『驅』。」「駕」，張溥本作「篤」。

④「實」，《樂府詩集》作「美」，注云：「一作『實』。」

⑤「狐」，張溥本作「孤」。

【箋注】

〔一〕同盡：《宋書》卷四四《謝晦傳》：「智未窮而事傾，力未極而莫振。誓同盡於鋒鏑，我怯劣而愆信。」

〔二〕馳波：《漢書》卷五七上《司馬相如傳》載相如《子虚賦》：「馳波跳沫，汩濦漂疾。」顏師古注：「水波急馳而白沫跳起。」永夜：《列子・楊朱》：「肆情於傾宫，縱欲於永夜。」零露：《詩經・鄭風・野有蔓草》：「野有蔓草，零露漙兮。」鄭玄箋：「零，落也。」

〔三〕結我幽山駕：郭璞《游僊詩》：「縱酒濛汜濱，結駕尋木末。翹手攀金梯，飛步登玉闕。左顧擁方目，右眷極朱髮。」

〔四〕虛容遺劍佩：《太平御覽》卷六七引《説苑》：「經侯過魏太子，左帶玉具劍，右帶環珮，左光照右，右光照左，太子不視，又不問。經侯曰：『魏國亦有寶乎？』太子曰：『主信臣忠，百姓戴之，此魏之寶也。』經侯解劍珮委之，趨而出，上車去。太子使騎操劍珮與侯曰：『此寒不可衣，饑不可食，無遺我賊也。』」實貌戢衣巾：《詩經·鄭風·出其東門》：「縞衣綦巾，聊樂我員。」余冠英《詩經選譯》：「巾，佩巾也。」

〔五〕斗酒：《文選》卷二九《古詩十九首》：「斗酒相娱樂，聊厚不爲薄。」尺書誰復陳：趙曄《吴越春秋·勾踐歸國外傳》：「越王悦兮忘罪除，吴王歡兮飛尺書。」《樂府詩集》卷三八《飲馬長城窟行》：「客從遠方來，遺我雙鯉魚，呼兒烹鯉魚，中有尺素書。」

〔六〕懷抱日幽淪：《文選》卷二六謝靈運《富春渚》：「懷抱既昭曠，外物徒龍蠖。」《晉書》卷七五《范汪傳》：「遂令仁義幽淪，儒雅蒙塵，禮壞樂崩，中原傾覆。」

〔七〕天道與何人：《晉書》卷九〇《鄧攸傳》：「攸素有德行，聞之感恨，遂不復畜妾，卒以無嗣。時人義而哀之，爲之語曰：『天道無知，使鄧伯道無兒。』」《鮑參軍集注》錢振倫注：「此又本《老子》『天道無親，常與善人』語而反用之。」

〔八〕齎我長恨意：《後漢書》卷一〇《皇后·馬皇后紀》：「欲令瞑目之日無所復恨，何意老志復不從哉，萬年之日，長恨矣！」歸爲狐兔塵：《文選》卷二三張孟陽《七哀》：「狐兔窟其中，蕪穢不及掃。」

【集説】

清吴汝綸《古詩鈔》卷四：此當爲孝武挽歌。「天道與何人」，蓋爲明帝之弑廢帝而孝武絶統也，故曰「長恨」。

代放歌行

【解題】

《樂府詩集》此屬《相和歌辭·瑟調曲》。《樂府詩集》卷三八《孤兒行》題解云：「《孤子生行》，一曰《孤兒行》。古辭言孤兒爲兄嫂所苦，難與久居也。《歌録》曰：『《孤子生行》，亦曰《放歌行》。』《樂府解題》曰：『鮑照《放歌行》云蓼蟲避葵堇，言朝廷方盛，君上好才，何爲臨歧相將去也？』」

關於此詩的寫作年代，大致有以下幾種説法。最早涉及這一問題的是劉履《選詩補注》，以爲詩乃「明遠自中書舍人以後退歸，當孝武之時，重於仕進，故作是曲以見志」，「蓼蟲避葵堇而集於蓼，由其慣於食苦，不言非甘，以喻己之謝禄仕而窮居，安於處困，自以爲高也」者。此後，朱乾《樂府正義》提出新的見解，以爲乃「宋元嘉中，彭城王義康爲司徒時專政，明遠知其必敗，獨遲回不進」時作。而後吴汝綸《古詩鈔》則以爲乃詩人「爲孝武中書舍人時」，「爲文多鄙言累句」之作。錢仲聯《鮑照年表》從吴汝綸説，繫此於孝建三年（四五六）鮑照爲太學博士、兼中書舍人時。

按以上諸説，《樂府正義》以爲作於元嘉中彭城王義康專權時。今考《宋書》卷五《文帝紀》、卷六八《武二王·彭城王義康傳》，義康自元嘉六年（四二九）春正月由荆州刺史任被征入京，以司徒、録尚書事掌朝政，因與劉湛、劉斌等結爲朋黨，欲傾朝權，致爲文帝所忌。自元嘉十六年（四三九）秋，文帝遂不復幸東府，並於元嘉十七年（四四〇）十月誅殺義康同黨劉湛、劉斌等十數人，徙義康爲江州刺史，鎮豫章。至元嘉二十八年（四五一）正月，義康被文帝命中書舍人嚴龍齎藥賜死。由此，見義康之專朝政，自元嘉六年正月始，至十六年秋止。而鮑照元嘉十二年方釋褐爲臨川王義慶國侍郎，是時至元嘉十六年，正爲他欲展抱負而具强烈仕進心之時，與此詩所表現出之不求仕進心理適相反。即朱乾所説，乃不足憑信。《古詩鈔》以爲此詩作於鮑照任中書舍人而爲文故作鄙言累句時，似亦有未審。蓋此詩骨力既强，内涵亦頗深，乃歷來爲評論家所稱道的詩人佳作之一。多以爲此詩有極高之藝術成就，而並無譏其有鄙言累句之事。且蕭統亦將此詩收入《文選》，皆可以爲此詩並非鄙言累句之作之力證。味之詩意，當爲詩人之見志詩，前半寫其時京城中小人風塵僕僕，奔走鑽營之醜態，且以曠達之士自比，表現其磊落光明之胸襟。結尾二句「今君有何疾，臨路獨遲迴」，借小人詰問之辭，表現其不願意追逐奔競、蠅營狗苟於仕途之高尚情操。此二句《鮑參軍集注》錢仲聯增補注云：「臨路遲迴，言不求仕進。」可謂中的之辭。而不求仕進並爲放達之言時之鮑照，絶非孝建年間任中書舍人時揣摩孝武帝心理而故爲鄙言累句時的鮑照。見吴汝綸所説，亦不足徵信。《選詩補注》以爲詩乃鮑照自中書舍人任以後退歸之説，亦有不足。尋詩人行蹤，其任太學博士、兼中書舍人後，又出爲秣陵令，後轉永安令，此後又進入臨海王子頊幕，爲臨海王軍府參軍並從其上荆，直至在荆州被亂兵所殺，此期間並無主動脱離官場之事，即劉履所説「謝禄仕而窮居，安於處困，自以爲高」之事，故劉履説亦未可從。

考此詩云：「小人自齷齪，安知曠士懷？」又云：「今君有何疾，臨路獨遲迴？」應爲詩人主動脱離官場作冷眼旁觀時之作。主動脱離官場在鮑照一生中較明顯者有二，一在元嘉二十一年（四四四）臨川王義慶卒後，其服喪三月上書臨川世子，自解侍郎還田里時，是時有《臨川王服竟還田里詩》一首記其事；另一則在元嘉二十八年（四五一）春，此前其爲始興王濬國侍郎，隨始興王出鎮京口，後又隨始興王前往南兖州，築城於瓜步，並於二十八年春辭去始興王幕而逗留江北，作客淮楚，隨後又於二十九年（四五二）五月經由瓜步返建康。但元嘉二十一年詩人辭去臨川王幕後，旋即進入衡陽王義季幕，作此詩之可能亦甚小。故其最有可能作此詩之時間乃在元嘉二十八年離始興王幕時。今由此詩之内涵視之，其中飽含著一股强烈之抑鬱不平之氣，誠如王闓運所説「有倜儻恢奇之勢」。而這種氣勢，乃是青壯年時所特有，也與其青壯年時期所寫諸作有某種相似之處。這段時間正是詩人有强烈求仕欲望並欲一展報負之時，同時又是欲進不能的多事之秋。這種進退兩難之矛盾處境與官場中之黑暗現實，導致了詩人對宦途之失望。在此種境況下，其創作此詩以見志又頗爲自然。由此，此詩之作應以元嘉二十八年（四五一）爲近。

蓼蟲避葵堇，習苦不言排①〔一〕。小人自齷齪，安知曠士懷〔二〕？雞鳴洛城裏，禁門平旦開〔三〕。冠蓋縱横至，車騎四方來〔四〕。素帶曳長飆，華纓結遠埃〔五〕。日中安能止？鐘鳴猶未歸〔六〕。夷世不可逢，賢君信愛才〔七〕。明慮自天斷，不受外嫌猜〔八〕。一言分珪爵，片善辭草萊②〔九〕。豈伊白璧賜，將起黄金臺〔一〇〕。今君有何疾，臨路獨遲迴〔一一〕？

【校記】

①「不言排」，《藝文類聚》卷四二作「良可哀」，張溥本、四庫本、《文選》卷二八、《樂府詩集》卷三八作「不言非」。《樂府詩集》注：「『非』，一作『排』。」《鮑參軍集注》黄節補注：「《莊子·大宗師篇》云：『造適不及笑，獻笑不及排。』郭注：『排，推移也。』與善注引《楚辭》『不徙』字同義。可從。」則作「排」者，是也。

②「草萊」，《藝文類聚》作「蒿萊」。

【箋注】

〔一〕蓼蟲避葵堇，習苦不言排：《楚辭·七諫·怨世》：「蓼蟲不知徙乎葵菜。」王逸注「言蓼蟲處辛烈，食苦惡，不能知徙於葵菜食甘美，終以困苦而癯瘦也。」《文選》卷六左太沖《魏都賦》：「習蓼蟲之忘辛，翫進退之惟谷。」

〔二〕小人自齷齪：《漢書》卷四三《酈食其傳》：「食其聞其將皆握齱，好荷禮自用。」顔師古注：「應劭曰：『握齱，急促之貌。』」以上數句《文選》六臣吕延濟注：「小人不知曠士之心，亦猶蓼蟲不知葵堇之美。言京都貴人競相趨逐，以有德者不與已同，陰共排棄耳。蓼，辛菜；葵堇，甘菜也。蟲有好蓼者，不能知他菜也。齷齪，短狹貌。」

〔三〕洛城：《後漢書》卷五《安帝紀》：「（元初六年）三月庚辰，始立六宗，祀於洛城西北。」禁門：《漢書》卷六八《霍光傳》：「皇太后乃車駕幸未央承明殿，詔諸禁門毋内昌邑群臣。」平旦：《孟子·告子上》：「其日夜之所息，平旦之氣，其好惡與人相近也者幾希。」

〔四〕冠蓋縱横至：《史記》卷七七《信陵君列傳》：「平原君使者冠蓋相屬於魏。」

〔五〕素帶：《晉書》卷二二《李壽傳》：「以安車束帛聘龔壯爲太師，壯固辭，特聽縞巾素帶，居師友之位。」飆：《漢書》卷八七上《揚雄傳上》：「風發飆拂，神騰鬼趡。」華纓結遠埃：《太平御覽》卷六九二引劉義恭《啟事》：「聖恩優重，猥賜華纓、玉笏、珍冠、飾首、琛板、耀握，非臣朽薄所宜服之。」此二句《文選》六臣劉良注：「素帶，紳也；飇，風也；纓，冠纓也。」

〔六〕日中：《周易・繫辭下》：「日中爲市，致天下之民，聚天下之貨，交易而退，各得其所。」鐘鳴猶未歸：《三國志》卷二六《田豫傳》：「鐘鳴漏盡，而夜行不休，是罪人也。」按此句《文選》李善注：「崔元始《正論》：『永寧詔曰：鐘鳴漏盡，洛陽城中不得有行者。』」《困學紀聞》卷一三：「《文選・放歌行》注引崔元始《正論》：『永寧詔曰：鐘鳴漏盡，洛陽城中不得有行者。』永寧，漢安帝年號。元始，崔寔字也。《後漢紀》不載此詔。」

〔七〕夷世不可逢：《藝文類聚》卷二二引魏應瑒《文質論》「至乎應天順民，撥亂夷世，摛藻奮權，赫奕丕烈。」徐仁甫《古詩别解》：「按『夷世不可逢』，言太平之世不可再遇。『不可』與《論語》『夫子之言性與天道不可得而聞』之『不可』同，『不可』下均省『再』字。」賢君信愛才：《左傳》僖公二十八年：「魏犨傷於胸，公欲殺之，而愛其材。」

〔八〕明慮：《文選》李善注：「李尤《上林苑銘》曰：『顯宗備禮，明慮宏深。』」按李尤銘今已不存。天斷：晉袁宏《後漢紀》卷一九《孝順皇帝紀》：「願陛下思惟所見，稽古率舊，勿令刑德大柄，不由天斷。」猜：重修《廣韻》卷一：「猜，疑也，恨也。」

〔九〕一言分珪爵：《漢書》卷九九上《王莽傳上》：「一言之勞，然猶皆蒙丘山之賞。」《左傳》哀公十四年：「司馬牛致其邑與珪焉，而適齊。」杜預注：「珪，守邑符信。」《文選》卷一九謝靈運《述祖德詩》：「弦高犒晉師，仲連卻秦軍。臨組乍不緤，對珪寧肯分。」李善注：「古者封爵，皆隨其爵之輕重，而賜之珪璧，執以爲瑞信。今仲連不受齊趙之封爵，明其不肯分珪也。」草萊：《莊子・徐無鬼》：「農夫無草萊之士則不比，商賈無市井之士則不比。」此二句《文選》六臣李周翰注：「士有一言合理，片善應時，則必分珪與之，使辭去草萊。珪，公侯所執者；爵，則五等爵也。」

〔一〇〕豈伊白璧賜，將起黃金臺：《史記》卷七六《虞卿列傳》：「虞卿者，游説之士也。躡蹻擔簦，説趙孝成王，一見賜黃金百鎰，白璧一雙。再見爲趙上卿，故號爲虞卿。」《卮林》卷一：「《文選》注引《上谷郡圖經》曰：『黃金臺在易水東南十八里，燕昭王置千金於臺上，以延天下之士。』又，王隱《晉書》曰：『段匹磾討石勒，進屯故安縣故燕太子丹黃金臺。』據此，金臺蓋有兩也。」《水經注・易水》：「易水又東與濡水合，水出故安縣西北。……陂北十餘步有金臺，臺上東西八十許步，南北如減。北有小金臺，臺北有蘭馬臺，竝悉高數丈，秀峙相對，翼臺左右。……訪諸耆舊，咸言昭王禮賓，廣延方士，至如郭隗、樂毅之徒，鄒衍、劇辛之儔，宦游歷説之民，自遠而屆者多矣。不欲令諸侯之客伺隙燕邦，故脩建下都，館之南垂。言燕昭創之於前，子丹踵之於後。」宋周密《齊東野語》卷一八：「梁任昉《述異記》：『燕昭爲郭隗築臺，今在幽州燕王故城中，土人呼賢士臺，亦爲招賢臺。』然則必有所謂臺矣。後漢孔文舉《論盛孝章書》曰：『昭築臺以延郭隗。』然皆無『黃金』字。宋鮑照《放歌行》云：『豈伊白璧賜，將起黃金臺。』然則黃金臺之名始見於此。李善注引王隱《晉書》：『段匹磾討石勒，屯故燕太子丹黃金臺。』又引《上谷郡圖經》曰：黃金臺在易水東南十八里，昭王置千金臺上，以延天下士。』且燕臺事多以爲昭王，而王隱以爲燕丹何也？余後見《水經注》云：固安縣有黃金臺者，舊言昭王禮賢，廣延方士，故修建下都，館之南陲。燕昭創於前，子丹踵於後。以此知王隱以爲燕丹者，蓋如此也。」《鮑參軍集注》黃節注：「善注所稱二説，實一地，非有異也。劉昫《舊唐書》：『漢故安縣即今易州，隋開皇中始易置於故方城縣，改故曰固。』此即今順天府屬之固安縣也。《方輿紀要》云：『在今易州東南三十里。』」按以上二句《文選》六臣呂向注：「言行合於賢主，豈惟賜白璧而已，亦將起黃金之臺以待焉。」

〔一一〕今君有何疾，臨路獨遲迴：《文選》六臣張銑注：「君，謂被放者。疾，患也。遲迴，不行貌。」《鮑參軍集注》錢仲聯注：「二句是小人詰問曠士之詞，『臨路遲迴』，言不求仕進。」

【集説】

宋曾慥《類説》卷五一：鮑照云「蓼蟲葵槿」之類，言朝廷方盛，君上愛才，何爲臨路將去也。

元劉履《選詩補注》卷七：此殆明遠自中書舍人以後退歸，當孝武之時，重於仕進，故作是曲以見志歟？首言蓼蟲避葵堇而集於蓼，由其慣於食苦，不言非甘，以喻己之謝禄仕而窮居。安於處困，自以爲高也。然衆人所見者小，乃爲之不堪其憂。安知曠士之懷，隨時出處，視窮達爲一致者哉。下文歷言京城達官之人，四方遠集，而朝夕不止，況乎時不可失，而賢君愛才，進用如此其易。今爾有何所病，乃獨臨路遲迴而不進耶？蓋明遠之所不進，有難以語人者，故特設爲它人之詞以詰之。此即所謂不知曠士者也。

元方回《文選顔鮑謝詩評》卷三：此詩之意全在「夷世不可逢，賢君信愛才」四句，謂明君在上，可以仕矣，一言片善，可致富貴，豈徒取虞卿之白玉璧，又將起郭隗之黄金臺。而不急於仕者，果何所病而不進乎？……世間以苦爲甘，以臭爲香者固有之。然士之處世，果逢明君，何爲不仕？苟有一之未然，則不如蓼蟲之安於苦也。

明陸時雍《古詩鏡》卷一四：「吞聲躑躅」，自哂自嘲；「今君有何疾，臨路獨遲迴」，此疾正難語人。

明鍾惺、譚元春《古詩歸》卷一二：寫盡富貴人氣焰。

又云：樂府擬不如代，擬必求似，代則猶能自出，作者擇之。

清王夫之《古詩評選》卷一：「渾成高朗，故自有尺度。不僅以俊逸標勝，如杜子美所云。」

清何焯《義門讀書記》卷四七：此作無愧風雅矣。「今君有何疾」二句，結得婉，有味外味。

清陳祚明《采菽堂古詩選》卷一八：結體亦古，詩常格。起四句託興，獨有風致。

清李光地《榕村詩選》卷二：若以蓼蟲小人指冠蓋車騎者，則淺露無味矣，蓋即末句所謂臨路遲迴之人也。

清沈德潛《古詩源》卷一一：《楚辭》曰：「蓼蟲不徙乎葵藿。」言蓼蟲處辛辣，食苦惡。不徙葵藿食甘美也。「素帶」二語，寫盡富貴人塵俗之狀。漢詩中所謂「冠帶日相索」也。

清張玉穀《古詩賞析》卷一七：此慨小人不知曠士之詩。前四以蓼蟲生不識甘，突然比起，篇意全攝。「雞鳴」八句，寫小人之疲於奔競，齷齪形狀可憐。「夷世」八句，寫小人之熟於揣摩，齷齪心事可鄙。後二收到不知曠士之懷，妙在不作斷語，即以小人詰語顯出，以見自吐供招。又妙在不綴答語，竟就小人詰語縮住，以見不屑教誨。

清王堯衢《古唐詩合解》卷三：明遠未仕，作此歌以見志，而設爲勸仕之詞。首言食蓼之蟲，非避葵堇之甘也。乃習知蓼苦而不覺其非，猶士非避富貴，乃甘心貧賤而安之耳。彼小器之人，所處局促，安知高曠之懷，不以利禄爲榮哉。

清吴淇《六朝選詩定論》卷一三：截「雞鳴」以下十八句論之，是放臣代小人之言。合通篇二十二句論之，是作者代放臣之言。題曰《代放歌行》，「代」字蓋指作者，代放臣。

又云：此詩起首斷作四句，下即作小人譏誚放臣之言到底。此格正與潘尼《迎大駕》稍似。夫蓼蟲習於蓼之苦，而不知葵堇之甘，猶小人習於齷齪，而不知壯士之懷。壯士即放臣。「雞鳴」以下八句，言富貴人之多。「彝世」以下八句，言人得富貴之易。「今君」，指放臣，謂有何疾而獨見放也。此皆小人譏誚放臣之言。篇中「縱横」「四方」等字是横説，遠近皆如此；「雞鳴」「平旦」等字是豎説，朝暮皆如此；「一言」「片善」等字是退一步説，他無取富貴之才；「豈伊」「將起」等字是進一步説，他無取富貴之志。寫來濃甚，熱甚，真是齷齪，真是習苦不知甘也。至「賢君」云云，尤小人口吻，足令放臣痛哭欲絶。凡忠直之士，以讒見放，雖甚無聊，静中或可以理自遣；最苦者從旁有不在行人，絮絮聒聒，以不入耳之言來相譏訕，愈難堪矣。此作者費盡苦心，追取「放」字神髓，乃知舊評之妄。

朱乾《樂府正義》卷八：此疑宋元嘉中，彭城王義康爲司徒時專政，明遠知其必敗，獨遲迴不進也。《宋書》稱義康勢傾遠近，朝野輻湊，義康傾身引接，未嘗懈倦，士之幹練者多被恩遇，然素無學術，不識大體，朝士有才用者，皆引入己府，府僚無施及忤旨者，乃斥爲臺官。其時奔走相門者，皆險躁傾陷之徒，安得不敗。明遠於此，可謂知謹身矣，不知他日又何以失足於始興王濬也。知幾其難哉！言洛城者，託詞也。

清方東樹《昭昧詹言》卷六：此詩極言富貴，斥譏蓼蟲。蓋憤懣反言，故曰「放歌」。《十九首》中《今日良宴會》，即此意也。

清吴汝綸《古詩鈔》卷四：此殆爲孝武中書舍人時之作。《宋書》稱上好爲文章，自謂物莫能及，照悟其旨，爲文多鄙言累句。此詩蓋在其時矣。「夷世」八句，蓋託爲競進者之詞，末二句則自謂也。

清王闓運《湘綺樓説詩》卷六：起四句直説，有倜儻恢奇之勢。

清王闓運《湘綺樓説詩》卷八：結句云：「今君有何疾，臨路獨遲迴。」無答語，竟住，所以妙。

余冠英《漢魏六朝詩選》：這篇歌辭寫曠士不仕而自放，小人奔競不知疲。

代昇天行

【解題】

此詩《文選》卷二八、《藝文類聚》卷四二、《樂府詩集》卷六三題作《升天行》。

王充《論衡・龍虚》：「世稱黄帝騎龍升天，此言蓋虚。」曹植《當牆欲高行》：「龍欲升天須浮雲，人之仕進待中人。」《樂府詩集》此屬《雜曲歌辭》。《樂府詩集》卷六三《升天行》題解云：「《樂府解題》曰：『《升天行》，曹植云：「日月何時留。」鮑照云：「家世宅關輔。」曹植又有《上僊籙》與《神游》《五游》《龍欲升天》等篇，皆傷人世不永，俗情險艱，當求神僊，翺翔六合之外，與《飛龍》《僊人》《遠游篇》《前緩聲歌》同意。』按《龍欲升天》，即《當牆欲高行》也。」

家世宅關輔，勝帶宦王城〔一〕。備聞十帝事，委曲兩都情〔二〕。倦見物興衰，驟覩俗屯平〔三〕。翩翻若回掌①，恍惚似朝榮②〔四〕。窮途悔短計，晚志重長生③〔五〕。從師入遠嶽，結友事僊靈〔六〕。五圖發金記④，九籥隱丹經〔七〕。風餐委松宿，雲卧恣天行〔八〕。冠霞登綵閣⑤，解玉飲椒庭⑥〔九〕。蹔游越萬里⑦，少別數千齡⑧〔一〇〕。鳳臺無還駕，簫管有遺聲〔一一〕。何時與汝曹⑨，啄腐共吞腥〔一二〕？

【校記】

①「翩翻」，《樂府詩集》注云：「一作『翩翩』。」「若」，《文選》《樂府詩集》作「類」。

②「怳」，張溥本、四庫本作「恍」。

③「志」，《文選》六臣本注云：「五臣作『至』。」「重」，《樂府詩集》作「愛」，張溥本注云：「一作『愛』。」

④「圖」，張溥本注云：「一作『芝』。」

⑤「登」，《樂府詩集》作「金」。

⑥「飲」，《樂府詩集》注云：「一作『隱』。」

⑦「塹」，張溥本作「暫」。

⑧「少」，《文選》李善本、《藝文類聚》作「近」，張溥本注云：「一作『近』。」

⑨「時」，張溥本作「當」。《樂府詩集》注云：「一作『當』。」「汝」，《文選》李善本作「爾」。

【箋注】

〔一〕關輔：《文選》李善注：「關，關中也。《漢書》曰：『右扶風，左馮翊，京兆尹，是爲三輔。』」《史記》卷七《項羽本紀》：「關中阻山河四塞，地肥饒，可都以霸。」裴駰集解：「徐廣曰：『東函谷，南武關，西散關，北蕭關。』」勝帶：《鮑參軍集注》黄節注：「《史記・三王世家》：『皇子能勝兵趨拜。』《萬石君傳》：『子孫勝冠者在側。』勝帶，猶勝衣冠也。」錢仲聯注：「梁章鉅《文選旁證》：『勝帶不可解。向注勝帶謂「勝冠帶時」也。或曰：疑當作紳帶。』」王城：《後漢書》卷二七《趙温傳》：「公前託爲董公報讎，然實屠陷王城，殺戮大臣，天下不可家見而户説也。」

〔二〕備聞十帝事：王充《論衡・宣漢》：「且孔子所謂一世，三十年也。漢家三百歲，十帝耀德。」委曲兩都情：《抱朴子・道意》：「余所以委曲論之者……故欲令人覺此而悟其滯迷耳。」此二句《文選》六臣李周翰注：「兩漢都兩京，各十餘帝，其中情事，盡已知之。」

〔三〕屯平：艱難與平易。《莊子・外物》：「心若縣於天地之間，慰睯沈屯。」陸德明《釋文》引司馬彪云：「屯，難也。」《周易・繫辭下》：「危者使平，易者使傾。」

〔四〕翩翻若回掌：《孟子・公孫丑》：「武丁朝諸侯，有天下，猶運之掌也。」趙岐注：「運之掌，言其易也。」《文選》李善注：「迴掌，言疾也。」怳惚似朝榮：《藝文類聚》卷八一引漢朱公叔《鬱金賦》：「瞻百草之青青，羌朝榮而夕零。美鬱金之純偉，獨彌日而久停。」《藝文類聚》卷八二引陸機《園葵詩》：「朝榮東北傾，夕潁西南晞。」以上二句《文選》六臣吕延濟注：「翩翻、怳惚，謂須臾間也，如迴掌之反覆，朝榮之開落也。」

〔五〕晚志重長生：《老子・韜光》：「天地所以能長且久者，以其不自生，故能長生。」《莊子・在宥》：「無勞女形，無摇女精，乃可以長生。」《太平御覽》卷五三〇引《春秋合誠圖》：「黄帝請問太乙長生之道，太乙曰：『齋戒六丁，道乃可成。』」

〔六〕從師：《莊子・庚桑楚》：「從師而不囿。」郭象注：「任其自聚，非囿之也。」結友：《楚辭・哀時命》：「與赤松而結友兮，比王僑而爲耦。」

〔七〕五圖發金記：《抱朴子・登涉》：「余聞鄭君言，道書之重者，莫過於《三皇文》《五嶽真形圖》也。」九籥隱丹經：《文選》李善注：「《抱朴子》曰：『鄭君唯見授金丹之經。』又曰：『僊經，《九轉丹》《金液經》，皆在崑崙五城之内，藏以玉函。』《尚書》曰：『啟籥見書。』鄭玄《易緯》注曰：『齊魯之間，名門户及藏器之管曰籥，以藏經。』而丹有九轉，故曰九籥也。」以上二句《鮑參軍集注》黄節補注云：「『五圖』，一作『五芝』。《黄庭經》：『内芝鬱鬱自相扶。』又『玉匙金鑰常完堅。』《禮記・月令》：『孟冬，慎管籥。』籥與鑰同。五芝，五臟也。九鑰，九竅也。劉良曰：『采芝法有五，故云五圖。出《太清金匱記》。發，開也。僊經有《九轉金液丹法》，籥可以盛書，故云隱丹經。』胡紹煐曰：『九籥與上五圖爲偶句，則籥爲書篇。九籥，猶云九篇耳。《説文》：「籥，書僮竹笘也。」《衆經音義》卷二引《纂文》云：「關西以書籍爲書籥，亦謂之箓。」《説文》：「箓，籥也。」今人猶謂書一簡爲一箓。俗作葉。箓、笘、籥，統謂之觚，故《廣雅》並云觚也。』」《鮑參軍集注》錢仲聯注：「吴聿《觀林詩話》：『天門有九，故曰九籥。涪翁云：「九籥，天闕守夜義」是也。』張雲璈《選學膠言》：『按《抱朴子・金丹篇》第一轉名丹華，第二名神符，第三名神丹，第四名還丹，第五名餌丹，第六名煉丹，第七名柔丹，第八名伏丹，第九名寒丹。』」

〔八〕風餐：《莊子·逍遥游》：「藐姑射之山，有神人居焉，肌膚若冰雪，綽約若處子，不食五穀，吸風飲露，乘雲氣，御飛龍，而游乎四海之外。」天行：《莊子·刻意》：「聖人之生也天行，其死也物化。」郭象注：「任自然而運動。」

〔九〕冠霞登綵閣：《文選》李善注：「郭璞《游僊詩》曰：『振髮戴翠霞，解褐禮絳霄。』陸機《雲賦》曰：『似長城曲蜿，綵閣相扶。』」六臣吕向注：「冠霞冠，謂從僊也。」解玉：《文選》六臣吕向注：「解玉，謂去仕也。」《鮑參軍集注》黄節注：「何義門曰：『解玉，謂服玉屑也。』《周禮》：『王齋則共食玉。』注：『玉是陽精之純者，食之以禦水氣。』是古本有服玉之説，其後乃爲修養家所襲也。二説並存。」朱珔《文選集釋》：「按『解玉』與上『冠霞』爲對，義當相類，注引郭璞《游僊詩》『振髮戴翠霞，解褐禮絳霄』，而未釋『玉』字，殆謂解玉即解褐之意，玉或指帶言與？若作玉，則解字不合，且與冠霞不稱，何説恐非。」椒庭：《文選》李善注：「椒庭，取其芬香也。《洛神賦》曰：『踐椒塗之郁烈。』」

〔一〇〕蹔游越萬里：《神僊傳》卷一：「若士儼然而笑曰：『……其行一舉而千萬里，吾猶未之能也。』」少别數千齡：《太平御覽》卷九六五引《馬明生别傳》：「明生爲縣吏捕賊，爲賊所傷，殆死道間。見女人年可十六七，姿容絶世，以肘後管中一丸如小豆與服，即愈。隨神女還岱宗，見安期生曰：『前與女郎游於安息西母之際，食棗異美，此間棗小不及。憶此棗未久，已二千年矣。』」

〔一一〕鳳臺無還駕：劉向《列僊傳·蕭史》：「蕭史者，秦穆公時人也。善吹簫，能致孔雀、白鶴於庭。穆公有女，字弄玉，好之。公遂以女妻焉，日教弄玉作鳳鳴，居數年，吹似鳳聲，鳳凰來止其屋。公爲作鳳臺，夫婦止其上，不下數年，一旦皆隨鳳凰飛去。故秦人爲作鳳女祠於雍宫中，時有簫聲而已。」簫管有遺聲：阮籍《詠懷》八十二首之三十一：「駕言發魏都，南向望吹臺。簫管有遺音，梁王安在哉。」

〔一二〕何時與汝曹，啄腐共吞腥：《漢書》卷二四下《食貨志下》：「乃分遣御史廷尉正監分曹。」顔師古注：「曹，輩也，分輩而出爲使也。」徐仁甫《古詩别解》：「此何時，言永無此時也。《枯魚過河泣》『何時悔復及？』亦言永世不及也。《長歌行》：『百川東到海，何時復西歸。』言『復西歸』無此時矣，即永世不西歸也。」

【集説】

唐吴兢《樂府古題要解》卷下：《昇天行》，右曹植「日月何肯留」，鮑照「家世宅關輔」。曹植又有《飛龍僊人上僊籙》與《神游》《五游》《遠游》《龍欲昇天》等七篇，如陸士衡《緩聲歌》，皆傷人世不永，俗情險艱，當求神僊，翱翔六合之外。其詞蓋出楚歌《遠游篇》也。

宋葉廷珪《海録碎事》卷一九：《升天行》，鮑明遠樂府詩，言學僊也。

宋吴聿《觀林詩話》：鮑明遠《升天行》云「九籥隱丹經」，李善云：「《易緯注》：『齊魯之間，名門户及藏器之管曰籥。以藏經而丹有九轉，故曰九籥。』」此可笑也，天門有九，故曰九籥。涪翁云：「九籥，天闕守夜義」是也。

元方回《文選顔鮑謝詩評》卷三：厭世故而求神僊。神僊果有之乎？張子房願從赤松子游，以全功名也。梅福去爲吴市卒，人以爲僊，以避亂也。未必真有所謂升天者也。蘇子由評李白詩語：用兵則先登陷陣，不以爲難，語游俠則白晝殺人，不以爲非。予以鮑明遠詩輒續之曰：語神僊則白日升天，不以爲無。若從尾句之意，則寓言借喻君子，有高志遠意，拔出塵埃之表者，視世之卑污苟賤之人，直如禽蟲之吞啄腐腥耳。「五圖」「九籥」，據《文選》注引《抱朴子》五嶽真形圖，鄭玄《易緯注》，齊魯間藏器之管曰籥，又以藏經丹有九轉。

明徐𤊹《徐氏筆精》卷三：鮑照《升天行》云「暫游越萬里，近别數千齡」，江淹《别賦》「暫游萬里，少别千年」，襲其語也。

清何焯《義門讀書記》卷四七：似景純。

清周容《春酒堂詩話》：一日讀鮑明遠《升天行》云：「從師入遠嶽，結友事僊靈。五圖發金記，九籥隱丹經。風餐委松宿，雲卧恣天行，冠霞登綵閣，解玉飲椒庭」云云，因想少陵用「雲卧」本此，安知「天闕」非「天行」耶？况題是《龍門奉先寺》，與明遠詩意相近耶！

清陳祚明《采菽堂古詩選》卷一八：故有俯視一世之概。

清吴淇《六朝選詩定論》卷一三：前半自述平生，至「窮途」云云，言平生閱歷多矣，久矣，用世事業做不得，方思出世，正與陳圖南對朝士意合，此詩之最正者。

又云：游僊詩，只如一首詠懷詩，絶無一切鉛汞氣習。從師交友是求僊人第一要緊事，此獨拈出。末結僊人渡世溺情，語最警切。

清方東樹《昭昧詹言》卷六：此即屈子《遠游》、景純《游僊》之意，而其佳轉在起八句，直書即事，無一字客氣假像陳言。「窮途」以下，正説升天。

代别鶴操

【解題】

《樂府詩集》此屬《琴曲歌辭》。《樂府詩集》卷五八《别鶴操》題解云：「崔豹《古今注》曰：『《别鶴操》，商陵牧子所作也。娶妻五年而無子，父兄將爲之改娶。妻聞之，中夜起，倚户而悲嘯。牧子聞之，愴然而悲。乃援琴而歌。後人因爲樂章焉。』《琴譜》曰：『琴曲有四大曲，《别鶴操》其一也。』」《古樂苑》卷三〇云：「按《太平御覽》載《琴操》曰：『牧子援琴鼓之，云痛恩愛之永離，歎别鶴以舒情。故曰《别鶴操》。與此辭異。』嵇康《琴賦》曰『千里别鶴』。」毛奇齡《續詩傳鳥名卷》卷三云：「鶴與鵠通字。《國策》『魏文侯使獻鵠於齊』，一作『獻鶴』。漢時黄鵠下太液池，一作黄鶴。故《别鶴操》亦名《别鵠操》。樂府『飛來雙白鶴』，亦稱『雙白鵠』。」《通志》卷四九云：「《豔歌何嘗行》亦曰《飛鶴行》，古辭云『飛來雙白鶴，乃從西北來』，言雌病雄不能棄之而去：『五里一返顧，六里一徘徊』，雖遇新相知，終傷生别離。」《鮑參軍集注》此詩題注黄節補注云：「古辭《豔歌何嘗行》，一作《飛鶴行》：『飛來雙白鶴，乃從西北來。五里一反顧，六里一徘徊。』」按《豔歌何嘗行》於《樂府詩集》屬《相和歌辭·瑟調曲》，而此曲則屬《琴曲歌辭》，雖同詠雙鶴之不忍分離，然曲調則有別也。

雙鶴俱起時，徘徊滄海間〔一〕。長弄若天漢，輕軀似雲懸〔二〕。幽客時結侶，提攜遊三山①〔三〕。青繳凌瑶臺②，丹羅籠紫煙〔四〕。海上悲風急③，三山多雲霧〔五〕。散亂一相失，驚孤不得住〔六〕。緬然日月馳，遠矣絶音儀④〔七〕。有願而不遂，無怨以生離〔八〕。鹿鳴隱深草⑤，蟬鳴隱高枝〔九〕。心自有所存⑥，旁人那得知〔一〇〕。

【校記】

①「遊」，《樂府詩集》卷五八注云：「一作『到』。」

②「凌」，《樂府詩集》作「淩」。

③「悲」，《樂府詩集》作「疾」。

④「遠」，《樂府詩集》注云：「一作『已』。」

⑤「隱」，張溥本、《樂府詩集》作「在」。

⑥「存」，張溥本注云：「一作懷」，《樂府詩集》作「懷」，注云「一作存」。

【箋注】

〔一〕徘徊滄海間：《樂府詩集》卷三九《豔歌何嘗行》古詞：「飛來雙白鵠，乃從西北來。十十五五，羅列成行。妻卒被病，行不能相隨，五里一反顧，六里一徘徊。」董仲舒《春秋繁露·觀德》：「故受命而海内順之，猶衆星之共北辰，流水之宗滄海也。」《海内十洲記》：「滄海島在北海中，地方三千里，去岸二十一萬里。海四面繞島，各廣五千里，水皆蒼色，僊人謂之滄海也。」

〔二〕長弄若天漢：弄，通哢，鳥鳴。陶淵明《癸卯歲始春懷古田舍二首》之一：「鳥哢歡新節，泠風送餘善。」《詩經·小雅·大東》："「維天有漢，監亦有光。」毛傳："「漢，天河也。」《文選》卷二九魏文帝《雜詩》："「天漢迴西流，三五正縱橫。」李善注："「《河圖括地象》曰："河精上爲天漢。」六臣吕向注："「天漢，河也。」輕軀："《後漢書》卷八〇下《文苑·邊讓傳》載邊讓《章華賦》："「羅衣飄飄，組綺繽紛。縱輕軀以迅赴，若孤鵠之失群。」

〔三〕結侶："《後漢書》卷二七《王丹傳》："「丹子有同門生喪親，家在中山，白丹欲往奔慰，結侶將行，丹怒而撻之。」三山："《史記》卷二八《封禪書》："「自威、宣、燕昭使人入海求蓬萊、方丈、瀛洲。此三神山者，其傳在渤海中，去人不遠。」王嘉《拾遺記·高辛》："「三壺，則海中三山也。一曰方壺，則方丈也；二曰蓬壺，則蓬萊也；三曰瀛壺，則瀛洲也。」

〔四〕青繳凌瑶臺："《漢書》卷四〇《張良傳》："「雖有矰繳，尚安所施。」顔師古注："「繳，弋射也。」《楚辭·離騷》："「望瑶臺之偃蹇兮，見有娀之佚女。」王逸注："「石次玉名曰瑶。」朱熹集注："「瑶，玉之美者。」丹羅籠紫煙："《楚辭·招魂》："「蒻阿拂壁，羅幬張些。」王逸注："「羅，綺屬也。」郭璞《游僊詩》之三："「赤松臨上游，駕鴻乘紫煙。」

〔五〕悲風急："《文選》卷四一李少卿《答蘇武書》："「邊土慘裂，但聞悲風蕭條之聲。涼秋九月，塞外草衰，夜不能寐，側耳遠聽，胡笳互動，牧馬悲鳴。」

〔六〕散亂一相失："《史記》卷六《秦始皇本紀》："「古者天下散亂，莫之能一，是以諸侯並作。」

〔七〕緬然："《文選》卷二六陸士衡《赴洛詩》之一："「肆目眇不及，緬然若雙潛。」六臣吕向注："「緬，遠也。」絶音儀："蔡邕《太傅胡公碑》："「進睹墳塋，几筵空設；退顧堂廡，音儀永闕。」

〔八〕無怨以生離："《楚辭·九辯》："「重無怨而生離兮，中結軫而增傷。」《文選》卷一三禰正平《鸚鵡賦》："「痛母子之永隔，哀伉儷之生離。」《水經注·沭水》："「故《琴操》云："『殖死，妻援琴作歌曰："樂莫樂兮新相知，悲莫悲兮生别離。』」

〔九〕鹿鳴隱深草："《詩經·小雅·鹿鳴》："「呦呦鹿鳴，食野之苹。我有嘉賓，鼓瑟吹笙。」毛傳："「苹，蓱也。鹿得蓱，呦呦然鳴而相呼，懇誠發乎中，以興嘉樂賓客，當有懇誠相招呼，以成禮也。」「呦呦鹿鳴，食野之蒿。」朱熹集傳："「蒿，菣也，即青蒿也。」《文選》卷二九蘇子卿《古詩四首》之一："「鹿鳴思野草，可以喻嘉賓。」六臣吕向注："「食野草，以喻會嘉賓，鼓瑟吹笙也。」蟬鳴隱高枝：曹植《蟬賦》：「內含和而弗食兮，與衆物而無求。棲高枝而仰首兮，漱朝露之清流。隱柔桑之稠葉兮，快啁號以遁暑。苦黄雀之作害兮，患螳螂之勁斧。冀飄翔而遠託兮，毒蜘蛛之網罟。欲降身而卑竄兮，懼草蟲之襲予。」

〔一〇〕所存：謂心志所在。《孟子·盡心上》：「夫君子，所過者化，所存者神，上下與天地同流。」朱熹集注：「所存者神，心所存主處，便神妙不測。」旁人那得知：《世説新語·品藻》：「謝公問王子敬：『君書何如君家尊？』答曰：『固當不同。』公曰：『外人論殊不爾。』王曰：『外人那得知？』」

代雉朝飛

【解題】

此篇《樂府詩集》卷五七作《雉朝飛操》，今從宋本。

《樂府詩集》此篇屬《琴曲歌辭》，《古今注》卷中《音樂第三》：「《雉朝飛者》，犢牧子所作也。齊處士，湣、宣時人，年五十無妻，出薪於野，見雉雄雌相隨而飛，意動心悲，乃作《朝飛之操》，將以自傷焉。其聲中絶。魏武帝宮人有盧女者，故冠軍將軍陰叔之妹，年七歲入漢宮，學鼓琴，琴特鳴，異於諸妓，善爲新聲，能傳此曲。盧女至明帝崩後放出，嫁爲尹更生之妻。」《樂府詩集》卷五七犢沐子《雉朝飛操》題解云：「一曰《雉朝雊操》。揚雄《琴清英》曰：『《雉朝飛操》，衛女傅母之所作也。衛侯女嫁於齊太子，中道聞太子死，問傅母曰：「何如？」傅母曰：「且往當喪。」喪畢不肯歸，終之以死。傅母悔之。取女所自操琴，於冢上鼓之，忽二雉俱出墓中，傅母撫雉曰：「女果爲雉耶？」言未畢，俱飛而起，忽然不見。傅母悲痛，援琴作操，故曰《雉朝飛》。』崔豹《古今注》曰：『《雉朝飛》者，犢沐子所作也。齊宣王時，處士泯宣，年五十無妻，出薪於野，見雉雄雌相隨而飛，意動心悲，乃仰天歎：「大聖在上，恩及草木鳥獸，而我獨不獲。」因援琴而歌，以明自傷，其聲中絶。魏武帝時，宮人有盧女者，七歲入漢宮，學鼓琴，特異於餘妓，善爲新聲，能傳此曲。』伯牙《琴歌》曰：『麥秀蔪兮雉朝飛，向虛壑兮背喬槐，依絶區兮臨回池。』《樂府解題》曰：『若梁簡文帝「晨光照麥畿」，但詠雉而已。』」

雉朝飛，振羽翼，專場挾兩恃彊力①〔一〕。媒已驚，翳又逼，黄間潛彀盧矢直②〔二〕。㓨繡頸，碎錦臆，絶命君前無怨色〔三〕。握君手，執杯酒，意氣相傾死何有〔四〕？

【校記】

①「兩」，張溥本、《樂府詩集》作「雌」，《藝文類聚》卷九〇作「兩雌」。宋本注：「一本下有『雌』字。」「彊」，《樂府詩集》作「强」。

②「黄間」，張溥本、四庫本、《樂府詩集》作「蔿間」。

【箋注】

〔一〕專場挾兩恃彊力：《藝文類聚》卷九〇引曹植《鷂賦》：「若有翻雄駭逝，孤雌驚翔，則長鳴挑敵，鼓翼專場。踰高越壑，雙戰隻僵。」

〔二〕媒已驚，翳又逼：《周禮·秋官·翨氏》：「掌攻猛鳥，各以其物爲媒而掎之。」賈公彦疏：「若今取鷹隼者，以鳩鴿置羅網之下以誘之。」《文選》卷九潘安仁《射雉賦》：「眄箱籠以揭驕，睨驍媒之變態。」六臣吕延濟注：「揭驕，驍健貌；眄，視也。箱籠之中，見驍健之雉媒變態之狀也。」題注徐爰注：「媒者，少養雉子，至長狎人，能招引野雉，因名曰媒。」黄間潛彀盧矢直：《文選》卷四張平子《南都賦》：「騄驥齊鑣，黄間機張。」李善注引鄭玄曰：「黄間，弩。」張華《游獵篇》：「由基控繁弱，公差操黄間。」後人不曉此意，改「黄間」爲「蔿間」，大誤。《孟子·告子上》：「羿之教人射，必志於彀。學者亦必志於彀。」朱熹集注：「羿，善射者也。志，猶期也。彀，弓滿也。滿而後發，射之法也。」《尚書·文侯之命》：「盧弓一，盧矢百。」孔傳：「盧，黑也。」

〔三〕㓨繡頸，碎錦臆：《文選》卷九潘安仁《射雉賦》「灼繡頸而衮背」句，徐爰注：「頸毛如繡，背如衮章，言五采備也。」

「青鞦莎靡，丹臆蘭綷」句徐爰注：「臆，膺也，膺色如秋蘭之色也。」

〔四〕握君手：《三國志》卷九《魏志·曹真傳附曹爽傳》：「爽以支屬，世蒙殊寵，親受先帝握手遺詔，託以天下。」《後漢書》卷一五《李通傳》：「光武初以通士君子相慕也，故往答之。及相見，共語移日，握手極歡。」執杯酒：《文選》卷四一司馬子長《報任少卿書》：「僕與李陵，俱居門下，素非能相善也。趨舍異路，未嘗銜盃酒接殷懃之餘懽。」意氣相傾死何有：陶淵明《擬古九首》之一：「意氣傾人命，離隔復何有。」

【集説】

明陸時雍《古詩鏡》卷一四：慷慨絶色。

清陳祚明《采菽堂古詩選》卷一八：「蒿間」句、「潛轂」字、「直」字並生動，比意淋漓。

代淮南王

【解題】

此篇原題作《代淮南王二首》，毛扆校云：「宋本第一首恰當未盡，故無空處，時本直寫作一首。大約首數紊亂，多坐此病。」《玉臺新詠》卷九題作《代淮南王二首》，《樂府詩集》卷五五題作《淮南王二首》，蓋以「朱城九門」以下別作一首。張溥本、四庫本、《藝文類聚》卷四三引此篇皆合爲一首，題作《代淮南王》，今據張溥本。

《樂府詩集》此篇屬《舞曲歌辭》，卷五四《淮南王篇》題解云：「崔豹《古今注》曰：『《淮南王》，淮南小山之所作也。淮南王服食求僊，遍禮方士，遂與八公相攜俱去，莫知所往。小山之徒思戀不已，乃作《淮南王曲》焉。』班固《漢武帝故事》曰：『淮南王安好神僊，招方術之士，能爲雲雨。百姓傳云：淮南王得天子，壽無極。帝心惡之。』《漢書》卷四四《淮南厲王長傳附劉安傳》：「淮南王安爲人好書，鼓琴，不喜弋獵、狗馬馳騁。亦欲以行陰德，拊循百姓，流名譽，招致賓客方術之士數千人，作爲《内書》二十一篇，《外書》甚衆。又有《中篇》八卷，言神僊黄白之術，亦二十餘萬言。時武帝方好藝文，以安屬爲諸父，辯博善爲文辭，甚尊重之，每爲報書及賜，常召司馬相如等視草乃遣。初，安入朝，獻所作。《内篇》新出，上愛秘之，使爲《離騷傳》，旦受詔，日食時上。又獻《頌德》及《長安都國頌》，每宴見，談説得失及方技賦頌，昏暮然後罷。……伍被自詣吏，具告與淮南王謀反，吏因捕太子、王后，圍王宫，盡捕王賓客在國中者，索得反具以聞，上下公卿，治所連引與淮南王謀反列侯二千石豪傑數千人，皆以罪輕重受誅。衡山王賜，淮南王弟，當坐收。有司請逮捕衡山王。上曰：『諸侯各以其國爲本，不當相坐。』與諸侯王列侯議，趙王彭祖、列侯讓等四十三人皆曰：『淮南王安大逆無道，謀反明白，當伏誅。』……丞相弘、廷尉湯等以聞，上使宗正以符節治王，未至，安自刑。殺后、太子，諸所與謀皆收夷。國除爲九江郡。」

此詩對淮南王追求長生而虚耗財産進行諷刺，以「斷君腸」表現求僊的必不可得。卒章現意，委婉致諷。而《宋書》劉義慶本傳説臨川王義慶晚年「奉養沙門，頗致費損」，與淮南王劉安服食求僊的情況頗爲相似。因此，此詩很可能是託言淮南王劉安事，諷諫劉義慶佞佛之作。結合詩人所作《飛蛾賦》表現爲追求正義而不惜獻身的精神，這正是他青年時代耿直剛强性格的反映。因此，鮑照當時對劉義慶佞佛而虚耗錢財的舉動進行諫阻也極爲可能。即此觀之，此詩當作於詩人在義慶幕時。

淮南王，好長生，服食練氣讀僊經①〔一〕。琉璃藥椀牙作盤②，金鼎玉匕合神丹〔二〕。合神丹③，戲紫房④，紫房綵女弄明璫〔三〕，鸞歌鳳舞斷君腸〔四〕。朱城九門門九閨⑤，願逐明月入君懷〔五〕。入君懷，結君佩，怨君恨君恃君愛〔六〕。築城思堅劍思利，同盛同衰莫相棄〔七〕。

【校記】

①「食」,《藝文類聚》作「藥」。

②「藥」,張溥本、四庫本作「作」。

③「合神丹」,原作「神丹神丹」,今據張溥本及《玉臺新詠》《藝文類聚》《樂府詩集》改。

④「戲」,《藝文類聚》《樂府詩集》作「賜」。

⑤「朱城九門門九閨」,《玉臺新詠》作「朱城九門門九開」,《樂府詩集》作「朱門九重門九閨」,并於「朱門九重」下注云:「一作『朱城九重』。」

【箋注】

〔一〕服食練氣讀僊經:《文選》卷二九《古詩十九首·驅車上東門》:「服食求神僊,多爲藥所誤。不如飲美酒,被服紈與素。」六臣呂向注:「服藥失性,反害生也。」《文選》卷五三嵇叔夜《養生論》:「又呼吸吐納,服食養身,使形神相親,表裏俱濟也。」《太平御覽》卷六六一引《蘇林傳》:「林字子玄,濮陽曲水人也。父秀,含德隱曜,居於恒山。林少稟異操,至趙,師琴高先生授錬氣益命之道,又師華山仇先生授還神之術。」

〔二〕琉璃藥椀牙作盤:《藝文類聚》卷七三引秦嘉妻《與嘉書》:「分奉金錯椀一枚,可以盛書水;琉璃椀一枚,可以服藥酒。」《太平御覽》卷七五八引《古樂府》:「琉璃琥珀象牙盤。」金鼎玉匕合神丹:《抱朴子·内篇·金丹》:「若取九轉之丹内神鼎中,夏至之後爆之,鼎熱,翕然煇煌,俱起神光五色,即化爲還丹。」「余問諸道士以神丹金液之事,及《三皇内文》召天神地祇之法,了無一人知之者。」「第二之丹名曰神丹,亦曰神符。服之百日僊也。」《文選》卷一六江文通《别賦》:「守丹竈而不顧,錬金鼎而方堅。」李善注:「錬金爲丹之鼎也。」《太平御覽》卷七六〇引《抱朴子》:「有古强者,自云四千歲。嵇使君以玉匕與强,後忽語嵇云:『昔安期先生以與之。』」

〔三〕戲紫房:《古樂苑》卷五一《清虚真人歌》:「凝神泥丸内,紫房何蔚炳。」綵女弄明璫:《後漢書》卷七八《宦者·呂强傳》：「臣又聞後宫綵女數千餘人，衣食之費，日數百金。」《藝文類聚》卷七八引《神僊傳》：「采女乘輜軿，往問道於彭祖。采女具受諸要，以教王。王試爲之，有驗。欲秘之，彭祖知之，乃去，不知所如。」《文選》卷一九曹子建《洛神賦》：「無微情以效愛兮，獻江南之明璫。」六臣張銑注：「璫，耳珠也。」

〔四〕鸞歌鳳舞斷君腸：《山海經·大荒南經》：「爰有歌舞之鳥，鸞鳥自歌，鳳鳥自舞。」

〔五〕門九閨：《春秋公羊傳》宣公六年：「有人荷畚，自閨而出者。」何休注：「宫中之門謂之闈，其小者謂之閨。」《太平御覽》卷一八四引《説文》：「閨，特立之户，上圓下方，有似於圭。」願逐明月入君懷：《太平御覽》卷四四七引《郭子》：「魏明帝世，使后弟毛曾與夏侯太初共坐，時人謂蒹葭倚玉樹。時目夏侯太初朗如明月入懷。」《文選》卷二三曹子建《七哀詩》：「願爲西南風，長逝入君懷。」

〔六〕結君佩：《禮記·玉藻》：「君在不佩玉，左結佩，右設佩。居則設佩，朝則結佩。」

〔七〕按《北史》卷五《魏孝武帝紀》「帝内宴，令諸婦人詠詩，或詠鮑照樂府曰：『朱門九重門九閨，願逐明月入君懷。』」則此篇於是時已爲南北雙方廣爲傳誦矣。

【集説】

明陸時雍《古詩鏡》卷一四：最是古意。

明鍾惺、譚元春《古詩歸》卷一二：「怨」字、「恨」字、「愛」字，結成一片。

清陳祚明《采菽堂古詩選》卷一八：聲情並古。流宕徘徊，三復不厭。

清沈德潛《古詩源》卷一一：「怨」「恨」「愛」并在一句中，是樂府句法。下「築城」句，是樂府神理。

清張玉穀《古詩賞析》卷一七：此譏淮南王徒好神僊，致後宫生怨之詩。前五點清篇主，提破病根，先叙當日求僊合藥之事。「合神」四句，則揣其妄想，丹成之後，欲與綵女游戲歌舞之樂，以「斷君腸」三字，顯出必不可得來。神僊樂事甚多，而獨言綵女，乃反引後宫怨曠也。「朱城」五句，方就宫女表明願望之誠，鍊句有味。後二突插喻意，收出盛衰莫棄之旨，節拍入古。

黄節：晉《拂舞歌》詩有《淮南王》篇，明遠此篇所由擬也。應劭《風俗通》曰：「淮南王安招募才技怪迂之人，述神僊黄白之事，財殫力屈，無能成獲，親伏白刃，與衆棄之。安在其能神僊乎？安所養士，或頗漏亡，恥其如此，因飾詐説。後人吠聲，遂傳行耳。」晉辭曰：「淮南王，自言尊。」又曰：「少年窈窕何能賢，揚聲悲歌音絶天。」皆不足於王而深哀之者。明遠此篇曰「斷君腸」，曰「怨君恨君」，曰「同盛同衰」，亦是深哀之意，無與於成僊也。《古今注》及《漢武故事》，皆不可信。（《鮑參軍集注》補注）

代空城雀

【解題】

此篇《藝文類聚》卷九二題作《空城雀操》，《樂府詩集》卷六八題作《空城雀》，今從宋本。

《樂府詩集》此屬《雜曲歌辭》，卷六一《雜曲歌辭》題解云：「雜曲者，歷代有之。或心志之所存，或情思之所感，或宴游懽樂之所發，或憂愁憤怨之所興，或叙離别悲傷之懷，或言征戰行役之苦，或緣於佛老，或出自夷虜，兼收備載，故總謂之雜曲。自秦、漢已來，數千百歲，文人才士，作者非一。干戈之後，喪亂之餘，亡失既多，聲辭不具，故有名存義亡，不見所起。而有古辭可考者，則若《傷歌行》《生别離》《長相思》《棗下何纂纂》之類是也。復有不見古辭，而後人繼有擬述，可以概見其義者，則若《出自薊北門》《結客少年場》《秦王卷衣》《半渡溪》《空城雀》《齊謳》《吴趨》《會吟》《悲哉》之類是也。又如漢阮瑀之《駕出北郭門》，曹植之《惟漢》《苦思》《欲游南山》《事君》《車已駕》《桂之樹》等行，《磐石》《驅車》《浮萍》《種葛》《吁嗟》《鰕䱇》等篇，傅玄之《雲中白子高》《前有一樽酒》《鴻鴈生塞北行》《昔君》《飛塵》《車遥遥篇》，陸機之《置酒》，謝惠連之《晨風》，鮑照之《鴻鴈》，如此之類，其名甚多。或因意命題，或學古叙事，其辭具在，故不復備論。」卷六八鮑照《空城雀》題解云：「《樂府解題》曰：鮑照《空城雀》云：『雀乳四鷇，空城之阿。』言輕飛近集，茹腹辛傷，免網羅而已。」

雀乳四鷇，空城之阿〔一〕。朝食野粟①，夕飲冰河②〔二〕。高飛畏鴟鳶，下飛畏網羅〔三〕。辛傷伊何言？怵迫良已多〔四〕。誠不及青鳥③，遠食玉山禾〔五〕。猶勝吴宫燕，無罪得焚窠〔六〕。賦命有厚薄，長歎欲如何〔七〕？

【校記】

①「食」，《樂府詩集》《藝文類聚》作「拾」，張溥本注云：「一作『拾』。」

②「冰」，《藝文類聚》作「清」。

③「青鳥」，《藝文類聚》作「青雀」。

【箋注】

〔一〕雀乳四鷇：《史記》卷四三《趙世家》：「主父欲出不得，又不得食，探爵鷇而食之，三月餘而餓死沙丘宫。」裴駰集解：「綦毋邃曰：『鷇，爵子也。』」司馬貞索隱：「曹大家云：『鷇，雀子也，生受哺者謂之鷇。』」《爾雅・釋鳥》：「生哺鷇。」陸德明音義：「鳥子，須哺而食者，燕雀之屬也。」邢昺疏：「鳥子之異名也。鳥子生，須母哺而食，名鷇，謂燕雀之屬也。」空城之阿：《樂府詩集》卷一九何承天《宋鼓吹鐃歌・朱路篇》：「逸韻騰天路，頹響結城阿。」按城阿，城角。

〔二〕夕飲冰河：《太平御覽》卷七四九引《書斷》：「索靖字幼安，善章草，出於韋誕，峻險過之。若山形中裂，水勢懸流，雪嶺孤松，冰河危石，其堅勁則古今不逮。」

〔三〕高飛畏鴟鳶：《晉書》卷八七《涼武昭王傳》：「穢鵄鳶之籠嚇，欽飛鳳於太清。」《爾雅・釋鳥》：「鳶，烏醜，其飛也翔。」邢昺疏：「鳶，鴟也，鴟、烏之類。」下飛畏網羅：《淮南子・兵略訓》：「飛鳥不動，不絓網羅。」《藝文類聚》卷二七引阮籍

《詠懷詩》：「鴻鵠相隨飛，隨飛適荒裔，雙翮臨長風，須臾萬里逝。朝飡琅玕實，夕宿丹山際，託身青雲中，網羅不能制。」曹植《野田黄雀行》：「拔劍捎羅網，黄雀得飛飛。」

〔四〕怵迫良已多：《管子·心術上》：「不怵乎好，不迫乎惡。」《文選》卷一三賈誼《鵩鳥賦》：「怵迫之徒兮，或趨西東；大人不曲兮，億變齊同。」李善注：「孟康曰：『怵，爲利所誘怵也；迫，迫貧賤，東西趨利也。』」

〔五〕青鳥：《山海經·西山經》：「又西二百二十里，曰三危之山，三青鳥居之。」玉山禾：《山海經·西山經》：「又西三百五十里，曰玉山，是西王母所居也。」郭璞注：「此山多玉石，因以名云。《穆天子傳》謂之群玉之山。」《文選》卷三五張景陽《七命》：「大夫曰：『大梁之黍，瓊山之禾，唐稷播其根，農帝嘗其華。』」李善注：「瓊山禾，即崑崙之山木禾。《山海經》曰：『崑崙之上有木禾，長五尋，大五圍。』」

〔六〕猶勝吴宫燕，無罪得焚窠：《越絶書·吴地傳》：「東宫周一里二百七十步路。西宫在長秋，周一里二十六步。秦始皇帝十一年，守宫者照燕失火，燒之。」

〔七〕賦命有厚薄：《藝文類聚》卷三四引王粲《傷夭賦》：「惟皇天之賦命，實浩蕩而不均。或老終以長世，或昬夭而夙泯。」

代鳴鴈行

【集説】

清陳祚明《采菽堂古詩選》卷一八：低徊比似，寄意差曲。

【解題】

《樂府詩集》卷六八作《鳴鴈行》，今從宋本。

此篇《樂府詩集》屬《雜曲歌辭》，題解云：「《衛・匏有苦葉詩》曰：『雝雝鳴鴈，旭日始旦。』鄭康成云：『鴈者，隨陽而處，似婦人從夫，故昏禮用焉。雝雝，聲和也。《鳴鴈行》蓋出於此。」《詩經・小雅・鴻鴈》：「鴻鴈於飛，肅肅其羽。」毛傳：「大曰鴻，小曰鴈。」《詩經・邶風・匏有苦葉》：「雝雝鳴鴈，旭日始旦，士如歸妻，迨冰未泮。」毛傳：「雝雝，鴈聲和也。納採用鴈，旭日始出，謂大昕之時。」鄭玄箋：「鴈者，隨陽而處，似婦人從夫，故昏禮用焉。」《文選》卷二三阮嗣宗《詠懷》詩：「鳴鴈飛南征，鶗鴂發哀音。」李善注：「沈約曰：『此鳥鳴則芳歇也，芬芳歇矣，所存者臭腐耳。』善曰：『《楚辭》曰：鴈邕邕而南游。又曰：恐鶗鴂之先鳴，使夫百草爲之不芳。』」六臣呂向注：「鳴鴈飛征，喻賢臣遠。鶗鴂哀音，喻邪臣讒佞。」

邕邕鳴鴈鳴始旦①〔一〕，齊行命侶入雲漢②〔二〕。中夜相失群離亂〔三〕，留連徘徊不忍散〔四〕。憔悴容儀君不知〔五〕，辛苦風霜亦何爲③？

【校記】

①「邕邕」，《樂府詩集》作「雝雝」。「始」，《樂府詩集》作「正」。

②「侶」，張溥本作「旅」。

③「風霜」，《樂府詩集》作「霜雪」，注云：「一作『風霜』。」

【箋注】

〔一〕邕邕鳴鴈：《文選》卷三四枚叔《七發》：「螭龍德牧，邕邕群鳴。」李善注：「《爾雅》曰：『邕邕，鳴聲和也。』」六臣呂向注：「邕邕，聲也。」

〔二〕齊行命侶入雲漢：《太平御覽》卷九一七引《春秋繁露》：「凡贄大夫用鴈，有類長者在民上，必有先後。鴈有行列，故以爲贊。」傅玄《祝祖文》：「祖君自東，百靈齊行。翠蓋翩翩，象輿琱箱，王子進駕，驂服調良。」《詩經·大雅·棫樸》：「倬彼雲漢，爲章於天。」毛傳：「雲漢，天河也。」

〔三〕中夜相失群離亂：《尚書·冏命》：「怵惕惟厲，中夜以興，思免厥愆。」孔傳：「言常悚懼惟危，夜半以起。」曹植《美女行》：「盛年處房室，中夜起長歎。」

〔四〕留連徘徊不忍散：《玉臺新詠》卷九魏文帝《燕歌行二首》之二：「飛鳥晨鳴聲可憐，留連顧懷不自存。」《樂府詩集》卷三九《豔歌何嘗行》：「飛來雙白鵠，乃從西北來，十十五五，羅列成行。妻卒被病，行不能相隨，五里一反顧，六里一徘徊。」

〔五〕憔悴容儀：《國語·吴語》：「使吾甲兵鈍弊，民日離落而日以憔悴，然後安受吾燼。」韋昭注：「憔悴，瘦病也。」《文選》卷一三禰正平《鸚鵡賦》：「嚴霜初降，涼風蕭瑟，長吟遠慕，哀鳴感類。音聲悽以激揚，容貌慘以顦顇。」按憔悴，同顦顇。

【集説】

清朱乾《樂府正義》卷一三：中夜離群，留連不散，友朋之義篤矣。憔悴辛苦，意有所望救而不得也。「叔兮伯兮，何多日也」，其《旄丘》之情乎。

清張玉穀《古詩賞析》卷一七：此閨怨詩也。前四以鴈爲比，寫聚而忽散之悲。後二忽若自悔，而其實非悔，乃所以警游子也。託意深，運筆健。

代夜坐吟

【解題】

此篇《樂府詩集》卷七六題作《夜坐吟》，今從宋本。

《樂府詩集》此詩題解云：「《夜坐吟》鮑照所作也。其辭曰：『冬夜沉沉夜坐吟』，言聽歌逐音，因音託意也。宗夬又有《遥夜吟》，則言永夜獨吟，憂思未歇。與此不同。」

冬夜沉沉夜坐吟①，含聲未發已知心②〔一〕。霜入幕，風度林〔二〕。朱燈滅，朱顔尋〔三〕。體君歌，逐君音。不貴聲，貴意深。

【校記】

①「沉沉」，張溥本作「沈沈」。

②「聲」，《樂府詩集》作「情」，注云：「一作『聲』。」

【箋注】

〔一〕含聲未發：揚雄《答劉歆書》：「今舉者懷赧而低眉，任者含聲而冤舌。」《宋書》卷六二《王微傳》：「諸舍闔門皆蒙時私，此既未易陳道，故常因含聲不言。」

〔二〕霜入幕：《周禮·天官·幕人》：「掌帷、幕、幄、帟、綬之事。」鄭玄注：「在旁曰帷，在上曰幕。」

〔三〕朱顔：《楚辭·招魂》：「涉江採菱，發揚荷些。美人既醉，朱顔酡些。」按李白《夜坐吟》：「冬夜夜寒覺夜長，沉吟久坐坐北堂。冰合井泉月入閨，青釭青凝照悲啼。青釭滅，啼轉多，掩妾淚，聽君歌。歌有聲，妾有情，情聲合，兩無違。一語不入意，從君萬曲梁塵飛。」從此出。

【集説】

明陸時雍《古詩鏡》卷一四：清俊絶倫。

明鍾惺、譚元春《古詩歸》卷一二：豔詩，不深不豔。情豔中有癡人無粗人，愈細愈癡，粗則浮矣，惡乎，情深微造極，士女皆無遁情。子將爲豔詩之宗。

又云：「尋」字之妙説不出，若安在「朱顔」之上，便淺矣。

清王堯衢《古唐詩合解》卷三：情之所發，出而爲聲，乃成吟。是故情含於未發之初，心解於無聲之始。當霜風互動，夜静燈微之際，其情脈脈，一往而深，但逐聲求，即無所得。末二語正是「含聲未發已知心」之意，乃深於言情者。

代北風涼行

【解題】

此篇《玉臺新詠》卷九、《樂府詩集》卷六五題作《北風行》，今從宋本。

《樂府詩集》此屬《雜曲歌辭》。《詩經·邶風·北風》：「北風其涼，雨雪其雱。惠而好我，攜手同行。」朱熹集傳：「言北風雨雪，以比國家危亂將至，而氣象愁慘也。故欲與其相好之人去而避之。」《樂府詩集》鮑照《北風行》題解云：「《北風》，本衛詩也。《北風》詩曰：『北風其涼，雨雪其雱。』傳云：『北風寒涼，病害萬物，以喻君政暴虐，百姓不親也。』若鮑照『北風涼』，李白『燭龍棲寒門』，皆傷北風雨雪，而行人不歸，與衛詩異矣。」

北風涼，雨雪雱〔一〕，京洛女兒多嚴粧①〔二〕。遥豔帷中自悲傷，沉吟不語若有忘②〔三〕。問君得行何當歸③？苦使妾坐自傷悲〔四〕。慮年至④，慮顔衰。情易遠⑤，恨難追〔五〕。

【校記】

①「京洛」，《玉臺新詠》作「洛陽」。「嚴粧」，張溥本、四庫本、《玉臺新詠》作「妍粧」。

②「有」，《玉臺新詠》《樂府詩集》作「爲」，皆注云：「一作『有』。」

③「得行」，《玉臺新詠》作「前行」，張溥本、《樂府詩集》作「何行」。

④「至」，《玉臺新詠》作「去」。

⑤「遠」，張溥本、《樂府詩集》作「復」。

【箋注】

〔一〕北風涼，雨雪雱：《詩經・邶風・北風》：「北風其涼，雨雪其雱。」毛傳：「雱，盛貌。」

〔二〕嚴粧：《玉臺新詠》卷一《古詩爲焦仲卿妻作》：「雞鳴外欲曙，新婦起嚴妝。」按粧，妝字通。

〔三〕遥豔：《鮑參軍集注》黄節補注：「遥豔，美好也。曹憲《博雅音》：『姚，音遥。』《方言》：『姚，娧好也。』遥豔即姚豔也。《楚辭・九辯》：『心摇悦而日幸兮。』王逸注云：『意中私喜。』王引之曰：『摇悦爲喜，故之美好可喜者，謂之姚娧矣。』姚，可叚爲摇，亦可叚爲遥。又《方言》：『九疑、荆郊之鄙，謂淫曰遥。』遥豔若作淫豔，恐與詩意不合。」沉吟不語：《文選》卷二九《古詩十九首・東城高且長》：「馳情整中帶，沈吟聊躑躅。」卷二七魏武帝《短歌行》：「青青子衿，悠悠我心，但爲君故，沈吟至今。」六臣劉良注：「沈吟，喻深思之意。」

〔四〕何當：《搜神記》卷一六：「故見鄙姿，逢君輝光。身遠心近，何當暫忘。」苦使：《莊子・天道》：「斲輪，徐則甘而不固，疾則苦而不入。」成玄英疏：「苦，急也。」《文選》卷二七魏文帝《善哉行》：「上山采薇，薄暮苦饑。」

〔五〕恨難追：《尚書・夏書・五子之歌》：「弗慎厥德，雖悔可追。」孔傳：「言人君行已不慎其德，以速滅敗，雖欲改悔，其可追及乎？言無益。」

【集説】

明陸時雍《古詩鏡》卷一四：哀音急節，苦語深。

代春日行

【解題】

此篇《樂府詩集》卷六五題作《春日行》，屬《雜曲歌辭》。

獻歲發①，吾將行〔一〕。春山茂，春日明。園中鳥，多嘉聲〔二〕。梅始發，桃始青②〔三〕。汎舟艫，齊櫂驚〔四〕。奏採菱，歌鹿鳴〔五〕。風微起，波微生③。絃亦發，酒亦傾。入蓮池，折桂枝。芳袖動④，芬葉披。兩相思，兩不知。

【校記】

①「發」字下，《樂府詩集》有「春」字。

②「桃」，張溥本、《樂府詩集》作「柳」，《古詩紀》卷六〇注云：「一作『柳』。」

③「風微起波微生」，《樂府詩集》注云：「一作『微波起微風生』。」「風微起」，張溥本作「微風起」。

④「袖」原作「神」，今據張溥本、《樂府詩集》、《古詩紀》改。

【箋注】

〔一〕獻歲發，吾將行：《楚辭·招魂》：「獻歲發春兮，汩吾南征。」王逸注：「獻，進；征，行也。言歲始來進，春氣奮揚，萬物皆感氣而生。」按獻歲，謂歲首正月。《楚辭·九章·涉江》：「陰陽易位，時不當兮。懷信侘傺，忽乎吾將行兮。」

〔二〕嘉聲：《文選》卷五八蔡伯喈《郭有道碑文》：「聆嘉聲而響和者，猶百川之歸巨海，鱗介之宗龜龍也。」

〔三〕梅始發，桃始青：《大戴禮記·夏小正·正月》：「柳稊，稊也者，發孚也。梅杏杝桃則華。杝桃，山桃也。」

〔四〕舟艫：《文選》卷一二郭景純《江賦》：「舳艫相屬，萬里連檣。」李善注：「《説文》曰：『舳，舟尾也。艫，船頭也。』」《文選》卷一一鮑明遠《蕪城賦》「觀基扃之固護」，李善注：「《説文》曰：『扃，外閉之關也。』凡文士之言基扃，汎論城闕，猶車稱軫，舟謂之艫耳。」櫂：《楚辭·九歌·湘君》：「桂櫂兮蘭枻，斲冰兮積雪。」王逸注：「櫂，楫也。」

〔五〕奏採菱：見本集《採菱歌》題注。歌鹿鳴：《詩經·小雅·鹿鳴》：「呦呦鹿鳴，食野之苹。我有嘉賓，鼓瑟吹笙。」毛傳：「苹，蓱也。鹿得蓱，呦呦然鳴而相呼，懇誠發乎中，以興嘉樂賓客，當有懇誠相招呼，以成禮也。」《左傳》襄公四年：「歌《鹿鳴》之三，三拜。」

【集説】

明鍾惺、譚元春《古詩歸》卷一二：二「亦」字，聲意不盡；二「兩」字，下得深婉。

清陳祚明《采菽堂古詩選》卷一八：末六字情深，作幾許波蕩，縹緲出之。

清沈德潛《古詩源》卷一一：聲情駘宕。末六字比「心悦君兮君不知」更深。

清張玉穀《古詩賞析》卷一七：此言男女嬉游，各有所思而每苦不相知也。前十六，半寫春日陸游之樂，半寫春日水游之樂，皆就男邊説。「入蓮」四句，則就婦邊説，亦兼水陸，卻即夏秋寫景。後二總收，醒出篇旨，聲清何等駘宕。

成書《多歲堂古詩存》：止三字句，其節甚短，而鍊則極鍊，醒則極醒，暢亦極暢，允推獨步。

代少年時至衰老行

【解題】

按此詩《樂府詩集》不載。《古樂苑》卷三六云：「按《鮑照集》題上並有『代』字，則此必舊有是作，而照擬之也。大抵爲嗟老傷窮，羈旅無聊之意而已。」

憶昔少年時，馳逐好名晨〔一〕。結友多貴門，出入富兒鄰〔二〕。綺羅豔華風，車馬自揚塵〔三〕。歌唱青琴女①，彈箏燕趙人〔四〕。好酒多芳氣，餚味厭時新〔五〕。今日每相念，此事邈無因〔六〕。寄語後生子，作樂當及春〔七〕。

【校記】

①「琴」，張溥本、《古詩紀》卷六〇作「齊」。

【箋注】

〔一〕名晨：名，通明。《釋名・釋言語》：「名，明也，名實使分明也。」《淮南子・天文訓》：「日出於暘谷，浴於咸池，拂於扶桑，是謂晨明。」

〔二〕貴門：《玉臺新詠》卷一《古詩無名人爲焦仲卿妻作》：「往昔初陽歲，謝家來貴門。」《藝文類聚》卷五一引曹植《封二子爲公謝恩章》：「臣伏自惟文無升堂廟勝之功，武無摧鋒接刃之効。天時運幸，得生貴門，遇以親戚，少荷光寵，竊位列侯，榮曜當世。」

〔三〕綺羅：徐幹《情詩》：「綺羅失常色，金翠暗無精。」華風：謂天日清明時之和風。

〔四〕青琴女：《史記》卷一一七《司馬相如列傳》：「若夫青琴、宓妃之徒，絶殊離俗，姣冶嫻都。」裴駰集解：「《漢書音義》曰：『皆古神女名。』」司馬貞索隱：「伏儼曰：『青琴，古神女也。』如淳曰：『宓妃，伏羲女，溺死洛水，遂爲洛水之神。』」彈箏燕趙人：《文選》卷二九《古詩十九首・今日良宴會》：「今日良宴會，歡樂難具陳。彈箏奮逸響，新聲妙入神。」《古詩十九首・東城高且長》：「燕趙多佳人，美者顔如玉。」李善注：「燕趙，二國名也。」

〔五〕芳氣：《文選》卷三〇陸士衡《擬西北有高樓》：「佳人撫琴瑟，纖手清且閒。芳氣隨風結，哀響馥若蘭。」《晉書》卷二三《樂志下》：「蘭風發芳氣，蓋世同其芬。」餚味厭時新：《廣韻》卷三：「凡非穀而食曰肴。」

〔六〕邈：《楚辭·九章·悲回風》：「藐蔓蔓之不可量兮，縹緜緜之不可紆。」朱熹集注：「邈，遠也。」按藐，一作邈。

〔七〕寄語後生子：《宋書》卷六九《范曄傳》：「又語人：『寄語何僕射，天下決無佛鬼。若有靈，自當相報。』」《論語·子罕》：「後生可畏，焉知來者之不如今也。」邢昺疏：「言年少之人足以積學成德，誠可畏也。」作樂當及春：《文選》卷二九《古詩十九首·生年不滿百》：「晝短苦夜長，何不秉燭游。爲樂當及時，何能待來兹。」

【集説】

元陶宗儀《説郛》卷一二下：鮑明遠《少年時至衰老行》篇云：「寄語後生子，作樂當及春。」今俗少年者呼爲後生子，士往往笑之。不謂此乃古語，而人尚用之也。

代陽春登荆山行

【解題】

按此詩《樂府詩集》不載，宋本題下注云：「『荆』一作『京』。」

《管子·地數》：「君伐菹薪，煮沸水爲鹽，正而積之三萬鍾，至陽春，請籍於時。」《鮑參軍集注》此詩「旦登荆山頭」錢振倫注云：「《十道山川考》：『《山海經》：荆山，漳水出焉，而東南流注于睢。睢，與沮同。《禹貢》：『荆及衡陽惟荆州。』即此山，卞和得玉之處。』」錢仲聯增補注云：「《水經》：『漳水出臨沮縣東荆山。』注：『荆山，在景山東一百餘里。』《方輿紀要》：『荆山在今南漳縣西北八十里。』」按《讀史方輿紀要》卷七九《湖廣五·襄陽府·南漳縣》：「荆山，縣西北八十里。《禹貢》：『荆、河惟豫州』，『荆及衡陽惟荆州』，蓋荆、豫二州之界，所謂南條荆山也。又《左傳》昭公四年：晉司馬侯曰：『荆山，九州之險也。』《漢志》以爲漳水所出。」此詩乃詩人在荆州時所作，吴丕績《鮑照年譜》繫之於大明六年（四六二)詩人隨臨海王子頊上荆後，錢仲聯《鮑照年表》則繫之於大明七年(四六三)。但是這一説法其實存在較大疑問，並不能成爲定論。吴譜、錢表之所以將此詩定在詩人隨臨海王子頊上荆後作，乃是因爲他們錯誤地理解了鮑照初次出仕的時間及地點，認爲鮑照於元嘉十六年(四三九)始仕臨川王義慶於江州而造成。鮑照始仕臨川王義慶其實在荆州而非江州，時間在元嘉十二年(四三五)至十六年(四三九)之間。今考之此詩詩意，似乎尚難以確定此詩爲詩人何次在荆州時所作。因此，此詩之繫年應以存疑待考爲宜。

旦登荆山頭，崎嶇道難遊〔一〕。早行犯霜露，苔滑不可留〔二〕。極眺入雲表，窮目盡帝州〔三〕。方都列萬室，層城帶高樓〔四〕。奕奕朱軒馳，紛紛高衣流①〔五〕。日氣映山浦②，暄霧逐風收〔六〕。花木亂平原，桑柘盈平疇③〔七〕。攀條弄紫莖，藉露折芳柔〔八〕。遇物雖成趣，念者不解憂〔九〕。且共傾春酒④，長歌登山丘〔一〇〕。

【校記】

①「高」，張溥本、四庫本、《古詩紀》卷六〇作「縞」。

②「氣」，張溥本、四庫本、《古詩紀》作「氛」。

③「盈」，注云：「一作『緐』。」張溥本作「綿」。

④「傾」，《古詩紀》作「慶」。

【箋注】

〔一〕崎嶇：《文選》卷四張平子《南都賦》：「上平衍而曠蕩，下蒙籠而崎嶇。」李善注：「《廣雅》曰：『崎嶇，傾側也。』」

〔二〕犯霜露：《左傳》襄公二十八年：「跋涉山川，蒙犯霜露，以逞君心。」苔滑：《文選》卷一一孫興公《游天台山賦》：「踐莓苔之滑石，搏壁立之翠屏。」卷三〇謝靈運《石門新營所住四面高山迴溪石瀨茂林脩竹》：「躋險築幽居，披雲卧石門。

苔滑誰能步，葛弱豈可捫。」六臣吕延濟注：「苔石上青苔雜以泉水，故滑也。」

〔三〕雲表：《文選》卷二張平子《西京賦》：「立修莖之僊掌，承雲表之清露。」窮目盡帝州：《藝文類聚》卷三〇引蘇武《報李陵書》：「窮目極望，不見所識；側耳遠聽，不聞人聲。」按謝朓《入朝曲》：「江南佳麗地，金陵帝王州。」當自此出。

〔四〕方都列萬室：《管子・輕重乙》：「寡人欲毋殺一士，毋頓一戟，而辟方都二，爲之有道乎？」《國語・晉語》：「今晉國之方偏侯也。」韋昭注：「方，大也。」《史記》卷四五《韓世家》：「蘇代謂韓咎曰：『蟣虱亡在楚，楚王欲内之甚。今楚兵十餘萬在方城之外，公何不令楚王築萬室之都雍氏之旁，韓必起兵以救之，公必將矣。』」層城：《淮南子・墬形訓》：「掘崑崙虚以下，地中有增城九重，其高萬一千里，百一十四步二尺六寸。」高誘注：「增，重也。」

〔五〕奕奕朱軒馳：《詩經・大雅・韓奕》：「奕奕梁山，維禹甸之。」毛傳：「奕奕，大也。」應劭《風俗通・過譽・汝南陳茂》：「朱軒駕駟，威烈赫奕。」《後漢書》卷四六《陳寵傳附陳忠傳》：「陛下以不得親奉孝德皇園廟，比遣中使致敬甘陵，朱軒軿馬，相望道路，可謂孝至矣。」高衣：《詩經・鄭風》：「出其東門，有女如雲。雖則如雲，匪我思存。縞衣綦巾，聊樂我員。」毛傳：「縞衣，白色男服也。」借指穿貴服者。《禮記・喪大記》「飾棺」鄭玄注：「《漢禮》：『翣以木爲筐，廣三尺，高二尺四寸，方兩角，高衣以白布畫者，畫雲氣，其餘各如其象，柄長五尺，車行使人持之而從。』」《孔叢子・儒服》：「子高衣長裾，振褒袖，方屐麄翣，見平原君。君曰：『吾子亦儒服乎？』子高曰：『此布衣之服，非儒服也。』」

〔六〕日氣映山浦：王充《論衡・詰術》：「陽燧鄉日，火從天來。由此言之，火，日氣也。」暄霧：猶濃霧。

〔七〕平原：《文選》卷二三王仲宣《七哀詩》：「出門無所見，白骨蔽平原。」桑柘盈平疇：《禮記・月令・季春之月》：「命野虞無伐桑柘，鳴鳩拂其羽，戴勝降於桑。」陶淵明《癸卯歲始春懷古田舍二首》之二：「先師有遺訓，憂道不憂貧。瞻望邈難逮，轉欲志長勤。秉耒歡時務，解顔勸農人。平疇交遠風，良苗亦懷新。」

〔八〕攀條弄紫莖：《文選》卷二九《古詩十九首・庭中有奇樹》：「庭中有奇樹，緑葉發華滋。攀條折其榮，將以遺所思。」《楚辭・九歌・少司命》：「秋蘭兮青青，緑葉兮紫莖。」

〔九〕遇物雖成趣：《文選》卷四五陶淵明《歸去來》：「園日涉以成趣，門雖設而常關。」六臣劉良注：「言田園之中，日日游涉，自成佳趣。」不解憂：《文選》卷二七魏武帝《短歌行》：「對酒當歌，人生幾何，譬如朝露，去日苦多。慨當以慷，憂思難忘，何以解憂，唯有杜康。」

〔一〇〕春酒：《詩經・豳風・七月》：「爲此春酒，以介眉壽。」毛傳：「春酒，凍醪也。」孔穎達疏：「此酒凍時釀之，故稱凍醪。」長歌登山丘：《文選》卷二七《長歌行》：「百川東到海，何時復西歸。」《文選》卷一一何平叔《景福殿賦》：「豐侔淮海，富賑山丘。」

【集説】

清陳祚明《采菽堂古詩選》卷一八：「花木」四句，秀。

代朗月行

【解題】

此篇原題，《玉臺新詠》卷四、《樂府詩集》卷六五、《古樂苑》卷七題作《朗月行》，今從宋本。

《樂府詩集》此篇屬《雜曲歌辭》。按朗月，明月。《文選》卷四二魏文帝《與朝歌令吴質書》：「白日既匿，繼以朗月，同乘並載，以游後園。」《晉書》卷五四《陸機陸雲傳論》：「言論慷慨，冠乎終古。高詞迥映，如朗月之懸光；疊意迴舒，若重巖之積秀。」

朗月出東山，照我綺窗前〔一〕。窗中多佳人，被服妖且妍〔二〕。靚粧坐帳裏①，當户弄清絃②〔三〕。鬢奪衛女迅③，體絶飛燕先〔四〕。爲君歌一曲，當作朗月篇④〔五〕。酒至顔自解，聲和心亦宣〔六〕。千金何足重？所存意氣間〔七〕。

【校記】

①「粧」，《玉臺新詠》《樂府詩集》、盧校作「妝」。「帳」，張溥本作「帷」。

②「絃」，《玉臺新詠》《樂府詩集》作「弦」。

③「奪」，《玉臺新詠》作「奮」。

④「當作朗月篇」，《樂府詩集》注云：「一作『堂上朗月篇』。」

【箋注】

〔一〕綺窗：《文選》卷二九《古詩十九首·西北有高樓》：「交疏結綺窗，阿閣三重階。」六臣劉良注：「交通而結鏤文綺以爲窗也。」《文選》卷四左太沖《蜀都賦》：「開高軒以臨山，列綺窗而瞰江。」六臣吕向注：「綺窗，彫畫若綺也。」

〔二〕窗中多佳人：《文選》卷一九宋玉《登徒子好色賦》：「天下之佳人，莫若楚國；楚國之麗者，莫若臣里；臣里之美者，莫若臣東家之子。東家之子增之一分則太長，減之一分則太短，著粉則太白，施朱則太赤，眉如翠羽，肌如白雪，腰如束素，齒如含貝。嫣然一笑，惑陽城，迷下蔡。」《文選》卷二九《古詩十九首·東城高且長》：「燕趙多佳人，美者顔如玉。」被服妖且妍：《古詩十九首·東城高且長》：「被服羅裳衣，當户理清曲。」《文選》卷二七曹子建《美女篇》：「美女妖且閑，采桑岐路間。」六臣吕向注：「妖，美。」

〔三〕靚粧坐帳裏：《文選》卷八司馬相如《上林賦》：「靚粧刻飾，便嬛綽約。」李善注：「郭璞曰：『靚粧，粉白黛黑也。刻，刻畫鬋鬢也。』」當户弄清絃：《文選》卷二九《古詩十九首·東城高且長》：「被服羅裳衣，當户理清曲。」

〔四〕鬢奪衛女迅：《太平御覽》卷三七三引《史記》：「衛皇后字子夫，與武帝侍衣得幸。頭解，上見其髮鬢，悦之，因立爲后。」按此事今本《史記》不見載。《文選》卷二張平子《西京賦》：「衛后興於鬒髮。」李善注：「《漢武故事》曰：『子夫得幸，頭解，上見其美髮，悦之。』」體絶飛燕先：《漢書》卷九七下《外戚傳下》：「孝成趙皇后，本長安宫人……學歌舞，號曰飛燕。」顔師古注：「以其體輕也。」《西京雜記》卷一：「趙后體輕腰弱，善行步進退。」《文選》卷一九曹子建《洛神賦》：「體迅飛鳧，飄忽若神，陵波微步，羅襪生塵。」

〔五〕爲君歌一曲：《樂府詩集》卷四五《清商曲辭·團扇郎六首》題解：「《古今樂録》曰：『《團扇郎歌》者，晉中書令王珉捉白團扇，與嫂婢謝芳姿有愛，情好甚篤。嫂捶撻婢過苦，王東亭聞而止之。芳姿素善歌，嫂令歌一曲，當赦之。』」

〔六〕酒至顔自解：《列子·黄帝》：「自吾之事夫子，友若人也。三年之後，心不敢念是非，口不敢言利害，始得夫子一眄而已。五年之後，心庚念是非，口庚言利害，夫子始一解顔而笑。」聲和心亦宣：《文選》卷二九王正長《雜詩》：「師涓久不奏，誰能宣我心？」六臣吕向注：「以喻不見所思之人，誰復能宣通我心志也。」

〔七〕千金：《史記》卷八五《吕不韋列傳》：「吕不韋者，陽翟大賈人也。往來販賤賣貴，家累千金。」所存意氣間：《樂府詩集》卷四一《相和歌辭·白頭吟》：「男兒重意氣，何用錢刀爲？」

【集説】

明彭大翼《山堂肆考》卷一六〇：《朗月行》，劉宋鮑昭作，叙佳人對月弄清絃也。

代堂上歌行

【解題】

此詩《初學記》卷一九、《太平御覽》卷三八一題作《堂上行》，《樂府詩集》卷六五作《堂上歌行》。《樂府詩集》此屬《雜曲歌辭》。魏明帝曹叡有《堂上行》，《古樂苑》卷三四云：「按《鮑照集》題云《代堂上歌行》，凡照樂府並有代字，蓋擬作也。則此多爲擬魏明帝矣。」

四坐且莫諠①，聽我堂上歌〔一〕。昔仕京洛時，高門臨長河〔二〕。出入重宫裏，結交曹與何②〔三〕。車馬相馳逐，賓朋好容華〔四〕。陽春孟春月，朝光散流霞〔五〕。輕步逐芳風，言笑弄丹葩〔六〕。暉暉朱顔酡，紛紛織女梭〔七〕。滿堂皆美人③，自我對湘娥④〔八〕。雖謝侍君閑，明粧帶綺羅〔九〕。箏笛更彈吹，高唱好相和〔一〇〕。萬曲不關心⑤，一曲動情多〔一一〕。欲知情厚薄⑥，更聽此聲過⑦。

【校記】

①「莫」，《樂府詩集》卷六五注云：「一作『勿』。」

②「交」，張溥本、四庫本、《樂府詩集》作「友」。

③「美人」，《初學記》卷一九、《太平御覽》卷三八一作「美女」。

④「自我」，張溥本、四庫本、《樂府詩集》作「目成」。「湘娥」，《初學記》作「姮娥」。

⑤「心」，《樂府詩集》作「情」，注云：「一作『心』。」

⑥「情」，《初學記》作「意」。

⑦「更」，《初學記》作「又」。

【箋注】

〔一〕四坐且莫諠：《玉臺新詠》卷一《古詩》：「四坐且莫諠，願聽歌一言。」

〔二〕京洛：指洛陽，即東都，東漢都洛陽，在西漢都城長安之東，故稱。《文選》卷一班孟堅《東都賦》：「子徒習秦阿房之造天，而不知京洛之有制。」高門臨長河：《漢書》卷五〇《汲黯傳》：「黯入，請間見高門。」顔師古注：「晉灼曰：『《三輔黄圖》：未央宫中有高門殿也。』」黄節注：「曹植《銅爵臺賦》：『建高門之嵯峨』即指此殿，與《美女篇》『高門結重關』異。」《藝文類聚》卷二九引應瑒《别詩》：「浩浩長河水，九折東北流。晨夜赴滄海，海流亦何抽。遠適萬里道，歸來未有由。臨河累太息，五内懷傷憂。」

〔三〕結交曹與何：《三國志》卷九《魏志·曹真傳附曹爽傳》：「南陽何晏、鄧颺、李勝，沛國丁謐，東平畢軌，咸有聲名，進趨於時。明帝以其浮華，皆抑黜之。及爽秉政，乃復進叙，任爲腹心。……初，爽以宣王年德並高，恒父事之，不敢專行。及晏等進用，咸共推戴，説爽以權重不宜委之於人，乃以晏、颺、謐爲尚書，晏典選舉，軌司隸校尉，勝河南尹，諸事希復由宣王。……爽飲食車服，擬於乘輿。尚方珍翫，充牣其家，妻妾盈後庭。又私取先帝才人七八人，及將吏、師工、鼓吹、良家子女三十三人，皆以爲伎樂。詐作詔書，發才人五十七人，送鄴臺，使先帝婕好教習爲技。擅取太樂樂器，武庫禁兵，作窟室，綺疏四周。數與晏等會其中，縱酒作樂。」

〔四〕車馬相馳逐：《楚辭·九歎·愍命》：「卻騏驥以轉運兮，騰驢羸以馳逐。」王逸注：「言退卻騏驥以轉徙重車，乘駑頓驢羸反以奔走，馳逐急疾，失其性也。」容華：《文選》卷二七曹子建《美女篇》：「容華耀朝日，誰不希令顔。」

〔五〕陽春孟春月：《管子·地數》：「君伐菹薪，煮沸水爲鹽，正而積之三萬鍾，至陽春，請籍於時。」《尚書·夏書·胤征》：「每歲孟春，遒人以木鐸徇於路。」朝光散流霞：宋吴邁遠《胡笳曲》：「既懷離俗傷，復悲朝光侵。日當故鄉没，遥見浮雲陰。」《文選》卷七揚子雲《甘泉賦》：「吸清雲之流瑕兮，飲若木之露英。」李善注：「『霞』與『瑕』古字通。」

〔六〕芳風：晉范寧《春秋穀梁傳序》：「鼓芳風以扇游塵。」弄丹葩：劉向《列僊傳·赤斧》：「髮雖朱蕤，顔暐丹葩。」《文選》卷二二左太沖《招隱詩》之一：「白雲停陰岡，丹葩曜陽林。」

〔七〕朱顔酡：《楚辭·招魂》：「涉江採菱，發揚荷些。美人既醉，朱顔酡些。」洪興祖補注：「酡，一作酡。」朱熹集注：「酡，飲而赭色著面。」織女梭：《廣韻》卷二：「梭，織具。」《洪武正韻》卷四：「梭，織布梭也。」

〔八〕滿堂皆美人：《楚辭·九歌·少司命》：「滿堂兮美人，忽獨與余兮目成。」王逸注：「言萬民衆多，美人並會，盈滿於堂，而司命獨與我睨而相望成爲親親也。」湘娥：《文選》卷二張平子《西京賦》：「感河馮，懷湘娥。」李善注：「《楚辭》曰：『帝子降兮北渚。』王逸曰：『言堯二女娥皇、女英隨舜不及，墮湘水中，因爲湘夫人。』」

〔九〕雖謝侍君閑：《楚辭·招魂》：「離榭脩幕，侍君之閒些。」王逸注：「閒，静也。言願令美女於離宫別觀帳幕之中，侍君閒静而宴游也。」按閑，閒異體。綺羅：徐幹《情詩》：「綺羅失常色，金翠暗無精。」

〔一〇〕箏笛更彈吹：應劭《風俗通義·聲音·箏》：「箏，五絃筑身也。今并涼二州箏形如瑟，不知誰所改作也。或曰秦蒙恬所造。」《隋書·樂志下》：「絲之屬四：一曰琴，神農制爲五弦，周文王加二弦爲七者也。二曰瑟，二十七弦，伏羲所作者也。三曰筑，十二弦。四曰箏，十三弦，所謂秦聲，蒙恬所作者也。」《周禮·春官·笙師》：「掌教龡竽、笙、塤、籥、簫、篪、篴、管，舂牘、應、雅，以教祴樂。」清孫詒讓正義：「笛之孔數，言四孔加一者，丘仲也；言五孔者，杜子春也；言七孔三孔者，許慎也；言六孔七孔者，荀勖也……大抵漢魏六朝所謂笛，皆豎笛也。宋元以後謂豎笛爲簫，謂横笛爲笛，而笛之名實淆矣。」《風俗通義·聲音·笛》：「謹按《樂記》，武帝時丘仲之所作也。笛者，滌也，所以蕩滌邪穢，納之於雅正也。長二尺四寸，七孔，其後又有羌笛。」高唱：《古詩紀》卷二〇《李陵録別詩》：「乃令絲竹音，列席無高唱。」

〔一一〕不關心：《廣弘明集》卷一八王弘《問謝永嘉》：「若闇信聖人，理不關心，政可無非聖之尤，何由有日進之功。」

【集説】

朱乾《樂府正義》卷一二：如説開元、天寶逸事，言外見今之不然也。

清王闓運《湘綺樓説詩》卷八：結四句近俚。

代貧賤愁苦行

【解題】

此詩張溥本、《古詩紀》卷六〇題作《代貧賤苦愁行》，今從宋本。

此詩《樂府詩集》不載。

湮没雖死悲，貧苦即生劇〔一〕。長歎至天曉，愁苦窮日夕〔二〕。盛顔當少歇，鬢髮先老白〔三〕。親友四面絶，朋知斷三益〔四〕。空庭慙樹萱，藥餌媿過客〔五〕。貧年忘日時，黯顔就人惜〔六〕。俄頃不相酬，恧怩面已赤〔七〕。或以一金恨，便成百年隙〔八〕。心爲千條計，事未見一獲〔九〕。運圮津塗塞，遂轉死溝洫〔一〇〕。以此窮百年，不如還窀穸〔一一〕。

【箋注】

〔一〕湮没雖死悲：《史記》卷一一七《司馬相如列傳》：「首惡湮没，闇昧昭晢。」裴駰集解：「案《漢書音義》曰：『始爲惡者皆湮滅。』」

〔二〕愁苦窮日夕：《詩經·王風·君子于役》：「日之夕矣，羊牛下來。」《史記》卷一〇五《扁鵲倉公列傳》：「臣意復診之，曰：『當旦日日夕死。』」司馬貞索隱：「言明日之夕死也。」

〔三〕盛顔：《列女傳》卷六《齊孤逐女》：「妾三逐於鄉，五逐於里，孤無父母，擯棄於野，無所容止。願當君王之盛顔，盡其愚辭。」

〔四〕親友四面絶：《禮記·鄉飲酒義》：「四面之坐，象四時也。」《文選》卷二三阮嗣宗《詠懷詩·昔聞東陵瓜》：「嘉賓四面會，膏火自煎熬。」朋知斷三益：《論語·季氏》：「孔子曰：益者三友，損者三友。友直，友諒，友多聞，益矣。」邢昺疏：「益者三友，損者三友者，以人爲友，損益於己，其類各三也。」《後漢書》卷二八下《馮衍傳下》：「臣自惟無三益之才，不敢處三損之地。」

〔五〕空庭慙樹萱：《文選》卷三〇謝靈運《齋中讀書》詩：「虚館絶諍訟，空庭來鳥雀。」《詩經·衛風·伯兮》：「焉得諼草，言樹之背。」毛傳：「諼草，令人忘憂。」陸德明釋文：「諼，本又作萱。」藥餌：《周禮·天官·籩人》：「羞籩之實，糗餌、粉餈。」鄭玄注：「皆粉稻米、黍米所爲也。合蒸曰餌，餅之曰餈。」《鮑參軍集注》黄節補注：「『藥』當作『樂』。《老子》：『樂與餌，過客止。』」

〔六〕黯顔：《山堂肆考》卷二三二：「愁苦之顔曰黯顔。」《楚辭·九歎·遠遊》：「望舊邦之黯黮兮，時溷濁猶未央。」王逸注：「黯黮，不明貌也。」《文選》卷五七謝希逸《宋孝武宣貴妃誄》：「重扃閟兮燈已黯，中泉寂兮此夜深。」六臣張銑注：「黯，不明貌。」

〔七〕俄頃：郭璞《江賦》：「倏忽數百，千里俄頃，飛廉無以睎其蹤，渠黄不能企其景。」恧怩：《方言》第六：「恧，慙也。荆揚青徐之閒曰㥏，若梁益秦晉之間，言心内慙矣，山之東西，自愧曰恧。」郭璞注：「《小爾雅》曰：『心愧爲恧。』」。《尚書·夏書·五子之歌》：「鬱陶乎予心，顔厚有忸怩。」孔傳：「忸怩，心慚。」

〔八〕一金恨：《文選》卷五二班叔皮《王命論》：「夫餓饉流隸，飢寒道路，思有短褐之襲，擔石之蓄。所願不過一金，終於轉死溝壑，何則？貧窮亦有命也。」李善注：「韋昭曰：『一斤爲一金。』」六臣吕延濟注：「一金，謂一斤之金也。」隙：《廣韻》卷五：「隙，怨也。」

〔九〕心爲千條計，事未見一獲：《三國志》卷七《魏志·吕布傳》：「布怒，拔戟斫機曰：『卿父勸吾協同曹公，絶婚公路，今吾所求無一獲，而卿父子並顯重，爲卿所賣耳。』」《史記》卷九二《淮陰侯列傳》：「臣聞智者千慮，必有一失；愚者千慮，必有一得。」

〔一〇〕運圮津塗塞：《晉書》卷七七《諸葛恢傳》：「四方分崩，當匡振圮運。」卷九九《桓玄傳》：「既據有極位，而遇此圮運，非爲威不足也。」《廣韻》卷三：「圮，岸毀覆也。」溝洫：《周禮·考工記·匠人》：「匠人爲溝洫……九夫爲井，井間廣四尺，深四尺，謂之溝。方十里爲成，成間廣八尺，深八尺，謂之洫。」鄭玄注：「主通利田間之水道。」

〔一一〕窮百年：陶淵明《擬古》詩之二：「不學狂馳子，直在百年中。」窀穸：《左傳》襄公十三年：「若以大夫之靈，獲保首領以殁於地，惟是春秋窀穸之事，所以從先君於禰廟者，請爲『靈』若『厲』，大夫擇焉。」杜預注：「窀，厚也；穸，夜也。厚夜猶長夜。春秋謂祭祀，長夜謂葬埋。」

【集説】

清陳祚明《采菽堂古詩選》卷一八：運語極拙，述情頗盡，漢魏人顧自有此一種，如趙壹、程曉皆是。句寧拙澀然自老，必無弱調及强押韻不可解處。

代邊居行

【解題】

按此詩《樂府詩集》不載。

少年遠京陽①，遥遥萬里方②〔一〕。陋巷絶人徑，茅屋摧山岡〔二〕。不覩車馬跡，但見麋鹿場〔三〕。長松何落落，丘隴無復行〔四〕。邊地無高木，蕭蕭多白楊〔五〕。盛年日月盡，一去萬恨長〔六〕。悠悠世中人，争此錐刀忙〔七〕。不憶貧賤時，富貴輒相忘〔八〕。紛紛徒滿目，何關慨予傷〔九〕。不如一畝中，高會挹清漿〔一〇〕。遇樂便作樂，莫使候朝光〔一一〕。

【校記】

①「京」，原注：「一作『荆』。」

②「方」，張溥本、《古詩紀》卷六〇作「行」。

【箋注】

〔一〕京陽：《藝文類聚》卷二九引晉潘岳《金谷集詩》：「何以叙離思，攜手游郊畿。朝發晉京陽，夕次金谷湄。」

〔二〕陋巷絶人徑：《論語·雍也》：「賢哉，回也！一簞食，一瓢飲，在陋巷，人不堪其憂，回也不改其樂。」《水經注·泿水》：「時天鴻雪，下無人徑，有大鳥跡在祭祀處，左右咸以爲神。」山崗：《詩·大雅·卷阿》：「鳳凰鳴矣，於彼高岡；梧桐生矣，於彼朝陽。」毛傳：「梧桐不生山岡。」

〔三〕車馬跡：《太平御覽》卷四二引《高士傳》：「老萊子隱於蒙山之陽，以葭爲蓋，蓬爲室，岐木爲牀，耆艾爲蓆。衣緼飲水，墾山播植，楚王親至其門，方織畚。至去有間，其妻戴畚菜挾薪而至，問車馬跡之多。」麋鹿場：《詩經·鄭風·東山》：「町畽鹿場，熠燿宵行。」朱熹集傳：「町畽，舍旁隙地也，無人焉，故鹿以爲場也。」

〔四〕長松何落落：《藝文類聚》卷七引漢杜篤《首陽山賦》：「嗟首陽之孤嶺，形勢窟其槃曲。面河源而抗巖，隴塠隈而相屬。長松落落，卉木蒙蒙。」《文選》卷一一孫興公《游天台山賦》：「藉萋萋之纖草，蔭落落之長松。」六臣吕延濟注：「落落，松高貌。」丘隴：《墨子·節葬下》：「有喪者曰：棺椁必重，葬埋必厚，衣衾必多，文繡必繁，丘隴必巨。」

〔五〕邊地：《漢書》卷四九《晁錯傳》：「臣聞漢興以來，胡虜數入邊地，小入則小利，大入則大利。」蕭蕭多白楊：《文選》卷二九《古詩十九首》：「去者日以疎，生者日以親。出郭門直視，但見丘與墳。古墓犁爲田，松柏摧爲薪。白楊多悲風，蕭蕭愁殺人。思還故里閭，欲歸道無因。」

〔六〕盛年：《漢書》卷七六《張敞傳》：「今天子以盛年，初即位，天下莫不拭目傾耳，觀化聽風。」《古詩紀》卷二〇蘇武《答李陵詩》：「低頭還自憐，盛年行已衰。依依戀明世，愴愴難久懷。」萬恨：《玉臺新詠》卷一秦嘉《贈婦詩》：「顧看空室中，髣髴想姿形，一别懷萬恨，起坐爲不寧。」

〔七〕悠悠：《後漢書》卷四三《朱穆傳》：「然而時俗或異，風化不敦，而尚相誹謗，謂之臧否。記短則兼折其長，貶惡則並伐其善。悠悠者皆是，其可稱乎！」李賢注：「悠悠，多也。」争此錐刀忙：《左傳》昭公六年：「錐刀之末，將盡争之。」杜預

注：「錐刀末，喻小事。」

〔八〕富貴輒相忘：《史記》卷四八《陳涉世家》：「陳涉少時，嘗與人傭耕，輟耕之壟上，悵恨久之，曰：『苟富貴，無相忘。』」

〔九〕紛紛：陶淵明《勸農》詩：「熙熙令德，猗猗原陸。卉木繁榮，和風清穆。紛紛士女，趨時競逐。桑婦宵興，農夫野宿。」

〔一〇〕一畝中：《禮記·儒行》：「儒有一畝之宫，環堵之室，篳門圭窬，篷户甕牖。易衣而出，並日而食。」高會挹清漿：《戰國策·秦策三》：「於是使唐雎載音樂，予之五千金，居武安，高會相與飲。」鮑彪注：「《高紀》注，大會也。」《詩經·小雅·大東》：「維南有箕，不可以簸揚。維北有斗，不可以挹酒漿。」

〔一一〕遇樂便作樂：《文選》卷二九《古詩十九首》：「生年不滿百，常懷千歲憂。晝短苦夜長，何不秉燭游。爲樂當及時，何能待来兹。」候朝光：宋吴邁遠《胡笳曲》：「既懷離俗傷，復悲朝光侵。日當故鄉没，遥見浮雲陰。」

代門有車馬客行

【解題】

按此篇《藝文類聚》卷四一作張華詩，《漢魏六朝百三家集》又載入《張華集》，然則少「凄凄聲中情」二句、「歡戚競尋緒」二句及末四句。

《樂府詩集》此屬《相和歌辭·瑟調曲》。《樂府詩集》卷四〇《門有車馬客行》題解云：「《古今樂録》曰：『王僧虔《技録》云：「《門有車馬客行》歌東阿王置酒一篇。」』《樂府解題》曰：『曹植等《門有車馬客行》皆言問訊其客，或得故舊鄉里，或駕自京師，備叙市朝遷謝，親友彫喪之意也。』按曹植又有《門有萬里客》亦與此同。」朱嘉徵《樂府廣序》云：「樂府有一詩而三用者，如曹植置酒篇，本《野田黄雀行》辭也，而借爲《門有車馬客行》。王僧虔《技録》云：『《門有車馬客行》，歌東阿王置酒一篇，又借爲《箜篌引》。』《古今樂録》曰：『《箜篌引》，瑟調，東阿王辭，《門有車馬客行》置酒篇。』蓋取其知命何憂之意爲《野田黄雀行》，取其親交從游之意爲《門有車馬客行》，取其晦跡遠害之意爲《箜篌引》也。車馬客，所謂長者車轍也。曹植轉而爲《門有萬里客行》，則言問訊其客，或得故舊鄉里，或駕自京師，備叙市朝遷謝，親友凋喪之意，無所不可。《樂府解題》合而一之，失本義矣。」《鮑參軍集注》黄節補注云：「明遠此篇，與曹植《置酒》一篇，用意迥別，而與《門有萬里客》篇意同。此當是擬曹植《門有萬里客》篇。蓋《門有車馬客》乃樂府古題，而《門有萬里客》則植從古歌自出新題者，後人誤以明遠此篇爲擬古題耳。」

關於此詩的創作意旨及創作時間，吴汝綸《古詩鈔》云：「『故悲』，蓋謂元凶劭；『後感』，蓋謂廢帝也。」以爲乃鮑照有感於宋明帝弑前廢帝而作。吴丕績《鮑照年譜》、錢仲聯《鮑照年表》皆據之而繫詩於泰始元年（四六五）。按吴氏論此詩之主旨，亦爲臆斷之辭。今觀此詩云：「語昔有故悲，論今無新喜。」又云：「前悲尚未弭，後感方復起。」劉宋一代，當鮑照在世時，有「有前悲」而「無新喜」之事甚多，又豈能憑空而認定此詩爲傷前廢帝所作。《鮑參軍集注》黄節補注以爲此詩與曹植《門有萬里客》篇意同，當是擬曹植《門有萬里客篇》。黄節所提及之曹植《置酒》篇，乃指曹植《野田黄雀行》之「置酒」一首（此首一題作《箜篌引》）。詩云：「置酒高殿上，親交從我游。中厨辦豐膳，烹羊宰肥牛。」乃盛宴賓客，歡極而悲之辭，鮑照此詩與之了不相涉，故黄節謂與之「用意迥別」。而曹植《門有萬里客》云：「門有萬里客，問君何鄉人？褰裳起從之，果得心所親。挽裳對我泣，太息前自陳。本是朔方士，今爲吴越民。行行將復行，去去適西秦。」此詩則云：「門有車馬客，問客何鄉士？捷步往相訊，果得舊鄉里。悽悽聲中情，慊慊增下理。」兩兩相較，鮑照此詩在句式上對曹詩之模擬頗爲明顯。而在詩意上，曹植詩乃對戰亂而引起人民流離失所之悲慘遭遇以及自身飄泊身世的感歎。就此一點看，鮑詩其實也與之有一致之處。即黄節所説是也。劉宋時期，黄河流域淪於外族之手，北方流民大量南下避亂。同時由於北魏拓跋氏之雄起而對劉宋之連年入侵，致使戰火頻仍，人民流離失所，與曹植所處的戰亂時代頗爲相近。詩人一生東西飄泊，政治上屢次遭受打擊，宦途極不得意，與曹植的處境又有某種相近之處。結合此詩所擬曹植《門有萬里客》所表現的對人民游離失所的感慨，以及此詩之「語昔有故悲，論今無新喜」、「歡戚競尋緒，談調終何止。辭端竟未究，忽唱分途始。前悲尚未弭，後感方復起」等句，再由詩人所創作之大量表現戰争、徭役帶給人民痛苦的詩篇視之，此詩當與北魏入侵戰争有關。據《宋書》所載，元嘉二十七年（四五〇），宋文帝劉義隆北伐失敗，北魏太武帝拓跋燾親率步騎數十萬南侵，攻陷南兗、徐、兗、豫、青、冀六州，大軍直至瓜步，與劉宋都城建康隔江相望。《宋書》卷九五《索虜傳論》描述當時的慘狀云：「喋喋黔首，跼高天，蹐厚地，而無所控告。强者爲轉屍，弱者爲繫虜，自江、淮至於清、濟，户口數十萬，自免湖澤者，百不一焉。村井空荒，無復鳴雞吠犬。……六州蕩然，無復餘蔓殘構。至於乳燕赴時，銜泥靡託，一枝之間，或連窠十數，春雨裁至，而增巢已傾。雖事舛吴宫，而殲亡匪異。甚矣哉，覆敗之至於此也。」此種慘痛現狀，詩人不可能無動於衷，漠然視之。何況此次慘禍後僅時隔數月之元嘉二十八年（四五一）春，詩人即隨始興王劉濬前往拓跋燾屯兵之瓜步，親眼目睹劫後慘狀。國恨家仇，久而未雪；半壁河山，又新遭劫難，自是有滿腔悲憤欲一泄爲快。然而之所以造成此種嚴重後果，卻又爲宋文帝劉義隆之草率北伐所引起，故而詩人不敢直言指斥，只能以含蓄曲折之筆法表現之。由此，詩中「前悲」，當即指北方國土之淪陷以及異族强寇之屢次入侵；「後感」，又當具體指元嘉二十七年北魏入侵戰争較切合事實。即此詩極可能爲元嘉二十八年（四五一）詩人客居江北，目睹宋魏戰争後慘狀時所作。

門有車馬客，問客何鄉士？捷步往相訊，果得舊鄰里①〔一〕。悽悽聲中情，慊慊增下理②〔二〕。語昔有故悲，論今無新喜。清晨相訪慰，日暮不能已〔三〕。歡戚競尋緒③，談調何終止〔四〕。辭端竟未究，忽唱分塗始〔五〕。前悲尚未弭，後感方復起④〔六〕。嘶聲盈我口，談言在君耳〔七〕。手跡可傳心，願爾篤行李⑤〔八〕。

【校記】

①「得」,《藝文類聚》卷四一作「是」,《樂府詩集》卷四〇「得」下注云:「一作『遇』。」

②「理」,原注:「一作『俚』。」張溥本、《樂府詩集》作「俚」。

③「绪」,《樂府詩集》注云:「一作『叙』。」

④「感」,《藝文類聚》作「憂」,《樂府詩集》作「戚」。

⑤「駕」,原注:「一作『篤』。」張溥本、四庫本、四部備要本、《樂府詩集》並作「篤」。

【箋注】

〔一〕捷步:《後漢書》卷六〇下《蔡邕傳》論:「濳舟江壑,不知其遠;捷步深林,尚苦不密。」鄰里:《論語·雍也》:「子曰:『毋,以與爾鄰里鄉黨乎?』」鄭玄注:「五家爲鄰,五鄰爲里,萬二千五百家爲鄉,五百家爲黨。」

〔二〕悽悽:《爾雅·釋訓》:「哀哀悽悽,懷報德也。」郭璞注:「悲苦征役,思所生也。」《樂府詩集》卷四一《白頭吟》古辭:「淒淒復淒淒,嫁娶不須啼。」慊慊增下理:《後漢書》卷二三《五行志一》:「石上慊慊春黄粱者,言永樂雖積金錢,慊慊常苦不足,使人春黄粱而食之也。」《文選》卷二七魏文帝《燕歌行》:「慊慊思歸戀故鄉,何爲淹留寄他方?」六臣張銑注:「慊慊,心不足貌。」《文選》卷四五宋玉《對楚王問》:「客有歌於郢中者,其始曰《下里巴人》,國中屬而和者數千人;其爲《陽阿》《薤露》,國中屬而和者數百人;其爲《陽春白雪》,國中屬而和者不過數十人。」按理,里字通。

〔三〕清晨:曹植《贈白馬王彪》:「清晨發皇邑,日夕過首陽。」日暮:《文選》卷二七王仲宣《從軍詩五首》之一:「晝日處大朝,日暮薄言歸。」

〔四〕尋緒:《東漢會要·渾儀》:「《靈憲》序曰:『昔在先王,將步天路,用定靈軌,尋緒本元,先準之於渾體。』」談調:應劭《風俗通·怪神·石賢士神》:「行道人有見者,時客適會,問何因有是餌?客聊調之:『石人能治病,愈者來謝之。』」按談調猶談嘲,謂談笑。《世説新語·賞譽下》:「卞望之之峰距。」劉孝標注引晉鄧粲《晉紀》:「初,咸和中,貴游子弟能談嘲者，慕王平子、謝幼輿等爲達。」

〔五〕分塗：《抱朴子·疾謬》：「其行出也，則逼狹之地，恥於分塗，振策長驅，推人於險，有不即避，更加摭頓。」

〔六〕弭：《左傳》襄公二十五年：「自今以往，兵其少弭矣。」杜預注：「弭，止也。」《廣韻》卷三：「息也。」

〔七〕嘶聲盈我口：《太平御覽》卷三八二引孫嚴《宋書》：「少帝幼而狷急，輕佻險迅，細形黄貌色，長頸鳥啄嘶聲。」《漢書》卷九九中《王莽傳中》：「莽爲人侈口蹷顄，露眼赤精，大聲而嘶。」顔師古注：「嘶，聲破也。」談言在君耳：《左傳》文公七年：「今君雖終，言猶在耳。」

〔八〕手跡：《藝文類聚》卷三一引馬融《與竇伯尚書》：「孟陵奴來，賜書，見手跡，歡喜何量。」行李：《左傳》僖公三十年：「行李之往來，共其乏困。」杜預注：「行李，使人。」行李或作行理，《左傳》昭公十三年：「行理之命，無月不至。」杜預注：「行理，使人通聘問者。」

【集説】

清王夫之《古詩評選》卷一：鮑有極琢極麗之作，顧琢者傷於滯累，麗者傷於佻薄，晉宋之降爲齊梁，亦不得辭其爰書矣。惟此種不琢不麗之篇，特以聲情相輝映，而率不入鄙，樸自有韻，則天才固爲卓爾，非一往人所望見也。

清吴汝綸《古詩鈔》卷四：「故悲」，蓋謂元凶劭；「後感」，蓋謂廢帝也。末四句即「我聞有命，不敢告人」之旨。

代悲哉行

【解題】

然《樂府詩集》卷六二作謝惠連詩。《漢魏六朝百三家集》卷七一《謝惠連集》載此詩，卷六九《鮑照集》亦載此詩。《樂府詩集》此屬《雜曲歌辭》。《文選》卷二八陸機《悲哉行》李善注：「《歌録》曰：『《悲哉行》，魏明帝造。』」《樂府詩集》卷六二《悲哉行》題解云：「《歌録》曰：『《悲哉行》，魏明帝造。』《樂府解題》曰：『陸機云「游客芳春林」，謝惠連云「羇人感淑節」，皆言客游感物，憂思而作也。』」

羇人感淑景①，緣感欲回轍〔一〕。我行詎幾時，華實驟舒結〔二〕。覩實情有悲，瞻華意無悦。覽物懷同志，如何復乖别〔三〕。翩翩翔禽羅，關關鳴鳥列〔四〕。翔鳴尚疇偶②，所歎獨乖絶③〔五〕。

【校記】

①「景」，張溥本作「節」，四庫本作「莭」。

②「鳴」，《樂府詩集》作「禽」。「疇」，張溥本作「儔」。

③「歎」，四庫本作「歡」。

【箋注】

〔一〕羇人：猶羈客。陳琳《游覽二首》之一：「高會時不娛，羈客難爲心。殷懷從中發，悲感激清音。」按羇，羈異體。淑景：猶美景。按《鮑參軍集注》據張溥本作淑節。錢振倫注引《初學記》云：「春節曰華節、芳節、貞節、嘉節、韶節、淑節。」緣感欲回轍：《鮑參軍集注》錢振倫注：「鄒陽《獄中上書自明》：『邑號朝歌，墨子迴車。』」黄節注：「樂府古辭《悲歌》曰：『心思不能言，腸中車輪轉。』『回轍』意當出此，不作回車解。」錢仲聯注：「黄説未安。轍是車跡，回是回返，不應作旋轉解。車輪可云旋轉，車跡豈能旋轉乎？詩意蓋言旅人感節物而思歸也。」

〔二〕華實驟舒結：《列子・湯問》：「珠玕之樹皆叢生，華實皆有滋味，食之皆不老不死。」《爾雅・釋草》：「木謂之華，草謂之榮，不榮而實者謂之秀，榮而不實者謂之英。」

〔三〕同志：《國語・晉語四》：「同德則同心，同心則同志。」乖别：曹植《朔風》詩：「昔我同袍，今永乖别。」

〔四〕翩翩翔禽羅：《周易·泰卦》：「六四，翩翩，不富以其鄰，不戒以孚。」程頤傳：「翩翩，疾飛之貌。」《文選》卷二八陸士衡《悲哉行》：「翩翩鳴鳩羽，喈喈倉庚音。」六臣吕向注：「翩翩，飛貌。」關關：《詩經·周南·關雎》：「關關雎鳩，在河之洲。」毛傳：「關關，和聲也。」

〔五〕翔鳴尚疇偶：宋陸佃《埤雅·釋鳥》：「徐鉉《草木蟲魚圖》云：『雎鳩常在河洲之上，爲儔偶，更不移處。』」乖絶：《三國志》卷一九《魏志·陳思王植傳》載曹植《求通親親表》：「近且婚媾不通，兄弟乖絶，吉凶之問塞，慶弔之禮廢。」

【集説】

元左克明《古樂府》卷一〇：陸士衡云「游客芳春林，春芳傷客心」，謝惠連云「羈人感淑節」，皆言感時傷别而已。

（福林按：此詩《古樂府》卷一〇作謝惠連詩。）

明彭大翼《山堂肆考》卷一六一：《悲哉行》，樂府名，乃客游感物，憂思而作也。

清陳祚明《采菽堂古詩選》卷一八：華實翔鳴，疊作開合，故令語拙，見其樸而能老。此詩自應還鮑。

代櫂歌行

【解題】

《樂府詩集》此屬《相和歌辭·瑟調曲》。《樂府詩集》卷四〇魏明帝《櫂歌行》題解云：「《古今樂録》曰：『王僧虔《技録》云：《櫂歌行》歌明帝「王者布大化」一篇。或云左延年作，今不歌。梁簡文帝在東宫更製歌，少異此也。』《樂府解題》曰：『晉樂奏魏明帝辭云「王者布大化」，備言平吴之勳。若晉陸機「遲遲春欲暮」，梁簡文帝「妾住在湘川」，但言乘舟鼓櫂而已。』」

《楚辭·九歌·湘君》：「桂櫂兮蘭枻，斲冰兮積雪。」王逸注：「櫂，楫也。枻，船旁板也。」《文選》卷四五漢武帝《秋風辭》：「簫鼓鳴兮發棹歌，歡樂極兮哀情多。」李善注：「棹歌，引棹而歌。」《鮑參軍集注》黄節補注云：「魏明帝《棹歌行》曰：『棹歌悲且涼。』朱秬堂曰：『疑舟際作也。』」《宋書》卷二一《樂志三》云：「《白頭吟》，與《櫂歌》同調。」《樂府詩集》卷四三《大曲十五曲》題解云：「按王僧虔《技録》，《櫂歌行》在瑟調，《白頭吟》在楚調，而沈約云同調，未知孰是。」

此詩之發端云：「羇客離嬰時，飄颻無定所。」寫羇客飄泊不定的處境和遭遇。據「嬰」之纏繞約束之意，此羇客乃先曾出仕過，而後又因不願受官場羇絆約束而自動離職。詩人曾作有《野鵝賦》一篇，賦中以野鵝自比，身居臨川王府而有被樊籠網羅之感，云：「舍水澤之驩逸，對鍾鼓之悲辛。豈徇利而輕命？將感愛而投身。入長羅之逼脅，悵高繳之樊縈。」希望能擺脱樊籠約束而過上自由自在之生活。又云：「願引身而翦跡，抱末志而幽藏。」可見此詩發端二句，與《野鵝賦》中詩人所表現出的思想感情頗爲一致，即此詩中之「羇客」，當爲詩人之自我寫照。詩人一生中自請解職而脱離官場的經歷可考者有二，其一爲元嘉二十八年（四五一）辭去始興王國侍郎，據《鮑參軍集注》錢仲聯對鮑照《侍郎報滿辭閤疏》和《瓜步山楬文》之考證，詩人此次自請解職並離始興王劉濬幕在是年春，離職後滯留江北，作客淮楚，並於次年五月經由瓜步返京都建康。這一時期，詩人並無詩中「昔秋寓江介，兹春客河濟」之經歷，因而此詩不可能爲此次自解侍郎時所作。另一即爲離臨川王幕之後的北上徐州梁郡之行，錢仲聯《鮑照年表》繫詩人此次北上之行於元嘉二十二年（四四五），云是年：「照從衡陽王辟，之梁郡，旋從之徐州。」並注云：「卷六《見賣玉器者》，振倫注以爲義慶既薨，明遠即依義季。按元嘉二十一年臨川王薨，照還田里已是秋季，未必即出。其從衡陽王辟，當在二十二年矣。」此説較錢振倫之詩人於臨川王義慶薨後即依衡陽王義季之説，於情理上自然更能説得通，結論也更爲精確。據錢仲聯所論，元嘉二十一年秋冬，詩人乃在建康家中閒居而未有所依，爾後於元嘉二十二年（四四五）春開始了其梁郡和徐州彭城之行。考詩人是時家庭所在之建康即今之江蘇南京，面臨長江；而所往的梁郡，據《宋書》卷三五《州郡志一》所載，原爲「秦碭郡，漢高更名」，再由梁郡所領二屬縣，「下邑令，漢舊縣」，「碭令，漢舊縣」之地理位置視之，地處今河南商丘市以東、直至安徽碭山縣一帶，地近黄河。故鮑照元嘉二十二年北上之行前後之行蹤，完全可以稱作「昔秋寓江介，兹春客河濟」。由此，此詩極有可能爲是年春詩人自述行蹤之作。詩此後之「往戢於役身，願言永懷楚」二句，則應爲詩人對此之前在臨川王義慶幕府中生活之留戀緬懷。戢，乃止息之意。詩人自元嘉十三年（四三六）至十六年（四三九）在荆州爲臨川王國侍郎期間，一度頗得義慶賞識，《南史》卷一三《宋宗室及諸王上·臨川烈武王道規傳附義慶傳》載詩人獻詩臨川王，「義慶奇之，賜帛二十匹，尋擢爲國侍郎，甚見知賞」。這一段時間，乃是他一生中最爲美好的時光之一，詩人在詩中寫出此二句乃頗爲自然。詩結尾幾句，又表現出詩人是時複雜矛盾之心態，即仕與隱之間之矛盾與鬥争。故朱乾於《樂府正義》中論此詩云：「困於行役，有回舟返棹之思。……明遠知驚波之無可留連，而卒死於亂兵，亦在百不一存之中，君子居亂世，至於進退不保，可哀也哉。」這一論斷，不僅符合詩人此後即爲衡陽王義季所辟之事實，也説明了此詩所反映之羈客複雜矛盾思想，與那個階段詩人自身的思想感情又是相當一致的。即此詩乃元嘉二十二年（四四五）春詩人自述行蹤之作。

羇客離嬰時①，飄颻無定所〔一〕；昔秋寓江介，兹春客河滸②〔二〕。往戢于役身，願言永懷楚③〔三〕。泠泠篠疏潭④，邕邕鴈循渚〔四〕。飂戾長風振，摇曳高帆舉⑤〔五〕。驚波無留連，舟人不躊竚〔六〕。

【校記】

①「羇」，張溥本、四庫本作「羈」，按羇羈字同。

②「兹」，《樂府詩集》卷四〇注云：「一作『今』。」

③「永懷楚」，《樂府詩集》作「懷永楚」。

④「篠」，張溥本、四庫本、《樂府詩集》作「脩」。「疏」，四庫本作「躍」。

⑤「摇曳」，《樂府詩集》注云：「一作『飄遥』。」

【箋注】

〔一〕羇客離嬰時：《異苑》卷二：「西河有鐘在水中，晦朔輒鳴，聲響悲激，羇客聞而悽愴。」陳琳《游覽二首》之一：「高會時不娱，羇客難爲心。殷懷從中發，悲感激清音。」《文選》卷二六陸士衡《赴洛道中作》之一：「借問子何之，世網嬰我身。」李善注：「《説文》曰：『嬰，繞也。』」飄飄：《三國志》卷三六《蜀志·關羽傳》「共至夏口」，裴松之注引晉王隱《蜀記》：「羽勸備殺公，備不從。及至夏口，飄飄江渚，羽怒曰：『往日獵中，若從羽言，可無今日之困。』」

〔二〕江介：《楚辭·九章·哀郢》：「哀州土之平樂兮，悲江介之遺風。」《文選》卷二九曹子建《雜詩》：「江介多悲風，淮泗馳急流。」六臣劉良注：「介，間也。」河滸：河邊。《詩經·王風·葛藟》：「緜緜葛藟，在河之滸。」朱熹集傳：「岸上曰滸。」漢崔瑗《河堤謁者箴》：「導河積石，鑿於龍門。疏爲砥柱，率彼河滸。」

〔三〕戢：《藝文類聚》卷三〇蘇武《報李陵書》：「身幽於無人之處，跡戢於胡塞之地。」《廣韻》卷五：「戢，止也。」于役：《詩經·王風·君子于役》：「君子于役，不知其期。」鄭玄箋：「君子于往行役，我不知其反期。」懷楚：《史記》卷七《項羽本紀》：「及羽背關懷楚，放逐義帝而自立，怨王侯叛己，難矣。」張守節正義：「懷楚，謂思東歸而都彭城。」

〔四〕泠泠篠疏潭：《文選》卷一三宋玉《風賦》：「清清泠泠，愈病析酲。」李善注：「清清泠泠，清涼之貌也。」《文選》卷一八潘安仁《笙賦》：「鄒魯之珍有汶陽之孤篠焉。」六臣李周翰注：「篠，小竹也。」《楚辭·九歌·湘夫人》：「白玉兮爲鎮，疏石蘭兮爲芳。」王逸注：「疏，布陳也。」邕邕鴈循渚：《詩經·邶風·匏有苦葉》：「雝雝鳴鴈，旭日始旦。」毛傳：「雝雝，鴈聲和也。」《文選》卷三四枚叔《七發》：「螭龍德牧，邕邕群鳴。」李善注：「《爾雅》曰：『邕邕，鳴聲和也。』」六臣吕向注：「邕邕，聲也。」

〔五〕飂戾長風振：《文選》卷一〇潘安仁《西征賦》：「吐清風之飂戾，納歸雲之鬱蓊。」六臣吕向注：「飂戾，風聲。」

〔六〕驚波無留連：《文選》卷二張平子《西京賦》：「散似驚波，聚似京峙。」李善注：「言禽獸散走之時，如水驚風而揚波。」《後漢書》卷五七《劉陶傳》：「事付主者，留連至今，莫肯求問。」舟人不躊竚：《詩經·小雅·大東》：「舟人之子，熊羆是裘。」毛傳：「舟人，舟楫之人。」

【集説】

明陸時雍《古詩鏡》卷一四：末四語，楚楚整峙。

清朱乾《樂府正義》卷八：困於行役，有回舟返櫂之思。余讀《宋書》，至子業景和元年，袁顗求爲雍州刺史時，以其舅蔡興宗爲荆州長史，辭不行。顗曰：「朝廷形勢，人所共見。在内大臣，朝不保夕。」興宗曰：「宫省内外，人不自保，會應有變。若内難得弭，外釁未必可量。汝欲在外求全，我欲居中免禍。」及子勛之敗，流離外難，百不一存，衆乃服蔡興宗之先見。明遠知驚波之無可流連，而卒死於亂兵，亦在百不一存之中。君子居亂世，至於進退不保，可哀也哉！

清吴汝綸《古詩鈔》卷四：此亦憂亂之旨。

代邽街行

【解題】

按此詩《樂府詩集》不載，宋本、張溥本題下注云：「一本作《去邪行》。」

邽：古地名。春秋秦邑。《史記》卷五《秦本紀》：「〔秦武公〕十年，伐邽、冀戎，初縣之。」裴駰集解：「《地理志》：『隴西有上邽縣。』應劭曰：『即邽戎邑也。』冀縣屬天水郡。」《史記》卷五七《絳侯周勃世家》：「攻上邽。」張守節正義：「秦州縣也。」《漢書》卷二八上《地理志上》：「京兆尹下邽縣。」顔師古注：「應劭曰：『秦武公伐邽戎，置有上邽，故加下。』師古曰：『邽，音圭。取邽戎之人而來爲此縣。』」《漢書》卷二八下《地理志下》：「武都郡上邽縣。」顔師古注：「應劭曰：『《史記》：故邽戎邑也。』」《鮑參軍集注》黄節補注：「謝惠連《卻東西門行》云：『慷慨發相思，惆悵戀音徽。四節競闌候，六龍引頹機。人生隨時變，遷化焉可祈。百年難必保，千慮盈懷之。』惠連爲彭城王法曹參軍時，文帝元嘉元年。卒年三十七，當是元嘉中葉。明遠卒於臨海王子頊之難，乃在明帝之初，相去不啻三十年。意此篇明遠擬惠連也。」

竚立出門衢，遥望轉蓬飛〔一〕，蓬去舊根在，連翩逝不歸〔二〕。念我捨鄉俗，親好久乖違〔三〕，慷慨懷長想，惆悵戀音徽〔四〕。人生隨時變①，遷化焉可祈〔五〕？百年難必果，千慮易盈虧〔六〕。

【校記】

①「時」，張溥本、《古詩紀》卷六〇作「事」。

【箋注】

〔一〕竚立出門衢：《詩經·邶風·燕燕》：「瞻望弗及，佇立以泣。」毛傳：「佇立，久立也。」《後漢書》卷三五《鄭玄傳》：「矧乃鄭公之德，而無駟牡之路。可廣開門衢，令容高車，號爲通德門。」轉蓬飛：《文選》卷二九曹子建《雜詩》：「轉蓬離本根，飄颻隨長風。」李善注：「《説苑》曰：『魯哀公曰：秋蓬惡其本根，美其枝葉，秋風一起，根本拔矣。』」《樂府詩集》卷三七魏武帝《卻東西門行》：「鴻鴈出塞北，乃在無人鄉。舉翅萬餘里，行止自成行。冬節食南稻，春日復北翔。田中有轉蓬，隨風遠飄揚。長與故根絶，萬歲不自當。」

〔二〕連翩逝不歸：《文選》卷二七曹子建《白馬篇》：「白馬飾金羈，連翩西北馳。」《樂府詩集》卷三三曹植《吁嗟篇》：「飄飄周八澤，連翩歷五山。流轉無恒處，誰知吾苦艱。」

〔三〕久乖違：《後漢書》卷八一《范式傳》：「巨卿信士，必不乖違。」

〔四〕長想：《文選》卷一七傅武仲《舞賦》：「於是躡節鼓陳，舒意自廣。游心無垠，遠思長想。」音徽：《文選》卷三〇陸士衡《擬行行重行行》：「悠悠行邁遠，戚戚憂思深。此思亦何思，思君徽與音。音徽日夜離，緬邈若飛沈。」謝靈運《君子有所思行》：「長夜恣酣飲，窮年弄音徽。」

〔五〕時變：《史記》卷一一七《魏其武安侯列傳》：「太史公曰……然魏其誠不知時變，灌夫無術而不遜，兩人相翼，乃成禍亂。」遷化：《文選》卷一七傅武仲《舞賦》：「在山峨峨，在水湯湯，與志遷化，容不虚生。」《三國志》卷二一《魏志·劉廙傳》：「今兄既不能法柳下惠和光同塵於内，則宜模范蠡遷化於外。坐而自絶於時，殆不可也。」

〔六〕千慮易盈虧：《史記》卷九二《淮陰侯列傳》：「臣聞智者千慮，必有一失；愚者千慮，必有一得。」《周易·謙卦》：「天道虧盈而益謙。」《藝文類聚》卷四〇引晉王廙《婦德箴》：「團團明月，魄滿則缺；亭亭陽暉，曜過則逝。天地猶有盈虧，況華艷之浮孽。」《藝文類聚》卷四一引謝惠連《卻東西門行》云：「人生隨時變，遷化焉可祈。百年難必保，千慮盈懷之。」

【集説】

清陳祚明《采菽堂古詩選》卷一八：殊有古意，起處與意曲合。

代陳思王白馬篇

【解題】

此詩《藝文類聚》卷四二題作《代陳王白馬篇》。

「陳思王」，指曹植。《三國志》卷一九《魏志·陳思王植傳》：「陳思王植字子建，年十歲餘，誦讀詩論及辭賦數十萬言，善屬文。……（黄初六年）二月，以陳四縣封植爲陳王，邑三千五百户。……常汲汲無歡，遂發疾薨，時年四十一。……景初中，詔曰：『陳思王昔雖有過失，既克己慎行，以補前闕，且自少至終，篇籍不離于手，誠難能也。』」

《樂府詩集》此屬《雜曲歌辭》。《樂府詩集》卷六三《齊瑟行》題解云：「《歌録》曰：『《名都》《美女》《白馬》，並《齊瑟行》也。曹植《名都篇》曰「名都多妖女」，《美女篇》曰「美女妖且閑」，《白馬篇》曰「白馬飾金羈」，皆以首句名篇，猶《豔歌羅敷行》有「日出東南隅」篇，《豫章行》有「鴛鴦」篇是也。』」《白馬篇》題解云：「白馬者，見乘白馬而爲此曲。言人當立功立事，盡力爲國，不可念私也。《樂府解題》曰：『鮑照云「白馬騂角弓」，沈約云「白馬紫金鞍」，皆言邊塞征戰之事。』」

此詩云：「含悲望兩都，楚歌登四墉。丈夫設計誤，懷恨逐邊戍。罷別中國愛，邀冀胡馬功。」又云：「但令塞上兒，知我獨爲雄。」可見乃是鮑照借此題以表示自己立功邊塞願望的作品，而並非如《樂府解題》所認爲的泛泛的「言邊塞征戰」之作。所以朱嘉徵《樂府廣序》認爲此詩「正接出言外感慨」，理解是頗爲準確的。曹道衡《論鮑照詩歌的幾個問題》認爲，鮑照雖然没有從過軍，但由於他到過宋、魏兩個政權交界的地區，與軍人們也有過接觸，所以能寫出《代東武吟》《代出自薊北門行》以及《代陳思王白馬篇》等一些描寫軍旅生活的詩篇。因此，此詩之作最早應該在元嘉二十二年（四四五）他隨衡陽王義季到梁郡、徐州之後。再從詩的具體内容看，又應該以元嘉二十七八年（四五〇—四五一）間宋魏兩個政權爆發的大規模戰爭期間所作的可能性爲最大。

白馬騂角弓，鳴鞭乘北風①〔一〕。要途問邊急，雜虜入雲中〔二〕。閉壁自往夏，清野徑還冬〔三〕。僑裝多闕絶，旅服少裁縫〔四〕。埋身守漢節②，沉命對胡封〔五〕。薄暮塞雲起③，飛沙披遠松④〔六〕。含悲望兩都，楚歌登四墉〔七〕。丈夫設計誤，懷恨逐邊戍〔八〕，罷別中國愛⑤，邀冀胡馬功⑥〔九〕。去來今何道？單賤生所鍾⑦〔一〇〕，但令塞上兒，知我獨爲雄〔一一〕。

【校記】

①「乘」，《藝文類聚》卷四二作「垂」。

②「節」，張溥本作「境」，注云：「一作『節』。」

③「塞」，《藝文類聚》作「雪」，《樂府詩集》注云：「一作『雪』。」

④「披」，張溥本、《樂府詩集》作「被」。

⑤「罷」，張溥本、《藝文類聚》作「棄」，張溥本注云：「一作『罷』。」

⑥「邀」，《藝文類聚》作「要」。

⑦「單」，張溥本作「卑」。

【箋注】

〔一〕騂角弓：《詩經·小雅·角弓》：「騂騂角弓，翩其反矣。」朱熹集傳：「騂騂，弓調和貌。角弓，以角飾弓也。」

〔二〕雲中：雲中郡，原爲戰國趙地，秦時置郡，見《漢書》卷二八下《地理志下》。治所在今内蒙古託克託東北之雲中縣。《漢書》卷五〇《馮唐傳》：「竊聞魏尚爲雲中守，……匈奴遠避，不近雲中之塞。」

〔三〕閉壁：劉向《列女傳·楚昭越姬》：「王弟子閭與子西、子期謀曰：『母信者，其子必仁。』乃伏師閉壁，迎越姬之子熊章立之，是爲惠王，然後罷兵歸。」清野：《後漢書》卷九〇《鮮卑傳》：「元初二年秋，遼東鮮卑圍無慮縣，州郡合兵固保清野，鮮卑無所得。」李賢注：「清野，謂收斂積聚，不令寇得之也。」《宋書》卷六四《何承天傳》載何承天《安邊論》：「故堅壁清野以俟其來，整甲繕兵以乘其敝，雖時有古今，勢有强弱，保民全境，不出此塗。」

〔四〕僑裝：猶旅服。《廣韻》卷二：「僑，寄也，客也。」李白《送黄鐘之鄱陽謁張使君序》：「而黄公因訪古跡，便從貴游，乃僑裝撰行，去國遐陟。」王琦注：「僑裝，謂客行之裝。」

〔五〕埋身：《文選》卷二一王仲宣《詠史詩》：「人生各有志，終不爲此移。同知埋身劇，心亦有所施。」六臣吕向注：「甘爲殉而不退。」沉命：《漢書》卷九〇《酷吏·咸宣傳》：「散卒失亡，復聚黨阻山川，往往而群，無可奈何，於是作沈命法。」顔師古注：「應劭曰：『沈，没也。敢蔽匿盜賊者没其命也。』孟康曰：『沈，藏匿也；命，亡逃也。』師古曰：應説是。」按沈命，猶絶命，與上句埋身相對，應劭説是。胡封：明彭大翼《山堂肆考》卷二二九：「胡封，謂胡地之封疆也。《藝文》：『沈命對胡封。』」吴汝綸《古詩鈔》卷四云：「此下皆鬼語。」

〔六〕薄暮：《楚辭·天問》：「薄暮雷電，歸何憂？厥嚴不奉，帝何求？」洪興祖補注：「薄暮，日欲晚，喻年老也。」

〔七〕兩都：班固《兩都賦序》：「而盛稱長安舊制，有陋雒邑之議。」楚歌登四墉：《史記》卷八《高祖本紀》：「項羽卒聞漢軍之楚歌，以爲漢盡得楚地，項羽乃敗而走，是以兵大敗。」「《左傳》襄公九年：「二師令四鄉正敬享，祝宗用馬於四墉，祀盤庚於西門之外。」杜預注：「墉，城也，用馬祭於四城，以禳火。」

〔八〕丈夫設計誤：《春秋穀梁傳》文公十二年：「男子二十而冠，冠而列丈夫。」懷恨逐邊戎：《晉書》卷九五《藝術・佛圖澄傳》：「季龍以澄故，下書曰：『朕出自邊戎，忝君諸夏，至於饗祀，應從本俗。』」

〔九〕中國：《莊子・田子方》：「吾聞中國之君子，明乎禮義而陋於知人心。」胡馬：《文選》卷二九《古詩十九首・行行重行行》：「胡馬依北風，越鳥巢南枝。」六臣李周翰注：「胡馬出於北，越鳥來於南，依望北風，巢宿南枝，皆思舊國。」

〔一〇〕單賤：指地位微賤。《晉書》卷四三《山濤傳》：「故帝手詔戒濤曰：『夫用人惟才，不遺疏遠單賤，天下便化矣。』」

〔一一〕但令塞上兒：《淮南子・人間訓》：「近塞上之人，有善術者，馬無故亡而入胡。」

【集説】

唐劉良《文選》卷二七注：見乘白馬者，故有此曲。言人當立功立事，盡力爲國，不可念私。

唐吴兢《樂府古題要解》卷下：《白馬篇》，右曹植「白馬飾金羈」，鮑照「白馬騂角弓」，沈約「白馬紫金鞍」，皆言邊塞征戰之狀。

明陸時雍《古詩鏡》卷一四：扼腕骯髒，是猛男兒語。

明朱嘉徵《樂府廣序》卷一四：歌白馬，用世之思也。（曹植）《自試表》以二方未克爲念；《諫伐表》復慮雍、涼三分，較重於荆、揚之騷動。故知名都既乏遠圖，不如白馬之可以應卒也。勁直猶有漢風。鮑參軍「但令塞上兒，知我獨爲雄」，正接出言外感慨。

清曾國藩《十八家詩鈔》卷三：「埋身」「沈命」，皆堅志赴敵之意。

清王闓運《湘綺樓説詩》卷六：起法雖暫遠古度，殊有昂藏之氣。「丈夫設計誤，懷恨逐邊戎，棄别中國愛，邀冀胡馬功」數語，頓挫慷慨，所謂「幽燕老將，氣韻沈雄」。

代陳思王京洛篇

【解題】

此篇原題，《玉臺新詠》卷四、《藝文類聚》卷四二作《代京洛篇》。《樂府詩集》卷三九題作《煌煌京洛行》，今從宋本。

此篇《樂府詩集》屬《相和歌辭·瑟調曲》。《樂府詩集》卷三九《煌煌京洛行》題解云：「《古今樂録》曰：『王僧虔《技録》云：「《煌煌京洛行》歌文帝園桃一篇。」』《樂府解題》曰：『晉樂奏文帝「天天園桃，無子空長」，言虚美者多敗。又有韓信高鳥盡，良弓藏，子房保身全名，蘇秦傾側賣主，陳軫忠而有謀，楚懷不納，郭生古之雅人，燕昭臣之，吴起知小謀大，及魯仲連高士，不受千金等語。若宋鮑照「鳳樓十二重」，梁戴暠「欲知佳麗地」，始則盛稱京洛之美，終言君恩歇薄，有怨曠沈淪之歎。』」按《樂府詩集》此篇之後又列有「南游偃師縣」一首，並此篇題作「同前二首」。《藝文類聚》卷四二「南游偃師縣」一首作梁簡文帝詩。《古詩紀》卷七七作梁簡文帝《京洛篇》，注云：「《樂府》作『煌煌京洛行』，列鮑照後，逸作者之名，或以爲鮑詩，非也。」則鮑照所作，當即此一首。

《宋書》卷二一《樂志三》及《樂府詩集》卷三九皆載曹丕《煌煌京洛行》「天天園桃」一首，而《曹植集》則無此題之作。尋曹丕詩乃四言之作，而鮑照詩乃五言，且二詩内容亦有明顯之差異，是此詩所擬當非曹丕詩。鮑照此詩既題作「代陳思王」，或曹植另有《京洛篇》之作，後已佚失耶？

今觀此詩借一女子之口，叙述備受君王愛幸，寵壓群芳，然而卻又充滿色衰愛馳、不得所終之憂懼的複雜矛盾心理。由表面視之，詩乃代此女子設辭，然而其深處更多的卻應是作者當時處境與心情之曲折寫照。以男女之情比喻君臣關係，乃是自《詩經》《離騷》以來抒情詩作常用之比興手法，以便使詩文的内涵表現得更爲曲折婉轉，含蓄隱晦。而鮑照正是經常使用這一手法之詩人。故此詩當爲詩人有感於自身處境而抒發感慨之作，《樂府解題》所言是也。詩人於孝武帝大明元年（四五七）由太學博士、兼中書舍人而出爲秣陵令時，嘗作有《代白頭吟》一首，乃借漢卓文君因司馬相如另有新歡而賦詩自絶之《白頭吟》爲詩題，表現「人情賤恩舊，世議逐衰興，毫髮一爲瑕，丘山不可勝。食苗實碩鼠，點白信蒼蠅」之憂懼之情。今由二詩之内容視之，乃有異曲同工之妙。即此二詩應是詩人同一時期之作。然《代白頭吟》云：「何慙宿昔意，猜恨坐相仍。」云：「申黜褒女進，班去趙姬昇。」遭謗見疏，已成事實；而此詩則云：「但懼秋塵起，盛愛逐衰蓬。」雖已有失寵之端倪，然似乎尚未被斥退，當又先於《代白頭吟》而作，即此詩又以作於詩人在太學博士、兼中書舍人任之後期爲近是，時間乃在孝建三年（四五六）末大明元年（四五七）初。

鳳樓十二重①，四户八綺牕〔二〕。繡桷金蓮花②，桂柱玉盤龍〔三〕。珠簾無隔露，羅幌不勝風〔三〕。寶帳三千所③，爲爾一朝容〔四〕。揚芬紫煙上，垂綵緑雲中〔五〕。春吹回白日，霜歌落塞鴻④〔六〕。但懼秋塵起，盛愛逐衰蓬〔七〕。坐視青苔滿，卧對錦筵空〔八〕。琴瑟縱横散⑤，舞衣不復縫〔九〕。古來共歇薄，君意豈獨濃。唯見雙黄鵠，千里一相從〔一〇〕。

【校記】

①「樓」，《藝文類聚》作「臺」。

②「桷」，《初學記》卷一八作「角」。

③「三千所」，《初學記》作「三十萬」。

④「歌」，張溥本作「高」。

⑤「琴瑟」，《玉臺新詠》《藝文類聚》作「琴筑」。

【箋注】

〔一〕鳳樓十二重：《玉海》卷一六四：「《晉宮閣名》：『洛陽有鳳皇樓、總章觀，儀鳳樓在觀上。廣望觀之南又別有翔鳳樓，又有慶雲樓、伺星樓。』」《後漢書》卷六九《何進傳》：「乃詔進大發四方兵，講武於平樂觀。下起大壇，上建十二重五采華蓋，高十丈。」四户八綺牕：《魏書》卷三二《封懿傳》：「故《周官·匠人職》云：『夏后氏世室、殷人重屋、周人明堂，五室、九階、四户、八牕。』鄭玄曰：『或舉宗廟，或舉王寢，或舉明堂，互之以見同制。』」

〔二〕繡桷金蓮花：《文選》卷一一何平叔《景福殿賦》：「於是列髹彤之繡桷，垂琬琰之文璫。」李善注：「言桷以髹漆飾之而爲藻繡。」六臣李周翰注：「『髹彤』，丹漆也。畫文繡之色於椽上，塗以丹漆。」《十六國春秋·後趙録五》：「安金蓮花以冠帳頂，帳之四面皆作十二章相，采色燿爛。」桂柱玉盤龍：《三輔黄圖》卷四：「一説甘泉宫南有昆明池，池中有靈波殿，皆以桂爲殿柱，風來自香。」《晉書》卷八五《劉毅傳》：「初，桓玄於南州起齋，悉畫盤龍於其上，號爲盤龍齋。毅小字盤龍，至是遂居之。」

〔三〕珠簾無隔露：《太平御覽》卷八〇三引《西京雜記》：「漢諸陵寢皆以竹爲簾，簾皆爲水文黿龍之像。昭陽殿織珠爲簾，風至則鳴，如珂珮之聲。」羅幌：《樂府詩集》卷四四《子夜秋歌》：「涼秋開窗寢，斜月垂光照。中宵無人語，羅幌有雙笑。」

〔四〕寶帳三千所：《太平御覽》卷七〇六引《西京雜記》：「武帝爲七寶牀、雜寶屏風、八寶帳，設於宫中，時人謂爲寶宫。」《管子》卷一七《七臣七主》：「馳車千駟不足乘，材女樂三千人，鐘石絲竹之音不絶。」一朝容：《詩經·衛風·伯兮》：「自伯之東，首如飛蓬。豈無膏沐，誰適爲容？」毛傳：「婦人夫不在，無容飾。」

〔五〕紫煙：郭璞《游僊詩》之三：「赤松臨上游，駕鴻乘紫煙。」垂綵緑雲中：《藝文類聚》卷八一引潘岳《秋菊賦》：「垂綵煒於芙蓉，流芳越乎蘭林。」《藝文類聚》卷一引陸機《浮雲賦》：「金柯分，玉葉散，緑翹明，巖英煥。」

〔六〕春吹回白日，霜歌落塞鴻：聞人倓《古詩箋》：「言其吹響可以回春，歌聲足以召秋也。」

〔七〕秋塵：本集《送盛侍郎餞候亭》：「高墉宿寒霧，平野起秋塵。」哀蓬：《文選》卷二九曹子建《雜詩》：「轉蓬離本根，飄颻隨長風。」李善注：「《説苑》曰：『魯哀公曰：秋蓬惡其本根，美其枝葉，秋風一起，根本拔矣。』」

〔八〕坐視青苔滿，卧對錦筵空：《淮南子·泰族訓》：「窮谷之汙，生以青苔。」高誘注：「青苔，水垢也。」以上二句聞人倓注：「言坐卧皆難懷也。」

〔九〕琴瑟：陸機《擬西北有高樓》詩：「佳人撫琴瑟，纖手清且閑。」舞衣：《尚書·顧命》：「胤之舞衣，大貝鼖鼓，在西房。」孔傳：「胤國所爲舞者之衣。」

〔一〇〕唯見雙黄鵠，千里一相從：《文選》卷二九蘇子卿《古詩四首》之二：「黄鵠一遠别，千里顧徘徊。胡馬失其群，思心常依依。何況雙飛龍，羽翼臨當乖。幸有弦歌曲，可以喻中懷。請爲游子吟，泠泠一何悲。絲竹厲清聲，慷慨有餘哀。長歌正激烈，中心愴以摧。欲展清商曲，念子不能歸。俛仰内傷心，淚下不可揮。願爲雙黄鵠，送子俱遠飛。」《玉臺新詠》卷二魏文帝《於清河見輓船士新婚與妻别》：「願爲雙黄鵠，比翼戲清池。」

【集説】

宋郭茂倩《樂府詩集》卷三九：《樂府解題》曰：「晉樂奏文帝『夭夭園桃，無子空長』，言虚美者多敗。又有韓信高鳥盡，良弓藏，子房保身全名，蘇秦傾側賣主，陳軫忠而有謀，楚懷不納，郭生古之雅人，燕昭臣之，吴起知小謀大，及魯仲連高士，不受千金等語。若宋鮑照『鳳樓十二重』，梁戴暠『欲知佳麗地』，始則盛稱京洛之美，終言君恩歇薄，有怨曠沈淪之歎。」

清陳祚明《采菽堂古詩選》卷一八：未有警句，其氣尚健。「爲爾一朝容」句强。

朱乾《樂府正義》卷八：豈獨女色盛衰，可以觀世變矣。

清方東樹《昭昧詹言》卷六：起十二句，極寫先盛。「但懼」六句，言衰歇。「古來」二句倒卷，收束全篇。

又云：「春風」二句，言可以回景，可以召秋。

又云：此篇非常奇麗，然終是氣骨俊逸不可及，非同齊梁靡弱無氣，雖小庾亦不能具此氣骨，時代爲之也。

清王闓運《湘綺樓説詩》卷六：明遠對句，如「珠簾無隔露，羅幌不勝風」，「天陰懼先發，路遠常早辭」，皆是律中佳聯。

清王闓運《湘綺樓説詩》卷八：結語云：「古來共歇薄，君意豈獨濃。唯見雙黄鵠，千里一相從。」振起，筆勢如飛。

吴汝綸《古詩鈔》卷四：「春吹」四句，言時移事異，盛極必衰。

代陸平原君子有所思行

【解題】

此詩原題，《藝文類聚》卷四一作《代君子有所思行》，《文選》卷二八作《代君子有所思》，《樂府詩集》卷六一作《君子有所思行》，今從宋本。

陸平原，指陸機。《晉書》卷五四《陸機傳》：「陸機字士衡，吴郡人也。祖遜，吴丞相。父抗，吴大司馬。機身長七尺，其聲如鐘，少有異才，文章冠世，伏膺儒術，非禮不動。抗卒，領父兵爲牙門將。年二十而吴滅，退居舊里，閉門勤學，積有十年。……至太康末，與弟雲俱入洛。……時成都王穎推功不居，勞謙下士，機既感全濟之恩，又見朝廷屢有變難，謂穎必能康隆晉室，遂委身焉。穎以機參大將軍軍事，表爲平原内史。太安初，穎與河間王顒起兵討長沙王乂，假機後將軍、河北大都督，督北中郎將王粹、冠軍牽秀等諸軍二十餘萬人。機以三世爲將，道家所忌，又羇旅入宦，頓居群士之右，而王粹、牽秀等皆有怨心，固辭都督，穎不許。……機始臨戎，而牙旗折，意甚惡之。列軍自朝歌至於河橋，鼓聲聞數百里，漢魏以来，出師之盛，未嘗有也。長沙王乂奉天子與機戰於鹿苑，機軍大敗，赴七里澗而死者如積焉，水爲之不流。……穎大怒，使秀密收機。其夕，機夢黑幰繞車，手決不開，天明而秀兵至。機釋戎服，著白帢與秀相見，神色自若，謂秀曰：『自吴朝傾覆，吾兄弟宗族，蒙國重恩，入侍帷幄，出剖符竹，成都命吾以重任，辭不獲已。今日受誅，豈非命也。』因與穎、朘，詞甚悽惻，既而歎曰：『華亭鶴唳，豈可復聞乎！』遂遇害於軍中，時年四十三。」

《樂府詩集》此屬《雜曲歌辭》，卷六一此詩題解云：「《樂府解題》曰：『《君子有所思行》，晉陸機云「命駕登北山」，宋鮑照云「西上登雀臺」，梁沈約云「晨策終南首」，其旨言雕室麗色，不足爲久懽。宴安酖毒，滿盈所宜敬忌。與《君子行》異也。』」《樂府詩集》卷三二《君子行》題解云：「《樂府解題》曰：『古辭云「君子防未然」，蓋言遠嫌疑也。又有《君子有所思行》，辭旨與此不同。』」按《君子行》於《樂府詩集》屬《相和歌辭·平調曲》，而此曲則屬《雜曲歌辭》，曲調不同，故辭旨亦異。

此詩乃借陸機所詠之舊題，以規諫當時君主奢侈過度之作。詩之前半，乃當時現實之高度概括，詩中「築山擬蓬壺，穿池類溟渤」二句，所表現的乃宋文帝劉義隆與孝武帝劉駿在位時期大興土木之事。《宋書》卷六六《何尚之傳》云：「是歲［（按指元嘉二十三年（四四六）］，造玄武湖，上欲於湖中立方丈、蓬萊、瀛洲三神山，尚之固諫乃止。時又造華林園，並盛暑役人工，尚之又諫宜加休息，上不許，曰：『小人常自暴背，此不足爲勞。』」《南史》卷二《宋本紀中》亦載云：「是歲（按指元嘉二十三年），大有年。築北堤，立玄武湖於樂游苑北，興景陽山於華林園，役重人怨。」《宋書》卷五《文帝紀》所載與之同。又，《宋書》卷七《孝武帝紀》載大明三年（四五九）「九月壬辰，於玄武湖立上林苑」，皆記其事。詩中「馳道直如髮」，也完全爲寫實之句。考《宋書·孝武帝紀》載大明五年（四六一）閏九月「丙申，初立馳道，自閶闔門至於朱雀門，又自承明門至於玄武湖」，即記載了是時修築馳道之情况。由此，《樂府詩集》將此詩與陸機、沈約之同題詩等同，以爲是一般的諷喻之作，乃是未對此詩作細緻分析所造成的誤解；而劉履所説的爲規諷時君之説則是完全符合作者的創作意圖的。然而，此詩的規諷之事又當以孝武帝劉駿爲主。在我國歷史上，宋文帝爲一較爲節儉務實之君主，《宋書·文帝紀論》謂其「幼年特秀，顧無保傅之嚴，而天授和敏之恣，自稟君人之德。及正位南面，歷年長久，綱維備舉，條禁明密，罰有恒科，爵無濫品。故能内清外宴，四海謐如也」。正由於此，在宋文帝統治的近三十年間，形成了歷史上傳爲佳話的

「元嘉之治」，爲後人所稱道。而劉駿則爲一窮奢極欲、暴虐異常之君主，《南史·宋本紀中》云：「夫盡人命以自養，蓋爲桀、紂之行，觀夫大明之世，其將盡人命乎！」直至比其爲一個桀、紂式的人物。孝武帝窮奢極欲的具體舉動，史書多有記載，《宋書》卷九二《良吏傳》云：「及世祖承統，制度奢廣，犬馬餘菽粟，土木衣綈繡，追陋前規，更造正光、玉燭、紫極諸殿，雕欒綺節，珠窗網户，嬖女幸臣，賜傾府藏，竭四海不供其欲，單民命未快其心。」《南史·宋本紀中》云：「帝（按指孝武帝）末年爲長夜之飲，每旦寢興，盥漱畢，仍復命飲，俄傾數斗，憑几昏睡，若大醉者。」是孝武帝之上述行爲又是此詩中「層閣肅天居」「繡甍結飛霞，璇題納行月」「陳鐘陪夕宴，笙歌待明發」等句之寫作依據。詩末「智哉衆多士，服理辨昭昧」云云，乃詩人對這位荒淫無道君主的警告和諷刺，表示對這種行爲的强烈不滿。

根據《宋書·孝武帝紀》所記載之大明五年閏九月「丙申，初立馳道」的史實，可見此詩之作必在大明五年閏九月初立馳道之後。又考之詩發端言「西出登雀台，東下望雲闕」，以曹魏首都鄴城以借指當時的京都建康，詩中所寫又皆爲京都景物。因此，此詩作於建康應該毫無疑問。而據虞炎《鮑照集序》與《宋書》卷八〇《武十四王·臨海王子頊傳》之記載，鮑照自大明六年（四六二）七月之後即隨子頊前往荆州江陵，任子頊軍府記室參軍，掌書記之任。此後直至明帝泰始二年（四六六）於江陵被亂兵所殺，並没有返回京都建康之機會。因此，此詩之作又應該在詩人隨子頊上荆之前。即此詩之作乃在大明五年（四六一）閏九月至大明六年（四六二）七月之間。然而，大明五年閏九月馳道始立，似乎不應即有此詩之作。且詩人集中又有《吴興黄浦亭庾中郎别》詩一首，乃大明五年秋後所作，即是年秋冬詩人乃在吴興（今浙江湖州），故大明五年作此詩之可能性相當小。尋詩人又有《從臨海王上荆初發新渚》詩一首，乃其隨子頊上荆前於建康新渚出發時所作，是其時詩人在京都建康。由此，此詩當大明六年（四六二）詩人上荆前辭都時所作。

西出登雀臺①，東下望雲闕〔一〕。層閣肅天居②，馳道直如髮〔二〕。繡甍結飛霞，璇題納行月③〔三〕。築山擬蓬壺，穿池類溟渤〔四〕。選色遍齊岱，徵聲匝邛越〔五〕。陳鐘陪夕讌，笙歌待明發④〔六〕。年貌不可還⑤，身意會盈歌〔七〕。蟻壤漏山阿⑥，絲淚毁金骨〔八〕。器惡含滿欹，物忌厚生没〔九〕。智哉衆多士，服理辨昭昧⑦〔一〇〕。

【校記】

①「出」，張溥本、《藝文類聚》《樂府詩集》作「上」。

②「閣」，《樂府詩集》作「闕」。

③「行」，《樂府詩集》作「明」，注云：「一作『行』。」

④「笙歌」，《藝文類聚》作「歌笙」。

⑤「還」，《藝文類聚》《樂府詩集》作「留」。

⑥「阿」，《文選》李善本作「河」。

⑦「昧」，張溥本、《樂府詩集》作「晰」。

【箋注】

〔一〕西出登雀臺：《三國志》卷一《魏志·武帝紀》：建安十五年「冬，作銅雀臺。」晉陸翽《鄴中記》：「建安十五年，銅爵臺成，曹操將諸子登樓，使各爲賦。……銅爵臺高一十丈，有屋一百二十間。」《水經注·濁漳水》：「鄴西三臺……中曰銅雀臺，高十丈，有屋百一間。」望雲闕：《玉臺新詠》卷三劉鑠《雜詩五首·詠牛女》：「安步巡芳林，傾望極雲闕。組幕縈漢陳，龍駕凌霄發。」

〔二〕層閣肅天居：《水經注·温水》：「板上五重層閣，閣上架屋，屋上架樓，樓高者七八丈。」蔡邕《述行賦》：「皇家赫而天居兮，萬方徂而並集。」《廣韻》卷二：「層，重屋也。」馳道直如髮：《禮記·曲禮下》：「歲凶，年穀不登，君膳不祭肺，馬不食穀，馳道不除，祭事不縣。」孔穎達疏：「馳道，正道。如今之御路也。是君馳走車馬之處，故曰馳道也。」《詩經·小雅·都人士》：「彼君子女，綢直如髮。」毛傳：「密直如髮也。」朱熹集傳：「亦言其髮之美耳。」

〔三〕 繡甍結飛霞：《藝文類聚》卷二八引宋謝瞻《游西池詩》：「逍遥越郊肆，願言屢經過，迴阡被陵闕，高臺眺飛霞。」璇題納行月：《文選》卷七揚雄《甘泉賦》：「珍臺閒館，琁題玉英。」李善注引應劭曰：「題，頭也。榱椽之頭，皆以玉飾，言其英華相燭也。」此二句《文選》六臣吕向注：「甍，棟也，以五彩飾之，似繡，連結於飛霞也。琁，玉也。題，椽頭也。言月過簷頭，琁題納引其光也。」

〔四〕 蓬壺：王嘉《拾遺記・高辛》：「三壺，則海中三山也。一曰方壺，則方丈也；二曰蓬壺，則蓬萊也；三曰瀛壺，則瀛洲也。」穿池類溟渤：《文選》卷二九張協《雜詩》之十：「雲根臨八極，雨足灑四溟。」李善注：「四溟，四海也。」《列子・湯問》：「終北之北有溟海者，天池也。」《史記・秦始皇本紀》：「上親禪高里，祠后土，臨渤海。」《文選》卷七司馬長卿《子虚賦》：「浮渤澥，游孟諸。」李善注：「應劭曰：『渤澥，海別支也。』」

〔五〕 選色遍齊岱，徵聲匝邛越：劉履《選詩補注》卷七：「齊，東國。代，北郡。邛，西蜀之地。越，南國也。徵，取也。匝，亦遍也。」《文選》六臣張銑注：「齊國多美女，故進之。邛越，二國名，其中人善歌，故徵之。」

〔六〕 陳鐘陪夕讌：《楚辭・招魂》：「陳鐘按鼓造新歌些，涉江採菱發揚荷些。」《漢書》卷七六《韓延壽傳》：「春秋鄉社，陳鐘鼓管弦，盛升降揖讓。」《宋書》卷二一《樂志三》載魏文帝《善哉行》：「朝游高臺觀，夕宴華池陰。」笙歌待明發：《禮記・檀弓上》：「孔子既祥，五日彈琴而不成聲，十日而成笙歌。」鄭玄注：「琴以手，笙歌以氣。」《詩經・小雅・小宛》：「明發不寐，有懷二人。」朱熹集傳：「明發，謂將旦而光明開發也。」

〔七〕 年貌：《列子・力命》：「北宫子言世族，年貌言行與予並，而賤貴貧富與予異。」身意：謂自身的意願、志向。《列子・楊朱》：「慎耳目之觀聽，惜身意之是非，失當年之至樂，不能自肆於一時。」《文選》卷三一袁陽源《效曹子建樂府白馬篇》：「但營身意遂，豈校耳目前。」六臣吕向注：「言但行我身意，得成己志，豈見目前榮望。」

〔八〕 蟻壤漏山阿：《藝文類聚》卷一七引傅玄《口誡》：「勿謂何有，積怨致咎；勿曰不傳，伏流成川。蟻孔潰河，流穴傾山。」《韓非子・喻老》：「千丈之堤，以螻蟻之穴潰；百尺之室，以突隙之煙焚。」絲淚毀金骨：《文選》卷三九鄒陽《獄中上書自明》：「衆口鑠金，積毁銷骨。」李善注：「衆口所惡，金爲之銷亡。……讒毁之言，骨肉之親爲之銷滅。」此二句《文選》李善注：「絲淚，淚之微者。金骨之堅，喻親之篤者。言讒邪之人，但下如絲之淚，而金骨爲之傷毁也。張叔及論曰：『煩寃俯仰，淚如絲兮。』」

〔九〕器惡含滿欹：《孔子家語》卷二：「孔子觀於魯桓公之廟，有欹器焉。夫子問於守廟者曰：『此謂何器？』對曰：『此蓋爲宥坐之器。』孔子曰：『吾聞宥坐之器者，虚則欹，中則正，滿則覆。明君以爲至誡，故常置之於坐側。』顧謂弟子曰：『試注水焉。』乃注之水，中則正，滿則覆。夫子喟然歎曰：『嗚呼！夫物惡有滿而不覆哉！』子路進曰：『敢問持滿有道乎？』子曰：『聰明睿知，守之以愚；功被天下，守之以讓；勇力振世，守之以法；富有四海，守之以謙。此所謂損之又損之之道也。』」物忌厚生没：《老子·貴生》：「人之生，動之死地十有三，夫何故？以其生生之厚。」

〔一〇〕智哉衆多士，服理辨昭昧：《莊子·達生》：「冉求問於仲尼曰：『未有天地可知耶？』仲尼曰：『可，古猶今也。』冉求失問而退。明日，復見曰：『昔者，吾問未有天地可知乎？夫子曰：可，古猶今也。昔日吾昭然，今日吾昧然，敢問何謂也？』仲尼曰：『昔之昭然也，神者先受之。今之昧然也，且又爲不神者求耶。』」郭象注：「思求更致不了。」此二句《文選》六臣吕向注：「智哉，歎美之辭；多士，謂群官也。服，習；理，道也，言習道可以辨物情之明暗。」

【集説】

唐李周翰《文選》卷二八注：此言防漸忌滿之戒。

唐吴競《樂府古題要解》卷下：《君子有所思行》，陸機「命駕登北山」，鮑照「西上登雀臺」，沈約「晨策終南首」，其旨言雕室麗色，不足爲久懽。宴安酖毒，滿盈所宜敬忌。與《君子行》異也。

宋嚴羽《滄浪詩話》卷一：雖謝康樂擬鄴中諸子之詩，亦氣象不類。至於劉玄休《擬行行重行行》等篇，鮑明遠《代君子有所思》之作，仍是其自體耳。

元劉履《選詩補注》卷七：此篇戒富貴之人當慮患而防微也。言出見其宫闕臺池之盛，聲色伎樂之繁，而但朝夕娱宴，無有窮已，然不知壯年豈得長存，樂意豈能長有，一言不謹，則易成大患，讒毁一生，則易致傷害，可不思所以豫防之乎。大抵器滿者必傾物，盛者必滅，理之當然。宜常戒懼，明智之士服習事理，而於明暗幾微之際，尤當審察也。詳夫「天居」「馳道」等語，蓋爲時君過奢，不能自謹，故特以此規諷之。且不敢指斥，故借多士爲言耳。

元方回《文選顔鮑謝詩評》卷四：此詩十韻前，述帝居皇闕之盛，而後嘆其忽衰，雍門子感孟嘗君之意也。「築山擬蓬壺，穿池類溟渤，選色遍齊代，徵聲匝邛越」，其盛如此。「蟻壤漏山河，絲淚毁金骨，器惡含滿欹，物忌厚生没」，一朝有不可測者則衰矣。一蟻之孔可以傾山潰河，一絲之淚可以鑠金銷骨，欹器滿則覆，出《家語》。生之厚而之死地，出《莊子》。詩意本亦常談，但造語峭拔，而世之富貴驕淫不戒以顛者，比比是也。則其言豈可忽諸。

明孫月峰：著意雕琢，然筆力勁，音調自是振拔。（清于光華《重訂文選集評》卷七）

清何焯《義門讀書記》卷四七：「繡甍結飛霞」四句，伏下「滿」字；「選色遍齊代」四句，伏下「厚」字；「服理辨昭昧」，收「所思」。

清陳祚明《采菽堂古詩選》卷一八：語必壯闊。

清朱乾《樂府正義》卷一二：古辭不存，始自陸機，故鮑明遠稱《代陸平原君子有所思行》。《漢鐃歌·有所思》，後人本之爲《思遠人》《懷遠》《望遠》等曲，所言皆男女情思，此别出「君子有所思」，見衆人所思不同也。

清李光地《榕村詩選》卷二：「蟻壤」二句，言禍生於微也。「器惡」二句，言敗由於滿也。

清吴淇《六朝選詩定論》卷一三：按樂府有《君子有所思行》，蓋登山而見世人之奢華，因思古人之賢哲也。此雖用樂府題，而體則古詩，故不用「行」字。卻於題上添一「代」字，言當今之世並無君子，故代爲之詞云。

又云：士衡作只從「城郭廬室上」一層層説進去，如剥葱然。剥出個營生博奥人，調甚奇詭，自是樂府之體。此叙事處，倫次一些不亂，然只是平衍，固是古詩之體。

代白紵曲二首

【解題】

此篇《玉臺新詠》卷九題作《代白紵歌辭二首》。《藝文類聚》卷四三以此二首與《代白紵舞歌詞四首》之「桂宫柏寢擬天居」首合爲一題，題作《白紵辭歌》。《樂府詩集》卷五五此二首亦與《代白紵舞歌詞四首》合爲一題，題作《白紵歌六首》。今從宋本。

《玉臺新詠》鮑照《代白紵歌辭二首》，吴兆宜注云：「舞曲歌辭，照有六首，係奉詔作，此其第五、第六首也。」以爲此二首與《代白紵舞歌詞四首》皆爲一時之作。按吴兆宜注謂《代白紵舞歌辭》「係奉詔作」者，非是。蓋鮑照此題乃奉始興王劉濬命而作，與奉皇帝詔命而作者大相徑庭，且《啟》中又云「被教作」。《鮑參軍集注》錢振倫注引蔡邕《獨斷》云：「諸侯言曰教。」

今考《奉始興王白紵舞曲啟》云：「侍郎臣鮑照啟：被教作《白紵舞歌詞》，謹謁庸陋，裁爲四曲，附啟上呈。」明言其受劉濬之命而作者僅爲四首，即《代白紵舞歌辭》四首也。可見吴兆宜所説乃臆斷之辭，於事無徵。即此二首未必作於其在始興王劉濬幕期間。

一

朱脣動，素袖舉①〔一〕，洛陽少童邯鄲女②〔二〕。古稱綠水今白紵③〔三〕，催絃急管爲君舞④〔四〕。窮秋九月荷葉黄，北風驅鴈天雨霜，夜長酒多樂未央〔五〕。

【校記】

①「袖」，張溥本、《玉臺新詠》《樂府詩集》作「腕」，並注云：「一作『袖』。」

②「童」，宋本及《玉臺新詠》注云：「一作『年』。」張溥本作「年」。按「少童」，《鮑參軍集注》作「年少」。

③「緑」，張溥本、《藝文類聚》卷四三、《樂府詩集》作「渌」。

④「絃」，《玉臺新詠》《樂府詩集》作「弦」。

【箋注】

〔一〕朱脣動：《楚辭》宋玉《神女賦》：「眸子炯其精朗兮，瞭多美而可觀；眉聯娟以蛾揚兮，朱脣的其若丹。」《文選》卷一九曹子建《洛神賦》：「動朱脣以徐言，陳交接之大綱。」卷一七傅武仲《舞賦》：「動朱脣，紆清陽。」李善注：「動朱脣，將歌也。」素袖舉：《宋書》卷二二《樂志四·白紵舞歌詩》：「高舉兩手白鵠翔，輕軀徐起何洋洋。凝停善睞容儀光，宛若龍轉乍低昂。隨世而變誠無方，如推若引留且行。宋世方昌樂未央，舞以盡神安可忘。愛之遺誰贈佳人，質如輕雲色如銀。袍以光軀巾拂塵，制以爲袍餘作巾。四坐歡樂胡可陳，清歌徐舞降祇神。」則素袖乃謂舞衣之袖色潔白也，與白紵曲實相合。古人服飾本不忌白，《詩經·唐風·揚之水》：「素衣朱襮，從子於沃。」陳奐傳疏：「素衣，謂中衣也。……孔疏云：『中衣，謂冕及爵弁之中衣，以素爲之。』」《論語·鄉黨》：「君子……緇衣羔裘，素衣麑裘，黄衣狐裘。」何晏集解：「孔曰：『服皆中外之色相稱也。』」後人改「素袖」爲「素腕」，失其本貌。

〔二〕洛陽少童邯鄲女：王嘉《拾遺記·燕昭王》：「臣游昆臺之山，見有垂髮之叟，宛若少童。」《藝文類聚》卷五七引王粲《七釋》：「邯鄲才女，三齊巧士，名唱秘舞，承閑並理。」

〔三〕古稱緑水：庾信《小園賦》：「陽春緑水之曲，對鳳迴鸞之舞。」吴兆宜注：「《初學記》：『古歌曲有陽春緑水。』」

〔四〕催絃急管：《淮南子·原道訓》：「建鍾鼓，列管絃，席旃茵，傅旄象。」

〔五〕夜長酒多樂未央：《詩經·小雅·庭燎》：「夜如何其？夜未央。」朱熹集傳：「央，中也。」《漢書》卷九七上《外戚傳上・孝武李夫人》：「託沈陰以壙久兮，惜蕃華之未央。」顔師古注：「未央，猶未半也。言年歲未半而早落蕃華，故痛惜之。」《楚辭・離騷》：「及年歲之未晏兮，時亦猶其未央。」王逸注：「央，盡也。」

【集説】

宋范晞文《對牀夜語》卷一：「朱唇動，素腕舉，洛陽少童邯鄲女。古稱緑水今白紵，催絃急管爲君舞。窮秋九月荷葉黄，北風驅鴈天雨霜。夜長酒多樂未央。」全類張籍、王建。

清王夫之《古詩評選》卷一：忽然集，唐然縱言之，砉然止。飄然遠涉，安然無有不宜。技至此哉！爲功性情，正是賴耳。

清陳祚明《采菽堂古詩選》卷一八：輕亮流逸。

二

春風澹蕩俠思多①〔一〕，天色淨緑氣研和②〔二〕，含桃紅萼蘭紫牙③〔三〕，朝日灼爍發園華④〔四〕。卷幌結帷羅玉筵⑤〔五〕，齊謳秦吹盧女絃⑥〔六〕，千金雇笑買芳年⑦〔七〕。

【校記】

①「俠」，《玉臺新詠》作「使」。

②「緑」，張溥本、四庫本、《藝文類聚》作「淥」。「研」，張溥本、四庫本、《玉臺新詠》《樂府詩集》《藝文類聚》作「妍」。

③「含桃」，《玉臺新詠》作「桃含」。「蘭」，《玉臺新詠》《樂府詩集》注云：「一作『蓮』。」

④「華」，《玉臺新詠》《樂府詩集》作「花」。

⑤「帷」，原作「惟」，今據張溥本及《玉臺新詠》《樂府詩集》改。「玉」，原作「王」，今據張溥本及《玉臺新詠》《樂府詩集》改。「幌」，《玉臺新詠》作「櫎」。

⑥「絃」，《玉臺新詠》《樂府詩集》作「弦」。

⑦「雇」，張溥本、四庫本、《玉臺新詠》《樂府詩集》《藝文類聚》作「顧」。

【箋注】

〔一〕澹蕩：猶駘蕩。《文選》卷一八馬季長《長笛賦》：「安翔駘蕩，從容闡緩。」李善注：「駘蕩，安翔貌。」俠思多：「《鮑參軍集注》黄節補注：「《漢書·外戚傳》：『李夫人卒，上作賦以傷悼曰：佳俠函光，隕朱榮兮。』注：『孟康曰：佳俠，猶佳麗。』據此，俠思，猶麗思也。」

〔二〕研和：猶妍和，美好温和。

〔三〕含桃紅萼蘭紫牙：《禮記·月令·仲夏之月》：「是月也，天子乃以雛嘗黍，羞以含桃，先薦寢廟。」鄭玄注：「含桃，櫻桃也。」《文選》卷二五謝靈運《酬從弟惠連》：「山桃發紅萼，野蕨漸紫苞。」《廣韻》卷五：「萼，花萼。」《楚辭·九歌·少司命》：「秋蘭兮青青，緑葉兮紫莖。」《文選》卷三四曹子建《七啟》：「紫蘭丹椒，施和必節。」蘭紫芽，猶紫蘭之芽。牙通芽。

〔四〕朝日灼爍：《文選》卷四左太沖《蜀都賦》：「符采彪炳，暉麗灼爍。」李善注：「灼爍，艷色也。」六臣吕良注：「灼爍，光彩貌。」

〔五〕卷幌結帷羅玉筵：《文選》卷三五張景陽《七命》：「重殿疊起，交綺對幌。」李善注：「《文字集略》曰：『幌，以帛明牕也。』」《廣韻》卷三：「幌，帷幔也。」《樂府詩集》卷六九無名氏《長相思》：「罷秋有餘慘，還秋不覺温，詎知玉筵側，長掛銷愁人。」

〔六〕齊謳秦吹盧女絃：《漢書》卷二二《禮樂志》：「楚四會員十七人，巴四會員十二人，銚四會員十二人，齊四會員十九人，蔡謳員三人，齊謳員六人，竽瑟鐘磬員五人，皆鄭聲，可罷。」《文選》卷二八陸士衡《吴趨行》：「楚妃且勿歎，齊娥且莫謳。」

按陸機又有《齊謳行》。《樂府詩集》卷七三崔顥《盧女曲》題解引《樂府解題》曰：「盧女者，魏武帝時宫人也，故將軍陰升之姊。七歲入漢宫，善鼓琴。至明帝崩後，出嫁爲尹更生妻。梁簡文帝《妾薄命》曰：『盧姬嫁日晚，非復少年時。』蓋傷其嫁遲也。」

【集説】

〔七〕千金雇笑：《詩經·邶風·終風》：「終風且暴，顧我則笑。」按雇，顧字通。

清陳祚明《采菽堂古詩選》卷一八：「含桃」句勁，自《招魂》詞中來。

代白紵舞歌詞四首

奉始興王命作并啟

【解題】

此篇原題，張溥本同，然無題下注，並以歌詞前之啟别出，置於「啟」類，題作《奉始興王白紵舞曲啟》。《藝文類聚》卷四三以此四首中之「桂宫柏寢擬天居」及下《代白紵曲二首》合爲一題，題作《白紵辭歌》。《樂府詩集》卷五五題作《白紵歌六首》，以此四首及《代白紵曲二首》合爲一題。四庫本題作《代白紵舞歌詞四首》，小字注：「奉始興王命作并啟。」今從宋本。

始興王：宋文帝次子劉濬。《宋書》卷九九《二凶傳》：「濬字休明，將産之夕，有鵩鳥鳴於屋上。元嘉十三年，年八歲，封始興王。十六年，都督湘州諸軍事、後將軍、湘州刺史，仍遷使持節、都督南豫豫司雍并五州諸軍事、南豫州刺史、將軍如故。十七年，爲揚州刺史，將軍如故，置佐領兵。十九年，罷府。二十一年，加散騎常侍，進號中軍將軍。……二十三年，給鼓吹一部。二十六年，出爲使持節、都督南徐兖二州諸軍事、征北將軍、開府儀同三司、南徐兖二州刺史，常侍如故。二十八年，遣濬率衆城瓜步山，解南兖州。三十年，徙都督荆雍益梁寧南北秦七州諸軍事、衛將軍、開府儀同三司、荆州刺史，領護南蠻校尉，持節、常侍如故。濬少好文籍，姿質端妍，母潘淑妃有盛寵。時六宫無主，潘專總内政，濬人才既美，母又至愛，太祖甚留心。建平王宏、侍中王僧綽、中書侍郎蔡興宗，竝以文義往復。初，元皇后性忌，以潘氏見幸，遂以恚恨致崩。故劭深疾潘氏及濬。濬慮將來受禍，乃曲意事劭，劭與之遂善，多有過失，屢爲上所詰讓。憂懼，乃與劭共爲巫蠱。及出鎮京口，聽將揚州文武二千人自隨。優游外藩，甚爲得意。在外經年，又失南兖，於是復願還朝。……劭、濬及劭四子偉之、廸之、彬之，其一未有名，濬三子長文、長仁、長道，竝梟首大航，暴尸於市。」

《樂府詩集》此屬《舞曲歌辭》。《晉書》卷二三《樂志下》：「《白紵舞》，按舞辭有巾袍之言，紵本吴地所出，宜是吴舞也。晉《俳歌》又云：『皎皎白緒，節節爲雙。』吴音呼緒爲紵，疑白紵即白緒也。」《樂府詩集》卷五五《舞曲歌辭四・晉白紵舞歌詩》題解云：「《宋書・樂志》曰：『《白紵舞》，按舞辭有巾袍之言，紵本吴地所出，宜是吴舞也。晉《俳歌》云：「皎白緒，節節爲雙。」吴音呼緒爲紵，疑白緒即白紵也。』《南齊書・樂志》曰：『《白紵歌》，周處《風土記》云：「吴黄龍中童謡云：行白者君，追汝句驪馬。後孫權征公孫淵，浮海乘舶。舶，白也。今歌和聲猶云行白紵焉。」』《樂府解題》曰：『古詞盛稱舞者之美，宜及芳時爲樂。其譽白紵曰：「質如輕雲色如銀，製以爲袍餘作巾。袍以光軀巾拂塵。」』《唐書・樂志》曰：『梁武帝令沈約改其辭爲《四時白紵歌》，今中原有《白紵曲》，辭旨與此全殊。』」

《鮑參軍集注》黄節補注：「朱秬堂曰：『《周禮・樂師》：凡舞，有帗舞，有羽舞，有皇舞，有旄舞，有干舞，有人舞。鄭玄注：人舞無所執，以手袖爲威儀。此《白紵舞》，亦人舞之遺制。』」

此篇題注作「奉始興王命作」，啓文又有「侍郎臣鮑照啓，被教作《白紵舞歌詞》」之語，是歌詞乃鮑照奉始興王命而作，當在其任始興王國侍郎期間。考鮑照入始興王幕，自元嘉二十四年（四四七）始，至元嘉二十八年（四五一）三月侍郎報滿辭任止，則當在此數年之間作。

啟

侍郎臣鮑照啟。被教作白紵舞歌詞①〔一〕。謹竭庸陋，裁爲四曲〔二〕，附啟上呈。識方浀悴，思塗猥局〔三〕。言既無雅，聲未能文〔四〕，不足以宣贊聖旨，抽拔妙實〔五〕。謹遣簡餘，慙隨悚盈。謹啟。

【校記】

①「詞」，張溥本作「辭」。

【箋注】

〔一〕被教作白紵舞歌詞：吴景旭《歷代詩話》卷五一：「秦法，諸王公稱教，言教示於人也。蔡邕《獨斷》云：『諸侯之言曰教。』任昉《文章緣起》云：『漢王尊爲京兆尹，出教告屬縣。』則教之文起此。」

〔二〕庸陋：葛洪《抱朴子外篇》卷四《自序》：「余以庸陋，沈抑婆娑，用不合時，行舛於世。」

〔三〕浀悴：《楚辭》劉向《九歎·惜賢》：「撥諂諛而匡邪兮，切浀涊之流俗。」王逸注：「浀涊，垢濁也。」

〔四〕言既無雅：《論語·述而》：「子所雅言，詩書執禮，皆雅言也。」何晏注：「雅言，正言也。」聲未能文：《禮記·樂記》：「凡音者，生人心者也。情動於中故形於聲，聲成文謂之音。」

〔五〕抽拔妙實：《後漢書》卷六七《范滂傳》：「顯薦異節，抽拔幽陋。」

一

吴刀楚製爲佩褘〔一〕，纖羅霧縠垂羽衣〔二〕。含商咀徵歌露晞〔三〕，珠履颯沓紈袖飛①〔四〕。凄風夏起素雲回〔五〕，車怠馬煩客忘歸〔六〕，蘭膏明燭承夜暉②〔七〕。

【校記】

①「履」，《樂府詩集》作「屣」，注云：「一作『履』。」「袖」，四庫本作「紬」。

②「暉」，張溥本作「輝」。

【箋注】

〔一〕吴刀楚製爲佩褘：《藝文類聚》卷三引晉張華《俠曲》：「吴刀鳴手中，利劍嚴秋霜。」吴刀，泛指寶刀，此借指吴地所產鋒利的剪刀。《玉臺新詠》卷九蕭子顯《燕歌行》：「夜夢征人縫狐貉，私憐織婦裁錦緋。吴刀鄭錦絡，寒閨夜被薄。」李白《白紵辭》之三：「吴刀剪綵縫舞衣，明妝麗服奪春輝。」從此出。《史記》卷九九《叔孫通傳》：「叔孫通儒服，漢王憎之。乃變其服，服短衣，楚製。漢王喜。」司馬貞索隱：「案孔文祥云：『短衣便事，非儒者衣服。高祖楚人，故從其俗裁製。』」褘，佩巾。《方言》卷四：「蔽厀，江淮之間謂之褘，或謂之袚；魏宋南楚之間謂之大巾；自關東西謂之蔽厀；齊魯之郊謂之袡。」《爾雅·釋器》：「婦人之褘謂之縭。」郭璞注：「即今之香纓也。褘邪交落帶繫於體，因名爲褘。」

〔二〕纖羅霧縠垂羽衣：《文選》卷一九宋玉《神女賦》：「動霧縠以徐步兮，拂墀聲之珊珊。」李善注：「縠今之輕紗，薄如霧也。」卷七司馬長卿《子虚賦》：「雜纖羅，垂霧縠。」郭璞注：「司馬彪曰：『纖，細也。』張楫曰：『縠細如霧，垂以爲裳也。』」《漢書》卷二五上《郊祀志上》：「五利將軍亦衣羽衣。」顔師古注：「羽衣，以鳥羽爲衣，取其神僊飛翔之意也。」曹植《平陵東行》：「閶闔開，天衢通，被我羽衣乘飛龍。」

〔三〕含商咀徵歌露晞：《文選》卷四五宋玉《對楚王問》：「引商刻羽，雜以流徵。國中屬而和者不過數人而已。」《詩經·小雅·湛露》：「湛湛露斯，匪陽不晞。」毛傳：「晞，乾也。露雖湛湛然，見陽則乾。」

〔四〕珠履：《史記》卷七八《春申君列傳》：「春申君客三千餘人，其上客皆躡珠履。」

〔五〕凄風夏起素雲回：《左傳》昭公四年：「春無凄風，秋無苦雨。」杜預注：「凄，寒也。」《文選》卷二九張景陽《雜詩》：「結雨窮岡曲，耦耕幽藪陰。荒庭寂以閒，幽岫峭且深。凄風起東谷，有渰興南岑。」《太平御覽》卷六七五引《三真元錄》：「九天元父，曳神雲鳳舄，帶素雲之綬。」

〔六〕車怠馬煩客忘歸：《文選》卷一九曹子建《洛神賦》：「日既西傾，車殆馬煩，爾乃稅駕乎蘅皋，秣駟乎芝田。」《文選》卷二二謝靈運《石壁精舍還湖中作》：「昏旦變氣候，山水含清暉。清暉能娛人，游子憺忘歸。」

〔七〕蘭膏明燭承夜暉：《楚辭·招魂》：「蘭膏明燭，華容備些。」王逸注：「蘭膏，以蘭香煉膏也。」

【集説】

清田雯《古歡堂集》卷一：青蓮善用古樂府，昔人曾言之。……世謂鮑照《白紵辭》，陰鏗「柳色」「梨花」語，白亦用之。

清陳僅《竹林答問》：鮑照《代白紵舞歌》、李太白《烏棲曲》、郎士元《塞下曲》，結體用韻各異，可以爲法。

二

桂宮柏寢擬天居①〔一〕，朱爵文窻韜碧疏②〔二〕。象牀瑶席鎮犀渠〔三〕，雕屏合匝組帷舒③〔四〕。秦箏趙瑟挾笙竽〔五〕，垂璫散佩盈玉除④〔六〕，停觴不御欲誰須〔七〕？

【校記】

①「寢」，《樂府詩集》注云：「一作『梁』。」

②「碧」，張溥本、《樂府詩集》作「綺」。

③「合」，張溥本、《藝文類聚》作「匼」，《樂府詩集》作「鉿」，注云：「一作『匼』。」「帷」，宋本原注云：「一作『帳』。」《藝文類聚》作「帳」。

④「佩」，《樂府詩集》注云：「一作『綬』。」

【箋注】

〔一〕桂宮柏寢擬天居：《文選》卷一班孟堅《西都賦》：「自未央而連桂宮，北彌明光而亘長樂。」六臣李周翰注：「桂宮，宮名。」《三輔黄圖·漢宮》：「桂宮，漢武帝造，周迴十餘里。《漢書》曰：『桂宮有紫房，復道通未央宮。』《關輔記》云：『桂宮在未央北。』」《晏子春秋·雜下五》：「景公新成柏寢之臺。」《史記》卷三二《齊太公世家》：「景公坐柏寢，嘆曰：『堂堂！誰有此乎？』」蔡邕《述行賦》：「皇家赫而天居兮，萬方徂而並集。」

〔二〕朱爵文牕韜碧疏：《三輔黄圖·漢宮》：「蒼龍、白虎、朱雀、玄武，天之四靈，以正四方，王者製宮闕殿閣取法焉。」《博物志》卷八：「西王母遣使乘白鹿告帝，當來。乃供帳九華殿。……時東方朔竊從殿南廂朱鳥牖中窺母。」《後漢書》卷五三《姜肱傳》：「肱卧於幽闇，以被韜面，言患眩疾，不欲出風。」李賢注：「韜，藏也。」《後漢書》卷三四《梁統傳附梁冀傳》：「窗牖皆有綺疎青瑣，圖以雲氣僊靈。」李賢注：「綺疎，謂鏤爲綺文。」按疏，疎字通。

〔三〕象牀瑶席鎮犀渠：《戰國策·齊策三》：「孟嘗君出行國，至楚，獻象牀。」鮑彪注：「象齒爲牀。」《楚辭·九章·東皇太一》：「吉日兮辰良，穆將愉兮上皇。瑶席兮玉瑱，盍將把兮瓊芳。」朱熹集注：「瑶，美玉也。瑱，與鎮同，所以壓神位之席也。」《山海經·中山經》：「釐山，其陽多玉，其陰多蒐。有獸焉，其狀如牛，蒼身，其音如嬰兒，是食人，其名曰犀渠。」袁珂校注引郝懿行曰：「犀渠，蓋犀牛之屬也。」明徐𤊹《徐氏筆精》卷三《詩談·犀渠》：「鮑照《白紵歌》『象牀瑶席鎮犀渠』，鎮壓席之物，即今之鎮子也。古者坐必席地，以鎮石壓其四角，恐捲動不安。犀渠，即磗磲也。梁昭明《將進酒》『宜城溢渠盌，中山浮羽卮』，渠盌，亦車渠也。」按犀渠，古代傳説中的獸名，此云以犀渠之角而爲鎮席之物。

〔四〕雕屏合帀組帷舒：《西京雜記》卷四引鄒陽《酒賦》：「坐列雕屏，綃綺爲席，犀璩爲鎮，曳長裾，飛廣袖，奮長纓。」《通雅·釋詁》：「匼帀，周繞貌。」《文選》卷五左太沖《吴都賦》：「張組帷，搆流蘇，開軒幌，鏡水區。」

〔五〕秦筝趙瑟挾笙竽：《樂府詩集》卷三六魏文帝《善哉行》：「齊倡發東舞，秦筝奏西音。有客從南來，爲我彈清琴。」

《文選》卷一八晉潘安仁《笙賦》：「晉野悚而投琴，況齊瑟與秦箏。」李善注：「《風俗通》曰：『箏，蒙恬所造。』《楚辭》曰：『扶秦箏而彈徽。』」《藝文類聚》卷三九引曹植《與丁廙詩》：「嘉賓填城闕，豐膳出中廚，吾與二三子，曲宴此城隅。秦箏發西氣，趙瑟揚東嘔，肴來不虛滿，觴至反無餘。」《說文解字》卷五上：「笙，十三簧，象鳳之身也。笙，正月之音。物生，故謂之笙。大者謂之巢，小者謂之和。古者，隨作笙。」《詩經·小雅·鹿鳴》：「我有嘉賓，鼓瑟吹笙。」《周禮·春官·笙師》：「笙師掌教龡竽、笙。」鄭玄注引鄭司農曰：「竽，三十六簧。笙，十三簧。」賈公彥疏：「按《通卦驗》：『竽長四尺二寸。』注云：『竽，管類。用竹爲之。形參差，象鳥翼。』」《戰國策·齊策一》：「臨菑甚富而實，其民無不吹竽鼓瑟，彈琴擊筑。」

〔六〕垂璫散佩盈玉除：《文選》卷一九曹子建《洛神賦》：「悼良會之永絶兮，哀一逝而異鄉。無微情以効愛兮，獻江南之明璫。」李善注：「服虔《通俗文》曰：『耳珠曰璫。』」《文選》卷二九曹子建《贈丁儀》：「凝霜依玉除，清風飄飛閣。」李善注：「玉除，階也。《說文》曰：『除，殿階也。』」

〔七〕停觴不御欲誰須：《詩經·小雅·吉日》：「發彼小豝，殪此大兕，以御賓客。」孔穎達疏：「御者，給與充用之辭。」晉袁宏《後漢紀·桓帝紀下》：「閎玄静履真，不慕榮宦，身安茅茨，妻子御糟糠。」

【集説】

清王夫之《古詩評選》卷一：一氣四十二字，平平衍序。終以七字，於悄然暇然中遂轉遂收，氣度聲情，吾不知其何以得此也。

又云：其妙都在平起，平故不迫急轉抑，前無發端，則引人入情，處澹而自遠，微而弘，收之促急而不短，用氣之妙，有如此者。嗚呼，安得知用氣者而與言詩哉！

清陳祚明《采菽堂古詩選》卷一八：華壯中有生致，以每句皆用虛字，頗活。末語摇曳。

三

三星差池露霑濕①〔一〕，絃悲管清月將入②〔二〕。寒光蕭條候蟲急〔三〕，荆王流歎楚妃泣〔四〕。紅顔難長時易戢〔五〕，凝華結綵久延立③〔六〕，非君之故豈安集④〔七〕？

【校記】

①「差池」，張溥本、四庫本、《樂府詩集》作「參差」。

②「絃」，《樂府詩集》作「弦」。

③「綵」，張溥本、《樂府詩集》作「藻」，《樂府詩集》注云：「一作『彩』。」

④「安」，原作「妄」，今據張溥本、《樂府詩集》改。

【箋注】

〔一〕三星差池：《詩經·唐風·綢繆》：「三星在天。」毛傳：「三星，參也。」鄭玄箋：「三星，謂心星也。」《詩經·邶風·燕燕》：「燕燕於飛，差池其羽。」朱熹集傳：「差池，不齊之貌。」

〔二〕絃悲管清：《晉書》卷九二《文苑·庾闡傳》：「是以張高弦悲，聲激柱落，清唱未和，而桑濮代作。」《淮南子·齊俗訓》：「故瑟無絃，雖師文不能以成曲；徒絃，則不能悲，故絃，悲之具也，而非所以爲悲也。」《文選》卷二〇潘安仁《金谷集作詩》：「揚桴撫靈鼓，簫管清且悲。」六臣吕向注：「言擊鼓吹管之聲清而悲。」

〔三〕候蟲：隨季節而發鳴聲之蟲，如蟬及蟋蟀等。《太平廣記》卷四六三《禽鳥四·細鳥》：「漢元封五年，勒畢國貢細鳥，以方尺玉籠盛數百頭，大如蠅，其狀如鸚鵡，聞聲數里，如黄鵠之音，國人常以此鳥候時，亦名曰候蟲。上得之，放於宫内，旬日之間，不知所止，惜甚，求不復得。明年，此鳥復來，集於帷幄之上，或入衣袖，因更名曰蟬鳥。」

〔四〕荆王流歎楚妃泣：《文選》卷一八潘安仁《笙賦》：「子喬輕舉，明君懷歸。荆王喟其長吟，楚妃歎而增悲。」

〔五〕紅顔難長時易戢：《文選》卷一七傅武仲《舞賦》：「貌嬛妙以妖蠱兮，紅顔曄其揚華。」《廣韻》卷五：「戢，止也。」

〔六〕延立：猶延佇。《楚辭·離騷》：「悔相道之不察兮，延佇乎吾將反。」王逸注：「延，長也；佇，立貌。」

〔七〕非君之故豈安集：《詩經·邶風·式微》：「式微，式微，胡不歸？微君之故，胡爲乎中露。」毛傳：「微，無也。」《史記》卷五四《曹相國世家》：「天下初定，悼惠王富於春秋，參盡召長老諸生，問所以安集百姓。」

【集説】

清王夫之《古詩評選》卷一：較有推排，而神光無損。

清陳祚明《采菽堂古詩選》卷一八：蒼然而來。

四

池中赤鯉庖所捐，琴高乘去飛上天①〔一〕。命逢福世丁溢恩②〔二〕，簪金藉綺昇曲筵③〔三〕。恩厚德深委如山④〔四〕，潔誠洗志期暮年〔五〕，烏白馬角寧足言〔六〕！

【校記】

①「乘去飛上天」，張溥本作「乘去騰上天」，《樂府詩集》作「乘雲騰上天」，「騰」下注云：「一作『飛』。」

②「命逢福世丁溢恩」，張溥本、《樂府詩集》注云：「一作『微命逢福丁溢恩』。」

③「昇」，張溥本、《樂府詩集》作「升」。

④「恩厚德深」，張溥本、《樂府詩集》作「思君厚德」。

【箋注】

〔一〕池中赤鯉庖所捐，琴高乘去飛上天：《列僊傳·琴高》：「琴高者，趙人也，以鼓琴爲宋康王舍人。行涓彭之術，浮游冀州涿郡之間二百餘年。後辭入涿水中取龍子，與諸弟子期曰：『皆潔齋待於水傍，設祠。』果乘赤鯉來，出坐祠中。旦有萬人觀之，留一月餘，復入水去。」

〔二〕命逢福世丁溢恩：《史記》卷一〇一《袁盎傳》：「太史公曰：袁盎雖不好學，亦善傅會，仁心爲質，引義忼慨。遭孝文初立，資適逢世，時以變易。」《詩經·大雅·雲漢》：「耗斁下土，寧丁我躬。」毛傳：「丁，當也。」《文子》卷下：「禮者，實之文也；仁者，恩之效也。故禮因人情而制，不過其實，仁不溢恩。」

〔三〕簪金藉綺：即所謂紆青拖紫，懷金垂紫。《後漢書》卷二八下《馮衍傳》：「衍少事名賢，经歷顯位。懷金垂紫，揭節奉使，不求苟得。」李賢注：「金，謂印也。紫，謂綬也。」昇曲筵：《儀禮·士冠禮》：「冠者升筵坐。」

〔四〕委如山：《文選》卷七揚子雲《甘泉賦》：「儐暗藹兮降清壇，瑞穰穰兮委如山。」李善注：「委，積也。」六臣張銑注：「言神儐從衆多，下於清壇，致以祥瑞，穰穰然委積如山也。」

〔五〕潔誠洗志期暮年：《搜神記》卷一三：「泰山之東，有澧泉，其形如井，本體是石也。欲取飲者，皆洗心志，跪而挹之，則泉出如飛，多少足用。若或污漫，則泉止焉，蓋神明之嘗志者也。」

〔六〕烏白馬角寧足言：《史記》卷八六《刺客·荊軻傳》：「太史公曰：世言荊軻，其稱太子丹之命，『天雨粟，馬生角』也。太過。」司馬貞索隱：「燕丹求歸，秦王曰：『烏頭白，馬生角，乃許耳。』丹乃仰天歎，烏頭即白，馬亦生角。《風俗通》及《論衡》皆有此説。」

【集説】

明陸時雍《古詩鏡》卷一四：麗而俊。

明許學夷《詩源辯體》卷七：明遠樂府七言有《白紵詞》，雜言有《行路難》。《白紵詞》本於晉，而詞益靡；《行路難》

體多變新，語多華藻，而調始不純，此七言之三變也。

清王夫之《古詩評選》卷一：涓涓潔潔，裁此短章，頓挫沿洄，遂已盡致。自非如此，亦安貴有七言哉。

清毛先舒《詩辯坻》卷二：《白紵詞》字琢句鍊，意致含吐。

清陳祚明《采菽堂古詩選》卷一八：語健。

清聞人倓《古詩箋》下册卷二：此照以赤鯉自況，而寓其感恩之意，言必將有以報之也。

鮑照集校注卷四

擬古八首

【解題】

此篇《藝文類聚》卷三三題作「雜詩」，今從宋本。

此一組詩，内容雖各不相同，然則大致爲感慨時事、自傷身世之作。其寫作時間，惟第二首「十五諷讀書」篇似可考得。尋此詩發端四句，乃詩人追述少年時代之經歷。其《侍郎報滿辭閤疏》中曾自稱「而幼性猖狂，因頑慕勇。釋擔受書，廢耕學文」，即可作爲他「十五諷詩書」之有力證明。他在二十歲時即創作出《擬行路難》組詩中的部分詩作，又于此後在荆州進獻了使臨川王義慶奇之，并「賜帛二十四，尋擢爲國侍郎」的詩篇，也足以證明他「篇翰靡不通」之學識功力。至于「弱冠參多士，飛步遊秦宫」兩句，乃是説他在二十歲就接觸社會，多方拜謁名士，繼而去出游求仕。其出游之地「秦宫」，聞人倓《古詩箋》云：「西秦之宫。」當指原秦國之雍州三輔地區。這也與他二十歲時即西游荆州，干謁劉義慶以求仕的情況正相一致。因爲在當時的荆州所僑置之雍州，正包括了原秦所轄的主要地區，寄寓了原三輔地區的流民。詩中「側觀君子論」以下六句，乃活用戰國時期魯仲連説新垣衍及下聊城事，指出自己年輕時的志趣及追求。通過魯仲連立功不願受賞之典，表現他對古代高士之欽慕，并借以表現他年輕時所懷抱的立功報國之雄心壯志，以及功成身退的遠大理想。這種雄心壯志和遠大追求，與他在初次離家出游求仕途中所作《登大雷岸與妹書》中所表現出來的「長圖大念，隱心者久矣」的志趣和理想，又是頗爲一致的。而「晚節從世務」以下四句，則指他在大明五年（四六一）以後擔任臨海王子頊軍府參軍之事。考《宋書》卷八〇《孝武十四王·臨海王子頊傳》云：「前廢帝即位，以本號都督荆、湘、雍、益、梁、寧、南北秦八州諸軍事，刺史如故。」是時子頊所都督之八州，乃當時的西北邊疆地區。而詩人爲子頊的軍府參軍，掌書記之任，所以這四句有晚年參與事務，鎮守邊疆，以和鄰國之説。他於孝武帝孝建年間曾擔任過太學博士，兼中書舍人這樣的文職。而現在則隨子頊到了西北邊境，鎮守邊疆，并擔任了軍府參軍之職，所以此四句又有「解佩襲犀渠，卷帙奉盧弓」這樣棄文就武之句，云脱下文士的服飾而穿上戰甲，卷起書帙而手持征伐的盧弓。詩的結尾二句以抒情結束，乃是詩人因年輕時壯志不能實現之感慨，和對自己將來歸宿的憂慮，也符合他晚年時的心情。李光地於《榕村詩選》論此詩云：「言少爲儒者而晚從戎，乖其始願，而慮其所終也。」也以爲此詩乃詩人晚年感慨身世之作。這種認識，與以上所論也正相一致。由此，據前廢帝於大明八年（四六四）閏五月即位後，任命臨海王子頊爲都督荆、湘、雍、梁等八州諸軍事之記載，此詩之作應在大明八年（四六四）至泰始元年（四六五）之間。

除此篇而外，而其他各篇則難以考知作年。頗疑組詩乃非一時一地之作，惟因各首皆或涉及時事，或涉及身世，旨趣所歸，乃合爲一題耳。

一

魯客事楚王，懷金襲丹素〔一〕。既荷主人恩，又蒙令尹顧〔二〕。日宴罷朝歸①，輿馬塞衢路②〔三〕。宗黨生光輝③，賓僕遠傾慕〔四〕。富貴人所欲，道得亦何懼④〔五〕？南國有儒生，迷方獨淪誤〔六〕。伐木清江湄⑤，設罝守毚兔〔七〕。

【校記】

①「歸」，《初學記》卷一八作「還」。「宴」，《文選》卷三一作「晏」。

②「輿」，張溥本、《文選》李善本作「鞍」。

③「輝」,《藝文類聚》卷三三、《初學記》作「華」。

④「得」,《文選》李善注本、《藝文類聚》作「德」。

⑤「清」,《文選》李善本作「青」。

【箋注】

〔一〕魯客事楚王:《鮑參軍集注》黄節補注:「魯客,喻河北人士;楚王,喻索虜。此詩蓋傷河北人士臣妾索虜而作。」懷金襲丹素:《後漢書》卷二八下《馮衍傳下》:「衍少事名賢,經歷顯位,懷金垂紫,揭節奉使,不求苟得。」李賢注:「金,謂印也;紫,謂綬也。」《文選》卷八司馬長卿《上林賦》:「襲朝服,乘法駕。」李善注:「司馬彪曰:『襲,服也。』」《詩經·唐風·揚之水》「素衣朱襮,從子于沃。」毛傳:「諸侯繡黼丹朱中衣。」鄭玄箋:「中衣以綃黼爲領,丹朱爲純也。」按丹素,士大夫衣之泛稱。

〔二〕既荷主人恩:《左傳》昭公三年:「伯石之汰也,一爲禮於晉,猶荷其禄,況以禮終始乎!」《文選》卷二〇王仲宣《公讌詩》:「願我賢主人,與天享巍巍。」李善注:「主人,謂太祖也。」令尹:戰國時楚國執政官名,相當於宰相。《論語·公冶長》:「令尹子文三仕爲令尹,無喜色;三已之,無愠色。」朱熹集注:「令尹,官名,楚上卿,執政者也。子文姓鬬,名穀於菟。」《漢書》卷八《高祖本紀》:「封項羽爲長安侯,號爲魯公;吕臣爲司徒,其父吕青爲令尹。」張守節正義:「臣瓚曰:『諸侯之卿唯楚稱令尹,其餘國不稱。時立楚之後,故置官司,皆如楚舊也。』」

〔三〕衢路:《爾雅·釋宫》:「一達謂之道路,二達謂之歧旁,三達謂之劇旁,四達謂之衢,五達謂之康,六達謂之莊,七達謂之劇驂,八達謂之崇期,九達謂之逵。」

〔四〕宗黨:《後漢書》卷六七《黨錮·苑康傳》:「是時,山陽張儉殺常侍侯覽母,案其宗黨賓客。」

〔五〕富貴人所欲,道得亦何懼:《論語·里仁》:「富與貴,是人之所欲也,不以其道得之,不處也。」

〔六〕南國有儒生:《史記》卷九九《叔孫通傳》:「叔孫通之降漢,從儒生弟子百餘人。」王充《論衡·超奇篇》:「故夫能説一經者爲儒生，博覽古今者爲通人。」迷方獨淪誤：《鮑參軍集注》黄節補注：「胡枕泉曰：『方，猶道也。《禮記》：樂行而民鄉方。《經解》：謂之有方之士。鄭注並云：方，猶道也。此言迷道獨沉淪謬誤也，似不作方向解。』」錢仲聯注：「方，解爲道，是也。承上句儒生來，迷方蓋用《易·坤》卦『先迷失道』義。《周易集解》引何妥曰：『陰道惡先，故先致迷失。』」《莊子·秋水》：「無南無北，奭然四解，淪於不測。」《廣韻》卷一：「淪，力迍切，没也。」

〔七〕伐木清江湄，設罝守毚兔：《詩經·魏風·伐檀》：「坎坎伐檀兮，寘之河之干兮，河水清且漣猗。」劉履《選詩補注》卷七：「伐木，蓋用《詩·伐檀》之義，謂伐檀以爲車而行陸，今乃置之河干而無用。罝，兔罟也。」《詩經·周南·兔罝》：「肅肅兔罝，椓之丁丁。」毛傳：「兔罝，兔罟。」《詩經·小雅·巧言》：「躍躍毚兔，遇犬獲之。」毛傳：「毚兔，狡兔也。」《韓非子·五蠹》：「宋人有耕田者，田中有株，兔走觸株，折頸而死，因釋其耒而守株，冀復得兔。兔不可復得，而身爲宋國笑。」六臣吕向注：「湄，岸也；罝，網也；毚兔，狡兔也。設網守兔，喻懷德待禄。」梁章鉅《文選旁證》卷二六：「五臣以爲懷德待禄，然則此詩之意，蓋暗用《墨子》文王舉閎天、太顛於罝網中事。」

【集説】

元劉履《選詩補注》卷七：此明遠自嘆其守道而無所遇託。言有魯客來事楚王者，其佩服之盛，寵顧之榮，及退食而鞍馬僕從之衆如此，是以親疎遠近無不歆慕之者。且富與貴，人所同欲，苟以其道得之，亦何所懼而不處焉。今南國之儒生，乃獨迷其所向，而自致淪誤，猶伐木者置之江湄，而望其爲車。設罝於此，而待狡兔之自至。奚可得哉？其詞若自貶責，其實乃自許也。

明陸時雍《古詩鏡》卷一四：意致深穩，絶有漢氣。

明孫月峰：特調。比前篇（按指《擬古·幽并重騎射》篇）稍平，然奇峭之氣，猶自跨俗。（清于光華《重訂文選集評》卷七）

清陳祚明《采菽堂古詩選》卷一九：偏不作薄聲利語，翻新出奇，句調宛轉，甚古雅。

清李光地《榕村詩選》卷二：首章見魯客之榮耀如此，然以道得之，亦何所懼？而南國儒生，乃獨淪落自誤，甘爲兔罝野人，何哉？意與《代放歌行》相近。

清吴淇《六朝選詩定論》卷一三：「魯客」云云，把人間富貴盡情寫出，令人熱中。止形出末四句，是從「不義而富且貴，於我如浮雲」來，卻又跨進一步曰，以道得之，猶且不處，況不義乎！

清成書《多歲堂古詩存》：用筆已近圓熟，然清新流利中自含古趣。筆墨本相近故也。

清方東樹《昭昧詹言》卷六：言守節，前以勢位人相形。

又云：此詩俊逸處多。

吴汝綸《古詩鈔》卷四：此篇與《詠史》同恉。

清王闓運《湘綺樓説詩》卷八：「南國有儒生，迷方獨淪誤，伐木清江湄，設罝守毚兔」，此即「湘濱有靈鳥」一種局調。彼軒昂，此深穩，明遠所創調。

二

十五諷詩書，篇翰靡不通〔一〕。弱冠參多士，飛步游秦宫①〔二〕。側觀君子論②，預見古人風〔三〕。兩説窮舌端，五車摧筆鋒〔四〕。羞當白璧貺，恥受聊城功〔五〕。晚節從世務，乘障遠和戎〔六〕。解佩襲犀渠，卷袠奉盧弓〔七〕。始願力不及，安知今所終③〔八〕。

【校記】

①「秦宫」，原注：「一作『紫宫』。」《藝文類聚》作「春宫」。

②「觀」，張溥本、《文選》、《藝文類聚》、《古詩紀》卷六二作「覩」。

③「今所終」，《藝文類聚》作「命不終」。

【箋注】

〔一〕十五諷詩書：《論語・爲政》：「吾十有五而志於學，三十而立，四十而不惑。」《文選》卷二三阮嗣宗《詠懷詩》：「昔年十四五，志尚好詩書，被褐懷珠玉，顔閔相與期。」篇翰靡不通：六臣張銑注：「言文章篇翰，無不通曉。」

〔二〕弱冠參多士：《禮記・曲禮上》：「二十曰弱，冠。」孔穎達疏：「二十成人，初加冠，體猶未壯，故曰弱也。」《文選》卷二一左太沖《詠史詩八首》之一：「弱冠弄柔翰，卓犖觀群書。」六臣劉良注：「弱冠，年二十也。柔翰，筆也。」《詩經・大雅・文王》：「思皇多士，生此王國。」孔穎達疏：「多士是世顯之人。」飛步游秦宮：《藝文類聚》卷七八郭璞《游僊詩》：「縱酒濛汜濱，結駕尋木末，翹手攀金梯，飛步登玉闕。」聞人倓《古詩箋》：「秦宮，西京之宮。」

〔三〕君子論：《左傳》隱公元年：「詩曰：『孝子不匱，永錫爾類。』其是之謂乎！」杜預注：「詩人之作，各以情言，君子論之，不以文害意，故《春秋傳》引詩，不皆與今説詩者同。」古人風：《三國志》卷一二《魏志・毛玠傳》：「初，太祖平柳城，班所獲器物，特以素屏風素凴几賜玠，曰：『君有古人之風，故賜君古人之服。』」

〔四〕兩説窮舌端：《史記》卷八三《魯仲連傳》：「秦兵遂東圍邯鄲，趙王恐，諸侯之救兵莫敢擊秦軍。魏安釐王使將軍晉鄙救趙，畏秦，止於蕩陰不進。魏王使客將軍新垣衍間入邯鄲，因平原君謂趙王曰：『秦所爲急圍趙者，前與齊湣王争彊爲帝，已而復歸帝。今齊已益弱，方今唯秦雄天下，此非必貪邯鄲，其意欲復求爲帝。趙誠發使尊秦昭王爲帝，秦必喜，罷兵去。』平原君猶預未有所決。此時魯仲連適游趙，會秦圍趙，聞魏將欲令趙尊秦爲帝，乃見平原君曰……於是新垣衍起，再拜謝曰：『始以先生爲庸人，吾乃今日知先生爲天下之士也。吾請出，不敢復言帝秦。』秦將聞之，爲卻軍五十里。……其後二十餘年，燕將攻下聊城，聊城人或讒之燕，燕將懼誅，因保守聊城，不敢歸。齊田單攻聊城歲餘，士卒多死而聊城不下。魯連乃爲書，約之矢以射城中，遺燕將。書曰：……燕將見魯連書，泣三日，猶預不能自決。欲歸燕，已有隙，恐誅；欲降齊，所殺虜於齊甚衆，恐已降而後見辱。喟然嘆曰：『與人刃我，寧自刃。』乃自殺。聊城亂，田單遂屠聊城。」《韓詩外傳》卷七：「是以君子避三端：避文士之筆端，避武士之鋒端，避辯士之舌端。」五車摧筆鋒：《莊子·天下》：「惠施多方，其書五車。」以上二句《文選》六臣劉良注云：「『兩説』，謂本末之説。『舌端』，君子有三端，舌端一也。『惠子多方，其書五車』，言其博聞，舌端能摧折文士之筆端。」

〔五〕羞當白璧貺：《藝文類聚》卷八四引《韓詩外傳》：「楚襄王遣使持金十斤，白璧百雙，聘莊子以爲相。莊子固辭。」按：「十金」，《太平御覽》卷八〇六引《韓詩外傳》作「千金」。恥受聊城功：《史記》卷八三《魯仲連傳》：「田單遂屠聊城。歸而言魯連，欲爵之。魯連逃隱於海上，曰：『吾與富貴而詘於人，寧貧賤而輕世肆志焉。』」

〔六〕晚節從世務：《史記》卷四九《外戚世家》：「太史公曰：……漢興，吕娥姁爲高祖正后，男爲太子。及晚節色衰愛弛，而戚夫人有寵，其子如意幾代太子者數矣。」《孔叢子·獨治》：「今先生淡泊世務，脩無用之業。」《史記》卷一一二《主父偃傳》：「是時趙人徐樂、齊人嚴安，俱上書言世務各一事。」乘障遠和戎：《史記》卷八《高祖本紀》：「吏人自以爲降必死，故皆堅守乘城。」司馬貞索隱：「李奇曰：『乘，守也。』韋昭曰：『乘，登也。』」《漢書》卷五九《張湯傳》「居一鄣間」，顔師古注：「鄣，謂塞上要險之處，别築爲城，因置吏士而爲鄣蔽以扞寇也。」「乃遣山乘鄣」，顔師古注：「乘，登也，登而守之。」《左傳》襄公四年：「公曰：『然則莫如和戎乎？』對曰：『和戎有五利焉。』」此二句《文選》六臣張銑注：「晚節，末年也。務，事。障，邊也。言末年從時事，乘邊遠撫戎狄。」

〔七〕解佩襲犀渠：《國語·吴語》：「建肥胡，奉文犀之渠。」韋昭注：「肥胡，幡也。文犀之渠，謂楯也。文犀，犀之有文理者。」《文選》六臣李周翰注：「佩，文服也；犀渠，甲也。」卷袠奉盧弓：《尚書·文侯之命》：「彤弓一，彤矢百，盧弓一，盧矢百。」孔傳：「彤，赤；盧，黑也。諸侯有大功，賜弓矢，然後專征伐。」《文選》六臣李周翰注：「袠，書衣也；盧弓，征伐之弓。謂棄筆從戎也。」

〔八〕始願力不及：《左傳》成公十八年：「周子曰：『孤始願不及此，雖及此，豈非天乎！』」安知今所終：《莊子·人世間》：「苟爲不知其然也，孰知其所終。」《莊子・大宗師》：「不忘其所始，不求其所終。」以上二句《文選》六臣吕延濟注：「始願爲文，力已不及，今爲武士，未知其終竟。」

【集説】

明孫月峰：典腴中神氣自振。（清于光華《重訂文選集評》卷七）

清陳祚明《采菽堂古詩選》卷一九：直陳懷來。結句悠然感深，嗣宗、太沖之遺調。

清李光地《榕村詩選》卷二：二章言少爲儒者而晚從戎，乖其始願，而慮其所終也。

清吴淇《六朝選詩定論》卷一三：首章説武，二章説文。「留我一白羽」「伐木清江湄」，藏器於身也；「將以分虎竹」「設罝守毚兔」，待時而用也。三章承上文，「十五」二句言其學，「耻受」二句言其問。「古人風」是三代之英，不是相如、仲連一流。觀下文「羞」「耻」二句可見。「兩説」二句，言我舌端筆力都來得，縱横之事，我非不能爲，只是耻而不爲耳。「聊城」句是應「筆鋒」，指射書事。「白璧」乃相如事，應「舌端」。舊注引《莊子》，誤矣。「晚節」云云，是學問不見於世，寧從世務，棄文就武，即子行三軍之意，決不爲縱横之事也。然棄文就武，出於時勢之不獲已，非其始願。「始願」乃古人之風云云是也。「今」指現前，力不及，阻於時勢也。在於我者，文重而武輕；在於時者，武重而文輕。輕文者輕道也，所謂君子道消也。消之又消，伊於何底？故曰「安知今所終」。

清方東樹《昭昧詹言》卷六：不過言己文武足備，與太沖意略同。

又云：此等在今日皆爲習意陳言，不可再擬，擬則爲客氣假像。至杜公《贈韋濟》，乃大破藩籬。

三

幽并重騎射，少年好馳逐〔一〕。氊帶佩雙鞬，象弧插彤服①〔二〕。獸肥春草短，飛鞚越平陸②〔三〕。朝遊鴈門上，暮還樓煩宿〔四〕。石梁有餘勁，驚雀無全目〔五〕。漢虜方未和，邊城屢翻覆〔六〕。留我一白羽，將以分符竹③〔七〕。

【校記】

① 「彫」，張溥本作「雕」。

② 「鞚」，四庫本作「空」。

③ 「符」，張溥本、《文選》作「虎」。

【箋注】

〔一〕幽并重騎射，少年好馳逐：《史記》卷一一〇《匈奴列傳》：「趙武靈王亦變俗，胡服習騎射。」《吴子·治兵》：「習其馳逐，閑其進止。」《楚辭·九歎·愍命》：「卻騏驥以轉運兮，騰驢贏以馳逐。」王逸注：「言退卻騏驥以轉徙重車，乘駑頓驢贏反以奔走，馳逐急疾，失其性也。」《文選》卷二七曹子建《白馬篇》：「白馬飾金羈，連翩西北馳。借問誰家子，幽并游俠兒。」《文選》卷三一王僧達《和琅邪王依古》：「少年好馳俠，旅宦游關源。」

〔二〕氈帶佩雙鞬：《文選》六臣張銑注：「氈帶，以氈爲帽頭佩帶也。鞬，盛弓者。」《晉書》卷二七《五行志上》：「太康中，又以氈爲絈頭及絡帶衿口。百姓相戲曰：『中國必爲胡所破。』」《後漢書》卷七二《董卓傳》：「卓膂力過人，雙帶兩鞬，左右馳射。」李賢注：「《方言》曰：『所以藏箭謂之服，藏弓謂之鞬。』」象弧插彫服：《文選》六臣張銑注：「象弧，象牙飾弓也。插，亦帶也。服，盛箭器。彫，畫。」《周禮·考工記·輈人》：「弧旌枉矢，以象弧也。」賈公彦疏：「云『以象弧也』者，象天上弧星。」《詩經·小雅·采薇》：「四牡翼翼，象弭魚服。」鄭玄箋：「弭，弓反末彆者，以象骨爲之。……服，矢服也。」

〔三〕獸肥春草短：《藝文類聚》卷七四引魏文帝《典論》：「時歲暮春，和風扇物，弓燥手柔，草淺獸肥，於鄴西獵。」飛鞚越平陸：《文選》六臣李周翰注：「飛鞚，走馬也。越，度也。平陸，平道。」《太平御覽》卷三五八引傅玄《良馬賦》：「縱銜則往，攬鞚則止。」

〔四〕鴈門：郡名，秦置，在今山西省西北境内。暮還樓煩宿：《漢書》卷二八下《地理志下》，樓煩爲鴈門郡之一縣。

〔五〕石梁有餘勁：《藝文類聚》卷六〇引《闕子》：「宋景公使弓工爲弓，九年來見。公曰：『爲弓亦遲。』對曰：『臣不得見公矣。』曰：『臣之精盡於弓矣。』獻弓而歸，三日而死。公張弓登臺，東西而射，矢踰孟霜之山，集彭城之東，其餘力逸勁，飲羽於石梁。」驚雀無全目：《太平御覽》卷八二引《帝王世紀》：「至羿，學射於吉甫，其辭佐長，故亦以善射聞。與吴賀北游，使羿射雀左目。羿引弓射之，誤中右目。羿俯首而愧，終身不忘。故羿善射，至今稱之。」《鮑參軍集注》錢仲聯注：「許巽行《文選筆記》：『注引《闕子》，《水經注》作《闞子》。《藝文志》縱横家有《闕子》一篇。』張雲璈《選學膠言》：『按射石飲羽事，如《史記》之李廣，《吕氏春秋》之養由基，《韓詩外傳》及《新序》之楚熊渠子皆有之。恐是因《闕子》語，遂取善射之人以實之耳。』」

〔六〕邊城屢翻覆：《文選》六臣吕向注：「漢武已前，匈奴數背，故云翻覆。」《晉書》卷一二二《吕光載記》：「群議以高昌雖在西垂，地居形勝，外接胡虜，易生翻覆，宜遣子弟鎮之。」

〔七〕白羽：白羽箭。《史記》卷一一七《司馬相如列傳》載司馬相如《上林賦》：「彎蕃弱，滿白羽，射游梟，櫟蜚遽。」張守節正義：「文穎云：『以白羽羽箭，故言白羽也。』」符竹：《漢書》卷四《文帝紀》：「（二年）九月，初與郡守爲銅虎符、竹使符。」顔師古注：「應劭曰：『銅虎符第一至第五，國家當發兵遣使者，至郡合符，符合乃聽受之。竹使符，皆以竹箭五枚，長五寸，鐫刻篆書，第一至第五。』張晏曰：『符以代古之圭璋，從簡易也。』師古曰：『與郡守爲符者，謂各分其半，右留京師，左以與之。』」按「符」，謂銅虎符；「竹」，謂竹使符，蓋鮑照喜新好奇，故不云「虎竹」耳。後人誤以「符竹」專指竹使符，乃改「符」爲「虎」，非也。

【集説】

宋范晞文《對牀夜語》卷一：子建云：「朝游江北岸，日夕宿湘沚。」潘安仁云：「朝發晉京陽，夕次金谷湄。」劉越石云：「朝發廣莫門，暮宿丹水山。」謝靈運云：「旦發清溪陰，瞑投剡中宿。」鮑明遠云：「朝游鴈門山，暮還樓煩宿。」皆本《楚詞》「朝發軔於蒼梧兮，夕予至乎縣圃。」若陸士衡「朝采南澗藻，夕息西山足。」又江文通「朝食琅玕實，夕飲玉池津。」

則亦本《楚詞》「朝食木蘭之墜露兮，夕餐秋菊之落英。」

元劉履《選詩補注》卷七：此亦託古以諷今之詩。言北方風氣剛勇，俗尚騎射，故其人自幼肄習，所以馳騁捷疾，技藝精妙如此。且曰方今漢虜未和，邊城警急，正當留我一矢，用以立功，而分符守郡也。此可見當時朝廷，多尚武功，苟能精於騎射，則刺史郡守不難得矣。

明陸時雍《古詩鏡》卷一四：「獸肥春草短」，亦一佳句。

明孫月峰：氣勁而骨奇，調響而語陗，句含金石，字挾風霜。（清于光華《重訂文選集評》卷七）

清陳祚明《采菽堂古詩選》卷一九：「石梁」二句，使事中有壯氣。如此使氣，是以我運古者。

清張玉穀《古詩賞析》卷一六：此擬少年思建邊功之思。前二點地點人，提明所事，總冒而起。「氈帶」八句，鋪叙其騎射之精，馳逐之遠，點次有虛實，位置亦錯綜。後四方推開，收出報國立功心事，卻仍在射上著筆。氣宕而格嚴。

清吴淇《六朝選詩定論》卷一三：全章一「騎射」二字爲主，分言其事，曰「騎」，曰「射」，合言其用，總曰「馳逐」也。幽并騎射之地，成於風俗，故曰「重」「少年」。騎射之時，成於性情，故曰「好」。下「氈帶」二句寫騎，「石梁」二句寫射。「氈帶」二句寫少年馬上裝束，正寫騎，暗帶寫射。「獸肥」二句，正寫馳逐，亦帶寫射。「朝游」二句，專寫馳，見騎之能。「石梁」二句，專寫逐，見射之巧。末四句又將射寫得鄭重。按古者六藝之科，射、御並重，兹獨重言射者，馳逐之事，昉于晉荀吴毁車崇卒之後，御道已廢。惟今日之射，猶是古之道也，將以古道報吾君父爾。此詩人占地步。

清成書《多歲堂古詩存》：有氣度，有詞采，沖口而出，用不着一筆扭揑。

清方東樹《昭昧詹言》卷六：承次篇來，言己騎射之工，足以封侯，而句格俊逸奇警。杜公所稱，政在此等。

余冠英《漢魏六朝詩選》：歌頌幽并少年騎射精妙，意氣豪壯，有報國立功的志向。主題和曹植《白馬篇》相類。

四

鑿井北陵隈，百丈不及泉〔一〕。生事本瀾漫，何用獨精堅〔二〕？幼壯重寸陰，衰暮反輕年①〔三〕。放駕息朝歌②，提爵止中山③〔四〕。日夕登城隅，周迴視洛川〔五〕。街衢積凍草，城郭宿寒煙〔六〕。繁華悉何在？宫闕久崩填〔七〕。空謗齊景非，徒稱夷叔賢〔八〕。

【校記】

①「反輕年」，張溥本、《古詩紀》卷六一作「及輕年」，四庫本作「及經年」。

②「駕」，四庫本作「鷹」。

③「中山」，四庫本作「山田」。

【箋注】

〔一〕鑿井北陵隈：《左傳》僖公三十二年：「晉人禦師必於殽，殽有二陵焉。」杜預注：「《釋地》云：『高平曰陸，大陸曰阜，大阜曰陵。』」《爾雅・釋地》：「北陵西隃鴈門是也。」郭璞注：「即鴈門山也。」《文選》卷六左太沖《魏都賦》：「考之四隈，則八埏之中。」李善注：「隈，猶隅也。」按此北陵當虚指，謂山之一隅也，舊注或以南彭城之北陵縣，或以鴈門山當之，恐非是。百丈不及泉：《孟子・盡心》：「掘井九軔而不及泉，猶爲棄井也。」趙岐注：「軔，八尺也。」

〔二〕生事本瀾漫：常璩《華陽國志・蜀志》：「山原肥沃，有澤漁之利，士女貞孝望山樂水，土地易爲生事。」《淮南子・覽冥訓》：「逮至夏桀之時，主闇晦而不明，道瀾漫而不修。」《文選》卷一七王子淵《洞簫賦》：「惏悷瀾漫，亡耦失疇。」李善注：「瀾漫，分散也。」按生事瀾漫，猶生計艱難。

〔三〕幼壯重寸陰：《淮南子・原道訓》：「故聖人不貴尺之璧，而重寸之陰，時難得而易失也。」

〔四〕放駕息朝歌：放駕，猶税駕，停車。《史記》卷八七《李斯列傳》：「物極則衰，吾未知所税駕也。」司馬貞索隱：「税駕，猶解駕，言休息也。」《漢書》卷五一《鄒陽傳》：「邑號朝歌，墨子迴車。」顔師古注：「朝歌，殷之邑名也。」《左傳》襄公二十三年：「齊侯遂伐晉，取朝歌。」提爵止中山：提爵，猶提壺。《左傳》莊公二十一年：「鄭伯之享王也，王以后之鞶鑑予之。虢公請器，王予之爵。」孔穎達疏：「爵，飲酒器，玉爵也。」《元和郡縣志·河北道·定州》：「春秋時鮮虞白狄之國。……戰國時爲中山國，與六國並稱王，後爲趙武靈王所滅。中山之地，方五百里。秦兼天下，今州蓋秦趙郡、鉅鹿二郡之地。漢高帝分趙、鉅鹿置常山、中山二郡，城中有山，故曰中山，景帝改爲中山國，封子勝爲中山王。哀帝崩，立中山孝王之子衎，是爲平帝。後燕慕容垂僭號，建都于此。」《搜神記》卷一九：「狄希，中山人也，能造千日酒，飲之千日醉。」《鮑參軍集注》黄節補注：「用朝歌、中山，意蓋以亡國之地比擬洛川。放駕則反用回車事，提爵則暗用造酒事，以承上衰暮輕年也。」

〔五〕城隅：《周禮·考工記·匠人》：「王宫門阿之制五雉，宫隅之制七雉，城隅之制九雉。」鄭玄注：「城隅謂角浮思也。」孫詒讓正義：「角浮思者，城之四角爲屏以障城，高於城二丈，蓋城角隱僻，恐奸宄踰越，故加高耳。」即城牆角上作爲屏障之女牆。《文選》卷三張平子《東京賦》：「經途九軌，城隅九雉。」洛川：《文選》卷一九曹子建《洛神賦》：「容與乎陽林，流沔乎洛川。」《後漢書》卷八七《西羌傳》：「洛川有大荔之戎。」李賢注：「洛川，即洛水。」

〔六〕街衢積凍草：《文選》卷一班孟堅《西都賦》：「内則街衢洞達，閭閻且千。」李善注：「《説文》曰：『街，四通也，音佳。』《爾雅》曰：『四達謂之衢。』」城郭：《禮記·禮運》：「大人世及以爲禮，城郭溝池以爲固。」孔穎達疏：「城，内城；郭，外城也。」

〔七〕崩填：《漢書》卷二六《五行志四》：「(和帝永元)十二年夏閏四月戊辰，南郡秭歸山高四百丈崩，填谿，殺百餘人。」

〔八〕空謗齊景非，徒稱夷叔賢：《論語·季氏》：「齊景公有馬千駟，死之日，民無德而稱焉。伯夷、叔齊餓于首陽之下，民到于今稱之。」孔穎達疏：「景公，齊君，景，謚也。……夷、齊，孤竹君之二子，讓位適周，遇武王伐紂，諫之不入。及武王既誅紂，義不食周粟，故于河東郡蒲坂縣首陽山下采薇而食，終於餓死。」

【集説】

清王夫之《古詩評選》卷五：鮑於樂府特以爽宕首出，擬古多繁重，轉换往往見骨。重而無見骨之病，此一兩篇而已。

清陳祚明《采菽堂古詩選》卷一九：每能翻新立論，其託感更深。

清沈德潛《古詩源》卷一一：末即賢愚同盡意。

清張玉穀《古詩賞析》卷一六：此擬暮年放志行樂之詩。首六突以鑿井北陵，深不及泉，比起，生事無窮。攻苦無益，壯時已誤，豈堪輕擲暮年來，聳拔有勢。「放駕」四句，正寫放懷。「街衢」四句，就所見醒出富貴難留。末二證古人，翻舊案，就回抱上截寶貴難留中，並兜應首段學問無益，忽然勒住，極緊極峭。

清方東樹《昭昧詹言》卷六：起四句，從前「迷方」生來，杜公之祖。言積學成材，不得貴顯，然何必專守一塗。悔其專苦，不知改計。「輕年」，不惜陰也，言今改計也。起下放游。「放駕」以下，言己所以改計，由觀古二亡國，乃知賢愚同盡，臧、穀同亡，强生分别何爲乎？

又曰：此篇語既奇警，義又深遠，猶有漢、魏人筆意，與顔延之《北使洛》，語同而意不同。

余冠英《漢魏六朝詩選》：言少壯時專攻學問，徒然自苦，老年應該放志行樂。引古事證明賢愚同盡，毁譽也無所謂。這都是憤詞。

五

伊昔不治業，倦遊觀五都〔一〕，海岱饒壯士，蒙泗多宿儒〔二〕。結髮起躍馬，垂白對講書〔三〕，呼我升上席，陳觶發瓢壺〔四〕。管仲死已久，墓在西北隅，後面崔嵬者，亘公舊冢廬①〔五〕。君來誠既晚，不覩崇明初〔六〕，玉琬徒見傳，交友義漸疎②〔七〕。

【校記】

①「亘」，張溥本、四庫本、《古詩紀》作「桓」。按亘，桓字通。「冢」，張溥本、四庫本、《古詩紀》作「塚」。

②「交」，原作「支」，今據張溥本、《古詩紀》改。

【箋注】

〔一〕伊昔不治業：《史記》卷一二《孝武本紀》：「少君者，故深澤侯入以主方，匿其年及所生長，常自謂七十，能使物，郤老。其游以方徧諸侯，無妻子，人聞其能使物及不死，更餽遺之，常餘金錢帛衣食。人皆以爲不治産業而饒給，又不知其何所人。」《史記》卷一二一《儒林·董仲舒傳》：「董仲舒恐久獲罪，疾免居家。至卒，終不治産業，以修學著書爲事。」《漢書》卷九一《貨殖傳》：「然後四民因其土宜，各任智力，夙興夜寐，以治其業，相與通功易事，交利而俱贍。」《晉書》卷一一三《苻堅載記上》：「散其部落於漢鄣邊故地，立尉、監行事，官僚領押，課之治業營生，三五取丁，優復三年無税租。」倦遊觀五都：《史記》卷一一七《司馬相如列傳》：「長卿故倦游，雖貧，其人材足依也。」裴駰集解：「郭璞曰：『厭游宦也。』」五都，見《詠史》詩注。

〔二〕海岱饒壯士，蒙泗多宿儒：《史記》卷一二九《貨殖列傳》：「故泰山之陽則魯，其陰則齊。齊帶山海，膏壤千里，宜桑麻，人民多文綵布帛魚鹽。臨淄亦海岱之間一都會也。其俗寬緩闊達，而足智，好議論，地重，難動摇，怯於衆鬬，勇於持刺，故多劫人者，大國之風也。其中具五民。而鄒、魯濱洙、泗，猶有周公遺風，俗好儒，備于禮。」《詩經·魯頌·閟宫》：「泰山巖巖，魯邦所詹，奄有龜蒙，遂荒大東。」孔穎達疏：「魯境又同有龜山、蒙山，遂包有極東之地。」

〔三〕結髮起躍馬：《史記》卷一〇九《李將軍列傳》：「且臣結髮而與匈奴戰，今乃一得當單于，臣願居前，先死單于。」《文選》卷二九蘇子卿《古詩》：「結髮爲夫妻，恩愛兩不疑。」李善注：「結髮，始成人也。謂男年二十，女年十五時，取笄冠爲義也。」《晉書》卷一〇《恭帝紀》：「玄死，桓振奄至，躍馬奮戈，直至階下。」垂白：《漢書》卷六〇《杜周傳附杜業傳》：「誠哀老姊垂白，隨無狀子出關。」顔師古注：「垂白者，言白髮下垂也。」

〔四〕陳觶發瓢壺：《禮記·禮器》：「尊者舉觶，卑者舉角。」鄭玄注：「凡觴一升曰爵，二升曰觚，三升曰觶，四升曰角，五升曰散。」《説文解字篆韻譜》卷四：「觶，飲酒角。」

〔五〕崔嵬：《楚辭·九章·涉江》：「帶長鋏之陸離兮，冠切雲之崔嵬。」王逸注：「崔嵬，高貌。」亘公舊冢廬：《史記》卷三二《齊太公世家》：「是歲，管仲、隰朋皆卒。」張守節正義：「《括地志》云：『管仲冢在青州臨淄縣南二十一里牛山上，與桓公家連。」按亘公，即齊桓公。亘，通桓。馬王堆漢墓帛書《春秋事語·齊桓公與蔡夫人乘舟章》：「齊亘公與蔡夫人乘周（舟），夫人湯周，禁之，不可，怒而歸之。」張溥本等改「亘」爲「桓」，失其本貌。

〔六〕不覩崇明初：崇明，猶高明。《尚書·洪範》：「無虐煢獨，而畏高明。」孔傳：「單獨者不侵虐之，寵貴者不枉法畏之。」孔穎達疏：「高明，謂貴寵之人。」《周易·繫辭上》：「著明莫大乎日月，崇高莫大乎富貴。」《鮑參軍集注》黄節補注：「謂今所遇者壯士、宿儒，若桓、管之高明，不及觀矣。」

〔七〕玉琬徒見傳：《説文解字》卷一：「琬，圭有琬者。」《玉篇》卷一：「琬，圭也。」玉琬，疑即玉圭。曹植《辨道論》：「瓊蕊玉華，不若玉圭之潔也。」交友義漸疎：《禮記·儒行》：「其行本方立義，同而進，不同而退，其交友有如此者。」阮籍《詠懷詩》之六九：「人知結交易，交友誠獨難。險路多疑惑，明珠未可干。彼求饗太牢，我欲并一餐。損益生怨毒。咄咄復何言。」

【集説】

清陳祚明《采菽堂古詩選》卷一九：故亂其緒，命旨迂迴，語亦樸老。

清王闓運《湘綺樓説詩》卷六：微似淵明。

六

束薪幽篁裏，刈黍寒澗陰〔一〕。朔風傷我肌，號鳥驚思心〔二〕。歲暮井賦訖，程課相追尋〔三〕。田租送函谷，獸藁輸上林〔四〕。河渭冰未開，關隴雪正深〔五〕。笞擊官有罰，呵辱吏見侵〔六〕。不謂乘軒意，伏櫪還至今〔七〕。

【箋注】

〔一〕束薪幽篁裏：《太平御覽》卷五五二引陸機《士庶挽歌辭》：「埏埴爲塗車，束薪作芻靈。」《廣韻》卷一：「薪，柴也。」《楚辭・九歌・山鬼》：「余處幽篁兮終不見天，路險難兮獨後來。」王逸注：「幽篁，竹林也。」刈黍寒澗陰：《禮記・月令・仲夏之月》：「農乃登黍。」按幽篁裏無薪，寒澗陰無黍，此二句乃謂生計無著，貧無所依。

〔二〕朔風傷我肌：《文選》卷二九曹子建《朔風詩》：「仰彼朔風，用懷魏都。願騁代馬，倏忽北徂。」六臣劉良注：「謂胡馬依北風，與人同思也。」號鳥驚思心：《文選》卷二九蘇子卿《古詩》之二：「胡馬失其群，思心常依依。」

〔三〕歲暮井賦訖：《文選》卷三三劉安《招隱士》：「歲暮兮不自聊，蟪蛄鳴兮啾啾。」六臣劉良注：「歲暮，喻老也。」《周禮・地官・小司徒》：「九夫爲井，四井爲邑，四邑爲丘，四丘爲甸，四甸爲縣，四縣爲都，以任地事，而令貢賦。」程課相追尋：《逸周書・大匡》：「程課物徵，躬競比藏。」《廣韻》卷二：「程，期也，式也，限也。」卷四：「課，苦卧切，税也。」《文選》卷二三阮嗣宗《詠懷・湛湛長江水》：「朱華振芬芳，高蔡相追尋。」

〔四〕田租送函谷：《管子・幼官》：「令曰：田租百取五，市賦百取二，關賦百取一，毋乏耕織之器。」《漢書》卷一〇《成帝紀》：「郡國被災什四以上，毋收田租。」顔師古注：「什四，謂田畝所收，十損其四。」《文選》卷二四曹子建《又贈丁儀王粲詩》：「從軍度函谷，驅馬過西京。」李善注：「故秦函谷關。」獸藁輸上林：《史記》卷五三《蕭相國世家》：「上罷布軍歸，民道遮行上書，言相國賤彊買民田宅數千萬。上至，相國謁。上笑曰：『夫相國乃利民。』民所上書皆以與相國，曰：『君自謝民。』相國因爲民請曰：『長安地狹，上林中多空地，棄，願令民得入田，毋收稾爲禽獸食。』」

〔五〕河渭：《史記》卷五五《留侯世家》：「諸侯安定，河渭漕輓天下，西給京師。」《文選》卷四四陳孔璋《檄吴將校部曲文》：「阻二華，據河渭。」六臣吕延濟注：「河渭，二水名。」關隴：《後漢書》卷一三《公孫述傳》：「令漢帝釋關隴之憂，專精東伐，四分天下而有其三。」

〔六〕笞擊：《史記》卷七九《范雎列傳》：「魏齊大怒，使舍人笞擊雎，折脅摺齒。」《古今韻會舉要》卷二：「笞，《説文》：

『擊也。從竹，台聲。』漢景帝定箠令：諸笞者，箠長五尺，本大一寸，末薄半寸，皆平其節。」呵辱：《晉書》卷六六《陶侃傳》：「若非理得之，則切厲訶辱，還其所饋。」

〔七〕乘軒：《左傳》僖公二十八年：「入曹，數之以其不用僖負羈，而乘軒者三百人也。」伏櫪還至今：曹操《步出夏門行·龜雖壽》：「老驥伏櫪，志在千里。烈士暮年，壯心不已。」

【集説】

清陳祚明《采菽堂古詩選》卷一九：固是實事，真至。此等最爲少陵所摹。

清方東樹《昭昧詹言》卷六：極賤隸之卑辱，以寄慨不得展志，大用於世也。而詩之警妙，皆杜、韓所取則，亦開柳州。

黄節：收以乘軒、伏櫪相對成文，亦見人之失所。（《鮑參軍集注》補注）

七

河畔草未黄，胡鴈已矯翼①〔一〕，秋蛬扶户吟②，寒婦成夜織③〔二〕。去歲征人還，流傳舊相識〔三〕。聞君上隴時，東望久歎息〔四〕。宿昔改衣帶④，朝旦異容色⑤〔五〕。念此憂如何，夜長愁更多⑥。明鏡塵匣中，寶琴生網羅⑦〔六〕。

【校記】

①「胡」，四庫本作「朔」。

②「蛬」，張溥本、《古詩紀》作「螿」。

③「成」，《玉臺新詠》作「晨」。

④「改衣帶」，《玉臺新詠》卷四作「衣帶改」。

⑤「朝日」，《玉臺新詠》卷四作「旦暮」。

⑥「愁更多」，《玉臺新詠》作「憂向多」。

⑦「寶琴」，張溥本、《古詩紀》作「瑶琴」，《玉臺新詠》作「寶瑟」。

【箋注】

〔一〕河畔草未黄：《文選》卷二七樂府古辭《飲馬長城窟行》：「青青河畔草，緜緜思遠道。」矯翼：《漢書》卷八七下《揚雄傳下》：「矯翼厲翮，恣意所存。」

〔二〕秋蛬扶户吟：《古今注·魚蟲》：「蟋蟀，一名吟蛩，一名蛩，秋初生，得寒則鳴。一云，濟南呼爲懶婦。」《焦氏易林·升之中孚》：「昆蟲扶户，陽明所得。」《漢書》卷二六《天文志》：「晷長爲潦，短爲旱，奢爲扶。扶者，邪臣進而正臣疏，君子不足，姦人有餘。」顔師古注：「晉灼曰：『扶，附也。小人佞媚附近君子之側也。』」《漢書》卷六四下《王褒傳》：「蟋蟀竢秋唫，蜉蝣出以陰。」按唫，吟字通。

〔三〕流傳舊相識：謂輾轉傳言，與君舊曾相識。

〔四〕聞君上隴時，東望久歎息：《後漢書》卷一三《隗囂傳》：「及赤眉去長安，欲西上隴，囂遣將軍楊廣迎擊破之。」卷一一《來歙傳》：「帝乃大發關東兵，自將上隴。」《史記》卷二七《天官書》：「故中國山川東北流，其維，首在隴蜀，尾没于勃碣。」張守節正義：「渭水、岷江發源出隴山，皆東北東入渤海也。」《太平御覽》卷五六引《三秦記》曰：「隴西關，其坂九迴，不知高幾里，欲上者七日乃越。高處可容百餘家，下處數十萬户。上有清水四注，俗歌曰：『隴頭流水，鳴聲幽咽。遥望秦川，心肝斷絶。』去長安千里，望秦川如帶。又關中人上隴者，還望故鄉，悲思而歌，則有絶死者。」

〔五〕宿昔改衣帶：《韓非子·姧劫弑臣》：「卓齒之用齊也，擢湣王之筋，懸之廟梁，宿昔而死。」曹丕《於清河見挽船士新婚與妻别》：「與君結新婚，宿昔當别離。」《文選》卷二九《古詩十九首·行行重行行》：「相去日已遠，衣帶日已緩。」朝旦異容色：《搜神記》卷一五：「秦始皇時，有王道平，長安人也，少時與同村人唐叔偕女，小名父喻，容色俱美，誓爲夫婦。」

〔六〕明鏡塵匣中：《淮南子·俶真訓》：「莫窺形於生鐵而窺於明鏡者，以覩其易也。」《藝文類聚》卷三二引魏徐幹《室思》：「自君之出矣，明鏡暗不治。思君如流水，何有窮已時。」

【集説】

清陳祚明《采菽堂古詩選》卷一九：「扶」，猶依也，字新。寫情曲折，本言思婦，偏道夫君，又從流傳口中序出，何其紆縈。

清張玉穀《古詩賞析》卷一六：此擬思夫久從征役之詩。前四從秋時景物叙起，寒婦夜織，點清詩主。中六幻出他人還家，傳聞其夫征役之苦，因就織上想到定改衣帶；又就身上想到定異容色。後四突然换韻，緊頂上文，醒出憂思，再回顧秋夜，醒出愁多。然後以鏡塵、琴網，獨居冷況作收。章節鏗鏘之後，忽用曼聲摇曳之。何等姿致。

清成書《多歲堂古詩存》：於「憂愁不能寐」，「愁多知夜長」等語，又翻出一意，不避亦不複。

清方東樹《昭昧詹言》卷六：又託閨婦思遠，以寄其羈旅之苦，起有翩勢。「宿昔」二句，指客隴之人。「念此」四句，始自言也。

八

蜀漢多奇山，仰望與雲平〔一〕。陰崖積夏雪，陽谷散秋榮①〔二〕。朝朝見雲歸，夜夜聞猿鳴〔三〕。憂人本自悲，孤客易傷情〔四〕。臨堂設樽酒，留酌思平生〔五〕。石以堅爲性，君勿慚素誠②〔六〕。

【校記】

① 「秋榮」，四庫本作「秋螢」。

② 「慙」，原注：「一作『輕』。」張溥本作「輕」。

【箋注】

〔一〕 蜀漢多奇山，仰望與雲平：《戰國策・秦策三》：「棧道千里，通於蜀漢。」《文選》卷一班孟堅《西都賦》：「陂池連乎蜀漢，繚以周牆，四百餘里。」六臣劉良注：「蜀漢，秦川二郡名。」《文選》卷四左太沖《蜀都賦》：「經途所亘，五千餘里，山阜相屬，含谿懷谷，岡巒糾紛，觸石吐雲。」

〔二〕 陰崖積夏雪：《文選》卷一八馬季長《長笛賦》：「惟籦籠之奇生兮，于終南之陰崖。」李善注：「《尚書大傳》曰：『觀乎南山之陰。』謂山北。」陽谷散秋榮：《藝文類聚》卷六二引漢劉歆《甘泉宮賦》：「軼陵陰之地室，過陽谷之秋城。」《漢書》卷七五《京房傳》：「春凋秋榮，隕霜不殺。」

〔三〕 朝朝見雲歸：《文選》卷一九宋玉《高唐賦》：「妾在巫山之陽，高丘之阻，旦爲朝雲，暮爲行雨，朝朝暮暮，陽臺之下。」夜夜聞猿鳴：《藝文類聚》卷九五引《宜都山川記》曰：「峽中猨鳴至清，諸山谷傳其響，泠泠不絶。行者歌之曰：『巴東三峽猨鳴悲，猨鳴三聲淚霑衣。』」

〔四〕 憂人本自悲：《文選》卷二七樂府古辭《傷歌行》：「昭昭素月明，暉光燭我牀。憂人不能寐，耿耿夜何長。」孤客易傷情：曹植《九愁賦》：「思孤客之可悲，愍予身之翩翔。」謝靈運《七里瀨》：「孤客傷逝湍，徒旅苦奔峭。石淺水潺湲，日落山照曜。」

〔五〕 臨堂設樽酒：《文選》卷二九蘇子卿《古詩四首》之二：「我有一罇酒，欲以贈遠人。」

〔六〕 石以堅爲性：《文選》卷三四枚叔《七發》：「雖有金石之堅，猶將銷鑠而挺解也。」徐幹《中論・貴驗》：「水之寒也，火之熱也，金石之堅剛也，此數物未嘗有言，而人莫不知其然者，信著乎其體也。」素誠：猶誠素。《文選》卷一九曹子建《洛神賦》:「無良媒以接歡兮,託微波而通辭;願誠素之先達兮,解玉佩以要之。」

【集説】

清王夫之《古詩評選》卷五:一往寄興,入手顧與輕微,庶幾其來無端,其歸不竭者已。夫人情固自如此,詩何可不然者。

清汪師韓《詩學纂聞·雜擬雜詩之别》:古人名作,惟鮑明遠《擬古》八首,陶靖節《擬古》九首,未嘗明言所擬何詩,然題曰《擬古》,必非若後人漫然爲之者矣。

清沈德潛《古詩源》卷一一:《擬古》諸作,得陳思、太沖遺意。

清方東樹《昭昧詹言》卷六:又即所客居之地,以申前篇之憂,而意晦不明,不知「君」爲若指也。

清吴汝綸《古詩鈔》卷四:此篇託言離别相忘以寄慨。「君」,謂與别者。

清王闓運《湘綺樓説詩》卷六:鮑詩亦有寬博揺曳處,如「臨堂設樽酒,留酌思平生」,「石以堅爲性,君無輕素誠」之類是。

擬青青陵上柏

【解題】

詩擬《文選》卷二九所載《古詩十九首》之三:「青青陵上柏,磊磊澗中石。人生天地間,忽如遠行客。斗酒相娱樂,聊厚不爲薄。驅車策駑馬,游戲宛與洛。洛中何鬱鬱,冠帶自相索。長衢羅夾巷,王侯多第宅。兩宫遥相望,雙闕百餘尺。極宴娱心意,戚戚何所迫。」

涓涓亂江泉，綿綿横海煙〔一〕。浮生旅昭世，空事歎華年〔二〕。書翰幸閑暇①，我酌子縈絃〔三〕。飛鑣出荆路，鶩服入秦川②〔四〕。渭濱富皇居，鱗館匝河山〔五〕。輿童唱秉椒，櫂女歌采蓮〔六〕。孚愉鸞閣上③。窈窕鳳楹前〔七〕。娱生信非謬，安用求多賢。

【校記】

①「閑」，張溥本、四庫本、《古詩紀》卷六二作「閒」。

②「入」，張溥本、四庫本、《古詩紀》作「指」。

③「閣」，張溥本作「閤」。

【箋注】

〔一〕涓涓亂江泉：《藝文類聚》卷三一引晉曹攄《贈石崇詩》：「涓涓谷中泉，鬱鬱巖下林。泄泄群翟飛，咬咬春鳥吟。」綿綿横海煙：《詩經·王風·葛藟》：「緜緜葛藟，在河之滸。」毛傳：「緜緜，長不絶之貌。」《文選》卷一二木玄虛《海賦》：「魚則横海之鯨，突扤孤游。」

〔二〕浮生旅昭世：《莊子·刻意》：「其生若浮，其死若休。」王褒《九懷》有《昭世》篇。華年：《藝文類聚》卷三〇引魏丁廙《蔡伯喈女賦》：「伊太宗之令女，稟神惠之自然，在華年之二八，披鄧林之曜鮮。」

〔三〕縈絃：《文選》卷五五陸士衡《演連珠》：「繞梁之音，實縈絃所思。」

〔四〕鑣：《説文解字》卷一四上：「鑣，馬銜也。」鶩服入秦川：鶩服，猶急馳而行。《楚辭·招魂》：「步及驟處兮誘騁先，抑鶩若通兮引車右還。」王逸注：「鶩，馳也。」《説文解字》卷八下：「服，車右騎。」《晉書》卷八《穆帝紀》：「（永和七年）夏四月，梁州刺史司馬勳出步騎三萬，自漢中入秦川，與苻健戰于五丈原。」

〔五〕渭濱富皇居：《晉書》卷五一《皇甫謐傳》：「故士或同升於唐朝，或先覺於有莘，或通夢以感主，或釋釣於渭濱，或叩角以干齊，或解褐以相秦，或冒謗以安鄭，或乘駟以救屯，或班荆以求友，或借術於黄神。」《文選》卷三七孔文舉《薦禰衡表》：「鈞天廣樂，必有奇麗之觀；帝室皇居，必畜非常之寶。」六臣張銑注：「帝室皇居，謂天子省閣也。」鱗館匝河山：《鮑參軍集注》黄節補注：「何晏《景福殿賦》：『乃有昆明靈沼，黑水玄阯，周以金堤，樹以柳杞。豫章珍館，揭焉中峙。牽牛立其左，織女處其右，日月於是乎出入，象扶桑與濛汜。其中則有黿鼉巨鼈，鱣鯉鱮鮦，鮪鯢鱨魦，修額短項，大口折鼻，詭類殊種。』鱗館，謂衆鱗所萃之館也。又司馬相如《上林賦》『登龍臺』注：『張揖曰：觀名也，在豐水西北，近渭。』龍臺作鱗館，或用代字法。此詩上句用渭濱，必有實地，非如韓愈詩所云『候館同魚鱗』也。」

〔六〕與童唱秉椒：《詩經·陳風·東門之枌》：「視爾如荍，貽我握椒。」櫂女歌采蓮：《文選》卷一班孟堅《西都賦》：「櫂女謳，鼓吹震。聲激越，謍厲天。」《樂府詩集》卷二六《相和歌辭》古辭《江南》：「江南可採蓮，蓮葉何田田。魚戲蓮葉間，魚戲蓮葉東，魚戲蓮葉西，魚戲蓮葉南，魚戲蓮葉北。」

〔七〕孚愉鸞閣上：《鮑參軍集注》黄節補注：「孚愉，怤愉也。孚、怤，並芳無切，音敷。《方言》：『怤愉，悦也。』郭璞注云：『怤愉，猶呴喻也。』孚愉、窈窕皆疊韻。字或作敷愉，古樂府：『顔色正敷愉。』轉爲欨愉。嵇康《琴賦》：『欨愉歡釋。』並同。」《文選》卷三〇謝靈運《擬魏太子鄴中集·平原侯植》：「朝游登鳳閣，日暮集華沼。」鸞閣，猶鳳閣。窈窕鳳楹前：《詩經·周南·關雎》：「關關雎鳩，在河之洲。窈窕淑女，君子好逑。」毛傳：「窈窕，幽閒也。」《史記》卷八七《李斯列傳》李斯《諫逐客書》：「而隨俗雅化，佳冶窈窕，趙女不立於側也。」

【集説】

清陳祚明《采菽堂古詩選》卷一九：流逸。

學劉公幹體五首

【解題】

此題第三首「胡風吹朔雪」篇，《藝文類聚》卷二題作《詠雪詩》，《初學記》卷二題作《學劉公幹詩》，第四首「荷生淥泉中」篇，《藝文類聚》卷八二作張華《荷詩》，張溥《漢魏六朝百三家集》卷四〇題作《荷詩》，收入《張華集》，卷六九《鮑照集》此題又收此詩。今從宋本。

詩題之「劉公幹」，指劉楨。《三國志》卷二一《魏志・王粲傳》：「始文帝爲五官將，及平原侯植皆好文學。粲與北海徐幹字偉長、廣陵陳琳字孔璋、陳留阮瑀字元瑜、汝南應瑒字德璉、東平劉楨字公幹，並見友善。幹爲司空軍謀祭酒掾屬，五官將文學。……楨以不敬被刑，刑竟署吏。咸著文賦數十篇。瑀以十七年卒，幹、琳、瑒、楨二十二年卒。」裴松之注：「《文士傳》曰：『楨父名梁，字曼山，一名恭。少有清才，以文學見貴，終於野王令。』《典略》曰：文帝常賜楨廓落帶，其後師死，欲借取以爲像。因書嘲楨云：『夫物因人爲貴，故在賤者之手，不御至尊之側。今雖取之，勿嫌其不反也。』楨答曰：『楨聞荊山之璞，曜元后之寶；隨侯之珠，燭衆士之好；南垠之金，登窈窕之首；鼲貂之尾，綴侍臣之幘。此四寶者，伏朽石之下，潛汙泥之中，而揚光千載之上，發彩疇昔之外，亦皆未能初自接於至尊也。夫尊者所服，卑者所修也；貴者所御，賤者所先也。故夏屋初成，而大匠先立其下；嘉禾始熟，而農夫先嘗其粒。恨楨所帶，無他妙飾，若實殊異，尚可納也。』楨辭旨巧妙皆如是。由是特爲諸公子所親愛。其後，太子嘗請諸文學，酒酣坐歡，命夫人甄氏出拜，坐中衆人咸伏，而楨獨平視。太祖聞之，乃收楨，減死輸作。」鍾嶸《詩品》：「魏文學劉楨詩，其源出於古詩。仗氣愛奇，動多振絶，真骨淩霜，高風跨俗。但氣過其文，雕潤恨少，然自陳思已下，楨稱獨步。」

欲宦之王事，結主遠恩私〔一〕。爲身不爲名，散書徒滿帷〔二〕。連冰上冬月，披雪拾園葵〔三〕。聖靈燭區外，小臣良見遺〔四〕。

【箋注】

〔一〕王事：《詩經·邶風·北門》：「王事適我，政事一埤益我。」朱熹集傳：「王事，王命使爲之事也。」《詩經·小雅·北山》：「陟彼北山，言采其杞。偕偕士子，朝夕從事。王事靡盬，憂我父母。」恩私：《後漢書》卷七《桓帝紀》：「於是舊故恩私，多受封爵。」

〔二〕爲身不爲名：《論衡·知實》：「爲道不爲已，故逢患而不惡；爲民不爲名，故蒙謗而不避。」散書徒滿帷：《文選》卷五六潘安仁《楊仲武誄》：「披帙散書，屢覩遺文。」

〔三〕上冬月：即農曆十月。謝靈運《游嶺門山》：「協以上冬月，晨游肆所喜。」披雪拾園葵：《晉書》卷九二《文苑·曹毗傳》：「故子州浮滄瀾而龍蟠，吴季忽萬乘以解印，虞公潛崇巖以頤神，梁生適南越以保慎，固能全真養和，夷跡洞潤，陵冬揚芳，披雪獨振也。」《詩經·豳風·七月》：「七月亨葵及菽。」《本草綱目·草五·葵》：「葵菜古人種爲常食，今之種者頗鮮。有紫莖、白莖二種，以白莖爲勝。大葉小花，花紫黄色，其最小者名鴨脚葵。其實大如指頂，皮薄而扁，實内子輕虚如榆莢仁。」

〔四〕聖靈燭區外：《晉書》卷四二《王濬傳》：「今皇澤被於九州，玄風洽於區外。」小臣：《文選》卷二三徐幹《贈五官中郎將·涼風吹沙礫》：「小臣信頑鹵，僶俛安能追。」

二

曀曀寒野霧，蒼蒼陰山柏〔一〕。樹迴霧縈集，山寒野風急〔二〕。歲物盡淪傷，孤貞爲誰立？賴樹自能貞，不計迹幽澁①〔三〕。

【校記】

①「澁」，張溥本作「澀」。按澁，澀異體。

【箋注】

〔一〕曀曀寒野霧，蒼蒼陰山柏：《詩經·邶風·終風》：「曀曀其陰，虺虺其靁。」朱熹集傳：「曀曀，陰貌。」蒼蒼陰山柏：《文選》卷二四曹子建《贈白馬王彪》：「太谷何寥廓，山樹鬱蒼蒼。」《水經注》卷二四《汶水》：「仰視巖石松樹，鬱鬱蒼蒼。」《漢書》卷九四下《匈奴傳下》：「臣聞北邊塞至遼東，外有陰山，東西千餘里，草木茂盛，多禽獸。」

〔二〕縈集：纏繞糾集。《詩經·周南·樛木》：「南有樛木，葛藟縈之。」毛傳：「縈，旋也。」

〔三〕賴樹自能貞，不計迹幽澁：按《文選》卷二三劉公幹《贈從弟三首》之二：「亭亭山上松，瑟瑟谷中風。風聲一何盛，松枝一何勁。冰霜正慘悽，終歲常端正。豈不罹凝寒，松柏有本性。」乃鮑照此篇所學。

三

胡風吹朔雪①，千里渡龍山②〔一〕。集君瑶臺上③，飛舞兩楹前〔二〕。兹晨自爲美④，當避艷陽天⑤〔三〕。豔陽桃李節，皎潔不成妍〔四〕。

【校記】

①「胡」，《初學記》卷二作「朔」。

②「渡」，張溥本、《文選》卷三一、《藝文類聚》卷二作「度」。

③「上」，《文選》《藝文類聚》作「裏」，《初學記》作「下」。

④「晨」，《文選》作「辰」。

⑤「天」，《文選》《初學記》作「年」。

【箋注】

〔一〕胡風吹朔雪，千里渡龍山：《後漢書》卷八四《列女·蔡琰傳》載蔡琰《悲憤詩》：「處所多霜雪，胡風春夏起。」《楚辭·招魂》：「增冰峨峨，飛雪千里些。」六臣呂向注：「龍山，山名。言風雪自北來，度於龍山。」《山海經·中山經》：「又東北七十里曰龍山，上多寓木。」《山海經·大荒西經》：「大荒之中有龍山，日月所入。」《楚辭·大招》：「北有寒山，逴龍赩只。」王逸注：「逴龍，山名。」

〔二〕瑶臺：《楚辭·離騷》：「望瑶臺之偃蹇兮，見有娀之佚女。」洪興祖補注：「石次玉曰瑶。」朱熹集傳：「瑶，玉之美者。」飛舞兩楹前：《禮記·檀弓上》：「予疇昔之夜，夢坐奠於兩楹之間。」鄭玄注：「兩楹之間，南面鄉明，人君聽治正坐之處。」

〔三〕豔陽天：指春天。《文選》李善注：「《神農本草》曰：『春夏爲陽。』」《詩經·豳風·七月》：「春日載陽，有鳴倉庚。」孔穎達疏：「春夏爲陽。」

〔四〕桃李節：《詩經·召南·何彼襛矣》：「何彼襛矣，華如桃李。」《呂氏春秋·仲春紀·二月紀》：「始雨水，桃李華。」皎潔不成妍：《文選》卷二七班婕妤《怨歌行》：「新裂齊紈素，皎潔如霜雪。裁爲合歡扇，團團似明月。」《鮑參軍集注》黄節補注：「公幹《贈從弟詩》：『鳳皇集南嶽，徘徊孤竹根。於心有不厭，奮翅淩紫氛。豈不常勤苦，羞與黄雀群。何時當來儀，將須聖明君。』明遠此篇取喻及其結體，蓋學之。」

【集説】

唐劉良《文選》注：此詩言正直被邪佞所損，雖行質素，而衰盛相陵。

元劉履《選詩補注》卷七：此亦明遠被間見疏而作。乃借朔雪爲喻，詞雖簡短，而託意微婉。蓋其審時處順，雖怨而益謙。然所謂艷陽與皎潔者，自當有辨。

元方回《文選顔鮑謝詩評》卷四：「茲晨之爲美」一句，佳。雪之爲物，當寒之時，則爲其美，當桃李之時，則無所容其皎潔矣。物固各有一時之美也。

明孫月峰：起兩語俊快。（清于光華《重訂文選集評》卷七）

清王夫之《古詩評選》卷五：光響殊不似劉。劉俊，鮑本自俊，故鮑喜學之。然起二語思路遠，遣句有神韻，固已夐絶。

清陳祚明《采菽堂古詩選》卷一九：比體，一意迴薄，固近公幹。

清張玉穀《古詩賞析》卷一六：此借雪以自比。前四言膺薦致身。後四言畏讒避位也。起得突然，結得悠然。竊恐公幹詩，反未能佳妙若此。

清吴淇《六朝選詩定論》卷一三：此詩舊注，以「雪」比小人，「桃李」比君子。非也。有一輩小人自有一輩小人行事，前人之術巧矣，後人更有巧者。前人必爲後人所傾，故小人猖獗肆志，各有其時，把個時勢盡是小人回轉據住，何日是君子道長之時乎？此詩「胡風吹朔雪，千里度龍山」，謝詩「朔風吹飛雨，蕭條江上來」，唐詩「朔風吹早鴈，日夕渡河飛」，此三詩遞相祖述，各有其妙。雪是無自力的，故曰「吹」、曰「度」，全憑風之外力。雨稍有自力，故於「雨」上加一「飛」字，是半虚半實，故不曰「度」，曰「來」，乃自力與外力合併。鴈之自力猶强，故於曰「吹」、曰「度」之外，更加一「飛」字，全是虚字。古人之精于體物如此。

清方東樹《昭昧詹言》卷六：前四句叙題，後四句兩轉，峭促緊健，皆短篇楷式。此皆孟郊所祖法。

又云：梁鍾記室評公幹云：「仗氣愛奇，動多振絶。但氣過於辭，雕潤恨少。」明遠在鍾前，而詩體仗氣極似公幹，特雕潤過公幹矣。

清王闓運《湘綺樓説詩》卷八：《學劉公幹體》云「胡風吹朔雪，千里度龍山。」亦是律起，與陸詩「驅馬涉陰山」同調。

余冠英《漢魏六朝詩選》：這詩借朔雪爲比喻，言皎潔之士只能在一定的環境中表現其美，如世風惡劣便不得不退避。

劉履《選詩補注》説「此明遠被間見疏而作」，是可能的。

四

荷生渌泉中①，碧葉齊如規〔一〕。迴風蕩流霧②，珠水逐條垂③〔二〕。彪炳此金塘④，藻耀君王池⑤〔三〕。不愁世賞絶，但畏盛明移〔四〕。

【校記】

①「渌」，《藝文類聚》卷八二作「緑」。

②「迴風蕩流霧」，《藝文類聚》作「迴蕩流霧珠」。

③「珠水逐條垂」，《藝文類聚》作「映水逐條垂」。

④「彪炳」，《藝文類聚》作「照灼」。

⑤「王」，張溥本、《藝文類聚》作「玉」。

【箋注】

〔一〕荷生渌泉中：《藝文類聚》卷四一引魏文帝《秋胡行》：「汎汎渌池，中有浮萍。寄身流波，隨風靡傾。芙蓉含芳，菡萏垂榮。朝采其實，夕佩其英。」碧葉齊如規：《藝文類聚》卷八二引後漢閔鴻《芙蓉賦》：「乃有芙蓉靈草，載育中川，竦脩幹以淩波，建緑葉之規圓。灼若夜光之在玄岫，赤若太陽之映朝雲。」

〔二〕珠水逐條垂：《太平御覽》卷九九九引曹植《芙蓉賦》：「絲條垂珠，丹榮吐緑。焜焜韡韡，爛若龍燭。」

〔三〕彪炳此金塘，藻耀君王池：《文選》卷四左太沖《蜀都賦》：「符采彪炳，暉麗灼爍。」《西京雜記》卷六：「制爲枕案，文章璀璨，彪炳渙汗。」本集《芙蓉賦》：「彪炳以蒨藻，翠景而紅波。」

〔四〕但畏盛明移：《藝文類聚》卷三〇引班婕妤《自悼賦》：「蒙聖皇之渥惠兮，當日月之盛明。」《後漢書》卷六《順帝紀》：「天命有常，北鄉不永，漢德盛明，福祚孔章。」《鮑參軍集注》黄節補注：「《漢書·禮樂志》：『朱明盛長，旉與萬物。』公幹《公讌詩》：『芙蓉散其華，菡萏溢金塘。』此篇蓋申其意。」

五

白日正中時，天下共明光〔一〕。北園有細草，當晝正含霜〔二〕。乖榮頓如此，何用獨芬芳。抽琴爲爾歌，絃斷不成章〔三〕。

【箋注】

〔一〕白日正中時：《淮南子·天文訓》：「日出於暘谷，浴於咸池。……至於昆吾，是謂正中。」高誘注：「昆吾丘，在南方。」明光：謝靈運《入彭蠡湖口》：「金膏滅明光，水碧綴流温。」

〔二〕北園有細草：《爾雅·釋草》「葽繞蕀蒬」，邢昺疏：「葽繞，一名蕀蒬。郭云：『今遠志也。似麻黄，赤華，葉鋭而黄，其上謂之小草。』」

〔三〕抽琴：見本集《蕪城賦》「抽琴命操」注。絃斷不成章：《孟子·盡心上》：「流水之爲物也，不盈科不行，君子之志於道也，不成章不達。」《鮑參軍集注》黄節補注：「公幹《贈徐幹》詩：『步出北寺門，遥望西苑園。細柳夾道生，方塘含清源。輕葉隨風轉，飛鳥何翻翻。乖人易感動，涕下與衿連。仰視白日光，皦皦高且懸。秉燭八紘内，物類無頗偏。我獨抱深感，不得與比焉。』明遠此篇，隱括其意。」

【集説】

清陳祚明《采菽堂古詩選》卷一九：「乖榮」二句，造感激切；起二句，率。

擬阮公夜中不能寐

【解題】

詩題之「阮公」，指阮籍。《晉書》卷四九《阮籍傳》：「阮籍字嗣宗，陳留尉氏人也。父瑀，魏丞相掾，知名於世。籍容貌瓌傑，志氣宏放，傲然獨得，任性不羈，而喜怒不形於色。或閉户視書，累月不出；或登臨山水，經日忘歸。博覽群籍，尤好莊老。嗜酒，能嘯，善彈琴，當其得意，忽忘形骸，時人多謂之癡。惟族兄文業每嘆服之，以爲勝已，由是咸共稱異。……宣帝爲太傅，命籍爲從事中郎。及帝崩，復爲景帝大司馬從事中郎。高貴鄉公即位，封關内侯，徙散騎常侍。籍本有濟世志，屬魏晉之際，天下多故，名士少有全者。籍由是不與世事，遂酣飲爲常。文帝初欲爲武帝求婚於籍，籍醉六十日，不得言而止。鍾會數以時事問之，欲因其可否而致之罪，皆以酣醉獲免。及文帝輔政，籍嘗從容言於帝曰：『籍平生曾游東平，樂其風土。』帝大悦，即拜東平相。籍乘驢到郡，壞府舍屏障，使内外相望。法令清簡，旬日而還。……時率意獨駕，不由徑路，車跡所窮，輒慟哭而反。嘗登廣武，觀楚漢戰處，歎曰：『時無英雄，使豎子成名。』登武牢山，望京邑而歎，於是賦《豪傑詩》。景元四年冬卒，時年五十四。籍能屬文，初不留思，作《詠懷詩》八十餘篇，爲世所重。」鍾嶸《詩品》：「晉步兵阮籍詩，其源出於《小雅》，無雕蟲之功，而《詠懷》之作，可以陶性靈，發幽思，言在耳目之内，情寄八荒之表，洋洋乎會於風雅，使人忘其鄙近。自致遠大，頗多感慨之詞，厥旨淵放，歸趣難求。」《文選》卷二三阮嗣宗《詠懷詩》之一：「夜中不能寐，起坐彈鳴琴。薄帷鑑明月，清風吹我衿。孤鴻號外野，朔鳥鳴北林。徘徊將何見，憂思獨傷心。」此詩蓋擬之。

漏分不能卧，酌酒亂繁憂〔一〕。惠氣憑夜清，素景緣隟流〔二〕。鳴鶴時一聞，千里絶無儔〔三〕。佇立爲誰久？寂寞空自愁〔四〕。

【箋注】

〔一〕漏分：謂半夜。

〔二〕惠氣憑夜清：《楚辭・天問》：「伯强何處？惠氣安在？」朱熹集注：「惠，順也。惠氣，謂和氣也。」素景：《拾遺記》卷六：「(漢昭帝)使宫人爲歌，歌曰：『秋素景兮泛洪波，揮纖手兮折芰荷。涼風凄凄揚棹歌，雲光開曙月低河。萬歲爲樂豈云多。』帝乃大悦。」陸雲《喜霽賦》：「朱光播於甕牖兮，素景衍乎中闈。」《鮑參軍集注》黄節補注：「王逸《天問》注：『惠氣，和氣也。』周拱辰《天問别注》曰：『惠氣，風也。』此句擬『清風吹我襟』，是亦周注之所本。」

〔三〕鳴鶴時一聞：《周易・中孚》：「鶴鳴在陰，其子和之。」王弼注：「立誠篤至，雖在闇昧，物亦應焉。」孔穎達疏：「處於幽昧而行不失信，則聲聞于外，爲同類之所應焉。」千里絶無儔：王逸《荔支賦》：「卓絶類而無儔，超衆果而獨貴。」

〔四〕佇立：《詩經・邶風・燕燕》：「瞻望弗及，佇立以泣。」毛傳：「佇立，久立也。」

【集説】

清陳祚明《采菽堂古詩選》卷一九：「素景」句佳，以倣阮公，亦鮑家之阮調，得古名手臨帖法。

學陶彭澤體

奉和王義興

【解題】

此詩題下注云：「奉和王義興。」則此詩乃詩人與義興太守王僧達相唱和之作。王僧達爲臨川王義慶女婿，且愛好文義，爲時之著名詩人。鮑照爲義慶臨川國臣，故二人得以從容相交，並過從甚密。《鮑照集》中《送别王宣城》《學陶彭澤體》《和王義興〈秋夕〉》數詩，皆爲與王僧達相唱和之作。《宋書》卷七五《王僧達傳》：「元嘉二十八年春，索虜寇逼，都邑危懼，僧達求入衛京師，見許。賊退，又除宣城太守。頃之，徙任義興。」卷三五《州郡志一》：「南徐州刺史，……義興太守，晉惠帝永興元年分吴興之陽羨、丹陽之永世立。永世尋還丹陽。本揚州，明帝泰始四年度南徐。領縣五，户一萬三千四百九十六，口八萬九千五百二十五。去州水四百，陸同。去京都水四百九十，陸同。」

詩題之「陶彭澤」，指陶淵明。《宋書》卷九三《隱逸·陶潛傳》：「陶潛字淵明，或云淵明字元亮，尋陽柴桑人也。曾祖侃，晉大司馬。潛少有高趣，嘗著《五柳先生傳》以自況，曰：『先生不知何許人，不詳姓字，宅邊有五柳樹，因以爲號焉。閑静少言，不慕榮利。好讀書，不求甚解，每有會意，欣然忘食。性嗜酒，而家貧不能恒得。親舊知其如此，或置酒招之，造飲輒盡，期在必醉，既醉而退，曾不吝情去留。環堵蕭然，不蔽風日，裋褐穿結，簞瓢屢空，晏如也。嘗著文章自娱，頗示己志，忘懷得失，以此自終。』其自序如此，時人謂之實録。親老家貧，起爲州祭酒，不堪吏職，少日，自解歸。州召主簿，不就。躬耕自資，遂抱羸疾，復爲鎮軍、建威參軍，謂親朋曰：『聊欲弦歌，以爲三逕之資，可乎？』執事者聞之，以爲彭澤令。公田悉令吏種秫稻，妻子固請種秔，乃使二頃五十畝種秫，五十畝種秔。郡遣督郵至，縣吏白應束帶見之，潛嘆曰：『我不能爲五斗米，折腰向鄉里小人。』即日解印綬去職。賦《歸去來》。……義熙末，徵著作佐郎，不就。江州刺史王宏欲識之，不能致也。潛嘗往廬山，宏令潛故人龐通之齎酒具於半道栗里要之，潛有脚疾，使一門生二兒轝籃輿，既至，欣然便共飲酌。俄頃宏至，亦無忤也。先是，顔延之爲劉柳後軍功曹，在尋陽，與潛情欵。後爲始安郡，經過，日日造潛，每往必酣飲致醉。臨去，留二萬錢與潛，潛悉送酒家，稍就取酒。嘗九月九日無酒，出宅邊菊叢中坐久，值宏送酒至，即便就酌，醉而後歸。潛不解音聲，而畜素琴一張，無絃，每有酒適，輒撫弄以寄其意。貴賤造之者，有酒輒設，潛若先醉，便語客：『我醉欲眠，卿可去。』其真率如此。郡將候潛，值其酒熟，取頭上葛巾漉酒，畢，還復著之。潛弱年薄宦，不潔去就之跡，自以曾祖晉世宰輔，耻復屈身後代，自高祖王業漸隆，不復肯仕。所著文章，皆題其年月。義熙以前，則書晉氏年號，自永初以來，唯云甲子而已。……潛元嘉四年卒，時年六十三。」鍾嶸《詩品》：「宋徵士陶潛詩：其源出於應璩，又協左思風力。文體省淨，殆無長語，篤意真古，辭興婉愜。每觀其文，想其人德，世歎其質直。至如『歡言酌春酒，日暮天無雲』，風華清靡，豈直爲田家語耶？古今隱逸詩人之宗也。」

《鮑參軍集注》錢仲聯增補注云：「本集《送別王宣城》詩吴摯父注：『僧達再莅宣城，在元嘉二十八年，去任在二十九年。』則僧達爲義興，當自二十九年始，至次年二月，元凶劭弑逆，世祖入討時，奔世祖止。此詩有『秋風七八月』語，是二十九年作。」所説是也，即此詩當作於元嘉二十九年（四五二）秋。

長憂非生意，短願不須多〔一〕。但使罇酒滿①，朋舊數相過〔二〕。秋風七八月，清露潤綺羅〔三〕。提琴當户坐②，嘆息望天河③〔四〕。保此無傾動，寧復滯風波〔五〕。

【校記】

①「罇」，張溥本、四庫本、《古詩紀》卷六二作「尊」。

②「琴」，張溥本、《古詩紀》作「瑟」。

③「嘆」，張溥本、四庫本、《古詩紀》作「歎」。按嘆，歎字通。

【箋注】

〔一〕長憂非生意：《詩經·周南·卷耳》：「我姑酌彼金罍，維以不永懷。」鄭玄箋：「我，我君也。臣出使功成而反，君且當設饗燕之禮，與之飲酒以勞之，我則以是不復長憂思也。」《晉書》卷九九《殷仲文傳》：「府中有老槐樹，顧之良久而歎曰：『此樹婆娑，無復生意。』」短願不須多：陶淵明《九日閒居》：「世短意常多，斯人樂久生。」

〔二〕但使罇酒滿：《後漢書》卷七〇《孔融傳》：「賓客日盈其門，常歎曰：『坐上客恒滿，尊中酒不空，吾無憂矣。』」朋舊數相過：陶淵明《移居》之二：「春秋多佳日，登高賦新詩。過門更相呼，有酒斟酌之。」

〔三〕清露：《文選》卷二張平子《西京賦》：「立修莖之僊掌，承雲表之清露。」

〔四〕提琴當户坐：《禮記·檀弓上》：「既歌而入，當户而坐。」嘆息望天河：《詩經·大雅·棫樸》：「倬彼雲漢，爲章於天。」毛傳：「雲漢，天河也。」《鮑參軍集注》黄節補注：「陶淵明《擬古》：『佳人美清夜，達曙酣且歌。歌竟長歎息，持此感人多。』明遠此篇，當是雜擬而成。」

〔五〕無傾動：《文選》卷五二曹元首《六代論》：「而天下所以不能傾動，百姓所以不易心者，徒以諸侯彊大，盤石膠固。」本集《紹古辭·憑楹翫夜月》：「三越豐少姿，容態傾動君。」風波：《楚辭·九章·哀郢》：「順風波以從流兮，焉洋洋而爲客。」

紹古辭七首

【解題】

此篇第一首「橘生湘水側」篇之前四句，《藝文類聚》卷八六引作張華詩而不著詩名，張溥《漢魏六朝百三家集》以此四句收入《張華集》，題作《橘詩》。

「紹古」，猶「擬古」。「紹」，承繼。《漢書》卷一〇〇下《叙傳下》：「漢紹堯運，以建帝業。」方東樹《昭昧詹言》卷六以爲此一組詩「皆託言離别之情」，所説是也。組詩多借離别之辭，以寄託其生不遇時之感慨，抒寫有志難申之酸楚，恐亦非一時一地之作。要因内容相近，風格相似，故合爲一題耳。

一

橘生湘水側，菲陋人莫傳〔一〕。逢君金華宴，得在玉几前〔二〕。三川窮名利，京洛富妖妍〔三〕。恩榮難久恃，隆寵易衰偏〔四〕。觀席妾凄愴①，覩翰君泫然〔五〕。徒抱忠孝志，猶爲葑菲遷〔六〕。

【校記】

①「凄」，張溥本、四庫本、《古詩紀》卷六二作「悽」。

【箋注】

〔一〕橘生湘水側，菲陋人莫傳：《楚辭·九章·橘頌》：「后皇嘉樹，橘徠服兮。受命不遷，生南國兮。」《史記》卷一二九

《貨殖列傳》：「安邑千樹棗，燕、秦千樹栗，蜀、漢、江陵千樹橘。」《鮑參軍集注》黄節補注：「《古詩》：『橘柚垂華實，乃在深山側。聞君好我甘，竊獨自彫飾。委身玉盤中，歷年冀見食。芳菲不相投，青黄忽改色。人儻欲我知，因君爲羽翼。』明遠此篇，命意隱紹古詩。」

〔二〕逢君金華宴，得在玉几前：《漢書》卷一〇〇上《叙傳上》：「時上方鄉學，鄭寬中、張禹朝夕入説《尚書》《論語》於金華殿中。」《尚書·顧命》：「相被冕服，憑玉几。」《文選》卷三張平子《東京賦》：「左右玉几，而南面以聽矣。」《鮑參軍集注》黄節補注：「杜預《七規》：『庶羞既異，五味代臻，糅以丹橘，雜以芳鱗。』古者以橘佐庶羞。《禹貢》：『揚州厥包橘柚錫貢。』《汲冢周書》曰：『秋食樝梨橘柚。』故曰『逢君金華宴，得在玉幾前』。」

〔三〕三川：《國語·周語上》：「幽王二年，西周三川皆震。」韋昭注：「三川，涇、渭、洛，出於岐山。」《史記》卷四八《陳涉世家》：「李由爲三川守」索隱：「三川，今洛陽也。地有伊、洛、河，故曰三川。」京洛富妖妍：《文選》卷三〇陸士衡《擬東城一何高》：「京洛多妖麗，玉顔侔瓊蕤。」

〔四〕恩榮：《晉書》卷一一三《苻堅載記上》：「蒙陛下恩榮，内侍帷幄，出總戎旅。」謝靈運《命學士講書》：「古人不可攀，何以報恩榮？」隆寵：《漢書》卷九七下《外戚下·孝成班倢伃傳》「揚光烈之翕赫兮，奉隆寵於增成。」

〔五〕觀席妾淒愴：《戰國策·楚策》：「是以嬖色不敝席，寵臣不避軒。」鮑彪注：「嬖，賤而幸者，席不及敝而愛弛。」《文選》卷一一王仲宣《登樓賦》：「心悽愴以感發兮，意忉怛而憯惻。」覩翰君泫然：《文選》卷二一左太沖《詠史詩八首》之一：「弱冠弄柔翰，卓犖觀群書。」六臣劉良注：「柔翰，筆也。」《禮記·檀弓上》：「孔子泫然流涕曰：『吾聞之，古不脩墓。』」

〔六〕徒抱忠孝志：《孝經·開宗明義》：「夫孝，始於事親，中於事君，終於立身。」李隆基注：「忠孝道著，乃能揚名榮親，故曰終於立身也。」猶爲葑菲遷：《詩經·邶風·谷風》：「采葑采菲，無以下體。」鄭玄箋：「此二菜者，蔓菁與葍之類也，皆上下可食，然而其根有美時有惡時，采之者不可以其根惡時並棄其葉。」《鮑參軍集注》黄節補注：「曹植《橘賦》：『體天然之素分，不遷徙于殊方。』收句蓋用斯義。」

【集説】

清陳祚明《采菽堂古詩選》卷一九：興而比也。興意與比意，若離而合，大佳。

清方東樹《昭昧詹言》卷六：即紹《橘柚垂華實》篇，皆從屈子來。「三川」以下，言奪寵之多競進。收句自申，言覩我之翰，君當泫然。真不愧爲古，不特詞古，義尤古也。

二

昔與君別時，蠶妾初獻絲〔一〕。何言年月駛，寒衣已擣治〔二〕。絛繡多廢亂，篇帛久塵緇〔三〕。離心壯爲劇，飛念如懸旗〔四〕。石席我不爽，德音君勿欺〔五〕。

【箋注】

〔一〕蠶妾初獻絲：《禮記·月令·季春之月》：「蠶事既登，分繭稱絲效功，以共郊廟之服，毋有敢惰。」鄭玄注：「登，成也。」《藝文類聚》卷六五引王逸《機賦》：「於是暮春代謝，朱明達時，蠶人告訖，舍罷獻絲。」是獻絲之時，乃在暮春三月。《左傳》僖公二十三年：「公子安之，從者以爲不可。將行，謀於桑下，蠶妾在其上。」

〔二〕何言年月駛，寒衣已擣治：陶淵明《擬古》之九：「春蠶既無食，寒衣欲誰待？」《藝文類聚》卷六七引魏曹毗《夜聽擣衣詩》：「寒興御紈素，佳人治衣襟。冬夜清且永，皓月照堂陰。纖手疊輕素，朗杵叩鳴碪。」《鮑參軍集注》黄節補注：「《古詩》：『涼風率已厲，游子寒無衣。』『年月駛』二句意本之。」

〔三〕絛繡多廢亂：《廣韻》卷二：「絛，編絲繩也。」《説文解字》卷一三上：「繡，五采備也。」《焦氏易林·兑之坎》：「飢蠶作室，絲多亂緒，端不可得。」篇帛久塵緇：《古今韻會舉要》卷六：「篇，聯也。」按篇帛，指編織成幅之絲織品。《文選》卷二四陸士衡《爲顧彦先贈婦二首》之一：「京洛多風塵，素衣化爲緇。」

〔四〕離心壯爲劇：《藝文類聚》卷二九引宋孝武《與廬陵王紹别詩》：「連歲矜離心，今兹幸良集。信宿窮晨暮，開顔披所戢。」《説文解字》卷一上：「壯，大也。」《重修玉篇》卷一七：「劇，巨戟切，甚也。」飛念如懸旗：《戰國策·楚策一》：「寡人卧不安席，食不甘味，心摇摇如懸旌，而無所終薄。」

〔五〕石席我不爽：《詩經·邶風·柏舟》：「我心匪石，不可轉也；我心匪席，不可卷也。」鄭玄箋：「言己心志堅平，過于石席。」《史記》卷一一七《司馬相如列傳》：「進讓之道，其何爽與？」裴駰集解引徐廣曰：「爽，差異也。」按不爽，謂心如一也。德音君勿欺：《詩經·邶風·谷風》：「德音莫違，及爾同死。」鄭玄箋：「夫婦之言無相違者，則可與女長相與處至死。」《鮑參軍集注》黄節補注：「《古詩》：『一心抱區區，懼君不察識。』收二句意本之。」

【集説】

清陳祚明《采菽堂古詩選》卷一九：易「旌」爲「旗」，終是未安，擬改曰「念如懸旌危」。

沈德潛《古詩源》卷一一：「易旌爲旗，古人亦有此種强押。」（按徐仁甫《古詩别解》：《戰國策》：「心摇摇如懸旌，而無所終薄。」明遠慣用懸旗。《送從弟道秀别》「日夜望懸旗」。變旌爲旗以協韻。變文協韻，自《三百篇》以來，爲修辭手段，非强押也。）

清方東樹《昭昧詹言》卷六：言勿以離而相忘，而詞句清警。

三

瑟瑟凉海風，竦竦寒山木〔一〕。紛紛羇思盈，慊慊夜弦促〔二〕。訪言山海路，千里歌别鶴〔三〕。絃絶空咨嗟，形音誰賞録〔四〕？辛苦異人狀，美貌改如玉〔五〕。徒畜巧言鳥，不解心款曲〔六〕。

【箋注】

〔一〕寒山：《文選》卷二六謝靈運《入華子崗是麻源第三谷》：「南州實炎德，桂樹陵寒山。」

〔二〕慊慊夜弦促：《鮑參軍集注》黄節補注：「瑟瑟，涼貌。竦竦，寒貌。紛紛，盈貌。慊慊，促貌。《詩經·衛風·碩人》，洋洋狀水，活活狀流，濊濊狀施罛之聲，發發狀鱣鮪之尾，揭揭狀葭菼之長，孽孽狀庶姜之盛。此詩首四句句法字法所從出。」

〔三〕訪言山海路：《鮑參軍集注》黄節補注：「《説文》：『訪，汎謀也。』言，云也，語詞。《詩經·小雅·大東》：『睠言顧之。』《荀子·宥坐篇》引作『眷焉』。《後漢書·劉陶傳》作『睠然』。『焉』與『然』皆語詞，則『言』亦語詞。」千里歌别鶴：《文選》卷一八嵇叔夜《琴賦》：「王昭、楚妃、千里别鶴，猶有一切，承間簉乏，亦有可觀者焉。」崔豹《古今注·音樂》：「《别鶴操》，商陵牧子所作也。娶妻五年而無子，父兄將爲之改娶。妻聞之，中夜起，倚户而悲嘯。牧子聞之，愴然而悲，乃歌曰：『將乖比翼隔天端，山川悠遠路漫漫，攬衣不寢食忘餐。』後人因爲樂章焉。」《樂府詩集》卷三九《相和歌辭·豔歌何嘗行》：「飛來雙白鵠，乃從西北來。十十五五，羅列成行，妻卒被病，行不能相隨。五里一反顧，六里一徘徊。吾欲銜汝去，口噤不能開。吾欲負汝去，毛羽何摧穨。樂哉新相知，憂來生别離，躇躊顧群侶，淚下不自知。」

〔四〕絃絶空咨嗟：《吕氏春秋·本味》：「鍾子期死，伯牙破琴絶絃，終身不復鼓琴，以爲世無足復爲鼓琴者。」本集《日落望江贈荀丞》：「豈念慕群客，咨嗟戀景沉。」形音誰賞録：《藝文類聚》卷二九引宋謝惠連《西陵獻康樂詩》：「迴塘隱艫栧，遠望絶形音。」《後漢書》卷三〇《郎顗傳》：「立春以來，未見朝廷賞録有功，表顯有德，存問孤寡，賑恤貧弱。」

〔五〕異人狀：《山海經·大荒東經》「帝俊生黑齒」，郭璞注：「聖人神化無方，故其後世所降育，多有殊類異狀之人。」此謂形貌異于常人。美貌改如玉：《詩經·魏風·汾沮洳》：「彼其之子，美如玉。」

〔六〕徒畜巧言鳥：《禮記·曲禮上》：「鸚鵡能言，不離飛鳥。」心款曲：《樂府詩集》卷三《郊廟歌辭·北齊明堂樂歌·高明樂》：「度几筵，闢牖户，禮上帝，感皇祖。酌惟潔，滌以清，薦心款，達神明。」

【集説】

清方東樹《昭昧詹言》卷六：此篇止收句清警。

四

孤鴻散江嶼①，連翩遵渚飛〔一〕。含嘶衡桂浦②，馳顧河朔畿〔二〕。攢攢勁秋木，昭昭淨冬暉〔三〕。牕前滌歡爵，帳裏縫舞衣〔四〕。芳歲猶自可，日夜望君歸〔五〕。

【校記】

①「嶼」，張溥本作「與」。

②「桂」，原作「掛」，今據張溥本、四部備要本改。

【箋注】

〔一〕孤鴻散江嶼：《文選》卷一七阮嗣宗《詠懷詩·夜中不能寐》：「孤鴻號外野，朔鳥鳴北林。」連翩遵渚飛：《文選》卷二七曹子建《白馬篇》：「白馬飾金羈，連翩西北馳。」按《詩經·豳風·九罭》：「鴻飛遵渚，公歸無所，於女信處。」鄭玄箋：「鴻，大鳥也，不宜與鳧鷖之屬飛而循渚。」朱熹集傳：「遵，循也。渚，小洲也。」

〔二〕含嘶衡桂浦：王充《論衡·論死》：「飲食損減則氣力衰，衰則聲音嘶。」《玉臺新詠》卷一無名人《古詩爲焦仲卿妻作》：「其日馬牛嘶，新婦入青廬。」吴兆宜注：「《正字通》：『嘶，聲長而殺也。凡馬鳴、蟬鳴，聲多嘶。』」《明一統志·衡州府》：「春秋楚地，秦屬長沙郡，漢初屬長沙國，又分屬桂陽。」河朔：《尚書·泰誓中》：「惟戊午，王次于河朔。」孔傳：「戊午，渡河而誓，既誓而止於河之北。」《三國志》卷六《魏志·袁紹傳》：「振一郡之卒，撮冀州之衆，威震河朔，名重天下。」

〔三〕攢攢勁秋木：攢攢，叢聚貌。《樂府詩集》卷七四《雜曲歌辭》梁簡文帝《棗下何纂纂》題解：「《古咄唶歌》曰：『棗下何攢攢，榮華各有時。』」《藝文類聚》卷三六引晉陸機《幽人賦》：「是以物外莫得窺其奧，舉世不足揚其波。勁秋不能凋其葉，芳春不能發其華。」昭昭凈冬暉：《文選》卷三〇陸士衡《擬迢迢牽牛星》：「昭昭清漢暉，粲粲光天步。」六臣劉良注：「昭昭，明貌。」

〔四〕滌歡爵：《淮南子·詮言訓》：「滌杯而食，洗爵而飲，浣而後饋。」縫舞衣：本集《代陳思王京洛篇》：「琴瑟縱横散，舞衣不復縫。」

〔五〕芳歲猶自可：本集《咏雙燕二首》之一：「沉吟芳歲晚，徘徊韶景移。」李白《書情寄從弟邠州長史昭》：「懷君芳歲歇，庭樹落紅滋。」王琦注：「芳歲，猶芳春也。」日夜望君歸：《鮑參軍集注》黄節補注：「此篇所擬，蓋如《楚辭》『駕龍北征，邅道洞庭』『乘鄂渚而反顧，款秋冬之緒風』『奠桂酒兮椒漿』『靈偃蹇兮姣服』『留靈脩兮憺忘歸，歲既晏兮孰華予』意，雜擬不倫，更出以换字之法。謂秋冬已過，殷勤歡爵舞衣，以待芳歲君歸也。」

【集説】

清陳祚明《采菽堂古詩選》卷一九：警切。

五

憑楹翫夜月，迴眺出谷雲〔一〕。還山路已遠，往海不及群〔二〕。徘徊清淮汭，顧慕廣江濆〔三〕。物情乖喜歇，守操古難聞〔四〕。三越豐少姿，容態傾動君〔五〕。

【箋注】

〔一〕憑楹：《左傳》莊公二十三年：「秋，丹桓宫楹。」杜預注：「楹，柱也。」迥眺：遠眺。《文選》卷一四班孟堅《幽通賦》：「夢登山而迥眺兮，覿幽人之髣髴。」李善注：「曹大家曰：『登山遠望，見深谷之中有人髣髴欲來也。』」按迥同迥。

〔二〕還山路已遠，往海不及群：本集《和王丞》：「遯跡俱浮海，採藥共還山。」

〔三〕清淮汭：陸機《晉平西將軍孝侯周處碑》：「從榮制墓，終非晝游，春墟以緑，清淮自流。」汭，指河流會合或彎曲之處，《尚書·禹貢》：「東過洛汭。」孔穎達疏：「洛汭，洛入河處。」或指河濱，《尚書·堯典》：「釐降二女於嬀汭，嬪于虞。」孔穎達疏：「汭，如鋭反，水之内也。」《左傳》定公四年：「冬，蔡侯、吴子、唐侯伐楚，舍舟于淮汭。」杜預注：「吴乘舟從淮來，過蔡而舍之。」江瀆：《詩經·大雅·常武》：「鋪敦淮瀆，仍執醜虜。」毛傳：「瀆，涯。」

〔四〕物情乖喜歇，守操古難聞：傅玄《鴻鴈生塞北行》：「常恐物微易歇，一朝見棄忘。」喜歇，黄節注：「猶歡歇。」《文選》卷二六顔延年《贈王太常》：「豫往誠歡歇，悲來非樂闋。」

〔五〕三越豐少姿：《文選》卷四〇阮嗣宗《爲鄭沖勸晉王牋》：「威加南海，名慴三越。」李善注：「三越，謂吴越及南越及閩越也。」《重修廣韻》卷一：「豐，大也，多也。」《鮑參軍集注》黄節補注：「少姿，謂少女之姿。江在淮之南，三越又在江之南。曹植《雜詩》：『南國有佳人，容華若桃李，朝游江北岸，夕宿瀟湘沚。』三越，猶言南國也。」

【集説】

明鍾惺、譚元春《古詩歸》卷一二：不見駘宕之致，覺板氣脱去，何也？

又云：「群」字説雲，妙。老杜「孤雲亦群游」從此翻出。

六

開黛覩容顔①，臨鏡訪遥塗〔一〕。君子事河源，彌祀闕還書〔二〕。春風掃地起，飛塵生綺疏〔三〕。文袿爲誰設？

羅帳空卷舒〔四〕。不怨身孤寂，但念星隱隅〔五〕。

【校記】

①「容」，原注：「一作『朝』。」

【箋注】

〔一〕開黛：打開盛黛之盒。《釋名·釋首飾》：「黛，代也，滅眉毛去之，以此畫代其處也。」臨鏡訪遥塗：《晉書》卷八七《涼武昭王傳》：「時遣舍人黄始奉表通誠，遥途嶮曠，未知達不？」《鮑參軍集注》黄節補注：「訪，問也。《拾遺記》：『周靈王有韓房者，自渠胥國來，獻火齊鏡，廣三尺，闇中視物如晝。向鏡語，則鏡中影應聲而答。』王建《鏡詞》曰：『重重摩挲嫁時鏡，夫婿遠行憑鏡聽。』亦斯意也。」

〔二〕事河源：《山海經·北山經》：「敦薨之山……敦薨之水出焉，而西流注於泑澤。出於昆侖之東北隅，實惟河源者也。」《史記》卷一二三《大宛列傳》：「今自張騫使大夏之後也，窮河源。」彌衵：《鮑參軍集注》黄節補注：「《後漢書·戴良傳》：『再辟司空府，彌年不到。』彌衵，猶彌年也。」

〔三〕掃地起：《文選》卷八揚子雲《羽獵賦》：「軍驚師駭，刮野掃地。」李善注：「言殺獲皆盡，野地似乎掃刮也。」綺疏：《後漢書》卷三四《梁統傳附梁冀傳》：「窗牖皆有綺疎青瑣，圖以雲氣僊靈。」李賢注：「綺疎，謂鏤爲綺文。」

〔四〕文袿爲誰設，羅帳空卷舒：《藝文類聚》卷七九引揚修《神女賦》：「纖縠文袿，順風揄揚。」《釋名·釋衣服》：「婦人上服曰袿。」《樂府詩集》卷四四《清商曲辭·子夜四時歌·夏歌》：「春别猶春戀，夏還情更久。羅帳爲誰褰，雙枕何時有？」

〔五〕但念星隱隅：《詩經·唐風·綢繆》：「綢繆束芻，三星在隅。」毛傳：「隅，東南隅也。」《鮑參軍集注》黄節補注：「昏見之星至此，則夜久矣。謂孤寂不怨，但别久可思耳。此情之正也。」

【集説】

清方東樹《昭昧詹言》卷六：序寫春思清警，起四句交待。「星隱隅」，因夜久而感流年也。筆勢一氣振舉，不似康樂滯塞。

清吴汝綸《古詩鈔》卷四：「春風」句，接法斗峻。

七

暖歲節物早，萬萌迎春達〔一〕。春風夜嫢娟，春霧明菴靄①〔二〕。軟蘭葉可采，柔桑條易捋〔三〕。怨咽對風景，悶瞀守閨闥〔四〕。天傳愁民命②，含生但契闊〔五〕。憂來無行伍，歷亂如覃葛〔六〕。

【校記】

①「明菴」，張溥本、四庫本、《古詩紀》作「朝晻」，盧校作「朝菴」。

②「傳」，張溥本、四庫本、《古詩紀》作「賦」。

【箋注】

〔一〕節物：《文選》卷三〇陸士衡《擬古詩十二首·擬明月何皎皎》：「涼風繞曲房，寒蟬鳴高柳。踟躕感節物，我行永已久。」萬萌迎春達：《禮記·月令·季冬之月》：「句者畢出，萌者盡達。」

〔二〕春風夜嫢娟：《廣韻》卷二：「嫢娟，美貌。」《古今韻會舉要》卷一四：「便娟，舞貌。」菴靄：《文選》卷四左太沖《蜀都賦》：「豐蔚所盛，茂八區而菴藹焉。」六臣劉良注：「菴藹，茂盛貌。」

〔三〕柔桑條易捋：《詩經·豳風·七月》：「女執懿筐，遵彼微行，爰求柔桑。」鄭玄箋：「柔桑，穉桑也。蠶始生，宜穉桑。」《詩經·周南·芣苢》：「采采芣苢，薄言捋之。」毛傳：「捋，取也。」

〔四〕怨咽對風景：《集韻》卷九：「咽，聲塞也。」《藝文類聚》卷七宋孝武帝《登魯山詩》：「解帆憩通渚，息徒憑椒丘。粵值風景和，升高從遠眸。」悶瞀守閨闥：《楚辭·九章·惜誦》：「申侘傺之煩惑兮，中悶瞀之忳忳。」王逸注：「悶，煩也。瞀，亂也。」《文選》卷二七樂府古辭《傷歌行》：「微風吹閨闥，羅帷自飄颺。」李善注：「闥，内門也。」

〔五〕愁民命：《左傳》成公六年：「易覯則民愁，民愁則墊隘。」《漢書》卷九九下《王莽傳下》：「姦吏因以愁民，民窮悉起爲盜賊。」含生但契闊：顔延之《庭誥》：「含生之氓，同祖一氣。等級相傾，遂成差品。」《鮑參軍集注》黄節補注：「《詩·邶風》：『死生契闊，與子成説。執子之手，與子偕老。』從役者念其室家之詩。此則婦人念從役者。曰含生契闊，而無一言及死，能不失其情矣。」錢仲聯注：「《詩》毛傳：『契闊，勤苦也。』按：契，合；闊，離；聚散之意。後通以契闊稱久別。《後漢書·范冉傳》：『行路倉卒，非陳契闊之所，可共前亭宿息，以叙分隔。』此謂久別之情。照詩意亦謂久別。」按錢説是也。

〔六〕行伍：王充《論衡·量知》：「有司之陳籩豆，不誤行伍。」指排列的行列，此指憂思之亂。歷亂如覃葛：《樂府詩集》卷四六《清商曲辭·讀曲歌》：「紅藍與芙蓉，我色與歡敵。莫案石榴花，歷亂聽儂摘。」《詩經·周南·葛覃》：「葛之覃兮，施于中谷，維葉萋萋。黄鳥于飛，集于灌木，其鳴喈喈。」《詩序》：「《葛覃》，后妃之本也。后妃在父母家，則志在於女功之事，躬儉節用，服澣濯之衣，尊敬師傅，則可以歸安父母，化天下以婦道也。」蔡邕《協和婚賦》：「葛覃恐其失時，摽梅求其庶事。」《鮑參軍集注》黄節補注：「《葛覃》爲后妃之詩，此詩用之，以其合於婦人。且《葛覃》首章乃叙初夏之景，從上春字遞落，有理致。覃，延也。」

【集説】

清陳祚明《采菽堂古詩選》卷一九：結句亦强，所謂寧生澀，不凡近者。

清方東樹《昭昧詹言》卷六：起六句，感春起興，兼寫節物。「怨咽」以下，入感春之情，字字清新，而通篇造語生辣。又云：此用「契闊」，與《詩》異意，言有生常是離別也。

又云：此詩開孟東野。

幽蘭五首

【解題】

《樂府詩集》卷五八此篇屬《琴曲歌辭》。《楚辭·離騷》：「户服艾以盈要兮，謂幽蘭其不可佩。」《古文苑》卷二宋玉《諷賦》：「玉曰：『臣身體容冶，受之二親，口多微詞，聞之聖人。臣嘗出行，僕飢馬疲，正值主人門開，主人翁出，嫗又到市，獨有主人女在。女欲置臣，堂上太高，堂下太卑，乃更於蘭房之室止臣其中。中有鳴琴焉，臣援而鼓之，爲《幽蘭》《白雪》之曲。』宋章樵注：「曲名，取潔白之中芬芳悦人，以挑女也。」《樂府詩集》卷五八《猗蘭操》題解云：「一曰《幽蘭操》，《古今樂録》曰：『孔子自衛反魯，見香蘭而作此歌。』《琴操》曰：『《猗蘭操》，孔子所作。孔子歷聘諸侯，諸侯莫能任。自衛反魯，隱谷之中，見香蘭獨茂，喟然歎曰：「蘭當爲王者香，今乃獨茂，與衆草爲伍。」乃止車援琴鼓之，自傷不逢時，託辭於香蘭云。』《琴集》曰：『《幽蘭操》，孔子所作也。』」

一

傾輝引暮色①，孤景留恩顔②〔一〕。梅歇春欲罷，期渡往不還〔二〕。

【校記】

①「輝」，《樂府詩集》卷五八作「暉」。

②「恩」，張溥本作「思」。

【箋注】

〔一〕傾輝引暮色：《藝文類聚》卷七八引晉湛方生《廬山神僊詩序》：「太元十一年，有樵採之陽者。于時鮮霞褰林，傾暉映岫，見一沙門，披法服，獨在巖中。」《楚辭・離騷》：「時曖曖其將罷兮，結幽蘭而延佇。」《文選》卷一九曹子建《洛神賦》：「日既西傾，車殆馬煩，爾乃税駕乎蘅皋，秣駟乎芝田。」孤景：《後漢書》卷八四《列女・蔡琰傳》載蔡琰《悲憤詩》：「煢煢對孤景，怛咤糜肺肝。」

〔二〕梅歇：猶芳歇。《文選》卷三一劉休玄《擬明月何皎皎》：「誰爲客行久，屢見流芳歇。」六臣李周翰注：「言誰知行者之久，數見芳春消歇也。」期渡往不還：《楚辭・九歌・國殤》：「出不入兮往不反，平原忽兮路超遠。」《詩經・小雅・杕杜》「期逝不至」，朱熹集注：「況歸期已過，而猶不至。」《鮑參軍集注》錢振倫注：「期渡，猶期逝。」

二

簾委蘭蕙露，帳含桃李風〔一〕。攬帶昔何道？坐令芳節終〔二〕。家日趨遠，衣帶日趨緩。浮雲蔽白日。游子不顧返。離曉霜楓葉丹，夕曛嵐氣陰。節往慼不淺，感來念已深。羇雌戀舊侶，迷鳥懷故林。含情尚勞愛，如何離賞心。撫鏡華緇鬢，

【箋注】

〔一〕簾委蘭蕙露：《後漢書》卷八〇下《文苑下・趙壹傳》：「被褐懷金玉，蘭蕙化爲芻。」

〔二〕攬帶：《文選》卷二九《古詩十九首・行行重行行》：「相去日已遠，衣帶日已緩。」《文選》卷二二謝靈運《晚出西射堂》：「步出西掖門，遥望城西岑。連障疊巘崿，青翠杳深沉。

《漢書》卷二九引宋南平王劉鑠《代收淚就長路》：「聳轡攬帶緩促衿。安排徒空言，幽獨賴鳴琴。」芳節：陽春時節。《藝文類聚》卷二九引宋南平王劉鑠《代收淚就長路》：「聳轡高陵曲，揮袂廣川濆。黄塵昏白日，悲風起浮雲。蕭條萬里別，契闊三秋分。時往從朝露，年來驚夕氳。徘徊去芳節，依遲從遠軍。」以上四句《鮑參軍集注》黄節補注云：「《離騷》：『時繽紛其變易兮，又何可以淹留？蘭芷變而不芳兮，荃蕙化而爲茅。何昔日之芳草兮，今直爲此蕭艾也。』昔何道，謂時既變易，物亦不芳，無可再言也。謝元暉詩『無言蕙草歇』，亦是此意。」

【集説】

清王夫之《古詩評選》卷三：風雅絶世。

三

結佩徒分明，抱梁輒乖忤①〔一〕。華落知不終，空愁坐相誤〔二〕。

【校記】

①「忤」，《樂府詩集》作「互」。

【箋注】

〔一〕結佩徒分明：《楚辭·離騷》：「解佩纕以結言兮，吾令蹇修以爲理。」王逸注：「言已既見宓妃，則解我佩帶之玉以結言語，使古賢蹇修而爲媒理也。」抱梁輒乖忤：《莊子·盜跖》：「尾生與女子期於梁下，女子不來，水至不去，抱梁柱而死。」《漢書》卷九七下《外戚下·孝成許皇后傳》：「蓋輕細微眇之漸，必生乖忤之患，不可不慎。」

〔二〕華落：《戰國策·楚策一》：「以財交者，財盡而交絶；以色交者，華落而愛渝。是以嬖女不敝席，寵臣不避軒。」此二句《鮑參軍集注》黄節補注：「結佩，禮也。抱梁，信也。禮信不察。《離騷》：『悔相道之不察兮，延佇乎吾將反。回朕車以復路兮，及行迷之未遠。』王逸注：『迷，誤也。』明遠蓋用此意。」

四

眇眇蛸掛網①，漠漠蠶弄絲〔一〕。空慙不自信，怯與君劃期②〔二〕。

【校記】

①「掛」，張溥本、《樂府詩集》作「挂」。

②「劃」，張溥本、四庫本作「畫」，《樂府詩集》作「盡」，注云：「一作『劃』。」

【箋注】

〔一〕眇眇蛸掛網：《尚書・顧命》：「王再拜，興，答曰：『眇眇予末小子，其能而亂四方，以敬忌天威。』」孔傳釋眇眇爲微微。《釋名・釋疾病》：「目匡陷急曰眇。眇，小也。」《詩・豳風・東山》：「伊威在室，蠨蛸在户。」孔穎達疏：「蠨蛸，長踦……郭璞曰：『長踦，小蜘蛛長腳者，俗呼爲喜子。』……陸璣疏云：『……蠨蛸，長踦，一名長腳。荆州河内人謂之喜母，此蟲來著人衣，當有親客至，有喜也。幽州人謂之親客，亦如蜘蛛爲羅網居之』，是也。」漠漠：《荀子・解蔽》：「掩耳而聽者，聽漠漠而以爲哅哅。」楊倞注：「漠漠，無聲也。」

〔二〕怯與君劃期：以上二句《鮑參軍集注》黄節補注云：「《楚辭・九章》：『昔君與我成言兮，曰黄昏以爲期。羌中道而回畔兮，反既有此他志。』蠨蛸，見喜，蠶絲不斷，物徵如此，猶不自信。蓋與君所期，恐有中變也。《漢書・鄒陽傳》注：『師古曰：畫，計也，音獲。』」按劃，畫字通。

【集説】

清陳祚明《采菽堂古詩選》卷一八：幽蘭三首（簾委蘭蕙露）（結珮徒分明）（眇眇蛸掛網）意淺淺，能令語蒼。

五

陳國鄭東門，古今共所知①〔一〕。長袖暫徘徊，駟馬停路岐②〔二〕。

【校記】

①「今」，《樂府詩集》作「来」。

②「岐」，《樂府詩集》作「歧」。按岐，歧字通。

【箋注】

〔一〕陳國鄭東門：《鮑參軍集注》錢振倫注：「《毛詩·陳譜》：『虞舜之後，有虞閼父者，爲周武王陶正。武王封其子嬀滿於陳，都于宛丘之側，是曰陳胡公，妻以元女太姬。其封域在《禹貢》豫州之東。太姬無子，好巫覡禱祈鬼神歌舞之樂。民俗化而爲之。』按《陳風》有《東門之枌》《東門之池》《東門之楊》，《鄭風》有《出其東門》，此或攢簇用之。」黄節補注云：「《陳風·東門》之詩凡三，《鄭風·東門》之詩凡二。《詩》毛傳：『陳國十篇』，而於《東門之枌》傳曰：『國之交會，男女之所聚。』於《鄭風·東門之墠》傳曰：『東門，城東門也。男女之際近而易，則如東門之墠。』據傳，陳、鄭東門，皆男女相聚之地。」

〔二〕長袖：《韓非子·五蠹》：「諺曰：『長袖善舞，多錢善賈。』此言多資之易爲工也。」駟馬停路岐：《史記》卷六二《管晏列傳》：「其夫爲相御，擁大蓋，策駟馬，意氣揚揚，甚自得也。」曹植《美女篇》：「美女妖且閑，采桑岐路間。柔條紛冉冉，葉落何翩翩。」此二句《鮑參軍集注》黄節補注：「辛延年《羽林郎》：『長裾連理帶，廣袖合歡襦。不意金吾子，娉婷過我廬。銀鞍何煜爚，翠蓋空踟躕。』長袖徘徊，駟馬停路，蓋本《羽林郎》意。」

學古

【解題】

宋本題下原注云：「一作《北風雪》。」

北風十二月，雪下如亂巾〔一〕。實是愁苦節，惆悵憶情親①〔二〕。會得兩少妾，同是洛陽人〔三〕。嬛緜好眉目，閑麗美腰身〔四〕。凝膚皎若雪②，明淨色如神〔五〕。驕愛生盼矚，聲媚起朱脣③〔六〕。衿服雜緹繢，首飾亂瓊珍〔七〕。調絃俱起舞，爲我唱梁塵〔八〕。人生貴得意，懷願待君申〔九〕。幸值嚴冬暮，幽夜方未晨〔一〇〕。齊衾久兩設，角枕已雙陳〔一一〕。願君早休息，留歌待三春〔一二〕。

【校記】

①「憶」，原注：「一作『別』。」

②「膚」，張溥本作「盧」。

③「脣」，張溥本、四庫本、《古詩紀》卷一二作「唇」。

【箋注】

〔一〕雪下如亂巾：《周禮・天官・冪人》：「冪人掌共巾冪。」鄭玄注：「共巾可以覆物。」《說文解字》卷七下：「巾，佩巾也。」按此謂雪之大，如巾之覆也。

〔二〕惆悵憶情親：《文選》卷三三宋玉《九辯》：「廓落兮，羇旅而無友生；惆悵兮，而私自憐。」六臣劉良注：「惆悵，悲哀也。」嵇康《管蔡論》：「是以文王列而顯之，發、旦二聖，舉而任之，非以情親而相私也。」《藝文類聚》卷三〇引晉傅咸《感别賦》：「信同聲之相應，意未寫而情親。」

〔三〕會得兩少妾：《史記》卷三六《陳杞世家》：「二嬖妾，長妾生留，少妾生勝。」《詩經·唐風·綢繆》：「綢繆束楚，三星在户。今夕何夕，見此粲者。」毛傳：「三女爲粲，大夫一妻二妾。」

〔四〕嬛緜好眉目：《廣韻》卷二：「嬛，輕麗皃。」嬛緜，婉麗温柔。閑麗：《文選》卷一九宋玉《登徒子好色賦》：「大夫登徒子侍於楚王，短宋玉曰：『玉爲人體貌閑麗，口多微詞，又性好色，王勿與出入後宫。』」李善注：「閑，静也。麗，美也。」

〔五〕凝膚皎若雪：《莊子·逍遥游》：「藐姑射之山，有神人居焉，肌膚若冰雪，綽約若處子。」潘岳《金鹿哀辭》：「嗟我金鹿，天姿特挺，鬒髪凝膚，蛾眉蠐領，柔情和泰，朗心聰警。」

〔六〕盼矚：《文選》卷一九宋玉《神女賦》：「目略微盼，精彩相授。」朱脣：《楚辭》宋玉《神女賦》：「眉聯娟以蛾揚兮，朱脣的其若丹。」

〔七〕衿服雜緹繢：《詩經·鄭風·子衿》：「青青子衿，悠悠我心。」毛傳：「青衿，青領也，學子之所服。」衿服，即青衿服。《通典·禮典七七·饋享》：「學生青衿服。」《説文解字》卷一三上：「緹，帛丹黄色。」《漢書》卷二四下《食貨志下》：「乃以白鹿皮方尺，緣以繢，爲皮幣，直四十萬。」顔師古注：「繢，繡也，繪五綵而爲之。」首飾亂瓊珍：《文選》卷一九曹子建《洛神賦》：「戴金翠之首飾，綴明珠以耀軀。」《詩經·衛風·木瓜》：「投我以木瓜，報之以瓊琚。」毛傳：「瓊，玉之美者。」

〔八〕調絃：《藝文類聚》卷四一引《古相逢行》：「小婦無所爲，挾瑟上高堂，丈人且安坐，調絃未遽央。」梁塵：《藝文類聚》卷四三引劉向《别録》：「有麗人歌賦，漢興以来，善雅歌者，魯人虞公，發聲清哀，蓋動梁塵。」

〔九〕人生貴得意：《樂府詩集》卷三一《相和歌辭》孔欣《置酒高堂上》：「當年貴得意，何能競虚名。」

〔一〇〕幽夜：《藝文類聚》卷八〇引晉傅咸《燭賦》：「俾幽夜而作晝，繼列景乎朝陽。」

〔一一〕齊衾久兩設，角枕已雙陳：《詩經·唐風·葛生》：「角枕粲兮，錦衾爛兮。予美亡此，誰與獨旦。」《鮑參軍集注》黄節補注：「《説文》：『齌，裹緶也。緶，緁衣也。』又曰：『緁，或從習，作䌰。』《後漢書》應劭奏《漢儀》曰：『緹䌰十重。』注引《楚辭》『襲英衣兮緹䌰』，謂鮮明之衣。䌰，緁也，緶也，齌也。《釋名》：『齌，齊也。』齊衾，謂鮮明之衾也。」

〔一二〕三春：班固《終南山賦》：「三春之季，孟夏之初，天氣肅清，周覽八隅。」

【集説】

明鍾惺、譚元春《古詩歸》卷一二：「實是」字，硬得妙。「聲媚」二字合得妙，「起」字尤妙。

鮑照集校注卷五

潯陽還都道中

【解題】

此篇《文選》卷二七題作《還都道中作》，《藝文類聚》卷二七題作《還都道中》，張溥本題作《上潯陽還都道中》，《古詩紀》卷六一題作《上潯陽還都道中作》。《鮑參軍集注》此詩題注錢仲聯注：「此詩照從臨川王由江州移南兗州時所作。……此詩起句云：『昨夜宿南陵，今旦入蘆洲。』南陵在尋陽之東，若由荆州赴江州，無由宿南陵，且亦不應曰『還都道中』。按此詩《文選》題爲《還都道中》，毛扆校宋本《鮑集》作《潯陽還都道中》，皆無『上』字，則『上』字爲誤衍。此詩蓋即作于發潯陽時。」按錢説是，今從宋本所題。

潯陽，亦作尋陽。《宋書》卷三六《州郡志二》：「江州刺史……尋陽太守，尋陽本縣名，因水名縣，水南注江。二漢屬廬江，吴立蘄春郡，尋陽縣屬焉。晉武帝太康元年，省蘄春郡，以尋陽屬武昌，改蘄春之安豐爲高陵及邾縣，皆屬武昌。二年，以武昌之尋陽復屬廬江郡。惠帝永興元年，分廬江、武昌立尋陽郡。尋陽縣後省。領縣三，户二千七百二十，口一萬六千八。」按宋文帝元嘉十七年十月戊午，臨川王義慶被任命爲南兗州刺史，由江州尋陽移鎮南兗州廣陵，鮑照隨義慶由潯陽還京都，途中而作此詩。

昨夜宿南陵，今旦入蘆洲〔一〕。客行惜日月，崩波不可留〔二〕。侵星赴早路，畢景逐前儔〔三〕。鱗鱗夕雲起，獵獵晚風遒①〔四〕。騰沙鬱黄霧，翻浪揚白鷗〔五〕。登艫眺淮甸②，掩泣望荆流③〔六〕。絶目盡平原，時見遠煙浮〔七〕。倏忽坐還合，俄思甚兼秋〔八〕。未嘗違户庭，安能千里遊〔九〕。誰令乏古節？貽此越鄉憂〔一〇〕。

【校記】

①「晚」，張溥本注云：「一作『曉』。」《文選》李善本作「曉」。

②「登」，《藝文類聚》作「發」。

③「荆流」，《藝文類聚》作「荆州」。

【箋注】

〔一〕南陵：《讀史方輿紀要》卷二七《南直·太平府·繁昌縣》：「南陵戍，在縣西南，下臨江渚。胡氏曰：『六朝時江州東界盡於南陵。』蓋濱江津要處，非今之南陵縣。晉陶侃領荆、江二州刺史，自南陵迄於白帝數千里，路不拾遺。謂南陵也。義熙六年盧循攻建康不克，南還尋陽，留其黨范崇民將五千人據南陵。宋孝建初臧質以南郡王義宣叛，自江州趨建康，殿中將軍沈靈賜將百舸破質前軍於南陵。梁亦置戍於此。承聖初王僧辯討侯景軍於大雷，遣前軍侯瑱襲南陵、鵲頭二戍，克之。宋白曰：『南陵戍去今宣州南陵縣百二十里。梁武因舊戍置南陵縣，本治赭圻城，亦非今之南陵云。』」蘆洲：《鮑參軍集注》黄節補注：「蘆洲，謂蘆荻之洲耳。起對句不必地名，謝康樂《石門新營所住》詩：『躋險策幽居，披雲卧石門。』豈以幽居亦地名耶？」

〔二〕客行惜日月，崩波不可留：《文選》李善注：「言客行既惜日月，兼崩波之上，不可少留。」六臣吕向注：「惜日月，務疾還也。崩波，猶奔波也。」張雲璈《選學膠言》：「崩波，即奔波，謂客行之勞也。注似未的。黄士珣云：『崩波不可留，似即以借喻日月，言日月之去，如波之崩，不可留挽。上文昨夜、今旦，下文侵星、畢景、夕雲、曉風，日復一日，下極形其日月之速如崩波，故可惜耳。二語一氣相生。』」

〔三〕侵星赴早路，畢景逐前儔：聞人倓《古詩箋》：「侵星，猶戴星也。」《文選》六臣李周翰注：「早路，早取路也。畢景，落日也。儔。儔侣也。」按梁戴暠《從軍行》：「侵星出柳塞，際晚入榆溪。」似從此出。

〔四〕鱗鱗夕雲起，獵獵晚風遒：《文選》六臣吕延濟注：「鱗鱗，雲皃。獵獵，風聲。」《説文解字》卷二下：「遒，迫也。」

〔五〕黄霧：《太平御覽》卷一五引《尚書中候》：「桀無道，地吐黄霧。」本古代之咎徵，此則謂黄色煙霧，與咎徵無涉。翻浪揚白鷗：《文選》六臣劉良注：「翻浪有似白鷗鳥也。」按劉説非是，《爾雅翼·釋鳥》：「鷖，鷗也，一名水鴞。《海物異名記》曰：『鷗之别類，群鳴喈喈，隨潮往來，謂之信凫。』《南越志》曰：『在潮海中，隨潮上下。』」鷗鳥喜逐浪而飛，故浪翻而鷗揚。聞人倓《古詩箋》云：「浪翻則鷗起。」是也。

〔六〕登艫眺淮甸：《漢書》卷六《武帝紀》：「自尋陽浮江，親射蛟江中，獲之。舳艫千里，薄樅陽而出。」顔師古注：「李斐曰：『舳，船後持柂處也。艫，船前頭刺櫂處也。』」掩泣望荆流：《楚辭·遠游》：「思舊故以想像兮，長太息而掩涕。」掩泣，猶掩涕。《鮑參軍集注》錢仲聯注：「荆流，指尋陽九派之水。《書·禹貢》：『荆及衡陽惟荆州：江、漢朝宗於海，九江孔殷。』」方東樹《昭昧詹言》卷六云：「竊意『荆流』、『淮甸』，特泛指尋陽地勢耳。所以云『掩泣』也，即下思照詩語本此。」以上二句方東樹《昭昧詹言》卷六云：「竊意『荆流』、『淮甸』，特泛指尋陽地勢耳。所以云『掩泣』也，即下思鄉耳。」

〔七〕絶目：《文選》李善注：「絶，猶盡也。」按絶目，猶極目，盡目力之所及。

〔八〕倏忽坐還合：《戰國策·楚策四》：「晝游乎茂樹，夕調乎酸鹹，倏忽之間，墜於公子之手。」《文選》李周翰注：「倏忽，俄頃之際。」俄思甚兼秋：俄思，謂俄傾而思。《文選》李善注：「兼，猶三也。《毛詩》曰：『一日不見，如三秋。』」李光地《榕村詩選》卷二：「倏忽坐還合，前望去途之易也。俄思甚兼秋，追思來途之久也。《詩》曰：『如三秋兮。』」《鮑參軍集注》黄節補注：「詩蓋謂倏然悲至，則坐忘而與天地合。俄傾又思，有甚兼秋也。還，讀旋。」

〔九〕違户庭：《周易·節卦》：「不出户庭，無咎。」朱熹本義：「户庭，户外之庭也。」千里遊：《漢書》卷二四上《食貨志上》：「因其富厚，交通王侯，力過吏勢，以利相傾；千里游敖，冠蓋相望，乘堅策肥，履絲曳縞。」

〔一〇〕乏古節：《文選》卷一五張平子《思玄賦》：「伊中情之信修兮，慕古人之貞節。」越鄉憂：《左傳》襄公十五年：「稽首而告曰：『小人懷璧，不可以越鄉。』」此二句《文選》六臣張銑注：「古節，古人高尚之節。越，違也。皆明責已之詞。」

【集説】

元方回《文選顔鮑謝詩評》卷三：此詩尾句絶佳。守古人之節，不輕出仕，則焉得有越鄉之憂乎？前段皆江路曉行暮宿之意。

明孫月峰：未盡所長，然風調自勁快。（清于光華《重訂文選集評》卷六）

明許學夷《詩源辯體》卷七：明遠詩如「申黜褒女進，班去趙姬昇」，「虚容遺劍佩，實貌戢衣巾」，「嬛綿好眉目，閑麗美腰身」，「舟還莊甚笑，水流孔急歎」，「匹命無單年，偶影有雙夕」，「倏悲坐還合，俄思甚兼秋」等句，皆鄙言累句也。要亦是俳偶雕刻使然，非必皆有意爲之也。

清何焯《義門讀書記》卷四七：字字清新，句句奇。

又云：「登艫眺淮甸」一頓，妙。

清陳祚明《采菽堂古詩選》卷一八：道行路之難，頗亦曲至。

清方伯海：眼前景，戛然獨造，字字新雋。（清于光華《重訂文選集評》卷六）

又云：古人詩須看其血脈，上下聯貫，意義反復曲折。不聯貫則前後斷續，不曲折則淺率徑直。此篇前寫征途勞苦，中寫景物淒涼，倏因遠眺淮甸，回望荆流，觸出一片戀土至情，因自明其不得歸而悔其出也。便似身入武夷，一曲引出一曲。前後用意，雖有數截，卻是相牽相遞而下，此可想其精神結聚處。

清吴淇《六朝選詩定論》卷一三：總重「客行惜日月」一句。「崩波」句，客行之速不可留，以艱險也。「昨夜」、「今旦」、「侵星」、「畢景」，是寫「惜日月」。「鱗鱗」四句，寫「不可留」。古者男子生而懸弧，志在四方，憂在越鄉，非古節矣，參軍豈乏古節哉？古所謂志在四方，乃得志行道經營天下也。今一官自守，徒僕僕風塵耳，豈有所謂得志行道歟？「未嘗」云云，固是詩人之言，非實也。

清成書《多歲堂古詩存》：亦寫心情，亦事描繪，逶迤寫來，是長行無事，心頭眼底觸緒情生，難在寫得周備耳。

清方東樹《昭昧詹言》卷六：起六句叙題，交待明白。「鱗鱗」四句寫景，興象甚妙，杜公行役詩所常擬也。「登艫」二句束頓。「絶目」四句，次第遞承眺望。

又云：此詩及小謝《還都》，各極其情文之盛妙，可謂異曲同工。

還都道中三首

【解題】

此篇《藝文類聚》卷二七題作《還都在路》，今從宋本。

宋文帝元嘉十七年（四四〇）十月戊午，臨川王義慶被任命爲南兗州刺史，由江州之尋陽移鎮南兗州之廣陵。吴丕績《鮑照年譜》、錢仲聯《鮑照年表》以爲此詩與《潯陽還都道中》《還都至三山望石頭城》《還都口號》諸詩皆詩人是時隨義慶由潯陽還京都建康途中作。今由以上數詩所表現的内容及反映的節候看，此説頗爲有據。

一

悦懌遂還心，踊躍貪至勤〔一〕。鳴雞戒征路，暮息落日分〔二〕。急流騰飛沫①，回風起江濆〔三〕。孤獸啼夜侣，離鴻噪霜群〔四〕。物哀心交横，聲切思紛紜〔五〕。歎慨訴同旅，美人無相聞〔六〕。

【校記】

① 「沫」，原作「沬」，今據張溥本及《古詩紀》卷六一改。

【箋注】

〔一〕悦懌遂還心：班固《白虎通義·禮樂》：「鄭國土地民人山居谷汲，男女錯雜，爲鄭聲以相悦懌。」《史記》卷五五《留侯世家》：「良因説漢王曰：『王何不燒絶所過棧道，示天下無還心，以固項王意。』」踊躍貪至勤：《文選》卷四二吴季重《答東阿王書》：「耳嘈嘈於無聞，情踴躍於鞍馬。」《鮑參軍集注》黄節補注：「《漢書·陳湯傳》：『故宗正劉向上疏曰：吉甫之歸，周厚賜之。其詩曰：吉甫燕喜，既多受祉，來歸自鎬，我行永久。千里之鎬，猶以爲遠，況萬里之外，其勤至矣。』《説文》：『勤，勞也。』踴躍貪至勤，謂心之踴躍，所貪者乃勤勞之至者也。」

〔二〕鳴雞戒征路：《文選》卷四三趙景真《與嵇茂齊書》：「惟别之後，離群獨游，背榮宴，辭倫好，經迥路，涉沙漠。鳴雞戒旦，則飄爾晨征；日薄西山，則馬首靡託。」李善注：「鄭玄曰：『警戒告語焉。』」

〔三〕飛沫：《文選》卷一二木華《海賦》：「於是鼓怒溢浪揚浮，更相觸搏，飛沫起濤，狀如天輪膠戾而激轉，又似地軸挺拔而争迴。」六臣吕向注：「言風急鼓擊怒，溢浪飛揚，浮涌於空，相觸搏爲沫，起其波濤也。」回風起江濆：《楚辭·九章·悲回風》：「悲回風之摇蕙兮，心冤結而内傷。」朱熹集注：「回風，旋轉之風也。」《詩經·大雅·常武》：「鋪敦淮濆，仍執醜虜。」毛傳：「濆，涯。」

〔四〕孤獸啼夜侣：《文選》卷二四曹子建《贈白馬王彪》：「孤獸走索群，銜草不遑食。」離鴻噪霜群：《文選》卷一三引潘安仁《秋興賦》：「聽離鴻之晨吟兮，望流火之餘景。」

〔五〕心交横：《藝文類聚》卷一八引王粲《閑邪賦》：「恨年歲之方暮，哀獨立而無依。情紛挐以交横，意慘悽而增悲。」紛紜：《文選》卷二三嵇叔夜《幽憤詩》：「世務紛紜，祇攪予情。」

〔六〕歎慨訴同旅，美人無相聞：《楚辭·九章·思美人》：「思美人兮，擥涕而竚眙；媒絶路阻兮，言不可結而詒。」王逸

注：「秘密之語，難傳誦也。」

二

風急訊灣浦，裝高偃檣舳〔一〕。夕聽江上波，遠極千里目〔二〕。寒律驚窮蹊①，爽氣起喬木〔三〕。隱隱日没岫，瑟瑟風發谷〔四〕。鳥還暮林諠，潮上水結洑②〔五〕。夜分霜下凄，悲端出遥陸〔六〕。愁來攢人懷，羇心苦獨宿〔七〕。

【校記】

① 「律」，藝文類聚卷二七作「烟」。

② 「水」，張溥本、四庫本、《古詩紀》作「冰」。

【箋注】

〔一〕訊灣浦：《詩經·小雅·正月》：「召彼故老，訊之占夢。」毛傳：「訊，問也。」《廣韻》卷一：「灣，水曲。」按問水流彎曲之處，可以避風耳。裝高偃檣舳：裝，指行裝。《戰國策·齊策四》：「馮諼曰：『願之。』於是約車治裝，載券契而行。」《説文解字》卷八上：「偃，仆也。」《文選》卷一二郭景純《江賦》：「舳艫相屬，萬里連檣。」李善注：「《説文》曰『舳，舟尾也。艫，船頭也。』《埤蒼》曰：『檣，帆柱也。』」《漢書》卷六《武帝紀》：「自尋陽浮江，親射蛟江中，獲之。舳艫千里，薄樅陽而出。」顔師古注：「李斐曰：『舳，船後持柂處也。』」

〔二〕夕聽江上波：《楚辭·九章·悲回風》：「馮崑崙以瞰霧兮，隱岷山以清江。憚涌湍之礚礚兮，聽波聲之洶洶。」遠極千里目：《楚辭·招魂》：「湛湛江水兮上有楓，目極千里兮傷春心。」

〔三〕寒律驚窮蹊：《文選》卷一三謝惠連《雪賦》：「若乃玄律窮，嚴氣升。」六臣注吕延濟注：「玄律窮，十二月也。」《文選》卷二一顔延年《秋胡詩》：「離獸起荒蹊，驚鳥從横去。」爽氣起喬木：《晉書》卷八〇《王羲之傳附王徽之傳》：「徽之初不酬答，直高視，以手版柱頰云：『西山朝來，致有爽氣耳。』」

〔四〕隱隱日没岫：《藝文類聚》卷三四引漢武帝《李夫人賦》：「飾新宫以延佇，泯不歸乎故鄉，慘鬱鬱其蕪穢，處隱隱而懷傷。」瑟瑟風發谷：《文選》卷二三劉公幹《贈從弟三首》之二：「亭亭山上松，瑟瑟谷中風。風聲一何盛，松枝一何勁。」六臣吕向注：「瑟瑟，風聲。」

〔五〕鳥還暮林諠：陶淵明《飲酒》之五：「山氣日夕佳，飛鳥相與還。」洑：《廣韻》卷五：「洑，回流。」謂漩渦。

〔六〕夜分：猶夜半。《後漢書》卷一下《光武帝紀下》：「每旦視朝，日側乃罷。數引公、卿、郎、將，講論經理，夜分乃寐。」李賢注：「分，猶半也。」悲端出遥陸：《文選》卷二五謝靈運《登臨海嶠初發彊中作與從弟惠連見羊何共和之》：「茲情已分慮，況乃協悲端。」《廣韻》卷五：「高平曰陸。」

〔七〕攢：《文選》卷二張平子《西京賦》：「攢珍寶之玩好，紛瑰麗以奓靡。」薛綜注：「攢，聚也。」羇心：《文選》卷二六謝靈運《七里瀨》：「羈心積秋晨，晨積展游眺。」六臣吕向注：「羇旅之心。」《左傳》昭公七年：「單獻公棄親用羈。」杜預注：「羈，寄客也。」按羇羈異體。

【集説】

明陸時雍《古詩鏡》卷一四：「風急訊灣浦，裝高偃檣舳」，寫得快浄，筆趣稍鈍，即帶穢色矣。鮑照心開手敏，遇物遂成，可謂詩中一能言之品。「舉目皆凛素」，亦一佳句。

清陳祚明《采菽堂古詩選》卷一九：「潮上」句寫景切。

成書《多歲堂古詩存》：此首氣甚平和，詞亦恬静。在明遠集中，非吃力之作，而筆自疎朗可喜。

清王闓運《湘綺樓説詩》卷八：《還都道中》云「夕聽江上波，遠極千里目」，作守風，便入畫。

三

久宦迷遠川，川廣每多懼〔一〕。薄止閭邊亭，關歷險程路〔二〕。霮霴冥寓岫①，蒙昧江上霧〔三〕。時涼籟争吹，流洊浪奔趣②〔四〕。惻焉增愁起③，搔首東南顧〔五〕。茫然荒野中，舉目皆凜素〔六〕。回風揚江泌，寒鴉棲動樹④〔七〕。太息終晨漏，企我歸飈遇〔八〕。

【校記】

①「寓」，張溥本、四庫本、《古詩紀》作「隅」。

②「趣」，原注：「一作『注』。」

③「惻」，原作「測」，今據張溥本、《古詩紀》改。

④「寒鴉棲動樹」，原作「寒棲動樹」，張溥本「寒」後空一格。四庫本作「雅寒棲動樹」，今據《古詩紀》補「鴉」字。按《鮑參軍集注》作「寒響棲動樹」。

【箋注】

〔一〕久宦：《漢書》卷五〇《張釋之傳》：「與兄仲同居，以貲爲騎郎，事文帝十年不得調，亡所知名。釋之曰：『久宦減仲之産。』」川廣：《文選》卷一九張茂先《勵志詩》：「高以下基，洪由纖起。川廣自源，成人在始。」

〔二〕薄止閭邊亭：《鮑參軍集注》黄節補注：「王引之曰：『薄，發聲也。《詩·葛覃》曰：「薄汙我私，薄澣我衣。」又《芣苢》曰：「薄言采之。」傳曰：「薄，辭也。」』薄止，猶薄汙、薄澣也。」

〔三〕霮霴冥寓岫：《文選》卷一一王文考《魯靈光殿賦》：「歇欻幽藹，雲覆霮霴，洞杳冥兮。」六臣吕延濟注：「洞，深也。歇欻，高敞也。餘皆幽邃深遠如雲覆也。霮霴，繁雲貌。」蒙昧：昏暗。《藝文類聚》卷二引張載《霖雨詩》：「霖雨餘旬朔，濛昧日夜墜。何以解愁懷，置酒招親類。」

〔四〕籟：《淮南子·説山訓》：「物莫不因其所有，而用其所無，以爲不信，視籟與竽。」高誘注：「籟，三孔籥也，以其管孔空處以成音也，故曰視籟與竽也。」流洊：《周易·坎卦》：「水洊至，習坎。」王弼注：「不以坎爲隔絶，相仍而至。」《宋書》卷六七《謝靈運傳》：「泝江流之湯湯，洊赤圻以經復。」

〔五〕搔首：《詩經·邶風·静女》：「愛而不見，搔首踟躕。」

〔六〕舉目皆凜素：《晉書》卷六五《王導傳》：「周顗中坐而歎曰：『風景不殊，舉目有江河之異。』」《説文解字》卷一一下：「凜，寒也。」

〔七〕江泌：湍急之江流。《廣韻》卷五：「泌，水俠流。」寒鵶棲動樹：《玉臺新詠》卷九陸機《燕歌行》：「白日既没明燈煇，寒禽赴林匹鳥棲。雙鳩關關宿河湄，憂來感物涕不晞。」

〔八〕晨漏：《漢書》卷二七下之下《五行志下之下》：「成帝建始元年八月戊午，晨漏未盡三刻，有兩月重見。」

【集説】

清方東樹《昭昧詹言》卷六：直書即目，起峭促緊健，後來山谷常擬之。以下皆直書即目，直書胸臆，所謂俊逸也。但一片説下，無章法縈竅，但取其句法警妙，亦足爲式。

還都口號

【解題】

《詩人玉屑》卷二《詩體上》有「口號」體，小字注：「或四句，或八句。」意謂隨口吟成之作。按《藝文類聚》卷二八引梁簡文帝《仰和衛尉新渝侯巡城口號詩》：「帝景風雨中，層闕煙霞浮。玉署清餘熱，金城含暮秋。水光淩卻敞，槐影帶重樓。」所據當即此篇。

此篇亦宋文帝元嘉十七年作於隨義慶由潯陽還京都途中。

分壤蕃帝華，列正藹皇宫〔一〕。禮譏及年暇，朝奏因歲通〔二〕。維舟歇金景，結棹俟昌風〔三〕。鉦歌首寒物，歸吹踐開冬〔四〕。陰沉煙塞合，蕭瑟涼海空〔五〕。馳霜急歸節，幽雲慘天容〔六〕。旌皷貫玄塗，羽鷁被長江〔七〕。君王遲京國，遊子思鄉邦〔八〕。恩世共渝洽，身願兩扳逢〔九〕。勉哉河濟客，勤爾尺波功〔一〇〕。

【箋注】

〔一〕分壤蕃帝華：《管子·地數》：「地之東西二萬八千里，南北二萬六千里，其出水者八千里，受水者八千里，出銅之山四百六十七山，出鐵之山三千六百九山，此之所以分壤樹穀也。」《尚書·微子之命》：「率由典常，以蕃王室。」孔傳：「循用舊典，無失其常，以蕃屏周室。」列正：《尚書·牧誓》：「列爵惟五，分土惟三。」孔傳：「爵五等，公、侯、伯、子、男。列地封國，公侯方百里，伯七十里，子、男五十里，爲三品。」《周禮·天官》：「宫正，掌王宫之戒令糾禁。」

〔二〕禮譏及年暇：《史記》卷五八《梁孝王世家》：「諸侯王朝見天子，漢法凡當四見耳。始到，入小見。到正月朔旦，奉皮薦璧玉賀正月，法見。後三日，爲王置酒，賜金錢財物。後二日，復入小見，辭去。凡留長安不過二十日。小見者，燕見於禁門内，飲於省中，非士人所得入也。」朝奏因歲通：《宋書》卷一四《禮志一》：「魏制，蕃王不得朝覲。明帝時有朝者，皆由特恩，不得以爲常。晉泰始中，有司奏：『諸侯之國，其王公以下入朝者，四方各爲二番，三歲而周，周則更始。若臨時有故，卻在明年。來朝之後，更滿三歲乃復，不得從本數。朝禮執璧如舊朝之制。不朝之歲，各遣卿奉聘。』奏可。江左王侯不之國，其有授任居外，則同方伯刺史二千石之禮，亦無朝聘之制。此禮遂廢。」

〔三〕維舟歇金景：《太平御覽》卷四四引《十道録》：「覆船山：堯遭洪水，維舟山下，船因覆焉。」卷四三五引《吴志》：

「甘寧字興覇，性奢靡，嘗以繒錦維舟，去或割棄。」金景，指落日。昌風：陸雲《答孫顯世》：「昌風改物，豐水易瀾。」即閶風，閶闔風，指西風。《文選》卷三張平子《東京賦》：「俟閶風而西遐，致恭祀乎高祖。」薛綜注：「閶風，秋風也。」《鮑參軍集注》錢仲聯注：「上句謂隨落日而停舟。金景，西日也。《春秋繁露・五行相生》：『西方者金。』下句昌風，即閶闔風，西風也。《淮南子・天文訓》：『涼風至四十五日，閶闔風至。』高誘注：『兑卦之風。』《易・兑卦》孔穎達正義：『兑，位是西方之卦。』照還都，江行自西而東，故俟西風而發船也。」

〔四〕鉦歌首寒物：《漢書》卷一二《平帝紀》：「遣執金吾候陳茂假以鉦鼓。」顔師古注：「應劭曰：『將帥乃有鉦鼓，今茂官輕兵少，又但往諭曉之耳，所以假鉦鼓者，欲重其威也。鉦者，鐃也，似鈴，柄中上下通。』」鉦歌即鐃歌，《樂府詩集》卷一六《鼓吹曲辭》：「鼓吹曲，一曰短簫鐃歌。劉瓛定軍禮云：『鼓吹未知其始也，漢班壹雄朔野而有之矣。鳴笳以和簫聲，非八音也。騷人曰鳴篪吹竽是也。』蔡邕《禮樂志》曰：『漢樂四品，其四曰短簫鐃歌，軍樂也。黄帝岐伯所作，以建威揚德，風敵勸士也。』」歸吹踐開冬：《文選》卷二二顔延年《應詔觀北湖田收》：「開冬眷徂物，殘悴盈化先。」六臣吕延濟注：「開冬，十月也。」《鮑參軍集注》黄節補注：「歸吹，騎吹也。詩蓋言舍舟而陸矣。」

〔五〕蕭瑟：《楚辭・九辯》：「悲哉！秋之爲氣也，蕭瑟兮，草木摇落而變衰。」

〔六〕馳霜急歸節：馳霜，猶飛霜。《文選》卷三五張景陽《七命》：「飛霜迎節，高風送秋。」《文選》卷六〇顔延年《祭屈原文》：「温風怠時，飛霜急節。」幽雲：《楚辭・九懷》：「顧列孛兮縹縹，觀幽雲兮陳浮。」

〔七〕玄塗：《弘明集》卷六晉釋道恒《釋駁論》：「雖生死彌綸，玄塗長遠，要自驅策，必階於道。」羽鷁：《淮南子・本經訓》：「龍舟鷁首。」高誘注：「龍舟，大舟也，爲龍文以爲飾也。鷁也，其象著船頭，曰鷁首。」

〔八〕京國：《文選》卷五六曹子建《王仲宣誄》：「我公寔嘉，表揚京國，金龜紫綬，以彰勳則。」鄉邦：曹操《請卹郭嘉表》：「嘉立身著行，稱茂鄉邦，與臣參事，盡節爲國。」

〔九〕渝洽：《詩經・唐風・山有樞》：「宛其死矣，他人是愉。」毛傳：「愉，樂也。」按渝愉字通。扳逢：《春秋公羊傳・

隱公元年》：「隱長又賢，諸大夫扳隱而立之。」何休注：「扳，引也。」

〔一〇〕勉哉河濟客：《尚書·禹貢》：「導沇水，東流爲濟，入於河，溢爲滎，東出于陶丘北，又東至於菏，又東北會於汶，又北東入於海。」孔傳：「發源爲沇，流去爲濟，在温西北平地。」按鮑照原籍上黨，遷東海，故以「河濟客」自謂。尺波：《文選》卷二八陸士衡《長歌行》：「寸陰無停晷，尺波豈徒旋。」李善注：「言日無停景，川不旋波，以喻年命流行，曾無止息也。」

【集説】

清陳祚明《采菽堂古詩選》卷一九：「鉦歌」以下八句，語語矜琢，生秀不恒。「涼海」字新，「貫」字、「被」字警，惜結語不振。少陵固亦鑽仰鮑詩，每見澀强，正坐法此等，然固不弱。

還都至三山望石頭城

【解題】

《元和郡縣志》卷二六《江南道·上元縣》：「三山在縣西南五十里，晉王濬伐吴，宿於牛渚部分，明日前至三山。即此也。」《太平寰宇記》卷九十《江南東道二》：「三山在縣西南十七里，周迴四里，其山孤絶，面東，西絶大江。按《輿地志》云：『其山積石，濱于大江，有三峰南北接，故曰三山。舊吴爲津所，謝元暉《晚登三山還望京邑詩》曰：灞涘望長安，河陽視京縣。白日麗飛甍，參差皆可見。餘霞散成綺，澄江静如練。即此也。』」《元和郡縣志》卷二六《江南道·上元縣》：「石頭城在縣西四里，即楚之金陵城也，吴改爲石頭城。建安十六年，吴大帝修築以貯財寶軍器，有戍。《吴都賦》云：『戎車盈於石城。』是也。諸葛亮云：『鍾山龍盤，石城虎踞。』言其形之險固也。」《景定建康志》卷一七：「《江乘地記》云：『石城山，嶺嶂千里，相重若一，游歷者以爲吴之石城，猶楚之九疑也。山上有城，因以爲名。後漢建安十六年，吴孫權乃加修理，改名石頭城，用貯軍糧器械，今清涼寺西是也。諸葛亮云：『石頭虎踞，真帝王之宅。』《丹陽記》：『石頭城，吴時悉土塢，義熙初始加磚累甓，因山以爲城，因江以爲池。地形險固，尤有奇勢，亦謂之石首城。范曄有《初發石首城詩》。』《六朝記》云：『吴孫權沿淮立栅，又於江岸必争之地築城，名曰石頭。常以腹心大臣鎮守之。今石城故基，乃楊行密稍遷近南，夾淮帶江以盡地利，其形勢與長干山連接。晉伐吴，王濬以舟師沿江而下，自三山抵石城。劉夢得有『王濬樓船下益州，一片降幡出石頭』之句。晉室中興，常爲險要必争之地。」《讀史方輿紀要》卷二〇《南直·應天府·江寧縣》：「石頭城，府西二里。有石頭山。《輿地志》：『山環七里一百步，北緣大江，南抵秦淮口，去台城九里。山上有城，相傳楚威王滅越，置金陵邑於此。』《圖經》：『石頭城在上元縣西四里，南抵淮水，當淮之口。南開二門，東開一門。其南門之西者曰西門。又有古頭倉城，倉城之門曰倉門。漢建安十六年孫權徙治秣陵，明年城石頭，貯寶貨軍器於此。諸葛武侯使建業，曰石頭虎踞，王業之基也。』」「三山，在府城西南五十七里，三峰並列，下臨大江。晉王濬伐吴，順流而下，直指三山是也。」

按此篇亦宋文帝元嘉十七年鮑照隨義慶由江州潯陽還京都途中作。

泉源安首流，川末澄遠波〔一〕。晨光被水族，曉氣歇林阿〔二〕。兩江皎平迥，三山鬱駢羅〔三〕。南帆望越嶠，北榜指齊河〔四〕。闗扃繞天邑，襟帶抱尊華〔五〕。長城非壑嶮，峻岨似荆芽〔六〕。攢樓貫白日，摛堞隱丹霞〔七〕。征夫喜觀國，遊子遲見家〔八〕。流連入京引，躑躅望鄉歌〔九〕。彌前歎景促，逾近勸路多〔一〇〕。偕萃猶如兹，弘易將謂何〔一一〕。

【箋注】

〔一〕泉源安首流，川末澄遠波：《詩經·衛風·竹竿》：「泉源在左，淇水在右。」毛傳：「泉源，小水之源。」《國語·晉語四》：「泉源以資之。」韋昭注：「水在山爲泉源。象艮山坎水，流而不竭也。」《楚辭·九歌·湘君》：「令沅湘兮無波，使江水兮安流。」《鮑參軍集注》錢仲聯注：「泉之源，故曰首流。去源遠，故曰川末。」方東樹《昭昧詹言》卷六：「首二句不過言江平無波，而措語新特。」

〔二〕晨光被水族：《文選》卷一一何平叔《景福殿賦》：「晨光内照，流景外烻。」李善注：「晨光，日景也。日光照於室中而流景外發。」《文選》卷二〇張平子《西京賦》：「摷鯤鮞，殄水族。」李善注：「族，類也。」曉氣歇林阿：《廣韻》卷五：「歇，許竭切，氣洩也。」《藝文類聚》卷六九引晉張翰《杖賦》：「良工登乎曾巒，妙匠鑒乎林阿。」

〔三〕兩江皎平迥：《建康實録》卷一：「當始皇三十六年，始皇東巡，自江乘渡。望氣者云：『五百年後，金陵有天子氣。』因鑿鍾阜，斷金陵長隴以通流，至今呼爲秦淮。」原注：「其淮本名龍藏浦，其上有二源：一發自華山，經句容，西南流。一發自東廬山，經溧水，西北流入江寧界。二源合自方山埭，西注大江。其二源分派屈曲，不類人功。」駢羅：《文選》卷二張平子《西京賦》：「清淵洋洋，神山峩峩。列瀛洲與方丈，夾蓬萊而駢羅。」六臣張銑注：「駢羅，謂三山相布貌。」

〔四〕嶠：《爾雅・釋山》：「鋭而高，嶠。」邢昺疏：「言山形纖峻而高者名嶠。」榜：《楚辭・九章・涉江》：「乘舲船余上沅兮，齊吴榜以擊汰。」王逸注：「吴榜，船櫂也。……士卒齊舉大櫂而擊水波。」

〔五〕闟扃：謂闟隘山嶺。庚信《示封中録二首》之一：「貴館居金谷，闟扃隔藁街。」似從此出。天邑：《尚書・多士》：「予一人惟聽用德，肆予敢求爾於天邑商。」《文選》卷四八班孟堅《典引》：「至於參五華夏，京遷鎬亳，遂自北面，虎螭其師，革滅天邑。」蔡邕注：「天邑，天子邑也。」襟帶抱尊華：《文選》卷三張平子《東京賦》：「苟民志之不諒，何云巖險與襟帶。」《鮑參軍集注》黄節補注：「《説文》：『尊，高稱也。』《爾雅》：『絶高曰京。』尊華，猶京華也。」

〔六〕岧嶮：《管子・勢》：「戰而懼險，此謂迷中。」房玄齡注：「方戰之時，懼有險礙。」峻岨似荆芽：《山堂肆考》卷二一〇引《格物論》：「荆，小木叢生，枝莖婆娑，葉刻缺而龕谿，荒坂洲渚多有之。」《本草綱目》卷三六《木之三》「牡荆」集解：「其枝對生，一枝五葉或七葉。葉如榆葉，長而尖，有鋸齒。五月杪開花，成穗，紅紫色。」《鮑參軍集注》錢振倫注：「言石城嵯峨，不但因枕江而見其險，蓋其峻岨之形，直如荆芽之刻缺矣。」

〔七〕攢樓貫白日：《漢書》卷五七上《司馬相如傳上》：「攢立叢倚，連卷欐佹。」顔師古注：「攢立，聚立也。」《戰國策·魏策四》：「聶政之刺韓傀也，白虹貫日。」《三國志》卷一《魏志·武帝紀》：「君執大節，精貫白日。」摛堞隱丹霞：《文選》卷四五班孟堅《答賓戲》：「雖馳辯如濤波，摛藻如春華。」李善注：「韋昭曰：摛，布也。」《古今韻會舉要》卷三〇：「堞，城上女垣也。」《文選》卷二二魏文帝《芙蓉池作》：「丹霞夾明月，華星出雲間。」

〔八〕征夫喜觀國：《詩經·小雅·何草不黄》：「哀我征夫，獨爲匪民。」鄭玄箋：「征夫，從役者也。」《藝文類聚》卷二七引謝靈運《歸塗賦》：「昔文章之士，多作行旅賦，或欣在觀國，或怵在斥徙。」遲見家：《荀子·修身》：「則千里雖遠，亦或遲或速，或先或後，胡爲乎其不可以相及也！」《洪武正韻》卷一〇：「欲速而以彼爲緩曰遲。」

〔九〕流連入京引，躑躅望鄉歌：《三國志》卷一五《魏志·劉馥傳附劉靖傳》：「封符指期，無流連之吏。」《玉臺新詠》卷一《古詩無名人爲焦仲卿妻作》：「躑躅青驄馬，流蘇金鏤鞍。」按流連、躑躅，皆徘徊不進貌。《文選》卷二八謝玄暉《鼓吹曲》李善注：「《古入朝曲》。」《鮑參軍集注》黄節補注：「入京引疑謂《古入朝曲》。魏文帝《燕歌行》：『慊慊思歸戀故鄉，何爲淹留寄他方？』所謂望鄉歌也。」

〔一〇〕勩路：《文選》卷二〇曹子建《應詔詩》：「騑驂倦路，載寢載興。」六臣吕向注：「曰載寢載興，言疲也。」按勩，倦字通。

〔一一〕偕萃猶如兹，弘易將謂何：《鮑參軍集注》錢振倫注：「疑『宏易』或『孔易』之誤。」黄節補注：「《周禮》：『車僕，掌戎路之萃，廣平之萃，闕車之萃，苹車之萃，輕車之萃。』萃，謂車僕也。上文長城峻阻，攢樓摛堞，舍舟而陸，可謂路多矣。車僕猶勩。《詩》所云『我僕痛矣，云何吁矣』，則『王道蕩蕩』、『王道平平』之謂何也？弘易，猶蕩平也。歎長途之險仄，喻所遭之艱困也。」

【集説】

明鍾惺、譚元春《古詩歸》卷一二：細于觀水之言，極確極幻。「兩江」句下多冗累，似不出俊手。

清陳祚明《采菽堂古詩選》卷一九：「似判芽」語生，不若去此二句。「弘易」字晦，擬改曰「長息」。因「征夫」六句寫歸情淋漓生動，不忍舍之。

清方東樹《昭昧詹言》卷六：前十四句，總叙望景，而分三層，首四句寫江上早景；「兩江」二句，點題交待，「南帆」二句，「望」字旁意；「闞扃」六句，正寫石城。「征夫」六句，入己歸情，句如梭織。收二句，史所謂故爲鄙文累句者耶？

又云：此詩可比顔延之《蒜山》，而勝沈約《鍾山》，不及小謝《登三山望京邑》及《之宣城出新林浦》。

清王闓運《湘綺樓説詩》卷八：《還都至三山望石頭城》云「晨光被水族」，是大江中語。

過銅山掘黄精

【解題】

此篇張溥本、四庫本、《古詩紀》卷六二題作《遇銅山掘黄精》，《藝文類聚》卷八一、《初學記》卷二〇題作《過銅山採藥》，今從宋本。

「黄精」，藥草名，多年生草本，中醫以根莖入藥。《本草綱目》卷一二上《草之一·黄精》：「黄芝、戊己芝、菟竹、鹿竹、僊人餘糧、救窮草、米鋪、野生薑、重樓、雞格、龍銜、垂珠。」原注：「時珍曰：『黄精爲服食要藥，故《别録》列於草部之首。僊家以爲芝草之類，以其得坤土之精粹，故謂之黄精。』《五符經》云：『黄精獲天地之淳精，故名爲戊己芝。』是此義也。餘糧、救窮，以功名也。鹿竹、菟竹，因葉似竹，而鹿兔食之也。垂珠，以子形也。陳氏《拾遺》救荒草即此也。今併爲一。《嘉謨》曰：根如嫩薑，俗名野生薑，九蒸九曝，可以代糧，又名米鋪。」《博物志》卷五：「黄帝問天老曰：『天地所生，豈有食之令人不死者乎？』天老曰：『太陽之草名曰黄精，餌而食之，可以長生。太陰之草名曰鉤吻，不可食，入口立死。人信鉤吻之殺人，不信黄精之益壽，不亦惑乎？』」《文選》卷四三嵇叔夜《與山巨源絶交書》：「又聞道士遺言，餌朮黄精，令人久壽，意甚信之。」李善注：「《蒼頡篇》曰：『餌，食也。』《本草經》曰：『朮，黄精，久服輕身延年。』」

聞人倓《古詩箋》：「庾仲雍《江圖》：『姑孰至直瀆十里，東通丹陽湖，南有銅山，一名九井山。』」《鮑參軍集注》黄節補注：「《漢書・地理志》：『丹陽故鄣郡，元封二年更名，有銅官。』桓寬《鹽鐵論》：『丹章有金銅之山。』即丹陽銅山也。方植之曰：『大小銅山，在揚州府揚子縣。』」《景定建康志》卷一七：「銅山，在江寧縣東南七十里，周迴一十九里，高一百丈。陳軒《金陵集》載鮑昭《過銅山掘黄精》詩云：『銅山晝深沉，乳竇夜涓滴。』即此也。屬江寧縣。句容縣北，溧水縣西，亦各有銅山，皆舊日採銅處。」按各地志所載，以銅山爲名者甚多，詩人掘黄精之山，當難以確知，舊注或以姑孰銅山，或以丹陽郡銅山當之，恐未確。

土肪閟中經①，水芝韜内策②〔一〕。寶餌緩童年，命藥駐衰曆〔二〕。矧蓄終古情，重拾煙霧迹〔三〕。羊角棲斷雲，榼口流隘石〔四〕。銅溪晝沉森③，乳竇夜涓滴④〔五〕。既類風門磴，復像天井壁⑤〔六〕。蹀蹀寒葉離，灇灇秋水積⑥〔七〕。松色隨野深，月露依草白〔八〕。空守江海思，豈愧梁鄭客⑦〔九〕。得仁古無怨⑧，順道今何惜〔一〇〕。

【校記】

①「土」，《初學記》作「玉」。「肪」，原作「昉」，今據張溥本改。

②「水」，《藝文類聚》作「朮」。「策」，張溥本注云：「一作『籍』。」《藝文類聚》作「籍」。

③「沉森」，張溥本、四庫本、《藝文類聚》《初學記》《古詩紀》作「森沉」。

④「涓」，《藝文類聚》作「瀝」。

⑤「復像」，原作「後像」，今據張溥本、四庫本、《初學記》《古詩紀》改。

⑥「灇灇」，《初學記》作「潨潨」。按灇，潨字通。

⑦「愧」，張溥本作「懷」，《初學記》作「貴」。

⑧「得仁」，《初學記》作「仁愛」。

【箋注】

〔一〕土肪閟中經，水芝韜内策：《説文解字》卷四下：「肪，肥也。」《漢書》卷三四《盧綰傳》：「上使使召綰，綰稱病。又使辟陽侯審食其、御史大夫趙堯往迎綰，因驗問其左右。綰愈恐，閟匿。」顏師古注：「閟，閉也，閉其蹤蹟，藏匿其人也。」《隋書》卷三二《經籍志一》：「魏祕書郎鄭默始制《中經》，祕書監荀勗又因《中經》更著《新簿》，分爲四部，總括群書。」明盧之頤《本草乘雅半偈》卷八：「隋羊公云：『黄精，芝草之精也。』」《廣韻》卷二：「韜，藏也。」方東樹《昭昧詹言》卷六：「『中經』，必用《山海經·中山經》，……而明遠割《中山經》稱《中經》，似杜撰，不可法。東漢以七緯爲内學，此服黄精，或出緯書。」

〔二〕寶餌緩童年：《老子·仁德》：「樂與餌，過客止。」命藥駐衰曆：《鮑參軍集注》錢振倫注：「命藥，續命之藥。衰曆，猶衰年也。」

〔三〕矧：《尚書·大誥》：「厥子乃弗肯堂，矧肯構？」孔傳：「子乃不肯爲堂基，況肯構立屋乎？」重拾煙霧迹：《鮑參軍集注》錢振倫注：「謂求不死而採黄精也。」

〔四〕羊角棲斷雲，榼口流隘石：《楚辭·九懷》：「登羊角兮扶輿，浮雲漠兮自娱。」王逸注：「陟彼高山，徐顧眄也。」《左傳》成公十六年：「使行人執榼承飲。」《鮑參軍集注》錢振倫注：「榼口，喻澗之淺也。又，羊角峰高，雲欲斷而冀見其棲；榼口水小，石當隘而願通其流，以喻年命不長，庶得大藥，或可以慰終古之情也。」

〔五〕沉森：《漢書》卷五七下《司馬相如傳下》：「決江疏河，灑沈澹災，東歸之於海，而天下永寧。」顏師古注：「沈，深也。」《後漢書》卷五九《張衡傳》：「百神森其備從兮，屯騎羅而星布。」李賢注：「森，衆貌也。」乳竇夜涓滴：《太平寰宇記》卷一六二《桂州·臨桂縣》：「獨秀山在城西北一百步，直聳五百餘里，周迴一里，平地孤拔秀異，迥出郭中。下有洞穴，凝垂乳竇，路通山北，傍迴百餘丈，豁然明朗。」按乳竇，謂石鐘乳洞。《洪武正韻》卷一六：「涓滴，水點，又瀝下也。」

〔六〕風門磴：《太平御覽》卷四九引《武陵記》：「風門山有石門，去地百餘丈，每欲風起，此門先有黑氣，若煙隱隱而上，斯須風起竟日。」《文選》卷一一孫興公《游天台山賦》：「跨穹隆之懸磴，臨萬丈之絶冥。」李善注：「懸磴，石橋也。」按山以風門爲名者，各地志所載，不下數十處，然此詩所載，或武陵之風門。蓋武陵郡孝武帝孝建元年之前屬荆州，鮑照在荆州爲劉義慶臨川國侍郎，或曾至此耳。天井壁：《漢書》卷一〇《成帝紀》：「秋，關東大水，流民欲入函谷、天井、壺口、五阮關者，勿苛留。」顔師古注：「應劭曰：『天井在上黨高都。』」《後漢書》卷三《章帝紀》：「幸東阿，北登太行山，至天井關。」李賢注：「在今澤州晉城縣南，今太行山上。關南有天井泉三所也。」按太行之天井，鮑照無由得至，此恐爲想像之辭，或他處又有名天井者也。

〔七〕蹀蹀：《楚辭・九章・哀郢》：「衆踥蹀而日進兮，美超遠而逾邁。」洪興祖補注：「踥蹀，行貌。」按此引申爲樹葉飄落貌。瀧瀧：《集韻》卷一：「《説文》：『小水入大水曰潨。』《詩》傳：『水會也，或作瀧。』」《文選》卷二二謝靈運《於南山往北山經湖中瞻眺》：「俛視喬木杪，仰聆大壑瀧。」李善注：「《毛詩》曰：『鳧鷖在潨。』毛萇曰：『潨，水會也。』瀧，與潨同。」「瀧」，六臣本作「淙」，劉良注：「淙，水聲，言登於山半，下視高木之末，仰聽流水之聲。」按此乃指水流之聲也。

〔八〕月露依草白：《文選》卷二五謝宣遠《答靈運》：「開軒滅華燭，月露皓已盈。」

〔九〕空守江海思：《莊子・刻意》：「就藪澤，處閒曠，釣魚閒處，無爲而已矣。此江海之士，避世之人，閒暇者之所好。」豈愧梁鄭客：《史記》卷七〇《張儀列傳》：「從鄭至梁，二百餘里，車馳人走，不待力而至。」

〔一〇〕得仁古無怨：《論語・述而》：「求仁而得仁，又何怨？」順道今何惜：《韓詩外傳》卷七：「正直者順道而行，順理而言，公平無私，不爲安肆志，不爲危激行。」《淮南子・兵略訓》：「順道而動，天下爲響。因民而慮，天下爲鬭。」

【集説】

明鍾惺、譚元春《古詩歸》卷一二：如此題不古則辱之矣，古極則秀。

又云：「跡」字著「煙霧」上，妙不可言。

清陳祚明《采菽堂古詩選》卷一九：寫境蒼涼。「蹀蹀」「瀺瀺」，疊字佳。「月露」句更活。結句正是怨，述怨須如此。

沈德潛《古詩源》卷一一：「清而幽。謝公詩中無此一種，此唐人先聲也。」

清王壽昌《小清華園詩談》卷下：古人名句，如范蔚宗之「山梁協孔性，黄屋非堯心」，陸士衡之「夕息抱影寐，朝徂銜思往」，「和風飛清響，鮮雲垂薄陰」……鮑明遠之「松色隨野深，月露依草白」……皆高華名貴，可誦可法者。

清方東樹《昭昧詹言》卷六：起六句，從黄精起，逆入「掘」字。「羊角」六句，寫銅山。「蹀蹀」四句，寫掘時之景，甚妙。「空守」四句，自述作意，晦而未亮。

清王闓運《湘綺樓説詩》卷八：《過銅山掘黄精》云：「瀺瀺秋水積。」「積」字賦水，甚細。

日落望江贈荀丞

【解題】

詩題之「荀丞」，《鮑參軍集注》題注黄節補注云：「吴摯父曰：『荀伯子及子赤松，均爲尚書左丞。伯子元嘉十五年卒，官東陽太守，明遠蓋尚未出。赤松爲元凶所殺，史不言有文學。此荀丞不稱左丞，殆别一人。伯子族弟昶，字茂祖，以文藝至中書郎，子萬秋，字元寶，亦用才學自顯，皆無官丞者。』」吴丕績《鮑照年表》根據《宋書·禮志》荀萬秋有過擔任尚書左丞經歷的記載，則認定詩題之「荀丞」，即指荀萬秋。錢仲聯又更進一步申發補充了吴譜之説，其於《鮑參軍集注》此詩題注增補注云：「《宋書·禮志》有『大明三年使尚書左丞荀萬秋造《五路禮圖》』，（按：錢先生此處斷句有誤。據中華書局校點本《宋書》卷一八《禮志五》，上文應于「五路」後斷句，作：「大明三年，使尚書左丞荀萬秋造五路。《禮圖》：玉路，建赤旂，無蓋。」蓋五路者，五種大車也。）『四年正月戊辰，尚書左丞奏《籍田儀注》』（按：錢先生上文斷句亦有誤。

據中華書局校點本《禮志五》，上文應標作：「大明四年正月戊辰，尚書左丞荀萬秋奏：『《籍田儀注》：皇帝冠通天冠。』」）等語，則是時萬秋爲尚書左丞。本集《月下登樓連句》，連句者有荀萬秋，知照故與萬秋有舊。此詩所贈者，當即萬秋。詩有『延頸望江陰』及『君居帝京内』語，水南曰陰，是照於大明三年作客江北時作此遥寄荀丞江南者。」此後，曹道衡《鮑照幾篇詩文的寫作時間》又對此提出了新的見解，他認爲并不能因爲史書不載荀赤松有文學而否定詩題之荀丞爲荀赤松，吴汝綸所説的理由并不可信。同時，他又進一步根據《宋書》之記載，認爲荀萬秋在當時并不受重用，而荀赤松則是深受宋文帝信任的大臣徐湛之一派中一個比較重要人物。由此出發，其云：「《日落望江贈荀丞》詩中有『君居帝京内，高會日揮金』的話，這兩句話，用在不甚得志的荀萬秋身上，倒不如用在身爲徐湛之黨羽的荀赤松身上更合適。當荀赤松任尚書左丞時，鮑照正在廣陵、瓜步等地；……這樣，『延頸望江陰』之句，本不必假設鮑照在大明四年左右曾客居江北來解釋，因爲元嘉末年他本來在長江以北，這在他本集中可以找到許多内證。所以我認爲此詩是元嘉末所作，『荀丞』不一定指荀萬秋而更可能是指荀赤松。」今按：錢仲聯先生認爲鮑照在大明三四年間客居江北之説法，主要依據是鮑照之《蕪城賦》，認爲此賦乃是他親眼見到劉誕叛亂以後廣陵城的殘破景象而作。其實，説此賦爲感慨劉誕廣陵叛亂而作，僅僅是何焯的猜測，但是這種猜測應該並不能成立。而且，大明三四年（四五九—四六〇）時，鮑照正在永安令任上，似乎并没有客居江北的可能。錢仲聯《鮑照年表》云：「按照之爲永嘉令或永安令，疑不久即得罪去職，旋解禁止。故卷一有《謝永安令解禁止啟》，卷四有『棄置罷官去』之語。」而此説其實亦難以成立。因爲鮑照是時之被禁止，僅僅是在永安縣令任上受到「禁止身不得入殿省」之處分，而並不是被罷官免職。況且，他的《謝永安令解禁止啟》云：「不悟乾陶彌運，復垂埏飾，矯迹升等，改觀非服。」明確指出他在解禁止的同時又有了新的任命。這樣，《鮑照年表》所認爲的，鮑照大明三年「流浪江北，當在去官（按指離永安令任）之後」的説法，也就失去了事實的依據，并不可信。即錢先生所認定的此詩爲大明三四年間（四五九—四六〇），鮑照客居江北而遥寄尚書左丞荀萬秋的説法，就非常令人懷疑。據《宋書》卷七三《顔延之傳》，元嘉末年曾有尚書左丞荀赤松奏劾顔延之啟買人田，不肯還值一事，其時間大約在元嘉二十六七年(四四九—四五〇)間。又考之《宋書》卷六〇《荀伯子傳》云：赤松「爲尚書左丞，以徐湛之黨，爲元凶所殺。」其時間約在元嘉三十年(四五三)二月。由此可見，荀赤松元嘉後期一直在尚書左丞任上。而鮑照元嘉二十七八(四五〇—四五一)年間也正在江北，這一點目前已經没有疑問。因此，此時鮑照作詩遥寄荀赤松，與此詩中「延頸望江陰」「君居帝京内」等句所説的二人一在江北，一在京城，正好相契合。且元嘉二十八年(四五一)春，鮑照可能已經預感到留在始興王劉濬身邊的危險性，從而主動離開了始興王劉濬幕府，客居江北，託身無所。因此，此詩結尾又有「君居帝京内，高會日揮金。豈念慕群客，咨嗟戀景沈」這樣的希望得到朋友援手之語。由此，曹道衡先生所論的此詩詩題中的荀丞爲荀赤松的説法可以成立。再從詩人離開始興王劉濬幕的情況看，此詩比較可信的創作時間應該在元嘉二十八年(四五一)。

《宋書》卷三九《百官志上》：「秦時有尚書令、尚書僕射、尚書丞。至漢初並隸少府，漢東京猶文屬焉。……應劭《漢官》云：『尚書令、左丞，總領綱紀，無所不統。僕射、右丞，掌稟假錢穀。三公尚書二人，掌天下歲盡集課；吏曹掌選舉、齋祠；二千石曹掌水、火、盜賊、詞訟、罪法；客曹掌羌胡朝會，法駕出，護駕。』」卷四〇《百官志下》，尚書丞，官第六品。

旅人乏愉樂，薄暮增思深〔一〕。日落嶺雲歸，延頸望江陰〔二〕。亂流灇大壑，長霧匝高林〔三〕。林際無窮極，雲邊不可尋〔四〕。惟見獨飛鳥，千里一揚音〔五〕。推其感物情，則知遊子心〔六〕。君居帝京内，高會日揮金〔七〕。豈念慕群客，咨嗟戀景沉。

【箋注】

〔一〕旅人乏愉樂：謝靈運《登上戍石鼓山》：「旅人心長久，憂憂自相接。故鄉路遥遠，川陸不可涉。」薄暮增思深：《楚辭・天問》：「薄暮雷電，歸何憂？厥嚴不奉，帝何求？」洪興祖補注：「薄暮，日欲晚。」

〔二〕延頸望江陰：《吕氏春秋・精通》：「聖人南面而立，以愛利民爲心，號令未出，而天下皆延頸舉踵矣，則精通乎民也。」

〔三〕亂流灇大壑：《水經注·淮水》：「油水又東曲，岸北有一土穴徑尺，泉流下注，沿波三丈入於油水，亂流南屈，又東北注於淮。」《集韻》卷一：「《説文》：『小水入大水曰灇。』《詩》傳：『水會也，或作灇。』」《詩經·大雅·鳧鷖》：「鳧鷖在潨，公尸來燕來宗。」毛傳：「潨，水會也。」《文選》卷一二郭景純《江賦》：「栫澱爲涔，夾潨羅筌。」李善注：「《説文》曰：『潨，小水入大水也。』」《莊子·天地》：「夫大壑之爲物也，注焉而不滿，酌焉而不竭。」成玄英疏：「夫大海泓宏，深遠難測，百川注之而不溢，尾閭泄之而不乾。」長霧帀高林：郭璞《游僊詩》：「翡翠戲蘭苕，容色更相鮮，緑蘿結高林，蒙籠蓋一山。」

〔四〕林際無窮極：《玉臺新詠》卷二魏文帝《於清河見輓船士新婚與妻别》：「歲月無窮極，會合安可知？願爲雙黄鵠，比翼戲清池。」

〔五〕揚音：宋玉《神女賦》：「含然諾其不分兮，喟揚音而哀歎。」《鮑參軍集注》黄節補注：「曹植《雜詩》：『孤鴈飛南游，過庭長哀吟。翹思慕遠人，願欲託遺音。』又：『飛鳥繞樹翔，噭噭鳴索群，願爲南流景，馳光見我君。』此篇『惟見』以下數句意所自出。」

〔六〕推其感物情，則知遊子心：《文選》卷二六陸士衡《赴洛詩二首》之二：「歲月一何易，寒暑忽已革，載離多悲心，感物情悽惻。」六臣李周翰注：「言離經年歲，感物變易而情悽惻。」

〔七〕高會日揮金：《戰國策·秦策三》：「於是使唐雎載音樂，予之五千金，居武安，高會相與飲。」鮑彪注：「《高紀》注，大會也。」《文選》卷二一張景陽《詠史詩》：「揮金樂當年，歲暮不留儲。」李善注：「韓康伯《周易注》曰：『揮，散也。』」

【集説】

清王夫之《古詩評選》卷五：古今之間，别立一體，全以激昂風韻自致勝地。終日長對此等詩，即不足入風雅堂奥，而眉端吻際，俗塵洗盡矣。鮑集中此種極少，乃似劍埋土中，偶爾被發，清光直欲徹天。

清陳祚明《采菽堂古詩選》卷一八：「亂流」六句，浩蕩不群。詩本直率，而聲態落落。

清張玉穀《古詩賞析》卷一六：此因苟不念己而告愁之詩，題首四字，不過觸愁之端，意不重也。前八，先叙日落望江之景，然以旅人乏樂，薄暮增思領入，即對末句「戀景」意。中四，接上「嶺雲」，就獨鳥揚音，落到游子心傷，賦中帶比，「慕群」意已含在内。後四，只就荀之方當得意，不念舊交收住。而己之慕群，戀景，已在其不念中點明。兜就極密，卻極空靈。

成書《多歲堂古詩存》：此老寫景，絶不肯作倪家平遠。

吴汝綸《古詩鈔》卷四：荀伯子及子赤松，均爲尚書左丞。伯子元嘉十五年卒，官東陽太守，明遠尚未出仕。赤松爲元凶劭所殺，史不言有文學。此荀丞不稱左丞，殆别一人。《宋書》，伯子族弟昶，字茂祖，元嘉初以文藝至中書郎，子萬秋，字元寶，亦用才學自顯，世祖初爲晉陵太守，皆無官丞者。後有《别荀中書》，此當即其人。「惟見」四句，此明遠所爲俊逸也。

行藥至城東橋

【解題】

此篇原題作《行樂至城東橋》，今據張溥本、《文選》卷二二、《古詩紀》卷六二改。

《文選》此詩題注六臣劉良注：「昭因疾服藥，行而宣導之，遂至建康城東橋，見游宦之子而作是詩。」按魏晉南北朝士大夫喜服五石散以養生，服藥後漫步以散發藥性，謂之行藥。《魏書》卷六五《邢巒傳》：「巒少而好學，負帙尋師。家貧厲節，遂博覽書傳。有文才幹略，美鬚髯，姿貌甚偉。州郡表貢，拜中書博士，遷員外散騎侍郎，爲高祖所知賞。兼員外散騎常侍，使於蕭賾，還拜通直郎。轉中書侍郎，甚見顧遇，常參座席。高祖因行藥，至司空府南，見巒宅。遣使謂巒曰：『朝行藥至此，見卿宅乃住。東望德館，情有依然。』」是其例。《鮑參軍集注》黄節補注云：「是行藥當如五臣注劉良所云：『因服藥，行而宣導之。』梁茝林曰：『潘安仁藥以宣勞，蓋即此意。』杜詩『行藥頭涔涔』，當亦本此。劉坦之以爲行樂，則誤矣。」是也。據劉良注，此詩當作于京都建康。

雞鳴關吏起，伐鼓早通晨〔一〕。嚴車臨迥陌，延瞰歷城闉〔二〕。蔓草緣高隅，脩楊夾廣津〔三〕。迅風首旦發，平路塞飛塵〔四〕。擾擾遊宦子，營營市井人①〔五〕。懷金近從利，撫劍遠辭親〔六〕。争先萬里塗②，各事百年身〔七〕。開芳及稚節，含綵吝驚春③〔八〕。尊賢永照灼，孤賤長隱淪〔九〕。容華坐銷歇，端爲誰苦辛〔一〇〕。

【校記】

①「人」，《藝文類聚》卷二八作「民」。

②「先」，《藝文類聚》作「知」。

③「含」，張溥本作「合」。

【箋注】

〔一〕雞鳴關吏起：《史記》卷七五《孟嘗君列傳》：「孟嘗君得出，即馳去，更封傳，變名姓以出關。夜半至函谷關。秦昭王後悔出孟嘗君，求之已去。即使人馳傳逐之。孟嘗君至關，關法，雞鳴而出客，孟嘗君恐追至，客之居下坐者有能爲雞鳴，而雞齊鳴，遂發傳出。」通晨：猶報晨，報曉。《春秋穀梁傳》僖公二十八年：「天子免之，因與之會。其曰復，通王命也。」

〔二〕嚴車：猶嚴駕，《搜神記》卷一六：「崔謂充曰：『君可歸矣。女有娠相，若生男，當以相還，無相，疑生女，當留自養。』敕外嚴車送客。充便辭出。」《文選》卷二九曹子建《雜詩》：「僕夫早嚴駕，吾將遠行游。」延瞰歷城闉：《文選》卷二〇謝宣遠《王撫軍庾西陽集别時爲豫章太守庾被徵還東》：「分手東城闉，發棹西江隩。」李善注：「《説文》曰：『闉，城曲，重門也。』」

〔三〕蔓草緣高隅：《詩經·鄭風·野有蔓草》：「野有蔓草，零露漙兮。」隅，謂城隅。

〔四〕迅風首旦發：《文選》卷五五陸士衡《演連珠》：「臣聞足於性者，天損不能入。貞於期者，時累不能淫。是以迅風陵雨，不謬晨禽之察；勁陰殺節，不凋寒木之心。」《晉書》卷六一《苟晞傳》：「募得千里牛，每遣信，旦發暮還。」《藝文類聚》卷一〇〇引晉李顒《經渦路作詩》：「旦發石亭境，夕宿桑首墟。」平路塞飛塵：《楚辭·遠游》：「召黔羸而見之兮，爲余先乎平路。」《文選》卷二八陸士衡《長安有狹邪行》：「輕蓋承華景，騰步躡飛塵。」

〔五〕擾擾遊宦子：《國語·晉語六》：「唯有諸侯，故擾擾焉。凡諸侯，難之本也。」《文選》卷一九宋玉《神女賦》：「晡夕之後，精神怳忽，若有所喜，紛紛擾擾，未知何意？」李善注：「紛擾，亂也。」《韓非子·和氏》：「禁游宦之民，而顯耕戰之士。」王先謙集解：「不守本業，游散求官者設法以禁之也。」《文選》卷二四陸士衡《爲顧彦先贈婦》詩之二：「游宦久不歸，山川脩且闊。」營營市井人：《詩經·小雅·青蠅》：「營營青蠅，止于樊。」毛傳：「营营，往来貌。」朱熹集傳：「營營，往來飛聲，亂人聽也。」《漢書》卷八七上《揚雄傳上》：「羽騎營營，昈分殊事。」顔師古注：「營營，周旋貌也。」

〔六〕懷金近從利：《後漢書》卷五四《楊震傳》：「王密爲昌邑令，謁見，至夜懷金十斤以遺震。」卷七八《宦者傳序》：「漢之綱紀大亂矣，若夫高冠長劍，紆朱懷金者，布滿宮闈。」撫劍：《左傳》襄公二十三年：「遂超乘，右撫劍，左援帶，命驅之出。」《文選》卷三七曹子建《求自試表》：「輟食棄餐，奮袂攘衽，撫劍東顧，而心已馳於吴會矣。」六臣劉良注：「按劍東顧，馳吴會，思報怨也。」

〔七〕争先：《左傳》襄公二十七年：「晉楚争先，晉人曰：『晉固爲諸侯盟主，未有先晉者也。』」《藝文類聚》卷四一引晉陸機《飲馬長城窟行》：「末德争先鳴，凶德無兩全。師克薄賞行，軍没微軀捐。」百年身：《文選》李善注：「《養生經》：『黄帝曰：上壽百年。』」嵇康《贈兄秀才入軍》：「人生壽促，天地長久。百年之期，孰云其壽？」

〔八〕開芳及稚節，含綵吝驚春：《文選》李善注：「以草喻人也。草之開芳，宜及少節，既以含彩，理惜驚春。夫草之驚春，花葉必盛，盛必有衰，固所當惜也。陸機《桑賦》曰：『亹稚節以夙茂，蒙勁風而後凋。』曹毗《冶成賦》曰：『含彩可以寶珍。』孔安國《尚書》傳曰：『吝，惜也。』」六臣張銑注：「夫人開布芳華之德，宜在幼稚之年，含其光彩，驚惜春序，恐時過年謝。吝，惜也。」按李善所引陸詩及曹賦今皆已佚失。開芳，猶開花。詩由物及人，感慨時過年謝，有志難騁耳。《周易·繫辭上》：「悔吝者，憂虞之象也。」韓康伯注：「失得之微者，足以致憂虞而已，故曰悔吝。」

〔九〕尊賢永照灼：《管子·明法解》：「賞罰之所立者當，則主尊顯而奸不生。」《文選》卷六〇賈誼《弔屈原文》：「闒茸尊顯兮，讒諛得志。」六臣劉良注：「言小人在尊重之位。」《文選》卷三〇謝靈運《擬魏太子鄴中集詩·魏太子》：「照灼爛霄漢，遥裔起長津。」孤賤長隱淪：《後漢書》卷八〇上《文苑上·黄香傳》：「臣江淮孤賤，愚矇小生。」《晉書》卷七二《郭璞傳》：「嚴平澄漠於塵肆，梅真隱淪乎市卒。」

〔一〇〕容華坐銷歇：《文選》卷二九曹子建《雜詩》：「南國有佳人，容華若桃李。朝游江北岸，日夕宿湘沚。時俗薄朱顔，誰爲發皓齒。俛仰歲將暮，榮耀難久恃。」《文選》卷二八陸士衡《長歌行》：「容華夙夜零，體澤坐自捐。」端爲誰苦辛：《古詩十九首·今日良宴會》：「無爲守窮賤，轗軻長苦辛。」

【集説】

元劉履《選詩補注》卷七：此明遠因行樂有感而作。言侵晨將出游，眺遠郊，至城東門，方且延覽景物，而行者之塵，已飛塞於路矣。觀夫游宦從利之徒，擾擾營營，爭先萬里，莫不各爲百年之身所累而然。殊不知百年之内，倏忽無幾，惟當及此少壯，以進德修業，開布芳榮，何乃徒自含章，羞驚盛年之失。且尊貴而有德者，雖不免於形役，猶得以揚名後世。若此孤賤無聞之人，乃亦奔走其間，坐見衰老，不知端爲誰而辛苦哉？蓋亦勉人及時自樹，不可徒爲淪没也。

元方回《文選顔鮑謝詩評》卷一：此亦不得志詩。「雞鳴」四句，昭自叙早行也。「行藥」有二義，晉宋間人服寒食散之類，服藥矣而游行以消息之。行藥者，老杜詩「乘興還來看藥欄」，蓋「行」，視花草藥物之義，亦通。「蔓草」以下，叙景述事，言早起之人不爲仕宦，即爲井市懷金撫劍，近遠不同，而同于奔競也，故曰：「爭先萬里途，各事百年身。」下文曰：「開芳及稚節，含采吝驚春。」《文選》注「吝」字，殊爲費力。其説曰：「草之開芳，宜及少節。既以含采，理惜驚春，夫草之驚春，花葉必盛，盛必有衰，固所當惜也。」又引孔安國《尚書傳》曰：「吝，惜也。」虛谷竊謂「吝」字可疑，豈以上文有「各事百年身」，故于此句避「各」字以爲「吝」字乎？以愚見决之，當作「開芳及稚節，含采各驚春」爲是。此蓋有感于行藥之際，見夫開芳含采之藥物，及乎未老之時，而皆有驚春之色。以譬夫仕宦撫劍市井懷金之徒。然當時之所謂尊而賢者，久永光顯，吾曹之孤而賤者，則終於隱淪，坐成衰老，爲誰而空苦辛也。故曰此亦不得志之詩。

明陸時雍《古詩鏡》卷一四：「容華坐銷歇，端爲誰苦辛」，正是不免所以爲歎。

清何焯《義門讀書記》卷四六：「開芳」一聯，興起下文；「含采」句，造語極妙。

清陳祚明《采菽堂古詩選》卷一九：起有迴致，「開芳」句生，亦似可去。行藥閑身于莊馗，見人奔走，自顧何爲者？未忘富貴人，安能不歎？

李光地《榕村詩選》卷二：開芳當及稚節，過此則蹉跎矣，此世人所以驚春也。惟含采者則吝而不肯驚春，其亦唐人所謂「心自有所待，甘爲物華誤」者歟？末四句即申此意。而以自道不羨其照灼者，而甘其隱淪者。至於容華銷歇，而所辛苦者，不知誰爲？所謂「含采吝驚春」者，此也。

清吴淇《六朝選詩定論》卷一三：病而服藥。行者，欲其藥之行也。城東橋，行藥所至也。詩中爲名爲利之人，乃橋上所見，因而有感，乃感之緣；抑多病則多感，又感之因也。然題雖曰「行藥」，而詩中一字不及者，似是此事不雅馴，故託之行藥耳。嗣後詩人屢用入詩，如「偶因行藥至前村」等，亦只是囫圇用之，未有的注也。唐李商隱有《藥轉》一詩曰：「鬱金堂北畫樓東，換骨神方上藥通。露氣暗連青桂苑，風聲偏獵紫蘭叢。長籌未必輪孫皓，香棗何勞問石崇。憶事懷人兼得句，翠衾歸卧繡簾中。」此詩字字刻畫「藥轉」二字，余最喜其「憶事」二句，深得藥轉神理。蓋藥轉者不用出行，只在樓東堂西，目無所見，感祇在心，故曰「憶事懷人」。若行藥則須遠至，故因目見而感及「開芳」云云也。

又云：「雞鳴」云云，是早起。「擾擾」云云，更有早起者。然我之雞鳴而起，臨陌歷闉，只爲行藥，初不爲利。彼擾擾營營之徒，盡是孳孳爲利者。「蔓草」四句，不是寫景，正爲寫人張本。除險如高隅，人行不到，故生蔓草，若修楊所夾，其間正是人所行之通津。「塞路飛塵」，正是擾擾營營之人蹴起來的。「懷金」句承「市井」，「撫劍」句承「游宦」，「爭先」句又承「撫劍」句，「各事」句又承「懷金」句。「懷金」者，慮爲人之所謀；「撫劍」者，兼有謀人之意。「萬里」，謀之遠；「百年」，謀之長，「爭先」、「各事」，正摹他孳孳爲利處，卻把雞鳴而起意亦摹寫得出。以上六句，雖游宦與市井平對，然市井之人，懷金從利，止爲身計；游宦之人，爭先萬里，而遂至不顧其親，則又側重游宦一邊。以下六句議論，專承「游宦」也。「開芳」二句，舊注謂人當韜光，於上文義不通。余觀參軍《詠史》詩，有「繁華及春媚」五字，忽得此二句之解。此詩「及」字、「春」字即《詠史》之「及」字、「春」字也。「稚節」亦春也，「開芳」即繁華。人若得志而據要津，在少年之際，何等繁華，他人見此繁華，未有不驚者。若韜斂其光彩，而甘心陋巷，則鮮不忽略之矣，故曰「吝驚春」也。下「尊賢」句，正應「開芳」句；「孤陋」句，正應「含彩」句。蓋人生富貴窮通有定分，「尊賢」自合「照灼」，「孤賤」自合「隱淪」。從古而言，彼擾擾游宦之人，撫劍辭親，不過爲百年計耳。乃容華坐歇，百年倏忽，彈指之頃，爭先萬里，恁地苦辛，端爲誰乎？此參軍之所以深感也。

清吴汝綸《古詩鈔》卷四：曾云：「二句（按指「開芳」二句）以草喻人也。草始而開芳，既而含采，草極茂則有驚春之象，盛極則必衰，故可惜也。」

清王闓運《湘綺樓説詩》卷六：「懷金近從利，撫劍遠辭親，爭先萬里塗，各事百年身」四句，正以排句爲宕，後人倣古，先戒對偶。由俗説久有六朝駢儷之禁，使人錮聰明，廢筆研，悲夫。

答客

幽居屬有念，含意未連詞〔一〕。會客從外來，問君何所思〔二〕？澄神自惆悵，嘿慮久迴疑〔三〕。謂賓少安席，方爲子陳之〔四〕。我以蓽門士，負學謝前基〔五〕。愛賞好偏越①，放縱少矜持〔六〕。專求遂性樂，不計緝名期〔七〕。

懽至獨斟酒，憂來輒賦詩。聲交稍希歇②。此意更堅滋。浮生急馳電，物道險絃絲〔八〕。深憂寡情謬，進伏兩睽時③〔九〕。願賜卜身要，得免後賢嗤〔一〇〕。

【校記】

①「偏」，張溥本、《古詩紀》作「徧」。按偏，徧字通。

②「聲交」，原注：「一作『交友』。」

③「睽」，張溥本、四庫本、《古詩紀》作「暌」。按睽，暌字通。

【箋注】

〔一〕幽居屬有念：《禮記·儒行》：「儒有博學而不窮，篤行而不倦，幽居而不淫，上通而不困。」孔穎達疏：「幽居，謂未仕獨處也。」《後漢書》卷一八《吴漢傳》：「光武曰：『屬者恐不與人，今所請又何多也？』」李賢注：「屬，猶近也。」《三國志》卷一〇《魏志·賈詡傳》：「屬適有所思，故不即對耳。」含意：《文選》卷二九《古詩十九首·今日良宴會》：「齊心同所願，含意俱未申。」

〔二〕會客從外來，問君何所思：《後漢書》卷八四《列女·董祀妻傳》：「有客從外來，聞之常歡喜，迎問其消息，輒復非鄉里。」

〔三〕惆悵：《楚辭·九辯》：「廓落兮，羇旅而無友生；惆悵兮，而私自憐。」陶淵明《歸去來兮辭》：「既自以心爲形役，奚惆悵而獨悲。」迴疑：《後漢書》卷八四《列女·董祀妻傳》：「見此崩五内，恍惚生狂癡，號泣手撫摩，當發復回疑。」

〔四〕安席：《史記》卷七《項羽本紀》：「且國兵新破，王坐不安席，掃境内而專屬於將軍，國家安危，在此一舉。」方爲子陳之：《文選》卷二張平子《西京賦》：「請爲吾子陳之。」

〔五〕蓽門士：《左傳》襄公十年：「蓽門閨竇之人，而皆陵其上，其難爲上矣！」注：「蓽門，柴門。」《孔叢子·抗志》：

「亟臨華門，其榮多矣。」按華，箪字通。前基：《晉書》卷五四《陸機傳》：「自以智足安時，才堪佐命，庶保名位，無忝前基。」

〔六〕放縱少矜持：《漢書》卷九二《游俠傳序》：「惜乎不入於道德，苟放縱於末流，殺身亡宗，非不幸也。」《世説新語・雅量》：「王家諸郎，亦皆可嘉，聞來覓壻，咸自矜持。」

〔七〕遂性樂：《漢紀・孝靈皇帝紀》：「萬物之生全也，保生遂性，久而安之。」

〔八〕浮生急馳電：浮生，以人生在世，虚浮不定，故稱。《莊子・刻意》：「其生若浮，其死若休。」《文選》卷二四嵇叔夜《贈秀才入軍》：「良馬既閑，麗服有暉，左攬繁弱，右接忘歸，風馳電逝，躡景追飛。」物道險絃絲：《續漢書・五行志一》：「順帝之末，京都童謡曰：『直如弦，死道邊。曲如鉤，反封侯。』」

〔九〕寡情：《文賦》：「言寡情而鮮愛，辭浮漂而不歸。」睽時：乖離，違背，謂不合時宜。《莊子・天運》：「三皇之知，上悖日月之明，下睽山川之精，中墮四時之施。」成玄英疏：「睽，乖離也。」

〔一〇〕後賢：《藝文類聚》卷三八曹植《學宫頌》：「歌以詠言，文以騁志，予今不述，後賢曷識。」

【集説】

清陳祚明《采菽堂古詩選》卷一八：述感直叙之章，調生態老。

吴汝綸《古詩鈔》卷四：疏樸，開杜、韓先聲。

白雲

探靈喜解骨，測化善騰天〔一〕。情高不戀俗，猒世樂尋僊①〔二〕。鍊金宿明館，屑玉止瑶淵〔三〕。鳳歌出林闕，龍駕渡蓬山②〔四〕。凌崖采三露，攀鴻戲五煙〔五〕。昭昭景臨霞，湯湯風媚泉〔六〕。命娥雙月際，要媛兩星間〔七〕。

飛虹眺卷河，汎霧弄輕絃〔八〕。笛聲謝廣賓，神道不復傳〔九〕。一逐白雲去，千齡猶未旋〔一〇〕。

【校記】

①「猒」，張溥本、四庫本、《古詩紀》卷六二作「厭」。按厭，猒字通。

②「渡」，張溥本、四庫本、《古詩紀》作「戻」。

【箋注】

〔一〕探靈喜解骨，測化善騰天：《史記》卷二八《封禪書》：「而宋毋忌、正伯僑、充尚、羨門高最後皆燕人，爲方僊道，形解銷化，依於鬼神之事。」裴駰集解：「服虔曰：『尸解也。』」《鮑參軍集注》黄節補注：「《易》曰：『雲從龍。』解骨騰天，謂龍也。《拾遺記》：『方丈之山，東有龍場，有龍皮骨如山阜，布散百頃。遇其稅骨之時，如生龍。』《說文》：『龍春分而登天，秋分而入川。』」《宋書》卷八一《顧琛傳》：「聖人聰明深懿，履道測化，通體天地，同情日月。」

〔二〕情高不戀俗，猒世樂尋僊：《莊子・天地》：「千歲厭世，去而上僊。乘彼白雲，至于帝鄉。」郭象注：「夫至人極壽命之長，任窮理之變，其生也天行，其死也物化。故云厭世而上僊也。」

〔三〕鍊金宿明館：《水經注・肥水》：「惟童阜耳山上有淮南王劉安廟。劉安是漢高帝之孫，厲王長子也，折節下士，篤好儒學，養方術之徒數十人。……八士並能鍊金化丹，出入無間，乃與安登山，薶金于地，白日昇天。」郭憲《洞冥記》：「有明莖草，夜如金燈，折枝爲炬，照見鬼物之形。……亦名洞冥草，帝令剉此草爲泥，以塗雲明之館，夜坐此館，不加燈燭。亦名照魅草。」屑玉：碾玉爲屑。《抱朴子・僊藥》：「若服玉屑者，宜十日輒一服。」

〔四〕鳳歌出林闕：《山海經・大荒南經》：「爰有歌舞之鳥，鸞鳥自歌，鳳鳥自舞。」《文選》卷一一孫興公《游天台山賦》：「朱闕玲瓏於林間，玉堂陰映于高隅。」龍駕渡蓬山：《楚辭・九歌・雲中君》：「龍駕兮帝服，聊翱游兮周章。」《山海經・海内北經》：「蓬萊山在海中。」郭璞注：「上有僊人宮室，皆以金玉爲之，鳥獸盡白，望之如雲，在渤海中也。」

〔五〕三露：《太平御覽》卷一二引《洞冥記》：「東方朔游吉雲之地，漢武帝問朔曰：『何名吉雲？』曰：『其國俗常以雲氣占吉凶，若吉樂之事，則滿室雲起五色，照著於草樹，皆成五色露，露味甘。』帝曰：『吉雲、五色露可得以嘗否？朔乃東走，至夕而還，得玄、黄、青露，盛之琉璃器，以授帝。帝遍賜群臣，得露嘗者，老者皆少，疾病皆愈。」攀鴻戲五煙：《宋書》卷二九《符瑞志下》：「雲有五色，太平之應也，曰慶雲。若雲非雲，若煙非煙，五色紛緼，謂之慶雲。」郭璞《游僊詩》之三：「赤松臨上游，駕鴻乘紫煙。」

〔六〕昭昭：《文選》卷三〇陸士衡《擬迢迢牽牛星》：「昭昭清漢暉，粲粲光天步。」六臣劉良注：「昭昭，明貌。」湯湯：《尚書・堯典》：「湯湯洪水方割。」孔傳：「湯湯，流貌。」

〔七〕命娥雙月際：《淮南子・覽冥訓》：「羿請不死之藥於西王母，恒娥竊以奔月。」高誘注：「恒娥，羿妻。羿請不死之藥於西王母，未及服之，恒娥盜食之，得僊，奔入月中，爲月精。」《洞冥記》卷三：「影娥池中有游月船、觸月船、鴻毛船，遠見船載數百人，或以青桂之枝爲櫂，或以木蘭之心爲檝。」要媛兩星間：《詩經・鄘風・桑中》：「期我乎桑中，要我乎上宫。」《廣韻》卷四：「要，於笑切，約也。」《説文解字》卷一二下：「媛，美女也。」《山堂肆考》引《焦氏易林》：「天河之西，有星煌煌，與參俱出，謂之牽牛。天河之東，有星微微，在氏之下，謂之織女。」

〔八〕飛虹眺卷河：《樂府詩集》卷二八《相和歌辭・相和曲下》魏武帝《陌上桑》：「駕虹蜺，乘赤雲，登彼九疑，歷玉門。」《詩經・邶風・柏舟》：「我心匪席，不可卷也。」《廣韻》卷二：「卷，曲也。」汎霧：《藝文類聚》卷二引《漢武帝内傳》：「東方朔乘雲飛去，仰望，大霧覆之，不知所在。」

〔九〕笛聲謝廣賓，神道不復傳：《太平御覽》卷三一引《列僊傳》：「王子喬，周靈王太子晉也。好吹笙，作鳳鳴。游伊、洛之間，道士浮丘公接以上嵩高山。十餘年後，於山中謂桓良曰：『告我家，七月七日待我緱氏山頭。』至時，果乘白鶴駐山嶺，望之不得到，舉手謝時人，數日而去。」

〔一〇〕千齡猶未旋：本集《代昇天行》：「暫游越萬里，少别數千齡。」

和王丞

【解題】

聞人倓《古詩箋》以爲詩題之「王丞」，指王僧綽。《鮑參軍集注》黄節補注引吴汝綸《古詩鈔》云：「《宋書》，僧綽以元嘉二十六年爲尚書吏部郎。此詩在二十六年以前作，蓋臨川王服竟歸田里時也。」以爲此詩乃鮑照離臨川王幕府時所作。繆鉞《鮑明遠年譜》另立新説，云：「《宋書·王僧綽傳》：僧綽初爲始興王文學祕書丞、司徒左長史、太子中庶子，以元嘉二十六年徙尚書吏部郎。按：此詩至晚當作于二十五年以前。蓋僧綽爲始興王文學時，照爲國侍郎，同在王府，遂相款洽，故僧綽轉爲祕書丞，有此唱和之作。吴摯父説非是。」《鮑參軍集注》此詩題注錢仲聯增補注從其説，其《鮑照年表》因此而繫詩於元嘉二十四年。今按：繆、錢二先生論此詩的作年無疑是正確的，但是二人又存在一個明顯的疏忽，即誤會了《宋書》卷七一《王僧綽傳》的文意，將王僧綽所擔任的祕書丞認作是始興王府之祕書丞，故其引《宋書》時標點爲：「僧綽初爲始興王文學祕書丞、司徒左長史」，并云：「故僧綽轉爲祕書丞，有此唱和之作。」其實，根據《宋書》卷四〇《百官志下》《南齊書》卷一六《百官志》之記載，是時王國無祕書丞。王僧綽所擔任之祕書丞，應是中央政府之祕書丞。即鮑照與王僧綽相唱和時并非如錢先生所認爲的「同在王府」。中華書局校點本《宋書》王僧綽本傳的有關内容標點爲：「初爲江夏王義恭司徒參軍，轉始興王文學，祕書丞，司徒左長史，太子中庶子。」無疑，中華書局校點本的見解是正確的。據《宋書·百官志下》，是時有祕書監一人、祕書丞一人，掌祕書省事。王國的師、友、文學雖然和祕書丞都是六品的官職，但祕書丞的位次卻要高於王國的師、友、文學，況且祕書丞又是士人所向往的清階，一般情況下只有世族子弟才能得到這項任命。因此作爲瑯邪王氏後起之秀的王僧綽在擔任了一段時間的始興王文學之後乃升任爲祕書丞。又根據《宋書·二凶傳》，始興王濬在元嘉十七年（四四〇）至二十六年（四四九）之間爲揚州刺史，其駐地即爲京都建康。

王僧綽爲祕書丞時，鮑照在始興王府任侍郎之職，同處一地，故能有相聚并以詩相唱和的機會。這一時間應在元嘉二十四五年（四四七—四四八）之間。

《宋書》卷四〇《百官志下》：「祕書監，一人。祕書丞，一人。祕書郎，四人。漢桓帝延熹二年，置祕書監。皇甫規與張奂書云：『從兄祕書它何動静』是也。應劭《漢官》曰：『祕書監一人，六百石。』後省。魏武帝爲魏王，置祕書令、祕書丞，祕書典尚書奏事。文帝黄初初，置中書令，典尚書奏事。而祕書改令爲監。後欲以何禎爲祕書丞，而祕書先自有丞，乃以禎爲祕書右丞，後省。掌藝文圖籍。《周官》外史掌四方之志、三皇五帝之書，即其任也。漢西京圖籍所藏，有天禄、石渠、蘭臺、石室、延閣、廣内之府是也。東京圖書在東觀。晋武帝以祕書并中書，省監，謂丞爲中書祕書丞。惠帝復置著作郎一人，佐郎八人，掌國史。周世左史記事，右史記言，即其任也。漢東京圖籍在東觀，故使名儒碩學，著作東觀，撰述國史。著作之名，自此始也。魏世隸中書。晋武世，繆徵爲中書著作郎，元康中，改隸祕書。後别自爲省，而猶隸祕書。著作郎謂之大著作，專掌史任。晋制，著作佐郎始到職，必撰《名臣傳》一人。宋氏初，國朝始建，未有合撰者，此制遂替矣。」「祕書著作丞、郎」，官第六品。

限生歸有窮，長意無已年①〔一〕。秋心日迥絶，春思坐連綿〔二〕。銜協曠古願，斟酌高代賢〔三〕。遯迹俱浮海，採藥共還山〔四〕。夜聽横石波②，朝望宿嵓煙③〔五〕。明澗予沿越④，飛蘿子縈牽⑤〔六〕。性好必齊遂，迹幽非妄傳〔七〕。滅志身世表，藏名琴酒間〔八〕。

【校記】

①「意」，注云：「一作『憶』。」

②「横」，張溥本作「黄」。

③「峊」，張溥本、《古詩紀》作「巖」。按巖，峊字通。

④「予」，張溥本、四庫本、《古詩紀》作「子」。

⑤「子」，張溥本、四庫本、《古詩紀》作「予」。

【箋注】

〔一〕限生歸有窮：《莊子·養生主》：「吾生也有涯，而知也無涯，以有涯隨無涯，殆已。」《文選》卷二〇謝宣遠《九日從宋公戲馬臺集送孔令詩》：「扶光迫西汜，歡餘宴有窮。」長意無已年：《白虎通義·蓍龜》：「龜之爲言久也，蓍之爲言耆也，久長意也。」《鮑參軍集注》錢振倫注：「此即陶公所謂『世短意常多』也。」

〔二〕迥絶：《晉書》卷八〇《潘岳傳》：「又諸劫盜，皆起於迥絶，止乎人衆。」此則爲連綿不絶之意。春思坐連綿：《玉臺新詠》卷二曹植《雜詩》：「攬衣出中閨，逍遥步兩楹。閑房何寂寞，緑草被階庭。空室自生風，百鳥翔南征，春思安可忘，憂戚與我并。」《文選》卷二六謝靈運《過始寧墅》：「巖峭嶺稠疊，洲縈渚連緜。」六臣劉良注：「連緜，不絶貌。」《鮑參軍集注》錢振倫注：「春思秋心，相續不絶，所謂長意無已年也。」

〔三〕銜協曠古願：《墨子·非攻》：「赤鳥銜珪，降周之岐。」銜者，含也。《集韻》卷一〇：「協，和也。一曰服也，合也。」《太平御覽》卷五七四引王子年《拾遺記》：「燕昭王即位二年，廣延國來獻善舞者二人，一名旋娟，一名提嫫。並玉質凝膚，體輕氣馥，綽婉妙絶，曠古無倫。」《鮑參軍集注》錢振倫注：「言有合轍古人之願也。」斟酌高代賢：《後漢書》卷三六《鄭興傳》：「『興好古學，尤明《左氏》《周官》，長於歷數，自杜林、桓譚、衛宏之屬，莫不斟酌焉。』」李賢注：「斟酌，謂取其意指也。」

〔四〕遯迹俱浮海：《三國志》卷一一《魏志·管寧傳》：「與平原華歆，同縣邴原相友，俱游學於異國，並敬善陳仲弓。天下大亂，聞公孫度令行於海外，遂與原及平原王烈等至於遼東。」採藥共還山：《後漢書》卷二六《韋彪傳附韋著傳》：「豹子著，字休明。少以經行知名，不應州郡之命，大將軍梁冀辟，不就。延熹二年，桓帝公車備禮徵，至霸陵，稱疾歸。乃入雲陽山，採藥不返。」

〔五〕夜聽橫石波，朝望宿嵓煙：《鮑參軍集注》錢振倫注：「澗流橫過石上，故曰橫石波。山煙早屯山巖間，故曰宿巖煙也。」

〔六〕㳂越：㳂，沿之古字。《説文解字》卷一一上：「沿，緣水而下也。」卷二上：「越，度也。」飛蘿子紫牽：《文選》卷一一孫興公《游天台山賦》：「攬樛木之長蘿，援葛藟之飛莖。」六臣李周翰注：「蘿，附木而生，有蔓者。」

〔七〕性好必齊遂，迹幽非妄傳：《鮑參軍集注》錢振倫注：「言兩人性好幽棲，志期必遂，庶不至虚傳其名也。」

〔八〕滅志身世表：《太平御覽》卷四〇三引《文子》：「閑九竅，滅志意，棄聰明，反無識，含陽吐陰，而與萬物同德也。」《集韻》卷六：「表，外也。」《鮑參軍集注》錢振倫注：「言銷其俗情也。」

【集説】

清陳祚明《采菽堂古詩選》卷一八：發端饒遠慨，抒旨既曠，結詞亦蒼。「夜聽」四句，偕隱之情何長。

清方東樹《昭昧詹言》卷六：起六句逆入。「還山」「遯跡」二句，交代點明，結上。「夜聽」四句，言歸後園林之樂。「性好」四句收足。

又云：僧綽仕跡，非能退歸之人，此當是以虚志相期望，故後云「必齊遂」者，祝願之辭也。

又云：「限生」二句，即「人生不滿百」意，陶公衍之爲五字，更言簡意足，此二句雖再衍，而但見新妙，不見其襲。句重字澀，可悟造言之妙在人也。「秋」「春」二句，即承上「長意無已」。所謂「古願」「高賢」，即指下管、龐二人也。

吴汝綸《古詩鈔》卷四：後半酣恣。

秋夜二首

一

夜久膏既竭，啟明旦未央〔一〕。環情倦始復，空閨起晨裝①〔二〕。幸承天光轉，曲景入幽堂②〔三〕。徘徊集通隟，宛轉燭迴梁〔四〕。帷風自卷舒，簾露視成行〔五〕。歲役急窮晏，生慮備温涼〔六〕。絲紈夙染濯，綿綿夜裁張〔七〕。冬雪旦夕至，公子乏衣裳。華心愛零落，非直惜容光〔八〕。願君翦衆念，且共覆前觴。

【校記】

①「閨」，原作「闈」，原注云：「一作『閣』。」今據張溥本、《古詩紀》卷六二改。

②「景」，張溥本、四庫本、《古詩紀》作「影」。

【箋注】

〔一〕膏既竭：《淮南子·原道訓》：「是以天下時有盲妄自失之患，此膏燭之類也，火逾然而消逾亟。」啟明旦未央：《詩經·小雅·大東》：「東有啟明，西有長庚。」毛傳：「日旦出，謂明星爲啟明；日既入，謂明星爲長庚。」

〔二〕環情：《玉臺新詠》卷二傅玄《樂府詩七首·昭昭朝時日》：「情思如循環，憂來不可遏。」晨裝：陶淵明《始作鎮軍參軍經曲阿作》：「婉孌憩通衢，投策命晨裝。」

〔三〕天光：《左傳》莊公二十二年：「有山之材，而照之以天光，於是乎居土上。故曰『觀國之光，利用賓於王』。」《文選》卷三張平子《東京賦》：「消啟明，掃朝霞，登天光於扶桑。」六臣呂向注：「天光，日也。」幽堂：幽深的廳堂。《文選》卷三五張景陽《七命》：「幽堂晝密，明室夜朗。」六臣劉良注：「晝密，謂深也。」

〔四〕通隟：《韓非子·亡徵》：「木之折也必通蠹，牆之壞也必通隙。」宛轉：回旋，盘曲。《楚辭·九歎·逢紛》：「揄揚滌盪，漂流隕往，觸崟石兮；龍卬脟圈，繚戾宛轉，阻相薄兮。」王逸注：「言水得風則龍卬繚戾，與險阻相薄，不得順其流性也。」

〔五〕帷風自卷舒：《淮南子·原道訓》：「幽兮冥兮，應無形兮；遂兮洞兮，不虛動兮。與剛柔卷舒兮，與陰陽俛仰兮。」高誘注：「卷舒，屈伸也。」

〔六〕生慮備温涼：《文選》卷二〇謝靈運《鄰里相送方山詩》：「積痾謝生慮，寡欲罕所闕。」六臣劉良注：「言積病是斷攝生之慮，但能寡欲，則希有其闕矣。」

〔七〕絺紈：《戰國策·齊策四》：「下宫糅羅紈，曳綺縠。」鮑彪注：「紈，素也。」綿綿夜：應璩《百一詩》：「秋日苦作短，遥夜邈綿綿。 貧士感此時，慷慨不能眠。」

〔八〕華心愛零落：《史記》卷二五《律書》：「南至於心，言萬物始生，有華心也。」《楚辭·離騷》：「惟草木之零落兮，恐美人之遲暮。」容光：《玉臺新詠》卷一徐幹《室思》：「端坐而無爲，髣髴君容光。」

【集説】

清毛先舒《詩辯坻》卷二：明遠風調警動，而「始見西南樓」、「夜久膏既竭」二篇，獨容裔唱歎，以不盡爲工，又其變也。

二

遯跡避紛喧，貨農棲寂寞①〔一〕，荒徑馳野鼠，空庭聚山雀〔二〕，既遠人世歡，還賴泉卉樂〔三〕，折柳樊場圃，負綆汲潭罊②〔四〕。霽日見雲峰，風夜聞海鶴〔五〕，江介早寒來，白露先秋落〔六〕，麻壟方結葉，瓜田已掃籜〔七〕。傾暉忽西下③，迴景思華幕〔八〕，攀蘿席中軒，臨觴不能酌〔九〕。終古自多恨，幽悲共淪鑠〔一〇〕。

【校記】

①「貨」，原作「賀」，今據張溥本、《古詩紀》卷六二改，盧校作「貿」。

②「負」，張溥本作「貞」。

③「暉」，原作「揮」，今據張溥本、《古詩紀》改。

【箋注】

〔一〕遯跡：董仲舒《士不遇賦》：「卞隨務光遯跡於深淵兮，伯夷叔齊登山而採薇。」貨農：《鮑參軍集注》黄節注：「本集《蕪城賦》：『孳貨鹽田。』此言貨農，謂生利於農也。」方東樹《昭昧詹言》卷六云：「『貨』定是『貸』字之誤，用《詩》『代食』意。代、貸，古字通。注家引《亢倉子》『農攻食，賈攻貨』，非是。此下並無『攻貨』語意。」按黄説是也，句乃謂因生利於農而棲於寂寞之地耳。

〔二〕荒徑馳野鼠，空庭聚山雀：《太平御覽》卷九二一：「山雀，《爾雅》曰：『鷽，山鵲。』郭璞注曰：『似鵲而有文采，長尾，觜腳皆赤。』」《玉臺新詠》卷九蘇伯玉妻《盤中詩》：「山樹高，鳥鳴悲。泉水深，鯉魚肥。空倉雀，常苦飢。」方東樹《昭昧詹言》卷六云：「『荒徑』二句，撫陶『弱湍馳文魴』，全從陶出。康樂乃騫舉而去其滯晦，是爲善學者。」

〔三〕卉：《集韻》卷七：「卉，艸之總名。」

〔四〕折柳樊場圃：《詩經·齊風·東方未明》：「折柳樊圃，狂夫瞿瞿。」毛傳：「樊，藩也。圃，菜園也。」《詩經·豳風·七月》：「九月築場圃，十月納禾稼。」朱熹集傳：「圃，同地，物生之時，則耕治以爲圃，而種菜茹；物成之際，則築堅之以爲場。」負綆：《左傳》襄公九年：「具綆缶。」杜預注：「綆，汲索。缶，汲器。」按負綆，猶恃綆。《左傳》襄公十八年：「齊環怙，恃其險，負其衆庶。」杜預注：「負，依也。」

〔五〕海鶴：《太平御覽》卷九一六引《神異經》：「西海之外有鶴國，男女皆長七寸，爲人自然有禮，言論跪拜，壽三百歲。人行如飛，日千里，百物不敢犯之。唯畏海鶴，鶴遇即吞之，亦壽三百歲，人在鶴腹中不死。」

〔六〕江介：沿江一帶。《楚辭·九章·哀郢》：「哀州土之平樂兮，悲江介之遺風。」《文選》卷二九曹子建《雜詩六首·僕夫早嚴駕》：「江介多悲風，淮泗馳急流。」六臣劉良注：「介，間也。」白露：《詩經·秦風·蒹葭》：「蒹葭蒼蒼，白露爲霜。」

〔七〕麻壟方結葉：《漢書》卷三一《陳勝傳》：「勝少時嘗與人傭耕，輟耕之壟上。」顔師古注：「壟上，謂田中之高處。」《鮑參軍集注》黄節注：「《詩》：『丘中有麻。』《説文》：『丘，壟也。』《廣韻》：『結，曲也。』此言結葉，謂葉之卷曲也。」瓜田已掃籜：六臣本《文選》卷二七樂府古辭《君子行》：「君子防未然，不處嫌疑間。瓜田不納履，李下不正冠。」《山海經·中山經》：「其上多杻木，其下有草焉，葵本而杏葉，黄華而莢實，名曰籜，可以已瞢。」《晉書》卷一一四《苻堅載記下》：「今有勁卒百萬，文武如林，鼓行而摧遺晉，若商風之隕秋籜。」按此句謂瓜田之草，已爲秋風所摧殘也。

〔八〕傾暉：《藝文類聚》卷七八引晉湛方生《廬山神僊詩并序》：「太元十一年，有樵採之陽者，於時鮮霞褰林，傾暉映岫，見一沙門，披法服，獨在巖中。」迴景思華幕：方東樹《昭昧詹言》：「孫興公《遂初賦序》曰：『少慕老莊，仰其風流，乃經始東山，建五畝之宅。帶長阜，倚茂林，孰與坐華幕，擊鐘鼓者同年而語其樂哉。』『華幕』用此，意甚親切。」

〔九〕攀蘿席中軒：《水經注·濁漳水》：「又東過壺關縣北，又東北過屯留縣南。……自上猶須攀蘿捫葛。」《文選》卷六左太沖《魏都賦》：「周軒中天，丹墀臨猋。」李善注：「軒，長廊之有窗也。」六臣李周翰注：「長廊有窗而周迴。」

〔一〇〕淪鑠：謂消亡。《廣雅》卷一：「淪，没也。」《廣韻》卷五：「鑠，銷鑠。」

【集説】

清陳祚明《采菽堂古詩選》卷一九：明遠詩惟是隱淪之嗟與時序之感，此首倍清切。

清方東樹《昭昧詹言》卷六：起二句，交待作怡題事。「荒徑」十二句，寫田園之景，直書即目，全得畫意，而興象華妙，詞氣寬博，非孟郊所及矣。「傾暉」六句，言情歸宿。「華幕」，言朝旭也，謂流光迅速，不可常。「攀羅」四句，另換一意，以寄懷抱。

觀圃人藝植

【解題】

《詩經·齊風·東方未明》：「折柳樊圃，狂夫瞿瞿。」毛傳：「圃，菜園也。」《論語·子路》：「樊遲請學稼，子曰：『吾不如老農。』請學爲圃，曰：『吾不如老圃。』」何晏集解：「馬曰：『樹五穀曰稼，樹菜蔬曰圃。』」《孟子·滕文公章》：「后稷教民稼穡，樹藝五穀。」趙岐注：「樹，種，藝植也。」

善賈笑蠶漁，巧宦賤農牧〔一〕。遠養遍關市，深利窮海陸〔二〕。乘軺實金羈，當鑪信珠服①〔三〕。居無逸身伎，安得坐粱肉〔四〕。徒承屬生幸，政緩吏平睦〔五〕。春畦及耘藝，秋場早芟築〔六〕。澤閱既繁高，山營又登熟〔七〕。抱插壟上飡②，結茅野中宿〔八〕。空識已尚淳，寧知俗翻覆〔九〕。

【校記】

①「鑪」，張溥本、四庫本、《古詩紀》卷六二作「壚」。

②「插」，四庫本、《古詩紀》作「鍤」。

【箋注】

〔一〕善賈笑蠶漁：《論語・子罕》：「子貢曰：『有美玉於斯，韞匵而藏諸，求善賈而沽諸？』」何晏注：「沽，賣也。」《史記》卷七九《范睢蔡澤列傳》：「太史公曰：韓子稱『長袖善舞，多錢善賈』，信哉是言也。」《晉書》卷九一《儒林・徐邈傳》：「乃是蠶漁之所資，又不可縱小吏爲耳目也。」巧宦：《晉書》卷五五《潘岳傳》：「岳讀《汲黯傳》，至司馬安四至九卿，而良史書之，題以巧宦之目，未嘗不慨然廢書而嘆也。」

〔二〕遠養遍關市：《尚書・酒誥》：「肇牽車牛遠服賈，用孝養厥父母。」《周禮・天官・大宰》：「七曰關市之賦。」賈公彦疏：「王畿四面皆有關門，及王之市廛二處。其民之賦，口税所得之泉也。」《史記》卷一二九《貨殖列傳》：「平糶齊物，關市不乏，治國之道也。積著之理，務完物，無息幣。以物相貿。」海陸：李尤《函谷關賦》：「其南則有蒼梧荔浦，離水謝沐，涯浦零中，以窮海陸。」

〔三〕乘軺實金羈：《史記》卷一〇〇《季布欒布列傳》：「朱家乃乘軺車之洛陽。」裴駰集解：「徐廣曰：『馬車也。』」司馬貞索隱：「案謂輕車。一馬車也。」《文選》卷二七曹子建《白馬篇》：「白馬飾金羈，連翩西北馳。」六臣張銑注：「羈，轡也。」《史記》卷一二九《貨殖列傳》：「子貢結駟連騎，束帛之幣，以聘享諸侯。所至國君，無不分庭與之抗禮。」「蜀卓氏之先，趙人也，用鐵冶富。……即鐵山鼓鑄，運籌策，傾滇、蜀之民。富至僮千人，田池射獵之樂，擬于人君。」當鑪信珠服：《漢書》卷五七上《司馬相如傳上》：「相如與俱之臨邛，盡賣車騎，買酒舍。乃令文君當盧，相如身自著犢鼻褌，與庸保雜作，滌器於市中。」《文選》卷五左太沖《吴都賦》：「競其區宇，則并疆兼巷；矜其宴居，則珠服玉饌。」劉淵林注：「珠服，珠襦之屬，以珠飾之也。」《鮑參軍集注》黄節補注：「『遠養』四句，蓋用計然、范蠡、子貢、卓氏，言皆不重蠶漁農牧，而别以術致利者。當壚珠服，且用古辭《羽林郎》：『胡姬年十五，春日獨當壚。長裾連理帶，廣袖合歡襦。頭上藍田玉，耳後大秦珠。』借用文君事叙卓氏，意不在司馬相如也。」

〔四〕逸身：《列子・楊朱》：「可在樂生，可在逸身。故善樂生者不窶，善逸身者不殖。」安得坐粱肉：《戰國策・趙策三》：「大貴不與富期而富至，富不與粱肉期而粱肉至。」《鮑參軍集注》錢振倫注：「言無安居獲利之術，何能坐致粱肉也。」

〔五〕屬生幸：《國語·魯語上》：「匠師慶言於公曰：『……今先君儉而君侈，令德替矣。』公曰：『吾屬欲美之。』」韋昭注：「屬，適也。適欲自美之，非先君意也。」《晉書》卷一〇三《劉曜載記》：「漢昌之初，雖有褒贈，屬否運之際，禮章莫備。」《鮑參軍集注》錢振倫注：「生幸，言我生多幸也。」平睦：猶和平。

〔六〕春畦及耘藝：《楚辭·離騷》：「畦留夷與揭車兮，雜杜衡與芳芷。」朱熹集注：「畦，隴種也。」《晉書》卷一〇六《石季龍載記上》：「今或盛功于耘藝之辰，或煩役于收獲之月，頓斃屬途，怨聲塞路，誠非聖君仁后所忍爲也。」秋場早芟築：《詩經·豳風·七月》：「九月築場圃，十月納禾稼。」

〔七〕澤閲既繁高，山營又登熟：應劭《風俗通義·山澤》：「水草交厝，名之爲澤。」閲，《説文》卷一二上：「閲，具數於門中。」徐鍇傳：「具數，一數之也。」《周禮·太宰》：「以九職任萬民，一曰三農，生九穀。」鄭玄注：「鄭司農云：『三農：平地、山、澤也。』」袁康《越絶書·外傳記吴王占夢》：「昔者吴王夫差之時，其民殷衆，禾稼登熟，兵革堅利。」

〔八〕抱插壟上飡：《鹽鐵論·國病》：「秉耒抱鍤。」《釋名·釋用器》：「鍤，插也，插地起土也。」結茅野中宿：《拾遺記》卷六：「或依林木之下，編茅爲庵。」

〔九〕已尚淳：《鮑參軍集注》黄節注：「已，自謂也。」《老子·順化》：「其政悶悶，其民醇醇，其政察察。」河上公章句：「政教寬大，故民醇醇，富貴相親睦也。」淳，醇字通。

【集説】

清陳祚明《采菽堂古詩選》卷一九：詞閑而感迫，句多生秀。

清方東樹《昭昧詹言》卷六：起二句，以賈宦陪起。「遠養」四句，分承賈宦。「居無」四句，逼入題。「春畦」以下八句，正面。「抱鍤」二句，所謂俊逸，此明遠勝場。……「軺」、「壚」頂巧宦，而「當壚」縱用《食貨志》，非用卓文君，終不切不確。康樂必不然。此詩章法平正，可謂文從字順言有序，然後人學之，則又爲順衍板實。康樂於此，必爲之離合斷續。杜、韓皆是文法高妙，此是微言，數百年無人解悟。要之，鮑詩只可師其句法一端而已。筆勢疏邁，亦似康樂，不能有其俊。

詠採桑

【解題】

此篇張溥本題作《採桑》，盧校作「採桑」，今從宋本。

《樂府詩集》此屬《相和歌辭·相和曲》。《樂府詩集》卷二八《陌上桑》題解云：「《陌上桑》，一曰《豔歌羅敷行》。《古今樂録》曰：『《陌上桑》歌瑟調，古辭《豔歌羅敷行》「日出東南隅」篇。』崔豹《古今注》曰：『《陌上桑》者，出秦氏女子，秦氏邯鄲人，有女名羅敷，爲邑人千乘王仁妻。王仁後爲趙王家令，羅敷出採桑於陌上，趙王登臺見而悦之，因置酒欲奪焉。羅敷巧彈箏，乃作《陌上桑》之歌以自明，趙王乃止。』《樂府解題》曰：『古辭言羅敷採桑，爲使君所邀，盛誇其夫爲侍中郎以拒之。』與前説不同。若陸機『扶桑升朝暉』，但歌美人好合，與古詞始同而末異。又有《採桑》亦出於此。」《樂府詩集》卷四八《清商曲辭》又有《採桑度》，其題解云：「《採桑度》，一曰《採桑》。《唐書·樂志》曰：『《採桑》因三洲曲而生，此聲苑也。《採桑度》，梁時作。』《水經》曰：『河水過屈縣西南爲採桑津。《春秋》僖公八年，晉里克敗狄於採桑是也。』梁簡文帝《烏棲曲》曰：『採桑渡頭礙黄河，郎今欲渡畏風波。』《古今樂録》曰：『《採桑度》舊舞十六人，梁八人。即非梁時作矣。』」則此曲乃出自古辭《陌上桑》，而與《採桑度》無涉。

《鮑參軍集注》黄節補注云：「此擬古辭《陌上桑》也。《宋書·樂志》：『大曲十五曲，三曰《羅敷行》』，一曰《日出東南隅行》，一曰《豔歌羅敷行》，亦曰《日出行》。《採桑曲》擬《陌上桑》，明遠此篇，最得古意。若魏武《駕虹蜺》篇、魏文《棄故鄉》篇，皆題《陌上桑》，而與古辭無涉。朱秬堂《樂府正義》謂曹氏父子所擬二篇，一則言自有神僊爲侶，一則言從軍萬里，有室家之思，言外見意，不離其宗，此漢、魏擬古之法。非也。」

關於此詩之創作内涵，吴汝綸《古詩鈔》以爲乃諷孝武帝宫闈淫亂，云：「孝武宫闈瀆亂，傾惑殷姬，詩殆爲此而作。」今考孝武帝宫闈淫亂之事，史有明載，《宋書》卷六八《武二王・南郡王義宣傳》云：「而世祖閨庭無禮，與義宣諸女淫亂，義宣因此發怒。」卷四一《后妃上・文帝路淑媛傳》：「上（按指孝武帝）於閨房之内，禮敬甚寡，有所御幸，或留止太后房内，故民間喧然，咸有醜聲。宫掖事祕，莫能辨也。」皆爲其例。《南史》卷一一《后妃傳上》更載其與堂妹殷妃淫亂之行云：「殷淑儀，南郡王義宣女也。麗色巧笑。義宣敗後，帝密取之，寵冠後宫，假姓殷氏，左右宣泄者多死。」此詩有云：「採桑淇洧間，還戲上宫閣。」用《詩經・鄘風・桑中》「期我乎桑中，要我乎上宫，送我乎淇之上矣」之典，孔穎達疏：「作《桑中》詩者，刺男女淫怨而相奔也。由衛之公室，淫亂之所化，是故又使國中男女相奔，不待禮會而行之。雖至於世族，在位爲官者，相竊其妻妾，而期於幽遠之處而與之行淫。時既如此，即政教荒散，世俗流移，淫亂成風而不可止，故刺之也。」可見此詩的諷刺意味相當明顯，吴汝綸説大致可從。因此，此詩很可能即借用《詩經》之典，以諷刺孝武帝淫亂的事實，它的創作時間應該在孝武帝孝建、大明年間。

季春梅始落，工女事蠶作①〔一〕。採桑淇洧間，還戲上宫閣〔二〕。早蒲時結陰，晚篁初解籜〔三〕。藹藹霧洒閨②，融融景盈幕〔四〕。乳鷰逐草蟲，巢蜂拾花萼③〔五〕。是節最暄妍，佳服又新爍〔六〕。綿歎對迥塗④，揚歌弄場藿〔七〕。抽琴試杼思⑤，薦珮果成託〔八〕。承君郢中美，服義久心諾〔九〕。衛風古愉艷，鄭俗舊浮薄〔一〇〕。靈願悲渡湘，宓賦笑瀍洛〔一一〕⑥。盛明難重來，淵意爲誰涸〔一二〕？君其且調絃，桂酒妾行酌〔一三〕。

【校記】

① 原注云：「一本下有『明鏡淨分桂光顔畢苕萼』二句」，四庫本注云：「一本下有『明鏡淨桂枝光顔畢苕萼』二句。」「工女」，《玉

臺新詠》卷四作「女工」。

②「洒」，張溥本、《玉臺新詠》《樂府詩集》卷二八、《古詩紀》卷六〇作「満」。

③「萼」，原作「藥」，今據張溥本、《玉臺新詠》改。

④「綿」，《玉臺新詠》作「歛」。「迴」，《玉臺新詠》作「回」，注：「一作迴。」

⑤「杼」，張溥本、四庫本、《樂府詩集》作「抒」，盧校云：「『杼』，通『抒』。」《玉臺新詠》作「佇」，注：「一作抒。」

⑥「靈」，《玉臺新詠》作「虚」，注：「一作靈。」「宓」，《玉臺新詠》作「空」，注：「一作宓。」「瀍」，原作「湹」，今據張溥本、《玉臺新詠》改。按「湹」，「瀍」之訛字。

【箋注】

〔一〕季春梅始落：《禮記・月令・季春之月》：「日在胃，昏七星中，旦牽牛中。」《詩經・周南・摽有梅》：「摽有梅，其實七兮。」《藝文類聚》卷八八引曹植《槐賦》：「在季春以初茂，踐朱夏而乃繁。」工女事蠶作：《春秋穀梁傳》桓公十四年：「天子親耕以共粢盛，王后親蠶以共祭服，國非無良農工女也，以爲人之所盡事其祖禰，不若以己所自親者也。」《淮南子・泰族訓》：「繭之性爲絲，然非得工女煮以熱湯而抽其統紀，則不能成絲。」

〔二〕採桑淇洧間：《詩經・衛風・竹竿》：「泉源在左，淇水在右，女子有行，遠父母兄弟。」朱熹集傳：「淇在衛之西南。」《詩經・鄭風・溱洧》：「溱與洧，方涣涣兮。」毛傳：「溱洧，鄭兩水名。」還戲上宫閣：《詩經・鄘風・桑中》：「期我乎桑中，要我乎上宫，送我乎淇之上矣。」毛傳：「桑中、上宫，所期之地。」

〔三〕早蒲時結陰：《詩經・大雅・韓奕》：「其蔌維何？維筍及蒲。」《藝文類聚》卷一引晉湛方生《風賦》：「及其猛勢將奮，屯雲結陰，洪氣鬱律，殷雷發音，勃然鼓作。」《文選》卷六左太沖《魏都賦》：「篁篠懷風，蒲陶結陰。」晚篁初解籜：晉戴凱之《竹譜》：「篁竹堅而促節，體圓而質堅，皮白如霜粉，大者宜行船，細者爲笛。」《文選》卷二二謝靈運《于南山往北山經湖中瞻眺》：「初篁苞緑籜，新蒲含紫茸。」李善注：「服虔《漢書》注曰：『篁，叢竹也。籜，竹皮也。』」

〔四〕藹藹：《詩經・大雅・卷阿》：「藹藹王多吉士，維君子使，媚于天子。」毛傳：「藹藹，猶濟濟也。」晉陸機《豔歌行》：「藹藹風雲會，佳人一何繁。」《文選》卷三一劉休玄《擬明月何皎皎》：「落宿半遥城，浮雲藹層闕。」六臣呂向注：「藹，蓋也。」融融：《左傳》隱公元年：「大隧之中，其樂也融融！」杜預注：「融融，和樂也。」

〔五〕乳鷰逐草蟲：曹丕《雜詩》之一：「草蟲鳴何悲，孤鴈獨南翔。」巢蜂拾花萼：《晉書》卷五一《皇甫謐傳》：「是以春華發萼，夏繁其實。秋風逐暑，冬冰乃結。」

〔六〕是節最暄妍：本集《春羈》詩：「暄妍正在兹，摧抑多嗟思。」佳服又新爍：《文選》卷一一何平叔《景福殿賦》：「點以銀黄，爍以琅玕。」六臣呂延濟注：「爍，亦飾也。」

〔七〕綿歎對迴塗：《文選》卷六左太沖《魏都賦》：「綿綿迴途，驟山驟水。」揚歌弄場藿：《詩經・小雅・白駒》：「皎皎白駒，食我場藿，縶之維之，以永今夕。」毛傳：「藿，猶苗也。」曹植《制命宗聖侯孔羡奉家祀碑》：「殊方慕義，搏拊揚歌。於赫四聖，運世應期。」

〔八〕抽琴試杼思：《藝文類聚》卷四四引《韓詩外傳》：「孔子南游適楚，至於阿谷之隧，有處女佩瑱而浣。孔子曰：『彼婦人，可與言矣。』抽琴去其軫，以授子貢，曰：『善爲之辭。』子貢曰：『於此有琴而無軫，借子以調其音。』婦人對曰：『吾野鄙之人，五音不知，安能調琴。』」薦珮果成託：《列僊傳》卷下：「江妃二女者，不知何所人也，出游於江漢之湄，逢鄭交甫，見而悦之，不知其神人也，謂其僕曰：『我欲下請其佩。』僕曰：『此間之人皆習於辭，不得恐罹悔焉。』交甫不聽，遂下與之言曰：『二女勞矣。』二女曰：『客子有勞，妾何勞之有。』交甫曰：『橘是柚也，我盛之以笥，令附漢水，將流而下。我遵其旁，採其芝而茹之，以知吾爲不遜也，願請子之佩。』二女曰：『橘是柚也，我盛之以筥，令附漢水，將流而下。我遵其旁，採其芝而茹之。』遂手解佩與交甫，交甫悦受而懷之中當心，趨去數十步視佩，空懷無佩，顧二女，忽然不見。」

〔九〕承君郢中美：《文選》卷四五宋玉《對楚王問》：「客有歌於郢中者，其始曰《下里巴人》，國中屬而和者數千人；其爲《陽阿》《薤露》，國中屬而和者數百人；其爲《陽春白雪》，國中屬而和者不過數十人；引商刻羽，雜以流徵，國中屬而和者不過數人而已。是其曲彌高，其和彌寡。」《史記》卷四〇《楚世家》：「相曰：『不可，郢中立王，是吾抱空質而行不義於天下也。』」心諾：《老子》卷下：「夫輕諾必寡信，多易必多難。」《廣韻》卷五：「諾，奴各切。《説文》：『應也。』」

〔一〇〕鄭俗舊浮薄：《後漢書》卷七三《公孫瓚傳》：「性本淫亂，情行浮薄。」

〔一一〕靈願悲渡湘：《詩經·大雅·生民》：「不坼不副，無菑無害，以赫厥靈。」鄭玄箋：「姜嫄以赫然顯著之徵，其有神靈審矣！」孔穎達疏：「是天意以此顯明其有神靈也。」宓賦笑瀍洛：《楚辭·離騷》：「吾令豐隆乘雲兮，求宓妃之所在。」王逸注：「宓妃，神女。」《文選》卷一八司馬長卿《上林賦》：「若夫青琴、宓妃之徒，絶殊離俗。」李善注：「如淳曰：『宓妃，伏羲氏女，溺死洛，遂爲洛水之神。』」《尚書·禹貢》：「伊、洛、瀍、澗，既入於河。」《藝文類聚》卷九引張載《濛汜池賦》：「激通渠于千金，承瀍洛之長川。」

〔一二〕盛明：《藝文類聚》卷三〇引班婕妤《自悼賦》：「蒙聖皇之渥惠兮，當日月之盛明。」《後漢書》卷六《順帝紀》：「天命有常，北鄉不永，漢德盛明，福祚孔章。」

〔一三〕調絃：《弘明集》卷一漢牟融《理惑論》：「事不失道德，猶調弦不失宫商。」桂酒：《漢書》卷二二《禮樂志二》：「牲繭栗，粢盛香，尊桂酒，賓八鄉。」顏師古注：「應劭曰：『桂酒，切桂置酒中也。』」

【集説】

明陸時雍《古詩鏡》卷一四：採桑是摘二字爲題耳，非專賦也。「早蒲時結陰，晚篁初解籜」，語脆可賞。

清陳祚明《采菽堂古詩選》補遺卷二：鬱紆可味。初以「澗」字韻爲未安，再詠之，亦不嫌也。

清吴汝綸《古詩鈔》卷四：孝武宫闈瀆亂，傾惑殷姬，詩殆爲此而作。

詠雙燕二首

一

雙燕戲雲崖，羽翰始差池①〔一〕。出入南閨裏，經過北堂垂②〔二〕。意欲巢君幙，層楹不可窺〔三〕。沉吟芳歲晚，徘徊韶景移〔四〕。悲歌辭舊愛，銜淚覓新知③〔五〕。

【校記】

①「翰」，《玉臺新詠》卷四、《藝文類聚》卷九二作「翮」。

②「垂」，張溥本、四庫本、《藝文類聚》《古詩紀》卷六二作「陲」。

③「淚」，《玉臺新詠》作「泥」。

【箋注】

〔一〕雲崖：《文選》卷二九左太沖《雜詩》：「明月出雲崖，皦皦流素光。」羽翰始差池：《詩經·邶風·燕燕》：「燕燕於飛，差池其羽。」鄭玄箋：「差池其羽，謂張舒其尾翼。」

〔二〕北堂垂：《尚書·顧命》：「一人冕執戣，立於東垂；一人冕執瞿，立於西垂。」孫星衍疏：「垂是邊，蓋堂下之邊也。」《文選》卷二一王仲宣《詠史詩》：「妻子當門泣，兄弟哭路垂。」李善注：「垂，邊也。」按北堂垂，謂北堂之旁也。

〔三〕意欲巢君幙：《文選》卷二九《古詩十九首·東城高且長》：「思爲雙飛燕，銜泥巢君屋。」楹：《左傳》莊公二十三年：「秋，丹桓宮楹。」杜預注：「楹，柱也。」

〔四〕芳歲：李白《書情寄從弟邠州長史昭》：「懷君芳歲歇，庭樹落紅滋。」王琦注：「芳歲，猶芳春也。」徘徊韶景移：《太平御覽》卷一九引梁元帝《纂要》：「風曰陽風、暄風、柔風、惠風，景曰媚景、和景、韶景，時曰良時、嘉時，辰曰良辰、嘉辰。」

〔五〕悲歌：《樂府詩集·雜曲歌辭》古辭《悲歌》：「悲歌可以當泣，遠望可以當歸。」陶淵明《怨詩楚調示龐主簿鄧治中》：「慷慨獨悲歌，鍾期信爲賢。」新知：《楚辭·九歌·少司命》：「悲莫悲兮生别離，樂莫樂兮新相知。」陶淵明《乞食》：「情欣新知勸，言詠遂賦詩。」

【集説】

清陳祚明《采菽堂古詩選》卷一九：何其纏綿。

二

可憐雲中燕，旦去暮來歸〔一〕。自知羽翅弱，不與鵠争飛〔二〕。寄聲謝飛鵠，往事子毛衣〔三〕。瑣心誠貧薄，叵忝節榮哀①〔四〕。陰山饒苦霧，危節多勁威〔五〕。豈但避霜雪，當儆野人機②〔六〕。

【校記】

①「忝」，《古詩紀》卷六二作「希」。按忝，吝之俗字。

②「當」，原注：「一作『復』。」

【箋注】

〔一〕雲中：《文選》卷二〇應德璉《侍五官中郎將建章臺集詩》：「朝鴈鳴雲中，音響一何哀。」

〔二〕不與鵠争飛：《文選》卷二三阮嗣宗《詠懷·灼灼西隤日》：「寧與鷰雀翔，不隨黄鵠飛。」

〔三〕寄聲謝飛鵠，往事子毛衣：《鮑參軍集注》黄節補注：「往事，謂往而從事也。子謂鵠，毛衣謂飛。」

〔四〕瑣心誠貧薄：《詩經·小雅·節南山》：「瑣瑣姻亞，則無膴仕。」高亨注：「瑣瑣，卑微渺小貌。」《爾雅·釋訓》：「瑣瑣，小也。」郭璞注：「才器細陋。」叵忝節榮衰：《鮑參軍集注》黄節補注：「爲鵠進言，不可貽悔吝於榮衰之節也。《易·節》：『初九，不出户庭，無咎。』象曰：『知通塞也。』榮衰，猶通塞。往而從事于高飛，則榮也。苦霧勁威，則衰之當儆也。」

〔五〕陰山饒苦霧：《漢書》卷九四下《匈奴傳下》：「臣聞北邊塞至遼東，外有陰山，東西千餘里，草木茂盛，多禽獸。」《文選》卷一四鮑明遠《舞鶴賦》：「嚴嚴苦霧，皎皎悲泉。」六臣李周翰注：「寒霧殺物，故云苦也。」危節多勁威：《文選》卷五五陸士衡《演連珠》：「勁陰殺節，不凋寒木之心。」《鮑參軍集注》黄節補注：「危節，猶殺節也。」

〔六〕豈但避霜雪，當儆野人機：《戰國策·楚策四》：「黄鵠因是以游於江海，淹乎大沼，俯噣鱔鯉，仰嚙陵衡，奮其六翮，而凌清風，飄摇乎高翔，自以爲無患，與人無争也。不知夫射者方將脩其碆盧，治其繒繳，將加已乎百仞之上，被礛磻，引微繳，折清風而抎矣。故晝游乎江河，夕調乎鼎鼐。」《儀禮·喪服》子夏傳：「禽獸知母而不知父，野人曰：『父母何筭焉！』」賈公彦疏：「《論語》鄭注云：『野人粗略，與都邑之士相對。』」

【集説】

清王闓運《湘綺樓説詩》卷六：「自知羽翅弱，不與鵠争飛」，杜子美賦物律詩全學此。此種正可爲律祖，不足爲古法。

發後渚

【解題】

《南齊書》卷六《明帝紀》載建武元年冬十月「詔曰：『頃守職之吏，多違舊典，存私害公，實興民蠹。今商旅税石頭後渚及夫鹵借倩，一皆停息。所在凡厥公宜，可即符斷。主曹詳爲其制，憲司明加聽察。』」《南齊書》卷四一《張融傳》：「解褐爲新安王北中郎參軍，孝武起新安寺，僚佐多儭錢帛，融獨儭百錢。帝曰：『融殊貧，當序以佳禄。』出爲封溪令，從叔永出後渚送之。」《景定建康志》卷一九：「柵塘……梁天監九年新作，緣淮塘北岸起石頭迄東冶南岸，起後渚籬門，達于三橋，作兩重柵，皆施行馬。至南唐時，置柵如舊。」是詩題之「後渚」，乃在京都建康城外江邊，石頭城附近，即此詩乃作於京都建康者。渚：水邊。《楚辭·九歌·湘君》：「朝騁騖兮江皋，夕弭節兮北渚。」王逸注：「渚，水涯也。」《文選》卷二八陸士衡《豫章行》：「汎舟清川渚，遥望高山陰。川陸殊途軌，懿親將遠尋。」

《鮑參軍集注》此詩題注錢仲聯增補注云：「詩作於建康，應列於《行京口至竹里》前。」蓋因詩中有「從軍乏衣糧，方冬與家别」二句，與《還都道中三首》《潯陽還都道中》《還都口號》等詩所表現之節令相近，而以爲此詩與以上諸詩皆爲詩人隨義慶由江州刺史轉任南兗州刺史時，于途中所作。繆譜、吴譜、錢表皆以此詩與《還都道中三首》《潯陽還都道中》諸詩同作於元嘉十七年（四四〇）初冬，《鮑照年表》於諸詩之排列順序即爲：《潯陽還都道中》《還都道中三首》《還都至三山望石頭城》《還都口號》《發後渚》《行京口至竹里》。顯然，錢表認爲鮑照是按照這樣的順序而創作了以上這幾首詩作。然此説乃頗有疑問。尋詩之「方冬與家别」句，《鮑參軍集注》黄節補注引《文選》李善注云：「方，猶將也。」按此詩不見載于《文選》，黄節所引乃是李善對《文選》中其它詩文的解釋，是黄節認爲此詩云「方冬與家别」者，乃將入冬之時與家離别也，即黄節以爲此詩乃秋末所作。錢仲聯對這一説法予以否認，其於《鮑參軍集注》此詩增補注云：「此詩與前《還都道中》《還都口號》《行京口至竹里》，皆明言初冬，皆一時所作。方，不應訓作『將』；《廣雅·釋詁》：『方，始也。』方冬，始入冬。」錢先生否定黄説的原因非常明顯，那就是要證明他所認爲的此詩爲元嘉十七年（四四〇），詩人隨臨川王義慶還都城建康後赴南兗州刺史任所時作。而「方冬」如訓釋爲將入冬，則詩作於秋末，詩也就不可能爲元嘉十七年所作。但是，即便如錢先生那樣，將「方冬」訓釋爲始入冬，此詩爲元嘉十七年作的説法也同樣不能成立。《宋書》卷五《文帝紀》載元嘉十七年冬十月，「戊寅，衛將軍臨川王義慶以本號爲南兗州刺史」。考是年十月丙辰朔，戊寅爲月之二十三日。繆譜在檢《宋書》時偶有疏忽，將「前丹陽尹劉湛有罪，及同黨伏誅」之「戊午」日，誤以爲義慶受命爲南兖州刺史之日，錢仲聯先生未經核實原文而沿用了同樣的錯誤。因此，朝廷任命臨川王義慶爲南兖州刺史之日，應該是十月初冬的下旬，再加上詔命往返，并略作交割，又須時日。因此，詩人隨義慶自江州尋陽出發回都，最早也得在這一年的十一月上旬或中旬。其實，《還都道中》詩三首之二的「寒律驚窮蹊」，之三的「回風揚江泌，寒鴉棲動樹」，《還都口號》的「征歌首寒物，歸吹踐開冬」等句，似乎并不能隨意地解釋爲初冬景物。《文選》卷一三謝惠連《雪賦》：「若乃玄律窮，嚴氣升。」六臣吕延濟注：「玄律窮，十二月也。」則「寒律驚窮蹊」，豈是初冬景物。所以，此詩之「方冬與家别」，即便如錢仲聯先生所訓釋的爲初冬與家别，也不應該是元嘉十七年隨義慶還都後的作品。而且，像劉義慶那樣的皇室宗親，在回京以後又應該有一段并不會很短的與親朋歡聚之時間，而不會如他人那樣立即起程赴南兖州刺史任所。這樣的例子可以找出許多，如據《宋書》卷六《孝武帝紀》，臨海王子頊於大明六年秋七月庚辰被任爲荆州刺史，乃初三日。而鮑照隨子頊上荆州途中所作的《登黄鶴磯》詩云：「木落江渡寒，鴈還風送秋。」《陽岐守風》詩云：「洲迴風正悲，江寒霧未歇。」皆爲深秋景物。這可以充分説明，臨川王劉義慶於仲冬回京後決不可能立即起程前往南兖州之廣陵。即此詩并不能僅僅依據「方冬與家别」句，而斷定爲詩人於元嘉十七年隨義慶還都後所作，其創作年代目前似尚難以確定。

江上氣早寒，仲秋始霜雪〔一〕。從軍乏衣糧，方冬與家别〔二〕。蕭條背鄉心，悽愴清渚發〔三〕。涼埃晦平皋，飛潮隱脩樾①〔四〕。孤光獨徘徊，空煙視昇滅〔五〕。塗隨前峰遠，意逐後雲結。華志忝馳年②，韶顔慘驚節〔六〕。推琴三起歎，聲爲君斷絶〔七〕。

【校記】

①「樾」，原作一字空白，今據張溥本、四部備要本、《古詩紀》補。

②「丞」，張溥本、四庫本、《古詩紀》作「分」。

【箋注】

〔一〕仲秋始霜雪：《禮記·月令·仲秋之月》：「是月也，日夜分，雷始收聲，蟄蟲坏户，殺氣浸盛，陽氣日衰，水始涸。」《廣韻》卷三：「始，詩止切，初也。」

〔二〕從軍乏衣糧：《漢書》卷六四上《嚴助傳》：「今發兵行數千里，資衣糧，入越地。」方冬：《文選》卷一一孫興公《游天台山賦》：「方解纓絡，永託兹嶺，不任吟想之至。」李善注：「方，猶將也。」《鮑參軍集注》錢仲聯注：「《廣雅·釋詁》：『方，始也。』方冬，始入冬。」今並存之。

〔三〕背鄉：猶離鄉。清渚：陸機《豫章行》：「汎舟清川渚，遥望高山陰。川陸殊途軌，懿親將遠尋。」本集《登大雷岸與妹書》：「遨神清渚，流睇方曛。」

〔四〕平皋：《文選》卷五九嵇叔夜《贈秀才入軍五首》之四：「流磻平皋，垂綸長川。」樾：《淮南子·人間訓》：「武王蔭暍人於樾下，左擁而右扇之，而天下懷其德。」高誘注：「樾下，衆樹之虚也。」《重修玉篇》卷一二：「楚謂兩樹交陰之下曰樾。」

〔五〕孤光：指日。王僧孺《中川長望》：「危帆渡中懸，孤光巖下昃。」當從此出。

〔六〕華志丞馳年：《鮑參軍集注》黄節補注：「華志，猶《庾中郎别詩》所云『藻志』，皆明遠自造之詞。」本集《觀漏賦》：「佩流歎於馳年，纓華思於奔月。」丞，同吝，《管子·牧民》：「丞於財者失所親。」按：以有華志，乃吝於馳年，故下句云「韶顔慘驚節」也。張溥本等改作「分」，失其本貌。韶顔：美好之容顔。《韻會》：韶，「一曰美也，凡言韶華、韶光，取此。」

〔七〕推琴三起歎：《左傳》昭公二十八年：「唯食忘憂，吾子置食之間三歎，何也？」聲爲君斷絶：本集《擬行路難·寫水置平地》：「舉杯斷絶歌路難。」

【集説】

清王夫之《古詩評選》卷五：此又與三謝相爲出入，鮑才大，或以使才成累，其有矩則者則如此。「孤光獨徘徊」，髮心泉筆。

清陳祚明《采菽堂古詩選》卷一九：起句迤邐而下，別家固悲，方冬尤慘。琢句必百煉，寧生澀必不凡近。「孤光」二句超迴，殊有生動之致。

清沈德潛《古詩源》卷一一：琢句寧生澀，不肯凡近。

清張玉穀《古詩賞析》卷一六：此苦征役之詩。前六，就時序説起，點清辭家就道，行役在方冬。卻從江上氣寒，仲秋霜雪領入。正爲方冬苦寒，先作襯筆也。意在説寒，則乏衣是主。兼説乏糧，亦是錯綜處。中六，正叙途中之景，「孤光」十字，琢句生新；「途隨」十字，束本段，即引末意。後四，以「分馳年」繳醒行役，「慘驚節」，繳醒方冬，而以琴聲斷絶感慨作收。著爲「君」字，又拓空得妙。

清成書《多歲堂古詩存》：句自凝鍊，氣自流通，撒手游行，自成節奏。

清方東樹《昭昧詹言》卷六：起六句，從時令起叙題，不過常法，而直書即目，直書即事，興象甚妙，又親切不泛。「涼埃」四句，正寫景。「塗隨」四句叙情，而造句警妙。收句泛意凡語。

吴汝綸《古詩鈔》卷四：「涼埃」二句，喻世亂；「孤光」自比；「空煙」喻世事之變幻也。

余冠英《漢魏六朝詩選》：本詩寫方冬行役，辭家就道，景色荒寒，意緒愁慘。

數詩

【解題】

此篇《藝文類聚》卷五六、《古詩紀》卷六二題作「數名詩」，今從宋本。

范晞文《對牀夜語》卷一論鮑照此篇云：「卦名、人名、及建除等體，世多有之，獨無以此爲戲者。」是范氏所見《數詩》，惟有鮑照所作。則《數詩》之作，或始於鮑照。

一身仕關西，家族滿山東〔一〕。二年從車駕，齋祭甘泉宮〔二〕。三朝國慶畢，休沐還舊邦〔三〕。四牡輝長路①，輕蓋若飛鴻〔四〕。五侯相餞送，高會集新豐〔五〕。六樂陳廣坐，祖帳揚春風②〔六〕。七盤起長袖，庭下列歌鍾〔七〕。八珍盈雕俎③，綺肴紛錯重〔八〕。九族共瞻遲④，賓友仰徽容〔九〕。十載學無就，善宦一朝通⑤〔一〇〕。

【校記】

①「輝」，張溥本、《文選》卷三〇、《藝文類聚》《古詩紀》作「曜」。

②「祖」，張溥本、《文選》、《古詩紀》作「組」。

③「雕」，《文選》《藝文類聚》《古詩紀》作「彫」。

④「共」，《藝文類聚》作「咸」。

⑤「宦」，《藝文類聚》作「官」。

【箋注】

〔一〕一身仕關西：《戰國策·趙策三》：「世以鮑焦無從容而死者，皆非也。今衆人不知，則爲一身。」《漢書》卷三九《蕭何傳》：「當是時，相國守關中，關中搖足，則關西非陛下有也。」山東：《戰國策·趙策二》：「六國從親以擯秦，秦必不敢出兵於函谷關以害山東矣。」

〔二〕車駕：《漢書》卷一下《高帝紀下》：「是日，車駕西都長安。」顔師古注：「凡言車駕者，謂天子乘車而行，不敢指斥也。」齋祭甘泉宫：齋祭，齋戒祭祀，古人在祭祀前淨身潔食，以示莊敬。《莊子·人間世》：「顔回曰：『回之家貧，唯不飲酒、不茹葷者數月矣，如此則可以爲齋乎？』」《史記》卷一二《孝武本紀》：「又作甘泉宫，中爲臺室，畫天、地、泰一諸神，而置祭具以致天神。」

〔三〕三朝國慶畢：《文選》卷三張平子《東京賦》：「春王三朝，會同漢京。是日也，天子受四海之圖籍，膺萬國之貢珍。」李善注：「三朝，歲首朔日也。」《漢書》卷八一《孔光傳》：「歲之朝，曰三朝。」顔師古注：「歲之朝，月之朝，日之朝，故曰三朝。」《周禮·小行人》：「若國有福事，則令慶賀之。」《文選》卷五四陸士衡《五等論》：「國慶獨饗其利，主憂莫與其害。」休沐還舊邦：《漢書》卷六八《霍光傳》：「光時休沐出，桀輒入，代光決事。」《楚辭·九歎·逢紛》：「聲哀哀而懷高丘兮，心愁愁而思舊邦。」王逸注：「心愁思者，念高丘之山，想歸故國也。」此二句六臣吕向注：「謂朝會既畢，乃止息，還於舊國也。休沐，止息也。」

〔四〕四牡：《詩經·小雅·采薇》：「駕彼四牡，四牡騤騤。君子所依，小人所腓。」輕蓋若飛鴻：《文選》卷二八陸士衡《長安有狹邪行》：「輕蓋承華景，騰步躡飛塵。」《文選》卷一八馬季長《長笛賦》：「爾乃聽聲類形，狀似流水，又象飛鴻。」

〔五〕五侯：《漢書》卷九八《元后傳》：「上悉封舅譚爲平阿侯，商成都侯，立紅陽侯，根曲陽侯，逢時高平侯。五人同日封，故世謂之五侯。」高會集新豐：《戰國策·秦策三》：「於是使唐睢載音樂，予之五千金，居武安，高會相與飲。」鮑彪注：「《高紀》注，大會也。」《史記》卷八《高祖本紀》：十年七月「更命酈邑曰新豐。」張守節正義：「《括地志》云：『新豐故城在雍州新豐縣西南四里，漢新豐宫也。太上皇時悽愴不樂，高祖竊因左右問故，答以平生所好皆屠販少年，酤酒賣餅，鬬雞蹴踘，以此爲歡，今皆無此，故不樂。高祖乃作新豐，徙諸故人實之。太上皇乃悦。』按前於麗邑築城寺，徙其民實之，未改其名，太上皇崩後，命曰新豐。」

〔六〕六樂陳廣坐：《周禮·地官·大司徒》：「以六樂防萬民之情，而教之和。」鄭玄注：「鄭司農云：『六樂謂《雲門》《咸池》《大招》《大夏》《大濩》《大武》。』」《周禮·春官·大司樂》：「凡六樂者，文之以五聲，播之以八音。」《史記》卷七七《信陵君列傳》：「嬴乃夷門抱關者也，而公子親枉車騎，自迎嬴於衆人廣坐之中。」祖帳：謂於郊外爲餞别而設之帷帳。傅亮《奉迎大駕道路賦詩》：「夙櫂發皇邑，有人祖我舟，餞離不以幣，贈言重琳球。」

〔七〕七盤起長袖：《文選》卷二八陸士衡《日出東南隅行》：「丹脣含九秋，妍跡陵七盤。」六臣張銑注：「七盤，楚舞。」《韓非子·五蠹》：「諺曰：『長袖善舞，多錢善賈。』此言多資之易爲工也。」庭下列歌鍾：《左傳》襄公十一年：「鄭人賂晉侯……歌鍾二肆。」杜預注：「肆，列也。縣鍾十六爲一肆。二肆，三十二枚。」孔穎達疏：「言歌鍾者，歌必先金奏，故鍾以歌名之。《晉語》孔晁注云：『歌鍾，鍾以節歌也。』」

〔八〕八珍盈雕俎，綺肴紛錯重：《周禮·天官·膳夫》：「珍用八物。」鄭玄注：「珍，謂淳熬、淳母、炮豚、炮牂、擣珍、漬、熬、肝膋也。」《三國志》卷二一《魏志·衛覬傳》：「飲食之肴，必有八珍之味。」《文選》卷四二應休璉《與滿公琰書》：「繁俎綺錯，羽爵飛騰。」《莊子·達生》：「加汝肩尻乎彫俎之上，則汝爲之乎？」以上二句六臣李周翰注：「盈，滿也。彫俎，器也。肴，膳也。謂其品色多，名如綺文，紛飾重多言也。」

〔九〕九族：《尚書·堯典》：「克明俊德，以親九族。」孔傳：「以睦高祖、玄孫之親。」仰徽容：《文選》六臣吕延濟注：「徽，美也。」張載《送鍾參軍》：「善見理不拔，闡道播徽容。」謝惠連《豫章行》：「願子保淑慎，良訊代徽容。」

〔一〇〕十載：《後漢書》卷一〇上《鄧皇后紀》：「自太后臨朝，水旱十載，四夷外侵，盗賊内起。」善宦：《史記》卷一二〇《汲黯傳》：「黯姑姊子司馬安亦少與黯爲太子洗馬。安文深巧善宦，官四至九卿，以河南太守卒。」

【集説】

宋范晞文《對牀夜語》卷一：「卦名、人名、及建除等體，世多有之，獨無以此爲戲者。」

宋嚴羽《滄浪詩話·詩體》：字謎、人名、卦名、數名、藥名、州名，如此詩只成戲謔，不足爲法也。

元方回《文選顔鮑謝詩評》卷四：此游戲翰墨。如金石絲竹八音，建除滿平十二辰，角亢氐房二十八宿，皆以作難得巧爲功，非詩之自然者也。數者自一至十。始云「一身仕關西，家族滿山東」，末至「十載學無就，善宦一朝通」，緊要意全在此。謂寒士之學，十載不成，巧宦之人，一朝通顯，如前九韻所云耳。

明許學夷《詩源辯體》卷七：謝靈運經緯綿密，鮑明遠步驟軼蕩。明遠五言如《數詩》《結客》《薊門》《東武》等篇，在靈運之上。然靈運體盡排偶，而明遠復漸入律體。但靈運體雖排偶而經緯綿密，遂自成體。明遠本步驟軼蕩而復入此窘步，故反傷其體耳。

清葉矯然《龍性堂詩話初集》：鮑明遠「五侯相餞送，高會集新豐。九族共瞻遲，賓友仰徽容」，「富貴他人合」也。左太沖「主父宦不達，骨肉還相薄。買臣困樵采，伉儷不安宅」，「貧賤親戚離」也。世情的的，如此怕人。

清陳祚明《采菽堂古詩選》補遺卷二：惟用「除」字强，餘俱自然。

清方伯海：此詩爲蘇秦一輩人吐氣。（清于光華《重訂文選集評》卷七）

又云：「遲」字妙，畫出貴人到家，一時急欲望見顔色光景。

又云：「仰」字妙，全是向日面貌，另是一樣眼孔。

清賀貽孫《詩筏》：鮑明遠有《建除詩》，又有《數名詩》，然明遠所謂俊逸者，終在彼不在此也。

建除

【解題】

此詩張溥本題作《建除詩》，今從宋本。

「建除」，古代術數家以爲，天文中十二辰分别象徵人事上的建、除、滿、平、定、執、破、危、成、收、開、閉十二種情況。後乃以「建除」指根據天象占測人事吉凶禍福之方法。《史記》卷一二七《日者列傳》：「孝武帝時，聚會占家問之，某日可取婦乎？五行家曰可，堪輿家曰不可，建除家曰不吉，叢辰家曰大凶，歷家曰小凶，天人家曰小吉，太乙家曰大吉。辯訟不決，以狀聞。制曰：『避諸死忌，以五行爲主。』人取于五行者也。」是漢代已有建除家也。《淮南子·天文訓》：「寅爲建，卯爲除，辰爲滿，巳爲平，主生；午爲定，未爲執，主陷；申爲破，主衡；酉爲危，主杓；戌爲成，主小德；亥爲收，主大德；子爲開，主太歲；丑爲閉，主太陰。」清錢塘《淮南天文訓補注》：「此建除法也……建除有二法，《越絶書》從歲數，《淮南書》及《漢書》從月數，後人惟用月也。」《日知録》卷三〇：「建除之名，自斗而起。始見於太公《六韜》，云：『開、牙、門、當、背、建、向、破。』《越絶書》：『黄帝之元，執辰破巳。霸王之氣見於地户。』《淮南子·天文訓》：『寅爲建，卯爲除，辰爲滿，巳爲平，午爲定，未爲執，申爲破，酉爲危，戌爲成，亥爲收，子爲開，丑爲閉。』《漢書·王莽傳》『十一月壬子，直建』，『戊辰，直定』，蓋是戰國後語。《史記·日者傳》有建除家。」章炳麟《國故論衡·原道上》：「夫不事前識，則卜筮廢，圖讖斷，建除、堪輿、相人之道黜矣。」

清光緒二十三年（一八九七）鮑輔楹等重修之《鮑氏宗譜》「鮑明遠」條云：「曾爲《建除詩》，臨川王見而奇之，賜帛二十匹，尋擢爲國侍郎。」以爲此詩乃詩人初次求仕時于荆州干謁義慶時所獻，不知何據？按此詩雖然帶有一定的游戲性質，但從内容看則表現了詩人報效國家，立功邊陲，統一國土的强烈願望，與他年青時的思想感情頗爲一致。因此，此詩極有可能爲他年青時所作。

建旗出燉煌，西討屬國羌〔一〕。除去徒與騎，戰車羅萬箱〔二〕。滿山又填谷，投鞍合營牆〔三〕。平原亘千里，旗鼓轉相望①〔四〕。定舍後未休，後驛敇前裝②〔五〕。執戟無暫傾③，彎弧不解張〔六〕。破滅西零國，生虜郅支王〔七〕。危亂悉平蕩，萬里置關梁〔八〕。成軍入玉門，士女獻壺漿〔九〕。收功在一時，歷世荷餘光〔一〇〕。開壤襲朱紱，左右佩金章〔一一〕。閉帷草太玄，兹事殆愚狂〔一二〕。

【校記】

①「旗」，《藝文類聚》卷五六作「旌」。

②「後驛敇前裝」，張溥本、四庫本、《古詩紀》卷六二作「候騎敕前裝」，《藝文類聚》作「候騎前敇裝」。

③「戟」，張溥本、《藝文類聚》《古詩紀》作「戈」。「傾」，張溥本、四庫本、盧校、《藝文類聚》《古詩紀》作「頓」。

【箋注】

〔一〕建旗出燉煌：《文選》卷二〇曹子建《責躬詩》：「願蒙矢石，建旗東嶽。」《史記》卷一二三《大宛列傳》：「始，月氏居敦煌祁連間，及爲匈奴所敗，乃遠去，過宛，西擊大夏而臣之。」《漢書》卷二八下《地理志下》：「敦煌郡，武帝後元年，分酒泉置。」治所在今甘肅省敦煌縣。西討屬國羌：《史記》卷一一一《衛將軍驃騎列傳》：「乃分徙降者邊五郡故塞外，而皆在河南，因其故俗，爲屬國。」張守節正義：「以降來之民，分置五郡，各依本國之俗而屬於漢，故言屬國也。」《後漢書》卷一二《盧芳傳》：「王莽末，乃與三水屬國羌胡起兵。」

〔二〕徒：《詩經・魯頌・閟宫》：「公徒三萬，貝胄朱綅。」朱熹集傳：「徒，步卒也。」戰車羅萬箱：《戰國策・秦策一》：「戰車萬乘，奮擊百萬，沃野千里，蓄積饒多。」《詩經・小雅・甫田》：「乃求千斯倉，乃求萬斯箱。」朱熹集傳：「箱，車箱也。」

〔三〕滿山又填谷：《漢書》卷二七下之上《五行志下之上》：「務欲廣地，南戍五嶺，北築長城，以備胡越。塹山填谷，西起臨洮，東至遼東，徑數千里。」投鞍合營牆：《漢書》卷五二《韓安國傳》：「臣聞高皇帝嘗圍於平城，匈奴至者，投鞍高如城者數所。」《逸周書·王會解》：「周公旦主東方，所之青馬黑鬣，謂之母兒。其守營牆者，衣青，操弓執矛。」

〔四〕平原亘千里：《文選》卷二三王仲宣《七哀詩》：「出門無所見，白骨蔽平原。」《文選》卷四張平子《南都賦》：「貯水渟洿，亘望無涯。」李善注引《方言》曰：「亘，竟也。」

〔五〕後驛勑前裝：《尚書·君陳》：「庶言同則繹。」孔傳：「衆言同則陳而布之，禁其專。」《禮記·射義》：「射之爲言者，繹也。或曰，舍也。繹者，各繹己之志也。」孔穎達疏：「繹，陳也，言陳己之志。」按後繹勑，乃指由後所傳之勑令也。

〔六〕執戟：《史記》卷九《吕后本紀》：「乃與太僕汝陰侯滕公入宫，前謂少帝曰：『足下非劉氏，不當立。』乃顧麾左右執戟者掊兵罷去。」

〔七〕西零：《晉書》卷二六《食貨志》：「趙充國農於金城，以平西零。」《文選》卷四七史孝山《出師頌》：「西零不順，東夷遘逆。」李善注：「西零，即先零也。」六臣吕延濟注：「西零，西羌也。」郅支王：《漢書》卷九四下《匈奴傳下》：「其後，呼韓邪單于兄左賢王呼屠吾斯亦自立，爲郅支骨都侯單于。」《漢書》卷七〇《陳湯傳》：「今延壽、湯睹便宜，乘時利，結城郭諸國，擅興師矯制而征之，賴天地宗廟之靈，誅討郅支單于，斬獲其首，及閼氏貴人名王以下千數。雖踰義干法，内不煩一夫之役，不開府庫之藏，因敵之糧以贍軍用，立功萬里之外，威震百蠻，名顯四海。」

〔八〕關梁：《墨子·貴義》：「商人之四方，市賈信徙，雖有關梁之難，盜賊之危，必爲之。」

〔九〕成軍入玉門：《國語·晉語二》：「童謡有之曰：『丙之晨，龍尾伏辰，均服振振，取虢之旂。鶉之賁賁，天策焞焞，火中成軍，虢公其奔！』」韋昭注：「成軍，軍有成功也。」《後漢書》卷四七《班超傳》：「如自以壽終屯部，誠無所恨，然恐後世或名臣爲没西域。臣不敢望到酒泉郡，但願生入玉門關。」壺漿：《公羊傳》昭公二十五年「國子執壺漿」，何休注：「壺，禮器，腹方口圓曰壺，反之曰方壺。」

〔一〇〕收功：《孔子家語·屈節》：「今子欲收功於魯，實難。不若移兵於吴，則易。」餘光：《史記》卷七一《樗里子甘茂列傳》：「臣聞貧人女與富人女會績，貧人女曰：『我無以買燭，而子之燭光幸有餘，子可分我餘光，無損子明而得一斯便焉。』今臣困而君方使秦而當路矣。茂之妻子在焉，願君以餘光振之。」

〔一一〕開壤襲朱紱：《文選》卷四七陸士衡《漢高祖功臣頌》：「王信韓孽，宅土開疆。我圖爾才，越遷晉陽。」《周易·困卦》：「九二，困于酒食，朱紱方來，利用享祀，征凶，無咎。」唐李鼎祚集解：「朱紱，宗廟之服。乾爲大赤，朱紱之象也。」左右佩金章：《文選》卷四三孔德璋《北山移文》：「至其紐金章，綰墨綬。」六臣劉良注：「金章，銅印也。銅章墨綬，縣令之章飾也。」

〔一二〕草太玄：《漢書》卷八七下《揚雄傳下》：「哀帝時，丁、傅、董賢用事，諸附離之者，或起家至二千石。時雄方草《太玄》，有以自守，泊如也。」

【集説】

宋嚴羽《滄浪詩話》：鮑明遠有《建除詩》，每句首冠以建、除、平、定等字。其詩雖佳，蓋鮑本工詩，非因建除之體而佳也。

宋魏慶之《詩人玉屑》卷二：至於建除、字謎、人名、卦名、數名、藥名、州名之詩，只成戲論，不足爲法也。

清賀貽孫《詩筏》：鮑明遠有《建除詩》，又有《數名詩》，然明遠所謂俊逸者，終在彼不在此也。

從過舊宮

【解題】

此篇《初學記》卷一七作《還舊廬》，今從宋本。

《鮑參軍集注》此詩題注錢振倫注云：「《宋書·武帝紀》：『彭城綏輿里人，漢高帝弟楚元王交之後也。』又《禮志》：『宋武帝初受晉命，爲宋王，建宗廟于彭城，依魏晉故事，立一廟。初祠高祖開封府君、曾祖武原府君、皇祖東安府君、皇考處士府君、武敬臧后，從諸侯五廟之禮也。既即尊位，乃增祠七世右北平府君、六世相國掾府君爲七廟。高祖崩，神主升廟，猶從昭穆之序，廟殿亦不改構，如晉初之因魏也。』又《衡陽王義季傳》：『元嘉二十二年，進督豫州之梁郡，遷徐州刺史。』……此或爲其所辟，從之之任耶？」黄節補注云：「本集《論國制啟》云：『伏見彭城國舊制，猶有數卷。』錢氏注以爲照必曾爲彭城僚屬，故定此詩爲照隨義季至彭城作也。」皆以爲此詩乃鮑照爲衡陽王義季所辟，從其之徐州任所時所作。由此，錢仲聯《鮑照年譜》乃根據義季任徐州刺史的時間，將此詩定爲元嘉二十二年（四四五）作。熊清元《鮑照〈從過舊宮〉詩新箋》（載《古籍整理研究學刊》二〇〇一年一期）則據《宋書》卷五《文帝紀》所記載之元嘉四年（四二七），文帝劉義隆行幸丹徒，謁京陵時所頒詔書之「丹徒桑梓綢繆」，以及元嘉二十六年幸丹徒，謁京陵時所頒詔書之「拜奉舊塋」，「義兼于桑梓，情加于過沛」等語，以爲此詩中「嚴恭履桑梓，加敬覽枌榆」二句，乃指劉裕出生地京口而言。又據《宋書》卷二七《符瑞志上》所記載之「宋高帝居在丹徒，始生之夜，有神光照室。其夕，甘露降於墓樹。皇考以高祖生有奇異，名爲奇奴」，以及《南史》卷一《宋本紀上》所記載之「（劉裕）微時躬耕于丹徒，及受命，耨耜之具頗有存者，皆命藏之，以留于後。及文帝幸舊宮，見而問焉，左右以實對，文帝色慚」等記載，認爲此詩中「餘詳見雲物，遺像存陶漁」二句，也指劉裕在京口之舊事而說。而如果根據錢振倫及黄節所説，則「餘詳」二句就難以落到實處。此外，熊文又根據京口地理位置在京都建康之東北這一情況，認爲詩中的「東秦邦北門」一句，也指京口而言。至於詩中「非親誰克居」一句，熊文也根據《宋書》卷七八《劉延孫傳》所記載之「先是高祖遺詔，京口要地，去京邑密邇，自非宗室近戚，不得居之」，以及從宋初到元嘉末年，擔任南徐州刺史的七人，皆爲當朝皇帝的子弟這一實際情況，以爲同樣也指京口而言。至於徐州的地位則遠不如南徐州重要，所以自從劉宋初年起直到衡陽王義季擔任徐州刺史之前的八任徐州刺史中，僅有南郡王劉義宣一人爲皇室宗親。因此如果「非親誰克居」一句指彭城，也與實際情況相矛盾。而關於詩中「微臣逢世慶，征賦備人徒」二句，熊文則以爲這是因爲鮑照當時家在京口才會有這樣的説法。因此，他最後得出結論，以爲此詩乃鮑照於元嘉二十六年(四四九)從宋文帝之子始興王劉濬至南徐州治所京口作。今按：此詩乃元嘉二十六年，詩人隨始興王濬赴南徐州任所京口後所作的可能性是存在的。但要以此説來推倒詩爲隨衡陽王義季赴徐州彭城作，似乎也缺乏有力的依據。因爲從詩歌這一藝術形式的創作來説，作一些誇張并加上一些溢美之辭也完全正常。如詩中以「餘詳見雲物」溢美彭城舊居的詳瑞，以「非親誰克居」來夸張衡陽王義季所任職之徐州刺史地位的重要等，應該説也都是可以的。至於詩中「微臣逢世慶，征徒備人賦」二句，據筆者考察，元嘉二十六年鮑照家其實居於京都建康，而并非如熊文所説的居於南徐州之京口，故二句用來指南徐州之京口或徐州之彭城皆可。這一點，我們從黄節補注：「本傳：照東海人。故曰『征徒備人賦』。」即可見出。是在目前情況下，恐難以確定此詩究竟是元嘉二十二年(四四五)作於彭城，抑或是元嘉二十六年(四四九)作於京口。

肅裝屬雲旅，奉軔承末塗〔一〕。嚴恭履桑梓，加敬覽枌榆〔二〕。靈命藴川瀆，帝寶伏篇圖〔三〕。虎變由石紐①，龍翔自鼎湖〔四〕。功冠生民始，道妙神器初〔五〕。宫陛留前制②，歌思溢今衢〔六〕。餘祥見雲物，遺像存陶漁〔七〕。泉流信清泌，原野實甘荼〔八〕。豈伊愛酆鄗，天險兼上腴〔九〕。東秦邦北門，非親誰克居〔一〇〕？仁聲日月懋，惠澤雲雨敷〔一一〕。盧令美何歇，唐風久不渝〔一二〕。微臣逢世慶，征賦備人徒〔一三〕。空費行葦德，採束謝生芻〔一四〕。

【校記】

①「紐」，四庫本作「細」。

②「前」，原注：「一作『昔』。」四庫本注云：「一作『皆』。」

【箋注】

〔一〕旅：《周禮・地官・小司徒》：「乃會萬民之卒伍而用之。五人爲伍，五伍爲兩，四兩爲卒，五卒爲旅，五旅爲師，五師爲軍。」鄭玄注：「旅，五百人。」《廣韻》卷三：「旅，師旅。《説文》曰：『五百人也。』」奉靷承末塗：《左傳》哀公二年：「郵良曰：『我兩靷將絶，吾能止之。』」孔穎達疏：「古之駕四馬者，服馬夾轅，其頸負軛，兩驂在旁，挽靷助之。」《説文解字》卷三下：「靷，引軸也。」末塗，猶末路，謂末席，下位。《文選》卷五一王子淵《四子講德論》：「曩從末路，望聽玉音，竊動心焉。」

〔二〕桑梓：《詩經・小雅・小弁》：「維桑與梓，必恭敬止。」朱熹集傳：「桑、梓，二木。古者五畝之宅，樹之牆下，以遺子孫，給蠶食、具器用者也。」後借指故鄉或鄉親父老。《文選》卷四張平子《南都賦》：「永世克孝，懷桑梓焉；真人南巡，覩舊里焉。」加敬覽枌榆：《史記》卷二六《封禪書》：「高祖初起，禱豐枌榆社。」裴駰集解：「張晏曰：『枌，白榆也。社在豐東北十五里。』或曰：枌榆，鄉名，高祖里社。」

〔三〕靈命藴川瀆：《後漢書》卷七〇上《班彪傳上》：「乃著《王命論》，以爲漢德承堯，有靈命之符。」《春秋繁露・考功名》：「其爲天下除害也，若川瀆之瀉於海也，各順其勢，傾側而制於南北。」帝寶伏篇圖：《文選》卷一班孟堅《東都賦》：「啟靈篇兮披瑞圖，獲白雉兮效素烏。」六臣吕延濟注：「靈篇，即瑞圖也。」

〔四〕虎變由石紐：《周易・革卦》：「九五。大人虎變，未占有孚。象曰：大人虎變，其文炳也。」孔穎達疏：「損益前王，創制立法，有文章之美，焕然可觀，有似虎變，其文彪炳。」《三國志》卷三八《蜀志・秦宓傳》：「禹生石紐，今之汶山郡是也。」裴松之注：「《帝王世紀》曰：『鯀納有莘氏女曰志，是爲修已。上山行，見流星貫昴，夢接意感，又吞神珠。臆圮胷坼，而生禹於石紐。』」龍翔自鼎湖：《史記》卷一二《孝武本紀》：「黄帝采首山銅，鑄鼎於荆山下。鼎既成，有龍垂胡髯下迎黄帝。黄帝上騎，群臣後宫從上龍七十餘人，龍乃上去。餘小臣不得上，乃悉持龍髯，龍髯拔，墮黄帝之弓。百姓仰望黄帝既上天，乃抱其弓與龍胡髯號。故後世因名其處曰鼎湖，其弓曰烏號。」

〔五〕生民始：《詩經・大雅・生民》：「厥初生民，時維姜嫄。」道妙神器初：《老子》第二十九章：「將欲取天下而爲之，吾見其不得已。天下神器，不可爲也，爲者敗之，執者失之。」王弼注：「神，無形無方也；器，合成也，無形以合，故謂之神器也。」

〔六〕宫陛：《後漢書》卷八二《董卓傳》：「（吕布）馳齎赦書，以令宫陛内外。士卒皆稱萬歲，百姓歌舞於道。」《説文解字》卷一四下：「陛，升高階也。」歌思溢今衢：《列子》卷四：「堯乃微服游於康衢，聞兒童謡曰：『立我蒸民，莫匪爾極，不識不知，順帝之則。』堯喜，問曰：『誰教爾爲此言？』兒童曰：『我聞之大夫。』問大夫，大夫曰：『古詩也。』堯還宫，召舜，因禪以天下，舜不辭而受之。」

〔七〕餘祥見雲物：《左傳》僖公五年：「凡分至啟閉，必書雲物。」杜預注：「雲物，氣色災變也。」遺像存陶漁：夏侯湛《東方朔畫贊》：「想先生之高風，徘徊路寢，見先生之遺像，逍遥城郭。」《文選》卷三六傅季友《爲宋公脩張良廟教》：「靈廟荒頓，遺像陳昧。」《史記》卷一《五帝本紀》：「舜耕歷山，漁雷澤，陶河濱，作什器於壽丘，就時於負夏。」

〔八〕泉流信清泌：《詩經·陳風·衡門》：「衡門之下，可以棲遲。泌之洋洋，可以樂飢。」孔穎達疏：「泌者，泉水涓流不已，乃至廣大。」原野實甘荼：《詩經·大雅·緜》：「周原膴膴，堇荼如飴。」

〔九〕豈伊愛酆鄗，天險兼上腴：《漢書》卷二五下《郊祀志下》：「大王建國於郊梁，文武興於酆鎬。由此言之，則郊梁酆鎬之間周舊居也。」顔師古注：「酆，今長安城西豐水上也。鎬，在昆明池北。」《周易·坎卦》：「天險，不可升也；地險，山川丘陵也。」孔穎達疏：「言天之爲險，懸邈高遠，不可升上。」《文選》卷一班孟堅《西都賦》：「華實之毛，則九州之上腴焉；防禦之阻，則天地之隩區焉。」六臣張銑注：「腴，肥。沃田居九州之上，言第一。」吕延濟注：「言四塞之險，易爲備禦。隩，猶深險也。」

〔一〇〕東秦邦北門：《史記》卷八《高祖本紀》：「夫齊，東有琅邪、即墨之饒，南有泰山之固，西有濁河之限，北有勃海之利。地方二千里，持戟百萬，縣隔千里之外，齊得十二焉。故此東西秦也。非親子弟，莫可使王齊矣。」《太平御覽》卷一二六引崔鴻《十六國春秋》：「青齊沃壤，號曰東秦，地方二千里，户餘十萬，四塞之固，可謂用武之國。」《鮑參軍集注》黄節補注：

《尚書序》云：『武王既勝殷，邦諸侯。』《史記》録序作『封』，蓋古通也。《釋名》：『邦，封也，封有功於是也。』」《左傳》僖公三十二年：「杞子自鄭使告於鄭曰：『鄭人使我掌其北門之管，若潛師以來，國可得也。』」非親誰克居：《詩經・齊風・南山》：「析薪如之何？匪斧不克。」毛傳：「克，能也。」《鮑參軍集注》錢振倫注云：「此謂彭城王義康。」錢仲聯增補注云：「按《宋書・衡陽文王義季傳》，義季爲徐州刺史在元嘉二十二年，至二十四年薨于彭城。而彭城王義康則於二十二年十二月因范曄謀反連及，廢爲庶人，至二十八年賜死。照此時安敢以『仁聲』、『惠澤』等語歌頌義康，竊謂此下數句，乃謂義季耳。」

〔一一〕仁聲：《孟子・盡心上》：「仁言不如仁聲之入人深也。」趙岐注：「仁聲，樂聲《雅》《頌》也。」惠澤：《漢書》卷七七《鄭崇傳》：「朕幼而孤，皇太太后躬自養育，免于襁褓，教道以禮，至於成人，惠澤茂焉。」

〔一二〕盧令美何歇：《詩經・齊風・盧令》：「盧令令，其人美且仁。」毛傳：「盧，田犬。令令，纓環聲。言人君能有美德，盡其仁愛，百姓欣而奉之，愛而樂之。順時游田，與百姓共其樂，同其獲，故百姓聞而説之，其聲令令然。」唐風久不渝：《左傳》襄公二十九年：「爲之歌唐，曰：『思深哉！其有陶唐氏之遺風乎？不然，何憂之遠。』」杜預注：「晉本唐國，故有堯之遺風。」《詩經・鄭風・羔裘》：「彼其之子，舍命不渝。」毛傳：「渝，變也。」

〔一三〕征賦備人徒：《荀子・王霸》：「使衣服有制，宫室有度，人徒有數，喪祭械用皆有等宜。」楊倞注：「人徒，謂胥徒，給徭役者也。」《鮑參軍集注》黄節補注：「本傳：『照東海人。』故曰『征賦備人徒』。」按鮑照此自謂人徒，蓋謙詞耳。

〔一四〕行葦德：《詩經・大雅・行葦》：「敦彼行葦，牛羊勿踐履。」《詩序》：「行葦，忠厚也。周家忠厚，仁及草木，故能内睦九族，外尊事黄耇，養老乞言，以成其福禄焉。」採束謝生芻：《後漢書》卷五三《徐穉傳》：「及林宗有母憂，穉往弔之，置生芻一束於廬前而去。衆怪，不知其故。林宗曰：『此必南州高士徐孺子也，詩不云乎，「生芻一束，其人如玉」，吾無德以堪之。』」

【集説】

清何焯《義門讀書記》卷四六：《從過舊宫》一篇，亦自深厚。

清陳祚明《采菽堂古詩選》卷一九：典雅得體。明遠又有此近情之作。

從拜陵登京峴

【解題】

此篇《太平御覽》卷二七題作《登峴山詩》。

《太平寰宇記》卷八九《江南東道一》：「京峴山，《梁典》云：『武帝望京峴山，盤紆似龍，掘其石爲龍目二湖也。』」《方輿勝覽》卷三《鎮江府》：「京峴山在府治東五里，謂之京鎮。《祥符圖經》不載，京口得名以此。鮑昭有《從京峴拜陵詩》。」《讀史方輿紀要》卷二五《南直・鎮江府・丹徒縣》：「城東五里，一名丹徒峴。相傳即秦時所鑿以泄王氣處，京口、京鎮，皆因以名。《梁典》：『武帝望京峴盤紆似龍，因掘二湖於山下，曰龍目湖。』今湮。……或謂之荆峴。又云此爲京山，今府西南五里爲峴山云。」

宋高祖劉裕先世南渡後居於京口，宋初帝后亦有葬於京口者，故劉宋之帝王往往有之京口謁陵之舉。今由詩題觀之，詩應當爲鮑照隨帝王於京口謁陵時所作。關於此詩的寫作年代，《鮑參軍集注》黃節補注云：「《元和志》：『永寧陵在丹徒縣東南三十五里，宋武帝父翹追尊曰孝皇帝陵也。』《宋書・后妃列傳》：『孝穆趙皇后生高祖，殂於丹徒官舍，葬縣東鄉練壁里雩山。宋初，追崇號謚，陵曰興陵。孝懿蕭皇后與興寧陵合墳。武帝胡婕妤生文帝葬丹徒，陵曰熙陵。』以上諸陵皆在丹徒，當時拜陵之禮，見之《文帝紀》者，元嘉四年二月，行幸丹徒，謁京陵。則其舉復舉。本詩從拜陵登京峴，屬孟冬十月，疑即元嘉十七年九月二十六日葬元皇后于長寧陵時作。長寧陵即顔延之《哀策文》所謂『南背國門，北首山園』者，當在丹徒。《哀策》序云：『皇帝親臨祖饋，躬瞻宵載，群臣相從。』《策文》所謂『僕人按節，服馬顧轅』，明遠禮畢而登京峴，故曰『孟冬十月交』也。」

按鮑照元嘉十七年時正在臨川王劉義慶幕中。據《宋書·文帝紀》，元嘉十七年十月戊寅，劉義慶由江州刺史改任南兗州刺史。是年十月丙辰朔，戊寅爲二十三日。由此，鮑照隨義慶還都最早應該在此年的十一月初，故其於此次還都時所作之《還都道中》詩有「回風揚江泌，寒鴉棲動樹」，《還都口號》詩有「征歌首寒物，歸吹踐開冬」等句。而此詩則云：「孟冬十月交。」在時間上有一定的差距。而且鮑照是時僅爲一藩王之低級幕僚，位卑職小，他在隨劉義慶還都後，旋即又侍從文帝葬元皇后於長寧陵，於情理似乎也不相合。《鮑參軍集注》此詩題注錢仲聯增補注則云：「黄注以此詩爲元嘉十七年冬作。按照死于宋明帝泰始二年，虞炎《鮑集序》稱『時年五十餘』，上溯至元嘉十七年，照年才二十五六，與詩中所云『疲老還舊邦』者不合。」以上這些疑點，都確鑿地説明了黄節的元嘉十七年説并不可信。在推倒黄節所認爲的此詩作於元嘉十七年的同時，錢仲聯先生又提出了新的見解，云：「疑是世祖孝建年中事，照年四十餘，時方爲中書舍人秣陵令，似較合。然拜陵事於《宋書》及《南史》之《世祖紀》無徵，不敢鑿説。」錢先生雖然懷疑此詩爲孝武帝孝建年間所作，但卻不敢斷言這個説法的正確性，在他的《鮑照年表》中也没有將此詩列入。這種謹慎的態度明顯地説明了他對自己見解的懷疑。筆者認爲，在我國古代，作爲一國之尊的皇帝，親自離開京都重地去拜謁先帝陵寢，乃是一件相當重大的事情，特别是在魏齊王曹芳正始十年（二四九）高平陵事件發生以後，歷代帝王對於離京謁陵之事就更慎重。如果宋文帝或孝武帝有離開京都前往京口謁陵之事，《宋書》《南史》不可能不作記載。即以爲此詩作於孝武帝孝建年間的説法也難以成立。

按鮑照此詩既然不可能爲隨從宋文帝或孝武帝至京口謁陵而作，則當是隨同他所任職的藩王在京口謁陵時所作，即詩題所謂之「從拜陵」也。今考之鮑照所依從的藩王中，臨川王義慶與衡陽王義季，以及他在大明後期所跟隨的臨海王子頊皆無鎮京口之經歷，所以他不大可能隨以上諸王去京口謁陵，并游京峴山而作此詩。而始興王劉濬則有過一段鎮京口的經歷，據《宋書》卷五《文帝紀》、卷九九《二凶傳》，劉濬於元嘉二十六年（四四九）冬十月甲辰由揚州刺史改任南徐兗二州刺史，鎮京口，直任至元嘉末。鮑照則自元嘉二十四年（四四七）起進入始興王幕府，爲始興國侍郎，此後於元嘉二十八年(四五一)春侍郎報滿,自請解職,有《侍郎報滿辭閣疏》一篇記其事。因此,元嘉二十六年春劉濬前往南徐州之京口就任時,鮑照必定隨同前往。始興王濬爲文帝之愛子,其時年少喜游,《宋書·二凶傳》謂其:「及出鎮京口,聽將揚州文武二千人自隨,優游外藩,甚爲得意。」故其至京口就任之初即去拜謁先帝陵寢并游京峴山乃是頗爲自然之事。尋元嘉二十六年十月癸巳朔,甲辰爲月之十二日,始興王劉濬離開揚州之駐地建康前往南徐州之京口,應在此月之内。這樣,就與此詩發端的「孟冬十月交,殺盛陰欲終」在時間上正相契合。而且,是時鮑照年已三十四歲,人生過半,這又與詩中「傷哉良永矣,馳光不再中。衰賤謝遠願,疲老還舊邦」所表現的思想感情頗爲一致。由以上所論可知,此詩應是元嘉二十六年(四四九)十月,詩人隨始興王劉濬赴南徐州任謁陵并游京峴山時所作。

孟冬十月交,殺盛陰欲終〔一〕。風烈無勁草①,寒甚有凋松〔二〕。軍井冰晝結,士馬氈夜重〔三〕。晨登峴山首,霜雪凝未通②。息鞍循隴上,支劍望雲峰〔四〕。表裏觀地嶮,昇降究天容〔五〕。東岳覆如礪,瀛海安足窮〔六〕?傷哉良永矣③,馳光不再中〔七〕。衰賤謝遠願,疲老還舊邦〔八〕。深德竟何報?徒令田陌空〔九〕。

【校記】

①「烈」,《太平御覽》作「冽」。

②「霜雪」,《太平御覽》作「霜霧」。

③「良」,張溥本作「長」。

【箋注】

〔一〕孟冬十月交:《文選》卷二九《古詩十九首·孟冬寒氣至》:「孟冬寒氣至,北風何慘慄。」《詩經·小雅·十月之交》:「十月之交,朔月辛卯,日有食之,亦孔之丑。」孔穎達疏:「幽王之時,正在周之十月,日月之交會,朔日辛卯之日,以此時而日有食之。」

〔二〕風烈無勁草：《後漢書》卷二〇《王霸傳》：「光武謂霸曰：『潁川從我者皆逝，而子獨留努力，疾風知勁草。』」寒甚有凋松：《論語·子罕》：「子曰：『歲寒然後知松柏之後彫也。』」《古詩紀》卷四八蘇若蘭《璇璣圖詩》：「寒歲識凋松，貞物知終始，顔衰改華容，仁賢别行士。」

〔三〕軍井：《周禮·夏官·挈壺氏》：「挈壺氏，掌挈壺，以令軍井。」鄭玄注：「鄭司農曰：『挈壺以令軍井，謂爲軍穿井，井成，挈壺縣其上，令軍中士衆皆望見，知此下有井。』」《淮南子·兵略訓》：「軍井通，然後敢飲，所以同饑渴也。」氈：《周禮·天官·掌皮》：「共其毳毛爲氈，以待邦事。」

〔四〕隴：《重修廣韻》卷三：「壠，《説文》云：『丘，隴也』。《方言》曰：『秦晉之間，冢謂之隴，亦作壟。』」雲峰：謝靈運《初發入南城》：「弄波不輟手，玩景豈停目。雖未登雲峰，且以歡水宿。」

〔五〕表裏觀地嶮：《左傳》僖公二十八年：「戰而捷，必得諸侯；若其不捷，表裏山河，必無害也。」杜預注：「晉國外河而内山。」《周易·坎卦》：「天險，不可升也；地險，山川丘陵也。」按嶮，險異體。天容：天之容顔。陶淵明《述酒》：「峨峨西嶺内，偃息常所親。天容自永固，彭殤非等倫。」

〔六〕礪：《山海經·中山經》：「又北三十五里曰陰山，多礪石、文石。」郭璞注：「礪石，石中磨者。」瀛海：《史記》卷七四《孟子傳》：「中國外如赤縣神州者九，乃所謂九州也，於是有裨海環之。人民禽獸莫能相通者，如一區中者，乃爲一州。如此者九，乃有大瀛海環其外。」《論衡·談天》：「九州之外，更有瀛海。」

〔七〕馳光不再中：《文選》卷二九曹子建《雜詩·西北有織婦》：「妾身守空閨，良人行從軍，自期三年歸，今已歷九春。飛鳥繞樹翔，噭噭鳴索群。願爲南流景，馳光見我君。」《史記》卷二八《封禪書》：「平又言：『臣候日再中。』居頃之，日卻復中。」

〔八〕舊邦：《楚辭·九歎·逢紛》：「聲哀哀而懷高丘兮，心愁愁而思舊邦。」王逸注：「心愁思者，念高丘之山，想歸故國也。」

〔九〕田陌空：《太平御覽》卷二六七引謝承《後漢書》：「方儲字聖明，曉風角占候，爲句章長時，人田還，置餘粟一石及刀鋤于田陌。」《後漢書》卷六六《陳蕃傳》：「夫安平之時，尚宜有節，況當今之世，有三空之厄哉！田野空，朝廷空，倉庫空，是謂三空。加兵戎未戢，四方離散，是陛下焦心毁顔，坐以待旦之時也。」

【集説】

清陳祚明《采菽堂古詩選》卷一八：寫得荒颯。

臨川王服竟還田里

【解題】

《鮑參軍集注》此詩題注錢振倫注：「《儀禮》疏：『衰裳齊牡麻絰無綬者，爲舊君。傳曰：爲舊君者，孰謂也？仕焉而已者也。何以服齊衰？三月也，言與民同也。』」黄節補注：「吴摯父曰：『義慶元嘉二十一年死，服竟在二十三年。自十七年鎮江州，至此始八年。詩云「捨耨將十齡」，豈鮑隨臨川王不自江州始邪？抑未遇義慶，已離田里，詩併數之邪？』」錢仲聯增補注云：「詩言『捨耨將十齡』，乃舉成數，不必泥，蓋將字本未滿之意也。吴摯父以此爲元嘉二十三年作，蓋以爲爲舊君宜服三年喪也。按《儀禮·喪服》，爲舊君服齊衰三月。《宋書·禮志》：『魏世或爲舊君服三年者。至晉泰始四年，尚書何楨奏：故辟舉綱紀吏，不計違適，皆反服舊君齊衰三月。於是詔書下其奏，所適無貴賤，悉同依古典。』則自晉泰始以後，即依古典行三月喪，宋世當仍其制。故臨川王卒，照服三月之喪，服竟還鄉。據《宋書·文帝紀》，臨川王義慶卒於元嘉二十一年正月，此詩應作於元嘉二十一年。」按此詩爲臨川王劉義慶卒後，鮑照爲義慶服喪期滿，辭去臨川國侍郎還鄉時所作，當無疑義。尋鮑照自元嘉十二年始仕臨川王義慶於荆州，至義慶卒，正爲十年，詩言「捨耨將十齡」者，并非舉成數而言，錢氏增補注非是。然而增補注以爲爲舊君服喪三月者，是也。尋詩有「愴愴秋風生，戚戚寒幃作」之句，則詩又作於元嘉二十一年（四四四）秋。

送往禮有終①，事君慙懦薄②〔一〕。稅駕罷朝衣，歸志願巢壑〔二〕。尋思邈無報，退命愧天爵〔三〕。捨耨將十齡，還得守場藿〔四〕。道經盈竹笥，農書滿塵閣③〔五〕。愴愴秋風生，戚戚寒緯作〔六〕。豐霧粲草華，高月麗雲崿〔七〕。屏跡勤躬稼，衰疾倚芝藥〔八〕。顧此謝人群，豈直止商洛〔九〕。

【校記】

①「往」，張溥本、四庫本、《古詩紀》卷六二作「舊」。

②「君」，原作「居」，今據張溥本、《古詩紀》改。

③「閣」，張溥本、四庫本、《古詩紀》作「閣」。

【箋注】

〔一〕送往禮有終：《禮記·喪服》：「喪不過三年，苴衰不補，墳墓不培。祥之日，鼓素琴，告民有終也，以節制者也。」事君慙懦薄：指才能薄弱。《孟子·萬章》：「故聞伯夷之風者，頑夫廉，懦夫有立志。聞柳下惠之風者，薄夫敦。」

〔二〕稅駕：《史記》卷八七《李斯列傳》：「當今人臣之位無居臣上者，可謂富貴極矣。物極則衰，吾未知所稅駕也。」司馬貞索隱：「稅駕，猶解駕，言休息也。」歸志：《文選》卷二六潘安仁《在懷縣作》：「信美非吾土，秖攪懷歸志。」

〔三〕天爵：《孟子·告子上》：「有天爵者，有人爵者。仁義忠信，樂善不倦，此天爵也；公卿大夫，此人爵也。」趙岐注：「天爵以德，人爵以祿。」

〔四〕捨耨：猶釋耒。《史記》卷九七《酈生列傳》：「楚漢久相持不決，百姓騷動，海内摇蕩，農夫釋耒，工女下機。」《釋名・釋用器》：「耨，似鋤，嫗薅禾也。」場藿：《詩經・小雅・白駒》：「皎皎白駒，食我場藿。」毛傳：「藿，猶苗也。」

〔五〕道經盈竹笥：《漢書》卷三〇《藝文志》：「道家者流，蓋出於史官。歷記成敗存亡禍福，古今之道。」《南史》卷七五《顧歡傳》：「佛經繁而顯，道經簡而幽。……案道經之作，著自西周，佛經之來，始乎東漢。」《説文解字》卷五上：「笥，飯及衣之器也。」農書：《漢書》卷三〇《藝文志》：「農家者流，蓋出於農稷之官。播百穀，勸耕桑，以足衣食。」

〔六〕愴愴秋風生：王褒《九懷・思忠》：「感余志兮慘慄，心愴愴兮自憐。」戚戚寒緯作：《論語・述而》：「君子坦蕩蕩，小人長戚戚。」何晏集解引鄭玄曰：「長戚戚，多憂懼。」寒緯，即絡緯。《文選》卷三〇謝惠連《擣衣詩》：「白露滋園菊，秋風落庭槐，肅肅莎雞羽，烈烈寒螿啼。」李善注：「《毛詩》曰：『六月莎雞振羽。』一名促織，一名絡緯，一名蟋蟀。」

〔七〕粲草華：《詩經・唐風・葛生》：「角枕粲兮，錦衾爛兮。」朱熹集傳：「粲、爛，華美鮮明之貌。」《太平御覽》卷八三二引《列僊傳》：「赤將子輿者，黄帝時人，不食五穀，而啖百草華。」雲嵦：《文選》卷二張平子《西京賦》：「坻嵦鱗眗，棧齴巉嶮。」李善注引《文字集略》：「嵦，崖也。」

〔八〕屏跡：避匿，斂跡。《晉書》卷七〇《卞壼傳》：「轉御史中丞，忠於事上，權貴屏跡。」哀疾倚芝藥：本集《登雲陽九里埭》：「宿心不復歸，流年抱哀疾。」《史記》卷一二《孝武本紀》：「復遣方士求神怪，采芝藥以千數。」

〔九〕商洛：《漢書》卷七二《王貢兩龔鮑傳序》：「漢興有園公、綺里季、夏黄公、角里先生，此四人者，當秦之世，避而入商雒深山，以待天下之定也。」顔師古注：「即今之商州商雒縣山也。」按商雒即商洛，《文選》卷三八桓元子《薦譙元彦表》：「雖園綺之棲商洛，管寧之默遼海，方之於秀，殆無以過。于今西土，以爲美談。」

【集説】

清陳祚明《采菽堂古詩選》卷一九：頗多秀句，語亦得宜。

江蘇文脉整理與研究工程

江蘇文庫

精華編

131

鮑照集校注

（下）

（宋）鮑照 撰　丁福林　叢玲玲 校注

鳳凰出版社

鮑照集校注卷六

行京口至竹里

【解題】

此篇《藝文類聚》卷二七題作《至竹里》，今從宋本。

《元和郡縣志》卷二六：《江南道·潤州》：「本春秋吴之朱方邑，始皇改爲丹徒。漢初爲荆國，劉賈所封。後漢獻帝建安十四年，孫權自吴理丹徒，號曰京城，今州是也。十六年，遷都建業，以此爲京口鎮。按州理或古名京城，説者以爲荆王劉賈嘗都之，或曰孫權居之，故名京城。今按：荆字既不同，又孫權未稱尊號，已名爲京，則兩説皆非也。按京者，人力所爲，絶高丘也，亦有非人力所爲者。人力所爲者，若公孫瓚所築易京是也。非人力所爲者，滎陽京索是也。今地名徐陵即此京，非人力所爲也。京上郡城，城前浦口，即是京口。《吴志》曰：『漢獻帝興平二年，長沙桓王孫策創業江東，使將軍孫何領兵屯京地。』是也。《吴志》又云：『魏將臧霸以輕船五百，敢死萬人襲徐陵，攻燒城塹。』即吴時或稱京城，或稱徐陵，或稱丹徒，其實一也。晉永嘉亂後，幽、冀、青、并、兗五州流人過江者，多僑居此處。吴、晉以後，皆爲重鎮。晉咸和中，郗鑒自廣陵鎮於此，爲僑徐州所理。」「竹里」，即竹里山，見前《登翻車峴》詩題解。

繆鉞《鮑明遠年譜》云：「按詔臨川王徙鎮南兗州，在十月(按指元嘉十七年十月)戊午，爲初三日。而明遠詩中所云『寒律驚窮蹊』『潮上冰結洑』『夜分霜下凄』『征歌首寒物，歸吹踐開冬』『冰閉寒方壯』『從軍乏衣糧，方冬與家别』，皆明言初冬。故此數詩，殆皆一時所作也。」按繆譜所謂之「寒律驚窮蹊」等三句，出自詩人《還都道中》詩三首；「征歌首寒物」

二句，出自《還都口號》詩；「冰閉寒方壯」句，乃見之于此詩；而「從軍乏衣糧」二句，又見於詩人《發後渚》詩。即繆譜以爲以上數詩皆詩人元嘉十七年冬隨臨川王義慶自江州還都時作。此後，吴丕績《鮑照年譜》、錢仲聯《鮑照年表》皆從其説，繫以上數詩于元嘉十七年（四四〇）冬。按據詩題，此詩應是詩人由京都建康前往京口途中行經竹里山時所作。繆譜、吴譜以及錢表以此詩與《還都道中》《潯陽還都道中》《還都口號》諸詩皆爲同一時期之作，應該是以爲此詩乃鮑照隨臨川王義慶自江州潯陽還都後，經由京口而赴南兖州刺史任所廣陵時所作。然而當時之南兖州州治廣陵，即今之江蘇揚州市，與京口隔江相對。詩人有《瓜步山楬文》一篇，其中「鮑子辭吴客楚，指兖歸揚，道出關津，升高問途」數句，《鮑參軍集注》錢振倫注：「《日知録集釋》引王氏云：『自開邗溝，江淮已通，道猶淺狹。六朝皆都建康，南北往來，以瓜步就近爲便，故不取邗溝與京口相對之路。鮑照《瓜步山楬文》有曰『鮑子辭吴客楚，指兖歸揚，道出關津，升高問途』云云，即此觀之，則南北朝之以瓜步爲通津明矣。」是當時京都建康與廣陵之南北往來，以取道瓜步爲近便，由京都建康之南兖州的廣陵，并不一定要取道京口而渡江北往。且此詩中「折志逢凋嚴，孤游值曛逼」二句，感嘆此行之孤游無伴，旅途寂寞，亦與其隨臨川王義慶赴南兖州刺史任時的情況大相逕庭，似乎也不可能是與《還都道中》諸詩同時的作品。同時，繆譜以及錢表等以爲此詩與《還都道中》《還都口號》同時所作的理由是，這幾首詩表現的都是初冬景物，節令相合。但是，推敲起來，詩人當時家于建康，又隨始興王劉濬在京口有數年的逗留，建康與京口相隔甚近。所以，他是可以經常有建康之京口之行的。退一步説，即使鮑照隨臨川王義慶自京都建康赴南兖州廣陵時，要道經京口，渡江北往。我們也不能因爲此詩中所表現的節令與《還都道中》諸詩相一致，而認爲此詩與以上諸詩爲同時的作品。故由目前之材料視之，此詩的繫年應存疑待考焉。

高柯危且竦，鋒石横復仄〔一〕。複澗隱松聲，重崖伏雲色〔二〕。冰閉寒方壯，風動鳥傾翼〔三〕。折志逢凋嚴①，孤遊值曛逼〔四〕。兼塗無憩鞍，半菽不遑食〔五〕。君子樹令名，細人效命力〔六〕。不見長河水②，清濁俱不息〔七〕。

【校記】

①「折」，張溥本、四庫本、《古詩紀》卷六一作「斯」。

②「河」，《藝文類聚》作「波」。

【箋注】

〔一〕高柯危且竦：陶淵明等《聯句》：「高柯擢條幹，遠眺同天色。」《文選》卷二一顏延年《秋胡詩》：「佳人從所務，窈窕援高柯。」

〔二〕複澗隱松聲：《水經注·洛水》：「汜水又北，右合石城水，水出石城山，其山複澗重嶺，攲疊若城。」《文選》卷一九宋玉《高唐賦》：「俯視崝嶸，窐寥窈冥。不見其底，虛聞松聲。」李善注：「言山下杳遠不見，但空聞松聲。」重崖伏雲色：《爾雅·釋丘》：「重厓，岸。」郭璞注：「兩厓累者爲岸。」

〔三〕冰閉：猶冰合。《後漢書》卷一上《光武帝紀上》：「遂得南出，晨夜兼行，蒙犯霜雪，天時寒，面皆破裂。至呼沱河，適遇冰合，得過。」

〔四〕折志：《藝文類聚》卷九〇引范曄《詩序》：「客有寄余雙鶴者，其一揚翰皎潔，響逸九皋；其一翅折志衰，自視缺然。余因歎玩之，遂爲之詩。」疑此用其意。折志，爲翅折志衰之省。曛：《楚辭·九章·思美人》：「指嶓冢之西隈兮，與曛黄以爲期。」王逸注：「曛，黄，蓋昏時。」

〔五〕兼塗無憩鞍：《樂府詩集》卷三六魏明帝《善哉行》：「兼塗星邁，亮兹行阻。行行日遠，西背京許。」《廣韻》卷四：「憇，去例切，息也。」按憇，憩之俗字。半菽不遑食：《漢書》卷三一《項籍傳》：「今歲飢民貧，卒食半菽。」顏師古注：「孟康曰：『半，五升器名也。』臣瓚曰：『士卒食蔬菜，以菽雜半之。』瓚説是也。菽謂豆也。」

〔六〕君子樹令名，細人効命力：《左傳》襄公二十四年：「僑聞君子長國家者，非無賄之患，而無令名之難。」《禮記·檀弓上》：「君子之愛人也以德，細人之愛人也以姑息。」《鮑參軍集注》錢振倫注：「《説文》：『命，使也。』命力，爲人役而致力也。」

〔七〕不見長河水：《藝文類聚》卷二九引魏應瑒《别詩》：「浩浩長河水，九折東北流。晨夜赴滄海，海流亦何抽。遠適萬里道，歸來未有由。臨河累太息，五内懷傷憂。」

【集説】

明陸時雍《古詩鏡》卷一四：「高柯危且竦，鋒石横復仄。複澗隱松聲，重崖伏雲色」景物入手歷落如次，語色亦老。

明鍾惺、譚元春《古詩歸》卷一二：「隱」字之妙，在「聲」字見出。「伏雲色」老於「隱松聲」。

又云：「細人效命力」，「力」字説得出，「命」字説不出。

清王壽昌《小清華園詩談》卷下：結句貴有味外之味，弦外之音。……寫景則有左太沖之「相與觀所尚，逍遥撰良辰」，謝康樂之「惜與同懷客，共登青雲梯」，鮑明遠之「不見長河水，清濁俱不息」……是皆一唱而三歎，慷慨有餘音者。

又云：詩之天然成韻者，如謝康樂之「遠巖映蘭薄，白日麗江皋」，鮑明遠之「複澗隱松聲，重崖伏雲色」，謝宣城之「魚戲新荷動，鳥散餘花落」……是也。

清張玉穀《古詩賞析》卷一六：前六，不説己之行役，突就冬天自京口至竹里，一路景物鋪叙，是爲倒插。中四，方順落寒天日暮，客行勞頓。後四，忽又推開，泛論人必有事，就長河指點出俱難休息來。不粘不脱，收得靈動。

清王堯衢《古唐詩合解》卷三：明遠山行，而賦此寒涼之景，以況履險而息安也。柯危石側，已非坦途，隱松聲於複澗，伏雲色於重崖，而且霜助寒威，風傾鳥翼，值此凋嚴，而又孤游無伴，此是何等境界。鞍無可憩，食不遑飽，惟勉力以樹令名，與細人之效命力，雖似長河之水，清濁不同，亦同歸於不息。

清成書《多歲堂古詩存》：寫景物，寫境遇，雖屬分明，而互相照耀，渾淪磅礴，不容分析，是何心手。

清王闓運《湘綺樓説詩》卷八：《行京口至竹里》云：「不見長河水，清濁俱不息。」藴藉中見氣骨，作結尤佳。

登翻車峴

【解題】

《元和郡縣志》卷二六《潤州・句容縣》:「竹里山,在縣北六十里。王塗所經,塗甚傾險,行者號爲翻車峴。山間有長澗,高下深阻。舊説云似洛陽金谷。宋武帝初起,自京口至江乘,破桓玄將吴甫之於竹里,移檄京師即此處也。」《太平御覽》卷五六引《江乘地記》:「城東四十五里竹里山,王途所經,途甚傾嶮,行者號爲翻車峴也。」

江乘,即今之江蘇句容,翻車峴乃竹里山之别稱,地在京都建康至南徐州京口途中。此詩「淖坂既馬領,磧路又羊腸」二句,黄節補注云:「《續漢・郡國志》:『荆州桂陽郡,郴,有客嶺山。』注:『《湘中記》曰:縣南十數里有馬嶺山。』又『南郡,夷道』注:『《荆州記》曰:縣東南有羊腸山。』明遠將客荆州,山川所感,馬嶺羊腸,似當指此。」吴丕績《鮑照年譜》、錢仲聯《鮑照年表》乃據之而以詩爲大明六年(四六二)作。尋竹里山爲吴興之京都建康必經之路,此詩所流露之情感,亦與詩人是時上荆前後所作諸詩頗爲相近,即詩當爲大明六年詩人由吴興之建康途中,行經竹里山時有感受而作也。

高山絶雲霓,深谷斷無光〔一〕。晝夜淪霧雨,冬夏結寒霜〔二〕。淖坂既馬嶺①,磧路又羊腸〔三〕。畏塗疑旅人,忌轍覆行箱〔四〕。昇岑望原陸,四眺極川梁〔五〕。遊子思故居,離客遲新鄉〔六〕。知新有客慰②,追故遊子傷。

【校記】

①「坂」,盧校作「坡」。「嶺」,張溥本、盧校、《古詩紀》卷六一作「領」。

②「知新」,張溥本、四庫本、《古詩紀》作「新知」。

【箋注】

〔一〕雲霓：《藝文類聚》卷二七引晉袁宏《東征賦》：「日月出乎波中，雲霓生乎浪間。」

〔二〕晝夜淪霧雨：《楚辭·遠游》：「微霜降而下淪兮，悼芳草之先零。」

〔三〕淖坂既馬嶺：《左傳》成公十六年：「公從之，有淖於前。」杜預注：「淖，泥也。」《續漢書·郡國志四》荆州桂陽郡，「郴有客嶺山」劉昭注：「《湘中記》曰：『縣南十數里有馬嶺山，山有僊人蘇耽壇。』」磧路又羊腸：《説文解字》卷九下：「磧，水陼有石者。」《文選》卷五左太沖《吴都賦》：「翫其磧礫，而不窺玉淵者，未知驪龍之所蟠也。」劉淵林注：「磧礫，淺水見沙石之皃。」《續漢書·郡國志四》：荆州南郡，「夷道」劉昭注：「《荆州記》曰：『縣西北有宜陽山，東南有羊腸山。』」《鮑參軍集注》黄節補注：「明遠將客荆州，山川所感，馬嶺羊腸，似當指此。」

〔四〕畏塗疑旅人：《莊子·達生》：「夫畏塗者，十殺一人，則父子兄弟相戒也，必盛卒徒而後敢出焉。」成玄英疏：「塗，道路也。夫路有劫賊，險難可畏。」《國語·晉語八》：「孫林甫曰：『旅人所以事子也，唯事是待。』」韋昭注：「旅，客也。言寄客之人不敢違命。」謝靈運《登上戍石鼓山》：「旅人心長久，憂憂自相接。故鄉路遥遠，川陸不可涉。」忌轍覆行箱：《韓詩外傳》卷五：「前車覆而後車不誡，是以後車覆也。」《詩經·小雅·甫田》：「乃求千斯倉，乃求萬斯箱。」朱熹集傳：「箱，車箱也。」按行箱，猶行進中之車耳。

〔五〕原陸：《文選》卷三張平子《東京賦》：「乘輿巡乎岱嶽，勸稼穡於原陸。」川梁：《藝文類聚》卷五九引宋孝武帝《北伐詩》：「表裏跨原隰，左右御川梁，月羽皎素魄，星旗艷赤光。」

〔六〕游子思故居：《史記》卷八《高祖本紀》：「高祖乃起舞，慷慨傷懷，泣數行下。謂沛父兄曰：『游子悲故鄉，吾雖都關中，萬歲後，吾魂魄猶樂思沛。』」離客遲新鄉：《晉書》卷八八《孝友·庾袞傳》：「袞曰：『晉室卑矣，寇難方興。』乃携其妻子適林慮山。事其新鄉，如其故鄉。」

【集説】

清陳祚明《采菽堂古詩選》卷一八：「淖阪」四句切，結意宛折。

冬日

嚴雲亂山起①，白日欲還次〔一〕。曛霧蔽窮天②，夕陰晦寒地〔二〕。煙霾有氛氲，精光無明異③〔三〕。風急野田空，飢禽稍相棄〔四〕。含生共通閉，懷賢孰爲利〔五〕？天規苟平圓④，寧得已偏媚〔六〕？寫海有歸潮⑤，衰容不還稚〔七〕。君今且安歌⑥，無念老方至⑦〔八〕。

【校記】

①「雲」，張溥本、四庫本、《藝文類聚》卷三、《古詩紀》卷六二作「風」。

②「曛」，《藝文類聚》作「重」。

③「精」，四庫本作「清」。

④「規」，張溥本、《古詩紀》作「窺」。

⑤「寫海」，張溥本、《古詩紀》作「瀉海」，《藝文類聚》作「瀚海」，《初學記》卷三作「翰海」。

⑥「君今」，《藝文類聚》作「令君」，《初學記》作「今君」。

⑦「方至」，《藝文類聚》作「將至」。

【箋注】

〔一〕嚴雲：猶濃雲。宋袁淑《秋晴賦》：「曳悲泉之凝霧，轉絶垠之嚴雲。」白日欲還次：《禮記·月令·季秋之月》：「是月也，日窮於次，月窮於紀，星回於天，數將幾終。」鄭玄注：「言日月星辰運行於此月，皆周匝於故處也。次，舍也。」

〔二〕曛霧蔽窮天，夕陰晦寒地：《楚辭·九章·思美人》：「指嶓冢之西隈兮，與曛黄以爲期。」王逸注：「曛，黄，蓋昏時。」《文選》卷二七顔延年《北使洛》：「陰風振涼野，飛雪瞀窮天。」李善注：「窮天，謂季冬之日月窮盡也。」《文選》卷二二謝靈運《晚出西射堂》：「步出西掖門，遥望城西岑。連障疊巘崿，青翠杳深沉。曉霜楓葉丹，夕曛嵐氣陰。」

〔三〕煙霾有氛氳：《爾雅·釋天》：「風而雨土爲霾。」邢昺疏：「孫炎曰：『大風揚塵土從上下也。』」《文選》卷一三謝惠連《雪賦》：「霰淅瀝而先集，雪紛糅而遂多，其爲狀也，散漫交錯，氛氳蕭索。」李善注：「王逸《楚辭注》：『氛氳，盛貌。』」精光：《文選》卷一六司馬長卿《長門賦》：「衆雞鳴而愁予兮，起視月之精光。」

〔四〕野田：《西京雜記》卷四引鄒陽《酒賦》：「清者爲酒，濁者爲醴，清者聖明，濁者頑騃，皆麴湒丘之麥，釀野田之米。」

〔五〕含生共通閉：顔延之《庭誥》：「含生之氓，同祖一氣。等級相傾，遂成差品。」《禮記·月令·孟冬之月》：「是月也，天子始裘。命有司曰：『天氣上騰，地氣下降，天地不通，閉塞而成冬。』」《吕氏春秋·音律》：「應鐘之月，陰陽不通，閉而爲冬。」高誘注：「應鐘，十月，陽伏在下，陰閉於上，故不通。」

〔六〕天規苟平圓：《晉書》卷一一《天文志上》：「又周髀家云：『天圓如張蓋，地方如棊局。』」偏媚：《詩經·大雅·下武》：「媚兹一人，應侯順德。」鄭玄箋：「媚，愛。」

〔七〕寫海有歸潮，哀容不還穉：《鮑參軍集注》黄節補注：「《禮記》：『天地不通，閉塞而成冬。』言人生天地間，無所逃於通閉之理。若在閉塞時，如饑禽之相棄，則是爲利而已。人非禽獸，孰能如此？是以有懷古之賢者也。願相棄之事，天亦難免。天苟平圓，何以偏愛於海，而使有歸潮？於人則不許其復穉。」

〔八〕安歌：《楚辭·九歌·東皇太一》：「揚枹兮拊鼓，疏緩節兮安歌。」王逸注：「徐歌相和以樂神意也。」老方至：《左傳》昭公元年：「諺所謂老將知而耄及之者。」《論語·述而》：「葉公問孔子於子路，子路不對。子曰：『女奚不曰：其爲人也，發憤忘食，樂以忘憂，不知老之將至云爾。』」

【集説】

清陳祚明《采菽堂古詩選》補遺卷二：筆勁率厲處，轉近魏武。少陵「天闕象緯逼」，出此「天窺」字。

詠史

五都矜財雄，三川養聲利〔一〕。百金不市死，明經有高位〔二〕。京城十二衢，飛甍各鱗次〔三〕。仕子彯華纓①，遊客竦輕轡〔四〕。明星晨未稀②，軒蓋已雲至〔五〕。賓御紛颯沓，鞍馬光照地〔六〕。寒暑在一時，繁華及春媚〔七〕。君平獨寂寞③，身世兩相棄④〔八〕。

【校記】

①「彯」，《藝文類聚》卷五五作「飄」。

②「稀」，張溥本、《藝文類聚》《古詩紀》卷六一作「晞」。

③「寞」，《文選》李善本作「漠」。

④「世」，《藝文類聚》作「勢」。

【箋注】

〔一〕五都矜財雄：《漢書》卷二四下《食貨志下》：「遂於長安及五都立五均官，更名長安東西市令及洛陽、邯鄲、臨甾、宛、成都市長皆爲五均司市師。」《三國志》卷二《魏志·文帝紀》「改許縣爲許昌縣」裴松之注：「《魏略》曰：『改長安、譙、許昌、鄴、洛陽爲五都。』」《尚書·大禹謨》：「汝惟不矜，天下莫與汝争能；汝惟不伐，天下莫與汝争功。」孔傳：「自賢曰矜，自功曰伐。」孔穎達疏：「矜與伐俱是誇義。」《漢書》卷一〇〇上《叙傳上》：「當孝惠、高后時，以財雄邊。」三川：《國語·周語上》：「幽王二年，西周三川皆震。」韋昭注：「三川，涇、渭、洛，出於岐山。」

〔二〕百金不市死：《春秋公羊傳》隱公五年：「百金之魚公張之。」何休注：「百金，猶百萬也，古者以金重一斤，若今萬錢矣。」《史記》卷六六《伍子胥列傳》：「此劍直百金，以與父。」《史記》卷四一《越王句踐世家》：「然吾聞千金之子，不死於市。」明經有高位：《漢書》卷三六《楚元王交傳附劉向傳》：「更生年少於望之、堪，然二人重之，薦更生宗室忠直，明經有行，擢爲散騎，宗正，給事中。」

〔三〕京城十二衢：《文選》卷一班孟堅《西都賦》：「披三條之廣路，立十二之通門。」《文選》卷二張平子《西京賦》：「徒觀其城郭之制，則旁開三門，參塗夷庭，方軌十二，街衢相經，廛里端直。」薛綜注：「一面三門，門三道，故云參塗。塗容四軌，故方十二軌。軌，車轍也。」飛甍各鱗次：六臣李周翰注：「甍，屋簷也。若魚鱗之相次。」《文選》卷五左太沖《吴都賦》：「長干延屬，飛甍舛互。」《藝文類聚》卷三八引後漢李尤《辟雍賦》：「王公群后，卿士具集，攢羅鱗次，差池雜遝。」

〔四〕彯華纓：王褒《移金馬碧雞文》：「持節使者敬移南崖金精神馬，剽剽碧雞，處南之荒，深溪回谷，非士之鄉，歸來歸來，漢德無疆。」按「剽」，一作「縹」。縹、彯，字通。《廣韻》卷二：「彯彯，長組之皃。」《太平御覽》卷六九二引劉義恭《啟事》：「聖恩優重，猥賜華纓、玉笏、珍冠飾首、琛板耀握，非臣朽薄，所宜服之。」竦輕轡：《楚辭·九歌·少司命》：「竦長劍兮擁幼艾，荃獨宜兮爲民正。」王逸注：「竦，執也。」

〔五〕明星晨未稀：《莊子·盗跖》：「盗跖聞之大怒，目如明星，髮上指冠。」六臣吕延濟注：「未稀，尚多也。」曹操《短歌行》：「月明星稀，烏鵲南飛。」《説文解字》卷七上：「稀，疏也。」軒蓋：《文選》李善注：「《説苑》曰：『翟璜乘車，載華蓋。田子方怪而問之，對曰：吾禄厚，得此軒蓋。』」陸機《晉平西將軍孝侯周處碑》：「軒蓋列於漢庭，蟬冕播於陽羨。」

〔六〕賓御：陸雲《答兄平原詩》：「運步玉衡，仰和太清，賓御四門，旁穆紫庭。」颯沓：《文選》六臣呂良注：「衆盛貌。」《藝文類聚》卷六六引魏應瑒《西狩賦》：「於是魏公乃乘彫輅，駟飛黄，擁簫鉦，建九幢。按轡清途，颯沓風翔。」鞍馬光照地：《後漢書》卷二六《趙憙傳》：「徵憙引見，賜鞍馬，待詔公車。」《新序·雜事》：「段干木光乎德，寡人光乎地；段干木富乎義，寡人富乎財。地不如德，財不如義。」

〔七〕寒暑在一時：《周易·繫辭上》：「日月運行，一寒一暑。」《左傳》襄公十七年：「吾儕小人，皆有闔廬以避燥濕寒暑。」寒暑，謂寒氣與暑氣，指冷熱。繁華及春媚：《史記》卷八五《吕不韋列傳》：「不以繁華時樹本，即色衰愛弛，後雖欲開一語，尚可得乎？」《文選》卷四二應休璉《與侍郎曹長思書》：「春生者繁華，秋榮者零悴。」《鮑參軍集注》錢仲聯注：「此二句爲比。炎涼世態，見於一時，故百花争趁濃春時節而争媚，猶仕者及時追逐功名也。」

〔八〕君平獨寂寞：《漢書》卷七二《王貢兩龔鮑傳序》：「其後谷口有鄭子真，蜀有嚴君平，皆修身自保，非其服弗服，非其食弗食。成帝時，元舅大將軍王鳳以禮聘子真，子真遂不詘而終。君平卜筮於成都市，以爲『卜筮者賤業，而可以惠衆人。有邪惡非正之問，則依蓍龜爲言利害。與人子言依於孝，與人弟言依於順，與人臣言依於忠，各因勢導之以善，從吾言者，已過半矣。』裁日閲數人，得百錢足自養，則閉肆下簾而授《老子》。」《楚辭·遠游》：「山蕭條而無獸兮，野寂寞兮無人。」身世兩相棄：《文選》李善注：「言身棄世而不仕，世棄身而不任。」《莊子·達生》：「夫欲免爲形者，莫如棄世，棄世則無累。」

【集説】

唐張銑：此詩獨美嚴公，以誚當時奢麗。（《文選》六臣注）

宋范晞文《對牀夜語》卷一：左太沖《詠史》詩云：「濟濟京城内，赫赫王侯居。冠蓋蔭四術，朱輪競長衢。朝集金張館，暮宿許史廬。南鄰擊鐘磬，北里吹笙竽。寂寂揚子宅，門無卿相輿。」鮑明遠《詠史》云：「京城十二衢，飛甍各鱗次。仕子彯華纓，游客竦輕轡。明星晨未稀，軒蓋已雲至。賓御紛颯遝，鞍馬光照地。寒暑在一時，繁華及春媚。君平獨寂寞，身世兩相棄。」江文通《詠史》亦云：「金張服貂冕，許史乘華軒。王侯貴片議，公卿重一言。太平多歡娱，飛蓋東都門。顧念張仲蔚，蓬蒿滿中園。」三詩一軌也。

元劉履《選詩補注》卷七：此篇本指時事，而託以詠史。故言漢時五都之地，皆尚富豪，三川之人，多好名利。或明經而出仕，或懷金而來游，莫不一時騈集於京城。而其服飾車徒之盛如此。譬則四時，寒暑各異，而今日繁華，正如春陽之明媚。當是時，惟君平之在成都，修身自保，不以富貴累其心，故獨窮居寂寞。身既棄世而不仕，世亦棄君平而不任也。然此豈亦明遠退處既久，而因以自況歟？

元方回《文選顔鮑謝詩評》卷一：此詩八韻，以七韻言繁盛之如彼，以一韻言寂寞之如此。左太沖《詠史》第四首亦八韻，前四韻言京城之豪侈，後四韻言子雲之貧樂。蓋一意也。明遠多爲不得志之辭，憫夫寒士下僚之不達，而惡夫逐物奔利者之苟賤無恥，每篇必致意于斯。唐以來詩人多有此體，李白、陳子昂集中可考。而近代劉屏山爲五言古詩，亦出于此，參以建安體法。

又云：「君平獨寂寞，身世兩相棄」，明遠以自歎也。《文選》謂「身棄世而不仕，世棄身而不任」，此語至佳。

明陸時雍《古詩鏡》卷一四：語色鮮綻。

明孫月峰：與太沖「濟濟京城」篇同格，而以險急之調出之，故更覺雄拔勁快。休文謂猶五色之有紅紫，夫豈我誣。

（于光華《重訂文選集評》卷五）

清毛先舒《詩辯坻》卷二：明遠「君平獨寂寞，身世兩相棄」，太白「君平既棄世，世亦棄君平」出此，卻遜鮑俊。

清何焯《義門讀書記》卷四六：不脱左思窠臼，其壯麗則明遠本色。

清陳祚明《采菽堂古詩選》卷一九：物態己情，迴環並寫，備極動宕之致，調亦高亮，最爲合作。如此詩，去陳思何遠！

清沈德潛《古詩源》卷一一：住得斗絶，昔人所謂勒舞馬勢也。

清張玉穀《古詩賞析》卷一六：詩詠君平之寂寞也。前路鋪排，都是反撲。前四先就富者矜誇，遞到貴者。「京城」

四句再就貴者赫奕，遞到游客。「明星」六句，又就游客叙其奔走伺候，勢利側媚之形。一路寫來，極其熱鬧。末二忽以君平寂寞，身世兩棄，對照陡收。跌得醒，勒得峭。

清吴淇《六朝選詩定論》卷一三：詠史，止詠得君平一事。前一段寫世人繁華，是客。末二句言君平寂寞，是主。通計一詩才八十字耳，寫客處費卻七十字，寫主處僅僅十字，且十字内，「身世兩相棄」五字又是兩下關的。只是布格高卓，詞鍊得精警有力量。以十字敵彼七十字，尚有餘勇可賈。

又云：舉世繁華如此，那得不棄君平，舉是繁華如此，君平那得不棄世！詩用「兩相」字者，有激之言。畢竟世先棄君平，君平始棄世耳。李太白詩以此五字衍爲十字，云「君平既棄世，世亦棄君平」，恰是君平先棄世矣。不知太白意在興起下文「觀變窮大易，探元化群生」云云，亦如夫子之既老不用，退而删述之意，故先作訣絶之詞耳。畢竟君平終身不欲棄世。

吴汝綸《古詩鈔》卷四：雖云所好生毛羽，所惡成瘡痏，勢利所在，變態須臾，故曰「寒暑在一時」。

余冠英《漢魏六朝詩選》：本篇詠嚴君平的窮居寂寞。以富貴名利、豪侈繁華的享受和安貧樂道的生活相對照。

從庚中郎游園山石室

【解題】

詩題之庚中郎，聞人倓《古詩箋》以爲指庚悦，吴汝綸《古詩鈔》以爲指庚永，二説皆非。此庚中郎乃不知何許人也。鮑照又有《吴興黄浦亭庚中郎别》詩一首，所别或即此人。

荒塗趣山楹，雲崖隱靈室①〔一〕。崗澗紛縈抱，林障邐重密②〔二〕。昏昏磴路深，活活梁水疾〔三〕。幽隅秉晝燭，地牖窺朝日〔四〕。怪石似龍章，瑕璧麗錦質③〔五〕。洞庭安可窮，漏井終不溢〔六〕。沉空絶景聲，崩危坐驚慄〔七〕。神化豈有方，妙象竟無述〔八〕。至哉鍊玉人，處此長自畢〔九〕。

【校記】

①「靈」，原注：「一作『虚』。」

②「遝」，張溥本、四庫本、《古詩紀》卷六一作「沓」。

③「璧」，張溥本作「壁」。

【箋注】

〔一〕荒塗趣山楹：《太平御覽》卷五〇五引左思《招隱詩》：「杖策招隱士，荒途横古今，巖穴無結構，丘中有鳴琴。」山楹，見前《登廬山》注。雲崖隱靈室：《鮑參軍集注》錢振倫注：「雲崖，猶言雲峰也。靈室，室在煙雲縹緲中，如僊靈之所居也。言我從庚中郎由荒途而向園山，見雲峰間隱隱有石室也。」

〔二〕岗澗紛縈抱：《文選》卷一八嵇中散《琴賦》：「安回徐邁，寂爾長浮。澹乎洋洋，縈抱山丘。」六臣李周翰注：「縈抱山丘，謂水繞山丘也。徐，緩；邁，進；縈，繞也。」林障遝重密：《水經注·渭水》：「渭水之右，磻溪水注之，水出南山兹谷，乘高激流，注於溪中。溪中有泉，謂之兹泉，泉水潭積，自成淵渚，即《吕氏春秋》所謂『太公釣兹泉』也。今人謂之丸谷，石壁深高，幽隍邃密，林障秀阻，人跡罕交。東南隅有一石室。蓋太公所居也。」《漢書》卷三六《楚元王交傳附劉向傳》：「及至周文，開基西郊，雜遝衆賢，罔不肅和。」顔師古注：「雜遝，聚積之貌。」

〔三〕昏昏磴路深：《廣韻》卷四：「磴，巖磴。」按磴路，謂石徑，猶磴道，顔延之《七繹》：「巖屋橋構，磴道相臨。」是其例。舊注以《游天台山賦》「跨穹窿之懸磴」釋之，非是。活活梁水疾：《詩·衛風·碩人》：「河水洋洋，北流活活。」毛傳：「活活，流也。」《廣韻》卷五：「活，水流聲。」

〔四〕幽隅秉晝燭：《藝文類聚》卷五七引張衡《七辨》：「無爲先生，淹在幽隅，藏聲隱景，剗跡窮居。」《文選》卷二九《古詩十九首》：「生年不滿百，常懷千歲憂。晝短苦夜長，何不秉燭游。」六臣劉良注：「秉，執也。」地牖窺朝日：《世説新語·文學》：「北人看書如顯處視月，南人學問如牖中窺日。」劉孝標注：「學廣則難周，難周則識闇，故如顯處視月；學寡則易覈，易覈則智明，故如牖中窺日也。」

〔五〕怪石似龍章：《尚書·禹貢》：「岱畎，絲、枲、鉛、松、怪石。」孔傳：「怪異好石似玉者。」《後漢書》卷四九《仲長統傳》：「身無半通青綸之命，而竊三辰龍章之服。」李賢注：「龍章，謂山龍之章，皆畫於衣也。」瑕璧麗錦質：按此謂石壁苔蘚斑剥，有如瑕璧者。瑕璧，猶瑕石。《藝文類聚》卷七引郭璞《巫咸山賦》：「潛瑕石，揚蘭茝，迴翔鵷，集凌鶬。」是其例。俗本改「瑕璧」爲「瑕壁」，顯誤。《文選》卷四左太沖《蜀都賦》：「差鱗次色，錦質報章，躍濤戲瀨，中流相忘。」六臣劉良注：「魚鱗參差，其色相次，若錦之容質，重報其文章濤波也。」

〔六〕洞庭安可窮：《水經注·湘水》：「羅君章《湘中記》曰：『湘水之出于陽朔，則觴爲之舟。至洞庭，日月若出入于其中也。』」漏井終不溢：《周禮·天官·宫人》：「爲其井匽，除其不蠲，去其惡臭。」鄭玄注：「井，漏井，所以受水潦。」《爾雅·釋詁》：「溢，盈也。」

〔七〕沉空絶景聲，崩危坐驚慄：按「沉空」句，承洞庭漏井，「崩危」句接怪石瑕璧。

〔八〕神化：《天中記》卷一一引《拾遺記》：「至德備於冥昧，神化通於精粹。」妙象：郭璞《游僊詩·暘谷吐靈曜》：「明道雖若昧，其中有妙象。」

〔九〕鍊玉人：《晉書》卷九二《文苑·成公綏傳》：「斷鼇足而續毁，鍊玉石而補缺。豈斯事之有徵，將言者之虚設。」

【集説】

明陸時雍《古詩鏡》卷一四：語語琢出。「地牖窺朝日」，巧鑿混沌。

清陳祚明《采菽堂古詩選》卷一八：「幽隅」二句，奇創。

清方東樹《昭昧詹言》卷六：此首篇法完好，而收句未佳。

清王闓運《湘綺樓説詩》卷六：《登廬山》數首非不刻意學康樂，然但務琢句，不善追神。明遠天才尚如此，無怪明諸子學謝諸作，不能驚人也。

錢仲聯《鮑參軍集注》：康樂五言，山水老、莊，打成一片。明遠於此，未窺消息，不僅不善追神而已。

自礪山東望震澤

【解題】

《尚書・夏書・禹貢》：「三江既入，震澤底定。」孔傳：「震澤，吴南大湖名，言三江已入，致定爲震澤。」陸德明音義：「三江，韋昭云：『謂吴松江、錢塘江、浦陽江也。』《吴地記》云：『松江東北行七十里，得三江口，東北入海，爲婁江。東南入海，爲東江。並松江爲三江。震，吴都太湖。』」《史記》卷二《夏本紀》：「震澤致定。」裴駰集解：「孔安國曰：『震澤，吴南太湖名。言三江已入，致定爲震澤。』」司馬貞索隱：「震，一作振。《地理志》：『會稽吴縣，故周太伯所封國，具區在其西，古文以爲震澤。』又《左傳》稱『笠澤』，亦謂此也。」張守節正義：「澤在蘇州西四十五里。三江者，在蘇州東南三十里，名三江口。一江西南上七十里至太湖，名曰松江，古笠澤江；一江東南上七十里，至白蜆湖，名曰上江，亦曰東江；一江東北下三百餘里入海，名曰下江，亦曰婁江，於其分處號曰三江口。顧夷《吴地記》云：『松江東北行七十里得三江口，東北入海爲婁江，東南入海爲東江，并松江爲三江。』是也。言理三江入海，非入震澤也。按太湖西南湖州，諸溪從天目山下，西北宣州諸山有溪，並下太湖。太湖東北流，各至三江口入海。」

《鮑參軍集注》此詩題注錢振倫注云：「《湖州府志》：『礪山，山石可以作礪。俗名糲山，非也。』《書》：『震澤底定。』傳：『震澤，吴南太湖也。』」湖州，即時之吴興（今浙江湖州）。見此詩乃鮑照在吴興時所作。按鮑照又有《吴興黃浦亭庾中郎别》《送盛侍郎餞侯亭》二詩，亦皆作于吴興，是詩人又有吴興之行而有此數詩。考此詩云：「幽篁愁暮見，思鳥傷夕聞。以此藉沈痾，棲跡别人群。結言非盡意，有念豈敷文。」《吴興黄浦亭庾中郎别》云：「旅鴈方南過，浮客未西歸。已經江海别，復與親眷違。奔景易有窮，離袖安可揮。歡觴爲悲酌，歌服成泣衣。」《送盛侍郎餞侯亭》云：「君爲坐堂子，我乃負羈人。欣悲豈等志，甘苦誠異身。結涕園中草，憔悴悲此春。」似此數首詩作乃詩人後期滿懷悲愁鬱悶心情的抒發，又當作於孝武帝時。而孝武帝即位後，鮑照先爲海虞令，後又遷太學博士，兼中書舍人，這一段時期是他頗爲得意的時期。但這之後由於受到友人王僧達的牽連以及小人讒言的攻擊中傷，他從而屢受貶黜，先被黜爲秣陵令，後又被調離作爲京畿大縣的秣陵，擔任了遠在荆州或益州的彈丸之地永安縣的縣令，并受到禁止的處分。雖然他禁止的處分不久即被解除，但是這種嚴重的政治上的打擊對他造成的心理上的陰影可想而知，在詩作中表現出對自己命運的擔憂以及抒發對仕途生活的厭倦情緒也是很自然的。所以，以上三首詩很有可能是詩人在永安令任上遭禁止而被解除以後的作品。

《宋書》卷三九《百官志上》：「二臺奏劾，則符光禄加禁止，解禁止亦如之。禁止，身不得入殿省，光禄主殿門故也。」可見所謂禁止的處分乃是禁止在任的官員不能進入殿省的門内，而并不是被解除官職。這也就是説鮑照在永安縣令任上受到禁止的處分時，縣令的職務并没有被革去。今觀之其《謝永安令解禁止啟》云：「不悟乾陶彌運，復垂埏飾，矯迹升等，改觀非服，振纓珥筆，聯承貴寵。豈臣浮朽，所可恭從，實非愚瞢，所宜循踐。」説明了他在被解禁止時又有了新的任命。《鮑參軍集注》錢振倫在注釋「改觀非服」一句時，引東晉庾亮《謝中書令表》語云「遂階親寵，累忝非服」，即「非服」乃非其所應有的服飾。即這次鮑照所新任的官職，乃是頗爲親近榮耀的職務。所以，《啟》文又有「矯迹升等」「聯承貴寵」之語也。尋《啟》文之「矯迹升等，改觀非服。振纓珥筆，聯承貴寵」，應該説是就他自己今後的去向而言。「振纓」，猶彈冠，這裏乃指任職；「弭筆」，插筆，本指古代史官、諫官入朝，或近臣侍從等爲便於隨時記録，將筆插在帽上，這里則應該指他即將擔任文職侍從官員。《三國志》卷一九《魏志・陳思王植傳》載曹植上疏存問親戚云：「執鞭珥筆，出從華蓋，入侍輦轂。」可以爲例。説明了他大明五年(四六一)在永安令任上受禁止的處分被解除之後，即被任命爲臨海王子頊的軍府參軍，掌書記，而此時臨海王子頊正在吴興令任上，即此詩之作乃在大明五年時。

瀾漫潭洞波，合沓嶝嶂雲[一]。漲島遠不測，崗澗近難分。幽篁愁暮見，思鳥傷夕聞[二]。以此藉沉痾①，棲迹別人群[三]。結言非盡書②，有念豈敷文[四]。

【校記】

①「瀾」，《鮑參軍集注》作「爛」。

②「書」，《鮑參軍集注》作「意」。

【箋注】

〔一〕瀾漫：《文選》卷一一王文考《魯靈光殿賦》：「彤彩之飾，徒何爲乎？澔澔涆涆，流離爛漫。」六臣吕延濟注：「澔澔、涆涆、流離、爛漫，皆光色貌。」左思《嬌女詩》：「濃朱衍丹唇，黄吻瀾漫赤。」合沓嶝嶂雲：賈誼《旱雲賦》：「遂積聚而合沓兮，相紛薄而慷慨。」《文選》卷一七王子淵《洞簫賦》：「薄索合沓，罔象相求。」李善注：「合沓，重沓也。」《文選》卷二張平子《西京賦》：「坻崿鱗眴，棧齴巉嶮。」李善注引《文字集略》：「崿，崖也。」

〔二〕幽篁：《楚辭·九歌·山鬼》：「余處幽篁兮終不見天，路險難兮獨後來。」王逸注：「或曰幽篁，竹林也。」洪興祖補注：「《漢書》云：『篁竹之中。』注云：『竹田曰篁。』」朱熹集注：「幽，深也；篁，竹叢也。」思鳥傷夕聞：《文選》卷二四陸士衡《贈從兄車騎》：「斯言豈虚作，思鳥有悲音。」六臣李周翰注：「此言思侣之鳥且有悲聲，況人豈無之也。」

〔三〕沉痾：《晉書》卷四三《樂廣傳》：「廣乃告其所以，客豁然意解，沈痾頓愈。」棲迹：《藝文類聚》卷三五引曹植《釋愁文》：「趣遐路以棲跡，乘輕雲以高翔。」

〔四〕結言：《楚辭・離騷》：「解佩纕以結言兮，吾令蹇修以爲理。」王逸注：「言解我佩帶之玉，結言語使古賢蹇修而爲媒理也。」敷文：《藝文類聚》卷四八引晉裴希聲《侍中嵇侯碑》：「弱冠登朝，則敷文秘閣。」《宋書》卷六七《謝靈運傳》載謝靈運《山居賦》：「研書賞理，敷文奏懷。」

登雲陽九里埭

【解題】

宋本「埭」下注云：「一作塚」。

《元和郡縣志》卷二六《江南道・潤州・丹陽縣》：「本舊雲陽縣，秦時望氣者云有王氣，故鑿之以敗其勢，截其直道使之阿曲，故曰曲阿。武德五年，曾於縣置簡州，八年廢。天寶元年，改爲丹陽縣。」《太平寰宇記》卷八九《江南東道一・潤州・丹陽縣》：「本漢曲阿縣地，舊名雲陽，屬會稽郡。《史記》云：秦始皇改雲陽爲曲阿。按《輿地志》：曲阿縣，雲陽地，屬朱方南徐之境。秦有史官奏，東南有王氣在雲陽。故鑿北岡，截其道以厭其氣。又《吴録》云：截其道使曲，故曰曲阿。漢封劉賈爲荆王，遂爲荆國。立六年，爲黥布所殺，國廢。至景帝四年，以曲阿縣屬揚州。」

按云陽地近時之京都建康。詩中「既成云雨人，悲緒終不一」二句，《鮑參軍集注》黄節補注云：「本傳言『照始嘗謁義慶，未見知。』此篇或當時作也。」今考義慶自元嘉九年（四三二）即出爲荆州刺史，鎮江陵；十六年（四三九）改任江州刺史，鎮尋陽；至十七年（四四〇）改任爲南兖州刺史，鎮廣陵後始有回京都建康之機會。而詩人之始謁義慶乃在元嘉十二年（四三五），地點則在荆州之江陵，與詩題之「云陽」相隔數千里。又且元嘉十二年詩人始謁義慶時年方二十。而此詩云：「宿心不復歸，流年抱衰疾。」二者明顯不相合。即黄節説乃不足徵信。今由「宿心」二句觀之，此詩應是詩人中後期之作。

宿心不復歸，流年抱衰疾〔一〕。既成雲雨人，悲緒終不一〔二〕。徒憶江南聲，空録齊后瑟〔三〕。方絶縈絃思，豈見繞梁日〔四〕。

【箋注】

〔一〕宿心：《後漢書》卷一〇上《皇后紀上·和熹鄧皇后》：「上欲不欺天愧先帝，下不違人負宿心。」《文選》卷二三嵇叔夜《幽憤詩》：「内負宿心，外恧良朋。」六臣吕向注：「宿心，謂宿昔本心也。」流年：《後漢書》卷八〇《傳毅傳》：「於戲君子，無恒自逸，徂年如流，鮮兹暇日。」李賢注：「人當自勉，修德義，專志勤學，不可自放逸。年之過往如流，少有閑暇之日也。」

〔二〕既成雲雨人：《文選》卷二三王仲宣《贈蔡子篤詩》：「風流雲散，一别如雨。」六臣吕延濟注：「言此别離，各恨時亂，如風流雲散，無所定止，如雨之降，不還雲中也。」《文選》卷二六顔延年《和謝監靈運》：「人神幽明絶，朋好雲雨乖。」六臣劉良注：「朋好各出，如雲雨乖離也。」《鮑參軍集注》黄節補注云：「《論衡》：『雲散水墜，成爲雨矣。』應德璉《侍五官中郎將建章臺集詩》：『欲因雲雨會，濯翼陵高梯。良遇不可值，伸眉路何階？』本傳言『照始嘗謁義慶，未見知』。此篇或當時作也。」按應瑒《侍五官中郎將建章臺集詩》此數句《文選》卷二〇李善注：「《樂動聲儀》曰：『風雨感魚龍，仁義動君子。』范曄《後漢書》鄧隲上疏曰：『披雲雨之渥澤。』」六臣劉良注：「雲雨，喻五官也。謂願因之以陵高梯也。言若不值此會，無伸眉之地。」尋此詩云「宿心」、「衰疾」、「悲緒」，必非年輕始仕時語，黄節説非是。

〔三〕江南聲：按《樂府詩集》卷二六《相和歌辭》載《江南》古辭一曲，《樂府解題》曰：「《江南》古辭，蓋美芳晨麗景，嬉游得時。」其辭云：「江南可採蓮，蓮葉何田田？魚戲蓮葉間。魚戲蓮葉東，魚戲蓮葉西，魚戲蓮葉南，魚戲蓮葉北。」即「江南聲」之所出。謂空憶昔日「芳晨麗景」時也。齊后瑟：《韓非子·外儲説左下》：「齊宣王問匡倩曰：『……儒者鼓瑟乎？』曰：『不也。夫瑟，以小絃爲大聲，以大絃爲小聲，是大小易序，貴賤易位，儒者以爲害義，故不鼓也。』」《鮑參軍集注》黄節補注云：「《韓非子》：『齊宣王使人吹竽，必三百人。南郭處士請爲王吹竽，宣王説之，廪食以數百人。宣王死，湣王立，好一一聽之，處士逃。』一一，瑟也。韓愈曰：『王好竽而子鼓瑟，雖工，其如不好何！』」以一一釋瑟，姑亦録之，以備一説。

〔四〕方絶縈絃思，豈見繞梁日：《文選》卷五五陸士衡《演連珠》：「繞梁之音，實縈絃所思。」李善注：「謂絃被縈曲而不申者也。言縈曲之絃，繞梁以盡妙，以喻藏器之士，候明時以効績。」

【集説】

清王夫之《古詩評選》卷五：戍削之極，不矜不迫，乃可許爲名士。後四句方分支緩承，遂已盡意。古人用法，自有法外意，非文無害之爲良史也。

清方東樹《昭昧詹言》卷六：此是空詠懷，感不遇知音作，於題全不相蒙，康樂無此也。起二句，直書胸臆情抱，頓住。三、四句順承，而用筆跌宕，再頓住。言宿心不遂，而流年衰疾，乖分易感，悲緒紛來。五、六憑空折旋，換勢入題，扃作意，中堅正位。……七、八意順承而勢逆折，用筆往復。既絶鼓弦，豈能知我妙音乎？收足悲緒。八句詩，分兩半四段，如精金在熔。後來韓公短篇多仿此，而小謝《銅雀台》用法更妙。

與伍侍郎别

【解題】

《鮑參軍集注》此詩題注黄節補注云：「伍侍郎蓋王國侍郎。詩中用鄢郢淮海，吴摯父云：『此當在荆州作，伍當赴淮海也。』」詩之「漫漫鄢郢塗，渺渺淮海逕」二句，《鮑參軍集注》錢振倫注云：「《史記・蘇秦傳》正義：『鄢鄉故城，在襄州率道縣南九里；安郢城，在荆州江陵縣東北六里。』《書》：『淮海惟揚州。』」黄節注云：「司馬相如《上林賦》：『鄢郢繽紛，激楚結風。』注：『李奇曰：鄢，今宜城縣也。郢，楚都也。』」錢仲聯《鮑照年表》據黄節説而繫詩於大明七年（四六三）。今考之此詩有云：「貧游不可忘，久交念敦敬。」乃憂危之辭，與詩人晚年心境正相合，當爲詩人在臨海王子頊幕中於荆州送别伍侍郎赴淮海作，錢表繫年是也。

民生如野鹿，知愛不知命〔一〕。飲齕具攢聚，翹陸欻驚迸〔二〕。傷我慕類心，感爾食苹性〔三〕。漫漫鄢郢塗，渺渺淮海逕〔四〕。子無金石質，吾有犬馬病〔五〕。憂樂安可言，離會孰能定〔六〕？欽哉慎所宜，砥德乃爲盛〔七〕。貧遊不可忘①，久交念敦敬〔八〕。

【校記】

①「遊」，張溥本、四庫本、《古詩紀》作「游」。

【箋注】

〔一〕民生如野鹿：《莊子·天地》：「至德之世，不尚賢，不使能，上如標枝，民如野鹿。」

〔二〕飲齕具攢聚：《莊子·馬蹄》：「馬蹄可以踐霜雪，毛可以禦風寒，齕草飲水，翹足而陸，此馬之真性也。」董仲舒《雨雹對》：「二氣之初蒸也，若有若無，若實若虚，若方若圓，攢聚相合，其體稍重。」《晉書》卷一一四《苻堅載記下》：「鮮卑羌羯，攢聚如林，此皆國之賊也，我之讎也。」《漢書》卷五七上《司馬相如傳上》「攢戾莎」，顔師古注：「攢，聚也。」按此言野鹿或飲或齕，前後蹄皆聚之，以備不測也。翹陸欻驚迸：《文選》卷二張平子《西京賦》：「神山崔巍，欻從背見。」薛綜注：「欻之言忽也。」《説文解字》卷二下：「迸，散走也。」

〔三〕慕類心：《楚辭·招隱士》：「獼猴兮熊羆，慕類兮以悲。」食苹性：《詩經·小雅·鹿鳴》：「呦呦鹿鳴，食野之苹。我有嘉賓，鼓瑟吹笙。」毛傳：「苹，蓱也。鹿得蓱，呦呦然鳴而相呼，懇誠發乎中，以興嘉樂賓客，當有懇誠相招呼，以成禮也。」

〔四〕漫漫鄢郢塗：《管子·四時》：「五漫漫，六惛惛，孰知之哉！」尹知章注：「漫漫，曠遠貌。」劉向《九歎·憂苦》：

「山修遠其遼遼兮，塗漫漫其無時。」《史記》卷六九《蘇秦列傳》：「秦必起兩軍，一軍出武關，一軍下黔中，則鄢郢動矣。」張守節正義：「鄢鄉故城，在襄州率道縣南九里，安郢城，在荆州江陵縣東北六里。秦兵出武關，則臨鄢矣；兵下黔中，則臨郢矣。」《文選》卷八司馬相如《上林賦》：「鄢郢繽紛，激楚結風。」李善注：「李奇曰：『鄢，今宜城縣也。郢，楚都也。』」渺渺淮海逕：《管子・内業》：「折折乎如在於側，忽忽乎如將不得，渺渺乎如窮無極。」尹知章注：「渺渺，微遠貌。」《尚書・夏書・禹貢》：「淮海惟揚州。」孔傳：「北據淮，南距海。」

〔五〕金石質：《荀子・勸學》：「鍥而舍之，朽木不折；鍥而不舍，金石可鏤。」《文選》卷二九《古詩十九首・驅車上東門》：「人生忽如寄，壽無金石固。」犬馬病：《孔叢子》卷中：「臣有犬馬之疾，不任國事。苟得從四民之列，子弟供魏國之征，乃君惠也。」

〔六〕離會孰能定：陸雲《贈鄱陽府君張仲膺》：「人道伊何，難合易離，會如升峻，别如順淇。嗟我懷人，曷云其來，貢言執手，涕既隕之。」

〔七〕砥德乃爲盛：《淮南子・道應訓》：「文王砥德修政，三年，而天下二分歸之。」高誘注：「砥，礪也。」

〔八〕貧遊不可忘：《後漢書》卷二六《宋弘傳》：「弘曰：『臣聞貧賤之交不可忘，糟糠之妻不下堂。』」敦敬：《管子・形勢》：「治之以義，終而復始，敦敬忠信，臣下之常也。」

【集説】

清陳祚明《采菽堂古詩選》卷一八：起二句雖率，承以「飲戠」二句，如畫奔鹿，頗有致。「子無金石」以下，情至真率。

清吴汝綸《古詩鈔》卷四：詩多憂危之思。

吴興黄浦亭庾中郎别

【解題】

《宋書》卷三五《州郡志一》：「揚州刺史……吴興太守。孫晧寶鼎元年分吴、丹陽立。領縣十，户四萬九千六百九，口三十一萬六千一百七十三。去京都水九百五十，陸五百七十。」《元和郡縣志》卷二六《江南道·湖州》：「《禹貢》揚州之域，防風氏之國，秦始皇徙越人於此。吴歸命侯置吴興郡，梁紹泰初改吴興郡爲震州，蓋取震澤爲名。陳初，罷震州，復爲吴興郡。隋平陳，廢吴興郡，仁壽二年，於此置湖州。」《浙江通志》卷一二《山川四·湖州府》：「黄浦，弘治《湖州府志》一名黄蘗澗，在縣西南二十八里，其源出黄蘗山。《吴興記》云：『春申君黄歇於吴墟西南立菰城縣，起青樓，延十里。後漢司隸校尉黄向於此築陂溉田。宋鮑昭有黄浦亭黄浦橋送别詩。又名庚浦，即康浦也。晉殷康爲太守，百姓避其名，改康爲庚。』」卷四二《古蹟四·湖州府》：「黄浦亭，顔真卿烏程縣杼山妙喜寺碑前有黄浦橋，橋南有黄浦亭，宋鮑照賦詩處。」小字注：「《吴興掌故》：『黄浦出黄蘗澗，因名。訛傳，松江大浦，亦名黄浦。』《郡志》附爲黄歇所開，謬甚。」《宋書》卷三九《百官志上》：公府「置從事中郎，無定員，分掌諸曹。有録事中郎，度支中郎，三兵中郎。」「公府長史、司馬秩千石，從事中郎六百石，東西曹掾四百石，他掾三百石，屬二百石。」卷四〇《百官志下》，「公府從事中郎」，官第六品。

此詩《鮑參軍集注》黄節補注引吴汝綸《古詩鈔》云：「庾中郎，庾永也。此詩亦元嘉二十二年作。二十三年庚已徙江夏王中兵參軍，是後不得仍稱中郎矣。」以爲此詩與此前的《從庾中郎游園山石室》詩皆爲與庾永相交往之作。錢仲聯增補注則云：「考《南史》《宋書》，吴氏所云，俱屬張永之事，非庾永也。」錢説是，即詩題之「庾中郎」究屬何人，仍當存疑待考。

尋鮑照於大明五年（四六一）於永安令任解禁止後旋之義興，入臨海王子頊幕，爲子頊軍府參軍，掌書記之任，此詩當是其在臨海王子頊幕中而作於吴興者。今考之此詩云：「旅鴈方南過，浮客未西歸。已經江海别，復與親眷違。」不僅明確地指出了他當時於吴興作此詩時乃是客居的身分，而且也與他當時久經游宦後之復雜思想感情相一致。詩中「役人多牽滯，顧路慚奮飛」二句，乃其自指。言己因爲受到羈牽約束而不得隨行回歸，只能滯留於吴興，又是他當時已有官職在身的明證。尋此詩發端云：「風起洲渚寒，雲上日無輝。」詩中又有「旅鴈方南過，浮客未西歸」之語，則詩之作乃在大明五年秋。

風起洲渚寒，雲上日無輝〔一〕。連山眇煙霧，長波迥難依〔二〕。旅鴈方南過，浮客未西歸〔三〕。已經江海别，復與親眷違〔四〕。奔景易有窮，離袖安可揮〔五〕？懽觴爲悲酌，歌服成泣衣。温念終不渝，藻志遠存追〔六〕。役人多牽滯，顧路慙奮飛〔七〕。昧心附遠翰，炯言藏佩韋〔八〕。

【箋注】

〔一〕風起洲渚寒：《文選》卷五左太沖《吴都賦》：「島嶼綿邈，洲渚馮隆。」劉淵林注：「水中可居曰洲，小洲曰渚。」

〔二〕連山眇煙霧：本集《登廬山二首》之一：「方躋羽人途，永與煙霧并。」《楚辭·九章·悲回風》：「登石巒以遠望兮，路眇眇之默默。」洪興祖補注：「眇眇，遠也。」長波迥難依：《文選》卷一二郭景純《江賦》：「長波浹渫，峻湍崔嵬。」六臣張銑注：「浹流，連波貌。」郭象《莊子注序》：「其長波之所蕩，高風之所扇。」

〔三〕旅鴈：謝靈運《九日從宋公戲馬台集送孔令》：「季秋邊朔苦，旅鴈違霜雪。」浮客：《文選》卷二五謝惠連《西陵遇風獻康樂》：「悽悽留子言，眷眷浮客心。」李善注：「孔安國《尚書傳》曰：『浮，行也。』」

〔四〕江海别：《後漢書》卷六〇下《蔡邕傳》：「邕慮卒不免，乃亡命江海，遠跡吴會。」親眷：《三國志》卷一二《魏志·毛玠傳》：「文帝爲五官將，親自詣玠，屬所親眷。玠答曰：『老臣以能守職，幸得免戾，今所説人非遷次，是以不敢奉命。』」

〔五〕奔景易有窮：張華《晉白紵舞歌詩》之二：「羲和馳景逝不停，春露未晞嚴霜零。」按奔景，猶馳景，鮑照自造詞。離袖安可揮：阮籍《詠懷·西方有佳人》：「登高眺所思，舉袂當朝陽。寄顔雲霄間，揮袖淩虚翔。」

〔六〕温念終不渝：《山堂肆考》卷二三一：「温念，稱人之美意也。」《詩經·鄭風·羔裘》：「彼其之子，舍命不渝。」毛傳：「渝，變也。」藻志：《尚書·益稷》孔傳：「藻，水草有文者。」《鮑參軍集注》錢振倫注：「按：美其志之辭也。言其志雖久遠猶可存之，以待追憶也。」

〔七〕役人多牽滯：《吕氏春秋·順説》：「管子得於魯，魯束縛而檻之，使役人載而送之齊。」按役人，被役使之人。《鮑參軍集注》錢振倫注：「役人，自謂也。牽，羈牽也。滯，留滯也。」奮飛：《詩經·邶風·柏舟》：「静言思之，不能奮飛。」毛傳：「不能如鳥奮翼而飛去。」

〔八〕昧心附遠翰：昧心，猶違心，違背本心。《集韻》卷七：「附，符遇切，近也，託也。」《鮑參軍集注》錢振倫注：「翰，毛羽也。遠翰，謂遠行者。」炯言藏佩韋：《重修玉篇》卷二一：「炯炯，明察也，光也。」《韓非子·觀行》：「西門豹之性急，故佩韋以緩己；董安于之心緩，故佩弦以自急。」《鮑參軍集注》錢振倫注：「按：庾歸而鮑不得歸，别時庾必有慰藉之言。故鮑云同爲客而昧心送先得歸者，聊用子言以當佩韋，庶歸心不至於過急也。」

【集説】

清陳祚明《采菽堂古詩選》卷一八：「奔景」四句，新警情長。「歡觴」十字，祖席語，警切。

成書《多歲堂古詩存》：前半寫别離情景，甚警策，後半雖意爲詞掩，不害其佳也。

清方東樹《昭昧詹言》卷六：起四句，直書即目，寫景起，而起十字，興象尤妙，小謝斂手。其後山谷常擬此作題。「旅鴈」四句，交待叙題。「奔景」四句，正叙别。「温念」六句，統述彼此之情。此是客中送歸，故贊彼不渝素志，感己不得相從，而欲奮飛也。收二句，注言「别時庾必有慰藉之言」，故云藏爲韋佩耳。此收乃爲親切，不同泛意客氣假像。此與《上潯陽還都》，後來杜公行役贈送詩，竟不能出此境界。

清吴汝綸《古詩鈔》卷四：庾中郎，庾永也。此詩亦元嘉二十二三年作。二十三年庚巳徙官江夏王中兵參軍，是後不得仍稱中郎矣。

黄節《鮑參軍集注》補注：本集《河清頌》「蠢行藻性」，《舞鶴賦》「鍾浮曠之藻質」，《淩煙樓銘》「藻思神居」，及此篇之「藻志」，皆明遠自造詞，《詩品》所謂「善制形狀寫物之詞」者也。

送别王宣城

【解題】

《宋書》卷三五《州郡志一》：「揚州刺史……宣城太守。晉武帝太康元年分丹陽立，領縣十，户一萬一百二十，口四萬七千九百九十二。去京都水五百八十，陸五百。」《元和郡縣志》卷二九《江南道·宣州》：「《禹貢》揚州之域，春秋時屬楚，秦爲鄣郡，漢武帝改爲丹陽郡。領縣十七，理宛陵。……《輿地志》云：宛陵縣銅山者，漢採銅所治也。順帝立宣城郡，東晉或理蕪湖，或理姑熟，或理赭圻。隋開皇九年平陳，改郡爲宣州。」

《宋書》卷七五《王僧達傳》：「王僧達，琅邪臨沂人，太保弘少子。兄錫，質訥乏風采。太祖聞僧達蚤慧，召見於德陽殿，問其書學及家事，應對閑敏，上甚知之，妻以臨川王義慶女。少好學，善屬文，年未二十，以爲始興王濬後軍參軍。遷太子舍人，坐屬疾，於楊列橋觀鬬鴨，爲有司所糾，原不問。性好鷹犬，與閭里少年相馳逐，又躬自屠牛。義慶聞如此，令周旋沙門慧觀造而觀之，僧達陳書滿席，與論文義，慧觀酬答不暇，深相稱美。與錫不協。訴家貧，求郡，太祖欲以爲秦郡，吏部郎庾炳之曰：『王弘子既不宜作秦郡，僧達亦不堪莅民。』乃止。尋遷太子洗馬，母憂去職。兄錫罷臨海郡還，送故及奉禄百萬以上，僧達一夕令奴輩取，無復所餘。服闋，爲宣城太守。性好游獵，而山郡無事，僧達肆意馳騁，或三五日不歸。受辭訟多在獵所，民或相逢不識，問府君所在，僧達曰：『近在後。』元嘉二十八年春，索虜寇逼，都邑危懼。僧達求入衛京師，見許。賊退，又除宣城太守。頃之，徙任義興。……僧達自負才地，謂當時莫及。上初踐阼，即居端右。一二年間，便望宰相。及爲護軍，不得志。……僧達屢經狂逆，上以其終無悛心，因高闍事陷之。……於獄賜死，時年三十六。子道琰，徙新安郡。」

《鮑參軍集注》此詩題注黄節補注云：「吴摯父曰：『僧達爲臨川王義慶之婿，其爲宣城太守，在元嘉二十七八年間。僧達《求解職表》云：賜莅宣城，仲春移任，方冬便值虜南侵。是元嘉二十七年也。又云：宣城民庶，詣闕見請。還務未期，亡兄見背，賜帶郡還都。曾未淹積，復除義興。按僧達再莅宣城，在元嘉二十八年，表云還務未期，則去任在二十九年也。』」吴丕績《鮑照年譜》乃繫之于元嘉二十七（四五〇）年，其云：「考先生詩云：『既逢青春盛，復值白蘋生。』蓋用《禮記》『季春之月，萍始生』語，是與宣城《解職表》所云『仲春移任』辭旨相同，則是詩作于本年。」錢仲聯《鮑照年表》從之。按元嘉二十七年，鮑照爲始興王劉濬僚屬，在南徐州之京口，與京都建康相去甚近，故僧達自京都赴宣城任所，乃得有送別并從容作詩之機會；而二十八年春後至二十九年，詩人乃客居江北，作客淮楚，無由與僧達相別并作以詩相贈，則吴譜、錢表之繫年是。

發郢流楚思，涉淇興衛情〔一〕。既逢青春獻，復值白蘋生〔二〕。廣望周千里，江郊藹微明〔三〕。舉爵自惆悵①，歌管爲誰清〔四〕。潁陰騰前藻，淮陽流昔聲〔五〕。樹道慕高華，屬路佇深馨〔六〕。

【校記】

①「舉」，原作「籭」，今據張溥本、《古詩紀》卷六一改。

【箋注】

〔一〕發郢流楚思：郢，見《與伍侍郎别》詩注。《史記》卷七〇《張儀列傳附陳軫傳》：「越人莊舄仕楚執珪，有頃而病。

楚王曰：『舄故越之鄙細人也，今仕楚執珪，貴富矣，亦思越不？』中謝對曰：『凡人之思，故在其病也，彼思越則越聲，不思越則楚聲。』使人往聽之，猶尚越聲也。」《樂府詩集》卷五九吴邁遠《胡笳曲》：「邊風落寒草，鳴笳墜飛禽。越情結楚思，漢耳聽胡音。」涉淇興衛情：《詩經・衛風・氓》：「送子涉淇，至于頓丘。」《水經注・淇水》：「淇水出河内隆慮縣西大號山。」

〔二〕青春：指春天。《楚辭・大招》：「青春受謝，白日昭只。」王逸注：「青，東方春位，其色青也。」白蘋生：《禮記・月令・季春之月》：「虹始見，蓱始生。」鄭玄注：「蓱，萍也，其大者曰蘋。」

〔三〕廣望：《後漢書》卷八〇《文苑・邊讓傳》：「延目廣望，騁觀終日。」王粲《柳賦》：「行游目而廣望，觀城壘之故處。」

〔四〕歌管：《晉書》卷八一《桓宣傳附桓伊傳》：「臣於箏分乃不及笛，然自足以韻合歌管，請以箏歌，并請一吹笛人。」

〔五〕潁陰：《漢書》卷二八下《地理志下》：「韓分晉，得南陽郡及潁川之父城、定陵、襄城、潁陽、潁陰、長社、陽翟、郟。」藹：《重修玉篇》卷一三：「藹，於蓋切。掩藹，樹繁茂。」

前藻：指前人的詩文。《文選》卷五〇沈休文《宋書謝靈運傳論》：「若夫敷衽論心，商榷前藻。」似出此。六臣吕延濟注：「商榷前人文藻之妙。」《漢書》卷八九《循吏・黄霸傳》，黄霸爲潁川太守，「以外寬内明，得吏民心，户口歲增，治爲天下第一」，此句用之。淮陽流昔聲：《漢書》卷五〇《汲黯傳》：「會更立五銖錢，民多盜鑄錢者，楚地尤甚。上以爲淮陽，楚地之郊也，召黯拜爲淮陽太守。黯伏謝不受印綬，詔數强予，然後奉詔。召上殿，黯泣曰：『臣自以爲填溝壑，不復見陛下，不意陛下復收之。臣常有狗馬之心，今病，力不能任郡事，臣願爲中郎，出入禁闥，補過拾遺，臣之願也。』上曰：『君薄淮陽邪？吾今召君矣。顧淮陽吏民不相得，吾徒得君重，卧而治之。』……黯居郡如其故治，淮陽政清。」《漢書》卷二八下《地理志下》：「淮陽國，高帝十一年置。」王鳴盛《十七史商榷》卷二四：「《地理志》有淮陽國，無淮陽郡。以表傳考之，高帝子友以高帝十一年立爲淮陽王，惠帝元年徙王趙，則國除爲郡。高后以假立惠帝子强爲淮陽王。强死，以武代。文帝立，武誅，則國又除爲郡。文帝子武以文帝三年立爲淮陽王，王十年而徙梁，則國又除爲郡。景帝子餘以景帝二年立爲淮陽王，王三年而徙魯，則國又除爲郡。後宣帝子欽以元康三年立爲淮陽王，傳子及孫，凡有國六七十年，至王莽時絶。郡國展轉改易，凡八九次，終爲國。地志以最後之元始爲據，故言國，而中間沿革俱略也。」

〔六〕樹道慕高華：賈誼《新書·修政語上》：「致道者以言，入道者以忠，積道者以信，樹道者以人。」《晉書》卷八四《王恭傳》：「少有美譽，清操過人，自負才地高華，恒有宰輔之望。」《鮑參軍集注》錢仲聯注：「高華，即指黄霸、汲黯也。」屬路：相續於路，沿途。《晉書》卷一二四《慕容熙傳》：「遂棄輜重，輕襲高句驪，周行三千餘里，士馬疲凍，死者屬路。」

【集説】

清王闓運《八代詩選》卷九：微秀。

送從弟道秀别

【解題】

從弟，堂弟。《漢書》卷四八《賈誼傳》載賈誼《治安策》：「元王之子，帝之從弟也。」顔師古注：「楚元王，高帝之弟，其子於文帝爲從弟。」《三國志》卷八《蜀志·許靖傳》：「少與從弟劭俱知名。」

參差生密念，躑躅行思疑①〔一〕。疑思戀光景②，密念盈歲時③〔二〕。歲時多阻折，光景乏安怡〔三〕。以此苦風情，日夜驚懸旗〔四〕。登山臨朝日，揚袂别所思〔五〕。浸淫旦潮廣，瀾漫宿雲滋〔六〕。天陰懼先發，路遠常早辭。篇詩後相憶，杯酒今無持。遊子苦行役④，冀會非遠期〔七〕。

【校記】

①「疑」，張溥本、《古詩紀》卷六一作「悲」，四庫本作「凝」。

②「疑」，原注：「一作『悲』。」張溥本、《古詩紀》作「悲」。

③「盈」，原注：「一作『彌』。」

④「遊」，張溥本、四庫本、《古詩紀》作「游」。

【箋注】

〔一〕參差：《楚辭・九歌・湘君》：「望夫君兮未來，吹參差兮誰思。」王逸注：「參差，洞簫也。」故下有「別所思」之句。躑躅行思疑：《文選》卷二二陸士衡《招隱詩》：「明發心不夷，振衣聊躑躅。」李善注：「《説文》曰：『躑躅，住足也。』」崔豹《古今注》卷下：「羊躑躅，花黄，羊食之則死，羊見之則躑躅分散，故名羊躑躅。」《鮑參軍集注》錢振倫注：「又本集《贈故人馬子喬》詩：『躑躅城上羊，攀隅食玄草。』此送別詩蓋亦有取於此。」

〔二〕戀光景：《文選》卷二七曹子建《箜篌引》：「驚風飄白日，光景馳西流，盛時不可再，百年忽我遒。」盈歲時：《周禮・春官・占夢》：「掌其歲時，觀天地之會，辨陰陽之氣。」鄭玄注：「其歲時，今歲四時也。」

〔三〕歲時多阻折，光景乏安怡：《鮑參軍集注》黄節補注：「古辭《飲馬長城窟行》：『青青河畔草，綿綿思遠道。遠道不可思，夙昔夢見之。夢見在我傍，忽覺在他鄉。他鄉各異縣，展轉不可見。』銜接而下。此篇首六句，略變其法。同時若謝靈運《七夕詠牛女》詩：『火逝首秋節，明經弦月夕。月弦光照户，秋首風入隙。』《長歌行》：『朽貌改顔色，悴容變柔顔。變改苟催促，容色烏盤桓。』尤與此篇相類。」

〔四〕風情：猶懷抱，志趣。《晉書》卷九二《文苑・袁宏傳》：「宏有逸才，文章絶美，曾爲《詠史》詩，是其風情所寄。」懸旗：本集《紹古辭七首》之二：「離心壯爲劇，飛念如懸旗。」按懸旗，猶懸旌，鮑照自造詞。《戰國策・楚策一》：「寡人卧不安席，食不甘味，心摇摇如懸旌，而無所終薄。」

〔五〕揚袂：《藝文類聚》卷七二引曹植《酒賦》：「或揚袂屢舞，或扣劍清歌。」《文選》卷一九宋玉《高唐賦》：「其少進也，晰兮若姣姬揚袂，障日而望所思。」李善注：「揚袂，舉袖也，如美人之舉袖望所思也。」

〔六〕浸淫：《漢書》卷五七下《司馬相如傳下》：「是以六合之內，八方之外，浸淫衍溢。」顔師古注：「浸淫，猶漸漬也。」瀾漫：《玉臺新詠》卷二左思《嬌女詩》：「濃朱衍丹脣，黄吻瀾漫赤。」

〔七〕遊子苦行役：《詩經・魏風・陟岵》：「嗟！予子行役，夙夜無已。」《古詩紀》卷二七應瑒《别詩》：「朝雲浮四海，日暮歸故山。行役懷舊土，悲思不能言。悠悠涉千里，未知何時旋。」

【集説】

清陳祚明《采菽堂古詩選》補遺卷二：心如懸旌，詎可云懸旗耶？「浸淫」六句佳。「篇詩後相憶，杯酒今無持」，大可詠。

清王闓運《湘綺樓説詩》卷六：明遠對句，如「珠簾無隔露，羅幌不勝風」，「天陰懼先發，路遠常早辭」，皆是律中佳聯。

贈傅都曹别

【解題】

此篇《初學記》卷一八題作《贈别傅都曹》，今從宋本。

《宋書》卷三九《百官志上》：「尚書令，任總機衡，僕射，尚書，分領諸曹。左僕射領殿中、主客二曹，吏部尚書領吏部、删定、三公、比部四曹，祠部尚書領祠部、儀曹二曹，度支尚書領度支、金部、倉部、起部四曹，左民尚書領左民、駕部二曹，都官尚書領都官、水部、庫部、功部四曹。五兵尚書領中兵、外兵二曹。」詩題之「都曹」，謂尚書都官曹郎。《宋書》卷七四《臧質傳》：「豫章望蔡子相孫沖之起義拒質，質遣將郭會膚、史山夫討之，爲沖之所破。世祖發詔以爲尚書都官曹郎中。」是其例。

詩題之傅都曹，聞人倓《古詩箋》以爲指傅亮。據《宋書》卷四三《傅亮傳》，傅亮未嘗有任尚書都官曹郎事，且傅亮於元嘉三年爲宋文帝所殺，是時鮑照尚幼，即聞説非是。此傅都曹者，當存疑待考。

輕鴻戲江潭，孤鴈集洲沚〔一〕。邂逅兩相親，緣念共無已①〔二〕。風雨好東西，一隔頓萬里②〔三〕。追憶棲宿時③，聲容滿心耳〔四〕。日落川渚寒④，愁雲繞天起〔五〕。短翮不能翔⑤，徘徊煙霧裏〔六〕。

【校記】

① 「緣」，《初學記》、《藝文類聚》卷二九作「同」。

② 「隔」，《初學記》《藝文類聚》作「隅」。

③ 「憶」，《初學記》作「想」。

④ 「日落」，張溥本、四庫本、《古詩紀》卷六一作「落日」。

⑤ 「短」，《藝文類聚》作「揚」。

【箋注】

〔一〕輕鴻戲江潭，孤鴈集洲沚：《詩經·小雅·鴻鴈》：「鴻鴈於飛，肅肅其羽。」毛傳：「大曰鴻，小曰鴈。」《後漢書》卷八〇下《文苑·邊讓傳》：「體迅輕鴻，榮曜春華，進如浮雲，退如激波。」《楚辭·漁父》：「屈原既放，游於江潭。」王逸注：「戲水側也。」《文選》卷二九魏文帝《雜詩二首》之一：「草蟲鳴何悲，孤鴈獨南翔。」同卷曹子建《雜詩六首》之一：「孤鴈飛南游，過庭長哀吟。」

〔二〕邂逅：《詩經·鄭風·野有蔓草》：「有美一人，清揚婉兮，邂逅相遇，適我願兮。」毛傳：「邂逅，不期而會。」緣念共無已：《重修玉篇》卷二七：「緣，因也。」《鮑參軍集注》黄節補注：「《維摩經》曰：『如影從身，業緣生見。』僧肇曰：『身，衆緣所成。緣合則起，緣散則離。』《金光明經》所謂『無明緣行，行緣識，識緣名，名緣色，色緣六入，六入緣觸，觸緣受，受緣愛，愛緣取，取緣有，有緣生，生緣滅。』《維摩經》曰：『諸法不相待，乃至一念不住。』疏曰：『一念有六十剎那，一剎那有六十生滅。是則生住異滅，剎那剎那，不得停住。』本詩所謂『緣念共無已』也。」

〔三〕風雨好東西，一隔頓萬里：《尚書·周書·洪範》：「庶民惟星，星有好風，星有好雨。」孔傳：「箕星好風，畢星好雨。」孔穎達疏：「箕，東方木宿。……畢，西方金宿。」此二句謂遭風雨而東西分飛。

〔四〕棲宿：《後漢書》卷八三《逸民·龐公傳》：「夫趣含行止，亦人之巢穴也。且各得其棲宿而已，天下非所保也。」

〔五〕日落川渚寒：《文選》卷二五《登臨海嶠初發彊中作與從弟惠連見羊何共和之》：「日落當棲薄，繫纜臨江樓。」《文選》卷二二謝靈運《從斤竹澗越嶺溪行》：「川渚屢逕復，乘流翫迴轉。」愁雲：《古文苑》卷三班婕妤《擣素賦》：「佇風軒而結睇，對愁雲之浮沉。」

〔六〕短翮不能翔，徘徊煙霧裏：《鮑參軍集注》錢振倫注：「輕鴻，喻傳。孤鴈，自喻。短翮，謙辭也。通首比體。」黄節補注：「樂府：『枯魚過河泣，何時悔復及？作書與魴鱮，相教慎出入。』曹植《鶴》詩：『雙鶴俱遨游，相失東海傍。雄飛竄北朔，雌鶩赴南湘。棄我交頸歡，離別各異方。不惜萬里道，但恐天網張。』皆通首比體。三百篇後，惟樂府間有之。贈別詩不多見也。應瑒《侍五官中郎將建章臺集》詩，亦以鴈相喻，然衹半篇耳。」

【集説】

清陳祚明《采菽堂古詩選》卷一八：「風雨」二句，殊似漢人。

清張玉穀《古詩賞析》卷一六：詩分三層看。前四追念前日之偶聚契合，中四正叙目前之忽散繫思，後四遥寄後日之獨居難聚。純以鴻鴈爲比，猶是古格。

成書《多歲堂古詩存》：有此奇景，便有此奇筆，寫出令讀者如身歷其境。

又云：通首皆作比體，力厚思深，短幅而有尋丈之勢。

清方東樹《昭昧詹言》卷六：「鴻」比傅，「鴈」比己。前四句合，中四句分。「落日」四句，正面送别。

又云：韓公《送陳羽》，同皆短篇，而用筆回復曲折，離合頓逆，不使一直筆。

清王闓運《湘綺樓説詩》卷六：「聲容滿心耳」句，苦思真情，非相思深者，不知其佳切。非極鍊不能作此五字。

和傅大農與僚故别

【解題】

《宋書》卷四〇《百官志下》：「漢初王國置太傅，掌輔導；内史主治民；丞相統衆官；中尉掌武職。分官置職，略同京師。……有郎中令、中尉、大農爲三卿，大國置左右常侍各三人，省郎中，置侍郎二人。大國又置上軍、中軍、下軍三將軍，次國上軍將軍、下軍將軍各一人，小國上軍而已。……侯國又無大農、侍郎，伯、子、男唯典書以下，又無學官令矣。」「王國公三卿、師、友、文學」，官第六品。《宋書》卷一八《禮志五》：「王郡公侯郎中令、大農，銅印，青綬。朝服，進賢兩梁冠。」詩題之「傅大農」，當即爲藩國之傅姓大農，詩當是鮑照爲王國幕僚時與傅大農相唱和之作，然則鮑照爲藩王之幕僚者先後有數次，故難以確知其何時與傅大農相交並有此詩之作。

絶節無緩響，傷鴈有哀音〔一〕。非同年歲意，誰共别離心①〔二〕？伊昔謬通塗，冠屣預人林〔三〕。浮江望南嶽，登潮窺海陰〔四〕。孰謂遊居淺②，慕美久相深〔五〕。萋萋春草秀，嚶嚶喜候禽〔六〕。辰物盡明茂，尊盛獨幽沉〔七〕。之子安所適？我方栖舊岑。墜歡豈更接？明愛邈難尋〔八〕。

【校記】

①「共」，張溥本注：「一作『異』。」

②「遊」，張溥本、四庫本、《古詩紀》作「游」。

【箋注】

〔一〕絶節無緩響：《文選》卷五五陸士衡《演連珠》：「臣聞絶節高唱，非凡耳所悲；肆義芳訊，非庸聽所善。」傷鴈有哀音：《戰國策・楚策四》：「日者更羸與魏王處京臺之下，仰見飛鳥。更羸謂魏王曰：『臣爲王引弓虚發而下鳥。』魏王曰：『然則射可至此乎？』更羸曰：『可。』有間，鴈從東方來，更羸以虚發而下之。魏王曰：『然則射可至此乎？』更羸曰：『此孽也。』王曰：『先生何以知之？』對曰：『其飛徐而鳴悲，飛徐者，故瘡痛也；鳴悲者，久失群也。故瘡未息而驚心未去也。聞弦音引而高飛，故瘡隕也。』」

〔二〕非同年歲意：《風俗通義・過譽》：「語有曰：白頭如新，交蓋如舊。簞食壺漿，會於樹陰。臨别眷眷，念在報効。何有同歲相臨，而可拱默者哉？」《日知録》卷一七《同年》：「漢《敦煌長史武班碑》云：『金鄉長河間高陽史恢等，追惟昔日同歲郎署。』按同年歲，謂同僚。

〔三〕屣：《重修玉篇》卷一一：「屣，履也。」

〔四〕浮江望南嶽：《漢書》卷二五上《郊祀志上》：「(舜)五月，巡狩至南嶽。南嶽者，衡山也。」《爾雅・釋山》：「泰山爲東嶽，華山爲西嶽，霍山爲南嶽，恒山爲北嶽，嵩山爲中嶽。」郝懿行義疏：「霍山在今廬江灊縣，灊水出焉，别名天柱山。漢武帝以衡山遼曠，故移其神於此。今其土俗人皆呼之爲南嶽。」按此南嶽，指霍山而言，鮑照曾有數次荆州江陵之行，由京都建康沿江而下，江程所經，故有此句，與衡山則不相涉。登潮窺海陰：按宋孝武帝孝建初，鮑照爲海虞令，近江臨海，故有此句。

〔五〕遊居：《莊子・天運》：「今而夫子，亦取先王已陳芻狗，取弟子游居寢卧其下。」

〔六〕萋萋春草秀：《詩經・周南・葛覃》：「葛之覃兮，施于中谷，維葉萋萋。」毛傳：「萋萋，茂盛貌。」《楚辭・招隱士》：「王孫游兮不歸，春草生兮萋萋。」嚶嚶喜候禽：《詩經·小雅·伐木》：「伐木丁丁，鳥鳴嚶嚶。」鄭玄箋：「嚶嚶，兩鳥聲也。」候禽：即候鳥。陸雲《贈鄭曼季詩四首》之三：「潛介淵躍，候鳥雲翔。嗟我懷人，在津之梁。」

〔七〕尊盛獨幽沉：《藝文類聚》卷二引晉潘尼《苦雨賦》：「悲列宿之匿景，悼太陽之幽沉。」

〔八〕墜歡豈更接：《文選》卷四一司馬子長《報任少卿書》：「僕與李陵，俱居門下，素非能相善也。趨舍異路，未嘗銜盃酒，接殷懃之餘懽。」

送盛侍郎餞候亭

【解題】

此篇《藝文類聚》卷二九題作《送盛侍郎詩》，今從宋本。

《顔魯公集》卷四顔真卿《妙喜寺碑》：「寺前二十步跨澗有黄浦橋，橋南五十步又有黄浦亭，並宋鮑昭送盛侍郎及庾中郎賦詩之所。其水自杼山西南五里黄蘗山出，故號黄浦，俗亦名黄蘗澗。」則詩題之「候亭」，即黄浦亭。是此詩與《吴興黄浦亭庾中郎别》詩皆爲詩人在吴興時作。考此詩云：「君爲坐堂子，我爲負羈人。欣悲豈等志，甘苦誠異身。」表明他也正受到官場的羈絆約束。可見他當時已有官職在身，這個官職應該就是臨海王子頊的軍府參軍。與《吴興黄浦亭庾中郎别》詩相比較，二詩表現的思想感情也正相一致。詩末云：「結涕園中草，憔悴悲此春。」則此詩之作又在大明六年(四六二)春。

霑霜襲冠帶，驅駕越城闉〔一〕。北臨出塞道，南望入鄉津〔二〕。高墉宿寒霧，平野起秋塵〔三〕。君爲坐堂子，我乃負羈人〔四〕。欣悲豈等志，甘苦誠異身〔五〕。結涕園中草①，憔悴悲此春。

【校記】

①「涕」，四庫本作「睇」。

【箋注】

〔一〕冠帶：《戰國策·魏策四》：「且夫魏一萬乘之國，稱東藩，受冠帶，祠春秋者，以爲秦之强足以爲與也。」《漢書》卷六四下《終軍傳》：「若此之應，殆將有解編髮，削左衽，襲冠帶，要衣裳，而蒙化者焉。」城闉：《説文解字》卷一二上：「闉，城内重門也。」《文選》卷二〇謝宣遠《王撫軍庾西陽集别時爲豫章太守庾被徵還東》：「分手東城闉，發棹西江隩。」

〔二〕出塞道：《史記》卷四《周本紀》：「今又將兵出塞，攻梁，梁破則周危矣。」《太平御覽》卷五七二引《西京雜記》：「高帝令戚夫人歌出塞望歸之曲，侍婢數百皆爲之，後宫齊唱，聲入雲霄。」

〔三〕高墉：《周易·解卦》：「公用射隼於高墉之上，獲之無不利。」

〔四〕君爲坐堂子：《史記》卷一一七《司馬相如列傳》：「鄙諺曰：『家累千金，坐不垂堂。』此言雖小，可以喻大。」負羈人：《左傳》僖公二十四年：「臣負羈紲，從君巡於天下。」杜預注：「羈，馬羈。紲，馬韁。」

〔五〕甘苦誠異身：《後漢書》卷七四下《袁紹傳下》：「何悟青蠅飛於竿旌，無忌游於二壘，使股肱分成二體，匈膂絶爲異身。」

【集説】

清陳祚明《采菽堂古詩選》卷一八：「欣悲」二句，峭拔。

與荀中書別

【解題】

《鮑參軍集注》此詩題注黄節補注：「吴摯父曰：『此荀昶也，《荀伯子傳》云：昶元嘉初以文義至中書郎。』」錢仲聯增補注則以爲指荀萬秋，其云：「元嘉初，照年才十數歲耳，吴説非是。此荀中書，乃萬秋也。」今按此前有《日落望江贈荀丞》詩一首，詩題之「荀丞」，舊注乃指荀赤松。考之《宋書》等所載，荀赤松未嘗有中書之任；而詩人《月下登樓連句》中連句者有「荀中書萬秋」。則詩當是贈别荀萬秋之作，錢説是也。《宋書》卷四〇《百官志下》：「中書令，一人。中書監，一人。中書侍郎，四人。中書通事舍人，四人。漢武帝游宴後廷，始使宦者典尚書事，謂之中書謁者。置令、僕射。元帝時，令弘恭，僕射石顯，秉勢用事，權傾内外。成帝改中書謁者令曰中謁者令，罷僕射。漢東京省中謁者令，而有中宫謁者令，非其職也。魏武帝爲王，置祕書令，典尚書奏事，又其任也。文帝黄初初，改爲中書令，又置監，及通事郎，次黄門郎。黄門郎已署事過，通事乃奉以入，爲帝省讀書可。晉改曰中書侍郎，員四人。晉江左初，改中書侍郎曰通事郎，尋復爲中書侍郎。」「給事中，黄門、散騎、中書侍郎」，官第五品。《宋書》卷六〇《荀伯之傳》：「伯子族弟昶字茂祖，與伯子絶服五世。元嘉初，以文義至中書郎。昶子萬秋字元寶，亦用才學自顯。世祖初，爲晉陵太守。坐於郡立華林閣，置主書、主衣，下獄免。前廢帝末，爲御史中丞，卒官。」以萬秋前後所歷官職視之，萬秋是時所任，當爲中書侍郎。

考月下登樓連句之時詩人在太學博士任上，時約在孝武帝孝建三年（四五六）。是此詩之作應約在孝建三年前後。

勞舟厭長浪，疲旆倦行風〔一〕。連翩感孤志，契闊傷賤躬〔二〕。親交篤離愛，眷戀置酒終〔三〕。敷文勉征念，發藻慰愁容①〔四〕。思君奇涉淯②，撫己謡渡江〔五〕。慙無黄鶴翅，安得久相從〔六〕。願遂宿知意，不使舊山空〔七〕。

【校記】

①「發藻」，原作「罷落」，今據張溥本、《古詩紀》卷六一改。

②「奇」，張溥本、四庫本、《古詩紀》作「吟」，盧校作「哥」。「洧」，四庫本作「淯」。

【箋注】

〔一〕疲旆：《詩經·小雅·六月》：「織文鳥章，白旆央央。」毛傳：「白旆，繼旐者也。」《文選》卷二〇陸士龍《大將軍宴會被命作》：「靈旗樹旆，如雷斯揮。」六臣張銑注：「言旗旆如電之揮霍也。」

〔二〕連翩感孤志：《文選》卷二七曹子建《白馬篇》：「白馬飾金羈，連翩西北馳。」六臣張銑注：「連翩，馬馳貌。」契闊傷賤躬：《詩經·邶風·擊鼓》：「死生契闊，與子成説。」毛傳：「契闊，勤苦也。」

〔三〕親交篤離愛：《莊子·山木》：「親交益疏，徒友益散。」成玄英疏：「親戚交情，益甚疏遠，門徒朋友，益甚離散。」眷戀置酒終：《文選》卷二八陸士衡《短歌行》：「置酒高堂，悲歌臨觴，人壽幾何，逝如朝霜。」

〔四〕敷文：《藝文類聚》卷四八引晉裴希聲《侍中嵇侯碑》：「弱冠登朝，則敷文秘閣。」《宋書》卷六七《謝靈運傳》載謝靈運《山居賦》：「研書賞理，敷文奏懷。」發藻：《文選》卷四五班孟堅《答賓戲》：「近者陸子優游，《新語》以興；董生下帷，發藻儒林。」

〔五〕涉洧：《詩經·鄭風·涉洧》：「子惠思我，褰裳涉洧。」毛傳：「洧，水名也。」撫己謡渡江：《鮑參軍集注》黄節補注：「『撫己謡渡江』，蓋用屈原《涉江》九稱余，八稱吾意。」

〔六〕慙無黄鶴翅，安得久相從：《文選》卷二九蘇子卿《古詩·黄鵠一遠別》：「願爲雙黄鵠，送子俱遠飛。」

〔七〕不使舊山空：《文選》卷二六謝靈運《過始寧墅》：「剖竹守滄海，枉帆過舊山。」吕延濟注：「謂枉曲船帆，來過舊居。」

【集説】

清陳祚明《采菽堂古詩選》卷一八：直叙情真，結句勁。

喜雨

奉敕作

【解題】

以「喜雨」爲題之詩，今所見者以曹植所作爲最早。《藝文類聚》卷二引曹植《喜雨》詩云：「天覆何彌廣，苞育此群生。棄之必憔悴，惠之則滋榮。慶雲從北来，鬱述西南征。時雨中夜降，長雷周我庭。嘉種獲膏壤，登秋畢有成。」

營社達群陰，屯雲捹積陽①〔一〕。河井起龍蒸，日魄斂游光〔二〕。族雲飛泉室，震風沉羽鄉〔三〕。升雰浹地維，傾潤瀉天潢〔四〕。平灑周海嶽，曲潦溢川莊〔五〕。驚雷鳴桂渚，迴涓流玉堂〔六〕。珍木抽翠條②，炎卉濯朱芳③〔七〕。闤市欣九賦，京廩開萬箱〔八〕。無謝堯爲君，何用知柏皇④〔九〕。

【校記】

①「屯雲捹積陽」，《藝文類聚》卷二作「屯宫掩積陽」。

②「珍」，《藝文類聚》作「彌」。

③「濯」，張溥本、四庫本、《古詩紀》作「擢」，《藝文類聚》作「耀」。

④「皇」，原作「篁」，今據張溥本、《古詩紀》改。

【箋注】

〔一〕營社達群陰：《春秋公羊傳》哀公四年：「社者，封也。」何休注：「封土爲社。」《漢書》卷六三《武五子・齊懷王劉閎傳》：「嗚呼！小子閎，愛兹青社。」顔師古注：「張晏曰：『王者以五色土爲太社，封四方諸侯，各以其方色土與之，苴以白茅，歸以立社。』」《禮記・郊特牲》：「天子大社，必受霜露風雨，以達天地之氣也。」屯雲拚積陽：《文選》卷六左太沖《魏都賦》：「畜爲屯雲，泄爲行雨。」《禮記・大學》：「小人閒居爲不善，無所不至，見君子而後厭然，拚其不善而著其善。」《文選》卷七司馬長卿《子虛賦》：「獲若雨獸，拚草蔽地。」李善注：「拚，覆也。」《淮南子・天文訓》：「萬物積陽之熱氣生火，火氣之精者爲日。」

〔二〕河井起龍蒸：《藝文類聚》卷九六引《齊地記》：「昌平城有中，與荆水通，有神龍出入焉，故名龍城。」《文選》卷一九張茂先《勵志詩》：「水積成川，載瀾載清；土積成山，歊蒸鬱冥。」六臣李周翰注：「歊蒸，雲霧氣貌。」龍蒸，當爲龍所蒸騰之雲霧之氣。日魄斂游光：《春秋繁露・深察名號》：「是故陰之行不得于春夏，而月之魄常厭於日光。」《廣雅・釋天》：「火神謂之游光，金神謂之清明。」

〔三〕族雲飛泉室：《莊子・在宥》：「雲氣不待族而雨，草木不待黄而落。」成玄英疏：「族，聚也。」《文選》卷五左太沖《吴都賦》：「泉室潛織而卷綃，淵客慷慨而泣珠。」六臣劉良注：「俗傳鮫人從水中出，曾寄寓人家，積日賣綃。綃者，竹孚俞也。鮫人臨去，從主人索器，泣而出珠滿盤，以與主人。」震風沉羽鄉：《文選》卷五五陸士衡《演連珠》：「震風洞發，則夏屋有時而傾。」六臣注劉良注：「震風，大風也。」《楚辭・遠游》：「仍羽人於丹丘兮，留不死之舊鄉。」王逸注：「或曰人得道，身生羽毛也。」洪興祖補注：「羽人，飛僊也。」

〔四〕升雰浹地維：《文選》卷二九張平子《四愁詩》序：「屈原以美人爲君子，以珍寶爲仁義，以水深雪雰爲小人。」六臣吕延濟注：「雰，氣也。」《廣韻》卷五：「浹，通也，徹也。」《淮南子・天文訓》：「昔者共工與顓頊争爲帝，怒而觸不周之山，天柱折，地維絶。天傾西北，故日月星辰移焉；地不滿東南，故水潦塵埃歸焉。」天潢：《荀子・富國》：「潢然兼覆之，養長之，如保赤子。」楊倞注：「潢然，水大至之貌也。」《史記》卷二七《天官書》：「旁一星曰王良，王良策馬，車騎滿野。旁有八星絶漢，曰天潢。」

〔五〕川莊：《太平御覽》卷六八引蔡邕《月令章句》：「衆流注海曰川。」《左傳》襄公二十八年：「得慶氏之木百車於莊。」《爾雅·釋宫》：「五達謂之康，六達謂之莊。」

〔六〕桂渚：《水經注·洭水》「洭水出桂陽縣盧聚，……南出洭浦關爲桂水。」迴涓流玉堂：《説文解字》卷一一上：「涓，小流也。」宋玉《風賦》：「然後倘佯中庭，北上玉堂，躋於羅帷，經於洞房，乃得爲大王之風也。」

〔七〕珍木：《文選》卷二〇劉公幹《公讌詩》：「月出照園中，珍木鬱蒼蒼。」李善注：「新語」曰：『梗梓豫章，立則爲衆木之珍。』」朱芳：《藝文類聚》卷八六引晉潘尼《安石榴賦》：「朱芳赫奕，紅萼參差。」

〔八〕關市欣九賦：《尚書·酒誥》：「肇牽車牛遠服賈，用孝養厥父母。」《周禮·天官·太宰》：「以九賦斂財賄。一曰邦中之賦，二曰四郊之賦，三曰邦甸之賦，四曰家削之賦，五曰邦縣之賦，六曰邦都之賦，七曰關市之賦，八曰山澤之賦，九曰幣餘之賦。」「七曰關市之賦。」賈公彦疏：「王畿四面皆有關門，及王之市廛二處。」京廩開萬箱：《論衡·程材篇》：「京廩如丘，孰與委聚如坻也。」《詩經·小雅·甫田》：「乃求千斯倉，乃求萬斯箱。」朱熹集傳：「箱，車箱也。」

〔九〕何用知柏皇：《莊子·胠篋》：「子獨不知至德之世乎？昔者容成氏，大庭氏，伯皇氏，中央氏，栗陸氏，驪畜氏，軒轅氏，赫胥氏，尊盧氏，祝融氏，伏羲氏，神農氏。」《文選》卷四九干令升《晉紀·論晉武帝革命》：「故古之有天下者，柏皇、栗陸以前，爲而不有，應而不求，執大象也。」

【集説】

清陳祚明《采菽堂古詩選》卷一九：琢句總不群。冥搜取異，摘「堯爲君」三字雅。

詠蕭史

【解題】

此詩張溥本、《樂府詩集》卷五一、《古詩紀》卷六〇題作《蕭史曲》，今從宋本。

按《藝文類聚》卷七八以此詩爲張華作。張溥《百三家集》則又分别收入《張華集》與《鮑照集》中。《古詩紀》卷六〇作鮑照詩，並注云：「《樂府》作鮑照，《藝文》作張華，然此詩詞格不類晉人，當以《樂府》爲正。」

劉向《列僊傳·蕭史》：「蕭史者，秦穆公時人也。善吹簫，能致孔雀、白鶴於庭。穆公有女，字弄玉，好之。公遂以女妻焉，日教弄玉作鳳鳴，居數年，吹似鳳聲，鳳凰來止其屋。公爲作鳳臺，夫婦止其上，不下數年，一旦皆隨鳳凰飛去。故秦人爲作鳳女祠於雍宫中，時有簫聲而已。」《太平廣記·神僊四》：「蕭史，不知得道年代，貌如二十許人，善吹簫，作鸞鳳之響，而瓊姿煒爍，風神超邁，真天人也。混跡於世，時莫能知之。秦穆公有女弄玉，善吹簫，公以弄玉妻之。遂教弄玉作鳳鳴，居十數年，吹簫似鳳聲，鳳凰來止其屋。公爲作鳳臺，夫婦止其上，不飲不食，不下數年。一旦，弄玉乘鳳，蕭史乘龍，昇天而去。秦爲作鳳女祠。時聞簫聲，今洪州西山絶頂有蕭史石僊壇、石室及巖屋，真像存焉。莫知年代，出《神僊傳拾遺》。」

蕭史愛少年①，嬴女忝童顔②〔一〕。火粒願排棄，霞霧好登攀③〔二〕。龍飛送天路④，鳳起出秦關〔三〕。身去長不返⑤，簫聲時往還〔四〕。

【校記】

①「少」，張溥本、《藝文類聚》《古詩紀》作「長」。

②「忝」，《藝文類聚》作「老」。

③「霞霧好登攀」，《樂府詩集》作「霞好忽登攀」。

④「送」，《藝文類聚》作「竟」，張溥本、《樂府詩集》作「逸」。《古詩紀》作「長」，注云：「一作『竟』。」

⑤「返」，《藝文類聚》作「反」。

【箋注】

〔一〕嬴女忝童顏：《史記》卷五《秦本紀》：「秦之先，帝顓頊之苗裔，孫曰女脩。女脩織，玄鳥隕卵，女脩吞之，生子大業。大業取少典之子，曰女華。女華生大費，與禹平水土。已成，帝錫玄圭。禹受曰：『非予能成，亦大費爲輔。』帝舜曰：『咨爾費，贊禹功，其賜爾皁游。爾後嗣將大出。』乃妻之姚姓之玉女，大費拜受，佐舜調馴鳥獸，鳥獸多馴服，是爲柏翳。舜賜姓嬴氏。」《文選》卷三張平子《東京賦》：「嬴氏搏翼，擇肉西邑。」《廣韻》卷四：「吝，悔吝。又惜也，恨也。俗作忝。」

〔二〕火粒願排棄：《禮記·王制》：「東方曰夷，被髮文身，有不火食者矣。南方曰蠻，雕題交趾，有不火食者矣。西方曰戎，被髮衣皮，有不粒食者矣。北方曰狄，衣羽毛穴居，有不粒食者矣。」鄭玄注：「不火食，地氣煖，不爲病。不粒食，地氣寒，少五穀。」

〔三〕龍飛送天路：《文選》卷二五傅長虞《贈何劭王濟》：「吾兄既鳳翔，王子亦龍飛。」《楚辭·離騷》：「爲余駕飛龍兮，雜瑶象以爲車。」《文選》卷二張平子《西京賦》：「美往昔之松喬，要羨門乎天路。」《藝文類聚》卷三二引《古詩》：「蘭若生春陽，涉冬猶盛滋。願言追昔愛，情款感四時。美人在雲端，天路隔無期。」鳳起出秦關：《楚辭·離騷》：「吾令鳳皇飛騰兮，又繼之以日夜。」《史記》卷六九《蘇秦列傳》：「惠王曰：『秦四塞之國。』」張守節正義：「東有黄河，有函谷、蒲津、龍門、合河等關；南有南山及武關、嶢關；西有大隴山及隴山關、大震、烏蘭等關；北有黄河南塞，是四塞之國也。」

〔四〕往還：《文選》卷一二郭景純《江賦》：「介鯨乘濤以出入，鯼鮆順時而往還。」六臣張銑注：「介，孤也。鯨魚孤乘波濤，或出或入。」

【集説】

清陳祚明《采菽堂古詩選》卷一八：結語亮。

贈故人馬子喬六首

【解題】

此篇《玉臺新詠》卷四題作《贈故人》，今從宋本。其六首中「松生隴阪上」一首，《藝文類聚》卷八八引作晉張華《詩》。《古詩紀》卷三一作張華詩，題作「擬古」，卷六一則歸之於鮑照，所題與此同。

一

躑躅城上羊，攀隅食玄草〔一〕。俱共日月輝，昏明獨何早〔二〕？夕風飄野籜，飛塵被長道〔三〕。親愛難重見①，懷憂坐空老〔四〕。

【校記】

①「見」，張溥本、《古詩紀》卷六一作「陳」。

【箋注】

〔一〕躑躅城上羊：崔豹《古今注》卷下：「羊躑躅，花黄，羊食之則死，羊見之則躑躅分散，故名羊躑躅。」

〔二〕昏明：《藝文類聚》卷六〇引《列子》：「二曰承影，將旦昧爽之交，日夕昏明之際，北面察之，淡焉若有物在，莫識其狀。」

〔三〕夕風飄野籜：《文選》卷二二謝靈運《於南山往北山經湖中瞻眺》：「初篁苞緑籜，新蒲含紫茸。」李善注：「服虔《漢書》注曰：『篁，叢竹也；籜，竹皮也。』」飛塵：《文選》卷二八陸士衡《長安有狹邪行》：「輕蓋承華景，騰步躡飛塵。」

〔四〕親愛難重見：《韓非子·難三》：「凡人於其親愛也，始病而憂，臨死而懼，已死而哀。」《文選》卷二四曹子建《贈白馬王彪》：「玄黄猶能進，我思鬱以紆。鬱紆將難進，親愛在離居。」

【集説】

清王夫之《古詩評選》卷五：重用興比，恰緊處顧以平語出之，非但漢人遺旨，亦《三百篇》之流風也。

清陳祚明《采菽堂古詩選》卷一八：言城上獨早見日，興己獨悲。

清王闓運《湘綺樓説詩》卷八：「六首俱常意，而鍊響取勢俱佳，遂覺生動濃至。」

二

寒灰滅更燃①，夕華晨更鮮〔一〕。春冰雖暫解，冬水復還堅②〔二〕。佳人捨我去，賞愛長絶絃③〔三〕。歡至不留日④，感物輒傷年⑤〔四〕。

【校記】

①「寒」，原作「空」，今據張溥本、《玉臺新詠》《古詩紀》改。

②「水」，《玉臺新詠》作「冰」。

③「絃」，張溥本、四庫本、《玉臺新詠》作「緣」。

④「日」，《玉臺新詠》作「時」。

⑤「感物」，《玉臺新詠》作「每感」。

【箋注】

〔一〕寒灰滅更燃：《史記》卷一〇八《韓長孺列傳》：「蒙獄吏田甲辱安國，安國曰：『死灰獨不復然乎？』田甲曰：『然即溺之。』」《三國志》卷二一《魏志・劉廙傳》：「揚湯止沸，使不燋爛，起煙於寒灰之上，生華於已枯之木。」

〔二〕春冰雖暫解，冬水復還堅：《尚書・周書・君牙》：「心之憂危，若蹈虎尾，涉于春冰。」孔傳：「春冰畏陷。」《禮記・月令・季冬之月》：「冰方盛，水澤腹堅。命取冰。」《藝文類聚》卷一七引張衡《髑髏賦》：「冬之冰凝，何如春冰之消？」

〔三〕賞愛長絶絃：《吕氏春秋・本味》：「伯牙鼓琴，鍾子期聽之。方鼓琴而志在太山，鍾子期曰：『善哉乎鼓琴，巍巍乎若太山。』少選之間，而志在流水，鍾子期又曰：『善哉乎鼓琴，湯湯乎若流水。』鍾子期死，伯牙破琴絶絃，終身不復鼓琴，以爲世無足復爲鼓琴者。」《文選》卷四二魏文帝《與吴質書》：「昔伯牙絶絃於鍾期，仲尼覆醢於子路，痛知音之難遇，傷門人之莫逮。」

〔四〕感物：《文選》卷五二班叔皮《王命論》：「是以王武感物而折契，吕公覩形而進女。」

【集説】

清王夫之《古詩評選》卷五：珊枝無葉，而有便娟之勢，光潤存也。參軍詩愈韜愈遠，其放情刻鏤者，則皆成滯累。然豈徒參軍爲爾。五言長篇，加以刻鏤，其不滯累者鮮矣。愚用此以不惬於《采芑》《韓奕》，而況其餘。

三

松生隴坂上，百尺下無枝〔一〕。東南望河尾，西北隱崑崖〔二〕。野風振山籟，朋鳥夜驚離①〔三〕。悲涼貫年節，葱翠恒若斯〔四〕。安得草木心，不怨寒暑移〔五〕？

【校記】

①「夜」，《鮑參軍集注》作「相」。

【箋注】

〔一〕隴坂：《文選》卷二九張平子《四愁詩》：「我所思兮在漢陽，欲往從之隴阪長。」李善注：「應劭曰：『天水有大阪，名曰隴阪。』」百尺下無枝：《文選》卷三四枚叔《七發》：「龍門之桐，高百尺而無枝。」

〔二〕東南望河尾：《水經注·沽河》：「又東南至泉州縣，與清河合，東入於海。清河者，派河尾也。」西北隱崑崖：《水經注·河水》：「崑崙墟在西北，去嵩高山五萬里，地之中也。其高萬一千里。」

〔三〕山籟：《莊子·齊物論》：「子游曰：『地籟則衆竅是已，人籟則比竹是已，敢問天籟？』子綦曰：『夫吹萬不同，而使其自己也。』」朋鳥：《禽經·提要》：「一鳥曰佳，二鳥曰雔，三鳥曰朋，四鳥曰乘。」

〔四〕葱翠恒若斯：《文選》卷一一王文考《魯靈光殿賦》：「葱翠紫蔚，礧碨瓌瑋，含光晷兮。」六臣劉良注：「葱翠紫蔚，雜綵色也。」

〔五〕安得草木心，不怨寒暑移：李光地《榕村詩選》卷二：「末句言安得人如此草木之心，可以不怨寒暑之移乎？一說松柏亦草木耳，何以不怨寒暑之移如此也？一說惟松柏能然，其他草木之心，安得不怨寒暑之移哉？」

【集説】

清王夫之《古詩評選》卷五：杜陵以「俊逸」題鮑，爲樂府言爾。鮑五言恒得之深秀，而失之重澀，初不欲以「俊逸」自居。惟此殊有逸致，然一往澹然，正不肯俊語。五言自著「俊」字不得。吴均、柳惲以下，洎乎張藉、曹鄴，俱以「俊」失之。

四

種橘南池上，種杏北池中。池北既少露，池南又多風。早寒逼晚歲，衰恨滿秋容〔一〕。湘濱有靈鳥，其字曰鳴鴻〔二〕。一挹繒繳痛，長别遠無雙〔三〕。

【箋注】

〔一〕晚歲：《文選》卷二四曹子建《贈徐幹》：「良田無晚歲。膏澤多豐年。」六臣劉良注：「良田雖晚，無不獲者；膏澤屢降，必有豐年。言幹有美德，以當見用，無以晚歲爲意。」秋容：猶秋色。

〔二〕湘濱有靈鳥：《文選》卷一五：「哀二妃之未從兮，翩繽處彼湘濱。」李善注：「濱，水涯也。」

〔三〕繒繳：《樂府詩集》卷八三漢高帝《楚歌》：「鴻鵠高飛，一舉千里。羽翼以就，横絶四海。横絶四海，又可奈何？雖有繒繳，尚安所施？」《文選》卷一班孟堅《西都賦》：「撫鴻罿，御繒繳，方舟並鶩，俛仰極樂。」六臣吕延濟注：「言持綱繳射，並舟而鶩，俯仰以盡其樂。」

【集説】

清陳祚明《采菽堂古詩選》卷一八：古調。

清王闓運《湘綺樓説詩》卷八：結云：「湘濱有靈鳥，其字曰鳴鴻。一把繒繳痛，長別遠無雙。」一接便結，尺幅中具萬里之觀。

五

皎如川上鵠，赫似握中丹〔一〕。宿心誰不欺？明白古所難〔二〕。憑楹觀皓露，灑酒盪憂顔〔三〕。永念平生意，窮光不忍還〔四〕。淹流徒攀桂①，延佇空結蘭〔五〕。

【校記】

①「淹流」，張溥本、四庫本、《古詩紀》作「淹留」。

【箋注】

〔一〕皎如川上鵠：《藝文類聚》卷六三引晉張協《玄武館賦》：「爛若丹霞，皎如素雪。」赫似：本集《登大雷岸與妹書》：「若華夕曜，巖澤氣通。傳明散綵，赫似絳天。左右青靄，表裏紫霄。」

〔二〕宿心：《文選》卷二三嵇叔夜《幽憤詩》：「内負宿心，外恧良朋。」六臣吕向注：「宿心，謂宿昔本心也。」明白古所難：《老子》：「明白四達，能無知乎？」《莊子·天道》：「夫明白於天地之德者，此之謂大本大宗，與天和者也。」郭象注：「天地以無爲爲德，故明其宗本，則與天地無逆也。」

〔三〕憑楹觀皓露：《左傳》莊公二十三年：「秋，丹桓宫楹。」杜預注：「楹，柱也。」《太平御覽》卷一二引王子年《拾遺記》：「讌於山南，時中蕤賓，乃作皓露秋霜之曲。」

〔四〕平生意：《論語·憲問》：「見利思義，見危授命，久要不忘平生之言，亦可以爲成人矣。」按平生意，謂平生之情意。

《文選》卷二三任彦昇《出郡傳舍哭范僕射》：「何時見范侯，還叙平生意。」從此出。

〔五〕淹流徒攀桂：《藝文類聚》卷一八引曹植《静思賦》：「秋風起於中林，離鳥鳴而相求。愁慘慘以增傷，悲予安能乎淹流。」陸雲《九愍·悲郢》：「登高山以遐望，念悠處之淹流。豈大川之難濟，悲利涉之莫由。」延佇空結蘭：《楚辭·離騷》：「時曖曖其將罷兮，結幽蘭而延佇。世溷濁而不分兮，好蔽美而嫉妒。」

六

雙劍將離别①，先在匣中鳴〔一〕。煙雨交將夕，從此忽分形②。雌沉吴江裏③，雄飛入楚城〔二〕。吴江深無底，楚闕有崇扃④〔三〕。一爲天地别，豈直限幽明⑤〔四〕。神物終不隔，千祀儻還并〔五〕。

【校記】

①「離别」，《玉臺新詠》作「别離」。

②「忽」，張溥本、《玉臺新詠》作「遂」。

③「裏」，《玉臺新詠》作「水」。

④「闕」，張溥本、《古詩紀》作「關」，《玉臺新詠》作「城」。

⑤「限」，《玉臺新詠》作「阻」。

【箋注】

〔一〕《晉書》卷三六《張華傳》：「華聞豫章人雷焕妙達緯象，乃要焕宿，屏人曰：『可共尋天文，知將來吉凶。』因登樓仰觀。焕曰：『僕察之久矣，惟斗牛之間頗有異氣。』華曰：『是何祥也？』焕曰：『寶劍之精，上徹於天耳。』華曰：『君言得之。

吾少時有相者言，吾出六十，位登三事，當得寶劍佩之。斯言豈效與！』因問曰：『在何郡？』焕曰：『在豫章豐城。』華曰：『欲屈君爲宰，密共尋之，可乎？』焕許之。華大喜，即補焕爲豐城令。焕到縣，掘獄屋基，入地四丈餘，得一石函，光氣非常，中有雙劍，並刻題，一曰龍泉，一曰太阿。其夕，斗牛間氣不復見焉。焕以南昌西山北巖下土以拭劍，光芒豔發。大盆盛水，置劍其上，視之者精芒炫目。遣使送一劍並土與華，留一自佩。或謂焕曰：『得兩送一，張公豈可欺乎？』焕曰：『本朝將亂，張公當受其禍。此劍當繫徐君墓樹耳。靈異之物，終當化去，不永爲人服也。』華得劍，寶愛之，常置坐側。華以南昌土不如華陰赤土，報焕書曰：『詳觀劍文，乃干將也，莫邪何復不至？雖然，天生神物，終當合耳。』因以華陰土一斤致焕。焕更以拭劍，倍益精明。華誅，失劍所在。焕卒，子華爲州從事，持劍行經延平津，劍忽於腰間躍出墮水。使人没水取之，不見劍，但見兩龍各長數丈，蟠縈有文章，没者懼而反。須臾光彩照水，波浪驚沸，於是失劍。」

〔二〕吴江：《國語·越語上》「三江環之」，韋昭注：「三江：吴江、錢唐江、浦陽江。」楚城：《藝文類聚》卷四五引陸機《漢高祖功臣頌》：「彭越觀世，韜跡隱光，威凌楚城，質委漢王，靖難河濟，即官舊梁。」

〔三〕崇扃：《廣韻》卷二：「扃，户外閉關也。」《鮑參軍集注》黄節補注：「《宋書·州郡志》：『江州豫章郡豐城縣。』即今江西南昌府，晉揚州豫章郡也。詩用吴江楚關，蓋切豐城而言。」

〔四〕限幽明：《文選》卷二六顔延年《和謝監靈運》：「人神幽明絶，朋好雲雨乖。」

〔五〕神物：《周易·繫辭上》：「探賾索隱，鈎深致遠，以定天下之吉凶，成天下之亹亹者，莫大乎蓍龜。是故天生神物，聖人則之。」《文選》卷三四枚叔《七發》：「神物怪疑，不可勝言。」千祀：《文選》卷二一謝宣遠《張子房詩》：「惠心奮千祀，清埃播無疆。」六臣劉良注：「良以明惠之心，爲漢畫計，奮於千載之上，清塵布於後代，有無窮之美。」按李白《古風五十九首》之一六：「寶劍雙蛟龍，雪花照芙蓉，精光射天地，雷騰不可衝。一去别金匣，飛沉失相從，風胡殁已久，所以潛其鋒。吴水深萬丈，楚山邈千重，雌雄終不隔，神物會當逢。」即擬此詩。

【集説】

清毛先舒《詩辯坻》卷二：子建《贈白馬》，韓卿《答希叔》，及二謝兄弟贈酬之作，俱聯絡數章爲一首，不可斷裂。明遠《贈故人馬子喬六首》，遂各自成篇。

清陳祚明《采菽堂古詩選》卷一八：六首意並率，而句調差古。「煙雨交將夕」，寫得森然。

王闓運《湘綺樓説詩》卷八：起云：「雙劍將離别，先在匣中鳴，煙雨交將夕，從此忽分形。」鍊氣於無形，便有自然神力。

採菱歌七首

【解題】

《樂府詩集》此篇屬《清商曲辭》。《文選》卷三三《招魂》：「《涉江》《採菱》，發《揚荷》些。美人既醉，朱顔酡些。」六臣張銑注：「《涉江》《採菱》《陽阿》，皆楚歌曲名。」《文選》卷五左太沖《吴都賦》：「或超延露而駕辯，或踰渌水而採菱。」《樂府詩集》卷二六《相和歌辭・江南》題解云：「《樂府解題》曰：『《江南》，古辭，蓋美芳晨麗景，嬉游得時。若梁簡文「桂檝晚應旋」，唯歌游戲也。』按梁武帝作《江南弄》以代西曲，有《採蓮》《採菱》，蓋出於此。唐陸龜蒙又廣古辭爲五解云。」卷五〇《清商曲辭・採菱曲》題解：「《古今樂録》曰：『《採菱曲》和云：菱歌女解佩。』」《爾雅翼・釋草》：「吴楚之風俗，當菱熟時，士女相與採之，故有採菱之歌以相和，爲繁華流蕩之極。《招魂》云：『涉江採菱發陽阿。』『陽阿』者，採菱之曲也。」

曹道衡《鮑照幾篇詩文的寫作時間》認爲此組詩（福林按曹先生論此詩時將「採菱」誤寫作「採蓮」），乃有感於宋文帝太子劉劭、次子劉濬密謀弑父而作。其論組詩第五首時云：「關於『近關』，據錢振倫、黄節的注釋，都認爲是用《左傳》襄公十四年所載衛國大夫孫文子得罪獻公『遂行從近關』的典故。至於『琴中悲』，我認爲是用《琴操》所載春秋時介子推作《士失志操》（見《樂府詩集》卷五七）的典故。因爲用劉宋時的藩王比喻春秋時諸侯，是當時常用的手法。鮑照自比孫文子得罪獻公，即指他和劉濬有矛盾，纔離開了劉濬幕。『琴中悲』是表明自己的失意。鮑照因爲預感到劉劭、劉濬的密謀，因此離職去任永安令是完全可能的。因爲據《宋書·二凶傳》，劉劭、劉濬企圖殺害文帝事密謀已久，鮑照身居劉濬幕下，不難有所覺察。他離開之後，由預感到大亂即將發生也產生憂患，寫出這些詩來，似乎也很合理。」又云：「如果把這些詩聯繫起來看，第七首就比較好解釋了：『思今懷近憶，望古懷遠識。懷古復懷今，長懷無終極。』這首詩叫人聯想到唐陳子昂的『前不見古人，後不見來者，念天地之悠悠，獨愴然而涕下。』可見詩人有着很深的感慨。」並進而得出以下的結論，即組詩乃詩人元嘉二十七年秋天在永安令任上作。以上曹先生所認爲的此詩乃元嘉二十七年（四五〇）詩人在永安令任上所作，乃有失偏頗。因爲詩人離開始興王劉濬幕的時間大約在元嘉二十八年三月，離開劉濬幕後也並不是去永安擔任縣令之職，而是逗留江北，作客淮楚，並於次年五月經由瓜步返回京都建康。而且詩人擔任永安令的時間乃在孝武帝大明年間，而並不是在文帝元嘉年間。因此，筆者以爲，曹先生對此詩創作原因的推測大致是可信的，但認爲詩作于永安令任上尚值得商榷。今據錢仲聯説，詩人于元嘉二十八年春離開始興王劉濬幕，則此詩之作也應該在元嘉二十八年（四五一）左右。

一

驚舲馳桂浦①，息棹偃椒潭〔一〕。簫弄澄湘北，菱歌清漢南②〔二〕。

【校記】

①「驚」，張溥本作「鶩」。

②「簫弄澄湘北菱歌清漢南」，《樂府詩集》卷五一注云：「一作『弄弦瀟湘北歌菱清漢南』。」

【箋注】

〔一〕鶩舲馳桂浦：《楚辭·九章·涉江》：「乘舲船余上沅兮，齊吴榜以擊汰。」王逸注：「舲船，船有窗牖者。」《淮南子·俶真訓》：「越舲蜀艇，不能無水而浮。」高誘注：「舲，小船也。」息棹偃椒潭：《楚辭·九歌·湘君》：「桂櫂兮蘭枻，斲冰兮積雪。」王逸注：「櫂，楫也。」《爾雅·釋訓》：「《方言》曰：『檝，橈也。』《説文》云：『檝，舟棹也。』《釋名》曰：『在旁撥水曰櫂，又謂之檝。』」《鮑參軍集注》黄節補注：「桂浦椒潭，不必指地名，亦《離騷》『申椒菌桂』之義。《九歌》『鼂馳鶩兮江皋，夕弭節兮北渚』，意並仿之。」

〔二〕簫弄澄湘北：《文選》卷一七王子淵《洞簫賦》：「時奏狡弄，則彷徨翺翔。」李善注：「狡，急也，弄，小曲也。」「《楚辭·離騷》：「濟沅湘以南征兮，就重華而陳詞。」王逸注：「沅、湘，水名也。」漢南：《爾雅·釋地》：「漢南曰荆州。」

【集説】

清王夫之《古詩評選》卷三：益平益遠，小詩之聖證也。

二

弭榜搴蕙荑，停唱紉薰若①〔一〕。含傷拾泉花②。縈念採雲萼③〔二〕。

【校記】

①「紉」，《樂府詩集》作「納」。

②「拾」，張溥本作「捨」。

③「縈」，張溥本作「營」。

【箋注】

〔一〕弭榜搴蕙荑：《楚辭·離騷》：「吾令羲和弭節兮，望崦嵫而未迫。」王逸注：「弭，按也，按節徐步也。」洪興祖補注：「弭，止也。」《楚辭·九章·涉江》：「乘舲船余上沅兮，齊吴榜以擊汰。」王逸注：「吴榜，船櫂也。……士卒齊舉大櫂而擊水波。」《離騷》：「余既滋蘭之九畹兮，又樹蕙之百畝。」《詩經·邶風·静女》：「自牧歸荑，洵美且異。」毛傳：「荑，茅之始生也。」《爾雅翼·釋草》：「蕙荑，初生草。」《晉書》卷七二《郭璞傳》：「杞梓競敷，蘭荑争翹。」停唱紉薰若：《離騷》：「扈江離與辟芷兮，紉秋蘭以爲佩。」王逸注：「紉，索也。」洪興祖補注：「《方言》曰：『續，楚謂之紉。』」《左傳》僖公四年：「一薰一蕕，十年尚猶有臭。」杜預注：「薰，香草；蕕，臭草。」《楚辭·九歌·雲中君》：「浴蘭湯兮沐芳，華采衣兮若英。」王逸注：「若，杜若。」

〔二〕泉花：《鮑參軍集注》黄節補注：「泉花，即指菱花。曰泉花者，猶本集《秋夜》詩之『泉卉』也，皆明遠自造詞。」縈念採雲萼：縈念，旋繞牽掛。《廣韻》卷五：「縈，於營切，繞也。」《文選》卷二六陶淵明《辛丑歲七月赴假還江陵夜行塗口》：「商歌非吾事，依依在耦耕。投冠旋舊墟，不爲好爵縈。養真衡茅下，庶以善自名。」李善注：「《周易》曰：『我有好爵，吾與爾縻之。』」本集《和王丞》：「明澗予沿越，飛蘿子縈牽。」《晉書》卷五一《皇甫謐傳》：「是以春華發萼，夏繁其實。」《廣韻》卷五：「萼，花萼。」

三

睽闊逢暄新，悽怨值妍華〔一〕。愁心不可盪①，春思亂如麻〔二〕。

【校記】

①「愁心不可盪」，《樂府詩集》作「秋心殊不那」，注云：「一作『秋心不可蕩』。」

【箋注】

〔一〕睽闊逢暄新：《莊子·天運》：「三皇之知，上悖日月之明，下睽山川之精，中墮四時之施。」成玄英疏：「睽，乖離也。」《文選》卷二四陸士衡《贈尚書郎顧彦先二首》之一：「形影曠不接，所託聲與音，音聲日夜闊，何用慰吾心？」《廣韻》卷五：「闊，遠也，疏也。」《玉篇》卷二〇：「暄，許圓切，春晚也。」

〔二〕愁心不可盪：《左傳》莊公四年：「入告夫人鄧曼曰：『余心蕩。』」杜預注：「蕩，動散也。」春思亂如麻：《玉臺新詠》卷二曹植《雜詩》：「攬衣出中閨，逍遥步兩楹，閒房何寂寞，緑草被階庭。空室自生風，百鳥翔南征，春思安可忘，憂戚與我并。」以上二句《鮑參軍集注》黄節補注云：「菱秋熟，在水不移，故曰秋心不可盪。由秋以溯春，故曰睽闊，故曰春思。麻在水中，如《詩》之漚麻，皆眼前之物。」

四

要艷雙嶼裏，望美兩洲間〔一〕。裹裹風出浦①，容容日向山②〔二〕。

【校記】

①「裹裹」，《樂府詩集》作「裊裊」。

②「容容」，《樂府詩集》作「沈沈」。

【箋注】

〔一〕要艷雙嶼裏：《詩經·鄘風·桑中》：「期我乎桑中，要我乎上宫。」《廣韻》卷四：「要，於笑切，約也。」嶼，水中小島。曹操《滄海賦》：「覽島嶼之所有。」望美兩洲間：《楚辭·九歌·少司命》：「望美人兮未來，臨風怳兮浩歌。」《爾雅·釋水》：「水中可居者曰洲。」

〔二〕褭褭風出浦：《鮑參軍集注》黄節補注：「《説文》：『褭，以組帶馬也。』《韻會》：『褭，或作嫋。』《楚辭·九歌》：『嫋嫋兮秋風。』《六書故》：『嫋，與裊通。』疑『嫋』書作『裊』，而又轉作『褭』耳。」《詩經·大雅·常武》：「率彼淮浦，省此徐土。」毛傳：「浦，涯也。」容容：《楚辭·九歌·山鬼》：「表獨立兮山之上，雲容容兮而在下。」洪興祖補注：「容容，雲出貌。」

【集説】

清王夫之《古詩評選》卷三：語脈如澹煙縈空，寒光表裏，王江寧極意學此，猶覺斂舒未順。

五

煙噎越障深①，箭迅楚江急〔一〕。空抱琴中悲②，徒望近關泣③〔二〕。

【校記】

①「噎」，《樂府詩集》作「噎」。「障」，張溥本、《樂府詩集》作「嶂」。

②「中」，《樂府詩集》作「心」。

③「近關」，《樂府詩集》作「弦開」。

【箋注】

〔一〕煙曀：《詩經・邶風・終風》：「終風且曀，不日有曀。」毛傳：「陰而風曰曀。」箭迅：《繹史》卷一一九引《慎子》：「河下龍門，流駛竹箭，駟馬追之不及。」

〔二〕空抱琴中悲，徒望近關泣：《樂府詩集》卷五七《琴曲歌辭・士失志操》：「有龍矯矯，頃失其所，五蛇從之，周偏天下。龍飢無食，一蛇割股，龍反其淵，安其壤土。四蛇入穴，皆有處所，一蛇無穴，號於中野。」「有龍矯矯，遭天譴怒，三蛇從之，一蛇割股。二蛇入國，厚蒙爵土，餘有一蛇，棄於草莽。」「有龍矯矯，將失其所，有蛇從之，周流天下。龍既入深淵，得其安所。蛇脂盡乾，獨不得甘雨。」「龍欲上天，五蛇爲輔，龍已升雲，四蛇各入其宇。一蛇獨怨，終不見處所。」曹道衡《鮑照幾篇詩文的寫作時間》以爲「琴中悲」用此典。《左傳》襄公十四年：「衛獻公戒孫文子、甯惠子食，日旰不召，而射鴻於囿。二子從之，不釋皮冠而與之言，二子怒。孫文子如戚，孫蒯入使，公飲之酒，使大師歌《巧言》之卒章。大師辭，師曹請爲之。初，公有嬖妾，使師曹誨之琴。師曹鞭之，公怒，鞭師曹三百。故師曹欲歌之以怒孫子，以報公。公使歌之，遂誦之。蒯懼，告文子。文子曰：『君忌我矣，弗先，必死。』并帑於戚，而入見蘧伯玉曰：『君之暴虐，子所知也。大懼社稷之傾覆，將若之何？』對曰：『君制其國，臣敢奸之？雖奸之，庸知愈乎？』遂行，從近關出。」孔穎達疏：「《周禮・司關》注云：『關，界上之門也。』衛都不當竟中，其界有遠有近。欲速出竟，故從近關出也。」《鮑參軍集注》黄節補注以爲以上二句乃感其事而作。

【集説】

清陳祚明《采菽堂古詩選》卷一八：採菱歌三首（按指「鶩舲馳桂浦」，「要艷雙嶼裏」，「煙曀越嶂深」三首）生態，亦不似《子夜》之流，要自古勁。

六

緘歎凌珠淵，收慨上金堤〔一〕。春芳行歇落，是人方未齊〔二〕。

【箋注】

〔一〕珠淵：《莊子·天地》：「若然者，藏金於山，藏珠於淵，不利貨財，不近富貴，不貴難得之物，乃能忘我，況貨財乎！」金堤：《漢書》卷五七上《司馬相如傳上》：「嫛姍勃窣，上金隄。」顔師古注：「金隄，言水之隄塘堅如金也。」

〔二〕春芳行歇落，是人方未齊：《楚辭·九章·悲回風》：「蘋蘅槁而節離兮，芳以歇而不比。」王逸注：「喻己年衰齒墮落也，志意已盡，知慮闕也。」《鮑參軍集注》黄節補注：「杜預《左氏傳》注曰：『歇，盡也。』《文選》李善注：『行，猶且也。』又曰：『比，合也。』齊，猶比也。《詩·小雅》：『比物四驪。』鄭注云：『毛馬齊其色，物馬齊其力。』以此釋齊。未齊，言人不能與春芳比也。」

七

思今懷近憶，望古懷遠識〔一〕。懷古復懷今，長懷終無極①〔二〕。

【校記】

①「終無極」，張溥本、《樂府詩集》作「無終極」。

【箋注】

〔一〕遠識：《晉書》卷三五《裴秀傳附裴頠傳》：「頠字逸民，弘雅有遠識，博學稽古，自少知名。」

〔二〕長懷終無極：《國語·越語下》：「范蠡對曰：『臣聞命矣，君行制，臣行意。』遂乘輕舟以浮於五湖，莫知其所終極。」

【集説】

清王夫之《古詩評選》卷三：王維《輞川》詩從此出。（《鮑參軍集注》錢振倫按：右丞《輞川集》詩：「來者復爲誰？空悲昔人有。」又：「上下華子岡，惆悵情何極？」船山所指，蓋謂此也。）

又云：通首假勝真，真者益以孤尊矣。震艮陽，兑巽陰，正是此理。俗子但知面上肉耳。

山行見孤桐

【解題】

《詩經·鄘風·定之方中》：「樹之榛栗，椅桐梓漆，爰伐琴瑟。」鄭玄箋：「爰，曰也。樹此六木於宫者，曰其長大，可伐以爲琴瑟。」《禮記·月令·季春之月》：「桐始華。」《尚書·禹貢》：「羽畎夏翟，嶧陽孤桐。」孔傳：「孤，特也。嶧山之陽，特生桐，中琴瑟。」《藝文類聚》卷四〇引晉庾闡《弔賈生文》曰：「飛榮洛汭，濯穎山東，質清浮磬，聲若孤桐。」

桐生叢石裏，根孤地寒陰〔一〕。上倚崩峰勢①，下帶洞阿深〔二〕。奔泉冬激射，霧雨夏霖淫②〔三〕。未霜葉已肅，不風條自吟〔四〕。昏明積苦思，晝夜叫哀禽〔五〕。棄妾望掩淚，逐臣對撫心〔六〕。雖以慰單危，悲涼不可任〔七〕。幸願見雕斲③，爲君堂上琴〔八〕。

【校記】

①「峰」，張溥本、《古詩紀》卷六二作「岸」。

②「淫」，張溥本、《古詩紀》作「霪」。按淫，霪字通。

③「幸願」，《藝文類聚》作「不願」。

【箋注】

〔一〕 蘩石：謂重疊集聚之石。蘩，通叢。《尚書·無逸》：「亂罰無罪，殺無辜，怨有同，是叢于厥身。」孔傳：「叢聚於其身。」根孤：《晏子春秋》卷五：「譬之猶秋蓬也，孤其根而美枝葉，秋風一至，根且拔矣。」

〔二〕 洞阿：《穆天子傳》卷一：「丙午，天子飲于河水之阿。」郭璞注：「阿，水崖也。」

〔三〕 霖淫：葛洪《抱朴子·廣譬》：「故明君賞猶春雨，而無霖淫之失；罰擬秋霜，而無詭時之嚴。」

〔四〕 未霜葉已肅：《詩經·豳風·七月》：「九月肅霜，十月滌場。」毛傳：「肅，縮也，霜降而收縮萬物。」不風條自吟：《西京雜記》卷五：「太平之世，則風不鳴條，開甲散萌而已。」

〔五〕 晝夜叫哀禽：《文選》卷二六謝靈運《七里瀨》：「荒林紛沃若，哀禽相叫嘯。」六臣呂延濟注：「叫嘯，衆鳥相命聲也。」

〔六〕 棄妾望掩淚，逐臣對撫心：《藝文類聚》卷四四引後漢馬融《長笛賦》：「於是放臣逐子，棄妾離友，攢乎下風，收精注耳。」《文選》卷一三禰正平《鸚鵡賦》：「放臣爲之屢歎，棄妻爲之歔欷。」六臣李周翰注：「放臣，得罪見逐遠國者。棄妻，謂夫放之。」

〔七〕 雖以慰單危：《後漢書》卷四七《班超傳》：「肅宗初即位，以陳睦新没，恐超單危，不能自立，下詔徵超。」

〔八〕 爲君堂上琴：《藝文類聚》卷四四引桓譚《新論》：「神農氏繼而王天下，於是始削桐爲琴，繩絲爲絃，以通神明之德，合天人之和焉。」同卷引宋謝惠連《琴贊》：「嶧陽孤桐，裁爲鳴琴。體兼九絲，聲備五音。重華載揮，以養民心。孫登是玩，取樂山林。」

【集説】

清陳祚明《采菽堂古詩選》卷一九：憭慄多悲，「不風」句尤奇。鮑詩殆句句苦吟而成，思偶遂詣，輒臻奇致，古少是家。

鮑照集校注卷七

見賣玉器者　并序

見賣玉器者，或人欲買，疑其是珉，不肯成市〔一〕。聊作此詩，以戲買者〔二〕。

涇渭不可雜，珉玉當早分〔三〕。子實舊楚客，蒙俗謬前聞〔四〕。安知理孚采，豈識質明温〔五〕。我方歷上國，從洛入函轅〔六〕。揚光十貴室，馳譽四豪門〔七〕。奇聲振朝邑，高價服鄉村〔八〕。寧能與爾曹，瑜瑕稍辨論〔九〕？

【箋注】

〔一〕疑其是珉：《荀子·法行》：「故雖有珉之彫彫，不若玉之章章。」楊倞注：「彫彫，謂彫飾文采也；章章，素質明著也。」《漢書》卷五七上《司馬相如傳上》：「其石見赤玉玫瑰，琳珉昆吾。」顔師古注：「張揖曰：『琳，玉也。珉，石之次玉者也。』」

〔二〕以戲買者：《論語·陽貨》：「子曰：『二三子，偃之言是也，前言戲之耳。』」

〔三〕涇渭不可雜：《詩經·邶風·谷風》：「涇以渭濁，湜湜其沚。」毛傳：「涇渭相入而清濁異。」《文選》卷二四曹子建《又贈丁儀王粲》：「山岑高無極，涇渭揚濁清。」六臣吕向注：「涇水濁，渭水清。」

〔四〕子實舊楚客：《藝文類聚》卷八三引《琴操》：「卞和者，楚野民，得玉獻懷王，懷王使樂正子占之，言玉石，以爲欺謾，斬其一足。懷王死，子平王立，和復獻之，平王又以爲欺，斬其一足。平王死，子立爲荆王，和復欲獻之，恐復見害，乃抱其玉而哭，晝夜不止，涕盡繼之以血。荆王遣問之，於是和隨使獻王，王使剖之，中果有玉。乃封和爲陵陽侯，卞和辭不就而去，作《退怨之歌》。」前聞：《禮記・檀弓上》：「我未之前聞也。」

〔五〕孚采：《禮記・聘義》：「孚尹旁達，信也。」鄭玄注：「孚，讀爲浮。尹，讀如竹箭之筠。浮筠，謂玉采色也。」

〔六〕上國：《左傳》昭公十四年：「夏，楚子使然丹簡上國之兵於宗丘。」杜預注：「上國，在國都之西。西方居上流，故謂之上國。」從洛入函轘：《水經注・洛水》：「又東出關，惠水右注之，世謂之八關水，戴延之《西征記》謂之八關澤。……靈帝中平元年，以河南尹何進爲大將軍，率五營士屯都亭。置函谷、廣城、伊闕、大谷、轘轅、旋門、小平津、孟津等八關，都尉官治此，函谷爲之首。」《鮑參軍集注》錢振倫注：「按前《臨川王服竟還田里》詩：『顧此謝人群，豈直止商洛。』《遇銅山掘黄精》詩：『空守江海思，豈懷梁鄭客。』合之此詩所云，是明遠實有游洛之跡。」按詩人游洛之跡，於事無徵，錢注乃臆斷之辭，自不足爲據。

〔七〕揚光十貴室：《藝文類聚》卷三九引後漢馬融《東巡頌》：「清夷道而後行，曜四國而揚光。」《三國志》卷四二《蜀志・郤正傳》：「小屈大申，存公忽私，雖尺枉而尋直，終揚光而發輝也。」《文選》卷一〇潘安仁《西征賦》：「窺七貴於漢庭，譸一姓之或在。」六臣李周翰注：「漢庭七貴，吕、霍、上官、丁、趙、傅、王，並后族也。」《鮑參軍集注》黄節補注：「《史記・孝景本紀》：『中五年，立皇子舜爲常山王，封十侯。』十貴，疑指此。」四豪門：《漢書》卷九二《游俠傳》：「繇是列國公子，魏有信陵，趙有平原，齊有孟嘗，楚有春申，皆藉王公之勢，競爲游俠。雞鳴狗盜，無不賓禮。」

〔八〕奇聲：《藝文類聚》卷一八引左九嬪《魯敬姜贊》：「邈矣敬姜，含德之英，於行則高，於理斯明。垂訓於宗，厲發奇聲，宣尼三歎，萬代遺馨。」高價：《後漢書》卷八〇下《文苑・邊讓傳》：「階級名位，亦宜超然。若復隨輩而進，非所以章瓌偉之高價，昭知人之絶明也。」

〔九〕瑜瑕稍辨論：《禮記・聘義》：「瑕不揜瑜，瑜不揜瑕。」

從登香爐峰

【解題】

《太平寰宇記》卷一一一《江南西道九·江州·廬山》:「香爐峰在山西北,其峰尖圓,雲煙聚散,如博山香爐之狀。孟浩然詩曰:『挂席數千里,名山都未逢。泊舟潯陽郡,始見香爐峰。』」《方輿勝覽》卷一七《南康軍》:「香爐峰在城北,山南山北皆見。其形圓聳,常出雲氣,故名。白居易詩:『倚石攀蘿歇病身,青筇竹杖白紗巾,他時畫出廬山障,便是香爐峰上人。』」《讀史方輿紀要》卷八三《江西》:「其名山則有廬山……香爐峰,府西南五十里,峰形圓聳,南有巨石卓立,一名石人峰。」

此篇亦隨臨川王義慶在江州時作,時間在元嘉十六年四月至元嘉十七年十月之間。詩題之「從登」,即從臨川王義慶而登。

辭宗盛荆夢,登歌美鳧繹[一]。徒收杞梓饒,曾非羽人宅[二]。羅景藹雲扃,沾光扈龍策[三]。御風親列涂,乘山窮禹跡[四]。含嘯對霧岑,延蘿倚峰壁[五]。青冥摇煙樹,穹跨負天石[六]。霜崖減土膏①,金澗測泉脉[七]。旋淵抱星漢,乳竇通海碧[八]。谷館駕鴻人,巖棲咀丹客[九]。殊物藏珍怪,奇心隱僊籍[一〇]。高世伏音華,綿古遁精魄[一一]。蕭瑟生哀聽,參差遠驚覿[一二]。慙無獻賦才,洗汙奉毫帛[一三]。

【校記】

①「減」,張溥本、四庫本、《古詩紀》卷六一作「滅」,盧校作「減」。

【箋注】

〔一〕 辭宗盛荆夢：《漢書》卷一〇〇下《叙傳下》：「多識博物，有可觀采，蔚爲辭宗，賦頌之首。」《尚書・夏書・禹貢》：「荆及衡陽惟荆州……雲土夢作乂。」孔傳：「雲夢之澤在江南，其中有平土、丘，水去可爲耕作畎畝之治。」登歌美鳧繹：登歌，古代舉行祭典、大朝會時，樂師登堂所奏的歌。《漢書》卷二二《禮樂志》：「乾豆上，奏登歌。」《後漢書》卷三《章帝紀》：「作登歌，正予樂，博貫六藝，不舍晝夜。」《詩經・魯頌・閟宮》：「保有鳧繹，遂荒徐宅。至於海邦，淮夷蠻貊。」毛傳：「鳧，山也；繹，山也。」《元和郡縣志・兗州・鄒縣》：「嶧山，一名鄒山，在縣南二十二里。《禹貢》曰『嶧陽孤桐』，即此也。秦始皇二十六年，觀禮於魯，刻石於嶧山。……鳧山，在縣東南三十八里。《詩》曰：『保有鳧繹，遂荒徐宅。』即此山也。」《鮑參軍集注》黄節補注：「辭宗，謂當時文學之士，視屈宋爲盛。歌頌義慶，比之魯侯。其時義慶以江州刺史都督南兗州、徐、兗、青、冀、幽六州諸軍事，一若魯侯之保有鳧、繹也。」

〔二〕 杞梓：《左傳》襄公二十六年：「晉卿不如楚，其大夫則賢，皆卿材也。如杞、梓、皮革，自楚往也。雖楚有材，晉實用之。」杜預注：「杞、梓皆木名。」曾非羽人宅：《楚辭・遠游》：「仍羽人於丹丘兮，留不死之舊鄉。」王逸注：「或曰人得道，身生羽毛也。」洪興祖補注：「羽人，飛僊也。」《鮑參軍集注》黄節補注：「杞梓，喻人才之盛，謂歌頌義慶，比魯侯之保有鳧、繹，然未若兹山爲羽人之宅，羅景沾光，爲可記也。郭璞詩：『杞梓生南荆，奇才應世出。』」

〔三〕 羅景藹雲扃：謝安《蘭亭集詩》二首之二：「相與欣佳節，率爾同褰裳。薄雲羅景物，微風翼輕航。醇醪陶丹府，兀若游羲唐。萬殊混一理，安復覺彭殤。」羅景，即羅影。《廣雅・釋詁》：「羅，列也。」雲扃：猶雲扉。《廣韻》卷二：「扃，户外閉關也。」扈龍策：《楚辭・九辯》：「載雲旗之委蛇兮，扈屯騎之容容。」

〔四〕 御風親列涂：《莊子・逍遥游》：「列子御風而行，泠然善也。」列涂，列子御風之途。乘山窮禹跡：乘山，猶登山。《三國志》卷三《魏志・明帝紀》：「先時，遣治書侍御史荀禹慰勞邊方，禹到，於江夏發所經縣兵及所從步騎千人乘山舉火，權退走。」陸雲《盛德頌》：「是以四海之内，莫不企景嶽以接群，望廣川而鱗集，乘山涉水，視險若夷，奔波闕廷，思効死節。」《尚書·立政》：「其克詰爾戎兵，以陟禹之跡。」孔傳：「以升禹治水之舊跡。」

〔五〕含嘯：《詩經·召南·江有汜》：「不我過，其嘯也歌。」鄭玄箋：「嘯，蹙口而出聲。」《世説新語·棲逸》：「阮步兵嘯聞數百步。」

〔六〕青冥摇煙樹：青冥，青蒼昏暗。穹跨負天石：《重修廣韻》卷一：「穹，高也。」《莊子·逍遥游》：「背負青天而莫之夭閼者，而後乃今將圖南。」《鮑參軍集注》錢振倫注：「言摇煙之樹蒠然者，因望窮而晦；負天之石穹然者，若遠跨而來也。」

〔七〕霜崖滅土膏：《國語·周語上》：「陽氣俱烝，土膏其動。」韋昭注：「烝，升也。膏，土潤也。其動潤澤欲行。」按土膏，謂土中之膏脂，今所謂土中之養分耳。《漢書》卷五四《蘇建傳附蘇武傳》：「律曰：『蘇君，律前負漢歸匈奴，幸蒙大恩，賜號稱王，擁衆數萬，馬畜彌山，富貴如此。蘇君今日降，明日復然，空以身膏草野，誰復知之？』」是其義。霜崖土膏自少，故曰滅。張溥本等作減，非是。黄節注以玉膏釋之，亦誤。金澗測泉脉：《鮑參軍集注》錢振倫注：「泉脈，泉所從來處。言因其流而測其源也。」

〔八〕旋淵抱星漢：《淮南子·俶真訓》：「唯體道能不敗。湍瀨旋淵，吕梁之深，不能留也。」高誘注：「旋淵，深淵也。」曹操《步出夏門行》：「日月之行，若出其中；星漢粲爛，若出其裏。」按此乃因登高而俯視深淵之倒影也。乳竇通海碧：《太平寰宇記》卷一六二《桂州·臨桂縣》：「獨秀山在城西北一百步，直聳五百餘里，周迴一里，平地孤拔秀異，迴出郭中。下有洞穴，凝垂乳竇，路通山北，傍迴百餘丈，豁然明朗。」按乳竇，謂石鐘乳洞。《海内十洲記》：「扶桑在東海之東岸，陸行登岸一萬里，東復有碧海。海廣狹浩汗，與東海等。水既不鹹苦，正作碧色，甘香味美。」

〔九〕駕鴻人：《文選》卷二一郭景純《游僊詩·翡翠戲蘭苕》：「赤松臨上游，駕鴻乘紫煙。」六臣吕延濟注：「赤松，古僊人；鴻，鳥也。」咀丹客：《廣韻》卷三：「咀，慈吕切，咀嚼也。」《抱朴子·金丹》：「九轉之丹，服之三日得僊。」

〔一〇〕珍怪：《楚辭·招魂》：「室中之觀，多珍怪些。」王逸注：「金玉爲珍，詭異爲怪，然縱觀房室之中，四方珍奇玩好怪物，無不畢具也。」僊籍：曹植《精微篇》：「精微爛金石，至心動神明。杞妻哭死夫，梁山爲之傾。子丹西質秦，烏白馬角生。鄒衍囚燕市，繁霜爲夏零。關東有賢女，自字蘇來卿，壯年報父仇，身没垂功名。女休逢赦書，白刃幾在頸。俱上列僊籍，去死獨就生。」

〔一一〕高世伏音華：《世説新語·言語》：「王右軍與謝太傅共登冶城，謝悠然遠想，有高世之志。王謂謝曰：『夏禹勤王，手足胼胝；文王旰食，日不暇給。今四郊多壘，宜人人自效。而虚談廢務，浮文妨要，恐非當今所宜。』」綿古遁精魄：《詩經·王風·葛藟》：「緜緜葛藟，在河之滸。」毛傳：「緜，緜長不絶之貌。」《三國志》卷一一《魏志·管寧傳》：「受詔之日，精魄飛散，靡所投死。」《鮑參軍集注》錢振倫注：「言僊者之音徽，雖已潛隱而不見，而其魂魄，則得長遁而不死也。」

〔一二〕蕭瑟生哀聽：《文選》卷一三禰正平《鸚鵡賦》：「嚴霜初降，涼風蕭瑟，長吟遠慕，哀鳴感類。音聲悽以激揚，容貌慘以顦顇。」《鮑參軍集注》錢振倫注：「巖谷草樹，忽生哀音，能感人聽。」驚覿：《廣韻》卷五：「覿，見也。」

〔一三〕慚無獻賦才：《東觀漢記·班固》：「固數入，讀書禁中，每行巡狩，輒獻賦頌。」毫帛：猶毫素，紙筆，此借指文章。

【集説】

明陸時雍《詩鏡總論》：鮑明遠「霜崖滅土膏，金澗測泉脉。旋淵抱星漢，乳竇通海碧」，精矣，而乏自然之致。良工苦心，余以是賞之。

明陸時雍《古詩鏡》卷一四：「霜崖滅土膏，金澗測泉脉。旋淵抱星漢，乳竇通海碧」，語色巉翠，如鑿石開山。

又云：山水景趣，謝靈運寫得圓映，鮑明遠寫得精警，圓映得神，精警得意，然而靈運之境地超矣。

清陳祚明《采菽堂古詩選》卷一八：琢句取異，用字必生，然固無强語。

清方東樹《昭昧詹言》卷六：次句用「皀繹」，則於登游爲不比切。三、四句更全無脈理，而筆勢甚平。五、六句貼題「從」字，生闢之句可師。「御風」四句，正寫宸游，甚精切。「青冥」以下十四句，正寫景。收句結「從」字。

又云：此詩起處，不能如康樂之一語無泛設，故當遜之。而余必明辨之者，以爲學者式法古人，不可沿其失而踵其誤，以爲籍口也。大約此病，李、杜、韓、蘇皆無之，漢、魏、阮、陶亦無之，此猶爲才小之故。又云：澀鍊典實沈奥，至工至佳，誠爲輕浮滑率淺易之要藥，此大變格也，杜、韓皆胎祖於此。但其體平鈍，無雄豪跌宕峥嶸，所謂巨刃摩天之概，其於漢、魏、曹、王、阮公皆不能及。此杜韓所以善學古人，兼取其長，而不專奉一家，隨人作計也。

清王闓運《湘綺樓説詩》卷八：《登香爐峰》云：「青冥摇煙樹，穹跨負天石。」全以研鍊爲工。

夢歸鄉

【解題】

此篇《玉臺新詠》卷四題作《夢還詩》，今從宋本。

此詩繫年的提出，始於曹道衡《鮑照幾篇詩文的寫作時間》。認爲此詩中「沙風暗空起，離心眷鄉畿」二句，説明詩人身在劉宋王朝統治區的北部邊界；詩中「寐中長路近，覺後大江違」二句，似乎也説明了他在長江以北而家在長江以南。而詩的内容爲夢中與妻子相見並因此而抒發思鄉的感慨，説明當時他的妻子尚未去世。此後，曹先生又進一步分析了鮑照一生中幾次逗留江北的情況，其中在始興王幕隨劉濬至廣陵和瓜步時，（福林按鮑照並無隨始興王劉濬至廣陵事，曹説誤。）因爲廣陵和瓜步距離建康和京口皆很近，所以與詩中所寫的情境不合；另一次爲隨衡陽王義季之徐州之彭城，因爲彭城距離鮑照的原籍很近，作爲東海人的鮑照，在詩中將彭城説成「此土非吾土」，也不太近情理；至於隨臨海王子頊在荆州的一次，由於他在荆州所作的《在江陵歎年傷老》詩中没有提到想念妻子的話，曹先生認爲當時他的妻子已經去世，所以詩也不像是在江陵時所作。因此，曹先生最後得出結論，認爲只有在元嘉末年，詩人擔任永安令時才有可能作此詩。而且他還對此詩中「白水漫浩浩，高山壯巍巍」二句進行了考察，認爲白水在今河南省的南部，而鮑照所任職的永安，則在今湖北省的隨州一帶，兩地相距很近。因此「白水」二句正説明了永安與長江下游之間隔着鄂皖間的大别山區，地理位置也正相符合。今按：曹先生關於詩人創作此詩時身在長江以北的劉宋統治區的北部邊界，當時其妻尚未去世的論述，以及據此而得出的詩人隨始興王劉濬在瓜步、隨衡陽王義季在彭城這二次皆不可能作此詩的結論，無疑十分正確。然而關於此詩不可能作於荆州，而應該是元嘉二十九年至三十年之間在永安令任所作的結論，則明顯與情理有悖。蓋詩人擔任永安令之職是在他離開秣陵令任以後的孝武帝大明年間，而並非在宋文帝元嘉末。而且鮑照最有可能任職的永安令爲荆州南河東郡之永安縣，其地理位置在今湖北省之松滋，並不在湖北省之隨州。湖北省松滋地在長江以南，如果此詩作於詩人任永安令時，那就與此詩中「沙風暗空起，離心眷鄉畿」及「寐中長路近，覺後大江違」所表現的詩人當時身在長江以北的劉宋統治區之北部邊界不相合。且詩人在孝武帝大明年間方擔任永安令的事實，也與曹先生所説的詩人在元嘉二十九年（四五二）即擔任永安令之説大相逕庭。由此，認爲此詩爲元嘉末作于永安令任上的説法就失去了依據，不可能成立。

考詩人一生逗留江北的幾次，由於排除了在始興王劉濬幕和衡陽王義季幕中作此詩的可能，因此能够創作此詩的時間應該只有兩次。其一爲元嘉十三年至十六年（四三六—四三九），是時詩人在荆州之江陵任臨川王義慶國侍郎；另一爲大明六年（四六二）以後，時詩人在江陵任臨海王子頊軍府參軍。其於元嘉中期在江陵任臨川王義慶僚屬時，乃詩人年輕時初次踏上仕途，頗思有所作爲之時，是時欲一展懷抱之心甚濃，正《登大雷岸與妹書》所謂「長圖大念，隱心者久矣」者也。是時所作詩文，不可能有此詩「波瀾異往復，風雲改榮衰」之哀歎，也不可能有此詩中「此土非吾土，慷慨當告誰」之消極無奈。即此詩之作應在大明六年以後，是時鮑照在荆州之江陵爲臨海王子頊軍府參軍。當時，子頊所統轄的地區，包括了劉宋王朝的整個西北邊境，這與詩所表現的詩人當時身在長江以北的劉宋王朝的北部邊界也正相合。詩人有《游思賦》一篇，乃大明六年深秋隨臨海王子頊上荆州途中作。賦云：「賤賣卜以當壚，隱我耕而子織。」以司馬相如、卓文君當壚賣酒之典，表示了退而歸隱與妻子相伴、耕織自食之願望；賦又云：「撫身世而識苦，念親愛而知樂。」表現出對妻子的眷念之情，皆説明當時其妻尚未卒。這與他在大明六年（四六二）以後作此詩時，所表現出來的其妻尚在的情況又頗爲一致。至於曹先生所認爲的，詩人此次在荆州所作的《在江陵歎年傷老》詩中没有想念妻子之語，而認爲當時其妻已去世，恐怕也只是一種猜測，因爲詩人作詩甚多，不可能篇篇提到他的妻子。而且即使他在江陵歎年傷老時妻子已經去世，也只能説明此詩作於《在江陵歎年傷老》詩之前，而並不能就此否定此詩在江陵作。

大明六年秋，詩人隨臨海王上荆而並非出其所願，他在這次上荆離建康赴任時所作《從臨海王上荆初發新渚》詩云：「狐兔懷窟志，犬馬戀主情。撫襟同太息，相顧俱涕零。奉役途未啟，思歸思已盈。」懷鄉戀土之情，溢於言表。上荆途中所作之《登黄鶴磯》、《陽岐守風》、上荆後所作的《在江陵歎年傷老》詩亦皆充滿了濃厚的悲鬱之情及强烈之思鄉心緒。此詩云：「波瀾異往復，風雲改榮衰。此土非吾土，慷慨當告誰。」所表現出之對時光流逝的哀歎和强烈思鄉的無奈，也都與那一時期詩人的心境正相一致。詩中「白水漫浩浩，高山壯巍巍」二句，曹先生以爲是實寫，即白水係指今河南省南部的漢光武帝祖先在西漢後期的移封之地，高山乃指今鄂皖之間的大别山區。但是由於永安縣地理位置的考實，即永安並不在今湖北省之隨縣一帶，而在今湖南省之松滋，因此詩也就不可能是詩人在永安令任上所作，即曹先生所猜測之「白水」「高山」的具體所指也就根本不可能成立。此二句《鮑參軍集注》黄節補注以爲「用秦嘉《贈婦詩》『河廣舟無梁，浮雲起高山』意」。據此，此二句乃藉以指歸家之難，並非實寫，因此也就不必實地去找「白水」「高山」來證實它。更何况江陵到建康地隔千里，其間的山山水水又不可以勝計呢。另外，此詩之内容爲想念妻子，其中的感情，似乎與老年人不同，但詩人在泰始二年（四六六）被亂兵所殺時年僅五十一歲，大明六年（四六二）隨子頊上荆時更只有四十七歲，這種年齡未必就會没有詩中所寫的「慊款論久别，相將還綺闈」「開奩奪香蘇，探袖解纓徽」這樣纏綿細膩的感情和舉止。况且，鮑照作爲一個並不是很受禮教束縛的詩人，本是性情中人，誠如江淹《泣賦》所謂「况余輩情之所使哉」一類人物，感情自然又要比常人更爲豐富一些。由此，此詩很有可能是詩人大明六年上荆後所作。詩人《在江陵歎年傷老》詩中没有涉及到思念妻子的内容，如果曹先生的猜測成立，當時他的妻子已經去世的話，則此詩又應該作於泰始元年（四六五）之前。即此詩之作應在大明六年（四六二）至泰始元年（四六五）之間。

銜淚出郭門，撫劍無人逵〔一〕。沙風暗空起①，離心眷鄉畿〔二〕。夜分就孤枕，夢想暫言歸〔三〕。孀婦當户歎②，繅絲復鳴機③〔四〕。慊款論久别，相將還綺闈④〔五〕。歷歷簷下涼⑤，朧朧帳裏輝⑥〔六〕。刈蘭争芬芳，採菊競葳蕤〔七〕。開奩奪香蘇，探袖解纓徽〔八〕。寐中長路近⑦，覺後大江違〔九〕。驚起空歎息，恍惚神魂飛〔一〇〕。白水漫浩浩，高山壯巍巍〔一一〕。波瀾異往復⑧，風雲改榮衰⑨〔一二〕。此土非吾土，慷慨當告誰〔一三〕。

【校記】

①「空」，《玉臺新詠》作「塞」。

②「歎」，《玉臺新詠》作「笑」。

③「繅絲」，原作「搔絲」，今據張溥本《古詩紀》改。

④「闈」，《玉臺新詠》作「帷」，張溥本作「門」。

⑤「歷歷」，《玉臺新詠》作「靡靡」，注：「一作『歷歷』。」

⑥「帳」，《玉臺新詠》作「窗」。「輝」，張溥本、《古詩紀》作「暉」。

⑦「寐」，張溥本、四庫本、《古詩紀》作「夢」。

⑧「瀾」，《玉臺新詠》作「潮」，注：「一作『瀾』。」

⑨「雲」，《玉臺新詠》、張溥本、《古詩紀》作「霜」。

【箋注】

〔一〕銜淚出郭門：《樂府詩集》卷四九《清商曲辭·西曲歌下》《壽陽樂》：「銜淚出傷門，壽陽去必還，當幾載？」《文選》

卷二九《古詩十九首》：「去者日以疎，生者日以親。出郭門直視，但見丘與墳。」撫劒無人逵：《爾雅·釋宮》：「一達謂之道路，二達謂之歧旁，三達謂之劇旁，四達謂之衢，五達謂之康，六達謂之莊，七達謂之劇驂，八達謂之崇期，九達謂之逵。」

〔二〕離心：《藝文類聚》卷二九引宋孝武帝《與廬陵王紹别詩》：「連歲矜離心，今兹幸良集。」

〔三〕夜分：《後漢書》卷一下《光武帝紀下》：「每旦視朝，日側乃罷。數引公、卿、郎、將，講論經理，夜分乃寐。」李賢注：「分，猶半也。」

〔四〕孀婦當户歎：《淮南子·修務訓》：「布德施惠，以振困窮；弔死問疾，以養孤孀。」高誘注：「孀，寡婦也。」《文選》卷一六潘安仁《寡婦賦》李善注：「少而無夫曰寡。」然則婦人獨居亦稱寡婦，《玉臺新詠》卷一陳琳《飲馬長城窟行》：「邊城多健少，内舍多寡婦。作書與内舍，便嫁莫留住。」是其例。《禮記·檀弓上》：「既歌而入，當户而坐。」當户，猶對門也。繅絲：《禮記·祭義》：「夫人繅，三盆手。」孔穎達疏：「繅，《説文》作『繰』，云：『抽繭出絲也。』」

〔五〕慊款：猶誠款。《三國志》卷四五《蜀志·鄧芝傳》：「權大笑曰：『君之誠款，乃當爾邪！』」《孟子·公孫丑上》：「行有不慊於心，則餒矣。」趙岐注：「慊，快也。」《廣韻》卷三：「款，苦管切。誠也。」綺闈：《藝文類聚》卷六九引《三輔舊事》：「秦時奢泰，渭水貫都，以象天河；横橋南度，以象牽牛。後宫列女，萬有餘人，婦人之氣，上衝於天。縑帳綺帷，木衣綈繡，士被朱紫。」綺帷，猶綺闈。

〔六〕歷歷：《文選》卷二九《古詩十九首·明月皎夜光》：「玉衡指孟冬，衆星何歷歷。」朧朧：《藝文類聚》卷三引夏侯湛《秋可哀》：「月翳翳以隱雲，星籠籠以投光。」籠籠，猶朧朧。

〔七〕刈蘭争芬芳：《太平御覽》卷五六引夏侯湛《秋可哀》：「秋可哀兮，哀南畝之窮荒。既採蕭於大陸兮，又刈蘭乎崇岡。」採菊競葳蕤：陶淵明《飲酒·結廬在人境》：「採菊東籬下，悠然見南山。」《楚辭·七諫·初放》：「便娟之修竹兮，寄生乎江潭。上葳蕤而防露兮，下泠泠而來風。」王逸注：「葳蕤，盛貌。」

〔八〕香蘇：《方言》卷三：「蘇，芥草也。江淮南楚之間曰蘇，自關而西或曰草，或曰芥，南楚江湘之間謂之莽。」纓徽：

《文選》卷一三嵇叔夜《琴賦》：「冬夜肅清，朗月垂光，新衣翠粲，纓徽流芳。」李善注：「《爾雅》曰：『婦人之徽謂之縭。』郭璞曰：『今之香纓也。』」六臣李周翰注：「纓，衣領也。徽，美芳香也。」《鮑參軍集注》黄節補注：「徽，疑謂琴徽。纓，繫也。『開奩奪香蘇，探袖解纓徽』，用秦嘉《贈婦詩》『芳香去垢穢，素琴有清聲』意。」

〔九〕寐中長路近：《山堂肆考》卷一〇五引《韓非子》：「六國時，張敏與高惠爲友，每相思不能得見，敏便於夢中往尋。行至半道，即迷不知路，遂回，如此者三。」覺後大江違：《楚辭·九歌·湘君》：「望涔陽兮極浦，横大江兮揚靈。」《鮑參軍集注》黄節補注：「《古詩》：『獨宿累長夜，夢想見容輝。』樂府古辭：『遠道不可思，夙昔夢見之。夢見在我傍，忽覺在他鄉。』皆述夢中情況，此詩所本。」

〔一〇〕恍惚神魂飛：《韓非子·忠孝》：「爲恬淡之學，而理恍惚之言。臣以爲恬淡，無用之教也；恍惚，無法之言也。」《後漢書》卷八四《列女·董祀妻傳》：「見此崩五内，恍惚生狂癡，號泣手撫摩，當發復回疑。」《藝文類聚》卷四五引曹植《任城王誄》：「目想宫墀，心存平素，髣髴神魂，馳情陵墓。」

〔一一〕白水漫浩浩，高山壯巍巍：《列女傳》卷六：「妾婧者，齊相管仲之妾也。甯戚欲見桓公，道無從，乃爲人僕，將車宿齊東門之外。桓公因出，甯戚擊牛角而商歌，甚悲。桓公異之，使管仲迎之，甯戚稱曰：『浩浩乎白水。』管仲不知所謂，不朝五日，而有憂色。其妾婧進曰：『……君不知識耶，古有《白水》之詩，詩不云乎？浩浩白水，儵儵之魚，君來召我，我將安居。國家未定，從我焉如？此甯戚之欲得仕國家也。』管仲大悦，以報桓公。」《鮑參軍集注》黄節補注：「『白水漫浩浩，高山壯巍巍』，亦用秦嘉《贈婦詩》『河廣無舟梁，浮雲起高山』意。」按鮑照作此詩時年事已高，倦於仕途，此二句所用，當爲秦嘉詩意也。

〔一二〕波瀾異往復：《文選》卷一二郭景純《江賦》：「呼吸萬里，吐納靈潮。自然往復，或夕或朝。」李善注引《抱朴子》云：「麋氏云：『朝者，據朝來也；言夕者，據夕至也。』」榮衰：《漢書》卷五二《韓安國傳》：「夫盛之有衰，猶朝之必莫也。」

〔一三〕此土非吾土：《文選》卷一一王仲宣《登樓賦》：「雖信美而非吾土兮，曾何足以少留。」

【集説】

元方回《文選顔鮑謝詩評》卷四：此詩不似晉後宋人詩。

清陳祚明《采菽堂古詩選》卷一九：情至，亦多雋語。不得志而思歸也。發端言「銜淚」，以此結，亦極悲。

清王闓運《湘綺樓説詩》卷六：「探袖解纓徽」句近褻，以補叙太詳也。古人但云「既來不須臾」，未肯如此瑣瑣。

從臨海王上荆初發新渚

【解題】

此篇《藝文類聚》卷二七題作《從臨海王西鎮發新亭》，今從宋本。《法苑珠林》卷二六：「晉周閔，汝南人也，晉護軍將軍。家世奉法，蘇峻之亂，都邑人士皆東西波遷，閔家有大品一部，以半幅八丈素反覆書之，又有餘經數臺，大品亦雜在其中。……後嘗莖在新渚寺。劉敬叔云曾親見此經，字如麻大，巧密分明，新渚寺今天安是也。」是新渚乃在京都建康。由詩題，此詩當爲詩人爲臨海王子頊參軍并隨之上荆辭都時所作。按子頊受命爲荆州刺史在大明六年(四六二)七月。今考之詩人此次上荆途中所作之《登黄鶴磯》詩云：「木落江渡寒，鴈還風送秋。」《陽岐守風》詩云：「洲迥風正悲，江寒霧未歇。」乃深秋節候。則此詩之作，當在此年八九月間。吴譜、錢表但繫之於大明六年，乃有未足。

客行有苦樂，但問客何行〔一〕。扳龍不待翼①，附驥絶塵冥〔二〕。梁珪分楚牧，羽鷁指全荆②〔三〕。雲艫掩江汜，千里被連旌〔四〕。戾戾旦風遒，嘈嘈晨鼓鳴〔五〕。收纜辭帝郊，揚棹發皇京〔六〕。狐兔懷窟志，犬馬戀主情〔七〕。撫襟同太息③，相顧俱涕零〔八〕。奉役塗未啟，思歸思已盈〔九〕。

【校記】

①「扳」，《藝文類聚》作「攀」。

②「全」，四庫本作「金」。

③「同」，張溥本作「向」。

【箋注】

〔一〕客行有苦樂，但問客何行：《文選》卷二七王仲宣《從軍詩五首》之一：「從軍有苦樂，但問所從誰。」

〔二〕扳龍：《後漢書》卷一上《光武帝紀上》：「天下士大夫捐親戚，棄土壤，從大王於矢石之間者，其計固望其攀龍鱗，附鳳翼，以成其所志耳。」按扳龍，猶攀龍。《鮑參軍集注》黄節補注：「『扳龍不待翼』，用曹植《蝙蝠賦》『飛不假翼』義。」附驥絶塵冥：《史記》卷六一《伯夷列傳》：「伯夷叔齊雖賢，得夫子而名益彰；顔淵雖篤學，附驥尾而行益顯。」陸機《幽人賦》：「勁秋不能雕其葉，芳春不能發其華。超塵冥以絶緒，豈世網之能加。」

〔三〕梁珪分楚牧：《史記》卷五八《梁孝王世家》：「梁孝王武者，孝文皇帝子也，而與孝景帝同母。母，竇太后也。」「褚先生曰：……成王與小弱弟立樹下，取一桐葉以與之，曰：『吾用封汝。』周公聞之，進見曰：『天王封弟，甚善。』成王曰：『吾直與戲耳。』周公曰：『人主無過舉，不當有戲言，言之必行之。』於是乃封小弟以應縣。」《周禮・天官・太宰》「一曰牧以地得民」，鄭玄注：「牧，州長也。」《漢書》卷八四《翟方進傳》：「持法刻深，舉奏牧守九卿，峻文深詆，中傷者尤多。」羽鷁：《淮南子・本經訓》：「龍舟鷁首。」高誘注：「龍舟，大舟也，爲龍文以爲飾也。鷁，大鳥也，畫其象著船頭，曰鷁首。」

〔四〕雲艫掩江汜：《文選》卷二四陸士衡《爲顧彦先贈婦詩二首》之一：「願假歸鴻翼，翻飛游江汜。」六臣李周翰注：「言願借歸鴻之翼，共飛游江水之涯，以見所思也。」千里被連旌：《晉書》卷二七《五行志上》：「魏文帝黄初六年……八月，天子自將，以舟師征吴，戍卒十餘萬，連旌數百里。」《廣韻》卷二：「旌，旌旗。」

〔五〕戾戾旦風遒：《文選》卷一三潘安仁《秋興賦》：「庭樹槭以灑落兮，勁風戾而吹帷。」李善注：「戾，勁疾之貌。」《説文解字》卷二下："「逌，迫也。」嘈嘈晨鼓鳴：《文選》卷一一王文考《魯靈光殿賦》："「耳嘈嘈以失聽，目矆矆而喪精。」李善注："「《埤蒼》曰：『嘈嘈，聲衆也。』」按古代江行發船擊鼓，與下「揚棹發皇京」相應。

〔六〕收纜辭帝郊：《文選》卷二五謝靈運《登臨海嶠初發彊中作與從弟惠連見羊何共和之》："「日落當棲薄，繫纜臨江樓。」李善注："「纜，維舟索也。」帝郊，指都城。皇京：京都。《後漢書》卷八二《董卓傳贊》："「方夏崩沸，皇京煙埃。」

〔七〕狐兔懷窟志：《禮記・檀弓上》："「古之人有言曰『狐死正丘首』，仁也。」孔穎達疏："「所以正首而嚮丘者，丘是狐窟穴根本之處，雖狼狽而死，意猶嚮此丘。」《戰國策・齊策四》："「馮諼曰：『狡兔有三窟，僅得免其死耳。』」犬馬戀主情：《文選》卷二〇曹子建《上責躬應詔詩表》："「踊躍之懷，瞻望反側，不勝犬馬戀主之情。」

〔八〕撫襟同太息：《史記》卷六九《蘇秦列傳》："「於是韓王勃然作色，攘臂瞋目，按劍仰天太息曰：『寡人雖不肖，必不能事秦。』」司馬貞索隱："「太息，謂久蓄氣而大吁也。」涕零：《詩經・小雅・小明》："「念彼共人，涕零如雨。」

〔九〕奉役：《文選》卷三八桓元子《薦譙元彥表》："「臣昔奉役，有事西土，鯨鯢既懸，思宣大化。」

【集説】

明王世貞《藝苑卮言》卷四：剽竊模擬，詩之大病。亦有神與境觸，師心獨造，偶合古語者。如「客從遠方來」，「白楊多悲風」，「春水船如天上坐」，不妨俱美，定非竊也。其次裒覽既富，機鋒亦圓，古語口吻間，若不自覺。如鮑明遠「客行有苦樂，但問客何行」之於王仲宣「從軍有苦樂，但問所從誰」，陶淵明「雞鳴桑樹顛，狗吠深巷中」之於古樂府「雞鳴高樹顛，狗吠深宮中」，王摩詰「白鷺」「黄鸝」，近世獻吉、用脩亦時失之，然尚可言。

清陳祚明《采菽堂古詩選》卷一九：述情總是直，直故能盡，直故不深。

望孤石

【解題】

此篇題注黄節補注：「《水經注》：宫亭湖中有孤石，介立太湖中，矗立高峻，上生林木，而飛禽罕集。言其上有玉膏可採。」《鮑參軍集注》錢仲聯增補注云：「此當是元嘉十六年冬，照客江州時作。」其《鮑照年表》亦據之而繫此詩於元嘉十六年（四三九）。今按：黄節所引《水經注》中所記載之孤石，乃宫亭湖中所介立者。宫亭湖，古彭蠡湖之别稱，鄱陽湖之南半部分。而此詩則云：「江南多暖谷，雜樹茂寒峰。朱華抱白雪，陽條熙朔風。」且全詩通篇不見有涉及湖水之句，故黄注頗有可疑之處。今考之《宋書》卷八四《鄧琬傳》載鄧琬於前廢帝時擁立晉安王子勛於江州尋陽後：「遣使上諸郡民丁，收斂器械，十日之内，得甲士五千人，出頓大雷，於兩岸築壘。巴東、建平二郡太守孫沖之之郡，始至孤石，琬以沖之爲子勛諮議參軍，領中兵，加輔國將軍，與陶亮並統前軍。」則孤石者，或地名也。當在江州之尋陽一帶。詩題之孤石，恐以此爲近。若果如此，則錢氏之繫年，差爲得之。

江南多暖谷，雜樹茂寒峰。朱華抱白雪，陽條熙朔風〔一〕。蚌節流綺藻①，輝石亂煙虹〔二〕。泄雲去無極，馳波往不窮〔三〕。嘯歌清漏畢②，徘徊朝景終〔四〕。浮生會當幾，歡酌每盈衷〔五〕。

【校記】

①「綺」，原作「騎」，今據張溥本、四庫本、《古詩紀》卷六二改。

②「嘯」，四庫本作「簫」。

【箋注】

〔一〕朱華抱白雪：《文選》卷二〇曹子建《公讌詩》：「秋蘭被長坂，朱華冒緑池。」李善注：「朱華，芙蓉也。」《文選》卷二六謝靈運《過始寧墅》：「白雲抱幽石，緑篠媚清漣。」

〔二〕蚌節流綺藻：《文選》卷一二木玄虚《海賦》：「若乃雲錦散文於沙汭之際，綾羅被光於螺蚌之節。」李善注：「螺蚌之節，光若綾羅也。」《樂府詩集·雜曲歌辭》曹植《磐石篇》：「蚌蛤被濱涯，光彩如錦虹。」輝石：謂閃光之石。

〔三〕泄雲去無極：《山堂肆考》卷二二九：「雲行疾曰駛雲，舒布曰泄雲，輕雲曰鮮雲。」《文選》卷六左太沖《蜀都賦》：「窮岫泄雲，日月恒翳。」馳波：《漢書》卷五七上《司馬相如傳》載相如《子虚賦》：「馳波跳沫，汩濦漂疾。」顔師古注：「水波急馳而白沫跳起。」

〔四〕嘯歌：《詩經·小雅·白華》：「滮池北流，浸彼稻田。嘯歌傷懷，念彼碩人。」朝景：《藝文類聚》卷八六引謝惠連《甘賦》：「擬夕霞以表色，指朝景以齊圓。」

〔五〕浮生：《莊子·刻意》：「其生若浮，其死若休。」

【集説】

清陳祚明《采菽堂古詩選》卷一九：寫異景定能出。

登黄鶴磯

【解題】

此篇《藝文類聚》卷二七題作《登黄鵠圻》，今從宋本。

《太平御覽》卷一二九引《荆州圖記》：「江夏郡所治夏口城，其西南角因磯爲高，崇墉枕流，上則遠眺山川，下則激浪崎嶇，是曰鵠磯。實舟人之所艱也。」《太平寰宇記》卷一一二《江南西道十·鄂州·江夏縣》：「又《荆州記》云：『江夏郡城西臨江有黄鶴磯。』」《明一統志》卷五九《湖廣布政司·江夏縣》：「黄鶴磯邊，江峻山險，當荆吴江漢之衝要。」注：「《南齊·志》，夏口城處黄鶴磯邊，江峻山險，樓櫓高危。」《廣韻》卷一：「磯，大石激水。」指水邊石灘或突出的巖石。《藝文類聚》卷五六引後漢孔融《離合作郡姓名字詩》：「吕公磯釣，闔口渭傍。」

按此詩云：「適郢無東轅，還夏有西浮。」《鮑參軍集注》錢仲聯增補注根據「郢」「夏」之地理位置指出：「明遠此詩當是在赴荆州道中過武昌作，故其語云爾。」乃爲可信。吴丕績《鮑照年譜》以詩乃大明六年（四六二）後作，錢仲聯《鮑照年表》則繫於大明六年。今考此詩云：「臨流斷商絃，瞰川悲棹謳。」又云：「淚竹感湘别，弄珠懷漢游。豈伊藥餌泰，得奪旅人憂。」乃詩人後期之作，與其大明六年隨臨海王子頊上荆時之心情正相合；又考詩之發端云：「木落江渡寒，鴈還風送秋。」爲深秋節候，與詩人是時上荆之時間亦相合。則詩必爲大明六年（四六二）上荆途中作。

木落江渡寒，鴈還風送秋〔一〕。臨流斷商絃，瞰川悲棹謳〔二〕。適郢無東轅，還夏有西浮①〔三〕。三崖隱丹磴②，九派引滄流③〔四〕。淚竹感湘别④，弄珠懷漢遊⑤〔五〕。豈伊藥餌泰，得奪旅人憂〔六〕。

【校記】

①「還」，《藝文類聚》作「過」。

②「磴」，《藝文類聚》作「隥」。

③「滄」，《藝文類聚》作「蒼」。

④「竹」，張溥本作「行」。

⑤「弄」，《藝文類聚》作「荆」。

【箋注】

〔一〕木落江渡寒：《文選》卷二三張孟陽《七哀詩二首》之二：「白露中夜結，木落柯條森。」李善注：「《吕氏春秋》曰：『秋氣至則草木落。』」鴈還風送秋：《晉書》卷五五《張載傳附張協傳》：「若乃龍火西頹，暄氣初收，飛霜迎節，高風送秋。」

〔二〕臨流斷商絃：《禮記·月令·孟秋之月》：「其音商。」鄭玄注：「秋氣和則商聲調。」瞰川悲棹謳：《後漢書》卷一上《光武帝紀上》：「遂圍之數十重，列營百數。雲車十餘丈，瞰臨城中。」李賢注：「俯視曰瞰。」《文選》卷四左太沖《蜀都賦》：「吹洞簫，發櫂謳，感鱏魚，動陽侯。」李善注：「櫂謳，鼓櫂而歌也。」卷五左太沖《吴都賦》：「櫂謳唱，簫籟鳴，洪流響，渚禽驚。」《鮑參軍集注》黄節補注：「詩曰『臨流斷商絃』，蓋以棹謳之悲而失和也。」

〔三〕適郢無東轅：《史記》卷四〇《楚世家》：「武王卒師中而兵罷，子文王熊貲立，始都郢。」張守節正義：「《括地志》云：『紀南故城在荆州江陵縣北五十里。杜預云：國都於郢，今南郡江陵縣北紀南城是』《括地志》云：『又至平王，更城郢，在江陵縣東北六里，故郢城是也。』」按楚之郢都，今湖北省江陵縣紀南城。還夏有西浮：《楚辭·九章·哀郢》：「過夏首而西浮兮，顧龍門而不見。」王逸注：「夏首，夏水口也。」朱熹集注：「夏首，夏水口也。浮，不進之而自流也。」《鮑參軍集注》錢振倫注：「按郢，即今荆州府。武昌在荆州西。『無東轅』，爲江所隔，東轅不能通於西也。」黄節補注云：「曰：『還夏有西浮』，蓋夏口在磯之西南也。』方植之曰：『適郢二疊句一意，言望郢與夏，皆在西耳。注解誤非是。』按郢固在武昌之西，夏亦在武昌西，而黄鶴磯在武昌，故望郢、夏皆在西。」錢仲聯增補注云：「《楚辭·哀郢》『過夏首而西浮』之夏首，指夏水之首，即夏水發源於江之處，在郢之東，洞庭之西北，非夏口也。黄注亦誤。明遠此詩，當是在赴荆州道中過武昌作，故其語云爾。」按郢、夏皆在磯之西，故「適郢無東轅」，不能東還也；「還夏有西浮」，只能西上耳。明遠此行非其所願，故有此語，思鄉之意，明矣。

〔四〕三崖隱丹磴，九派引滄流：《太平寰宇記》卷一一一《江州·尋陽·德化縣》：「九江，《尚書》注云：『江於此分爲九道。』」《初學記》卷六引《潯陽記》：「九江，一曰烏白江，二蚌江，三烏江，四嘉靡江，五畎江，六源江，七廩江，八提江，九菌江。」

此二句《鮑參軍集注》黄節補注：「《水經注》：『江之右岸，有船官浦，歷黄鵠磯西而南矣。直鸚鵡洲之下尾。船官浦東即黄鵠山，黄鵠山東北對夏口。』據此，則磯之西南爲船官浦，直下爲鸚鵡洲，東北對夏口，詩所謂三崖也。」錢仲聯增補注云：「按黄注以船官浦、鸚鵡洲、夏口爲三崖，疑與崖義不合。詩意上二句適郢還夏，就武昌以西言。此二句則就武昌以東言。三崖似指江寧三山而言，地隔已遠，故隱没而不見也。」按錢説是也。崖，指山崖，明遠思鄉而不樂前行，故乃有三崖隱没於丹磴，眼前所見唯有九派滄流之歎也。

〔五〕淚竹感湘別：《博物志》卷八：「堯之二女，舜之二妃，曰湘夫人。舜崩，二妃啼，以涕揮竹，竹盡斑。」弄珠懷漢遊：《文選》卷四張平子《南都賦》：「耕父揚光於清泠之淵，游女弄珠於漢皋之曲。」李善注：「《韓詩外傳》曰：『鄭交甫將南適楚，遵彼漢皋臺下，乃遇二女，佩兩珠，大如荆雞之卵。』」《山堂肆考》卷一七：「萬山在襄陽府西，相傳鄭交甫所見游女，處此山之下曲限是也。」

〔六〕豈伊藥餌泰：《抱朴子·微旨》：「知草木之方者，則曰惟藥餌可以無窮矣。」《鮑參軍集注》黄集補注：「『藥餌』，或作『樂餌』。《老子》曰：『執大象，天下往。往而不害，安平泰。樂與餌，過客止。』詩三四句言商絃棹謳，則樂也。收句言旅人，則過客也。」旅人憂：《國語·晉語八》：「孫林父曰：『旅人所以事子也，唯事是待。』」韋昭注：「旅，客也。言寄客之人不敢違命。」

【集説】

明陸時雍《古詩鏡》卷一四：「木落江渡寒，鴈還風送秋」，俊語挺出。

清王夫之《古詩評選》卷五：鮑樂府故以駘宕動人，五言深秀如静女。古人居文有體，不恃才所有餘，終不似近世人，只一付本領，逢處即賣也。

又云：木落固江渡風寒，江渡之寒，乃若不因木葉，試當「寒月臨江渡」，則誠然乃爾。故經生之理，不關詩理。猶浪子之情，無當詩情。

清陳祚明《采菽堂古詩選》卷一八：撰語不近。

清沈德潛《古詩源》卷一一：出語蒼堅，發端有力。

清方東樹《昭昧詹言》卷六：起二句，寫時令之景，孟公之祖，清絶千古。次二句，叙登臨之情。「適郢」六句，正寫望情事景物。收言己情，應前「斷絃」「悲謳」。凡分四段。

又云：起句興象，清風萬古，可比「洞庭波兮木葉下」。孟公「木落鴈南度，北風江上寒」，全脱化此句，可悟造句之法。若云「秋風送鴈還」，「寒風送秋鴈」，「木落秋鴈還」，皆不及此妙。如孟郊「客衣飄飄秋，葛花零落風」，雖若不辭，然若作「零落葛花風」，則句雖佳而嫌平矣。

又云：「臨流」二語，互文一意。絶絃由於急張，急張由於悲切也。「適郢」二疊句一意，言望郢與夏，皆在西耳。注誤解，非是。按郢固在武昌之西，夏亦在武昌西，而黄鶴磯在武昌，故望郢、夏皆在西。東坡《赤壁賦》曰：「東望夏口，西望武昌。」赤壁若在嘉魚、蒲圻，則「東望夏口」是也。武昌在夏口東，不當曰「西望武昌」，豈避複字而然耶？則不如明遠此二句措語之工矣，奈何解者復迷之。……「淚竹」二句，韓公擬之曰：「斑竹啼舜婦，清湘沈楚臣。」

清王闓運《湘綺樓説詩》卷六：「木落江渡寒，鴈還風送秋」二語，蒼茫宏敞。

陽岐守風

【解題】

此詩原題作《岐陽守風》，今據《太平寰宇記》卷一四六《荆州·石首縣》引此詩、逯欽立《先秦漢魏晉南北朝詩》改。《鮑參軍集注》此詩聞人倓注：「《毛詩》：『居岐之陽。』《説文》：『岐，山名。』」錢振倫注：「《左傳》：『成有岐陽之蒐。』注：『岐山，在扶風美陽縣西北。』合下數首觀之，似明遠有由陝入蜀之跡。《宋書·臨海王子頊傳》：『前廢帝即位，以本號都督荆、湘、雍、益、梁、寧、南北秦八州諸軍事，刺史如故。明帝即位，解督雍州，以爲鎮軍將軍、丹陽尹。尋留本任，進督雍州，又進號平西將軍。』明遠爲其書記，意或隨之行耶？」黄節補注：「方植之謂『此詩説洲風、江霧、楚越，其非雍州之岐甚明，而注家不覺，竟引《毛詩》《説文》，蔽惑甚矣。歸太僕《汉口志序》言新安江過嚴陵，入錢塘，而汊川之水合琅璜之水，流岐陽山下，則以爲越地可知。』按《水經注》云：『居岐之陽，非直因山致名，亦指水取稱。《淮南子》曰：岐水出石橋山，東南流。相如《封禪書》曰：收龜於岐。《漢書音義》曰：岐，水名也。謂斯水矣。南與横水合，俗謂之小横水，逕岐山西，又屈逕周城南，又歷周原下。水北即岐水矣。又東注雍水，雍水又東逕美陽縣之中亭川，合武水，世謂之赤泥峴。沿波歷澗，俗名大横水也。』據此，則洲風、江霧，何不可於岐水之陽沿波歷澗見之。至於楚越，蓋用琴曲《别鶴操》『將乖比翼兮隔天端，山水悠遠兮路漫漫』意，非指地言也。方氏不知岐水所經，竟引歸熙甫《汉口志序》證岐陽爲越地，則大誤矣。」錢仲聯增補注云：「諸説皆非是。此『岐陽』，乃『陽岐』誤倒。北宋初之著述所引鮑詩題尚不誤。陽岐，山名，在江陵之東，照爲臨海王子頊參軍，隨子頊在荆州任必經此，故詩有『役人喜先馳，軍令申早發』之語。《太平寰宇記》卷一四六《荆州·石首縣》云：『陽岐山在縣西一百步，宋鮑明遠《陽岐守風》詩云：「洲迴風正悲，江寒霧未歇。」即此也。《荆州記》曰：「山無所出，不足書。本屬南平界，范玄平記云：故老相承云，胡伯始以本縣境無山，置此山，上計偕簿。」』《水經注》卷三五云：『江水又右逕陽岐山北。』戴震校本下注云：『即考陽岐即今石首縣西山，在江之南岸。』」

按以上諸説以錢仲聯説爲是。《晉書》卷九四《隱逸·劉驎之傳》：「劉驎之字子驥，南陽人，光禄大夫耽之族也。驎之少尚質素，虚退寡欲，不修儀操，人莫之知。好游山澤，志存遁逸。……驎之雖冠冕之族，信義著於群小，凡廝伍之家婚娶葬送，無不躬自造焉。居於陽岐，在官道之側，人物來往，莫不投之。」《水經注》卷三五《江水》：「江水又右逕陽岐山北，山枕大江，山東有城，故華容縣尉舊治也。」四庫本校：「今考陽岐即今石首縣西山，在江之南岸。」《太平御覽》卷四九引《荆南記》云：「石首縣陽岐山，山無所出，不足稱數。本屬南平界。」《讀史方輿紀要》卷七八《湖廣·荆州府·石首縣》：「繡林山，縣西南二里。一名陽岐山，昭烈娶孫夫人于此，繡幃如林，因改今名。」即此山。逯欽立《先秦漢魏晉南北朝詩》即題此詩爲《陽岐守風》，是也。

守風：等候適合行船的風勢。三國魏邯鄲淳《笑林》：「姚彪與張温俱至武昌，遇吴興沈珩於江渚，守風，糧用盡，遣人從彪貸鹽一百斛。」

今考此詩云：「洲迥風正悲，江寒霧未歇。」與詩人大明六年上荆之初所作之《從臨海王上荆初發新渚》、上荆途中所作之《登黄鶴磯》二詩所表現之節令及反映之心情正相一致，則此詩當是大明六年（四六二）秋鮑照隨臨海王子頊上荆時道經陽岐山守風時作。

差池玉繩高，掩映瑶井没①〔一〕。廣岸屯宿陰，懸崖棲歸月〔二〕。役人喜先馳，軍令申早發〔三〕。洲迥風正悲②，江寒霧未歇。飛雲日東西，别鶴方楚越〔四〕。塵衣孰揮澣？蓬思亂光髮〔五〕。

【校記】

①「映」，原注：「一作『藹』。」張溥本、《古詩紀》卷六一作「藹」。

②「迥」，《太平寰宇記》卷一四六作「迴」。

【箋注】

〔一〕差池玉繩高：《詩經·邶風·燕燕》：「燕燕於飛，差池其羽。」朱熹集傳：「差池，不齊之貌。」《文選》卷三五張景陽《七命》：「望玉繩而結極，承倒景而開軒。」李善注：「《春秋元命苞》曰：『玉衡北兩星爲玉繩。』」掩映瑶井没：《藝文類聚》卷三四引宋孝武帝《擬漢武帝李夫人賦》：「觀周氏之逸篇，覽漢室之遺篆。弔新宫之掩映，嗟璧臺之蕪踐。」《鮑參軍集注》錢仲聯注：「郭璞《江賦》：『若乃岷精垂曜於東井。』李善注引《河圖括地象》曰：『岷山之地，上爲井絡。』照蓋因陽岐山在大江之濱，故由江而聯想及導江之岷山而言及東井。」

〔二〕歸月：猶落月。

〔三〕役人喜先馳：本集《吴興黄浦亭庾中郎别》：「役人多牽滯，顧路慙舊飛。」軍令申早發：《管子·小匡》：「作内政而寓軍令焉。」《尚書·多士》：「今予惟不爾殺，予惟時命有申。」孔傳：「所以徙汝，是我不欲殺汝，故惟是教命申戒之。」

〔四〕飛雲日東西：《墨子·耕柱》：「逢逢白雲，一南一北，一西一東。」别鶴方楚越：《莊子·德充符》：「仲尼曰：『自其異者視之，肝膽楚越也；自其同者視之，萬物皆一也。』」成玄英疏：「楚越迢遞，相去數千。」

〔五〕塵衣：《文選》卷二四陸士衡《爲顧彦先贈婦二首》之一：「京洛多風塵，素衣化爲緇。」六臣吕延濟注：「言塵染衣黑也。」蓬思亂光髮：《詩經·衛風·伯兮》：「自伯之東，首如飛蓬。豈無膏沐，誰適爲容。」毛傳：「婦人夫不在，無容飾。」《莊子·逍遥游》：「則夫子猶有蓬之心也夫。」郭象注：「蓬非直達者也。」按此或二典兼而用之。《左傳》昭公二十八年：「昔有仍氏生女黰黑而甚美，光可以鑑。」杜預注：「美髮爲黰。髮膚光色可以照人。」

【集説】

清陳祚明《采菽堂古詩選》卷一九：「廣岸」六句，景事警動，結句太生。

清方東樹《昭昧詹言》卷六：直書即目興象，華妙清警開小謝，沉鬱緊健開杜公。「飛雲」四句，言情歸宿。此詩韓公且若不能爲，無論餘人。

吴汝綸《古詩鈔》卷四：風霧喻世，雲鶴自比。

在江陵歎年傷老

【解題】

《宋書》卷三七《州郡志三》：「荆州刺史，漢治武陵漢壽，魏、晉治江陵，王敦治武昌，陶侃前治沔陽，後治武昌，王廙治江陵，庾亮治武昌，庾翼進襄陽，復還夏口，桓温治江陵，桓沖治上明，王忱還江陵，此後遂治江陵。宋初領郡三十一，後分南陽、順陽、襄陽、新野、竟陵爲雍州，湘川十郡爲湘州，江夏、武陵屬郢州，隨郡、義陽屬司州，北義陽省，凡餘十一郡。文帝世，又立宋安左郡，領拓邊、綏慕、樂寧、慕化、仰澤、革音、歸德七縣，後省改。汶陽郡又度屬。今領郡十二，縣四十八。户六萬五千六百四。去京都水三千三百八十。」

《鮑參軍集注》此詩題注錢振倫注：「臨海王子項係大明五年出鎮荆州，此詩以『歎年傷老』爲題，約以五十稱老計之，似當生於晉末宋初。至子項事敗，在泰始四年，上距大明五年，凡六年，似年當幾及六十。惟不能定其確數耳。」錢仲聯增補注則對以上説法進行了修正，並進而指出此詩之寫作年代，云：「據《宋書・孝武帝紀》，臨海王子項爲荆州刺史是大明六年七月，非五年，此詩所寫者乃春景，其寫作時間不能早於大明七年春。子項事敗，照死於亂兵，乃泰始二年，非四年，以大明七年照年五十推算，死年才五十三耳，去六十尚遠也。」其《鮑照年表》即據此而繫此詩於大明七年（四六三）。按錢先生大明七年説建立在兩個假設之基礎上，一是詩人之歎年傷老爲五十歲，二是詩人隨子項上荆後即有歎年傷老之舉並作詩以志之。故此詩作於大明七年説之可信程度並不高。因爲人的歎年傷老並不一定在五十歲，在我國古代，詩人們爲抒情需要，在三十歲左右即感歎華髮早生的情況並不少見。而且，詩人也未必於初至荆州即有歎年傷老之舉，並作詩以志之。但是，有一點卻又是可以肯定的，那就是詩必定是詩人在隨子項上荆後數年之間所作。今考臨海王子項受命爲荆州刺史在大明六年七月，上荆時已在深秋，此次上荆途中所作《游思賦》《登黄鶴磯》《陽岐守風》等作皆可爲證。而此詩云：「翾翾嬛燕弄風，嫋嫋柳垂道。」所述乃春景，因此誠如錢仲聯先生所説，此詩之作最早當在大明七年春。又據《宋書》卷八《明帝紀》、《通鑑》卷一三一，臨海王子項兵敗在泰始二年（四六六）八月，鮑照亦於是時被亂兵所殺。此年春，正爲孝武帝諸子反抗明帝之戰争緊張激烈之時，荆州形勢危急，詩人似乎不應該有歎年傷老並從容作此詩之可能，即此詩之作最遲乃在泰始元年（四六五）。由此，此詩當爲大明七年（四六三）至泰始元年（四六五）之間所作，而以泰始元年詩人年五十時作此詩的可能性爲最大。

五難未易夷，三命戒淵抱〔一〕。方瞳起松髓，頳髮疑桂腦〔二〕。役生良自休，大患安足保〔三〕。開簾窺景夕，備屬雲物好〔四〕。翾翾燕弄風，嫋嫋柳垂道〔五〕。池瀆亂蘋萍，園援美花草①〔六〕。節如驚灰異，零落就衰老〔七〕。

【校記】

①「園援」，張溥本、《古詩紀》卷六二作「園棱」，四庫本作「園陵」。《鮑參軍集注》錢仲聯注：「《晉書·桑虞傳》：『園援多荆棘。』《梁書·何允傳》：『即林成援。』《御覽》四七二引《幽明録》：『散錢飛至觸籬援。』皆從手。至《集韻》《類篇》，誤從木旁作棱，云籬也。」則宋本作「園援」是。

【箋注】

〔一〕五難：嵇康《答難養生論》：「養生有五難：名利不滅，此一難也。喜怒不除，此二難也。聲色不去，此三難也。滋味不絶，此四難也。神慮消散，此五難也。」三命戒淵抱：《禮記·祭法》「曰司命」，鄭玄注：「司命主督察三命。」孔穎達疏：「案《援神契》云：『命有三科，有受命以保慶，有遭命以謫暴，有隨命以督行。』受命謂年壽也，遭命謂行善而遇凶也，隨命謂隨其善惡而報之。」

〔二〕方瞳起松髓：王嘉《拾遺記·周靈王》：「惟有黄髮老叟五人，或乘鴻鶴，或衣羽毛，耳出於頂，瞳子皆方，面色玉潔，手握青筠之杖。」《抱朴子·微旨》：「若今吾眼有方瞳，耳長出頂，亦將控飛龍而駕慶雲，凌流電而造倒影，子又將安得而詰我？」《博物志》卷四：「《神僊傳》云：『松柏脂入地，千年化爲茯苓。』」按此以松髓喻老人眼中分泌物。頳髮疑桂腦：嵇康《答難養生論》：「故赤斧以練丹頳髮，涓子以术精久延。」《文選》卷三五張協《七命》：「頳素炳焕，枌棋嵯峨。」李善注：「毛萇《詩》傳曰：頳，赤也。」六臣張銑注：「赤白之色，雜於石中。」

〔三〕役生良自休，大患安足保：《老子·猒耻》：「吾所以有大患者，爲吾有身。」

〔四〕雲物：《藝文類聚》卷六一漢傅毅《洛都賦》：「近則明堂辟雍，靈臺之列，宗祀揚化，雲物是察。」

〔五〕翾翾：《荀子·不苟》：「見閉則怨而險，喜則輕而翾。」唐楊倞注：「翾，小飛也。」嫋嫋：《楚辭·九歌·湘夫人》：「嫋嫋兮秋風，洞庭波兮木葉下。」王逸注：「嫋嫋，秋風摇木貌也。」

〔六〕池瀆亂蘋萍：《論語·憲問》：「豈若匹夫匹婦之爲諒也，自經於溝瀆而莫之知也？」《禮記·月令·季春之月》：「虹始見，蓱始生。」鄭玄注：「蓱，萍也，其大者曰蘋。」園援：《文選》卷三〇謝靈運《田南樹園激流植援》題注六臣張銑注：「樹，立。植，種也。引流水種木，爲援如牆院也。援，衛也。」《釋名·釋宫室》：「垣，援也，所依阻以爲援衛也。」

〔七〕節如驚灰異：《續漢書·律曆志上》：「候氣之法，爲室三重，户閉，塗釁必周，密布緹縵。室中以木爲案，每律各一，内庳外高，從其方位，加律其上，以葭莩灰抑其内端，案曆而候之。氣至者灰動，其爲氣所動者其灰散，人及風所動者其灰聚。」

翫月城西門廨中

【解題】

此篇《藝文類聚》卷一、《太平御覽》卷四題作《翫月詩》，《玉臺新詠》卷四題作《翫月城西門》，今從宋本。「廨」，《文選》李善本作「解」。

《文選》卷三〇此詩題注六臣李周翰注：「廨，公府也。」王充《論衡·感虚》：「星之在天也，爲日月舍，猶地有郵亭，爲長吏廨也。」《文選》卷五左思《吴都賦》：「營屯櫛比，解署棊布。」「解」，六臣本作「廨」，二字通。《廣韻》卷四「廨，公廨。」《集韻》卷七：「廨，公舍。」

《文選》此詩題注六臣李周翰注云：「時爲秣陵令。」吴丕績《鮑照年譜》、錢仲聯《鮑照年表》乃據之而繫於孝武帝孝建三年（四五六），蓋以鮑照之出爲秣陵令在孝建三年也。尋鮑照之出爲秣陵令乃在大明元年（四五七），非孝建三年。

此詩有云：「夜移衡漢落，徘徊入户中，歸華先委露，别葉早辭風。」似秋日節候。據李周翰説，則詩當作於大明元年秋。

始見西南樓①，纖纖如玉鉤〔一〕。末映東北墀②，娟娟似娥眉③〔二〕。娥眉蔽珠櫳④，玉鉤隔瑣窗⑤〔三〕。三五二八時，千里與君同〔四〕。夜移衡漢落，徘徊入户中⑥〔五〕。歸華先委露，别葉早辭風〔六〕。客遊猒苦辛⑦，仕子倦飄塵〔七〕。休澣自公日，宴慰及私辰〔八〕。蜀琴抽白雪，郢曲發陽春⑧〔九〕。肴乾酒未闋⑨，金壺啟夕淪⑩〔一〇〕。迴軒駐輕蓋，留酌待情人〔一一〕。

【校記】

①「見」，張溥本、《文選》六臣本作「出」。
②「末」，原作「未」，今據張溥本、《文選》《玉臺新詠》《古詩紀》卷六二改。
③「娥眉」，《文選》《玉臺新詠》《藝文類聚》《太平御覽》作「蛾眉」，下「娥眉」同。
④「櫳」，《玉臺新詠》作「籠」。
⑤「瑣」，《玉臺新詠》作「綺」。「窗」，《文選》李善本作「窻」，字通。
⑥「入户」，張溥本作「帷户」，《玉臺新詠》作「帷幌」。
⑦「猒」，張溥本、《文選》《藝文類聚》《古詩紀》作「厭」，按猒，厭字通。「苦辛」，《玉臺新詠》作「辛苦」。
⑧「發」，《玉臺新詠》作「繞」。
⑨「闋」，《文選》《玉臺新詠》作「缺」。
⑩「夕淪」，四庫本作「久淪」，《玉臺新詠》作「夕輪」。

【箋注】

〔一〕纖纖如玉鉤：《文選》李善引《西京雜記》：「公孫乘《月賦》曰：『值圓巖而似鉤，蔽脩堞如分鏡。』」《楚辭·招魂》：「砥室翠翹，挂曲瓊些。」王逸注：「曲瓊，玉鉤也。」

〔二〕墀：《文選》卷一班孟堅《西都賦》：「於是玄墀釦砌，玉階彤庭。」六臣張銑注：「玄墀，以漆飾墀；墀，階也。」娟娟似娥眉：《文選》卷八司馬長卿《上林賦》：「長眉連娟，微睇緜藐」李善注：「郭璞曰：『連娟，言曲細也。』」《楚辭·大招》：「嫮目宜笑，娥眉曼只。」以上二句《文選》六臣吕向注：「出於西南，固宜映東北階也。娟娟，明媚貌。此月初出，光微也。蛾眉，婦人之眉也。」

〔三〕娥眉蔽珠櫳，玉鉤隔瑣窗：珠櫳，珠飾的窗櫺。《文選》卷三〇謝惠連《七月七日夜詠牛女》：「落日隱櫩楹，升月照簾櫳。」李善注：「《説文》曰：『櫳，房室之疏也。』」瑣窗：鏤刻有連瑣圖案的門窗。《楚辭·離騷》：「欲少留此靈瑣兮，日忽忽其將暮。」王逸注：「瑣，門鏤也，文如連瑣。」以上二句《文選》李善注：「珠櫳，以珠飾疏也。瑣窻，窻爲瑣文也。范曄《後漢書》曰：『梁冀第舍，窻牖皆有綺疏青瑣也。』」

〔四〕三五二八時，千里與君同：《文選》李善注：「二八，十六日也。《釋名》曰：『望滿之名，月大十六日，月小十五日。』《淮南子》曰：『道德之論，譬如日月，馳騖千里，不能改其處。』」六臣張銑注：「千里與君同者，言思友朋，遠與同也。」

〔五〕衡漢：《史記》卷二七《天官書》：「北斗七星，所謂旋璣玉衡。」司馬貞索隱：「《春秋運斗樞》云：『斗，第一天樞，第二旋，第三璣，第四權，第五衡，第六開陽，第七摇光。』」《漢書》卷二六《天文志》「衡殷南斗」，顔師古注：「晉灼曰：『衡，斗之中央；殷，中也。』」「用昏建者杓；杓，自華以西南。夜半建者衡；衡，殷中州河、濟之間。」《文選》卷三張平子《東京賦》「攝提運衡」，薛綜注：「攝提有六星，玉衡，北斗中星，主迴轉。」《詩經·小雅·大東》：「維天有漢，監亦有光。」毛傳：「漢，天河也。」徘徊入户中：《文選》卷二三曹子建《七哀詩》：「明月照高樓，流光正徘徊。」《廣韻》卷三：「半門爲户。」

〔六〕歸華先委露，别葉早辭風：《楚辭·離騷》：「委厥美以從俗兮，苟得列乎衆芳。」王逸注：「委，棄。」此二句《文選》

李善注：「言歸華先委，爲露所墮；别葉早辭，爲風所隕。華落向本，故曰歸華，葉下離枝，故云别葉。」

〔七〕仕子倦飄塵：本集《詠史》：「仕子彯華纓，游客竦輕轡。」《藝文類聚》卷五〇引晉傅玄《江夏任君銘》：「弱冠而英名播乎遐邇，拜江夏太守。內平五教，外運六奇，邦國人安，飄塵不作。」

〔八〕休澣自公日：《禮記・禮器》：「晏平仲祀其先人，豚肩不揜豆；澣衣濯冠以朝，君子以爲隘矣。」鄭玄注：「澣衣濯冠，儉不務新。」《詩經・召南・羔羊》：「退食自公，委蛇委蛇。」毛傳：「公，公門也。」朱熹集傳：「自公，從公門而出也。委蛇，自得之貌。」私辰：《廣韻》卷一：「辰，時。」

〔九〕蜀琴抽白雪，郢曲發陽春：《古文苑》卷二宋玉《諷賦》：「中有鳴琴焉，臣援而鼓之，爲《幽蘭》《白雪》之曲。」宋章樵注：「曲名，取潔白之中芬芳悦人，以挑女也。」《淮南子・覽冥訓》：「昔者師曠奏《白雪》之音，而神物爲之下降。」《文選》卷四五宋玉《對楚王問》：「客有歌於郢中者，其始曰《下里巴人》，國中屬而和者數千人；其爲《陽阿》《薤露》，國中屬而和者數百人；其爲《陽春白雪》，國中屬而和者不過數十人；引商刻羽，雜以流徵，國中屬而和者不過數人而已。是其曲彌高，其和彌寡。」以上二句《文選》李善注：「相如工琴而處蜀，故曰蜀琴。客歌郢中，故稱郢曲也。」

〔一〇〕肴乾酒未闋，金壺啟夕淪：《文選》卷一班孟堅《兩都賦序》：「斯事雖細，然先臣之舊式，國家之遺美，不可闕也。」《爾雅・釋水》：「小波爲淪。」以上二句《文選》六臣劉良注：「肴膳已乾，而酒情未終，金壺之水已開滴漏，言夜將盡矣。」《鮑參軍集注》黄節補注：「《廣雅》：『啟，踞也。』《詩・小雅》：『不遑啟居。』王念孫曰：『居、踞聲相近。』《説文》：居，蹲也。踞，蹲也。居，踞一聲之轉，其義並相近。」張衡《漏水制》：『鑄金僊人，居左壺；爲金胥徒，居右壺。』『金壺啟夕淪』，謂所鑄之金人踞而承夕漏也。」

〔一一〕迴軒駐輕蓋，留酌待情人：《左傳》哀公十五年：「大子與之言曰：『苟使我入獲國，服冕乘軒，三死無與。』」杜預注：「軒，大夫車。」《文選》卷二八陸士衡《長安有狹邪行》：「輕蓋承華景，騰步躡飛塵。」此二句《文選》六臣劉良注：「軒，車也。言迴車將歸，復駐輕蓋而留酌，以待情人。情人，友人之别離者。」

【集説】

唐白居易《白氏長慶集》卷四五《與元九書》：陵夷至於梁、陳間，率不過嘲風雪，弄花草而已。噫！風雪花草之物，《三百篇》中豈捨之乎？顧所用何如耳。設如「北風其涼」，假風以刺威虐也；「雨雪霏霏」，以愍征役也；「常棣之華」，感華以諷兄弟也；「采采芣苢」，美草以樂有子也。皆興發於此，而義歸於彼。反是者可乎哉？然則「餘霞散成綺，澄江淨如練」「離花先委露，别葉乍辭風」之什，麗則麗矣，吾不知其所諷焉。故僕所謂嘲風雪、弄花草而已，於時六義盡去矣。

元方回《文選顔鮑謝詩評》卷四：前六韻言月之自缺而滿，又有感於節物之易凋。……後五韻言宦游休澣，偶值此月，具琴曲，設酒肴，當夕漏之，云初命駐車以同酉也。「淪」，訓「波」，小波曰淪。此詩不似晉後宋人詩。

明孫月峰：比起，是唐人扇對格。（清于光華《重訂文選集評》卷七）

清毛先舒《詩辯坻》卷二：明遠風調警動，而「始見西南樓」「夜久膏既竭」二篇，獨容裔唱歎，以不盡爲工，又其變也。

清陳祚明《采菽堂古詩選》卷一九：稍見輕俊。少陵以明遠爲俊逸，頗不甚然其言，此首近之。

沈德潛《古詩源》卷一一：少陵所云俊逸，應指此種。

清吴淇《六朝選詩定論》卷一三：此與謝法曹詩參看，謝題曰《泛湖歸出樓中玩月》，先書地後書事，此題曰《翫月城西門廨中》，先書事後書地，命題各有意思。凡古人作詩，只以題爲主，題中所有不敢遺，題中所無不敢贅，題之前後位置不敢亂。

又云：翫月詩中，卻句句是懷人詩，然不可作懷人詩看，乃是《翫月城西門廨中》詩也。今夜玩月在何處？在城西門廨中。此中悶悶，故借懷人以抒之也。首六句曰「西南樓」「東北墀」，映下「千里」。曰「蔽珠櫳」、曰「隔瑣窗」，映下「與君同」，乃追未望以前初生之月，光猶未滿，不能照遠之意。及十五六夜月滿矣，無處不照，故曰「千里與君同」。

「君」指何人？即結語「情人」是也。「徘徊」句，不是玩月，乃是懷人。徘徊既久，不覺夜已深矣。「歸華」云云，把月下一派清光寫成十分蕭條，惜無人與同玩。既無與同，此月可以不玩，但我在宦風塵，又連日辛苦，幸遇此暇，又不可不惜此一遣也。「蜀琴」云云，纔是正寫玩月，然琴曰《白雪》，曲曰《陽春》，此廨中人，誰能和者？故酒未闋而漏已殘矣。回軒不是興盡，酒未闋，亦不是已醉不能更飲，全要逗出「留酌待情人」。然情人既隔千里，如何待得？余在潯江，聞峒民有歌曰《思歡苦》：「行也思，睡也思。行時思歡留半路，睡時思歡留半牀。」此歌雖俚，可喻此意。首四句是扇對格，曰「如玉鉤」，曰「似蛾眉」，雖有兩擬，只是一月，始見西南，末自映東北。

清王闓運《湘綺樓説詩》卷六：佳在起八句，寫新月初出，光景靈幻，此以實寫傳虚景，後人不能再著語。而元稹乃摘其「歸華」二句，以概晉後之詩，小人不通如此。

代挽歌

【解題】

《樂府詩集》此屬《相和歌辭・相和曲》。其餘參見前《蒿里行》題解。

關於此詩的寫作意旨及創作時間，吴汝綸《古詩鈔》以爲乃「傷廢帝被弒，無人討賊」而作，吴丕績《鮑照年譜》、錢仲聯《鮑照年表》皆據之而繫詩於泰始元年（四六五）。今按：據《宋書》卷八〇《孝武十四王傳》、卷八四《鄧琬傳》，前廢帝子業於泰始元年十一月被湘東王劉彧所殺，同年十二月，孝武帝第三子江州刺史晉安王子勛即傳檄京邑，舉兵反抗。泰始二年（四六六）正月，子勛於江州尋陽稱帝，備置百官，四方亦並皆響應。與此同時，荆州刺史臨海王子頊等孝武諸王也紛紛響應。鮑照當時擔任子頊軍府記室參軍，子勛與子頊等人的舉兵，他自然應該熟知無疑。退一步説，即使詩人以爲湘東王劉彧（明帝）弒帝可討而廢帝子業可哀，而吴氏所説此詩之「彭、韓數句，蓋傷廢帝被弒，無人討賊也」的「無人討賊」，也違背了子勛、子頊等諸鎮起兵之事實。又根據《宋書》各傳所載，當時劉宋三分之二以上的廣大地區都加入了這場反對宋明帝的戰爭，響應子勛的包括當時的著名將領薛安都、沈文秀、蕭惠開、畢衆敬等人。由此，吴氏所認爲的詩中「彭、韓及廉藺，疇昔已成灰。壯士皆死盡，餘人安在哉」數句，乃傷廢帝被弑，無人討賊，顯然也與事實相左。由此，吴氏此説可謂穿鑿之辭，不足憑信。考生前而以詩自挽其死，乃晉宋人之習尚，如《晉書》卷八三《袁瓌傳》載桓伊能挽歌。《晉書》卷二八《五行志中》載庾晞亦喜爲挽歌，每自摇大鈴而唱，使左右齊和。《晉書》卷八三《袁瓌傳》又載袁山松每出游，則好令左右作挽歌。乃見名士之風流也。宋初大詩人陶淵明作《挽歌詩》三首，雖然一方面反映了當時之風尚，但更多的卻是他晚年對自己來日無多的人生而抒發的感慨。鮑照《代挽歌》與陶淵明之《挽歌詩》頗有某些相近之處，從某種程度上説當受到陶詩的影響。鮑照有奉和王僧達《學陶彭澤體》詩一首，乃現今流傳最早之一首學陶詩，可見他對陶淵明的敬佩之情。因此，此詩受陶淵明的影響而寫成的可能性相當大。根據陶淵明晚年於疾病沉屙之際而作《挽歌詩》的情況，此詩很可能亦爲詩人晚年的作品，只是詩中的内涵並非僅如陶詩的自傷，同時還寄託了詩人對當時政局的擔憂等更深層次的内容。由此，吴譜及錢表繫此詩以及《代蒿里行》於泰始元年的根據雖然難以令人信從，但詩人在泰始元年（四六五）前後創作《代蒿里行》及此詩的可能性卻頗大。

獨處重冥下，憶昔登高臺〔一〕。傲岸平生中，不爲物所裁〔二〕。埏門只復閉，白蟻相將來〔三〕。生時芳蘭體，小蟲今爲災〔四〕。玄鬢無復根，枯髏依青苔〔五〕。憶昔好飲酒，素盤進青梅〔六〕。彭韓及廉藺①，疇昔已成灰〔七〕。壯士皆死盡，餘人安在哉？

【校記】

①「廉」，四庫本作「蒹」，誤。

【箋注】

〔一〕重冥：《樂府詩集》卷六一陸機《駕言出北闕行》：「安寢重冥廬，天壤莫能興。人生何期促，忽如朝露凝。」憶昔登高臺：《藝文類聚》卷六二引魏文帝《登臺賦》：「登高臺以騁望，好靈雀之麗嫻。飛閣崛其特起，層樓儼以承天。步逍遥以容與，聊游目於西山。溪谷紆以交錯，草木鬱其相連。風飄飄而吹衣，鳥飛鳴而過前。申躊躇以周覽，臨城隅之通川。」

〔二〕傲岸平生中：《晉書》卷七二《郭璞傳》：「傲岸榮悴之際，頡頏龍魚之間。」

〔三〕埏門：《太平御覽》卷八一一引《異苑》：「即墨有古塚，發之有金牛塞埏門不動，犯之則大禍。」白蟻相將來：《莊子·列御寇》：「莊子將死，弟子欲厚葬之。莊子曰：『吾以天地爲棺槨，以日月爲連璧，星辰爲珠璣，萬物爲齎送，吾葬具豈不備耶，何以加此？』弟子曰：『吾恐烏鳶之食夫子也。』莊子曰：『在上爲烏鳶食，在下爲螻蟻食，奪彼與此，何其偏也。』」

〔四〕芳蘭體：《三國志》卷四二《蜀志·周群傳》：「乃顯裕諫争漢中不驗，下獄，將誅之。諸葛亮表請其罪，先主答曰：『芳蘭生門，不得不鉏。』裕遂棄市。」《宋書》卷二《武帝紀中》：「裕吞噬之心，不避輕重，以法興聰敏明慧，必爲民望所歸，芳蘭既茂，内懷憎惡，乃妄扇異言，無罪即戮。」小蟲今爲災：《關尹子·九藥》：「勿輕小物，小蟲毒身。」

〔五〕玄鬢：《藝文類聚》卷七八引《淮南子》：「盧敖游乎北海，經乎太陰，入乎玄闕，至蒙穀之上，見處士者深目而玄鬢，淚注而鳶肩。」

〔六〕憶昔好飲酒：陶淵明《挽歌辭》：「在昔無酒飲，今但湛空觴。春醪生浮蟻，何時更能嘗？」

〔七〕彭韓及廉藺：《史記》卷九〇《彭越列傳》：「彭越者，昌邑人也，字仲常，漁鉅野澤中，爲群盜，……吕后乃令其舍人告彭越復謀反，廷尉王恬開奏請族之，上乃可，遂夷越宗族。」卷九二《淮陰侯列傳》：「淮陰侯韓信者，淮陰人也。始爲布衣時，貧無行。……(漢王)乃遣張良立信爲齊王。……吕后使武士縛信，斬之長樂鍾室。」卷八一《廉頗藺相如列傳》：「廉頗者，趙之良將也。趙惠文王十六年，廉頗爲趙將伐齊，大破之，取陽晉，拜爲上卿，以勇氣聞於諸侯。藺相如者，趙人也，爲趙宦者令繆賢舍人。……以相如功大，拜爲上卿，位在廉頗之右。」疇昔已成灰：《禮記·檀弓上》：「予疇昔之夜，夢坐奠於兩楹之間。」鄭玄注：「疇，發聲也。昔，猶前也。」

【集説】

明鍾惺、譚元春《古詩歸》卷一二：「疇昔」字感深，言不待今日也。

清陳祚明《采菽堂古詩選》卷一八：壯鬱悲涼。

清吴汝綸《古詩鈔》卷四：「彭韓」數句，蓋傷廢帝被弑，無人討賊也。

又云：杜公所稱俊逸，殆是此等。

夜聽妓二首

【解題】

妓，以音樂歌舞爲業的女子。《文選》卷六〇陸士衡《弔魏武帝文》：「吾婕好妓人，皆著銅爵臺。」《後漢書》卷四二《濟南安王劉康傳》：「錯爲太子時，愛康鼓吹妓女宋閏，使醫張尊招之，不得。」

一

夜來坐幾時？銀漢傾露落〔一〕。澄愴入閨景①，葳蕤被園藿〔二〕。絲管感暮情，哀音遶梁作〔三〕。芳盛不可恒，及歲共爲樂〔四〕。天明坐當散，琴酒駛弦酌〔五〕。

【校記】

①「愴」,張溥本、四庫本、《古詩紀》卷六二作「滄」。

【箋注】

〔一〕銀漢:《初學記》卷一《天部》:「天河謂之天漢。亦曰雲漢、星漢、河漢、清漢、銀漢、天津、漢津、淺河、銀河、絳河。」

〔二〕葳蕤被園藿:《楚辭·七諫·初放》:「便娟之修竹兮,寄生乎江潭。上葳蕤而防露兮,下泠泠而來風。」王逸注:「葳蕤,盛貌。」《詩經·小雅·白駒》:「皎皎白駒,食我場藿。」毛傳:「藿,猶苗也。」

〔三〕絲管:即絲竹。《禮記·樂記》:「德者,性之端也,樂者,德之華也,金石絲竹,樂之器也。」《晉書》卷八〇《王羲之傳》:「謝安嘗謂羲之曰:『中年以來,傷於哀樂,與親友别,輒作數日惡。』羲之曰:『年在桑榆,自然至此,頃正賴絲竹陶寫。』」哀音遶梁作:《文選》卷二三阮嗣宗《詠懷》詩:「鳴鴈飛南征,鶗鴂發哀音。」《列子·湯問》:「昔韓娥東之齊,匱糧,過雍門,鬻歌假食,既去,而餘音遶梁欐,三日不絶。」張華《博物志》引作「遶梁」。《文選》卷五五陸士衡《演連珠》:「遶梁之音,實縈絃所思。」李善注:「謂絃被縈曲而不申者也。言縈曲之絃,遶梁以盡妙,以喻藏器之士,候明時以効績。」

〔四〕及歲共爲樂:《文選》卷二九《古詩十九首·生年不滿百》:「晝短苦夜長,何不秉燭游。爲樂當及時,何能待來兹。」

〔五〕駛弦:《集韻》卷五:「駛,疾也。」

二

蘭膏消耗夜轉多,亂筵雜坐更絃歌〔一〕。傾情逐節寧不苦,特爲盛年惜容華〔二〕。

【箋注】

〔一〕蘭膏：《楚辭·招魂》：「蘭膏明燭，華容備些。」王逸注：「蘭膏，以蘭香煉膏也。」亂筵雜坐更絃歌：《楚辭·招魂》：「士女雜坐，亂而不分些。」王逸注：「言醉飽酣樂，合罇促席，男女雜坐，比肩齊膝，恣意調戲，亂而不分別也。」《史記》卷四七《孔子世家》：「三百五篇，孔子皆弦歌之。」

〔二〕傾情逐節：《藝文類聚》卷五七引晉陸機《七徵》：「矯纖腰以逐節，頓皓足於鼓盤。」特爲盛年惜容華：《古詩紀》卷二〇蘇武《答李陵詩》：「低頭還自憐，盛年行已衰。」

梅花落

【解題】

《樂府詩集》此屬《橫吹曲辭》。《樂府詩集》卷二一《漢橫吹曲》題解云：「《樂府解題》曰：『漢橫吹曲，二十八解，李延年造。魏、晉已來，唯傳十曲。一曰《黃鵠》，二曰《隴頭》，三曰《出關》，四曰《入關》，五曰《出塞》，六曰《入塞》，七曰《折楊柳》，八曰《黄覃子》，九曰《赤之揚》，十曰《望行人》。後又有《關山月》《洛陽道》《長安道》《梅花落》《紫騮馬》《驄馬》《雨雪》《劉生》八曲，合十八曲。』」卷二四此篇題解云：「《梅花落》，本笛中曲也。按唐大角曲亦有《大單于》《小單于》《大梅花》《小梅花》等曲，今其聲猶有存者。」

中庭雜樹多，偏爲梅咨嗟〔一〕。問君何獨然〔二〕？念其霜中能作花，露中能作實〔三〕。摇蕩春風媚春日，念尔零落逐寒風①〔四〕，徒有霜華無霜質〔五〕。

【校記】

①「寒風」,《樂府詩集》作「風颸」。

【箋注】

〔一〕中庭雜樹多:《文選》卷八司馬長卿《上林賦》:「醴泉涌於清室,通川過於中庭。」中庭,即庭中,庭院之中。《楚辭·招隱士》:「青莎雜樹兮,薠草靃靡。」陶淵明《桃花源記》:「忽逢桃花林,夾岸數百步,中無雜樹,芳草鮮美,落英繽紛。」咨嗟:焦贛《易林·離之升》:「車傷牛罷,日暮咨嗟。」

〔二〕問君何獨然:《鮑參軍集注》錢仲聯注:「君,照自指。」

〔三〕念其霜中能作花:《鮑參軍集注》錢仲聯注:「其,指梅。」

〔四〕念尔零落逐寒風:尔,《鮑參軍集注》作爾,錢仲聯注:「爾,指雜樹。借喻無節操之士大夫。」

〔五〕徒有霜華無霜質:謝靈運《登永嘉緑嶂山》:「裹糧杖輕策,懷遲上幽室。行源逕轉遠,距陸情未畢。澹瀲結寒姿,團欒潤霜質。」

【集説】

明陸時雍《古詩鏡》卷一四:孤標峻絶。

王堯衢《古唐詩合解》卷三:比也。庭樹多而偏嗟于梅,亦《春秋》責備賢者之意。「問君何獨然」,言問君何獨咨嗟于梅也。下乃答詞。前一念,念其好處揚之,後一念,念其不足處惜之也。夫霜華霜實,摇動春光,其節固非不美,奈何質之不堅而受寒風之零落,其與松柏後凋者有間,豈非君子受辱於權勢而發歟?

明鍾惺、譚元春《古詩歸》卷一二:似稚似老,妙。好歎,又好想頭。

又云:「今其」二字,多少愛惜,多少鑒賞,能使梅花有知,起而感謝。

清朱乾《樂府正義》卷四:梅花落,春和之候,軍士感物懷歸,故以爲歌。唐段安節《樂府雜録》曰:「笛,羌樂也,古有《落梅花》曲。」此詩雖佳，無涉於軍樂。

清陳祚明《采菽堂古詩選》卷一八：跌盪可喜。

清沈德潛《古詩源》卷一一：以「花」字聯上「嗟」字成韻，以「實」字聯下「日」字成韻，格法甚奇。

清張玉穀《古詩賞析》卷一七：此賦《梅花落》本意也。前二以雜樹襯醒獨爲梅嗟作領筆。中四推原其故，先就可愛作一開勢。花實疊句，而用韻卻收上領下。格法比漢樂府《有所思》篇更爲奇横。後二點清零落逐風，以有花無質，致慨作結。

成書《多歲堂古詩存》：有情有景，有聲有色，如此短幅中，極盡起伏頓挫之致，是何興會。

清田同之《西圃詩説》：梅花詩，以漢、晉未之或聞，自宋鮑照以下，僅得十七人，共二十一首。唐詩人雖多，而杜少陵才二首，白香山四首，元微之、韓退之、柳子厚、劉夢得、杜牧之各一首，其餘不過一二，如李翰林、韋左司、孟東野、皮日休並無一篇。至宋代方盛行，究其佳者，亦僅林和靖、蘇東坡數首數句耳，何至程祁、陳從古、周必大等，動輒千首，亦甚不自量矣！

余冠英《樂府詩選》：鮑照的《行路難》《梅花落》這一類七言和雜言樂府，在音調、句法方面都有全新的創造，是南朝文人樂府最傑出的作品。歌行裏的流轉奔放一派，從這裏開端，對於唐詩有極顯著的影響。

古辭

容華不待年，何爲客遊梁〔一〕？九月寒陰合，悲風斷君腸〔二〕。歎息空房婦，幽思坐自傷〔三〕。勞心結遠路，惆悵獨未央〔四〕。

【箋注】

〔一〕容華不待年：《文選》卷二九曹子建《雜詩》：「南國有佳人，容華若桃李。朝游江北岸，日夕宿湘沚。時俗薄朱顔，誰爲發皓齒。俛仰歲將暮，榮耀難久恃。」客遊梁：《史記》卷一一七《司馬相如列傳》：「是時梁孝王來朝，從游説之士齊人鄒陽、淮陰枚乘、吴莊忌夫子之徒，相如見而説之，因病免，客游梁。」

〔二〕九月寒陰合：《後漢書》卷三〇下《郎顗傳》：「政失其道，則寒陰反節。」悲風斷君腸：《文選》卷二九魏文帝《雜詩·漫漫秋夜長》：「向風長歎息，斷絶我中腸。」

〔三〕歎息空房婦：《文選》卷二七魏文帝《燕歌行》：「賤妾煢煢守空房，憂來思君不敢忘，不覺淚下霑衣裳。」幽思坐自傷：《樂府詩集》卷四一《相和歌辭》僧孝休《怨詩行》：「明月照高樓，含君千里光。巷中情思滿，斷絶孤妾腸。悲風盪帷帳，瑶翠坐自傷。妾心依天末，思與浮雲長。嘯歌視秋草，幽葉豈再揚。暮蘭不待歲，離華能幾芳。願作張女引，流悲繞君堂。君堂嚴且祕，絶調徒飛揚。」按此詩《古樂苑》卷二二作晉梅陶作。

〔四〕勞心：憂心。《詩經·齊風·甫田》：「無思遠人，勞心忉忉。」未央：《楚辭·離騷》：「及年歲之未晏兮，時亦猶其未央。」王逸注：「央，盡也。」

【集説】

清王夫之《古詩評選》卷五：純合淨暢，參軍短章，固有此不失古道者，過八十字即不能爾矣。

可愛

風帷閃珠帶①，月幌垂霧羅〔一〕。魏粲縫秋裳，趙艷習春歌〔二〕。

【校記】

①「閃」，原作「闕」，今據張溥本、《古詩紀》卷六二改。

【箋注】

〔一〕風帷閃珠帶：《文選》卷一三潘安仁《秋興賦》：「庭樹槭以灑落兮，勁風戾而吹帷。」六臣吕延濟注：「落勁疾之貌，風至而吹帷幔也。」月幌垂霧羅：《文選》卷一三謝惠連《雪賦》：「夜幽静而多懷，風觸楹而轉響，月承幌而通暉。」六臣劉良注：「幌，窗簾也。」《文選》卷七司馬相如《子虚賦》：「雜纖羅，垂霧縠。」六臣劉良注：「雜，謂錯雜。纖，細也。霧縠，其細如霧，垂之爲裳也。」

〔二〕魏粲縫秋裳：《詩經·唐風·綢繆》：「今夕何夕，見此粲者。」毛傳：「三女爲粲，大夫一妻二妾。」孔穎達疏：「女三爲粲。粲，美物也。」按晉獻公滅魏，魏入於唐，故稱魏粲。趙艷習春歌：《古詩十九首·東城高且長》：「燕趙多佳人，美者顔如玉。」李善注：「燕趙，二國名也。」《樂府詩集》卷四四《清商曲辭·子夜四時歌》有《春歌》。

夜聽聲

辭鄉不覺遠，歡寡憂自繁〔一〕。何用慰秋望？清燭視夜翻〔二〕。

【箋注】

〔一〕歡寡憂自繁：《樂府詩集》卷五五《晉白紵舞歌詩》：「人生世間如電過，樂時每少苦日多。」本集《擬行路難》：「人生苦多歡樂少，意氣敷腴在盛年。」

〔二〕清濁視夜翻：陸機《凌霄賦》：「昊蒼焕而運流，日月翻其代序。」《鮑參軍集注》黄節補注：「夜翻，謂夜盡而翻白也。」

酒後

晨節無兩淹，年意不俱處〔一〕。自非羽酌歡，何用慰愁旅〔二〕。

【箋注】

〔一〕晨節無兩淹：曹丕《孟津》詩：「良辰啟初節，高會構歡娱。」按晨，辰字通。年意不俱處：陶淵明《雜詩・昔聞長者言》：「求我盛年歡，一毫無復意。」《漢書》卷一〇〇《叙傳上》：「渾元運物，流不處兮。」顔師古注：「處，止也。」

〔二〕自非羽酌歡：《漢書》卷九七下《外戚下・孝成班婕妤傳》：「顧左右兮和顔，酌羽觴兮銷憂。」顔師古注：「孟康曰：『羽觴，爵也，作生爵形，有頭尾羽翼。』」

講易

雲澤翔羽姬，横益招逸人①〔一〕。賁園無金尚，履道易書紳〔二〕。

【校記】

①「益」，張溥本、《古詩紀》卷六二作「蓋」。「逸人」，張溥本、《古詩紀》作「益人」。

【箋注】

〔一〕雲澤：《文選》卷一九宋玉《神女賦》：「楚襄王與宋玉游于雲夢之浦，使玉賦高唐之事。其夜王寢，夢與神女遇，其狀甚麗，王異之。」逸人：猶逸民。《後漢書》卷六四《趙岐傳》：「漢有逸人，姓趙名嘉。有志無時，命也奈何！」《鮑參軍集注》黄節補注：「《易·説卦》：『《兑》爲澤，爲少女。』『雲澤』句，疑言『《兑》象。』干寶《周易》注：『漸其羽，可用爲儀。』曰：『婦德既終，母教又明，有德而可愛，有儀而可象，故曰其羽可用爲儀。』『羽姬』或取此義。《易·損》六三：『一人行則得其友。』『横蓋』句疑言《損》象。」

〔二〕賁園無金尚：《鮑參軍集注》黄節補注：「《易》：『賁於丘園，束帛戔戔。』干寶《周易》注『鼎黄耳金鉉（按金鉉，原誤作全鉉。）』曰：『凡舉鼎者，鉉也。尚三公者，王也。金喻可貴中之美也。』按『賁園無金尚』，謂延山林之人，采素士之言，不以鼎之尚金待之，蓋優遇過於三公也。」履道易書紳：《周易·履卦》：「履道坦坦，幽人貞吉。」《論語·衛靈公》：「子張書諸紳。」

王昭君

【解題】

此篇《樂府詩集》屬《相和歌辭》。《樂府詩集》卷二九石崇《王明君》題解云：「一曰《王昭君》。《唐書·樂志》曰：『《明君》，漢曲也。元帝時，匈奴單于入朝，詔以王嫱配之，即昭君也。及將去，入辭，光彩射人，悚動左右，天子悔焉。漢人憐其遠嫁，爲作此歌。晉石崇妓緑珠善舞，以此曲教之，而自製新歌。』按此本中朝舊曲，唐爲吴聲，蓋吴人傳授訛變使然也。《西京雜記》曰：『元帝後宫既多，不得常見，乃使畫工圖其形，案圖召幸。宫人皆賂畫工，多者十萬，少者亦不減五萬。昭君自恃容貌，獨不肯與。工人乃醜圖之，遂不得見。後匈奴入朝，求美人爲閼氏，帝按圖以昭君行。及去召見，貌爲後宫第一，善應對，舉止閑雅。帝悔之，而名籍已定，方重信於外國，故不復更人，乃窮按其事。畫工有杜陵毛延壽，爲人形，醜好老少，必得其真。安陵陳敞、新豐劉白、龔寛，並工爲牛馬飛鳥衆藝，人形好醜，不逮延壽。下杜陽望、樊青，尤善布色，同日棄市。籍其家資，皆巨萬，京師畫工於是差稀。』《古今樂録》曰：『《明君》歌舞者，晉太康中季倫所作也。王明君，本名昭君，以觸文帝諱，故晉人謂之明君。匈奴盛，請婚於漢，元帝以後宫良家子明君配焉。初，武帝以江都王建女細君爲公主，嫁烏孫王昆莫，令琵琶馬上作樂，以慰其道路之思，送明君亦然也。其造新之曲，多哀怨之聲，晉、宋以來，《明君》止以弦隶少許爲上舞而已。梁天監中，斯宣達爲樂府令，與諸樂工以清商兩相間絃，爲《明君》上舞，傳之至今。王僧虔《技録》云：『明君有間絃及契注聲，又有送聲。』謝希逸《琴論》曰：『平調《明君》三十六拍，胡笳《明君》二十六拍，清調《明君》十三拍，間絃《明君》九拍，蜀調《明君》十二拍，吴調《明君》十四拍，杜瓊《明君》二十一拍，凡有七曲。《琴集》曰：『胡笳《明君》四弄，有上舞、下舞、上間絃、下間絃。《明君》三百餘弄，其善者四焉。又胡笳《明君别》五弄，辭漢、跨鞍、望鄉、奔雲、入林是也。』按《琴曲》有《昭君怨》，亦與此同。」《樂府詩集》卷五九《琴曲歌辭》又有《昭君怨》，題解云：「《樂府解題》曰：『王嬙，字昭君。《琴操》載：昭君，齊國王穰女，端正閑麗，未嘗窺門户，穰以其有異於人，求之者皆不與。年十七，獻之元帝。元帝以地遠不之幸，以備後宫，積五六年。帝每游後宫，常怨不出。後單于遣使朝貢，帝宴之，盡召後宫，昭君盛飾而至。帝問欲以一女賜單于，能者往。昭君乃越席請行。時單于使在旁，驚恨不及。昭君至匈奴，單于大悦，以爲漢與我厚，縱酒作樂，遣使報漢白璧一隻，騵馬十匹，胡地珍寶之物。昭君恨帝始不見遇，乃作怨思之歌。單于死，子世達立，昭君謂之曰：爲胡者妻母，爲秦者更娶。世達曰：欲作胡禮。昭君乃吞藥而死。』按《漢書·匈奴傳》曰：竟寧中，呼韓邪來朝，漢歸王昭君，號寧胡閼氏。呼韓邪死，子雕陶莫皋立，爲復株累若鞮單于，復妻昭君。不言，飲藥而死。」

既事轉蓬遠，心隨鴈路絶〔一〕。霜輝旦夕驚①，邊笳中夜咽〔二〕。

【校記】

①「輝」，張溥本、《樂府詩集》卷二九、《古詩紀》卷六〇作「韗」。

【箋注】

〔一〕轉蓬：《樂府詩集》卷三七魏武帝《卻東西門行》：「鴻鴈出塞北，乃在無人鄉，舉翅萬餘里，行止自成行，冬節食南稻，春日復北翔。田中有轉蓬，隨風遠飄揚，長與故根絶，萬歲不自當。」

〔二〕旦夕猶日夜：《墨子·號令》：「諸門下朝夕立若坐，各令以年少長相次，旦夕就位，先佑有功有能，其餘皆以次立。」邊笳：《藝文類聚》卷五七引顏延之《七繹》：「視華鼓之繁桴，聽邊笳之嘶囀。」《宋書》卷一九《樂志一》：「杜摯《笳賦》云：『李伯陽入西戎所造。』」《藝文類聚》卷四四引魏杜摯《笳賦》：「羈旅之士，感時用情，乃命狄人，操笳揚清。」

中興歌十首

【解題】

此篇張溥本、《藝文類聚》卷四三題作《中興歌》，今從宋本。

《樂府詩集》卷八六此詩屬《新歌謡辭》。

《詩經·大雅·烝民序》：「《烝民》，尹吉甫美宣王也，任賢使能，周室中興焉。」《漢書》卷八《宣帝紀》：「贊曰：孝宣之治，信賞必罰，綜核名實，政事文學法理之士咸精其能。至於技巧工匠器械，自元、成間鮮能及之。亦足以知吏稱其職，民安其業也。遭值匈奴乖亂，推亡固存，信威北夷，單于慕義，稽首稱藩，功光祖宗，業垂後嗣，可謂中興，侔德殷宗、周宣矣。」宋王觀國《學林·中興》：「中興者，在一世之間，因王道衰而有能復興者，斯謂之中興。」

《鮑參軍集注》此詩題注錢振倫注及錢仲聯增補注根據詩人於元嘉二十四年（四四七）曾作《河清頌》以歌頌文帝元

嘉之治的情況，認爲此詩乃歌頌文帝之作。然而歷史上稱作中興者必定是經過一次重大劫難以後的撥亂反正，如周宣王經周厲王失國後的重興周室，漢宣帝經昌邑王亂政後的復興漢朝，皆所謂中興者。而宋文帝時代卻并没有出現過類似情形，似乎并不能以中興視之。即使以元嘉三年(四二六)宋文帝爲報廢殺少帝義符及廬陵王義真之家仇，從而誅殺徐羨之、傅亮等爲中興，然而因爲鮑照其時尚在幼年，所以也絶不可能作此詩以歌頌其事，且於事隔二十年之後乃作詩以獻亦與常情相違背。吴丕績《鮑照年譜》則云：「《宋書·孝武本紀》云，元嘉三十年五月克京城，改新亭爲中興亭，先生《中興歌》十章，當作於是時。」曹道衡《鮑照幾篇詩文的寫作時間》對這一問題又作了進一步的探討，認爲吴丕績《鮑照年譜》僅僅根據改新亭爲中興亭就斷定此詩作於孝武帝時，雖然證據不足，但是結論卻是可信的。這是因爲在《南齊書·皇后·武穆裴皇后傳》所附載的女詩人韓蘭英事跡就曾説，韓蘭英在宋孝武帝時，因爲獻《中興賦》而被賞入宫。乃可以作爲吴説的傍證。而且此組詩的第九首説：「襄陽是小地，壽陽非帝城，今日中興樂，遥冶在上京。」乃是有意識地要用《中興歌》壓倒《襄陽樂》和《壽陽樂》這兩種藩王所造的樂曲，而《襄陽樂》和《壽陽樂》又都創作於元嘉末。所以結合起來看，曹先生認爲還是以吴譜所説爲可信。今按：劉宋末年劉劭和劉濬的弑父自立，可以説是古今罕見的逆亂，孝武帝劉駿首舉義兵以討滅之，實堪以中興稱之。除韓蘭英於是時獻《中興賦》以外，《宋書》卷八八《薛安都傳》亦載云：「安都從征關、陝(按指元嘉二十七年，薛安都隨柳元景北伐關、陝時)，至臼口，夢仰頭視天，正見天門開。謂左右曰：『汝見天門開不？』至是(按指元嘉三十年五月，孝武帝克京邑平定劉劭逆亂時)嘆曰：『夢天開，正中興之象邪！』」乃時人以孝武帝平定劉劭的逆亂爲中興之明證。即此組詩乃元嘉三十年(四五三)作。

一

千冬逢一春①，萬夜見朝日②〔一〕。生平值中興③，歡起百憂畢〔二〕。

【校記】

①「逢」，張溥本作「遲」。

②「見」，張溥本、《樂府詩集》卷八六作「視」。

③「平」，《樂府詩集》作「年」。

【箋注】

〔一〕一春：《太平御覽》卷九七〇引《風俗通》：「夏禹廟中有梅梁，忽一春生枝葉。」朝日：《藝文類聚》卷一八引蔡邕《協初賦》：「面若明月，輝似朝日。」

〔二〕歡起百憂畢：《詩經·王風·兔爰》：「有兔爰爰，雉離于罦。我生之初，尚無造。我生之後，逢此百憂。尚寐無覺。」

【集說】

清陳祚明《采菽堂古詩選》補遺卷二：《子夜歌》中有「泰始樂」語，今此作《中興歌》，皆是當時樂府採民間兒女子之音，被諸管弦，詠於朝廟。固自有此一體，語每不倫也。十首殊亦條暢可誦。

又云：發端刻厲。

二

中興太平運，化清四海樂〔一〕。祥景照玉臺，紫煙遊鳳閣〔二〕。

【箋注】

〔一〕化清四海樂：《樂府詩集》卷三三魏明帝《苦寒行》：「遺化布四海，八表以肅清。」《後漢書》卷三一《王堂傳》：「古人勞於求賢，逸於任使，故能化清於上，事緝於下。」

〔二〕祥景照玉臺：《文選》卷二張平子《西京賦》：「朝堂承東，温調延北，西有玉臺，聯以昆德。」薛綜注：「皆殿與臺名也。」曹植《冬至獻履襪頌表》：「茅茨之陋，不足以入金門，登玉臺也。」紫煙遊鳳閣：郭璞《游僊詩》之三：「赤松臨上游，駕鴻乘紫煙。」《文選》卷三〇謝靈運《擬魏太子鄴中集·平原侯植》：「朝游登鳳閣，日暮集華沼。」六臣吕向注「鳳閣，内省也。」

三

碧樓舍夜月①，紫殿争朝光〔一〕。綵墀散蘭麝②，風起自生芳〔二〕。

【校記】

①「舍」，張溥本、《藝文類聚》卷四三、《樂府詩集》、《太平御覽》作「含」。

②「墀」，張溥本作「池」。

【箋注】

〔一〕碧樓舍夜月：《樂府詩集》卷四四《子夜四時歌·春歌》：「碧樓冥初月，羅綺垂新風。含春未及歌，桂酒發清容。」《廣韻》卷三：「舍，止息也。」紫殿争朝光：《三輔黄圖·漢宫》：「(武)帝又起紫殿，雕文刻鏤黼黻，以玉飾之。成帝永始四年，行幸甘泉，郊泰畤，神光降於紫殿。」

〔二〕綵墀散蘭麝：《太平御覽》卷三七六引《抱朴子》：「昔西施心痛，卧於道側，蘭麝芬芳，見者咸美其容。」卷四七一引徐廣《晉記》：「石季倫甚富侈，衣服伎樂夸於許、史。有妓人曰緑珠，美。孫秀欲之，使人求焉。崇盡出其婢妾數十人，皆蘊蘭麝而被羅縠。」

【集説】

清陳祚明《采菽堂古詩選》補遺卷二：已漸入情語。

四

白日照前窗，玲瓏綺羅中〔一〕。美人掩輕扇，含思歌春風〔二〕。

【箋注】

〔一〕玲瓏綺羅中：《文選》卷七揚子雲《甘泉賦》：「前殿崔巍兮，和氏玲瓏。」李善注引晉灼曰：「玲瓏，明見貌也。」六臣劉良注：「玲瓏，光明貌。」

〔二〕美人掩輕扇：《藝文類聚》卷六九引傅咸《扇賦》：「怨微飄之不興，恨喬木之無陰，摇輕扇之苒蒻，手纔動而慊心。」

【集説】

清王夫之《古詩評選》卷三：居然是中興歌。《芣苢》《摽梅》爲周家興王景色以此，雖然，非有如許聲情，又安能入於變風哉？學我者拙，似我者死，此之謂也。宋人以意求之，宜其愚也夫。

五

三五容色滿，四五妙華歇①〔一〕。已輸春日歡，分隨秋光設②〔二〕。

【校記】

①「華」，《藝文類聚》作「容」。

②「設」，張溥本、《樂府詩集》作「没」。

【箋注】

〔一〕三五容色滿，四五妙華歇：《文選》卷二九《古詩十九首》：「孟冬寒氣至，北風何慘慄。愁多知夜長，仰觀衆星列。三五明月滿，四五詹兔缺。」六臣張銑注：「三五，謂十五日也。四五，謂二十日。」

〔二〕分隨秋光設：《藝文類聚》卷二八引宋顔延之《登景陽樓詩》：「風觀要春景，月樹迎秋光。沿波被華若，隨山茂貞芳。」

六

北出湖邊戲，前還苑中游〔一〕。飛縠繞長松，馳管逐波流〔二〕。

【箋注】

〔一〕北出湖邊戲：《文選》卷二二顔延年《應詔觀北湖田收》題注李善注：「《丹陽郡圖經》曰：『樂游苑，晉時藥園。元嘉中，築隄壅水，名爲北湖。』」

〔二〕飛縠：《文選》卷一九宋玉《神女賦》：「動霧縠以徐步兮，拂墀聲之珊珊。」李善注：「縠，今之輕紗，薄如霧也。」

七

九月秋水清，三月春花滋〔一〕。千金逐良日，皆競中興時〔二〕。

【箋注】

〔一〕春花滋：《文選》卷三一劉休玄《擬行行重行行》：「堂上流塵生，庭中緑草滋。」六臣李周翰注：「滋，茂也。」

〔二〕逐良日：《禮記・祭義》：「及良日，夫人繅。」陳澔集説：「良日，吉日也。」《漢書》卷一下《高帝紀下》：「謹擇良日，二月甲午上尊號，漢王即皇帝位于氾水之陽。」

八

窮泰已有分，壽夭復屬天〔一〕。既見中興樂，莫持憂自煎〔二〕。

【箋注】

〔一〕窮泰：困厄與顯達。《莊子・讓王》：「孔子窮於陳蔡之間，七日不火食。」《周易・序卦》：「履而泰，然後安，故受之以泰。泰者，通也。」

〔二〕自煎：《莊子・人間世》：「山木自寇也，膏火自煎也。」

九

襄陽是小地，壽陽非帝城〔一〕。今日中興樂，遥治在上京①〔二〕。

【校記】

①「冶」，原作「治」，今據張溥本改。

【箋注】

〔一〕襄陽：《漢書》卷二八下《地理志下》南郡襄陽，顔師古注：「應劭曰：『在襄水之陽。』」《宋書》卷三七《州郡志三》：「雍州刺史，晉江左立。胡亡氏亂，雍、秦流民多南出樊沔，晉孝武始於襄陽僑立雍州，并立僑郡縣。」壽陽：《樂府詩集》卷四八《清商曲辭·襄陽樂》題解云：「《古今樂録》曰：『《襄陽樂》者，宋隨王誕之所作也。誕始爲襄陽郡，元嘉二十六年，仍爲雍州刺史，夜聞諸女歌謡，因而作之。所以歌和中有「襄陽来夜樂」之語也。』」卷四九《清商曲辭·壽陽樂》題解云：「《古今樂録》曰：『《壽陽樂》者，宋南平穆王爲豫州所作也。』」《南史》卷一《宋武帝紀》：「元熙元年正月，晉帝詔徵帝入輔，又申前令，公進爵爲王，以徐州之海陵、北東海、北譙、北梁，豫州之新蔡，兖州之北陳留，司州之陳郡、汝南、潁川、滎陽十郡增宋國。七月，乃受命，赦國内五歲刑以下，遷都壽陽。」

〔二〕遥冶在上京：《荀子·非相》：「今世俗之亂君，鄉曲之儇子，莫不美麗姚冶，奇衣婦飾，血氣態度，擬於女子。」楊倞注：「《説文》曰：『姚，美好貌；冶，妖。』」按遥冶即姚冶。《文選》卷一四班孟堅《幽通賦》：「皇十紀而鴻漸兮，有羽儀於上京。」李善注：「有羽翼於京師也。」按此上京指宋都建康。

十

梅花一時艶，竹葉千年色〔一〕。願君松柏心①，採照無窮極〔二〕。

【校記】

①「松」，張溥本作「訟」。

【箋注】

〔一〕一時：陶淵明《擬古詩》之七：「皎皎雲間月，灼灼葉中花，豈無一時好，不久當如何？」千年：陶淵明《擬挽歌辭三首》之三：「幽室一已閉，千年不復朝。」

〔二〕願君松柏心：《禮記·禮器》：「其在人也，如竹箭之有筠也，如松柏之有心也。」孔穎達疏：「松柏陵寒而鬱茂，由其内心貞和故也。」

【集説】

清陳祚明《采菽堂古詩選》補遺卷二：中亦微分四時，其原固出於《子夜四時歌》也。

吴歌三首

【解題】

此篇宋本題作《吴歌二首》，缺「夏口樊城岸，曹公却月戍。但觀流水還，識是儂流下」一首，今據張溥本及《樂府詩集》卷四四、《古詩紀》卷六〇補。並改題作《吴歌三首》。

《樂府詩集》此屬《清商曲辭》。《樂府詩集》卷四四《吴聲歌曲》題解云：「《晉書·樂志》曰：『吴歌雜曲，並出江南。東晉已來，稍有增廣。其始皆徒歌，既而被之管弦。蓋自永嘉渡江之後，下及梁、陳，咸都建業，吴聲歌曲，起於此也。』《古今樂録》曰：『吴聲歌，舊器有篪、箜篌、琵琶，今有笙、筝。其曲有《命嘯》吴聲游曲半折、六變、八解，《命嘯》十解。存者有《烏噪林》《浮雲驅》《鴈歸湖》《馬讓》，餘皆不傳。吴聲十曲：一曰《子夜》，二曰《上柱》，三曰《鳳將雛》，四曰《上聲》，五曰《歡聞》，六曰《歡聞變》，七曰《前溪》，八曰《阿子》，九曰《丁督護》，十曰《團扇郎》，並梁所用曲。《鳳將雛》已上三曲，古有歌，自漢至梁不改，今不傳。上聲已下七曲，内人包明月製舞《前溪》一曲，餘並王金珠所製也。游曲六曲《子夜四時歌》《警歌》《變歌》，並十曲中間游曲也。半折、六變、八解，漢世已來有之。八解者，古彈、上柱古彈、鄭干、新蔡、大治、小治、當男、盛當，梁太清中猶有得者，今不傳。又有《七日夜》《女歌》《長史變》《黄鵠》《碧玉》《桃葉》《長樂佳》《歡好》《懊惱》《讀曲》，亦皆吴聲歌曲也。』」

一

夏口樊城岸，曹公却月戍①〔一〕。但觀流水還，識是儂流下〔二〕。

【校記】

① 「曹公」，原作「魯公」，今據《樂府詩集》及張溥本改。

【箋注】

〔一〕夏口樊城岸：《三國志》卷一《魏志·武帝紀》：建安十三年「八月，表卒。其子琮代，屯襄陽。劉備屯樊。九月，公到新野，琮遂降，備走夏口。公進軍江陵，下令荆州吏民，與之更始。」《後漢書》卷七四下《劉表傳》：「及操軍到襄陽，琮舉州請降，劉備奔夏口。」李賢注：「夏口城，今之鄂州也。《左傳》：『吴伐楚，楚沈尹戌奔命於夏汭。』杜預注曰：『漢水入口，今夏口也。』」《水經注·江水》：「江水又東，得豫章口，夏水所通也。」「江水又東，逕歎父山，南對歎州，亦曰歎步矣。江之右岸，當鸚鵡洲南，有江水右迆，謂之驛渚。三月之末，水下通樊口。」曹公却月戍：《讀史方輿紀要》卷七六《湖廣·漢陽府·漢陽縣》：「郤月城，在府治北六里。與魯山城相對，形如郤月，後漢末黃祖所守處。建安十三年孫權奪沔口，攻屠其城。《水經注》：『魯山左即沔水口，沔左有偃月城。』又《沔陽記》：『沌陽縣至沔口，水北有郤月城，亦曰偃月壘。』晉元興初，桓振據江陵，遣其党孟山圖據魯山城，桓僊客守偃月壘是也。《元和志》：『郤月故城在漢陽縣北三里，週一里八十步，高六尺。』《水經注·江水》：「沔左有郤月城，亦曰偃月壘。」按郤，却字通。

〔二〕儂：《廣韻》卷一：「儂，我也。」《集韻》卷一：「儂，我也。吴語。」

二

夏口樊城岸，曹公却月樓〔一〕。觀見流水還，識是儂淚流。

【箋注】

〔一〕却月樓：謂却月城之戍樓。

三

人言荆江狹，荆江定自闊〔一〕。五兩了無聞①，風聲那得達〔二〕。

【校記】

①「兩」，原作「雨」，今據張溥本及《樂府詩集》改。

【箋注】

〔一〕人言荆江狹，荆江定自闊：《水經注·江水》：「江水又東，逕江陵縣故城南，《禹貢》『荆及衡陽惟荆州』，蓋即荆山之稱而制州名矣。……江陵城地東南傾，故緣以金堤，自靈溪始。桓温令陳遵造，遵善於方功，使人打鼓遠聽之，知地勢高下，依傍創築，略無差矣。城西有栖霞樓，俯臨通隍，吐納江流。城南有馬牧城，西側馬徑。此洲始自枚迴，下迄於此，長七十餘里。洲上有奉城，故江津長所治。舊主度州郡貢於洛陽，因謂之奉城，曰江津戍也。戍南對馬頭岸，昔陸抗屯此，與羊祜相對，大宏信義，談者以爲華元子反復見於今矣。北對大岸，謂之江津口，故洲亦取名焉。江大自此始也。《家語》曰：『江水至江津，非方舟避風不可涉也。』故郭景純云：『濟江津以起漲。』言其深廣也。」《鮑參軍集注》黄節補注：「詩所謂狹闊之義，蓋指此。」

〔二〕五兩：古代船行時測風之器具。《文選》卷一二郭景純《江賦》：「五兩之動静。」李善注：「《兵書》曰：『凡候風法，以雞羽重八兩，建五丈旗，取羽繫其巔，立軍營中。』許慎《淮南子注》曰：『綄，候風也。楚人謂之五兩也。』」

【集説】

清陳祚明《采菽堂古詩選》卷一八：落落不近，去唐自遠。三章章法有致。

與謝尚書莊三連句

【解題】

由詩題觀之，此連句當作於謝莊任尚書時。考《宋書》卷八五《謝莊傳》云：「謝莊字希逸，陳郡陽夏人，太常弘微子也。年七歲，能屬文，通《論語》。及長，韶令美容儀，太祖見而異之。謂尚書僕射殷景仁、領軍將軍劉湛曰：『藍田出玉，豈虚也哉。』初爲始興王濬後軍法曹行參軍，轉太子舍人，廬陵王文學，太子洗馬，中舍人，廬陵王紹南中郎諮議參軍。又轉隨王誕後軍諮議，並領記室。……孝建元年，遷左衛將軍。……其年，拜吏部尚書。莊素多疾，不願居選部，與大司馬江夏王義恭箋自陳。……三年，坐辭疾多，免官。大明元年，起爲都官尚書，奏改定刑獄。……上時親覽朝政，常慮權移臣下，以吏部尚書選事所由，欲輕其勢力。二年，……於是置吏部尚書二人，省五兵尚書，莊及度支尚書顧覬之並補選職。遷左衛將軍，加給事中。……六年，又爲吏部尚書，領國子博士。坐選公車令張奇免官。」可見謝莊曾有過四次擔任尚書之經歷，其一在孝武帝孝建元年至三年（四五六—四五六），期間爲吏部尚書；其二在大明元年至二年（四五七—四五八），期間爲都官尚書；其三復爲吏部尚書，時間自大明二年起，約任至大明三年（四五九）止；其四則又一次任吏部尚書，時在大明六年（四六二）至七年（四五三）之間。在謝莊任尚書的數次中，第四次即大明六年至七年的一次，鮑照在荆州之江陵，爲荆州刺史臨海王子頊之軍府參軍，不可能有與謝莊連句作詩之機會；第三次即大明二年至三年的一次，時謝莊爲吏部尚書，而鮑照則已出爲永安令，並於任上遭到禁止之處分，也不可能有與謝莊相聚之機會。由此，有可能作此連句之時間，一在孝建元年至三年，時謝莊爲吏部尚書，鮑照則在太學博士，兼中書舍人任上；另一次在大明元年至二年，時謝莊任都官尚書，而鮑照在秣陵令任上，亦在京都建康。此二次詩人與謝莊相聚並作詩之時間、地點以及身分皆相合。又考之此連句語言輕松，情調喜悦，應是詩人得意之時所作。而大明元年後他由太學博士，兼中書舍人出爲秣陵令，是時乃他受小人讒言被疏遠之時，心情壓抑沉重，在當時所作之《翫月城西門廨中》詩云：「客遊猒苦辛，仕子倦飄塵。」已經流露出了對官場之厭倦情緒，因此在當時作此詩的可能性亦很小。而在擔任太學博士，兼中書舍人時正可以有此輕松愉悦之心情。故此連句應爲詩人任太學博士，兼中書舍人之孝武帝孝建三年（四五六）所作。

霞輝兮潤朗，日静兮川澄〔一〕。風輕桃欲開，露重蘭未勝。水光溢兮松霧動，山煙疊兮石露凝〔二〕。晻映晨物綵①，連綿夕羽興〔三〕。

【校記】

①「晻」，張溥本、《古詩紀》卷六二作「掩」。

【箋注】

〔一〕霞輝：猶霞光。何遜《日夕出富陽浦口和朗公》：「客心愁日暮，徙倚空望歸。山煙涵樹色，江水映霞輝。」當從此出。

〔二〕水光溢兮松霧動：《藝文類聚》卷八六引晉潘尼《安石榴賦》：「商秋授氣，收華斂實，滋味浸液，馨香流溢。」《文選》卷五七謝希逸《宋孝武宣貴妃誄》：「鏘楚挽於槐風，喝邊簫於松霧。」山煙：《文選》卷二三顔延年《拜陵廟作》：「松風遵路急，山煙冒壠生。」

〔三〕連綿：《文選》卷二六謝靈運《過始寧墅》：「巖峭嶺稠疊，洲縈渚連緜。」六臣劉良注：「連緜，不絕貌。」

在荆州與張使君李居士連句

【解題】

此篇張溥本題作《在荆州與張史君李居士聯句》，今從宋本。

《宋書》卷八二《沈懷文傳》：「隱士雷次宗被徵，居鍾山。後南還廬岳，何尚之設祖道，文義之士畢集。爲連句詩，懷文所作尤美，辭高一座。」宋嚴羽《滄浪詩話·詩體》：「有擬古，有連句，有集句，有分題。」宋曾慥《類説》卷五十一引《樂府解題》云：「連句起自漢武帝柏梁宴作，人作一句，連以成文。七言詩始於此。」按連句，即聯句。劉勰《文心雕龍·明詩》：「回文所興，則道原爲始；聯句共韻，則《柏梁》餘製。」清趙翼《甌北詩話·韓昌黎詩》：「聯句詩，王伯大以爲古無此體，實創自昌黎。沈括則謂『虞廷《賡歌》，漢武《柏梁》，已肇其端。晉賈充與妻李氏遂有連句，其後陶、謝諸公，亦偶一爲之。何遜集中最多，然皆寥寥短篇，且文義不相連屬，仍是各人之製而已。』是古來原有此體，特長篇則始自昌黎耳。」《漢書》卷六六《王訢傳》：「王訢，濟南人也，以郡縣吏積功稍遷爲被陽令。武帝末，軍旅數發，郡國盜賊群起。繡衣御史暴勝之使持斧逐捕盜賊，以軍興從事，誅二千石以下。勝之過被陽，欲斬訢，訢已解衣伏質，仰言曰：『使君顓殺生之柄，威震郡國，今復斬一訢，不足以增威。不如時有所寬，以明恩貸，令盡死力。』」顏師古注：「爲使者，故謂之使君。」《後漢書》卷一六《寇恂傳》：「使君建節銜命，以臨四方。郡國莫不延頸傾耳，望風歸命。」《禮記・玉藻》：「居士錦帶。」鄭玄注：「居士，道藝處士也。」《韓非子・外儲説右上》：「齊東海上有居士曰狂矞、華士昆弟二人者立議曰：『吾不臣天子，不友諸侯，耕作而食之，掘井而飲之，吾無求於人也。』」

此連句題作「在荆州」，故吴丕績《鮑照年譜》乃繫之於大明六年（四六二）詩人隨臨海王子頊上荆後作，錢仲聯《鮑照年表》又更具體地繫之於大明七年（四六三）。今按：鮑照始謁臨川王義慶並被擢爲國侍郎其實在荆州。亦即鮑照一生曾兩次在荆州有過較長時間之逗留，其一在文帝元嘉十三年至十六年（四三六—四三九），另一次則在孝武帝大明六年至泰始二年（四六二—四六六）。而尋此連句之意，似乎未能確定詩人何次在荆州時所作，即此篇之繫年當以存疑待考爲宜。

橋磴支古轍①，篁路拂輕鞍〔一〕。三尹無喜色，一適或垂竿〔二〕。

【校記】

①「古」，張溥本、《古詩紀》卷六二作「吾」。

【箋注】

〔一〕橋磴支古轍：《左傳》定公元年：「天之所壞，不可支也；衆之所爲，不可奸也。」《史記》卷七《項羽本紀》：「當是時，諸將皆慴服，莫敢枝梧。」裴駰集解：「如淳曰：『梧音悟，枝梧，猶枝捍也。』瓚曰：『小柱爲枝，邪柱爲梧，今屋梧邪柱是也。』」篁路：竹林中之小道。《楚辭·九歌·山鬼》：「余處幽篁兮終不見天，路險難兮獨後來。」王逸注：「或曰幽篁，竹林也。」朱熹集注：「幽，深也；篁，竹叢也。」

〔一二〕三尹無喜色：《論語·公冶長》：「令尹子文三仕爲令尹，無喜色；三已之，無愠色。」朱熹集注：「令尹，官名，楚上卿，執政者也。子文姓鬭，名穀於菟。」一適或垂竿：《莊子·秋水》：「莊子釣於濮水，楚王使大夫二人往先焉。曰：『願以境内累矣。』莊子持竿不顧。」

【集説】

清陳祚明《采菽堂古詩選》卷一九：屬句超越。

月下登樓連句

【解題】

據此連句中鮑照所作四句下原注，則當爲孝武帝孝建三年（四五六）詩人任太學博士時作。尋連句者王延秀所作四句，則又作於其年秋。

髴髣拂月光①，繽紛篁霧陰〔一〕。樂來亂憂念，酒至歇憂心〔二〕。露入覺牖高，芳深測苑深②〔三〕。清氣澄永夜，流吹不可臨〔四〕。密峰集浮碧，踈瀾道瀛潯③〔五〕。嗽玉延幽性，扳桂藉知音④〔六〕。辰意事淪晦，良歡戒勿祲〔七〕。昭景有遺駟⑤，疏賈無留金⑥〔八〕。

【校記】

①「拂」，張溥本、《古詩紀》卷六二作「蘿」。

②「芳深」，張溥本、《古詩紀》作「螢蜚」。

③「潯」，張溥本、《古詩紀》作「尋」。

④「扳」，張溥本作「攀」。

⑤「遺」，原作「遣」，今據張溥本改。

⑥「疏」，原作「孤」，今據張溥本、《古詩紀》改。

【箋注】

〔一〕髣髴：隱約。《楚辭・遠游》：「時髣髴以遥見兮，精晈晈以往來。」朱熹集注：「髣髴，見不定也。」陶淵明《桃花源記》：「山有小口，髣髴若有光。」繽紛：《文選》卷八揚子雲《羽獵賦》：「羽騎營營，昈分殊事，繽紛往來，轠轤不絶。」六臣張銑注：「繽紛，多貌。」

〔二〕酒至歇憂心：《文選》卷二七魏武帝《短歌行》：「對酒當歌，人生幾何，譬如朝露，去日苦多。慨當以慷，憂思難忘，何以解憂，唯有杜康。」以上四句原注云：「飽博士。」《宋書》卷三九《百官志上》：「博士，班固云，秦官。史臣案，六國時往往有博士，掌通古今。漢武建元五年，初置《五經》博士。宣、成之世，《五經》家法稍增，經置博士一人。至東京凡十四人。《易》，施、孟、梁丘、京氏；《尚書》，歐陽、大小夏侯；《詩》，齊、魯、韓；《禮》大小戴；《春秋》，嚴、顔：各一博士。而聰明有威重者一人爲祭酒。魏及晉西朝置十九人，江左初减爲九人，皆不知掌何經。元帝末，增《儀禮》《春秋公羊》博士各一人，合爲十一人。後又增爲十六人，不復分掌五經，而謂之太學博士也。秩六百石。」卷四〇《百官志下》，博士，第六品。

〔三〕牖：《尚書・顧命》：「牖間南嚮，敷重篾席。」孔穎達疏：「牖，謂窗也。」

〔四〕清氣澄永夜：《文選》卷二九張景陽《雜詩十首》之一：「秋夜凉風起，清氣蕩暄濁。蜻蛚吟階下，飛蛾拂明燭。」《藝文類聚》卷七引謝靈運《羅浮山賦》：「諒沉念之羅浮，發潛夢於永夜。」流吹：《文選》卷四六顏延年《三月三日曲水詩序》：「春官聯事，蒼靈奉塗，然後昇秘駕，胤緹騎，摇玉鑾，發流吹。」六臣李周翰注：「流吹，笳簫之類也。」句末原注云：「王延秀。」按王延秀事，散見於《宋書》卷一三《禮志二》、卷六六《何尚之傳》。《隋書》卷三四《經籍志三》著録有宋尚書郎王延秀所撰《感應集》八卷，則王延秀亦時之一著名文士。

〔五〕瀛潯：《淮南子·原道訓》：「游於江潯、海裔，馳要褭，建翠蓋。」《文選》卷三四枚叔《七發》：「游涉乎雲林，周馳乎蘭澤，弭節乎江潯。」李善注：「《字林》曰：『潯，水涯也。』」《鮑參軍集注》錢振倫注：「『瀛潯』如天潯、江潯之類。」《史記》卷七四《孟子傳》：「中國外如赤縣神州者九，乃所謂九州也，於是有裨海環之。人民禽獸莫能相通者，如一區中者，乃爲一州。如此者九，乃有大瀛海環其外。」瀛潯，瀛海之邊。

〔六〕嗽玉延幽性：嗽玉，謂泉流漱石，聲若擊玉。《文選》卷二二陸機《招隱詩》：「山溜何泠泠，飛泉漱鳴玉。」幽性，謂寧静之心情。扳桂藉知音：本集《贈故人馬子喬》：「淹流徒攀桂，延佇空結蘭。」攀桂，猶扳桂。句末原注云：「荀原之。」按荀原之事蹟，今不見於史傳，其所作詩文，亦佚失無存者。

〔七〕辰意事淪晦：《左傳》桓公二年：「三辰旂旗，昭其明也。」杜預注：「三辰，日、月、星也，畫於旂旗，象天之明。」孔穎達疏：「辰，時也。日以照晝，月以照夜，星則運行於天，昏明遞帀，而正所以示民早晚，民得取爲時節，故三者皆爲辰也。」良歡戒勿祲：《左傳》昭公十五年：「吾見赤黑之祲，非祭祥也，喪氛也。」杜預注：「祲，妖氛也。」《鮑參軍集注》黄節補注：「辰意，謂三辰所示之意。證諸人事，則甚淪晦，唯當月下良歡，戒勿示氛祲耳。」

〔八〕昭景有遺駟：《戰國策·燕策一》：「臣聞古之君，人有以千金求千里馬者，三年不能得。涓人言於君曰：『請求之。』君遣之，三月，得千里馬，馬已死，買其骨五百金反，以報君。君大怒，曰：『所求者生馬，安事死馬而捐五百金。』涓人對曰：『死馬且買之五百金，況生馬乎？天下必以王爲能市馬，馬今至矣。』於是不能期年，千里馬之至者三。……於是昭王爲隗築宮而師之。」《論語·季氏》：「齊景公有馬千駟，死之日，民無德而稱焉。伯夷、叔齊餓於首陽之下，民到於今稱之。」昭景,指燕昭王、齊景公。疏賈無留金:《漢書》卷七一《疏廣傳》:「廣既歸鄉里,日令家共具設酒食,請族人故舊賓客與相娛樂。數問其家金餘尚有幾所,趣賣以共具。」《漢書》卷四三《陸賈傳》:「有五男,乃出所使越橐中裝,賣千金,分其子,子二百金,令爲生産。」疏賈,指疏廣、陸賈。句末原注云:「荀中書萬秋。」則連句時荀萬秋乃在中書郎任。荀萬秋事見本集《與荀中書別》詩題注。

字謎三首

【解題】

此篇《藝文類聚》卷五六題作《謎字詩》,今從宋本。

字謎,以字爲謎底的謎語。《漢書》卷三〇《藝文志》:「《隱書》十八篇。」顔師古注:「劉向《别録》云:『《隱書》者,疑其言以相問,對者以慮思之,可以無不諭。』」《説文解字》卷三上:「謎,隱語也。」《史記》卷一二六《滑稽·淳於髡傳》:「齊威王之時喜隱。」司馬貞索隱:「喜隱,謂好隱語。」

一

一形二體[①],四支八頭,四八一八,飛泉仰流[②][一]。

【校記】

①「一」,原作「二」,今據張溥本、《藝文類聚》《古詩紀》卷六二改。

② 「仰流」下，張溥本、《藝文類聚》《古詩紀》注云：「井字」。

【箋注】

〔一〕四八一八，飛泉仰流：《鮑參軍集注》錢振倫注：「井字。按四八一八，合則五八，四十也。四十爲井字。」

二

頭如刀，尾如鉤，中央橫廣，四角六抽。右面負兩刃，左邊雙屬牛。①

【校記】

① 「屬牛」下，張溥本、《藝文類聚》《古詩紀》注云：「龜字」。

三

乾之一九，隻立無偶，坤之二六，宛然雙宿①〔一〕。

【校記】

① 「雙宿」下，張溥本、《藝文類聚》、《古詩紀》注云：「土字」。

【箋注】

〔一〕《鮑參軍集注》錢振倫注：「按乾陽坤陰。上二句謂陽文，陽爻即一字也。下二句謂陰文，二陰爻 ☷，則中爲十字也。合成土字。」

【集説】

宋胡仔《漁隱叢話》後集卷二五：謎字自鮑照，始以字體解釋爲之。「井」字謎云：「二形一體，四支八頭，四八二八，飛泉仰流。」「乾之一九，隻立無偶。坤之二六，宛然雙宿。」故介甫「用」字謎云「一月又一月，兩月共半邊，上有可耕之田，下有長流之川，一家有六口，兩口不團圓。」

鮑照集校注卷八

擬行路難十八首

【解題】

此詩原題作《擬行路難十九首》，蓋以第十三首「亦云」以下六句别爲一首，《樂府詩集》卷七〇亦作《行路難十九首》，《藝文類聚》卷三〇題作《行路難詩》，《玉臺新詠》卷九題作《行路難》，今從張溥本。

《藝文類聚》卷一九引《陳武别傳》：「陳武字國，本休屠胡人，常騎驢牧羊。諸家牧豎十數人，或有知歌謡者，武遂學《太山梁父吟》《幽州馬客吟》及《行路難》之屬。」《晉書》卷八三《袁瓌傳附袁山松傳》：「山松少有才名，博學有文章，著《後漢書》百篇。衿情秀遠，善音樂。舊歌有《行路難》，曲辭頗疎質，山松好之，乃文其辭句，婉其節制，每因酣醉縱歌之，聽者莫不流涕。初，羊曇善唱樂，桓伊能挽歌，及山松《行路難》繼之，時人謂之『三絶。』」《樂府詩集》此屬《雜曲歌辭》，題解云：「《樂府解題》曰：『《行路難》，備言世路艱難及離别悲傷之意，多以君不見爲首。』按《陳武别傳曰》：『武常牧羊，諸家牧豎有知歌謡者，武遂學《行路難》。則所起亦遠矣。唐王昌齡又有《變行路難》。」

較早提出此組詩作年問題的是清代陳沆的《詩比興箋》，以爲此組詩中的一些篇章，乃感慨宋少帝劉義符及廬陵王劉義真被權臣徐羨之、傅亮等廢殺而作，云：「其貢詩臨川，引列國佐，實在元嘉十載之後，則此《行路難》作於未遇時者，又在其前，即『嘗爲古樂府，文甚遒麗』者也。其當少帝景平之際，元嘉之初乎？」吴丕績《鮑照年譜》據之而以爲此組詩十八首皆詩人二十歲時作。其云：「尋此組詩的末首云：『諸君莫歎貧，富貴不由人。丈夫四十彊而仕，余當二十弱冠辰。莫言草木委冬雪，會應蘇息遇陽春。對酒叙長篇，窮途運命委皇天。但願樽中九醞酒，莫惜床頭百個錢。直須優游卒一歲，何勞辛苦事百年。』既云『余當二十弱冠辰』，又云『對酒叙長篇』，似乎是作者二十歲時的一時之作。」《鮑參軍集注》錢振倫注引《禮記》云：『二十曰弱冠，三十曰壯有室，四十曰彊而仕。』見此云二十弱冠者，重言之也。」而余冠英《樂府詩選》則云：「《行路難》共十八首，末首説『余當二十弱冠辰』，後人據此説鮑照在二十歲左右即元嘉十二年左右作《行路難》。但第六首説『棄檄罷官去』，作者在元嘉二十三年才在朝爲侍郎，相距十年以上，可見非出同一時。」《鮑參軍集注》此詩題注錢仲聯增補注亦云：「鮑照此詩末首云：『余當二十弱冠辰。』後人據此謂鮑照二十歲左右即元嘉十二年左右作《擬行路難》。但第六首云『棄置罷官去』，鮑照於元嘉十六年始爲臨川王國侍郎，二十一年自解去，距此十年左右，則十八首非同一時所作也。」雖然余先生所認爲的「作者在元嘉二十三年才在朝爲侍郎」，以及錢先生所認爲的「鮑照于元嘉十六年始爲臨川王國侍郎」的説法有失偏頗，但他們所説的這十八首組詩并非同時所作卻無疑是正確的。雖然此組詩中肯定有詩人二十歲時的作品，但詩既云「對酒叙長篇」，那末在二十歲時寫成此組詩中的部分詩作以後，再陸續加入一些篇章的可能也是非常大的。根據歷代詩人的創作情況，許多組詩往往是詩人們多年之積累，這些詩作大多因風格相近或内容相同，所以乃匯集而成一組詩。阮籍之《詠懷》，左思之《詠史》，陶淵明之《飲酒》皆爲典型之例。再者，從這一組詩歌的具體内容來看，它們當中的許多篇章應該并不是一個二十歲的青年人所能寫出，這一看法，許多學者乃是一致的。由此，此十八首詩作，除了其中少數篇章是作者二十歲時所作之外，其它相當的一部分應該説都是詩人此後陸續創作并匯集在一起而成，它們絶不可能同是二十歲時的作品。

一

奉君金卮之美酒①，瑇瑁玉匣之雕琴〔一〕。七綵芙蓉之羽帳，九華蒲萄之錦衾〔二〕。紅顔零落歲將暮，寒光宛轉時欲沉〔三〕。願君裁悲且減思②，聽我抵節行路吟〔四〕。不見柏梁銅雀上，寧聞古時清吹音〔五〕！

【校記】

①「巵」，《樂府詩集》注云：「一作『㔹』。」「美酒」，《玉臺新詠》作「酒盌」。

②「滅」，《玉臺新詠》作「減」。

【箋注】

〔一〕金巵：《廣韻》卷一：「巵，酒器。」瑇瑁玉匣之雕琴：《文選》卷七司馬長卿《子虛賦》：「其中則有神龜蛟鼉，瑇瑁鼈黿。」《太平御覽》卷八〇七引《南方異物志》：「玳瑁如龜，生南海，大者如蘧篨，背上有鱗，大如扇，發取鱗，因見其文。欲以作器，則煮之，刀截任意所爲，冷乃以梟魚皮錯治之，後以枯木條葉誉之，乃有光輝。」玳瑁，即瑇瑁。《後漢書》卷八五《東夷・夫餘國》：「其王葬用玉匣，漢朝常豫以玉匣付玄菟郡，王死，則迎取以葬焉。」

〔二〕七綵芙蓉之羽帳：《西京雜記》卷一：「高祖斬白蛇劍，劍上有七綵珠、九華玉以爲飾。」《太平御覽》卷六九九引《離騷》：「翡翠羽帳飾高堂。」《楚辭・招魂》：「翡帷翠幬飾高堂些。」王逸章句：「言復以翡翠之羽雕飾幬帳。」「翡帷翠幬」，《楚辭補注》作「翡帷翠帳」。芙蓉之羽帳，謂以芙蓉花染繒製成之帳，又以翠羽爲飾也。《玉臺新詠》卷七載梁皇太子蕭統《戲作謝惠連體十三韻》：「珠繩翡翠帷，綺幕芙蓉帳。」語當出此。蒲萄之錦衾：聞人倓《古詩箋》云：「陸翽《鄴中記》：『錦有蒲萄文錦。』」

〔三〕紅顔零落：《楚辭・離騷》：「惟草木之零落兮，恐美人之遲暮。」寒光宛轉：《莊子・天下》：「椎拍輐斷，與物宛轉，舍是與非，苟可以免。」成玄英疏：「宛轉，變化也。復能打拍刑戮，而隨順時代，故能與物變化而不固執之者也。」

〔四〕聽我抵節行路吟：《後漢書》卷一三《隗囂傳》：「而王之將吏，群居穴處之徒，人人抵掌。」李賢注：「《説文》：『抵，側擊也。』《戰國策》曰：『蘇秦與李兑抵掌而談也。』」《文選》卷四左太沖《蜀都賦》：「巴姬彈弦，漢女擊節。」按抵節，猶擊節。節，古樂器，即拊鼓。《史記》卷二四《樂書》：「弦匏笙簧，合守拊鼓。」張守節正義：「言弦匏笙簧，皆待拊爲節，故言會守拊鼓也。」《宋書》卷一九《樂志一》：「傅玄《節賦》云：『黄鐘唱哥，九韶興舞，口非節不詠，手非節不拊。』」

〔五〕柏梁銅雀：《漢書》卷六《武帝紀》：元鼎二年「春，起柏梁臺。」《三國志》卷一《魏志·武帝紀》：建安十五年「冬，作銅雀臺。」寧聞古時清吹音：《東觀漢記·和熹鄧皇后傳》：「七歲讀《論語》，志在書傳，母常非之，曰：『當習女工，今不是務，寧當學博士邪！』」寧，豈，難道。陶淵明《述酒》詩：「王子愛清吹，日中翔河汾。」

【集説】

宋許顗《彦周詩話》：明遠《行路難》壯麗豪放，若決江河，詩中不可比擬，大似賈誼《過秦論》。

明鍾惺、譚元春《古詩歸》卷一二：極悲涼，極柔厚，婉調幽衷，似晉《白紵》《杯盤》二歌。

又云：全副蘇、李、《十九首》性情。從七言中脱出，樂府歌行，出入其中，游戲其外，可知而不可言。

清王夫之《古詩評選》卷一：《行路難》諸篇，一以天才天韻，吹宕而成，獨唱千秋，更無和者。太白得其一桃，大者僊，小者豪矣。蓋七言長句，迅發如臨濟禪，更不通人擬議；又如鑄大像，一瀉便成，相好即須具足。杜陵以下，字鏤句刻，人巧絶倫，已不得相浹洽，况許渾一流生氣盡絶者哉！

又云：全於閑處妝點，妝點處皆至絶處也。

清張玉穀《古詩賞析》卷一七：《行路難》諸章，大抵皆感憤不平之作。此爲首章，卻先以時光易逝，徒悲無益意，反冒而起，且作勸人之言。不就己説，取徑幻甚。前四勸人勿憂，先進以解憂之物也。突用四句平排而起，氣達而詞麗。後六説到流光易逝，宜節悲思，趁便以聽歌行路，點清題目，作諸章之領筆。收到好景難留，醒出徒悲無益意，援古爲證，妙在簡峭。

成書《多歲堂古詩存》：語意倜儻，音韻鏗鏘，措辭不必新奇，皆足令人起舞。此事自關性靈，不容後人摹擬也。

二

洛陽名工鑄爲金博山〔一〕，千斲復萬鏤①，上刻秦女攜手僊〔二〕。承君清夜之歡娱②，列置幃裏明燭前〔三〕。外發龍鱗之丹綵，内含麝芬之紫煙③〔四〕。如今君心一朝異，對此長歎終百年〔五〕。

【校記】

①「復」，《樂府詩集》無此一字。

②「歡娱」，《樂府詩集》注云：「一作『娱樂』。」

③「麝」，《樂府詩集》作「蘭」。

【箋注】

〔一〕洛陽名工鑄爲金博山：《西京雜記》卷一：「長安巧工丁緩者，……又作九層博山香鑪，鏤爲奇禽怪獸，窮諸靈異，皆自然運動。」吕大臨《考古圖》：「按漢朝故事，諸王出閣則賜博山香爐。《晉東宫舊事》曰：『太子服用則有博山香爐，象海中博山。下有槃貯湯，使潤氣蒸香，以象海之四環。』」

〔二〕上刻秦女攜手僊：劉向《列僊傳·蕭史》：「公爲作鳳臺，夫婦止其上，不下數年，一旦，皆隨鳳凰飛去。故秦人爲作鳳女祠於雍宫中，時有簫聲而已。」

〔三〕清夜：《文選》卷一六司馬長卿《長門賦》：「懸明月以自照兮，徂清夜於洞房。」

〔四〕丹綵：《文選》卷一一何平叔《景福殿賦》：「參旗九旒，從風飄揚，皓皓旰旰，丹彩煌煌。」六臣李周翰注：「皓皓旰旰，丹彩煌煌，皆旌旗之光明。」麝芬：《爾雅·釋獸》：「麝父，麕足。」郭璞注：「腳似麕，有香。」邢昺疏：「《字林》云：『小鹿，有香，其足似麞，故云麕足。』」

〔五〕一朝異：本集《代東武吟》：「時事一朝異，孤績誰復論。」按《藝文類聚》卷七〇引齊劉繪《詠博山香鑪詩》：「蔽野千種樹，出没萬重山。上鏤秦王子，駕鶴乘紫煙。下刻蟠龍勢，矯首半銜蓮。傍爲伊水麗，芝蓋出巖間。復有漢游女，拾羽弄餘妍。榮色何雜糅，縟繡更相鮮。麕麚或騰倚，林薄杳芊眠。掩華終不發，含薰未肯然。風生玉階樹，露湛曲池蓮。寒蟲飛夜室，秋雲没曉天。」疑從此出。

【集説】

清王夫之《古詩評選》卷一：但一事物，説得恁相經緯，立體益孤，含情益博也。

清張玉穀《古詩賞析》卷一七：此章設爲閨怨，言人心易改，可爲長歎也。皆就博山上著筆。前三先説博山斵鏤精巧，攜手僊人，即將夫婦本當和好一照。「承君」四句，即頂博山，追叙從前承歡之樂，亦賦中有比。後二忽然勒轉，君心忽異，仍就博山上跌出百年長歎來。收得不測。

黄節：此篇託比，從古詩「四坐且莫喧，願聽歌一言，請説銅爐器，崔巍象南山」一篇變來。（《鮑參軍集注》補注）

余冠英《漢魏六朝詩選》：設爲閨怨，言人心易改，可爲長歎。

三

璇閨玉墀上椒閣，文牎繡户垂羅幙①〔一〕。中有一人字金蘭，被服纖羅采芳藿②〔二〕。春燕差池風散梅③，開幃對景弄春爵④〔三〕。含歌攬涕恒抱愁⑤，人生幾時得爲樂〔四〕！寧作野中之雙鳧⑥，不願雲間之别鶴⑦〔五〕。

【校記】

①「羅幙」，《玉臺新詠》作「綺幙」。

②「采」，《玉臺新詠》《樂府詩集》作「藴」，注云：「一作『采』。」

③「差池」，張溥本作「參差」，《玉臺新詠》注云：「一作『參差』。」

④「春」，《玉臺新詠》《樂府詩集》作「禽」，注云：「一作『春』。」

⑤「恒抱愁」,《玉臺新詠》作「不能言」。
⑥「之雙凫」,《玉臺新詠》作「雙飛凫」。
⑦「之别鶴」,《玉臺新詠》作「别翅鶴」。

【箋注】

〔一〕璇閨玉墀上椒閣:《淮南子·本經訓》:「晚世之時,帝有桀紂,爲琁室、瑶臺、象廊、玉牀。」高誘注:「琁、瑶,石之似玉,以飾室臺也。」漢武帝《落葉哀蟬曲》:「羅袂兮無聲,玉墀兮塵生。」《爾雅翼·釋木·椒》:「《離騒》云:『雜申椒與菌桂』,『懷椒糈而要之』。《九歌》云『奠桂酒兮椒漿』,『播芳椒兮成堂』。漢世皇后稱椒房,取其實蔓延盈升。以椒塗屋,亦取其温煖。故長樂宫有椒房殿。」文牕繡户垂羅幙:《文選》卷二八陸士衡《君子有所思行》:「邃宇列綺牕,蘭室接羅幕。」六臣張銑注:「羅幕即羅帳。」

〔二〕金蘭:《周易·繫辭上》:「二人同心,其利斷金;同心之言,其臭如蘭。」指契合之交誼,假設之辭。被服纖羅采芳藿:《文選》卷二九《古詩十九首·東城高且長》:「被服羅裳衣,當户理清曲。」《文選》卷五左太沖《吴都賦》:「草則藿蒳豆蔻。」劉逵注:「《異物志》曰:『藿香,交趾有之。』」

〔三〕春燕差池:《詩經·邶風·燕燕》:「燕燕於飛,差池其羽。」鄭玄箋:「差池其羽,謂張舒其尾翼,興戴嬀將歸,顧視其衣服。」此承上「被服纖羅」句。風散梅:《詩經·召南·摽有梅》:「摽有梅,其實七兮。」毛傳:「摽,落也,盛極則隋落者梅也。」此起下「人生幾時」句。弄春爵:《左傳》莊公二十一年:「鄭伯之享王也,王以后之鞶鑑予之。虢公請器,王予之爵。」孔穎達疏:「爵,飲酒器。」

〔四〕攬涕:《楚辭·九章·思美人》:「思美人兮,擥涕而竚眙。」蔣驥注:「擥,猶收也。」《太平御覽》卷二六四引《後漢書》:「居有頃,宗果以侈縱被誅。臨當伏刑,攬涕而歎曰:『恨不用功曹虞延之諫。』」人生幾時得爲樂:《宋書》卷二一《樂志三》載樂府古辭《滿歌行》:「行爲樂未幾,時遭世險巇,逢此百離。」

〔五〕野中之雙鳧：《詩經·鄭風·女曰雞鳴》：「將翺將翔，弋鳧與鴈。」朱熹集傳：「鳧，水鳥，如鴨，青色，背上有文。」《藝文類聚》卷二九引漢蘇武《別李陵詩》：「雙鳧俱北飛，一鳧獨南翔。子當留斯館，我當歸故鄉。」別鶴：《藝文類聚》卷四四引蔡邕《琴賦》：「梁甫悲吟，周公越裳。青雀西飛，別鶴東翔。」

【集説】

清王夫之《古詩評選》卷一：冉冉而來，若將無窮者。倏然澹止，遂終以不窮。然非末二語之亭亭條條，亦遽不能止也。

又云：「春燕參差風散梅」，麗矣。初不因刻削而成，且七字内外，有無限好風光，與「開幃對景弄春爵」恰爾相稱。此亦唐人玉合子之説，特不可以形跡求耳。

朱乾《樂府正義》卷一三：「野鳧」「雲鶴」，總指一人。言願安貧賤而爲雙鳧，不希富貴而爲別鶴，蓋指游宦者言也。若身爲別鶴，別羡雙鳧，則蕩矣。

清張玉穀《古詩賞析》卷一七：此章亦設爲閨怨，言良時當惜，那堪久别也。前六直就香閨佳人對景獨酌叙起，若從旁人看出者，便與前者不複。幻出金蘭之名，即有同心不可離居意，奇甚。後四説出情來，卻先説抱愁不樂，然後以願雙悵別，點眼作收。既得逆勢，且忽用比意整筆，空靈矯健。

清陳沆《詩比興箋》卷二：柏梁、銅雀，是何人之遺制？七綵、九華，是何人之供帳？玉墀、椒閣，是何人之居處？而乃一則曰「願君裁悲且減思」，再則曰「含歌攬涕恒抱愁，人生幾時得爲樂」，何爲者耶？樂府魏咸陽王宫人歌曰：「可憐咸陽王，奈何作事誤？金牀玉几不得眠，夜蹈霜與露。」其雲鶴不如野鳧之謂耶？《行路》之曲，其代雍門之琴耶？

清吴汝綸《古詩鈔》卷一四：「春燕」二句，空中横頓，太白常用。

余冠英《漢魏六朝詩選》：詩中所詠的女子似是小家碧玉，嫁在富貴人家，但不忘舊日的愛人。「雲間」「野中」和「别鶴」「雙鳧」的比較，就是今和昔比較。《古詩·西北有高樓》所寫樓上弦歌的女子，有人猜測就是梁冀西第中的婢妾，這詩椒閣上的金蘭，大約也是同樣遭遇的人。《宋書》説南郡王義宣後房千餘，和漢時梁冀不相上下。當時被豪貴之家當籠鳥養着的女子正不知有多少。這詩如非别有寄託，很可能就是爲這類的女子訴苦。

四

寫水置平地①，各自東西南北流〔一〕。人生亦有命②，安能行歎復坐愁〔二〕！酌酒以自寬，舉杯斷絶歌路難〔三〕。心非木石豈無感？吞聲躑躅不敢言〔四〕。

【校記】

①「寫」，張溥本、四庫本、《樂府詩集》作「瀉」。按寫瀉字通。

②「人」，《藝文類聚》作「民」。

【箋注】

〔一〕寫水置平地，各自東西南北流：《周禮·地官·稻人》：「以列舍水，以澮寫水。」宋朱申句解：「列有餘水，則寫之於澮，以備小潦之害也。」董仲舒《春秋繁露·考功名》：「其爲天下除害也，若川瀆之寫於海也。」《世説新語·文學》：「殷中軍問：『自然無心於稟受，何以正善人少，惡人多？』諸人莫有言者，劉尹答曰：『譬如寫水著地，正自縱横流漫，略無正方圓者。』一時絶歎，以爲名通。」

〔二〕人生亦有命：《史記》卷八四《屈原列傳》載屈原《懷沙》：「人生稟命兮，各有所錯兮。定心廣志，余何畏懼兮。」

〔三〕斷絶歌路難：謂《行路難》之歌聲斷絶。鮑照《發後渚》：「推琴三起歎，聲爲君斷絶。」

〔四〕心非木石豈無感：《漢書》卷六二司馬遷《報任少卿書》：「身非木石，獨與法吏爲伍，深幽囹圄之中，誰可告愬者？」《晉書》卷九四《隱逸·夏統傳》：「統危坐如故，若無所聞。充等各散，曰：『此吳兒是木人石心也。』」吞聲躑躅：《後漢書》卷七八《宦者·曹節傳》：「群公卿士，杜口吞聲，莫敢有言。」《文選》卷二二陸士衡《招隱詩》：「明發心不夷，振衣聊躑躅。」李善注：「《説文》曰：『躑躅，住足也。』」

【集説】

明鍾惺、譚元春《古詩歸》卷一二：不曾言其所以，不曾指其所在，自唱自愁，讀之老人。

清王夫之《古詩評選》卷一：先破除，次申理，一俯一仰，神情無限。經生於此，不知費幾轉折也。大綱言愁，不及所事，正自古今凄斷。

清陳祚明《采菽堂古詩選》卷一八：起句突兀，興意高古。

清沈德潛《古詩源》卷一一：妙在不曾説破，讀之自然生愁。起手無端而下，如黄河落天走東海也，若移在中間，猶是恒調。

清張玉穀《古詩賞析》卷一七：此章泛言生命不辰，難寬易感。不著邊際，正復無所不包。前四以瀉水四流，比出賦命不一，無用歎愁，真有天上下將軍之勢。後四欲寬不得，有感難言，妙在終不説破，意含而筆爽。

清王堯衢《古唐詩合解》卷三：此因有所感，而聊爲安命之辭以自寬也。言瀉水於地，隨其所流，人生窮達，惟天所命，雖愁歎亦何用哉！故酌酒放歌辭以寬解，欲憂懷之斷絶耳。乃因歌而生感，心非木石，不能不動於中，然獨抑鬱而誰語，然只自吞聲躑躅而已矣。一種憂憤之氣，溢於言表，而不過於怨。

清陳沆《詩比興箋》卷二：前章言歎，言愁，言寬，言感，而不一言所寬所愁所感何事？第一語結之曰不敢言而已。夫不敢言者，必非尋常感遇之言也。

余冠英《漢魏六朝詩選》：言人生有命，愁悶須自己寬解。但人心易感，寬解畢竟很難，而且所愁所感有時是難言和不敢言的。

五

君不見河邊草，冬時枯死春滿道〔一〕。君不見城上日，今暝没盡去①，明朝復更出。今我何時當得然②？一去永滅入黄泉③〔二〕。人生苦多歡樂少④，意氣敷腴在盛年〔三〕。且願得志數相就，牀頭恒有沽酒錢〔四〕。功名竹帛非我事，存亡貴賤付皇天⑤〔五〕。

【校記】

①「盡去」，《藝文類聚》作「西山」，《樂府詩集》作「山去」。

②「當得然」，《藝文類聚》作「得自然」。

③「滅入」，《藝文類聚》作「罷歸」。

④「歡」，四庫本作「安」。

⑤「付」，《藝文類聚》作「委」。

【箋注】

〔一〕河邊草：《玉臺新詠》卷一蔡邕《飲馬長城窟行》：「青青河邊草，綿綿思遠道。遠道不可思，宿昔夢見之。」

〔二〕一去永滅入黄泉：《管子·小匡》：「應公之賜，殺之黄泉，死且不朽。」房玄齡注：「言君賜之死，尚感恩不朽，況生之乎。」《左傳》隱公元年：「遂置姜氏於城潁，而誓之曰：『不至黄泉，無相見也。』」杜預注：「地中之泉，故曰黄泉。」

〔三〕人生苦多歡樂少：《樂府詩集》卷五五晉《白紵舞歌詩》：「人生世間如電過，樂時每少苦日多。」意氣敷腴在盛年：《管子·心術下》：「是故意氣定，然後反正。」《文選》卷三一袁陽源《效曹子建白馬篇》：「意氣深自負，肯事郡邑權？」杜甫《遣懷》詩：「憶與高李輩，論交入酒壚，兩公壯藻思，得我色敷腴。」仇兆鼇注：「敷腴，喜悦之色。」《漢書》卷七六《張敞傳》：

「今天子以盛年，初即位，天下莫不拭目傾耳，觀化聽風。」

〔四〕且願得志數相就：《史記》卷六六《伍子胥列傳》：「闔廬既立，得志，乃召伍員以爲行人，而與謀國事。」《管子·法禁》：「君失其道，則大臣比權重以相舉於國，小臣必循利以相就也。」牀頭恒有沽酒錢：《世説新語·規箴》：「王夷甫雅尚玄遠，常嫉其婦貪濁，口未嘗言錢字。婦欲試之，令婢以錢遶牀不得行，夷甫晨起見錢，閡行，呼婢曰：『舉卻阿堵物。』」《世説新語·任誕》：「阮宣子常步行，以百錢挂杖頭，至酒店，便獨酣暢。雖當世貴盛，不相詣也。」

〔五〕竹帛：《墨子·天志中》：「又書其事於竹帛，鏤之金石，琢之槃盂，傳遺後世子孫。」《史記》卷一〇《孝文本紀》：「然後祖宗之功德著於竹帛，施於萬世，永永無窮，朕甚嘉之。」存亡貴賤付皇天：《尚書·大禹謨》：「皇天眷命，奄有四海，爲天下君。」

【集説】

清陳祚明《采菽堂古詩選》補遺卷二：「當得然」，「然」字押韻無理，末數語淋漓。少陵七古多出於此。

六

對案不能食，拔劍擊柱長歎息〔一〕。丈夫生世會幾時①？安能蹀躞垂羽翼②〔二〕？棄置罷官去③，還家自休息〔三〕。朝出與親辭，暮還在親側④。弄兒牀前戲，看婦機中織〔四〕。自古聖賢盡貧賤⑤，何況我輩孤且直〔五〕！

【校記】

①「會」，《樂府詩集》作「能」。

②「蹀躞」，《樂府詩集》作「疊燮」。

③「置」，《樂府詩集》作「檄」。
④「在」，原作「往」，今據張溥本、《樂府詩集》改。
⑤「聖」字原缺，今據張溥本、《樂府詩集》補。

【箋注】

〔一〕對案不能食：《史記》卷一〇三《萬石君傳》：「子孫爲小吏，來歸謁。萬石君必朝服見之，不名。子孫有過失，不譙讓，爲便坐，對案不食。」拔劍擊柱長歎息。《漢書》卷四三《叔孫通傳》：「高帝悉去秦儀法，爲簡易。群臣飲争功，醉或妄呼，拔劍擊柱，上患之。」

〔二〕安能蹀躞垂羽翼：《玉臺新詠》卷一《古樂府·皚如山上雪》：「皚如山上雪，皎若雲間月，聞君有兩意，故來相决絶。今日斗酒會，明旦溝水頭。躞蹀御溝上，溝水東西流，淒淒復淒淒，嫁娶不須啼。願得一心人，白頭不相離。」《古今韻會舉要》卷二八：「蹀躞，行貌。」《楚辭·哀時命》：「勢不能凌波以徑度兮，又無羽翼而高翔。」

〔三〕棄置：《文選》卷二四曹子建《贈白馬王彪》：「心悲動我神，棄置莫復陳。丈夫志四海，萬里猶比隣。」

〔四〕看婦機中織：《搜神記》卷一七：「吴孫皓世，淮南内史朱誕字永長，爲建安太守。誕給使妻有鬼病，其夫疑之爲奸，後出行，密穿壁隙窺之，正見妻在機中織，遥瞻桑樹上，向之言笑。給使仰視，樹有一年少人，可十四五，衣青衿袖，青幧頭。給使以爲信人也，張弩射之，化爲鳴蟬，其大如箕，翔然飛去。」

〔五〕孤且直：本集《解褐謝侍郎表》：『臣孤門賤生，操無炯跡。鶉棲草澤，情不及官。」

【集説】

清王夫之《古詩評選》卷一：土木形骸，而龍章鳳質固在。高適學此，早已郎當，况李頎之鹵莽者乎！

清陳祚明《采菽堂古詩選》卷一八：「朝出」四句，寫得真可樂。

清沈德潛《古詩源》卷一一：家庭之樂，豈宦游可比。明遠乃亦不免俗見耶！江淹《恨賦》亦以「左對孺人，顧弄稚子」爲恨，功名中人，懷抱爾爾。

清張玉穀《古詩賞析》卷一七：此章言孤直難容，宜安家室。自詠懷抱，乃諸詩之骨也。前四突然感慨而起，跌出生世不長，安能踽蹐，暗含仕途蹭蹬，詞旨鬱勃。中六透筆寫出罷官歸家，正多樂事，乃憑空想像，莫作賦景觀。後二援古自慰，收出孤直不容，當安貧賤本旨。筆勢仍自傲岸。

清陳沆《詩比興箋》卷二：至於對案不食，拔劍擊柱，其感尤幾於五嶽起臆，瞋髮指冠，而亦不一言，但云棄官願歸而已。無論明遠二十之年，一命未沾，無官可罷，即使預設之詞，亦必語出有爲。豈非未涉太行，先聞折阪，未傷高鳥，已墜驚弦者乎？朝暮親側，婦子歡聚，豈有傅、謝夷滅之慘，鯨鯢失水之吟。故知世路屯艱，是以望風氣沮。

余冠英《漢魏六朝詩選》：言孤直難容，只得退出仕途。這是門第社會中的不平之鳴。鍾嶸《詩品》説鮑照「才秀人微，取湮當代」，這詩見出一個才高、氣盛、敏感、自尊的詩人在貴族統治社會壓抑下的無可奈何之情。

七

愁思忽而至，跨馬出北門〔一〕。舉頭四顧望，但見松柏園〔二〕，荆棘鬱蹲蹲①〔三〕。中有一鳥名杜鵑，言是古時蜀帝魂〔四〕。聲音哀苦鳴不息，羽毛憔悴似人髠〔五〕。飛走樹間逐蟲蟻②，豈憶往日天子尊？念此死生變化非常理，中心惻愴不能言〔六〕。

【校記】

①「蹲蹲」：原作「樽樽」，今據張溥本、《樂府詩集》改。

②「逐」，張溥本、四庫本、《樂府詩集》作「啄」。

【箋注】

〔一〕跨馬出北門：《詩經·邶風·北門》：「出自北門，憂心殷殷。」毛傳：「興也，北門背明鄉陰。」

〔二〕舉頭四顧望：《漢書》卷一〇上《皇后·和熹鄧皇后紀》：「二年夏，京師旱，親幸洛陽寺録寃獄。有囚實不殺人，而被考自誣，羸困輿見，畏吏不敢言，將去，舉頭若欲自訴。」但見松柏園：《文選》卷二七《古詩十九首·去者日以疏》：「去者日以疏，生者日以親，出郭門直視，但見丘與墳。古墓犁爲田，松柏摧爲薪。」

〔三〕鬱蹲蹲：《左傳》成公十六年：「癸巳，潘尫之黨與養由基蹲甲而射之。」杜預注：「蹲，聚也。」

〔四〕中有一鳥名杜鵑，言是古時蜀帝魂：《華陽國志》卷三：「後有王曰杜宇，教民務農，一號杜主。時朱提有梁氏女，利游江源，宇悦之，納以爲妃，移治郫邑，或治瞿上。七國稱王杜宇，稱帝號曰望帝，更名蒲卑。自以功德高諸王，乃以褒斜爲前門，熊耳、靈關爲後户，玉壘、峨眉爲城郭，江潛、綿洛爲池澤，以汶山爲畜牧，南中爲園苑。會有水災，其相開明決玉壘山以除水害，帝遂委以政事，法堯舜禪授之義，遂禪位於開明，帝升西山隱焉。時適二月，子鵑鳥鳴，故蜀人悲子鵑鳥鳴也。巴亦化其教而力農務，迄今巴蜀民農時先祀杜主君。」《韻語陽秋》卷一六引《成都記》：「杜宇又曰杜主，自天而降，稱望帝，好稼穡，治郫城。後望帝死，其魂化爲鳥，名曰杜鵑。」《文選》卷四左太冲《蜀都賦》：「碧出萇弘之血，鳥生杜宇之魄。」李善注：「《蜀記》曰：『昔有人姓杜名宇，王蜀，號曰望帝。宇死，俗説云宇化爲子規。子規，鳥名也。蜀人聞子規鳴，皆曰望帝也。』」

〔五〕髡：《説文》卷九上：「髡，鬄髮也。」

〔六〕中心惻愴不能言：陸雲《與戴季甫書》：「備蒙其分，情兼切傷，加承仁誨，益以惻愴。」

【集説】

唐釋皎然《詩式·跌宕格二品·越俗》：其道如黄鶴臨風，貌逸神王，杳不可羈。郭景純《游僊詩》：「左挹浮邱袂，右拍洪厓肩。」鮑明遠《擬行路難》：「舉頭四顧望，但見松柏園，荆棘鬱蹲蹲。中有一鳥名杜鵑，言是古時蜀帝魂。聲音哀苦鳴不息，羽毛憔悴似人髡。飛走樹間逐蟲蟻，豈憶往時天子尊？念此死生變化非常理，中心惻愴不能言。」

宋胡仔《苕溪漁隱叢話》：此鮑明遠詩也，與杜子美《杜鵑行》語意極相類。當時忠孝鐘地滅盡，猶有明遠忽焉之一念，惻愴而不能言，其志亦哀也。

清王夫之《古詩評選》卷一：入手以松爲殺，結殺以緩爲切，只此可通弈理。熟六代時事，即知此所愁所思者何也。

又云：「愁思忽而至」五字，是一篇正殺着，更以淡漠出之。

清陳祚明《采菽堂古詩選》卷一八：屬想甚異，「似人髡」三字大無理，不若删此二句。

清朱乾《樂府正義》卷一三：傷零陵之得其終也。常璩《華陽國志》：杜宇禪位於開明，升西山隱焉，時適二月，子鵑鳥鳴，故蜀人悲子鵑鳴也。零陵禪位於劉裕，居於秣陵，以兵守之。與褚妃共處一室，自煮食於牀前。飲食所資，皆出褚妃。詩故有「飛走樹間啄蟲蟻」之句。卒至行逆。自晉以前，魏之山陽，晉之陳留，猶得善終。雖莽于定安，不敢殺也。自是以後，廢主無不殺者，宋啟之也。

清張玉穀《古詩賞析》卷一七：此章言富貴無常，不用惻愴。獨就杜鵑說，隱然直斥至尊。前二從愁思出門頓起，筆勢聳拔。「舉頭」三句，先寫所見園寢荒涼。「中有」六句，獨就杜鵑指點出一富貴無常樣子。後二收醒章意，本欲忘愁，而轉增惻愴，咽住得好。

清陳沆《詩比興箋》卷二：《宋書》，少帝景平二年，尚書僕射傅亮、司空徐羨之、領軍將軍謝晦將謀廢帝，以次第當在廬陵王義真，先奏廢爲庶人，殺之。五月，乃廢帝爲滎陽王，既而弒之，迎立宜都王義隆，是爲文帝。此詩所爲作也。此云不能言，前章云不敢言，其致一也。《史記·齊世家》：「秦滅齊，遷王建處之松柏之間，餓而死。國人歌之曰：松耶柏耶！住建共者客耶！」故有「但見松柏園」之語。杜甫「再拜」之詩，李白《古别離》之曲，並祖此風騷，宗其比興，而猶謬謂淺近，斯已舛矣。

黄節《鮑參軍集注》補注：朱説因詩言杜鵑，以禪位故，謂傷零陵。陳説以當時近事有不能言之隱，謂傷少帝。各有所見。

余冠英《漢魏六朝詩選》：言富貴無常，晉恭帝禪位給劉裕，和杜宇處境相類。恭帝廢爲零陵王之後一年中，在宋兵看守之下，生活狼狽，與褚妃共處一室，親自在牀前烹煮食物。劉裕在永初二年殺了零陵王。……疑詩中「羽毛憔悴」、「豈憶往日」和「死生變化非常理」云云，都有所指。

八

中庭五株桃，一株先作花〔一〕。陽春沃若二三月①，從風簸蕩落西家〔二〕。西家思婦見悲惋②，零淚霑衣撫心歎〔三〕：初送我君出户時③，何言淹留節迴换〔四〕？牀席生塵明鏡垢，纖腰瘦削髮蓬亂〔五〕。人生不得恒稱意，惆悵徙倚至夜半〔六〕。

【校記】

①「沃若」，張溥本、四庫本、《玉臺新詠》作「妖冶」。「二三月」，《樂府詩集》注云：「一作『二月中』。」

②「見悲惋」，《玉臺新詠》《樂府詩集》作「見之惋」。

③「送我」，《樂府詩集》作「我送」。

【箋注】

〔一〕中庭五株桃，一株先作花：《鮑參軍集注》黄節補注：「《桃夭》序云：『男女以正，婚姻以時，國無鰥民也。』此詩託此起興。」

〔二〕沃若：《詩·衛風·氓》：「桑之未落，其葉沃若。」朱熹集傳：「沃若，潤澤貌。」《藝文類聚》卷八六引梁沈約《西地梨詩》：「列茂河陽苑，蓄紫濫觴隈，翻黄秋沃若，落素春徘徊。」從此出。從風簸蕩落西家：《鮑參軍集注》黄節補注：「《禮·

月令・孟春之月》：『東風解凍。』風自東，故花落西家。」

〔三〕悲惋：《晉書》卷三四《羊祜傳》：「祜年五歲時，令乳母取所弄金鐶。乳母曰：『汝先無此物。』祜即詣鄰人李氏東垣桑樹中探得之。主人驚曰：『此吾亡兒所失物也，云何持去？』乳母具言之，李氏悲惋。時人異之，謂李氏子則祜之前身也。」《太平御覽》卷三七一引《幽明録》：「王子猷先有背疾，子敬疾篤，恒禁來往，聞子敬亡，撫心悲惋。」零淚霑衣撫心歎：《文選》卷二九《古詩十九首・明月何皎皎》：「引領還入房，淚下沾衣裳。」《華陽國志・公孫述劉二牧志》：「巴郡嚴顔撫心歎曰：『此所謂獨坐窮山，放虎自衛者也。』」《文選》卷二四陸士衡《爲顧彦先贈婦》：「東南有思婦，長歎充幽闥。」

〔四〕何言淹留節迴换：《楚辭・離騷》：「時繽紛其變易兮，又何可以淹留？」王逸注：「言時世溷濁，善惡變易，不可以久留，宜速去也。」《鮑參軍集注》錢仲聯注：「此句言何嘗説及在外淹留如此之久，至於季節變换乎。」

〔五〕牀席生塵明鏡垢：《莊子・德充符》：「鑑明則塵垢不止，止則不明也。」纖腰瘦削髮蓬亂：《文選》卷一五張平子《思玄賦》：「咸姣麗以蠱媚兮，增嫮眼而蛾眉。舒訬婧之纖腰兮，揚雜錯之袿徽。」《詩經・衛風・伯兮》：「自伯之東，首如飛蓬。豈無膏沐，誰適爲容。」毛傳：「婦人夫不在，無容飾。」

〔六〕徙倚：《楚辭・哀時命》：「然隱憫而不達兮，獨徙倚而彷徉。」王逸注：「徙倚，猶低徊也。言己隱身山澤，内自憫傷，志不得達，猶徘徊彷徉而游戲也。」按《南史》卷六三《楊神念傳》：「時復有楊華者，能作驚軍騎，亦一時妙捷，帝深賞之。華本名白花，武都仇池人。父大眼，爲魏名將。華少有勇力，容貌瓌偉，魏胡太后逼幸之。華懼禍，及大眼死，擁部曲，載父屍，改名華，來降。胡太后追思不已，爲作《楊白花歌辭》，使宫人晝夜連臂蹋蹄歌之，聲甚悽斷。」《樂府詩集》卷七三載此歌云：「陽春二三月，楊柳齊作花，春風一夜入閨闥，楊花飄蕩落南家。含情出户脚無力，拾得楊花淚沾臆，秋去春還雙燕子，願銜楊花入窠裏。」前半當擬鮑照此詩之前四句。

【集説】

清陳祚明《采菽堂古詩選》卷一八：起意無端，稍有致。

清朱乾《樂府正義》卷一三：其爲佳耦乎？則以愛而不見，其得真見者，又以愁耦而讐人生。「不得恒稱意」句，已生下章，上二詩聯絡法也。

清張玉穀《古詩賞析》卷一七：此章與「璇閨」章意同，而運局則異。前四直賦春時桃開桃謝，爲下引端，然中有兩層比意。先衆作花，比起和諧稱意；從風飄落，比起離别惆悵也。後八點清思婦見桃生感，實叙别久獨居之悲，不恒稱意，徙倚中宵，與比意一呼一應。

清陳沆《詩比興箋》卷二：《宋書·武五王傳》：廬陵王義真、江夏王義恭、衡陽王義季、彭城王義康、南郡王義宣，義真最長而先廢。故云「中庭五株桃，一株先作花」也。《本紀》：義真以正月被廢，徙新安郡，二月遇害於徙所。故曰「陽春妖冶二三月，隨風簸蕩落西家」也。《本紀》：元嘉元年八月，詔迎還義真靈柩，並孫修華、謝妃一時俱還。故云「西家思婦見悲惋，零淚沾衣撫心歎」也。義真出鎮歷陽，表求還都，未發而被廢。故言「初送我君出户時，何言淹留節迴换」也。「牀席生法明鏡垢」，哀其死也。

錢仲聯《鮑參軍集注》：陳説穿鑿不可通。桃先作花，豈得象徵王之被廢？義真徙新安，謝妃從行，何得言送君出户？正月被廢，二月遇害，時節何嘗迴换？詩云思婦，睹物懷人，只言别離之感，求見悼亡之痛也。

余冠英《漢魏六朝詩選》：寫夫婦久别，婦人獨居的惆悵。

九

剉蘗染黄絲，黄絲歷亂不可治〔一〕。我昔與君始相值①，爾時自謂可君意〔二〕。結帶與我言，死生好惡不相置②〔三〕。今日見我顔色衰，意中索寞與先異③〔四〕。還君金釵瑇瑁簪④，不忍見此益愁思⑤〔五〕。

【校記】

①「我昔」，《玉臺新詠》作「昔我」，注云：「一作『我昔』。」

②「結帶與我言死生好惡不相置」，《樂府詩集》注云：「一作『結帶與君何死生好惡不擬相棄置』。」四庫本注云：「一作『結帶與君同死生好惡不疑相棄置』。「我」，張溥本作「君」。

③「索寞」，《玉臺新詠》作「錯漠」，《樂府詩集》注云：「一作『錯亂』。」四庫本注云：「一作『錯寞』。」

④「金」，《玉臺新詠》作「玉」，四庫本注云：「一作『玉』。」

⑤「此」，張溥本、《樂府詩集》作「之」，張溥本注云：「一作『此』。」「愁」，《玉臺新詠》作「悲」，注云：「一作『愁』。」

【箋注】

〔一〕剉蘗染黄絲：《吴越春秋·勾踐入臣外傳》：「夫斫剉養馬，妻給水，除糞灑掃。」《六書故·工事五》：「剉，粗卧切，斬截也。」《説文解字》卷六：「蘗，黄木也，從木，辟聲。」《文選》卷七司馬長卿《子虚賦》：「桂椒木蘭，蘗離朱楊。」李善注：「張揖曰：『蘗，皮可染者。』」《樂府詩集》卷四四《清商曲辭·子夜春歌》：「自從别歡後，歎音不絶響。黄蘗向春生，苦心隨日長。」黄絲歷亂不可治：《藝文類聚》卷八五引《吴越春秋》：「越王允常使民男女入山採葛，作黄絲布獻之。」《左傳》隱公四年：「公問於衆仲曰：『衛州吁，其成乎？』對曰：『臣聞以德和民，不聞以亂。以亂，猶治絲而棼之也。』」

〔二〕相值：《漢書》卷五四《李廣傳附李陵傳》：「陵至浚稽山，與單于相值，騎可三萬圍陵軍。」爾時自謂可君意：《左傳》襄公十三年：「使士匄將中軍，辭曰：『伯游長，昔臣習於知伯，是以佐之，非能賢也。』」杜預注：「欒代將中軍，士匄佐之。匄今將讓，故謂爾時之舉，不以己賢。」《漢書》卷七〇《陳湯傳》：「萬年與湯議以爲，武帝時，工楊光以所作數可意。」顔師古注：「可天子之意。」

〔三〕結帶與我言：《晉書》卷六四《武十三王·會稽文孝王道子傳》：「往年帳中之飲，結帶之言，寧可忘邪。」

〔四〕意中索寞：《藝文類聚》卷三一引晉曹攄《贈石崇》：「涓涓谷中泉，鬱鬱巖下林，泄泄群翟飛，咬咬春鳥吟。野次何索寞，薄暮愁人心，三軍望衡蓋，歎息有餘音。臨肴忘肉味，對酒不能斟，人言重别離，斯情效於今。」《鮑參軍集注》黄節補注：「《小爾雅》：『索，空也。又寡夫曰索。』索莫，猶言空寞。」

〔五〕還君金釵瑇瑁簪：《太平御覽》卷六九七引《古詩》：「頭上金釵十二行，足下絲履五文章。」卷七一八引《晉令》：「六品下得服金釵以蔽髻。」卷九八一引《搜神記》：「渤海史良好一女子許嫁而未果，良怒殺之。後夢見曰：『還君物。』覺而得昔所與香纓金釵之屬。」《史記》卷七八《春申君列傳》：「趙使欲誇楚，爲瑇瑁簪，刀劍室以珠玉飾之，請命春申君客。春申君客三千餘人，其上客皆躡珠履以見趙使，趙使大慚。」《樂府詩集》卷一六《鼓吹曲辭·有所思》：「有所思，乃在大海南。何用問遺君，雙珠瑇瑁簪，用玉紹繚之。聞君有他心，拉雜摧燒之。」

【集説】

明鍾惺、譚元春《古詩歸》卷一二：看得細，説得真。

明許學夷《詩源辯體》卷七：胡元瑞云：「《行路難》欲汰去浮靡，返於渾樸，而時代所壓，不能頓超。」非也。《行路難》體多變新，語多華藻，而調始不純，自是宋人一變。若晉《白紵舞歌》，反爲浮靡者，歌名「白紵」，自應浮靡，本不得與《行路》相較。以鮑《白紵詞》觀之，自可見矣。

清王夫之《古詩評選》卷一：披心見意，直爾在堂滿堂，在室滿室。非爾，故不辦作歌行。

清陳祚明《采菽堂古詩選》卷一八：起句每有遠想，長於託興。

清沈德潛《古詩源》卷一一：悲涼跌宕，曼聲促節，體自明遠獨創。

清張玉穀《古詩賞析》卷一七：此章與「洛陽」章意同，而運局亦異。前二言苦思心亂也。突用比出，筆勢聳然。中六追昔感今，言情宛至。後二用意從「洛陽」章「對此長歎」翻進一層，更覺淒絶。

成書《多歲堂古詩存》：較漢人怨傷諸作，似是發洩無遺，然妙處仍在不盡。

清陳沆《詩比興箋》卷二：此爲故舊之臣恩遇不終者賦也。徐、傅、謝晦之流，倚恃恩舊，專擅驕恣，自取夷滅，固不前後皆諷刺之詞，中央廁無端之語。斯又後世賦詩通蔽，不可以誣昔人也。

次章言恩寵之難恃也。若謂坎壈詠懷，則方布衣弱冠，有何放棄之堪寄？有何今昔之相負？若謂設詞，則是無病捧心，

足惜。然宋文因是疑忌益深。道濟宿將，自壞長城。明遠工文，謬託累句。故於此時已預憂之。前章言見幾之宜早，

十

君不見舜華不終朝①，須臾淹冉零落銷②〔一〕。盛年妖艷浮華輩，不久亦當詣冢頭〔二〕。一去無還期，千秋萬歲無音詞〔三〕。孤魂煢煢空隴間，獨魄徘徊遶墳基〔四〕。但聞風聲野鳥吟，豈憶平生盛年時〔五〕。爲此令人多悲悒，君當縱意自熙怡〔六〕。

【校記】

①「舜」，張溥本作「蕣」。

②「淹」，張溥本、《樂府詩集》作「奄」。

【箋注】

〔一〕舜華不終朝：《詩經·鄭風·有女同車》：「有女同車，顔如舜華。」毛傳：「蕣，木槿也。」《淮南子·時則訓》：「木堇榮。」高誘注：「木堇，朝榮暮落，樹高五六尺，其葉與安石榴相似也。」吴景旭《歷代詩話》卷一七：「《説文》：『蕣，木槿也。』朝華暮落，一名舜華，蓋取一瞬之義。」郭璞《游僊詩·晦朔如循環》：「寒露拂陵苕，女蘿辭松柏，蕣榮不終朝，蜉蝣豈見夕。」淹冉：陶淵明《閒情賦》：「時奄冉而就過，徒勤思以自悲。」奄冉，同淹冉。

〔二〕盛年妖艷浮華輩：《初學記》卷二七引魏鍾會《菊花賦》：「乃有毛嬙、西施、荆姬、秦嬴，妍姿妖艷，一顧傾城。」《藝

文類聚》卷六引晉《中興書》：「恢陳謝，因對曰：『今天下喪亂之餘，風俗凌遲，宜尊五美，屏四惡，進忠實之士，退浮華之黨。』」

〔三〕一去無還期：《史記》卷八六《刺客·荆軻傳》：「高漸離擊筑，荆軻和而歌，爲變徵之聲，士皆垂淚涕泣。又前而歌曰：『風蕭蕭兮易水寒，壯士一去兮不復還！』」千秋萬歲：《戰國策·楚策一》：「樂矣！今日之游也。寡人萬歲千秋之後，誰與樂此矣。」《史記》卷五八《梁孝王世家》：「上與梁王燕飲，嘗從容言曰：『千秋萬歲後，傳於王。』王辭謝。」

〔四〕孤魂煢煢：《文選》卷一五張平子《思玄賦》：「痛火正之無懷兮，託山阪以孤魂。」《左傳》哀公十六年：「煢煢，余在疚。嗚呼哀哉！尼父無自律。」《晉書》卷八八《孝友·李密傳》：「既無伯叔，終鮮兄弟，門衰祚薄，晚有兒息。外無朞功彊近之親，内無應門五尺之童，煢煢孑立，形影相弔。」

〔五〕盛年時：《古詩紀》卷二〇蘇武《答李陵詩》：「低頭還自憐，盛年行已衰。依依戀明世，愴愴難久懷。」

〔六〕悲悒：《楚辭·天問》：「武發殺殷何所悒？載屍集戰何所急？」洪興祖補注：「悒，憂也，不安也。」縱意自熙怡：《晉書》卷四九《劉伶傳》：「幕天席地，縱意所如。止則操卮執觚，動則挈榼提壺，惟酒是務，焉知其餘。」《太平御覽》卷一引阮籍《通老論》：「聖人明於天人之理，達於自然之分，通於治化之體，審於大慎之訓。故君臣垂拱，太素之樸，百姓熙怡，保性命之和。」

【集説】

清張玉穀《古詩賞析》卷一七：此章與「愁思」章意相類，但彼就富貴者説，此就妖豔浮華者説。且彼就後日追溯從前，此就現在逆計身後，各各不同。前四以蕣華易落，比起嬌豔浮華之輩不能久存，兼男女説爲是。中六頂上來，並逆料其身死久後，魂魄淒涼之苦。仍繳轉難憶生前勒住。後二收出鑒兹悲悒，當自熙怡篇旨。以「君」起，以「君」結，章法一綫。

清陳祚明《采菽堂古詩選》補遺卷二：結句湊韻。「孤魂」、「獨魄」句，固自大悲。

十一

君不見枯欂走階庭，何時復青著故莖〔一〕？君不見亡靈蒙享祀，何時傾盃竭壺罌〔二〕？君當見此起憂思，寧及得與時人争。人生倏忽如絶電①，華年盛德幾時見〔三〕？但令縱意存高尚，旨酒佳肴相胥讌②〔四〕。持此從朝竟夕暮，差得亡憂消愁怖〔五〕。胡爲惆悵不能已？難盡此曲令君忤③〔六〕。

【校記】

①「人生」，《樂府詩集》作「生人」。

②「佳」，張溥本作「嘉」。

③「令」，四庫本作「今」。

【箋注】

〔一〕君不見枯欂走階庭：《山海經·中山經》：「其上多杻木，其下有草焉，葵本而杏葉，黄華而莢實，名曰欂，可以已瞢。」《玉臺新詠》卷二曹植《雜詩》：「攬衣出中閨，逍遥步兩楹。閒房何寂寞，緑草被階庭。」莖：《廣韻》卷二：「莖，户耕切，草木幹也。」

〔二〕亡靈：《後漢書》卷八二《方術·劉根傳》：「汝爲子孫，不能有益先人，而反累辱亡靈，可叩頭爲吾陳謝。」傾盃竭壺罌：《文選》卷三〇陶淵明《雜詩》：「一觴雖獨進，盃盡壺自傾。」《漢書》卷七六《趙廣漢傳》：「廣漢心知微指，發長安吏，自將，與俱至光子博陸侯禹第，直突入其門，廋索私屠酤，椎破盧罌，斧斬其門關而去。」顔師古注：「罌，所以盛酒也。」《廣韻》卷二：「烏莖切，瓦器。」

〔三〕人生倏忽如絶電：《戰國策·楚策四》：「晝游乎茂樹，夕調乎酸鹹，倏忽之間，墜於公子之手。」《藝文類聚》卷六引李康《游山序》:「蓋人生天地之間也,若流電之過户牖,輕塵之棲弱草。」《樂府詩集》卷五五《舞曲歌辭·晉白紵舞歌詩》:「人生世間如電過,樂時每少苦日多。」盛德:盛美之事。《左傳》僖公七年:「夫諸侯之會,非德刑禮義,無國不記,記姦之位,君盟替矣。作而不記,非盛德也。」

〔四〕縱意:見前首注。存高尚:《周易·蠱卦》:「不事王侯,高尚其事。」旨酒佳餚相胥讌:《詩經·小雅·鹿鳴》:「我有旨酒,以燕樂嘉賓之心。」《詩經·小雅·車舝》:「雖無旨酒,式飲庶幾。雖無嘉殽,式食庶幾。雖無德與女,式歌且舞。」

〔五〕愁怖:《太平御覽》卷二三引《風俗通》:「永建中,京師大疫,云厲鬼字野重游光,亦但流言,無指見之者。其後,歲歲有病,人情愁怖,復增題之,冀以脱禍。」

〔六〕惆悵不能已:《文選》卷三三宋玉《九辯》:「廓落兮,羈旅而無友生;惆悵兮,而私自憐。」六臣劉良注:「惆悵,悲哀也。」忤:《莊子·刻意》:「無所於忤,虚之至也。」成玄英疏:「忤,逆也。」

十二

今年陽初花滿林,明年冬末雪盈岑〔一〕。推移代謝紛交轉,我君邊戍獨稽沉〔二〕。執袂分别已三載,邇來寂淹無分音①〔三〕。朝悲慘慘遂成滴,暮思遶遶最傷心〔四〕。膏沐芳餘久不御,蓬首亂鬢不設簪②〔五〕。徒飛輕埃舞空帷,粉筐黛器靡復遺〔六〕。自生留世苦不幸,心中惕惕恒懷悲〔七〕。

【校記】

①「寂淹」,《樂府詩集》作「淹寂」。

②「首」，四庫本作「頭」。

【箋注】

〔一〕陽初：《玉臺新詠》卷一《古詩爲焦仲卿妻作》：「往昔初陽歲，謝家來貴門。」《樂府詩集》卷四四《清商曲辭・子夜四時歌・夏歌》：「適憶三陽初，今已九秋暮。追逐泰始樂，不覺華年度。」卷四六《清商曲辭・讀曲歌》：「初陽正二月，草木鬱青青。躡履步前園，時物感人情。」岑：《爾雅・釋山》：「山小而高。」

〔二〕推移代謝：《文子・自然》：「輪轉無窮，象日月之運行，若春秋之代謝。」《淮南子・俶真訓》：「二者代謝舛馳，各樂其成形。」高誘注：「代，更；謝，叙也。」稽沉：《管子・君臣上》：「是以明君順人心，安情性，而發於衆心之所聚。是以令出而不稽，刑設而不用。」房玄齡注：「稽，留也。」陶淵明《雜詩》：「閑居執蕩志，時駛不可稽。」

〔三〕執袂分別已三載：《詩经・鄭風・遵大路》：「遵大路兮，摻執子之袪兮。」毛傳：「袪，袂也。」《序》：「《遵大路》，思君子也。」《西陽雜俎》卷二：「晉太康中，逸士田宣隱於巖下，葉風霜月，常拊石自娱，每見一人著白單衣，徘徊巖上，及曉方去。宣於後令人擊石，乃於巖上潛伺，俄然果來，因遽執袂詰之。」《漢書》卷七〇《段會宗傳》：「舉爲西域都護、騎都尉、光禄大夫，西域敬其威信，三歲更盡，還，拜爲沛郡太守。」顔師古注：「如淳曰：『邊吏三歲一更也。』」無分音：《鮑參軍集注》黄節補注：「《説文》：『分，别也。』分音，謂别後音問也。」

〔四〕朝悲慘慘遂成滴：《詩經・小雅・正月》：「憂心慘慘，念國之爲虐。」鄭玄箋：「慘慘，猶戚戚也。」《鮑參軍集注》黄節補注：「《説文》：『有聲無淚曰悲。』悲甚則淚矣，故曰成滴。」暮思遶遶：《文選》卷二九曹子建《雜詩》：「飛鳥遶樹翔，嗷嗷鳴索群。」黄節補注：「『思，從心，囟聲。』囟，頂門骨空。自囟至心，如絲相貫不絶，故曰遶遶。」

〔五〕膏沐芳餘久不御：《詩經・衛風・伯兮》：「自伯之東，首如飛蓬。豈無膏沐，誰適爲容？」毛傳：「婦人夫不在，無容飾。」

〔六〕徒飛輕埃舞空帷：張華《情詩》之二：「幽人守静夜，迴身入空帷。」粉筐黛器：《楚辭・大招》：「粉白黛黑施芳澤只」王逸注：「言美女又工粧飾，傅著脂粉，面白如玉。黛畫眉，鬒黑而光淨。」

〔七〕心中惕惕：《詩經·陳風·防有鵲巢》：「誰侜予美，心焉惕惕。」毛傳：「惕惕，猶忉忉也。」陳奂傳疏：「惕惕，亦憂勞之意，故云『猶忉忉也』。」《爾雅·釋訓》：「惕惕，愛也。」郭璞注：「《詩》云：『心焉惕惕。』《韓詩》以爲『悦人，故言愛也』。」

十三

春禽喈喈旦暮鳴，最傷君子憂思情〔一〕。我初辭家從軍僑，榮志溢氣干雲霄〔二〕。流浪漸冉經三齡，忽有白髮素髭生〔三〕。今暮臨水拔已盡，明日對鏡復已盈。但恐羇死爲鬼客①，客思寄滅生空精〔四〕。每懷舊鄉野，念我舊人多悲聲〔五〕。忽見過客問何我②，寧知我家在南城〔六〕？答云我曾居君鄉，知君遊宦在此城〔七〕。我行離邑已萬里，今方羇役去遠征〔八〕。來時聞君婦，閨中孀居獨宿有貞名〔九〕。亦云朝悲泣閑房③，又聞暮思淚霑裳〔一〇〕。形容憔悴非昔悦，蓬鬢衰顔不復糚〔一一〕。見此令人有餘悲。當願君懷不暫忘！

【校記】

①「但恐羇死爲鬼客」，原作「恐羇死爲」，今據張溥本補。

②「何」，四庫本作「向」。

③「朝悲」，張溥本作「悲朝」。「閑」，張溥本作「閒」。

【箋注】

〔一〕春禽喈喈：《詩經·周南·葛覃》：「葛之覃兮，施于中谷。維葉萋萋，黄鳥於飛，集於灌木，其鳴喈喈。」毛傳：「喈喈，和聲之遠也。」

〔二〕從軍僑：李白《送黄鍾之鄱陽謁張使君序》：「而黄公因訪古跡，便從貴游，乃僑裝撰行，去國遐陟。」王琦注：「僑裝，謂客行之裝。」從軍僑，謂從軍而客居異地也。《廣韻》卷二：「僑，寄也，客也。」溢氣：《後漢書》卷八〇《文苑·禰衡傳》：「使衡立朝，必有可觀。飛辯騁辭，溢氣坌涌，解疑釋結，臨敵有餘。」

〔三〕流浪漸冉：陶淵明《祭從弟敬遠文》：「余嘗學仕，纏綿人事。流浪無成，懼負素志。」《文選》卷一五張平子《思玄賦》：「恐漸冉而無成兮，留則蔽而不彰。」徐仁甫《古詩别解》：「漸冉，復詞意同。漸猶漸漸，冉猶冉冉。」素髭：《玉篇》卷五：「髭，子移切，口上須。」

〔四〕寄滅生空精：《鮑參軍集注》黄節補注：「《老子》：『孔德之容，惟道是從。道之爲物，惟恍惟惚。惚兮恍兮，其中有象。恍兮惚兮，其中有物。窈兮冥兮，其中有精。』王弼注：『孔，空也。』又曰：『繩繩不可名，復歸於無物，是謂無狀之狀，無物之象，是謂惚恍。』無物，是滅也。由滅生空，由空生精，則從前之榮志溢氣盡矣。」

〔五〕舊人：王充《論衡·問孔》：「孔子重賻舊人之恩，輕廢葬子之禮。」《藝文類聚》卷三四引王粲《思友賦》：「行游目于林中，覩舊人之故場。」

〔六〕問何我：《鮑參軍詩注》黄節補注：「《漢書·賈誼傳》：『大譴大何。』注：『何，問也。』問何我，謂詰問我也。又《漢鐃歌·艾如張》曲：『艾而張羅夷於何。』謂何地也。省文言何，《漢》文有句例。《酷吏傳》『武帝問言何』是也。並可采。」南城：縣名，漢屬豫章郡，見《漢書》卷二八上《地理志上》；晉屬揚州臨川郡，見《晉書》卷一五《地理志下》。宋則南城縣數見，一屬南徐州南泰山郡，一屬兗州泰山郡，見《宋書》卷三五《州郡志一》；一屬江州臨川郡，見《宋書》卷三六《州郡志二》。然此詩中南城則非實地，蓋從軍在北，家乃在南，故以之虚指也。

〔七〕游宦：《韓非子·和氏》：「禁游宦之民，而顯耕戰之士。」王先謙集解：「不守本業，游散求官者。」《文選》卷二四陸士衡《爲顧彦先贈婦》詩之二：「游宦久不歸，山川脩且闊。」

〔八〕羇役：陶淵明《雜詩》之九：「遥遥從羈役，一心處兩端。」

〔九〕嫠居獨宿有貞名：《淮南子·修務訓》：「弔死問疾，以養孤孀。」高誘注：「孀，寡婦也。」《日知録》卷三二：「寡者無夫之稱，但有夫而獨守者，則亦可謂之寡。《越絶書》：『獨婦山者，句踐將伐吴，徙寡婦獨山上，以爲死士示得專一。』陳琳詩『邊城多健少，内舍多寡婦』是也。鮑照《行路難》『來時聞君婦，閨中孀居獨宿有貞名』，亦是此義。」

〔一〇〕亦云朝悲泣閑房：《玉臺新詠》卷二曹植《雜詩》：「閑房何寂寞，緑草被階庭。」又聞暮思淚霑裳：《藝文類聚》卷二九引蘇武《别李陵詩》：「雙鳧俱北飛，一鳧獨南翔，子當留斯館，我當歸故鄉。一别如秦胡，會見何詎央。愴恨切中懷，不覺淚霑裳。願子長努力，言笑莫相忘。」按以上二句徐仁甫《古詩别解》云：「閑房即空房。兩句互文。亦猶又也，云猶聞也。云則有聞，聞則有云。悲猶思，思亦猶悲。泣則有淚，淚即在泣。」

〔一一〕蓬鬢衰顔：陸雲《歲暮賦》：「普區宇之瘁景兮，頻萬物之衰顔。」

【集説】

明鍾惺、譚元春《古詩歸》卷一二：此一詩之妙，散之可作蘇、李、《十九首》，約之只如《子夜》《讀曲歌》。

清陳祚明《采菽堂古詩選》補遺卷二：「今暮」、「明日」二句，大佳。後段亦洸洋恣意。「榮志溢氣」，不成語。「生空精」亦湊字。

清張玉穀《古詩賞析》卷一七：此章自傷久役，而懷其婦也。與「對案」章皆爲實賦己事，亦諸詩之骨。前二觸物感情，春禽和鳴，反興夫婦乖離也，通章領局。「我初」八句，先就己邊説，行役已久，志氣消磨，鬢髭白素，恐不生還之苦，寫得又可笑，又可哭。「每懷」二句，遞落懷鄉念人正意，只以「多悲聲」三字一逗，下即幻出客語傳情。空中樓閣來，最得文家避實避熟之妙。「忽見」八句，突接過客問答之辭，從敘次鄉貫，閑閑敘入，急脈緩受也。遞到婦有貞名，略作一頓。末六仍就客言，以「亦云」「又聞」，另筆提起，申敘舊人之思念君子。容顔非昔，且以人見餘悲，勸其暫忘不得，陡然竟住。而己之聞言傷感，絶不一語，兜收，卻已隱然言外。學者解此用筆，自能惜墨如金。據此章「白髮素髭」幾句，則參軍作此詩時，似在中年，乃其末章，有「余當二十弱冠辰」語，早衰如此，大奇！大奇！

十四

君不見少壯從軍去，白首流離不得還〔一〕。故鄉窅窅日夜隔，音塵斷絶阻河關〔二〕。朔風蕭條白雲飛，胡笳哀急邊氣寒①〔三〕。聽此愁人兮奈何，登山遠望得留顏〔四〕。將死胡馬跡，寧見妻子難②〔五〕。男兒生世轗軻欲何道？綿憂摧抑起長歎〔六〕。

【校記】

①「急」，張溥本、四庫本作「極」。

②「寧」，張溥本、四庫本作「能」。

【箋注】

〔一〕流離：《漢書》卷三六《楚元王交傳附劉向傳》：「死者恨於下，生者愁於上，怨氣感動陰陽，因之以饑饉，物故流離以十萬數。」顔師古注：「流離，謂亡其居處也。」《神僊傳·彭祖》：「吾遺腹而生，三歲而失母，遇犬戎之亂，流離西域，百有餘年。」

〔二〕窅窅：陶淵明《自祭文》：「窅窅我行，蕭蕭墓門。」音塵斷絶阻河關：《文選》卷一三謝希逸《月賦》：「美人邁兮音塵闕，隔千里兮共明月。」六臣張銑注：「美人，喻君子也；邁，行也。君子行去，音信復闕，隔絶千里，共此明月而已。」卷二〇謝靈運《鄰里相送至方山》：「各勉日新志，音塵慰寂蔑。」陶淵明《擬古》之五：「我欲觀其人，晨去越河關。青松夾路生，白雲宿簷端。」

〔三〕朔風蕭條：《文選》卷二九曹子建《朔風詩》：「仰彼朔風，用懷魏都。」按朔風，北風，寒風。《文選》卷四一李少卿《答蘇武書》：「但聞悲風蕭條之聲，涼秋九月，塞外草衰。」胡笳哀急：蔡琰《悲憤詩》之二：「胡笳動兮邊馬鳴，孤鴈歸兮聲嚶嚶。」

〔四〕愁人兮奈何：《楚辭·九歌·大司命》：「結桂枝兮延竚，羌愈思兮愁人。愁人兮奈何，願若今兮無虧。」登山遠望得留顔：《楚辭·七諫·自悲》：「登巒山而遠望兮，好桂樹之冬榮。」王逸注：「巒，小山也。」謝莊《山夜憂》：「年去兮髮不還，金膏玉瀝豈留顔。」

〔五〕胡馬：《文選》卷二九《古詩十九首·行行重行行》：「胡馬依北風，越鳥巢南枝。」

〔六〕生世轗軻：《楚辭·七諫·怨世》：「年既已過太半兮，然埳軻而留滯。」王逸注：「埳軻，不遇也。言己年已過五十，而埳軻沈滯，卒無所逢遇也。」《古詩十九首·今日良宴會》：「無爲守窮賤，轗軻長苦辛。」摧抑：《後漢書》卷二九《申屠剛傳》：「霍光秉政，輔翼少主，修善進士，名爲忠直，而尊崇其宗黨，摧抑外戚。」

十五

君不見柏梁臺，今日丘墟生草萊〔一〕。君不見阿房宮，寒雲澤雉栖其中〔二〕。歌妓舞女今誰在？高墳壘壘滿山隅〔三〕。長袖紛紛徒競世，非我昔時千金軀〔四〕。隨酒逐樂任意去，莫令含歎下黄壚〔五〕。

【箋注】

〔一〕柏梁臺：《資治通鑑》卷二〇漢武帝元鼎二年：「春，起柏梁臺，作承露盤，高二十丈，大七圍，以銅爲之，上有僊人掌以承露，和玉屑飲之，云可以長生。」丘墟生草萊：《漢書》卷五八《公孫弘傳》：「自蔡至慶，丞相府客館丘虚而已。」《文選》卷四七夏侯孝若《東方朔畫贊》：「庭序荒蕪，榱棟傾落，草萊弗除。」六臣劉良注：「萊，蒿也。」

〔二〕阿房宮：《史記》卷六《秦始皇本紀》：「營作朝宮渭南上林苑中。先作前殿阿房，東西五百步，南北五十丈，上可以坐萬人，下可以建五丈旗。」司馬貞索隱：「此以其形名宮也，言其宮四阿旁廣也。」《三輔黄圖·阿房宮》：「阿房宮亦曰阿城。

惠文王造宫未成而亡，始皇廣其宫，規恢三百餘里，離宫别館，彌山跨谷，輦道相屬，閣道通驪山八百餘里。」寒雲澤雉：陶淵明《歲暮和張常侍》：「向夕長風起，寒雲没西山。」《莊子・養生主》：「澤雉十步一啄，百步一飲，不蘄畜乎樊中。」

〔三〕歌妓舞女今誰在：《後漢書》卷七八《宦者傳論》：「府署第館，棊列於都鄙。子弟支附，過半於州國。南金、和寶，冰紈、霧縠之積，盈仞珍臧，嬙媛侍兒、歌童舞女之玩，充備綺室。」高墳壘壘：《藝文類聚》卷三五引《楚漢春秋》：「吕后欲爲惠帝高墳，使從未央宫坐而見之。東陽侯垂泣曰：『陛下日夜見惠帝冢，悲哀流涕無已，是傷生也，臣竊哀之。』太后乃止。」《文選》卷二三張孟陽《七哀詩》：「北芒何壘壘，高陵有四五。」李善注：「壘壘，冢相次之貌。」六臣注：「壘壘，重也；陵，即墓也。」

〔四〕長袖紛紛：《韓非子・五蠹》：「諺曰：『長袖善舞，多錢善賈。』此言多資之易爲工也。」《文選》卷一七傅武仲《舞賦》：「羅衣從風，長袖交横。」千金軀：陶淵明《飲酒詩》之一一：「死去何所知？稱心固爲好。各養千金軀，臨化消其寶。」

〔五〕逐樂：《荀子・王霸》：「君人者急逐樂而緩治國，豈不過甚矣哉！」黄壚：《淮南子・覽冥訓》：「上際九天，下契黄壚。」高誘注：「黄泉下有壚土也。」

【集説】

清王夫之《古詩評選》卷一：全以聲情生色，宋人論詩以意爲主，如此類直用意相標榜，則與村黄冠盲女子所彈唱亦何異哉！

十六

君不見冰上霜，表裏陰且寒，雖蒙朝日照，信得幾時安〔一〕？民生故如此，誰令摧折强相看〔二〕？年去年來自如削，白髮零落不勝冠〔三〕。

【箋注】

〔一〕朝日照：《文選》卷二九曹子建《雜詩六首》之一：「高臺多悲風，朝日照北林。之子在萬里，江湖迥且深。」《藝文類聚》卷四一引謝靈運《日出東南隅行》：「柏梁冠南山，桂宫燿北泉。晨風拂幨幌，朝日照閨軒。」

〔二〕摧折：《漢書》卷五一《賈山傳》：「雷霆之所擊，無不摧折者；萬鈞之所壓，無不糜滅者。」

〔三〕年去年來自如削：《鮑參軍集注》黄節補注：「削，謂發落如削然。」按削，或謂瘦削。《釋名·釋語言》：「消，削也，言減削也。」勝冠：《史記》卷一〇三《萬石張叔列傳》：「子孫勝冠者在側，雖燕居必冠，申申如也。」

十七

君不見春鳥初至時，百草含青俱作花〔一〕。寒風蕭索一旦至，竟得幾時保光華〔二〕？日月流邁不相饒，令我愁思怨恨多〔三〕。

【箋注】

〔一〕君不見春鳥初至時：《藝文類聚》卷三一引晉曹攄《贈石崇詩》：「涓涓谷中泉，鬱鬱巖下林。泄泄群翟飛，咬咬春鳥吟。」《禮記·月令·仲春之月》：「是月也，玄鳥至。」

〔二〕寒風蕭索：陶淵明《自祭文》：「天寒夜長，風氣蕭索，鴻鴈于征，草木黄落。」光華：光芒，光彩。阮籍《詠懷詩·梁東有芳草》：「色容豔姿美，光華耀傾城。」

〔三〕日月流邁：《文選》卷五二韋弘嗣《博弈論》：「是以古之志士，悼年齒之流邁，而懼名稱之不建也。」《尚書·秦誓》：「我心之憂，日月逾邁，若弗云來。」

十八

諸君莫歎貧，富貴不由人〔一〕。丈夫四十彊而仕，余當二十弱冠辰①〔二〕。莫言草木委冬雪②，會應蘇息遇陽春〔三〕。對酒敘長篇，窮途運命委皇天〔四〕。但願樽中九醞滿，莫惜床頭百箇錢〔五〕。直須優游卒一歲③，何勞辛苦事百年〔六〕。

【校記】

①「余」，原作「餘」，今據張溥本及《樂府詩集》改。

②「冬」，《樂府詩集》作「大」。

③「須」，原作「得」，今據張溥本、《樂府詩集》改。

【箋注】

〔一〕富貴不由人：《論語·顏淵》：「子夏曰：『商聞之矣，死生有命，富貴在天。』」

〔二〕丈夫四十彊而仕，余當二十弱冠辰：《禮記·曲禮上》：「二十曰弱冠，三十曰壯有室，四十曰强而仕。」孔穎達疏：「二十曰弱冠者，二十成人，初加冠，體猶未壯，故曰弱也。」「四十曰强而仕者，三十九以前通曰壯，壯久則强，故四十曰强。强有二義，一則四十不惑，是智慮强，二則氣力强也。」

〔三〕委冬雪：謂衰敗於冬雪。《周禮·考工記·梓人》：「爪不深，目不出，鱗之而不作，則必穨爾如委矣。」會應蘇息遇陽春：《玉臺新詠》卷一宋子侯《董嬌嬈》：「終年會飄墮，安得久馨香？」《古詩爲焦仲卿妻作》：「吾已失恩義，會不相從許。」按會，應當，總會。《詩經·豳風·七月》：「春日載陽，有鳴倉庚。」《管子·地數》：「君伐菹薪，煮沸水爲鹽，正而積之三萬鍾，至陽春，請籍於時。」

〔四〕對酒叙長篇：《文選》卷二七魏武帝《短歌行》：「對酒當歌，人生幾何！」窮途運命：《晉書》卷四九《阮籍傳》：「時率意獨駕，不由徑路，車跡所窮，輒慟哭而返。」《宋書》卷五四《羊玄保傳》：「太祖嘗曰：『人仕宦非唯須才，然亦須運命，每有好官缺，我未嘗不先憶羊玄保。』」

〔五〕九醖滿：《文選》卷四張平子《南都賦》：「酒則九醖甘醴。」李善注：「《魏武集·上九醖酒奏》曰：『三日一釀，滿九斛米止。』《廣雅》曰：『醖，投也。』」百箇錢：《世説新語·任誕》：「阮宣子常步行，以百錢挂杖頭，至酒店，便獨酣暢。雖當世貴盛，不相詣也。」

〔六〕優游卒一歲：《詩經·小雅·采菽》：「優哉游哉，亦是戾矣。」鄭玄箋：「諸侯有盛德者，亦優游自安，止於是。」《左傳》襄公二十一年：「優哉游哉，聊以卒歲。」

【集説】

明陸時雍《古詩鏡》卷一四：《行路難》，俱蕩而不暢。

明鍾惺、譚元春《古詩歸》卷一二：全副蘇、李、《十九首》性情，從七言中脱出。樂府歌行，出入其中，游戲其外，可知而不可言。

清王夫之《古詩評選》卷一：看明遠樂府，别是一味，急切覓佳處，早已失之。吟詠往來，覺蓬勃如春煙，彌漫如秋水，溢目盈心，斯得之矣。岑嘉州、李供奉正從此入，特不許石曼卿一流横豪非理，借馬租衣，裝五陵吒吒耳。

清毛先舒《詩辯坻》卷二：《擬行路難》十八首，淋漓極盡，詞亦矢口，當是參軍率爾之作。至於「今我何時當得然，一去永滅入黄泉」，又「愁思忽而至」，又「須臾淹冉零落銷，盛年妖豔浮華輩，不久亦當詣塚頭」，又「朝悲慘慘遂成滴，暮思遶遶最傷心」，又「聽此愁人兮奈何」，俱了不成語，啟無窮惡道。

清毛先舒《詩辯坻》卷四：鮑照《行路難》，樂府中最粗露，伯敬以爲全是蘇、李、《十九首》性情，此作何解？

清陳祚明《采菽堂古詩選》補遺卷二：亦復潦倒有態。

清陳祚明《采菽堂古詩選》卷一八：《行路難》諸篇，應是明遠少作，語多俚率。其發端振響，大氣磅礴，是爲奇夐所由，振眩千古耳。若循章究旨，意本淺近，無足爲異。十八章中，僅存七首，頗復渢渢可誦矣。

清陳沆《詩比興箋》卷二：《行路難》：案卒章云：「丈夫四十强而仕，余當二十弱冠辰。」則《行路難》乃明遠少作。《宋書》《南史》《臨川王義慶傳》並不言明遠年歲，然其貢詩臨川，引列國佐，實在元嘉十載之後。則此《行路難》作於未遇害時者，又在其前，即所謂嘗爲古樂府，文甚遒麗者也。其當少帝景平之際，元嘉之初乎？詩中惻愴於杜鵑古帝之魂，往日至尊之語，若除廢帝，更無所指。本此以讀全詩，始知富貴不久長之歎。吞聲不敢言之隱，舉非無病之呻，假設之句。若其他章，亦有兼悼廬陵，別感放臣之什。故音專骯髒，志乏和平，有激使鳴，在誠難飾。惜哉千載，目比秋荼。甚至陳氏祚明，直詆全旨淺近，未見顏色。有餘慨焉。

成書《多歲堂古詩存》：《擬行路難》十八首，淋漓豪邁，不可多得。但議論太快，遂爲後世粗豪一流人藉口矣。

松柏篇　并序

【解題】

《禮記・禮器》：「其在人也，如竹箭之有筠也，如松柏之有心也。二者居天下之大端矣，故貫四時而不改柯易葉。」《論語・子罕》：「子曰：『歲寒然後知松柏之後彫也。』」何晏注：「大寒之歲，衆木皆死，然後知松柏不彫傷。平歲則衆木亦有不死者，故須歲寒而後別之。」

《樂府詩集》此屬《雜曲歌辭》。《樂府詩集》卷六三《松柏篇》題解云：「《松柏篇》，鮑照擬傅玄樂府《龜鶴篇》而作也。」觀詩序所云，鮑照於中年時適多病且又甚劇。尋其《請假又啓》云：「臣所患彌留，病軀沉痼。自近蒙歸，頻更頓處，日夜間困或數四。委然一弊，瞻景待化。」二者所述頗相一致。則此篇與《請假啓》所作時間應相去不遠，當亦在孝建三年（四五六）時。是年鮑照在京都建康任太學博士，兼中書舍人之職，建康乃其家之所在，故《松柏篇》序有「知舊先借《傳玄集》」之語耳。

余患腳上氣四十餘日〔一〕。知舊先借《傳玄集》〔二〕，以余病劇，遂見還。開袠，適見樂府詩《龜鶴篇》〔三〕。於危病中見長逝詞，惻然酸懷抱〔四〕。如此重病，彌時不差，呼吸之喘①，舉目悲矣〔五〕！火藥間缺而擬之②〔六〕。

松柏受命獨，歷代長不衰〔七〕。人生浮且脆，鴥若晨風悲③〔八〕。東海迸逝川，西山導落暉〔九〕。南郊悦籍短④，蒿里收永歸〔一〇〕。諒無疇昔時，百病起盡期〔一一〕。志士惜牛刀，忍勉自療治〔一二〕。傾家行藥事，顛沛去迎醫〔一三〕。徒備火石苦，奄至不得辭〔一四〕。龜齡安可護⑤，岱宗限已迫〔一五〕。睿聖不得留，爲善何所益〔一六〕？捨此赤縣居，就彼黃壚宅〔一七〕。永離九原親，長與三辰隔〔一八〕。屬纊生望盡，闔棺世業埋〔一九〕。事痛存人心，恨結亡者懷⑥〔二〇〕。祖葬既云及，壙隧亦已開〔二一〕。室族内外哭，親疎同共哀〔二二〕。外姻遠近至，名列通夜臺〔二三〕。扶輿出殯宫，低迴戀庭室〔二四〕。天地有盡期，我去無還日。居者今已盡，人事從此畢〔二五〕。火歇煙既没，形銷聲亦滅〔二六〕。鬼神來依我，生人永辭訣〔二七〕。大暮杳悠悠，長夜無時節〔二八〕。鬱湮重冥下，煩冤難具説〔二九〕。安寢委沉寞，戀戀念平生。事業有餘結，刊述未及成。資儲無擔石，兒女皆孩嬰〔三〇〕。一朝放捨去⑦，萬恨纏我情。追憶世上事，束教已自拘〔三一〕。明發靡怡念⑧，夕歸多憂虞〔三二〕。輡閑晨逕荒⑨，輟宴式酒濡⑩〔三三〕。知今瞑日苦⑪，恨失爾時娱⑫〔三四〕。遥遥遠民居，獨埋深壤中。墓前人跡滅，冢上草日豐〔三五〕。空林響鳴蜩⑬，高松結悲風〔三六〕。長寐無覺期，誰知遊者竆⑭〔三七〕？生存處交廣，連榻舒華茵⑮〔三八〕。已没一何苦，楛哉不容身〔三九〕。昔日平居時，晨夕對六親〔四〇〕。今日掩奈何，一見無諧因〔四一〕。禮席有降殺，三齡速迴隙⑯〔四二〕。几筵就收撤，室宇改疇昔〔四三〕。行女遊歸途，仕子復王役〔四四〕。家世本平常，獨有亡者劇。時祀望歸來，四節静瑩丘〔四五〕。孝子撫墳號，父兮知來不⑰？欲還心依戀，欲見絶無由。煩冤荒隴側，肝心盡崩抽〔四六〕。

【校記】

①「之」，張溥本、四庫本作「乏」。
②「缺」，張溥本、四庫本作「闕」。按《樂府詩集》卷六四無此序，但於題下注云：「《松柏篇》，鮑照擬傅玄樂府《龜鶴篇》而作也。」
③「鴻」，四庫本作「鳹」。
④「郊」，《樂府詩集》作「郭」，張溥本作「廓」，注云「一作『郊』」。
⑤「護」，張溥本、四庫本、《樂府詩集》作「獲」。
⑥「恨」，張溥本作「根」。
⑦「捨」，張溥本作「擒」。
⑧「悆」，張溥本、四庫本作「愈」。
⑨「轍」，原作「撤」，今據張溥本改。「逕」，四庫本作「徑」。「荒」，原作「流」，今據張溥本改。
⑩「輟」，張溥本作「撤」。「濡」，《樂府詩集》作「儒」。
⑪「日」，四部備要本、《樂府詩集》作「目」。
⑫「失」，原作「夫」，今據張溥本、《樂府詩集》改。
⑬「林」，原作「牀」，今據張溥本、盧校改。「響」，張溥本作「二」。
⑭「游者躬」，張溥本、四庫本、《樂府詩集》作「逝者窮」。

⑮「茵」,《樂府詩集》作「裀」。

⑯「迴」,張溥本、四庫本作「過」。

⑰「兮」,原作「子」,今據張溥本、四庫本改。

【箋注】

〔一〕脚上氣:即脚氣,患者有下肢肌肉疼痛麻木、水腫或心跳氣喘等症狀。張仲景《金匱要略·中風歷節》:「烏頭湯方,亦治脚氣疼痛不可屈伸。」

〔二〕傅玄:《晉書》卷四七《傅玄傳》:「傅玄字休奕,北地泥陽人也。祖燮,漢漢陽太守。父幹,魏扶風太守。玄少孤貧,博學善屬文,解鍾律。性剛勁亮直,不能容人之短。……轉司隸校尉。……然天性峻急,不能有所容,每有奏劾,或值日暮,捧白簡,整簪帶,竦踊不寐,坐而待旦。於是貴游懾伏,臺閣生風。尋卒於家,時年六十二,謚曰剛。玄少時避難於河内,專心誦學,後雖顯貴,而著述不廢。撰論經國九流及三史故事,評斷得失,各爲區例,名爲《傅子》,爲内、外、中篇,凡有四部、六録,合百四十首,數十萬言,并文集百餘卷行於世。」

〔三〕樂府詩《鶗鴂篇》:此詩今已佚。

〔四〕惻然:《藝文類聚》卷二九引《東觀漢記》:「手詔賜蒼曰:『骨肉與天性,誠不以遠近親疏。然數見顔色,情重昔時,中心戀戀,惻然不能言。』」

〔五〕彌時不差:《太平御覽》卷八八引《漢武故事》:「相如造文遲,彌時而後成。」《廣韻》卷四:「差,楚懈切,病除也。」《方言》卷三:「愈也。南楚病癒者謂之差。」《三國志》卷一七《魏志·張遼傳》:「太官日送御食,疾小差,還屯。」舉目:《晉書》卷六五《王導傳》:「周顗中坐而歎曰:『風景不殊,舉目有江河之異。』」

〔六〕火藥:《韓非子·喻老》:「扁鵲曰:『疾在腠理,湯熨之所及也;在肌膚,鍼石之所及也;在腸胃,火齊之所及也;在骨髓,司命之所屬,無奈何也。』」

〔七〕松柏受命獨：《莊子·養生主》：「受命於地，唯松柏獨也，在冬夏青青。」

〔八〕人生浮且脆：《莊子·刻意》：「其生若浮，其死若休。」陶潛《祭從弟敬遠文》：「撫杯而言，物久人脆，奈何吾弟，先我離世。」鴥若晨風悲：《詩經·秦風·晨風》：「鴥彼晨風，鬱彼北林。」毛傳：「鴥，疾飛貌。晨風，鸇也。」

〔九〕東海迸逝川：《文選》卷二七《長歌行》：「百川東到海，何時復西歸。」六臣張銑注：「言年一過不可再來。」西山導落暉：《漢書》卷八七上《揚雄傳上》揚雄《反離騷》：「精瓊靡與秋菊兮，將以延夫天年。臨汨羅而自隕兮，恐日薄於西山。」

〔一〇〕南郊悦籍短：《搜神記》卷三：「管輅至平原，見顔超貌主夭亡，顔父乃求輅延命。輅曰：『子歸，覓清酒一榼，鹿脯一斤，卯日，刈麥地南大桑樹下，有二人圍棋次，但酌酒置脯，飲盡更斟，以盡爲度。若問汝，汝但拜之，勿言，必合有人救汝。』顔依言而往，果見二人圍棋。顔置脯斟酒于前，其人貪戲，但飲酒食脯不顧。數巡，北邊坐者忽見顔在，叱曰：『何故在此？』顔惟拜之。南面坐者語曰：『適來飲他酒脯，寧無情乎？』北坐者曰：『文書已定。』南坐者曰：『借文書看之。』見超壽止可十九歲，乃取筆挑上，語曰：『救汝至九十年活。』顔拜而回。管語顔曰：『大助子，且喜得增壽。北邊坐人是北斗，南邊坐人是南斗。南斗注生，北斗注死。凡人受胎，皆從南斗，過北斗，所有祈求，皆向北斗。』」蒿里：見前《蒿里行》題解。

〔一一〕疇昔：《禮記·檀弓上》：「予疇昔之夜，夢坐奠於兩楹之間。」鄭玄注：「疇，發聲也；昔，猶前也。」

〔一二〕志士惜牛刀：《論語·陽貨》：「子之武城，聞弦歌之聲。夫子莞爾而笑曰：『割雞焉用牛刀？』」按此喻小病不大治。

〔一三〕傾家行藥事：《漢書》卷六六《陳萬年傳》：「萬年廉平，内行修。然善事人，賂遺外戚許、史，傾家自盡。」《墨子·非攻中》：「萬人食此，若醫四五人得利焉，猶謂之非行藥也。」孫詒讓閒詁：「蘇云：『食者多而利者少，則非常行之藥。』」《鮑參軍集注》錢仲聯注：「行藥與行藥事，非一義。員摯父曰：『行藥事』，當作『事行藥』。」顛沛：《詩經·大雅·蕩》：「人亦有言，顛沛之揭，枝葉未有害，本實先撥。」朱熹集傳：「顛沛，仆拔也。」

〔一四〕火石：見前注。奄至：《詩經·魯頌·閟宮》：「是生后稷，降之百福。黍稷重穋，植穉菽麥。奄有下國，俾民稼穡。」鄭玄箋：「奄猶覆也。」

〔一五〕龜齡：《文選》卷二一郭景純《游僊詩》之三：「借問蜉蝣輩，寧知龜鶴年。」李善注：「《養生要論》曰：『龜鶴壽有千百之數，性壽之物也。道家之言，鶴曲頸而息，龜潛匿而噎，此其所以爲壽也。服氣養性者法焉。』」岱宗限已迫：《文選》卷二三劉公幹《贈五官中郎將詩》之二：「常恐游岱宗，不復見故人。」李善注：「《援神契》曰：『太山，天帝孫也，主召人魂。』《尚書》曰：『至於岱宗。』太山爲四岳宗也。」

〔一六〕睿聖：《漢書》卷一〇〇下《叙傳下》：「賈生矯矯，弱冠登朝。遭文叡聖，屢抗其疏，暴秦之戒，三代是據。建設藩屏，以强守圉，吴楚合從，賴誼之慮。」《史記》卷六一《伯夷列傳》：「或曰：『天道無親，常與善人。』若伯夷、叔夷可謂善人者非耶？積仁絜行如此而餓死！」《後漢書》卷六七《黨錮・范滂傳》：「顧謂其子曰：『吾欲使汝爲惡，則惡不可爲。使汝爲善，則我不爲惡。』」

〔一七〕赤縣：《史記》卷七四《孟子列傳》：「以爲儒者所謂中國者，於天下乃八十一分居其一分耳，中國名曰赤縣神州。」黄壚：《淮南子・覽冥訓》：「上際九天，下契黄壚。」高誘注：「黄泉下有壚土也。」

〔一八〕九原：《國語・周語下》：「汩越九原，宅居九隩。」韋昭注：「越，揚也；隩，内也。九州之内，皆可宅居。」三辰：《左傳》桓公二年：「三辰旂旗，昭其明也。」杜預注：「三辰，日、月、星也。」

〔一九〕屬纊生望盡：《禮記・喪大記》：「男女改服，屬纊，以俟絶氣。」鄭玄注：「纊，今之新綿，易動摇，置口鼻之上，以爲候。」世業：《漢書》卷一〇〇上《叙傳上》：「方今雄桀帶州城者，皆無七國世業之資。」

〔二〇〕存人：謂生存於世上之人。

〔二一〕祖葬：《白虎通義》卷下：「祖於庭何？盡孝子之恩也。祖者，始也，始載於庭也。乘軸車，辭祖禰，故名爲祖載也。」壙隧：《廣韻》卷四：「壙，墓穴。」「隧，埏隧，墓道也。」

〔二二〕室族：猶家族。《後漢書》卷六七《黨錮・范滂傳論》：「論曰：李膺振拔汙險之中，藴義生風，以鼓動流俗，激素行以恥威權，立廉尚以振貴埶，使天下之士奮迅感槩，波蕩而從之，幽深牢破室族而不顧。至于子伏其死而母歡其義，壯矣哉！」

〔二三〕外姻：《左傳》隱公元年：「士踰月，外姻至。」杜預注：「姻，猶親也。」通夜臺：猶長夜臺。《藝文類聚》卷三四引阮瑀《七哀詩》：「冥冥九泉室，漫漫長夜臺。」《文選》卷二八陸士衡《挽歌詩》：「按轡遵長薄，送子長夜臺。」六臣李周翰注：「子謂亡者，謂墳墓一閉，無復見明，故云長夜臺。」

〔二四〕殯宫：停放靈柩之房舍。《儀禮·既夕禮》：「遂適殯宫，皆如啟位。」《文選》卷二八陸士衡《挽歌詩》：「殯宫何嘈嘈，哀響沸中闈。」六臣劉良注：「闈，殯宫之門。」低迴：《楚辭·九章·抽思》：「低佪夷猶，宿北姑兮。」《史記》卷一一七《司馬相如列傳》：「低回陰山翔以紆曲兮，吾乃今目睹西王母皬然白首。」

〔二五〕人事：《樂府詩集·雜曲歌辭十三·焦仲卿妻》：「自君別我後，人事不可量。」

〔二六〕火歇煙既没：《論衡·論死》：「人之死，猶火之滅也。火滅而燿不照，人死而知不慧，二者宜同一實。」

〔二七〕辭訣：《後漢書》卷七三《公孫瓚傳》：「瓚深入無繼，反爲丘力居等所圍於遼西管子城二百餘日。糧盡食馬，馬盡煮弩楯。力戰不敵，乃與士卒辭訣，各分散還。」

〔二八〕大暮：《文選》卷二八陸士衡《挽歌詩》：「廣宵何寥廓，大暮安可晨。」六臣李周翰注：「宵、暮，皆夜，謂壙中也。」

〔二九〕鬱湮重冥下：《左傳》昭公二十九年：「物乃坻伏，鬱湮不育，故有五行之官，是謂五官。」孔穎達疏：「鬱，滯也。湮，塞也。……言此物沉滯壅塞，不復生也。」陸機《駕言出北闕行》：「安寢重冥廬，天壤莫能興。」煩冤：《楚辭·九章·思美人》：「蹇蹇之煩冤兮，陷滯而不發。」王逸注：「忠謀盤紆，氣盈胸也。」

〔三〇〕資儲無擔石：《漢書》卷八七上《揚雄傳上》：「家産不過十金，乏無儋石之儲，晏如也。」孩嬰：《玉篇·女部》：「《蒼頡篇》云：『男曰兒，女曰嬰。』」

〔三一〕束教已自拘：《文選》卷四七袁彦伯《三國名臣序贊》：「豈非天懷發中，而名教束物者乎！」

〔三二〕明發靡怡悆：《詩經·小雅·小宛》：「明發不寐，有懷二人。」朱熹集傳：「明發，謂將旦而光明開發也。」《文選》

卷三張平子《東京賦》：「且歸來以釋勞，膺多福以安悆。」六臣薛綜注：「悆，寧也。」憂虞：《周易・繫辭上》：「悔吝者，憂虞之象也；變化者，進退之象也。」

〔三三〕�閑晨逕荒：《文選》卷四五陶淵明《歸去來》：「三逕就荒，松菊猶存。」李善注：「《三輔決録》曰：『蔣詡字元卿，舍中三逕，唯羊仲、求仲從之游，皆挫廉逃名不出。』」

〔三四〕暝日：宋玉《神女賦》：「闇然而暝，忽不知處。」《文選》卷四張平子《南都賦》：「攢立叢駢，青暝盰瞑。」李善注：「王逸曰：『芊眠，遥視闇未明也。』芊眠，與盰瞑音義同。」

〔三五〕冢上草日豐：《禮記・檀弓上》：「朋友之墓，有宿草而不哭焉。」孔穎達疏：「宿草，陳根也，草經一年則根陳也，朋友相爲哭一期，草根陳乃不哭也。」

〔三六〕鳴蜩：《詩經・豳風・七月》：「四月秀葽，五月鳴蜩。」悲風：《文選》卷二七《古詩十九首・去者日以疎》：「白楊多悲風，蕭蕭愁殺人。」

〔三七〕長寐無覺期：晉丘道護《道士支曇諦誄》：「綿綿終古，曖曖玄路。妙緣莫叩，長寐靡寤。」

〔三八〕處交：《鮑參軍集注》黄節注：「處交，猶處友也。」連榻舒華茵：《玉篇》卷一二：「牀狹而長謂之榻。」《廣韻》卷一：「茵，褥。《説文》：『車重席也。』」《文選》卷三〇謝靈運《擬魏太子鄴中集詩・魏太子》：「澄觴滿金罍，連榻設華茵。」六臣張銑注：「榻，牀；茵，褥也。」

〔三九〕楛：《説文》卷六：「楛，手械也。」

〔四〇〕平居：平日，平素。《戰國策・齊策五》：「此夫差平居而謀王，强大而喜先天下之禍也。」六親：《史記》卷六二《管晏列傳》：「倉廩實而知禮節，衣食足而知榮辱，上服度則六親固。」張守節正義：「上之服御物有制度，則六親堅固也。六親謂外祖父母一，父母二，姊妹三，妻兄弟之子四，從母之子五，女之子六也。王弼云：『父母兄弟妻子也。』」

〔四一〕掩奈何：《楚辭・九辯》：「專思君兮不可化，君不知兮可奈何！」

〔四二〕降殺：遞減。《左傳》襄公二十六年：「自上以下，降殺以兩，禮也。」三齡速迴隙：《禮記·三年問》：「將由夫修飾之君子與？則三年之喪，二十五月而畢，若駟之過隙。然而遂之，則是無窮也。」鄭玄注：「駟之過隙，喻疾也。」

〔四三〕几筵：猶几席，爲祭祀之席位。《國語·周語上》：「設桑主，布几筵。」韋昭注：「獻公死已久，於此設之者，文公不欲繼於惠、懷，故立獻公之主，自以子繼父之位，行未踰年之禮。筵，席也。」室宇改疇昔：《三國志》卷六一《吴志·陸凱傳》：「西宫室宇摧朽，須謀移都，何以不可徙乎？」《廣韻》卷三：「宇，《説文》曰：『屋邊也。』」《禮記·檀弓上》：「予疇昔之夜，夢坐奠於兩楹之間。」

〔四四〕行女：次女。曹植《行女哀辭》：「行女生于季秋，而終于首夏，三年之中，二子頻喪。」梁章鉅《稱謂録·女》：「曹植又有《行女哀辭》。……行女，蓋其次女之稱也。」仕子復王役：陸機《五等論》：「企及進取，仕子之常志；修己安民，良士之所希及。」《晉書》卷一一七《姚興載記》：「興下書，將帥遭大喪，非在疆場嶮要之所，皆聽奔赴。及朞，乃從王役。臨戎遭喪，聽假百日。」

〔四五〕時祀望歸來：《周禮·地官·牧人》：「凡時祀之牲，必用牷物。」鄭玄注：「時祀，四時所常祀，謂山川以下，至四方百物。」《楚辭·招魂》：「魂兮歸來，反故居些！」四節静塋丘：四節，指春、夏、秋、冬四季。《後漢書》卷五四《楊震傳附楊賜傳》：「今城外之苑，已有五六，可以逞情意，順四節也。」李賢注：「四節，謂春蒐、夏苗、秋獮、冬狩也。」《廣韻》卷二：「塋，墓域。」

〔四六〕煩冤荒隴側：《廣韻》卷三：「《説文》：『隴，丘壠也。』《方言》：『秦晉之間冢謂之壠。』」肝心盡崩抽：《三國志》卷三五《蜀志·諸葛亮傳》：「朕用傷悼，肝心若裂。」《藝文類聚》卷一三引《晉穆帝哀策文》：「感想平昔，人懷崩抽，號聲如震，灑涕成流。」

【集説】

宋許顗《彦周詩話》：鮑明遠《松柏篇》悲哀曲折，其末不以道自釋，僕竊恨之。

明張溥《漢魏六朝百三家集題辭》：明遠《松柏篇》自叙危病中讀《傅休奕集》，見長逝辭，惻然酸懷，草豐人滅，憂生良深，後掌臨海書記，竟死亂兵。謝康樂云「夭枉兼常」，其斯人乎。

清陳祚明《采菽堂古詩選》卷一八：詩頗淋漓盡情，句亦蒼古，惜多生調、弱調。如「南廓悦藉短」，「百病起盡期」俱强；「志士惜牛刀」意晦。「闔棺世業埋」，「世業」字不切。「居者今已盡」，意亦晦。「撤晏式酒濡」，「濡」字韻强。「家世本平常」，旨不圓合。積此多累，甚爲長篇之病。少陵所患，輒倣玆也。

鄭振鐸《插圖本中國文學史》中卷第十四章：而《松柏篇》，擬傳玄者，尤爲罕見的傑構：「事業有餘結，刊述未及成。資儲無擔石，兒女皆孩嬰。一朝放捨去，萬恨纏我情……墓前人跡滅，冢上草日豐，空林響鳴蜩，高松結悲風。長寐無覺期，誰知游者窮。」借古人之酒杯，澆自己的傀儡，尤極沈痛。

侍宴覆舟山二首

敕爲柳元景作

【解題】

此篇《藝文類聚》卷三九題作《侍宴覆舟山應詔詩》，今從宋本。

《元和郡縣志》卷二六《江南道·上元縣》：「覆舟山在縣東北十里，鍾山西足也。形如覆舟，故名。宋元嘉中改名真武山，以爲樂游苑。初，桓玄作亂，使下範之屯覆舟山西，衆餘二萬。宋高祖率義師食畢，棄其餘糧，躬先士卒，以擊之。範之等一時土崩。」宋張敦頤《六朝事跡編類》卷下：「覆舟山，《寰宇記》云：『在城北五里，周回三里，高三十一丈，東接青溪，北臨真武湖。狀如覆舟，因以爲名。』《輿地志》云：『宋元嘉中改名真武山，以其臨真武湖，山復有真武觀故也。』」《讀史方輿紀要》卷二〇《南直·應天府·江寧縣》：「覆舟山……在府北太平門内。舊志：在府北七里，形如覆舟，因名。山脈東連鍾山，北臨玄武湖。……一名龍山，宋元嘉中嘗改名玄武山，陳大建中又改爲龍舟山。」

《鮑參軍集注》黄節補注云：「題下『敕爲柳元景作』。蓋元景侍宴世祖，奉敕作詩，而明遠代爲之作也。《宋書·柳元景傳》，世祖入討元凶，『以爲諮議參軍，領中兵，加冠軍將軍，太守如故，配萬人爲前鋒』，『元景潛至新亭，依山建壘，東西據險』，『上至新亭即位，以元景爲侍中，領左衛將軍，轉使持節、監雍、梁、南北秦四州荆州之竟陵、隨二郡諸軍事、前將軍、寧蠻校尉、雍州刺史』。蓋其時（按指元嘉三十年五月）奉敕作也。」吴丕績《鮑照年譜》即據之而繫此詩於元嘉三十年五月，云：「按《孝武本紀》，柳元景爲雍州刺史在元嘉三十年五月戊子。據黄氏説，此詩爲是年五月作。」《鮑參軍集注》此詩題注錢仲聯增補注則云：「按《宋書·孝武本紀》，柳元景爲雍州刺史在元嘉三十年五月戊子。黄氏蓋以此詩爲是年五月作，照此詩有『繁霜』語，則應作于秋後而非五月矣。」據詩中所叙景物表現出來的節候而推倒了作於五月的舊説，然其《鮑照年表》卻仍然將此二首詩作繫于元嘉三十年（四五三）。

今按：既然覆舟山位於京都建康的近郊，因此孝武帝當可以經常前往游賞飲宴，他去覆舟山并賜宴群臣絶不會僅僅是元嘉三十年這一次，更何況劉駿又是一個性喜山水景物且頗具詩人氣質之帝王。《南史》卷二《宋本紀中》：「（大明六年）五月丙戌，置凌室於覆舟山，修藏冰之禮。」可見在大明六年五月時孝武帝就曾經到過這裏，因爲藏冰之禮乃古代之盛典，而且皇上如果不親臨主持，似乎史書也不會特别加以記載。是錢仲聯對作於此年五月説提出疑問之本身也説明了一個問題，即他認爲孝武帝劉駿自入主京都建康以後，是仍然有過覆舟山之行的。尋《宋書》卷七七《柳元景傳》云：「及元景爲雍州刺史，質（按指臧質）慮其爲荆江後患，建議爪牙不宜外出。上重違其言，更以元景爲護軍將軍，領石頭戍事。」《宋書》卷六《孝武帝紀》亦云元嘉三十年六月戊申，「以新除雍州刺史柳元景爲護軍將軍。」可見柳元景在元嘉三十年五月戊子被任命爲雍州刺史以後并未成行，在僅僅時隔二十天的同年六月戊申，即被改任爲護軍將軍而留衛京都。直至孝建元年（四五四）初，南郡王劉義宣聯絡江州刺史臧質共同起兵反抗朝廷，同年三月辛丑，柳元景又一度被重新任命爲雍州刺史，參加平亂。但此年的六月初，劉義宣與臧質之叛亂被徹底平定之後，柳元景又隨即在同月的甲戌被改任爲撫軍大將軍，繼續擔負保衛京都之重任。此後，據《宋書·柳元景傳》，他在孝武帝孝建元年八月，乃「復爲領軍，太子詹事，加侍中。尋轉驃騎將軍，本州大中正，領軍、侍中如故。大明二年，復加開府儀同三司，又固讓。明年，遷尚書令，太子詹事、侍中、中正如故。……五年，又命左光禄大夫，開府儀同三司，侍中、令、中正如故。……六年，進司空，侍中、令、中正如故，又固讓，乃授侍中、驃騎將軍、南兗州刺史，留衛京師。世祖晏駕，與太宰江夏王義恭、尚書僕射顔師伯并受遺詔輔幼主」。據此，孝武帝劉駿在位期間，柳元景一直作爲爪牙腹心之臣而留在京都建康。即孝武帝在位期間如果去覆舟山，柳元景都有可能隨從前往，并陪侍孝武飲宴而奉敕作詩，并不一定要在元嘉三十年秋後或五月時才有此機會。所以，一些論者關於此詩作於元嘉三十年的説法缺乏有力的依據，不足徵信。《鮑參軍集注》黄節補注云：「元景侍宴世祖，奉敕作詩，而明遠代爲之作也。」顯然，在柳元景侍宴孝武帝之時，鮑照是在場的，這樣他才能代元景作詩。而在孝武帝即位後，鮑照擔任海虞縣縣令之前，他并没有一官半職。因此，在鮑照任海虞令前是不可能以一個没有任何職務的庶民身份去侍宴孝武，并代柳元景作此詩的，是此二首詩的創作時間又應該在他擔任海虞令之後。據《宋書》卷三五《州郡志一》，海虞當時屬揚州之吴郡，乃「晉武帝太康四年，分吴縣之虞鄉立」，其地理位置在今江蘇常熟縣東一帶。吴郡「去京都水六百七十，陸五百二十」，海虞距建康則又要更遠一些。因此，詩人在海虞令任上，也是不可能侍宴孝武并代柳元景作此詩的，亦即此二首詩之作又應在他離開海虞令任後。在當時，象柳元景這樣的武人，不通文墨但在宴會等場合卻往往要奉命當場作詩獻文以助興，特别是孝武帝劉駿尤喜以此爲戲。《宋書》卷七七《沈慶之傳》即記載了在孝武帝時，同樣在平定元凶劉劭以及此後南郡王劉義宣與臧質的叛亂戰爭中立有大功，并受到劉駿信任的武臣沈慶之的佚事云：「上嘗歡飲，普令群臣賦詩，慶之手不知書，眼不識字，上逼令作詩，慶之曰：『臣不知書，請口授師伯。』上即令顔師伯執筆，慶之口授之曰：『微命值多幸，得逢時運昌。朽老筋力盡，徒步返南岡。辭榮此盛世，何愧張子房。』上甚悦，衆坐稱其辭意之美。」象沈慶之這樣的武人，居然在情急之中能够敷衍成篇，并且受到好評的情況，畢竟不可能常有，因此更多的時候恐怕就只能由象顔師伯這樣的文臣去代筆。但是，這代筆的文臣必須有一個先決條件，那就是他必須是得到皇帝賞識的人物。據《宋書》卷七七《顔師伯傳》，顔師伯正符合這一條件，所以在當時的情況下，他能够執筆代爲記載沈慶之口授的詩句。而鮑照於孝武帝孝建三年（四五六）由海虞令遷太學博士，兼中書舍人，旋又出爲秣陵令；其後，又於大明二年（四五八）轉爲永安令。而後乃被任爲臨海王子頊軍府參軍，隨同子頊至荆州之江陵。因此，只有在鮑照擔任太學博士，兼中書舍人以及此後任秣陵令期間，才有可能作此二詩。這乃是因爲他任太學博士，兼中書舍人時乃在京都，而秣陵又爲京都郊縣的緣故。但鮑照在擔任秣陵令時雖然身在京都近郊，不過此時他卻已失去孝武寵倖，當不可能侍宴孝武并代柳元景作詩。即他惟一有可能作此二首詩的時間乃在他擔任太學博士，兼中書舍人之孝建三年。

一

息雨清上郊，開雲照中縣〔一〕。遊軒越丹居，暉燭集涼殿〔二〕。凌高躋飛檻，追焱起流宴〔三〕。栢苑含靈群①，嵓庭藏物變〔四〕。明暉爍神都②，麗氣冠華甸〔五〕。目遠幽情周，醴洽深恩遍〔六〕。

【校記】

①「栢」，盧校云：「疑作『桂』。」

②「暉」，張溥本作「輝」。

【箋注】

〔一〕開雲：《文選》卷二六顔延年《夏夜呈從兄散騎車長沙》詩：「炎天方埃鬱，暑晏闋塵紛。獨静闕隅座，臨堂對星分。側聽風薄木，遥睇月開雲。夜蟬當夏急，陰蟲先秋聞。」六臣張銑注：「言聞風聲，迫林木，視月從雲而開也。」中縣：謂中原地區。《漢書》卷一上《高帝紀下》載高帝十一年五月，「詔曰：『粤人之俗好相攻擊，前時秦徙中縣之民南方三郡。』」顔師古注引如淳曰：「中縣之民，中國縣民也。」按，此處指京師附屬的縣份。《文選》卷五四劉孝標《辨命論》：「居先王之桑梓，竊名號於中縣。」六臣吕延濟注：「中縣，謂中國也。」

〔二〕軒：《左傳》哀公十五年：「大子與之言曰：『苟使我入獲國，服冕乘軒，三死無與。』」杜預注：「軒，大夫車。」丹居：指以紅色塗飾之宫殿。涼殿：《法苑珠林》卷一六：「如佛《本行經》云：『爾時太子漸向長成，至年十九時，淨飯王爲太子造三時殿。一者暖殿，以擬隆冬；第二涼殿，以擬夏暑；第三中殿，用擬春秋。』」《樂府詩集》卷四四《夏歌二十首》之一六：「赫赫盛陽月，無儂不握扇。窈窕瑶臺女，冶游戲涼殿。」

〔三〕躋：《周易·震卦》：「躋于九陵。」孔穎達疏：「躋，升也。」《詩經·豳風·七月》：「躋彼公堂，稱彼兕觥，萬壽無疆。」朱熹集傳：「躋，升也。」曹植《應詔詩》：「西躋關谷，或降或升。」焱：《楚辭》卷一五劉向《九歎·遠游》：「日暾暾其西舍兮，陽焱焱而復顧。」洪興祖補注：「焱，火華也。」《文選》張平子《思玄賦》：「紛翼翼以徐戾兮，焱回回其揚靈。」李善注：「《説文》曰：『焱，火華也。』言光之盛，如火之華。」

〔四〕桓：《周禮·天官》：「掌舍，掌王之會同之舍，設梐枑再重。」鄭玄注：「故書枑爲桓。鄭司農云：『梐，榱梐也。柜，受居溜水涑槀者也。』杜子春讀爲梐枑，梐枑謂行馬。玄謂行馬再重者，以周衛有外内列。」《山堂肆考》卷四二：「漢魏三公門施行馬。注云：『《禮》掌舍設梐枑。』杜子春云：『梐枑，行馬也，所以斷人出入。枑者，交互其木以爲遮闌也。魏以楊彪爲光禄大夫，又令門施行馬以優崇之。』」《康熙字典》卷一四「枑」下引《漢制考》：「《周禮》：梐枑即行馬，以木爲螳螂，塹築籓落，用以遮陣者也。又《韻會》枑者，交互其木以爲遮闌。」崌庭藏物變：《重修廣韻》卷二：「崌，巖也。」《文選》卷二六顔延年《夏夜呈從兄散騎車長沙》：「屏居惻物變，慕類抱情殷。」六臣吕延濟注：「退居痛物之變化，思慕朋類，而情殷憂也。」

〔五〕明暉爍神都：《藝文類聚》卷三引晉顧凱之《神情詩》：「春水滿四澤，夏雲多奇峰，秋月揚明輝，冬嶺秀寒松。」《太平御覽》卷一五五引《帝王世紀》：「天子所宫曰都。」華甸：《宋書》卷五《文帝紀》載元嘉二十六年三月詔云：「京口肇祥自古，著符近代，衿帶江山，表裏華甸，經途四達，利盡淮、海，城邑高明，土風淳壹，苞總形勝，實唯名都。」

〔六〕幽情：《文選》卷一班孟堅《西都賦》：「攄懷舊之蓄念，發思古之幽情。」六臣李周翰注：「幽情，深情也。」醴：《説文解字》卷一四下：「醴，酒一宿孰也。」

【集説】

明陸時雍《古詩鏡》卷一四：語極追琢。

二

繁霜飛玉闥，愛景麗皇州〔一〕。清蹕戒馳路①，羽蓋佇宣游②〔二〕。神居既崇盛，嵒嶮信環周③〔三〕。禮俗陶德聲，昌會溢民謳〔四〕。慙無勝化質，謬從雲雨浮④〔五〕。

【校記】

①「戒」，《藝文類聚》作「式」。

②「游」，原作「遊」，今據張溥本改。

③「環周」，《藝文類聚》作「周流」。

④「浮」，原注：「一作『游』。」張溥本作「游」，四庫本注：「一作『游』。」

【箋注】

〔一〕繁霜飛玉闥：《藝文類聚》卷三引晉張華《雜詩》：「晷度隨天運，四時互相承。東壁正昏中，固陰寒節升。繁霜降當夕，悲風中夜興。」《詩經・齊風・東方之日》：「彼姝者子，在我闥兮。」毛傳：「闥，門内也。」按馬瑞辰通釋：「『門内』當爲『内門』之訛。《文選》古詞《傷歌行》李善注引毛《傳》曰：『闥，内門也。』是其證矣。」愛景麗皇州：愛景，猶曖景。謝靈運《佛影銘》：「觀遠表相，就近曖景。匪質匪空，莫測莫領。」《文選》卷五八王儉《褚淵碑文》：「曖有餘暉，遥然留想。」李善注：「曖，温貌。《莊子》曰：『曖然似春，遥然留想，所慮者深矣。』」

〔二〕清蹕戒馳路：《漢官舊儀》卷上：「輦動，則左右侍帷幄者稱警；車駕，則衛官填街，騎士塞路；出殿則傳蹕，止人清道。」馳路，猶馳道。《漢書》卷一〇《成帝紀》：「上嘗急召太子出龍樓門，不敢絶馳道。」顔師古注：「應劭曰：『馳道，天子所行道也，若今之中道。』師古曰：『絶横度也。』」羽蓋佇宣游：蔡邕《獨斷》卷下：「凡乘輿車皆羽蓋。」《鮑參軍集注》錢仲聯注：「宣，《説文》曰：『天子宣室也，從宀，亘聲。』徐鉉曰：『從回，風回轉，所以宣陰陽也。』游，斿古通。司馬相如《上林賦》：『前皮軒，後道游。』注：『游，謂斿車也。』《周禮·春官》：『斿車載旌。』宣游，謂天子之斿車。故上言羽蓋也。宋本作『遊』誤。」

〔三〕神居既崇盛：《藝文類聚》卷一八引司馬相如《美人賦》：「上宫閒館，寂寞雲虚，門閤晝掩，曖若神居。芳香芬烈，黼帳高張。」岧嶮信環周：《後漢書》卷二四《馬援傳》：「從壺頭則路近而水嶮，從充則塗夷而運遠。」《文選》卷二張平子《西京賦》：「巖險周固。衿帶易守。」

〔四〕昌會：猶盛會。

〔五〕謬從雲雨浮：《文選》卷二〇應德璉《侍五官中郎將建章臺集詩》：「欲因雲雨會，濯翼陵高梯。」

【集説】

清王闓運《湘綺樓説詩》卷八：二首似玄暉。

登廬山二首

【解題】

此篇張溥本、《藝文類聚》卷七分爲二題，前一首題作《登廬山》，後一首題作《登廬山望石門》，今從宋本。

《水經注》卷三九《廬江水》：「《山海經》：『三天子都，一曰天子鄣。』王彪之《廬山賦》叙曰：『廬山，彭澤之山也。雖非五嶽之數，穹隆嵯峨，寔峻極之名山也。』孫放《廬山賦》曰：『尋陽郡南有廬山，九江之鎮也。臨彭蠡之澤，接平敞之原。』《開山圖》曰：『山四方，周四百餘里。疊鄣之巖萬仞，懷靈抱異，苞諸僊跡。』豫章舊志曰：『廬俗字君孝，本姓匡，父東野王，共鄱陽令吴芮佐漢定天下而亡，漢封俗于鄡陽。』曰：『越廬君俗兄弟七人，皆好道術，遂寓精於宫亭之山，故世謂之廬山。漢武帝南巡，覩山以爲神靈，封俗大明公。』遠法師《廬山記》曰：『殷周之際，匡俗先生受道僊人，共游此山，時人謂其所止爲神僊之廬，因以名山矣。』又按周景式曰：『廬山，匡俗字子孝，本東里子，出周武王時，生而神靈，屢逃徵聘，廬於此山，時人敬事之。俗後僊化，空廬猶存，弟子覩室悲哀，哭之旦暮，事同烏號，世稱廬君，故山取號焉。』斯耳傳之談，非實證也。……按《山海經》創之大禹，記録遠矣，故《海内東經》曰：『廬江出三天子都入江，彭澤西是。』曰廬江之名，山水相依，互舉殊稱，明不因匡俗始，正是好事君子强引此類，用成章句耳。又按張華《博物志·曹著传》其神自云姓徐，受封廬山。後吴猛經過，山神迎猛。」同卷又云：「廬山之北有石門水，水出嶺端，有雙石高竦，其狀若門，因有石門之目焉。水導雙石之中，懸流飛瀑，近三百許步，下散漫十許步，上望之連天，若曳飛練于霄中矣。下有盤石，可坐數十人，冠軍將軍劉敬宣每登陟焉。其水歷澗，逕龍泉精舍南。太元中沙門釋慧遠所建也。其水下入江南嶺，即彭蠡澤西天子鄣也。峰隥險峻，人跡罕及。嶺南有大道，順山而下，有若畫焉。」《讀史方輿紀要》卷八三《江西》：「其名山則有廬山。……又石門，在廬山西南，雙闕壁立千仞，瀑布出其中。《山疏》云：『石門者，山之天池、鐵船二峰對峙如門也。』慧遠詩序略云：『石門一名障山，雙闕對峙其前，重巖映帶其後，七嶺之美，蘊奇於此。』周景式云：『石門澗水出康王谷，吐源深遠，爲衆泉之宗。每夏霖秋潦，轉石發樹，動數十里。』此九江之盛也。」

此篇當爲鮑照隨臨川王義慶在江州時作。據《宋書·文帝紀》，義慶自元嘉十六年夏四月爲江州刺史，至次年十月改任南兖州刺史，其間相距十有九月。鮑照從登廬山，當在此十數月之間。

一

懸裝亂水區，薄旅次山楹①〔一〕。千巖盛阻積②，萬壑勢迴縈〔二〕。巃嵸高昔貌，紛亂襲前名③〔三〕。洞間窺地脉④，聳樹隱天經⑤〔四〕。松磴上迷密，雲竇下縱横〔五〕。陰冰實夏結，炎樹信冬榮〔六〕。嘈囋晨鵾思，叫嘯夜猨清〔七〕。深崖伏化跡，穹岫閟長靈〔八〕。乘此樂山性，重以遠遊情〔九〕，方躋羽人途，永與煙霧并〔一〇〕。

【校記】

①「薄旅」，《藝文類聚》作「旅薄」。

②「盛阻」，《藝文類聚》作「壯岨」。

③「紛亂」，原作「紛純」，今據張溥本、《藝文類聚》改。

④「間」，張溥本、《藝文類聚》《古詩紀》卷六一作「澗」。

⑤「聳」，《藝文類聚》作「竦」。

【箋注】

〔一〕懸裝亂水區：《戰國策·齊策四》：「於是約車治裝，載券契而行。」亂，横渡。《詩經·大雅·公劉》：「涉渭爲亂，取厲取鍛。」孔穎達疏：「水以流爲順，横渡則絶其流，故爲亂。」朱熹集傳：「亂，舟之截流横渡者也。」《文選》卷五左太沖《吴都賦》：「張組幃，構流蘇，開軒幌，鏡水區。」李善注：「水區，河中也。」薄旅次山楹：《文選》卷一〇潘安仁《西征賦》：「歲次玄枵，月旅蕤賓。」李善注：「鄭玄《周禮》注曰：『旅，猶處也。』」《楚辭·哀時命》：「鑿山楹而爲室兮，下被衣於水渚。」王逸注：「言己雖窮，猶鑿山石以爲室柱。」《卓氏藻林》卷五《宫室類》：山楹：「山房也，鑿楹而爲室。」

〔二〕千巖盛阻積，萬壑勢迴縈：《晉書》卷七二《文苑·顧愷之傳》：「千巖競秀，萬壑争流，草木蒙籠，若雲興霞蔚。」《藝文類聚》卷八一引晉傳咸《芸香賦》：「葉莘蓰以纖折兮，枝婀娜以迴縈，衆春松之含曜兮，鬱蓊蔚以葱青。」

〔三〕巃嵸高昔貌：《文選》卷八司馬長卿《上林賦》：「於是乎崇山矗矗，巃嵸崔巍。」李善注：「郭璞曰：『皆高峻貌也。』」紛亂襲前名：《鮑參軍集注》錢振倫注：「言峰各有名，皆襲其舊也。」錢仲聯注：「宋支曇諦《廬山賦》曰：『昔哉壯麗，峻極氤氳。』又：『咸豫聞其清塵，抄無得之稱名也。』昔貌、前名，疑出此。」按：「宋支曇諦」，當是「晉支曇諦」之誤。「抄無得之稱名」，當據《藝文類聚》卷七引作「妙無得之稱名」。

〔四〕洞間窺地脉：《史記》卷八八《蒙恬列傳》：「起臨洮，屬之遼東，城塹萬餘里，此其中不能無絶地脉哉？此乃恬之罪也。」天經：天空。

〔五〕松磴：《文選》卷一一孫興公《游天台山賦》：「跨穹隆之懸磴，臨萬丈之絶冥。」李善注：「懸磴，石橋也。」雲竇：《鮑參軍集注》錢振倫注：「雲從空穴中出也。」

〔六〕陰冰實夏結：《太平御覽》卷三五引《晏子春秋》：「景公伐魯，得東門無澤，公問魯年穀，對曰：『陰冰厥陽，冰厚五寸。』公問晏子，晏子曰：『君問年穀，答以冰，禮也。陰冰厥陽，冰厚五寸者，寒温節；寒温節則政平，政平則上下和，上下和則年穀熟。臣恐疲兵而無成，君盍禮魯以息吾怨。』遂不伐魯。」《淮南子·墬形訓》：「南方有不死之草，北方有不釋之冰。」高誘注：「南方温，故草有不死者；北方寒，故冰有不泮釋者。」炎樹信冬榮：《楚辭·遠游》：「嘉南州之炎德兮，麗桂樹之冬榮。」王逸注：「元氣温煖，不隕零也。」

〔七〕嘈囋晨鵾思：《文選》卷一七陸士衡《文賦》：「或奔放以諧合，務嘈囋而妖冶。」李善注：「《埤蒼》曰：『嘈啈，聲貌。啈與囋及嚻同。』」六臣吕延濟注：「嘈囋，浮艷聲。」《楚辭·九辯》：「鴈廱廱而南游兮，鵾鷄啁哳而悲鳴。」洪興祖補注：「鵾鷄似鶴，黄白色。」叫嘯夜猨清：《水經注·江水》：「春冬之時，則素湍緑潭，迴清倒影，絶巘多生怪柏，懸泉瀑布，飛漱其間，清榮峻茂，良多趣味。每至晴初霜旦，林寒澗肅，常有高猿長嘯，屬引淒異，空谷傳響，哀轉久絶。故漁者歌曰：『巴東三峽巫峽長，猿鳴三聲淚沾裳。』」

〔八〕化跡：《後漢書》卷四九《王充王符仲長統傳論》：「以爲世非胥、庭，人乖鷇飲，化跡萬肇，情故萌生。」《鮑參軍集注》錢振倫注：「西國化人之跡。」穹岫閟長靈：《文選》卷一五張平子《思玄賦》：「寒風淒其永至兮，拂穹岫之騷騷。」六臣吕向注：「穹岫，山峰也。」《太平御覽》卷九六八引嵇康《高士傳》：「長靈安丘生病篤，弟子公沙都來省之，與安共於庭樹下，聞李香，開目見雙赤李著枯枝，自墮掌中，安丘食之，所苦除盡。」《鮑參軍集注》黄節補注：「晉湛方生《廬山神僊詩》曰：『室宅五岳，賓友松喬。』僧惠遠《廬山雜詩》曰：『幽岫棲神跡。』所謂化跡，長靈也。」

〔九〕樂山性：《論語·雍也》：「子曰：『知者樂水，仁者樂山；知者動，仁者静；知者樂，仁者壽。』」遠遊情：《楚辭》有《遠游》篇。

〔一〇〕方躋羽人途：《楚辭·遠游》：「仍羽人於丹丘兮，留不死之舊鄉。」王逸注：「或曰人得道，身生羽毛也。」洪興祖補注：「羽人，飛僊也。」永與煙霧并：《鮑參軍集注》黄節補注：「惠遠《廬山詩》曰：『有客獨冥游，徑然忘所適。』則收句擬之，皆切廬山。」

【集説】

明鍾惺、譚元春《古詩歸》卷一二：首五字寫得奇險。

又云：「昔貌」二字，山水間深遠之思，唐人「既見萬古色，頗盡一物由」本此。

清陳祚明《采菽堂古詩選》卷一八：堅蒼。其源亦出於康樂，幽儁不逮，而矯健過之。寫景自覺森然。「巃嵸」二句，「昔貌」、「前名」字無理，擬删之。

成書《多歲堂古詩存》：全從大處落筆，一丘一壑，何煩煙墨。

又云：句句有心思，字字有力量，而起伏波瀾，仍足以舉其詞而無厓，是何神勇。

清方東樹《昭昧詹言》卷六：欲學明遠，須自廬山四詩入，且辨清門徑面目，引入作澀一路，專事鍊字鍊句鍊意，驚創奇警生奥，無一筆涉習熟常境。杜、韓於此，亦所取法。然非三反静對，不知其味。濬發心思，益人神智。

又云：起二句交待題。「千巖」以下十四句，皆實寫。「洞澗」，洞，深也。「聳樹」，聳，疏也。雖造句奇警，非尋常凡手所能問津，但一片板實，無款竅章法，又不必定爲廬山之景，此恐亦足啟後人亂雜無章，作僞體泛詩之病，故不及康樂之精深切題也。曾南豐多似此，豈受其末流之病故耶？「乘此」四句，方接起句，入己作收，然亦是泛語。

又云：此不必定見爲廬山詩，又不必定見爲鮑照所作也。换一人，换一山，皆可施用，前人未有見及而言之者也。然則今曷取乎？曰取其造句奇峭生創耳。大抵游山固以寫情爲本，然必有叙，有興寄，否則不知作者爲何人，游爲何時何地何情，與此地故事，交待不明，則爲死詩無人。明遠此詩是也。然又須知叙忌冗絮，興寄忌淺，寫景忌平熟。今明遠但有一寫景耳，雖字句生創，然不及康樂之華妙自然現前也。

又云：不切固泛，須知太求切，又成俗人所爲。學者深思其義，乃有詩分。一字不放過，使滑易，便宜猶人。

清王闓運《湘綺樓説詩》卷八：觀《登廬山》與《蒜山被始興王命作》，方知顔、謝不可及。

二

訪世失隱淪，從山異靈士〔一〕。明發振雲冠，升嶠遠棲趾〔二〕。高岑隔半天①，長崖斷千里〔三〕。氣霧承星辰②，潭壑洞江汜〔四〕。嶄絶類虎牙，巑岏象熊耳〔五〕。埋冰或百年，韜樹必千祀〔六〕。雞鳴清澗中，猨嘯白雲裏〔七〕。瑶波逐穴開，霞石觸峰起〔八〕。迴互非一形，參差反相似③〔九〕。傾聽鳳管賓，緬望釣龍子〔一〇〕。松桂盈膝前，如何穢城市〔一一〕？

【校記】

①「岑」，《藝文類聚》作「峰」。

② 「氣」，張溥本、四庫本、《古詩紀》卷六一作「氛」。

③ 「反」，張溥本、四庫本、《藝文類聚》《古詩紀》作「悉」。

【箋注】

〔一〕隱淪：《文選》卷一二郭景純《江賦》：「納隱淪之列真，挺異人乎精魄。」李善注：「桓子《新論》曰：『天下神人五：一曰神僊，二曰隱淪，三曰使鬼物，四曰先知，五曰鑄凝。』」靈士：《文選》卷一一孫興公《游天台山賦》：「天台山者，蓋山嶽之神秀者也。涉海則有方丈、蓬萊，登陸則有四明、天台，皆玄聖之所游化，靈僊之所窟宅。」

〔二〕明發振雲冠：《詩經·小雅·小宛》：「宛彼鳴鳩，翰飛戾天。我心憂傷，念昔先人，明發不寐，有懷二人。」朱熹集傳：「明發，謂將旦而光明開發也。」《文選》卷三〇陸士衡《擬古詩·擬青青陵上柏》：「飛閣纓虹帶，曾臺冒雲冠。」六臣吕延濟注：「言虹雲之依臺閣如冠帶焉。」升嶠遠棲趾：《爾雅·釋山》：「鋭而高，嶠。」邢昺疏：「言山形纖峻而高者名嶠。」《鮑參軍集注》錢振倫注：「棲趾，猶託足，任昉亦有『棲趾傍蓮池』句。」按任昉所作見《藝文類聚》卷八六引《詠池邊桃詩》。

〔三〕高岑隔半天：《文選》卷一一王仲宣《登樓賦》：「平原遠而極目兮，蔽荆山之高岑。」李善注：「《爾雅》曰：『山小而高曰岑。』」

〔四〕氣霧承星辰：《晉書》卷一二《天文志中》：「天子氣，内赤外黄，四方所發之處當有王者。若天子欲有游往處，其地亦先發此氣。或如城門隱隱在氣霧中，恒帶殺氣森森然。或如華蓋在氣霧中，或氣象青衣人無手，在日西，或如龍馬，或雜色鬱鬱衝天者，此皆帝王氣。」《尚書·虞書·堯典》：「歷象日月星辰。」洞江汜：《漢書》卷八七上《揚雄傳上》：「入洞穴，出蒼梧。」顔師古注：「洞，通也。」《文選》卷二四陸士衡《爲顧彦先贈婦詩二首》之一：「願假歸鴻翼，翻飛游江汜。」六臣李周翰注：「言願借歸鴻之翼，共飛游江水之涯，以見所思也。」

〔五〕嶄絶類虎牙：《水經注·滱水》：「皇甫謐曰：『堯山，一名豆山。』今山於城北如東，嶄絶孤峙，虎牙桀立。」《太平御覽》卷四九引袁山松《宜都山川記》：「虎牙山，有石壁，其文黄赤色，形如齒牙。」《輿地廣記》卷二七：「夷陵有西陵山、虎牙山，石壁色紅，間有白文，類牙形焉。」巑岏象熊耳：《集韻》卷二：「巑岏，山鋭皃。」《史記》卷二八《封禪書》：「登熊耳山，以望江漢。」司馬貞索隱：「《荆州記》：『順陽、益陽二縣東北，有熊耳山，東西各一峰，如熊耳狀，因以爲名，齊桓公、太史公並登之。或云弘農熊耳，非也。』《續漢書·郡國志一》：『弘農郡……盧氏有熊耳山。』李賢注：『《山海經》曰：「其上多漆，其下多椶，浮豪之水出焉。西北流注於雒，其中多美玉，多人魚。」』聞人倓《古詩箋》：『葉承曰：「言廬山之形，其鋭處如虎牙、熊耳也。」』」

〔六〕埋冰或百年，韜樹必千祀：《後漢書》卷五三《姜肱傳》：「肱卧於幽闇，以被韜面，言感眩疾，不欲出風。」李賢注：「韜，藏也。」《鮑參軍集注》錢振倫注：「埋冰、韜樹，言其深。百年、千祀，言其久。」黄節補注：「曰類，曰象，曰或，曰必，皆是望中假定之詞。」

〔七〕雞鳴清澗中，猨嘯白雲裏：《文選》卷二六陸士衡《赴洛道中作》：「虎嘯深谷底，鷄鳴高樹巔。」《文選》卷一六司馬長卿《長門賦》：「孔雀集而相存兮，玄猿嘯而長吟。」

〔八〕瑶波：猶瑶流，喻水之清。陶淵明《讀山海經》：「迢遞槐江嶺，是謂玄圃丘。西南望崑墟，光氣難與儔。亭亭明玕照，落落清瑶流。恨不及周穆，託乘一來游。」霞石：《藝文類聚》卷八引《湘中記》：「湘水至清，雖深五六丈，見底了了。石子如樗蒲矢，五色鮮明。白沙如霜雪，赤岸如朝霞。」按霞石，乃謂石赤如霞也。

〔九〕迴互非一形，參差反相似：《文選》卷一二木華《海賦》：「乖蠻隔夷迴互萬里。」六臣李周翰注：「迴互，迴轉也。」《鮑參軍集注》黄節補注：「『氛霧承星辰』，則應『高岑半天』；『潭壑洞江汜』，則應『長崖千里』。『雞鳴清澗』，而澗中之『波逐穴』；『猨嘯白雲』，則雲中之『石觸峰』。所謂『迴互非一』也。『高岑』以下，皆寫望石門景。因望石門，而想及緱山、陵陽山，故曰『參差相似』也。」

〔一〇〕傾聽鳳管賓：《列僊傳》卷上：「王子喬者，周靈王太子晉也。好吹笙，作鳳凰鳴，游伊洛之間，道士浮丘公接以上嵩高山。」緬望釣龍子：《列僊傳》卷下：「陵陽子明者，銍鄉人也。好釣魚，於旋溪釣得白龍，子明懼，解釣，拜而放之。後得白魚，腹中有書，教子明服食之法。子明遂上黄山，採五石脂，沸水而服之。三年，龍來迎去，止陵陽山上。」

〔一二〕松桂盈膝前，如何穢城市：《韓非子·愛臣》：「是故大臣之祿雖大，不得藉威城市。」《藝文類聚》卷四二引謝靈運《吳會行》：「句踐善廢興，越王識行止。范蠡出江湖，梅福入城市。」

【集説】

清陳祚明《采菽堂古詩選》卷一八：結撰蒼異。

清方東樹《昭昧詹言》卷六：前四句叙題「登」字。「高岑」以下十二句，正寫。「迴互」二句束。「傾聽」二句興寄。明遠興託，不過以遇僊爲言，其旨甚淺。「松桂」二句，言廬山甚近，何城市之人，甘穢濁而不至此，以與僊人游乎？游山詩，以山中有僊人，興寄偶及之亦可，小謝《敬亭》是也，然已爲泛聲。若此詩起二句，意似特爲尋僊者，則於題尤爲無著。康樂《華子岡》爲華子言之，故妙切有味，此則無謂甚矣，所謂剩語不切陳言也。但中間句法好，杜公常擬之。

發長松遇雪

【解題】

長松，地名，未詳何地。《鮑參軍集注》錢仲聯注：「『長松』疑『長林』之誤。《太平寰宇記》卷一四六《荆門軍》云：『長林縣：晉安帝隆安五年，刺史桓玄立武寧郡於故編縣城，其屬有長林縣，與郡俱立，分編縣所置也。盛弘之《荆州記》云：當陽東有櫟林長阪，昔時武寧至樂鄉八十里中，拱樹修竹，隱天蔽日，長林蓋取名於此。』」按錢注疑長松爲長林之誤，無版本依據，自不足信。《水經注·河水》：「河水又南合蒲水……陰山東麓南，水東北與長松水合。水西出三陽山東。」《水經注·漾水》：「又有白馬水，出長松縣西南白馬溪，東北逕長松縣北而東，北注白水。」趙一清注：「《隋書·地理志》：武都郡長松縣，西魏置，初曰建昌。開皇十八年，改曰長松。」《水經注》之長松雖非詩中之長松，然則安知時無地名長松者耶？《漢書》卷二八下《地理志下》：「江都，有江水祠。渠水首受江，北至射陽入湖。」王先謙補注引《水經注·淮水》：「昔吴將伐齊，北霸中國，自廣陵城東南築邗城，城下掘深溝，謂之韓江，亦曰邗溟溝，自江東北通射陽湖，《地理志》所謂渠水也。」即渠水爲吴王夫差所開之邗溝。觀此詩云：「江渠合爲陸，天野浩無涯。」言雪後之景，「江渠」，當爲長江及渠水也，疑長松乃時南兗州廣陵之一地名耳。

出牛既送寒①，蓂陵方浹馳②〔一〕。振風摇地局，封雪滿空枝〔二〕。江渠合爲陸，天野浩無涯〔三〕。飲兼凍馬骨③，斲冰傷役疲〔四〕。昆明豈不慘，黍谷寧可吹〔五〕？

【校記】

①「出」，張溥本、四庫本、《古詩紀》卷六一作「土」。

②「蓂陵」，原注：「一作『冥陸』。」張溥本作「冥陸」。

③「兼」，張溥本、四庫本、《古詩紀》作「泉」。

【箋注】

〔一〕出牛既送寒：《禮記·月令·季冬之月》：「出土牛以送寒氣。」《續漢書·禮儀志上》：「立春之日，夜漏未盡五刻，京師百官皆衣青衣，郡國縣道官下至斗食令史皆服青幘，立青旛，施土牛耕人于門外，以示兆民，至立夏。唯武官不。」按出牛即出土牛，張溥本等改作土牛，失其本貌。蓂陵：《鮑參軍集注》黄節補注：「張本作『冥陸』，宋本作『蓂陵』。按《楚辭·大招》云：『冥凌浹行。』王逸注：『冥，玄冥，北方之神也。凌，猶馳也。浹，徧也。』此詩言冥凌浹馳，猶《大招》言冥凌浹行也。諸本皆誤。」按黄説是，疑「蓂陵」乃「冥凌」之訛。

〔二〕振風摇地局：《文選》卷二四陸士衡《贈尚書郎顧彦先二首》之二：「玄雲拖朱閣，振風薄綺疏。」李善注：「振，動也。風以動物，故謂之振。」《鮑參軍集注》錢振倫注：「地之言局，猶田之言畍也。」按《文選》卷五二韋弘嗣《博弈論》：「所務不過方畍之間。」張銑注：「畍，綫之間方目也。」則地局者，田間土埂也。封雪滿空枝：《藝文類聚》卷二引《西京雜記》：「太平之代，雪不封條。」

〔三〕渠：渠水。見本詩題注。天野：《吕氏春秋·有始覽》：「天有九野，地有九州。」

〔四〕飲兼涷馬骨：《玉臺新詠》卷一陳琳《飲馬長城窟行》：「飲馬長城窟，水寒傷馬骨。」斲冰：《楚辭·九歌·湘君》：「桂櫂兮蘭枻，斲冰兮積雪。」王逸注：「斲，斫也。」

〔五〕昆明豈不慘，黍谷寧可吹：《文選》卷四〇阮嗣宗《詣蔣公奏記》：「鄒子居黍谷之陰，而昭王陪乘。」李善注：「劉向《别録》曰：『鄒衍在燕，有谷寒不生五穀，鄒子吹律而温，生黍。』」《鮑參軍集注》黄節補注：「《拾遺記》：『周靈王起昆明之臺，召諸方士，有二人乘飛輦上席酣醉。時赤旱，地裂木燃。一人能以歌召霜雪，王乃請焉。於是引氣一噴，雲起雪飛，坐者皆凜然。』案本詩收句『黍谷寧可吹』，則是喜雪之下，其爲旱後得雪。所謂昆明慘者，即地裂木燃也。」

【集説】

吴汝綸《古詩鈔》卷四：「江渠」二句，所謂「萬方聲一概」也。

蒜山被始興王命作

【解題】

《元和郡縣志》卷二六《江南道·潤州·丹徒縣》：「蒜山在縣西九里，山臨江絶壁。晉安帝時，海賊孫恩至丹徒，戰卒十萬，率衆登山，鼓譟動地，引陣南出，欲向京城。時宋武帝衆無一旅，率所領横擊，大破之。山多澤蒜，因以爲名。」《太平寰宇記》卷八九《江南東道一·潤州·丹徒縣》：「蒜山在縣西北三里。晉安帝時，海賊孫恩戰士十萬至蒜山，宋武帝衆無一旅，横擊大破之。即此處也。山生澤蒜，因以爲名。」《讀史方輿紀要》卷二五《南直・鎮江府・丹徒縣》：「府西三里江岸上，山多澤蒜，因名。或云吴周瑜與諸葛武侯謀拒曹操於此，因曰算山。晉隆安五年，孫恩浮海奄至丹徒，樓船千艘，鼓譟登蒜山，劉裕率衆奔擊，大破之，恩狼狽還船。……舊志云：山寬廣可容萬人。宋、元間淪入于江，今西津渡口水中孤峰是也。」

《鮑參軍集注》黄節補注云：「《宋書・始興王濬傳》：『字休明，元嘉十三年，年八歲，封始興王。少好文籍，姿質端妍。出鎮京口，優游外蕃，甚爲得意。』明遠此詩，當是濬鎮京口時命作也。」按：始興王劉濬自元嘉二十六年十月甲辰由中軍將軍、揚州刺史改任爲征北將軍、南徐兖二州刺史，由揚州之州治建康移鎮南徐州之州治京口。是月甲寅爲月之二十二日，而建康至京口相隔百里，僅一日之行程，所以他在受命爲南徐州刺史後之當月乃有謁先帝陵寢并游京峴山之事。劉濬元嘉六年（四二九）生，元嘉二十六年（四四九）年方二十一歲，年少喜游，又生性好動。故其游京峴山之後應該隨即有游蒜山之事。此詩云：「勞農澤既周，役車亦時休。高薄符好蒨，藻駕及時遊。」乃其明證。《鮑參軍集注》錢振倫注云：「《禮記》：『孟冬之月，勞農以休息之。』」即劉濬自此年十月至京口謁陵并游京峴山後，又旋有蒜山之游，故詩乃云「藻駕及時游」也。考《從拜陵登京峴》詩云：「孟冬十月交，殺盛陰欲終。」而此詩則云：「暮冬霜朔嚴，地閉泉不流。」一先一後，時間也正相契合。即此詩之作，又在元嘉二十六年之暮冬。錢仲聯《年表》繫之于元嘉二十六年（四四九），是也。

暮冬霜朔嚴，地閉泉不流〔一〕。玄武藏木陰①，丹烏還養羞②〔二〕。勞農澤既周，役車時亦休〔三〕。高薄符好蒨③，藻駕及時遊〔四〕。鹿苑豈淹睇，兔園不足留〔五〕。升嶠眺日軏④，臨迴望滄洲〔六〕。雲生玉堂裏，風靡銀臺陬〔七〕。陂石類星懸，嶼木似煙浮〔八〕。形勝信天府，珍寶麗皇州〔九〕。白日迴清景，芳醴洽歡柔⑤〔一〇〕。參差出寒吹，飂戾江上謳〔一一〕。王德愛文雅，飛瀚灑鳴球⑥〔一二〕。美哉物會昌，衣道服光猷〔一三〕。

【校記】

①「木」，四庫本作「水」。

②「烏」，原作「烏」，注：「一作『鳥』。」今據張溥本改。

③「符」，原注：「一作『浮』。」「好」，盧校作「妙」。「蒨」，原注：「一作『清』。」

④「軏」，盧校作「軌」。

⑤「醴」，張溥本、四庫本作「艷」。

⑥「瀚」，盧校作「翰」。

【箋注】

〔一〕霜朔嚴：《文選》卷二三阮嗣宗《詠懷·徘徊蓬池上》：「朔風厲嚴寒，陰氣下微霜。」李善注：「朔，北方也。」地閉：《文選》卷三五張景陽《七命》：「若乃白商素節，月既授衣，天凝地閉，風厲霜飛。」六臣李周翰注：「地閉，謂冰也。」《禮記·月令·孟冬之月》：「天氣上騰，地氣下降，天地不通，閉塞而成冬。」

〔二〕玄武藏木陰：《文選》卷一五張平子《思玄賦》：「玄武縮於殼中兮，騰蛇蜿而自糾。」李善注：「龜與蛇交曰玄武。」《後漢書》卷二八下《馮衍傳下》：「神雀翔於鴻崖兮，玄武潛於嬰冥。」李賢注：「玄武，謂龜、蛇。」丹烏還養羞：《左傳》昭公十七年：「玄鳥氏，司分者也；伯趙氏，司至者也；青鳥氏，司啟者也；丹鳥氏，司閉者也。」杜預注：「丹鳥，鷩雉也，以立秋來，立冬去。」《禮記·月令·仲秋之月》：「群鳥養羞。」按：宋本作丹烏，是爲赤色之烏，國祥瑞之象。《文選》卷四八揚子云《劇秦美新》：「若夫白鳩丹烏，素魚斷蛇，方斯蔑矣。」李善注引《尚書帝驗》：「太子發渡河，中流，火流爲烏，其色赤。」則與此詩文意不合。

〔三〕勞農：《禮記·月令·孟冬之月》：「勞農以休息之。」役車：《詩經·唐風·蟋蟀》：「蟋蟀在堂，役車其休。」鄭玄箋：「庶人乘役車，役車休，農功畢，無事也。」《周禮·春官·巾車》：「大夫乘墨車，士乘棧車，庶人乘役車。」鄭玄注：「役車，方箱，可載任器以共役。」賈公彦疏：「庶人以力役爲事，故名車爲役車。」

〔四〕高薄符好蒨：《宋書》卷六七《謝靈運傳》載謝靈運《山居賦》：「决飛泉於百仞，森高薄於千麓。」《楚辭·九章·涉江》：「露申辛夷，死林薄兮。」王逸注：「草木交錯曰薄。」《説文解字》卷五上：「符，信也。漢制以竹，長六寸，分而相合。」《文選》卷五左太沖《吴都賦》「夏曄冬蒨」，劉淵林注：「《南土草木通》曰：『冬生，故曰蒨。』」《文選》卷一九束廣微《補亡詩·白華》：「蒨蒨士子，涅而不渝。」李善注：「蒨蒨，鮮明之貌。」藻駕及時遊：《文選》卷一七陸士衡《文賦》：「故作《文賦》以述先士之盛藻，因論作文之利害所由。」李善注：「孔安國《尚書傳》曰：『藻，水草之有文者。』故以喻文焉。」

〔五〕鹿苑：《春秋》成公十八年「築鹿囿」，杜預注：「築牆爲鹿苑。」兔園：《西京雜記》卷二：「梁孝王好營宫室苑囿之樂，作曜華之宫，築兔園。園中有百靈山，山有膚寸石，落猿巖，棲龍岫。又有鴈池，池間有鶴洲，鳧渚。其諸宫觀相連，延亘數十里，奇果異樹，瑰禽怪獸畢備。」《文選》卷一三謝惠連《雪賦》：「梁王不悦，游於兔園。」

〔六〕升嶠眺日軏：《爾雅·釋山》：「鋭而高，嶠。」邢昺疏：「言山形纖峻而高者名嶠。」《論語·爲政》：「大車無輗，小車無軏，其何以行之哉。」何晏集解引包咸曰：「軏者，轅端上曲鉤衡。」《説文解字》卷一四上：「軏，車轅端持衡者。」《鮑參軍集注》錢振倫注：「日軏，似即日御日輪之意。」臨迥望滄洲：《文選》卷四〇阮嗣宗《爲鄭沖勸晉王牋》：「今大魏之德，光于唐虞；明公盛勳，超於桓文。然後臨滄洲而謝支伯，登箕山以揖許由，豈不盛乎。」

〔七〕雲生玉堂裏，風靡銀臺陬：宋玉《風賦》：「然後倘佯中庭，北上玉堂，躋於羅帷，經於洞房，迺得爲大王之風也。」《楚辭·九歎·逢紛》：「芙蓉蓋而菱華車兮，紫貝闕而玉堂。」《文選》卷一五張平子《思玄賦》：「聘王母於銀臺兮，羞玉芝以療飢。」舊注：「銀臺，王母所居。」《史記》卷五七《絳侯周勃世家》：「後吴奔壁東南陬，太尉使備西北。」裴駰集解引如淳曰：「陬，隅也。」《文選》卷二一郭景純《游僊詩》：「青谿千餘仞，中有一道士。雲生梁棟間，風出蛀户裏。」

〔八〕陂石類星懸：《説文解字》卷一四下：「陂，阪也。」《藝文類聚》卷八六引晉應貞《安石榴賦》：「時移節變，大火西旋，丹葩結秀，朱實星懸，膚拆理阻，爛若珠駢。」嶼木：嶼，水中小島。《文選》卷五左太沖《吴都賦》：「島嶼緜邈，洲渚馮隆。」

李善注：「島，海中山也。嶼，海中洲，上有山石。魏武《滄海賦》曰：『覽島嶼之所有。』」

〔九〕形勝信天府：《荀子·强國》：「其固塞險，形埶便，山林川谷美，天材之利多，是形勝也。」《戰國策·秦策一》：「大王之國，西有巴蜀漢中之利，北有胡貉代馬之用，南有巫山黔中之限，東有肴函之固。田肥美，民殷富，戰車萬乘，奮擊百萬，沃野千里，蓄積饒多，地勢形便，此所謂天府，天下之雄國也。」皇州：《弘明集》卷一四晉竺道爽《檄太山文》：「嵩峙皇州之中。」

〔一〇〕白日迴清景：《文選》卷二〇曹子建《公讌詩》：「公子敬愛客，終宴不知疲，清夜游西園，飛蓋相追隨。明月澄清景，列宿正參差。」李善注：「《説文》曰：『景，光也。』」芳醴：《詩經·周頌·豐年》：「爲酒爲醴，烝畀祖妣。」高亨注：「醴，甜酒。」《文選》卷二〇謝宣遠《九日從宋公戲馬臺集送孔令詩》：「四筵霑芳醴，中堂起絲桐。」

〔一一〕參差出寒吹：《楚辭·九歌·湘君》：「望夫君兮未來，吹參差兮誰思？」朱熹集注：「參差，洞簫也。《風俗通》云：『舜作簫，其形參差不齊，象鳳翼也。望湘君而未來，故吹簫以思之也。』」飋戾江上謳：《楚辭·九歎·逢紛》：「繚戾宛轉，阻相薄兮。」

〔一二〕文雅：《大戴禮記·保傅》：「答遠方諸侯，不知文雅之辭。」鳴球：《尚書·虞書·益稷》：「戛擊鳴球、搏拊、琴、瑟，以詠。」孔傳：「球，玉磬。」

〔一三〕會昌：謂會當興盛隆昌。《文選》卷四左太冲《蜀都賦》：「天帝運期而會昌，景福肸蠁而興作。」李淵林注：「昌，慶也。言天帝於此會慶建福也。」衣道：《淮南子·原道訓》：「是故至人之治也，掩其聰明，滅其文章，依道廢智，與民同出於公。」《釋名·釋衣服》：「凡服上曰衣。衣，依也，人所依以芘寒暑也。」

【集説】

清王闓運《湘綺樓説詩》卷八：觀《登廬山》與《蒜山被始興王命作》，方知顔、謝不可及。

冬至

【解題】

冬至爲我國農曆的二十四節氣之一，冬至日北半球白天最短，夜間最長。《逸周書·時訓》：「冬至之日蚯蚓結，又五日麋角解，又五日水泉動。」《吕氏春秋·有始》：「冬至日行遠道，周行四極，命曰玄明。」

舟遷莊甚笑，水流孔急歎①〔一〕。景移風度改，日至晷迴換②〔二〕。眇眇負雪鶴③，皎皎帶霜鴈④〔三〕。長河結瓓玕⑤，層冰如玉岸〔四〕。哀哀古老容⑥，慘顔愁歲晏⑦〔五〕。催促時節過，逼迫聚離散〔六〕。美人還未央，鳴箏誰與彈〔七〕。

【校記】

①「歎」，原作「難」，今據張溥本、《古詩紀》卷六二改。

②「迴」，《太平御覽》卷二八作「遷」。

③「雪」，張溥本、四庫本、《藝文類聚》卷三、《太平御覽》《古詩紀》作「霜」。

④「霜」，張溥本、《藝文類聚》卷三、《太平御覽》《古詩紀》作「雲」。

⑤「瓓玕」，原作「蘭紆」，今據張溥本、《藝文類聚》《古詩紀》改，《太平御覽》、盧校作「闌干」。

⑥「古」，《太平御覽》作「故」。

⑦「慘顔」，《太平御覽》、盧校作「慘慘」。

【箋注】

〔一〕舟遷莊甚笑：《莊子·大宗師》：「夫藏舟於壑，藏山於澤，謂之固矣。然而夜半有力者負之而走，昧者不知也。」水流孔急歎：《論語·子罕》：「子在川上曰：『逝者如斯夫！不舍晝夜。』」《史記》卷四七《孔子世家》：「孔子既不得用於衛，將西見趙簡子。至於河而聞竇鳴犢、舜華之死也，臨河而嘆曰：『美哉水，洋洋乎！丘之不濟此，命也！』」《文選》卷二四司馬紹統《贈山濤》：「感彼孔聖歎，哀此年命促。」

〔二〕日至晷迴換：《史記》卷二七《天官書》：「冬至短極，縣土炭，炭動，鹿解角，蘭根出，泉水躍，略以知日至，要決晷景。」《文選》卷二張平子《西京賦》：「白日未及移其晷，已獮其什七八。」李善注：「晷，景也。」

〔三〕眇眇負雪鶴：《楚辭·九章·悲回風》：「登石巒以遠望兮，路眇眇之默默。」洪興祖補注：「眇眇，遠也。」《晉書》卷九二《文苑·庾闡傳》：「偉哉！蘭生而芳，玉產而潔，陽葩熙冰，寒松負雪，莫邪挺鍔，天驥汗血，苟云奇儁，誰與比傑！」

〔四〕長河結瓓玕：《藝文類聚》卷二九引漢應瑒《別詩》：「浩浩長河水，九折東北流。」按長河，指黄河。《集韻》卷七：「瓓，玉采。」《説文解字》卷一上：「玕，琅玕也。」《鮑參軍集注》錢仲聯注：「李賀詩『夜天如玉砌』，陸游詩『白雲如玉城』，皆摹鮑此語。」

〔五〕慘顔愁歲晏：《楚辭·九歌·山鬼》：「留靈修兮憺忘歸，歲既晏兮孰華予？」王逸注：「晏，晚也。」

〔六〕逼迫聚離散：《玉臺新詠》卷一《古詩爲焦仲卿妻作》：「我有親父母，逼迫兼弟兄。」《文選》卷三四枚叔《七發》：「莫離散而發曙兮，内存心而自持。」

〔七〕美人還未央：《楚辭·九歌·少司命》：「望美人兮未來，臨風怳兮浩歌。」《楚辭·九歌·雲中君》：「浴蘭湯兮沐芳，華采衣兮若英。靈連蜷兮既留，爛昭昭兮未央。」王逸注：「未央，未已也。」

【集説】

清陳祚明《采菽堂古詩選》補遺卷二：平調也。「層冰如玉岸」句佳。

蜀四賢詠

【解題】

張溥本、四庫本題下注云：「司馬相如、嚴君平、王褒、楊雄」。

渤渚水浴鳧，春山玉抵鵲①〔一〕。皇漢方盛明，群龍滿階閣〔二〕。君平因世閑，得還守寂寞〔三〕。閉簾注道德，開卦述天爵②〔四〕。相如達生旨，能屯復能躍〔五〕。陵令無人事，毫墨時灑落〔六〕。褒氣有逸倫，雅績信炳博〔七〕。如令聖納賢，金瑲易羈絡〔八〕。良遮神明游③，豈伊覃思作〔九〕。玄經不期賞，蟲篆散憂樂④〔一〇〕。首路或參差，投駕均遠託〔一一〕。身表既非我，生内任豐薄⑤〔一二〕。

【校記】

①「春」，張溥本、《古詩紀》卷六一作「春」。

②「開」，四庫本作「門」。

③「良」，《鮑參軍集注》錢振倫注：「『良』，疑當作『雄』。」「游」，張溥本、四庫本、《古詩紀》作「遊」。

④「散憂」，張溥本、四庫本、《古詩紀》作「憂散」。

⑤「任」，原注：「一作『甚』。」

【箋注】

〔一〕渤澥水浴鳧：《文選》卷四五揚子雲《解嘲》：「譬若江湖之崖，渤澥之島，乘鴈集不爲之多，雙鳧飛不爲之少。」渤澥，即渤海。《廣韻》卷三：「渚，沚也，《釋名》：『小洲曰渚。』」春山玉抵鵲：《太平御覽》卷三八引《論衡》：「鍾山之上，以玉抵鵲；彭蠡之濱，以魚食犬。」《穆天子傳》卷二「示女春山之珤」，郭璞注：「《山海經》『春』字作『鍾』，音同耳。」《鮑參軍集注》錢仲聯注：「《山海經·西山經》郝懿行曰：『山即陰山。徐廣注《史記》云：陰山在五原北。是也。』『春』字當從宋本。」

〔二〕皇漢方盛明：《藝文類聚》卷三〇引班婕妤《自悼賦》：「蒙聖皇之渥惠兮，當日月之盛明。」《後漢書》卷六《順帝紀》：「天命有常，北鄉不永，漢德盛明，福祚孔章。」群龍滿階閣：《文選》卷一四班孟堅《幽通賦》：「登孔昊而上下兮，緯群龍之所經。」李善注引應劭曰：「孔，孔子也。群龍，喻群聖也。」《文選》卷二九《古詩十九首·西北有高樓》：「交疏結綺窗，阿閣三重階。」李善注：「薛綜《西京賦》注曰：『殿前三階也。』」

〔三〕君平因世閑，得還守寂寞：《後漢書》卷二八下《馮衍傳下》：「陂山谷而閒處兮，守寂寞而存神。」

〔四〕閉簾注道德，開卦述天爵：《史記》卷五三《老子列傳》：「於是老子乃著書上下篇，言道德之意五千餘言而去。」《漢書》卷七二《王貢兩龔鮑傳序》：「君平卜筮於成都市，以爲『卜筮者賤業，而可以惠衆人。有邪惡非正之問，則依蓍龜爲言利害。與人子言依於孝，與人弟言依於順，與人臣言依於忠，各因勢導之以善，從吾言者，已過半矣』。裁日閱數人，得百錢足自養，則閉肆下簾而授《老子》。」《孟子·告子上》：「有天爵者，有人爵者。仁義忠信，樂善不倦，此天爵也；公卿大夫，此人爵也。」趙岐注：「天爵以德，人爵以禄。」按以上四句詠嚴君平。

〔五〕相如達生旨：《史記》卷一一七《司馬相如列傳》：「司馬相如者，蜀郡成都人也，字長卿。少時好讀書，學擊劍，故其親名之曰犬子。相如既學，慕藺相如之爲人，更名相如。以貲爲郎，事孝景帝，爲武騎常侍，非其好也。會景帝不好辭賦，是時梁孝王來朝，從游説之士齊人鄒陽、淮陰枚乘、吴莊忌夫子之徒，相如見而説之，因病免，客游梁。梁孝王令與諸生同舍，相如得與諸生游士居數歲，乃著《子虛之賦》。……相如他所著，若《遺平陵侯書》《與五公子相難》《草木書》篇不采，采其尤著公卿者云。」《莊子·達生》：「達生之情者，不務生之所無以爲。」郭象注：「生之所無以爲者，分外物也。」指參透人生、不受世事牽累之處世態度。能屯復能躍：《周易·屯卦》：「雲雷屯，君子以經綸。初九，磐桓，利居貞，利建侯。」王弼注：「處屯之初，動則難生，不可以進，故磐桓也。」《莊子·外物》：「心若縣於天地之間，慰暋沈屯。」陸德明釋文引司馬彪云：「屯，難也。」《周易·乾卦》：「或躍在淵。」孔穎達疏：「躍，跳躍也。」

〔六〕陵令無人事，毫墨時灑落：《史記》卷一一七《司馬相如列傳》：「相如拜爲孝文園令。天子既美子虛之事，相如見上好僊道，因曰：『上林之事，未足美也，尚有靡者。臣嘗爲《大人賦》，未就，請具而奏之。』相如以爲列僊之傳居山澤間，形容甚臞，此非帝王之僊意也，乃遂就《大人賦》。」《後漢書》卷三六《賈逵傳》：「逵母常有疾，帝欲加賜，以校書例多，特以錢二十萬，使潁陽侯馬防與之。謂防曰：『賈逵母病，此子無人事於外，屢空則從孤竹之子於首陽山矣。』」李賢注：「無人事，謂不廣交通也。」《文選》卷一三潘安仁《秋興賦》：「庭樹槭以灑落兮，勁風戾而吹帷。」按以上四句詠司馬相如。

〔七〕褒氣有逸倫：《漢書》卷六四下《王褒傳》：「王褒字子淵，蜀人也。……褒既爲刺史作頌，又作其傳，益州刺史因奏褒有軼材，上乃徵褒。……擢褒爲諫大夫。其後，太子體不安，苦忽忽善忘，不樂。詔使褒等皆之太子宫虞侍太子，朝夕誦讀奇文及所自造作。疾平復，乃歸。太子喜褒所爲《甘泉》及《洞簫頌》，令後宫貴人左右皆誦讀之。後方士言益州有金馬碧雞之寶，可祭祀致也，宣帝使褒往祀焉。褒於道病死，上閔惜之。」《文選》卷一四顔延年《赭白馬賦》：「伊逸倫之妙足，自前代而間出。」雅繢信炳博：《漢書》卷二四下《食貨志下》：「乃以白鹿皮方尺，緣以繢，爲皮幣，直四十萬。」顔師古注：「繢，繡也；繪五綵而爲之。」《周易·革卦》：「大人虎變，其文炳也。」孔穎達疏：「其文炳者，義取文章炳著也。」按此謂王褒文章絢爛，學識淵博。

〔八〕如今聖納賢：《漢書·王褒傳》：「上乃徵褒。既至，詔褒爲聖主得賢臣頌其意。」金璫易羈絡：《後漢書》卷七八《宦者傳序》：「自明帝以後，迄乎延平，委用漸大，而其員稍增。中常侍至有十人，小黄門二十人，改以金璫右貂，兼領卿署之職。」《文選》卷二五傅長虞《贈何劭王濟》：「金璫綴惠文，煌煌發令姿。」李善注引董巴《輿服志》曰：「侍中冠弁大冠，加金璫，附蟬爲文。」注引服虔《通俗文》曰：「耳珠曰璫。」按以上四句詠王褒。

〔九〕良遮神明游：《漢書》卷八七上《揚雄傳上》：「揚雄字子雲，蜀郡成都人也。……雄少而好學，不爲章句，訓詁通而已，博覽無所不見。爲人簡易佚蕩，口吃不能劇談，默而好深湛之思，清静亡爲，少耆欲，不汲汲於富貴，不戚戚於貧賤，不修廉隅以徼名當世。家産不過十金，乏無儋石之儲，晏如也。自有大度，非聖哲之書不好也。非其意，雖富貴不事也。顧嘗好辭賦。先是時，蜀有司馬相如，作賦甚弘麗温雅，雄心壯之，每作賦，常擬之以爲式。又怪屈原文過相如，至不容，作《離騷》，自投江而死，悲其文，讀之未嘗不流涕也。以爲君子得時則大行，不得時則龍蛇，遇不遇命也，何必湛身哉。乃作書，往往摭《離騷》文而反之，自嶓山投諸江流以弔屈原，名曰《反離騷》；又旁《離騷》作重一篇，名曰《廣騷》；又旁《惜誦》以下至《懷沙》一卷，名曰《畔牢愁》。」《漢書》卷八七下《揚雄傳下》：「雄以病免，復召爲大夫。家素貧，耆酒，人希至其門。……年七十一，天鳳五年卒。」遮，攔。《重修玉篇》卷六：「攔，力丹切，遮攔也。」《漢書·揚雄傳下》載揚雄《解嘲》：「爰清爰静，游神之廷。」豈伊覃思作：《漢書·揚雄傳下》：「雄以爲賦者，將以風也，必推類而言，極麗靡之辭，閎侈鉅衍，競於使人不能加也，既乃歸之於正，然覽者已過矣。往時武帝好神僊，相如上《大人賦》，欲以風，帝反縹縹有陵雲之志。繇是言之，賦勸而不止，明矣。又頗似俳優淳于髡、優孟之徒，非法度所存，賢人君子詩賦之正也。於是輟不復爲，而大潭思渾天。」《鮑參軍集注》錢振倫注引聞人倓《古詩箋》云：「言雄良由遮神明之庭而游之，故《太玄》亦自然成文，非必如史所稱覃思而作也。遮字，從《史記》『持璧遮使者』及『董公遮説』句脱化來。」

〔一〇〕玄經不期賞：《漢書·揚雄傳下》：「時有好事者載酒肴從游學，而鉅鹿侯芭常從雄居，受其《太玄》《法言》焉。劉歆亦嘗觀之。謂雄曰：『空自苦，今學者有禄利，然尚不能明《易》，又如《玄》何？吾恐後人用覆醬瓿也。』雄笑而不應。」蟲篆散憂樂：《揚子法言·吾子》：「或問吾子少而好賦。曰：『然。童子彫蟲篆刻。』俄而曰：『壯夫不爲也。』」《三國志》卷一九《魏志·陳思王植傳》：「使臣得一散所懷，攄舒藴積，死不恨矣。」方東樹《昭昧詹言》卷六：「『蟲篆憂散樂』，按散樂二字未詳，向來無注者，思之歷年未得。後讀《禮記》『齋者不樂』注：『樂則散。』乃知此言子雲覃思《太玄》，恐蟲篆散其志慮，故不爲也。陸氏《釋文》音『落』，而陳可大《郊特牲》『二日伐鼓』下，以爲不聽樂，竊意二義皆可通。而此當從『落』音。」徐仁甫《古詩別解》：「《詩・斯干》箋：『安燕爲歡以樂之』，《釋文》樂本作落。是古樂、落二字本通。本言『蟲篆憂散落』，易『落』爲『樂』者，避上文『毫墨時灑落』之重複落字也，方説泥矣。」福林按：散憂樂，謂排遣抒散其憂樂也，是所謂「不汲汲於富貴，不戚戚於貧賤」者。按以上四句詠揚雄。

〔一一〕首路或參差：諸葛亮《爲後主伐魏詔》：「今旍麾首路，其所經至，亦不欲窮兵極武。」《文選》卷二七顔延年《北使洛》：「改服飭徒旅，首路跼險艱」六臣吕向注：「首，初。」投駕均遠託：《後漢書》卷六七《黨錮・張儉傳》：「儉得亡命，困迫遁走。望門投止，莫不重其名行，破家相容。」《鮑參軍集注》錢振倫注：「言四賢始雖殊途，後實同軌也。」

〔一二〕身表既非我：《莊子・秋水》：「惠子曰：『子非魚，安知魚之樂？』莊子曰：『子非我，安知我不知魚之樂？』」生内任豐薄：《後漢書》卷二六《馮勤傳》：「由是使典諸侯封事，勤差量功次輕重，國土遠近，地埶豐薄，不相踰越，莫不厭服焉。」嵇康《答難養生論》：「此皆無主於内，借外物以樂之。外物雖豐，哀亦備矣。」《鮑參軍集注》錢振倫注：「言身外無與於我，即身内或豐或薄，亦任之可也。」

【集説】

清陳祚明《采菽堂古詩選》補遺卷二：章法極佳，結意甚遠。

清方東樹《昭昧詹言》卷六：此詩明白，只句字生新，是即秘法。如「君平因世閑」甚妙，若作「與世棄」，則陳言習熟，人皆有之矣。

秋日示休上人

【解題】

此篇《藝文類聚》卷三、《初學記》卷三題作《秋日詩》，《太平御覽》卷二五作《答湯惠休》，今從宋本。

詩題之「休上人」，指湯惠休。《宋書》卷七一《徐湛之傳》：「時有沙門釋惠休，善屬文。辭采綺豔，湛之與之甚厚，世祖命使還俗。本姓湯，位至揚州從事史。」《南史》卷三四《顔延之傳》：「延之與陳郡謝靈運俱以辭采齊名，而遲速縣絶。文帝嘗各勑擬樂府《北上篇》，延之受詔便成，靈運久之乃就。延之嘗問鮑照，已與靈運優劣。照曰：『謝五言如初發芙蓉，自然可愛；君詩若鋪錦列繡，亦雕繢滿眼。』延之每薄湯惠休詩，謂人曰：『惠休制作，委巷中歌謡耳，方當誤後生。』是時，議者以延之、靈運，自潘岳、陸機之後，文士莫及。江右稱潘陸，江左稱顔謝焉。」《隋書》卷三五《經籍志四》：「宋宛朐令湯惠休集三卷。」注：「梁四卷。」

陳祚明《采菽堂古詩選》論此詩云：「豈亦效休上人邪？『東西望楚城』，意明遠與休同客荆州時作也。」按鮑照之客荆州，一在元嘉十二年（四三五）至十六年（四三九）四月，時任臨川王義慶國臣；一在大明六年（四六二）秋後，時爲臨海王子頊軍府參軍，掌書記之任。據《宋書》卷六《孝武帝紀》，孝武帝于大明八年（四六四）閏五月卒。則鮑照大明六年（四六二）秋後在荆州時，湯惠休當已還俗，此時若與惠休相唱和，不應復以「休上人」稱之。且惠休于孝武帝時還俗後事務纏身，似亦無由至荆州與鮑照相唱和。由此，此詩應是詩人初客荆州時所作。詩題作「秋日」，詩又有「愴愴簟上寒，凄凄帳里清」等語，則又作于元嘉十三年（四三六）至十五年（四三八）之間。

枯桑葉未零①，疲客心易驚②〔一〕。今兹亦何早，已聞絡緯鳴〔二〕。迴風滅且起，卷蓬息復征〔三〕。愴愴簟上寒③，悽悽帳裏清④〔四〕。物色延暮思，霜露逼朝榮〔五〕。臨堂觀秋草，東西望楚城。百物方蕭瑟⑤，坐歎從此生⑥〔六〕。

【校記】

①「未零」，張溥本、四庫本、《藝文類聚》卷三、《太平御覽》卷二五、《古詩紀》卷六一作「易零」，《初學記》卷三作「易落」。

②「疲客」，張溥本作「波客」。

③「愴愴」，《藝文類聚》作「悽悽」，《初學記》作「肅肅」。

④「悽悽」，《藝文類聚》卷三作「慄慄」，《初學記》《太平御覽》作「淒淒」。

⑤「百物」，《藝文類聚》《初學記》作「白楊」。

⑥「坐歎」，《藝文類聚》《初學記》《太平御覽》作「長嘆」。「從此」，《鮑參軍集注》作「徒此」。

【箋注】

〔一〕枯桑葉未零：《文選》卷二七古詩《飲馬長城窟行》：「枯桑知天風，海水知天寒。」疲客：猶倦客。本集《代東門行》：「傷禽惡弦驚，倦客惡離聲。」

〔二〕絡緯：《古詩紀》卷一七漢無名氏《古八變歌》：「枯桑鳴中林，絡緯響空堦。」《文選》卷三〇謝惠連《擣衣詩》：「白露滋園菊，秋風落庭槐，肅肅莎雞羽，烈烈寒螿啼。」李善注：「《毛詩》曰：『六月莎雞振羽。』一名促織，一名絡緯，一名蟋蟀。」

〔三〕迴風：《文選》卷二九《古詩十九首·東城高且長》：「迴風動地起，秋草萋已緑。」六臣吕向注：「迴風，長風也。」卷二一王僧達《和琅邪王依古》：「仲秋邊風起，孤蓬卷霜根。」蓬息復征：

〔四〕簟上寒：《詩經·小雅·斯干》：「下莞上簟，乃安斯寢。」鄭玄箋：「竹葦曰簟。」《説文解字》卷五上：「簟，竹席也。」

〔五〕朝榮：《淮南子·時則訓》：「木堇榮。」高誘注：「木堇，朝榮暮落，樹高五六尺，其葉與安石榴相似也。」

〔六〕百物方蕭瑟：《楚辭·九辯》：「悲哉秋之爲氣也，蕭瑟兮草木摇落而變衰。」《鮑參軍集注》黄節補注：「惠休《秋風》詩：『羅帳含月思心傷，蟋蟀夜鳴斷人腸，錦衾瑶席爲誰芳？』此篇『絡緯』『簟』『帳』等句，全用休意。又惠休《怨詩行》：『嘯歌視秋草，幽葉豈再揚。暮蘭不待歲，離華能幾芳？原作張女曲，流悲繞君堂。』此篇『臨堂』以下四句，亦仿佛擬之。」

【集説】

明陸時雍《古詩鏡》卷一四：清快欲絶。

清陳祚明《采菽堂古詩選》卷一八：率易，豈亦效休上人耶？「東西望楚城」，意明遠與休同客荆州時作也。

清吴汝綸《古詩鈔》：此二詩蓋未還俗作，當在文帝時。文帝末年已見亂機，故其言如此。

附：湯惠休《怨詩行》

明月照高樓，含君千里光。巷中情思滿，斷絶孤妾腸。悲風盪帷帳，瑶翠坐自傷。妾心依天末，思與浮雲長。嘯歌視秋草，幽葉豈再揚。暮蘭不待歲，離華能幾芳。願作張女引，流悲繞君堂。君堂嚴且秘，絶調徒飛揚。（《古詩紀》卷六四）

和王義興七夕

【解題】

詩題之王義興，亦指王僧達。《宋書·王僧達傳》：「元嘉二十八年春，索虜寇逼，都邑危懼，僧達求入衛京師，見許。

賊退，又除宣城太守。頃之，徙任義興。」

吴丕績《鮑照年譜》據王僧達任義興太守之時間，以爲此詩與《學陶彭澤體》皆同爲元嘉二十九年（四五二）秋作。《鮑參軍集注》此詩錢仲聯注同之，其《鮑照年表》亦繫於二十九年，是也。《玉臺新詠》卷四王僧達《七夕月下》詩云：「遠山斂雰祲，廣庭揚月波。氣往風集隙，秋還露泫柯。節期既已孱，中宵振綺羅。來歡詎終夕，收淚泣分河。」當爲此篇所和。

宵月向掩扉，夜霧方當白〔一〕。寒機思孀婦，秋堂泣征客①〔二〕。疋命無單年，偶影有雙夕〔三〕。暫交金石心，須臾雲雨隔〔四〕。

【校記】

①「泣」，四庫本作「及」。

【箋注】

〔一〕宵月：《藝文類聚》卷三四引晉潘岳《京陵女公子王氏哀辭》：「皎皎宵月，載盈載微。冥冥公子，一往不追。」

〔二〕孀婦：《淮南子·修務訓》：「布德施惠，以振困窮；弔死問疾，以養孤孀。」高誘注：「孀，寡婦也。」此指婦人獨居者，《玉臺新詠》卷一陳琳《飲馬長城窟行》：「邊城多健少，内舍多寡婦。作書與内舍，便嫁莫留住。」是其例。

〔三〕疋命無單年，偶影有雙夕：謂孤單之身，年年如此。偶影有雙夕：《藝文類聚》卷四引《續齊諧記》：「桂陽城武丁有僊道，謂其弟曰：『七月七日織女當渡河，諸僊悉還宫。』弟問曰：『織女何事渡河？』答曰：『織女暫詣牽牛。』世人至今云，織女嫁牽牛也。」《文選》卷三〇謝惠連《七月七日夜詠牛女一首》：「雲漢有靈匹，彌年闕相從。遐川阻昵愛，修渚曠清容。弄杼不成藻，聳轡騖前蹤。昔離秋已兩，今聚夕無雙。」

〔四〕暫交金石心：《漢書》卷三四《韓信傳》：「今足下雖自以爲與漢王爲金石交，然終爲漢王所禽矣。」顔師古注：「稱金石者，取其堅固。」須臾雲雨隔：《文選》卷二六顔延年《和謝監靈運》：「人神幽明絶，朋好雲雨乖。」六臣劉良注：「朋好各出，如雲雨乖離也。」

【集説】

清王夫之《古詩評選》卷五：役心極矣，而絶不氾濫，引滿之餘大有忍力。

又云：「宵月向掩扉」，苦於索景，杜陵每於此詣入。此等語洗露難，函蓋尤不易，此杜之所以終不及鮑也。

答休上人

【解題】

此篇《初學記》卷二七題作《答休上人菊詩》。

按宋本此詩前附釋惠休《贈鮑侍郎》，是詩亦爲與湯惠休相唱和之作。惠休詩既題作「贈鮑侍郎」，則二人以詩相贈答時鮑照乃在侍郎之任。尋鮑照之爲侍郎，一在臨川王劉義慶幕，時間約在元嘉十二年至二十年(四三五—四四三)；另一在始興王劉濬幕，時間約在元嘉二十四年至二十八年(四四七—四五一)。鮑照《秋日示休上人》詩，乃其初客荆州時所作，即是時二人同在荆州相唱和，此詩亦當爲是時所作。此詩題作《答休上人菊詩》，詩中亦有「酒出野田稻，菊生高岡草」二句，則詩又作於秋日，亦即此詩乃元嘉十三年(四三六)至十五年(四三八)之間所作。

酒出野田稻，菊生高岡草〔一〕。味貌復何奇，能令君傾倒〔二〕。玉椀徒自羞，爲君慨此秋①〔三〕。金蓋覆牙柈，何爲心獨愁②〔四〕？

【校記】

①「愧」，張溥本、《古詩紀》卷六一作「慨」。

②「爲」，《初學記》作「解」。

【箋注】

〔一〕酒出野田稻：《藝文類聚》卷九引魏文帝《於玄武陂作詩》：「兄弟共行游，驅車出西城，野田廣開闢，川渠互相經。」《西京雜記》卷四引鄒陽《酒賦》：「清者爲酒，濁者爲醴，清者聖明，濁者頑騃，皆麴湒丘之麥，釀野田之米。」

〔二〕能令君傾倒：陸雲《與張光禄書》：「加蒙顧遇，重以傾倒。」

〔三〕玉椀徒自羞：《晉書》卷五八《周訪傳》：「敦手書譬釋，并遺玉環、玉椀，以申厚意。」《説文解字》卷一四下：「羞，進獻也。」

〔四〕牙柈：王充《論衡·無形》：「人禀元氣於天，各受壽夭之命，以立長短之形，猶陶者用土爲簋廉，冶者用銅爲柈杅矣。」《集韻》卷二：「盤，或作柈。」

附：湯惠休《贈鮑侍郎》

玳枝兮金英，緑葉兮紫莖。不入君玉杯，低彩還自榮。想君不相艷，酒上視塵生。當令芳意重，無使盛年傾。（按宋本置此詩於《答休上人》前。）

和王護軍秋夕

【解題】

護軍，指護軍將軍。《宋書》卷四〇《百官志下》：「護軍將軍一人，掌外軍。秦時護軍都尉，漢因之。陳平爲護軍中尉，盡護諸將。然則復以都尉爲中尉矣。武帝元狩四年，以護軍都尉屬大司馬，於時爲都尉矣。《漢書》卷五四《李廣傳》，廣爲驍騎將軍，屬護軍將軍。蓋護軍護諸將軍。哀帝元壽元年，更名護軍都尉曰司寇。平帝元始元年，更名護軍都尉。東京省，班固爲大將軍中護軍，隸將軍莫府，非漢朝列職。魏武爲相，以韓浩爲護軍，史奂爲領軍，非漢官也。建安十二年，改護軍爲中護軍，領軍爲中領軍，置長史、司馬。魏初因置護軍，主武官選，隸領軍，晉世則不隸也。晉元帝永昌元年，省護軍，并領軍。明帝大寧二年復置。魏、晉江左領、護各領營兵，江左以來，領軍不復别營，總統二衛、驍騎、材官諸軍，護軍猶别有營也。領、護資重者爲領軍、護軍將軍，資輕者爲中領軍、中護軍。官屬有長史、司馬、功曹、主簿、五官，受命出征，則置參軍。」護軍將軍，官第三品。

詩題之「王護軍」，《鮑參軍集注》此詩題注錢振倫注以爲指王僧達，是也。此詩既題作「和王護軍」，則應作於王僧達爲護軍將軍時。據《宋書》卷七五《王僧達傳》云：「上（按指孝武帝）即位，以爲尚書右僕射，尋出爲使持節、南蠻校尉，加征虜將軍。時南郡王義宣求留江陵，南蠻不解，不成行。仍補護軍將軍。……以爲征虜將軍、吴郡太守。期歲五遷，僧達彌不得意。」所謂「期歲五遷」者，乃謂孝武帝即位之元嘉三十年（四五三）之一年中，王僧達五遷其職也。亦即王僧達之任護軍將軍在元嘉三十年。又據《宋書》卷六《孝武帝紀》所載，元嘉三十年閏六月「甲午，南蠻校尉王僧達爲護軍將軍」；是年八月「甲午，護軍將軍王僧達遷職」。考是年閏六月壬申朔，甲午爲月之二十三日；八月辛未朔，甲午爲月之二十四日。即王僧達任護軍將軍，在元嘉三十年閏六月二十三日至八月二十四日之間。據《宋書·王僧達傳》及《通鑑》

所載，僧達自出仕後，迄大明二年（四五八）八月於廷尉被賜死爲止，擔任護軍將軍之職僅此一次。由此，此詩之作應在元嘉三十年七八月之間。此詩既題作「和王護軍秋夕」，詩中又有「散漫秋雲遠，蕭蕭霜月寒。驚飈西北起，孤鴈夜往還」，「金氣方勁殺，隆陽微且單。泉涸甘井竭，節徙芳歲殘」等句，正爲前有一個閏月之秋天七八月節令，亦與王僧達任護軍將軍之時間相合，可以作爲此詩詩題之「王護軍」即王僧達之旁證。

散漫秋雲遠，蕭蕭霜月寒〔一〕。驚飈西北起①，孤鴈夜往還〔二〕。開軒當户牖，取琴試一彈〔三〕。停歌不能和，終曲久辛酸〔四〕。金氣方勁殺，隆陽微且單②〔五〕。泉涸甘井竭，節徙芳歲殘③〔六〕。生事各多少，誰共知易難〔七〕？投章心蘊結④，千里途輕紈〔八〕。願託孤老暇，觴思暫開餐〔九〕。

【校記】

①「飈」，《太平御覽》卷二五作「風」。

②「隆陽微且單」，《太平御覽》作「陽氣微且殫」。

③「節徙芳歲殘」，《太平御覽》作「節後芳草殘」。

④「結」，原作一字空白，今據張溥本、《古詩紀》卷六二補。

【箋注】

〔一〕散漫：《文選》卷一三謝惠連《雪賦》：「其爲狀也，散漫交錯，氛氲蕭索，藹藹浮浮，瀌瀌奕奕。」吕延濟注：「皆飄流往來，繁密之貌。」蕭蕭：陶淵明《祭程氏妹文》：「黯黯高雲，蕭蕭冬月。」

〔二〕驚飈西北起：《文選》卷四張平子《南都賦》：「足逸驚飈，鏃析毫芒。」

〔三〕户牖：《老子·無用》：「鑿户牖以爲室，當其無，有室之用。」取琴試一彈：陶淵明《擬古九首·東方有一士》：「知我故來意，取琴爲我彈。」

〔四〕終曲：《樂府詩集》卷四四《清商曲辭・子夜春歌》：「春園花就黄，陽池水方渌。酌酒初滿杯，調弦始終曲。」

〔五〕金氣方勁殺：《藝文類聚》卷九一引晉蔡洪《鬭鳧賦》：「感秋商之肅烈，從金氣以出征。」《抱朴子・用刑》：「蓋天地之道，不能純和，故青陽闡陶育之和，素秋厲肅殺之威。」隆陽：《藝文類聚》卷九引郭璞《鹽池賦》：「隆陽映而不燋，洪涔沃而不長。」

〔六〕甘井竭：《莊子・山木》：「直木先伐，甘井先竭。」芳歲：李白《書情寄從弟邠州長史昭》：「懷君芳歲歇，庭樹落紅滋。」王琦注：「芳歲，猶芳春也。」

〔七〕生事：猶生計。常璩《華陽國志・蜀志》：「山原肥沃，有澤漁之利，士女貞孝，望山樂水，土地易爲生事。」

〔八〕心藴結：《詩經・檜風・素冠》：「我心蘊結兮，聊與子如一兮。」朱熹集傳：「蘊結，思之不解也。」千里途輕紈：《鮑參軍集注》錢振倫注：「《晉書・嵇康傳》：『吕安與康友，每一相思，輒千里命駕。』輕紈，言其薄也。」

〔九〕願託孤老暇，觴思暫開餐：《管子・幼官》：「再會諸侯，令曰：『養孤老，食常疾，收孤寡。』」《鮑參軍集注》錢振倫注：「『願託孤老暇』，謂願護軍於撫循者老孤子之暇，臨觴加餐也。」

懷遠人

哀樂生有端，離會起無因〔一〕。去事難重念，恍惚似如神〔二〕。屬期眇已遠①，後遇邈無辰〔三〕。馳風掃遥路，輕蘿含夕塵②〔四〕。思君成首疾，欲息眉不伸〔五〕。

【校記】

①「已」，張溥本、四庫本、《古詩紀》卷六二作「起」。

②「蘿」，張溥本作「羅」。

【箋注】

〔一〕哀樂生有端：《左傳》昭公二十五年：「民有好、惡、喜、怒、哀、樂，生于六氣。」莊公二十年：「哀樂失時，殃咎必至。」離會起無因：陸雲《贈鄱陽府君張仲膺》：「人道伊何，難合易離。會如升峻，别如順淇。嗟我懷人，曷云其来。貢言執手，涕既隕之。」

〔二〕恍惚：謂迷離，難以捉摸。《韓非子·忠孝》：「爲恬淡之學，而理恍惚之言。臣以爲恬淡，無用之教也；恍惚，無法之言也。」

〔三〕屬期：謂分别時相囑咐之時。《三國志》卷一四《魏志·郭嘉傳》：「諸君年皆孤輩也，唯奉孝最少。天下事竟，欲以後事屬之。」邈無辰：《楚辭·九章·悲回風》「藐蔓蔓之不可量兮，縹緜緜之不可紆。」朱熹集注：「邈，遠也。」《漢書》卷一〇〇上《叙傳上》：「辰倏忽其不再。」顔師古注：「辰，時也。」

〔四〕馳風：《楚辭·九歎·遠逝》：「摇翹奮羽，馳風騁雨，游無窮兮。」

〔五〕思君成首疾：《詩經·衛風·伯兮》：「願言思伯，甘心首疾。」鄭玄箋：「我憂思以生首疾。」眉不伸：《文選》卷四一司馬子長《報任少卿書》：「乃欲仰首伸眉，論列是非，不亦輕朝廷，羞當世之士邪！」

春羈

【解題】

《楚辭・離騷》：「余雖好修姱以鞿羈兮，謇朝誶而夕替。」王逸注：「革絡頭曰羈。言爲人所係累之也。」《左傳》昭公七年：「單獻公棄親用羈。」杜預注：「羈，寄客也。」

征人歎道遐，去鄉惕路邇〔一〕。佳期每無從，淮陽非尺咫〔二〕。春日起游心，勞情出徙倚〔三〕。岫遠雲煙綿，谷屈泉靡迤〔四〕。風起花四散，露濃條□□①〔五〕。暄妍正在兹，摧抑多嗟思〔六〕。嘶聲召邊堅②，豈我箱中紙〔七〕。染翰餉君琴，新聲憶解子〔八〕。

【校記】

①「□□」，張溥本、《古詩紀》卷六二並作二字空白，四庫本作「耀彩」。

②「召」，張溥本、四庫本、《古詩紀》作「名」，張溥本注云：「一作『召』。」

【箋注】

〔一〕征人歎道遐：陶淵明《答龐參軍》：「勗哉征人，在始思終。」去鄉惕路邇：《樂府詩集》卷二七《相和歌辭・相和曲》魏武帝《氣出唱》之一：「心恬澹，無所惕欲。」《爾雅・釋言》卷二：「惕，貪也。」《文選》卷二九張茂先《情詩》：「居歡惕夜促，在感怨宵長。」

〔二〕佳期：《楚辭・九歌・湘夫人》：「登白薠兮騁望，與佳期兮夕張。」淮陽非尺咫：《太平寰宇記》卷一〇《河南道・陳州淮陽郡》：「周初爲陳國，武王封舜後胡公媯滿於此，以奉舜祀，以備三恪。至春秋時爲楚靈王所滅，乃縣之。後五年，復立陳惠公後。五十六年楚惠王復滅陳，而其地盡爲楚所有。又楚襄王自郢徙於此，謂西楚是也。戰國時爲楚魏二國之境，秦滅楚，改爲潁川郡。漢爲淮陽國之地，後漢如之，晉爲汝南郡。」《説文解字》卷八下：「周制寸、尺、咫、尋、常、仞諸度量，皆以人之體爲法。凡尺之屬皆從尺。」《鮑參軍集注》黄節補注：「曰『淮陽非尺咫』，思鄉也。」

〔三〕勞情出徙倚：《論衡・道虚篇》：「二君皆勞情苦思，憂念王事，然後功成事立，致治太平。」《楚辭・哀時命》：「然隱憫而不達兮，獨徙倚而彷徉。」王逸注：「徙倚，猶低佪也。」

〔四〕靡迤：《文選》卷二張平子《西京賦》：「高陵平原，據渭踞涇，澶漫靡迤，作鎮於近。」六臣劉良注：「澶漫靡迤，寬長貌。」

〔五〕四散：《晉書》卷六二《劉琨傳》：「流移四散，十不存二。」

〔六〕暄妍：本集《采桑》：「是節最暄妍，佳服又新爍。」摧抑多嗟思：《三國志》卷二六《魏志・田豫傳》：「爲校尉九年，其御夷狄，恒摧抑兼并，乖散彊猾。」

〔七〕嘶聲召邊堅：《太平御覽》卷三八二引孫嚴《宋書》：「少帝幼而狷急，輕佻險迅，細形黄貌色，長頸鳥啄嘶聲。」《漢書》卷九九中《王莽傳中》：「莽爲人侈口蹷顄，露眼赤精，大聲而嘶。」顔師古注：「嘶，聲破也。」《玉台新詠》卷一《古詩爲焦仲卿妻作》：「其日馬牛嘶，新婦入青廬。」吴兆宜注：「《正字通》：『嘶，聲長而殺也。凡馬鳴、蟬鳴，聲多嘶。又悲者聲亦嘶。』」《史記》卷二五《律書》：「願且堅邊設候，結和通使，休寧北陲，爲功多矣。」豈我箱中紙：《晉書》卷五三《愍懷太子傳》：「賈后將廢太子，詐稱上不和，呼太子入朝。既至，后不見，置於別室，遣婢陳舞賜以酒棗，逼飲醉之。使黄門侍郎潘岳作書草，若禱神之文，有如太子素意，因醉而書之，令小婢承福以紙筆及書草使太子書之。文曰：『陛下宜自了，不自了，吾當入了之。中宫又宜速自了，不了，吾當手了之。并謝妃共要剋期而兩發，勿疑猶豫，致後患。茹毛飲血於三辰之下，皇天許當掃除患害，立道文爲王，蔣爲内主。願成，當三牲祠北君，大赦天下，要疏如律令。』太子醉迷不覺，遂依而寫之。其字半不成。既而補成之，后以呈帝。……太子至許，遺妃書曰：『……飲已，體中荒迷，不復自覺。須臾有一小婢持封箱来，云詔使寫此文書。鄙便驚起，視之，有一白紙，一青紙。催促云：陛下停待。又小婢承福持筆研墨黄紙来，使寫。急疾不容復視，實不覺紙上語輕重。父母至親，實不相疑，事理如此，實爲見誣，想衆人見明也。』」《鮑參軍集注》黄節補注：「按明遠此篇，殆傷彭城王義康之廢也。詩託興于馬，證之《晉書·愍懷太子傳》，先是有童謡曰：『東宫馬子莫聾空，前至臘月纏汝鬉。』或亦詩意之所取。謂春正暄妍，而馬多摧抑，其嘶聲可召堅邊，我獨傷之，不爲潘岳書草，作箱中之紙也。」

〔八〕染翰：晉釋支遁《八關齋詩序》：「遂援筆染翰，以慰二三之情。」新聲：陶淵明《諸人共游周家墓柏下》：「清歌散新聲，緑酒開芳顔。」

三日

【解題】

三日，指三月三日上巳節，見本集《三日游南苑》詩題注。《藝文類聚》卷四引晉潘尼《三日洛水作詩》：「聊爲三日游，方駕結龍旂。」

氣暄動思心，柳青起春懷〔一〕。時艷憐花藥，服淨俛登臺〔二〕。提觴野中飲，心愛煙未開①〔三〕。露色染春草，泉源潔冰苔〔四〕。泥泥濡露條，嫋嫋承風栽〔五〕。凫雛掇苦薺，黄鳥銜櫻梅〔六〕。解衿欣景預，臨流競覆盃〔七〕。美人竟何在？浮心空自摧〔八〕。

【校記】

①「心愛」，張溥本、四庫本、《古詩紀》卷六二作「愛心」。

【箋注】

〔一〕思心：《關尹子・三極篇》：「人之善琴者，有悲心則聲悽悽然，有思心則聲遲遲然。」《文選》卷二九蘇子卿《古詩四首・黄鵠一遠別》：「胡馬失其群，思心常依依。」

〔二〕服淨俛登臺：《論語・先進》：「莫春者，春服既成。」《續漢書・禮儀志上》：「是月上巳，官民皆絜於東流水上，曰洗濯祓除去宿垢疢，爲大絜。」《太平御覽》卷九六二引《風土記》：「陽羨縣有袁君冢，壇邊有數株大竹，高二三丈，枝皆兩兩下垂，如有塵穢則掃拂，壇上恒淨潔。」《集韻》卷六：「俛，俯也。」

〔三〕提觴野中飲：《韓非子・十過》：「坐者皆喜，平公提觴而起，爲師曠壽。」本集《觀圃人藝植》：「抱插壟上飡，結茅野中宿。」心愛：嵇康《聲無哀樂論》：「夫味以甘苦爲稱，今以甲賢而心愛，以乙愚而情憎，則愛憎宜屬我，而賢愚宜屬彼也。」

〔四〕泉源潔冰苔：《太平御覽》卷一〇〇〇引《博物志》：「司空張華撰《博物志》進武帝，帝嫌煩，令削之，賜側理紙萬張。王子年云：『側陟，厘也，此紙以冰苔爲之，溪人語訛謂之側理，今名苔紙，取水中苔造。紙青黄色，體澁，其苔水中石上生，如毛，緑色。』」

〔五〕泥泥濡露條：《詩經・小雅・蓼蕭》：「蓼彼蕭斯，零露泥泥。」毛傳：「泥泥，霑濡也。」嫋嫋：《楚辭・九歌・湘夫人》：「嫋嫋兮秋風，洞庭波兮木葉下。」王逸注：「嫋嫋，秋風摇木貌也。」

〔六〕梟雛掇苦薺：《西京雜記》卷一：「其間梟雛鴈子，布滿充積。」《文選》卷一二木玄虚《海賦》：「梟雛離褷，鶴子淋滲。」六臣張銑注：「梟，鳥名。雛，鳥兒。」《詩經・唐風・采苓》：「采苦采苦，首陽之下。」毛傳：「苦，苦菜也。」《詩經・邶風・谷風》：「誰謂荼苦，其甘如薺。」毛傳：「荼，苦菜也。」朱熹集傳：「薺，甘菜。」黄鳥銜櫻梅：《禮記・月令・仲夏之月》：「是月也，天子乃以雛嘗黍，羞以含桃，先薦寢廟。」鄭玄注：「含桃，櫻桃也。」《淮南子・時則訓》：「羞以含桃。」高誘注：「羞，進也。鶯所含食，故言含桃。」《文選》卷四張平子《南都賦》：「乃有櫻梅山柿，侯桃梨栗。」李善注：「《漢書音義》曰：『櫻桃，含桃也。』郭璞《爾雅》注曰：『梅似杏，實酸。』」

〔七〕解衿欣景預：蘇彦《七月七日詠織女》：「釋轡紫微庭，解衿碧琳堂。」臨流競覆盃：《晉書》卷五一《束皙傳》：「武帝嘗問摯虞三日曲水之義……皙進曰：『虞小生，不足以知，臣請言之。昔周公城洛邑，因流水以汎酒。故逸詩云：羽觴隨波。又秦昭王以三日置酒河曲，見金人奉水心之劍曰：令君制有西夏，乃霸諸侯。因此立爲曲水，二漢相緣，皆爲盛集。』」按覆盃，謂倒置酒杯，形容盡飲。

〔八〕美人：《文選》卷一三謝希逸《月賦》：「美人邁兮音塵闕，隔千里兮共明月。」六臣張銑注：「美人，喻君子也；邁，行也。君子行去，音信復闕，隔絶千里，共此明月而已。」浮心：浮動不安之心。孟郊《游石龍渦》：「日暮且迴去，浮心恨未寧。」用此意。

【集説】

明陸時雍《古詩鏡》卷一四：鮮翠照人。「提觴野中飲，心愛煙未開」，是適然境，亦適然語。凡景過即亡，情生即已。即使再陳前跡，恐意趣之非初矣。故詩中之意，盡中之境，不可以有物求也。

明鍾惺、譚元春《古詩歸》卷一二：清心宛折，出没于草樹水露之中，自然能爲此語，不在苦吟。

苦雨

【解題】

《左傳》昭公四年：「春無凄風，秋無苦雨。」杜預注：「霖雨爲人所患苦。」孔穎達疏：「《詩》云『以祈甘雨』，此云苦雨。雨水一也，味無甘苦之異，養物爲甘，害物爲苦耳。」以「苦雨」爲題之詩，今所見以魏阮瑀爲最早，《藝文類聚》卷二引魏阮瑀《詩》：「苦雨滋玄冬，引日彌且長。丹墀自殲殪，深樹猶沾裳。客行易感悴，我心摧已傷。登臺望江沔，陽侯沛洋洋。」按馮惟訥《古詩紀》卷二七、《文選》卷二四陸士衡《贈尚書郎顧彦先二首》之一：「凄風迕時序，苦雨遂成霖。」六臣張銑注：「爲人所患苦，故云苦也，三日雨爲霖也。」

連陰積澆灌，滂沱下霖亂〔一〕。沉雲日夕昏，驟雨望朝旦①〔二〕。蹊濘走獸稀，林寒鳥飛晏〔三〕。密霧冥下溪，聚雲屯高岸〔四〕。野雀無所依，群雞聚空館〔五〕。川梁日已廣，懷人邈渺漫〔六〕。徒酌相思酒，空急促明彈〔七〕。

【校記】

①「望」，張溥本、《藝文類聚》卷二作「淫」。

【箋注】

〔一〕連陰積澆灌：《太平御覽》卷一二引《大戴禮》：「天地積陰，温則爲雨，寒則爲雪。」《三國志》卷六五《吴志・韋曜傳》：「晧每饗宴，無不竟日，坐席無能否，率以七升爲限，雖不悉入口，皆澆灌取盡。」滂沱：《詩經・小雅・漸漸之石》：「月離于畢，俾滂沱矣。」鄭玄箋：「將有大雨，徵氣先見於天。」

〔二〕沉雲：《藝文類聚》卷二引魏陳王曹植《愁霖賦》：「瞻沉雲之泱漭兮，哀吾願之不將。」驟雨望朝旦：《老子》第二十三章：「飄風不終朝，驟雨不終日。」河上公章句：「驟雨，暴雨也。」

〔三〕濘：《左傳》僖公十五年：「晉戎馬還，濘而止。」杜預注：「濘，泥也。」《管子・地員》：「五粟之狀，淖而不肕，剛而不觳，不濘車輪，不污手足。」房玄齡注：「泥濘。」晏：《論語・子路》：「冉子退朝。子曰：『何晏也？』」邢昺疏：「晏，晚也。」

〔四〕高岸：高崖。《詩經・小雅・十月之交》：「高岸爲谷，深谷爲陵。」

〔五〕野雀：《藝文類聚》卷四一：晉陸機《猛虎行》：「渴不飲盗泉水，熱不息惡木陰。惡木豈無枝，志士苦用心。整駕肅時命，振策將遠尋。飢食猛虎窟，寒棲野雀林。」群雞聚空館：《文選》卷一六潘安仁《懷舊賦》：「今九載而一來，空館闃其無人。」

〔六〕川梁：《藝文類聚》卷五九引宋孝武帝《北伐詩》：「表裏跨原隰，左右御川梁。月羽皎素魄，星旗艴赤光。」邈渺漫：《文選》卷五左太沖《吴都賦》：「潰渱泮汗，滇瀰淼漫。」六臣吕向注：「並水流廣大貌。」

〔七〕明彈：《鮑參軍集注》錢振倫注引京房《易傳》：「日月如彈丸，照處則明，不照處則闇。」

【集説】

清王闓運《湘綺樓説詩》卷八：《苦雨》云：「野雀無所依，群雞聚空館。川梁日已廣，懷人邈渺漫。徒酌相思酒，空急促明彈。」「群雞」句，苦雨實景，非老筆不能寫。「促明」，猶達旦也。

三日游南苑

【解題】

《宋書》卷一五《禮志二》：「舊説後漢有郭虞者，有三女。以三月上辰産二女，上巳産一女。二日之中，而三女並亡。俗以爲大忌。至此月此日，不敢止家，皆於東流水上爲祈禳，自潔濯，謂之禊祠。分流行觴，遂成曲水。史臣案《周禮》女巫掌歲時祓除釁浴，如今三月上巳如水上之類也。釁浴，謂以香薰草藥沐浴也。《韓詩》曰：『鄭國之俗，三月上巳，之溱、洧兩水之上，招魂續魄。秉蘭草，拂不祥。』此則其來甚久，非起郭虞之遺風、今世之度水也。《月令》，暮春，天子始乘舟。蔡邕章句曰：『陽氣和暖，鮪魚時至，將取以薦寢廟，故因是乘舟禊於名川也。《論語》，暮春浴乎沂。自上及下，古有此禮。今三月上巳，祓於水濱，蓋出此也。』邕之言然。張衡《南都賦》祓於陽濱又是也。或用秋，《漢書》八月祓於霸上。劉楨《魯都賦》：『素秋二七，天漢指隅，人胥祓除，國子水嬉。』又是用七月十四日也。自魏以後，但用三日，不以巳也。」《藝文類聚》卷四引晉潘尼《三日洛水作詩》：「聊爲三日游，方駕結龍旂。」

採蘋及華月①，追節逐芳雲〔一〕。勝倩溢林疏②，麗日暈山文〔二〕。清潭圓翠會，花薄缘綺紋③〔三〕。合樽遽景斜，折榮忝組芬〔四〕。

【校記】

①「蘋」，原作「性」，今據張溥本、《古詩紀》卷六一改。

②「勝」，張溥本、四庫本、《古詩紀》作「騰」。

③「花」，原作「化」，今據張溥本、《古詩紀》、盧校改。「缘」原作「緑」，今據張溥本、《古詩紀》改。

【箋注】

〔一〕採蘋及華月：《詩經·召南·采蘋》：「于以采蘋？南澗之濱。」毛傳：「蘋，大蓱也。」蓱，亦作萍。《禮記·月令·季春之月》：「桐始華，田鼠化爲鴽，虹始見，蓱始生。」按華月，皎潔之月。及華月，惜時也。

〔二〕勝倩：《文選》卷一九束廣微《補亡詩·白華》：「倩倩士子，涅而不渝。」李善注：「倩倩，鮮明之貌。」山文：山之紋理。《後漢書》卷六〇上《馬融傳》「山罍常滿」，李賢注：「山罍，畫爲山文。」

〔三〕圓翠：圓形翠樽。《文選》卷三四曹植《七啓》：「於是盛以翠樽，酌以彫觴，浮蟻鼎沸，酷烈馨香。」六臣吕延濟注：「翠樽，以翠飾樽也。」《史記》卷三八《宋微子世家》「會其有極」，裴駰集解：「當會聚有中之人，以爲臣也。」缘綺紋：《藝文類聚》卷七四馬融《樗蒲賦》：「缘以繢繡，紩以綺文。」

〔四〕合樽：《史記》卷一二六《滑稽·淳于髡傳》：「日暮酒闌，合尊促坐，男女同席，履舄交錯，杯盤狼藉。」

歲暮悲

【解題】

《文選》卷三三劉安《招隱士》：「歲暮兮不自聊，蟪蛄鳴兮啾啾。」王逸注：「中心煩亂，常含憂也。」六臣劉良注：「不自聊，心煩憂也。」《文選》卷二一顏延年《秋胡詩》：「歲暮臨空房，涼風起坐隅。」

霜露迭濡潤①，草木互榮落〔一〕。日夜改運周，今悲復如昨〔二〕。晝色苦沉陰，白雪夜迴薄〔三〕。皦潔冒霜鴈，飄揚出風鶴〔四〕。天寒多顏苦，妍容逐丹壑〔五〕。絲罥千里心②，獨宿乏然諾〔六〕。歲暮美人還，寒壺與誰酌？

【校記】

①「濡」，原作「儒」，今據張溥本、《古詩紀》卷六二改。

②「絲罥」，原作「係冒」，今據張溥本、《古詩紀》改。

【箋注】

〔一〕濡潤：《詩經·鄭風·羔裘》：「羔裘如濡，洵直且侯。」毛傳：「如濡，潤澤也。」草木互榮落：《宋書》卷八〇《孝武十四王·始平孝敬王子鸞傳》：「訪物運之榮落，訊雲霞之舒卷。」

〔二〕日夜改運周：《續漢書·律曆志下》：「日之所行與運周，在天成度，在曆成日。」傅玄《天行歌》：「天時泰兮昭以陽，清風起兮景雲翔。仰觀兮辰象，日月兮運周。俯視兮河海，百川兮東流。」

〔三〕迴薄：盤旋回繞。沈約《八詠·會圃臨春風》：「容儀已炤灼，春風復迴薄。」當從此出。

〔四〕皦潔冒霜鴈：《文選》卷二七班婕妤《怨歌行》：「新裂齊紈素，皎潔如霜雪。裁爲合歡扇，團團似明月。」《史記》卷一二九《貨殖列傳》：「弋射漁獵，犯晨夜，冒霜雪，馳阬谷，不避猛獸之害，爲得味也。」

〔五〕天寒多顏苦：《文選》卷一六陸士衡《歎逝賦》：「毒娛情而寡方，怨感目之多顏。諒多顏之感目，神何適而獲怡。」李善注：「多顏，謂亡者既多，而非一狀也。」丹壑：《藝文類聚》卷八引晉孫綽《太平山銘》：「上干翠霞，下籠丹壑。」

〔六〕絲罥千里心：罥，見前《蕪城賦》注。《樂府詩集》卷七七《雜曲歌辭》湯惠休《楊花曲》：「江南相思引，多歎不成音。黄鶴西北去，銜我千里心。」然諾：《文選》卷一九宋玉《神女賦》：「含然諾其不分兮，喟揚音而哀歎。」李善注：「言神女之意，雖含諾猶不當其心。」

園中秋散

【解題】

四庫本題下注云：「一作《園中載散》。」宋本目録此篇題下注云：「一作園中散。」

《古詩箋》聞人倓注：「《説文》：『散，分離也。』按：分離其憂思也。」

負疾固無豫，晨衿悵已單〔一〕。氣交蓬門疎，風數園草殘〔二〕。荒墟半晚色，幽庭憐夕寒〔三〕。既悲月户清，復切夜蟲酸〔四〕。流枕商聲苦，騷殺年志闌〔五〕。臨歌不知調，發興誰與歡〔六〕？儻結絃上情①，豈孤林下彈〔七〕。

【校記】

①「絃上情」，原作「延上清」，今據張溥本、《古詩紀》卷六二改正。《鮑參軍集注》錢仲聯注：「宋本『絃』作『延』，『情』作『清』，皆誤。」

【箋注】

〔一〕負疾固無豫：陶淵明《答龐參軍》詩序：「吾抱疾多年，不復爲文。」按負疾，猶抱疾。《晉書》卷六八《賀循傳》：「循迎景還郡，即謝遣兵士，杜門不出，論功報賞，一無豫焉。」《晉書》卷八九《忠義・王諒傳》：「碩時在坐，曰：『湛故州將之子，有罪可遣，不足殺也。』諒曰：『是君義故，無豫我事。』即斬之。」晨衿悵已單：《爾雅・釋器》：「衿謂之袸。」邢昺疏：「衿，衣小帶也，一名袸。」《鮑參軍集注》黄節補注：「此詩所述，由晨至夜，亦猶謝康樂《石壁精舍還湖中作》，叙一日之景，自早而夕耳。況晨衿已單，始覺秋寒，尤切負疾情態，與下『流枕』句亦相應。」

〔二〕氣交蓬門疎：曾慥《類説》卷三七：「三日謂之候，五候謂之氣，六氣謂之時，四時謂之歲。」《重修玉篇》卷二〇：「氣，去既切，候也。」《周禮・地官・大司徒》「四時之所交」，孔穎達疏：「言夏與春交，舉一隅以見之，則秋與夏交，冬與秋交，春與冬交，故云四時所交也。」按此乃謂秋冬之交也。袁宏《後漢紀・孝順皇帝紀》：「以榮華爲塵埃，以富貴爲厚累，草廬蓬門，藜藿不供。」風數園草殘：《周禮・地官・廩人》：「以歲之上下數邦用，以知足否，以詔穀用，以治年之凶豐。」鄭玄注：「數，猶計也。」按風數，猶風過，風侵耳。

〔三〕荒墟半晚色：陶淵明《歸園田居・久去山澤游》：「試攜子姪輩，披榛步荒墟。」《鮑參軍集注》錢振倫注：「荒墟之地，景色尤易覺其晚，故云半也。」幽庭憐夕寒：《藝文類聚》卷三六謝靈運《入道至人賦》：「於是卜居千仞，左右窮懸，幽庭虚絶，荒帳成煙。」

〔四〕月户清：《鮑參軍集注》錢振倫注：「月色在户，故曰月户。」夜蟲：《文選》卷四九干令升《晉紀總論》：「於是輕薄干紀之士，役姦智以投之，如夜蟲之赴火。」

〔五〕流枕商聲苦：《藝文類聚》卷三四引晉潘岳《寡婦賦》：「願假夢以通靈，目炯炯而不寢，夜漫漫以悠悠，寒凄凄以凛凛，氣憤薄而乘胷，涕交横而流枕。」《管子・幼官》：「聽商聲，治濕氣。」房玄齡注：「秋多霖雨水，故治濕。」《荀子・王制》：「審詩商。」楊倞注：「商謂商聲，哀思之音。」《文選》卷二三阮嗣宗《詠懷・步出上東門》：「素質游商聲，悽愴傷我心。」李善注：「《禮記》曰：『孟秋之月，其音商。』鄭玄曰：『秋氣和則音聲調。』」騷殺年志闌：《文選》卷三張平子《東都賦》：「駙承華之蒲梢，飛流蘇之騷殺。」李善注：「垂貌。」六臣劉良注：「飄颻貌。」《晉書》卷三四《羊祜傳》：「祜固讓歷年，志不可奪。」《藝文類聚》卷三一晉潘尼《答楊士安詩》：「逝將辭儲宫，栖遲集南畿，不悞百里賤，徒惜年志衰。」闌，《古今韻會舉要》卷五：「盡也，衰也。」

〔六〕不知調：《莊子・徐無鬼》：「夫或改調一弦，於五音無當也，鼓之，二十五弦皆動。」郭象注：「今改此一弦，而二十五弦皆改，其以急緩爲調也。」《古今韻會舉要》卷二二：「音調，樂律也。」發興：陸雲《失題》：「瓊輝邈矣，誰適爲心。明發興言，忼慨芳林。」

〔七〕儻：《文選》卷四五石崇《思歸引序》：「儻古人之情，有同於今，故制此曲。」六臣吕向注：「儻，疑辭也。」林下彈：《藝文類聚》卷五七引晉陸機《七徵》：「靡閑風於林下，鏡洋流之清瀾。仰濁酒以箕踞，間絲竹而晤言。」《藝文類聚》卷六三宋文帝《登景陽樓》：「階上曉露潔，林下夕風清。」

【集説】

明陸時雍《古詩鏡》卷一四：「氣交蓬門疎，風數園草殘」，氣韻絶勝，當與靈運争衡。

清王夫之《古詩評選》卷五：用韻使字俱趨新僻，早已開松陵、西昆一派。其寄託俯仰俱有深致，固自古度未衰。

清陳祚明《采菽堂古詩選》卷一九：凄切。

清方東樹《昭昧詹言》卷一：孟東野出於鮑明遠，以《園中秋散》等篇觀之可見。但東野思深而才小，篇幅枯隘，氣促節短，苦多而甘少耳。

清方東樹《昭昧詹言》卷六：起二句，先寫愁思，爲「散」字伏根，甚佳。「氣交」四句，寫園中之景。「月户」二句，逼取「散」字。「流枕」四句，正寫「散」字，散之而不能散也。收結言能得賞音，我豈不能彈古調乎，則思散矣。

又云：此直書胸臆即目，而情景交融，字句清警，真孟郊之所祖也。但郊才小，時見迫窘之形，明遠意象才調，自流暢也。此尚似謝，而筆勢自逸。

詠秋

秋蘭徒晚緑，流風漸不親〔一〕。飆我垂思暮①，驚此梁上塵〔二〕。沉陰安可久，豐景將遂淪②〔三〕。何由忽靈化？暫見别離人〔四〕。

【校記】

①「思」，張溥本、四庫本、《古詩紀》卷六二作「罳」。「暮」，張溥本、四庫本、《古詩紀》作「幕」。

②「豐景」，四庫本作「風景」。「遂」，張溥本、四庫本作「逐」。

【箋注】

〔一〕秋蘭徒晚緑：《楚辭·離騷》：「扈江離與辟芷兮，紉秋蘭以爲佩。」洪興祖補注：「蘭，香草也，秋而芳。」流風漸不親：司馬相如《美人賦》：「流風慘洌，素雪飄零。閒房寂謐，不聞人聲。」《文選》卷三三宋玉《招魂》：「光風轉蕙，氾崇蘭些。」王逸注：「言天霽日明，微風奮發，動摇草木，皆令有光，充實蘭蕙，使之芬芳而益暢。」按流風，大風。漸不親者，謂大風將摧折秋蘭也，故上句云「秋蘭徒晚緑」耳。

〔二〕飆我垂思暮：《漢書》卷八七上《揚雄傳上》：「風發飆拂，神騰鬼趡。」顔師古注：「飆，回風也。」《楚辭・九歌・雲中君》「猋遠舉兮雲中」，王逸注：「猋，去疾貌。」按猋，飆字通。《漢書》卷八七上《揚雄傳上》：「惟夫所以澄心清魂，儲精垂思，感動天地，逆釐三神者。」顔師古注：「言絜精以待，冀神降福。」驚此梁上塵：《藝文類聚》卷四三引劉向《别録》：「有麗人歌賦，漢興以来，善雅歌者，魯人虞公，發聲清哀，蓋動梁塵。」

〔三〕沉陰：謂積雲久陰。《禮記・月令・季春之月》：「行秋令，則天多沈陰，淫雨蚤降，兵革並起。」《文選》卷三九江文通《詣建平王上書》：「加以涉旬月，迫季秋，天光沉陰，左右無色。」李善注：「蔡邕《月令章句》曰：『陰者，密雲也；沉者，雲之重也。』」

〔四〕靈化：謂君心轉變。《楚辭・離騷》：「余既不難夫離别兮，傷靈脩之數化。」王逸注：「化，變也。言我竭忠見過，非難與君别離也。傷念君信用讒言，志數變易，無常操也。」别離人：《鮑參軍集注》黄節補注：「别離人，自謂。」

【集説】

明鍾惺、譚元春《古詩歸》卷一二：寄情必深，造語必秀。

又云：與他處詠秋不同，如睹見古人運筆。

清王闓運《湘綺樓説詩》卷八：《詠秋》云：「秋蘭徒晚緑，流風漸不親。」寂然傷心。

秋夕

【解題】

《詩經・唐風・綢繆》：「綢繆束薪，三星在天。今夕何夕，見此良人。」《藝文類聚》卷三引晉夏侯湛《秋夕哀》：「秋夕兮遥長，哀心兮永傷。結帷兮中宇，屣履兮閑房。聽蟋蟀之潛鳴，覩鴻鴈之雲翔。尋修廡之飛檐，覽明月之流光。木蕭蕭以被風，階縞縞以受霜。玉機兮環轉，四運兮驟遷。銜恤兮迄今，忽將兮涉年。日往兮哀深，歲暮兮思繁。」《文選》卷二六謝靈運《道路憶山中》：「不怨秋夕長，常苦夏日短。濯流激浮湍，息陰倚密竿。」

慮涕擁心用，夜默發思機〔一〕。幽閨溢涼吹，閑庭滿清暉〔二〕。紫蘭花已歇，青梧葉方稀〔三〕。江上淒海戾，漢曲驚朔霏〔四〕。髮斑悟壯晚，物謝知歲微〔五〕。臨宵嗟獨對，撫賞怨情違〔六〕。躊躇空明月，惆悵徒深帷〔七〕。

【箋注】

〔一〕慮涕擁心用，夜默發思機：《詩經·小雅·小弁》：「心之憂矣，涕既隕之。」《淮南子·繆稱訓》：「天有四時，人有四用。何謂四用？視而形之，莫明於目。聽而精之，莫聰於耳。重而閉之，莫固於口。含而藏之，莫深於心。」《淮南子·原道訓》：「其縱之也若委衣，其用之也若發機。」《陰符經》上篇：「天性，人也。人心，機也。」《鮑參軍集注》黄節補注：「慮涕，猶憂涕也。思機，猶心機也。」

〔二〕幽閨溢涼吹：謝靈運《傷己賦》：「眺幽閨之清陰，想輕綦之往跡。」本集《蒜山被始興王命作》：「參差出寒吹，飂戾江上謳。」

〔三〕紫蘭：《楚辭·九歌·少司命》：「秋蘭兮青青，緑葉兮紫莖。」青梧：郭憲《洞冥記》卷一：「元光中，帝起壽靈壇。壇上列植垂龍之木，似青梧，高十丈。」

〔四〕江上淒海戾：《鮑參軍集注》黄節補注：「海戾，海風也。張衡《蜀都賦》：『歌江上之飂厲。』厲、戾，古通。《國策》：『秦人遠跡不服，而齊爲虛戾。』注：『虛，墟同。居宅無人曰墟。』死而無後爲厲。義本當從戾。」漢曲驚朔霏：《文選》卷二張平子《西京賦》：「度曲未終，雲起雪飛。初若飄飄，後遂霏霏。」薛综注：「飄飄、霏霏，雪下貌。」李善注：「班固《漢書》曰：『元帝自度曲。』瓚曰：『度曲，歌終更授其次，謂之度曲。』」

〔五〕髮斑：《孟子·梁惠王上》：「頒白者不負戴於道路矣。」趙岐注：「頒者，斑也。頭半白斑斑者也。」《抱朴子》内篇卷四《遐覽》：「鄭君時年出八十，先髮鬢斑白，數年間又黑」。物謝知歲微：《文選》卷二六顏延之《和謝監靈運》：「物謝時既晏，年往志不偕。」李善注：「王逸《楚辭》注曰：『謝，去也。』」六臣吕向注：「萬物退落，歲時既晚，年已往矣，而志不能俱遂。」

〔六〕情違：謝靈運《曇隆法師誄》：「欲以援物，先宜濟此，發軫情違，終然理是。」

〔七〕躊躇空明月，惆悵徒深帷：《楚辭·七諫·怨世》：「驥躊躇於弊輂兮，遇孫陽而得代。」王逸注：「躊躇，不行貌。」《文選》卷二九《古詩十九首·明月何皎皎》：「明月何皎皎，照我羅牀帷。」

望水

刷鬢垂秋日，登高觀水長〔一〕。千澗無别源，萬壑共一廣〔二〕。流駛巨石轉①，湍迴急沫上〔三〕。苕苕嶺岸高，照照寒洲爽〔四〕。東歸難忖惻，日逝誰與賞②〔五〕？臨川憶古事，目孱千載想〔六〕。河伯自矜大，海若沉渺莽〔七〕。

【校記】

①「流駛」，原作「流缺」，今據張溥本、《古詩紀》卷六二改。

②「逝」，原作「世」；「與」，原作「予」，今並據張溥本、《古詩紀》改。

【箋注】

〔一〕刷鬢垂秋日：《文選》卷五三嵇叔夜《養生論》：「勁刷理鬢，醇醴發顏，僅乃得之。」李善注：「《通俗文》曰：『所以理髮，謂之刷也。」六臣吕向注：「勁刷，謂梳也。醇醴，酒也。言以梳理其髮鬢，飲酒以發顔色，其鬢髮豎，面赤耳。僅，少也。」

〔二〕萬壑共一廣：《晉書》卷七二《文苑·顧愷之傳》：「千巖競秀，萬壑争流，草木蒙籠，若雲興霞蔚。」《五音集韻》卷九：「廣，古晃切，大也，闊也。」

〔三〕流駛：《太平御覽》卷四〇引《慎子》：「河之下龍門，其流駛如竹箭，駟馬追走弗能及。」《文選》卷二二謝靈運《登石門最高頂》：「活活夕流駛，噭噭夜猨啼。」六臣吕延濟注：「駛，疾也。」湍迴急沫上：《孟子·告子上》：「性猶湍水也。」孫奭疏：「今謂縈迴之水者，言其水流沙上，縈迴之勢湍湍然也。」《文選》卷一二木華《海賦》：「於是鼓怒，溢浪揚浮，更相觸搏，飛沫起濤。」六臣吕向注：「言風急鼓擊怒，溢浪飛揚，浮涌於空，相觸搏爲沫，起其波濤也。」

〔四〕苕苕嶺岸高：《文選》卷二張平子《西京賦》：「干雲霧而上達，狀亭亭以苕苕。」李善注：「亭亭、苕苕，高貌也。」

〔五〕忖惻：猶忖度。《詩經·小雅·巧言》：「他人有心，予忖度之。」按《鮑參軍集注》「忖惻」作「忖測」。

〔六〕臨川憶古事：《論語·子罕》：「子在川上曰：『逝者如斯夫！不舍晝夜。』」目孱：《史記》卷八九《張耳陳餘列傳》：「趙相貫高、趙午等年六十餘，故張耳客也。生平爲氣，乃怒曰：『吾王，孱王也！』」裴駰集解：「孟康曰：『冀州人謂懦弱爲孱。』」《大戴禮記·曾子立事》：「君子博學而孱守之。」盧辯注：「孱，小貌。」

〔七〕河伯自矜大：《莊子·秋水》：「秋水時至，百川灌河。涇流之大，兩涘渚崖之間，不辨牛馬。於是焉河伯欣然自喜，以天下之美爲盡在己，順流而東行，至於北海。東面而視，不見水端，於是焉河伯始旋其面目，望洋向若而歎。」海若沉渺莽：《楚辭·遠游》：「使湘靈鼓瑟兮，令海若舞馮夷。」王逸注：「海若，海神名也。」渺莽，遼闊無際貌。

【集説】

清陳祚明《采菽堂古詩選》卷一九：孤異之筆，然能寫水勢。「萬壑」句佳。

詠白雪

白珪誠自白，不如雪光妍。工隨物動氣，能逐勢方圓[一]。無妨玉顔媚，不奪素繒鮮[二]。投心障苦節，隱迹避榮年[三]。蘭焚石既斷，何用恃芳堅[四]。

【箋注】

〔一〕工隨物動氣：按《鮑參軍集注》黄節補注：「『氣』，疑作『氛』。《爾雅》：『氛，静也。』與下句方圓對。謝惠連《雪賦》：『既因方而爲珪，亦遇圓而成璧。』」勢方圓：《文選》卷一三謝惠連《雪賦》：「既因方而爲珪，亦遇圓而成璧。」

〔二〕玉顔媚：《楚辭》卷一九宋玉《神女賦》：「貌豐盈以莊姝兮，包温潤之玉顔。」謝惠連《雪賦》：「皓鶴奪鮮，白鷴失素。紈袖慚冶，玉顔掩嫮。」素繒鮮：《急就篇》卷四：「齊國給獻素繒帛。」

〔三〕投心障苦節：《三國志》卷二八《魏志·毌丘儉傳》：「儉以計厚待欽，情好歡洽。欽亦感戴，投心無貳。」謝惠連《雪賦》：「縱心浩然，何慮何營。」按投心，猶縱心。《釋名·釋宫室》：「障，衛也。」《周易·節卦》：「苦節，不可貞。」謝惠連《雪賦》：「玄陰凝不昧其潔，太陽曜不固其節。」榮年：猶榮時，謂百花争豔之時。

〔四〕蘭焚石既斷，何用恃芳堅：《晉書》卷七八《孔愉傳附孔坦傳》：「豈非人怨神怒，天降其災，蘭艾同焚，賢愚所歎。」《藝文類聚》卷五〇引晉潘尼《益州刺史楊恭侯碑》：「君毓乾靈之醇德，挺一世之殊量，禀天然不渝之操，體蘭石芳堅之質。」

鮑照集校注卷九

爲柳令讓驃騎表

【解題】

此文原題作《爲柳令謝驃騎表》，今據張溥本改。按據表中文意，當是讓表。《史記》卷三二《齊太公世家》：「管仲頓首曰：『臣陪臣，安敢。』三讓。乃受下卿禮以見。」

題中之「柳令」，指尚書令柳元景。元景，武人，故鮑照代爲之作此表。詩人又有《侍宴覆舟山》詩二首，亦奉敕而代柳元景所作。《鮑參軍集注》此表題注錢仲聯補注云：「《宋書》卷六《孝武帝紀》：『孝建三年十月丁未，領軍將軍柳元景加驃騎將軍、尚書令。』此表爲是時作。」今考之《宋書》，柳元景加驃騎將軍之時在孝建三年（四五六）十月，而被任爲尚書令則在大明三年（四五九）春正月。錢仲聯先生摘録《宋書・孝武帝紀》時斷句有誤，將本應歸屬於下文之「尚書令」三字誤入上文而致此。其原文應爲「領軍將軍柳元景加驃騎將軍，尚書令建平王宏加中書監、衛將軍」，即是時之尚書令乃建平王宏所任也。曹道衡《鮑照幾篇詩文的寫作時間》以爲此表之作仍當如錢仲聯《鮑照年表》所云，爲孝建三年（四五六）十月時，而題中之「令」則爲後人傳抄時所誤加，是也。孝建三年十月詩人在京都建康任太學博士，兼中書舍人，正可代柳元景作此表。

臣言：伏承詔書，加臣驃騎將軍，餘如故〔一〕。顧循空薄，屢墜成命〔二〕，仰當天寵，伏抱慙灼〔三〕。臣素陋人，本絶分望，適野謝山川之志，輟耕無鴻鵠之歎〔四〕。宦希鄉部，富期農牧〔五〕。夙當昌朝，早值恩洽〔六〕。天網紛横，皇歷歸聖〔七〕。左輪不殷①，良馬未汗〔八〕。功半下列，爵超上賞〔九〕。奮迹騰光，參駕龍服〔一〇〕。翰起雲飛，拂翼虹路〔一一〕。雖囊之脱駕拖紫，捨擔丹轂②〔一二〕，方之微臣，彼安足齒〔一三〕。齊此而歸，懼塵王度〔一四〕，況遂頻煩，重彰濫越〔一五〕。伏願天德曲成，資始令終〔一六〕，雨露之惠，自華及殞〔一七〕，特屈慈獎，降申愚固〔一八〕，則綢繆之施，復踰造物〔一九〕。不勝感躍惶駭之情。謹拜表以聞〔二〇〕。

【校記】

①「左」，張溥本、四庫本作「佐」。

②「捨」，張溥本作「弛」，四庫本作「衿」。

【箋注】

〔一〕驃騎將軍：《宋書》卷三九《百官志上》：「驃騎將軍，一人。漢武帝元狩二年，始用霍去病爲驃騎將軍。漢西京制，大將軍、驃騎將軍位次丞相。」卷四〇《百官志下》，驃騎將軍，第二品。

〔二〕顧循空薄：《後漢書》卷六〇下《蔡邕傳》：「又張敞亡命，擢授劇州，豈復顧循三互，繼以末制乎？」《文選》卷三〇沈休文《和謝宣城》：「顧循良菲薄，何以儷璵璠。」李善注：「鄭玄《毛詩箋》曰：『顧，念也。』」成命：《詩經·周頌·昊天有成命》：「昊天有成命，二后受之。」

〔三〕天寵：《周易·師卦》：「在師中吉，承天寵也。」王弼注：「承上之寵。」慙灼：《方言》卷一三：「灼，驚也。」郭璞注：「猶云恐灼也。」

〔四〕適野：《左傳》襄公三十一年：「與裨諶乘以適野。」輟耕無鴻鵠之歎：《史記》卷四八《陳涉世家》：「陳涉少時，嘗與人傭耕，輟耕之壟上，悵恨久之，曰：『苟富貴，無相忘。』傭者笑而應曰：『若爲傭耕，何富貴也？』陳涉太息曰：『嗟乎！燕雀安知鴻鵠之志哉？』」輟，《廣韻》卷五：「陟劣切，止也。」

〔五〕鄉部：謂鄉官部吏，指下級官吏。《漢書》卷七二《貢禹傳》：「已奉穀租，又出稾稅，鄉部私求不可勝供。」顏師古注：「言鄉部之吏又私有所求，不能供之。」《後漢書》卷六一《左雄傳》：「鄉官部吏，職斯祿薄，車馬衣服，一出於民。……其後鄉部親民之吏，皆用儒生清白任從政者。」

〔六〕恩洽：《漢書》卷八七下《揚雄傳下》：「子墨客卿問於翰林主人曰：『蓋聞聖主之養民也，仁霑而恩洽，動不爲身。』」

〔七〕天綱紛横：《藝文類聚》卷一五引曹植《姜嫄簡狄贊》：「嚳有四妃，子皆爲王，帝摯早崩，堯承天綱。」阮籍《詠懷詩八十二首》之二三：「東南有射山，汾水出其陽。六龍服氣輿，雲蓋切天綱。僊者四五人，逍遥晏蘭芳。寢息一純和，呼噏成露霜。沐浴丹淵中，炤燿日月光。豈安通靈臺，游瀁去高翔。」皇歷歸聖：《宋書》卷六《孝武帝紀》：「三十年正月，上出次西陽之五洲。會元凶弑逆，以上爲征南將軍，加散騎常侍。上率衆入討，荆州刺史南譙王義宣、雍州刺史臧質並舉義兵。四月辛酉，上次溧洲。癸亥，冠軍將軍柳元景前鋒至新亭，修建營壘。甲子，賊劭親率衆攻元景，大敗退走。丙寅，上次江寧。丁卯，大將軍江夏王義恭來奔，奉表上尊號。戊辰，上至於新亭。己巳，即皇帝位。大赦天下，文武賜爵一等，從軍者二等。」

〔八〕左輪不殷：《左傳》成公二年：「張侯曰：『自始合，而矢貫余手及肘，余折以御，左輪朱殷，豈敢言病，吾子忍之。』」杜預注：「朱，血色。血色久則殷。殷音近煙，今人謂赤黑爲殷色，言血多汙車輪，御猶不敢息。」良馬未汗：《史記》卷三九《晉世家》：「文公報曰：『夫導我以仁義，防我以德惠，此受上賞。輔我以行，卒以成立，此受次賞。矢石之難，汗馬之勞，此復受次賞。若以力事我而無補吾缺者，此受次賞。三賞之後，故且及子。』」

〔九〕功半下列：《後漢書》卷五九《張衡傳》：「立事有三，言爲下列。下列且不可庶矣，奚冀其二哉！」李賢注：「《左傳》魯叔孫豹曰：『太上有立德，其次有立功，其次有立言。』」

〔一〇〕奮迹騰光：《文選》卷四七陸士衡《漢高祖功臣頌》：「奮臂雲興，騰跡虎噬，凌險必夷，摧剛則脆。」六臣張銑注：

「奮，振也。」《楚辭・招魂》：「姱容修態絚洞房些，蛾眉曼睩目騰光些。」王逸注：「騰，馳也。」《藝文類聚》卷八〇引潘尼《火賦》：「及至焚野燎原，一火赫羲，林木摧拉，沙粒並糜，騰光絶覽，雲散電披。」參駕龍服：焦贛《易林・乾之否》：「載日精光，驂駕六龍。」《後漢書》卷三一《賈琮傳》：「舊典，傳車驂駕，垂赤帷裳，迎於州界。」

〔一一〕翰起雲飛，拂翼虹路：《史記》卷八《高祖本紀》：「大風起兮雲飛揚，威加海内兮歸故鄉，安得猛士兮守四方。」《藝文類聚》卷三七引晉陸機《吴貞獻處士陸君誄》：「行焉比跡，誦必共響，庶君偕老，靈根克固，拊翼雲霄，雙飛天路。」

〔一二〕雖曩之脱駕拖紫，捨擔丹轂：《史記》卷八七《李斯列傳》：「當今人臣之位無居臣上者，可謂富貴極矣。物極則衰，吾未知所税駕也。」司馬貞索隱：「税駕，猶解駕，言休息也。」按脱駕，猶税駕。《文選》卷四五揚子雲《解嘲》：「懷人之符，分人之禄，紆青拖紫，朱丹其轂。」李善注：「《東觀漢記》曰：『印綬，漢制，公侯紫綬，九卿青綬。』《漢書》曰：『吏二千石朱兩轓。』」六臣吕良注：「紆，帶也。拖，服也。轂，車轂也。青紫，並貴者服飾也。朱丹，以朱色飾其車轂也。」

〔一三〕彼安足齒：《史記》卷三六《陳杞世家》：「滕、薛、騶，夏、殷、周之間封也，小，不足齒列，弗論也。」《漢書》卷四三《叔孫通傳》：「此特群盜鼠竊狗盜，何足置齒牙間哉？」

〔一四〕懼塵王度：謂畏懼玷污王者的德行器度。《詩經・小雅・無將大車》：「無將大車，祇自塵兮。無思百憂，祇自疧兮。」朱熹集傳：「言將大車則塵汙之，思百憂則病及之矣。」《左傳》昭公十二年：「思我王度，式如玉，式如金。」孔穎達疏：「思使我王之德度，用如玉然，用如金然，使之堅而且重，可寶愛也。」

〔一五〕況遂頻煩：《三國志》卷四四《蜀志・費禕傳》：「亮北住漢中，請禕爲參軍。以奉使稱旨，頻煩至吴。」《抱朴子・欽士》：「齊侯之造稷丘，雖頻繁而不辭其勞。」重彰濫越：《玉篇・走部》：「越，于厥切，遠也，踰也。」

〔一六〕伏願天德曲成：董仲舒《春秋繁露・人副天數》：「天德施，地德化，人德義。」《周易・繫辭上》：「曲成萬物而不遺。」韓康伯注：「曲成者，乘變以應物，不係一方者也。」孔穎達疏：「言聖人隨變而應，屈曲委細，成就萬物。」資始令終：《周易・乾卦》：「大哉乾元，萬物資始。」《文選》卷五八蔡伯喈《陳太丘碑文》：「資始既正，守終又令。」吕延濟注：「令，善也。言始資正道，終有善名也。」

〔一七〕雨露之惠：《詩經・小雅・蓼蕭》：「蓼彼蕭斯，零露湑兮。」鄭玄箋：「露者，天所以潤萬物，喻王者恩澤不爲遠國則不及也。」

〔一八〕特屈慈獎：《三國志》卷四〇《蜀志・劉琰傳》：「頗蒙明公本其一心在國，原其身中穢垢，扶持全濟，致其禄位，以至今日。間者迷醉，言有違錯，慈恩含忍，不致之於理，使得全完，保育性命。」降申愚固：《尚書・大禹謨》：「禹拜稽首固辭。」孔傳：「再辭曰固。」

〔一九〕則綢繆之施：《文選》卷二九李陵《與蘇武詩》之二：「獨有盈觴酒，與子結綢繆。」六臣李周翰注：「言行人志急於往路，何以相慰，乃樽酒相與結綢繆之密情也。」復踰造物：《莊子・大宗師》：「偉哉，夫造物者將以予爲此拘拘也。」

〔二〇〕惶駭之情：《三國志》卷一九《魏志・陳思王植傳》：「太祖既慮終始之變，以楊脩頗有才策，而又袁氏之甥也，於是以罪誅脩，植益内不自安。」裴松之注引三國魏魚豢《典略》：「至如脩者，聽采風聲，仰德不暇，目周章於省覽，何惶駭於高視哉。」

解褐謝侍郎表

【解題】

此文原題，四庫本作《解謁謝侍郎表》，誤。今從宋本。

解褐，謂脱去布衣，擔任官職。《晉書》卷五一《皇甫謐傳》：「故士或同升於唐朝，或先覺於有莘；或通夢以感主，或釋釣於渭濱；或叩角以干齊，或解褐以相秦；或冒謗以安鄭，或乘駟以救屯；或班荆以求友，或借術於黄神。」卷九二《文苑・曹毗傳》：「安期解褐於秀林，漁父罷鉤於長川。」是其例。《宋書》卷四〇《百官志下》：「漢初王國置太傅，掌輔導；内史主治民；丞相統衆官；中尉掌武職。分官置職，略同京師。……有郎中令、中尉、大農爲三卿，大國置左右常侍各三人，省郎中，置侍郎二人。」「王國公三卿，師、友、文學」，官第六品。

此表吴丕績《鮑照年譜》以爲乃元嘉十六年（四三九）作，云：「按虞炎先生《集序》，先生曾兩爲侍郎，一在臨川王義慶幕，一在始興王濬幕。今觀《解褐謝侍郎表》云：『臣孤門賤生，操無炯跡。鶉棲草澤，情不及官。不悟天明廣矚，騰滯援沉。』是始仕語也，當作於今歲。」《鮑參軍集注》此表題注錢仲聯補注一仍此説而不變。其《鮑照年表》繫年與吴譜同。按據表文所言，乃詩人始出仕之語氣，表題亦作「解褐」，則必初爲臨川王義慶侍郎時作，吴譜所説是。然吴譜、錢表以爲此表乃元嘉十六年作則非是，其誤蓋因誤會《宋書》卷五一《宗室・臨川烈武王道規傳》所致（説詳見拙著《鮑照年譜》）。鮑照始仕義慶爲國侍郎乃在元嘉十二年（四三五），此表爲是年所作。

臣照言：臣孤門賤生，操無炯迹〔一〕。鶉棲草澤，情不及官〔二〕。不悟天明廣矚，騰滯援沉〔三〕，觀光幽節，聞道朝年〔四〕。榮多身限，思非終報。臣云云①。

【校記】

①「臣云云」，張溥本無此三字。

【箋注】

〔一〕孤門：王充《論衡・自紀》：「充細族孤門，或啁之曰：『宗祖無淑懿之基，文墨無篇籍之遺，雖著鴻麗之論，無所稟階，終不爲高。』」炯：《廣韻》卷三：「炯，光也，明也。」

〔二〕鶉棲草澤：《莊子・天地》：「夫聖人鶉居而鷇食，無意而期安也。」郭象注：「鶉居，謂無常處也。又云如鶉之居，猶言野處。」《後漢書》卷一五《王常傳》：「以秦項之勢，尚至夷覆，況今布衣相聚草澤。以此行之，滅亡之道也。」

〔三〕矚：《廣韻》卷五：「矚，視也。」《淮南子·道應訓》：「此其下無地而上無天，聽焉無聞，視焉無矚。」

〔四〕觀光幽節：謂觀覽國之盛德光輝。《周易·觀卦》：「觀國之光，利用賓于王。」王弼注：「居觀之時，最近至尊，觀國之光者也。」聞道：《論語·里仁》：「子曰：朝聞道，夕死可矣。」

謝秣陵令表

時爲中書舍人

【解題】

按題下原注曰：「時爲中書舍人。」按張溥本無此注。

《宋書》卷三五《州郡志一》揚州丹陽郡：「秣陵令，其地本名金陵，秦始皇改。本治去京邑六十里，今故治邨是也。晉安帝義熙九年，移治京邑，在鬬場。恭帝元熙元年，省揚州府禁防參軍，縣移治其處。」卷四〇《百官志下》：「縣令、長，秦官也。大者爲令，小者爲長，侯國爲相。漢制，置丞一人，尉大縣二人，小縣一人。」諸縣署令千石者，官第六品；六百石者第七品。

據此表題注及表文所云「即日被尚書詔，以臣爲秣陵令」，「遘命逢天，得汙官牒，不悟恩澤無窮，謬當獎試。用謝刀筆，猥承宰職，豈是闇懦，所能克任。今便祇召，違離省闥，係戀罔極，不勝下情」等語，當爲詩人由太學博士，兼中書舍人出爲秣陵令時所作，吴丕績《鮑照年譜》、錢仲聯《鮑照年表》皆繫於孝建三年（四五六）。《鮑參軍集注》此表題注錢仲聯補注云：「宋本有注曰：『時爲中書舍人。』按《南史》照本傳：『於是奏詩，義慶奇之，尋擢爲國侍郎，甚見知賞，遷秣陵令。文帝以爲中書舍人。』是在文帝時。虞炎《鮑照集序》：『孝武初，除海虞令，遷太學博士，兼中書舍人，出爲秣陵令，又轉永嘉令。』是在世祖時。據自注云：『時爲中書舍人。』表文有『用謝刀筆，猥承宰職』，『今便抵召，違離省闥』等語，是先爲中書舍人出爲秣陵令之證，《虞序》自較《南史》爲可信。照自孝武初至大明四年間，爲令凡三遷其職，一爲海虞，一爲秣陵，一爲永嘉，依《漢書·段令宗傳》（按『令宗』應是『會宗』之訛，段會宗事見《漢書》卷七〇）如淳注『邊吏三歲一更』例之，照自孝建元年除海虞，越三年當孝建三年，遷太學博士，兼中書舍人，出爲秣陵令；又三年爲當大明三年，遷永嘉令；又三年當大明六年，除臨海王前軍行參，前後頗相符。」按《南齊書》卷五六《倖臣傳序》云：「中書之職，舊掌機務。漢元以令僕用事，魏明以監令專權，及在中朝，猶爲重寄。陳准歸任上司，荀勗恨於失職。《晉令》舍人位居九品，江左置通事郎，管司詔誥。其後郎還爲侍郎，而舍人亦稱通事。元帝用琅邪劉超，以謹慎居職。宋文世，秋當、周糾並出寒門。孝武以來，士庶雜選，如東海鮑照，以才學知名。又用魯郡巢尚之，江夏王義恭以爲非選。」明言鮑照任中書舍人在孝武帝時，則錢氏辨《南史》之誤，自爲可信。

然而，錢注又有未愜人意之處。據虞炎序，鮑照在任海虞令後又轉任太學博士，兼中書舍人，而後乃轉令秣陵，即詩人並非由海虞令而轉爲秣陵令。海虞即今江蘇常熟，時屬揚州吴郡，地近京都建康，而秣陵則更爲建康之郊縣，皆非邊境郡縣可比，二縣縣令並非邊吏亦甚明。退一步説，即使二縣縣令勉强可算作邊吏，而太學博士，中書舍人及其後他所任之臨海王軍府參軍則絶對不能説成是邊吏。如此，鮑照由中書舍人而出爲秣陵令，而後再由永嘉令（按永嘉令當是永安令之訛）到臨海王前軍行參軍的遷徙過程，又如何可以以「邊吏三歲一更」例之？又且「孝建元年除海虞，越三年當孝建三年」，首尾凡三年；而孝建三年後「又三年當大明三年，遷永嘉令；又三年當大明六年，除臨海王前軍行參」，首尾又皆爲四年而非三年，前後相左，自相矛盾，又不待辯。再且，西漢至劉宋，時隔數百年，年代綿邈，三歲一更之例，應久已廢止。即如鮑照所仕之臨川王義慶爲例，義慶元嘉九年出爲平西將軍、荆州刺史，至元嘉十六年始改爲衛將軍、江州刺史，先後在荆州共八年。這種例子，數不勝數，是錢注所據三歲一更之西漢邊吏的任期，原不足爲據。

今據虞炎序，鮑照出爲秣陵令的時間應在宋孝武帝劉駿初即位的元嘉三十年（四五三）四月至他任子頊參軍的大明六年秋七月的數年間。尋詩人有《月下登樓連句》一首，爲宋孝武帝孝建三年（四五六）秋作；又有《侍宴覆舟山》詩二首，爲孝建三年冬作，作以上數詩時詩人尚在太學博士，兼中書舍人任。則此表之作又在孝建三年之後。大明二年（四五八），詩人即由秣陵令轉任永安令。因此，他由太學博士，兼中書舍人出爲秣陵令並作此表要當在大明元年（四五七）。

臣照言：即日被尚書召，以臣爲秣陵令[一]。臣負插下農①，執羈末皂[二]，情有局塗，志無遠立[三]，遘命逢天，得汙官牒②[四]，不悟恩澤無窮，謬當獎試[五]。用謝刀筆，猥承宰職[六]，豈是闇懦，所能克任[七]。今便祇召③，違離省闥[八]，係戀罔極，不勝下情[九]。謹拜表以聞。

【校記】

①「插」，張溥本、四庫本作「鍤」。按插，鍤字通。

②「汙」，原作「汗」，今據張溥本、四部備要本訂正。

③「祇」，張溥本、四庫本、四部備要本作「抵」。

【箋注】

〔一〕尚書：《宋書》卷三九《百官志上》：「尚書，古官也。舜攝帝位，命龍作納言，即其任也。周官司會，鄭玄云，若今尚書矣。秦世少府遣吏四人在殿中主發書，故謂之尚書。尚，猶主也。……録尚書職無不總，王肅注《尚書》『納於大麓』曰：『堯納舜於尊顯之官，使大録萬機之政也。』凡重號將軍刺史，皆得命曹授用，唯不得施除及加節。宋世祖孝建中，不欲威權外假，省録。大明末復置。此後或置或省。」

〔二〕插：《釋名》卷七：「鍤，插也，插地起土也。」《漢書》卷九九上《王莽傳上》：「父子兄弟負籠荷鍤，馳之南陽。」皂：《廣韻》卷三：「皁，隸。」按皂，皁字通。《左傳》昭公七年：「天有十日，人有十等。故王臣公，公臣大夫，大夫臣士，士臣皁，皁臣輿，輿臣隸，隸臣僚，僚臣僕，僕臣臺，馬有圉，牛有牧，以待百事。」

〔三〕情有局塗：《文選》卷四二魏文帝《與朝歌令吴質書》：「塗路雖局，官守有限。」李善注：「《爾雅》曰：『局，近也。』」

〔四〕遘命：《尚書·金縢》：「惟爾元孫某，遘厲虐疾。」陸德明音義：「遘，遇也。」《文選》卷一六潘安仁《寡婦賦》：「何遭命之奇薄兮，遘天禍之未悔。」李善注：「《爾雅》曰：『遘，遇也。』言夫之早隕者，遇天未悔禍之時。」官牒：記載官吏姓名、爵禄的簿籍。《後漢書》卷六三《李固傳》：「至於表舉薦達，例皆門徒；及所辟召，靡非先舊。或富室財賂，或子壻婚屬，其列在官牒者凡四十九人。」

〔五〕恩澤：《史記》卷二五《律書》：「今陛下仁惠撫百姓，恩澤加海内。」

〔六〕謝：遜，不如。《後漢書》卷七八《宦者傳序》：「或稱伊霍之勳，無謝於往載。或謂良平之畫，復興於當今。」刀筆：《戰國策·秦策五》：「臣少爲秦刀筆，以官長而守小官，未嘗爲兵首。」鮑彪注：「謂爲尚書也，筆以書札，刀削其不當者。」

〔七〕闒懦：《後漢書》卷七五《劉焉傳》：「張魯以璋闇懦，不復承順。璋怒，殺魯母及弟，而遣其將龐羲等攻魯，數爲所破。」克任：《周易·大有》：「公用亨于天子，小人弗克。」孔穎達疏：「小人弗克者，小人德劣，不能勝其位，必致禍害，故云小人弗克也。」

〔八〕祇召：猶奉召。《晉書》卷八三《顧和傳》：「若不祇王命，應加貶黜。」《文選》卷二一謝宣遠《王撫軍庾西陽集別時爲豫章太守庾被徵還東》：「祇召旋北京，守官反南服。」李善注：「言庾被召而旋帝京，已守官而莅南服也。」省闥：按此指中書省，鮑照先爲中書舍人，是時出爲秣陵令，故有此言。《後漢書》卷八〇上《黄香傳》：「後召詣安福殿言政事，拜尚書郎。數陳得失，賞賚增加，嘗獨止宿臺上，晝夜不離省闥，帝聞善之。」

〔九〕罔極：《詩經·小雅·何人斯》：「有靦面目，視人罔極。」鄭玄箋：「人相視無有極時，終必與女相見。」下情：《管子·明法》：「臣有擅主者，則主令不得行，而下情不上通。」

謝賜藥啟

【解題】

詩人又有《請假啟二首》，乃其孝建三年（四五五）於太學博士、兼中書舍人任時所作，其中有云：「臣所患彌留，病軀沉痼。自近蒙歸，頻更頓處，日夜間困或數四。委然一弊，瞻景待化。」是詩人其年久病，疑此啟亦孝建三年所作，蓋中書舍人乃天子近臣，其病重而天子有賜藥之事也。

臣衛躬不謹，養命無術〔一〕。情淪五難，妙謝九法①〔二〕。飆落先傷，衰痾早及〔三〕。遐澤近臨②，猥委存卹〔四〕。癪同山岳，蒙靈藥之賜〔五〕；惠非河間，謬僊使之屈〔六〕。恩逾脯糗，惠重帷席〔七〕。荷對銜慙，伏抱衿渥〔八〕。

【校記】

①「九」，四庫本作「尤」。

②「澤」，原作一字空白，四庫本作「撫」，今據張溥本補。

【箋注】

〔一〕養命無術：《文選》卷五三嵇叔夜《養生論》：「故神農曰『上藥養命，中藥養性』者，誠知性命之理，因輔養以通也。」

〔二〕情淪五難：嵇康《答難養生論》：「養生有五難：名利不滅，此一難也。喜怒不除，此二難也。聲色不去，此三難也。滋味不絶，此四難也。神慮消散，此五難也。」妙謝九法：《列僊傳》卷上：「涓子者，齊人也，好餌術。……隱於宕山，能致風雨，受伯陽九僊法。淮南王安少得其文，不能解其旨也。」

〔三〕飆落先傷：《漢書》卷八七上《揚雄傳上》：「風發飆拂，神騰鬼趡。」顏師古注：「飆，回風也。」衰痾早及：「痾，亦作痾，病也。」

〔四〕猥委存衈：《漢書》卷二九《溝洫志》：「聞禹治河時，本空此地，以爲水猥盛則放溢。」顏師古注：「猥，多也。」《史記》卷四〇《楚世家》：「平王以詐弒兩王而自立，恐國人及諸侯叛之，乃施惠百姓。復陳蔡之地而立其後如故，歸鄭之侵地。存恤國中，修政教。」

〔五〕同山岳：《鮑參軍集注》錢振倫注：「㾮，疑即疹字，蓋疹俗作㾮，而又轉作㾮耳。」

〔六〕惠非河間，謬僊使之屈：《文選》卷六左太沖《魏都賦》：「玄俗無影，木羽偶僊。」李善注：「俗者，自言河間人也。餌巴豆、雲英，賣樂於市，七丸一錢，治百病。王病瘕，服藥用下蛇十餘頭。王家老舍人自言父甘見俗，俗形無影，王呼俗著日中，實無影。河間，故趙也。文帝三年，以爲國。」

〔七〕恩逾脯糗：《韓詩外傳》卷六：「昔郭君出郭，謂其御者曰：『吾渴欲飲。』御者進清酒。曰：『吾飢欲食。』御者進乾脯粱糗。曰：『何備也？』御者曰：『臣儲之。』曰：『奚儲之？』御者曰：『爲君之出亡而道飢渴也。』曰：『子知吾且亡乎？』御者曰：『然。』曰：『何不以諫也？』御者曰：『君喜道諛而惡至言，臣欲進諫，恐先郭亡，是以不諫也。』」惠重帷席：《禮記・檀弓下》：「仲尼之畜狗死，使子貢埋之，曰：『吾聞之也，敝帷不棄，爲埋馬也；敝蓋不棄，爲埋狗也。丘也貧，無蓋，於其封也，亦予之席，毋使其首陷焉。』」

〔八〕伏抱衿渥：《文選》卷六〇謝惠連《祭古冢文》：「射聲垂仁，廣漢流渥。」

謝永安令解禁止啟

【解題】

此啟乃鮑照在永安令任遭到禁止而被解時的謝啟。時永安縣有二，其一在荆州之南河東郡，《宋書》卷三七《州郡志三》：「南河東太守，河東郡，秦立。晉成帝咸康三年，征西將軍庾亮以司州僑户立。宋初八縣，孝武孝建二年，以廣戚併聞喜，弘農、臨汾併松滋，安邑併永安。今領縣四，户二千四百二十三。口一萬四百八十七。去州水一百二十，去京都水三千五百。」「永安令，前漢彘縣，順帝陽嘉二年更名，後屬平陽。」一在益州之宋寧郡，《宋書》卷三八《州郡志四》：「宋寧太守，文帝元嘉十年，免吴營僑立。領縣三，户一千三十六，口八千三百四十二，寄治成都。」「永安令，與郡俱立。」詩人出任永安縣令一職，《宋書》《南史》以及現今流傳之虞炎《鮑照集序》皆未提及。曹道衡《鮑照幾篇詩文的寫作時間》曾推斷鮑照在元嘉二十九年（四五二）離開劉濬幕後即前往永安，就永安令之任。在孝武帝平定劉劭、劉濬的叛亂後，鮑照因爲曾經在劉濬的幕府中擔任過國侍郎之職而遭牽連，受到禁止的處罰。後來朝廷覺察到他和劉濬的陰謀無關，又取消了對他的禁止。因此，他最後得出結論説：「那篇《謝永安令解禁止啟》即作於元嘉三十年孝武帝擊潰劉劭以後。」按曹先生所説，乃臆斷之辭，並不足爲據。首先，虞炎《鮑照集序》「孝武初，遷太學博士，兼中書舍人，出爲秣陵令，又轉永嘉令」的正確版本應該是「孝武初，遷太學博士，兼中書舍人，出爲秣陵令，又轉永安令」，説見卷首虞炎《鮑照集序》校記。因此，鮑照轉永安令的時間應該在孝武帝即位而他又數次變換職務之後，因此，曹先生以爲此啟乃元嘉三十年（四五三）孝武帝擊潰劉劭以後所作的説法，也就失去了推斷的根據。其次，曹説以爲此啟爲元嘉三十年作的另一個理由是：他根據鮑照《瓜步山楬文》中「鮑子辭吴客楚，指兗歸揚」之句，認爲其中的「辭吴客楚」，是指詩人本身的去處，「楚」乃指他赴任今湖北境内的永安；而「指兗歸揚」，乃指出行前詩人對家事的安排。因爲《瓜步山楬文》作於元嘉二十九年五月，所以鮑照任永安令的時間就在二十九年。到元嘉三十年，劉濬被殺，於是鮑照受牽連而被禁止。但是，這個假設的理由依然不能成立。因爲鮑照有《和王義興七夕》《學陶彭澤體奉和王義興》二詩，皆爲元嘉二十九年七八月間鮑照與義興太守王僧達相唱和之作。證據確鑿，毋容置疑。是這年鮑照離開江北即「指兗歸揚」之後，乃在揚州之義興而不在荆州南河東之永安。所以，此啟爲元嘉三十年作之説又失去了另一重要的立論依據。

此啟云：「值天光燭幽，神照廣察，澡舋從宥，與物更稟，遂晞曬陽春，湔汰秋水，綴翼雲條，茸鮮洪沼，洗膽明目，抃手太平。重甄再造，含氣孰比？不悟乾陶彌運，復垂埏飾。矯迹升等，改觀非服，振纓珥筆，聯承貴寵。」是鮑照在被解禁止的同時又有新的任命。今據《宋書》《南史》所載，鮑照在臨海王子頊爲荆州刺史時即已被任命爲臨海王劉子頊的軍府參軍而隨之上荆。子頊任荆州刺史自大明六年七月始，即鮑照在永安令任解禁止並作此謝啟又在此之前。又考《宋書》卷六《孝武帝紀》及卷八〇《孝武十四王傳》，大明五年冬十月，子頊由吴興太守遷征虜將軍、廣州刺史，未之鎮而於大明六年七月改刺荆州。子頊，孝武帝第七子，大明五年時年僅六歲，大明七年時年爲七歲，出鎮吴興太守這樣的腹心之地和廣州這樣的邊境重鎮，應有能吏掌文書簿籍並輔佐之。故鮑照極有可能在子頊擔任吴興太守時即被解禁止而由永安令改任子頊的軍府佐吏，即啟所謂之「振纓珥筆，聯承貴寵」。鮑照此前曾經擔任過中書舍人這樣的耳目親近之職，並一度得到過孝武帝的信任和賞識。此後的失寵並受到禁止的處分，很重要的一個原因乃是受到好友王僧達的牽連，其本身並没有太大的過錯。因此，在經過在永安令任上數年被禁止的處分之後，這次被任爲子頊的軍府佐吏也是符合情理之事。虞炎《鮑照集序》云：「大明五年，除前軍行參軍。」雖然鮑照任前軍行參軍不在大明五年，但記其大明五年即進入臨海王子頊的軍府則是可信的。因此，鮑照由被解禁止並作此謝啟應在大明五年（四六〇）。

臣田茅下第，質非謝品〔一〕。志終四民，希絶三仕〔二〕。邀世逢辰，謬及推擇〔三〕，恩成曲積，榮秩兼過〔四〕。雖誓投纖生，昊天罔極〔五〕，迄無犬馬，孤慙星歲〔六〕。加以淪節雪飈〔七〕，沉誠欵晦。值天光燭幽，神照廣察〔八〕，澡疊從宥①，與物更稟〔九〕，遂晞曬陽春，湔汰秋水〔一〇〕，綴翼雲條，葺鮮洪沼②〔一一〕，洗膽明目，抃手太平〔一二〕。重甄再造，含氣孰比〔一三〕？不悟乾陶彌運，復垂埏飾〔一四〕。矯迹升等③，改觀非服〔一五〕，振纓珥筆，聯承貴寵〔一六〕。豈臣浮朽，所可恭從，實非愚瞢，所宜循踐〔一七〕。瑣族易灰，脆漏已迫〔一八〕，空荷載焘，終貴仰復④〔一九〕，飲冰肅事，懷火畢命〔二〇〕。不勝屏營之情〔二一〕。謹啟事以聞。

【校記】

①「疊」，四庫本作「疊」。

②「洪」，張溥本、四庫本作「決」。

③「矯」，原作「驕」，今據張溥本改。

④「貴」，張溥本、四庫本作「責」。

【箋注】

〔一〕臣田茅下第：《晉書》卷三四《杜預傳》：「在官一年以後，每歲言優者一人爲上第，劣者一人爲下第。」《通典》卷一三《選舉一》：「漢桓帝建和初，詔諸學生年十六以上，比郡國明經試，次第上名。高第十五人，上第十六人，爲中郎；中第十七人，爲太子舍人；下第十七人，爲王家郎。」質非謝品：謂並非陳郡謝氏那樣的高品。《通鑑》卷六九：「尚書陳群以天朝選用，不盡人才，乃立九品官人之法。州郡皆置中正，以定其選，擇州郡之賢有識鑒者爲之。區別人物，第其高下。」《新唐書》卷一九九《柳沖傳》：「魏氏立九品，置中正，尊世胄，卑寒士，權歸右姓。其州大中正、主簿，郡中正、功曹，皆取著姓士族爲之，以定門胄，品藻人物。晉、宋因之，始尚姓已。然其別貴賤，分士庶，不可易也。……過江則爲僑姓，王、謝、袁、蕭爲大。東南則爲吴姓，朱、張、顧、陸爲大。山東則爲郡姓，王、崔、盧、李、鄭爲大。關中亦號郡姓，韋、裴、柳、薛、楊、杜首之。」

〔二〕志終四民：《尚書·周官》：「司空掌邦土，居四民，時地利。」蔡沈集傳：「冬官，卿，主國邦土，以居士、農、工、商四民。」希絶三仕：《論語·公冶長》：「令尹子文三仕爲令尹，無喜色；三已之，無愠色。」

〔三〕謬及推擇：《史記》卷九二《淮陰侯列傳》：「始爲布衣時，貧無行，不得推擇爲吏。」裴駰集解：「李奇曰：『無善行可推舉選擇。』」

〔四〕榮秩兼過：《後漢書》卷五一《陳龜傳》：「至臣頑駑，器無鉛刀一割之用，過受國恩，榮秩兼優，生年死日，永懼不報。」

〔五〕昊天罔極：《詩經·小雅·蓼莪》：「欲報之德，昊天罔極。」鄭玄箋：「我欲報父母是德，昊天乎，我心無極。」按昊天，猶蒼天。

〔六〕迄無犬馬：《藝文類聚》卷五一引曹操《上書讓增封》：「雖有犬馬微勞，非獨臣力，皆由部曲將校之助。」

〔七〕颸：見前《謝藥啟》注。

〔八〕值天光燭幽：《後漢書》卷四〇下《班固傳》載班固《東都賦》：「窮覽萬國之有無，考聲教之所被，散皇明以燭幽。」李賢注：「燭，照也。」神照廣察：《弘明集》卷三宗炳《答何衡陽書》：「若誠信之賢，獨朗神照，足下復何由知之，而言者會復謂是妄説耳。」

〔九〕澡釁從宥：《鮑參軍集注》錢振倫注：「《左傳》注：『釁，罪也。』」

〔一〇〕遂晞曬陽春：《管子·地數》：「君伐菹薪，煮沸水爲鹽，正而積之三萬鍾，至陽春，請籍於時。」湔汰秋水：《後漢書》卷八二下《方術下·華佗傳》：「若在腸胃，則斷截湔洗，除去疾穢，既而縫合，傅以神膏。四五日創愈，一月之間皆平復。」湔汰，猶洗滌，清洗。

〔一一〕茸鮮洪沼：《鮑參軍集注》錢振倫注：「疑當作『茸鱗天沼』，《楚辭·九章》：『魚葺鱗以自別兮，蛟龍隱其文章。』木華《海賦》：『翔天沼，戲窮溟。』」《文選》卷一二木玄虚《海賦》李善注：「莊子曰：『窮髮之北，有溟海者，天池也。』」以天池釋天沼。按洪沼，猶言天沼，作「洪沼」不誤。

〔一二〕抃手太平：《吕氏春秋·古樂》：「帝嚳乃令人抃。」高誘注：「兩手相擊曰抃。」《吕氏春秋·大樂》：「天下太平，萬物安寧。」

〔一三〕重甄再造：《文選》卷五六張茂先《女史箴》：「散氣流形，既陶既甄。」李善注：「如淳曰：『陶人作瓦器謂之甄。』」《揚子法言》卷六：「甄陶天下者，其在和乎。」含氣孰比：《漢書》卷六四下《賈捐之傳》：「含氣之物，各得其宜。」

〔一四〕不悟乾陶彌運，復垂埏飾：《淮南子·精神訓》：「夫造化者之攫援物也，譬猶陶人之埏埴也，其取之地而已。」

〔一五〕矯迹升等：《文選》卷二六陸士衡《吴王郎中時從梁陳作》：「在昔蒙嘉運，矯跡入崇賢。」六臣張銑注：「矯，舉也。崇賢，太子門名。言己昔蒙嘉善之運，得舉迹入此門爲太子洗馬。」改觀非服：《後漢書》卷三七《桓榮丁鴻傳論》：「至夫鄧彪、劉愷，讓其弟以取義，使弟受非服而已厚其名，於義不亦薄乎？」李賢注：「弟不當襲爵，故言非服。」

〔一六〕振纓珥筆：《晉書》卷六一《周浚傳附周馥傳》：「馥振纓中朝，素有俊彦之稱；出據方嶽，實有偏任之重。」《文選》卷三七曹子建《求通親親表》：「安宅京室，執鞭珥筆。出從華蓋，入侍輦轂。」李善注：「珥筆，戴筆也。」六臣劉良注：「珥，插也。插筆，謂侍中職。」

〔一七〕實非愚瞢：《説文·目部》：「瞢，目不明也。」

〔一八〕瑣族易灰：《後漢書》卷四〇下《班固傳》：「慝亡迥而不泯，微胡瑣而不頤。」李賢注：「瑣，小也。」《吕氏春秋·忠廉》：「吴王欲殺王子慶忌，而莫之能殺。吴王患之，要離曰：『臣能之。』吴王曰：『汝惡能乎？吾嘗以六馬逐之江上矣，而不能及。射之矢，左右滿把而不能中。今汝拔劍則不能舉臂，上車則不能登軾，汝惡能？』要離曰：『士患不勇耳，奚患而不能。王誠能助臣，請必能。』吴王曰：『諾。』明旦，加要離罪焉，摯執妻子，焚之而揚其灰。」脆漏已迫：《三國志》卷二六《魏志·田豫傳》：「豫書答曰：『年過七十，而以居位，譬猶鍾鳴漏盡而夜行不休，是罪人也。』」

〔一九〕空荷載燾：《禮記·中庸》：「辟如天地之無不持載，無不覆幬。……小德川流，大德敦化，此天地之所以爲大也。」鄭玄注：「幬亦覆也。小德川流，浸潤萌芽，喻諸侯也。大德敦化，厚生萬物，喻天子也。幬或作燾。」

〔二〇〕飲冰肅事，懷火畢命：《左傳》昭公十三年：「懷錦奉壺，飲冰以蒲伏焉。」《吴越春秋》卷五：「越王念復吴讎，非一旦也，苦身勞心，夜以接日。目臥則攻之以蓼，足寒則漬之以水；冬常抱冰，夏還握火。愁心苦志，懸膽於户，出入嘗之，不絶於口。」

〔二一〕屏營：《國語·吴語》：「王親獨行，屏營仿偟於山林之中，三日乃見其涓人疇。」

論國制啟

【解題】

國制：指國之制度。《漢書》卷四八《賈誼傳》：「方今之勢，何以異此！本末舛逆，首尾衡決，國制搶攘，非甚有紀，胡可謂治。」《晉書》卷二〇《禮志中》：「於是太子遂以厭降之議，從國制除衰麻，諒闇終制。」

《鮑參軍集注》此啟題注錢振倫注據啟中「伏見彭城國舊制，猶有數卷」之語，以爲鮑照必於衡陽王義季任徐州刺史時隨義季到過徐州彭城。並云：「惟啟中語意，不必定爲徐州所作，或事後追憶及之歟？」錢仲聯《鮑照年表》雖然也認爲鮑照曾入衡陽王幕，隨義季到過彭城，但卻未予此啟繫年。今按此啟雖然未必作於徐州，如錢振倫所言。然據啟中「伏見彭城國舊制，猶有數卷，雖多殊革，大綱可依，愚謂宜令掌固刊而撰之，上著朝典藩邦之度，下撰國訓繁簡之誼」之語，是此啟論國制而以彭城國舊制爲法者，則所論之國制必爲藩國之制，故啟又有「臣忝充直員，脱以啟聞」之語。再從啟中數次稱「臣」的情況看，啟又必爲元嘉年間所作而上於他所任職之藩王者。考鮑照之爲藩國幕僚，前有劉義慶之臨川國，後又有劉義季之衡陽國及劉濬之始興國。但文中既然説「伏見彭城國舊制」，則必爲其在彭城時所見。因爲在其他地方是不可能見到彭城國的國制的。當時各藩國雖然各自有各自的特殊情況，相應的藩國制度也有所不同，但相互之間卻可以有所借鑒。所以文中又説此舊制「雖多殊革，大綱可依」，並説「愚謂宜令掌固刊而撰之」，實際上也就是説目前他所在的藩國制度應當借鑒彭城國的舊有制度。因此，此啟必在衡陽王義季幕或始興王劉濬幕中所作。據《宋書》卷六一《武三王·衡陽文王義季傳》載元嘉二十二年，義季「進督豫州之梁郡。遷徐州刺史，持節、常侍、都督如故。……二十四年，義季病篤，上遣中書令徐湛之省疾，召還京師。未及發，薨于彭城。」《宋書》卷五《文帝紀》：「(元嘉二十二年)秋七月……乙酉，征北大將軍、南兗州刺史衡陽王義季改爲徐州刺史。……(二十四年)八月乙未，征北大將軍、徐州刺史衡陽王義季薨。」是義季任徐州刺史自元嘉二十二年(四四五)七月始，二十四(四四七)年八月止。而詩人于元嘉二十四年至二十八(四五一)春在始興王劉濬幕。則此啟之作當在元嘉二十三年(四四六)至二十七年(四五〇)之間。

臣啟：臣聞尺之量錦，工者裁之；衮文之木，繩墨左焉①〔一〕。事無巨細，非法不行〔二〕。當今世問政睦，藩國相望〔三〕，君舉必書，動成准式〔四〕。息躬聖壤②，十有餘載，條制節文，宜其備矣〔五〕。諸王列封，動静兼該〔六〕。而竊見國之處事未盡善，臣之暗蔽，私心有惜。伏見彭城國舊制，猶有數卷〔七〕，雖多殊革，大綱可依〔八〕。愚謂宜令掌固刊而撰之③〔九〕，上著朝典藩邦之度〔一〇〕，下揆國訓繁簡之誼④，傍酌州府寬猛之中〔一一〕，章程久具，永爲恒制。〔一二〕豈伊今美，乃足貴之將來。臣忝充直員，脱以啟聞，煩而非要，伏追慙悚〔一三〕。謹啟。

【校記】

①「左」，張溥本、四庫本作「在」。

②「躬」，張溥本作「射」。

③「固」，四庫本作「故」。

④「誼」，錢仲聯《鮑參軍集注》本作「宜」。

【箋注】

〔一〕衺丈之木：《墨子·雜守》：「三十步一弩廬，廬廣十尺，衺丈二尺。」《文選》卷二張平子《西京賦》：「於是量徑輪，考廣衺。」李善注：「《説文》曰：『南北曰衺。』」繩墨左焉：《禮記·經解》：「禮之於正國也，猶衡之於輕重也，繩墨之於曲直也，規矩之於方圜也。故衡誠縣，不可欺以輕重；繩墨誠陳，不可欺以曲直；規矩誠設，不可欺以方圜；君子審禮，不可誣以姦詐。」

〔二〕事無巨細：《三國志》卷三五《蜀志·諸葛亮傳》：「建興元年，封亮武鄉侯，開府治事。頃之，又領益州牧，政事無巨細，咸決於亮。」

〔三〕當今世問政睦：《晉書》卷五五《夏侯湛傳》：「夫欲進其身者，不過千萬乘，而僕以上朝堂，答世問，不過顯所知。」

〔四〕君舉必書：《左傳》隱公元年：「君舉必書，然則史之策書皆君命也，今不書於經，亦因史之舊法。」動成准式：《晉書》卷四六《劉頌傳》：「故君子得全美以善事，不善者必夷戮以警衆，此爲政誅赦之準式也。」

〔五〕條制節文：《後漢書》卷三《章帝紀》：「其科條制度所宜施行，在事者備爲之禁，先京師而後諸夏。」《晉書》卷二六《食貨志》載泰始二年詔云：「今宜通糴，以充儉乏。主者平議，具爲條制。」《禮記·坊記》：「禮者因人之情而爲之節文以爲民坊者也。」鄭玄注：「此節文者，謂農有田里之差，士有爵命之級。」

〔六〕諸王列封：《宋書》卷六一《武三王·江夏文獻王義恭傳》：「晉氏列封，正足成永嘉之禍。尾大不掉，終古同疾。」動静兼該：《周易·艮卦》：「時止則止，時行則行。動静不失其時，其道光明。」

〔七〕伏見彭城國舊制：《宋書》卷六八《武二王·彭城王義康傳》：「永初元年，封彭城王，食邑三千户。進號右將軍。……六年，司徒王弘表義康宜還入輔，徵侍中、都督揚南徐兗三州諸軍事、司徒、録尚書事，領平北將軍、南徐州刺史，持節如故，二府竝置佐領兵。與王弘共輔朝政。弘既多疾，且每事推謙。自是，内外衆務，一斷之義康。……二十二年，太子詹事范曄等謀反，事逮義康。……二十八年正月，遣中書舍人嚴龍齎藥賜死。」

〔八〕大綱可依：《漢書》卷一〇〇下《叙傳下》：「略存大綱，以統舊文。」

〔九〕愚謂宜令掌固刊而撰之：《漢書》卷五七下《司馬相如傳下》：「宜命掌故悉奏其儀而覽焉。」顏師古注：「掌故，太常官屬，主故事者。」《文選》卷一班孟堅《兩都賦序》：「而公卿大臣御史大夫倪寬、太常孔臧、太中大夫董仲舒、宗正劉德、太子太傅蕭望之等，時時間作。」李善注：「《漢書》曰：『倪寬修《尚書》，以郡選詣博士。』『孔安國射策爲掌固，遷侍御史。』」班孟堅《兩都賦序》：「總禮官之甲科，群百郡之廉孝。」李善注：「匡衡射策甲科，除太常掌故。」《鮑參軍集注》錢振倫注：「（固，故）二字通用，非《周禮·夏官》之掌固也。」

〔一〇〕朝典：《宋書》卷五三《庾炳之傳》：「雖是令史，出乃遠虧朝典，又不得謂之小事。」

〔一一〕傍酌州府寬猛之中：《漢書》卷七八《爰延傳》：「後令史昭以爲鄉嗇夫，仁化大行，人但聞嗇夫，不知郡縣。在事三年，州府禮請不就。」《左傳》昭公二十年：「仲尼曰：『善哉，政寬則民慢，慢則糾之以猛；猛則民殘，殘則施之以寬。寬以濟猛，猛以濟寬，政是以和。』」《後漢書》卷七六《循吏傳·王渙》：「永元十五年，從駕南巡，還爲洛陽令。以平正居身，得寬猛之宜。」

〔一二〕章程久具：《史記》卷一三〇《太史公自序》：「於是漢興，蕭何次律令，韓信申軍法，張蒼爲章程。」裴駰集解：「如淳曰：『章，曆數之章術也；程者，權衡丈尺斛斗之平法也。』」

〔一三〕煩而非要：《史記》卷一三〇《太史公自序》：「儒者博而寡要，勞而少功，是以其事難盡從。」

謝上除啟

【解題】

上除，謂遷職。《漢書》卷五《景帝紀》：「列侯薨及諸侯太傅初除之官，大行奏謚、誄、策。」顏師古注：「如淳曰：『凡言除者，除故官就新官也。』」

臣言：被宣賜臣上除。臣伏事日淺，蒙荷已豐〔一〕，天澤所及，且喜且懼〔二〕。但臣自丁常桓〔三〕，來塗階級，非所敢冀〔四〕。今日榮願，直爾不少〔五〕，冒乞停止上除①。伏願重許，干穢悚息〔六〕。

【校記】

①「停止上除」，原作「停不止除」，今據張溥本改。按盧校作「停不上除」。

【箋注】

〔一〕臣伏事日淺：《史記》卷二《夏本紀》：「及禹崩，雖授益，益之佐禹日淺，天下未洽。故諸侯皆去益而朝啟。」蒙荷已豐：《宋書》卷七八《蕭思話傳》：「況下官蒙荷榮渥，義兼常志。」

〔二〕天澤所及：《周易·履卦》：「上天下澤。」《宋書》卷九二《良吏·陸徽傳》：「敢緣天澤雲行，時德雨施，每甄外州，榮加遠國。」且喜且懼：《論語·里仁》：「子曰：『父母之年不可不知也，一則以喜，一則以懼。』」

〔三〕但臣自丁常桓：《爾雅·釋器》：「木豆謂之豆。」郭璞注：「豆，禮器也。」陸德明音義：「豆如字，本又作桓。」《東漢文紀》卷二八《魯相韓敕造孔廟禮器碑》：「君於是造立禮器，樂之音苻，鐘磬瑟鼓雷洗觴觚爵鹿柤桓。」《鮑參軍集注》錢振倫注：「常桓未詳。按前有《轉常侍上疏》，此桓字或是桓字，取出入周圍之義。」福林按：常桓謂常用食器，藉以喻平常之才器。錢注非是。

〔四〕來塗階級：《鶡冠子》卷上：「臣不虛貴階。」王符《潛夫論·班禄》：「上下大小，貴賤親疏，皆有等威，階級衰殺。」

〔五〕今日榮願：《太平御覽》卷八〇引《符子》：「許由謂堯曰：『坐于華殿之上，面雙闕之下，君之榮願亦已足矣。』」

〔六〕干穢悚息：《弘明集》卷一二范泰《論沙門踞食表》之三：「伏願陛下録其一往之至，不以知拙爲辠，復敦冒昧，干穢竊恃古典，不加刑之耳。」《三國志》卷六〇《吴志·周魴傳》：「謹拜表以聞，並呈牋草，懼於淺局，追用悚息。」

通世子自解啟

【解題】

此文原題作《通世子自解》，張溥本、盧校作《通世子自解啟》，今從之。

吴丕績《鮑照年譜》繫此啟於元嘉二十一年臨川王義慶卒後，並以爲乃上義慶世子燁者。錢仲聯亦從其説，《鮑參軍集注》此啟題注錢仲聯補注云：「『自解』，謂自解臨川王國侍郎也。按臨川王義慶於元嘉十六年爲江州刺史，以照爲國侍郎。至二十一年春正月，臨川王薨，照服三月之喪，服竟上書世子，自解侍郎還鄉。本集有《臨川王服竟還田里詩》可證。照爲臨川王國侍郎凡六年，此啟有『今請解所職，願蒙矜許。自奉清塵，於兹六祀，墜辰永往，遺恩在心』等句，明謂義慶已薨，六祀之數亦相合。」按吴譜、錢表以爲啟乃元嘉二十一年（四四四）義慶薨後，鮑照上義慶世子燁以自解者，是也。然而，鮑照元嘉十二年（四三五）於荆州始仕臨川王義慶，則其爲義慶服三月喪滿作此啟時先後凡十年，而非六載。此啟所云「自奉清塵，於兹六祀」，乃指其與世子相識凡六載，而非指在義慶幕之時間。吴、錢二説之誤，乃誤會《宋書》義慶本傳，以爲鮑照與袁淑同在元嘉十六年于江州入義慶幕所致，辨另見不贅敘。且鮑照又有《皇孫誕育上疏》《轉常侍上疏》二文，皆作於他在臨川王幕期間。《皇孫誕育上疏》云：「兼郎中令侍郎臣照言。」説明他當時曾代理郎中令之職，此郎中令乃六品的王國三卿之一，位高於侍郎。當時雖然是代理，但至少説明他在義慶幕中的地位已不是一般的侍郎可比。《轉常侍上疏》云：「即日被中曹板轉臣爲左常侍。」以上二職皆爲鮑照離義慶幕前亦即在上此啟之前所擔任。因此，鮑照此次上啟請自解者，恐爲王國左常侍。吴譜、錢表云「『自解』，謂自解臨川王國侍郎」之説，恐欠審慎。

僕以常梪，無用於世〔一〕，遭逢謬幸，被受恩榮。誠願論畢，久宜捐落〔二〕。仁眷篤終，復獲淹停〔三〕。感今惟昔，銜佩無已〔四〕。但自無堪，尸素累載〔五〕，腹心之愧，寤寐爲憂〔六〕。今請解所職①，願蒙矜許。自奉清塵，于兹六祀〔七〕，墜辰永往，遺恩在心。執紙哽咽，言不自宣。

【校記】

①「今」，原作「令」，今據張溥本、四庫本、四部備要本改。

【箋注】

〔一〕常梪：謂常用食器，藉以喻才用平常。《爾雅·釋器》：「木豆謂之豆。」郭璞注：「豆，禮器也。」陸德明音義：「豆如字，本又作梪。」

〔二〕捐落：《説文·手部》：「捐，棄也。」《莊子·在宥》：「黄帝退，捐天下，築特室，席白茅，閒居三月。」按捐落，猶遺棄。

〔三〕仁眷篤終：《論語·學而》：「慎終追遠，民德歸厚矣。」何晏集解：「慎終者，喪盡其哀；追遠者，祭盡其敬。」《晉書》卷三四《羊祜傳》：「夫篤終追遠，人德歸厚，漢祖不惜四千户之封，以慰趙子弟心。」

〔四〕感今惟昔：《文選》卷二五盧子諒《贈劉琨》：「瞻彼日月，迅過俯仰。口存心想，借曰如昨，忽爲疇曩。」銜佩無已：曹植《謝妻改封陳妃表》：「況臣含氣銜佩弘惠，殁而後已。誠非翰墨屬辭所能報答。」

〔五〕但自無堪：《三國志》卷四五《蜀志·楊戲傳附衛繼傳》：「繼敏達夙成，學識通博，進仕州郡，歷職清顯。而其餘兄弟四人，各無堪當世者。」尸素累載：《漢書》卷六七《朱雲傳》：「今朝廷大臣，上不能匡主，下亡以益民，皆尸位素餐。」顔師古注：「尸位者，不舉其事，但主其位而已。素餐者，德不稱官，空當食禄。」《晉書》卷七七《蔡謨傳》：「臣以頑薄，昔忝殊寵，尸素累紀，加違慢詔命，當肆市朝。」

〔六〕腹心之愧：《孟子·離婁》：「君之視臣如手足，則臣視君如腹心；君之視臣如犬馬，則臣視君如國人；君之視臣如土芥，則臣視君如寇讎。」寤寐爲憂：《詩經·周南·關雎》：「窈窕淑女，寤寐求之。求之不得，寤寐思服。」毛傳：「寤，覺；寐，寢也。」

〔七〕自奉清塵：《漢書》卷五七下《司馬相如傳下》：「今陛下好陵阻險，射猛獸，卒然遇軼才之獸，駭不存之地，犯屬車之清塵。」顔師古注：「塵，謂行而起塵也。應劭曰：古者諸侯貳車九乘，秦滅九國，兼其車服，漢依秦制，故大駕車八十一乘。』師古曰：『屬者，言相連續不絶也。言清者，尊貴之意也。』」《文選》卷二五盧子諒《贈劉琨》：「自奉清塵，於今五稔。」六臣呂向注：「奉清塵者，言得從後塵也。」於茲六祀：鮑照元嘉十二年於荆州爲臨川王義慶國常侍，此啟爲元嘉二十一年作，此云「於茲六祀」者，則其與義慶世子燁相交自元嘉十六年始，當在隨義慶在江州時也。

重與世子啟

【解題】

此啟應是前啟之續啟，蓋因前啟通臨川世子自請解職，未被獲准而重陳前志者。故啟有「奉還誨，深承殷勤篤眷之重」，以及「今者之請，必願鑒許」等語。是亦元嘉二十一年（四四四）所作。

奉還誨，深承殷勤篤眷之重〔一〕。披讀未終，悲愧交集〔二〕。僕以常人，所蒙隆厚〔三〕，久應知退，非適今日〔四〕。銜恩戀德，用缺進心①。今者之請，必願鑒許。且僕棲遲無事，咫尺館第〔五〕，滄稟風微②，非旦則夕，居職還私，兩者無異〔六〕，而於僕無用，有以自處〔七〕，豈非仁念始終之惠。重致于日③，弥深慙感〔八〕。

【校記】

①「進」，張溥本作「盡」。

②「風」，錢仲聯《鮑參軍集注》本作「夙」。

③「于日」，盧校作「干敵」。

【箋注】

〔一〕深承殷勤篤眷之重：《禮記·曲禮下》：「國君去其國，止之曰：『奈何去社稷也？』大夫曰：『奈何去宗廟也？』士曰：『奈何去墳墓也？』」鄭玄注：「皆臣民殷勤之言。」陸雲《與陸典書》：「來誨綢繆，篤眷彌隆。」

〔二〕披讀未終：張衡《與崔瑗書》：「乃者與朝賀，明日披讀《太玄經》，知子雲特極陰陽之數也。」

〔三〕僕以常人：《莊子·人間世》：「采色不定，常人之所不違。」

〔四〕久應知退：《韓詩外傳》卷八：「齊莊公出獵，有螳蜋舉足將搏其輪。問其御曰：『此何蟲也？』御曰：『此是螳蜋也，其爲蟲知進而不知退，不量力而輕就敵。』莊公曰：『以爲人，必爲天下勇士矣。』於是迴車避之，而勇士歸之。」

〔五〕且僕棲遲無事：《詩經·陳風·衡門》：「衡門之下，可以棲遲。」朱熹集傳：「棲遲，游息也。」咫尺館第：《説文解字》卷八下：「周制，寸、尺、咫、尋、常、仞諸度量，皆以人之體爲法。」「中婦人手長八寸，謂之咫。周尺也。」《左傳》僖公九年：「天威不違顔咫尺。」杜預注：「顔面之前八寸曰咫。」《後漢書》卷四三《何敞傳》：「而猥復爲衛尉篤，奉車都尉景繕修館第，彌街絶里。」

〔六〕居職還私，兩者無異：《鮑參軍集注》錢仲聯注：「按《宋書·臨川烈武王傳》：義慶薨於京邑。據此處文意，照家亦在京，故本集《還都至三山望石頭城》詩有『游子遲見家』之句，《發後渚》詩有『方冬與家别』之句也。」

〔七〕而於僕無用：《莊子·逍遥游》：「今子有大樹，患其無用，何不樹之於無何有之鄉，廣莫之野，彷徨乎無爲其側，逍遥乎寢卧其下，不夭斤斧，物無害者，無所可用，安所困苦哉？」有以自處：《楚辭·九章·悲回風》：「惟佳人之獨懷兮，折若椒以自處。」王逸注：「處，爲也。」

〔八〕重致于日：《鮑參軍集注》錢振倫注：「『于日』，疑當作『干冒』。」

請假啟二首

【解題】

此文原題，張溥本無「二首」二字，今從宋本。

此啟後一首云：「天倫同氣，實惟一妹，存没永訣。不獲計見，封瘞泉壤臨送。私懷感恨，情痛兼深。」可見作此啟時鮑照妹已卒。曹道衡《鮑照幾篇詩文的寫作時間》根據鍾嶸《詩品》所記載之：「令暉歌詩，往往嶄絶清巧，擬古尤勝。唯《百願》淫矣。照嘗答孝武云：『臣妹才自亞於左芬，臣才不及太沖爾。』」蘭英綺密，甚有名篇，又善談笑。齊武謂韓云：『借使二媛生於上葉，則玉階之賦，紈素之辭，未詎多也。』」以及《南齊書》卷二〇《皇后·武穆裴皇后傳》所記載之韓蘭英事蹟：「吴郡韓蘭英，婦人有文辭。宋孝武世，獻《中興賦》，被賞入宫。宋明帝世，用爲宫中職僚。世祖以爲博士，教六宫書學，以其年老多識，呼爲『韓公』。」認爲韓蘭英之文學活動開始於宋孝武帝時，當時鮑令暉尚未卒。並進而指出鮑令暉的卒年云：「還是以鮑照任中書舍人之職時的可能性爲最大。」這是因爲如果她卒於元嘉時，孝武帝似乎就不必再提她，後來齊武帝也不會把她與韓蘭英並提。而如果她卒於大明五年或六年以後，鮑照就不必直接向皇帝請假，只要向臨海王子頊請假就行了。今按：曹先生所認爲的鮑令暉卒於鮑照任中書舍人時，頗爲有據。尋鮑照擔任中書舍人的時間在孝建三年(四五六)，因此此啟後一首的寫作時間也約在孝建三年鮑令暉卒後。而此啟前一首云：「冒欲請假三十日，伏願天恩，賜垂矜許。」後一首云：「自近蒙歸，頻更頓處，日夜間困或數四。委然一弊，瞻景待化。」又云：「冒乞申假百日，伏願天慈，賜垂矜許。」前啟未曾提及其妹，而後啟乃云「封瘞泉壤臨送」。見其妹令暉之卒，或在前啟所請三十日假期之内。前啟又有「臣居家之治，上漏下濕。暑雨將降，有懼崩壓」之語，則二啟又作於孝建三年（四五六）春夏之間。

一

臣啟：臣居家之治，上漏下濕〔一〕。暑雨將降，有懼崩壓〔二〕。比欲完葺，私寡功力〔三〕，板插綯塗①，必須躬役〔四〕。冒欲請假三十日，伏願天恩，賜垂矜許〔五〕。干啟復追悚息②〔六〕，謹啟。

【校記】

①「插」，張溥本作「鍤」。

②「干」，張溥本作「于」。

【箋注】

〔一〕臣居家之治，上漏下濕：《莊子・讓王》：「原憲居魯，環堵之室，茨以生草，蓬户不完，桑以爲樞，而甕牖二室，褐以爲塞，上漏下濕，匡坐而弦。」

〔二〕有懼崩壓：《漢書》卷九七下《外戚・定陶丁姬傳》：「謁者護既發傅太后冢，崩壓殺數百人。」

〔三〕比欲完葺：《左傳》襄公三十一年：「繕完葺牆，以待賓客。」杜預注：「葺，覆也。」孔穎達疏：「此云葺牆，謂草覆牆也。」

〔四〕板插綯塗：《史記》卷八二《田單傳》：「田單知士卒之可用，乃身操版插，與士卒分功。」張守節正義：「古之行軍，常負版插也。」《釋名》卷七：「鍤，插也，插地起土也。」《詩經・豳風・七月》：「晝爾于茅，宵爾索綯。」毛傳：「綯，絞也。」鄭玄箋：「夜作絞索，以待時用。」

〔五〕伏願天恩：《後漢書》卷四七《班超傳》：「超幸得以微功，特蒙重賞，爵列通侯，位二千石，天恩殊絶。」

〔六〕復追悚息：《三國志》卷六〇《吴志·周魴傳》：「謹拜表以聞，並呈牋草，懼於淺局，追用悚息。」

二

臣啟：臣所患彌留，病軀沈痼①〔一〕。自近蒙歸，頻更頓處〔二〕，日夜間困或數四。委然一弊，瞻景待化。加以凶哀，嬰遘慘悼②〔三〕。終鮮兄弟，仲由所哀〔四〕。臣實百罹，孤苦夙丁③〔五〕。天倫同氣，實惟一妹〔六〕，存没永訣，不獲計見，封瘞泉壤臨送〔七〕。私懷感恨，情痛兼深。臣母年老，經離憂傷，服麄食淡，羸耗增疾〔八〕。心計焦迫④，進退罔蹟〔九〕。冒乞申假百日〔一〇〕，伏願天慈，賜垂矜許。臣違福履〔一一〕，身事屯悴，歎息和景，掩淚春風〔一二〕，執啟涕結，伏追惶悚。謹啟。

【校記】

①「軀」，原作「願」，四庫本、《宋文紀》卷一〇作「顧」，今據張溥本改。

②「悼」，四庫本作「惲」。

③「夙丁」，四部備要本、盧校同，張溥本作「凬雨」，四庫本、《宋文紀》作「風雨」。

④「焦」，張溥本作「羔」。

【箋注】

〔一〕臣所患彌留：《尚書·顧命》：「病日臻，既彌留，恐不獲誓言嗣。」蔡沈集傳：「病日至，既彌甚而留連。」病軀沈痌：《文選》卷二三劉公干《贈五官中郎將》詩之二：「余嬰沈痌疾，竄身清漳濱。」李善注：「《禮記》曰：『身有痌疾。』《説文》曰：『痌，久也。』」

〔二〕頻更頓處：《史記》卷七三《王翦傳》：「三日三夜不頓舍，大破李信軍。」《文選》卷一七傅武仲《舞賦》：「擊不致筴，蹈不頓趾。」李善注：「蹈鼓而足趾不頓，言輕且疾也。」

〔三〕嬰遘慘悼：《晉書》卷七七《陸曄傳附陸玩傳》：「臣嬰遘疾疢，沉頓歷月，不蒙痊損，而日夕漸篤。」

〔四〕終鮮兄弟，仲由所哀：《史記》卷六七《仲尼弟子列傳》：「仲由字子路，卞人也，少孔子九歲。子路性鄙，好勇力，志伉直。冠雄雞，佩豭豚，陵暴孔子。孔子設禮稍誘子路，子路後儒服委質，因門人請爲弟子。」《禮記·檀弓上》：「子路有姊之喪，可以除之矣，而弗除也。孔子曰：『何弗除也？』子路曰：『吾寡兄弟而弗忍也。』」

〔五〕臣實百罹：《詩經·王風·兔爰》：「我生之後，逢此百罹，尚寐無吪。」毛傳：「罹，憂。」孤苦夙丁：猶言「夙丁孤苦」。《詩經·大雅·雲漢》：「耗斁下土，寧丁我躬。」毛傳：「丁，當也。」《梁書》卷四《簡文帝紀》：「朕以不造，夙丁閔凶。」按梁簡文雖在鮑照後，然「夙丁」當元有所來，否則即鮑照所自造之詞耳。

〔六〕天倫同氣：《春秋穀梁傳》隱公元年：「兄弟，天倫也。」范甯注：「兄先弟後，天之倫次。」《周易·乾卦》：「同聲相應，同氣相求。」實惟一妹：鍾嶸《詩品》：「令暉歌詩，往往嶄絶清巧，擬古尤勝，唯百願淫矣。照嘗答孝武云：『臣妹才自亞於左芬，臣才不及太沖爾。』」

〔七〕封瘞泉壤臨送：謝靈運《泰山吟》：「岱宗秀維嶽，崔崒刺雲天。岝崿既嶮巇，觸石輒芊綿。登封瘞崇壇，降禪藏肅然。石閭何晻藹，明堂祕靈篇。」《左傳》文公三年：「遂自茅津濟，封殽尸而還。」杜預注：「封，埋藏之。」《爾雅·釋言》：「瘞，幽也。」郭璞注：「幽，亦薶也。」邢昺疏：「皆謂薶藏。」潘岳《寡婦賦》：「上瞻兮遺象，下臨兮泉壤。」

〔八〕服麄食淡：《史記》卷九九《叔孫通傳》：「呂后與陛下攻苦食啖，其可背哉。」裴駰集解：「徐廣曰：『啖，一作淡。』駰案如淳曰：『食無菜茹爲啖。』」司馬貞索隱：「《説文》：『淡，薄味也。』」羸耗增疾：《漢書》卷七九《馮奉世傳》：「天下被饑鏂，士馬羸耗，守戰之備久廢不簡。」顏師古注：「耗，減也。」

〔九〕進退罔躓：《楚辭·九章·悲回風》：「紛容容之無經兮，罔芒芒之無紀。」洪興祖補注：「言楚國上下昏亂無綱紀也。」《左傳》宣公十五年：「杜回躓而顛，故獲之。」楊伯峻注：「躓，謂行時足遇阻礙而觸之也。」

〔一〇〕申假：猶續假。《通鑑》卷九〇晉大興元年：「孝廉申至七年乃試。」胡三省注：「申，寬展也。」

〔一一〕臣違福履：《詩經·周南·樛木》：「南有樛木，葛藟纍之。樂只君子，福履綏之。」毛傳：「履，祿；綏，安也。」鄭玄箋：「妃妾以禮義相與和合，又能以禮樂樂其君子，使爲福祿所安。」

〔一二〕歎息和景：《藝文類聚》卷九引晉顧愷之《冰賦》：「激厲風而貞質，仰和景而融暉，清流離之光徹，邈雲英之巍巍。」

拜侍郎上疏

【解題】

此文原題作「侍郎上疏」，今從張溥本。按據文意，此當是拜侍郎時之謝疏。

《鮑參軍集注》此文題注錢仲聯補注以爲此疏乃鮑照被始興王劉濬引爲國侍郎時作，並論定詩人進入始興王幕府之時間在元嘉二十四年衡陽王義季卒後，亦即此疏爲元嘉二十四年（四四七）作。所説頗爲有據。今據《宋書·文帝紀》，衡陽王義季於元嘉二十四年八月乙未卒於徐州刺史任，即鮑照入始興幕並作此文又應在是年八月之後。

臣言：臣北州衰淪，身地孤賤〔一〕。衆善必違①，百行無一〔二〕。生丁昌運，自比人曹〔三〕。操乏端槩，業謝成迹〔四〕。徂年空往，瑣心靡述〔五〕。褫鑾投簪，於斯終志〔六〕。束菜負薪，期與相畢〔七〕。安此定命，忝彼公朝〔八〕。

不悟乾羅廣收，圓明兼覽[九]，雕瓠飾笙，備雲和之品[一〇]；潢汙流藻②，充金鼎之實[一一]。鎩羽暴鱗，復見翻躍[一二]；枯楊寒炭，遂起煙華[一三]。末識微躬③，猥能及此[一四]；未知陋生，何以爲報[一五]？祇奉恩命，憂愧增灼，不勝感荷屏營之情[一六]。謹詣閤拜疏以聞。

【校記】

①「違」，原作「逹」，今據張溥本改。

②「汙」，原作「汗」，今據張溥本、四部備要本改。

③「末」，張溥本、四庫本作「未」。

【箋注】

〔一〕臣北州衰淪，身地孤賤：虞炎《鮑照集序》：「鮑照字明遠，本上黨人，家世貧賤。」《南齊書》卷五六《倖臣傳序》：「晉令，舍人位居九品。江左置通事郎，管司詔誥，其後郎還爲侍郎，而舍人亦稱通事。元帝用琅邪劉超，以謹慎居職。宋文世，秋當、周糾並出寒門。孝武以來，士庶雜選，如東海鮑照，以才學知名。又用魯郡巢尚之，江夏王義恭以爲非選。」按鮑照祖籍上黨，即今山西上黨，東漢時鮑氏由上黨遷徙至時治郯城之東海，晉室南渡後又遷徙至南徐州之京口。故云「北州衰淪」。

〔二〕百行無一：《詩經·衛風·氓》：「士之耽兮，猶可説也。」鄭玄箋：「士有百行，可以功過相除。」《文選》卷四三嵇叔夜《與山巨源絶交書》：「故君子百行，殊途而同致。」六臣吕向注：「百行，言多也。」

〔三〕生丁昌運：《爾雅·釋詁》：「丁，當也。」《宋書》卷四四《謝晦傳》：「天祚明德，屬當昌運，不有所廢，將何以興。」《文選》卷二三顔延年《拜陵廟作》：「勑躬慙積素，復與昌運並。」自比人曹：《吕氏春秋·知度》：「枉辟邪撓之人退矣，貪得僞詐之曹遠矣。」高誘注：「曹，衆。」《後漢書》卷四七《班超傳》：「卿曹與我俱在絶域，欲立大功以求富貴。」李賢注：「曹，輩也。」

〔四〕操之端槩：《禮記・玉藻》：「君子之容舒遲，見所尊者齊遬，足容重，手容恭，目容端，口容止。」孔穎達疏：「目容端者，目宜端正，不邪睇而視之。」《禮記・月令・仲春之月》：「角斗甬，正權概。」鄭玄注：「概，平斗斛者。」業謝成迹：《晉書》卷九二《文苑・伏滔傳》：「二將以圖功首難，士少以驕矜樂禍。本其所因，考其成跡，皆寵盛禍淫，福過災生，而制之不漸，積之有由也。」

〔五〕徂年空往：晉陶潛《榮木》：「嗟余小子，稟茲固陋。徂年既流，業不增舊。」《後漢書》卷二四《馬援傳》：「伏波好功，爰自冀隴。南靜駱越，西屠燒種。徂年已流，壯情方勇。」

〔六〕褫辔投簪：《鮑參軍集注》錢振倫注：「褫辔，似即懸車之意。」《藝文類聚》卷三六引陸機《應嘉賦》：「苟形骸之可忘，豈投簪其必谷。」於斯終志：嚴可均《全宋文》卷一九王微《茯苓贊》：「皓苓下居，披芬上薈，中狀雞鳧，具容龜蔡。神侔少司，保延幼艾，終志不移，柔紅可佩。」

〔七〕束菜負薪：《史記》卷一二六《滑稽列傳》：「優孟者，故楚之樂人也。……楚相孫叔敖知其賢人也，善待之，病且死，屬其子曰：『我死，汝必貧困，若往見優孟，言我孫叔敖之子也。』居數年，其子窮困負薪，逢優孟。」

〔八〕安此定命：《文選》卷一四班孟堅《幽通賦》：「神先心以定命兮，命隨行以消息。」李善注引曹大家曰：「言人之行各隨其命，命者神先定之，故爲徵兆於前也。」忝彼公朝：《莊子・達生》：「當是時也，無公朝，其巧專而外滑消。」郭象注：「視公朝若無，則跂慕之心絶矣。」成玄英疏：「既無意於公私，豈有懷於朝廷哉。」

〔九〕不悟乾羅廣收：《文選》卷四二曹子建《與楊德祖書》：「吾王於是設天網以該之，頓八紘以掩之，今悉集茲國矣。」李善注：「崔寔《本論》曰：『舉彌天之網，以羅海内之雄。』」

〔一〇〕雕瓠飾笙：《廣雅・釋器》：「笙以瓠爲之。」備雲和之品：《周禮・春官・大司樂》：「孤竹之管，雲和之琴瑟，雲門之舞。」鄭玄注：「雲和、空桑、龍門，皆山名。」

〔一一〕潢汙流藻：《左傳》隱公三年：「潢汙行潦之水。」杜預注：「潢汙，停水。」孔穎達疏：「正義曰：『停水，謂水不流也。』」充金鼎之實：《周易·鼎卦》：「九二，鼎有實，我仇有疾，不我能即，吉。」王弼注：「鼎之中有實者也。」

〔一二〕鎩羽暴鱗：《淮南子·俶真訓》：「飛鳥鎩翼，走獸擠腳。」《文選》卷二五謝宣遠《於安城答靈運》：「跬行安步武，鎩翮周數仞。」李善注：「《淮南子》曰：『飛鳥鎩羽。』許慎曰：『鎩，殘羽也。』」《太平寰宇記》卷四六引《三秦記》：「河津一名龍門，水陸不通，魚鱉之屬莫能上。江海大魚集龍門下數千，不得上。上則爲龍，不得上則暴腮龍門。」

〔一三〕枯楊寒炭，遂起煙華：《周易·大過》：「九二，枯楊生稊，老夫得其女妻，無不利。」王弼注：「稊者，楊之秀也。以陽處陰，能過其本，而救其弱者也。上無其應，心無特吝，處過以此，無衰不濟也。故能令枯楊更生稊。」《史記》卷二七《天官書》：「冬至短極，縣土炭，炭動，鹿解角，蘭根出，泉水躍，略以知日至。」裴駰集解：「孟康曰：『先冬至三日，縣土炭於衡兩端，輕重適均。冬至日陽氣至則炭重，夏至日陰氣至則土重。』晉灼曰：『蔡邕《律曆記》：候鍾律權土炭，冬至陽氣應黄鍾通，土炭輕而衡仰，夏至陰氣應蕤賓通，土炭重而衡低。進退先後，五日之中。』」

〔一四〕末識微躬：《藝文類聚》卷二六引魏韋誕《叙志賦》：「胤鴻烈之末流，蒙祖考之餘德，奉過庭之明訓，納微躬於軌則，勉四民之耕耘，遂能辯乎菽麥。」猥：猶辱、承。謙詞。《文選》卷四〇楊德祖《答臨淄侯箋》：「伏想執事，不知其然，猥受顧錫，教使刊定，《春秋》之成，莫能損益。」

〔一五〕未知陋生：《晉書》卷五五《夏侯湛傳》：「僕東野之鄙人，頑直之陋生也。」

〔一六〕屏營：《國語·吴語》：「王親獨行，屏營仿偟於山林之中，三日乃見其涓人疇。」

謝解禁止疏

【解題】

此文原題作《謝解禁止》，張溥本作《謝解禁止表》，《宋文紀》作《謝解禁止疏》，《文章辨體彙選》作《謝解禁止啟》，按宋本、四庫本、四部備要本、《宋文紀》《文章辨體彙選》文末皆云「謹詣拜疏以聞」，則當是疏，今從《宋文紀》。《漢書》卷七六《韓延壽傳》：「延壽劾奏，移殿門禁止望之。」《宋書》卷三九《百官志上》：「二臺奏劾，則符光禄加禁止，解禁止亦如之。禁止，身不得入殿省，光禄主殿門故也。」《資治通鑑》卷七一魏明帝太和四年：「朱據禁止，歷時乃解。」胡三省注：「禁止者，雖未下之獄，使人守之，禁其不得出入，止不得與親黨交通也。鄭樵《通志》曰：『禁止，謂禁入殿省也，符所屬行之。』盤洲洪氏曰：『魏晉以来，三臺奏劾，則符光禄勳加禁止，解禁止亦如之。禁止者，身不得入殿省，光禄勳主殿門故也。』」

曹道衡《鮑照幾篇詩文的寫作時間》根據表中「被宣令解臣禁止」之語，認爲「既然是『宣令』，當係藩王之『令』，而非出自皇帝。文章對藩王稱『臣』，這又是元嘉時代的格式。」由此，曹先生進而根據劉義慶的性格特徵，以及鮑照《轉常侍上疏》的内容，推測此疏爲鮑照在臨川王幕中時作。按鮑照元嘉十二年（四三五）始仕爲義慶臨川國侍郎，至元嘉二十一年（四四四）義慶卒後自解侍郎離職，則此疏應作於此數年間。然鮑照入義慶幕之初，似不應即有被禁止事，其於元嘉十六年所作《登廬山》諸詩就與此疏所表現出迥異之情調。故此疏作年以元嘉十六年（四三九）至二十一年（四四四）之間爲近是。而二十一年正月，義慶即卒於京都建康，則此疏之作又應在元嘉十六年至元嘉二十年之間，而以十七八年時爲近。

臣言：被宣令解臣禁止〔一〕。天光鄭重，不可勝逢〔二〕。飛走知感，矧臣人類〔三〕。臣聞獲過於神，或憑尸祝以請〔四〕。得罪於君，可因左右而謝。臣自惟孤賤，盜幸榮級〔五〕。闇澁大誼①，猖狂世禮〔六〕。奇非阮籍，無保持之助〔七〕；才愧馮衍，有轗軻之困②〔八〕。自非聖朝超然覽臣於視聽之外〔九〕，則今日渥澤，更成妄遭〔一〇〕，來辰萎葉，終先朝草〔一一〕。小人歲暮，知能何報，徒厚恩華，憂懼歎息〔一二〕，不任下情。謹詣拜疏以聞③。

【校記】

①「大誼」，錢仲聯《鮑參軍集注》作「大義」。

②「困」，張溥本作「因」。

③「疏」，張溥本、盧校作「表」。

【箋注】

〔一〕宣令：《後漢書》卷七四上《袁紹傳》：「紹與譚等幅巾乘馬，與八百騎度河至黎陽北岸，入其將軍蔣義渠營。至帳下，把其手曰：『孤以首領相付矣。』義渠避帳而處之，使宣令焉。衆聞紹在，稍復集。」

〔二〕天光鄭重：《左傳》莊公二十二年：「有山之材，而照之以天光，於是乎居土上。故曰『觀國之光，利用賓於王』。」孔穎達疏：「山則材之所生，此人有山之材，言其必大富也。上天以明臨下，照之以天光，言天子臨照之也。」《漢書》卷九九中《王莽傳中》：「然非皇天所以鄭重降符命之意。」顔師古注：「鄭重，猶言頻煩也。音直用反。」

〔三〕飛走：《後漢書》卷三八《法雄傳》：「古者至化之世，猛獸不擾，皆由恩信寬澤，仁及飛走。」《文選》卷五左太沖《吴都賦》：「籠烏兔於日月，窮飛走之棲宿。」六臣吕向注：「言將籠網取之，使窮盡天地之間飛走之物也。」矧臣人類：《尚書・大誥》：「厥子乃弗肯堂，矧肯構？」孔傳：「子乃不肯爲堂基，況肯構立屋乎？」《廣韻》卷三：「矧，況也。」《莊子・知北游》：「人生天地之間，……已化而生，又化而死，生物哀之，人類悲之。」

〔四〕臣聞獲過於神，或憑尸祝以請：《論語・八佾》：「王孫賈問曰：『與其媚於奥，寧媚於竈，何謂也？』子曰：『不然，獲罪於天，無所禱也。』」《莊子・逍遥游》：「庖人雖不治庖，尸祝不越樽俎而代之矣。」郭象注：「庖人尸祝，各安其所。」成玄英疏：「尸者，太廟之神主也；祝者，則今太常太祝是也；執祭版對尸而祝之，故謂之尸祝也。」

〔五〕孤賤：《後漢書》卷八〇《黄香傳》：「臣江淮孤賤，愚矇小生。」榮級：《南史》卷五〇《劉瓛傳》：「近初奉教，便自希得託跡客游之末，而固辭榮級，其故何邪？」按劉瓛後於鮑照，此當别有所出。

〔六〕闇澁：《説文解字》卷一一上：「澀，不滑也。」按澀，澁異體。猖狂世禮：《莊子・在宥》：「浮游，不知所求；猖狂，不知所往。」成玄英疏：「無心妄行，無的當也。」《莊子・山木》：「猖狂妄行，乃蹈乎大方。」

〔七〕奇非阮籍，無保持之助：《文選》卷四三嵇叔夜《與山巨源絶交書》：「阮嗣宗口不論人過，吾每師之，而未能及。至性過人，與物無傷，唯飲酒過差耳。至爲禮法之士所繩，疾之如讐，幸賴大將軍保持之耳。」李善注：「孫盛《晉陽秋》曰：『何曾於太祖坐，謂阮籍曰：卿任性放蕩，敗禮傷教，若不革變，王憲豈得相容。謂太祖，宜投之四裔，以絜王道。太祖曰：此賢素羸病，君當恕之。』」

〔八〕才愧馮衍，有輱轗之困：《後漢書》卷二八上《馮衍傳上》：「馮衍字敬通，京兆杜陵人也。祖野王，元帝時爲大鴻臚。衍幼有奇才，年九歲，能誦《詩》。至二十而博通群書。王莽時，諸公多薦舉之者，衍辭不肯仕。……更始二年，遣尚書僕射鮑永行大將軍事，安集北方，衍因以計説永。……永、衍審知更始已殁，乃共罷兵，幅巾降於河内。帝怨衍等不時至，永以立功得贖罪，遂任用之。而衍獨見黜。……後衛尉陰興、新陽侯陰就以外戚貴顯，深敬重衍，衍遂與之交結，由是爲諸王所聘請，尋爲司隸從事。帝懲西京外戚賓客，故皆以法繩之。大者抵死徙，其餘至貶黜。衍由此得罪，嘗自詣獄，有詔赦不問。西歸故郡，閉門自保，不敢復與親故通。」卷二八下《馮衍傳下》：「顯宗即位，又多短衍以文過其實，遂廢於家。衍娶北地任氏女爲妻，悍忌，不得畜媵妾。兒女常自操井臼，老竟逐之，遂埳壈於時。」

〔九〕超然：《文選》卷五二班叔皮《王命論》：「超然遠覽，淵然深識。」視聽：《尚書・周書・蔡仲之命》：「詳乃視聽。」

〔一〇〕渥澤：《後漢書》卷一六《鄧禹傳附鄧騭傳》：「臣兄弟汙穢，無分可採，過以外戚，遭値明時，託日月之末光，被雲雨之渥澤，並統列位，光昭當世。」

〔一一〕萎葉：《文選》卷二五謝宣遠《於安城答靈運詩》：「條繁林彌蔚，波清源愈濬。華宗誕吾秀，之子紹前胤。綢繆結風徽，煙熅吐芳訊。鴻漸隨事變，雲臺與年峻。華萼相光飾，嚶鳴悦同響。親親子敦予，賢賢吾爾賞。比景後鮮暉，方年一日長。萎葉愛榮條，涸流好河廣。」李善注：「萎葉，涸流，自喻也。王逸《楚辭》注：『枝葉早萎痛絶落。』」

〔一二〕徒厚恩華：《南史》卷四七《虞玩之傳》：「高帝鎮東府，朝野致敬，玩之爲少府，猶躡屐造席。高帝取屐親視之，訛黑斜脱，莖斷以芒接之。問曰：『卿此屐已幾載？』玩之曰：『初釋褐拜征北行佐買之，著已三十年，貧士竟不辦易。』高帝咨嗟，因賜以新屐。玩之不受，帝問其故，答曰：『今日之賜，恩華俱重，但蓍簪敝席，復不可遺，所以不敢當。』帝善之。」

侍郎報滿辭閣疏

【解題】

此文原題作《侍郎滿辭閣》，四庫本、四部備要本同，《文章辨體彙選》作《侍郎滿辭閣表》，《宋文紀》作《侍郎滿辭閣疏》，今從張溥本。按文末云：「謹詣闕拜疏奉辭以聞。」則此乃是疏。

《鮑參軍集注》此疏題注錢仲聯補注云：「始興王濬引照爲侍郎，當在元嘉二十四年，已見《拜侍郎上疏》補注。至元嘉二十八年三月，始興王解南兗州任，時照爲侍郎已三年餘矣，報滿辭閣，疑在此時。元嘉二十八年，始興王率衆城瓜步，照當以佐吏從行。及始興王解南兗州任，則王應回南徐州刺史任，而照在元嘉二十九年尚淹留於江北，余補注《瓜步山楬文》，考知楬文爲二十九年壬辰五月照歸揚時作，則二十八年始興王回京口時，照並未從往。至三十年春，始興王爲荆州刺史，元凶劭弑文帝，始興以從謀，於五月伏誅。如果照尚在始興幕，當被坐及，今不爾，故知二十八年始興王解南兗州任時，照即已因病去職矣。」所説言之有據，則此疏之作亦約在元嘉二十八年（四五一）三月。

臣言：臣所居職限滿，今便收跡〔一〕。金閨雲路，從兹自遠〔二〕，鮪鯤沉藏，方絶光景〔三〕，祇戀遲迴，結涕濡泗〔四〕。臣嚚杌窮賤①，情嗜踳昧〔五〕，身弱涓甃②，地幽井谷〔六〕。本應守業，墾畮剿芿③〔七〕，牧雞圈豕，以給征賦〔八〕。而幼性猖狂，因頑慕勇④〔九〕；釋擔受書，廢耕學文〔一〇〕。畫虎既敗，學步無成〔一一〕。反拙歸跂⑤，還陋鸗雀〔一二〕。日晏途遶⑥，塊然自喪〔一三〕。加以無良，根孤伎薄〔一四〕。既同馮衍負困之累，復抱相如痟渴之疾⑦〔一五〕。志逐運離⑧，事與衰合⑨，束馬埋輪，絶遊息世⑩〔一六〕。宿福餘慶，爰邁聖明〔一七〕，煦蒸霜霰，荸甲雲露⑪〔一八〕。得從下走，叨迹人行〔一九〕，操勒負羈，班榮扈隸〔二〇〕。矜愚訓短，哀宥弗及⑫〔二一〕。奉此而歸，足以没齒〔二二〕。雖摩肌髮，無報天德〔二三〕。更冀營魂，遠能結草⑬〔二四〕。不勝感戀之情，謹詣闕拜疏奉辭以聞。

【校記】

①「杌」，四庫本作「機」。
②「甆」，原作「甆」，今據張溥本改。
③「瞜」，張溥本作「眕」。
④「慕」，原作「暮」，今據張溥本、四部備要本改。
⑤「拙」，四庫本作「抽」。
⑥「遶」，張溥本、四庫本作「遠」。
⑦「痟」，張溥本、盧校作「消」。
⑧「運」，原作「軍」，今據張溥本改。
⑨「衰」，四庫本作「襄」。
⑩「遊」，張溥本、四庫本作「游」。
⑪「甲」，原作「申」；「露」，原作「落」，皆據張溥本改。
⑫「宥」，張溥本、四庫本作「有」。
⑬「遠」，張溥本、四庫本作「還」。

【箋注】

〔一〕今便收跡：蔡邕《黄鉞銘》：「鮮卑收跡，烽燧不舉。」《文選》卷五三陸士衡《辯亡論》：「而周瑜驅我偏師，黜之赤壁，喪旗亂轍，僅而獲免，收跡遠遁。」

〔二〕金閨雲路：《文選》卷一六江文通《别賦》：「金閨之諸彦，蘭臺之群英。」李善注：「金閨，金馬門也。《史記》曰：『金門，宦者署。承明、金馬，著作之庭。』東方朔曰：『公孫弘等待詔金馬門。』」《晉書》卷五一《皇甫謐傳》：「子其鑒先哲之洪範，副聖朝之虚心，沖靈翼於雲路，浴天池以濯鱗。」從兹自遠：《莊子・達生》：「送君者皆自崖而反，君自此遠矣。」

〔三〕鮪鱷沉藏：《詩・周頌・潛》：「有鱣有鮪，鰷鱨鰋鯉。」陸璣疏：「鮪魚，形似鱣而色青黑，頭小而尖，似鐵兜鍪，口在頷下，其甲可以磨薑，大者不過七八尺，益州人謂之鱣鮪。大者爲王鮪，小者爲鮛鮪，一名鮥。」鱷：《説文・魚部》：「魚名。」方絶光景：《韓詩外傳》卷三：「孔子賢乎英傑而聖德備，弟子被光景而德彰。」

〔四〕結涕濡泗：《詩經・鄭風・株林》：「彼澤之陂，有蒲與荷。有美一人，傷如之何。寤寐無爲，涕泗滂沱。」毛傳：「自目曰涕，自鼻曰泗。」

〔五〕臣嚚杌窮賤：《左傳》文公十八年：「顓頊有不才子，不可教訓，不知話言。告之則頑，舍之則嚚，傲狠明德，以亂天常，天下之民謂之檮杌。」情嗜踳昧：賈誼《新書・孽産子》：「且主帝之身，自衣皂綈，而靡賈侈貴，牆得被繡；帝以衣其賤，后以緣其領，孽妾以緣其履：此臣之所謂舛也。」按中華書局二〇〇一年版閻振益校注《新書校注》「舛」作「踳」。注：「踳，盧文弨曰：『與舛同。』」

〔六〕身弱涓甃：《説文解字》卷一一上：「涓，小流。」《莊子・秋水》：「吾樂與，出跳梁乎井幹之上，入休乎缺甃之崖。」陸德明《經典釋文》卷二十七《莊子音義》：「甃，側救反，如闌。以塼爲之，著井底闌也。」地幽井谷：《周易・井卦》：「井谷射鮒，甕敝漏。」王弼注：「鮒謂初也。失井之道，水不上出，而反下注，故曰：甕敝漏。」

〔七〕貇瞜剿芿：《説文・田部》：「瞜，燒穜也。」段玉裁注：「謂焚其草木而下種，蓋治山田之法爲然。」《廣韻》卷四：

「艿，草不翦。」《列子・黄帝》：「趙襄子率徒十萬，狩於中山，藉艿燔林，扇赫百里。」晉張湛注：「在下曰藉草，不剪曰艿。」

〔八〕牧雞圈豕：《埤雅》卷五：「畜養之閑曰圈。」以給征賦：《漢書》卷六六《楊敞傳附楊惲傳》：「是故身率妻子，勠力耕桑，灌園治産，以給公上。」顔師古注：「充縣官之賦斂也。」

〔九〕因頑慕勇：《廣韻》卷一：「頑，頑愚。」

〔一〇〕釋擔受書，廢耕學文：《後漢書》卷八三《逸民・高鳳傳》：「高鳳字文通，南陽葉人也。少爲書生，家以農畝爲業，而專精誦讀，晝夜不息。妻嘗之田，曝麥於庭，令鳳護鷄。時天暴雨，而鳳持竿誦經，不覺潦水流麥。妻還怪問，鳳方悟之。其後遂爲名儒。」

〔一一〕畫虎既敗：《後漢書》卷二四《馬援傳》：「効伯高不得，猶爲謹勑之士，所謂刻鵠不成，尚類鶩者也。効季良不得，陷爲天下輕薄子，所謂畫虎不成，反類狗者也。」學步無成：《漢書》卷一〇〇上《叙傳上》：「昔有學步於邯鄲者，曾未得其髣髴，又復失其故步，遂匍匐而歸耳。」

〔一二〕反拙歸跂：《漢書》卷二二《禮樂志》：「膏潤並愛，跂行畢逮。」顔師古注：「凡有足而行者，稱跂行也。」還陋鸗雀：《史記》卷四八《陳涉世家》：「陳涉少時，嘗與人傭耕，輟耕之壟上，悵恨久之，曰：『苟富貴，無相忘。』傭者笑而應曰：『若爲傭耕，何富貴也？』陳涉太息曰：『嗟乎！燕雀安知鴻鵠之志哉？』」

〔一三〕日晏途遠：《史記》卷六六《伍子胥列傳》：「伍子胥曰：『爲我謝申包胥，曰吾日暮塗遠，吾故倒行而逆施之。』」塊然自喪：《漢書》卷七〇《陳湯傳》：「欲專主威，排妒有功，使湯塊然。」顔師古注：「塊然，獨處之意，如土塊也。」《莊子・徐無鬼》：「嗟乎！我悲人之自喪者，吾又悲夫悲人者，吾又悲夫悲人之悲者，其後而日遠矣。」

〔一四〕加以無良：《尚書・周書・泰誓》：「非朕文考有罪，惟予小子無良。」根孤伎薄：《晏子春秋》卷五：「昭公對曰：『吾少之時，人多愛我者，吾體不能親；人多諫我者，吾志不能用。是則内無拂而外無輔。輔拂無一人，諂諛我者甚衆，譬之猶秋蓬也，孤其根而美枝葉，秋風一至，根且拔矣。』」司馬遷《報任少卿書》：「主上幸以先人之故，使得奏薄伎，出入周衛之中。」

〔一五〕既同馮衍負困之累：見前《謝解禁止疏》注。復抱相如痟渴之疾：《史記》卷一一七《司馬相如列傳》：「相如口吃而善著書，常有消渴疾。」按痟渴即消渴，中醫學病名。症狀有口渴，善饑，尿多，消瘦等。

〔一六〕束馬埋輪：《國語・齊語》：「縣車束馬，踰大行與辟耳之谿拘夏。」韋昭注：「大行、辟耳，山名。拘夏，辟耳之谿也。三者皆山險谿谷，故縣鈞其車，偪束其馬，而以度也。」《後漢書》卷五六《張晧傳附張綱傳》：「餘人受命之部，而綱獨埋其車輪於洛陽都亭。」絶遊息世：《文選》卷四五陶淵明《歸去來》：「歸去來兮，請息交以絶游。世與我而相遺，復駕言兮焉求。」李善注：「《列子》曰：『公孫穆屏親昵，絶交游。』」

〔一七〕宿福餘慶：《周易・坤卦》：「積善之家，必有餘慶。」爰遘聖明：《漢書》卷四九《鼂錯傳》：「以陛下之時，徙民實邊。使遠方亡屯戍之事，塞下之民父子相保，亡係虜之患。利施後世，名稱聖明。」

〔一八〕莩甲雲露：《後漢書》卷三《章帝紀》：「方春生養，萬物莩甲。宜助萌陽，以育時物。」

〔一九〕得從下走：《漢書》卷七八《蕭望之傳》：「若管晏而休，則下走將歸延陵之皋。」顔師古注：「應劭曰：『下走，僕也。』……師古曰：『下走者，自謙，言趨走之役也。』」

〔二〇〕操勒負羈：《説文・革部》：「勒，馬頭絡銜也。」《左傳》僖公二十四年：「臣負羈紲，從君巡於天下。」杜預注：「羈，馬羈；紲，馬韁。」班榮扈隸：司馬相如《上林賦》：「孫叔奉轡，衛公驂乘；扈從横行，出乎四校之中。」《左傳》襄公二十三年：「初，斐豹隸也。著於丹書。」杜預注：「蓋犯罪没爲官奴，以丹書其罪。」

〔二一〕哀宥弗及：《魏書》卷六《顯祖紀》：天安五年春三月乙亥，詔曰：「天安以來，軍國多務。南定徐方，北掃遺虜，征戍之人，亡竄非一。雖罪合刑書，每加哀宥。」

〔二二〕足以没齒：《論語・憲問》：「奪伯氏駢邑三百，飯疏食，没齒無怨言。」《漢書》卷七八《蕭望之傳》：「下走將歸延陵之皋，修農圃之疇，畜雞種黍，竢見二子，没齒而已矣。」顔師古注：「没齒，終身也。」

〔二三〕雖摩肌髮：《韓非子·八説》：「規有摩，而水有波，我欲更之，無奈之何！」陳奇猷集解：「摩，即《孟子·滕文公篇》『墨子摩頂放踵』之摩，趙注：『摩頂，摩突其頂。』」無報天德：董仲舒《春秋繁露·人副天數》：「天德施，地德化，人德義。」

〔二四〕更冀營魂：《楚辭·遠游》：「山蕭條而無獸兮，野寂漠其無人。載營魂而登霞兮，掩浮雲而上征。」洪興祖補注：「陽氣充魄，則爲魂。魂能運動，則生金矣。」遠能結草：《左傳》宣公十五年：「初，魏武子有嬖妾，無子。武子疾，命顆曰：『必嫁是。』疾病，則曰：『必以爲殉。』及卒，顆嫁之，曰：『疾病則亂，吾從其治也。』及輔氏之役，顆見老人結草以亢杜回，杜回躓而顛，故獲之。夜夢之曰：『余，而所嫁婦人之父也。爾用先人之治命，余是以報。』」

【集説】

清譚獻：琢句。句奇情短。徒以琢琱爲長，敷奏之體，至此漸乖。（李兆洛《駢體文鈔》卷一六）

轉常侍上疏

【解題】

《宋書》卷四〇《百官志下》：「王國……有郎中令、中尉、大農爲三卿。大國置左右常侍各三人，省郎中，置侍郎二人。……晉制，典書令在常侍下，侍郎上；江左則侍郎次常侍，而典書令居三軍下矣。江左以來，公國則無中尉、常侍、三軍，侯國又無大農、侍郎，伯子男唯典書以下，又無學官令矣。」

曹道衡《鮑照幾篇詩文的寫作時間》據文首之「臣言：即日被中曹板轉臣爲左常侍」，以及結尾之「謹詣閤拜疏謝以聞」這種格式，以爲此文乃元嘉時期上給一位藩王的。此後他又考察了鮑照在元嘉時代所任職的三個藩王即臨川王劉義慶、衡陽王劉義季和始興王劉濬幕府中的情況，並據疏文中「臣自惟常人，觸事無可，謬被拔擢，實爲光榮」等句，認爲鮑照在臨川王國侍郎中是較受重視的一個，所以疏應該是他在臨川王義慶幕時作。所説是也。今據《宋書・百官志下》，王國的三卿即郎中令、中尉、大農及師、友、文學，官皆第六品。常侍、侍郎雖未明確載其品秩，但大抵皆九品之屬吏。即是時諸侯國之常侍地位雖稍高於侍郎，但卻同品。故疏稱「轉常侍」，而不云「遷常侍」也。今考此疏有「臣既無髣髴，上報殊絶之恩，有分每豐其過。前後輕重，輒得原恕。奬以君子之方，赦其不閑教訓。大愆不責，矜澤必加」等語，見詩人在轉左常侍前曾數次因過獲譴，而後又都得到了寬恕。今從「赦其不閑教訓」看，似乎他的獲過與《謝解禁止疏》中所説的「闇澁大誼，猖狂世禮」頗爲一致，即皆因爲失禮之故。由此，鮑照之由侍郎轉左常侍並作此疏應在《謝解禁止疏》之後。《謝解禁止疏》之作在元嘉十六年（四三九）至元嘉十七年（四四〇）之間，則鮑照由侍郎轉左常侍並疏謝的時間又大約在元嘉十八年（四四一）至十九年（四四二）之間。

臣言：即日被中曹板轉臣爲左常侍〔一〕。臣自惟常人，觸事無可〔二〕，謬被拔擢，實爲光榮〔三〕。臣既無髣髴，上報殊絶之恩〔四〕，有分每豐其過。前後輕重，輒得原恕。奬以君子之方，赦其不閑教訓〔五〕。大愆不責，矜澤必加。是臣所以夙夜自念，知遭遇之至深至厚也〔六〕。未冀未望，便荷今榮，欣喜感悦，不敢僞讓〔七〕。庶保終始，身命爲初，不勝下情。謹詣閤拜疏謝以聞。

【箋注】

〔一〕即日被中曹板轉臣爲左常侍：《宋書》卷三九《百官志上》：「除拜則爲參軍事，府板則爲行參軍。晉末以來，參軍事、行參軍又各有除板。」「尚書令，任總機衡；僕射、尚書，分領諸曹。左僕射領殿中、主客二曹；吏部尚書領吏部、删定、三公、比部四曹；祠部尚書領祠部、儀曹二曹；度支尚書領度支、金部、倉部、起部四曹；左民尚書領左民、駕部二曹；都官尚書領都官、水部、庫部、功部四曹；五兵尚書領中兵、外兵二曹。昔有騎兵、别兵、都兵，故謂之五兵也。」

〔二〕臣自惟常人：《莊子·人間世》：「采色不定，常人之所不違。」觸事無可：王獻之《譬石帖》：「獻之姊性纏綿，觸事殊當不可，獻之方當長愁耳。」

〔三〕謬被拔擢：《漢書》卷五八《公孫弘卜式兒寬傳贊》：「卜式拔於芻牧，弘羊擢於賈豎，衛青奮於奴僕，日磾出於降虜。斯亦曩時版築飯牛之朋已。」

〔四〕髣髴：《楚辭·遠游》：「時髣髴以遥見兮，精皎以往來。」洪興祖補注：「《説文》云：『髣髴，見不諟也。』」

〔五〕赦其不閑教訓：《左傳》莊公二十二年：「羈旅之臣，幸若獲宥，及於寬政，赦其不閑於教訓，而免於罪戾，施於負擔，君之惠也。」

〔六〕夙夜自念：《尚書·旅獒》：「嗚呼！夙夜罔或不勤，不矜細行，終累大德。」孔傳：「言當早起夜寐。」《史記》卷一〇九《李將軍列傳》：「朔曰：『將軍自念，豈嘗有所恨乎？』」遭遇：《漢書》卷七四《丙吉傳》：「自曾孫遭遇，吉絶口不道前恩。」顔師古注：「遭遇，謂升大位也。」

〔七〕不敢僞讓：《晉書》卷五九《趙王倫傳》：「矯作禪讓之詔，使使持節、尚書令滿奮，僕射崔隨爲副，奉皇帝璽綬以禪位于倫。倫僞讓不受。」

征北世子誕育上表

【解題】

此文原題作《征北世子誕育上疏》，張溥本題作《征北世子誕育上表》。按宋本、張溥本、四部備要本、《宋文紀》此文末皆云「謹奉表以聞」，則當是表，今從張溥本。

「征北」，指征北將軍。《宋書》卷三九《百官志上》：「征東將軍，一人。漢獻帝初平三年，馬騰居之。征南將軍，一人。漢光武建武中，岑彭居之。征西將軍，一人。漢光武建武中，馮異居之。征北將軍一人。魚豢曰：『四征，魏武帝置，秩二千石。黄初中，位次三公。漢舊諸征與偏裨雜號同。』」卷四〇《百官志下》，諸征鎮至龍驤將軍，官第三品。

《鮑參軍集注》此表題注錢振倫注以爲乃賀衡陽王義季世子之生；錢仲聯補注則以爲表賀始興王劉濬，並據《宋書·文帝紀》所載元嘉二十六年冬十月甲辰，「以揚州刺史始興王濬爲征北將軍、開府儀同三司、南徐兗二州刺史」之記載，在其《鮑照年表》中繫此文於元嘉二十六年（四四九）。曹道衡《鮑照幾篇詩文的寫作時間》又進而舉例論證此文乃賀始興王濬世子之生的正確性，並據表文中「伏承王子以中氣正月，鍾靈納和，誕躬紫閣」之語，以爲劉濬征北世子之誕育，最早應在元嘉二十七年（四五〇）正月。因爲據《宋書·文帝紀》，始興王劉濬被任爲征北將軍在元嘉二十六年十月，此表既題作「征北世子誕育」，因此不應早於二十七年正月。其後曹先生又以爲鮑照在元嘉二十九年五月已離劉濬幕，故進而推斷此表之作最遲不得超過元嘉二十九年（四五二）正月，即此表應作於元嘉二十七年正月至二十九年正月之間。按曹先生以爲此表之作最早應爲元嘉二十七年正月的論斷，可謂一語中的。然而他認爲此文之作最遲不得超過元嘉二十九年正月的説法，似尚有可以商榷之處。因爲根據《鮑參軍集注》錢仲聯對鮑照《侍郎報滿辭閣疏》和《瓜步山楬文》的考證，元嘉二十八年三月始興王劉濬解南兗州刺史任時，鮑照已離始興幕。由此，始興王劉濬世子誕育而鮑照表賀之時間應爲元嘉二十七年（四五〇）或二十八年（四五一）正月。始興王濬奉命於江北城瓜步，而詩人也已近離職之時，似不應有此等語也。始興王濬生於元嘉六年，世子誕育時年二十二。

臣等言：臣聞本枝無疆，布諸前典〔一〕；衆多彌貴，信之華封〔二〕。故德積則慶深，業昌則祚廣〔三〕。伏承王子以中氣正月，鍾靈納和〔四〕。誕躬紫閣，膺祚朱紱〔五〕。弧矢夙陳，珪璋攸覯〔六〕。雲光麗輝，巖澤昭采〔七〕。嘉祥爰孚，柔顔載晬①〔八〕。凡在氓隸，莫不抃悦②〔九〕。臣需恩踰物，慶倍自中，不勝殊歡溢喜。謹奉表以聞③。

【校記】

①「睟」，張溥本、四部備要本作「晬」。

②「抃」，張溥本、四庫本作「忭」。

③「殊歡溢喜謹奉表以聞」，此九字四庫本無。

【箋注】

〔一〕本枝無疆：《詩經·大雅·文王》：「文王孫子，本支百世。凡周之士，不顯亦世。」《詩經·周頌·烈文》：「烈文辟公，錫茲祉福。惠我無疆，子孫保之。」《漢書》卷七三《韋賢傳附韋玄成傳》：「子孫本支，陳錫無疆。」顏師古注：「本，本宗也。支，支子也。言子孫承受敷錫初始之福，故得永久無窮竟也。」前典：《後漢書》卷三〇下《郎顗傳》：「故孝文皇帝綈袍革舃，木器無文，約身薄賦，時致升平。今陛下聖德中興，宜遵前典，惟節惟約，天下幸甚。」

〔二〕信之華封：《莊子·天地》：「堯觀乎華，華封人曰：『嘻！聖人，請祝聖人，使聖人壽。』堯曰：『辭。』『使聖人富。』堯曰：『辭。』『使聖人多男子。』堯曰：『辭。』封人曰：『壽，富，多男子，人之所欲也。女獨不欲，何邪？』堯曰：『多男子則多懼，富則多事，壽則多辱。是三者，非所以養德也，故辭。』」

〔三〕德積則慶深：《周易·小畜》：「上九，既雨既處，尚德載，婦貞厲，月幾望，君子征凶。」王弼注：「爲陰之長，能畜剛健，德積載者也。」業昌則祚廣：《國語·周語下》：「若能類善物，以混厚民人者，必有章譽蕃育之祚。」《文選》卷一班孟堅《西都賦》：「歷十二之延祚，故窮泰而極侈。」李善注：「祚，賈逵曰：『祚，禄也。』」

〔四〕中氣正月：古代曆法以太陽曆二十四節氣配陰曆十二月，陰曆每月二氣：在月初的叫節氣，在月中以後的叫中氣。如立春爲正月節氣，雨水爲正月中氣。《逸周書·周月》：「閏無中氣，斗指兩辰之間。」

〔五〕紫閣：《晉書》卷三一《后妃上·左貴嬪傳》：「惟帝與后，契闊在昔。比翼白屋，雙飛紫閣。」膺祚朱紱：《周易·困卦》：「九二，困於酒食，朱紱方來，利用亨祀，征凶，無咎。」唐李鼎祚集解：「朱紱，宗廟之服。乾爲大赤，朱紱之象也。」程頤傳：「朱紱，王者之服，蔽膝也。」

〔六〕弧矢夙陳：《易·繫辭下》：「弦木爲弧，剡木爲矢，弧矢之利，以威天下。」《禮記·内則》：「國君世子生，告於君，接以大牢，宰掌具。……射人以桑弧蓬矢六，射天地四方。」鄭玄注：「天地四方，男子所有事也。」珪璋攸覿：《詩經·小雅·斯干》：「乃生男子，載寢之牀，載衣之裳，載弄之璋。」毛傳：「半珪曰璋。」《莊子·馬蹄》：「白玉不毁，孰爲珪璋。道德不廢，安取仁義。」

〔七〕雲光麗輝：《藝文類聚》卷四二引南朝宋吴邁遠《陽春曲》：「緑樹摇雲光，春城起風色。佳人愛華景，流靡園塘側。」

〔八〕嘉祥爰孚：班固《東都賦》：「啟靈篇兮披瑞圖，獲白雉兮效素烏，嘉祥阜兮集皇都。」柔顔載睟：《樂府詩集》卷三〇《相和歌辭》謝靈運《長歌行》：「覽物起悲緒，顧已識憂端。朽貌改鮮色，悴容變柔顔。變改苟催促，容色烏盤桓。亹亹衰期迫，靡靡壯志闌。」《孟子·盡心上》：「其生色也，睟然見於面。」趙岐注：「睟然，潤澤之貌也。」《文選》卷六左太沖《魏都賦》：「魏國先生有睟其容。」

〔九〕凡在氓隸：《文選》卷五一賈誼《過秦論上》：「陳涉，甕牖繩樞之子，甿隸之人，而遷徙之徒也。」按氓，甿字通。抃悦：《吕氏春秋》卷五《仲夏紀·古樂》：「帝嚳乃令人抃。」高誘注：「兩手相擊曰抃。」

謝隨恩被原疏

【解題】

此本原題作《謝隨恩被原表》，四庫本、四部備要本、《文章辨體彙選》同，張溥本、《宋文紀》作《謝隨恩被原疏》。按各本文末皆云「謹上疏以聞」，則當是疏，今從張溥本及《宋文紀》等。

此疏首云：「臣言：即日被曹宣命，元統内外五刑以下，浩澤蕩汰，臣亦預焉。」《鮑參軍集注》錢振倫注以爲：「此云『元統内外』，意即刺史所治内外耳。」故曹道衡《鮑照幾篇詩文的寫作時間》據此論定鮑照當時在一個藩王兼刺史的部下任職。並云：「表中對那位藩王稱『臣』，這又説明是元嘉時代所作，因爲到孝武帝初年，由江夏王義恭等擬定的法令，凡藩王的屬官，不得向藩王稱『臣』，只稱『下官』。」接着，他又進而根據疏文與《野鵝賦》的一致之處，認爲二文之作皆同在臨川王義慶幕時，且時間相近。所説是也，今據曹道衡説，此疏之作或在元嘉十九年至二十年之間。又按中華書局編輯部據疏中「漢律」「周典」語，以爲疏中所稱「被原」乃天子大赦事。又疏中「大明臨下」，語出《詩經・大雅・大明》序：「大明，文王有明德。」是鮑照之被原事當在天子大赦之時。考《宋書》卷五《文帝紀》載元嘉十九年「夏四月甲戌，以久疾愈，始奉祠，大赦天下」，則此疏似元嘉十九年作。所説是也。據中華書局編輯部説，此疏作於元嘉十九年四月或稍後。筆者所撰《鮑照年譜》繫此文於元嘉十七年（四四〇），當非是。蓋元嘉十七八年間，詩人因過被禁止始解，則不應旋復有被譴之事也。

臣言：即日被曹宣命，元統内外五刑以下，浩澤盪汰，臣亦預焉〔一〕。得從漢律故謬之辨，闇遭周典肆眚之科①〔二〕，大喜卒至，非願所圖，魚愕雞睨，且悚且慙〔三〕。臣誠下愚，不達義方〔四〕，然君尊臣泰，豈同犬馬〔五〕。且常侍臣淵穆疏草，即臣所作〔六〕，助人爲恭，猶加敬憶，自己率禮，寧敢慢忘〔七〕。由臣悴賤②，可悔可誣③〔八〕，曾參殺人④，臣豈無過〔九〕。寢病幽栖，無援朝列〔一〇〕，身孤節卑，易成論硋〔一一〕。幸大明臨下，仁道毓物〔一二〕，澤洎翾走，臣覃末慶〔一三〕。然古人有言：「楊者，易生之木也。一人植之，十人拔之，無生楊矣〔一四〕。」何則？植之者難，拔之者易。況臣一植之功不立，衆拔之過屢至，同彼風霜，異此貞脆〔一五〕。《書》稱天秩有禮，《易》載神福在謙〔一六〕。臣之謙禮，理謝福秩，仰銜俯愧⑤，行歎坐戚〔一七〕。即欲顛沛，拜恩下庭〔一八〕，但臣病久柴羸，不堪冒涉〔一九〕，小得趨馳，星駕登路〔二〇〕。不勝荷佩之誠。謹上疏以聞。

【校記】

①「典」，原作「曲」，今據張溥本、四庫本、四部備要本改。

②「由」，張溥本作「繇」。

③「悔」，張溥本作「侮」。

④「曾参殺人」，四庫本作「殺曾参人」。

⑤「衒」，張溥本作「衡」。

【箋注】

〔一〕元統内外五刑以下，浩澤盪汏：《宋書》卷五一《宗室·臨川烈武王道規傳附義慶傳》：「義慶留心撫物，州統内官長親老，不隨在官舍者，年聽遣五吏餉家。先是王弘爲江州，亦有此制。在州八年，爲西土所安。」《鮑參軍集注》錢振倫注：「統内，猶云部下也。」《宋書》卷六一《武三王·衡陽王義季傳》：「太祖又詔之曰：『杜驥、申恬，倉卒之際，尚以弱甲瑣卒，徼寇作援。彼爲元統，士馬桓桓，既不懷奮發，連被意旨，猶復逡巡。』」《鮑參軍集注》錢振倫注：「此云『元統内外』，意即刺史所治内外耳。」《尚書·舜典》：「五刑有服。」孔傳：「五刑：墨、劓、剕、宫、大辟。」《周禮·秋官·司刑》：「掌五刑之灋，以麗萬民之罪，墨罪五百，劓罪五百，宫罪五百，刖罪五百，殺罪五百。」

〔二〕得從漢律故謬之辨：《漢書》卷二三《刑法志》：「蕭何攈摭秦法，取其宜於時者，作律九章。」《後漢書》卷四六《郭躬傳》：「又有兄弟共殺人者，而罪未有所歸。帝以兄不訓弟，故報兄重而減弟死。中常侍孫章宣詔，誤言兩報重。尚書奏章矯制，罪當腰斬。帝復召躬問之，躬對『章應罰金』。帝曰：『章矯詔殺人，何謂罰金？』躬曰：『法令有故、誤，章傳命之繆，於事爲誤；誤者，其文則輕。』帝曰：『章與囚同縣，疑其故也。』躬曰：『周道如砥，其直如矢。君子不逆詐。君王法天，刑不可以委曲生意。』帝曰：『善。』」闇遭周典肆眚之科：《春秋》莊公二十二年：「春王正月，肆大眚。」杜預注：「赦有罪也。」《易》稱『赦過宥罪』，《書》稱『眚災肆赦』，《傳》稱『肆眚』。」《周禮·秋官·司寇》：「凡諸侯之獄訟，以邦典定之。」鄭玄注：「邦典，六典也。以六典待邦國之治。」

〔三〕魚愕雞睨：《文選》卷一七王子淵《洞簫賦》：「遷延徙迤，魚瞰雞睨。」李善注：「魚目不瞑，雞好邪視，故取喻焉。瞰，視也。睨，邪視也。」

〔四〕臣誠下愚，不達義方：《論語·陽貨》：「唯上智與下愚不移。」《後漢書》卷六三《李固傳》：「固狂夫下愚，不達大體。」《左傳》隱公四年：「石碏諫曰：『臣聞愛子，教之以義方，弗納於邪。驕奢淫泆，所自邪也。』」

〔五〕豈同犬馬：《史記》卷六〇《三王世家》：「臣竊不勝犬馬心，昧死願陛下詔有司，因盛夏吉時，定皇子位。」

〔六〕常侍：《宋書》卷四〇《百官志下》：「王國……有郎中令、中尉、大農爲三卿。大國置左右常侍各三人，省郎中，置侍郎二人。……晉制，典書令在常侍下，侍郎上；江左則侍郎次常侍，而典書令居三軍下矣。江左以來，公國則無中尉、常侍、三軍。」

〔七〕自己率禮：《文選》卷四張平子《南都賦》：「獻酬既交，率禮無違。」六臣張銑注：「言惠才齊敏，授爵獻酬，無違於禮。」

〔八〕由臣悴賤：《楚辭·九歎·遠逝》：「草木摇落，時槁悴兮。」王逸注：「槁，枯也。悴，病也。」可悔可誣：《周易·蠱卦》：「幹父之蠱，小有悔，無大咎。」《公羊傳》襄公二十九年：「飲食必祝，曰：『天苟有吴國，尚速有悔於予身。』」何休注：「悔，咎。」

〔九〕曾參殺人：《戰國策·秦策二》：「曾子處費，費人有與曾子同名族者而殺人。人告曾子母曰：『曾參殺人。』曾子之母曰：『吾子不殺人。』織自若。有頃焉，人又曰：『曾參殺人。』其母尚織自若也。頃之，一人又告之曰：『曾參殺人。』其母懼，投杼逾牆而走。夫以曾參之賢與母之信也，而三人疑之，則慈母不能信也。」

〔一〇〕寢病幽栖：《漢書》卷八二《史丹傳》：「上賜策曰：『左將軍寢病不衰，願歸治疾。』」顔師古注：「言病不損也。」無援朝列：《文選》卷一三潘安仁《秋興賦序》：「攝官承乏，猥厠朝列。」李善注：「《禮記》曰：『爵禄有列於朝。』」六臣李周翰

注：「得曲次朝士之列。」

〔一一〕易成論硋：《列子》卷三：「乘虛不墜，觸實不硋。」《後漢書》卷八二上《方術傳序》：「夫物之所偏，未能無蔽，雖云大道，其硋或同。」

〔一二〕幸大明臨下：《周易·乾卦》：「雲行雨施，品物流行，大明終始，六位時成。」李鼎祚集解引侯果曰：「大明，日也。」仁道毓物：《續漢書·輿服志上》：「後世聖人，知恤民之憂，思深大者，必饗其樂，勤仁毓物，使不夭折者，必受其福。」

〔一三〕澤洎翾走：《文選》卷三張平子《東京賦》：「惠風廣被，澤洎幽荒。」李善注：「洎，及也。」《楚辭·九歌·東君》：「翾飛兮翠曾，展詩兮會舞。」洪興祖補注：「翾，小飛也。」按翾走，猶飛走，謂飛禽走獸。

〔一四〕楊者，易生之木也。一人植之，十人拔之，無生楊矣：《戰國策·魏策二》：「田需貴於魏王，惠子曰：『子必善左右。今夫楊，横樹之則生，倒樹之則生，折而樹之又生。然使十人樹楊，一人拔之，則無生楊矣。故以十人之衆，樹易生之物，然而不勝一人者，何也？樹之難而去之易也。今子雖自樹於王，而欲去子者衆，則子必危矣。』」

〔一五〕異此貞脆：班婕妤《擣素賦》：「佇風軒而結睇，對愁雲之浮沉。雖松梧之貞脆，豈榮彫其異心。」《文選》卷二三殷仲文《南州桓公九井作》：「何以標貞脆，薄言寄松菌。」李善注：「松貞，菌脆也。松菌殊質，故貞脆異性也。」陶淵明《榮木》：「采采榮木，於兹託根。繁華朝起，慨暮不存。貞脆由人，禍福無門。匪道曷依，匪善奚敦？」

〔一六〕書稱天秩有禮：《尚書·皋陶謨》：「天秩有禮，自我五禮有庸哉。」易載神福在謙：《周易·謙卦》：「天道虧盈而益謙，地道變盈而流謙，鬼神害盈而福謙，人道惡盈而好謙。」

〔一七〕銜：《禮記·檀弓上》：「仕弗與共國，銜君命而使，雖遇之不鬭。」行歎坐戚：本集《擬行路難》：「寫水置平地，各自東西南北流。人生亦有命，安能行歎復坐愁。」

〔一八〕即欲顛沛：《詩經·大雅·蕩》：「人亦有言，顛沛之揭，枝葉未有害，本實先撥。」毛傳：「顛，僕；沛，拔也。」

〔一九〕但臣病久柴羸：《漢書》卷五一《鄒陽傳》：「今夫天下布衣窮居之士，身在貧羸。」顏師古注：「衣食不充，故羸瘦也。」不堪冒涉：《後漢書》卷四二《光武十王·東平獻王蒼傳》：「帝以蒼冒涉寒露，遣謁者賜貂裘。」

〔二〇〕小得趨馳，星駕登路：《後漢書》卷七四上《袁紹傳》：「會公孫瓚師旅南馳，陸掠北境，臣即星駕席卷，與瓚交鋒。」《詩經·鄘風·定之方中》：「靈雨既零，命彼倌人，星言夙駕，説于桑田。」

皇孫誕育上疏

【解題】

此文原題，張溥本作《皇孫誕育上表》，今從宋本。

此疏題作「皇孫誕育」，疏文又有「伏承東儲積慶，皇孫誕育」之語，當爲賀皇太子之生子而作。尋鮑照所仕諸帝，明帝劉彧之太子即後廢帝劉昱，據《宋書》卷九《後廢帝紀》，大明七年（四六三）正月辛丑生於衛尉府，至鮑照泰始二年（四六六）卒時劉昱年方四歲，不應有生子事；孝武帝劉駿太子即前廢帝劉子業，據《宋書》卷七《前廢帝紀》，元嘉二十六年（四四九）生，景和元年（泰始元年，四六五）十一月二十九日卒時年僅十七，生子在卒前數日，即景和元年十一月丁未，故孝武帝在世時亦無皇孫可言。是此疏不可能爲賀孝武帝及明帝之太子生子而作。由此，此文乃爲宋文帝之子劉劭生子而作。

《宋書》卷九九《二凶傳》云：「帝即位後生劭，時上猶在諒闇，故秘之。三年閏正月，方云劭生。」是劉劭生時，宋文帝劉義隆正在爲其父劉裕服喪期間，是時生子違背禮節，故文帝秘之，直至服喪期過，方云劭生也。由此可見《宋書·文帝紀》所記載的元嘉三年「閏月丙戌，皇子劭生」，乃不實之詞。按《文帝紀》云元嘉六年，「三月丁巳，立皇子劭爲皇太子」。據《宋書·二凶傳》，劉劭「年六歲，拜爲皇太子」，則劉劭之生其實在元嘉元年（四二八）。由此，劉劭之生子雖然史無明確之記載，但卻可以推求而得到大致之時間。考《宋書·文帝紀》載元嘉十五年夏四月甲辰，「立皇太子妃殷氏，賜王公以下各有差」，《通鑑》卷一二三亦云是年「夏四月，納故黄門侍郎殷淳女爲皇太子妃」，《宋書》卷一四《禮志一》云：「宋文帝元嘉十五年四月，皇太子納妃，六禮文與納后不異。」是劉劭納殷淳之女爲妃在元嘉十五年（四三八）四月，時年十五歲。即劭之生子又在元嘉十五年之後。

此疏云「兼郎中令侍郎臣」，見鮑照是時以本官侍郎而代理郎中令之職。《宋書》卷四〇《百官志下》記劉宋王國「有郎中令、中尉、大農爲三卿。大國置左右常侍各三人，省郎中，置侍郎二人」，是時王國三卿官第六品，較王國侍郎的品位爲高。鮑照於元嘉時先後曾二次爲王國侍郎，一在臨川王義慶幕，一在始興王濬幕。在始興幕時，他一直未受到應有的重視，自始入始興王府直至侍郎報滿離職，始終未能升遷，其《侍郎報滿辭閤疏》乃爲其證。而在臨川王義慶幕下，他卻較受重視，這從他在臨川幕時所作《轉常侍上疏》中即可看出，因此此表又應是在臨川王幕中所作。作表時自稱「兼郎中令侍郎臣」，説明他當時在臨川王府資歷已較深，故能以侍郎而代理郎中令。再結合文帝太子劉劭於元嘉十五年四月年十五歲納妃的情況，此表之作大概以元嘉十六年（四三九）爲近。

兼郎中令侍郎臣等言①：伏承東儲積慶，皇孫誕育〔一〕。國啟昌期，民迎福運〔二〕。臺禁稱祉，井廬相賀〔三〕。伏惟聖懷，載深鴻悆〔四〕。不任下情。謹詣閤上疏以聞②〔五〕。

【校記】

①「等」，張溥本作「照」。

②「閤」，張溥本、四庫本作「閣」。「疏」，張溥本作「表」。

【箋注】

〔一〕東儲積慶：《宋書》卷九四《恩倖・戴法興傳》：「故越騎校尉吴昌縣開國男戴法興，昔從孝武，誠勤左右，入定社稷，預誓河山。及出侍東儲，竭盡心力，嬰害凶悖，朕甚愍之。」《詩經・衛風・碩人》：「東宫之妹，邢侯之姨。」孔穎達疏：「太子居東宮，因以東宮表太子。」袁宏《後漢紀》卷一九：「太子，國之儲貳，巨命所繫。」誕育：《文選》卷三五潘元茂《册魏公九錫文》：「乃誘天衷，誕育丞相。」李善注：「毛萇詩傳曰：『誕，大也。』鄭玄曰：『大矣，后稷之生也。』」六臣呂向注：「誕，謂生也。」

〔二〕昌期：《樂府詩集》卷七《郊廟歌辭・周郊祀樂章》：「高明祚德，永致昌期。」《太平御覽》卷二八引曹植《冬至獻襪頌表》：「願述朝慶，千載昌期，一陽嘉節。」

〔三〕臺禁：《太平御覽》卷二二六引謝靈運《晉書》：「漢官，尚書爲中臺，御史爲憲臺，謁者爲外臺，是爲三臺。」蔡邕《獨斷》卷上：「禁中者，門户有禁，非侍御者不得入，故曰禁中。孝元皇后父大司馬陽平侯名禁，當時避之，故曰省中。」祉：《詩經・小雅・巧言》：「君子如祉，亂庶遄已。」毛傳：「祉，福也。」井廬：《左傳》襄公三十年：「廬井有伍。」杜預注：「廬，舍也。九夫爲井。」

〔四〕鴻悆：《廣韻》卷一：「《詩》傳：『大曰鴻，小曰鴈。』」《漢書》卷八二《王商傳》：「爲人多質有威重，長八尺餘，身體鴻大，容貌甚過絶人。」《文選》卷一八嵇叔夜《琴賦》：「若和平者聽之，則怡養悦悆，淑穆玄真。」六臣呂向注：「言其聽琴可以通養悦悆之志，美和大真無爲之道。」

〔五〕詣閤：《漢書》卷七九《仲長統傳》：「雖置三公，事歸臺閣。」李賢注：「臺閣，謂尚書也。」按閤，閣字通。

登大雷岸與妹書

【解題】

大雷，時屬南豫州之晉熙郡。《太平御覽》卷六五《江南諸水・雷水》：「《水經》曰：『南經大雷戍西。』注：『大江謂之大雷口，一派東南流入江，謂之小雷口也。』宋鮑明遠《登大雷岸與妹書》，乃此地。」《資治通鑑》卷一一五晉安帝義熙六年：「劉裕軍雷池，盧循揚聲不攻雷池，當乘流徑下。裕知其欲戰，十二月己卯，進軍大雷。」胡三省注：「杜佑曰：『晉大雷戍，舒州望江縣，今晥口之西有雷江口，即其地。』《宋書·志》云：『望江縣西岸有大雷江，自尋陽柴桑沿流三百里入江，即望江縣。』」《困學紀聞》卷一〇：「大雷，在舒州望江縣。《水經注》所謂大雷口也。晉有大雷戍，陳置大雷郡，庾亮《報温嶠書》：『無過雷池一步。』」《太平寰宇記》卷一二五《淮南道三·舒州》：「望江縣南二百十六里，舊五鄉，今三鄉，本漢晥縣地。《宋書·州郡志》云晉安帝於此立新冶縣，屬晉熙郡，亦爲大雷戍。按《宋書》云西岸有大雷江，自尋陽柴桑沿流三百里入江。即新冶縣也。歷宋、齊、梁不改，至陳於新冶置大雷郡。隋開皇初，郡廢，十一年，改爲義鄉縣，屬熙州。十八年，又改爲望江縣。大雷池，水西自宿松縣界流入，自發源入縣界，東南積而爲池，謂之雷池。又東流經南，去縣百里，又東入於海。江行百里，爲大雷口，又有小雷口。晉成帝咸和二年，蘇峻反，温嶠欲下，衛京師，庾亮素忌陶侃，報嶠書曰：『吾憂西垂，過於歷陽，足下無過雷池一步。』宋鮑明遠有《登大雷岸與妹書》，乃此地。」《讀史方輿紀要》卷二六《南直·安慶府·望江縣》：「府西南百十里。東至池州府東流縣二十里，南至江西彭澤縣百里。漢晥縣地，晉置大雷戍；東晉義熙中，置新冶縣，屬晉熙郡；陳置大雷郡，治此。隋廢郡，改縣曰義鄉，屬熙州，開皇十八年，改曰望江縣。」「雷池，縣東三十里。源出宿松縣界，東流二百餘里，經縣東南，積而爲池。又東十五里入江。三國時，有雷池監，孟宗嘗爲雷池漁官是也。其入江處亦曰雷港，亦曰雷江口，亦曰大雷江。晉咸和二年，蘇峻以歷陽叛，温嶠欲自江州入衛，庾亮報嶠書曰：『吾憂西陲，過於歷陽，足下無過雷池一步。』義熙六年，劉裕討盧循，軍於雷池，進軍大雷，分兵屯於雷江西岸，先備火具，循自湓口來戰，不勝，回泊西岸，岸上軍發火焚之，循敗走。……今縣城本名大雷戍，蓋以雷江爲名。」《小名録》卷下：「鮑照字明遠，妹字令暉，有才思，亞於明遠，著《香茗賦集》行於世。」本集《請假啟二首》之二：「天倫同氣，實惟一妹，存没永訣，不獲計見，封瘞泉壤臨送，私懷感恨，情痛兼深。」

吴汝綸《古詩鈔》以爲此文乃「與《上潯陽還都詩》旨同」，此説不足之處相當明顯，因爲《潯陽還都道中》詩乃鮑照自江州尋陽移鎮南兗州廣陵時還都途中所作。而此文有「東顧五州之隔，西眺九派之分」等語，明確指出其此次行程爲自東而西，與《潯陽還都道中》詩正表現出相反之行程方向。故錢仲聯於《鮑參軍集注》本文題注提出新説，云：「至此書中有『去親爲客，如何如何』之語，則是初離家時口氣，當是元嘉十六年臨川王出鎮江州引照爲佐吏時作，王鎮江州在四月，而照書有『寒語』『秋潦』語，豈照往江州，已在秋後耶？」今考之此文有「塗登千里，日踰十晨」之語，與建康到大雷之行程，行時皆相合，文中「長圖大念，隱心者久矣」等語，亦與年輕時詩人欲一展懷抱的心情相一致。可見錢先生以爲此文乃鮑照初離家遠游時所作的推斷，無疑是正確的，因此人多從之。但是，錢先生以爲此文乃元嘉十六年鮑照被臨川王引爲佐吏之江州時作，顯而易見是誤會了《宋書》劉義慶本傳中劉義慶招聚文士之記載而導致的錯誤。解決此文作年的關健，乃在於詩人初仕臨川王劉義慶之時間和地點的探求。其實，鮑照初仕在荆州而不在江州，其初次上荆遠游求仕的時間則爲元嘉十二年（四三五）。由此，此文當爲元嘉十二年（四三五）詩人赴荆途中行經大雷時作。此文首云：「吾自發寒雨，全行日少，加秋潦浩汗，山溪猥至，渡泝無邊，險徑游歷。」其後又云：「塗登千里，日踰十晨，嚴霜慘節，悲風斷肌。」可見此書之作即鮑照離家赴荆行經大雷時，乃在此年之深秋。則詩人上荆求仕行經大雷並作此文之時間又在此年深秋。

吾自發寒雨，全行日少〔一〕，加秋潦浩汗，山溪猥至①〔二〕，渡泝無邊，險徑遊歷②〔三〕，棧石星飯，結荷水宿〔四〕③，旅客貧辛，波路壯闊〔五〕，始以今日食時，僅及大雷〔六〕，塗登千里，日踰十晨，嚴霜慘節，悲風斷肌〔七〕，去親爲客，如何如何〔八〕！

向因涉頓，憑觀川陸〔九〕；遨神清渚，流睇方曛④〔一〇〕；東顧五洲之隔⑤，西眺九派之分〔一一〕，窺地門之絶景，望天際之孤雲〔一二〕，長圖大念，隱心者久矣〔一三〕。

南則積山萬狀，争氣負高⑥〔一四〕，含霞飲景，參差代雄〔一五〕，凌跨長隴，前後相屬〔一六〕，帶天有匝，横地無窮〔一七〕，東則砥原遠隰⑦，亡端靡際〔一八〕，寒蓬夕卷，古樹雲平〔一九〕。旋風四起，思鳥群歸〔二〇〕。靜聽無聞，極視不見〔二一〕。北則陂池潛演⑧，湖脉通連⑨〔二二〕。苧蒿攸積，菰蘆所繁〔二三〕。棲波之鳥⑩，水化之蟲〔二四〕，智吞愚⑪，彊捕小，號噪驚聒，紛乎其中⑫〔二五〕。西則回江永指，長波天合⑬〔二六〕。滔滔何窮，漫漫安竭〔二七〕！創古迄今，舳艫相接〔二八〕，思盡波濤，悲滿潭壑〔二九〕，煙歸八表，終爲野塵〔三〇〕，而是注集，長寫不測〔三一〕，脩靈浩蕩，知其何故哉〔三二〕！

西南望廬山，又特驚異〔三三〕。基壓江潮⑭，峰與辰漢連接〔三四〕。上常積雲霞，雕錦褥⑮〔三五〕。若華夕曜，巖澤氣通〔三六〕，傳明散綵，赫似絳天〔三七〕。左右青靄，表裏紫霄〔三八〕。從嶺而上⑯，氣盡金光⑰〔三九〕，半山以下，純爲黛色⑱。信可以神居帝郊，鎮控湘漢者也〔四〇〕。

若潨洞所積⑲，溪壑所射〔四一〕，鼓怒之所戹擊，湧澓之所宕滌〔四二〕，則上窮荻浦，下至狶洲〔四三〕，南薄藿爪⑳，北極雷澱〔四四〕，削長埤短，可數百里〔四五〕。其中騰波觸天㉑，高浪灌日〔四六〕，吞吐百川，寫泄萬壑〔四七〕。輕煙不流，華鼎振涾〔四八〕。弱草朱靡，洪漣隴蹙〔四九〕。散渙長驚㉒，電透箭疾〔五〇〕。穹溘崩聚，坻飛嶺覆〔五一〕。回沫冠山，奔濤空谷〔五二〕，碪石爲之摧碎，碕岸爲之韲落㉓〔五三〕。仰視大火㉔，俯聽波聲〔五四〕，愁魄脅息，心驚慓矣〔五五〕。至於繁化殊育，詭質怪章〔五六〕，則有江鵝、海鴨、魚鮫、水虎之類〔五七〕，豚首、象鼻、芒鬚、針尾之族〔五八〕，石蟹、土蚌、燕箕、雀蛤之疇㉕〔五九〕，折甲、曲牙、逆鱗、返舌之屬〔六〇〕。掩沙漲，被草渚〔六一〕，浴雨排風，吹澇弄翮〔六二〕。夕景欲沉，曉霧將合㉖〔六三〕，孤雛寒嘯㉗，遊鴻遠吟〔六四〕，樵蘇一歎，舟子再泣㉘〔六五〕。誠足悲憂㉙。不可說也〔六六〕。

風久雷䬍㉚，夜戒前路〔六七〕。下弦內外，望達所届〔六八〕。寒暑難適，汝專自慎〔六九〕，夙夜戒護，勿我爲念〔七〇〕。恐欲知之，聊書所視。臨塗草蹙，辭意不周。

【校記】

①「猥」，原作「偎」，今據張溥本改。
②「歷」字原闕，今據張溥本補。
③「結荷水宿」，原作「結荷衣水宿」，今據張溥本、《藝文類聚》卷二七删正。
④「睇」，原作「涕」，今據張溥本、《藝文類聚》改。
⑤「五」，原作「三」，今據張溥本改。
⑥「争氣負高」，《鮑參軍集注》作「負氣争高」。
⑦「砥」，原作「砥」，今據張溥本、四部備要本改。
⑧「陂」，張溥本作「波」。
⑨「湖脉通連」，《藝文類聚》作「湖澤脈通」。
⑩「波」，《藝文類聚》作「風」。
⑪「愚」原作「禺」，今據張溥本、《藝文類聚》改。
⑫「乎」，四庫本作「平」，《藝文類聚》作「牣」。
⑬「天」，《藝文類聚》作「吞」。
⑭「江潮」，四庫本作「江湖」。
⑮「褥」，張溥本作「縟」。
⑯「上」，《藝文類聚》作「西」。
⑰「盡」，原作「甚」，今據張溥本、盧校、《藝文類聚》改。
⑱「半山以下純爲黛色」，四庫本作「半山純以下爲黛色」。
⑲「潨」，四庫本作「衆」。

⑳「爪」，張溥本作「爪」，四庫本作「瓜」。

㉑「其」字原闕，今據張溥本補。

㉒「驚」，盧校作「鶩」。

㉓「倚」，張溥本作「碕」。

㉔「視」，原作「梘」，今據張溥本、四庫本改。

㉕「疇」，張溥本、四庫本作「儔」。按疇儔字通。

㉖「霧」，《藝文類聚》作「露」。

㉗「雞」，張溥本作「鶴」。

㉘「泣」，《藝文類聚》作「泫」。

㉙「悲憂」，《藝文類聚》作「憂悲」。

㉚「久」，張溥本、四庫本作「吹」。

【箋注】

〔一〕吾自發寒雨：《詩經·齊風·東方之日》：「在我闥兮，履我發兮。」毛傳：「發，行也。」阮籍《東平賦》：「玄雲興而四周兮，寒雨淪而下降。」

〔二〕加秋潦浩汗：《文選》卷一八馬季長《長笛賦》：「秋潦漱其下趾兮，冬雪揣封乎其枝。」李善注：「《説文》曰：『潦，雨水也。』」《藝文類聚》卷八引魏曹丕《濟川賦》：「臨濟川之魯淮，覽洪波之容裔。濞騰揚以相薄，激長風而亟逝。漫浩汗而難測，眇不覩其垠際。」山溪猥至：《漢書》卷二九《溝洫志》：「聞禹治河時，本空此地，以爲水猥盛則放溢。」顏師古注：「猥，多也。」《後漢書》卷四九《仲長統傳》：「横税弱人，割奪吏禄，所恃者寡，所取者猥。」李賢注：「猥，猶多也。」

〔三〕渡泝無邊：《左傳》文公十年：「沿漢泝江，將入郢。」杜預注：「泝，逆流。」險徑遊歷：《晉書》卷九二《文苑·李充傳》："「人之失德，反正作奇，乃放欲以越禮，不知希競之爲病，違彼夷塗，而遵此險徑。」《晉書》卷八〇《王獻之傳》："「聞顧辟疆有名園，先不相識，乘平肩輿逕入，時辟疆方集賓友，而獻之游歷既畢，傍若無人。」

〔四〕棧石星飯：《史記》卷八《高祖本紀》："「漢王之國，項王使卒三萬人從，楚與諸侯之慕從者數萬人，從杜南入蝕中。去輒燒絶棧道，以備諸侯盗兵襲之，亦示項羽無東意。」司馬貞索隱："「『棧道』，閣道也。……崔浩云：『險絶之處，傍鑿山巖，而施版梁爲閣。』」結荷水宿：《楚辭·九歌·湘夫人》："「芷葺兮荷屋，繚之兮杜衡。」洪興祖補注："「葺，蓋屋也。五臣云：『以芷草及荷葉葺以蓋屋也。』」按結荷，即結荷爲屋。《藝文類聚》卷七引宋謝靈運《羅浮山賦》："「發潛夢於永夜，若泝波而乘桴。越扶嶼之細漲，上增龍之合流。鼓蘭枻以水宿，杖桂策以山游。」

〔五〕旅客貧辛：《左傳》宣公十二年："「旅有施捨。」杜預注："「旅客來者，施之以惠舍，不勞役。」

〔六〕始以今日食時：《詩經·鄘風·蝃蝀》："「朝隮於西，崇朝其雨。女子有行，遠兄弟父母。」毛傳："「從旦至食時爲終朝。」《漢書》卷四四《淮南王安傳》："「使爲《離騷》傳，旦受詔，日食時上。」

〔七〕嚴霜慘節：《楚辭·九辯》："「秋既先戒以白露兮，冬又申之以嚴霜。」悲風斷肌：《文選》卷二九《古詩十九首·去者日以疎》："「白楊多悲風，蕭蕭愁殺人。」《文選》卷四一李少卿《答蘇武書》："「但聞悲風蕭條之聲，凉秋九月，塞外草衰。」

〔八〕去親爲客：《説苑》卷一九："「齊宣王謂田過曰：『吾聞儒者喪親三年，喪君三年，君與父孰重？』田過對曰：『殆不如父重。』王忿然，怒曰：『然則何爲去親而事君？』」

〔九〕涉頓：謂行旅。《詩經·鄭風·褰裳》："「子惠思我，褰裳涉溱。」《文選》卷一七傅武仲《舞賦》："「擊不致筴，蹈不頓趾。」李善注："「蹈鼓而足趾不頓，言輕且疾也。」川陸：晉潘岳《西征賦》："「憑高望之陽隈，體川陸之汙隆。」六臣劉良注："「體水陸高下形勢也。」

〔一〇〕遨神：謂神游。《文選》卷一八嵇叔夜《琴賦》："「若夫三春之初，麗服以時，乃攜友生，以遨以嬉。」六臣李周翰注："「遨，游。嬉，樂也。」清渚：陸機《豫章行》："「汎舟清川渚，遥望高山陰。川陸殊途軌，懿親將遠尋。」流睇方曛：漢張衡

《南都賦》：「微眺流睇，蛾眉連卷。」《文選》卷一七傅武仲《舞賦》：「眉連娟以增繞兮，目流睇而横波。」六臣李周翰注：「流睇，邪視也。」《楚辭・九章・思美人》：「指嶓冢之西隈兮，與曛黄以爲期。」王逸注：「曛黄，黄昏時。」按「曛」，朱熹《楚辭集注》作「纁」，注：「纁，淺絳也。日將入時，色纁且黄也。」

〔一一〕東顧五洲之隔：《鮑參軍集注》錢振倫注：「《水經注》：『江水又東逕軑縣故城南，城在山之陽，南對五洲也。江中有五州相接，故以五洲爲名。宋孝武舉兵江州，建牙洲上，有紫芝雲蔭之，即是洲也。』」按此五洲在今湖北省浠水縣西南長江之中。《宋書》卷六《孝武帝紀》：「（元嘉）三十年正月，上出次西陽之五洲，會元凶弒逆，以上爲征南將軍，加散騎常侍，上率衆入討。」卷七七《沈慶之傳》：「三十年正月，世祖出次五洲，總統群帥。慶之從巴水出至五洲，諮受軍略。」即此洲也。錢仲聯補注則云：「五洲遠在尋陽以西，去大雷更西，不得云『東顧』。疑此乃指五湖而言。《史記・蘇秦傳》索隱：『五渚，五處洲也。或説五渚即五湖。』又《河渠書》：『于吴則通渠三江、五湖。』正義：『韋昭云：其實一湖，今太湖是也。』自大雷東望五湖，蓋隔皖南陸地。《書》：『九江孔殷。』孔安國傳：『江於此州界分爲九道。』《釋文》：『九江，《尋陽記》云：一曰烏白江，二曰蚌江，三曰烏江，四曰嘉靡江，五曰畎江，六曰源江，七曰廩江，八曰提江，九曰箘江。』張須元《緣江圖》云：『一曰三里江，二曰五洲江，三曰嘉靡江，四曰烏土江，五曰白蚌江，六曰白烏江，七曰箘江，八曰沙提江，九曰廩江。參差隨水長短，或百里或五十里，始於鄂陵，終於江口，會于桑落洲。』」西眺九派之分：劉向《説苑・君道》：「故疏河以導之，鑿江以通於九派，灑五湖而定東海。」《文選》卷一二郭景純《江賦》：「源二分於崌崍，流九派乎潯陽。」李善注：「水別流爲派。《尚書》曰：『荆州，九江孔殷。』應劭《漢書注》曰：『江自廬江潯陽分爲九也。』」

〔一二〕窺地門之絶景：《太平御覽》卷四二引《河圖括地象》：「熊耳山，地門也，其精上爲畢附耳星。」《鮑參軍集注》錢仲聯注：「此『地門』與『天際』爲偶，乃虚用。」《文選》卷三五張景陽《七命》：「絶景乎大荒之遐阻，吞響乎幽山之窮奥。」陶潛《讀史述・夷齊》：「二子讓國，相隨海隅，天人革命，絶景窮居。采薇高歌，慨想黄虞，貞風凌俗，爰感懦夫。」望天際之孤雲：陶淵明《詠貧士》：「萬族各有託，孤雲獨無依。」

〔一三〕長圖大念：《文選》卷一一何平叔《景福殿賦》：「遥目九野，遠覽長圖。」隱心者久矣：《文選》卷五六崔子玉《座右銘》：「世譽不足慕，唯人爲紀綱，隱心而後動，謗議庸何傷。」《後漢書》卷六五《皇甫規傳》：「臣誠知阿諛有福，深言近禍，豈敢隱心以避誅責乎。」

〔一四〕南則積山萬狀：《鮑參軍集注》錢仲聯補注：「陸游《入蜀記》：『過東流縣不入，自雷江口行大江，江南群山，蒼翠萬疊，如列屏障，凡數十里不絶，自金陵以西所未有也。』按此雖南宋人所記，而與鮑照語相合，山水景物，不因時代而異也。」争氣負高：《荀子·勸學》：「告楛者，勿問也；説楛者，勿聽也；有争氣者，勿與辯也。」《左傳》襄公十八年：「齊環怙恃其險，負其衆庶。」杜預注：「負，依也。」

〔一五〕含霞飲景：《藝文類聚》卷七八引晉湛方生《廬山神僊詩》序：「潯陽有廬山者，盤基彭蠡之西，其崇標峻極，辰光隔輝，幽澗澄深，積清百仞。若乃絶阻重險，非人跡之所游；窈窕沖深，常含霞而貯氣。真可謂神明之區域，列真之苑囿矣。」《文選》卷二張平子《西京賦》：「流景曜之韡曄。」李善注：「景，光景也。」參差代雄：張衡《西京賦》：「華嶽峩峩，岡巒參差。」

〔一六〕凌跨長隴：《太平御覽》卷三九引伍輯之《從征記》：「泰山于所經諸山爲最高，見岑崿軒舉，凌跨衆阜，霞雲草木，靄然靈異，苑囿神奇，故無螫蟲猛獸。」《爾雅·釋丘》：「如畝畝丘。」郭璞注：「丘有隴界如田畝。」《元和郡縣志》卷二六《江南道·丹徒縣》：「初，秦以其地有王氣，始皇遣赭衣徒三千人鑿破長隴，故名丹徒。」

〔一七〕帶天有匝：《晉書》卷九二《文苑·成公綏傳》：「河漢委蛇而帶天，虹蜺偃蹇於昊蒼，望舒彌節於九道，羲和正轡於中黄。」《廣韻》卷五：「匝，周也。」

〔一八〕東則砥原遠隰：《爾雅·釋地》：「下溼曰隰，大野曰平，廣平曰原，高平曰陸，大陸曰阜，大阜曰陵，大陵曰阿，可食者曰原。」亡端靡際：《漢書》卷五七上《司馬相如傳上》：「視之無端，察之無涯。」

〔一九〕寒蓬夕卷：《埤雅·釋草》：「蓬，蒿屬，草之不理者也。其葉散生如蓬，末大於本，故遇風輒拔而旋。《説苑》曰：『秋蓬惡於根本，而美於枝葉，秋風一起，根且拔矣。』」

〔二〇〕思鳥群歸：《文選》卷二四陸士衡《贈從兄車騎》：「斯言豈虚作，思鳥有悲音。」六臣李周翰注：「謂此言不虚也，思侣之鳥且有悲聲，況人豈無之也。」

〔二一〕静聽無聞，極視不見：《禮記・中庸》：「子曰：『鬼神之爲德，其盛矣乎！視之而弗見，聽之而弗聞，體物而不可遺。』」

〔二二〕北則陂池潛演：《禮記・月令・仲春之月》：「是月也，毋竭川澤，毋漉陂池，毋焚山林。」鄭玄注：「畜水曰陂，穿地通水曰池。」《文選》卷八司馬長卿《上林賦》：「東注太湖，衍溢陂池。」李善注引郭璞云：「陂池，江旁小水。」《鮑參軍集注》錢仲聯注：「演當爲濱。《文選・江賦》李善注引《説文》：『濱，水脈行地中。』按今《説文》『濱』字云：『水脈行地中濱濱也，從水，夤聲。弋刃切。』别有『演』字云：『長流也，從水寅聲，以淺切。』『夤』從夕，與『寅』異字，故『濱』亦與『演』異。此蓋言伏流之水，即《蜀都賦》之『濱有潛沫也』。」《文選》卷一二郭景純《江賦》：「潛演之所汩淈。」湖脉通連：郭景純《江賦》：「爰有包山洞庭，巴陵地道，潛逵傍通，幽岫窈窕。」李善注：「郭璞《山海經》注曰：『洞庭地穴，在長沙巴陵，吴縣南太湖中有苞山，山下有洞庭穴道，潛行水底，云無所不通，號爲地脈。』」

〔二三〕苧蒿攸積：《漢書》卷五七上《司馬相如傳上》載相如《上林賦》：「鮮支黄礫，蔣苧青薠。」「蔣苧青薠」，《文選》卷八作「蔣芧青薠」。《廣韻》卷三：「芧，草也，可以爲繩。苧，同上。」《詩經・小雅・鹿鳴》：「呦呦鹿鳴，食野之蒿。」朱熹集傳：「蒿，菣也，即青蒿也。」菰蘆所繁：《文選》卷二二謝靈運《從斤竹澗越嶺溪行》：「蘋萍泛沈深，菰蒲冒清淺。」六臣吕向注：「蘋、萍、菰、蒲，皆水草。」《埤雅・釋草・葦》：「即今之蘆，一名葭。葭，葦之未秀者也。」

〔二四〕水化之蟲：明馮復京《六家詩名物疏》卷四《鱼》：「《説文》云：『水蟲也。』」

〔二五〕號噪驚聒：《詩經・魏風・碩鼠》：「樂郊樂郊，誰之永號。」毛傳：「號，呼也。」《楚辭・九思・疾世》：「鴳雀列兮譁讙，鴝鵒鳴兮聒餘。」王逸注：「多聲亂耳爲聒。」《文選》卷一二郭景純《江賦》：「千類萬聲，自相喧聒。」李善注：「《説文》曰：『聒，讙語也。』」

〔二六〕西則回江永指：《文選》卷一七王子淵《洞簫賦》：「翔風蕭蕭而逕其末兮，迴江流川而溉其山。」李善注：「迴江，謂江迴曲也。」長波天合：郭璞《江賦》：「長波浹渫，峻湍崔嵬。」

〔二七〕滔滔何窮：《詩經・齊風・載驅》：「汶水滔滔，行人儦儦。」毛傳：「滔滔，流貌。」漫漫安竭：《管子・四時》：「五漫漫，六惛惛，孰知之哉！」房玄齡注：「漫漫，曠遠貌。」《文選》卷七揚子雲《甘泉賦》：「正瀏濫以弘惝兮，指東西之漫漫。」李善注：「漫漫，無涯際之貌也。」

〔二八〕舳艫相接：《漢書》卷六《武帝紀》：「自尋陽浮江，親射蛟江中，獲之。舳艫千里，薄樅陽而出。」顔師古注：「李斐曰：『舳，船後持柂處也。艫，船前頭刺櫂處也。言其船多，前後相銜，千里不絶也。』」《文選》卷一二郭景純《江賦》：「舳艫相屬，萬里連檣。」李善注：「《説文》曰：『舳，舟尾也。』『艫，船頭也。』」六臣張銑注：「屬，連也。」

〔二九〕潭壑：謂深壑。《太平寰宇記》卷九六《江南東道・越州》：「王羲之云：『每行山陰道上，如鏡中游。』王子敬見潭壑澄澈，清流瀉注，乃云：『山川之美，應接不暇。』」

〔三〇〕煙歸八表：《樂府詩集》卷三三魏明帝《苦寒行》：「遺化布四海，八表以肅清。」終爲野塵：《莊子・逍遥游》：「野馬也，塵埃也，生物之以息相吹也。」郭象注：「野馬者，游氣也。」

〔三一〕而是注集：《詩經・大雅・文王有聲》：「豐水東注，維禹之績。」朱熹集傳：「豐水東北流，徑豐邑之東，入渭而注于河。」長寫不測：《説文・宀部》段注：「寫，俗作瀉。」《周禮・地官・稻人》：「以澮寫水。」謝靈運《入華子岡是麻源第三谷》：「銅陵映碧澗，石磴瀉紅泉。」

〔三二〕倏靈浩盪：《楚辭・離騷》：「夫唯靈脩之故也。」王逸注：「靈，神也；脩，遠也，能神明遠見者，君德也。」「怨靈修之浩蕩兮，終不察夫民心。」王逸注：「浩猶浩浩，蕩猶蕩蕩，無思慮貌也。」

〔三三〕西南望廬山：《續漢書・郡國志四・廬江郡》：「尋陽南有九江，東合爲大江。」劉昭注：「釋慧遠《廬山記略》曰：『山在尋陽南，南濱宫亭湖，北對小江，山去小江三十餘里。有匡俗先生者，出殷周之際，隱遯潛居其下，受道於僊人而共嶺，時謂所止爲僊人之廬而命焉。其山大嶺凡七重，圓基，周迴垂五百里。其南嶺臨宫亭湖，下有神廟。七嶺會同，莫升之者。東南有香爐山，其上氛氲若香煙。西南中石門前有雙闕，壁立千餘仞，而瀑布流焉。其中鳥獸草木之美，靈藥方林之奇，所稱名代。』」

〔三四〕基：《詩經·周頌·絲衣》：「自堂徂基，自羊徂牛。」毛傳：「基，門塾之基。」按此指山脚。峰與辰漢連接：《文選》卷二六顔延年《直東宫答鄭尚書》：「跂予旅東館，徒歌屬南墉。寢興鬱無已，起觀辰漢中。」李善注：「辰，大辰也。《爾雅》：『大辰，房、心、尾也。』郭璞曰：『龍星明者以爲時候，故曰大辰。』毛萇《詩傳》曰：『漢，天河也。』」

〔三五〕雕錦褥：《太平廣記》卷三一八：「晉世，王恭伯字子升，會稽人，美姿容，善鼓琴，爲東宫舍人，求假休吴。到閶門郵亭，望月鼓琴，俄有一女子，從一女，謂恭伯曰：『妾平生愛琴，願共撫之。』其姿質甚麗，恭伯留之宿。向曉而别，以錦褥、香囊爲訣，恭伯以玉簪贈行。俄而天曉，聞鄰船有吴縣令劉惠基亡女靈前失錦褥及香囊。斯須，有官吏遍搜鄰船，至恭伯船獲之。恭伯懼，因述其言，我亦贈其玉簪。惠基令檢，果於亡女頭上獲之。惠基乃慟哭，因呼恭伯以子壻之禮。其女名稚華，年十六而卒。」

〔三六〕若華：古代神話中若木的花。《楚辭·天問》：「日安不到，燭龍何照？羲和之未揚，若華何光？」王逸注：「言日未揚出之時，若木何能有明赤之光華乎？」巖澤氣通：《宋書》卷九三《隱逸·周續之傳》：「江州刺史劉柳薦之高祖曰：『……竊見處士鴈門周續之，清真貞素，思學鈎深，弱冠獨往，心無近事，性之所遺，榮華與饑寒俱落；情之所慕，巖澤與琴書共遠。加以仁心内發，義懷外亮，留愛崑卉，誠著桃李。若升之宰府，必鼎味斯和；濯纓儒官，亦王猷遐緝。』」《周易·繫辭上》：「在天成象，在地成形，變化見矣。」韓康伯注：「象況日月星辰，形況山川草木也。懸象運轉，以成昏明，山澤通氣，而雲行雨施，故變化見矣。」

〔三七〕赫似絳天：《文選》卷五六班孟堅《封燕然山銘》：「玄甲耀日，朱旗絳天。」六臣吕延濟注：「玄，黑色；絳，赤色。」陸雲《南征賦》：「朱光俛而丹野，炎暉仰而絳天。」

〔三八〕 左右青靄：《文選》卷二八陸士衡《吴趨行》：「藹藹慶雲被，泠泠祥風過。」六臣李周翰注：「藹藹，雲貌也。」表裏紫霄：陳舜俞《廬山記》：「簡寂觀……在白雲峰之下，其間一峰獨出而秀卓者，曰紫霄峰，故張祜詩曰：『紫霄峰下草堂僊，千載空遺石磬懸。』」

〔三九〕 金光：《樂府詩集》卷一《郊廟歌辭一・漢郊祀歌》：「沛施祐，汾之阿，揚金光，横泰河。」

〔四〇〕 信可以神居帝郊：《藝文類聚》卷一八引司馬相如《美人賦》：「上宫閒館，寂寞雲虚，門閤晝掩，曖若神居。芳香芬烈，黼帳高張。」《楚辭・九歌・少司命》：「夕宿兮帝郊，君誰須兮雲之際。」湘漢：《藝文類聚》卷五六引曹植《九詠》：「尋湘漢之長流，採芳岸之靈芝。」《晉書》卷七一《王鑒傳》：「而百越鴟視於五嶺，蠻蜀狼顧於湘漢。」

〔四一〕 若潨洞所積：《詩經・大雅・鳧鷖》：「鳧鷖在潨，公尸來燕來宗。」毛傳：「潨，水會也。」《文選》卷一二郭景純《江賦》：「栫澱爲涔，夾潨羅筌。」李善注：「《説文》曰：『潨，小水入大水也。』」溪壑所射：《文選》卷四張平子《南都賦》：「阪坻巀嶭而成甗，谿壑錯繆而盤紆。」桓寬《鹽鐵論・本議》：「國有沃野之饒而民不足於食者，工商盛而本業荒也；有山海之貨而民不足於財者，不務民用而淫巧衆也。故川源不能實漏巵，山海不能贍溪壑。」

〔四二〕 鼓怒之所豗擊：《文選》卷一二木玄虚《海賦》：「於是鼓怒，溢浪揚浮。」李善注：「言風既疾而波鼓怒也。《上林賦》曰：『沸乎暴怒。』」木玄虚《海賦》：「潤泊柏而迆颺，磊匒匌而相豗。」李善注：「相豗，相擊也。」湧濆之所宕滌：《漢書》卷五七上《司馬相如傳上》載司馬相如《上林賦》：「其南則隆冬生長，踊水躍波。」按踊通湧。《文選》卷一二郭景純《江賦》：「駭浪暴灑，驚波飛薄。迅澓增澆，湧湍疊躍。」李善注：「澓，澓流也。音伏。王逸《楚辭》注曰：『洄波爲澆。』」六臣李周翰注：「澓，洄。」《史記》卷一四《樂書》：「天子躬於明堂臨觀，而萬民咸蕩滌邪穢，斟酌飽滿，以飾厥性。」

〔四三〕 則上窮荻浦：《南齊書》卷二七《李安民傳》：「補建安王司徒城局參軍，擊赭圻、湖白、荻浦、獺窟，皆捷。」下至狶洲：《莊子・知北游》：「正獲之問於監市履狶也，每下愈况。」郭象注：「狶，大豕也。」成玄英疏：「狶，豬也。」《爾雅・釋水》：「水中可居者曰洲。」按狶洲與荻浦對舉，或亦尋陽附近之洲名也。

〔四四〕南薄鶩爪：《左傳》僖公二十三年：「曹共公聞其駢脅，欲觀其裸。浴，薄而觀之。」杜預注：「薄，迫也。」孔穎達疏：「薄者，逼近之意。」北極雷澱：《詩經·小雅·緜蠻》：「豈敢憚行，畏不能極。」鄭玄箋：「極，至也。」《鮑參軍集注》錢仲聯注：「《爾雅》：『澱謂之垽。』郭璞注：『滓，澱也。』《説文》：『澱，滓垽也。』」福林按：《文選》卷一二郭景純《江賦》：「栫澱爲涔，夾潨羅筌。」李善注：「劉淵林《吴都賦》注曰：『淀，如淵而淺。』澱與淀古字通。」此文多用郭璞《江賦》中文句，此澱，或用如《江賦》之意。酈道元《水經注·汶水》：「汶水又西合一水，西南入茂都澱。澱，陂水之異名也。」

〔四五〕削長埤短，可數百里：《詩經·邶風·北門》：「王事適我，政事一埤益我。」毛傳：「埤，厚也。」孔穎達疏：「若有賦税之事，則減彼一而厚益我，使己困於資財。」《孟子·梁惠王上》：「海内之地，方千里者九，齊集有其一，以一服八，何以異於鄒敵楚哉。」《戰國策·秦策一》：「今秦地形斷長續短，方數千里。」

〔四六〕騰波：左思《蜀都賦》：「騰波沸湧，珠貝汜浮，若雲漢含星而光耀洪流。」高浪：《晉書》卷八七《涼武昭王李玄盛傳》：「思留侯之神遇，振高浪以蕩穢；想孔明於草廬，運玄籌之罔滯；洪操槃而慷慨，起三軍以激鋭。」

〔四七〕吞吐百川：《詩經·小雅·十月之交》：「百川沸騰，山冢崒崩。」《文選》卷一二木玄虚《海賦》：「噓噏百川，洗滌淮漢。」李善注：「噓噏，猶吐納也。」寫泄萬壑：《漢書》卷二九《溝洫志》：「獨一川兼受數河之任，雖高增隄防，終不能泄。」《晉書》卷九二《顧愷之傳》：「至荆州，人問以會稽山川之狀，愷之云：『千巖競秀，萬壑争流，草木蒙籠，若雲興霞蔚。』」

〔四八〕華鼎振涾：《説文解字》卷一一上：「今河朔方言謂沸溢爲涾。」《鮑參軍集注》錢仲聯注：「『華鼎』句似謂彭蠡湖浪花翻騰，狀如水沸於寶鼎之中。」

〔四九〕弱草朱靡：《藝文類聚》卷六引李康《游山序》：「蓋人生天地之間也，若流電之過户牖，輕塵之棲弱草。」《鮑參軍集注》錢仲聯注：「朱，作幹解，見《六書故》，指草莖。靡，披靡，狀草爲水淹没。」洪漣隴蹙：《詩經·魏風·伐檀》：「坎坎伐檀兮，寘之河之干兮，河水清且漣猗。」毛傳：「風行水成文曰漣。」《鮑參軍集注》錢仲聯注：「木華《海賦》：『噏波則洪漣踧蹜。』隴蹙，狀高浪前後相迫如丘隴相蹙。木華《海賦》以『碨磊山壟』狀浪之高峻不平。」

〔五〇〕散涣長驚：《焦氏易林·臨之謙》：「散涣水長，風吹我鄉。」《文選》卷一七王子淵《洞簫賦》：「氣旁迕以飛射兮，馳散涣以逫律。」李善注：「散涣，分佈也。」電透箭疾：《藝文類聚》卷九五引後漢王延壽《王孫賦》：「背牢落之峻壑，臨不測之幽谿。尋柯條以宛轉，或捉腐而登危，或群跳而電透，或爪懸而匏垂。」

〔五一〕穹溘崩聚，坻飛嶺覆：《鮑參軍集注》錢仲聯注：「《爾雅》：『穹，大也。』《玉篇》：『溘，水也。』按穹溘，謂大浪。司馬相如《上林賦》郭璞注：『坻，岸也。』木華《海賦》：『岑嶺飛騰而反覆。』」

〔五二〕回沫冠山：《文選》卷一八引馬季長《長笛賦》：「瀺灂噴沫，犇遯碭突。」六臣吕向注：「瀺灂噴沫，水之勇急。」《廣弘明集》卷一五謝靈運《維摩經中十譬贊·聚沫泡合》：「水性本無泡，激流遂聚沫。」奔濤空谷：《晉書》卷七二《郭璞傳》：「藹若鄧林之會逸翰，爛若溟海之納奔濤。」

〔五三〕碪石：即砧石。《廣韻》：「碪，知林切，擣衣石也。」倚岸爲之韲落：《莊子·大宗師》：「韲萬物而不爲義澤，及萬世而不爲仁。」《經典釋文》卷二十六《莊子音義》：「韲，子兮反，碎也。」

〔五四〕仰視大火：《詩經·豳風·七月》：「七月流火，九月授衣。」毛傳：「火，大火也。」鄭玄箋：「大火者，寒暑之候也，火星中而寒暑退。」《爾雅·釋天》：「大火謂之大辰。」郭璞注：「大火，心也，在中最明，故時候主焉。」俯聽波聲：《楚辭·七諫·自悲》：「觀天火之炎煬兮，聽大壑之波聲。」《楚辭·九章·悲回風》：「憚湧湍之礚礚兮，聽波聲之洶洶。」

〔五五〕愁魄脅息：《文選》卷一九宋玉《高唐賦》：「於是調謳，令人惏悷憯悽，脅息增欷。」李善注：「脅息，縮氣也。」《漢書》卷九〇《酷吏·田延年傳》：「遷河南太守，賜黄金二十斤，豪彊脅息。」顔師古注：「脅，歛也，屏氣而息。」心驚慓矣：《廣韻》卷三：「慓，急性。」

〔五六〕至於繁化殊育：《周禮·春官·大宗伯》：「以禮樂合天地之化，百物之産，以事鬼神，以諧萬民，以致百物。」鄭玄注：「能生非類曰化。」《周易·漸卦》九三《象》：「婦孕不育，失其道也。」《禮記·中庸》：「大哉，聖人之道洋洋乎！發育萬物，峻極於天。」注：「育，生也。」詭質怪章：《文選》卷一二木玄虚《海賦》：「瑕石詭暉，鱗甲異質。」李善注：「《説文》曰：

『詭，變也。異質，殊形也。』《廣雅》曰：『質，軀也。』」《左傳》僖公二十四年：「耳不聽五聲之和爲聾，目不別五色之章爲昧。」

〔五七〕則有江鵝、海鴨、魚鮫、水虎之類：《本草綱目》卷四七《禽・鷗》：「鷗者浮水上，輕漾如漚也，鷖者鳴聲也，鴞者形似也。在海者名海鷗，在江者名江鷗，江夏人訛爲江鵝也。」《太平御覽》卷九一九引《金樓子》：「海鴨大如常鴨，斑白文，謂之交鳥。」《山海經・中山經》：「荆山……漳水出焉，而東南流，注于雎。其中多黄金，多鮫魚。」吴任臣注：「鮫皮有沙，古曰鮫，今曰沙，其實一也。」《水經注・沔水注》：「沔水又南與疎水合，水出中廬縣西南，東流至邔縣北界，東入沔水，謂之疎口也。水中有物，如三四歲小兒，鱗甲如鯪鯉，射之不可入。七八月中，好在磧上自曝，膝頭似虎掌爪，常没水中，出膝頭，小兒不知，欲取弄戲，便殺人。或曰人有生得者，摘其皋厭，可小小使，名爲水虎者也。」

〔五八〕豚首、象鼻、芒鬚、針尾之族：《文選》卷一二郭景純《江賦》：「魚則江豚、海狶。」李善注：「《南越志》曰：『江豚似豬。』《臨海水土記》曰：『海狶，豕頭，身長九尺。』郭璞《山海經注》曰：『今海中有海狶，體如魚，頭似豬。』」同賦又云：「或鹿觡象鼻，或虎狀龍顔。」《北史》卷九五《真臘傳》：「海有魚名建同，四足無鱗，鼻如象，吸水上噴，高五六十尺。」《太平御覽》卷九四三引王隱《晉書》：「吴後置廣州，以南陽滕脩爲刺史，或語脩，蝦長一丈，脩不信。其人後故至東海，取蝦鬚長四五尺，封以示脩，脩乃服。」

〔五九〕石蟹、土蚌、燕箕、雀蛤之疇：《蟹譜》卷上：「明、越谿澗石穴中亦出小蟹，其色赤而堅，俗呼爲石蟹。」宋唐慎微《證類本草》卷四：「石蝌味鹹寒無毒，……生南海，又云是尋常蝌爾。年月深久，水沫相著，因化成石。每遇海潮即飄出。」《易・説卦》：「爲鱉，爲蟹，爲蠃，爲蚌，爲龜。」《文選》卷四張平子《南都賦》：「巨蜯函珠，駮瑕委蛇。」李善注：「蜯，與蚌同。」《爾雅・釋魚》：「蚌，含漿。」宋邢昺疏：「《説文》云：『蜃屬。』郭云：『即蜃也。謂老産珠者也，一名蚌，一名含漿。』《周禮》謂之貍物。」清陳元龍《格致鏡原》卷九二：「《興化府志》：『魟魚頭圓秃如燕，其身圓褊如簸箕，尾圓長如牛尾。其尾極毒，能螫人，有中之者，連日夜號呼不止。以其首似燕，故又名燕魟魚，以其尾言，故又名牛尾魚。』《左傳》昭公三年：「山木如市，弗加於山；魚鹽蜃蛤，弗加於海。」《國語・晉語》：「趙簡子歎曰：『雀入於海爲蛤，雉入於淮爲蜃。』」

〔六〇〕折甲、曲牙、逆鱗、返舌之屬：《鮑參軍集注》錢仲聯注：『「折」，疑當作「拆」。《水族加恩簿》：「鼊，一名甲拆翁。」《本草》：「蜃，蛟之屬，其狀亦如蛇而大，有角如龍狀，紅鬣，腰以下鱗盡逆。」王旻之《與琅琊太守許誠言書》：「貴郡臨沂縣，其沙村逆鱗魚，可調藥物。逆鱗魚《僊經》謂之肉芝。」』明彭大翼《山堂肆考》卷二二五：「《寧波志》：『鱟形如覆斗，其殼堅硬，腰間横紋一綫，軟可屈摺，每一屈一行，口足皆在覆斗之下。』」《禮記·月令·仲夏之月》：「小暑至，螳蜋生，鵙始鳴，反舌無聲。」孔穎達疏：「今謂之蝦蟇，其舌本前著口側，而末嚮内，故謂之反舌。」按反舌，或作返舌。

〔六一〕掩沙漲：《晉書》卷七二《郭璞傳》：「璞以母憂去職，卜葬地於暨陽，去水百步許。人以近水爲言，璞曰：『當即爲陸矣。』其後沙漲，去墓數十里，皆爲桑田。」被草渚：《史記》卷一一七《司馬相如列傳》：「掩薄草渚。」張守節正義：「掩，覆也；薄，依也。言或依草渚而游戲也。」

〔六二〕吹澇弄翮：《文選》卷一二木玄虚《海賦》：「噏波則洪漣踧蹜，吹澇則百川倒流。」六臣李周翰注：「澇，高浪也。噏波則洪浪不進，吹浪則百川逆流。」《文選》卷一二郭璞《江賦》：「夔𤛑翹踛於夕陽，鴛雛弄翮乎山東。」

〔六三〕夕景欲沉：《水經注·穀水》：「及其晨光初起，夕景斜輝，霜文翠照，陸離眩目。」曉霧將合：《藝文類聚》卷三七引陶弘景《答謝中書書》：「山川之美，古來共談。高峰入雲，清流見底，兩岸石壁，五色交暉。青林翠竹，四時俱備，曉霧將歇，猿鳥亂鳴，夕日欲頹，沈鱗競躍。實是欲界之僊都，自康樂以來，未復有能與其奇者。」

〔六四〕孤雛寒嘯：《後漢書》卷二三《竇融傳附竇憲傳》：「今貴主尚見枉奪，何况小人哉！國家棄憲如孤雛腐鼠耳。」李賢注：「鳥子生而啄者曰雛。」遊鴻遠吟：《文選》卷一八嵇叔夜《琴賦》：「嚶若離鵾鳴清池，翼若游鴻翔曾崖。」

〔六五〕樵蘇一歎：《史記》卷九二《淮陰侯傳》：「臣聞千里餽糧，士有飢色；樵蘇後爨，師不宿飽。」裴駰集解：「《漢書音義》曰：『樵，取薪也。蘇，取草也。』」舟子再泣：《詩經·邶風·匏有苦葉》：「招招舟子，人涉卬否。」毛傳：「招招，號召之貌。舟子，舟人，主濟渡者。」

〔六六〕悲憂：《樂書》卷一〇五《五聲下》：「其性則仁義禮智信。其情則喜怒悲憂恐。」

〔六七〕風久雷飈：《抱朴子·博喻》：「飆迅非徒驊騮驌驦，立斷未獨湛盧干將。」按雷飆，猶言迅雷。夜戒前路：《文選》卷二八陸士衡《豫章行》：「前路既已多，後塗隨年侵。」

〔六八〕下弦内外：《釋名·釋天》：「弦，月半之名也。其形一旁曲，一旁直，若張弓施弦也。」《詩經·小雅·天保》：「如月之恒，如日之升。如南山之壽，不騫不崩。如松柏之茂，無不爾或承。」孔穎達疏：「大率月體正半，昏而中，似弓之張，而弦直謂上弦也。後漸進至十五、十六日，月體滿，與日正相當，謂之望，云體滿而相望也。從此後漸虧，至二十三、二十四日，亦正半在，謂之下弦。於後亦漸虧，至晦而盡也。」望達所届：《尚書·大禹謨》：「惟德動天，無遠弗届。」孔傳：「届，至也。」所届，謂所抵達之地荆州。

〔六九〕汝專自慎：《三國志》卷五《魏志·文德郭皇后傳》：「遂敕諸家曰：『今世婦女少，當配將士，不得因緣取以爲妾也。宜各自慎，無爲罰首。』」

〔七〇〕夙夜戒護：《詩經·召南·采蘩》：「被之僮僮，夙夜在公。」毛傳：「夙，早也。」鄭玄箋：「公，事也，早夜在事。」

【集説】

宋王應麟《困學紀聞》卷一〇：鮑明遠《登大雷岸與妹書》云：「棧石星飯，結荷水宿，旅客貧辛，波路壯闊。」其詞奇麗，超絶翰墨畦逕，可以諷誦。

宋劉克莊《後村詩話》卷六：《登大雷岸與妹書》六百餘字，無一字及家事，皆述道途辛苦，古今陳跡，山夔水怪，羈愁旅思，辭極典雅，爲集中佳作。

清許槤《六朝文絜箋注》卷七：首述羈旅之苦，意多鬱結而氣自激昂。

又云：歷言形勝之奇，運意深婉，鑄詞精縟。

又云：煙雲變滅，盡態極妍，即使李思訓數月之工，亦恐畫所難到。

又云：驚濤駭浪，恍然在目。

又云：句句錘鍊無渣滓，真是精絶。

又云：覽景述事，意調悲涼。

清譚獻：矯厲奇工，足與《行路難》並美。向嘗欲以比興求之，所謂詩人之文也。無語不工，不及古人亦在此。（李兆洛《駢體文鈔》卷三〇）

鮑照集校注卷十

河清頌并序

【解題】

「并序」，張溥本題下注作「有序」。

《宋書》卷五一《宗室・臨川烈武王道規傳附鮑照傳》云：「元嘉中，河、濟俱清，當時以爲美瑞，照爲《河清頌》，其序甚工。」《宋書》卷二九《符瑞志下》亦云：「宋文帝元嘉二十四年二月戊戌，河、濟俱清，龍驤將軍、青冀二州刺史杜坦以聞。」尋此文又有「聖上天飛踐極，迄兹二十有四載」之語，是此文乃元嘉二十四年(四四七)有感於黄河水清而作之明證。其時黄河故道經由徐州東流入海，而鮑照是年正在徐州，爲衡陽王義季僚屬。即元嘉二十四年鮑照正可以見到黄河之水清，由此而作頌以讚美之，乃頗爲自然之舉。

臣聞善談天者，必徵象於人；工言古者，先考績於今〔一〕。鴻羲以降①，遐哉邈乎〔二〕！鏤山岳，雕篆素〔三〕，昭德垂動，可謂多矣〔四〕。而史編唐堯之功，載「格于上下」〔五〕；樂登文王之操，稱「於昭于天」〔六〕。素狐玄玉，聿彰符命〔七〕；朴牛大螾②，爰定祥曆〔八〕。魚鳥動色，禾雉興讓③〔九〕。皆物不盈眥，而美溢金石〔一〇〕。頌聲爲之而寢，詩人於是不作④〔一一〕，庸非惑歟？

自我皇宋之承天命也〔一二〕，仰符應龍之精，俯協河龜之靈〔一三〕⑤。君圖帝寶⑥，粲爛瑰英⑦〔一四〕。固以業光曩代⑧，事華前德矣〔一五〕。聖上天飛踐極，迄兹二十有四載〔一六〕。道化周流，玄澤汪濊〔一七〕。地平天成，含生阜熙⑨〔一八〕。文同軌通，表裏釐福⑩〔一九〕。曜德中區，黎庶知讓〔二〇〕；觀英遐外⑪，夷貊懷惠〔二一〕。秩禮恤勤⑫，散露臺之金〔二二〕；賑民舒國，傾御邸之粟⑬〔二三〕。約違迫脅，奢去甚泰⑭〔二四〕，讌無留飲，畋不盤樂〔二五〕。物色異人，優游鯁直〔二六〕，顯靡失心，幽無怨魄⑮〔二七〕。精炤日月⑯，事洞天情〔二八〕。故不勞仗斧之使⑰，號令不肅而自嚴⑱〔二九〕；無辱鳳舉之使⑲，靈恠不召而自彰〔三〇〕⑳。萬里神行，飆塵不起〔三一〕。農商野廬，邊城偃柝〔三二〕㉑。冀馬南金，填委內府㉒〔三三〕；馴象栖爵，充羅外苑㉓〔三四〕。阿紈纂組之饒，衣覆宗國〔三五〕；魚鹽杞梓之利，傍贍荒遐〔三六〕。士民殷富，繁軼五陵〔三七〕；宮宇宏麗，崇冠三川㉔〔三八〕。閭閈有盈，歌吹無絶〔三九〕。朱輪疊轍，華冕重肩〔四〇〕。豈徒世無窮人，民獲休息〔四一〕，朝呼韓、罷酤鐵而已哉〔四二〕！是以嘉祥累仍，福應尤盛〔四三〕。青丘之狐，丹穴之鳥〔四四〕，栖阿閣，遊禁園；金芝九莖，木禾六秀㉕〔四五〕，銅池發，膏畝腴㉖〔四六〕。宜以謁薦郊廟，和協律呂㉗〔四七〕，煙霏霧集，不可勝紀〔四八〕。然而聖上猶夙興昧旦㉘。若有望而未至〔四九〕；宏規遠圖㉙，如有追而莫及〔五〇〕。神明之貺，推而弗居也〔五一〕。是以琬碑鏐檢，盛典蕪而不治〔五二〕；朝神省方，大化抑而未許〔五三〕。崇文協律之士，蘊儛頌於外〔五四〕；坐朝陪宴之臣，懷揄揚於內〔五五〕。三靈佇睠，九壤注心，既有日矣〔五六〕。

歲宫乾維，月遭蒼陸㉚〔五七〕，長河巨濟，異源同清，澄波萬壑，潔瀾千里〔五八〕。斯誠曠世偉觀，昭啟皇明者也㉛〔五九〕。語曰：「影從表，瑞從德。」此其效焉。宣尼稱：「鳳鳥不至，河不出圖。」〔六〇〕《傳》曰：「俟河之清，人壽幾何？」皆傷不可見者也〔六一〕。然則古人所不見者㉜，今殫見之矣〔六二〕。孟軻曰：「千載一聖，是旦暮也。」豈不信哉㉝〔六三〕！

夫四皇六帝，樹聲長世，大寶也〔六四〕。澤浸群生，國富刑清，鴻德也〔六五〕；制禮裁樂，惇風遷俗㉞，文教也〔六六〕。誅箠羯黠㉟。東頞象闕㊱，武功也〔六七〕。鳴禽躍魚㊲，滌穢河渠，至祥也〔六八〕。大寶鴻德，文教武功，其崇如此；幽明同贊㊳，民祇與能㊴，厥應如彼〔六九〕。唯天爲大，堯實則之〔七〇〕。皇哉唐哉，疇與爲讓㊵〔七一〕？抑又聞之：勢之所覃者淺，則美之所傳者近〔七二〕；道之所感者深，則慶之所流者遠〔七三〕。是以豐功韙命，潤色縢策〔七四〕，盛德形容，藻被歌頌〔七五〕。察之上代，則奚斯、吉甫之徒，鳴玉鑾於前〔七六〕；視之中古，則相如王褒之屬，馳金羈於後㊶〔七七〕。絶景揚光，清埃繼路〔七八〕。故班固稱漢成之世，奏御者千有餘篇，文章之盛，與三代同風〔七九〕。由是言之，斯乃臣子舊職，國家通議㊷，不可輟也〔八〇〕。臣雖不敏，敢不勉乎㊸〔八一〕。乃作頌曰：

窺刊崩石，捃逸殘竹〔八二〕，巢風寂寥，羲埃綿邈〔八三〕。鉅生大年，贍學淵聞〔八四〕，聲繡成景，粉繢顓軒〔八五〕，徒翫井科，未覩天河〔八六〕。亘古通今，明鮮晦多〔八七〕，千齡一見，書史登歌〔八八〕。旋我皇駕，揆景方塗〔八九〕，凌周躐殷，蹶唐轢虞〔九〇〕，如彼七緯，累璧重珠〔九一〕。高祖撥亂，首物定靈〔九二〕，更開天地，再鑄群生〔九三〕。帝御三傑，龍步八坰〔九四〕，朔南暨教，海北騰聲〔九五〕？淪深格高，浹遐洞冥〔九六〕，䰽鼎遷宋，玄圭告成〔九七〕。大明方徽，鴻光中微〔九八〕，聖命誰堪㊹？皇曆攸歸〔九九〕，謀從筮協，神與民推〔一〇〇〕，黄旗西映㊺，紫蓋東輝〔一〇一〕，納瑞螭玉，升政衡機〔一〇二〕，金輪豹飾㊻，珠冕龍衣〔一〇三〕。正位北辰，垂拱南面〔一〇四〕，天下何思，日用罔倦，復禮歸仁，觀恒通變〔一〇五〕，一物有違，戚言毁膳〔一〇六〕。菲躬簡法㊼，厚下安宅〔一〇七〕，謙德彌光，損道滋益〔一〇八〕。孝崇饗祀，勤隆耕籍〔一〇九〕，饘酎秋羊，封墐春骼〔一一〇〕，嬰耄兼粱，鰥孤重帛〔一一一〕。體由學染，俗以教遷〔一一二〕，禮導刑清，樂邕風宣〔一一三〕，分衢讓齒，析訟推田㊽〔一一四〕，野旌伏彦，朝賞登賢〔一一五〕。儒訓優柔，武節猋鷙〔一一六〕，文憲精弘，戎容犀利〔一一七〕。樞鈐明審，程䕶周備〔一一八〕，吏礪平端，民羞幸覬㊾〔一一九〕。桴鼓凝埃，烽驛垂轡〔一二〇〕，銷我長劍，歸爲農器〔一二一〕。閩外水鄉，鄣表炎國〔一二二〕，隴首西南，渤尾東北〔一二三〕，赩赩嶺丹，渾渾泉黑〔一二四〕，移琛雲勉㊿，轉隼邛僰51〔一二五〕，狼歌薦功，鳥譚陳德〔一二六〕。治博化光，民阜財盛〔一二七〕，班白行謡52，青綺高詠53〔一二八〕，雲表幽和，物章明慶〔一二九〕，麗植雕質，蠢行藻性〔一三〇〕。仁草晨荂，德宿宵映〔一三一〕。海無隱飈，山有黄落〔一三二〕，牛羊内首，閭户外拓〔一三三〕，瑞木朋生，祥禽輩作〔一三四〕，薰風蕩閨，飴露流閣54〔一三五〕，器範神妙，劑調象藥〔一三六〕。匪直也斯，偉慶方溱〔一三七〕，注彼四瀆55，媚此雙川〔一三八〕，伏靈遥紀56，閟貺遐年57〔一三九〕，澄波崐岳58，鏡流惢山〔一四〇〕，泉室凝澱，水府清涓59〔一四一〕，俛瞰夷都，降眡驪淵〔一四二〕，朱宫潛耀，紫閣陰鮮〔一四三〕。昔在爽德，王風不昌〔一四四〕，乃溢乃竭，或壅或亡〔一四五〕。潔源濫壑，曾是未央〔一四六〕。先民永慨，大道悠長〔一四七〕，云何其瑞，實鍾我皇60〔一四八〕？聞諸師説，天疎聽密61〔一四九〕，介焉如嚮62，匪遠惟疾63〔一五〇〕，矧是皇心，妙夫貞一〔一五一〕，左右天經，户牖人術〔一五二〕，訏謨布簡64，絲言盈室〔一五三〕。穡有綿祀，清豈崇日〔一五四〕。一人之慶，吹萬稟和〔一五五〕，靈根方固，修源重波〔一五六〕。副睿貳哲，帝體皇柯〔一五七〕。景雲蔚岳，秀星駢羅〔一五八〕。垂光九野，騰響四遐〔一五九〕。輔車鼎足，磐石虎牙〔一六〇〕，世疋周室，基永漢家〔一六一〕。泰階既平，洪河既清〔一六二〕。大人在上，區宇文明〔一六三〕。樵夫議道，漁父濯纓〔一六四〕。臣照作頌，鋪德樹聲。

【校記】

①「羲」，《宋書》卷五一《宗室傳》作「犧」。

②「大」，張溥本、四庫本作「文」。

③「禾雉」，四庫本作「童稚」。

④「頌聲爲之而寢詩人於是不作」，張溥本、《宋書·宗室傳》作「詩人於是不作頌聲爲之而寢」。

⑤「仰符應龍之精俯協河龜之靈」，原作「仰應龍木之精俯協龜水之靈」，今據張溥本及《宋書·宗室傳》改。

⑥「圖」，四庫本作「圍」。
⑦「粲」，四庫本作「燦」。
⑧「固以業光曩代」，《宋書・宗室傳》無「以」字。
⑨「含生阜熙」，《宋書・宗室傳》作「上下含熙」。
⑩「釐福」，《宋書・宗室傳》作「禔福」。
⑪「遐外」，《宋書・宗室傳》作「遐表」。
⑫「秩禮恤勤」，《宋書・宗室傳》作「卹勤秩禮」，張溥本作「恤勤秩禮」。
⑬「散露臺之金賑民舒國傾御邸之粟」，《宋書・宗室傳》作「罷露臺之金紓國振民傾鉅橋之粟」。張溥本作「散露臺之金舒國賑民傾鉅橋之粟」。
⑭「甚泰」，《宋書・宗室傳》、張溥本作「泰甚」。
⑮「優游鯁直顯靡失心幽無怨魄」，《宋書・宗室傳》作「優游據正顯不失心幽無怨氣」。
⑯「炤」，四庫本作「照」。
⑰「仗」，盧校作「杖」。「使」，《宋書・宗室傳》、張溥本作「臣」。
⑱「不肅而自嚴」，《宋書・宗室傳》、張溥本作「不嚴而自肅」。
⑲「使」，原作「事」，今據張溥本、《宋書・宗室傳》改。
⑳「召」，四庫本作「名」。
㉑「柝」，張溥本作「拆」，四庫本作「析」。
㉒「府」，四庫本作「務」。
㉓「栖」，張溥本、《宋書・宗室傳》作「西」，四庫本作「棲」。「苑」，張溥本、《宋書・宗室傳》作「囿」。
㉔「士民殷富繁軼五陵宫宇宏麗崇冠三川」，《宋書・宗室傳》作「士民殷富五陵既有慚德宫宇宏麗三川莫之能比」。

㉕「秀」，《宋書・宗室傳》、盧校作「刃」。

㉖「腴」字原脱，今據張溥本補。

㉗「宜以謁薦郊廟和協律吕」，《宋書・宗室傳》作「宜以協調律吕謁薦郊廟」。

㉘「夙興昧旦」，張溥本、《宋書・宗室傳》作「昧旦夙興」。

㉙「宏」，《宋書・宗室傳》作「閎」。

㉚「邅」，《宋書・宗室傳》作「蹥」。

㉛「者」，《宋書・宗室傳》無此字。

㉜「不」，張溥本、四庫本作「未」。

㉝「信哉」，《宋書・宗室傳》作「大哉」。

㉞「惇」，《藝文類聚》卷八作「淳」。

㉟「誅箠羯黠」，張溥本作「殊華逋羯」，《宋書・宗室傳》作「誅箠逋羯」。

㊱「象」，《宋書・宗室傳》、張溥本作「絳」。

㊲「鳴禽」，《宋書・宗室傳》、《藝文類聚》、盧校作「鳴鳥」。

㊳「同」，《宋書・宗室傳》、張溥本作「協」。

㊴「民祇」，張溥本作「民祗」，《藝文類聚》作「神祇」。

㊵「疇與爲讓」，「讓」字原缺，今據《宋書・宗室傳》、張溥本補。

㊶「馳」，《宋書・宗室傳》作「施」。

㊷「議」，《宋書・宗室傳》作「義」。

㊸「敢」，《宋書・宗室傳》作「寧」。

㊹「堪」，《藝文類聚》作「諶」。

㊺「黄」，四庫本作「廣」。
㊻「豹」，張溥本作「約」。
㊼「菲」，張溥本、四庫本作「非」。
㊽「析」，張溥本、四庫本作「折」。
㊾「羞」，四庫本作「差」。
㊿「雲勉」，《鮑參軍集注》作「雲朔」。
51「隼」，張溥本、四庫本作「集」。
52「班」，四庫本作「斑」。
53「青」，張溥本、四庫本作「清」。
54「閣」，張溥本、四庫本作「閤」。
55「注」，《藝文類聚》、《初學記》卷六作「汚」。
56「遥紀」，《初學記》作「紀遠」。
57「遐」，《初學記》作「延」。
58「波」，《初學記》作「源」。「崐」，張溥本作「海」，四庫本無此字。
59「水府清涓」，四庫本作「水府挹清涓」。
60「云何其瑞實鍾我皇」，原作「云何其實鍾我皇」，四庫本作「云何其實鍾靈我皇」，今據張溥本改。
61「踈」，張溥本作「竦」。
62「介」前原衍「分」字，今據張溥本删。
63「惟」，四庫本無此字。
64「訏」，張溥本、四庫本作「許」。

【箋注】

〔一〕臣聞善談天者，必徵象於人；工言古者，先考績於今：《漢書》卷五六《董仲舒傳》：「蓋聞『善言天者，必有徵於人；善言古者，必有驗於今。』故朕垂問乎天人之應，上嘉唐虞，下悼桀紂。」顔師古注：「徵，證也。」《史記》卷七四《孟子荀卿列傳》：「荀卿，趙人，年五十，始來游學於齊。騶衍之術，迂大而閎辯；奭也，文具難施；淳于髡，久與處，時有得善言。故齊人頌曰：『談天衍，雕龍奭，炙轂過髡。』」裴駰集解：「劉向《别録》曰：『騶衍之所言五德終始，天地廣大，盡言天事，故曰談天。』」

〔二〕鴻羲以降：《左傳》文公十八年：「昔帝鴻氏有不才子。」杜預注：「帝鴻，黄帝。」《史記》卷一：「昔帝鴻氏有不才子。」裴駰集解：「賈逵曰：『帝鴻，黄帝也。』」

〔三〕鏤山岳：《左傳》莊公二十二年：「山嶽則配天。」《太平御覽》卷五三六引《白虎通》：「天下太平，功成封禪，以告太平也。所以必於太山何？萬物之所交代之處。……故升封者，增高也。下禪梁父之山，基廣厚也。刻石記號者，著已上之跡也。」雕篆素：《文選》卷五左太沖《吴都賦》：「烏策篆素，玉牒石記。」劉逵注：「篆素，篆書於素也。」六臣張銑注：「篆，大篆書也。素，謂帛也。」

〔四〕昭德垂勳：《左傳》昭公二年：「君人者將昭德塞違，以臨照百官，猶懼或失之。」孔穎達疏：「昭德，謂昭明善德，使德益章聞也。」《楚辭・九思・守志》：「相輔政兮成化，建烈業兮垂勳。」王逸注：「當與衆儁共輔天帝，成化而建功也。」

〔五〕而史編唐堯之功，載格於上下：《尚書・虞書・堯典》：「放勳，欽明文思安安，允恭克讓，光被四表，格于上下。」孔傳：「格，至也。既有四德，又信恭能讓，故其名聞充溢四外，至於天地。」《史記》卷一《五帝本紀》：「堯，如天如神，如日如雲。」司馬貞索隱：「堯，謚也，放勳，名，帝嚳之子，姓伊祁氏。」

〔六〕樂登文王之操，稱於昭于天：《詩經・大雅・文王》：「文王在上，於昭於天。」毛傳：「於，歎辭。昭，見也。」

〔七〕素狐玄玉，聿彰符命：《宋書》卷二七《符瑞志》：「禹有夏氏，……長有聖德。長九尺九寸，夢自洗於河，以手取水飲之。又有白狐九尾之瑞。當堯之世，舜舉之。禹觀於河，有長人白面魚身，出曰：『吾河精也。』呼禹曰：『文命治淫。』言訖，授禹《河圖》，言治水之事，乃退入於淵。禹治水既畢，天錫玄珪，以告成功。」《金樓子》卷一：「成湯姓子，名履，字天乙。狼星之精，感黑龍而生。……有神人身虎首，獻玉鏡，白狐九尾。」明徐應秋《玉芝堂談薈・帝王瑞應》卷一：「四海會同，則玄圭出；王者孝道行，則延嬉出；王者清明篤賢，則玉馬出。」

〔八〕朴牛大螾：《楚辭・天問》：「恒秉季德，焉得夫朴牛。」王逸注：「朴，大也。言湯常能秉持契之末德，修而弘之。天嘉其志，出田獵，得大牛之瑞也。」《太平御覽》卷九四七引《河圖説徵》：「黄帝起，大蚓見。」《漢書》卷二五上《郊祀志》：「秦始皇既即位，或曰：『黄帝得土德，黄龍、地螾見。』」顔師古注：「應劭曰：『螾，丘蚓也。黄帝土德，故地見其神，蚓大五六圍，長十餘丈。』如淳曰：『《吕氏春秋》云，黄帝之時，天先見大螻、大螾。』」

〔九〕魚鳥動色：《史記》卷四《周本紀》：「武王渡河，中流，白魚躍入王舟中，武王俯取以祭。既渡，有火自上復於下，至於王屋，流爲烏，其色赤，其聲魄云。」禾雉興讓：陳大章《詩傳名物集覽》卷八：「《孝經援神契》：『德之下地，則嘉禾生。』《瑞應圖》曰：『嘉禾，五穀之長，盛德之精也。文者異本而同秀，質者同本而異秀，仁卉也。王者德盛則生，其大盈箱，一稃二米。』」《史記》卷三三《魯周公世家》：「唐叔得禾，異母同穎，獻之成王，成王命唐叔以餽周公於東土，作《餽禾》。」《詩傳名物集覽》卷一：「《孝經援神契》：『周成王時，越裳獻白雉，去京師三萬里。』又曰：『王者德至鳥獸，則白雉見。』」《文選》卷四八班孟堅《典引》：「昔姬有素雉朱烏玄秬黄鍪之事耳，君臣動色，左右相趨，濟濟翼翼，峨峨如也。」李善注：「素雉，白雉也。」

〔一〇〕皆物不盈眥：《漢書》卷一〇〇上《叙傳上》：「福不盈眥，禍溢於世。」顔師古注：「李奇曰：『當富貴之間，視不滿目，故言不盈也。』蕭該《音義》曰：『眥，《字林》曰，眥，目厓也。』」

〔一一〕頌聲爲之而寢，詩人於是不作：《文選》卷一班孟堅《兩都賦序》：「昔成康没而頌聲寢，王澤竭而詩不作。」李善注：「言周道既微，雅頌並廢也。」

〔一二〕承天命：《尚書・盤庚上》：「先王有服，恪謹天命。」

〔一三〕仰符應龍之精，俯協河龜之靈：《山海經·大荒東經》「大荒東北隅中有山，名曰凶犁土丘，應龍處南極。」郭璞注：「應龍，龍有翼者也。」《楚辭·天問》：「應龍何畫，河海何歷？鯀何所營？禹何所成？」王逸注：「有鱗曰蛟龍，有翼曰應龍。歷，過也，言河海所出至遠，應龍過歷游之，無所不窮也。或曰：禹治洪水時，有神龍以尾畫導水徑所當決者，因而治之。」《文選》卷三張平子《東京賦》：「龍圖授羲，龜書畀姒。」薛綜注：「《尚書》傳曰：『伏羲氏王天下，龍馬出河，遂則其文以畫八卦，謂之河圖。』又曰：『天與禹，洛出書，謂神龜負文而出，列於背。』」《宋書》卷二八《符瑞志中》：「宋武帝永初元年七月，青龍見義興陽羨。永初元年八月，青龍二見南郡江陵。文帝元嘉十三年九月己酉，會稽郡西南向曉忽大光明，有青龍騰躍淩雲，久而後滅，吴興諸處並以其日同見光景，揚州刺史彭城王義康以聞。元嘉二十一年十月己丑，永嘉永寧見黄龍自雲而下，太守臧藝以聞。」又云：「靈龜者，神龜也。王者德澤湛清，漁獵山川，從時則出。五色鮮明，三百歲游於蕖葉之上，三千歲常游於卷耳之上。知存亡，明於吉凶。禹卑宫室，靈龜見。」又云：「宋文帝元嘉十九年四月戊申，白龜見吴興餘杭，太守文道恩以獻。元嘉二十年四月辛卯，白龜見吴興餘杭，揚州刺史始興王濬以聞。」

〔一四〕粲爛瑰英：《文選》卷四八班孟堅《典引》：「備哉粲爛，真神明之式也。」六臣吕向注：「古道既備，粲爛然其有文章也，式，法也。」

〔一五〕業光曩代：《晉書》卷一〇七《石季龍載記》：「曩代帝王及先賢陵墓，靡不發掘，而取其寶貨焉。」

〔一六〕聖上天飛踐極：《周易·乾卦》：「九二。見龍在田，利見大人。」王弼注：「龍處於地上，故曰在田。德施周普，居中不偏，雖非君位，君之德也。初則不彰，三則乾乾，四則或躍，上則過亢。利見大人唯二五焉。」《漢書》卷一〇〇上《叙傳上》：「故夫泥蟠而天飛者，應龍之神也；先賤而後貴者，和隋之珍也。」《晉書》卷二五《輿服志》：「自過江之後，舊章多缺，元帝踐極，始造大路、戎路各一，皆即古金根之制也。」

〔一七〕道化周流：《周易·繫辭下》：「變動不居，周流六虚。」玄澤汪濊：《漢書》卷五七下《司馬相如傳下》：「威武紛雲，湛恩汪濊。」顏師古注：「汪濊，深廣也。」

〔一八〕地平天成：《尚書・虞書・大禹謨》：「帝曰：俞，地平天成，六府三事允治，萬世永賴，時乃功。」蔡沈集傳：「水土治曰平，言水土既平而萬物得以成遂也。」含生阜熙：《晉書》卷六三《邵續傳》：「伏惟大王聖武自天，道隆虞夏，凡在含生，孰不延首神化，恥隔皇風，而況囚乎。」《詩經・小雅・頍弁》：「爾酒既旨，爾殽既阜。」鄭玄箋：「阜，猶多也。」

〔一九〕文同軌通：《禮記・中庸》：「今天下車同軌，書同文，行同倫。」表裏釐福：《史記》卷一〇《孝文本紀》：「今吾聞祠官祝釐，皆歸福朕躬，不爲百姓，朕甚愧之。」裴駰集解：「如淳曰：『釐，福也。』」

〔二〇〕曜德中區：《後漢書》卷九〇下《蔡邕傳》：「納玄策於聖德，宣太平於中區。」《文選》卷一七陸士衡《文賦》：「佇中區以玄覽，頤情志於典墳。」李善注：「中區，區中也。」《史記》卷四《周本紀》：「穆王將征犬戎，祭公謀父諫曰：『不可，先王耀德不觀兵。』」黎庶知讓：《史記》卷七四《孟子荀卿列傳》：「騶衍睹有國者益淫侈，不能尚德，若《大雅》整之於身，施及黎庶矣。」

〔二一〕觀英遐外：《文選》卷三七劉越石《勸進表》：「臣等各忝守方任，職在遐外，不得陪列闕庭，共觀盛禮。」夷貊懷惠：《史記》卷一一七《日者列傳》：「盜賊發不能禁，夷貊不服不能攝。」

〔二二〕秩禮恤勤：《尚書・虞書・皋陶謨》：「天秩有禮，自我五禮，有庸哉。」孔穎達疏：「天又次叙爵命，使有禮法。」散露臺之金：《史記》卷一〇《孝文本紀》：「孝文帝從代來，即位二十三年，宮室苑囿，狗馬服御，無所增益，有不便輒弛以利民。嘗欲作露臺，召匠計之，直百金。上曰：『百金，中民十家之產。吾奉先帝宮室，常恐羞之，何以臺爲？』」司馬貞索隱：「顧氏按，新豐南驪山上猶有臺之舊趾也。」

〔二三〕賑民舒國，傾御邸之粟：《太平御覽》卷八五九引謝承《後漢書》：「南陽陸續任郡户曹吏時，飢荒，太守尹興使續於都亭賑民。」《宋書》卷五《文帝紀》：「二十四年春正月甲戌，大赦天下，文武賜位一等。繫囚降宥，諸逋負寬減各有差。孤老六疾不能自存，人賜穀五斛。蠲建康、秣陵二縣今年田租之半。」

〔二四〕約違迫脅：《漢書》卷五二《韓安國傳》：「從行則迫脅，衡行則中絶。疾則糧乏，徐則後利。」《文選》卷二張平子《西京賦》：「狹百堵之側陋，增九筵之迫脅。」李善注：「以九筵爲迫脅，故增廣之。」奢去甚泰：《晉書》卷四六《劉頌傳》：「且教不求盡善，善在抑尤，同侈之中，猶有甚泰。」

〔二五〕譙無留飲：《漢書》卷七七《何並傳》：「而侍中王林卿通輕俠，傾京師，後坐法免。賓客愈盛，歸長陵上塚，因留飲連日。並恐其犯法，自造門上謁。」畋不盤樂：《尚書·夏書·甘誓》：「乃盤游無度，畋於有洛之表，十旬弗反。」孔傳：「盤樂游逸無法度。」《漢書》卷二七下之下：《五行志下之上》：「臨事盤樂，炕陽之意。」

〔二六〕物色異人：《文選》卷二一顏延之《秋胡詩》：「日暮行采歸，物色桑榆時。」「《列僊傳》曰：『關令尹喜内學，老子西游，先見其氣，知真人當過，物色而遮之，果得老子。』」優游鯁直：《詩經·小雅·采菽》：「優哉游哉，亦是戾矣。」鄭玄箋：「諸侯有盛德者，亦優游自安，止於是。」

〔二七〕顯靡失心，幽無怨魄：《史記》卷一一八《淮南王安傳》：「被曰：『當今諸侯無異心，百姓無怨氣。』」

〔二八〕精炤日月：《詩經·小雅·正月》：「魚在於沼，亦匪克樂，潛雖伏矣，亦孔之炤。」朱熹集傳：「炤，明易見也。」事洞天情：《荀子·天論》：「天職既立，天功既成，形具而神生。好惡喜怒哀樂藏焉，夫是之謂天情。」

〔二九〕仗斧之使：《漢書》卷六《武帝紀》：「泰山琅邪群盜徐勃等阻山攻城，道路不通，遣直指使者暴勝之等衣繡衣，杖斧，分部逐捕。」顏師古注：「杖斧，持斧也。謂建持之以爲威也。」號令不肅而自嚴：《孝經·三才》：「是以其教不肅而成，其政不嚴而治。」

〔三〇〕鳳舉之使：《藝文類聚》卷一六引魏卞蘭《贊述太子表》：「譬若麟龍發足，群獸追蹤；鸞鳳舉翼，衆鳥隨風。」《文選》卷五五陸士衡《演連珠》：「是以俊乂之藪，希蒙翹車之招；金碧之巖，必辱鳳舉之使。」六臣吕延濟注：「鳳舉，使者如鳳鳥之舉也。」靈恠不召而自彰：《史記》卷二八《封禪書》：「古之封禪，鄗上之黍，北里之禾，所以爲盛。江淮之間，一茅三脊，所以爲藉也。東海致比目之魚，西海致比翼之鳥，然後物有不召而自至者，十有五焉。」郭璞《山海經序》：「精氣渾淆，自相濆薄，游魂靈怪，觸象而構。」

〔三一〕萬里神行：《列子·黄帝》：「乘空如履實，寢虚若處牀。雲霧不硋其視，雷霆不亂其聽，美惡不滑其心，山谷不躓其步，神行而已。」張湛注：「至順者無物能逆也。」漢崔駰《北巡頌》：「垂拱穆穆，神行化馳。」飆塵不起：《文選》卷二九《古詩十九首·今日良宴會》：「人生寄一世，奄忽若飆塵。」李善注：「《爾雅》曰：『飄飆謂之猋。』《爾雅》或爲此飇。」《文選》卷一二木玄虚《海賦》：「輕塵不飛，纖蘿不動。」

〔三二〕農商野廬：《詩經·豳風·七月》：「晝爾于茅，宵爾索綯，亟其乘屋，其始播百穀。」鄭玄箋：「十月定星將中，急當治野廬之屋。」邊城偃柝：《漢書》卷八七下《揚雄傳下》：「使海内澹然，永亡邊城之災，金革之患。」《易·繫辭下》：「重門擊柝，以待暴客。」陸德明音義：「柝，兩木相擊以行夜。」「後漢書」卷五九《張衡傳》：「燭武縋，而秦伯退師；魯仲係箭，而聊城弛柝。」顔師古注：「柝，行夜木也。」

〔三三〕冀馬南金：《後漢書》卷七四《劉表傳贊》：「魚儷漢舳，雲屯冀馬。」李賢注：「《左傳》曰：『冀之北土，馬之所生。』」《詩經·魯頌·泮水》：「元龜象齒，大賂南金。」毛傳：「南謂荆揚也。」鄭玄箋：「荆揚之州，貢金三品。」孔穎達疏：「金即銅也。」《後漢書》卷七八《宦者傳序》：「南金、和寶、冰紈、霧縠之積，盈仞珍藏。」填委内府：《文選》卷二九劉公幹《雜詩》：「職事相填委，文墨紛消散。」《韓非子·十過》：「若受我幣而假我道，則是寶猶取之内府而藏之外府也。」漢桓寬《鹽鐵論·力耕》：「驒騱、狐貉、采旃、文罽，充於内府。」

〔三四〕馴象栖爵，充羅外苑：《漢書》卷九六下《西域傳》贊：「鉅象、師子、猛犬、大雀之群，食於外囿。殊方異物，四面而至。」

〔三五〕阿紈纂組之饒：《史記》卷八七《李斯列傳》：「阿縞之衣，錦繡之飾。」裴駰集解引徐廣説：「齊之東阿縣，繒帛所出。」《尚書·夏書·禹貢》：「厥篚玄纖縞。」孔傳：「縞，白繒。」《戰國策·齊策四》：「下宫糅羅紈，曳綺縠。」鮑彪注：「紈，素也。」《漢書》卷五《景帝紀》：「雕文刻鏤，傷農事者也；錦繡纂組，害女紅者也。」顔師古注：「應劭曰：『纂，今五采屬綷是也;組者,今綬紛條是也。』臣瓚曰:『許慎云,纂,赤組也。』師古曰:瓚説是也。」衣覆宗國:《孟子·滕文公上》:「然友反命,定爲三年之喪,父兄百官皆不欲,曰:『吾宗國魯先君莫之行,吾先君亦莫之行也,至於子之身而反之,不可!』」趙岐注:「滕魯同姓,俱出文王。魯,周公之後;滕,叔繡之後。」

〔三六〕魚鹽杞梓之利:《周禮·夏官·職方氏》:「東北曰幽州……其利魚鹽。」《左傳》襄公二十六年:「晉卿不如楚,其大夫則賢,皆卿材也。如杞梓、皮革,自楚往也。雖楚有材,晉實用之。」杜預注:「杞、梓皆木名。」傍贍荒遐:《藝文類聚》卷三五引揚雄《逐貧賦》:「惆悵失志,呼貧與語,汝在六極,投棄荒遐,好爲庸卒,刑戮是加。」《晉書》卷一〇八《裴嶷傳》:「臣世荷朝恩,濯纓華省,因事遠寄,投跡荒遐。」

〔三七〕士民殷富:《詩經·鄘風·定之方中》序:「百姓説之,國家殷富焉。」《三國志》卷五四《吴志·魯肅傳》:「夫荆楚與國鄰接,水流順北,外帶江漢,内阻山陵,有金城之固,沃野萬里,士民殷富,若據而有之,此帝王之資也。」繁軼五陵:《漢書》卷九二《游俠·原涉傳》:「郡國諸豪及長安、五陵諸爲氣節者,皆歸慕之。」顔師古注:「五陵謂長陵、安陵、陽陵、茂陵、平陵也,班固《西都賦》曰:『南望杜霸,此眺五陵。』是知霸陵、杜陵非此五陵之數也,而説者以爲高祖以下至茂陵爲五陵,失其本意。」

〔三八〕崇冠三川:《戰國策·秦策一》:「親魏善楚,下兵三川。塞斜谷之口,當屯留之道。」《文選》卷四左太沖《蜀都賦》:「斯蓋宅土之所安樂,觀聽之所踴躍也,焉獨三川爲世朝市。」李善注:「章昭曰:『有河、洛、伊,故曰三川。』」《通鑑》卷一五七《梁紀十三》:「河、洛、伊爲三川,涇、渭、洛亦爲三川。」胡三省注:「涇、渭、洛之洛,指關中之洛水,今逕鄜、坊、同三州而入於渭。」

〔三九〕閭閈有盈:《管子·八觀》:「大城不可以不完,郭周不可以外通,里域不可以横通,閭閈不可以毋闔。」歌吹無絶:《漢書》卷六八《霍光傳》:「引内昌邑樂人,擊鼓歌吹作俳倡。」

〔四〇〕朱輪疊轍:《文選》卷五左太沖《吴都賦》:「躍馬疊跡,朱輪累轍。」六臣李周翰注:「朱輪,以朱飾車也。」華冕重肩：陸雲《九愍・行吟》：「振華冕之玉藻，樹象軒之高蓋。」《戰國策・齊策》：「臨淄之途，車轂擊，人肩摩，連衽成帷，舉袂成幕，揮汗成雨，家敦而富，志高而揚。」

〔四一〕世無窮人：《莊子・秋水》：「孔子曰：『來！吾語女。我諱窮久矣，而不免命也；求通久矣，而不得時也；當堯舜而天下無窮人，非知得也；當桀紂而天下無通人，非知失也；時勢適然。』」民獲休息：《史記》卷五四《曹相國世家》：「然百姓離秦之酷後，參與休息無爲，故天下俱稱其美矣。」

〔四二〕朝呼韓，罷酤鐵：《漢書》卷八《宣帝紀》：「（甘露）三年春正月，行幸甘泉，郊泰畤。匈奴呼韓邪單于稽侯㹪來朝，贊謁稱藩臣而不名。」卷六〇《杜周傳附杜延年傳》：「光納其言，舉賢良，議罷酒榷、鹽鐵，皆自延年發之。」

〔四三〕嘉祥累仍：班固《東都賦》：「啟靈篇兮披瑞圖，獲白雉兮效素烏，嘉祥阜兮集皇都。」福應尤盛：《文選》卷一班固《兩都賦》序：「是以衆庶悦豫，福應尤盛。」六臣吕向注：「言福祥徵應甚盛。」

〔四四〕青丘之狐：《山海經・大荒東經》：「有青丘之國，有狐九尾。」郭璞注：「太平則出而爲瑞也。」《藝文類聚》卷九五引郭璞《九尾狐贊》：「青邱奇獸，九尾之狐，有道祥見，出則銜書，作瑞於周，以標靈符。」卷九八引《白虎通》：「天下太平，符瑞所以來至者，以爲王者承天順理，調和陰陽。陰陽和，萬物序，休氣充塞，故符瑞竝臻，皆應德而至。德及天，即斗極明，日月光，甘露降；德至地，即嘉禾生，蓂莢起；德至鳥獸，即鳳皇翔，鸞鳥舞，麒麟臻，狐九尾，雉白首，白鹿見。」《詩傳名物集覽》卷三：「《周書》：『成王時，青丘獻九尾狐。』」丹穴之鳥：《山海經・南山經》：「丹穴之山，其上多金玉，丹水出焉，而南流注於渤海。有鳥焉，其狀如雞，五采而文，名曰鳳皇。」《太平御覽》卷九一五引《尚書中候》：「黄帝時，天氣休通，鳳凰巢於阿閣，讙於樹。」《宋書》卷二八《符瑞志中》：「鳳凰者，仁鳥也。不刳胎剖卵則至。或翔或集。雄曰鳳，雌曰凰。蛇頭燕頷，龜背鼈腹，鶴頸雞喙，鴻前魚尾，青首駢翼，鷺立而鴛鴦思。首戴德而背負仁，項荷義而膺抱信，足履正而尾繫武。小音中鍾，大音中鼓，延頸奮翼，五光備舉。興八風，降時雨，食有節，飲有儀，往有文，來有嘉，游必擇地，飲不妄下。其鳴，雄曰『節節』，雌曰『足足』。」「宋武帝永初元年七月戊戌，鳳凰見會稽山陰。文帝元嘉十四年三月丙申，大鳥二集秣陵民王顗園中李樹上，大如孔雀，頭足小高，毛羽鮮明，文采五色，聲音諧從，衆鳥如山雞者隨之。如行三十步頃，東南飛去。揚州刺史彭城王義康以聞。改鳥所集永昌里曰鳳凰里。」

〔四五〕金芝九莖：《漢書》卷八《宣帝紀》：「神爵元年春正月……金芝九莖産於函德殿銅池中。」顏師古注：「服虔曰：『金芝，色像金也。』師古曰……銅池，承霤是也，以銅爲之。」木禾六秀：《穆天子傳》卷四：「黑水之阿，爰有野麥，爰有答堇，西膜之所謂木禾。」《山海經·海内西經》：「崑崙之墟……上有木禾，長五尋，大五圍。」《宋書》卷二九《符瑞志下》：「嘉禾，五穀之長，王者德盛，則二苗共秀。於周德，三苗共穗；於商德，同本異穟；於夏德，異本同秀。」按據《宋書·符瑞志》所載，劉宋於元嘉二十四年以前嘉禾凡十八見。

〔四六〕銅池發：見上條注。膏畝腴：《後漢書》卷八〇《文苑·杜篤傳》：「厥土之膏，畝價一金。」李賢注：「前書東方朔曰：『酆鎬之間，號爲土膏，其價畝一金。』一金，一斤金也。」

〔四七〕謁薦郊廟：《尚書·舜典》：「汝作秩宗。」孔傳：「秩，序；宗，尊也。主郊廟之官。」孔穎達疏：「郊謂祭天南郊，祭地北郊；廟謂祭先祖，即《周禮》所謂天神人鬼地祇之禮是也。」《文選》卷一班孟堅《兩都賦序》：「是以衆庶悦豫，福應尤盛，《白麟》《赤鴈》《芝房》《寶鼎》之歌，薦於郊廟。」和協律吕：《國語·周語下》：「律吕不易，無姦物也。」《文選》卷一班孟堅《兩都賦序》：「内設金馬石渠之署，外興樂府協律之事。」六臣張銑注：「樂府，聚樂之所。協律都尉，武帝置之，以考校律吕。」

〔四八〕煙霏霧集：《晉書》卷八〇《王羲之傳贊》：「觀其點曳之工，裁成之妙，煙霏露結，狀若斷而還連；鳳翥龍蟠，勢如斜而反直。翫之不覺爲倦，覽之莫識其端，心慕手追，此人而已。」《文選》卷四八揚雄《劇秦美新》：「雲動風偃，霧集雨散。」李善注：「言衆瑞之多也。」

〔四九〕夙興昧旦：《詩經·衛風·氓》：「夙興夜寐，靡有朝矣。」鄭玄注：「無有朝者，常早起夜卧，非一朝然。」《詩經·鄭風·女曰雞鳴》：「女曰雞鳴，士曰昧旦。」朱熹集注：「昧，晦；旦，明也。昧旦，天欲旦，昧晦未辨之際也。」

〔五〇〕宏規遠圖：《文選》卷一班孟堅《西都賦》：「圖皇基於億載，度宏規而大起。」《左傳》昭公四年：「楚子問於子産曰：『晉其許我諸侯乎？』對曰：『許君，晉君少安，不在諸侯。』」杜預注：「安於小小，不能遠圖。」

〔五一〕神明之貺：《周易·繫辭下》：「陰陽合德，而剛柔有體，以體天地之變，以通神明之德。」孔穎達疏：「萬物變化，或生或成，是神明之德。」《國語·魯語下》：「君之所以貺使臣，臣敢不拜貺。」韋昭注：「貺，賜也。」

〔五二〕琬碑鏐檢：《尚書·顧命》：「弘璧、琬琰在西序。」孔傳：「大璧琬琰之圭爲二重。」蔡沈集傳：「琬琰，圭名。」《藝文類聚》卷八三引《紀年》：「桀伐珉山，珉山莊王女于桀二女，曰琬，曰琰。桀受二女，無子，斷其名於苕華之玉，苕是琬，華是琰也。」《漢書》卷六《武帝紀》：「元封元年……夏四月癸卯，上還登封泰山。」顔師古注引孟康云：「刻石紀號，有金策石函金泥玉檢之封焉。」盛典蕪而不治：《後漢書》卷一〇下《皇后下·梁皇后紀》：「隆漢盛典，尊崇母氏，凡在外戚，莫不加寵。」

〔五三〕朝神省方：《史記》卷一一七《司馬相如傳》：「故聖王勿替，而修禮地祇，謁款天神。」《周易·觀卦》：「先王以省方觀民設教。」孔穎達疏：「省視萬方，觀看民之風俗。」大化抑而未許：《尚書·大誥》：「肆予大化，誘我友邦君。」孔穎達疏：「故我大爲教化，勸誘我所友國君，共伐叛逆。」按大化，謂廣遠深入之教化。

〔五四〕崇文協律之士：《三國志》卷三《魏志·明帝紀》：「（青龍四年）夏四月，置崇文觀，徵善屬文者以充之。」協律，見前注。藴僊頌於外：《莊子·在宥》：「跪坐以進之，鼓歌以僊之。」《楚辭·九懷·株昭》：「丘陵翔僊兮，谿谷悲歌。」王逸注：「山丘踴躍而歡喜也。」按僊通舞。

〔五五〕坐朝陪宴之臣：《禮記·檀弓》：「止其御曰：『朝不坐，燕不與，殺三人，亦足以反命矣。』」鄭玄注：「朝燕於寢，大夫坐於上，士立於下。」懷揄揚於内：班固《兩都賦》序：「雍容揄揚，著於後嗣，抑亦《雅》《頌》之亞也。」李善注：「《説文》曰：『揄，引也。以珠切。』孔安國《尚書傳》曰：『揚，舉也。』」

〔五六〕三靈佇睠：《文選》卷四八班孟堅《典引》：「答三靈之蕃祉，展放唐之明文。」李善注：「三靈，天、地、人也。」九壤注心：曹植《文帝誄》：「朱旗所勦，九壤被震。」《文選》卷一九束皙《補亡詩》：「恢恢大圜，茫茫九壤。」李善注：「九壤，九州也。」

〔五七〕歲宮乾維，月逭蒼陸：《周易·説卦》：「乾，西北之卦也。」後因以「乾維」指西北方。南朝宋劉義恭《白馬賦》：「是以周稱踰輪，漢則天駟，體自乾維，衍生坎位，伊赭白之爲俊，超絶世而稱驥。」是其例。《鮑參軍集注》錢振倫注：「《通鑑》元嘉二十四年爲强圉大淵獻。歲在丁亥，亥於四維在西北。《日知録》：『曆家天盤二十四時，有所謂艮巽坤乾者，不知其所始。按《淮南子·天文訓》曰：子午卯酉爲二繩，丑寅辰巳未申戌亥爲四鉤，東北爲報德之維，西南爲背陽之維，東南爲常羊之維，西北爲蹏通之維。所謂報德之維，常羊之維，背陽之維，蹏通之維，即艮巽坤乾也。後人省文，取卦名當之耳。』《楚辭·離騷》注：『逭，轉也。《續漢書·律曆志》：日行東陸謂之春。』」錢仲聯補注：「《全宋文》『逭』作『躔』。《説文》：『躔，踐也。』臣鍇曰：『星之躔次，星所履行也。』」今按：《荀子·賦篇》：「無羽無翼，反覆甚極。尾生而事起，尾逭而事已。」楊倞注：「尾逭迴盤結，則箴功畢也。」

〔五八〕澄波萬壑：《晉書》卷九二《顧愷之傳》：「至荆州，人問以會稽山川之狀，愷之云：『千巖競秀，萬壑争流，草木蒙籠，若雲興霞蔚。』」

〔五九〕曠世偉觀：《文選》卷三張平子《東京賦》：「蓂莢爲難蒔也，故曠世而不覿。」昭啟皇明者也：《文選》卷一班孟堅《西都賦》：「天人合應，以發皇明。」六臣吕良注：「皇，大也。此則天意人事合應，以發我皇大明之德。」

〔六〇〕宣尼稱鳳鳥不至，河不出圖：《漢書》卷一二《平帝紀》：「(元始元年正月)追謚孔子曰褒成宣尼公。」左思《詠史》詩之四：「言論準宣尼，辭賦擬相如。」《論語·子罕》：「子曰：『鳳鳥不至，河不出圖，吾已矣夫。』」

〔六一〕俟河之清，人壽幾何：《左傳》襄公八年：「子駟曰：『周詩有之曰：俟河之清，人壽幾何？』」杜預注：「逸詩也，言人壽促而河清遲。」

〔六二〕殫見之：《晏子春秋·問上十一》：「今君税斂重，故民心離；市買悖，故商旅絶；玩好充，故家貨殫。」《廣韻》卷一：「殫，盡也。」

〔六三〕千載一聖，是旦暮也：按今本《孟子》無此二句，《顔氏家訓・慕賢》：「古人云：千載一聖，猶旦暮也；五百年一賢，猶比膊也。言聖賢之難得。」不作孟子語，鮑照所見，或别有所本。

〔六四〕四皇六帝：《文選》卷一一何平叔《景福殿賦》：「總神靈之貺祐，集華夏之至歡。方四三皇而六五帝，曾何周夏之足言。」六臣吕良注：「方明帝齊於三皇，是爲四皇；齊於五帝，是爲六帝。則周文王、夏禹何足言哉。」按：此亦仿何平叔賦意，比文帝之於三皇五帝，是爲四皇六帝，而禹及周文王不足比數耳。長世：《左傳》僖公十一年：「敬，禮之輿也。不敬則禮不行，禮不行則上下昏，何以長世？」大寶：《周易・繫辭下》：「聖人之大寶曰位。」

〔六五〕澤浸群生：《文選》卷三張平子《東京賦》：「澤浸昆蟲，威振八寓。」李善注：「浸，潤也。……《毛詩序》曰：『文王德及鳥獸昆蟲焉。』」六臣李周翰注：「昆蟲，小蟲也，潤及之，言惠澤廣，威德遠。」國富刑清：《漢書》卷一〇〇下《叙傳下》：「國富刑清，登我漢道。」鴻德：《漢書・叙傳下》：「宣承其末，乃施洪德，震我威靈，五世來服。」

〔六六〕制禮裁樂：《禮記・明堂位》：「六年，朝諸侯於明堂，制禮作樂。頒度量，而天下大服。」惇風遷俗：《晉書》卷五六《孫楚傳》：「申命公卿舉獨行君子，可惇風厲俗者。」文教：《尚書・禹貢》：「三百里揆文教。」孔穎達疏：「此服諸侯，揆度王者政教而行之。」

〔六七〕誅箠羯黠：《管子・形勢解》：「弱子下瓦，慈母操箠。」《廣韻》卷三：「箠，策也。」《魏書》卷九五《羯胡石勒傳》：「其先，匈奴别部分散居於上黨武鄉羯室，因號羯胡。」東額象闕：《晉書》卷五六《孫楚傳》：「兵不踰時，梁益肅清，使竊號之雄，稽顙絳闕。」《藝文類聚》卷二八引宋江夏王義恭《登景陽樓詩》：「象闕對馳道，飛廉矚方塘。邸寺送暉曜，槐柳自成行。」武功：《詩經・豳風・七月》：「二之日其同，載纘武功，言私其豵，獻豜于公。」

〔六八〕鳴禽躍魚：《史記》卷一一七《司馬相如傳》：「蓋周躍魚隕杭，休之以燎，微夫斯之爲符也，以登介丘，不亦恧乎。」司馬貞索隱：「胡廣云：『武王渡河，白魚入王舟，俯取以燎。』」滌穢河渠：《後漢書》卷四〇《班固傳》：「於是百姓滌瑕盪穢而鏡至清，形神寂寞，耳目不營。」《史記》卷一三〇《太史公自序》：「維禹浚川，九州攸寧，爰及宣防，決瀆通溝。」

〔六九〕幽明：《周易・繫辭上》：「是故知幽明之故，原始反終，故知死生之說。」韓康伯注：「幽明者，有形無形之象，死生者，始終之數也。」

〔七〇〕唯天爲大，堯實則之：《論語・泰伯》：「子曰：『大哉！堯之爲君也，巍巍乎唯天爲大，唯堯則之。』」

〔七一〕皇哉唐哉，疇與爲讓：《文選》卷四八班孟堅《典引》：「汪汪乎丕天之大律，其疇能亘之哉。唐哉皇哉！皇哉唐哉！」蔡邕注：「言誰能竟此道，惟唐堯與漢，漢與唐堯而已。」六臣吕良注：「再言之，美之甚也。」

〔七二〕覃：《詩經・大雅・蕩》：「内奰於中國，覃及鬼方。」朱熹集傳：「覃，延也。鬼方，遠夷之國也。言自近及遠，無不怨怒也。」

〔七三〕則慶之所流者遠：《周易・坤卦》：「積善之家，必有餘慶；積不善之家，必有餘殃。」

〔七四〕豐功韙命：《國語・周語中》：「以義死用謂之勇，奉義順則謂之禮，畜義豐功謂之仁。」韋昭注：「豐，大也。」《文選》卷三張平子《東京賦》：「京室密清，罔有不韙。」薛綜注：「韙，善也，謂無復疫癘，皆得安善也。」潤色滕策：《論語・憲問》：「爲命，裨諶草創之，世叔討論之，行人子羽修飾之，東里子産潤色之。」《尚書・周書》：「武王有疾，周公作《金縢》。」

〔七五〕盛德形容：《詩序》：「政有小大，故有小雅焉，有大雅焉。頌者，美盛德之形容，以其成功告於神明者也。」歌頌：《漢書》卷六四下《王褒傳》：「(上)數從褒等放獵，所幸宫館，輒爲歌頌，第其高下，以差賜帛。」

〔七六〕奚斯：《詩經・魯頌・閟宫》：「新廟奕奕，奚斯所作。」朱熹集傳：「奚斯，公子魚也。」《文選》卷一《兩都賦序》：「故臯陶歌虞，奚斯頌魯。」李善注：「《韓詩・魯頌》曰：『新廟奕奕，奚斯所作。』薛君曰：『奚斯，魯公子也，言其新廟奕奕然盛，是詩，公子奚斯所作也。』」吉甫：周之上卿。《詩經・大雅・烝民》：「吉甫作誦，穆如清風。」玉鑾：《楚辭・離騷》：「揚雲霓之晻藹兮，鳴玉鸞之啾啾。」王逸注：「鸞，鸞鳥，以玉爲之，著於衡。」

〔七七〕中古：《周易・繫辭下》：「《易》之興也，其於中古乎？」古人所處時代不同，所指時期不一，此文之中古，乃指漢代。相如王褒之屬：《文選》卷一班孟堅《兩都賦序》：「言語侍從之臣，若司馬相如、虞丘壽王、東方朔、枚臯、王褒、劉向之屬，朝夕論思，日月獻納。」李善注：「《漢書》曰：『司馬相如字長卿，爲武騎常侍。』又曰：『虞丘壽王字子貢，以善格五召待詔，遷爲侍中，中書。』又曰：『東方朔字曼倩，上書自稱舉，上偉之，令待詔公車，後拜爲大中大夫給事中。』又曰：『枚皋字少孺，上書北闕，自稱枚乘之子，上得大喜，召入見，待詔，拜爲郎。』又曰：『王褒字子淵，上令褒待詔，褒等數從獵，擢爲諫大夫。』又曰：『劉向字子政，爲輦郎，遷中壘校尉。』」按「吾丘壽王字子貢」，《漢書》卷六四上《吾丘壽王傳》作「吾丘壽王字子贛」。金羈：《文選》卷二七曹子建《白馬篇》：「白馬飾金羈，連翩西北馳。」李善注：「《説文》曰：『羈，絡頭也。』」

〔七八〕絶景揚光：《文選》卷三五張景陽《七命》：「絶景乎大荒之遐阻，呑響乎幽山之窮奧。」六臣李周翰注：「絶，滅；景，影。」《文選》卷七揚子雲《甘泉賦》：「揚光曜之燎燭兮，垂景炎之炘炘。」六臣吕延濟注：「言宮觀華飾，揚其光曜。」清埃：《文選》卷二一謝宣遠《張子房詩》：「惠心奮千祀，清埃播無疆。」李善注：「清埃，猶清塵也。」

〔七九〕故班固稱漢成之世，奏御者千有餘篇，文章之盛，與三代同風：《文選》卷一班孟堅《兩都賦序》：「故孝成之世，論而録之，蓋奏御者千有餘篇，而後大漢之文章，炳焉與三代同風。」三代，《論語·衛靈公》：「斯民也，三代之所以直道而行也。」何晏注：「馬曰：『三代，夏、殷、周』。」

〔八〇〕斯乃臣子舊職，國家通議，不可輟也：班固《兩都賦序》：「斯事雖細，然先臣之舊式，國家之遺美，不可闕也。」《左傳》襄公二十五年：「城濮之役，文公布命曰：『各復舊職。』」劉向《説苑·奉使》：「夫殺人之使，絶人之謀，非古今通議也。」《論語·微子》：「長沮桀溺耦而耕……耰而不輟。」何晏集解引鄭玄曰：「輟，止也。」

〔八一〕不敏：《國語·晉語二》：「款也不才，寡智不敏，不能教導，以至於死。」韋昭注：「敏，達也。」

〔八二〕捃逸殘竹：《漢書》卷三〇《藝文志》：「武帝時，軍政楊僕，捃摭遺逸，紀奏兵録，猶未能備。」顔師古注：「捃摭，謂拾取之。」荀勗《穆天子傳序》：「《穆天子傳》者，太康二年，汲縣民不準盗發古塚所得書也，皆竹簡素絲編。」

〔八三〕巢風寂寥：《通志》卷一《三皇紀》：「厥初生民，穴居野處，聖人教之，結巢以避蟲豸之害，而食草木之實，故號有巢氏，亦曰大巢氏，亦謂之始君，言君臣之道於是乎始也，有天下百餘代。」《文選》卷五一王子淵《四子講德論》：「紛紜天地，寂寥宇宙。」李善注：「寂寥，曠遠之貌也。」羲埃綿邈：《莊子·繕性》：「逮德下衰，及燧人、伏羲始爲天下，是故順而不一。」《文選》卷五左太沖《吴都賦》：「島嶼綿邈，洲渚馮隆。」劉淵林注：「綿邈，廣遠貌。」

〔八四〕大年：《莊子·逍遥游》：「小知不及大知，小年不及大年。」

〔八五〕鞶繡成景：《後漢書》卷七九下《儒林·蔡玄傳》：「故楊雄曰：『今之學者，非獨爲之華藻，又從而繡其鞶帨。』」李賢注：「楊雄《法言》之文也，喻學者文煩碎也。鞶，帶也，字或作幋。《説文》曰：『鞶，覆衣巾也，音盤。』」《漢書》卷五：《景帝紀》：「周云成、康，漢言文、景，美矣。」粉纘顓軒：紛纘，猶粉繪，粉飾。《三國志》卷五四《吴志·周瑜傳》：「故將軍周瑜之子胤，昔蒙粉飾，受封爲將。」《史記》卷一《五帝本紀》：「黄帝者，少典之子，姓公孫，名曰軒轅。」「帝顓頊高陽者，黄帝之孫而昌意之子也。」

〔八六〕井科：《孟子·離婁下》：「源泉混混，不舍晝夜，盈科而後進，放乎四海。」趙岐注：「科，坎。」井科，猶井坎，坎井。《莊子·秋水》：「子獨不聞夫埳井之鼃乎？」《經典釋文》卷二七《莊子音義》引司馬説：「埳井，壞井也。」天河：《詩經·大雅·棫樸》：「倬彼雲漢，爲章於天。」毛傳：「雲漢，天河也。」

〔八七〕明鮮：《易經·繫辭上》：「百姓日用而不知，故君子之道鮮矣。」

〔八八〕千齡一見：《北堂書鈔》卷一五八引《拾遺記》：「丹丘千年一燒，黄河千年一清，皆至聖之君，以爲大瑞。」登歌：《漢紀》卷二二《禮樂志》：「乾豆上，奏登歌。」《宋書》卷一九《樂志一》：「皇帝初登壇，奏登哥。」

〔八九〕旋我皇駕：《晉書》卷六一《周浚傳附周馥傳》：「臣謹選精卒三萬，奉迎皇駕。」揆景：《詩經·鄘風·定之方中》：「揆之以日，作于楚室。」鄭玄箋：「度之以日影，度日出之影與日入之影，以知東西，以作爲楚丘之室也。」謝莊《宋孝武宣貴妃誄》：「天寵方降，王姬下姻，肅雍揆景，陟屺爰臻。」

〔九〇〕凌周躐殷：《吕氏春秋·論威》：「雖有江河之險則凌之。」高誘注：「凌，越也。」《楚辭·九歌·國殤》：「凌余陣兮躐余行，左驂殪兮右刃傷。」王逸注：「躐，踐也。」蹶唐轢虞：《莊子·秋水》：「赴水則接腋持頤，蹶泥則没足滅跗。」《文選》

卷二張平子《西京賦》：「當足見蹍，值輪被轢。」薛綜注：「足所蹈爲碾，車所加爲轢。」

〔九一〕如彼七緯，累璧重珠：《漢書》卷二一上《律曆志上》：「《太初曆》晦朔弦望皆最密，日月如合璧，五星如連珠。」《山堂肆考·天文》：「《易坤靈圖》：『至德之朝，日月若連璧也。』」按：七緯謂日月五星，《通鑑》卷一七一：「唯得庾季才書兩紙，盛言緯候災祥。」胡三省注：「緯謂七緯，日月五星之行，失行，則爲災。」

〔九二〕高祖撥亂：《宋書》卷一《武帝紀上》：「高祖武皇帝諱裕，字德輿，小名寄奴，彭城縣綏里人，漢高帝弟楚元王交之後也。」《武帝紀下》：「永初元年夏六月丁卯，設壇於南郊，即皇帝位，柴燎告天。」《詩經·大雅·江漢》序：「《江漢》，尹吉甫美宣王也。能興衰撥亂，命召公平淮夷。」首物定靈：《周易·乾卦》：「首出庶物，萬國咸寧。」王弼注：「萬國所以寧，各以有君也。」

〔九三〕再鑄群生：《莊子·在宥》：「今我願合六氣之精，以育群生。」

〔九四〕帝御三傑：《晉書》卷九二《袁宏傳》：「夫未遇伯樂，則千載無一驥；時值龍顔，則當年控三傑。漢之得賢，於斯爲貴。高祖雖不以道勝，御物群下，得盡其忠。」《史記》卷八《高祖紀》：「夫運籌策帷帳之中，決勝於千里之外，吾不如子房；鎮國家，撫百姓，給餽饟，不絕糧道，吾不如蕭何；連百萬之軍，戰必勝，攻必取，吾不如韓信。此三者，皆人傑也，吾能用之，此吾所以取天下也。」龍步八坰：《宋書》卷一《武帝紀上》：「劉裕龍行虎步，視瞻不凡，恐不爲人下，宜蚤爲其所。」張駿《東門行》：「慶雲蔭八極，甘雨潤四坰。」《詩經·魯頌·駉》：「駉駉牡馬，在坰之野。」毛傳：「坰，遠野也。邑外曰郊，郊外曰野，野外曰林，林外曰坰。」

〔九五〕朔南暨教：《尚書·夏書·禹貢》：「東漸於海，西被於流沙，朔南暨聲教，訖于四海。」騰聲：《後漢書》卷二四《馬援傳》：「論曰：馬援騰聲三輔，遨游二帝，及定節立謀，以幹時主，將懷負鼎之願，蓋爲千載之遇焉。」

〔九六〕浹遐洞冥：陸賈《新語·術事》：「登高及遠，達幽洞冥。」

〔九七〕玄圭告成：《尚書·禹貢》：「禹錫玄圭，告厥成功。」孔傳：「玄，天色，禹功盡加于四海，故堯賜玄圭以彰顯之，言天功成。」

〔九八〕大明：《周易·乾卦》：「雲行雨施，品物流行，大明終始，六位時成。」李鼎祚集解引侯果曰：「大明，日也。」

〔九九〕聖命誰堪，皇曆攸歸：《宋書》卷四《少帝紀》：「鎮西將軍宜都王，仁明孝弟，著自幼辰。德業沖粹，識心明允。宜纂洪統，光臨億兆。主者詳依典故，以時奉迎。」

〔一〇〇〕謀從筮協：《尚書·虞書·大禹謨》：「朕志先定，詢謀僉同，鬼神其依，龜筮協從。」

〔一〇一〕黄旗西映，紫蓋東輝：《三國志》卷四七《吴志·吴主傳》：「以太常顧雍爲丞相。」裴松之注引三國吴韋昭《吴書》：「以尚書令陳化爲太常……爲郎中令使魏，魏文帝因酒酣，嘲問曰：『吴魏峙立，誰將平一海内者乎？』化對曰：『《易》稱帝出乎震，加聞先哲知命，舊説紫蓋黄旗，運在東南。』」按文帝即位前爲荆州刺史，地在京都之西，故云黄旗西映。

〔一〇二〕螭玉：蔡邕《獨斷》卷上：「璽者，印也；印者，信也。天子璽，以玉螭虎紐。」升政衡機：《尚書·虞書·舜典》：「在璿璣玉衡，以齊七政。」

〔一〇三〕豹飾：《詩經·鄭風·羔裘》：「羔裘豹飾，孔武有力。」毛傳：「豹飾，緣以豹皮也。」朱熹集傳：「羔裘而以豹皮爲飾也。」《詩經·小雅·采芑》：「約軧錯衡，八鸞瑲瑲。」朱熹集傳：「約，束；軧，轂也。以皮纏束兵車之轂而朱之也。」按豹皮乃以飾裘，而車之轂則纏束以皮，是此「豹飾」，或當如張溥本作「約飾」。珠冕龍衣：蔡邕《獨斷》卷下：「珠冕……古者天子冠所加者。」崔豹《古今注·問答釋義》：「牛亨問曰：『冕旒以繁露，何也？』答曰：『綴珠垂下，重如繁露也。』」

〔一〇四〕正位北辰：《周易·坤卦》：「君子黄中通理，正位居體。」孔穎達疏：「居中得正，是正位也。」《論語·爲政》：「子曰：『爲政以德，譬如北辰，居其所而衆星共之。』」垂拱南面：《漢書》卷七二《王吉傳》：「大王垂拱南面而已。」《尚書·武成》：「惇行明義，崇德報功，垂拱而天下治。」孔穎達疏：「謂所任得人，人皆稱職，手無所營，下垂其拱。」《周易·説卦》：「聖人南面而聽天下，嚮明而治。」

〔一〇五〕復禮歸仁：《論語·顔淵》：「一日克己復禮，天下歸仁焉。」觀恒通變：《周易·恒卦》：「觀其所恒，而天地萬物之情可見矣。」王弼注：「天地萬物之情，見於所恒也。」《易・繫辭上》：「極數知來之謂占，通變之謂事，陰陽不測之謂神。」韓康伯注：「物窮則變，變而通之，事之所由生也。」

〔一〇六〕戚言：《尚書・多方》：「有夏誕厥逸，不肯戚言于民。」《鬼谷子・權》：「戚言者，權而於信；静言者，反而於勝。」陶弘景注：「戚者，憂也，謂象憂戚而陳言也。」毀膳：謂帝王在發生災害或天象變異時，減少膳供。《漢書》卷八《宣帝紀》：「今歲不登，已遣使者振貸困乏，其令太官損膳省宰。」

〔一〇七〕菲躬簡法：《藝文類聚》卷五〇引晉孫綽《孔松楊象贊》：「荆玉不及喻其温，南金未能方其勵。夫其温恭篤誠，善誘勤勸，外身崇物，菲躬厚人，指撝必謙，動静克讓，允有古賢之流風，乃祖之遺令矣。」《晉書》卷三《武帝紀》：「將以簡法務本，惠育海内。」厚下安宅：《周易・剥卦》：「《象》曰：山附於地，《剥》。上以厚下安宅。」孔穎達疏：「在上之人當須豐厚於下。」

〔一〇八〕謙德彌光：《韓詩外傳》卷三：「夫此六者（恭、儉、卑、畏、愚、淺），皆謙德也。」損道：《周易・益卦》：「損上益下，民説無疆。」

〔一〇九〕饗祀：《周易・困卦》：「困于酒食，朱紱方來，利用享祀。」《詩經・魯頌・閟宫》：「春秋匪解，享祀不忒。」毛傳：「忒，變也。」按饗祀，亦作享祀，饗享字通。耕籍：《禮記・祭義》：「耕藉，所以教諸侯之養也。」《宋書》卷一四《禮志一》：「晉武帝末，有司奏：『古諸侯耕籍百畝，躬秉耒耜，以奉社稷宗廟，以勸率農功。今諸侯治國，宜修耕籍之義。』」

〔一一〇〕饘酎秋羊：《禮記・月令・孟夏之月》：「天子飲酎。」鄭玄注：「酎之言醇也。謂重釀之酒也。」《五禮通考》卷九〇：「漢舊儀，宗廟八月飲酎，用九太牢。」《左傳》昭公七年：「饘於是，鬻於是，以餬余口。」封墐春骼：《左傳》文公三年：「遂自茅津濟，封殽尸而還。」杜預注：「封，埋藏之。」《詩經・豳風・七月》：「穹室熏鼠，塞向墐户。嗟我婦子，曰爲改歲，入此室處。」毛傳：「墐，塗也。」《禮記・月令・孟春之月》：「掩骼埋胔。」鄭玄注：「謂死氣逆生也。骨枯曰骼，肉腐曰胔。」

〔一一一〕嬰耄：《釋名・釋長幼》：「人始生曰嬰兒。……七十曰耄，頭髮白，耄耄然也。」兼粱：猶言重粱，用如兼味、兼裳。鰥孤重帛：《宋書》卷六七《謝靈運傳》：「驅鮐稚於淮曲，暴鰥孤於泗、溠。」《孟子・梁惠王下》：「老而無妻曰鰥，老而無夫曰寡，老而無子曰獨，幼而無父曰孤。」《尹文子》：「昔晉國苦奢，文公以儉矯之，乃衣不重帛，食不兼肉。無幾時，人皆大布之衣，脱粟之飯。」

〔一一二〕體由學染：《晉書》卷八二《虞溥傳》：「學之染人，甚於丹青。丹青吾見其久而渝矣，未見久學而渝者也。」

〔一一三〕禮導刑清：《禮記・祭統》：「道之以禮，安之以樂，參之以時。」樂邑風宣：《文選》卷八揚子雲《羽獵賦》：「於是醇洪鬯之德，豐茂世之規。」李善注：「『鬯』與『暢』同。暢，通也。」

〔一一四〕析訟推田：《詩經・大雅・緜》：「虞芮質厥成，文王蹶厥生。」毛傳：「虞芮之君相與争田，久而不平，乃相謂曰：『西伯，仁人也，盍往質焉。』乃相與朝周。入其境，則耕者讓畔，行者讓路。入其邑，男女異路，班白不提挈。入其朝，士讓爲大夫，大夫讓爲卿。二國之君感而相謂曰：『我等小人，不可以履君子之庭。』乃相讓，以其所争田爲閒田而退。」

〔一一五〕野旌伏彦：《後漢書》卷三九《淳于恭傳》：「後州郡連召不應，遂幽居養志，潛於山澤。舉動周旋，必由禮度。建武中，郡舉孝廉，司空辟，皆不應。……病篤，使者數存問，卒於官。詔書褒歎，賜穀千斛，刻石表閭。」朝賞登賢：《太平御覽》卷二一〇引《晉中興書》：「朕承洪緒，仍聞善誘，慎徽五教，儀形具瞻，登賢顯親，國之典也。」《史記》卷五三《蕭相國世家》：「吾聞進賢受上賞，蕭何功雖高，得鄂君乃益明於是。」

〔一一六〕儒訓優柔：《國語・周語下》：「反及嬴内，以無射之上宫，布憲施捨於百姓，故謂之嬴亂，所以優柔容民。」《禮記・儒行》孔穎達疏：「儒之言優也，柔也，能安人，能服人。」武節猋鷙：《文選》卷四八司馬相如《封禪文》：「協氣横流，武節猋逝。」六臣吕延濟注：「威武之節如疾風之逝也。猋，疾風也。」

〔一一七〕文憲精弘：《文選》卷二四張茂先《答何劭》：「纓緌爲徽纆，文憲焉可踰。」李善注：「孔安國《尚書傳》曰：『憲，法也。』」《左傳》昭公七年：「而三世執其政柄，其用物也弘矣，其取精也多矣，其族又大，所馮厚矣。」犀利：《漢書》卷七九《馮奉世傳》：「然羌戎弓矛之兵耳，器不犀利，可用四萬人，一月足以決。」顔師古注：「如淳曰：『今俗刀兵利爲犀。』晉灼曰：『犀，堅也。』晉説是。」

〔一一八〕樞鈐：《莊子·齊物論》：「彼是莫得其偶，謂之道樞。樞始得其環中，以應無窮。」陸德明釋文：「樞，要也。此居其樞要而會其玄極，以應夫無方也。」《爾雅序》：「誠九流之津涉，六藝之鈐鍵。」邢昺疏：「鈐，鍵也。」

〔一一九〕吏礪平端：賈誼《新書·等齊》：「事諸侯王或不廉潔平端，以事皇帝之法罪之。」幸覬：《禮記·檀弓》：「夫子之病革矣，不可以變，幸而至於旦，請敬易之。」鄭玄注：「革，急也；變，動也；幸，覬也。」

〔一二〇〕桴鼓：《史記》卷一〇四《田叔列傳》：「田仁對曰：『提桴鼓立軍門，使士大夫樂死戰鬭，仁不及任安。』」烽驛垂戀：《墨子·號令》：「晝則舉烽，夜則舉火。」《史記》卷四《周本紀》：「有寇至，則舉烽火。」《後漢書》卷八八《西域傳論》：「立屯田於膏腴之野，列郵置於要害之路，馳命走驛，不絶於時月。」

〔一二一〕銷我長劍，歸爲農器：《史記》卷六《秦始皇本紀》：「收天下兵，聚之咸陽，銷以爲鍾鐻，金人十二，重各千石，置造宫中。」《韓詩外傳》卷九：「顔淵曰：『願得明王聖主爲之相，使城郭不治，溝池不鑿，陰陽和調，家給人足，鑄庫兵以爲農器。』」

〔一二二〕閩外水鄉：《周禮·夏官·職方氏》：「辨其邦國、都鄙、四夷、八蠻、七閩、九貉、五戎、六狄之人民。」鄭玄注：「閩，蠻之别也。」孫詒讓正義：「閩，即今福建，在周爲南蠻之别也。」《山海經·海内南經》：「閩在海中，其西北有山。」郭璞注：「閩越即西甌，今建安郡是也，亦在岐海中。」《文選》卷二四陸士衡《答張士然》：「余固水鄉士，總轡臨清淵。」鄗表炎國：《文選》卷二二謝靈運《晚出西射堂》：「連鄣疊巘崿，青翠杳深沈。」六臣吕向注：「山横曰障。」《藝文類聚》卷一引《十洲記》：「炎州在南海中，上有風，生獸似豹。」

〔一二三〕隴首西南，渤尾東北：《史記》卷二七《天官書》：「故中國山川，東北流其維，首在隴蜀，尾没於勃碣。」

〔一二四〕艴艴嶺丹：《楚辭·大招》：「北有寒山，逴龍艴只。」王逸注：「逴龍，山名也。艴，赤色無草木貌也。」《史記》卷一一三《南越尉佗列傳》：「會暑溼，士卒大疫，兵不能踰嶺。」渾渾泉黑：《荀子·富國》：「若是則萬物得宜，事變得應，上得天時，下得地利，中得人和，則財貨渾渾如泉源，汸汸如河海，暴暴如山丘。」唐楊倞注：「渾渾，水流貌，如泉源，言不絶也。」《漢書》卷二八上《地理志上》：「道黑水至於三危，入於南海。」顔師古注：「黑水出張掖雞山，南流至燉煌，過三危山，又南流而入於南海。」

〔一二五〕移琛雲勉：《詩經·魯頌·泮水》：「憬彼淮夷，獻其琛。」毛傳：「琛，寶也。」雲，指雲中郡，見《漢書》卷二八下《地理志下》。轉隼邛僰：越嶲郡有邛都縣，犍爲郡有僰道縣，皆見《漢書》卷二八上《地理志上》。

〔一二六〕狼歌薦功，烏譚陳德：《後漢書》卷八六《西南夷傳》：「永平中，益州刺史梁國朱輔好立功名，慷慨有大略。在州數歲，宣示漢德，威懷遠夷。自汶山以西，前世所不至，正朔所未加，白狼、槃木、唐菆等百餘國，户百三十餘萬，口六百萬以上，舉種奉貢，稱爲臣僕。輔上疏曰：『……今白狼王唐菆等慕化歸義，作詩三章。』……論曰：……若乃文約之所沾漸，風聲之所周流，幾將日所出入處也。著自山經水志者，亦略及焉。雖服叛難常，威澤時曠，及其化行，則緩耳雕脚之倫，獸居鳥語之類，莫不舉種盡落，回面而請吏，陵海越障，累譯以内屬焉。」

〔一二七〕民阜財盛：《孔子家語·辯樂》：「昔者舜彈五弦之琴，造《南風》之詩，其詩曰：『南風之薰兮，可以解吾民之愠兮。南風之時兮，可以阜吾民之財兮。』」王肅注：「阜，盛也。」

〔一二八〕班白：見上「析訟推田」注。行謡：班孟堅《幽通賦》：「巨滔天而泯夏兮，考遘愍以行謡。」六臣注：「行爲歌謡者。」青綺：《鮑參軍集注》據張溥本作「清綺」，錢振倫注：「似指英年之士。」

〔一二九〕雲表：《文選》卷二張平子《西京賦》：「立修莖之僊掌，承雲表之清露。」

〔一三〇〕藻性：《文選》卷五六張茂先《女史箴》：「人咸知飾其容，而莫知飾其性。性之不飾，或愆禮正。斧之藻之，克念作聖。」六臣吕向注：「飾容，謂理裝，梳也；飾性，謂修德行也。」

〔一三一〕仁草：《宋書》卷二九《符瑞志下》：「朱草，草之精也，世有聖人之德則生。……宋文帝元嘉十一年，朱草生蜀郡郫縣王之家，益州刺史甄法崇以聞。」孳：《後漢書》卷三《章帝紀》：「方春生養，萬物孳甲。宜助萌陽，以育時物。」李賢

注：「莩，葉裏白皮也。」《集韻》卷二：「莩，《説文》：『艸也。』一曰葭中白皮。」德宿：猶言德星。《史記》卷一二《孝武本紀》：「望氣王朔言：『候獨見其星出如瓠，食頃復入焉。』有司言曰：『陛下建漢家封禪，天其報德星云。』」司馬貞索隱：「今按：此紀唯言德星，則德星，歲星也。歲星所在有福，故曰德星也。」《史記》卷二七《天官書》：「天精而見景星。景星者，德星也，其狀無常，常出於有道之國。」

〔一三二〕海無隱飈：《藝文類聚》卷八引《韓詩外傳》：「成王時，有越裳氏重三譯而朝曰：『吾受命國之黄髮曰：久矣天之不迅風雨，海之不波溢也，三年於兹矣，意者中國有聖人乎，盍往朝之。』」黄落：《禮記·月令·季秋之月》：「是月也，草木黄落，乃伐薪爲炭。」

〔一三三〕牛羊内首：《晉書》卷九七《四夷·東夷傳》：「每候牛馬向西南眠者三年矣，是知有大國所在，故來云。」《文選》卷四六顔延之《三月三日曲水詩序》：「穹居之君，内首稟朔，卉服之酋，迴面受吏。」吕向注：「内首、迴面，皆賓服爲臣也。」閭户外拓：《文選》卷五左太沖《吴都賦》：「拓土畫疆，卓犖兼併，包括於越，跨躡蠻荆。」

〔一三四〕瑞木朋生：《宋書》卷二九《符瑞志下》：「木連理，王者德澤純洽，八方合爲一則生。」按《宋書·符瑞志》所載，元嘉二十四年以前木連理者凡十九見。祥禽輩作：《藝文類聚》卷九二引晉成公綏《烏賦》序：「有孝烏集予之廬，乃喟然而歎曰：『予無仁惠之德，祥禽曷爲而至哉？』」按《宋書·符瑞志》所載，宋時赤烏、白烏、三足烏、白雀、白鳩、白雉、白鵲、赤白鸚鵡等瑞鳥于元嘉二十四年之前凡上百見。

〔一三五〕薫風：《吕氏春秋·有始》：「東南曰薫風。」飴露：《老子·聖德》：「天地相合，以降甘露。」《宋書》卷二八《符瑞志中》：「甘露，王者德至大，和氣盛則降。」按飴露猶甘露，《宋書·符瑞志》載宋時，甘露於元嘉二十四年之前凡數十見。

〔一三六〕器範：《文選》卷四七袁彦伯《三國名臣贊》：「嘉謀肆庭，讜言盈耳。玉生雖麗，光不踰把，德積雖微，道映天下。淵哉泰初，宇量高雅，器範自然，標准無假。」劑調象藥：《文選》卷六左太沖《魏都賦》：「膳夫有官，藥劑有司。」

〔一三七〕匪直也斯：《詩經·鄘風·定之方中》：「靈雨既零，命彼倌人，星言夙駕，説于桑田。匪直也人，秉心塞淵。」

毛傳：「非徒庸君。」《水經注・滱水》：「匪直蒲筍是豐，實亦偏饒菱藕。」溱：《漢書》卷六四《王褒傳》：「遐夷貢獻，萬祥畢溱。」顔師古注：「溱，字與臻同。」

〔一三八〕四瀆：《爾雅・釋水》：「江、河、淮、濟爲四瀆，四瀆者，發源注海者也。」鄭樵注：「中原之地，諸水所流皆歸此四瀆。惟此四瀆，得專達海，故爲瀆祠焉。」雙川：指河、濟。見題注。

〔一三九〕伏靈：《史記》卷一二八《龜策列傳》：「褚先生曰……傳曰：『下有伏靈，上有兔絲；上有擣蓍，下有神龜。』所謂伏靈者，在兔絲之下，狀似飛鳥之形。新雨已，天清静無風，以夜捎兔絲去之，即以篝燭此地，燭之火滅，即記其處，以新布四丈環置之，明即掘取之，入四尺至七尺，得矣，過七尺不可得。伏靈者，千歲松根也，食之不死。聞蓍生滿百莖者，其下必有神龜守之，其上常有青雲覆之。」遐年：《文選》卷五六曹子建《王仲宣誄》：「庶幾遐年，攜手同征，如何奄忽，棄我夙零。」

〔一四〇〕崐岳：即崑山，崑崙山。鏡流葱山：《漢書》卷九六上《西域傳上》：「葱嶺，其南山東出金城，與漢南山屬焉。其河有兩原，一出葱嶺山，一出于闐。于闐在南山下，其河北流與葱嶺河合，東注蒲昌海。蒲昌海，一名鹽澤者也。」

〔一四一〕泉室凝澱：《文選》卷五左太沖《吴都賦》：「泉室潛織而卷綃，淵客慷慨而泣珠。」六臣劉良注：「俗傳鮫人從水中出，曾寄寓人家，積日賣綃。綃者，竹孚俞也。鮫人臨去，從主人索器，泣而出珠滿盤，以與主人。」「《爾雅・釋器》：『澱謂之垽。』郭璞注：『滓，澱也，今江東呼垽。』」《駢雅・釋地》：「濁泥曰澱滓。」水府：《文選》卷一二木玄虚《海賦》：「爾其水府之内，極深之庭，則有崇島巨鰲，峌㟪孤亭。」

〔一四二〕夷都：《山海經・海内北經》：「從極之淵深三百仞，維冰夷恒都焉。」郭璞注：「冰夷，馮夷也。《淮南》云：『馮夷得道，以潛大川』即河伯也。」眂：《周禮・天官・太宰》：「及執事，眂滌濯。」鄭玄注：「眂音視。」驪淵：《莊子・列御寇》：「夫千金之珠，必在九重之淵，而驪龍頷下。」

〔一四三〕朱宫潛耀，紫閼陰鮮：《楚辭・九歌・河伯》：「魚鱗屋兮龍堂，紫貝闕兮朱宫。」王逸注：「朱丹其宫。」陸雲《喜霽賦》：「改望舒之離畢兮，曜六龍於紫閼。」

〔一四四〕爽德：《尚書・商書・盤庚》：「故有爽德，自上其罰汝。」蔡沈集傳：「爽，失也。……故汝有失德，自上其罰汝。」《詩經・小雅・蓼蕭》：「其德不爽，壽考不忘。」毛傳：「爽，差也。」王風不昌：《詩大序》：「《關雎》《麟趾》之化，王者之風也。」《文選》卷四八司馬相如《封禪文》：「罔若淑而不昌，疇逆失而能存。」

〔一四五〕乃溢乃竭：《國語・周語上》：「幽王二年，西周三川皆震。伯陽父曰：『周將亡矣，天地之氣，不失其序，若過其序，民亂之也。陽伏而不能出，陰迫而不能烝，於是有地震。今三川實震，是陽失其所而鎮陰也，陽失而在陰，川源必塞，源塞國必亡。夫水土演而民用也，水土無所演，民乏財用，不亡何待？昔伊、洛竭而夏亡，河竭而商亡，今周德若二代之季矣，其川源又塞，塞必竭，夫國必依山川，山崩川竭，亡之徵也。川竭山必崩，若國亡不過十年，數之紀也。』」或壅或亡：《國語・周語下》：「靈王二十二年，穀、洛鬭，將毀王宮，王欲壅之，太子晉諫曰：『不可。』」

〔一四六〕未央：《楚辭・離騷》：「及年歲之未晏兮，時亦猶其未央。」王逸注：「央，盡也。」

〔一四七〕先民：《詩經・大雅・板》：「先民有言，詢於芻蕘。」朱熹集傳：「先民，古之賢人也。」大道：《禮記・禮運》：「孔子曰：『大道之行也，與三代之英，丘未之逮也，而有志焉。』」鄭玄注：「大道，謂五帝時也，英，俊選之尤者。」

〔一四八〕鍾：曹植《磐石篇》：「經危履險阻，未知命所鍾。」《廣韻》卷一：「鍾，當也。」

〔一四九〕天疎聽密：《史記》卷三八《宋微子世家》：「子韋曰：『天高聽卑，君有君人之言三，熒惑宜有動。』」

〔一五〇〕介焉如響：《列子・楊朱》：「量十數年之中，逌然而自得亡介焉之慮者，亦亡一時之中爾。」《周易・繫辭上》：「是故君子將有爲也，將有行也，問焉而以言，其受命也如響。」

〔一五一〕貞一：《周易・繫辭下》：「天下之動，貞夫一者也。」

〔一五二〕天經：指天象。《周易・繫辭上》：「天垂象，見吉凶，聖人象之。」《漢書》卷二六《天文志》：「凡天文在圖籍昭昭可知者，經星常宿中外官，凡百一十八名，積數七百八十三星，皆有州國官宫物類之象。」人術：《文選》卷一二郭景純《江賦》：「經紀天地，錯綜人術。」六臣張銑注：「人術，謂樂道法水而爲政，言其妙理不可窮盡也。」

〔一五三〕訏謨布簡：《詩經·大雅·抑》：「訏謨定命，遠猶辰告。」毛傳：「訏，大；謨，謀。」鄭玄箋：「大謀定命，謂正月始和，布政於邦國都鄙也。」綸言：《禮記·緇衣》：「王言如絲，其出如綸。」鄭玄注：「言言出彌大也。」孔穎達疏：「王言初出，微細如絲，及其出行於外，言更漸大，如似綸也。」

〔一五四〕崇日：《荀子·賦》：「周流四海，曾不崇日。」唐楊倞注：「崇，充也。言智周流四海，曾不充滿一日而遍也。」

〔一五五〕一人之慶：《尚書·周書·秦誓》：「亦尚一人之慶。」孔穎達疏：「言國家用賢則榮，背賢則危，穆公自誓，將改前過用賢人者也。」吹萬：《莊子·齊物論》：「夫吹萬不同，而使其自已也，咸其自取，怒者其誰也。」宋林希逸口議：「吹萬，萬物之有聲者也。言萬物之有聲者，皆造物吹之。」

〔一五六〕靈根：《文選》卷四張平子《南都賦》：「固靈根於夏葉，終三代而始蕃。」李善注：「劉氏植根於夏葉，終三代而始蕃昌也。」修源重波：《太平御覽》卷四引崔豹《古今注》：「漢明帝作太子，樂人歌四章以贊太子之德，一曰《日重光》，二曰《月重輪》，三曰《星重曜》，四曰《海重潤》。」

〔一五七〕副睿貳哲：《文選》卷三張平子《東京賦》：「睿哲玄覽，都茲洛宮。」薛綜注：「睿，聖也。玄，通也。言通見此洛陽宮也。」

〔一五八〕景雲：《太平御覽》卷八七二引《孝經援神契》：「王者德至山陵，則景雲出。」秀星駢羅：《文選》卷七揚雄《甘泉賦》：「駢羅列布，鱗以雜遝兮。」六臣張銑注：「駢，並；羅，列也。」

〔一五九〕垂光九野：謂光芒俯射。《文選》卷一八嵇叔夜《琴賦》：「冬夜肅清，朗月垂光。」《呂氏春秋·有始》：「天有九野，地有九州，而無增無減焉。」《列子·湯問》：「八紘九野之水，天漢之流，莫不注之。」張湛注：「九野，天之八方中央也。」四遐：《文選》卷二八陸士衡《從軍行》：「苦哉遠征人，飄飄窮四遐。」六臣呂向注：「四遐，四方也。」

〔一六〇〕輔車鼎足：《左傳》僖公五年：「諺所謂輔車相依，脣亡齒寒者，其虞、虢之謂也。」杜預注：「輔，頰輔；車，牙車。」《三國志》卷六四《吴志·諸葛恪傳》：「與丞相陸遜書曰：『楊敬叔傳述清論，以爲方今人物彫盡，守德業者不能復幾，宜相左右，更爲輔車，上熙國事，下相珍惜。』」《史記》卷九二《淮陰侯列傳》：「參分天下，鼎足而居，其勢莫敢先動。」粲石虎牙：《文選》卷一九宋玉《高唐賦》：「磐石險峻，傾崎崕隤。巖嶇參差，從横相追。」《史記》卷一〇《孝文本紀》：「高帝封王子弟，地犬牙相制，此所謂磐石之宗也。」《水經注·滱水》：「堯山一名豆山……嶄絶孤峙，虎牙桀立。」

〔一六一〕世：《左傳》宣公三年：「成王定鼎於郟鄏，卜世三十，卜年七百，天所命也。」基：《尚書·大誥》：「嗚呼！天明畏，弼我丕丕基。」蔡沈集傳：「基，基業。」

〔一六二〕泰階既平：《漢書》卷六五《東方朔傳》：「願陳《泰階六符》，以觀天變。」顔師古注：「孟康曰：『泰階，三台也。每台二星，凡六星。符，六星之符驗也。』應劭曰：『《黄帝泰階六符經》曰：泰階者，天之三階也。上階爲天子，中階爲諸侯公卿大夫，下階爲士庶人。上階上星爲男主，下星爲女主。中階上星爲諸侯三公，下星爲卿大夫。下階上星爲元士，下星爲庶人。三階平則陰陽和，風雨時，社稷神祇咸獲其宜，天下大安，是爲太平。』」洪河：《文選》卷一班孟堅《西都賦》：「右界褒、斜，隴首之險，帶以洪河、涇、渭之川，衆流之隈，汧湧其西。」六臣劉良注：「洪河，大河也。」按此指黄河。

〔一六三〕大人在上：《周易·乾卦》：「飛龍在天，利見大人。」區宇文明：《易·乾》：「見龍在田，天下文明。」孔穎達疏：「天下文明者，陽氣在田，始生萬物，故天下有文章而光明也。」

〔一六四〕樵夫議道：《文選》卷九揚子雲《長楊賦》：「士有不談王道者，則樵夫笑之。」六臣李周翰注：「樵夫，採樵之賤者。」漁父濯纓：《楚辭·漁夫》：「漁父莞爾而笑，鼓枻而去，乃歌曰：『滄浪之水清兮，可以濯吾纓；滄浪之水濁兮，可以濯吾足。』」

【集説】

清李兆洛《駢體文鈔序》：大抵華腴害骨，然明遠采壯，簡文思清，固一時之傑也。

清吴汝綸《鮑參軍集選》：序欲遠追揚、馬，頌乃六朝常制。

清譚獻：辟灌之功，光輝斯發。開張工健，無一閒冗之句。序亦有頓挫節族，未可與簡文並論。（李兆洛《駢體文

鈔》卷二）

孫德謙《六朝麗指》：氣體恢宏，從漢文出。

佛影頌

【解題】

《鮑參軍集注》本文題注錢振倫注云：「《宋書・臨川王道規傳》：『義慶晚節奉養沙門，頗致費損。』此頌似爲臨川王作。」錢仲聯補注云：「《大智度論》：『釋迦牟尼佛至月氏國西，降女羅刹，佛在彼石窟中一宿，於今佛影猶在，有人就内省之則不見，出孔遥觀，光相如佛在時。』澄觀《華嚴疏鈔》：『《石室留影，毒龍心革者，即《觀佛三昧海經》，彼事極長，今當略意，即第七經佛告阿難云：如來到那乾訶羅國古僊山薝蔔花林毒龍池側青蓮華泉北羅刹穴中阿那斯山南，爾時彼穴有五羅刹，化作龍女，與毒龍通。龍復降雹，羅刹亂行，饑饉疾疫，已歷四年。時王驚懼，禱祀神祇，於事無益，下取意引。有一梵志，讚佛功德，彼王焚香，遥請如來。如來受那乾訶羅王弗巴浮提請，廣現神變，羅刹毒龍，既受化已，爾時龍王，長跪合掌，勸請世尊：唯願如來，常住此間，佛若不在，我發惡心，無由得成無上菩提。世尊不離龍窟，復受王請，入城教化，游行往昔行菩薩道處，諸龍皆從。聞佛欲還，啼哭雨淚，白佛言：世尊，請佛常住，云何捨我？我不見佛，當作惡事，墜墮惡道。爾時世尊安慰龍王：我受汝道，坐汝窟中，千五百歲。釋迦文佛踴身入石，猶如明鏡見人面像。諸龍皆見佛在石内，影現於外。爾時諸龍合掌歡喜，不出其池，常見佛日。爾時世尊結跏趺坐在石壁内，衆生見時，遠望則見，近則不現。諸天百千，供養佛影，影亦説法。時梵天王合掌恭敬，心偈頌曰：如來處石窟，踴身入石裏，如日無障礙，金光相具足。我今頭面禮，牟尼救世尊。經文甚廣。復令衆生觀於佛坐，見丈六像坐於草座，作一石窟，高丈六尺，深二十四步，青白石相，又想此窟，成七寶窟，復見佛像，踴入石壁等。《廣弘明集》説遠公有《石影讚》，説處所與經全同，云在西域那伽訶羅國南山古僊石室中，度流沙逕道，去此一萬五千八百五十里，感世之應，備於別傳。《西域記》第八亦説。遠公序云：昔遇西域沙門，輒飧游方之説，知有佛影，而傳者尚未曉然。及在此山，值罽賓禪師，南國律學道士，與昔聞既同，並是其人游歷所經。因其詳問，乃圖之，爲銘。』按慧遠在廬山圖佛影，義慶既佞佛，其鎮江州時，爲元嘉十六年，去義熙十二年慧遠之没，才二十四年，當目睹此圖。明遠此頌，文體如遠銘，信是爲臨川王作也。」其《鮑照年表》因此繫頌於元嘉十六年（四三九）作，是也。

佛影，即佛像。《水經注》卷一《河水》：「菩薩入中，西向結跏趺坐。心念若我成道，當有神驗。石壁上即有佛影，見長三尺許。」謝靈運《佛影銘》：「具説佛影，偏爲靈奇，幽巖嵌壁，若有存形，容儀端莊，相好具足。」宋陳舜俞《廬山記》卷二：「遠公《匡山集》云：『佛影在西方那伽阿羅國南古僊人石室中，以晉義熙十八年歲在壬子五月一日，因罽賓禪師南國律學道士共立此臺，擬像本山，因跡以寄誠，雖成由人匠而功無所加。至於歲在星紀，赤奮若貞於太陰之墟，九月三日乃詳驗，别記銘之于石。」

形生麁怪①，神照潭寂〔一〕。驗幽以明，考心者迹，六塵煩苦，五道綿劇〔二〕，乃炳舟梁，爰悟淪溺〔三〕。色丹皃繢②，留相瓊石〔四〕。金光絶見，玉毫遺覿〔五〕，俾昏作朗，効順去逆〔六〕。

【校記】

①「麁」，張溥本作「麗」。

②「皃」，張溥本、四庫本、《釋文紀》作「貌」。

【箋注】

〔一〕神照潭寂：《後漢書》卷三七《丁鴻傳》：「人道悖於下，效驗見於天，雖有隱謀，神照其情。」宗炳《答何衡陽書》：

「若誠信之賢，獨朗神照，足下復何由知之，而言者會復謂是妄説耳。」

〔二〕六塵：《文選》卷一一孫興公《游天台山賦》：「蕩遺塵於旋流，發五蓋之游蒙。」李善注：「《中論》曰：『六塵，色、聲、香、味、觸、法。』」五道綿劇：《鮑參軍集注》錢仲聯注：「《大智度論》：『五道生法，各各不同。諸天地獄皆生化，餓鬼二種生，若胎若化生，人道畜生四種生，卵生濕生化生胎生。』又：『菩薩得天眼，觀衆生輪轉五道，迴旋其中。』《玉篇》：『緜，彌然切，新絮也，纏也，綿綿不絶，今作綿。』」按五道，佛教中指天、人、畜、鬼、地獄五處輪迴之所。又：『説五道者，是一切有部僧所説。』

〔三〕乃炳舟梁，爰悟淪溺：《詩經・大雅・大明》：「造舟爲梁，不顯其光。」《國語・周語中》：「澤不陂障，川無舟梁，是廢先王之教也。」韋昭注：「舟梁，以舟爲梁也。」此二句《鮑參軍集注》錢仲聯注云：「《付法藏經》：『一切衆生，欲出三界生死大海，必假法船，方得度脱。』《大智度論》：『槃涅之津梁。』《法華經》：『我見諸衆生，没在於苦海。』」

〔四〕皃繢：《漢書》卷二四下《食貨志下》：「乃以白鹿皮方尺，緣以繢，爲皮幣，直四十萬。」顔師古注：「繢，繡也，繪五綵而爲之。」瓊石：《詩經・衛風・木瓜》：「投我以木瓜，報之以瓊琚。」毛傳：「瓊，玉之美者。」

〔五〕金光絶見，玉毫遺覿：《漢書》卷二二《禮樂志》載《郊祀歌》：「沛施祐，汾之阿，揚金光，横泰河。」以上二句《鮑參軍集注》錢仲聯注：「《摩訶般若波羅蜜經》：『十四者，金色相，其色微妙，勝閻浮檀金。』又『三十一者，眉間白毫相，軟白如兜羅綿。』」

〔六〕効順去逆：《左傳》隱公三年：「去順效逆，所以速禍也。」

附：釋慧遠《萬佛影銘》

廓矣大像，理玄無名。體神入化，落影離形。迴暉層巖，凝暎虚亭。在陰不昧，處暗愈明。婉步蟬蛻，朝宗百靈。應不同方，跡絶兩冥。

茫茫荒宇，靡勸靡獎。談虚寫容，拂空傳像。相具體微，沖姿自朗。白毫吐曜，昏夜中爽。感徹乃應，扣誠發響。留音停岫，津悟冥賞。撫之有會，功弗由曩。旋踵忘敬，罔慮罔識。三光掩暉，萬象一色。庭宇幽藹，歸塗莫測。悟之以静，震之以力。慧風雖遐，維塵攸息。匪伊玄覽，孰扇其極。希音遠流，乃眷東顧。欣風慕道，仰規玄度。妙盡毫端，運微輕素。託彩虚凝，殆映霄霧。跡以像真，理深其趣。奇興開襟，祥風引路。清氣迴於軒宇，昏明交而未曙。髣髴境神儀，依稀若真遇。銘之圖之，曷營曷求。神之聽之，鑒爾所修。庶兹臣軌，映彼玄流。漱情靈沼，飲和至柔。照虚應簡，智落乃周。深懷冥託，霄想神游。畢命一對，長謝百憂。（《廣弘明集》卷十五）

凌煙樓銘

并序　宋臨川王起

【解題】

「并序」，張溥本作「有序」，且無題下注「宋臨川王起」五字。

凌煙，猶凌雲。謝靈運《江妃賦》：「或飄翰凌煙，或潛泳浮海。」《太平御覽》卷一七九引《劉曜載記》云：「曜立太學於長樂宫東，簡百姓年二十五已下，十三已上百人，選朝賢宿儒，明經篤學以教之。命起酆明觀於西，起凌煙臺於鎬池。」樓以凌煙爲名，蓋喻其高也。《鮑參軍集注》本文題注錢振倫注云：「《宋書・臨川王道規傳》，義慶元嘉十六年改授散騎常侍、都督江州之西陽晉熙新蔡三郡諸軍事、衛將軍、江州刺史。又《州郡志》，江州刺史治尋陽。以序中東吴西楚計之，此樓當爲臨川王所建。」按此銘題下原注明言樓爲「宋臨川王起」，尋劉宋時爲臨川王者，先有劉裕弟劉道規，據《宋書》卷三《武帝紀下》、卷五一道規本傳，道規卒後於宋永初元年（四二〇）六月庚午追封爲臨川王。道規無子，由其兄道憐次子義慶襲封。義慶卒後，子燁字景舒襲封。燁卒後，又由其子綽字子流襲封，至昇明三年（四七九），國除。劉道規卒于晉義熙八年（四一二），是時局勢混亂，戰争激烈，於戎馬之中不可能有築樓之閒情逸趣。而義慶卒後，鮑照即離臨川幕，且劉燁也未有任職江州之記載，是此樓亦不可能爲劉燁所建。即唯一有可能建此樓者乃臨川王義慶。此銘序中有「東臨吴甸，西眺楚關」二句，銘文又有「俯窺淮海，俛眺荆吴」之語，應作于江州之尋陽。又考之銘文云：「我王結駕，藻思神居。」是此銘必獻于臨川王義慶無疑。據《宋書》卷五《文帝紀》，義慶於元嘉十六年夏四月由荆州移鎮江州，十七年冬十月移鎮南兗州。則此銘當是元嘉十六年（四三九）四月至十七年（四四〇）十月之間所作以獻義慶者。然義慶元嘉十六年四月之後始移鎮江州，建此樓乃須時日，非當年所能完成，則此文之作又應在元嘉十七年。

臣聞憑飆薦響，唱微効長〔一〕；垂波鑒景①，功少致深〔二〕。是以冰臺築乎魏邑，鳳閣起於漢京〔三〕，皆所以贊生通志，感悦幽情者也〔四〕。伏見所製凌煙樓，棲置崇迥，延瞰平寂〔五〕。即秀神皋，因基地勢〔六〕。東臨吴甸，西眺楚關〔七〕。奔江永寫，鱗嶺相葺〔八〕，重樹窮天，通原盡目②。悲積陳古，賞絶舊年〔九〕。誠可以暉曠高明，藻撤遠心矣③〔一〇〕。夫識緣感傾，事待言彰，匪言匪述，綿世罔傳〔一一〕。敢作銘曰：

巖巖崇樓，藐藐層隅〔一二〕。階基天削，户牖雲區〔一三〕。瞰江列楹④，望景延除⑤〔一四〕。積清風露⑥。合綵煙塗⑦〔一五〕，俯窺淮海，俛眺荆吴〔一六〕。我王結駕，藻思神居〔一七〕。宜此萬春，脩靈所扶〔一八〕。

【校記】

①「垂」，原注：「一作『乘』。」

②「目」，張溥本作「日」。

③「撤」，張溥本、四庫本作「澈」。

④「瞰江列楹」，《藝文類聚》卷六三作「瞰列江楹」，《初學記》卷二四作「瞰江列檻」。

⑤「除」，四庫本作「佇」。

⑥「露」，張溥本、《藝文類聚》、《初學記》作「路」。

⑦「合」，原注：「一作『含』。」《藝文類聚》《初學記》作「含」。

【箋注】

〔一〕臣聞憑飆薦響，唱微効長：《文選》卷五五陸士衡《演連珠》：「臣聞因雲灑潤，則芬澤易流；乘風載響，則音徽自遠。」劉孝標注：「此言物有因而易彰也。」《荀子·勸學》：「登高而招，臂非加長也，而見者遠；順風而呼，聲非加疾也，而聞者彰。」

〔二〕垂波鑒景，功少致深：《文選》卷五五陸士衡《演連珠》：「臣聞鑑之積也無厚，而照有重淵之深；日之察也有畔，而眂周天壤之際。」六臣吕向注：「此章明聖人化物，當以道德，不以威儀也。鑑，鏡也。」景，通影。

〔三〕是以冰臺築乎魏邑：晉陸翽《鄴中記》：「銅爵、金鳳、冰井三臺皆在鄴都北城西北隅，因城爲基址。建安十五年，銅爵臺成，曹操將諸子登樓，使各爲賦，陳思王植援筆立就。金鳳臺初名金虎，至石氏改今名。冰井臺則凌室也。金虎、冰井，皆建安十八年建也。」《水經注·濁漳水》：「銅雀台……南則金虎臺，高八丈，有屋百九間。北曰冰井臺，亦高八丈，有屋百四十五間，上有冰室，室有數井，井深十五丈，藏冰及石墨焉。」鳳閣起於漢京：《文選》卷三〇謝靈運《擬魏太子鄴中集·平原侯植》：「朝游登鳳閣，日暮集華沼。」六臣吕向注：「鳳閣，内省也。」《鮑照集注》錢仲聯注：「鳳皇巢於阿閣，至唐因有鳳閣鸞臺之名，漢世閣名甚多，而鳳閣轉無可考。」按《三輔黄圖》卷二《漢宫》：「又有鳳凰闕，漢武帝造，高七十丈五尺。鳳凰闕亦名别風闕，又云嶕嶢闕，在圓闕門内二百步。」疑鳳閣即鳳凰闕。

〔四〕通志：謂表達意趣志向。《晉書》卷五一《皇甫謐傳》：「時魏郡召上計掾，舉孝廉。景元初，相國辟，皆不行。其後，鄉親勸令應命，謐爲《釋勸論》以通志焉。」幽情：謂深遠高雅之情思。《文選》卷一班孟堅《西都賦》：「攄懷舊之蓄念，發思古之幽情。」六臣李周翰注：「幽情，深情也。」《晉書》卷八〇《王羲之傳》：「一觴一詠，亦足以暢叙幽情。」

〔五〕延矚：遠望。《文選》卷一九宋玉《神女賦》：「望余帷而延視兮，若流波之將瀾。」《廣韻》卷四：「矚，視也。」

〔六〕即秀神皋：《文選》卷二張平子《西京賦》：「爾乃廣衍沃野，厥田上上，寔爲地之奥區神皋。」李善注：「謂神明之界局也。」陶淵明《游斜川》序：「若夫曾城，傍無依接，獨秀中皋。」

〔七〕吴甸：吴郊。《史記》卷六六《伍子胥列傳》：「鄭定公與子産誅殺太子建。建有子名勝，伍胥懼，乃與勝俱奔吴，到昭關。」司馬貞索隱：「其關在江西，乃吴楚之境也。」《周禮・天官・大宰》：「三曰邦甸之賦。」賈公彦疏：「郊外曰甸，百里之外，二百里之内。」《左傳》襄公二十一年：「罪重於郊甸，無所伏竄，敢布其死。」杜預注：「郭外曰郊，郊外曰甸。」楚關：《鮑參軍集注》錢仲聯補注：「《江南通志》：『昭關，在和州含山縣小峴西，伍子胥自楚奔吴過昭關，即此。』昭關蓋在尋陽之東。此云『西眺楚關』，是泛指，非昭關也。」

〔八〕鱗嶺相葺：謂嶺如鱗般相葺也。《楚辭・九章》：『魚葺鱗以自別兮，蛟龍隱其文章。』」《文選》卷五左太沖《吴都賦》：「葺鱗鏤甲，詭類舛錯。」劉逵注：「葺，累也。」

〔九〕悲積陳古，賞絶舊年：按陳古猶往古，舊年猶昔年，皆明遠自造詞。

〔一〇〕暉曠高明：《尚書・洪範》：「沈潛剛克，高明柔克。」孔傳：「高明謂天。」《文選》卷一三謝希逸《月賦》：「臣聞沈潛既義，高明既經。」吕延濟注：「沈潛，地，故稱義；高明，天，故稱經。」藻撤遠心：《三國志》卷三《傅嘏傳》：「傅嘏字蘭石。」裴注：「嘏友人荀粲，有清識遠心。」

〔一一〕綿世：顔延之《陶徵士誄》：「若乃巢、由之抗行，夷、皓之峻節，故已父老堯、禹，錙銖周、漢。而綿世寖遠，光靈不屬，至使菁華隱没，芳流歇絶，不亦惜乎！」

〔一二〕巖巖崇樓：《詩經・魯頌・閟宫》：「泰山巖巖，魯邦所詹。」孔穎達疏：「言泰山之高巖巖然，魯之邦境所至也。」

《文選》卷一六潘安仁《懷舊賦》：「巖巖雙表，列列行楸。」六臣呂延濟注：「巖巖，高貌。」藐藐層隅：《詩經・大雅・崧高》：「有俶其城，寢廟既成，既成藐藐，王錫申伯。」毛傳：「藐藐，美貌。」《詩經・大雅・瞻卬》：「藐藐昊天，無不克鞏。」毛傳：「藐藐，大貌。」《文選》卷六左太沖《魏都賦》：「藐藐標危，亭亭峻跱。」六臣劉良注：「言樓臺高峻入天。」《方言》卷一三：「藐藐，曠遠貌。」

〔一三〕階基天削：謝靈運《山居賦》：「隨時取適，階基回互。」《文選》卷六左太沖《魏都賦》：「亢陽臺於陰基，擬華山之削成。」户牖雲區：《老子・無用》：「鑿户牖以爲室，當其無，有室之用。」《淮南子・氾論訓》：「夫户牖者，風氣之所從往來。」《太平御覽》卷一一引《符子》：「堯曰：『余坐華殿之上，森然而松生於棟；余立檽扉之内，霏焉而雲生於牖。』」

〔一四〕瞰江列楹，望景延除：《文選》卷四左太沖《蜀都賦》：「結陽城之延閣，飛觀榭乎雲中。開高軒以臨山，列綺窗而瞰江。」六臣呂向注：「延，長也。」「瞰，視也。」《楚辭・九歎・愍命》：「戚宋萬於兩楹兮，廢周邵於遐夷。」王逸注：「楹，柱也。」《太平御覽》卷一八五引《説文》：「除，殿陛也。」《文選》卷五五陸士衡《演連珠》：「是以望景揆日，盈數可期。」

〔一五〕積清風露：《太平御覽》卷一七八引《拾遺記》：「此鳥畏霜雪，乃起小室以處之，名曰避寒臺。皆用水精爲户牖，使内外通光，而風露恒隔。」

〔一六〕俯窺淮海：《尚書・夏書・禹貢》：「淮海惟揚州。」孔傳：「北據淮，南距海。」俛眺荆吴：《文選》卷五三陸士衡《辯亡論上》：「謀無遺諝，舉不失策，故遂割據山川，跨制荆吴，而與天下争衡矣。」

〔一七〕結駕：郭璞《游僊詩》：「縱酒濛汜濱，結駕尋木末。」《藝文類聚》卷七引庾闡《採藥詩》：「採藥靈山嫖，結駕登九疑。」藻思神居：《文選》卷一七陸士衡《文賦》：「或藻思綺合，清麗千眠。」《藝文類聚》卷一八引司馬相如《美人賦》：「上宫閒館，寂寞雲虚，門閤晝掩，曖若神居。芳香芬烈，黼帳高張。」

〔一八〕宜此萬春：《世説新語・排調》：「晋武帝問孫皓：『聞南人好作《爾汝歌》，頗能爲不？』皓正飲酒，因舉觴勸帝而言曰：『昔與汝爲鄰，今與汝爲臣，上汝一栝酒，令汝壽萬春。』帝悔之。」倏靈所扶：《楚辭・離騷》：「夫唯靈脩之故也。」王逸注：「靈，神也；倏，遠也，能神明遠見者君德也。」《文選》卷一一王文考《魯靈光殿賦》：「神靈扶其棟宇，歷千載而彌堅。」六臣吕延濟注：「若神靈扶持以保漢祚也。」

藥奩銘

【解題】

奩，盛物器具。《南史》卷二三《王彧傳》：「方與客棊，思行争劫竟，斂子内奩畢，徐謂客曰：『奉敕見賜以死。』」此文贊藥奩，由鮑照所作之《請假啓二首》《謝賜藥啓》《松柏篇》諸作，知詩人于孝建三年久病，且孝武帝有賜藥之事。疑此銘亦孝建三年時所作，蓋是年詩人日日與藥奩爲伍，故乃有此作耳。

歲賨走丸，生猷隤牆〔一〕，時無驟得，年有遐方〔二〕。水玉出煙，靈飛生光①〔三〕。龜文電衣，龍綵雲裳〔四〕。九芝八石，延正盪斜〔五〕。一脂六體，振衰返華〔六〕。毛姬餌葉，鳳子藏花〔七〕。景絶翠虬，氣隱頳霞〔八〕。深神罕别，妙奇不揚②，或繁虎杖，或亂虵床〔九〕。故不世不可以服。未達不可以嘗〔一〇〕，眩精逆目③，是乃爲良〔一一〕。

【校記】

①「靈飛」，原注：「一作『神靈』。」

②「揚」，原作「楊」，今據張溥本改。

③「精」，張溥本、四庫本作「睛」。

【箋注】

〔一〕歲霣走丸：《漢書》卷五七上《司馬相如傳上》：「臨坻注壑，瀺灂霣隊。」顔師古注：「霣，即隕字。」《漢書》卷四五《蒯通傳》：「爲君計者，莫若以黄屋朱輪迎范陽令，使馳騖於燕趙之郊，則邊城皆將相告曰：『范陽令先下而身富貴』，必相率而降，猶如阪上走丸也。」隤牆：《漢書·司馬相如傳上》「隤牆填塹」，顔師古注：「隤，墜也。」《鮑參軍集注》錢振倫注：「此兼用《孟子》『巖牆』意。」按《孟子·盡心上》：「是故知命者不立乎巖牆之下。」朱熹集注：「巖牆，牆之將覆者。」

〔二〕時無驟得：《楚辭·九歌·湘夫人》：「時不可兮驟得，聊逍遥兮容與。」

〔三〕水玉：《山海經·南山經》：「堂庭之山多棪木，多白猿，多水玉，多黄金。」郭璞注：「水玉，今水精也。」《列僊傳上·赤松子》：「赤松子者，神農時雨師也，服水玉以教神農。」嵇康《答難養生論》：「偓佺以松實方目，赤松以水玉乘煙。」靈飛生光：《神僊傳·東郭延》：「東郭延字公游，山陽人也。少好道，聞李少君有道，求與相見，叩頭乞得執侍巾櫛灑掃之役。少君許之，見延小心良謹，可成，臨當去，密以五帝六甲左右靈飛之術，游虚招真十二事授延。」

〔四〕龜文電衣：《太平御覽》卷一二二引崔鴻《十六國春秋·前秦録》：「高陵民穿井得龜，大三尺六寸，背有八卦文，命太卜池養之，食之以粟。」龍綵雲裳：《藝文類聚》卷七引郭璞《華山贊》：「華嶽靈峻，削成四方，爰有神女，是挹玉漿，其誰游之，龍駕雲裳。」

〔五〕九芝八石：《漢書》卷八《宣帝紀》：「神爵元年春正月……金芝九莖産於函德殿銅池中。」《抱朴子·勤求》：「飛八石，轉九丹，治黄白水。」《藝文類聚》卷七八引《神僊傳》：「老子……時俗見其久壽，故號之老子，所出度世之法，九丹八石，玉醴金液。」

〔六〕二脂六體：《漢書》卷七五《翼奉傳》：「臣聞人氣内逆。則感動天地。天變見於星氣日蝕，地變見於奇物震動。所以然者，陽用其精，陰用其形，猶人之有五臧六體，五臧象天，六體象地。故臧病則氣色發於面，體病則欠申動於貌。」

〔七〕毛姬餌葉：《列僊傳》卷下：「毛女者，字玉姜，在華陰山中。獵師世世見之，形體生毛，自言秦始皇宫人也，秦壞，流亡入山避難。遇道士谷春，教食松葉，遂不飢寒，身輕如飛。」鳳子藏花：《説郛·致虚雜俎》：「有傴人鳳子者，欲有所度，隱于農夫之中。一日大雨，有鄰人來借草履。鳳子曰：『他人草履則可借，吾之草履乃不借者也。』其人怒詈之，鳳子即以草履擲與，化爲鶴，飛去。故後世名草履爲不借。」

〔八〕景絶翠虯，氣隱頳霞：景絶，即絶景。《文選》卷三五張景陽《七命》：「絶景乎大荒之遐阻，吞響乎幽山之窮奥。」六臣李周翰注：「絶，滅；景，影。」《抱朴子·博喻》：「翠虯無翅而天飛，螣蛇無足而電騖。」《漢書》卷八七下《揚雄傳下》：「獨不見夫翠虯絳螭之將登虖天，必聳身於蒼梧之淵。」《廣韻》卷二：「頳，赤色。」

〔九〕或繁虎杖：《爾雅·釋草》：「蒤，虎杖。」晉郭璞注：「似紅草而麤大，有細刺，可以染赤。」或亂虵床：《淮南子·氾論訓》：「夫亂人者，芎藭之與藁本也，蛇牀之與麋蕪也，此皆相似者。」《本草綱目·草三·蛇床》：「蛇虺喜卧於下，食其子，故有蛇牀、蛇粟諸名。其葉似蘼蕪，故曰牆蘼。《爾雅》云：『盱，虺牀也。』」

〔一〇〕故不世不可以服：《禮記·曲禮下》：「醫不三世，不服其藥。」未達不可以嘗：《論語·鄉黨》：「康子饋藥，拜而受之。曰：『丘未達，不敢嘗。』」

〔一一〕眩精逆目：《尚書·商書·説命下》：「若藥弗瞑眩，厥疾弗瘳。」是乃爲良：《孔子家語·六本》：「孔子曰：『良藥苦於口而利於病，忠言逆於耳而利於行。』」

【集説】

清許槤《六朝文絜箋注》卷一〇：换頭紫粉，七返丹砂，此二藥世人千百中無一人解作。讀是銘如得秘藥于孟簡，可以悦心脾，可以滌腸胃。即謂明遠能爲二藥，亦何愧焉。

清譚獻：詄麗。（李兆洛《駢體文鈔》卷二二）

飛白書勢銘

【解題】

飛白書，書法中一種特殊之技法，以枯筆所寫，筆劃中絲絲露白，故有此稱。張懷瓘《書斷》上：「飛白者，後漢左中郎將蔡邕所作也。王隱、王愔並云：『飛白變楷製也。本是宮殿題署，勢既徑丈，字宜輕微不滿，名爲飛白。』王僧虔云：『飛白，八分之輕者。』雖有此説，不言起由。按漢靈帝熹平年，詔蔡邕作《聖皇篇》，篇成，詣鴻都門。上時方脩飾鴻都門，伯喈待詔門下，見役人以堊帚成字，心有悦焉，歸而爲飛白之書。」唐李綽《尚書故實》：「飛白書始於蔡邕，在鴻門見匠人施堊箒，遂創意焉。」唐李肇《唐國史補》卷中：「梁武帝造寺，令蕭子雲飛白大書『蕭』字，至今『蕭』字存焉。」

秋毫精勁，霜素凝鮮〔一〕。霑此瑶波，染彼松煙〔二〕。超工八法①，盡奇六文〔三〕。鳥企龍躍，珠解泉分〔四〕。輕如游霧②，重似崩雲〔五〕。絶鋒劒摧，驚勢箭飛〔六〕。差池鶩起，振迅鴻歸〔七〕，臨危制節，中險騰機〔八〕。珪角星芒，明麗爛逸〔九〕，絲縈髮垂，平理端密〔一〇〕。盈尺錦兩，片字金溢〔一一〕。故僊芝煩弱，既匪足雙〔一二〕；蟲虎瑣碎，又安能匹〔一三〕。君子品之，是最神筆。

【校記】

①「工」，四庫本作「出」。

②「游」，張溥本作「游」。

【箋注】

〔一〕秋毫精勁：成公綏《棄故筆賦》：「乃發慮於書契，採秋毫之穎芒。」《文選》卷一七陸士衡《文賦》：「紛葳蕤以馺遝，唯毫素之所擬。」李善注：「毫，筆也。《纂文》曰：『書縑曰素。』」六臣吕向注：「毫，筆也；素，帛也。」霜素凝鮮：《藝文類聚》卷四一引班婕妤《怨歌行》：「新裂齊紈素，皎絜如霜雪。」

〔二〕瑶波：喻水之清。本集《登廬山二首》之二：「雞鳴清澗中，猨嘯白雲裏。瑶波逐穴開，霞石觸峰起。」松煙：《太平御覽》卷六〇五引曹植《樂府詩》：「墨出青松煙，筆出狡兔翰。古人感鳥跡，文字有改判。」《法書要録・晉衛夫人筆陣圖》：「其墨取廬山之松煙，代郡之鹿膠，十年已上强如石者爲之。」

〔三〕超工八法：《法書考・八法》：「《翰林禁經》云：『八法起於隸字之始，自崔、張、鍾、王，傳授所由，該於萬字。墨道之最，不可不明也。隋智永發其旨趣，授於虞世南，自茲傳授遂廣彰焉。』李陽冰云：『昔逸少工書多載，十五年偏工永字，以其備八法之勢，能通一切字也。』」《山堂肆考・王羲之八法》：「《法書苑》：『王逸少工書，十五年偏工永字，以其八法之勢，能通一切字也。』八法，謂側、勒、努、趯、策、掠、啄、磔是也。」盡奇六文：《顔氏家訓・書證》：「許慎檢以六文，貫以部分，使不得誤，誤則覺之。」盧文弨補注：「六文即六書。」《雲笈七籤》卷七：「六文，一曰象形，日月是也；二曰指事，上下是也；三曰形聲，河海是也；四曰會意，武信是也；五曰轉注，考老是也；六曰假借，令長是也。」此謂六書，漢字造字之六法。蔡邕《篆勢》：「字畫之始，因於鳥跡。蒼頡循聖，作則制文。體有六篆，巧妙入神。或象龜文，或比龍鱗，紓體放尾，長翅短身。」則謂六種書體，此文所言，當是後者。

〔四〕鳥企龍躍：蔡邕《篆勢》：「揚波振擊，龍躍鳥震。」《晉書》卷三六《衛瓘傳附衛恒傳》：「其曲如弓，其直如弦，矯然特出，若龍騰於川。」「崔瑗作《草書勢》曰：『……竦企鳥跱，志在飛移，狡獸暴駭，將奔未馳。』」珠解泉分：《通雅・器用》：「衛恒論書勢曰：『黝黈點黤，狀如連珠，絶而不離。』」《晉書・衛瓘傳附衛恒傳》：「是故遠而望之，若翔風厲水，清波漪漣。」

〔五〕輕如游霧，重似崩雲：《蘭亭考・紀原》：「《右軍祠堂碑》有云：『公之生也，踐得二之機，膺五百之慶，骨鯁清貴，鑑裁端凝，夷簡淡雅，魁梧頽放，性敖如也。深爲伯父大將軍敦、丞相導之所器重，學揔墳索，藝苞流略，書窮八體，才贍五能。至若垂露崩雲，芝英薤葉，鸞迴鵲顧之巧，虎踞龍騰之勢，信可挺拔終古，輝映來今者乎！』」

〔六〕驚勢箭飛：《六藝之一録》卷一七三《古今書體五・晉劉劭飛白書勢銘》：「蘭墨電掣，直準箭飛。」

〔七〕差池鷩起：《詩經・邶風・燕燕》：「燕燕于飛，差池其羽。」《書苑菁華・索靖叙草書勢》：「玄熊對踞于山嶽，飛燕相追而差池。」振迅鴻歸：《詩經・豳風・七月》：「五月斯螽動股，六月莎雞振羽。」毛傳：「莎雞羽成而振訊之。」《爾雅・釋言》：「振，訊也。」郭璞注：「振者，奮迅。」蔡邕《篆勢》：「遠而望之，若鴻鵠群游，絡繹遷延。」

〔八〕臨危制節：《晉書》卷三六《衛瓘傳附衛恒傳》：「其大徑尋，細不容髮。隨事從宜，靡有常制。」《管子・霸言》：「小國得之也以制節，其失之也以離强。」尹知章注：「制度合節，故得。」《東漢文紀》卷一四崔瑗《草書勢》：「機微要妙，臨時從宜。」

〔九〕珪角星芒：《禮記・儒行》「毁方而瓦合」鄭玄注：「去己之大圭角，下與衆人小合也。」孔穎達疏：「圭角謂圭之鋒鋩有楞角，言儒者身恒方正，若物有圭角。」按珪角，即圭角，謂圭之棱角，喻鋒芒。《六藝之一録》卷一七〇《古今書體二・唐志崔瑗飛龍篇篆草勢合三卷》：「鍾氏《隸書勢》云：『焕若星陳，鬱若雲布。』」

〔一〇〕絲縈髮垂：蔡邕《篆勢》：「或輕舉内投，微本濃末，若絶若連，似露緣絲，凝垂下端。」平理端密：《晉書・衛瓘傳附衛恒傳》：「或櫛比鍼列，或砥平繩直。」

〔一一〕盈尺錦兩：《左傳》閔公二年：「重錦三十兩。」杜預注：「重錦，錦之熟細者，以二丈雙行，故曰兩。三十兩，三十匹也。」片字金溢：《抱朴子・自叙》：「是以車馬之跡，不經貴勢之域；片字之書，不交在位之家。」《史記》卷三〇《平准書》：「黄金以溢名，爲上幣。」裴駰集解：「孟康曰：『二十兩爲溢。』」

〔一二〕故僊芝煩弱：《六藝之一録》卷二六一《古今書體九三・書法》：「六國時各以異體爲符信，曰芝英書，即五十六種書也。洪州載唐韋績纂五十六種書，又曰漢武時有靈芝，因述芝英書。」

〔一三〕蟲虎瑣碎：《漢書》卷三〇《藝文志》：「六體者，古文、奇字、篆書、隸書、繆篆、蟲書。」顔師古注：「蟲書，謂爲蟲鳥之形，所以書幡信也。」

【集説】

清許槤《六朝文絜箋注》卷一〇：博奥蒼堅，聲沈旨鬱，唐惟柳子厚往往胎息此種。

又云：錘字堅響。

附：晉劉邵《飛白書勢》

鳥魚龍蛇，龜獸僊人，蛟腳偃波，楷隸八分，世施常妙，索草鍾真。爰有飛白之麗，貌豔勢珍。若乃敷拆毫芒，纖手和會，素幹冰解，蘭墨電掣。直准箭馳，屈擬蠖勢。繁節參譚，綺靡循殺。有若煙雲拂蔚，交紛刻繼。韓盧接飛，宋鵲游逝。（《藝文類聚》卷七四引）

石帆銘

【解題】

《鮑參軍集注》本文題注錢振倫注云：「《荆州記》：『武陵舞陽縣有石帆山，若數百幅帆。』《宋書·臨川烈武王道規傳》：『臨海王子頊爲荆州，照爲前軍參軍，掌書記之任。』此銘當在荆州時作。」錢仲聯《鮑照年表》乃據之定此銘爲孝武帝大明七年（四六三）時作。按武陵之舞陽因位於舞水之陽而得名，故城在今湖南省芷江縣東南。今從銘文所云「吐湘引漢，歙蠡吞沱，西歷岷冢，北瀉淮河」等視之，以爲此銘乃鮑照於大明末隨臨海王子頊在荆州時作，實爲可疑。考之《宋書》卷三七《州郡志三》云：「荆州刺史，……宋初領郡三十一，後分南陽、順陽、襄陽、新野、竟陵爲雍州，湘川十郡爲湘州，江夏、武陵屬郢州，（中華書局點校本《校勘記》云：「『武陵』各本並作『武陽』，孫虨《宋書考論》云：『武陽當是武陵。』按孫説是，今改正。」）隨郡、義陽屬司州，北義陽省，凡餘十一郡。」「郢州刺史，魏文帝黄初三年，以荆州江北諸郡爲郢州，其年罷並荆，非今地。吴又立郢州。孝武帝孝建元年，分荆州之江夏、竟陵、隨、武陵、天門，湘州之巴陵，江州之武昌，豫州之西陽，又以南郡之州陵、監利二縣度屬巴陵，立郢州。天門後還荆。領郡六，縣三十九。」是時郢州所領六郡爲江夏、竟陵、武陵、巴陵、武昌、西陽。其中：「武陵太守，《前漢·地理志》，高帝立。《續漢·郡國志》云，秦昭王立，名黔中郡，高帝五年更名。本屬荆州。領縣十。」武陵郡所領十縣之一的舞陽：「前漢作無陽，後漢無，《晉太康地志》有。」由此可見，石帆山所在的武陵郡之舞陽縣于宋孝武帝孝建元年前屬荆州，孝建元年後則改爲郢州之屬郡。《鮑參軍集注》題注所引的盛弘之《荆州記》以武陵歸之於荆州，應該是孝建元年（四五四）前之地理建置。《宋書》卷六《孝武帝紀》云：「孝建元年……六月……癸未，分揚州立東揚州。分荆、湘、江、豫州立郢州。」即武陵舞陽屬荆州乃孝建元年六月以前之事。而臨海王子頊以大明六年（四六二）秋七月爲征虜將軍、荆州刺史，鮑照爲子頊軍府參軍，亦在荆州之江陵。既然當時武陵並非荆州之屬郡，那麽鮑照似乎也就未必能前往武陵舞陽觀山而作此銘。又據《宋書》卷七《前廢帝紀》、卷八〇《孝武十四王傳》，子頊於前廢帝大明八年閏五月即位後，以前將軍都督荆、湘、雍、益、梁、寧、南北秦八州諸軍事，荆州刺史如故。見統府所領之八州中，亦無郢州，即武陵之舞陽不在子頊之統轄範圍之内。以上足證鮑照隨子頊在荆州期間，至舞陽觀石帆山而作此銘之可能性極小。即錢仲聯《鮑照年表》據盛弘之《荆州記》而繫此銘於大明七年者，恐非是。尋《宋書》之《文帝紀》及《宗室·臨川烈武王道規傳》，臨川王劉義慶於元嘉九年六月至十六年四月之間爲平西將軍、荆州刺史。而鮑照自元嘉十二年釋褐爲義慶臨川國臣始，至元嘉十六年義慶改刺江州止，一直隨義慶在荆州，其間武陵尚屬荆州而未尚爲郢州之屬郡。由此，鮑照在此期間當有去武陵舞陽之機會，即此銘乃元嘉十三年（四三六）至十六年（四三九)之間於荊州作。

應風剖流①，息石横波〔一〕，下潨地紉②，上獦星羅③〔二〕。吐湘引漢，歙蠡吞沱④〔三〕，西歷岷冢，北濿淮河〔四〕。眇森弘藹⑤，積廣連深〔五〕，淪天測際，亘海窮陰⑥〔六〕。雲旌未起⑦，風柯不吟〔七〕；崩濤山墜⑧，鬱浪雷沉〔八〕。在昔鴻荒，刊啟源陸〔九〕。表裏民邦，經緯鳥服〔一〇〕，瞻貞視晦，坎水巽木〔一一〕，乃剡乃鏟，既刳既斵〔一二〕，飛深浮遠，巢潭館谷〔一三〕。涉川之利，謂易則難〔一四〕；臨淵之戒，曰危乃安〔一五〕。泊潛輕濟，冥表勤言〔一六〕，穆戎遂留⑨，留御不還⑩〔一七〕，徒悲猿鵠⑪，空駕滄煙。君子彼想，祇心載惕〔一八〕。林簡松栝⑫，水採龍鷁〔一九〕。覘氣涉潮，投祭涵璧⑬〔二〇〕，揆檢舍圖⑭，命辰定歷〔二一〕。二崤虎口，周王夙趨〔二二〕，九折、羊腸，漢惡雹驅⑮〔二三〕。潛鱗浮翼，争景乘虚〔二四〕，衡石頹鰩，帝子察殂〔二五〕，青山斷河，后父沉軀〔二六〕，川吏掌津，敢告訪途〔二七〕。

【校記】

①「風」，《藝文類聚》卷八作「龍」。

②「紉」，張溥本、《藝文類聚》作「軸」。

③「獦」，張溥本、四庫本、《藝文類聚》、《宋文紀》卷一〇皆作「獵」。按獦，獵字通。

④「吐」，《藝文類聚》作「牽」。「歙」，《藝文類聚》作「欱」。

⑤「眇」，《藝文類聚》作「渺」。「弘」，《藝文類聚》作「泓」。

⑥「海」，四庫本作「深」。

⑦「旌」，原作「旗」，今據張溥本改。

⑧「墜」，《藝文類聚》作「逐」。

⑨「穆戎遂留」，原作「穆我戎逐」，今據張溥本《藝文類聚》改。
⑩「留御不還」，張溥本、《藝文類聚》作「昭御不還」。
⑪「鵠」，張溥本、四庫本、《藝文類聚》、《宋文紀》皆作「鶴」。
⑫「栝」，原作「括」，今據張溥本、四庫本改。
⑬「涵」，張溥本、四庫本作「沆」。
⑭「舍」，張溥本作「含」。
⑮「惡」，張溥本、四庫本作「臣」。

【箋注】

〔一〕應風剖流：《水經注·廬江水》：「山下又有神廟，號曰宫亭廟，故彭湖亦有宫亭之稱焉。余按《爾雅》云『大山曰宫』，宫之爲名，蓋起於此，不必一由三宫也。山廟甚神，能分風擘流，住舟遣使，行旅之人，過必敬祀，而後得去。」《文選》卷二二謝靈運《於南山往北山經湖中瞻眺》：「石横水分流，林密蹊絶踪。」息石横波：《楚辭·九歌·河伯》：「與女游兮九河，衝風起兮横波。」

〔二〕下潨地紉：《詩經·大雅·鳧鷖》：「鳧鷖在潨，公尸來燕來宗。」毛傳：「潨，水會也。」《太平御覽》卷三六引《河圖括地象》：「崑崙山爲柱，氣上通天。崑崙者，地之中也，下有八柱，柱廣十萬里，有三千六百軸，互相牽制，名山大川，孔穴相通。」獦：《文選》卷八揚子雲《羽獵賦》：「方將上獵三靈之流，下決醴泉之滋。」李善注：「賈逵《國語》注曰：『獵，取也。』」按《顔氏家訓·書証》：「自有訛謬，過成鄙俗，『亂』旁爲『舌』，『揖』下無『耳』……『獵』化爲『獦』。」星羅：《文選》卷一班孟堅《西都賦》：「列卒周帀，星羅雲布。」《文選》卷八揚子雲《羽獵賦》：「涣若天星之羅，浩如濤水之波。」六臣張銑注：「言儀飾光曜如天星之羅列。」

〔三〕吐湘引漢，歙蠡吞沱：《藝文類聚》卷五六引曹植《九詠》：「尋湘漢之長流，採芳岸之靈芝。」「《楚辭·離騷》：

「濟沅湘以南征兮，就重華而陳詞。」洪興祖補注：「零陵郡陽朔山，湘水出。《水經》云：『沅水下注洞庭，方會於江。』《湘中記》云：『湘水之出於陽朔，則觴爲之舟。至洞庭，則日月若出入於其中。』」《尚書·夏書·禹貢》：「嶓冢導漾，東流爲漢。又東爲滄浪之水，過三澨，至於大别，南入于江，東匯澤爲彭蠡，東爲北江，入於海。」孔傳：「泉始出山爲漾水，東南流爲沔水，至漢中東流爲漢水。」《莊子·山木》：「有一人在其上，則呼張歙之。」陸德明釋文：「歙，斂也。」《禹貢》：「岷山導江，東别爲沱。」

〔四〕岷冢：《尚書·禹貢》：「岷山之陽，至於衡山。」淮河：《尚書·禹貢》：「導淮自桐柏。」又「海岱及淮惟徐州」孔穎達疏：「淮出桐柏山，發源遠矣。於此州言之者，淮水至此而大，爲害尤甚。」《孟子·滕文公下》：「水由地上行，江、淮、河、漢是也。」

〔五〕眇森弘藹：《楚辭·九章·哀郢》：「心嬋媛而傷懷兮，眇不知其所蹠。」朱熹集注：「眇，猶遠也。」《文選》卷一六司馬長卿《長門賦》：「望中庭之藹藹兮，若季秋之降霜。」

〔六〕亘海窮陰：《文選》卷四張平子《南都賦》：「貯水渟洿，亘望無涯。」李善注引《方言》曰：「亘，竟也。」《文選》卷三張平子《東京賦》：「陰池幽流，玄泉洌清。」薛綜注：「水稱陰。」

〔七〕雲旌未起：《吕氏春秋·明理》：「有其狀若懸釜而赤，其名曰雲旍。」高誘注：「雲氣之象旍旗者。」風柯不吟：《宋書》卷六七《謝靈運傳》載謝靈運《山居賦》：「月隱山而成陰，木鳴柯以起風。」自注：「鳥集柯鳴便謂爲風也。」

〔八〕鬱浪雷沉：《文選》卷一二木華《海賦》：「驚浪雷奔，駭水迸集。」

〔九〕在昔鴻荒：揚雄《法言·問道》：「鴻荒之世，聖人惡之。」《文選》卷一一王文考《魯靈光殿賦》：「鴻荒朴略，厥狀睢盱。」張載注：「鴻，大也；朴，質也。略，野略。上古之世爲鴻荒之世也。」刊啟源陸：《尚書·虞書·益稷》：「予乘四載，隨山刊木。」孔傳：「謂水乘舟，陸乘車，泥乘輴，山乘樏，隨行九州之山林，刊槎其木，開通道路以治水也。」刊啟，猶開啟。

〔一〇〕表裏民邦：《管子·心術下》：「表裏遂通，泉之不涸，四支堅固。」《左傳》僖公二十八年：「表裏山河，必無害也。」杜預注：「晉國外河而內山。」經緯鳥服：《左傳》昭公二十八年：「經緯天地曰文。」《周禮・考工記》：「國中九經九緯，經涂九軌。」鄭玄注：「經緯，謂涂也。」賈公彥疏：「南北之道爲經，東西之道爲緯。」《漢書》卷二八上《地理志上》：「鳥夷皮服。」顏師古注：「此東北之夷，搏取鳥獸，食其肉而衣其皮也。一說，居在海曲，被服容止皆象鳥也。」

〔一一〕瞻貞視悔：《尚書・洪範》：「曰貞，曰悔。」孔傳：「內卦曰貞，外卦曰悔。」《左傳》僖公十五年：「《蠱》之貞，風也；其悔，山也。」杜預注：「內卦爲貞，外卦爲悔。《巽》爲風，秦象。《艮》爲山，晉象。」坎水巽木：《周易・說卦》：「巽爲木，爲風。」「坎爲水，爲溝瀆。」

〔一二〕乃剡乃鏟，既刳既斲：《周易・繫辭下》：「刳木爲舟，剡木爲楫。」孔穎達疏：「舟必用大木，刳鑿其中，故云刳木也。剡木爲楫者，楫必須纖長，理當剡削，故曰剡木也。」《文選》卷一二木華《海賦》：「于是乎禹也乃鏟臨崖之阜陸，決陂潢而相浚。」李善注引《蒼頡篇》：「鏟，削平也。」六臣劉良注：「鏟，鑿也。」《說文解字》卷一四：「斲，斫也。」

〔一三〕巢潭館谷：《漢書》卷一〇〇上《叙傳上》：「嫣巢姜於孺筮兮，旦算祀於挈龜。」顏師古注：「應劭曰：『巢，居也。』」《孟子・盡心下》：「孟子之滕，館於上宮。」趙岐注：「館，舍也。上宮，樓也。孟子舍止賓客所館之樓上也。」

〔一四〕涉川之利：《周易・大畜》：「利涉大川，應乎天也。」

〔一五〕臨淵之戒：《詩經・小雅・小旻》：「戰戰兢兢，如臨深淵，如履薄冰。」

〔一六〕泊潛輕濟：《鮑參軍集注》錢仲聯注：「『泊』，疑當作『汨』。《史記・屈原傳》：『於是懷石，遂自投汨羅以死。』注：『汨水在羅，故曰汨羅也。』《楚辭・九章》：『哀南夷之莫吾知兮，旦余濟乎江、湘。』」冥表勤言：《禮記・祭法》：「冥勤其官而水死。」

〔一七〕穆戎遂留：《竹書紀年》卷下《周穆王》：「三十七年，大起九師，東至於九江，架黿鼉以爲梁，遂伐越，至於紆。」《藝文類聚》卷九引《抱扑子》云：「周穆王南征，一軍盡化，君子爲猿爲鶴，小人爲蟲爲沙。」按今傳《抱扑子》不作周穆王事。留御不還：《左傳》僖公四年：「昭王南征而不復，寡人是問。」

〔一八〕祇心載惕：《楚辭·離騷》：「湯禹儼而祇敬今，周論道而莫差。」王逸章句：「祇，敬也。」《左傳》襄公二十二年：「無日不惕，豈敢忘職。」杜預注：「惕，懼也。」

〔一九〕林簡松栝：《尚書·禹貢》：「杶幹栝柏。」孔傳：「柏葉松身曰栝。」《爾雅翼·釋木》：「栝，檜也。」龍鷁：《淮南子·本經訓》：「龍舟鷁首。」高誘注：「龍舟，大舟也，爲龍文以爲飾也。鷁，大鳥也，畫其象著船頭，曰鷁首。」

〔二〇〕覘氣涉潮：《左傳》成公十七年：「公使覘之，信。」杜預注：「覘，伺也。」《太平御覽》卷六八引《抱朴子》：「潮汐：潮，朝來也；汐，夕至也。一月之中，天再東再西，故潮水再大再小也。」投祭涵璧：《文選》卷四六王元長《三月三日曲水詩序》：「方握河沈璧，封山紀石。」李善注：「《帝王世紀》曰：『堯與群臣沈璧於河，乃爲《握河記》，今《尚書侯》是也。』」

〔二一〕揆檢舍圖，命辰定歷：《後漢書》卷五三《周燮黄憲等傳序》：「先帝秉德以惠下，故臣可得不來；驃騎執法以檢下，故臣不敢不至。」李賢注：「檢，猶察也。」《禮記·禮運》：「故天降膏露，地出醴泉，山出器車，河出馬圖。」《續漢書·天文志》：「軒轅始受《河圖鬭苞授》，規日月星辰之象，故星官之書自黄帝始。」

〔二二〕二崤虎口：《左傳》僖公三十二年：「晉人禦師必於殽，殽有二陵焉，其南陵，夏后皋之墓也；其北陵，文王之所辟風雨也。必死是間，余收爾骨焉。」杜預注：「此道在二殽之間。」《戰國策·齊策三》：「今秦四塞之國，譬若虎口，而君入之，則臣不知君所出矣。」

〔二三〕九折羊腸，漢惡電驅：《漢書》卷七六《王尊傳》：「遷益州刺史，先是琅邪王陽爲益州刺史，行部至邛郲九折阪，歎曰：『奉先人遺體，奈何數乘此險。』後以病去。及尊爲刺史，至其阪，問吏曰：『此非王陽所畏道邪？』吏對曰：『是。』尊叱其馭曰：『驅之，王陽爲孝子，王尊爲忠臣。』」《史記》卷四四《魏世家》：「昔者魏伐趙，斷羊腸，拔閼與，約斬趙，趙分而爲二。」

〔二四〕潛鱗浮翼：《藝文類聚》卷八引魏文帝《滄海賦》：「於是黿鼉漸離，泛濫淫游；鴻鸞孔鵠，哀鳴相求；揚鱗濯翼，載沉載浮。」争景乘虚：《列子》卷三：「周穆王時，西極之國有化人來，入水火，貫金石，反山川，移城邑，乘虚不墜，觸實不硋。

千變萬化，不可窮極。」

〔二五〕衡石頳鰩：《山海經・大荒北經》：「大荒之中，有衡石山。」《山海經・西山經》：「又西百八十里曰泰器之山，觀水出焉，西流注於流沙。是多文鰩魚，狀如鯉魚，魚身而鳥翼，蒼文而白首赤喙，常行西海，游於東海，以夜飛，其音如鸞雞。」帝子察殂：《楚辭・九歌・湘夫人》：「帝子降兮北渚，目眇眇兮愁予。」王逸注：「帝子，謂堯女也。降，下也。言堯二女娥皇、女英隨舜不反，墮於湘水之渚，因爲湘夫人。」《山海經・中山經》：「又東南一百二十里曰洞庭之山，其上多黄金，其下多銀鐵，其木多柤、梨、橘、櫾，其草多葌、蘪蕪、芍藥、芎藭。帝之二女居之，是常游于江淵澧、沅之交，瀟、湘之淵，是在九江之間，出入必以飄風暴雨。」《説文解字》卷四下：「殂，往死也。」

〔二六〕青山斷河，后父沉軀：《山海經・中山經》：「又東十里曰青要之山，實維帝之密都。北望河曲，是多駕鳥。南望墠渚，禹父之所化，是多僕纍蒲盧。」

〔二七〕川吏掌津：《吴越春秋》卷二：「椒丘訢者，東海上人也，爲齊王使於吴，過淮津，欲飲馬於津，津吏曰：『水中有神，見馬即出，以害其馬，君勿飲也。』訢曰：『壯士所當，何神敢干？』乃使從者飲馬於津。」敢告訪途：《莊子・徐無鬼》：「黄帝將見大隗乎具茨之山，方明爲御，昌寓驂乘，張若謵朋前馬，昆閽滑稽後車，至於襄城之野，七聖皆迷，無所問塗。適遇牧馬童子問塗焉，曰：『若知具茨之山乎？』曰：『然。』『若知大隗之所存乎？』曰：『然。』黄帝曰：『異哉小童！非徒知具茨之山，又知大隗之所存，請問爲天下。』」

【集説】

明楊慎《升菴詩話》卷三：庚開府詩「羊腸連九阪，熊耳對雙峰」，鮑照詩「二崤虎口，九折羊腸」，可謂工矣。比之杜工部，「高鳳聚螢，驥子鶯歌」之句，則杜覺偏枯矣。

清許槤《六朝文絜箋注》卷一〇：奇突古兀，錘鍊異常。昔人論鮑詩謂「得景陽之俶詭，含茂先之靡嫚」，吾於斯銘亦云。

又云：屬對固已精覈，下字無不鉤新，斯可謂擺脱俗儒酸相。

清譚獻：不盡巧，故爲大方。（李兆洛《駢體文鈔》卷二二）

清孫德謙《六朝麗指》：他如鮑明遠《石帆銘》「君子彼想」，恐是「想彼君子」，類彥和之所謂顛倒文句者。句何以顛倒？以期其新奇也。

瓜步山楬文

【解題】

《述異記》卷下：「瓜步在吴中，吴人賣瓜於江畔，因以名焉。」《讀史方輿紀要》卷二三《揚州府・儀真縣》：「瓜步山，縣西四十七里，與六合縣接界處也。又有小帆山，在瓜步東，矗起大江中。一名石帆山。」楬，用作標誌的小木樁。《周禮・秋官・蜡氏》：「若有死於道路者，則令埋而置楬焉。」鄭玄注：「鄭司農曰：『楬，欲令其識取之，今時揭櫫是也。』」

《鮑參軍集注》此文題注錢振倫注云：「明遠爲臨海掌記，文中『辭吴客楚』，後有《從臨海王上荆初發新渚》詩可證。其曰『指兗歸揚』，前《蕪城賦》五臣注，以爲子頊鎮荆州，照隨至廣陵；後《上潯陽還都道中》詩五臣注，照爲臨海王參軍，從荆州還；又《還都至三山望石城》詩聞人倓注，明遠爲臨海王參軍，從荆州還，當時必有爲之副者。是中間實有自荆還都情事，豈後復從子頊出鎮雍州，旋即死於亂兵耶？考《臨海王子頊傳》，大明五年，改封臨海王，其年徙荆州刺史，八年進號前將軍，而《通鑑》大明八年爲閼逢執徐，是歲在甲辰，又與文首『歲舍龍紀』正合。」以爲此文乃鮑照在臨海王子頊幕時從荆州還京都時所作。然而，鮑照隨臨海王上荆州後直到被亂兵所殺，這中間並無還京都之機會。見錢振倫説乃不可信。錢仲聯于《鮑參軍集注》題注補注云：「臨海王以大明六年秋出鎮荆州，泰始二年誅，凡五年，明遠在荆州與同禍，中間無因至瓜步。本文首云『歲舍龍紀，月巡鳥張』，是必作於辰年五月者。明遠以泰始二年死于荆州，虞炎《鮑集序》謂時年五十餘。據此上推，其一生所值辰年，爲晉安帝義熙十二年丙辰，年約三歲；宋文帝元嘉五年戊辰，年約十五歲；元嘉十七年庚辰，年約二十七歲；元嘉二十九年壬辰，年約三十九歲；孝武帝大明八年甲辰，年約五十一歲。甲辰年在荆州；丙辰尚在孩提；戊辰年亦幼，且無『辭吴客楚，指兗歸揚』之跡可尋；庚辰十月，臨川王義慶爲南兗州刺史，照自江州隨往，雖可至瓜步，然事在孟冬，集中《還都道中》《還都口號》諸詩皆明言初冬，五月尚在江州，無因至瓜步。以上諸辰年皆不合，則惟有元嘉二十九年壬辰矣。前補注《拜侍郎上疏》《侍郎報滿辭閤疏》，考知元嘉二十四年，始興王濬引照爲侍郎，二十八年，王以南徐兗二州刺史率衆城瓜步，三月解南兗州任，時照爲王國侍郎已三年餘矣。其後元嘉三十年始興王爲荆州刺史，太子劭弑逆，王從謀伏誅，是時明遠當已不在始興幕，否則無由不坐及之理。然則明遠離始興幕，其在二十八年春王解南兗州任時歟？據本集《謝賜藥啟》、請假第二啟所述，照中年多病，侍郎報滿後，或未即離南兗，尚滯留江北，作客淮楚，至二十九年壬辰，始經瓜步返揚州乎？」可謂言之鑿鑿，所説是也。

歲舍龍紀①，月巡鳥張〔一〕，鮑子辭吴客楚，指兗歸揚〔二〕，道出關津，升高問途〔三〕。北眺氈鄉，南矖炎國②〔四〕，分風代川，揆氣閩澤〔五〕，四睨天宫，窮曜星絡〔六〕，東窺海門，候景落日〔七〕，遊精八表，駛視四遐③〔八〕，超然永念，意類交横〔九〕。信哉！古人有數寸之籥，持千鈞之關〔一〇〕，非有其才施，處勢要也。瓜步山者，亦江中眇小山也〔一一〕，徒以因迥爲高，據絶作雄，而凌清瞰遠，擅奇含秀，是亦居勢使之然也〔一二〕。故才之多少，不如勢之多少遠矣〔一三〕。仰望穹垂，俯視地域〔一四〕，涕洟江河，疣贅丘岳〔一五〕。雖奮風漂石，驚電剖山〔一六〕，地綸維陷，川闕毁宫〔一七〕，豪盈髮虚④，曾未注言。況乎沉河浮海之高，遺金椎璧之奇⑤〔一八〕，四遷八聘之策，三黜五逐之疵〔一九〕，販交買名之薄，吮癰舐痔之卑〔二〇〕，安足議其是非。

【校記】

①「舍」，原作「含」，今據張溥本、《宋文紀》卷一〇改。

②「驪」，張溥本、《宋文紀》作「矖」。

③「駛」，張溥本、四庫本《宋文紀》作「駃」。

④「豪」，張溥本、四庫本、《宋文紀》作「毫」。

⑤「椎」，張溥本、四庫本、《宋文紀》作「堆」。

【箋注】

〔一〕歲舍龍紀：《史記》卷二七《天官書》：「歲星贏縮，以其舍命國。所在，國不可伐，可以罰人。」《困學紀聞》卷九：「朱文公嘗問蔡季通，十二相屬，起於何時？首見何書？又謂以二十八宿之象言之，唯龍與牛爲合，而他皆不類，至於虎當在西，而反居寅，雞爲鳥屬，而反居西，又舛之甚者。《韓文考異》，《毛穎傳》封卯地，謂十二物未見所從來。愚案『吉日庚午，既差我馬』，午爲馬之證也。『季冬出土牛』，丑爲牛之證也。蔡邕《月令論》云：『十二辰之禽，五時所食者，必家人所畜，丑牛未羊戌犬酉雞亥豕而已，其餘虎以下非食也。』《月令正義》云：『雞爲木，羊爲火，牛爲土，犬爲金，豕爲水，但陰陽取象多塗，故午爲馬，酉爲雞不可一定也。』十二物見《論衡·物勢篇》。《説文》亦謂『巳爲蛇象形』。」閻若璩注：「案（《論衡·物勢篇》）獨不及辰之禽龍。」月巡鳥張：《史記》卷二五《律書》：「西至于張，張者，言萬物皆張也。西至于注，注者，言萬物之始衰，陽氣下注。故曰注，五月也。」司馬貞索隱：「注，咮也。《天官書》云『柳爲鳥咮』，則注，柳星也。」

〔二〕兗：南兗州。《宋書》卷三五《州郡志一》：「南兗州刺史，中原亂，北州流民多南渡，晉成帝立南兗州，寄治京口。時又立南青州及并州，武帝永初元年，省并，併南兗。文帝元嘉八年，始割江淮間爲境，治廣陵。……元嘉二十八年，南兗州徙治盱眙。三十年，省南兗州併南徐，其後復立，還治廣陵。」揚：揚州。《宋書》卷三五《州郡志一》：「揚州刺史，前漢刺史未有所治，後漢治歷陽，魏晉治壽春，晉平吴治建業。」

〔三〕道出關津：《日知録集釋》引王氏曰：「自開邗溝，江淮已通，道猶淺狹。六朝皆都建康，南北往來，以瓜步就近爲便，故不取邗溝與京口相對之路。鮑照《瓜步山楬文》有曰：『鮑子辭吴客楚，指兖歸揚，道出關津，升高問途』云云，即此觀之，則南北朝之以瓜步爲通津明矣。」

〔四〕北眺氈鄉：《周禮・天官・掌皮》：「共其毳毛爲氈，以待邦事。」《文選》卷四一李少卿《答蘇武書》：「韋韝毳幙，以禦風雨，羶肉酪漿，以充飢渴。」李善注：「毳幙，氈帳也。」南矖炎國：《後漢書》卷六〇上《馬融傳》：「乃儲精山藪，歷思河澤，目矖鼎俎，耳聽康衢。」李賢注：「矖，視也。」《文選》卷三一江文通《雜體詩・顔特進侍宴》：「鶩望分寰隧，矖目盡都甸。」李善注：「《倉頡篇》曰：『矖，曠視之貌也。』」張溥本作「曬」，誤。《藝文類聚》卷一引《十洲記》：「炎州在南海中，上有風，生獸似豹。」

〔五〕代川：《漢書》卷二八下《地理志下》：「代郡，秦置。莽曰厭狄。有五原關，常山關。屬幽州。」顔師古注：「應劭曰：『故代國。』」揆氣閩澤：《詩經・鄘風・定之方中》：「揆之以日，作于楚室。」鄭玄箋：「度之以日影，度日出之影與日入之影，以知東西，以作爲楚丘之室也。」《周禮・夏官・職方氏》：「辨其邦國、都鄙、四夷、八蠻、七閩、九貉、五戎、六狄之人民。」鄭玄箋：「閩，蠻之别也。」孫詒讓正義：「閩，即今福建，在周爲南蠻之别也。」

〔六〕四睨天宫：《鮑參軍集注》錢仲聯注：「『四睨』，疑當作『西睨』，方與上下文『北眺』、『南矖（按錢據張溥本作曬）』、『東窺』相配，而與下句『窮曜星絡』亦貫。《説文》：『睨，衺視也。』」《廣雅・釋天》：「天宫謂之紫宫。」《水經注・渭水》：「秦始皇作離宫于渭水，南北以象天宫。故《三輔黄圖》曰：『渭水貫都，以象天漢。』」《史記》卷二七《天官書》：「中宫天極星，其一明者，太一常居也。」司馬貞索隱：「《文耀鉤》曰：『中宫大帝，其精北極星。』」《史記・天官書》「東宫蒼龍，房、心。」「南宫朱鳥，權、衡。」「西宫咸池，曰天五潢。」司馬貞索隱：「《文耀鉤》曰：『西宫白帝，其精白虎。』」「北宫玄武，虚、危。」張守節正義：「南斗六星，牽牛六星，並北宫玄武之宿。」星絡：猶列星，衆星。《文選》卷二張平子《西京賦》：「爾乃振天維，衍地絡。」薛綜注：「絡，網也。」《文選》卷四左太沖《蜀都賦》：「則岷山之精，上爲井絡。」

〔七〕東窺海門：《山堂肆考》卷一六《地理·焦先隱》「焦山在鎮江江中，漢處士焦先隱此，故名。旁有海門二山。上有焦山寺、羅漢巖。」《讀史方輿紀要》卷二五《南直·鎮江府·丹徒縣》：「焦山，府東北九里江中，與金山並峙，相去十五里。……山之餘峰東出，有二島對峙江流中，曰海門山，亦名海門關，又謂之雙峰山也。」候景：《漢書》卷五八《兒寬傳》：「將建大元本瑞，登告岱宗，發祉闓門，以候景至。」景，通影。

〔八〕遊精八表：《後漢書》卷二八下《馮衍傳下》：「上隴阪，陟高岡，游精宇宙，流目八紘。」《樂府詩集》卷三三魏明帝《苦寒行》：「遺化布四海，八表以肅清。」駛視四遐：《廣韻》卷三：「駛，疾也。」《文選》卷二八陸士衡《從軍行》：「苦哉遠征人，飄飄窮四遐。」六臣呂向注：「四遐，四方也。」

〔九〕超然：《晉書》卷八二《習鑿齒傳》：「願陛下考尋古義，求經常之表，超然遠覽。」

〔一〇〕籥：鑰，鎖鑰。《墨子·號令》：「諸城門吏，各入請籥，開門已，輒復上籥。」關：門户。《周禮·春官·巾車》：「及墓，嘑啟關，陳車。」鄭玄注：「關，墓門也。」孫詒讓正義：「《説文·門部》云：『關，以木横持門户也。』引申之，凡門皆曰關，故墓門亦稱關也。」

〔一一〕眇小：《文選》卷三四枚叔《七發》：「當是之時，雖有淹病滯疾，猶將伸傴、起躄、發瞽、披聾而觀望之也，況直眇小煩懣、酲醲病酒之徒哉！」

〔一二〕居勢使之然：《漢書》卷五三《景十三王傳論》：「漢興至于孝平，諸侯王以百數，率多驕淫失道。何則？沈溺放恣之中，居勢使然也。」

〔一三〕故才之多少，不如勢之多少遠矣：《孟子·公孫丑》：「雖有智慧，不如乘勢；雖有鎡基，不如待時。」《韓非子·難勢》：「慎子曰：『飛龍乘雲，騰蛇游霧，雲罷霧霽，而龍蛇與螾螘同矣，則失其所乘也。賢人而詘於不肖者，則權輕位卑也。不肖而能服於賢者，則權重位尊也。堯爲匹夫，不能治三人。而桀爲天子，能亂天下。吾以此知勢位之足恃，而賢智之不足慕也。』」

〔一四〕穹垂：猶天垂。《文選》卷四左太沖《蜀都賦》：「火井沈熒於幽泉，高爓飛煽於天垂。」《詩經·大雅·桑柔》：「靡有旅力，以念穹蒼。」毛傳：「穹蒼，蒼天。」《文選》卷三〇謝惠連《七月七日夜詠牛女》：「蹀足循廣除，瞬目矚曾穹。」李善注：「穹，天也。」地域：《周禮·地官·大司徒》：「凡造都鄙，制其地域，而封溝之。」

〔一五〕涕洟江河：《禮記·檀弓上》：「將軍文子之喪，既除喪，而後越人來弔。主人深衣練冠，待於廟，垂涕洟。」陸德明釋文：「自目曰涕，自鼻曰洟。」疣贅丘岳：《莊子·大宗師》：「彼以生爲附贅縣疣。」《廣韻》卷二：「疣，《釋名》曰：『疣，丘也，出皮上，聚高如地之有丘也。』」

〔一六〕漂石：《管子·度地》：「水之性，以高走下則疾至於漂石，而下向高即留而不行。」房玄齡注：「謂能漂浮於石。」驚電剖山：《文選》卷二四陸士衡《贈尚書郎顧彦先二首》之二：「朝游游層城，夕息旋直廬，迅雷中宵激，驚電光夜舒。」按驚電，猶駭電，《楚辭·九歎·遠游》：「凌驚靁以軼駭電兮，綴鬼谷於北辰。」王逸章句：「言遂淩乘驚駭之雷，追逐犇軼之電，以至於天。」《莊子·齊物論》：「大澤焚而不能熱，河漢冱而不能寒，疾雷破山風振海而不能驚。」

〔一七〕地綸維陷：《淮南子·天文訓》：「昔者共工與顓頊争爲帝，怒而觸不周之山，天柱折，地維絶。天傾西北，故日月星辰移焉；地不滿東南，故水潦塵埃歸焉。」《鮑參軍集注》錢振倫注：「『綸』，疑當作『淪』。」川鬭毀宫：《國語·周語下》：「周靈時，穀洛鬭，將毀王宫，王欲壅之。太子晉諫曰：『不可。晉聞古之長民者，不墮山，不崇藪，不防川，不竇澤。夫山，土之聚也，藪物之歸也，川氣之導也，澤水之鍾也。……，今吾執政，無乃實所辟，而滑夫二川之神……。』王卒壅之。」

〔一八〕沉河浮海：《莊子·外物》：「堯與許由天下，許由逃之。湯與務光，務光怒之。紀他聞之，帥弟子而踆於窾水，諸侯弔之。三年，申徒狄因以踣河。」焦竑注：「吕注：『許由之逃，其徒至於踣河，殉跡之弊至此。』」《三國志》卷一一《魏志·管寧傳》：「黄初四年，詔公卿舉獨行君子，司徒華歆薦寧。文帝即位，徵寧，遂將家屬浮海還郡。公孫恭送之南郊，加贈服物。自寧之東也，度、康、恭前後所資遺，皆受而藏諸，既已西渡，盡封還之。詔以寧爲太中大夫，固辭不受。」遺金椎璧：《韓詩外傳》卷一〇：「吴延陵季子游於齊，見遺金，呼牧者取之。牧者曰：『子居之高，視之下，貌之君子而言之野也。吾有君不君，有友不友，當暑衣裘，君疑取金者乎？』延陵子知其爲賢者，請問姓字，牧者曰：『子乃皮相之士也，何足語姓字哉！』遂去。」《藝文類聚》卷八四引《韓詩外傳》：「楚襄王遣使持金十斤，白璧百雙，聘莊子以爲相，莊子固辭。」「椎璧」，《鮑參軍集注》作「堆璧」，錢振倫注：「『堆』，疑當作『推』。」

〔一九〕四遷八聘：《漢書》卷六四《主父偃傳》：「乃上書闕下，朝奏暮召入見，所言九事，其八事爲律令，一事諫伐匈奴。……乃拜偃、樂安，皆爲郎中。偃數上疏言事，遷謁者中郎，中大夫，歲中四遷。」《左傳》昭公十三年：「是故明王之制，使諸侯歲聘以志業，間朝以講禮，再朝而會以示威，再會而盟以顯昭明。」杜預注：「十二年而一盟，所以昭信義也。凡八聘，四朝，再會，王一巡守，盟于方嶽之下。」三黜五逐：《列女傳・齊孤逐女》：「孤逐女者，齊即墨之女，齊相之妻也。初，逐女孤無父母，狀甚醜，三逐於鄉，五逐於里，過時無所容。」

〔二〇〕販交買名：《史記》卷九五《酈商傳》：「其子寄，字況，與吕禄善。及高后崩，大臣欲誅諸吕。吕禄爲將軍，軍於北軍。太尉勃不得入北軍，於是乃使人劫酈商，令其子況紿吕禄，吕禄信之，故與出游，而太尉勃乃得入據北軍，遂誅諸吕。是歲商卒，謚爲景侯。子寄代侯。天下稱酈況賣交也。」《淮南子・詮言訓》：「公孫龍粲於辭而貿名，鄧析巧辯而亂法，蘇秦善説而亡國。」高誘注：「公孫龍以白馬非馬，冰不寒，炭不熱爲論，故曰貿也。」吮癰舐痔：《漢書》卷九三《佞幸・鄧通傳》：「文帝嘗病癰，鄧通常爲上嗽吮之。上不樂，從容問曰：『天下誰最愛我者乎？』通曰：『宜莫若太子。』太子入問疾，使太子齰癰，太子齰癰而色難之。已而聞通嘗爲上齰之，太子慙，繇是心恨通。」《莊子・列御寇》：「秦王有病，召醫，破癰潰痤者得車一乘，舐痔者得車五乘，所治愈下，得車愈多。」

輯補

扶風歌

【解題】

按此詩宋本不載，今據張溥本。

《樂府詩集》此屬《雜歌謡辭》。《樂府詩集》卷八四《雜歌謡辭·京兆歌》題解云：「《通典》曰：『京兆、馮翊、扶風，皆古雍州之域。秦始皇以爲内史。漢景帝二年，分置左右内史。武帝改左内史爲左馮翊，右内史爲右扶風，後與京兆號三輔。』故趙廣漢云：『亂吾治者，常二輔是也。』」《文選》卷二八劉越石《扶風歌》，六臣劉良注：「扶風，地名，蓋古曲也。琨擬而自喻也。」劉履《選詩補注》卷四云：「按晉有扶風郡，在今陝西鳳翔府，然此詩所指未詳何地。又按《伎録》，古無此曲，梁昭明又編於雜歌之中，豈越石創爲之歟？」

《鮑參軍集注》錢振倫注：「集云『《扶風歌》九首』，然以兩韻爲一首，今此合之，蓋誤。」黄節補注：「劉琨《扶風歌》九首，其第一首：『朝發廣莫門，暮宿丹水山。左手彎繁弱，右手揮龍淵。』此篇前四句擬之。其第四首：『揮手長相謝，哽咽不能言。浮雲爲我結，飛鳥爲我旋。』此篇後四句擬之。劉詩九首中同韻者二首。明遠此篇亦應分兩首，不能因其同韻而合之。吾意明遠擬作，亦有九首，特今存二首耳。」

昨辭金華殿，今次鴈門縣〔一〕。寢卧握秦戈，棲息抱越箭〔二〕。忍悲别親知，行泣隨征傳〔三〕。寒煙空徘徊，朝日乍舒卷〔四〕。

【箋注】

〔一〕金華殿：《漢書》卷一〇〇上《叙傳上》：「時上方鄉學，鄭寬中、張禹朝夕入説《尚書》《論語》於金華殿中。」顔師古注：「金華殿在未央宫。」鴈門縣：《鮑參軍集注》黄節補注：「《漢書·地理志》：『鴈門郡，秦置。』案：秦置郡後，至隋始置鴈門縣。《宋書·州郡志》無鴈門縣。沈約云：『地理參差，其詳難舉，實由名號驟易，千回百改，不注置立，史闕也。』據此篇所言，或宋時曾置縣歟。」

〔二〕寢卧握秦戈：《詩經·秦風·無衣》：「王于興師，修我戈矛，與子同仇。」棲息抱越箭：《爾雅·釋天·八陵》：「東南之美者，有會稽之竹箭焉。」鄭樵注：「會稽山在今越州，出箭竹。」

〔三〕行泣隨征傳：《禮記·玉藻》：「士曰：『傳遽之臣於大夫曰外私。』」鄭玄注：「傳遽，以車馬給使者也。士臣於大夫者曰私人。」陸德明音義：「傳，陟戀反，注同。遽，其庶反。」《左傳》成公五年：「梁山崩，晉侯以傳召伯宗。」杜預注：「傳，驛。」《廣韻》卷四：「傳，郵馬。」

〔四〕寒煙空徘徊：《文選》卷二二顔延年《應詔觀北湖田收》：「陽陸團精氣，陰谷曳寒煙。」朝日乍舒卷：《宋書》卷八〇《孝武十四王·始平孝敬王子鸞傳》：「訪物運之榮落，訊雲霞之舒卷。」

【集説】

清陳祚明《采菽堂古詩選》卷一八：簡節顧老。

詠老

【解題】

此篇宋本無，《藝文類聚》卷一八引作陸機詩，然不著題名。《古詩紀》卷三五作陸機詩，卷六二作鮑照詩，皆題作《詠老》。《漢魏六朝百三家集》亦分别收入《陸機集》及《鮑照集》，亦題作《詠老》。

軟顔收紅蕊，玄鬢生素華①〔一〕。冉冉逝將老，咄咄奈老何〔二〕！

【校記】

①「生」，《藝文類聚》、張溥本《陸機集》、《古詩紀》卷三五作「吐」，今從張溥本《鮑照集》及《古詩紀》卷六二。

【箋注】

〔一〕玄鬢生素華：《淮南子·道應訓》：「見一士焉，深目而玄鬢，淚注而鳶肩。」《藝文類聚》卷一七引晉左思《白髮賦》：「逼迫秋霜，生而皓素。始覽明鏡，惕然見惡。朝生晝拔，何罪之故。予觀橘柚，一皜一曄，貴其素華，匪尚緑葉。」

〔二〕冉冉逝將老：《楚辭·離騷》：「老冉冉其將至兮，恐修名之不立。」朱熹集注：「冉冉，漸也。」咄咄奈老何：《晉書》卷七七《殷浩傳》：「但終日書空，作『咄咄怪事』四字而已。」《文選》卷四五漢武帝《秋風辭》：「歡樂極兮哀情多，少壯幾時兮奈老何。」

春詠

【解題】

此篇宋本無，《藝文類聚》卷三作陸機詩，然不著題名。《古詩紀》卷三五作陸機詩，卷六二作鮑照詩，題作《春詠》。《漢魏六朝百三家集》亦題作《春詠》，分别收入《陸機集》及《鮑照集》。

節運同可悲，莫若春光甚①〔一〕。和風未及燠，遺涼清且凛〔二〕。

【校記】

①「春光」，《藝文類聚》、張溥本《陸機集》、《古詩紀》三五作「春氣」，今從張溥本《鮑照集》及《古詩紀》卷六二。

【箋注】

〔一〕節運同可悲：《藝文類聚》卷二八引魏陳琳《詩》：「節運時氣舒，秋風涼且清。」《藝文類聚》卷二七引晉陸機《思歸賦》：「節運代序，四氣相催，寒風肅殺，白露霑衣。」

〔二〕和風未及燠：《韓非子·解老》：「孔竅虛，則和氣日入。」阮籍《詠懷詩三首》之一：「和風容與，明月映天。」《文選》卷四七王子淵《聖主得賢臣頌》：「故服絺綌之涼者，不苦盛暑之鬱燠。」六臣李周翰注：「鬱燠，熱也。」《説文解字》卷一〇上：「燠，熱在中也。」

贈顧墨曹

【解題】

此篇宋本無，張溥本、《藝文類聚》卷三一、《古詩紀》卷六二皆題作《贈顧墨曹》，今從之。《宋書》卷三九《百官志上》：「宋高祖爲相，止置諮議參軍，無定員。今諸曹則有録事、記室、户曹、倉曹、中直兵、外兵、騎兵、長流賊曹、刑獄賊曹、城局賊曹、法曹、田曹、水曹、鎧曹、車曹、士曹、集、右户、墨曹，凡十八曹參軍。」按詩題之顧墨曹，當爲某軍府之顧姓墨曹參軍也。

昏明易遠，離會難揆〔一〕。雲轍泉分①，西艫東軌〔二〕。

【校記】

①「轍」，《藝文類聚》作「撤」，今從張溥本。

【箋注】

〔一〕昏明易遠：《列子·周穆王》：「其陰陽之審度，故一寒一暑；昏明之分察，故一晝一夜。」《文選》卷三七劉琨《勸進表》：「臣聞昏明迭用，否泰相濟。」李善注：「昏明，謂晝夜也。」離會難揆：合之時難以揣度。

〔二〕雲轍泉分：《説文解字新附》卷一四上：「轍，車跡也。」《鮑參軍集注》黄節補注：「車有兩轍。泉分，謂兩轍之不並也。」艫：《文選》卷一二郭景純《江賦》：「舳艫相屬，萬里連檣。」李善注：「《説文》曰：『舳，舟尾也。艫，船頭也。』」

客從遠方來

【解題】

此篇據明梅鼎祚《古樂苑》卷二〇，題下原注：「一云擬古。」《玉臺新詠》卷三、《漢魏六朝百三家集》、《古詩紀》卷五九作謝惠連《代古》。按《玉臺新詠》卷四載鮑令暉《雜詩六首》有《擬青青河畔草》一篇，吴兆宜注：「按《相和歌辭·瑟調曲》，鮑照亦有一首。」吴氏所謂鮑照所作，當即指此詩。

客從遠方來，贈我鵠文綾〔一〕，貯以相思篋，緘以同心繩〔二〕。裁爲親身服，著以俱寢興〔三〕，別來經年歲，歡心不可淩。瀉酒置井中，誰能辨斗升〔四〕，合如杯中水，誰能判淄澠〔五〕。

【箋注】

〔一〕客從遠方來，贈我鵠文綾：《韓詩外傳》卷七：「綾紈綺縠，靡麗於堂。」《西京雜記》卷一：「霍光妻遺淳于衍蒲桃錦二十四疋，散花綾二十五疋。」《玉臺新詠》卷一《古詩八首·客從遠方來》：「客從遠方來，遺我一端綺。」《説文解字》卷一三上：「東齊謂布帛之細曰綾。」

〔二〕緘：《墨子·節葬下》：「穀木之棺，葛以緘之。」《廣韻》卷二：「緘，古咸切，緘封。」

〔三〕寢興：《晉書》卷七《康帝紀》：「禮之降殺，因時而寢興，誠無常矣。」《文選》卷二三潘安仁《悼亡詩·皎皎窗中月》：「寢興目存形，遺音猶在耳。」六臣劉良注：「寢，卧；興，起也。言卧起之間，自想亡者。」

〔四〕瀉酒置井中，誰能辨斗升：本集《擬行路難》：「寫水置平地，各自東西南北流。」

〔五〕判淄澠：《戰國策·齊策六》：「黄金横帶而馳乎淄澠之間，有生之樂，無死之心，所以不勝者也。」《吕氏春秋·精諭》：「孔子曰：『淄澠之合者，易牙嘗而知之。』」高誘注：「淄澠，齊之兩水名也。易牙，齊桓公識味臣也，能别淄澠之味也。」

附鮑令暉詩

鮑令暉詩據《玉臺新詠》。

擬青青河畔草

【解題】

此篇原題，《玉臺新詠》卷四、《古詩紀》卷六四、《古樂苑》卷二〇皆同，今從之。

鍾嶸《詩品》：「齊鮑令暉詩，齊韓蘭英詩。令暉歌詩，往往嶄絶清巧，《擬古》尤勝，唯百願淫矣。照嘗答孝武云：『臣妹才自亞于左芬，臣才不及太沖爾。』蘭英綺密，甚有名篇，又善談笑，齊武謂韓云：『借使二媛生於上葉，則玉階之賦，紈素之辭，未詎多也。』」《小名録》卷下：「鮑照字明遠，妹字令暉，有才思，亞於明遠，著《香茗賦》集行於世。」按《香茗賦》集已佚，其詩文今所存者，唯詩七篇耳。《鮑參軍集注》錢仲聯注：「鍾伯敬《名媛詩歸》以《玉臺》近代《西曲歌》而下一十八章，並列爲令暉所作。鍾蓋有誤。」成書《多歲堂古詩存》云：「魏晉若甄后、道藴，詩筆傲岸，誠閨閣之秀。然或有慧語，或持才情。唯令暉數詩，不能不兼推學力。」又云：「其兄擬之左貴嬪，然有過之，無不及也。」

《鮑參軍集注》錢振倫注：「此擬枚乘《雜詩》，非擬蔡邕作也。」按錢注所謂之枚乘《雜詩》，指《古詩十九首·青青河畔草》篇，《玉臺新詠》卷一以其歸之於枚乘。蔡邕所作，指樂府古詩《飲馬長城窟》「青青河邊草，綿綿思遠道。遠道不可思，宿昔夢見之」篇，《玉臺新詠》卷一歸之于蔡邕。尋《文選》卷三〇陸士衡《擬青青河畔草》：「靡靡江離草，熠燿生河側。皎皎彼姝女，阿那當軒織。粲粲妖容姿，灼灼美顔色。良人游不歸，偏棲獨隻翼。空房来悲風，中夜起歎息。」此篇所擬，當爲此篇。

裊裊臨窗竹，藹藹垂門桐〔一〕。灼灼青軒女，泠泠高臺中①〔二〕。明志逸秋霜，玉顏豔春紅②〔三〕。人生誰不別，恨君早從戎〔四〕。鳴弦慚夜月，紺黛羞春風〔五〕。

【校記】

①「臺」，《古詩紀》《古樂苑》作「堂」。

②「豔」，《古詩紀》《古樂苑》作「掩」。

【箋注】

〔一〕裊裊：《文選》卷三〇謝靈運《擬魏太子鄴中集詩·平原侯植》：「平衢修且直，白楊信裊裊。」李善注：「裊裊，風摇木貌。」藹藹垂門桐：藹藹，茂盛貌。陶淵明《和郭主簿》之一：「藹藹堂前林，中夏貯清陰。」《詩經·大雅·卷阿》：「鳳皇鳴矣，于彼高岡。梧桐生矣，于彼朝陽。」孔穎達疏：「梧桐可以爲琴瑟。」

〔二〕灼灼：《詩經·周南·桃夭》：「桃之夭夭，灼灼其華。」毛傳：「灼灼，華之盛也。」孔穎達疏：「桃少故華盛，以喻女少而色盛也。」陸機《擬青青河畔草》：「粲粲妖容姿，灼灼美顔色。」泠泠：《楚辭·七諫·怨世》：「清泠泠而殲滅兮，溷湛湛而日多。」王逸注：「清泠泠，以喻潔白。」

〔三〕逸秋霜：《後漢書》卷七〇《孔融傳論》：「懍懍焉，皓皓焉，其與琨玉秋霜比質可也。」《文選》卷二一顔延年《秋胡行》：「峻節貫秋霜，明豔侔朝日。」玉顏：《文選》卷一九宋玉《神女賦》：「貌豐盈以莊姝兮，苞温潤之玉顏。」六臣呂向注：「顔色温潤如玉。」

〔四〕從戎：《文選》卷二九曹子建《雜詩·轉蓬離本根》：「類此游客子，捐軀遠從戎。」

〔五〕鳴弦慚夜月，紺黛羞春風：《釋名・釋綵帛》：「紺，含也，青而含赤色也。」《玉臺新詠》卷二左思《嬌女詩》：「明朝弄梳臺，黛眉類掃跡。」《鮑參軍集注》黄節補注：「『鳴弦慚夜月』，爲夜月之圓也。『紺黛羞春風』，爲春風之妍也。」

擬客從遠方來

【解題】

《文選》卷二七古辭《飲馬長城窟行》：「客從遠方來，遺我雙鯉魚，呼兒烹鯉魚，中有尺素書。長跪讀素書，書上意何如？上有加餐食，下有長相憶。」當爲本篇所擬。

客從遠方來，贈我漆鳴琴〔一〕。木有相思文，弦有别離音〔二〕。終身執此調，歲寒不改心〔三〕。願作陽春曲①，宫商長相尋〔四〕。

【校記】

①「陽春」，《古樂苑》卷二〇作「長春」。

【箋注】

〔一〕鳴琴：《文選》卷二三阮嗣宗《詠懷・夜中不能寐》：「夜中不能寐，起坐彈鳴琴。」

〔二〕木有相思文：《文選》卷五左太沖《吴都賦》：「楠榴之木，相思之樹。」李善注：「相思，大樹也。」六臣劉良注：「相思，大樹也。材理堅邪，斫之則又可作器，其實如珊瑚，歷年不變，東冶有之。」《述異記》卷上：「昔戰國時，魏國苦秦之難，嘗有民從征戍秦，久不返，妻思而卒。既葬，塚上生木，枝葉皆向夫所在而傾，因謂之相思木。今秦、趙間有相思草，狀如石竹，而節節相續，一名斷腸草，又名愁婦草，亦名孀草。人呼爲寡婦莎，蓋相思之流也。」弦有別離音：《楚辭·九歌·少司命》：「悲莫悲兮生別離，樂莫樂兮新相知。」《樂府詩集》卷五八《琴曲歌辭》商陵牧子《別鶴操》題解：「崔豹《古今注》曰：『《別鶴操》，商陵牧子所作也。娶妻五年而無子，父兄將爲之改娶。妻聞之，中夜起，倚户而悲嘯。牧子聞之，愴然而悲。乃援琴而歌。後人因爲樂章焉。』《琴譜》曰：『琴曲有四大曲，《別鶴操》其一也。』」《太平御覽》卷五七九引《西京雜記》：「張安世十五爲成帝侍中，善鼓琴，能爲《雙鳳》《離鸞》之曲。」

〔三〕歲寒不改心：《論語·子罕》：「歲寒然後知松柏之後彫也。」

〔四〕陽春曲：《文選》卷四五宋玉《對楚王問》：「客有歌於郢中者，……其爲《陽春》《白雪》，國中屬而和者不過數十人而已。」六臣周翰注：「《陽春》《白雪》，商曲名也。」後用以泛指高雅的曲調。《太平御覽》卷五七八引《琴歷》有《陽春弄》。宫商長相尋：蔡邕《琴賦》：「爾乃清聲發兮五音舉，韻宫商兮動角羽。」

題書後寄行人

【解題】

此篇《藝文類聚》卷三二題作《題書寄行人》，《樂府詩集》卷六九收入《雜曲歌辭》，題作《自君之出矣》，今從《玉臺新詠》卷四。《玉臺新詠》此詩題注吴兆宜注：「一作《寄行人》。」

《樂府詩集》卷六九《雜曲歌辭》宋孝武帝《自君之出矣》題解：「漢徐幹有《室思》詩五章，其第三章曰：『自君之出矣，明鏡暗不治。思君如流水，何有窮已時。』《自君之出矣》蓋起於此。」

自君之出矣，臨軒不解顔〔一〕。砧杵夜不發，高門晝常關①〔二〕。帳中流熠耀②，庭前華紫蘭〔三〕。物枯識節異③，鴻來知客寒④〔四〕。游用暮冬盡⑤，除春待君還⑥〔五〕。

【校記】

①「晝常」，《藝文類聚》、《樂府詩集》、《古詩紀》卷六四、《古樂苑》卷三六作「晝恒」，《文苑英華》卷三一作「恒晝」。

②「帳中流」，《文苑英華》作「幃中浮」，《樂府詩集》作「帷中流」。

③「物枯」，《古詩紀》作「楊枯」。

④「來」，《樂府詩集》《文苑英華》《古詩紀》作「歸」。

⑤「游用」，《樂府詩集》作「游取」，《文苑英華》作「近取」。

⑥「除春待君還」，《樂府詩集》作「餘思待君還」，《文苑英華》作「餘思待春還。」

【箋注】

〔一〕自君之出矣，臨軒不解顔：《列子·黄帝》：「自吾之事夫子友若人也，三年之後，心不敢念是非，口不敢言利害，始得夫子一眄而已。五年之後，心庚念是非，口庚言利害，夫子始一解顔而笑。」鮑照《代東門行》：「絲竹徒滿座，憂人不解顔。」按此二句用魏徐幹《室思》「自君之出矣，明鏡暗不治。思君如流水，何有窮已時」意。

〔二〕砧杵夜不發：《藝文類聚》卷六七引魏曹毗《夜聽擣衣詩》：「寒興御紈素，佳人治衣襟。冬夜清且永，皓月照堂陰。纖手疊輕素，朗杵叩鳴碪。清風流繁節，迴飆灑微吟。」高門晝常關：《文選》卷四五陶淵明《歸去來》：「園日涉以成趣，門雖設而常關。」

〔三〕流熠燿：《詩經·豳風·東山》：「町畽鹿場，熠燿宵行。」毛傳：「熠燿，燐也。燐，螢火也。」庭前華紫蘭：《楚辭·少司命》：「秋蘭兮青青，緑葉兮紫莖。」

〔四〕物枯識節異：《藝文類聚》卷五七引魏文帝《連珠》：「蓋聞四節異氣以成歲，君子殊道以成名。」

〔五〕游用暮冬盡，除春待君還：鮑照《學古》：「人生貴得意，懷願待君申。」《鮑參軍集注》黄節補注：「《一切經音義》引《倉頡篇》曰：『用，以也。』除，易也，猶除夕之除，謂冬春之交也。」

【集説】

清王夫之《古詩評選》卷五：平寫六句，不復及情。此媛猶有風規，不入流俗。

清陳祚明《采菽堂古詩選》卷一九：「楊枯」二句佳。

沈德潛《古詩源》卷一一：「楊枯」十字作意。

古意贈今人

【解題】

此篇《藝文類聚》卷四二及《樂府詩集》卷六〇作吳邁遠詩，前者題作《秋風曲》，後者題作《秋風》，而皆録此詩之前八句。《古詩紀》卷六三作吳邁遠詩，卷六四作鮑令暉詩，皆録全詩，並題作《古意贈今人》。今從《玉臺新詠》卷四作鮑令暉詩，題亦從之。

《樂府詩集》此屬《琴曲歌辭》。

《鮑參軍集注》此詩題注錢仲聯注：「此詩乃女子寄夫望歸之辭。」

寒鄉無異服，衣氈代文練①〔一〕。月月望君歸，年年不解綖②〔二〕。荆揚春早和③，幽冀猶霜霰〔三〕。北寒妾已知④，南心君不見⑤〔四〕。誰爲道辛苦，寄情雙飛燕〔五〕。形迫杼煎絲，顔落風催電〔六〕。容華一朝盡⑥，惟餘心不變〔七〕。

【校記】

①「衣氈」，《藝文類聚》《古詩紀》作「氈褐」。

②「綖」，《藝文類聚》《樂府詩集》作「綫」。

③「春早」，《藝文類聚》《樂府詩集》作「早春」。

④「北」，《藝文類聚》《樂府詩集》作「地」。

⑤「南」，《藝文類聚》作「妾」。

⑥「盡」，《古詩紀》作「改」。

【箋注】

〔一〕寒鄉：《藝文類聚》卷八九引晉江逌《竹賦》：「故能凌驚風，茂寒鄉，藉堅冰，負雪霜。」衣氈代文練：《戰國策·趙策二》：「燕必致氈裘狗馬之地，齊必致海隅魚鹽之地。」《急就篇》卷二「綈絡縑練素帛蟬」，顔師古注：「練者，煮縑而熟之也。」文練，有花紋之絲織品。

〔二〕月月望君歸，年年不解綖：《吕氏春秋·勿躬》：「百官慎職，而莫敢愉綖。」高誘注：「愉，解；綖，緩。」《鮑參軍集注》錢仲聯注：「此句謂望夫之心無解緩之期。」

〔三〕荆揚春早和：《詩經·魯頌·泮水》：「元龜象齒，大賂南金。」毛傳：「南謂荆揚也。」《藝文類聚》卷一引晉傅玄《衆星詩》：「朗月並衆星，日出擅其明。冬寒地爲裂，春和草木榮。」《文選》卷二九張季鷹《雜詩》：「暮春和氣應，白日照園林。」

幽冀：《藝文類聚》卷四一引魏文帝《飲馬長城窟行》：「浮舟横大江，討彼犯荆虜。武將齊貫錍，征人伐金鼓。長戟十萬隊，幽冀百石弩。發機若雷電，一發連四五。」

〔四〕南心：在南方望夫之心。

〔五〕寄情雙飛燕：《文選》卷二九《古詩十九首·東城高且長》：「思爲雙飛燕，銜泥巢君屋。」

〔六〕形迫杼煎絲，顔落風催電：《詩經·小雅·大東》：「小東大東，杼柚其空。」毛傳：「空，盡也。」朱熹集傳：「杼，持緯者也。」《鮑參軍集注》黄節補注：「《方言》：『煎，盡也。』《漢書·趙充國傳》注：『師古曰：煎讀曰翦。』《左傳》成公二年杜注：『翦，盡也。』『杼煎絲』煎字，當讀作翦。」按杼煎絲，謂杼上之絲盡也。絲，思之諧音，上句乃謂思夫之情，盡於機杼上之絲。故下句乃有容顔之衰，如風催電之語耳。

〔七〕容華一朝盡：《文選》卷二八陸士衡《君子有所思行》：「人生誠行邁，容華隨年落。」

【集説】

清陳祚明《采菽堂古詩選》卷一九：「北寒」二句，佳。「容華」二句，直逼漢人。初以「不解綖」韻强形迫句未警，故置之。細閲，終不能割。

清張玉穀《古詩賞析》卷一七：此擬閨人寄遠詩，制題甚新。前四先就客路苦寒，表己望歸之意。中六點時點地，再一相形，方以己之知彼，跌出彼不知己，音書闊絶來。後四再就己邊形迫顔落，申明辛苦，仍即貌改，兜轉心堅，應起作收，措詞物妙。

沈德潛《古詩源》卷一一：「北寒」、「南心」巧於著詞。

陳延傑《詩品注》：令暉詩「誰爲道辛苦，寄情雙飛燕」，「容華一朝盡，惟餘心不變」，是其清絶者。

代葛沙門妻郭小玉詩二首

【解題】

此篇《古詩紀》卷六四題作《代葛沙門妻郭小玉作二首》，今從《玉臺新詠》卷四。吴兆宜注：「『詩』，一本改『作』字。」《鮑參軍集注》黄節補注：「《瑞應經》：『太子出北城門，天帝復化作沙門。太子曰：何謂沙門？對曰：沙門之爲道，舍妻子，捐棄愛欲也。』僧肇《維摩經》注：『沙門，秦言，義訓動行趨涅槃也。』葛沙門蓋棄妻而爲僧者。」按沙門，梵語之譯音，指佛教僧侶。或譯爲「娑門」、「桑門」、「喪門」等。或謂「沙門」等非直接譯自梵語，而爲吐火羅語之音譯。晉袁宏《後漢紀·明帝紀下》：「浮屠者，佛也……其精者，號爲沙門。沙門者，漢言息心，蓋息意去欲而歸於無爲也。」《文選》卷一九王簡栖《頭陀寺碑文》：「頭陀寺者，沙門釋慧宗之所立也。」李善注引《瑞應經》：「沙門之爲道，舍妻子，捐棄愛欲也。」

一

明月何皎皎，垂櫎照羅茵①〔一〕。若共相思夜，知同憂怨晨。芳華豈矜貌，霜露不憐人〔二〕。君非青雲逝，飄跡事咸秦〔三〕。妾持一生淚，經秋復度春。

【校記】

①「櫎」，《玉臺新詠》吴兆宜注：「一作『幌。』」《古詩紀》作「幌」。

【箋注】

〔一〕明月何皎皎，垂幬照羅茵：《文選》卷二九《古詩十九首·明月何皎皎》：「明月何皎皎，照我羅牀帷。」《説文》卷六上《木部》：「幬，一曰帷，屏風之屬。」段玉裁注：「幬之字一變爲榥，再變爲幌。」《儀禮·既夕禮》：「加茵，用疏布。」賈公彦疏：「加茵者，謂以茵加於抗席之上。」

〔二〕芳華豈矜貌：《楚辭·九章·思美人》：「芳與澤其雜糅兮，羌芳華自中出。」霜露不憐人：鮑照《秋日示休上人》：「物色延暮思，霜露逼朝榮。」

〔三〕青雲逝：《楚辭·遠游》：「涉青雲以汎濫游兮，忽臨睨夫舊鄉。」咸秦：《史記》卷五《秦本紀》：「(孝公)十二年作爲咸陽，築冀闕，秦徙都之。」

【集説】

明鍾惺、譚元春《古詩歸》卷一二：即「共明月」意，化得妙。

又云：「一生淚」三字，寫出千古薄命苦。

清陳祚明《采菽堂古詩選》卷一九：亦是《子夜》之流，頗有雋致。

清張玉穀《古詩賞析》卷一七：女子代人作閨怨，頗爲失體，而詩卻劇佳。前六即景引情，卻以「若共」、「知同」，拓空將己情從彼邊逗出，字字轉，句句曲。後四方實點出彼不相思，而己獨憂怨，不多綴語，愈覺味長。

二

君子將遥役①。遺我雙題錦〔一〕。臨當欲去時。復留相思枕〔二〕。題用常著心。枕以憶同寢。行行日已遠。轉覺心彌甚②〔三〕。

【校記】

① 遥，《玉臺新詠》吴兆宜注：「一作『徭。』」

② 心，《玉臺新詠》吴兆宜注：「一作『思。』」《古詩紀》作「思」。

【箋注】

〔一〕遥役：謂在遠方服役。《文選》卷二九曹子建《情詩》：「眇眇客行士，遥役不得歸。」《玉臺新詠》卷三劉鑠《代青青河畔草》：「良人久徭役，耿介終昏旦。」吴兆宜注：「一作『遥。』」雙題錦：《文選》卷三〇謝惠連《擣衣》：「微芳起兩袖，輕汗染雙題。」李善注：「《説文》曰：『題，額也。』」《鮑參軍集注》黄節補注：「《續漢書·輿服志》：『古者有冠無幘，至秦乃加其武將首飾爲絳袙，以表貴賤。其後稍稍作顔題。』王引之曰：『所以飾額者，亦謂之顔題。』」

〔二〕臨當欲去時，復留相思枕：《文選》卷一九曹子建《洛神賦》題注李善注：「魏東阿王漢末求甄逸女，既不遂，太祖回與五官中郎將，植殊不平，晝思夜想，廢寢與食。黄初中，入朝，帝示植甄后玉鏤金帶枕，植見之，不覺泣。時已爲郭后讒死，帝意亦尋悟，因令太子留宴飲，仍以枕賚植。」

〔三〕行行日已遠：《文選》卷二七魏武帝《苦寒行》：「行行日已遠，人馬同時飢。」心彌甚：《藝文類聚》卷三四引晉潘岳《寡婦賦》：「庶浸遠而哀降，情惻惻而彌甚。」

【集説】

明鍾惺、譚元春《古詩歸》卷一二：此首酷似蘇、李録别諸逸詩。

清毛先舒《詩辯坻》卷二：宋鮑令暉有《代葛沙門妻郭小玉作》詩，俱愁思望遠之詞，當是葛君棄婦學佛，故令暉擬作此詩，代爲寄感。情符許邁，事異鳩摩，斯爲足詠矣。

寄行人

【解題】

此篇見《玉臺新詠》卷一〇、《藝文類聚》卷三一、《古詩紀》卷六四，所題皆同。

桂吐兩三枝，蘭開四五葉①。是時君不歸，春風徒笑妾〔一〕。

【校記】

①「開」，《玉臺新詠》吴兆宜注：「一作『闇』。」

【箋注】

〔一〕是時君不歸：《楚辭·招隱士》：「王孫游兮不歸，春草生兮萋萋。」王逸注：「違背舊土，棄家室也。」徒笑：但笑。《孟子·公孫丑下》：「王如用予，則豈徒齊民安，天下之民舉安。」

【集説】

清王夫之《古詩評選》卷五：小詩本色，不嫌迫促。「怪來妝閣閉」、「松下問童子」諸篇，俱從此出。

附録一：主要參考書目

《十三經注疏》，（清）阮元刻本，世界書局中華民國二十四年影印清阮元刻本
《周易》，（魏）王弼（晉）韓康伯注，（唐）孔穎達疏
《尚書》，（漢）孔安國傳，（唐）陸德明音義，（唐）孔穎達疏
《毛詩正義》，（漢）毛亨傳，（漢）鄭玄箋，（唐）陸德明音義，（唐）孔穎達疏
《周禮注疏》，（漢）鄭玄注，（唐）陸德明音義，（唐）賈公彦疏
《儀禮注疏》，（漢）鄭玄注，（唐）賈公彦疏
《禮記正義》，（漢）鄭玄注，（唐）陸德明音義，（唐）孔穎達疏
《春秋左傳正義》，（晉）杜預注，（唐）陸德明音義，（唐）孔穎達疏
《春秋公羊傳注疏》，（漢）何休注，（唐）陸德明音義，（唐）徐彦疏
《春秋穀梁傳注疏》，（晉）范寧集解，（唐）陸德明音義，（唐）楊士勳疏
《論語注疏》，（魏）何晏集解，（宋）刑昺疏
《孝經注疏》，唐玄宗注，（宋）刑昺疏
《爾雅注疏》，（晉）郭璞注，（宋）刑昺疏
《孟子注疏》，（漢）趙岐注，（宋）孫奭疏

《周易古經今注》，高亨注，中華書局一九八四年版
《韓詩外傳》，（漢）韓嬰撰，文淵閣《四庫全書》本
《詩集傳》，（宋）朱熹集注，上海古籍出版社一九八〇年版
《春秋左傳注》，楊伯峻注，中華書局一九八一年版
《論語譯注》，楊伯峻譯注，中華書局一九八〇年版
《孟子譯注》，楊伯峻譯注，中華書局一九六〇年版
《太玄經》，（漢）楊雄撰，（晉）范汪注，明嘉靖刻本
《説文解字》，（漢）許慎撰，中華書局一九六三年版
《廣雅疏證》，（清）王念孫撰，江蘇古籍出版社一九八四年版
《史記》，（漢）司馬遷撰，（南朝宋）裴駰集解，（唐）司馬貞索隱，張守節正義，中華書局一九五九年標點本
《漢書》，（漢）班固撰，（唐）顔師古注，中華書局一九六二年標點本
《後漢書》，（南朝宋）范曄撰，（唐）李賢等注，中華書局一九六五年標點本
《三國志》，（晉）陳壽撰，（南朝宋）裴松之注，中華書局一九八二年標點本
《晉書》，（唐）房玄齡等撰，中華書局一九七四年點校本
《宋書》，（南朝梁）沈約撰，中華書局一九七四年點校本
《南齊書》，（南朝梁）蕭子顯撰，中華書局一九七二年點校本
《梁書》，（唐）姚思廉撰，中華書局一九七三年點校本
《陳書》，（唐）姚思廉撰，中華書局一九七二年點校本

《魏書》，（北朝齊）魏收撰，中華書局一九七四年點校本
《南史》，（唐）李延壽撰，中華書局一九七五年點校本
《北史》，（唐）李延壽撰，中華書局一九七四年點校本
《隋書》，（唐）魏徵等撰，中華書局一九七三年點校本
《資治通鑑》，（宋）司馬光撰，（元）胡三省音注，中華書局一九六二年標點本
《資治通鑑》，（宋）司馬光撰，（元）胡三省音注，上海古籍出版社一九八七年影印本
《國語》，（三國吴）韋昭注，文淵閣《四庫全書》本
《戰國策》，（漢）高誘注，（宋）姚宏續注，文淵閣《四庫全書》本
《八家後漢書輯注》，周天游輯注，上海古籍出版社一九八六年版
《史通通釋》，（唐）劉知幾撰，（清）浦起龍釋，上海古籍出版社一九七八年版
《南朝宋會要》，朱銘盤撰，上海古籍出版社一九七四年版
《十七史商榷》，（清）王鳴盛撰，中國書店一九八七年版
《廿二史札記校證》，（清）趙翼撰，王樹民校證，中華書局一九八四年版
《廿二史考異》，（清）錢大昕撰，方詩銘點校，上海古籍出版社二〇〇四年版
《通典》，（唐）杜佑撰，王文錦點校，中華書局一九八八年版
《通志》，（宋）鄭樵撰，文淵閣《四庫全書》本
《文獻通考》，（元）馬端臨撰，文淵閣《四庫全書》本
《華陽國志》（晉）常璩撰，文淵閣《四庫全書》本

《水經注》，（北魏）酈道元撰，王國維校，上海人民出版社一九八四年版
《元和郡縣圖志》，（唐）李吉甫撰，賀次君點校，中華書局一九八三年版
《景定建康志》，（宋）馬元祖修，周應合纂，文淵閣《四庫全書》本
《讀史方輿紀要》，顧祖禹撰，賀次君、施和金點校，中華書局二〇〇五年版
《兩晉南北朝史》，吕思勉撰，上海古籍出版社一九八三年版
《魏晉南北朝史》，王仲犖撰，上海人民出版社一九七九年版
《魏晉南北朝史札記》，周一良撰，中華書局一九八五年版
《吕思勉讀史札記》，吕思勉撰，上海古籍出版社一九八二年版
《老子注》，（晉）王弼注，中華書局一九八六年《諸子集成》本
《莊子集釋》，郭慶藩集釋，王孝魚整理，中華書局一九六一年版
《墨子校注》，吴毓江校注，孫啟治點校，中華書局一九九三年版
《荀子集解》，（清）王先謙撰，中華書局一九八六年《諸子集成》本
《管子校正》，（清）戴望撰，中華書局一九八六年《諸子集成》本
《孔叢子》，（汉）孔鮒撰，文淵閣《四庫全書》本
《穆天子傳》，（晉）郭璞注，文淵閣《四庫全書》本
《淮南子》，（漢）高誘注，中華書局一九八六年《諸子集成》本
《淮南鴻烈集解》，劉文典撰，馮逸、喬華點校，中華書局一九八九年版
《列子集釋》，楊伯峻集釋，中華書局一九七九年版

《新語校注》，（漢）陸賈撰，王利器校注，中華書局一九八六年版
《論衡》，（漢）王充撰，中華書局一九八六年《諸子集成》本
《吕氏春秋注疏》，（漢）高誘注，王利器疏，巴蜀書社二〇〇二年版
《春秋繁露》，（漢）董仲舒撰，（清）淩曙注，中華書局一九七五年版
《顔氏家訓集解》，（北齊）顔之推撰，王利器集解，中華書局一九九三年版
《北堂書鈔》，（隋）虞世南撰，清華大學出版社二〇〇三年影印《唐四大類書》本
《藝文類聚》，（唐）歐陽詢撰，汪紹楹校，上海古籍出版社一九八二年版
《初學記》，（唐）徐堅等撰，中華書局一九八〇年版
《太平御覽》，（宋）李昉等撰，中華書局一九六〇年版
《册府元龜》，（宋）王欽若、楊億等編，中華書局一九六〇年影印本
《郡齋讀書志》，（宋）晁公武撰，文淵閣《四庫全書》本
《直齋書録解題》，（宋）陳振孫撰，文淵閣《四庫全書》本
《四庫全書總目》，（清）永瑢等撰，中華書局一九六五年版
《四庫提要辯證》，余嘉錫著，中華書局一九八〇年版
《抱朴子》，（晉）葛洪撰，文淵閣《四庫全書》本
《金樓子》，（南朝梁）蕭繹撰，《叢書集成》本
《大般涅槃經》，（晉）釋法顯繹，《大正新修大藏經》本
《大智度論》，（姚秦）鳩摩羅什繹，《大正新修大藏經》本

《法苑珠林校注》，（唐）釋道世撰，周叔迦、蘇晉仁校注，中華書局二〇〇三年版
《弘明集》，（梁）釋僧祐編，文淵閣《四庫全書》本
《廣弘明集》，（唐）釋道宣撰，上海商務印書館《四部叢刊》本
《高僧傳》，（南朝梁）釋惠皎撰，湯用彤校注，中華書局一九九二年版
《楚辭補注》，（宋）洪興祖撰，文淵閣《四庫全書》本
《楚辭集注》，（宋）朱熹撰，上海古籍出版社一九七九年版
《文選》，（南朝梁）蕭統編，（唐）李善注，中華書局一九七七年影印本
《六臣注文選》，（南朝梁）蕭統編，（唐）李善、吕延濟、劉良、張銑、吕向、李周翰注，中華書局一九八七年影印本
《文選旁證》，（清）梁章鉅撰，穆克宏點校，福建人民出版社二〇〇〇年版
《選詩補注》，（元）劉履撰，明嘉靖養吾堂刻本
《文選顔鮑謝詩評》，（元）方回撰，文淵閣《四庫全書》本
《六朝選詩定論》，（清）吴淇撰，汪俊，黄進德點校，廣陵書社二〇〇九年版
《重訂文選集評》，（清）于光華編，清同治壬申江蘇書局刊本
《玉臺新詠箋注》，（南朝陳）徐陵編，（清）吴兆宜注，穆克宏點校，中華書局一九八五年版
《文苑英華》，（宋）李昉等撰，中華書局一九八二年版
《樂府詩集》，（宋）郭茂倩編，中華書局一九七九年版
《樂府廣序》，明朱嘉徵撰，清康熙清遠堂刻本
《樂府正義》，清朱乾撰，清乾隆五十四年秬香堂刻本

《古文苑》，（宋）章樵注，文淵閣《四庫全書》本
《古詩紀》，（明）馮惟訥撰，文淵閣《四庫全書》本
《古樂苑》，（明）梅鼎祚編，文淵閣《四庫全書》本
《先秦漢魏晉南北朝詩》，逯欽立輯校，中華書局一九八三年版
《漢魏六朝百三名家集》，（明）張溥輯，《四庫全書》本
《漢魏六朝百三家集題辭注》，（清）張溥撰，殷孟倫注，人民文學出版社一九六〇年版
《全上古三代秦漢三國六朝文》，（清）嚴可均校輯，中華書局一九五八年影印本
《駢體文鈔》，（清）李兆洛編，上海書店一九八八年影印世界書局本
《詩品注》，（南朝梁）鍾嶸撰，陳延傑注，人民文學出版社一九五八年版
《鍾嶸詩品講疏》，（南朝梁）鍾嶸撰，許文雨講疏，成都古籍書店一九八三年版
《文鏡秘府論》，（日）遍照金剛撰，周維德校點，人民文學出版社一九七五年版
《困學紀聞》，（宋）王應麟撰，文淵閣《四庫全書》本
《列僊傳》，（漢）劉向撰，王叔岷校箋，中華書局二〇〇七年版
《西京雜記》，（晉）葛洪撰，程毅中點校，中華書局一九八〇年版
《拾遺記》，（晉）王嘉撰，齊治平校注，中華書局一九八一年版
《世説新語箋疏》，（南朝宋）劉義慶撰，（南朝梁）劉孝標注，余嘉錫箋疏，中華書局一九八三年版
《世説新語校箋》，（南朝宋）劉義慶撰，（南朝梁）劉孝標注，徐震堮校箋，中華書局一九八四年版
《述異記》，（南朝梁）任昉撰，文淵閣《四庫全書》本

《王粲集》，（三國魏）王粲撰，俞紹初校點，中華書局一九八〇年版
《曹植集校注》，（三國魏）曹植撰，趙幼文校注，人民文學出版社一九八四年版
《嵇中散集》，（魏）嵇康撰，上海商務印書館《四部叢刊》本
《陸機集》，（晉）陸機撰，金濤聲點校，中華書局一九八二年版
《陸雲集》，（晉）陸雲撰，黄葵點校，中華書局一九八八年版
《陶淵明集校箋》，龔斌撰，上海古籍出版社一九九六年版
《陶淵明集箋注》，袁行霈撰，中華書局二〇〇三年版
《謝靈運集校注》，（南朝宋）謝靈運撰，顧紹伯校注，中州古籍出版社一九八七年版
《江文通集匯注》，（明）胡之驥注，中華書局一九八四年版
《徐陵集校箋》，（南朝陳）徐陵撰，許逸民校箋，中華書局二〇〇八年版
《古詩鏡》，（明）陸時雍撰，文淵閣《四庫全書》本
《古詩歸》，（明）鍾惺、譚元春撰，明萬曆四十五年閔氏三色套印本
《古詩源》，（清）沈德潛編，文學古籍刊行社一九五七年版
《古詩箋》，（清）王士禛選，（清）聞人倓箋注，上海古籍出版社一九八〇年版
《六朝文絜箋注》，（清）許槤評選，黎經浩箋注，上海古籍出版社一九六二年版
《古詩評選》，（清）王夫之撰，張國星點校，河北大學出版社二〇〇八年版
《采菽堂古詩選》，（清）陳祚明編選，清康熙丙戌刊本
《榕村詩選》，（清）李光地編選，清雍正己酉石川方氏刊本

《古詩鈔》，（清）吴汝綸撰，清武强賀氏刊本
《多歲堂古詩存》，（清）成書撰，道光十一年刊本
《湘綺樓説詩》，（清）王闓運撰，臺北文海出版社一九七四年版
《古詩賞析》，（清）張玉穀撰，上海古籍出版社一九五五年版
《古唐詩合解》，（清）王堯衢撰，岳麓書社一九八九年版
《古文辭類纂》，（清）姚鼐編，世界書局一九三六年版
《選評古文辭類纂》，林紓選評，浙江古籍出版社一九八六年版
《六朝麗旨》，孫德謙撰，孫隘堪所著書本
《詩經選譯》，余冠英選譯，人民文學出版社一九六三年版
《漢魏六朝詩選》，余冠英選注，人民文學出版社一九八五年版
《歷代詩話》，（清）何文焕輯，中華書局一九八〇年版
《歷代詩話續編》，丁福保輯，中華書局一九八一年版
《清詩話》，丁福保輯，上海古籍出版社一九七八年版
《清詩話續編》，郭紹虞編選，富壽蓀校點，上海古籍出版社一九八三年版
《滄浪詩話校釋》，（宋）嚴羽撰，郭紹虞校釋，人民文學出版社一九八三年版
《苕溪漁隱叢話》，（宋）胡仔撰，叢書集成初編本
《詩源辨體》，（明）許學夷撰，杜維沫校點，人民文學出版社一九八七年版
《義門讀書記》，（清）何焯撰，文淵閣《四庫全書》本

《詩比興箋》，（清）陳沆撰，上海古籍出版社一九八一年版
《昭昧詹言》，（清）方東樹撰，汪紹楹校點，人民文學出版社一九八四年版
《藝概》，（清）劉熙載撰，上海古籍出版社一九七八年版
《國故論衡》，章炳麟撰，浙江圖書館校刊《章氏叢書》本
《插圖本中國文學史》，鄭振鐸撰，人民文學出版社一九五七年版
《中國中古文學史》，劉師培撰，舒蕪校點，人民文學出版社一九五九年版
《管錐篇》，錢鍾書撰，中華書局一九七九年版
《李審言文集》，李詳撰，江蘇古籍出版社一九八九年版
《鮑氏宗譜》，（清）鮑輔楹等重修，國家圖書館藏民國寫本
《鮑參軍集注》，（清）錢振倫注，黄節補注，錢仲聯增補注，上海古籍出版社一九八〇年版
《鮑照五題》，段熙仲撰，《文學遺產》一九八一年四期
《鮑明遠年譜》，繆鉞撰，《文學月刊》一九三二年第三卷一期
《鮑照年譜》，吴丕績撰，商務印書館一九四〇年版
《鮑照評傳》，曹道衡撰，載《中國歷代著名文學家評傳》，山東教育出版社一九八三年版
《古詩别解》，徐仁甫撰，上海古籍出版社一九八四年版
《中古文學史論文集》，曹道衡撰，中華書局一九八六年版
《鮑照年譜》，丁福林撰，上海古籍出版社二〇〇四年版
《鮑照研究》，丁福林撰，鳳凰出版社二〇〇九年版

附録二：歷代諸家評論

南朝梁蕭子顯《南齊書》卷五二《文學傳論》

江左風味，盛道家之言，郭璞舉其靈變，許詢極其名理，仲文玄氣，猶不盡除。謝混情新，得名未盛。顔謝並起，乃各擅奇；休鮑後出，咸亦標世。朱藍共妍，不相祖述。

又云：今之文章，作者雖衆，總而爲論，略有三體。一則啟心閑繹，託辭華曠，雖存巧綺，終致迂回。宜登公宴，未爲准的。而疎慢闡緩，膏肓之病，典正可採，酷不入情。此體之源，出靈運而成也。次則緝事比類，非對不發，博物可嘉，職成拘制。或全借古語，用申今情，崎嶇牽引，直爲偶説，唯覩事例，頓失精采。此則傳咸五經，應璩指事，雖不全似，可以類從。次則發唱驚挺，操調險急，雕藻淫豔，傾炫心魂。亦猶五色之有紅紫，八音之有鄭、衛，斯鮑照之遺烈也。

南朝梁鍾嶸《詩品》序

次有輕薄之徒，笑曹、劉爲古拙，謂鮑照羲皇上人，謝朓今古獨步。而師鮑照，終不及「日中市朝滿」；學謝朓，劣得「黄鳥度青枝」。徒自棄於高明，無涉於文流矣。

又云：陳思贈弟、仲宣《七哀》、公幹思友，阮籍《詠懷》、子卿雙鳧、叔夜雙鸞、茂先寒夕、平叔衣單、安仁倦暑、景陽苦雨、靈運《鄴中》、士衡《擬古》、越石感亂、景純詠僊、王微風月、謝客山泉、叔源離宴、鮑照戍邊、太冲《詠史》、顔延入洛、陶公詠貧之製，惠連《擣衣》之作，斯皆五言之警策者也。所以謂篇章之珠澤，文彩之鄧林。

南朝梁鍾嶸《詩品》卷中

宋參軍鮑照詩：其源出於二張，善製形狀寫物之詞，得景陽之諔詭，含茂先之靡嫚，骨節强於謝混，驅邁疾於顔延。總四家而擅美，跨兩代而孤出。嗟其才秀人微，故取湮當代。然貴尚巧似，不避危仄，頗傷清雅之調。故言險俗者，多以附照。

隋王通《中説·事君》

鮑昭、江淹，古之狷者也，其文急以怨。

日本遍照金剛《文鏡秘府論》南卷《論文意》

鮑參軍麗而氣多，雜體從軍，殆淩前古。恨其縱捨盤薄，體貌猶少。

日本遍照金剛《文鏡秘府論》南卷《集論》

搴琅玕于江鮑之樹，采花蕊于顔謝之園。

宋秦觀《淮海集》卷二二《韓愈論》

猶杜子美之於詩，實積衆家之長，適當其時而已。昔蘇武李陵之詩長於高妙，曹植劉公幹之詩長於豪逸，陶潛阮籍之詩長於冲澹，謝靈運鮑照之詩長於峻潔，徐陵庾信之詩長於藻麗，於是杜子美者，窮高妙之格，極豪逸之氣，包冲澹之趣，兼峻潔之姿，備藻麗之態，而諸家之作所不及焉。

宋陳師道《後山詩話》

鮑照之詩，華而不弱。陶淵明之詩，切於事情，但不文耳。

宋嚴羽《滄浪詩話》

顏不如鮑，鮑不如謝。文中子獨取顏，非也。

宋敖陶孫《臞翁詩評》

因暇日與弟姪輩評古今諸名人詩：魏武帝如幽燕老將，氣韻沉雄；曹子建如三河少年，風流自賞；鮑明遠如飢鷹獨出，奇矯無前；謝康樂如東海揚帆，風日流麗；陶彭澤如絳雲在霄，舒卷自如。

宋張戒《歲寒堂詩話》卷上

世徒見子美詩多粗俗，不知粗俗語在詩句中最難，非粗俗，乃高古之極也。自曹、劉死至今一千年，惟子美一人能之。中間鮑照雖有此作，然僅稱俊快，未至高古。

又云：黄魯直自言學杜子美，子瞻自言學陶淵明，二人好惡，已自不同。魯直學子美，但得其格律耳。子瞻則又專稱淵明，且曰：「曹、劉、鮑、謝、李、杜諸子皆不及也」，夫鮑、謝不及則有之，若子建、李、杜之詩，亦何愧於淵明。

又云：孔子删詩，取其思無邪而已。至建安七子、六朝、有唐及近世諸人，思無邪者，惟陶淵明、杜子美耳，餘皆不免落邪思也。六朝顔、鮑、徐、庾，唐李義山，國朝黄魯直，乃邪思之尤者。

元陳繹曾《詩譜》

六朝文氣衰緩，唯劉越石、鮑明遠有西漢氣骨，李、杜筋取此。

明陸時雍《詩鏡總論》

鮑照材力標舉，凌厲當年，如五丁鑿山，開人世之所未有。當其得意時，直前揮霍，目無堅壁矣。駿馬輕貂，雕弓短劍，秋風落日，馳騁平岡，可以想此君意氣所在。

明陸時雍《古詩鏡》卷一四

鮑照快爽莫當，麗藻時見，所未足者，韻耳。凡鏗然而鳴，矻然而止者，聲耳。韻氣悠然有餘，韻則神行乎間矣。　　七言開逴跌蕩，第少調度和美。

明許學夷《詩源辯體》卷七

明遠五言，既漸入律體，中復有成律句而綺靡者。如「歸華先委露，别葉早辭風」，「蜀琴抽白雪，郢曲發陽春」，「珠簾無隔露，羅幌不勝風」，「揚塵紫煙上，垂綵緑雲中」等句，則皆律句而綺靡者也。然此實不多見，故必至永明乃爲四變耳。

明鍾惺譚元春《古詩歸》卷一二

鮑參軍靈心妙舌，古樂府第二乎？五言古卻又沈至。鮑照能以古詩聲格作樂府，以五言性情入七言，别有奇響異趣。

清王夫之《薑齋詩話》卷下

古詩及歌行换韻者，必須韻意不雙轉。自《三百篇》以至庾、鮑七言，皆不待鈎鎖，自然蟬連不絶。

清王夫之《古詩評選》卷一

明遠樂府，自是七言至極，顧於五言歌行，亦以七言手筆行之，句疏氣迫，未免失五言風規。但其謀篇不雜，若《門有車馬》《東武》《結客》諸作，一氣内含，自踞此體腸。要當從大段著眼，乃知其體度，若徒以光俊求之，則且去吴均不遠矣。元嘉之末，雅俗沿革之際，未可以悦耳妄相推許也。

又云：七言之制，斷以明遠爲祖何？前雖有作者，正荒忽中鳥徑耳。柞棫初拔，即開夷庚，明遠於此，實已範圍千古。故七言不自明遠來，皆荑稗而已。由歌行而近體，則有杜易簡；由近體而絶句，則有劉夢得。

淵源不昧，元唱相仍。若杜甫《夔州》以降，洎于元、白、温、李，更不知其宗風嗣阿誰矣。狐子野干拖人入異類不少。

清馮班《鈍吟雜録》

李太白崛起，奄古人而有之，根於《離騷》，雜以魏三祖樂府，近法鮑明遠，梁、陳流麗，亦時時間出，譎辭雲構，奇文鬱起，後世作者，無以加矣。

又云：歌行之名，本之樂章，其文句長短不同，或有擬古樂府爲之，今所見如鮑明遠集中有之。

清郎廷槐編《師友詩傳録》

問：「五古句法宜宗何人？從何人入手簡易？」阮亭答：「《古詩十九首》如天衣無縫，不可學已。陶淵明純任真率，自寫胸臆，亦不易學。六朝則二謝、鮑照、何遜，唐人則張曲江、韋蘇州數家，庶可宗法。」歷友答：「五言之至者，其惟《十九首》乎！其次則兩漢諸家及鮑明遠，陶彭澤駸駸乎古人矣。子建健哉，而傷於麗，然抑五方聖境矣。韋蘇州其後勁也，陳子昂遁入道書矣。」

清王士禎《漁洋詩話》卷下

鍾嶸《詩品》，余少時深喜之，今始知其踳謬不少。嶸以三品詮叙作者，自譬諸九品論人，七略裁士。乃以劉楨與陳思並稱，以爲文章之聖。夫楨之視植，豈但斥鷃之與鯤鵬耶！又置曹孟德下品，而楨與王粲反居上品。他如上品之陸機、潘岳，宜在中品，中品之劉琨、郭璞、陶潛、鮑照、謝朓、江淹，下品之魏武，宜在上品。

下品之徐幹、謝莊、王融、帛道猷、湯惠休，宜在中品。而位置顛錯，黑白淆譌，千秋定論，謂之何哉？建安諸子，偉長實勝公幹，而嶸譏其以莛扣鐘，乖反彌甚。至以陶潛出于應璩，郭璞出于潘岳，鮑照出于二張，尤陋矣，又不足深辯也。

清何焯《義門讀書記》卷四六

詩至於鮑，漸事誇飾，雖奇之又奇，頗乏天然。又不嫻於朝廟之製，於時名價不逮顔公，非但人微也。《從過舊宫》一篇，亦自深厚。朝廟之詩，不過鋪陳耳，故非頓有所短。

清何焯《義門讀書記》卷四七

詩至明遠，已發露無餘，李、杜、元、白皆從此出也。鍾記室謂其「含景陽之俶詭，兼茂先之靡嫚」，知之最深。然亦具太冲之瑰奇。

又云：太白、退之學鮑處多，他家則求味兼採耳。鮑不及謝，《行路難》諸篇卻是七言之祖。

又云：詩家鍊字琢句始於景陽，而極於鮑明遠。

又云：鮑明遠太麗，謝元暉太工，皆求勝前人，而反不及。

清何焯《義門讀書記》卷五一

唐初七言歌行，多用齊梁舊體，至公等乃專法鮑明遠。《行路難》極于遒壯，故詩中專以長句爲言也。

（按此爲論杜甫《蘇端薛復筵簡薛華醉歌》詩語。）

清何焯《義門讀書記》卷五二

《杜鵑行》，不如鮑明遠。（按指杜甫《杜鵑行》詩）

清陳祚明《采菽堂古詩選》卷一八

鮑參軍既懷雄渾之姿，復挾沉摯之性。其性沉摯，故即景命詞，必鉤深索異，不欲猶人。其姿雄渾，故抗音吐懷，每獨成亮節，自得於己。樂府則弘響者多，古詩則幽尋者衆。然弘響之中，或多拙率；幽尋之内，生澀病焉。二弊交呈，每傷氣格。要須觀過知仁，即瑕見美。則以雖拙率而不近，雖生澀而不凡。音節定遒，句調必健，少陵所詣，深悟於兹。固超俗之上篇，軼群之貴術也。所微嫌者，識解未深，寄託亦淺。感歲華之奄謝，悼遭逢之岑寂。惟此二柄，布在諸篇。縱古人託興，率亦同然。而百首等情，烏睹殊解。無煩詮釋，莫足耽思。夫詩惟情與辭，情辭合而成聲。鮑之雄渾在聲，沉摯在辭。而於情反傷淺近，不及子山，乃以是故。然當其會心得意，含咀宫商，高揖機、雲，遠符操、植，則又非子山所能競爽也。要之自宋以後，此兩家洵稱人傑。鮑境異於庾，故情遜之；庾時後於鮑，故聲遜之。不究此二家之藴，即不知少陵取法何自。古今作者，沿泝有因。至於格調之殊，易地則合，固不可强加軒輊耳。

又云：鮑參軍詩如驚潮怒飛，迴瀾倒激，堆埼隖嶼，蕩潏浸汩，微尋曲到，不作安流，而批擊所經，時多觸閡，然固不足阻其洶湧之勢。

清葉燮《原詩》卷一《内篇上》

《三百篇》一變而爲蘇、李，再變而爲建安、黄初。建安、黄初之詩，大約敦厚而渾樸，中正而達情；一變而爲晉，如陸機之纏綿鋪麗，左思之卓犖磅礴，各不同也。其間屢變而爲鮑照之逸俊，謝靈運之警秀，陶潛之澹遠；又如顔延之之藻績，謝朓之高華，江淹之韶嫵，庾信之清新。此數子者，各不相師，咸矯然自成一家，不肯沿襲前人以爲依傍，蓋自六朝而已然矣。

又云：無論居古人千年之後，即如左思去魏未遠，其才豈不能爲建安詩耶？觀其縱横躑踏，睥睨千古，絶無絲毫曹、劉餘習。鮑照之才，迥出儕偶，而杜甫稱其俊逸，夫俊逸則非建安本色矣。千載後無不擊節此兩人之詩者，正以其不襲建安也。

清葉燮《原詩》卷四《外篇下》

六朝詩家，惟陶潛、謝靈運、謝朓三人最傑出，可以鼎立。三家之詩不相謀，陶澹遠，靈運警秀，朓高華，各闢境界，開生面，其名句無人能道。左思、鮑照次之，思與照亦各自開生面，餘子不能望其肩項。

又云：六朝諸名家，各有一長，俱非全璧。鮑照、庾信之詩，杜甫以清新、俊逸歸之，似能出乎類者。究之拘方以内，畫於習氣，而不能變通，然漸闢唐人之户牖，而啟其手眼，不可謂庾不爲之先也。

清賀貽孫《詩筏》

杜子美以「清新」、「俊逸」分稱庾子山、鮑明遠二人，可謂定評矣。但六朝人爲清新易，爲俊逸難。詩家清境最難，六朝雖有清才，未免字字求新，則清新尚兼人巧。而俊逸純是天分，清新而不俊逸者有矣，未有俊逸而不清新者也。子美雖兩人並稱，然大半爲明遠左袒耳。及取兩人詩讀之，明遠既有逸氣，又饒清骨；子山雖多清聲，不乏逸響。且俊逸易涉於佻，而明遠則厚。清新易涉於浮，而子山則警。明遠與顔、謝同時，而能獨運靈腕，盡脱顔、謝板滯之習。子山當陳、隋靡靡之日，而時有骨氣，不爲膚立。六朝人多不能爲七言，而明遠獨以七言擅長。若子山五言詩，竟是唐人近體佳手矣。雖所就不同，要皆一時出類之才也。

清田雯《古歡堂集》卷二

昔延年問鮑照己與靈運優絀，照曰：「謝五言如初發芙蓉，自然可愛，君詩若鋪錦列繡，雕繢滿眼。」蓋於延年有微詞，而論詩之善可睹矣。若夫明遠，挺拔名貴，俊偉光華，直與客兒並驅，尤非錯彩鏤金者所及。

清沈德潛《古詩源》卷一一

明遠樂府，如五丁鑿山，開人世所未有，後太白往往效之。五言古亦在顔、謝之間。

又云：抗音吐懷，每成亮節，其高處遠軼機、雲，上追操、植。

又云：五言古雕琢與謝公相似，自然處不及。

清沈德潛《説詩晬語》卷上

詩至於宋，性情漸隱，聲色大開，詩運一轉關也。康樂神工默運，明遠廉儁無前，允稱二妙。延年聲價雖高，雕鏤太過，不無沉悶，要其厚重處，古意猶存。

又云：鮑明遠樂府，抗音吐懷，每成亮節。《代東門行》《代放歌行》等篇，直欲前無古人。

又云：《大風》《柏梁》，七言之權輿也，自時厥後，如魏文《燕歌行》、陳琳《飲馬長城窟》、鮑照《行路難》，皆稱傑構。

清牟願相《小澥草堂雜論詩》

鮑明遠詩如胡纓楚客，劍氣縱横。

又云：鮑明遠在宋定爲好手，李太白全學此人。

清葉矯然《龍性堂詩話初集》

玄暉、明遠，骨氣秀勁，最稱逸才。今綈觀其集中，規摹太康、元嘉者什三，開先初盛者什七，風氣之兆，若有神然。此古詩之源流，不可不知也。

又云：鮑明遠詩，靈心慧舌，不可殫指。如「萬曲不關情，一曲動情多。欲知情厚薄，更聽此聲過」，「食梅常苦酸，衣葛常苦寒。絲竹徒滿坐，憂人不解顏」，「直如朱絲繩，清如玉壺冰，何慚疇昔意，猜恨坐相仍」，「傷禽惡弦驚，倦客惡離聲，離聲斷客情，賓御皆涕零」，此五言之妙也。「春燕參差風散梅，開帷對影弄春爵」，「朱城九重門九闥，願逐明月入君懷」，「寫水置平地，各自東西南北流。人生亦有命，安能行歎復坐愁」，皆七言之妙也。其寫情寫景，無限悲惋，「俊逸鮑參軍」，有以也。至其質而帶詼，直而轉趣，則如「今朝臨水拔已盡，明日對鏡還復盈」，「君不見亡靈蒙享祀，何時傾杯竭壺罌」，「結帶與我言，死生好惡不相置，今朝見我顏色改，意中索寞與先異」，讀之令人失笑。覺「俊逸」二字，復不足以盡之。鍾嶸謂其「貴尚巧似，不避危仄，頗傷清雅之調」，豈知明遠者哉！

清喬億《劍谿説詩》卷上

鮑明遠五言輕俊處似三謝，至其筆力矯捷，直欲與左太沖、劉越石中原逐鹿矣。七言歌行，寓廉悍於藻麗中，江表三百年，允推獨步。

又云：杜詩「俊逸鮑參軍」，「逸」字作奔逸之逸，纔託出明遠精神，即是太白精神，今人多解作閒逸矣。

又云：江、鮑各有擬陶詩，皆不及韋，韋氣象近道。

又云：至如漢武之《柏梁詩》《瓠子歌》《秋風辭》，曹丕之《燕歌行》，陳琳之《飲馬長城窟》，鮑照之《白紵舞歌辭》《擬行路難》，無名氏之《木蘭詩》，雖詞意高古，而波瀾漸闊，肇有唐風矣。

清張玉穀《古詩賞析》卷一七

參軍五言擅長，樂府諸章，更超忽變化，生面獨開，固當與陳思王角雄爭勝。杜少陵第以俊逸目之，竊恐不足以盡其美也。

清黃子雲《野鴻詩的》

《三百篇》下迄漢、魏、晉，言情之作居多，雖有鳥獸草木，藉以興比，非僅描摹物象而已。迨元嘉時，鮑、謝二公爲之倡，風氣一變。嗣後仿效者情景參半，歷梁、陳而專尚月露風雲。

又云：明遠沉雄篤摯，節亮句遒，又善能寫難寫之景。較之康樂，互有專長。

清魯九皋《詩學源流考》

劉宋之奪晉祚也，晉臣謝靈運入焉，與其從叔父混、從弟惠連、瞻並名于時。其詩長於游山，刻畫點綴，備極神妙。而顏特進、鮑參軍各以其能著。參軍之擬古諸作，實足與謝相伯仲，故後世並稱鮑、謝。

清張惠言《七十家賦鈔序》

以情爲裏，以物爲褾，鑣彫風雲，琢削支鄂，其懷永不可忘也。坌乎其氣，煊乎其華，則謝莊、鮑照之爲也。江淹爲最賢，其源出於屈平《九歌》，其掩抑沈怨，泠泠輕輕，其縱脱浮宕而歸於大常。鮑照、江淹，其體則非也，其意則是也。

清李調元《雨村詩話》卷上

詩之綺麗，盛於六朝，而就各代分之，亦有首屈一指之人。如宋則以鮑照明遠爲第一，其樂府如五丁開山，得未曾有。謝瞻輩所不及也。

清無名氏《静居緒言》

玄暉、明遠，淩厲顧盼，並駕一時，工單辭隻句者不能望見顔色。然謝詩腴，鮑詩雋。謝詩尚有入時處，鮑詩如樂府諸篇，鏗金戛玉，騠騠古音，其後作者，漸有氣弱格降之歎。

清李重華《貞一齋詩説》

且七言成于鮑照，而李、杜才力廓而大之，終爲正宗。

又云：七古自晉世樂府以後，成於鮑參軍，盛於李、杜，暢於韓、蘇，凡此俱屬正鋒。唐初王、楊、盧、駱體，爲元、白所宗，可間一爲之，不得專意取法，恐落卑靡一派。

又云：宋以後只當以老謝作主，其餘若江、鮑，若何、范，若小謝，皆其羽翼。觀昭明選録體裁，便自如此。

清延君壽《老生常談》

學五古詩，才質平鈍者當先從曹植、鮑照入手，超拔者當先從陶、謝入手。彼既超拔，于謝令其鍊才就法，于陶令其去華就實，猶之平鈍者，非陳思、明遠之精鋭開脱，不能啟其懦而發其警也。然後讀杜參其變，讀李疏其氣，讀韓肆其志，讀蘇宏其聲而博其趣。

又云：學明遠詩，惟調落已爲後人所模範者，則不當再仿。其英俊之氣，精悍之筆，與夫種種抑鬱之思，最能發人哀感，長人才思。讀陳思、陶、謝、明遠畢，然後再泛覽諸家，以收其美，未爲晚也。

清吴淇《六朝選詩定論》卷一三

當晉宋波靡之餘，振拔爲難。出顔、謝盛名之後，興起匪易。參軍挺爾奮舉，以駿逸之氣，運清麗之詞。雖造詣之深不及顔、謝，而其板重拙晦之語，淘洗淨盡，居然自名一家之體。得與並驅者，唯謝宣城一人。然宣城工於琢句，而參軍風骨更勝，復兼擅樂府之長，故同爲唐人權輿，而參軍尤爲供奉所服膺已。

清成書《多歲堂古詩存》

明遠諸樂府信筆揮灑，直抒所見，淋漓頓挫，官止神行。前此風氣沕穆，尚未如此軒露。齊、梁而下，則體格俱降矣。

又云：明遠諸詩，筆力仍樂府之健舉，詞句則斂以整飭，足見能者無乎不可。或病其俊偉而乏渾涵，殆專指樂府，諸詩殊不儘然。

清施補華《峴傭説詩》

岑嘉州五言古源出鮑照，而魄力已大。

又云：七言古雖肇自《柏梁》，在唐以前，具體而已。魏文《燕歌行》已見音節，鮑明遠諸篇已見魄力。然開合變化，波瀾壯闊，必至盛唐而後大昌。

清潘德輿《養一齋詩話》卷一

玄暉之雋骨，與鮑明遠之逸氣，可稱六朝健者。

清潘德輿《養一齋詩話》卷二

吾於六朝人，極服膺陶之古詩，鮑之樂府，蓋接漢、魏之統，開有唐之派者止此。其餘非無能者，皆出二公下。

清厲志《白華山人詩説》卷一

古今詩人，推思王及《古詩》第一，陶、阮、鮑、左次之，建安、六朝又次之。惟少陵能兼綜其意與氣，太白能兼綜其情與韻，但情韻中亦有意氣在，意氣中亦有情韻在，不過兩有偏勝耳。

又云：太白七古短篇，賀季真稱其爲精金粹玉，是真知太白者。然不讀鮑明遠樂府，其佳妙從何處識來？

又云：鮑明遠樂府，少陵學其五言，太白學其七言，各能採擷精髓，而自合神丹。

清許槤《六朝文絜箋注》卷七

明遠駢體，高睨六代。文通稍後出，差足頡頏，而奇峭幽潔不逮也。

清何文焕《歷代詩話考索》

鍾常侍評鮑參軍云：「嗟其才秀人微，取湮當代。」夫明遠之才，爵位微矣，猶然未彰，矧下此者哉！然而其詩其名，故不磨也。人微乎哉，勉之。

清朱庭珍《筱園詩話》卷一

蓋五古須法漢、魏及阮步兵、陶淵明、謝康樂、鮑明遠、李、杜諸公，而參以太沖、宣城及王、孟、韋、柳四家，則高古清遠，雄厚沈鬱，均造其極，正變備於是矣。

清方東樹《昭昧詹言》卷一

以新意清詞易陳言熟意，惟明遠、退之最嚴，政如顔公變右軍書，爲古今一大界限。

以謝、鮑、韓、黄深苦爲則，則凡漢、魏、六代、三唐之熟境、熟意、熟詞、熟字、熟調、熟貌，皆陳言不可用。非但如此，須知《六經》亦陳言不可襲用，如用之，則必使入妙。

又云：謝公厚重沈深，明遠雖俊逸獨出，似猶遜之。

又云：謝、鮑根據雖不深，然皆自見真，不作客氣假像，此所以能爲一大宗。後來如宋代山谷、放翁，時不免客氣假像，而放翁尤多。

清方東樹《昭昧詹言》卷二

鮑俊逸生峭，澀固奇警；謝渾厚精融，而不能如漢、魏之豪宕縱恣，飛動剽忽也。

清方東樹《昭昧詹言》卷五

謝公起處，有凝對者，亦似鮑。有極緊健，亦有平叙不甚警者，亦有峥嶸飛動之勢者，但力自厚而不流，與杜公筆力雄快馳驟者不同，須分别之。

又云：太鍊則傷氣，謝、鮑兩家若不善學，則恐不免峭促不舒之病，不如《三百篇》、漢、魏、阮公以及杜、韓混茫浩然一氣也。如能合陶、杜、漢、魏而兼其勝，乃可俯視謝、鮑，而豈易得此人乎！

又云：謝、鮑元氣渾淪，流注於篇内。但不怒張馳驟，呈露於外耳。非無氣也，乃故凝之，固之，抑遏之。如匣劍光，柙虎兕。

又云：謝、鮑、杜、韓造語皆極奇險深曲，卻皆出以穩老，不傷巧。小才效之即不穩，或傷巧而輕，或晦不解。

清方東樹《昭昧詹言》卷六

李、杜皆推服明遠，稱曰「俊逸」，蓋取其有氣，以洗茂先、休奕、二陸、三張之靡弱。今以士衡所擬樂府古詩與明遠相比，可見。

又云：姚薑塢先生云：「音響峭促，孟郊以下似之。」

又云：鮑詩全在字句講求，而行之以逸氣，故無騃蹇、緩弱、平鈍、死句、懈筆。他人輕率滑易則不留人，客氣假像則無真氣動人。韓、杜常師其句格。衣被百世，豈徒然哉！

又云：明遠雖以俊逸有氣爲獨妙，而字字鍊，步步留，以澀爲厚，無一步滑。凡太鍊澀則傷氣，明遠獨俊逸，又時出奇警，所以獨步千秋。

又云：讀鮑詩，於去陳言之法尤嚴，只是一熟字不用。然使但易之以生而不典，則空疏杜撰亦能之，徒用典而不切，無真境真味，則又如嚼蠟，吃糙米飯。既取真境，又加奇警，所以爲至。

又云：寧生而典，一變熟滑陳舊，平易淺率之病，而筆勢振迅，足以驅使紙上，但見生氣。

又云：鮑詩面目，以澀鍊典實，沈奥創生爲佳，足以藥輕浮滑率淺易之病。然其至處，乃在逸氣沈響警奇也。

又云：鮑不及漢、魏、阮公之渾浩流轉，然故約之鍊之，如制馬駒，使就羈勒，一步不肯放縱，故成此體。故鮑、謝兩家，皆能作祖。若杜、韓則是就漢、魏極力開拓，而又能包有鮑、謝，極古今之正變，不可以尋常詩家相例。

又云：杜、韓皆取鮑句格，是其才力能兼之。孟東野、曾南豐專息駕於此，豈曰非工，然門徑狹矣。

又云：南豐學鮑學韓，可謂工極；但體平而無其勢，轉似不逮東野。

又云：南豐學鮑學韓，字字句句，與之同工，無一字不著力，而不如鮑與韓者，只是平漫無勢。知南豐之失，則知學詩之利病矣。

又云：南豐似專在字句學，而未深講篇體。陸士衡頗講篇體，而於字句又失之流易。然而南豐不可及，其于鮑、韓爲嫡派矣。

又云：姜白石冥心獨造，擺落一切，直書即目，誠爲獨造，然終是宋體文體。後人學之，恐有流病。不典而淺易，即空疏人弄筆便能之。故不如明遠字字典，字字鍊，步步留境象，深固奥澀，語重法密，氣往勢留，響沈句峭，可爲楷式。

又云：明遠句法工妙，唐、宋大家，常撫擬之。

又云：謝、鮑兩家起句，多千錘百鍊，秀絶寰區。與杜公峥嶸飛動，往復頓挫，皆爲起句宗法。山谷常學之，而恒不逮，細鍊而已，秀絶或少。

又云：細繹鮑詩，而交待章法，已不逮謝公之明確，往往一片不分，無頓束離合，斷續向背之法。乃知習之之所謂文法，甚難匪易。後惟韓最精細不苟，愈看愈分明。

又云：明遠有精純清鍊，一往沈厚一種，如《東武吟》《薊北門行》，杜公常擬之。又如「霞石觸峰起」「穹跨負天石」，句法峭秀，杜公所擬也。「淚竹感湘别」，則韓公所擬也。

又云：作詩固是貴有本領，而字句率滑，不典不固，終無以自拔於流俗。今以鮑、謝兩家爲之的，於謝取其華妙章法，一字不率苟隨意。於鮑取其生峭澀奥，字字鍊，步步留，而又一往俊逸。明遠詩令人不可斷截，其思清意屬，句重有味，無懈筆敗筆也。一字不苟，故能如此。

又云：鮑每於一字上見生熟，此一大公案。

又云：鮑不如漢、魏、阮公文法高妙，筆勢縱恣横溢不費力；亦不如杜、韓豪宕變化。然氣體堅實，驚心動魄，要亦百世師也。

又云：鮑、謝兩雄並峙，難分優劣。謝之本領，名理境界，肅穆沉重，似稍勝之，然俊逸活潑，亦不逮明遠。作詩文者，能尋求作者未盡之長，引而伸之，以益吾短，於鮑、謝兩家尤宜。觀之杜公可見。又明遠詩似有不亮之句及冗剩語，康樂無之。

清方東樹《昭昧詹言》卷七

小謝情優於鮑，令人如或遇之。而明遠有氣體，較又高於小謝。

清錢振倫《江鮑二家文鈔序》

原夫南朝作手，江鮑並稱，大率參軍集如萬仞峭崖，獨絶人蹤；醴陵集如上界琪花，别成奇采。上方漢魏，則渾灝不及，而塗轍易明。下比陳隋，則繁縟未開。而風格較峻，子莫執中，若斯而已。

清王闓運《湘綺樓説詩》卷六

鮑明遠詩氣急色濃，務追奇險，其品度卑矣。然自成格調，亦無流騁無歸。無識者乃以爲風韻獨出顔、謝之上，是不知翰林之鷙，而以爲丹山之鳳也。

又云：鮑詩只是多琢句，精選詞，工佈景，故格不得高。其勁氣纔足除冗敝耳。

李詳《與孫益庵書》

太沖《三都》之後，士衡、安仁漸趨今軌，明遠、文通起而振之，藻耀高翔，足稱勁敵。

清劉熙載《藝概·詩概》

「孤蓬自振，驚沙坐飛」，此鮑明遠賦句也，若移以評明遠之詩，頗復相似。

又云：明遠長句，慷慨任氣，磊落使才，在當時不可無一，不能有二。杜少陵《簡薛華醉歌》云：「近來海内爲長句，汝與山東李白好。何劉沈謝力未工，才兼鮑照愁絶倒。」此雖意重推薛，然亦見鮑之長句，何、劉、沈、謝均莫及也。

清夏敬觀《八代詩評》

宋以後樂府，音調漸變，用七言、雜言者尤甚。鮑照《擬行路難》，其機軸出自陳琳《飲馬長城窟》，至其變名句協韻爲隔句協韻，非複《柏梁》體也。謝莊《懷園吟》《山夜憂》、沈約《八詠》等詩，尤注重音節，開初唐四傑之派。唐人七言詩，又變其音節，而隔句協韻，實始于鮑照。吴均、費昶之《行路難》、蕭子顯之《燕歌行》，則又排偶而换韻矣。是時文辭，受此影響頗甚。其爲樂府，能徜存漢、魏之骨者，惟鮑照一人矣。

又云：鮑照詩鍾嶸稱其「善製形狀寫物之詞，得景陽之諔詭，含茂先之靡嫚，骨節强於謝混，驅邁疾於顔延。總四家而擅美，跨兩代而孤出。嗟其才秀人微，故取湮當代。然貴尚巧似，不避危仄，頗傷清雅之調。故言險俗者，多以附照」，予按《宋書》稱照「文辭贍逸，嘗爲古樂府，文甚遒麗。世祖以爲中書舍人。上好文章，自謂人莫能及，照悟其旨，爲文多鄙言累句。當時咸謂照才盡，實不然也」，據此，則嶸所謂頗傷清雅，爲言險俗者所附，正照之避讓孝武帝，懼爲所忌之故。沈德潛謂「明遠樂府如五丁鑿山，開人世所未有，後太白往往效之。五言古亦在顔、謝之間」，又曰：「宋人詩日流弱，古之終，律之始也，無鮑謝二公，恐風雅無色。」劉熙載取照賦句「孤蓬自振，驚沙坐飛」爲照詩之評，均爲允當。

清魏源《詩比興箋序》

由漢以降，變爲五言，《古詩十九首》多枚叔之詞，《樂府鼓吹曲》十餘章，皆《騷》《雅》之旨，張衡《四愁》，陳思《七哀》，曹公蒼茫對酒當歌，有風雲之氣。嗣後阮籍、傅休奕、陶淵明、鮑明遠、江文通、陳子昂、李太白、韓昌黎，皆以比興爲樂府琴操，上規正始，視中唐以下純爲賦體者，固古今升降之殊哉！

清劉師培《南北文學不同論》

晉、宋以降，文體復更。淵明之時，仍沿晉派。至若慧業文人，咸崇文藻，鑱雕風雲，模範山水。自顔、謝詩文，舍奇用偶，鬼斧默運，奇情畢呈，句争一字之奇，文采片言之貴，情必極貌以寫物，辭必窮力而追新。齊、梁以降，益尚豔辭，以情爲裏，以物爲表，賦始于謝莊，詩昉于梁武。陰、何、吴、柳，厥制益工，研鍊則隱師顔、謝，妍麗則近則齊、梁。子山繼作，淹抑沈怨，出以哀豔之詞，由曹植而上師宋玉，上又南文之一派也。鮑照詩文，義尚光大，工於騁勢；然語乏清剛，哀而不壯。大抵由左思而上效蘇、張，上亦南文之一派也。

章炳麟《國故論衡・辨詩》

往者《大風》之歌，《拔山》之曲，高祖、項王，未嘗習藝文也，然其言爲文儒所不能舉。蘇、李之徒，結髮爲諸吏騎士，未更諷誦，詩亦爲天下宗。及陸機、鮑照、江淹之倫，擬以爲式，終莫能至。以是言之，情性之用長，而問學之助薄也。

自屈、宋以至鮑、謝，賦道既極，至於江淹、沈約，稍近凡俗，庾信之作，去古踰遠。世多慕《小園》《哀江南》輩，若以上擬《登樓》《閒居》《秋興》《蕪城》之儕，其靡已甚。

黄節《鮑參軍詩補注》序

參軍生不逢辰，憂危辭多，功名志薄，又遇猜主，故隸事過隱。而善自造辭，章法奇變，有類楚騷。

附録三：鮑照評傳

一、貧賤自負、才氣横溢的青年

鮑照，字明遠，生於晉安帝義熙十二年（四一六），卒于宋明帝泰始二年（四六六），是我國南北朝時期最爲傑出的作家之一，在劉宋文壇上與謝靈運、顏延之並稱爲元嘉三大詩人。鮑照雖然是元嘉體的代表詩人之一，但卻又是元嘉詩風向蕭齊永明體詩風過渡的關鍵詩人，在我國文學史上有着相當重要的地位。

鮑照的籍貫，虞炎《鮑照集序》記爲上黨人，而沈約《宋書》與蕭子顯《南齊書》則記爲東海人，因而後人在上黨與東海之間往往聚訟紛紜。由於東晉南朝時期北方州、郡、縣在南方紛紛僑立的特殊情況，對於上黨與東海的具體地理位置，學者們更是各執一詞，説法不一。如上黨，前人多以爲指南朝僑立於徐州淮陽郡的上黨縣（今江蘇宿遷）。而東海則有人以爲指東魏所建置的東海即今江蘇的灌雲，有人以爲指南朝所建置的東海即今江蘇的漣水，以上所説其實並不準確。根據筆者的考察，鮑照原籍最爲可能的是秦漢時所建置的并州上黨郡（今山西長子）。鮑氏原居渤海高城，自西漢鮑宣開始乃徙于上黨長子。此後，鮑宣之子鮑永曾任司隸校尉，後拜爲兗州牧；鮑永之子鮑昱，更是先後任過司徒，太尉等職，凡再爲三公；鮑昱之子鮑德，先官至南陽太守，後徵拜大司農，亦九卿之一。世代卿相，聲勢顯赫，成了上黨望族，上黨也從此成了鮑氏郡望之所在。而自鮑昱之子鮑德開始，鮑氏又遷居於東海，此東海乃漢晉時所治郯城的東海（治所在今山東郯城）。

而自鮑德遷居東海以後，鮑氏則未有位任通顯者。因此，鮑氏雖然族居於東海而郡望則高標爲上黨，即所謂「聚族於東海，標望於上黨」（清光緒二十三年鮑輔楹等重修之《鮑氏宗譜》序）者也。虞炎奉齊武帝蕭賾的皇太子蕭長懋之命搜集鮑照遺文並爲其集作序，當然要高標其郡望之所在。然而，鮑氏居於上黨的時間不過僅三四世，時間頗短，所以一般情況下，稱鮑氏籍貫時則仍稱爲東海。這就是爲什麽虞炎稱鮑照上黨人，而《宋書》《南齊書》則稱鮑照爲東海人的真正原因。

但是，鮑照其實並不是實際意義上的上黨人或東海人，因爲從鮑照詩文中所反映出來的内容看，鮑照當時應該家於今江蘇鎮江和南京一帶。這是因爲在西晉永嘉大亂之後，北方流民大量南下避亂，在這種大規模的移民浪潮中，鮑照的先世作爲徐州淮北的流民，離開了東海族居之地而避亂江南乃是極其自然之事。根據《宋書·州郡志》的記載，當時的南渡流民極大多數乃寓居於僑置的南徐州，而南徐州治所所在的京口（今江蘇鎮江）當時就僑立有南東海郡，以安置從徐州南下的東海郡流民。因此，鮑照的先輩南渡後僑居於京口又爲必然，所以鮑照在他詩中乃稱京口爲其「舊邦」耳。

關於鮑照的出身，也是歷來争論較多的一個問題。鮑照在他的詩文中多次提到過他家庭的貧賤情況，如《解褐謝侍郎表》説：「臣孤門賤生，操無炯跡，鶉棲草澤，情不及官。」《謝解禁止疏》説：「臣自惟孤賤，盜幸榮級。」《請假啓》説：「臣居家之治，上漏下濕。暑雨將降，有懼崩壓。比欲完葺，私寡功力，板插綯塗，必須躬役。」虞炎《鮑照集序》也説：「鮑照字明遠，本上黨人，家世貧賤。」而且《南齊書》卷五六《倖臣傳》也將鮑照與倖臣巢尚之相提並論，因此有些學者乃據此而以爲鮑照出身庶族。但是從鮑照以及他妹妹鮑令暉所受的教養來看，他的出身應該並非庶族可比。而且，鮑照一出仕即爲劉義慶的臨川王國侍郎，出仕之後又與當時一流高門世族琅邪王氏和陳郡謝氏的代表人物王僧達、王僧綽、謝莊等人交往甚密，且有詩酒唱和之舉，這也説明了他應該並非庶族出身。再考察被一些學者以爲他出身庶族證據的《南齊書・倖臣傳序》説：

宋文世，秋當、周糾並出寒門，孝武以來，士庶雜選。如東海鮑照，以才學知名，又用魯郡巢尚之，江夏王義恭以爲非選。

上文既然説「孝武以來，士庶雜選」，因此巢尚之並不一定就出身庶族。而且《宋書・恩倖傳》在提到巢尚之時則説：

魯郡巢尚之，人士之末。

《宋書》卷八十八《薛安都傳》載安都從弟道生爲秣陵令庾淑之所鞭，安都往殺庾淑之，柳元景責之曰：「卿從弟服章言論，與寒細不異，雖復人士，庾淑之亦何由得知。且人身犯罪，理應加罰，卿爲朝廷勳臣，宜崇奉法憲，云何放恣，輒欲於都邑殺人。」《南齊書・倖臣・吕文度傳》云：「永明中，敕親近不得輒有申薦，人士免官，寒人鞭一百」。以「人士」與「寒人」對舉，可見「人士」，亦猶「士人」。這裏説巢尚之是「人士之末」，也就是説巢尚之乃是士人中的末流，即低級士族。因此，據此以爲鮑照出身庶族的根據顯然不足。其實，鮑照在自己的詩文中已經透露出了自己的出身，只是論者往往忽略了這一點，對此未予重視而已。他的《拜侍郎上疏》説：

臣北州衰淪，身地孤賤。

這裏需要注意的是「北州衰淪」四字。説「北州」，乃是説他本是中原舊姓；説「衰淪」，乃是説他鮑氏家族至此已經衰落。然而，東海鮑氏在南朝雖然已經衰落，並非高門，但也遠非庶族之列。《宋書》卷四十二《王弘傳》載王弘于元嘉初的一段議論説：

如衰陵士人，實與里巷關通，相知情狀，乃當於冠帶小民。

王弘所説的「衰陵士人」，其實也就是鮑照自稱的「北州衰淪」，二者乃是一致的。再看他的《謝永安令解禁止啟》説：

臣田茅下第，質非謝品。志終四民，希絶三仕。

「下第」，乃是當時被舉爲秀才和孝廉者對策所得的等第之一。馬端臨《文獻通考》卷二十八《選舉一》説：「宋制：……凡州秀才、郡孝廉至，皆策試，天子或親臨之。及公卿所舉皆屬於吏部，序才詮用，凡舉得失，各有賞罰。……齊吏部都令史駱宰議策秀才格五問，並得爲上，四、三爲中，二爲下，一，不合與第。」卷三十四《選舉七》説：「宋制，丹陽、吴、會稽、吴興四郡歲舉二人，餘郡各一人。州舉秀才，郡孝廉，皆策試。」鮑照既然自稱「田茅下第」，能有被州郡所薦舉的資格，則其必非庶族可知。而「謝品」，《鮑參軍集注》錢仲聯注説：「《新唐書·柳沖傳》：『魏氏立九品，置中正，尊世胄，卑寒士，權歸右姓。其州大中正、主簿，郡中正、功曹，皆取著姓士族爲之，以定門胄，品藻人物。晉、宋因之，始尚姓已。過江則爲僑姓，王、謝、袁、蕭爲大。』」即鮑照所謂的「質非謝品」，乃指其並非陳郡謝氏所能取得的高品，這也就是説，他是能取得士人品第的人。那末，鮑照的出身乃是士族已是肯定無疑的。東海鮑氏是時既然已經衰陵，鮑照的父、祖又不見載於史册，則鮑照無疑屬於低級士族之列。其實，段師熙仲先生三十多年以前在他的《鮑照五題》（載《文學遺産》一九八三年三期）中就曾説：

如依顔氏文例解鍾記室人微之語，至少可以説，明遠決非寒族，而很可能是上黨舊姓，南渡較遲，致仕宦不達，亦非勢族。

就從另外一個角度明確指出了鮑照的出身應該是低級士族，遺憾的是，這一結論並未曾得到人們應有的重視。

鮑照在他的《侍郎報滿辭閤疏》中曾說：「臣嚚杌窮賤，情嗜踳昧，身弱涓蓺，地幽井谷。本應守業，墾畮剿芿，牧雞圈豕，以給征賦。而幼性猖狂，因頑慕勇；釋擔受書，廢耕學文。畫虎既敗，學步無成。」《在謝秣陵令表》中說：「臣負插下農，執羈末皂。」可見他少年時期曾經有過農耕的生活。雖然與真正的勞動人民的生活有着較大差距，但這種農耕生活對他以後世界觀的形成還是起到了相當大的作用，也是他的詩作中爲什麽有較多的篇章能够反映下層人民的艱苦生活，表現出對下層人民深切同情的主要原因。

鮑照在青少年時期就表現出了傑出的創作才能和强烈的求取功名的願望，虞炎《鮑照集序》説他「少有文思」。他的創作中，有著名的十八首組詩《擬行路難》，這一組詩，歷來得到了學者的高度評價，王夫之於《古詩評選》卷一甚至說：「《行路難》諸篇，一以天才天韻，吹宕而成。獨唱千秋，更無和者。太白得其一桃，大者僊，小者豪矣。」又說：「看明遠樂府，别是一味，急切覓佳處，早已失之。吟詠往來，學蓬勃如春煙，彌漫如秋水，溢目盈心，期得之矣。」溢美之辭，可謂無以復加。此組詩中的最後一首説：

> 諸君莫歎貧，富貴不由人。丈夫四十彊而仕，余當二十弱冠辰，莫言草木委冬雪，會應蘇息遇陽春。對酒叙長篇，窮途運命委皇天。但願樽中九醖滿，莫惜床頭百箇錢。直須優游卒一歲，何勞辛苦事百年。

對於這十八首組詩的創作年代，雖然學者的看法還有不完全一致之處，但組詩的末首既然説「余當二十弱冠辰」，又說「對酒叙長篇」，那麽組詩中的一部分應當爲詩人二十歲甚至是二十歲之前所作，而這一首卻毫無疑問爲詩人二十歲時的作品。它讓讀者感受到了震撼人心的力量，也感受到了一個傑出青年橫溢的才華與豪邁的氣概。以一個年僅二十歲的青年而創作出這樣的傑作佳構，實在不是虞炎「少有文思」所能涵蓋得了的。

僅就《行路難》的末首而言，詩人似乎在説，他從此要將命運交給上天，自己只管盡情去飲酒作樂，過今朝有酒今朝醉的日子了。但明眼人不難看出，詩人其實是通過對飲酒賦詩，及時作樂的描寫，反語表達他不屈服于現實的鬥争精神，對自己的才能充滿了自信和自負。「但願樽中九醞滿，莫惜床頭百箇錢。直須優游卒一歲，何勞辛苦事百年」與後來大詩人李白《將進酒》的「人生得意須盡歡，莫使金樽空對月。天生我材必有用，千金散盡還復來」所透露出來的豪邁慷慨的氣魄，又何其相似乃爾。

宋文帝元嘉十二年（四三五）的深秋，二十歲的鮑照在創作了《擬行路難》中的部分詩篇以後，即從京都建康出發，踏上了西游求仕的道路，前往江陵（今湖北江陵）去干謁當時擔任荆州刺史的臨川王劉義慶。途中行經大雷戍（今安徽望江縣境内）時，登岸四望，爲這一帶壯麗景色所激蕩，不由豪氣勃發，感慨万千，遂奮筆疾書，寫下了著名的《登大雷岸與妹書》。本文氣勢雄壯，辭藻華麗瑰奇，擺脱了一般駢文中常見的平庸、靡弱的文風。運用了比喻、擬人、想像、誇張等多種修辭手法以描繪登大雷岸所見的景物，奇麗變幻，氣象萬千，光彩曜目，令人應接不暇，表現了詩人駕馭語言文字的高超功力。特别是其中描繪廬山景物的一段：

西南望廬山，又特驚異。基壓江潮，峰與辰漢連接。上常積雲霞，雕錦褥。若華夕曜，巖澤氣通，傳明散綵，赫似絳天。左右青靄，表裏紫霄。從嶺而上，氣盡金光，半山以下，純爲黛色。信可以神居帝郊，鎮控湘漢者也。

以一特寫鏡頭展現望中的廬山。先以「基壓江潮」二句，總寫望中廬山的印象，然後重點描繪廬山山峰上雲彩變幻，霞光輝映，神奇莫測的景象。「若華夕曜」數句，濃墨重彩，極盡渲染之能事。並將神話傳説融入其中，更增加了廬山的詭異氣氛。末則以「信可神居」二句總結，從側面補充映證廬山的雄偉神奇。許槤《六朝文絜箋注》説：「煙雲變滅，盡態極妍。即使李思訓數月之功，亦恐畫所難到。」對此作出了高度的評價。而描繪登大雷岸所見的雄偉壯麗景色的一段説：

東顧五洲之隔，西眺九派之分，窺地門之絶景，望天際之孤雲，長圖大念，隱心者久矣。南則積山萬狀，争氣負高，含霞飲景，參差代雄，凌跨長隴，前後相屬，帶天有匝，横地無窮，東則砥原遠隰，亡端靡際，寒蓬夕卷，古樹雲平。旋風四起，思鳥群歸。静聽無聞，極視不見。北則陂池潛演，湖脉通連。苧蒿攸積，菰蘆所繁。栖波之鳥，水化之蟲，智吞愚，彊捕小，號噪驚聒，紛乎其中。西則回江永指，長波天合。滔滔何窮，漫漫安竭！創古迄今，舳艫相接，思盡波濤，悲滿潭壑，煙歸八表，終爲野塵，而是注集，長寫不測，脩靈浩盪，知其何故哉！

以擬人化的手法，描繪重疊山巒的高視闊步，横貫大地。想像苧蒿積聚，菰蘆叢生的水澤中「棲波之鳥，水化之蟲」的弱肉强食。從而發出了「長圖大念，隱心者久矣」的吶喊，表現了一個初出茅廬的青年所獨有遠大心志，和對前途充滿的無限希望。「争氣負高，含霞飲景，參差代雄」、「回江永指，長波天合，滔滔何窮，漫漫安竭」等句，也正是詩人爲眼前壯麗景色所激蕩，以他當時的心情去觀察景物的結果，表現他欲憑藉自己的才能學問，以求一逞的志向。將他自信自負的情感，不露痕跡地融入眼前的景物之中。

這一年的秋末，鮑照到達了荆州的治所江陵。《南史》卷一三《宋宗室及諸王·臨川烈武王道規傳附鮑照傳》説：「照始嘗謁義慶，未見知，欲貢詩言志，人止之曰：『卿位尚卑，不可輕忤大王。』照勃然曰：『千載上有英才異士沉没而不聞者，安可數哉！大丈夫豈可遂蕴智能，使蘭艾不辨，終日碌碌，與燕雀相隨乎？』於是奏詩。義慶奇之，賜帛二十四。尋擢爲國侍郎，甚見知賞。」鮑照獻詩臨川王劉義慶時所表現出的迫不急待的以求一逞的舉動，也正是他當時極端自信自負心情的具體表現。至於他所獻的究竟是何詩，有的論者曾猜測即是《擬行路難》，而清鮑輔楹重修的《鮑氏宗譜》則説是他的《建除詩》。此詩説：

建旗出燉煌，西討屬國羌。除去徒與騎，戰車羅萬箱。滿山又填谷，投鞍合營牆。平原亘千里，旗鼓轉相望。定舍後未休，後驛勑前裝。執戟無暫傾，彎弧不解張。破滅西零國，生虜郅支王。危亂悉平蕩，萬里置關梁。成軍入玉門，士女獻壺漿。收功在一時，歷世荷餘光。開壤襲朱紱，左右佩金章。閉帷草太玄，兹事殆愚狂。

爲藏頭詩形式，兩句一組，分别冠以建除滿平等字，这些字也是詩句意義的組成部分。詩的内容爲一場征討西域少數民族的戰争，表現統一國土的願望和報國立功的雄心壯志。雖然帶有游戲性質，但與他年輕時迫切的立功求仕心情也頗爲一致。劉義慶因此見而奇之，也是非常可能的。從此，鮑照即開始了他長達十多年的王國幕僚生涯。

二、坎坷潦倒的王國幕僚

在劉義慶幕府的初期，可以説是他人生中一個比較美好的時期。當時在劉義慶的幕府，聚集了何長瑜、陸展、盛弘之等著名文人。《宋書》卷五一《宗室·長沙景王道憐傳》曾記載劉義慶：

招聚文學之士，近遠必至。太尉袁淑，文冠當時，義慶在江州，請爲衛軍諮議參軍，其餘吴郡陸展，東海何長瑜、鮑照等，並爲辭章之美，引爲佐史國臣。太祖與義慶書，常加意斟酌。

有些學者遂根據上文的「義慶在江州」的記載，而以爲鮑照與陸展、何長瑜等乃在江州爲劉義慶的僚屬。其實，根據《宋書》卷六七《謝靈運傳》的記載，何長瑜僅在荆州擔任過劉義慶的僚屬，先爲臨川國侍郎，後爲平西記室參軍，並未曾至江州任劉義慶幕僚。文中又記載何長瑜「嘗於江陵寄書于宗人何勗，以韻語序義慶州府僚佐云：『陸展染鬢髮，欲以媚側室。青青不解久，星星行復出。』如此者五六句，而輕薄少年遂演而廣之，凡厥人士，並爲題目，皆加劇言苦句，其文流行。義慶大怒，白太祖除爲廣州所統曾城令。」則陸展擔任劉義慶幕僚亦在荆州。至於袁淑，雖然在江州始入義慶幕，時間于以上數人爲遲，但由於其後袁淑官位較高，故乃列於前耳。何長瑜曾得到過謝靈運的賞識，《宋書·謝靈運傳》記載元嘉五年，「靈運既東還，與族弟惠連、東海何長瑜、潁川荀雍、泰山羊璿之，以文章賞會，共爲山澤之游，時人謂之四友。……靈運嘗自始寧至會稽造方明，過視惠連，大相知賞。時長瑜教惠連讀書，靈運又以爲絶倫。謂方明曰：『……何長瑜當今仲宣，而飴以下客之食。尊既不能禮賢，宜以長瑜還靈運。』靈運載之而去。」《隋書》卷三五《經籍志四》別集類于《王微集》下有「《何長瑜集》八卷，亡」，《荀雍集》下有「南海太守《陸展集》九卷，亡」的記載。《隋書》卷三三《經籍志二》也著録有《荆州記》三卷，宋臨川王侍郎盛弘之撰」。如此衆多的頗具盛名的文人學士齊聚劉義慶幕下，雖然不及建安時期曹魏鄴下文人集團的彬彬之盛，但也可以説是盛況空前了。《宋書》劉義慶本傳説義慶「爲性簡素，寡嗜欲，愛好文義，才詞雖不多，然足爲宗室之表。」由於劉義慶的愛才好士，鮑照在荆州應該渡過了一段美好的時光。他的《送盛侍郎餞侯亭》詩就是當時他送別盛弘之的作品。在荆州期間，鮑照還與沙門釋惠休交往甚密，惠休曾作有《贈鮑侍郎》詩一首，鮑照也作有《秋日示休上人》與《答休上人》二詩。惠休《贈鮑侍郎》云：

玭枝兮金英，緑葉兮紫莖。不入君玉杯，低彩還自榮。想君不相豔，酒上視塵生。當令芳意重，無使盛年傾。

鮑照《答休上人》詩云：

酒出野田稻，菊生高岡草，味貌復何奇，能令君傾倒。玉椀徒自羞，爲君愧此秋，金蓋覆牙柈。何爲心獨愁。

充分表現了二人之間濃厚的友情。惠休本姓湯，詩風與鮑照相近，《宋書》卷七一《徐湛之傳》説他「善屬文，辭采綺豔，湛之與之甚厚，世祖命其還俗」，《隋書·經籍志四》著録有「宋宛朐令《湯惠休集》三卷」。當然，湯惠休的還俗，又在孝武帝劉駿即位以後了。

在義慶幕期間，鮑照還與何長瑜等參與了著名的筆記小説《世説新語》的撰寫。魯迅在《中國小説史略》中説此書「乃纂輯舊文，非由自造，《宋書》言義慶才詞不多，而招聚文學之士，遠近必至，則諸書或成於衆手，未可知也」，日本學者川勝義雄則推論可能出於何長瑜之手。筆者以爲，何長瑜雖然文才出衆，但並没有獨立完成這一巨著的能力和時間。此書集衆手之力而成，且鮑照參與其中則應該是肯定無疑的。此外，《隋書·經籍志四》著録的劉義慶著作還有《江左名士傳》一卷、《宣驗記》十三卷、《幽明録》二十卷、《集林》一百八十卷、《宋臨川王義慶集》八卷，以上除了《劉義慶集》八卷之外，它書亦當出於衆人之手，而以「貢詩言志」得到義慶賞識的鮑照也必然是衆書的編纂者之一。

元嘉十六年（四三九）四月，劉義慶由荆州刺史改任江州刺史，移鎮尋陽（今江西九江），鮑照隨之前往。在江州之初，他曾隨同劉義慶登廬山，作有《登廬山二首》和《從登香爐峰》等詩，《從登香爐峰》説：「辭宗盛荆夢，登歌美鳬繹。徒收杞梓饒，曾非羽人宅。羅景藹雲扃，沾光扈龍策。」謂當時文學之士，視屈、宋爲盛。歌頌義慶，比之魯侯之保有鳬、繹。但是，不久他與劉義慶的蜜月即宣告結束。元嘉十七年，他即遭到了禁止的處分，解除禁止後，又因過失受到譴責。他的《謝解禁止疏》和《謝隨恩被原疏》二文即爲這二次事件而作。他的《謝隨恩被原疏》説：

由臣悴賤，可悔可誣，曾參殺人，臣豈無過。寢病幽栖，無援朝列，身孤節卑，易成論磢。幸大明臨下，仁道毓物，澤洎翾走，臣覃末慶。然古人有言：「楊者，易生之木也。一人植之，十人拔之，無生楊矣。」何則？植之者難，拔之者易。况臣一植之功不立，衆拔之過屢至，同彼風霜，異此貞脆。

他在元嘉二十年（四四三）所作的《野鵝賦》中也寫道：

惟君囿之珍麗，實妙物之所殷。翔海澤之輕鷗，巢天宿之鳴鶉，鷁程材於梟猛，翬薦體之雕文。既敷容以照景，亦選翮而排雲，雖居物以成偶，終在我以非群。望征雲而延悼，顧委翼而自傷，無青雀之銜命，乏赤鴈之嘉祥，空穢君之園池，徒㲭君之稻粱，願引身而翦跡，抱末志而幽藏。

《野鵝賦》暗示與義慶幕府中的同僚性格不合，而《謝隨恩被原疏》則明確指出他的受到譴責乃是由於小人讒言的誣陷。因此，學者大多以爲這就是他被劉義慶疏遠的原因。但筆者則以爲，以上僅是表面現象，鮑照當時受到打擊應該還有更深層次的原因，那就是他直接得罪了臨川王義慶。請看他的《代淮南王》詩：

淮南王，好長生，服食練氣讀僊經。琉璃藥椀牙作盤，金鼎玉匕合神丹。合神丹，戲紫房，紫房綵女弄明璫，鸞歌鳳舞斷君腸。朱城九門門九閨，願逐明月入君懷。入君懷，結君佩，怨君恨君恃君愛。築城思堅劍思利，同盛同衰莫相棄。

西漢淮南王劉安追求服食長生之事，《漢書》卷四四《淮南厲王長傳附劉安傳》記載頗詳，説：「淮南王安爲人好書、鼓琴，……招致賓客方術之士數千人，作爲《内書》二十一篇，《外書》甚衆。又有《中篇》八卷，言神僊黄白之術，亦二十餘萬言。」此詩對淮南王追求長生而虛耗財産進行諷刺，以「斷君腸」表現求僊的必不可得。卒章現意，委婉致諷。《宋書》劉義慶本傳説義慶晚年「奉養沙門，頗致費損」，與淮南王劉安服食求僊的情况頗爲相似。因此，此詩很可能是託言淮南王劉安事，諷諫劉義慶佞佛之作。詩人又嘗作有《飛蛾賦》一篇，其文云：

僊鼠伺闇，飛蛾候明，均靈舛化，詭欲齊生。觀齊生而欲詭，各會性以憑方。凌燋煙之浮景，赴熙焰之明光。拔身幽草下，畢命在此堂。本輕死以邀得，雖糜爛其何傷。豈學山南之文豹，避雲霧而崖藏。

表現出詩人爲追求正義而不惜獻身的精神，這正是他青年時代耿直剛强性格的反映。此賦當不是無的放矢，而是在遭遇挫折之後自我態度的表白，極有可能是在臨川王幕中因過獲罪時的作品。因此，鮑照當時對劉義慶佞佛而虚耗錢財的舉動進行諫勸是極爲可能的。他的《謝解禁止疏》也多少透露了他獲罪劉義慶的原因，此文有云：

臣聞獲過于神，或憑尸祝以請。得罪於君，可因左右而謝。臣自惟孤賤，盜幸榮級。闇溢大誼，猖狂世禮。奇非阮籍，無保持之助；才愧馮衍，有轗軻之困。自非聖朝超然覽臣於視聽之外，則今日渥澤，更成妄遭，來辰萎葉，終先朝草。小人歲暮，知能何報，徒厚恩華，憂懼歎息，不任下情。

文中明確指出他被禁止的原因乃是「闇溢大誼，猖狂世禮」的緣故，實際上也就是對劉義慶的某種程度的不恭，這才應該是他失寵于劉義慶的最爲主要的原因。由於失去劉義慶的歡心，再加上同僚們的落井下石，他在江州接二連三地遭到禁止的處分和被譴責也就頗爲自然。而這也正是他在劉義慶幕中長達八九年的時間，始終得不到升遷的最爲主要的原因。

元嘉十七年十月，劉義慶改任爲南兗州刺史，移鎮廣陵(今江蘇揚州)。由尋陽到廣陵，當經由都城建康，在這年的冬天，鮑照隨劉義慶回到了闊别多年的家鄉。當時，詩人的心情相當複雜，在回京都途中所作的《潯陽還都道中》説：「未嘗違户庭，安能千里游。誰令乏古節？貽此越鄉憂。」《還都至三山望石頭城》説：「征夫喜觀國，游子遲見家，流連入京引，躑躅望鄉歌。」《還都口號》説：「君王遲京國，游子思鄉邦。恩世共渝洽，身願兩扳逢。勉哉河濟客，勤爾尺波功。」《還都道中》之二説：「夜分霜下凄，悲端出遥陸。愁來攢人懷，羇心苦獨宿。」一種長期離家後終得回鄉的喜悦，一事無成的感慨，以及對未來前途的期望與擔憂，皆齊集於胸中，使他的心情無法平静。

元嘉二十一年（四四四）正月，劉義慶病死，鮑照爲劉義慶服喪三個月後乃辭職還家，並作有《臨川王服竟還田里》一詩記其事。此後乃渡江北上，有梁郡和徐州之行，並受到了宋文帝的弟弟衡陽王劉義季的邀請，進入了劉義季的幕府，當時劉義季正擔任徐州刺史。元嘉二十四年（四四七），劉義季病死於徐州的治所彭城，鮑照又離開彭城回到了京都。不久又進入了擔任揚州刺史的宋文帝次子始興王劉濬的幕府，任始興國侍郎。元嘉二十六年（四四八），劉濬改任南徐兖二州刺史，移鎮京口，鮑照乃跟隨劉濬來到了他的故鄉。京口是宋武帝劉裕的故居所在地，劉裕父母皆安葬于此。在京口期間，他隨同始興王拜謁了劉氏祖先的陵墓，並作有《從拜陵登京峴》詩一首。關於此詩的作年，前輩學者皆以爲是詩人隨宋文帝或宋孝武帝謁陵時所作，因而無法確定它的寫作年代，從而留下了一個不大不小的懸案。但根據筆者的考察，鮑照當時並没有跟隨宋文帝和宋孝武帝謁陵的機會，唯一有可能作此詩的時間只有這次隨劉濬在京口時。在京口期間，詩人又隨同劉濬游玩當地的名勝蒜山，並作有《蒜山被始興王命作》詩一首。還奉命而創作了《代白紵舞歌詞四首》，誇耀始興王的豪奢生活，並對始興的恩遇表示感謝。這四首詩的内容雖不值得稱道，但詩採用新興的七言形式，多用典故與比興手法，巧妙地表現了詩的内容，音節也婉轉流暢，實在是七言詩的佳作，對後來七言詩的成熟與發展起到了相當大的作用。王夫之於《古詩評選》卷一論此組詩説：「涓涓潔潔，裁此短章，頓挫沿洄，遂已盡致。自非如此，亦安有七言哉！七言之制，斷以明遠爲祖，何？前雖有作者，正荒忽中鳥徑耳。柞棫初拔，即開夷庚，明遠於此，實已範圍千古。故七言不自明遠來，皆荑稗而已。」對這一組詩就作出了高度的評價。

元嘉二十七年（四五〇），宋魏之間爆發了一場大規模的戰争。這年的七月，宋文帝命大將王玄謨北伐，爲北魏所敗，北魏太武帝拓跋燾乘機率軍南侵，勢如破竹，一直攻佔了劉宋京都建康長江北岸的瓜步，聲言欲渡江，建康危在旦夕。次年春，魏軍雖然退去，但卻對南方的廣大人民造成了災難性的傷害。據《資治通鑑》卷一百二十六記載説「魏人凡破南兗、徐、兗、豫、青、冀六州，殺掠不可勝計，丁壯者即加斬截，嬰兒貫于槊上，盤舞以爲戲。所過郡縣，赤地無餘，春燕歸，巢于林木。」詩人有感于此，乃寫下了慷慨激昂的《代陳思王白馬篇》詩一首：

白馬騂角弓，鳴鞭乘北風。要途問邊急，雜虜入雲中。閉壁自往夏，清野徑還冬。僑裝多闕絶，旅服少裁縫。埋身守漢節，沉命對胡封。薄暮塞雲起，飛沙披遠松。含悲望兩都，楚歌登四墉。丈夫設計誤，懷恨逐邊戎，棄別中國愛，邀冀胡馬功。去來今何道？卑賤生所鍾，但令塞上兒，知我獨爲雄。

充分表現了他驅除胡虜的雄心壯志和爲國立功的願望。

元嘉二十八年的二月，始興王劉濬奉命率衆築城于瓜步，鮑照也隨之到了江北。當時，始興王多有不法的行爲，屢次被宋文帝所詰責，並與文帝太子劉劭共爲巫蠱，以玉人爲文帝形像，埋於皇宫的含章殿内，以詛咒文帝速死。鮑照作爲劉濬的幕僚，雖然並未參與此事，但對劉濬的行徑可能多少有所覺察。所以，當劉濬從江北返回京口時，鮑照辭去了始興國侍郎的職務，仍逗留於江北，並作有《代放歌行》詩一首以寄意。及時抽身離去，以避免受到劉濬的牽連，乃是上上之策。從這一點看，他的政治觀察力還是頗爲敏鋭的。這年的春夏之間，詩人又專程前往廣陵，憑弔了在宋魏戰爭中遭受到嚴重破壞的廣陵蕪城，懷古傷今，從而寫下了一篇著名的《蕪城賦》。

廣陵城爲西漢吴王劉濞所建，爲劉濞的都城。漢景帝時劉濞反，兵敗被殺，城破家亡。前代學者或以爲此文乃大明三年（四五九）詩人有感于廣陵王劉誕叛逆，廣陵城遭受兵火後之殘破景象而作，借西漢吴王劉濞謀反失敗之事，以諷刺時事。曹道衡先生則以爲乃宋文帝元嘉二十七年（四五〇）至二十八年（四五一）年之間，詩人目睹宋文帝太子元凶劉劭和始興王劉濬的反叛陰謀，而借吳王劉濞事進行諷諫之作。但筆者以爲，此賦乃元嘉二十八年詩人目睹北魏南侵所造成廣陵城殘破景象而作。《宋書》卷九十五《索虜傳》曾兩次提到過在元嘉二十七年的宋魏戰爭中廣陵城所遭受到摧毀的情況：

燾自率大軍南向，中書郎魯秀出廣陵，高梁王阿斗埿出山陽，永昌王于壽陽出橫江。凡所經過，莫不殘害。

初，太祖聞虜冠逆，焚燒廣陵城府船乘，使廣陵、南沛二郡太守劉懷之率人民一時渡江。

所以，賦末《蕪城之歌》的「邊風急兮城上寒，井徑滅兮丘隴殘」，當指廣陵在宋魏戰爭中所受到的嚴重破壞而説。賦以廣陵今昔盛衰的對比展開，一揚一抑，形成了極大的反差。「入手言廣陵形勝及其繁盛，後乃寫其凋敝衰颯之形，俯仰蒼茫，滿目悲涼之狀，溢於紙上，真足以驚心動魄矣。」（林紓《林紓選評古文辭類纂》）其中寫廣陵城戰後荒涼的一節：

澤葵依井，荒葛罥塗。壇羅虺蜮，階鬬麏鼯。木魅山鬼，野鼠城狐。風嘷雨嘯，昏見晨趨。飢鷹礪吻，寒鴟嚇鶵。伏暴藏虎，乳血飡膚。崩榛塞路，崢嶸古馗。白楊早落，塞草前衰。稜稜霜氣，蔌蔌風威。孤蓬自振，驚沙坐飛。灌莽杳而無際，叢薄紛其相依。通池既已夷，峻隅又已頹。直視千里外，唯見起黄埃。凝思寂聽，心傷已摧。

以悲愴的語調，峭拔的氣勢，誇張的筆法，渲染蕪城的荒涼，極大地刺激了讀者的感官。誠如姚鼐於《古文辭類纂》中所説「驅邁蒼涼之氣，驚心動魄之辭，皆賦家之絶境」，堪稱文學史上的傑作。

元嘉二十九年（四五二）五月，鮑照離開江北，經由瓜步返建康，登瓜步山有感而作《登瓜步山楬文》一篇，借瓜步山的得地勢之要，抒發「故才之多少，不如勢之多少遠矣」的感慨，以表現對世族門閥制度的强烈不滿，抒發寒人仕進無門的悲憤。末則借用歷史上遠如許由、務光，近如管寧等賢人以自比，表示對名利的輕蔑，並對販交買名的鄙況，吮癰舐痔的鄧通之流進行了尖刻的諷刺。沉痛憤激之情，溢於言表。

這一年的夏秋之間，詩人又由建康南下，前往南徐州的義興（今江蘇宜興），拜訪他的好友王僧達並逗留義興，從而開始了他人生的一個全新時期。

三、憂讒畏譏的孝武帝近臣

元嘉三十年（四五三）二月，發生了一件令人震驚的也影響到整個劉宋王朝後期政局的大事，這就是元嘉三十年二月文帝太子劉劭率兵殺父自立的事件。參與這起殺父事件的另一主要人物，正是文帝次子始興王劉濬。這年的三月，擔任江州刺史的宋文帝的第三子武陵王劉駿（即宋孝武帝，這年四月即帝位）自尋陽率軍進攻建康，並傳檄天下，討伐劉劭。當時鮑照正在義興，依附義興太守王僧達，與王僧達詩酒相唱和。王僧達，琅邪臨沂人，宋初開國功臣太保王弘之少子，門第既高，人才又優，爲琅邪王氏在當時最爲傑出的人物。鮑照與王僧達的交往，還得追溯到元嘉年間他在臨川王義慶幕時。其時鮑照爲義慶幕僚，而僧達則爲義慶女婿，故二人有相往還之機緣而以文義相交往。在鮑照現存的與友人相唱和的詩作中，以與王僧達相唱和的爲最多。在元嘉二十七年王僧達出任宣城太守時詩人所作的《送別王宣城》詩説：「廣望周千里，江郊藹微明。舉爵自惆悵，歌管爲誰清。」表現了與友人分别時的難捨難分，和對友人的無限留戀。這年秋天在京都與王僧達相唱和的《和王護軍秋夕》詩説：「疋命無單年，偶影有雙夕。暫交金石心，須臾雲雨隔。」表現對友人的深情厚意，都可見出二人交誼的深密。據《宋書》卷七十五《王僧達傳》記載説，當王僧達收到劉駿的檄文後，「僧達未知所從。客説之曰：『方今釁逆滔天，古今未有，爲君計，莫若承義師之檄，移告傍郡，使工言之士，明示禍福，苟在有心，誰不回應，此策上也。如其不能，可躬率向義之徒，詳擇水陸之便，致身南歸，亦其次也。』僧達乃自候道南奔，逢世祖於鵲頭，即命爲長史，加征虜將軍。」傳文中雖然未曾明載此次勸説王僧達投奔劉駿的「客」是誰，但筆者以爲當即爲鮑照無疑。其理由之一是，這年的五月，鮑照因爲孝武帝軍平定京都而作《中興歌》十首，鮑照此時必定隨同王僧達投奔劉駿。不久後鮑照又被任爲海虞（今江蘇常熟）令，以一平民而直接被任命爲江南富庶之地的六品縣令，而這種情況若不是因爲有勸説王僧達南奔立功，是決没有可能的。其二，鮑照以友人的身份依附王僧達，也正與「客」相符合。其三，鮑照素懷報國立功壯志，又極富正義感，當二凶逆亂，舉國同憤之時，他勸説王僧達南奔劉駿自當屬必然之舉。

由於勸説王僧達起兵響應武陵王劉駿平定劉劭和劉濬的叛亂，並追隨王僧達投奔劉駿而得到劉駿的信任，因此在元嘉三十年（四五三）劉駿攻破京都並稱帝后，鮑照旋即被任命爲海虞縣令。孝武帝孝建三年（四五六）左右，他又遷任太學博士，並兼（代理）中書舍人。中書舍人是君主耳目所寄的親近之臣，品位雖然不高，但由於身份的特殊，權力卻相當大。《宋書》卷九四《恩倖傳》説：「賞罰之要，是謂國權，出内王命，由其掌握，於是方途結軌，輻輳同奔。人主謂其身卑位薄，以爲權不得重。曾不知鼠憑社貴，狐藉虎威，外無逼主之嫌，内有專用之功。勢傾天下，未之或悟。挾朋樹黨，政以賄成。鈇鉞創痏，構於筵笫之曲，服冕乘軒，出乎言笑之下，南金北毳，來悉方艚，素縑丹魄，至皆兼兩。西京許、史，蓋不足云，晉朝王、庾，未或能比。」如宋孝武帝時任中書舍人的戴明寶、戴法興、巢尚之等人，據《宋書・恩倖傳》云：「凡選授遷轉誅賞大處分，上皆與法興、尚之參懷，内外諸雜事，多委明寶。上性嚴暴，睚眥之間，動至罪戮，尚之每臨事解釋，多得全免，殿省甚賴之。而法興、明寶大通人事，多納貨賄，凡所薦達，言無不行，天下輻湊，門外成市，家産並累千金。」可見這種職務地位之重要，鮑照這時也達到了他政治生涯的頂峰。

在京都任職的初期，鮑照渡過了一段美好的時光。鍾嶸《詩品》記載説：「照嘗答孝武云：『臣妹才自亞于左芬，臣才不及太沖爾。』」鮑照的答語雖然相當謙虛，但從中可以看出，孝武帝當時對鮑照兄妹二人的文才頗爲欣賞，同時，鮑照當時不僅有接觸孝武帝的機會，而且關係還較爲密切。他的《藥奩銘》與《賜藥啟》也是這一時期所作，《賜藥啟》説：

遐澤近臨，猥委存卹，痛同山嶽，蒙靈藥之賜；惠非河間，謬僊使之屈。恩逾脯糗，惠重帷席。荷對銜慙，伏抱衿渥。

見其染病之時，孝武帝乃遣專使賜藥，也是孝武帝當時對他頗爲賞識的明證。他當時與吏部尚書謝莊所作的《與謝尚書莊三連句》説：「霞輝兮澗朗，日静兮川澄。風輕桃欲開，露重蘭未勝。水光溢兮松霧動，山煙疊兮石露凝。晻映晨物綵，連綿夕羽興。」與王延秀、荀原之等人所作的《月下登樓連句》説：「髣髴拂月光，繽紛篁霧陰，樂來亂憂念，酒至歇憂心。」都是語言相當輕松的作品。此外，他還代替當時頗受孝武帝重用的大臣柳元景寫過《柳令讓驃騎表》，隨孝武帝游覆舟山而代柳元景作《侍宴覆舟山詩》二首。這些，都顯示出他當時有着較好的境遇。

孝武帝劉駿是一個猜忌刻薄，好殺成性的君主。因此，鮑照在孝武帝左右也就變得格外的小心謹慎，他的《尺蠖賦》應該就是這一時期的作品：

智哉尺蠖！觀機而作，申非向厚，屈非向薄。當静泉渟，遇躁風驚，起軒軀以曠跨，伏累氣而併形。冰炭弗觸，鋒刃靡迕，逢嶮蹙蹐，值夷舒步。忌好退之見猜，哀必進而爲蠹，每驤首以瞰途，常佇景而翻露。故身不豫託，地無前期，動静必觀於物，消息各隨乎時，從方而應，何慮何思？是以軍筭慕其權，國容擬其變。高賢圖之以隱淪，智士以之而藏見。笑靈虵之久蟄，羞龍德之方戰，理害道而爲尤，事傷生而感賤，苟見義而守勇，豈專取於弦箭。

可以説就是他當時處世態度的真實寫照。他由《飛蛾賦》讚美「本輕死以邀得，雖糜爛其何傷。豈學山南之文豹，避雲霧而深藏」的飛蛾，到如今讚美見機行事、能屈能伸的尺蠖，二者之間形成了極大的反差。這既是他在險惡環境下的無奈之舉，也是他在長期仕途不順的困境之下隨着年齡增長而産生的人生態度的轉變，《宋書》鮑照本傳説：「世祖以照爲中書舍人。上好爲文章，自謂物莫能及。照悟其旨，爲文多鄙言累句，當時咸謂照才盡，實不然也。」對此，前人曾有不同的看法，如張溥《鮑參軍集題辭》就説：「集中文章，實無鄙言累句，不知當時何以相加。」雖然我們現在找不到鮑照詩文有故爲鄙言累句的例子，但從這一篇《尺蠖賦》來看，《宋書》的這則記載還是可信的，只是他的故爲「鄙言累句」的文章如今已經佚失而已。

但是性格的改變並不是一件説到就能做到的事，表面的委曲求全並不能掩蓋他内心的剛直，這也就必然使他很快遭到同僚的詆毁從而逐漸失去了孝武帝的歡心。他的《代陳思王京洛篇》就是當時所作：

鳳樓十二重，四户八綺牕。繡桷金蓮花，桂柱玉盤龍。珠簾無隔露，羅幌不勝風。寶帳三千所，爲爾一朝容。揚芬紫煙上，垂綵緑雲中。春吹回白日，霜歌落塞鴻。但懼秋塵起，盛愛逐衰蓬。坐視青苔滿，卧對錦筵空。琴瑟縱横散，舞衣不復縫。古來共歇薄，君意豈獨濃。唯見雙黄鵠，千里一相從。

郭茂倩在《樂府詩集》卷三九《煌煌京洛行》題解中説此詩：「則盛稱京洛之美，終言君恩歇薄，有怨曠沉淪之歎。」可謂一語中的。此詩借一女子之口，敘述其她備受君王愛幸，寵壓群芳，而又充滿色衰愛弛、不得所終的憂懼矛盾心情，曲折地表現了詩人自身的處境與複雜心情。鮑照遭受同僚讒言除了個性上的原因之外，很重要的另一個方面又應該是他爲人的廉潔。詩人有《請假啟》和《請假又啟》二篇，皆作于任中書舍人時，其《請假啟》說：

臣居家之治，上漏下濕。暑雨將降，有懼崩壓。比欲完葺，私寡功力，板插綯塗，必須躬役。冒欲請假三十日，伏願天恩，賜垂矜許。干啟復追悚息，謹啟。

其《請假又啟》說：

臣所患彌留，病軀沈痼。自近蒙歸，頻更頓處，日夜間困或數四。委然一弊，瞻景待化。加以凶衰，嬰遘慘悼。終鮮兄弟，仲由所哀。臣實百罹，孤苦夙丁。天倫同氣，實惟一妹，存没永訣，不獲計見，封瘞泉壤臨送。私懷感恨，情痛兼深。臣母年老，經離憂傷，服麄食淡，羸耗增疾。心計焦迫，進退罔躓。冒乞申假百日，伏願天慈，賜垂矜許。臣違福履，身事屯悴，歎息和景，掩淚春風，執啟涕結，伏追惶悚。

叙述了他家庭當時的貧困情況，筆者以爲這裏並没有多少誇張。然而，與鮑照同時期擔任中書舍人的戴法興、戴明寶等人的情况則是大相徑庭，誠如《宋書·恩倖傳》所説：「大通人事，多納貨賄，凡所薦達，言無不行，天下輻湊，門外成市，家産並累千金。」自古正邪不能兩立，在這種情形之下，鮑照遭到同僚的讒言也就是必然的了。

大約在宋孝武帝大明元年（四五七），詩人終於離開了他短暫的太學博士、兼中書舍人之任，被貶爲秣陵（今江蘇江寧）縣的縣令，秣陵雖然是京都建康的近郊大縣，但其位置的重要已遠遠不是中書舍人所能比擬的。行前，詩人寫下沉痛的《代白頭吟》詩一首：

直如朱絲繩，清如玉壺冰，何慙宿昔意？猜恨坐相仍。人情賤恩舊，世議逐衰興。毫髮一爲瑕，丘山不可勝。食苗實碩鼠，點白信蒼蠅。鳧鵠遠成美，薪芻前見陵。申黜褒女進，班去趙姬昇。周王日淪惑，漢帝益嗟稱。心賞猶難恃，貌恭豈易憑。古來共如此，非君獨撫膺。

以古代周幽王得褒姒而黜申后，漢成帝因趙飛燕而疏班婕妤的事實，説明君主喜新厭舊的本性。指出造成如今「猜恨」的原因，如同碩鼠之傷苗，蒼蠅之汙白；又如鳧鵠自遠而來，方爲貴美，薪芻之在前者，必爲後來者所覆壓，以自嘲的口吻抒發感慨。表面上是自我安慰之辭，實則寄託了詩人被貶之時深深的無奈與尤怨。而膾炙人口的《翫月城西門廨中》詩正是他在秣陵令任時所作：

始見西南樓，纖纖如玉鉤。末映東北墀，娟娟似蛾眉。蛾眉蔽珠櫳，玉鉤隔瑣窗，三五二八時，千里與君同。夜移衡漢落，徘徊入户中。歸華先委露，别葉早辭風。客游厭苦辛，仕子倦飄塵，休澣自公日，宴慰及私辰。蜀琴抽白雪，郢曲發陽春，肴乾酒未闋，金壺啟夕淪。迴軒駐輕蓋，留酌待情人。

詩的前六句追叙望中的初生新月，由虚寫之景寫到眼前望中圓月的實景。一方面表達了詩人望月之專，暗示其對「情人」懷念的情真意切。另一方面則在於用虚寫的新月對比現實的望中之月，新月光綫柔弱，恐難以遠照，不能與遠方之「情人」共賞，而今則月圓光滿，正好與遠隔千里之人共度此良宵，引出懷人之思，爲下文的厭倦客游埋下伏筆。採用擬人化的手法，以實寫虚，將無形的月光當作有形的物體，形象生動而富有實體感；同時將月光的移動比作人的徘徊，富於感情色彩，也暗示了詩人當時的複雜心緒。此詩遣詞造句形象生動，風格清麗柔美，在詩人追求奇險的總體風格中乃是别具一格的作品，對後人望月詩詞的創作具有較大的影響。

大明二年（四五八），因爲他的好友王僧達被孝武帝所殺，更大的打擊又接着降臨到他的頭上。王僧達個性桀驁不馴，《宋書》本傳説他「自負才地，謂當時莫及。上初踐阼，即居端右，一二年間，便望宰相」。由於當宰相的願望未能實現，王僧達乃多有越軌的行爲並且屢發怨言，從而招致了孝武帝的忌恨。而這時又恰好發生了高闍謀反的事件，《宋書》卷七五《王僧達傳》説：「先是，南彭城蕃縣民高闍、沙門釋曇標、道方等共相誑惑，自言有鬼神龍鳳之瑞，常聞簫鼓音，與秣陵民藍宏期等謀爲亂。又要結殿中將軍苗允、員外散騎侍郎嚴欣之、司空參軍闞千纂、太宰府將程農、王恬等，謀克二年八月一日夜起兵攻宫門，晨掩太宰江夏王義恭，分兵掩殺諸大臣，以闍爲天子。」這場形同兒戲的謀反尚未能真正發動即被平定，王僧達也被孝武帝有意識地羅織罪名，誣陷他參與了高闍的謀反，於這年的八月賜死於獄中。作爲王僧達好友的鮑照，受到牽連也就在情理之中。同時，這次謀反事件的主謀者之一的藍宏期，又正是鮑照治下的秣陵縣的縣民，失察之罪也在所難免。因此，鮑照就在這一年被貶爲永安縣的縣令，並受到禁止的處分，從而開始了他頻繁東西奔走的晚年人生。

四、倦於奔波的不幸文人

鮑照以帶罪之身所貶的永安令究竟在何地，歷來論者也都語焉不詳。根據《宋書·州郡志》的記載，當時永安縣有二，其一在荆州之南河東郡，卷三七《州郡志三》：「南河東太守，河東郡，秦立，晉成帝咸康三年，征西將軍庾亮以司州僑户立。……今領縣四，户二千四百二十三，口一萬四百八十七。去州水一百二十，去京都水三千五百。」所領四縣爲聞喜、永安、松滋、譙縣。其云：「永安令，前漢彘縣，順帝陽嘉二年更名，後屬平陽。」則此永安乃東晉所僑立，無實土。今考原永安縣爲地處今山西霍縣一帶，由前漢之彘縣而更名者，晉、宋時已淪爲北方之少數民族。錢大昕《廿二史考異·宋書·州郡二》云：「南河東太守，晉成帝咸康三年，征西將軍庾亮以司州僑户立。按《晉志》，渡江以後，河東人南寓於漢武陵郡孱陵縣界上明地，僑立河東郡，即此郡也。桓沖爲荆州刺史都督司州之河東軍事，亦指此。」是荆州河東郡之永安縣僑立于原武陵郡孱陵縣境内，即地在今湖北松滋一帶。而另一永安則在益州之宋寧郡，卷三八《州郡志四》：「宋寧太守，文帝元嘉十年，免吳營僑立，領縣三，户一千三十六，口八千三百四十二。寄治成都。」所領三縣爲欣平、宜昌、永安。其云：「永安令，與郡俱立。」則此永安縣乃宋文帝所僑立，時寄治成都，亦無實土可言。鮑照所任的永安縣究竟爲此三縣中的何縣，根據現有的材料，恐怕還難以確定，但可能性較大的則是益州之宋寧郡。關於這一點，筆者將另文予以論述。

大明四年（四六一），孝武帝的第七子子頊被封爲歷陽王，派往揚州的吳興（今浙江湖州），擔任征虜將軍、吳興太守之職。由於子頊當時年僅五歲，而吳興則是近畿大郡，地理位置相當重要，需要得力的佐吏掌文書簿籍並輔佐之。因此，鮑照在大明五年被解除了禁止的處分，並被任命爲子頊的軍府參軍，掌書記之任，當時子頊已改封爲臨海王。他也因此而寫了一篇《謝永安令解禁止啟》一文表示感謝，文中説：「不悟乾陶彌運，復垂埏飾，矯迹升等，改觀非服，振纓珥筆，聯承貴寵。」正是指他由永安令改任子頊的軍府佐吏而説。這年，他已經四十六歲。在吳興的二年期間，他作有《自礪山東望震澤》《吳興黄浦亭庾中郎別》以及《送盛侍郎餞候亭》等詩，流露出滿懷悲愁鬱悶的心緒和强烈的思鄉之情，年輕時的豪邁之情與積極的進取精神隨着時間的推移與年齡的漸增，已經蕩然無存。

大明六年，子頊被任命爲荆州刺史，鮑照也跟隨子頊由吳興經由京都前往荆州的江陵。在建康，他目睹京都的奢侈建築和豪華景觀，從而有感而寫下了著名的《代陸平原君子有所思行》一篇：

> 西出登雀臺，東下望雲闕，層閣肅天居，馳道直如髮，繡甍結飛霞，璇題納行月，築山擬蓬壺，穿池類溟渤。選色遍齊岱，徵聲匝邛越，陳鐘陪夕讌，笙歌待明發，年貌不可還，身意會盈歇。蟻壤漏山阿，絲淚毀金骨。器惡含滿欹，物忌厚生没。智哉衆多士，服理辨昭昧。

根據《宋書》卷五《文帝紀》和卷六《孝武帝紀》等記載，元嘉二十三年（四四六），宋文帝在京都開挖玄武湖，並欲于湖中立方丈、蓬萊、瀛洲三神山，宋孝武帝又於大明五年「初立馳道，自閶闔門至於朱雀門，又自承明門至於玄武湖」，極盡奢華之能事。此詩即由眼前所見的京都景物而抒發感慨，暗示時光流逝，佚樂難以持久，直言災禍生於微忽，説明虚則欹，滿則覆的道理，對執政者進行諷諫。在猜忌刻薄的宋孝武帝尚在世時，詩人能够寫出這樣尖鋭的詩作，實在是十分難能可貴的。

這一年的秋天，鮑照隨臨海王子頊由京都出發，前往荆州的江陵，行前寫下了《從臨海王上荆初發新渚》和《代東門行》等詩作，其《代東門行》乃是他的代表作之一：

傷禽惡弦驚，倦客惡離聲。離聲斷客情，賓御皆涕零。涕零心斷絶，將去復還訣。一息不相知，何況異鄉别。遥遥征駕遠，杳杳白日晚。居人掩閨卧，行子夜中飯。野風吹秋木，行子心腸斷。食梅常苦酸，衣葛常苦寒。絲竹徒滿座，憂人不解顔。長歌欲自慰，彌起長恨端。

表現出與親友分别時的無限愁苦，和對離别宦游的厭惡與恐懼之情。在上荆途中，他又寫下了《登黄鶴磯》、《陽歧守風》二詩以及《游思賦》一篇。《從臨海王上荆初發新渚》詩説：「淚竹感湘别，弄珠懷漢游。豈伊藥餌泰，得息，相顧俱涕零。奉役塗未啟，思歸思已盈。」《登黄鶴磯》詩説：「狐兔懷窟志，犬馬戀主情，撫襟同太奪旅人憂。」《陽歧守風》詩説：「洲迥風正悲，江寒霧未歇。飛雲日東西，别鶴方楚越。塵衣孰揮澣？蓬思亂光髪。」《游思賦》説：「塞風馳兮邊草飛，胡沙起兮鴈揚翮。雖燕越之異心，在禽鳥而同戚。悵收情而抆淚，遣繁悲而自抑。」也都表現出了此行的無奈以及對家鄉思念的痛苦。在詩人的心中，功名富貴已經不能再引起任何興趣，他所嚮往的只是脱離充滿險惡的官場，過上雖然清貧，但卻能與親人朝夕相處的生活。他在到達荆州後所寫的《夢還鄉》詩則是這種心情的具體體現：

銜淚出郭門，撫劒無人逵，沙風暗空起，離心眷鄉畿。夜分就孤枕，夢想暫言歸，孀婦當户歎，搔絲復鳴機，慊款論久别，相將還綺闈。歷歷簷下凉，朧朧帳裏輝，刈蘭争芬芳，採菊競葳蕤，開奩奪香蘇，探袖解纓徽。寐中長路近，覺後大江違，驚起空歎息，恍惚神魂飛。白水漫浩浩，高山壯巍巍，波瀾異往復，風雲改榮衰。此土非吾土，慊慨當告誰。

字裏行間，充滿了對妻子的柔情密意，也表現了思鄉的痛苦，還鄉的心切，以及辭官歸隱，與妻子相伴相隨的强烈願望。

然而，就在詩人寫下了這首詩之後不久，他的妻子即離開了人世，詩人得知這一噩耗後，不由感慨萬千，寫下了沉痛至極的《傷逝賦》，賦中説：「結單心於暮條，掩行淚於晨風。念沉悼而誰劇？獨嬰哀於逝躬。草忌霜而逼秋，人惡老而逼衰。誠衰耄之可忌，或甘願而志違。」又説：「日月飄而不留，命倏忽而誰保？譬明隙之在梁，如風露之停草。髮迎憂而送華，貌先悴而收藻。共甘苦其幾人？曾無得而偕老。」既是對死者的哀悼，也是對自身生命的恐懼。這時，年僅五十的詩人即已經預感到生年的不永，從而在《在江陵歎年傷老》詩説：「役生良自休，大患安足保。」「節如驚灰異，零落就衰老。」表現對年華逝去的無奈和對生命難久的傷感。

大明八年（四六四）閏五月，孝武帝劉駿病卒，太子劉子業即位，史稱前廢帝。劉子業暴虐無道，任意誅殺大臣，次年（即宋明帝泰始元年，四六五）十一月，孝武帝劉駿之弟湘東王劉彧遂聯絡劉子業的近侍發動宫廷政變，乘夜入殿殺死子業，自立爲帝，從而引發了一場遍及全國的大規模内戰。當時年僅十歲的孝武帝第三子晉安王劉子勛正在江州刺史任上，在他的幕僚的策劃下，這年的十二月，乃傳檄京邑，起兵討伐劉彧。泰始二年（四六六）正月，劉子勛稱帝于尋陽，年號義嘉。臨海王子頊也在幕僚的挾持之下，起兵響應子勛。這年的八月，子勛兵敗，被殺于尋陽。同時，荆州城被宋明帝劉彧的軍隊所攻破，鮑照也在城破之時被亂兵所殺，結束了他多艱的一生。

後記

我研究六朝著名詩人鮑照從一九七九年考入南京師範大學開始，至今已經三十多年。在恩師段熙仲先生及其助手張瑗先生的指導下，我逐漸對鮑照的生平事蹟、詩文創作等相關問題有了較爲清晰的認識。曾在《文史》《文學遺産》《中華文史論叢》《南京師大學報》等刊物發表過有關研究成果，並撰成《鮑照年譜》和《鮑照研究》二部小册子，先後由上海古籍出版社和鳳凰出版社於二〇〇二年和二〇〇九出版。在這期間雖然也有過整理鮑集的想法並一度進行過這項工作的嘗試，但由於本人學識淺陋，這項工作進行不久隨即束之高閣。這次受中華書局俞國林先生之邀，雖然自知學識才力有限，但整理鮑集既是多年的夙願，也就欣然從命了。

本書得以列入國家古籍整理出版專項經費和全國高校古籍整理研究工作委員會專項經費資助，備感榮幸。在撰寫過程中，曾得到許逸民先生的鼓勵和多方面指導。許先生是我素所敬重的學者，許先生的關心和指導，可以説是這項工作得以順利完成的保證。在此謹向許先生致以深深的謝意。中華書局俞國林先生和郁震宏先生爲本書的審定做了大量細緻深入的工作，提出了許多寶貴意見並改正了書稿中相當多的錯誤（有些甚至是讓我爲之汗顔的低級錯誤）。在此謹向二位先生表示衷心的感謝。另外，書稿在撰寫過程中也得到了學兄王繼如先生和諍友力之先生的幫助，在此也一併向二位先生表示誠摯的感謝。

丁福林

二〇一一年九月六日於鹽城師範學院